封神演义

㈠

[明]许仲琳　陆西星　著

孙见坤　导读　注释　点评

全本　全注　全评

岳麓書社·长沙

女娲娘娘

纣王

妲己

云中子进剑除妖

纣王无道造炮烙

雷震子

周文王

陈塘关哪吒出世

哪吒现莲花化身

姜子牙

火烧琵琶精

伯邑考抚琴

费仲

九头雉鸡精

比干

闻太师

黄飞虎

张桂芳西征

昆仑山

申公豹

杨戬

前　言

《封神演义》在中国古典小说中可谓是一个异数。

自明末以来，《封神演义》在文学、戏曲乃至民间信仰等诸多方面都产生了深远的影响。这些影响的范围之大、程度之深、历时之久，足以与《水浒传》《西游记》等名著并驾齐驱。

然而，《封神演义》在人物塑造、情节编排、文笔描写、思想立意等方面又都要比《水浒传》《西游记》等名著逊色不少。《封神演义》之所以能获得远远超出其本身文学成就的影响，关键还在于它构建出了一个庞大的神仙谱系，以及书中琳琅满目的关于法宝、阵法、人物的设定。这二者对于清代以来的民间信仰、神怪文学、民间文艺、戏曲曲艺等都产生了深远的影响。除了大量相关的文艺作品之外，在一些地方甚至可以看到《封神演义》中塑造的神仙，居然能堂而皇之地进入道观佛寺中享受香火。而进入网络时代之后，这二者又对网络上的玄幻类小说、影视和游戏的设定起到了极大的影响。如果说《西游记》等书的成功，胜在人物与情节上，那么《封神演义》的影响，则主要来自纷繁奇幻的设定。

那么，这样一部奇特的小说，它是如何诞生，又是何人所作的呢？

一、世代积累的成书过程

和《西游记》《水浒传》等书一样，《封神演义》也是一部世代累积型的长篇小说，而且可以视作世代累积型长篇小说中最为典型的一例。所谓“世代累积”，简而言之就是不同时代的不同作者对同一种题材进行不断加工完善，最终由一个文化水平较高的人进行搜集、整理，并最终写定。在这一过程中，不同时代的作者都可以按照自己的想法进行创作与整理。后来者可以对前人的作品修改去取，而再后来者又可以对这一修改去取进行删润修正。因而，这一过程基本上也就遵循了优胜劣汰，后来居上的规律。

《封神演义》的成书过程可谓是漫长而复杂，大致可以分为三个阶段：第一阶段是宋元时期话本、杂剧对武王伐纣题材的演绎；第二阶段是明代中前期民间武王伐纣故事的不断积累、演化，以及相关小说的出现；第三阶段便是明代后期《封神演义》的诞生。

在第一阶段中，话本的地位至为重要。所谓话本，即是说话的底本。而说话则是古时一种讲说故事的表演形式，类似今天的评书。至迟到唐代，说话已经是一种成熟且流行的文艺表演形式了。不但在市井百姓中流传，在高门大宅乃至宫廷之中也多有演出。唐玄宗退位为太上皇，回到长安之后就被儿子肃宗软禁于深宫之中，高力士为他安排的解闷活动中就有说话。并且说话在唐代就已经达到了很高的艺术水平，出现了长篇说话。元稹记载，他曾和白居易在白居易新昌里的宅子中“说《一枝花》话，自寅至巳，犹未毕词也”。“《一枝花》话”就是名妓李娃的故事，他们在白居易家中说这一故事（很有可能是白居易亲自表演的），居然说了八个小时还没说完，可见其篇幅之长，断非今日所见《李娃传》能包括的。到了宋代，说话的发展更为繁荣。按内容大致可分为三类：小说、讲史和说经。说经即演说佛经或参禅故事，与唐代的变文有些类似。讲史是讲说历代兴亡事迹，篇幅一般都较长。小说则包含了前两者之外的各种传奇故事，篇幅较为适中。其中，自然以小说和讲史的艺术成就最高，流传到今天的宋元话本也基本上都是小说与讲史的内容。

而在现存话本中，与《封神演义》关系最为密切的，当属《武王伐纣平话》，全名《全相武王伐纣平话》，又名《新刊全相平话武王伐纣书》，别题《吕望兴周》。全书分上、中、下三卷，无回目。但书中有图四十二幅，每幅图上均有题句，可以视作回目。它是元朝至治年间（1321—1323）建安虞氏刊刻的一套讲史话本中的一种(全套现存五种，藏于日本内阁文库)。所谓“平话”，即单纯口说，没有演唱的内容，类似今天的评书。在现存的宋元话本中，凡是讲史题材的，几乎都被称为“平话”。《武王伐纣平话》的篇幅并不长，只有区区五万余字。这是由话本的性质决定的。从存世的话本来看，大致可以分为两类：一类是说话人自己的底本，多数是他们抄录、积攒的资料，供演说时参考。因此这一类，要么是比较粗糙简单的提纲，如《蓝桥记》《合同文字记》等；要么是未经深入整理的资料集，如《大宋宣和遗事》等。而另一类话本，则是说话的记录或是深入加工过的底本。虽说是记录，但比起实际演说来，还是简略得多。《武王伐纣平话》就属于这一类话本，它应是宋代说话人的旧蓝本，又经元代说话人补充修订。

《封神演义》对《武王伐纣平话》的故事颇多承袭。《封神演义》的前三十回，除去关于哪吒的十二、十三、十四回外，几乎全部是根据《武王伐纣平话》的故事改编、扩充而成的。从第三十一回起，才脱离《武王伐纣平话》的内容，进入了“三教佥押《封神榜》”和“三十六路伐西岐”两大主线故事。等到第八十八回孟津会师之后，又将平话中刳剔孕妇、囚禁箕子、火烧郭文化等内容搅入。由此可见，《武王伐纣平话》与《封神演义》的关系，是颇为密切的。但是，我们却并不能因此认为《封神演义》仅仅是对《武王伐纣平话》的简单扩写。持有这种看法的学者不在少数，例如赵景深先生就认为《封神演义》“只是把《平话》的故事放大而且加上琐细的描写罢了”。可事实绝非如此。正如我们上文提到的，《封神演义》承袭《武王伐纣平话》的内容只有不到四十回，其余六十多回的故事都与《武王伐纣平话》无关。而这六十多回的故事，却正是《封神演义》最为核心的内容，即封神故事。正如郑振铎先生所说：“我们将许氏的《封神传》与元刊的《武王伐纣书》一对读，则知许氏之采用旧文的事迹处，实寥寥无几。”《武王伐纣平话》是《封神演义》故事的来源之一，但不是全部。

事实上，《封神演义》的作者在创作的时候究竟有没有看到过《武王伐纣平话》都是一个很值得怀疑的事情。两部书之间相隔了大约三百年的时间，作为一部在元代供人消遣，不受重视，在藏书之家眼中不登大雅之堂，后来也似乎未曾被翻印的话本，能否流传这么久，还被作者所重视，这本身就值得打一个问号。而且这三百年间，正是历史上绝大多数“世代累积型”长篇小说快速积累并走向成熟的关键时期。《封神演义》也不例外，这一时期有大量的以武王伐纣为背景的文艺作品问世，例如元代赵文殷的杂剧《武王伐纣》、明代余邵鱼的历史演义《春秋五霸七雄列国志传》卷一（以下简称“《列国志传》卷一”）等等。这还不包括大量未曾留下题目但已经失传的作品，以及大量流传于民间，并未形成文字的口头故事、说唱文学等。与其说《封神演义》的作者在写作过程中直接阅读过《武王伐纣平话》原书，倒不如说作者是以一部深受《武王伐纣平话》影响的著作为底本。因此，虽然《封神演义》在许多故事和人物上与《武王伐纣平话》之间有着非常明显的差异，但在整体的故事框架与许多故事情节的编排上，依然能够看到《武王伐纣平话》的影子。

可以说，《封神演义》是间接地受到了《武王伐纣平话》的影响。

那么这个介乎《武王伐纣平话》与《封神演义》之间的作品是什么呢？有的学者认为是我们前文提到的《列国志传》卷一，但我认为这是不合适的。学界一般认为，《列国志传》卷一是继《武王伐纣平话》之后，武王伐纣故事的又一次集大成。孙楷第、周贻白、柳存仁等更是认为，《列国志传》卷一也是由《武王伐纣平话》过渡到《封神演义》的中间环节，对《封神演义》的成书有重要影响。但是我们应该看到，《列国志传》卷一只有三万三千字，包括了从“苏妲己驿堂被魅”到“太公灭纣兴周”一共十九则故事。无论是篇幅还是故事数量，都较《武王伐纣平话》为少。而且作者有着强烈的“信史”意识，明确提出“编年取法麟经，记事一据实录”的编撰方法，再三申明“按先儒史鉴列传”的编撰原则。甚至故意模仿《资治通鉴》的体例，在卷前大书“起自商纣王七年癸丑至戊寅二十六年事实”。因此余象斗在《题列国序》中盛赞该书“毫无舛错”，甚至说它堪为“诸史之司南”。原本《武王伐纣平话》中的许多虚构人物与神异情节都被删削了，反而增加一些经史中有明文记载的情节，有着比较强烈的回归正史的倾向。虽然书中也有“云中子进斩妖剑”“子牙代武吉掩灾”等神异情节，并且这些情节也被后来的《封神演义》所吸收。但是书中的这种回归正史的倾向，从总体上来说还是和《封神演义》的精神背道而驰的。因此，《列国志传》卷一可以视作是《封神演义》的源头之一，但不宜夸大其地位。将其视作从《武王伐纣平话》过渡到《封神演义》的中间环节的看法，大可斟酌。

事实上，《武王伐纣平话》与《列国志传》卷一加起来，也不过八万余字。即使不考虑其中大量的重复内容，它们的篇幅与七十余万字的《封神演义》相比，也着实是小巫见大巫。如此大的篇幅差距，只能说明在这二者之外，《封神演义》还有着许多其他的故事来源。特别是至为关键的封神故事，在这两部书中几乎都没有呈现。而我们目前也还没有找到，可以视作封神故事来源的文献。这都在提醒我们，《封神演义》的故事来源是极其复杂的。“《武王伐纣平话》→《列国志传》卷一→《封神演义》”这样简单的线性演进是与历史实际不合的。民间故事的影响、道教与民俗信仰的孕育和滋养，以及作者自身的知识背景，都对《封神演义》整体艺术构思有着重要的影响。其中的很多内容未必是与武王伐纣一事直接相关的，但并不妨碍作者将它们拿来使用。

二、扑朔迷离的作者

《封神演义》的作者（也可以理解为世代累积后的最终定稿人）究竟是谁？这个问题多年以来一直聚讼不休，至今尚未有定论。

在各种不同的说法里，有的纯粹是传说，如清代梁章钜《归田琐记》中说，他听说《封神演义》的作者是一个老书生。老书生从《尚书·武成》中的“惟尔有神，尚克相予”一语得到灵感，写出了《封神演义》一书，将其作为小女儿的陪嫁。后来小女婿将这部书刊刻出来，果然大赚了一笔。这已经有些传奇故事的意味了。还比如，清末蒋瑞藻《小说枝谈》里说，相传《封神演义》的作者是明代大文学家王世贞。王世贞写了《金瓶梅》，被朝廷得知，让他将书献上。但《金瓶梅》岂能进呈御览？于是王世贞便连夜写出了一部《封神演义》，代替《金瓶梅》进献给朝廷。而王世贞自己则一夜之间白了头。这种违反常识的故事自然就更不足为据了。此外，更有卫聚贤以“索隐派”的视角，认为《封神演义》是清初某个作者伪托明人而写的一部小说。作者是吴三桂的部下，纣王影射康熙，周文王影射吴三桂，周武王影射吴三桂之子吴世璠，哪吒影射尚之信等。他还认定现存的舒载阳刊本和李云翔序都是伪造的。由于观点太过离奇，除了卫聚贤自己所著的《封神榜故事探源》一书外，几乎没有认同或回应此说的。此外诸如刘伯温说、前明名宿说等观点，也都缺乏翔实的证据，影响有限。

真正有确凿证据的看法无非两派：许仲琳说与陆西星说。

许仲琳说最主要的依据在于，日本内阁文库所藏的明代舒载阳刊本《封神演义》在其卷二首页有“钟山逸叟许仲琳编辑”一行题署。按理来说，这本该是极为有力的证据。但恰恰是这行题记令人生疑。首先，明代书商为谋利而刊刻的各种小说，其署名情况极其复杂，很难依据一个孤证就下定论。况且“编辑”这个词在古代通俗类书籍的署名中是一个很笼统的说法，可以是作者，也可能是整理者、编纂者，甚至是出资的书商。更何况，这种在当时被视作不登大雅之堂的小说，其署名往往由书商随心所欲。例如与舒载阳本一同收藏于日本内阁文库的明嘉靖杨氏清江堂刻本《新刊参采史鉴唐书志传通俗演义》，其署名是“金陵薛居士的本，鳌峰熊钟谷编集”。而收藏于日本宫内厅书陵部的明建阳余氏双峰堂刻本《新刊按鉴演义全像唐国志传》，内容与之完全一样，署名却是“红雪山人余应鳌编次”。其署名之不可靠如此。尤其奇怪的是：所有《封神演义》的版本里面，只有舒载阳本有这行题记；而舒载阳本全部二十卷中，也只有第二卷有这行题记。倘若许仲琳真是《封神演义》的作者，那么为何只在第二卷署名？就算是为了节省篇幅，那也应该是在第一卷署名，以后各卷可以省略。可我们打开舒载阳本，却看到第一卷第一行是“新刻钟伯敬先生批评封神演义卷之一”的书名，第二行即是“第一回纣王女娲宫进香”，根本没有留出给作者署名的地方。全书其余十八卷均是如此，唯有第二卷留下了“钟山逸叟许仲琳编辑、金阊载阳舒文渊梓行”两行署名。给人的感觉，仿佛这一卷是从别的版本里抽出补配的一般。但其行款、字体又与其余各卷一致，着实令人难解。除了这九个字外，再无任何证据可以证明许仲琳与《封神演义》有关。而关于许仲琳究竟是谁，他生于何年，死于何时，籍贯哪里，生平怎样，我们到今天都一无所知。罗贯中、施耐庵等人的生平虽然也很模糊，但还不至于一片空白。方志、笔记抑或是诗文集中，或多或少总能找到关于他们事迹的只言片语。然而在浩如烟海的明代文献中，却至今依旧找不到关于许仲琳的半点消息，这实在不能不让人心生疑惑。

而陆西星说的主要依据则来源于清初的戏曲目录《传奇汇考》。《传奇汇考》卷七“顺天时”这一条下记载：“《封神传》系元时道士陆长庚所作。”陆长庚即陆西星，字长庚，江苏兴化人，明代中后期道士，内丹东派祖师。这一记载最早由张政烺先生发现，并考证出陆长庚即陆西星，“元”乃“明”之讹。此后孙楷第、谭正璧、柳存仁等学者进一步论证，近乎坐实了这一说法。可是，为什么《传奇汇考》会把他错记成元代人呢？一个可能的原因是，与许多道士不同，陆西星一生极少游历，其名声很长一段时间内仅局限于兴化与扬州府当地。而陆长庚这个名字，听上去与当时赫赫有名的全真道七真中的丘长春（处机）、谭长真（处端）、刘长生（处玄）十分相似，对道教不熟悉的人难免会以为陆长庚是与他们同时的人。

而在这两说之外，还有章培恒先生力主许仲琳、李云翔合著说。章先生认为，今本的《封神演义》只有开篇的一小部分是许仲琳所作，其余部分乃至于批语都是李云翔所写，而且即使是许仲琳所写的部分，也经过了李云翔的修改。李云翔即是为舒载阳本《封神演义》作序之人。他在序文中的一段话也成为章先生立论的最关键证据：

余友舒冲甫自楚中重资购有钟伯敬先生批阅《封神》一册，

> 尚未竟其业，乃托余终其事。余不愧续貂，删其荒谬，去其鄙俚，而于每回之后或正词，或反说，或以嘲谑之语以写其忠贞侠烈之品，奸邪顽顿之态，于世道人心不无唤醒耳。

章先生据此认为：“《封神演义》这样的大书，在当时绝不是‘一册’的篇幅所能容纳的，这一册显然并非《封神演义》全书，既然不全，也就必须续写。因此，所谓‘尚未竟其业，乃托余终其事’这一段文字，是说舒冲甫购来的《封神演义》并未写完，托李云翔续成。”这一推论乍看之下颇有道理，但细思之后则觉不然。舒载阳本虽然是目前存世最早的《封神演义》刻本，但并不代表它本身就是《封神演义》最初的刊本。舒载阳本内的完整书名写作“新刻钟伯敬先生批评封神演义”，既云“新刻”，又有“批评”，自然不可能是根据手稿刊刻的。除非钟伯敬与作者之间有着曹雪芹和脂砚斋一样的特殊关系，否则有哪位批评家会去为一部尚未完成的小说手稿写点评呢？而舒载阳本的内封上又写有该书“久系传说，苦无善本”，可见在此之前必然已有《封神演义》的刻本，只不过被舒载阳等人认为并非善本（当然也可能是广告性质的自我吹嘘之词）。内封中又说，此书“乃□先生考定”，这个“□先生”应当不是作序的李云翔，否则没有挖去其名字但仍用其序文的道理。既然舒载阳本并不是《封神演义》最初的刊本，考定此书的“□先生”也不太可能是李云翔，又何来李云翔续成全书的可能呢？序文中的“《封神》一册”应该指的是只有一册有钟伯敬的批语，其余的批语都是由李云翔续作的。而“删其荒谬，去其鄙俚”所指的，应该是李云翔对全书又做了一些修改加工的工作。这在古代小说的刊刻中也是很常见的行为，典型如金圣叹腰斩《水浒传》、毛宗岗父子修改《三国演义》等。更何况，李云翔曾经续写整理过《汇辑舆图备考全书》。如果他真是

《封神演义》的作者之一，那么书中就不应该出现各种低级的地理错误。比如黄飞虎投奔西岐的路线，居然是先经过陕西西安附近的临潼关、潼关，最后到达了河南洛阳附近的汜水关，完全东西颠倒了。实在难以想象一个有能力整理全国性地理书的人，居然会犯下这种错误。因此，李云翔只能说是舒载阳本的修改整理者，而不能视为作者。许仲琳、李云翔合著说也不能成立。

那么，《封神演义》的作者，或者说最终定稿人是谁呢？在这里，我也只能给出一个推测，提供一种可能性。

首先，许仲琳说与陆西星说都不能轻易否定。在两说各自的证据效力都差不多的情况下，也不应简单地选择对其左袒或右袒。面对世代累积、七十余万字的长篇巨著，也不应只靠几个方言词语、几句相似文字就轻易判定。而是应该深入《封神演义》的结构与反映出来的作者文化背景去探讨。在《封神演义》中，我们可以看到不少地方引用或化用了十三经中诸如《尚书》《礼记》《论语》《孟子》等书的内容。其中有的用得很自然，如第十七回中胶鬲用《尚书·泰誓》中语进谏。有的用得就比较生硬，像是第九十八回中周公所读的祝文，选用了《尚书》中的语句，但作者又没有能力仿写出这种佶屈聱牙的文字，致使一篇祝文中文字忽而高古忽而浅俗。从这里可以看出，作者应该是接受过正统的儒学教育，但是水平不一定很高。这一点，和陆西星屡试不第的经历相合。此外，《封神演义》中虽然大量内容涉及道教，其中也有不少涉及内丹修炼的诗句，但是总体上水平都不高，有些地方还有错误。给人一种作者对道教了解，但又不全都了解的感觉。这些都成为一些学者否定陆西星说的依据。但是，如果我们深入了解陆西星的生平与修道经历后就会发现，这种感觉恰好符合陆西星的生平情况。不少人徒震于陆西星东派丹法祖师的名头，想当然地以为他应是一位对道教有着全方位深入学习研究的大宗师。但实际上，陆西星一生都没有正式地拜师入道，也没有在道观中进行过系统的学习。他所修持的丹法，据他自己所说，乃是由于“因缘遭际”，在北海草堂得遇吕洞宾亲传。而根据他所著的《三藏真诠》记载，所谓吕洞宾亲传，并不是他遇到了吕洞宾的化身或是显圣，而是通过扶乩的方式得来的。由此可知，陆西星的道士身份是其自封的，他本人并没有在正统的全真道或正一道门下受度。这是由于他自认为得到吕洞宾亲传，和王重阳平辈，自然不屑于再去入全真或正一的门。但也正因如此，陆西星对道教的认知就有许多缺陷。他对于内丹和一些修持方面的法门，自然是知之甚详。但对于道教内部的流传神学、科仪、符箓、内秘等内容，自然就一概不知了。同样，也正因为陆西星并没有接受过系统的道教神学教育，他才可以无所顾忌地安排众神。

从以上的分析来看，似乎陆西星说要胜出了。但这对许仲琳说来讲，多少有些不公平。因为我们不知道他的任何生平情况，不能保证他的人生经历就一定与这些《封神演义》的作者特征不符。而且，陆西星说也有一个比较大的漏洞，那就是陆西星为何要写《封神演义》？陆西星并不需要为了牟利而去为书商编集小说。若说是为了传道，且不说《封神演义》中那些粗浅的道教背景与内丹诗词能否起到传道的作用，就陆西星本人而言，他并不是一个有传道热情的人，甚至连弟子传人都没有。他所谓的“东派”，实际上是一种后世的恭维与建构，并没有形成门派。既不为了牟利，也不为了传道，陆西星还有其他理由来写一部《封神演义》吗？如果一直纠结于这种问题，可能永远也没有答案。不如我们再分析一下《封神演义》的故事结构，看看如果陆西星要写，他可能写哪些部分。

其他世代累积型的长篇小说如《水浒传》《西游记》，其累积实际上只是人物和情节的扩充与完善，而没有对故事的主线有大的增益。《水浒传》就是梁山泊好汉们的兴亡，《西游记》就是唐僧师徒四人西天取经，所有累积的故事基本都围绕着一条主线。但《封神演义》却不同，它有两条主线，一条是武王伐纣，另一条则是封神。迄今为止，我们只能找到武王伐纣这一主线上世代累积的痕迹，而在封神主线上，却找不到任何一部有着明显承继关系的文献。这就不能不让人怀疑，封神这条主线上的故事，或者至少是核心故事，会不会并非世代积累，而是由一个作者原创的呢？

李云翔在序文中说："俗有姜子牙斩将封神之说，从未有缮本，不过传闻于说词者之口。"似乎封神故事只存在于民间艺人的口头流传。但这实际上不过是为了替舒载阳本抬身价而说的夸张之词。如果真的"从未有缮本"，那后文说的"舒冲甫自楚中重资购有钟伯敬先生批阅《封神》一册"又是什么呢？书商为了卖书，往往制造些惊人之论，原不足为怪。却不想以晚明市民社会的繁荣与成熟，倘若当时民间真有这么一种颇有影响的"姜子牙斩将封神"说唱文学，晚明的书坊岂会等到天启崇祯年间才将其刻印？各种小说、笔记、拟话本中，又岂会毫无痕迹？

如果我们再细分一下，那么《封神演义》的故事大致可以分为三条线，即神话化的商周兴亡故事、三教佥押《封神榜》与三十六路伐西岐。其中，商周兴亡一线与《武王伐纣平话》、《列国志传》卷一等书的承袭关系非常明显，毋庸再议。《封神榜》一线的故事，则有着明显的系统性与独创性。特别是阐教、截教的设定，鸿钧老祖、陆压道人等原创人物的塑造，以及最后《封神榜》的排定，都不是世代累积所能形成的。尤其是，其他的世代累积型小说，在大背景上很少有自己的完全虚构创作，可《封神榜》一线却设计出了阐教和截教两个前所未闻的大教派来。即使仅从这一点而言，《封神榜》一线的故事也应该是由一个作者独立创作的。而且在这一线上，还有一个很特殊的设定，即仙在神上，却不居天宫。第十五回在叙述元始天尊封神的原因时说："昆仑山玉虚宫掌阐教道法元始天尊因门下十二弟子犯了红尘之厄，杀罚临身，故此闭宫止讲。又因昊天上帝命仙首十二称臣，故此三教会谈，将阐教、截教、人道三等，共编成三百六十五位成神。"照此来看，作者的意思是仙的地位在神之上，不应称臣。为了缓和这种争执，从三教中拨出三百六十五人为神而向昊天上帝称臣。至于上仙一级，仍旧超然于天庭之外。更为重要的是，这些神虽然最后向昊天上帝称臣，但他们的神位却又都是元始天尊所封，不经昊天上帝认可。可见元始天尊的地位仍在昊天上帝之上。同时，书中明显地表示，这些《封神榜》上的死而封神者，其成就地位就不如哪吒、雷震子等肉身成圣之人。而且书内的各位上仙，虽然地位高于天上诸神，但他们本身却都住在人间而不在天上，如元始天尊在昆仑山，老子在玄都洞，西方准提道人在灵鹫山，其他仙人，也均住名山。这种设计与正统道教的观念完全颠倒。在道教的观念里，先天圣真谓之神，后天修真而成仙，仙的地位在神之下。而且越是地位崇高者，所居的位置也越高，如元始天尊居于诸天最高处的玉清境清微天。断无地位低者居天宫，地位高者反在人间的情况。我们可以说，《封神榜》一线的故事，在总的设定上是崇仙抑神的，是尊山贬天的，是推崇肉身成仙而非死后尸解的。这种设定，不是普通民间艺人所能想到的，只能是作者自己道教神学思想的反映。而与前两条线相比，伐西岐一线则有着明显的连接意味。有了三十六路伐西岐这条线索，才能将商周兴亡与《封神榜》紧密联系起来。否则的话，剔除掉《封神榜》故事，单纯的商周兴亡也可以作为一个独立的故事，编集出一部演义小说。同样，剥离了商周兴亡的背景，仅靠阐、截二教斗争，也能把《封神榜》的故事讲完整。换言之，完全有可能先有一部由《武王伐纣平话》、《列国志传》卷一等一路发展而来的商周兴亡故事，而后又有一部阐、截二教的封神故事，此时有人受到其他民间文艺作品的启发，借用了其中的一些内容，构思出了三十六路伐西岐的故事，并以此串联了前两个故事。或者再准确一点地说，是有人通过三十六路伐西岐将封神故事融入了商周兴亡故事中，再经过一番整理修订，从而形成了最初的《封神演义》。这个最终整理修订的人，很有可能就是许仲琳。而那个独立创作了阐、截二教封神故事的人，则很可能是陆西星。书中推崇的这种隐居深山肉身修道以求成仙，不正是陆西星的人生吗？山中之仙若是陆西星的自况，那天上之神指代的，恐怕就是体制内的道士们。

倘若我的这个推测不错，那么《封神演义》的署名应当是“陆西星、许仲琳合著”。

而若陆西星果真只是阐、截二教封神故事的作者，那么也就可以回答陆西星为何要创作这么一部故事了。要解答这一问题，就要从阐教与截教到底是何含义说起了。

三、何谓“阐教”“截教”？

“阐教”与“截教”是何含义，也是一个争执不休，迄无定论的老问题。如果还是只盯着“阐”“截”二字来探求，恐怕难以寻找到解决问题的突破口。倒不如将视野放宽到两教的各种名号上去，看看能否找出源头，寻出规律。

首先我们来看“阐教”“截教”这两个名字。阐教是道教常用的词语，例如《上清灵宝大法元序》中就有“济度天人，阐教凡世”之语。而且不但道教，佛教甚至儒家都有使用这个词。例如《尚书正义》中曰“圣贤阐教，事显于言”，《佛祖通载》则云“释迦阐教清净为先”。其实就是阐发正教、阐扬教化之意，并没有什么特殊隐喻。但是“截教”这个词，在《封神演义》之前的典籍中从未出现过。换言之，“截教”这个词是陆西星自造的。

其次我们看看这三位教主各自的洞府道场。在《封神演义》中，元始天尊的道场在玉虚宫，太上老君的道场在八景宫，而通天教主的道场则在碧游宫。这三处道场中，玉虚宫、八景宫都是道教经典中出现过的宫阙名号，例如《元始天尊说三官宝号经》中云：“尔时，元始天尊在大罗天上八景宫内与诸天神王、日月星宿、上圣高尊、无极圣众，说无上至真妙法”；《云笈七签》卷四十四所载《三九素语玉精真诀存思法》则云：“从太玄玉女十二人，从天玄阴玉虚宫中下。”而且“玉虚宫”也被现实中的一些道观用作自己的名称，例如武当山玉虚宫、齐云山玉虚宫等，建筑年代都在陆西星生活的年代之前。但是翻遍五千余卷的《正统道藏》，我们也找不出“碧游宫”的名号，换言之，“碧游宫”这个词也是陆西星自造的。

从以上的分析中我们可以明显看出：阐教一系的名号、师尊、洞府都是道教中确实存在的，虽然不免要经过作者的艺术加工；而截教一系则从头至尾都是作者原创。也就是说，在作者的用意中，虽然截教与阐教师出同门，但是能代表道教的只有阐教。

之前有学者或者认为阐教、截教分别影射明代正一道与全真道（如陈辽《道教和〈封神演义〉》一文）；或是反过来认为阐教与截教分别代表全真道与正一道（如胡文辉《〈封神演义〉的阐教和截教考》一文）；抑或是含糊地认为阐教与截教的斗争是暗指明代道教主流派与非主流派之间的矛盾（如封苇《〈封神演义〉谈》一文）；再要么是认为阐教与截教都是全真与正一混融的道教派系（如李建武《再考〈封神演义〉的阐教和截教》一文）。诸如此类，都是对道教缺乏了解的误读误判。反倒是鲁迅在《中国小说史略》中看得比较准确：“阐教即道释”，“截教不知所谓”。

那么，截教真的是不知所谓吗？我们再把截教与阐教的各类名号列表对照一下，看看能不能有什么新的发现。

阐教与截教各类名号对照

阐　教	截　教
玉京金阙	仙域真境
玄都紫府	碧游宫
玉虚宫	通天教主
八景宫	多宝道人
元始天尊	金灵圣母
广成子	无当圣母
赤精子	云霄仙子
太乙真人	碧霄仙子
玉鼎真人	乌云仙
清虚道德真君	金箍仙
文殊广法天尊	灵牙仙
……	……

不知道大家有没有感觉，那就是和阐教相比截教这边的名号在用字上不是那么文雅，而且多有重复，缺乏变化。特别是除了通天教主和多宝道人之外，其他的截教核心成员，名号里面不是有个圣字就是有个仙字，好像生怕别人不知道他是个神仙。自幼擅诗文、工书画而名闻乡里的陆西星，其文笔对于驾驭一部长篇小说或许力有不逮，但不至于连起几个像样的名字都做不到。只能说明这是陆西星有意为之。相比清虚道德真君这种一听就比较出尘绝世的名字，截教众人的名字给人的感觉就相当“土”了。而这种“土”也可以换一种叫法，那就是民间气息浓郁。如果忽略掉《封神演义》这个背景，将截教众人的名字一个个单独拉出来看，实在很像乡间小庙中由村民供奉的各路“大仙”。

截教所代表的，正是佛道之外的民间宗教。

《封神演义》中，阐教弟子自十二金仙以下，满打满算估计都凑不够一百人，而截教光是被接引道人收走的就有三千人，人数实在悬殊。与之类似的是，道教与民间宗教在人数对比上也是一样不占优势，道士的数量远少于民间的各路神汉。首先，道士的数量受制于礼部发放的度牒，而民间的各路神汉们无须经过任何部门的审批。其次，道教收徒较为严格，不但师父要考察徒弟，徒弟也要观察师父，师徒间实际上是一种互相考核的关系，只有当彼此都认可对方了，才会正式拜师收徒，而如果是出家道士，往往还要在庙中先做劳役以磨炼心性。小说中，阐教收徒模式与此十分类似。这样的收徒模式，数量自然多不了，何况很多道士并不愿意多收徒，甚至压根儿不愿意收徒，比如陆西星自己就没有弟子。而反观民间宗教则大有不同，基本上秉持的是拾到篮里都是菜的原则，有一个收一个，这一点与通天教主有教无类，但收徒太滥的风格也很相似。再者，道教注重师承，所谓“不怕法不灵，就怕师不清”，因此阐教门人的师徒关系都非常清楚，谁是谁徒弟一目了然；而民间宗教注重结社，故而截教门人一出场往往成群结队，遍布各地，但在师承关系问题上却比较模糊。

总而言之，无论是从名号、师尊、洞府，还是从人数、组织等各个方面来看，阐教代表的是正统道教，而截教则代表的是不被主流社会所认同的民间宗教。陆西星借由阐教与截教的斗争，试图表达的则是对民间宗教的攻击。截教最后的结局，也代表了陆西星心中民间宗教应该有的结局：蛊惑人心的教中领导层被摧毁，而无知受骗的教众则被道教（阐教）、佛教（西方教）等正教所接收。

而明代后期民间宗教的发展形势，也正好可以解释为什么陆西星要对它们大加挞伐。在陆西星主要活动的嘉靖、万历年间，白莲教、无为教等民间宗教得到了迅猛的发展，甚至到了“天下处处盛行”

（见《明神宗实录》卷五三三）的地步。特别是万历一朝，不但旧有的民间宗教发展迅猛，各种新兴的民间教派也呈蜂起之势，印经造卷的活动也达到了高潮，甚至于让后来的一些清朝人产生了万历以前并无近世之邪教的错觉。如此广泛而大规模的聚众结社行为，不禁令统治阶层感到担忧，辛自修、吕坤等大臣先后上书言事，而到了万历四十六年（1618），南京礼部终于正式发布《毁无为教告示》，开始对民间宗教予以取缔。结果，没过几年，天启二年（1622）五月，新兴的大乘教在山东郓城起事，旬日之间连下郓城、滕县、邹县、峄县四城，围攻兖州、曲阜，切断漕运，首领徐鸿儒自称中兴福烈帝，建元大乘兴胜元年。民间宗教在这一时期的力量与影响可见一斑。

对民间宗教发展状况感到威胁与担忧，并试图取缔干涉的，除了大明帝国的统治阶级之外，也包括了陆西星这样的正统宗教人士（虽然本人并没有经过正规的道教传度流程，但自认为吕洞宾亲传弟子的陆西星，却是一直以道门正统自居的）。因为这些民间宗教的势力之大，已经严重影响到了正统宗教的活动，甚至一些道士与和尚也加入其中。其中罗教被许多农民狂热地信奉，而且由于罗教借用或模仿、改造了许多佛教的思想与用语，以至于在一些地区甚至出现了只知罗教而不知佛教的地步。与陆西星约略同时的名僧憨山德清，在山东一带传教布道时就曾感慨，罗教的势力已经“遍行东方”，但即便是这位名满天下且受当朝太后敬礼的名僧，面对根深蒂固的民间宗教也是无可奈何，也只能不得不“渐渐摄化”，使之归于“三宝”而已。而无论是社会声望还是政治地位都远不及憨山德清的陆西星，自然更加无能为力，只能将对于民间宗教的担忧与不满借由阐、截之斗表达出来。那么，陆西星创作封神故事的原因也就可以找到了：一方面，借由阐、截二教斗争影射明代后期正统道教与民间宗教的矛盾；另一方面，未尝没有借由这一故事“教化群氓”的意味。至于今天读者们常有的一个感受，即感觉阐教众人对截教众人往往出手狠辣，务必置对方于死地，则大概率是出自陆西星对民间宗教真实态度的流露。

或许有人要问，截教八大亲传弟子中不是有一位道教的护法大神赵公明吗？陆西星要是以截教代表民间宗教，何以将自己的玄坛元帅安排在了这里？

其实，若是了解道教中赵公明的身世来历，这个问题就迎刃而解了。依据元代高道赵道一编纂的《历世真仙体道通鉴》，以及《汉天师世家》中的记载，赵公明原是青城山八部鬼帅之一，肆虐当地百姓。汉安二年（143）七月初一日，祖天师张道陵登青城山，大战八部鬼帅，区区鬼帅哪里是这位大圣降魔护道天尊的对手，纷纷投降皈依，众百姓欢呼雀跃，对天师虔信不疑。换言之，赵公明本来就是一个弃暗投明的起义将领。而且所谓的八部鬼帅，以及与之类似的六大魔王，极有可能都是巴蜀地区原本的巫觋鬼道，张道陵降服他们所隐喻的则是天师道以绝对优势取代了原先的巫觋鬼道。而这，正如封神故事中所描述，也是陆西星心中所期望的那样：邪教（鬼道、截教、民间宗教）最终被正教（天师道、阐教、道教、佛教）摧毁，曾经受骗的信众也转而皈依各路正教。同样，自居道门正统的陆西星既然将截教设定为要被消灭的民间宗教的代表，自然不会让自家的高上尊神灵宝天尊来屈就这个注定要被打败的教主。《封神演义》中三清独缺灵宝天尊的原因，也就可以得到合理解释了。

四、流传的经过

我们之前说过，舒载阳本是现存最早的《封神演义》刻本，但绝不是《封神演义》最初的版本。舒载阳本的刊印时间，据李亦辉《〈封神演义〉考论》考证，大致在天启五年（1625）前后到崇祯三年（1630）之间。那么，在舒载阳本之前必然还至少有一部更早的刊本。证据何在呢？就在于万历二十五年（1597）刊刻的《三宝太监西洋记通俗演义》（以下简称《西洋记》）中，已经有袭用《封神演义》的痕迹了。

明代后期是神魔小说问世的一个高峰期，而且往往不满足于单纯讲述神魔故事，而想要和一些重大历史事件沾上关系，《西洋记》就是其中之一。而不同于《西游记》《封神演义》作者的不确定，《西洋记》有着明确的作者和刊行时间。《西洋记》的作者是罗懋登，他在书前自序所署的日期为“万历丁酉岁菊秋之吉”，即万历二十五年。鲁迅曾评价《西洋记》说：“所述战事，杂窃《西游记》《封神传》而文词不工，更增支蔓。”《西洋记》袭用《封神演义》的地方很多，特别是在诗词方面。例如《封神演义》第十三回有一首太乙真人劝阻石矶娘娘追赶哪吒时的诗：

交光日月炼金英，一颗灵珠透室明。
摆动乾坤知道力，避移生死见功成。
逍遥四海留踪迹，归在三清立姓名。
直上五云云路稳，紫鸾朱鹤自来迎。

这首诗完全符合书中的情节以及人物的身份。特别是“一颗灵珠透室明”，暗含哪吒是灵珠子化身的身份，以及出生时“满地红光”“金光射目”的情节，必然出自作者原创。可在《西洋记》第十二回，也有这首诗，仅仅改动了几个字：

交光日月炼金英，一颗灵珠透室明。
摆动乾坤知道合，逃移生死见功神。

逍遥四海留踪迹，归去三清立姓名。
直上五云云路稳，紫鸾朱凤自来迎。

两相对照，罗懋登很明显没有领会原诗的含义，或者说他虽然领会到了，但为了能放在自己的书中，只能将一首针对性很强的诗，笼统地说成是“这都是说道家的诗”。若真是单纯“说道家的诗”，那也应该写“一颗金丹”或“一团真气”、“一点灵光”，哪里会写“一颗灵珠”？再比如，《封神演义》第四十七回中赵公明追赶燃灯道人，路遇萧升、曹宝搭救燃灯，赵公明问萧、曹：“尔是何人？”二人笑答：

堪笑公明问我家，我家原住在烟霞。
眉藏火电非闲说，手种金莲岂自夸。
三尺焦桐为活计，一壶美酒是生涯。
骑龙远出游苍海，夜久无人玩物华。

这首诗虽然不似前一首有很强的针对性，但也算得是一首不错的写道士闲云野鹤、逍遥自在的诗，也符合萧升、曹宝的散仙身份。可到了《西洋记》第十三回，却被改成了这个样子：

你是僧家我道家，道家丹鼎煮烟霞。
眉藏火电非闲说，手种金莲不自夸。
三尺太阿为活计，半肩符水是生涯。
几回远出游三岛，独自归来只月华。

这里的承袭套用至为明显，甚至于连韵脚都不敢改动，竟然写出了“丹鼎煮烟霞”这样完全不通的话来。外丹炼铅汞，内丹炼精气神，何曾听说炼“烟霞”的？而且改过之后的诗，虽然点金成铁，但大意并没有太大变化。可罗懋登却硬说“这一首诗也是说道家要胜僧家之意”，其强抄硬挪的行径实在无可辩驳。不但充分证明了鲁迅的“杂窃”之说，也证明了《封神演义》最早的刊刻一定是在《西洋记》梓行的万历二十五年之前。

许仲琳自称“钟山逸叟”，陆西星曾经居住在南京城外的栖霞山中，罗懋登也常居南京为书商编书，《封神演义》最初的成书应该与南京有着很深的联系。《封神演义》的成书与初刊很有可能就是在南京。罗懋登近水楼台，得以于《封神演义》流传未广之际抢先在《西洋记》中袭用其中内容。至于许仲琳的身份，有可能和李云翔、罗懋登一样，是为书商编集图书的下层文人，也可能本身就是一个书商。陆西星创作封神故事是为了影射民间宗教，但编集《封神演义》并将其刊刻则只可能是为了牟利。因而作者的身份也就不出编书文人和书商二者之外。而这两种人，出于工作需要，都会接触到大量民间故事与各种小说话本，自己有时也会亲自去搜集，以作为编集图书时的材料与参考。许仲琳很可能就是因为某种原因得到了陆西星所写的封神故事（不排除他认识陆西星的可能），然后再将其与当时流传颇广的武王伐纣故事相结合，敷衍出了最初的《封神演义》。舒载阳本的封面除了书名和识语外，还有一行别题：“批评全像武王伐纣外史”。这里的“武王伐纣外史”有可能是该书最初的书名。因为武王伐纣人所共知，而封神作为新出故事所知者少，书商为了招徕顾客势必会选用知名度高的人物或事件来做书名。例如《西游记》在明代就有不少版本在书名中点明唐三藏或唐僧的名字，例如《唐三藏西游释厄传》《新锲唐三藏出身全传》《唐僧西游记》等，而这些版本无一例外都是书商刊刻的。

许仲琳编集的最初版本今天虽已不存，但可以推想出是一个相当粗糙草率的版本。舒载阳本在经过李云翔的修订之后，依然有大量前后矛盾或有失照应的地方。例如李靖的兵器一直是方天画戟，然而第七十五回却写道“李靖刀寒光灿灿”，兵刃由戟变刀。结果在同一回中又写道：“李靖又把余元腿上一枪。”再比如落魂阵阵主姚天君一会儿叫姚斌（四十回），一会儿又叫姚宾（四十八回）（为方便读者理解，正文中已统一作“姚斌”）；雉鸡精一会儿叫胡喜妹（七十八回），一会儿又叫胡喜媚（二十六回）（为方便读者理解，正文中已统一作“胡喜媚”）。第十七回写妲己将玉石琵琶放在摘星楼上吸收天地灵气，日后“断送成汤天下”，为琵琶精入宫埋下伏笔，然而全书却始终未写琵琶精如何入宫。第三十一回中已经提前说“萧银要会在‘十绝阵’内”，然而后来不但“十绝阵”中没有萧银，直到全书结束他也再未出现。由此可以推想，许仲琳本中类似的矛盾、疏漏只会多，不会少。

在舒载阳本之后，明清两代最主要的《封神演义》版本其实只有两种：一是清初覆明本（均载长洲周之标君建序），二是清初四雪草堂订正本（书前有康熙乙亥褚人获序）。其余各本，基本上都是以此二本为祖本的翻刻本。这两种版本，再加上舒载阳本，在内容情节、文字评语等方面基本保持一致，只是个别文字略有不同。此后，清代又有大量的翻刻本出现。这些翻刻本在客观上降低了书价（舒载阳本封面上标明每部售价纹银二两，而当时一个九品官的月俸才折银三两六钱），促进了《封神演义》的传播。而到了晚清，铅印、石印等先进印刷技术的传入，印制图书的成本与难度大大降低了。翻印明清小说，成为当时许多书局重要的经营项目。《封神演义》的出版也在光绪年间达到了一个高潮。据不完全统计，从光绪年间到辛亥革命爆发，仅上海一地的书局，就出版了不少于二十个版本的《封神演义》。进入民国之后，这股“翻印热”似乎仍未结束，直到抗战爆发，二十多年间上海地区又有至少二十个版本的《封神演义》问世。按理来说，一部明末诞生的长篇小说，到了清末其内容应该已经十分稳定了，而且此前清代的翻刻本们，彼此之间也大都没有太大的出入。但《封神演义》不愧是中国古典小说中的一个异数，它居然在清末的光绪年间又有了新的文本变化。

这次的变化内容不多，但意义重大。那就是，有人对最后的《封神榜》进行了调整。在当代整理出版的通行本《封神演义》中，最后封神时梅山七怪是获封的，即：四废星袁洪、天瘟星金大升、荒芜星戴礼、伏断星朱子真、反吟星杨显、刀砧星常昊、破碎星吴龙。但是，在舒载阳本和其他早期的刻本中，最后封神的名单里面并没有梅山七怪，而是另外七个莫名其妙的人，即：四废星袁坤、天瘟星程朝用、荒芜星召国才、伏断星李颜、反吟星周柏、刀砧星胡松、破碎星余宗伯。而且类似的改动还不仅是梅山七怪。比如“华盖星”，通行本里是东海龙王三太子敖丙，可舒载阳本里却是封给了一个叫张定的人。“大祸星”，通行本是被哪吒打死的夜叉李艮，可古本中却是完全没有出场过的陈猛。此外，像是月游星石矶、九丑星龙须虎、贯索星丘引等人，也都是被调整后才进入《封神榜》的。这一调整，最迟不会晚于清光绪十五年（1889）的广百宋斋本《封神演义》。

如果对比广百宋斋本与舒载阳本，我们会吃惊地发现，除了上文举出的例子以外，还有大量的神位被改了受封者。换言之，通行本的《封神榜》与舒载阳本的《封神榜》相比，已经有了很大的改变。而这些被改掉的名字，又全都是一些闻所未闻的人物。例如博士星，广百宋斋本封给了杜元铣，但舒载阳本里却是邢三益。武曲星、月魁星，广百宋斋本封给了窦荣和其妻子彻地夫人，但舒载阳本里却是黄景元和崔士杰。红艳星，从字面来看是一个颇为女性化的名字，广百宋斋本封给了纣王的杨妃，可舒载阳本里受封的人名王义。这些名字，既没有在前文中出现过，其名下也没有注明是在万仙阵中阵亡的。那么这些名字是怎么来的呢？

如果我们之前推断的看法不误，封神故事是陆西星独立创作的，而后才被许仲琳融入了武王伐纣故事中，最终整理成《封神演义》一书。那么最后的《封神榜》，也就应该是陆西星编写的。这些闻所未闻的人名，在陆西星原本的故事里应该是出现过的，因此陆西星才将他们列入《封神榜》。而等到许仲琳整理《封神演义》的时候，肯定对陆西星的故事细节多有改动。这些人原本可能也是戏份不多的小角色，在许仲琳改动整理的过程中，就被改掉了。但许仲琳在完成《封神演义》后，没来得及对照原本的《封神榜》与他改动后的故事之间还能否对应无误。我们前文已经说了，无论是许仲琳还是舒载阳，他们的目的都是刻书牟利，整理工作都做得比较粗疏，矛盾疏漏之处不少。只不过正文中的矛盾疏漏易于被发现，《封神榜》中的则较难察觉。因此后来的翻刻者也未曾发觉，或者虽然发觉了，但并无意改动。那为何广百宋斋本却要逐一改动呢？因为晚清时期，无论是印刷技术还是社会形态都发生了变化，因而有了我们之前说的《封神演义》出版的一个高潮。这一高潮使得《封神演义》的流传范围得到了空前的扩大，几乎各个阶层都有了购买、阅读《封神演义》的可能。发行量多了，出版商之间的竞争也变得激烈了起来。于是，各家书局之间便想方设法给自家的版本增加卖点，或是插图，或是批评，或是请名人作序，或是对全书加以订正。广百宋斋本对《封神榜》的改动，就是在这种激烈竞争中产生的。而由于这一系列改动明显更为合理，因此迅速被大家所接受，成为今天的通行版本。

最后，我们简单说一下对于《封神演义》的评价问题。正如我们在开篇时所说的那样，作为一部长篇小说，《封神演义》在人物塑造、情节编排、文笔描写、思想立意等方面都难以与《西游记》《水浒传》《三国演义》等书相比。除了哪吒之外，全书少有能给人留下深刻印象的人物。书中的绝大多数人物都面目模糊，缺乏个性，非常单薄。对战争和阵法场面的描写也极其简单、平面且多重复。除了几个阵名和法宝外，几乎无法给人留下任何深刻的印象。至于其思想意识方面的落后则更无待言。鲁迅在《中国小说史略》中评价它“较《水浒》固失之架空，方《西游》又逊其雄肆，故迄今未有以鼎足视之者也”，可以说是恰当的。但《封神演义》的影响又极为深远，对清代以来直到今天的民间信仰、神怪文学、戏曲曲艺、影视网络等都有着深远的影响。从这点讲，它的地位又完全不输于任何一部古典名著。因此，我们可以说，《封神演义》在文化史上的地位，恐怕要远远超过它在文学史上的地位。

此次出版，以现存最早的《封神演义》刊本明末舒载阳刻本为底本，并参考了人民文学出版社整理本、岳麓书社整理本等版本之校点成果，力求还原这部古典名著的原始风貌，同时提升其现代可读性。

《封神演义》作为一部世代累积型小说，其刊行之初，文字较为粗糙，未经打磨，底本中存在大量名称不统一、同音字混用、形近字混淆等问题。针对这些问题，我们进行了如下处理：一、对于底本中人名、地名、兵器名等不统一之处，我们进行了梳理与统一。例如，明刻本中雉鸡精的名字时而作“胡喜媚”，时而作“胡喜妹”，本次整理时统一作“胡喜媚”；清福神之名“柏鉴”，时而作“百鉴”，本书统一作“柏鉴”。二、对于底本中如“的”“地”“得”“那”“哪”“做”“作”等助词、代词的使用，为保持当时的语言特色，予以保留。三、针对部分混用的异形词，我们多依据现代汉语用法进行了统一。四、对于底本中明显的错别字、语句不通之处，一律径改，以消除阅读障碍。此外，考虑到小说中部分字词较为生僻难解，我们添加了注释，以帮助读者更好地理解文本内容。

插图方面，我社邀请知名插画师颜丽君绘制了原创彩图，同时本书还于每回前附有光绪辛卯上海广百宋斋精石印《绣像封神演义》回目场景图（关于绣像图中之标题，其中第十回、第十七回、第四十回、第四十九回、第八十回、第八十三回、第一百回与目录、正文中回目标题有异，不作统一），单人插图则做成了人物册。

希望此次出版，能够为读者呈现一个既贴近故事原貌，同时在文字方面准确通畅、图文并茂，适合当代读者阅读的《封神演义》版本。

目录

第一册

第二册

第三册

第一回　纣王女娲宫进香

紂王女媧宮進香

导读：《封神演义》全书以纣王女娲宫进香开篇，引出全部故事。且不说祭祀上香和使用塑像，都是汉魏之后才有的事情。单是祭拜女娲一事，便不可能出现在商朝。

从甲骨文来看，商代的信仰与祭祀还没有完全形式化，还在不断变化发展。但是就整体而言，核心无外乎天神崇拜与祖先崇拜。天神崇拜的核心对象是帝（也称“上帝”），帝是全知全能的至高无上的天神，不但能呼风唤雨、降灾赐福，还能降临人间，直接保佑或伤害商王，或是对商王发号施令。而祖先崇拜的核心对象，自然是商朝的历代先公先王，他们陪伴在帝的周边，一直监护和庇佑自己的子孙——后代商王。帝的周围有其他天神作为它的臣属，而商朝的贵族重臣，死后也会到天上去追随在商王身边，继续做他们的大臣。同时，这些死去的贵族也有一些干预人间的能力，可以保佑他们的子孙。但大前提是，死去的贵族仍要臣服于商王，当他们的子孙违逆了后代的商王，他们必须大义灭亲，支持商王而不去保佑自己的子孙。而商人祭祀的逻辑也非常简单，他们认为祭祀的仪式越盛大，献祭的祭品越丰富，帝和祖先们就越高兴，赐的福也就越多。毫无疑问，能举办最盛大仪式，奉献最丰富祭品的人无疑是商王。那么自然，商王也就成为帝和祖先最钟爱的人，自然也就拥有最多的赐福和最大的权柄。

古风一首：

混沌初分盘古先，太极两仪四象悬。
子天丑地人寅出，避除兽患有巢贤①。
燧人②取火免鲜食，伏羲画卦阴阳前。
神农治世尝百草，轩辕礼乐婚姻联。
少昊五帝③民物阜④，禹王治水洪波蠲⑤。
承平享国至四百，桀王无道乾坤颠。
日纵妹喜⑥荒酒色，成汤造亳⑦洗腥膻。
放桀南巢拯暴虐，云霓如愿后苏全。
三十一世传殷纣，商家脉络如断弦。
紊乱朝纲绝伦纪，杀妻诛子信谗言。

① 有巢贤：即“有巢氏”，传说中构木为巢而居的创始者。《韩非子·五蠹》说远古时代，为避免野兽侵袭，他教民构木为巢，居住在树上。反映中国原始时代巢居的情况。《逸周书·史记》又说有巢氏因乱臣专权，发生变乱而亡。

② 燧人氏：传说为钻木取火的发明者，教人熟食，结束了远古人类茹毛饮血的历史，使人类与禽兽的生活习性区别开来，开创了华夏文明。

③ 五帝：传说中的上古帝王。时在三皇之后、夏代以前。最早见于《荀子·非相》。有五种说法：（1）伏羲（太昊）、神农（炎帝）、黄帝、唐尧、虞舜（《易·系辞下》）；（2）黄帝、颛顼、帝喾、唐尧、虞舜（《大戴礼记·五帝德》《史记·五帝本纪》）；（3）太皞、炎帝、黄帝、少皞、颛顼（《礼记·月令》）；（4）少昊（皞）、颛顼、高辛（帝喾）、唐尧、虞舜（《帝王世纪》）；（5）黄帝、少皞、帝喾、帝挚、帝尧（《道藏·洞神部·谱录类·混元圣纪》引梁武帝说）。均为原始社会末期部落或部落联盟的领袖。

④ 阜（fù）：盛多，丰富。《后汉书·刘陶传》：“夫欲民殷财阜，要在止役禁夺。”

⑤ 蠲（juān）：通“捐”。除去，减免。此处为排除、除去的意思。

⑥ 妹喜：即“妹（mò）喜”，亦作“末喜”“末嬉”，有施氏之女，为夏桀所宠。

⑦ 亳（bó）：古都邑名。商汤时都城。共有三处：（1）南亳，在今河南商丘东南。相传汤原居于此。（2）北亳，在今商丘北。相传诸侯拥戴汤为盟主于此。（3）西亳，在今河南偃师西。相传汤灭夏时居此。

秽污宫闱宠妲己，虿盆①炮烙忠贞冤。
鹿台聚敛万姓苦，愁声怨气应障天。
直谏剖心尽焚炙，孕妇刳剔②朝涉歼。
崇信奸回弃朝政，屏逐师保性何偏。
郊社不修宗庙废③，奇技淫巧尽心研。
昵比④罪人乃罔畏，沉酗肆虐如鹯鸢⑤。
西伯朝商囚羑里⑥，微子抱器走风烟。
皇天震怒降灾毒，若涉大海无渊边。
天下荒荒万民怨，子牙出世人中仙。
终日垂丝钓人主，飞熊入梦⑦猎岐田。
共载归周辅朝政，三分有二日相沿。
文考⑧未集大勋没，武王善述日乾乾⑨。
孟津大会八百国，取彼凶残伐罪愆⑩。

① 虿（chài）盆：虿，蝎子一类的毒虫的古称。虿盆是商纣时期的一种酷刑，这种刑罚是将犯人剥光衣物，扔进一个装有大量毒蛇和其他毒虫的坑中，任由这些蛇虫咬噬犯人，直至其痛苦死去。由商纣王和苏妲己发明，用以处置对纣王心生怨恨的宫女。
② 刳剔（kū tī）：剖杀。此处指的是对怀孕妇女的残忍刑罚，即活生生地剖开受刑者的肚皮取出胎儿。《书·泰誓上》："焚炙忠良，刳剔孕妇。"
③ 废：明刻本作"费"，据今用法改。书中"废""费"多混用，酌情改之。诸如此类问题，编辑过程中径改，不再一一注明。
④ 昵比（nì bǐ）：亲近勾结。《书·泰誓中》："播弃犁老，昵比罪人。"
⑤ 鹯鸢（zhān yuān）：鹯，指鹞类猛禽。鸢，老鹰。
⑥ 羑（yǒu）里：古城名。亦作"牖里"。在今河南汤阴北，羑水经城北东流。为商纣囚禁周文王姬昌的地方。
⑦ 飞熊入梦：原指周文王梦飞熊而得太公望，后比喻圣主得贤臣的征兆。出自《史记·齐太公世家》："西伯将出猎，卜之，曰'所获非龙非彲（螭），非虎非罴，所获霸王之辅'。"
⑧ 文考：周文王死后，武王颂之为文考。后用为帝王亡父的尊称。
⑨ 日乾（qián）乾：指整天自强不息，勤奋努力。此句意为周武王善于遵循父王的美德，每天努力奋斗。
⑩ 罪愆（qiān）：罪过，过失。

甲子昧爽[1]会牧野，前徒倒戈反回旋。
若崩厥角[2]齐稽首[3]，血流漂杵[4]脂如泉。
戎衣甫着天下定，更于成汤增光妍。
牧马华山示偃武[5]，开我周家八百年。
太白旗悬独夫死，战亡将士幽魂潜。
天挺人贤号尚父，封神坛上列花笺[6]。
大小英灵尊位次，商周演义古今传。

成汤乃黄帝之后也，姓子氏。初，帝喾[7]次妃简狄祈于高禖[8]，有玄鸟之祥，遂生契。契事唐虞为司徒，教民有功，封于商。传十三世生太乙，是为成汤。闻伊尹耕于有辛之野[9]，而乐尧舜之道，是个大贤，即时以币帛，三遣使往聘之，而不敢用，进之于天子。桀王无道，信谗逐贤，而不能用，复归之于汤。后桀王日事荒淫，杀直臣关龙逢，众庶莫敢直言。汤使人哭之，桀王怒，囚汤于夏台。后汤得释而归国。出郊，见人张网四面而祝之曰："从天坠者，从地出者，从四方来者，皆罹[10]吾网！"汤解其三面，止置一面，更祝曰："欲左者

① 昧爽：拂晓、黎明，指天刚蒙蒙亮的时候。
② 若崩厥（jué）角：像野兽折了头角一样。比喻危惧不安的样子。
③ 稽（qǐ）首：指古代跪拜礼，为九拜中最隆重的一种。常为臣子拜见君主时所用。跪下并拱手至地，头也至地。
④ 漂杵（piāo chǔ）：形容恶战中流血之多，字面意思是血流成河，以至于连杵（一种古代用来捣物的棒槌）都浮了起来。
⑤ 偃（yǎn）武：偃旗息鼓，止息武备。《书·武成》："王来自商，至于丰，乃偃武修文。"
⑥ 花笺（jiān）：精致华美的笺纸。此指第九十九回封神用的法器玉符、金敕。
⑦ 帝喾（kù）："喾"亦作"告""俈"。传说中古代部族首领。号高辛氏。有四妻四子：姜嫄生弃（即后稷），是周族祖先；简狄生契，是商族祖先；庆都生帝尧；常仪生帝挚。
⑧ 高禖（méi）：古代帝王为求子所祀的禖神。
⑨ 有辛之野："有辛"亦作"有莘"，在今山东曹县西北。商汤娶有莘氏之女，即其国。
⑩ 罹（lí）：遭受。《书·汤诰》："罹其凶害。"

左，欲右者右，欲高者高，欲下者下，不用命者乃入吾网！”汉南闻之曰：“汤德至矣！”归之者四十余国。桀恶日暴，民不聊生，伊尹乃相汤伐桀，放桀于南巢。诸侯大会，汤退而就诸侯之位。诸侯皆推汤为天子，于是汤始即位，都于亳。元年乙未，汤在位，除桀虐政，顺民所喜，远近归之。因桀无道，大旱七年，成汤祈祷桑林，天降大雨。又以庄山之金铸币，救民之命。作乐《大濩》①，濩者护也，言汤宽仁大德，能救护生民也。在位十三年而崩，寿百岁，享国六百四十年，传至商受而止：

成汤　太甲　沃丁　太庚　小甲　雍己
太戊　仲丁　外壬　河亶甲②　祖乙　祖辛
沃甲　祖丁　南庚　阳甲　盘庚　小辛
小乙　武丁　祖庚　祖甲　廪辛　庚丁
武乙　太丁　帝乙　纣王

纣王乃帝乙之三子也。帝乙生三子：长曰微子启，次曰微子衍，三曰寿王。因帝乙游于御园，领众文武玩赏牡丹，因飞云阁塌了一梁，寿王托梁换柱，力大无比；（暴君未必无能，荒淫残暴不等于昏庸）因首相商容、上大夫梅伯③、赵启等上本立东宫，乃立季子寿王为太子。后帝乙在位三十年而崩，托孤与太师闻仲，随立寿王为天子，名曰纣王，都朝歌。文有太师闻仲，武有镇国武成王黄飞虎；文足以安

①《大濩（hù）》：西周制定的六舞之一。相传为商代纪念商汤伐桀功勋的乐舞。一说与纪念商汤为民求雨的乐舞《桑林》有关。周代用以祭祀始祖姜嫄。
② 河亶（dǎn）甲：商代国君。太戊之子，外壬之弟。
③ 梅伯：商代贵族。因多次劝谏纣王，被杀。明刻本“梅柏”“梅伯”混用，本书统一作“梅伯”。

邦，武足以定国。中宫元配皇后姜氏，西宫妃黄氏，馨庆宫妃杨氏：三宫后妃，皆德性贞静，柔和贤淑。纣王坐享太平，万民乐业，风调雨顺，国泰民安。四夷拱手，八方宾服，八百镇诸侯尽朝于商：有四路大诸侯率领八百小诸侯，东伯侯姜桓楚，居于东鲁，南伯侯鄂崇禹，西伯侯姬昌，北伯侯崇侯虎。每一镇诸侯领二百镇小诸侯，共八百镇诸侯属商。

纣王七年，春二月，忽报到朝歌，反了北海七十二路诸侯袁福通等。太师闻仲奉敕征北不题。

一日，纣王早朝登殿，设聚文武。但见：

瑞霭纷纭，金銮殿上坐君王；祥光缭绕，白玉阶前列文武。沉檀叆叇①喷金炉，则见那珠帘高卷；兰麝氤氲②笼宝扇，且看他雉尾③低回。

天子问当驾官：“有奏章出班，无事朝散。”言未毕，只见右班中一人出班，俯伏金阶，高擎牙笏④，山呼称臣：“臣商容待罪宰相，执掌朝纲，有事不敢不奏：明日乃三月十五日，女娲⑤娘娘圣诞之辰，请陛下驾临女娲宫降香⑥。”（焚香大概出现在汉朝，但对神像上香出现的更晚。商朝人不可能上香，正如下文纣王不可能写出七言律诗一样。包

① 叆叇（ài dài）：云盛貌。
② 氤氲（yīn yūn）：烟气、烟云弥漫的样子。
③ 雉尾：雉尾障扇，古代帝王仪仗用具之一。
④ 牙笏（hù）：象牙手板。原为大臣朝见皇帝时所执用，其后道士在朝真或斋醮时也使用。
⑤ 女娲（wā）：神话中人类的始祖。传说人类是由她和伏羲兄妹相婚而产生，后来他们禁止兄妹通婚，制定婚礼。反映中国原始时代由血缘婚进步到族外婚的情况。又传说她曾用黄土造人，并炼五色石补天，折断鳌足支撑四极，积芦灰治平洪水，杀死猛兽，使人民得以安居。
⑥ 降香：尊贵者来进香、烧香。

括后面使用火炮等，都明显不符合历史背景。但古典小说与戏曲都不在意，这些都只是为情节或人物服务的程式或曰套路，就如同戏曲服装只考虑角色身份而不考虑时代一样）王曰："女娲有何功德，朕轻万乘而往降香？"商容奏曰："女娲娘娘乃上古神女，生有圣德。那时共工氏头触不周山，天倾西北，地陷东南，女娲乃采五色石，炼之以补青天，故有功于百姓，黎庶立禋祀①以报之。今朝歌祀此福神，则四时康泰，国祚②绵长，风调雨顺，灾害潜消。此福国庇民之正神，陛下当往行香。"王曰："准卿奏章。"纣王还宫。旨意传出：次日天子乘辇，随带两班文武，往女娲宫进香。此一回纣王不来还好，只因进香，惹得四海荒荒，生民失业，正所谓：漫江撒下钩和线，从前钓出是非来。怎见得，有诗为证，诗曰：

天子鸾舆出凤城，旌旄③瑞色映簪缨④。
龙光剑吐风云色，赤羽幢⑤摇日月精。
堤柳晓分仙掌露，溪花光耀翠裘清。
欲知巡幸瞻天表，万国衣冠拜圣明。

驾出朝歌南门，家家焚香设火，户户结彩铺毡。三千铁骑，八百御林，武成王黄飞虎保驾，满朝文武随行，前至女娲宫。天子离辇，上大殿，香焚炉中，文武随班拜贺毕。纣王观看殿中华丽。怎见得：

---

① 禋祀（yīn sì）：古代祭天神的一种礼仪。先烧柴升烟，再加牲体及玉帛于柴上焚烧。《周礼·春官·大宗伯》："以禋祀祀昊天上帝。"
② 国祚（zuò）：国家的命运。
③ 旌旄（jīng máo）：古时军中用以指挥之旗。
④ 簪缨：簪和缨。古时达官贵人的冠饰，用来把冠固定在头上。
⑤ 幢（chuáng）：作为仪仗用的一种旗帜。

殿前华丽，五彩金妆。金童对对执幡①幢，玉女双双捧如意。玉钩斜挂，半轮新月悬空；宝帐婆娑，万对彩鸾朝斗。碧落床边，俱是舞鹤翔鸾；沉香宝座，造就走龙飞凤。飘飘奇彩异寻常，金炉瑞霭；袅袅祯祥②腾紫雾，银烛辉煌。君王正看行宫景，一阵狂风透胆寒。

纣王正看此宫殿宇齐整，楼阁丰隆，忽一阵狂风，卷起幔帐，现出女娲圣像，容貌端丽，瑞彩翩跹，国色天姿，宛然如生。真是蕊宫仙子临凡，月殿嫦娥下世。古语云："国之将兴，必有祯祥；国之将亡，必有妖孽。"纣王一见，神魂飘荡，陡起淫心。自思："朕贵为天子，富有四海，纵有六院三宫，并无有此艳色。"（仅仅一尊泥塑石雕的神像，就让纣王起了色心。一来可见女娲确是美貌异常，二来也可见纣王是何等的荒淫）王曰："取文房四宝。"侍驾官忙取将来，献与纣王。天子深润紫毫③，在行宫粉壁之上作诗一首：

凤鸾宝帐景非常，尽是泥金巧样妆。
曲曲远山飞翠色，翩翩舞袖映霞裳。
梨花带雨争娇艳，芍药笼烟骋媚妆。
但得妖娆能举动，娶回长乐侍君王。

天子作毕，只见首相商容启奏曰："女娲乃上古之正神，朝歌之福主。老臣请驾拈香，祈求福德，使万民乐业，雨顺风调，兵火宁息。今陛下作诗亵渎圣明，毫无虔敬之诚，是获罪于神圣，非天子巡

① 幡：同"旛"。旗帜。
② 祯（zhēn）祥：吉兆。《礼记·中庸》："国家将兴，必有祯祥。"
③ 紫毫：紫色兔毛。亦指用此制成的毛笔。

幸祈请之礼，愿主公以水洗之。恐天下百姓观见，传言圣上无有德政耳。”王曰：“朕看女娲之容有绝世之姿，因作诗以赞美之，岂有他意？卿毋多言。况孤乃万乘之尊，留与万姓观之，可见娘娘美貌绝世，亦见孤之遗笔耳。”言罢回朝。文武百官默默点首，莫敢谁何，俱钳口①而回。（看来这文武百官也都是明哲保身之辈，无敢犯颜死谏者。殷商国运，确已衰颓）有诗为证：

凤辇龙车出帝京，拈香釐祝②女中英。
只知祈福黎民乐，孰料吟诗万姓惊。
目下狐狸为太后，眼前豺虎尽簪缨。
上天垂象皆如此，徒令英雄叹不平。

天子驾回，升龙德殿。百官朝贺而散。时逢望辰，三宫妃后朝君：中宫姜后、西宫黄妃、馨庆宫杨妃，朝毕而退。按下不表。

且言女娲娘娘降诞，三月十五日往火云宫朝贺伏羲、炎帝、轩辕三圣而回，下得青鸾，坐于宝殿。玉女、金童朝礼毕，娘娘猛抬头，看见粉壁上诗句，大怒，骂曰：“殷受无道昏君，不想修身立德以保天下，今反不畏上天，吟诗亵我，甚是可恶！我想成汤伐桀而王天下，享国六百余年，气数已尽。若不与他个报应，不见我的灵感。”（可谓“凶神恶煞”）即唤碧霞童子驾青鸾往朝歌一回不题。

却说二位殿下殷郊、殷洪来参谒③父王。那殷郊后来是《封神榜》上“值年太岁”，殷洪是“五谷神”，皆有名神将。正行礼间，顶上两道红光冲天。娘娘正行时，被此气挡住云路，因望下一看，知

① 钳口：亦作“拑口”“箝口”。闭口不言。
② 釐（xī）祝：亦作“祝釐”，祈求福佑。
③ 参谒（yè）：晋谒，谒见上级官员、长辈或自己所尊敬的人。

纣王尚有二十八年气运，不可造次，暂回行宫，心中不悦。唤彩云童儿把后宫中金葫芦取来，放在丹墀①之下，揭去芦盖，用手一指。葫芦中有一道白光，其大如椽②，高四五丈有余。白光之上，悬出一首幡来，光分五彩，瑞映千条，名曰“招妖幡”。怎见得，不一时，悲风飒飒，惨雾迷漫，阴云四合，但见有诗为证：

善聚亭前草，能开水上萍。
揭帘真有义，灭烛太无情。
隔院闻钟响，高楼送鼓声。
只知千树吼，不见半分形。

风过数阵，天下群妖俱到行宫听候法旨。娘娘分付彩云：“着各处妖魔且退，只留轩辕坟中三妖伺候。”三妖进宫参谒，口称：“娘娘圣寿无疆！”这三妖一个是千年狐狸精，一个是九头雉鸡精，一个是玉石琵琶精，俯伏丹墀。娘娘曰：“三妖听吾密旨：成汤望气黯然，当失天下；凤鸣岐山，西周已生圣主。天意已定，气数使然。你三妖可隐其妖形，托身宫院，惑乱其心。俟③武王伐纣，以助成功，不可残害众生。（此处暗伏三妖后来之结局。既要惑乱君心，断送江山，又不能残害众生，着实为难三妖）事成之后，使你等亦成正果。”娘娘分付已毕，三妖叩头谢恩，化清风而去。（“白手套”大多无好结局）正是：狐狸听旨施妖术，断送成汤六百年。有诗为证。诗曰：

---

① 丹墀（chí）：亦称“丹陛”。古时宫殿前的石阶以红色涂饰，故名。
② 椽（chuán）：椽子，屋顶结构中设置在檩条上的木条。
③ 俟（sì）：等待。

三月中旬驾进香，吟诗一首起飞殃①。

只知把笔施才学，不晓今番社稷亡。

按下女娲娘娘分付三妖，不题。且言纣王只因进香之后，看见女娲美貌，朝暮思想，寒暑尽忘，寝食俱废，每见六院三宫，真如尘饭土羹，不堪谛视②；终朝将此事不放心怀，郁郁不乐。一日驾升显庆殿，时有常随在侧。纣王忽然猛省，着奉御宣中谏大夫费仲，（此"中谏大夫"官职，史书无载。《汉书》中有中大夫、谏大夫，俱是进谏、顾问之官，想是由此而来。以大奸臣而为谏议官，真一大讽刺）仲乃纣王之幸臣。近因闻太师仲，奉敕平北海，大兵远征，戍外立功，因此上就宠费仲、尤浑二人。此二人朝朝蠹惑圣聪，谗言献媚，纣王无有不从。大抵天下将危，佞臣③当道。不一时，费仲朝见。王曰："朕因女娲宫进香，偶见其颜艳丽，绝世无双，三宫六院，无当朕意，将如之何？卿有何策，以慰朕怀？"费仲奏曰："陛下乃万乘之尊，富有四海，德配尧、舜，天下之所有，皆陛下之所有，何思不得，这有何难。陛下明日传一旨，颁行四路诸侯：每一镇选美女百名以充王庭。何忧天下绝色不入王选乎！"纣王大悦，"卿所奏甚合朕意，明日早朝发旨。卿且暂回。"随即命驾还宫。毕竟不知此后何如，且听下回分解。

总批

纣之无道，《周书》亟称之。有曰："弗敬上天，降灾下民。"又曰："惟受罔有悛心，乃夷居，弗事上帝神祇。"弗事犹可，今竟事而亵之，宜有灭亡之祸。独恨首相商容不能讽谏，反

---

① 飞殃：意外的灾祸。
② 谛视：注意看，仔细看。
③ 佞（nìng）臣：善于奉承、谄媚的臣子。

逢迎以开此衅端，真该一棒打杀。

又批

好色者人人皆有是心，独怪商纣好色而思及土木偶人，可为真好，可为痴好。看来今人还当不起一好字，可发一笑。

第二回　冀州侯苏护反商

冀州侯蘇護反商
君壞臣綱
有敗五常
冀州蘇護
永不朝商

导读：在本回中，东、西、南、北四大伯侯正式出场。依照《封神演义》的设计，商朝的国家体制是以都城王畿为核心，四大伯侯各统领一方，每人统领二百个小诸侯，共计八百诸侯。但在历史上，商朝从未有过这样的制度。商朝的国家基本制度是内外服制度。在内服，也就是商人直接控制的地区，由商王任命官员直接管治。而在内服以外的地区，由诸侯们统治。这里的诸侯又可以分为两种：一种是商朝完全占领了该地区，由商王册封，授予土地人民的诸侯；另一种则是惧怕商朝强大的军事实力而选择臣服，或是希望得到商朝庇护而归顺的各路方国。由于商朝的分封制还处于比较原始的阶段，所以还没能形成一套完善的诸侯等级制度，更不要说井然有序的东、西、南、北四大伯侯了。不过，在商朝后期的甲骨文中，出现了“东侯”“西田”“西方”等称呼。有学者据此推断，此时商朝的外服诸侯已经出现了按照地域来划分的诸侯集团，代表着商代分封制度和国家管理的不断完善。

四大伯侯中，唯一在历史上留有记载的是西伯侯姬昌。不过，按照《史记》中《殷本纪》《周本纪》等篇的记载，姬昌是在从被囚禁的羑里城释放之后，才被纣王封为西伯，赐给弓矢斧钺，授权他征讨西方各诸侯，为西方诸侯之长。而在此之前，他只是商朝西部一个比较有实力和威望的诸侯而已。

诗曰：

丞相金銮直谏君，忠肝义胆孰能群。
早知侯伯来朝觐，空费倾葵①纸上文。

话说纣王听奏大喜，即时还宫。一宵经过。次日早朝，聚两班文武朝贺毕。纣王便问当驾官："即传朕旨意，颁行四镇诸侯，与朕每一镇地方拣选良家美女百名，不论富贵贫贱，只以容貌端庄，情性和婉，礼度闲淑，举止大方，以充后宫役使。"天子传旨未毕，只见左班中一人应声出奏，俯伏言曰："老臣商容启奏陛下：君有道则万民乐业，不令而从。况陛下后宫美女，不啻②千人，嫔御而上，又有妃后。今劈空③欲选美女，恐失民望。臣闻：'乐民之乐者，民亦乐其乐；忧民之忧者，民亦忧其忧。'（女娲宫孰为启之？今谏之已晚）此时水旱频仍，乃事女色，实为陛下不取也。故尧、舜与民偕乐，以仁德化天下，不事干戈，不行杀伐，景星耀天，甘露下降，凤凰止于庭，朱草生于野；民丰物阜，行人让路，犬无吠声，夜雨昼晴，稻生双穗：此乃有道兴隆之象也。今陛下若取近时之乐，则目眩多色，耳听淫声，沉湎酒色，游于苑囿，猎于山林，此乃无道败亡之象也。老臣待罪首相，位列朝纲，侍君三世，不得不启陛下。臣愿陛下进贤，退不肖④，修行仁义，通达道德，则和气贯于天下，自然民富财丰，天下太平，四海雍熙，与百姓共享无穷之福。况今北海兵戈未息，正宜修其德，爱其民，惜其财费，重其使令，虽尧、舜不过如是，又何必

① 倾葵：葵花倾向太阳。比喻忠诚。
② 不啻（chì）：亦作"弗啻""不翅"。不止，不仅。
③ 劈空：突然地。
④ 不肖（xiào）：不贤。《礼记·中庸》："贤者过之，不肖者不及也。"

区区选侍，然后为乐哉？臣愚不识忌讳，望祈容纳。”纣王沉思良久，“卿言甚善，朕即免行。”（纣王此时还没有完全昏庸残暴，有时还能纳谏忠言。若一开始便刚愎自用，听不得谏言，则体现不出妲己惑乱君心的作用。纣王也不可能稳坐七年江山）言罢，群臣退朝，圣驾还宫不题。

不意纣王八年，夏四月，天下四大诸侯率领八百镇朝觐于商。那四镇诸侯乃东伯侯姜桓楚、南伯侯鄂崇禹、西伯侯姬昌、北伯侯崇侯虎。天下诸侯俱进朝歌。此时太师闻仲不在都城，纣王宠用费仲、尤浑。各诸侯俱知二人把持朝政，擅权作威，少不得先以礼贿之以结其心，正所谓“未去朝天子，先来谒相公”。（此二句本出自宋代汪洙《神童诗》，原是“书中自有千钟粟”一类的劝学之语，此处却用来形容奸臣权势熏天，实是一大反差）内中有位诸侯，乃冀州①侯，姓苏名护，此人生得性如烈火，刚方正直，那里知道奔竞②夤缘③；平昔见稍有不公不法之事，便执法处分，不少假借，故此与二人俱未曾送有礼物。也是合当有事，那日二人查天下诸侯俱送有礼物，独苏护并无礼单，（可见西伯亦随人情）心中大怒，怀恨于心不题。

其日元旦吉辰，天子早朝，设聚两班文武，众官拜贺毕。黄门官启奏陛下：“今年乃朝贺之年，天下诸侯皆在午门外朝贺，听候玉音发落。”纣王问首相商容，容曰：“陛下止可宣四镇首领臣面君，采问民风土俗，淳庞浇兢④，国治邦安，其余诸侯俱在午门外朝贺。”天子闻言大悦，“卿言极善。”随命黄门官传旨：“宣四镇诸侯见驾，

---

① 冀州：古“九州”之一。《书·禹贡》中的冀州，西、南、东三方都以当时的黄河与雍、豫、兖、青等州为界，指今山西和陕西间黄河以东、河南和山西间黄河以北和山东西北、河北东南部地区。
② 奔竞：为名利而奔走争竞。
③ 夤缘（yín yuán）：攀附他物上升。韩愈《古意》诗：“我欲求之不惮远，青壁无路难夤缘。”比喻攀附权要，以求仕进。
④ 淳庞浇兢（jīng）：指询问民风土俗，国治邦安的情况。

其余午门朝贺。”

话说四镇诸侯整齐朝服，轻摇玉珮，进午门，行过九龙桥，至丹墀，山呼朝拜毕，俯伏。王慰劳曰：“卿等与朕宣猷赞化①，抚绥②黎庶，镇摄荒服，威远宁迩③，多有勤劳，皆卿等之功耳。朕心喜悦。”东伯侯奏曰：“臣等荷蒙圣恩，官居总镇。臣等自叨执掌，日夜兢兢，常恐不克负荷，有辜圣心；纵有犬马微劳，不过臣子分内事，尚不足报涓涯于万一耳④，又何劳圣心垂念！臣等不胜感激！”天子龙颜大喜，命首相商容、亚相比干于显庆殿治宴相待。四臣叩头谢恩，离丹墀前至显庆殿，相序筵宴不题。

天子退朝至便殿，宣费仲、尤浑二人，问曰：“前卿奏联，欲令天下四镇大诸侯进美女，朕欲颁旨，又被商容谏止。今四镇诸侯在此，明早召入，当面颁行，俟四人回国，以便拣选进献，且免使臣往返。二卿意下若何？”费仲俯伏奏曰：“首相谏止采选美女，陛下当日容纳，即行停旨，此美德也，臣下共知，众庶共知，天下景仰。今一日复行，是陛下不足取信于臣民，切为不可。臣近访得冀州侯苏护有一女，艳色天姿，幽闲淑性，若选进宫帏，随侍左右，堪任役使。况选一人之女，又不惊扰天下百姓，自不动人耳目。”（此言既报复了苏护，又满足了纣王的欲望，还维护了纣王的威信，可谓一石三鸟。奸臣得宠，自有其过人之处）纣王听言，不觉大悦，“卿言极善！”即命随侍官传旨：“宣苏护。”使命来至馆驿传旨：“宣冀州侯苏护商议国政。”

苏护即随使命至龙德殿朝见。礼毕，俯伏听命。王曰：“朕闻卿有一女，德性幽闲，举止中度，朕欲选侍后宫。卿为国戚，食其天

---

① 宣猷（yóu）赞化：宣扬王道，赞助教化。
② 抚绥（fǔ suí）：安定，安抚。
③ 迩（ěr）：近。《诗·郑风·东门之墠》：“其室则迩，其人甚远。”
④ 尚不足报涓涯于万一耳：大意谓还没到细流那种程度，形容程度微小。

禄，受其显位，永镇冀州，坐享安康，名扬四海，天下莫不欣羡。卿意下如何？”苏护听言，正色而奏曰：“陛下宫中，上有后妃，下至嫔御，不啻数千。妖冶妩媚，何不足以悦王之耳目？乃听左右谄谀之言，陷陛下于不义。况臣女蒲柳陋质[①]，素不谙礼度，德色俱无足取。乞陛下留心邦本，速斩此进谗言之小人，使天下后世知陛下正心修身，纳言听谏，非好色之君，岂不美哉！”纣王大笑曰：“卿言甚不谙大体。自古及今，谁不愿女作门楣[②]。况女为后妃，贵敌天子；卿为皇亲贵戚，赫奕显荣，孰过于此！卿毋惑迷，当自裁审。”苏护闻言，不觉厉声言曰：“臣闻人君修德勤政，则万民悦服，四海景从，天禄永终。昔日有夏失政，淫荒酒色，惟我祖宗不迩声色，不殖货财，德懋[③]懋官，功懋懋赏，克宽克仁，方能割正有夏，彰信兆民，邦乃其昌，永保天命。今陛下不取法祖宗，而效彼夏王，是取败之道也。况人君爱色，必颠覆社稷；卿大夫爱色，必绝灭宗庙；士庶人爱色，必戕贼[④]其身。且君为臣之标率，君不向道，臣下将化之，而朋比作奸，天下事尚忍言哉！臣恐商家六百余年基业，必自陛下紊乱之矣。”（见微知著，有先见之明）

纣王听苏护之言，勃然大怒曰：“君命召，不俟驾；君赐死，不敢违，况选汝一女为后妃乎！敢以戆[⑤]言忤旨，面折朕躬，以亡国之君匹朕，大不敬孰过于此！着随侍官，拿出午门，送法司勘问正法！”左右随将苏护拿下。转出费仲、尤浑二人，上殿俯伏奏曰：“苏护忤旨，本该勘问，但陛下因选侍其女，以致得罪，使天下闻

---

① 蒲柳陋质：比喻衰弱的体质。
② 女作门楣：指因生女儿而光耀门庭。据说杨贵妃受宠时，民间有“生男勿喜女勿悲，君今看女作门楣”俗语。
③ 懋（mào）：勤勉。
④ 戕（qiāng）贼：伤害，残害。
⑤ 戆（zhuàng）：憨厚而刚直。

之，道陛下轻贤重色，阻塞言路。不若赦之归国，彼感皇上不杀之恩，自然将其女进贡宫闱，以侍皇上，庶百姓知陛下宽仁大度，纳谏容流，而保护有功之臣。是一举两得之意，愿陛下准臣施行。”纣王闻言，天颜少霁①，“依卿所奏。即降赦，令彼还国，不得久羁朝歌。”（自古暴君皆自大狂，极爱面子）

话说圣旨一下，迅如烽火，即催逼苏护出城，不容停止。那苏护辞朝回至驿亭，众家将接见慰问：“圣上召将军进朝，有何商议？”苏护大怒，骂曰：“无道昏君，不思量祖宗德业，宠信谗臣谄媚之言，欲选吾女进宫为妃。此必是费仲、尤浑以酒色迷惑君心，欲专朝政。我听旨不觉直言谏诤，昏君道我忤旨，拿送法司。二贼子又奏昏君，赦我归国，谅我感昏君不杀之恩，必将吾女送进朝歌，以遂二贼奸计。我想闻太师远征，二贼弄权，眼见昏君必荒淫酒色，紊乱朝政，天下荒荒，黎民倒悬，可怜成汤社稷化为乌有。我自思若不将此女进贡，昏君必兴问罪之师；若要送此女进宫，以后昏君失德，使天下人耻笑我不智。诸将必有良策教我。”众将闻言，齐曰：“吾闻‘君不正则臣投外国’，今主上轻贤重色，眼见昏乱，不若反出朝歌，自守一国，上可以保宗社，下可保一家。”此时苏护正在盛怒之下，一闻此言，不觉性起，竟不思维，便曰：“大丈夫不可做不明白事。”叫左右：“取文房四宝来，题诗在午门墙上，以表我永不朝商之意。”诗曰：

君坏臣纲，有败五常。
冀州苏护，永不朝商！

① 霁（jì）：此指怒气消除。

苏护题了诗，领家将径出朝歌，奔本国而去。（真个是“性如烈火，刚方正直”，其手下家将亦皆是同样人。费仲二人本意只是报复苏护，估计也未曾想到会逼反他）

且言纣王见苏护当面折诤[1]一番，不能遂愿：“虽准费、尤二人所奏，不知彼可能将女进贡深宫，以遂朕于飞之乐[2]？”正踌躇不悦，只见看午门内臣俯伏奏曰：“臣在午门，见墙上苏护题有反诗十六字，不敢隐匿，伏乞圣裁。”随侍接诗铺在御案上。纣王一见，大骂：“贼子如此无礼！朕体上天好生之德，不杀鼠贼，赦令归国，彼反写诗午门，大辱朝廷，罪在不赦！”即命：“宣殷破败、晁田、鲁雄等，统领六师，朕须亲征，必灭其国！”当驾官随宣鲁雄等见驾。不一时，鲁雄等朝见，礼毕。王曰：“苏护反商，题诗午门，甚辱朝纲，情殊可恨，法纪难容。卿等统人马二十万为先锋，朕亲率六师，以声其罪。”

鲁雄听罢，低首暗思：“苏护乃忠良之士，素怀忠义，何事触忤天子，自欲亲征，冀州休矣！”鲁雄为苏护俯伏奏曰：“苏护得罪于陛下，何劳御驾亲征，况且四大镇诸侯俱在都城，尚未归国，陛下可点一二路征伐，以擒苏护，明正其罪，自不失挞伐[3]之威，何必圣驾远事其地。”纣王问曰：“四侯之内，谁可征伐？”费仲在旁，出班奏曰：“冀州乃北方崇侯虎属下，可命侯虎征伐。”纣王即准施行。鲁雄在侧自思：“崇侯虎乃贪鄙暴横之夫，提兵远征，所径[4]地方，必遭残害，黎庶何以得安？见有西伯姬昌，仁德四布，信义素著，何不保举此人，庶几两全。”纣王方命传旨，鲁雄奏曰：“侯虎虽镇北地，

① 折诤：当面指责别人的过失；诤：直言规谏。指在朝廷上直言敢谏，据理力争。
② 于飞之乐：比喻夫妻相亲相爱。出自《诗·大雅·卷阿》：“凤凰于飞，翙翙其羽。”
③ 挞（tà）伐：挞，急速貌。原意为迅速攻伐。后以挞为打击，伐为攻伐，合为征讨、攻击之意。
④ 径：经过。

恩信尚未孚于人，恐此行未能伸朝廷威德。不如西伯姬昌，仁义素闻，陛下若假以节钺①，自不劳矢石②，可擒苏护，以正其罪。”纣王思想良久，俱准奏。特旨令二侯秉节钺，得专征伐。使命持旨到显庆殿宣读不题。

只见四镇诸侯与二相饮宴未散，忽听“旨意下”，不知何事。天使曰：“西伯侯、北伯侯接旨。”二侯出席接旨，跪听宣读：

“诏曰：朕闻冠履之分虽严，事使之道无两，故君命召，不俟驾；君赐死，不敢返命；乃所以隆尊卑，崇任使也。兹不道苏护，狂悖无礼，立殿忤君，纪纲已失，被赦归国，不思自新，辄敢写诗午门，安心叛主，罪在不赦。赐尔姬昌等节钺，便宜行事，往惩其忤。毋得宽纵，罪有攸归③。故兹诏示汝往。钦哉。谢恩。”

天使读毕，二侯谢恩平身。姬昌对二丞相、三侯伯言曰：“苏护朝商，未进殿庭，未参圣上，今诏旨有‘立殿忤君’，不知此语何来？且此人素怀忠义，累有军功，午门题诗，必有诈伪。（察得精明）天子听信何人之言，欲伐有功之臣？恐天下诸侯不服。望二位丞相明日早朝见驾，请察其详。苏护所得何罪？果言而正，伐之可也；倘言而不正，合当止之。”比干言曰：“君侯言之是也。”崇侯虎在旁言曰：“‘王言如丝，其出如纶’④。今诏旨已出，谁敢抗违。况苏护题

① 节钺（yuè）：符节和斧钺。古代授予将帅，作为加重权力的标志。
② 矢（shǐ）石：箭与礧石。
③ 罪有攸归：罪责有所归属。指罪犯必受惩治。
④ 王言如丝，其出如纶：意思是形容君王讲的话虽很细微，但却具有相当大的威力和作用。

诗午门，必然有据，天子岂无故而发此难端？今诸侯八百，俱不遵王命，大肆猖獗，是王命不能行于诸侯，乃取乱之道也。”

姬昌曰：“公言虽善，是执其一端耳。不知苏护乃忠良君子，素秉丹诚，忠心为国，教民有方，治兵有法，数年以来，并无过失。今天子不知为谁人迷惑，兴师问罪于善类。此一节恐非国家之祥瑞。只愿当今不事干戈，不行杀伐，共乐尧年。况兵乃凶象，所经地方，必有惊扰之虞，且劳民伤财，穷兵黩武，师出无名，皆非盛世所宜有者也。”崇侯虎曰：“公言固是有理，独不思君命所差，概不由己？且煌煌①天语，谁敢有违，以自取欺君之罪。”（崇侯虎固然残虐之人，但对纣王却是忠心）昌曰：“既如此，公可领兵前行，我兵随后便至。”当时各散。西伯便对二丞相言：“侯虎先去，姬昌暂回西岐，领兵续进。”遂各辞散不题。次日，崇侯虎下教场，整点人马，辞朝起行。

且言苏护离了朝歌，同众士卒，不一日回到冀州。护之长子苏全忠率领诸将出郭迎接。其时父子相会进城，帅府下马。众将到殿前见毕。护曰：“当今天子失政，天下诸侯朝觐，不知那一个奸臣，暗奏吾女姿色，昏君宣吾进殿，欲将吾女选立宫妃。彼时被我当面谏诤，不意昏君大怒，将我拿问忤旨之罪。当有费仲、尤浑二人保奏，将我赦回，欲我送女进献。彼时心甚不快。偶题诗帖于午门而反商，此回昏君必点诸侯前来问罪。众将官听令：且将人马训练，城垣多用滚木炮石，以防攻打之虞。”诸将听令，日夜防维，不敢稍懈，以待厮杀。

话说崇侯虎领五万人马，即日出兵，离了朝歌，望冀州进发。但见：

轰天炮响，振地锣鸣。轰天炮响，汪洋大海起春雷；振地锣

① 煌煌：明亮貌。

鸣，万仞山前丢霹雳。（商朝已用火炮，亦是一奇。此与前回进香、题诗一般，皆是古典小说、戏曲中的固定套路而已）幡幢招展，三春杨柳交加；号带飘扬，七夕彩云蔽日。刀枪闪灼，三冬瑞雪重铺；剑戟森严，九月秋霜盖地。腾腾杀气锁天台，隐隐红云遮碧岸。十里汪洋波浪滚，一座兵山出土来。

大兵正行，所过州府县道，非止一日。前哨马来报："人马已至冀州，请千岁军令定夺。"侯虎传令安营。怎见得：

东摆芦叶点钢枪，南摆月样宣花斧。
西摆马闸雁翎刀，北摆黄花硬柄弩。
中央戊己[1]按勾陈，杀气离营四十五。
辕门下按九宫星，大寨暗藏八卦谱。

侯虎安下营寨，早有报马报进冀州。苏护问曰："是那路诸侯为将？"探事回曰："乃北伯侯崇侯虎。"苏护大怒曰："若是别镇诸侯，还有他议；此人素行不道，断不能以礼解释。不若乘此大破其兵，以振军威，且为万姓除害。"（确实忠肝义胆）传令："点兵出城厮战！"众将听令，各整军器出城，一声炮响，杀气振[2]天。城门开处，将军马一字摆开。苏护大叫曰："传将进去，请主将辕门答话！"探事马飞报进营。侯虎传令整点人马。只见门旗开处，侯虎坐逍遥马，统领众将出营，展两杆龙凤绣旗，后有长子崇应彪压住阵脚。苏护见侯虎飞凤盔、金锁甲、大红袍、玉束带、紫骅骝[3]，斩将大刀担于鞍鞒

① 戊己：古以十干配五方，戊己属中央。
② 振：通"震"。
③ 骅骝（huá liú）：亦作"华骝"。马名。周穆王"八骏"之一。泛指骏马。

之上。

苏护一见，马上欠身曰："贤侯别来无恙。不才甲胄在身，不能全礼。今天子无道，轻贤重色，不思量留心邦本，听谗佞之言，强纳臣子之女为妃，荒淫酒色，不久天下变乱。不才自各守边疆，贤侯何故兴此无名之师？"崇侯听言大怒曰："你忤逆天子诏旨，题反诗于午门，是为贼臣，罪不容诛。今奉诏问罪，则当肘膝①辕门，尚敢巧语支吾，持兵贯甲，以骋其强暴哉！"（愚忠至矣！）崇侯回顾左右："谁与我擒此逆贼？"言未了，左哨下有一将，头带凤翅盔、黄金甲、大红袍、狮蛮带、青骢马②，厉声而言曰："待末将擒此叛贼！"连人带马滚至军前。这壁厢有苏护之子苏全忠，见那阵上一将当先，斜刺里纵马摇戟曰："慢来！"全忠认得是偏将梅武。梅武曰："苏全忠，你父子反叛，得罪天子，尚不倒戈服罪，而强欲抗天兵，是自取灭族之祸矣。"全忠拍马摇戟，劈胸来刺。梅武手中斧劈面相迎。但见：

> 二将阵前交战，锣鸣鼓响人惊。该因世上动刀兵，致使英雄相驰骋。这个那分上下，那个两眼难睁。你拿我，凌烟阁上标名；我捉你，丹凤楼前画影。

斧来戟架，绕身一点凤摇头；戟去斧迎，不离腮边过顶额。两马相交，二十回合，早被苏全忠一戟刺梅武于马下。苏护见子得胜，传令擂鼓。冀州阵上大将赵丙、陈季贞纵马抡刀杀将来。一声喊起，只杀的愁云荡荡，旭日辉辉，尸横遍野，血溅成渠。侯虎麾下金葵、黄元济、崇应彪且战且走，败至十里之外。

---

① 肘膝：以肘和膝着地。谓俯伏跪拜，表示畏服。
② 青骢（cōng）马：毛色黑白相间的马。

苏护传令鸣金收兵，回城到帅府，升殿坐下，赏劳有功诸将，“今日虽大破一阵，彼必整兵复仇，不然定请兵益将，冀州必危，如之奈何？”言未毕，副将赵丙上前言曰：“君侯今日虽胜，而征战似无已时，前者题反诗，今日斩军杀将，拒敌王命，此皆不赦之罪。况天下诸侯，非止侯虎一人，倘朝廷盛怒之下，又点几路兵来，冀州不过弹丸之地，诚所谓‘以石投水’，立见倾危。若依末将愚见，一不做，二不休，侯虎新败，不过十里远近，乘其不备，人衔枚①，马摘辔②，暗劫营寨，杀彼片甲不存，方知我等利害。然后再寻那一路贤良诸侯，依附于彼，庶可进退，亦可以保全宗社。（不似大一统时代，无所逃于天地之间）不知君侯尊意何如？”护闻此言大悦，曰：“公言甚善，正合吾意。”即传令：命子全忠领三千人马出西门十里，五岗镇埋伏。全忠领命而去。陈季贞统左营，赵丙统右营，护自统中营。时值黄昏之际，卷幡息鼓，人皆衔枚，马皆摘辔，听炮为号，诸将听令不表。

且言崇侯虎恃才妄作，提兵远伐，孰知今日损军折将，心甚羞惭，只得将败残军兵收聚，扎下行营，纳闷中军，郁郁不乐，对众将曰：“吾自行军，征伐多年，未尝有败，今日折了梅武，损了三军，如之奈何？”旁有大将黄元济谏曰：“君侯岂不知‘胜败乃兵家常事’，想西伯侯大兵不久即至，破冀州如反掌耳。君侯且省愁烦，宜当保重。”侯虎军中置酒，众将欢饮不题。有诗为证。诗曰：

侯虎提兵事远征，冀州城外驻行旌。

三千铁骑摧残后，始信当年浪得名。（“浪得名”三字，暗伏下

---

① 衔枚：枚，形如箸，两端有带，可系于颈上。古代进军袭击敌人时，常令士兵把枚衔在口中，以防喧哗而暴露行迹。

② 辔（pèi）：驾驭牲口的缰绳。

文惨败）

且言苏护把人马暗暗调出城来，只待劫营。时至初更，已行十里。探马报与苏护，护即传令，将号炮点起。一声响亮，如天崩地塌，三千铁骑，一齐发喊，冲杀进营，如何抵当，好生利害。怎见得：

黄昏兵到，黑夜军临。黄昏兵到，冲开队伍怎支持？黑夜军临，撞倒寨门焉可立？人闻战鼓之声，惟知怆惶①奔走；马听轰天之炮，难分南北东西。刀枪乱刺，那明上下交锋；将士相迎，岂知自家别个。浓睡军东冲西走，未醒将怎着头盔。先行官不及鞍马，中军帅赤足无鞋。围子手东三西四，拐子马南北奔逃。劫营将骁如猛虎，冲寨军一似蛟龙，着刀的连肩拽背，着枪的两臂流红，逢剑的砍开甲胄，遇斧的劈破天灵。人撞人，自相践踏；马撞马，遍地尸横。着伤军哀哀叫苦，中箭将咽咽悲声。弃金鼓幡幢满地，烧粮草四野通红。只知道奉命征讨，谁承望片甲无存。愁云直上九重天，一派败兵随地拥。

只见三路雄兵，人人敢勇，个个争先，一片喊杀之声，冲开七层围子，撞倒八面虎狼。单言苏护，一骑马，一条枪，直杀入阵来，捉拿崇侯虎。左右营门，喊声振地。崇侯虎正在梦中，闻见杀声，披袍而起，上马提刀，冲出帐来，只见灯光影里，看苏护金盔金甲、大红袍、玉束带、青骢马、火龙枪，大叫曰：“侯虎休走！速下马受缚！”拈手中枪劈心刺来。崇侯落慌，将手中刀对面来迎，两马交锋。正战

① 怆惶：犹“仓皇”。匆忙，慌张。

时，只见这崇侯虎长子应彪带领金葵、黄元济杀将来助战。崇营左粮道门赵丙杀来，右粮道门陈季贞杀来。两家混战，夤夜①交兵。怎见得：

征云笼地户，杀气锁天关。天昏地暗排兵，月下星前布阵。四下里齐举火把，八方处乱掌灯球。那营里数员战将厮杀，这营中千匹战马如龙。灯影战马，火映征夫。灯影战马，千条烈焰照貔貅；火映征夫，万道红霞笼獬豸②。开弓射箭，星前月下吐寒光；转背抡刀，灯里火中生灿烂。鸣金小校，恹恹③二目竟难睁；擂鼓儿郎，渐渐双手不能举。刀来枪架，马蹄下人头乱滚；剑出戟迎，头盔上血水淋漓。锤鞭并举，灯前小校尽倾生；斧锏伤人，目下儿郎都丧命。喊天振地自相残，哭泣苍天连叫苦。只杀得满营炮响冲霄汉，星月无光斗府迷。

话说两家大战，苏护有心劫营，崇侯虎不曾防备，冀州人马以一当十。金葵正战，早被赵丙一刀砍于马下。侯虎见势不能支，且战且走。有长子应彪保父，杀一条路逃走，好似丧家之犬，漏网之鱼。冀州人马，凶如猛虎，恶似豺狼，只杀的尸横遍野，血满沟渠。急忙奔走，夜半更深，不认路途而行，只要保全性命。苏护赶杀侯虎败残人马约二十余里，传令鸣金收军。苏护得全胜回冀州。

单言崇侯虎父子，领败兵迤逦④望前正走，只见黄元济、孙子

---

① 夤（yín）夜：深夜。

② 獬豸（xiè zhì）：亦作“解豸”。传说中的一种神兽，独角，见人斗，即以角触不直者，闻人争，即以口咬不正者。见《异物志》。

③ 恹恹（yān yān）：安静貌。亦谓精神不振貌。

④ 迤逦（yǐ lǐ）：亦作“迤逦”“逦迤”。曲折连绵貌。

羽催后军赶来，打马而行。侯虎在马上叫众将言曰："吾自提兵以来，未尝大败，今被逆贼暗劫吾营，黑夜交兵，未曾准备，以致损折军将。此恨如何不报！吾想西伯侯姬昌自在安然，违避旨意，按兵不动，坐观成败，真是可恨！"长子应彪答曰："军兵新败，锐气已失，不如按兵不动，遣一军催西伯侯起兵前来接应，再作区处。"侯虎曰："我儿所见甚明。到天明收住人马，再作别议。"言未毕，一声炮响，喊杀连天，只听得叫："崇侯虎快快下马受死！"侯虎父子、众将急向前看时，见一员小将，束发金冠、金抹额、双摇两根雉尾、大红袍、金锁甲、银合马、画杆戟，面如满月，唇若涂朱，厉声大骂："崇侯虎，吾奉父亲之命，在此候尔多时。可速倒戈受死！还不下马，更待何时！"侯虎大骂曰："好贼子！你父子谋反，忤逆朝廷，杀了朝廷命官，伤了天子军马，罪业如山。寸磔①汝尸，尚不足以赎其辜。偶尔夤夜中贼奸计，辄敢在此跃武扬威，大言不惭。不日天兵一到，汝父子死无葬身之地。谁与我拿此反贼？"黄元济纵马舞刀，直取苏全忠。全忠用手中戟，对面相还，两马相交，一场大战：

刮地寒风声似飒，滚滚征尘飞紫雪。駜②駜拨拨马啼鸣，叮叮当当袍甲刮③。齐心刀砍锦征袍，举意枪刺连环甲。只杀的摇旗小校手连颠，擂鼓儿郎槌乱匝。

二将酣战，正不分胜负。孙子羽纵马舞叉，双战全忠。全忠大喝一声，刺子羽于马下。全忠复奋勇来战侯虎。侯虎父子双迎上来，战

① 寸磔（zhé）：碎解肢体，古代的一种酷刑。
② 駜（bì）：马肥壮力强貌。
③ 刮（jié）：剥。

住全忠。全忠抖擞神威，好似弄风猛虎，搅海蛟龙，战住三将。正战间，全忠卖个破绽，一戟把崇侯虎护腿金甲挑下了半边。侯虎大惊，将马一夹，跳出围来，往外便走。崇应彪见父亲败走，意急心忙，慌了手脚，不提防被全忠当心一戟刺来。应彪急闪时，早中左臂，血淋袍甲，几乎落马。众将急上前架住，救得性命，望前逃走。

全忠欲要追赶，又恐黑夜之间不当稳便，只得收了人马进城。此时天色渐明，两边来报苏护。护令长子到前殿问曰："可曾拿了那贼？"全忠答曰："奉父亲将令，在五冈镇埋伏，至半夜败兵方至，孩儿奋勇刺死孙子羽；挑崇侯虎护腿甲；伤崇应彪左臂，几乎落马，被众将救逃。奈黑夜不敢造次追赶，故此回兵。"苏护曰："好了这老贼！孩儿且自安息。"不题。不知崇侯虎往何路借兵，且听下回分解。

总批

君臣原以道合。纣王一为好色之言所动，致令苏护反商，寻动干戈，生民涂炭，卒至郊社不守，四海分崩，其害莫可胜言。书曰："惟口出好兴戎。"良有以也。

又批

兵家致胜，先自知己知彼。崇侯虎恃勇而败，败后不自提防，致有全军覆没，折兵损将之耻。尚不自反，而犹致怨西伯，可谓下愚不移。

第三回　姬昌解围进妲己

姬昌解圍進妲己

导读：崇侯虎在历史上是确有其人的，只不过地位没有小说中那般煊赫。小说中的崇侯虎是统领北方二百诸侯的北伯侯，而历史上的崇侯虎只是崇国的国君。而这个崇国的位置，就在今天陕西省西安市鄠邑区东。并不在朝歌的北面，反倒距离西岐不远。小说中的崇侯虎对纣王近乎愚忠，劝纣王囚禁西伯侯也有他的份。而历史上的崇侯虎也曾向纣王进谗言，导致西伯侯被囚禁。只不过《史记》中对于崇侯虎到底进了什么谗言，说法有点不同。在《殷本纪》中，崇侯虎将姬昌听到炮烙之刑后哀叹一事，向纣王告密，导致其被囚禁。而在《周本纪》中，则是崇侯虎向纣王进谗言，说姬昌积善累德，天下诸侯都心向姬昌，将对纣王不利，于是纣王才将姬昌囚禁。只不过在闳夭等西岐臣子进献大批宝物之后，纣王释放了姬昌，还告诉他是崇侯虎诬告。不过，无论真实情况是哪一个，历史上的崇国最终都被姬昌所灭。姬昌在消灭崇国之前，已经攻伐了邘国、密须、犬夷、耆国等诸侯和蛮夷。灭崇之后，姬昌在沣水附近建立了新都丰京，然后从西岐周原迁都而来。而根据《尚书大传》等书的记载，姬昌在灭亡崇国、建立丰京的第二年便去世了。

诗曰：

崇君奉敕伐诸侯，智浅谋庸枉怨尤。
白昼调兵输战策，黄昏劫寨失前筹。
从来女色多亡国，自古权奸不到头。
岂是纣王求妲己，应知天意属东周。

话说崇侯虎父子带伤，奔走一夜，不胜困乏，急收聚败残人马，十停止存一停，俱是带着重伤。侯虎一见众军，不胜伤感。黄元济转上前曰："君侯何故感叹。'胜负军家常事'，（前次战败，你也是如此劝慰。再看下文，仍和之前一样只知指望西岐大军。这等将军，留他守家尚可，指望他攻城拔寨，怕是强其所难）昨夜偶未提防，误中奸计。君侯且将残兵暂行扎住，可发一道催军文书往西岐，催西伯速调兵马前来，以便截战。一则添兵相助，二则可复今日之恨耳。不知君侯意下如何？"侯虎闻言，沉吟曰："姬伯按兵不举，坐观成败，我今又去催他，反便宜了他一个'违避圣旨'罪名。"

正迟疑间，只听前边大势人马而来。崇侯虎不知何处人马，骇得魂不附体，魄绕空中。急自上马，望前看时，只见两杆旗幡开处，见一将面如锅底，海下①赤髯，两道白眉，眼如金镀，带九云烈焰飞兽冠，身穿锁子连环甲、大红袍，腰系白玉带，骑火眼金睛兽，用两柄湛金斧，此人乃崇侯虎兄弟崇黑虎也，官拜曹州侯。侯虎一见是亲弟黑虎，其心方安。黑虎曰："闻长兄兵败，特来相助，不意此处相逢，实为万幸。"崇应彪马上亦欠背称谢："叔父，有劳远涉。"黑虎曰："小弟此来，与长兄合兵，复往冀州，弟自有处。"彼时大家合兵一

① 海下：指两颊的下部，腮帮子。

处。崇黑虎只有三千飞虎兵在先，后随二万有余，人马复到冀州城下安营。曹州兵在先，呐喊叫战。

冀州报马飞报苏护："今有曹州崇黑虎兵至城下，请爷军令定夺。"苏护闻报，低头默默无语，半晌，言曰："黑虎武艺精通，晓畅玄理，满城诸将皆非对手，如之奈何？"左右诸将听护之言，不知详细。只见长子全忠上前曰："'兵来将当，水来土压'，谅一崇黑虎有何惧哉！"护曰："汝年少不谙事体，自负英勇，不知黑虎曾遇异人传授道术，百万军中取上将首级，如探囊中之物。不可轻觑①。"全忠大叫曰："父亲长他锐气，灭自己威风。孩儿此去，不生擒黑虎，誓不回来见父亲之面！"护曰："汝自取败，勿生后悔。"全忠那里肯住，翻身上马，开放城门，一骑当先，厉声高叫："探马的！与我报进中军，叫崇黑虎与我打话！"（少年意气，固然热血，但需有实力相辅，不然便成笑话）

蓝旗忙报与二位主帅得知："外有苏全忠讨战。"黑虎暗喜曰："吾此来一则为长兄兵败；二则为苏护解围，以全吾友谊交情。"（黑虎必是忠义之士）令左右备坐骑，即翻身来至军前。见全忠马上耀武扬威，黑虎曰："全忠贤侄，你可回去，请你父亲出来，我自有说话。"全忠乃年幼之人，不谙事体，又听父亲说黑虎枭勇②，焉肯善回，乃大言曰："崇黑虎，我与你势成敌国，我父亲又与你论甚交情！速倒戈退军，饶你性命，不然悔之晚矣！"黑虎大怒曰："小畜生焉敢无礼！"举湛金斧劈面砍来。全忠将手中戟急架相还。兽马相交，一场恶战。怎见得：

---

① 轻觑（qù）：小瞧，轻视。
② 枭勇：即"骁勇"。

二将阵前寻斗赌，两下交锋谁敢阻。这个似摇头狮子下山岗，那个如摆尾狻猊①寻猛虎。这一个兴心要定锦乾坤，那一个实意欲把江山补。从来恶战几千番，不似将军真英武。

二将大战冀州城下。苏全忠不知崇黑虎幼拜截教②真人为师，秘授一个葫芦，背伏在脊背上，有无限神通。全忠只倚平生勇猛，又见黑虎用的是短斧，不把黑虎放在心上，眼底无人，自逞己能，欲要擒获黑虎，遂把平日所习武艺尽行使出。戟有尖有咎，九九八十一进步，七十二开门，腾、挪、闪、赚、迟、速、收、放。怎见好戟：

能工巧匠费经营，老君炉里炼成兵，
造出一根银尖戟，安邦定国正乾坤。
黄幡展三军害怕，豹尾动战将心惊。
冲行营犹如大蟒，踏大寨虎荡羊群。
休言鬼哭与神嚎，多少儿郎轻丧命。
全凭此宝安天下，画戟长幡定太平。（此诗有《西游记》痕迹）

苏全忠使尽平生精力，把崇黑虎杀了一身冷汗。黑虎叹曰："苏护有子如此，可谓佳儿。真是将门有种！"黑虎把斧一晃，拨马便走。就把苏全忠在马上笑了一个腰软骨酥："若听俺父亲之言，竟为所误。暂拿此人，以灭我父之口。"放马赶来，那里肯舍。（轻敌多无

① 狻猊（suān ní）：亦作"狻麑"。传说中的一种猛兽。《尔雅·释兽》："狻麑……食虎豹。"后世多用以指代狮子。

② 截教：一种教派，以通天教主为头目。门人弟子多为兽禽异物，常被阐教讥讽不够正宗。截教教主为通天教主，座下四大弟子：多宝道人、金灵圣母、无当圣母、龟灵圣母，另有乌云仙、金箍仙等随侍七仙；三代弟子如闻仲、余元、火灵圣母；四代弟子如余化、胡雷、吉立、余庆。

好下场）紧走紧赶，慢走慢追。全忠定要成功，往前赶有多时。黑虎闻脑后金铃响处，回头见全忠赶来不舍，忙把脊梁上红葫芦顶揭去，念念有词。只见葫芦里边一道黑烟冒出，化开如网罗，大小黑烟中有“噫哑”之声，遮天映日飞来，乃是铁嘴神鹰，张开口，劈面“喍”来。

全忠只知马上英雄，那晓的黑虎异术？急展戟护其身面。坐下马早被神鹰把眼一嘴伤了，那马跳将起来，把苏全忠跌了个金冠倒躅[①]，铠甲离鞍，撞下马来。黑虎传令：“拿了！”众军一拥向前，把苏全忠绑缚二臂。黑虎掌得胜鼓回营，辕门下马。探马报崇侯虎：“二老爷得胜，生擒反臣苏全忠，辕门听令。”侯虎传令：“请！”黑虎上帐，见侯虎，口称：“长兄，小弟擒苏全忠已至辕门。”侯虎喜不自胜，传令：“推来！”不一时把全忠推至帐前。苏全忠立而不跪。侯虎大骂曰：“贼子，今已被擒，有何理说？尚敢倔强抗礼！前夜五岗镇那样英雄，今日恶贯满盈，推出斩首示众！”

全忠厉声大骂曰：“要杀就杀，何必作此威福！我苏全忠视死轻如鸿毛，只不忍你一班奸贼，蛊惑圣聪，陷害万民，将成汤基业被你等断送了，但恨不能生啖[②]你等之肉耳！”侯虎大怒，骂曰：“黄口孺子！今已被擒，尚敢簧舌！”速令：“推出斩之！”方欲行刑，转过崇黑虎言曰：“长兄暂息雷霆。苏全忠被擒，虽则该斩，奈他父子皆系朝廷犯官，前闻旨意拿解朝歌，以正国法。况且护有女妲己，姿貌甚美，倘天子终有怜惜之意，一朝赦其不臣之罪，那时不归罪于我等？是有功而实为无功也。且姬伯未至，我兄弟何苦任其咎。不若且将全忠囚禁后营，破了冀州，擒护满门，解入朝歌，请旨定夺，方是上

① 倒躅（zhú）：此处指颠倒。
② 生啖（dàn）：生吃。

策。”（功劳与否，全在君主一念之间。若遇明主尚好，遇到纣王这样的君主，焉能不瞻前顾后，多加小心？）侯虎曰：“贤弟之言极善。只是好了这反贼耳。”传令：“设宴，与你二爷爷贺功。”按下不表。

且言冀州探马报与苏护：“长公子出阵被擒。”护曰：“不必言矣。此子不听父言，自恃己能，今日被擒，理之当然。但吾为豪杰一场，今亲子被擒，强敌压境，冀州不久为他人所有，却为何来！只因生了妲己，昏君听信谗佞，使我满门受祸，黎庶遭殃，这都是我生此不肖之女，以遭此无穷之祸耳。倘久后此城一破，使我妻女擒往朝歌，露面抛头，尸骸残暴，惹天下诸侯笑我为无谋之辈，不若先杀其妻女，然后自刎，庶几不失丈夫之所为。”（如此处置，竟与后来崇祯皇帝极为相似。巧合耶？预示耶？）苏护带十分大恼，仗剑走进后厅，只见小姐妲己，盈盈笑脸，微吐朱唇，口称：“爹爹，为何提剑进来？”苏护一见妲己，乃亲生之女，又非仇敌，此剑焉能举的起。苏护不觉含泪点头言曰：“冤家！为你，兄被他人所擒，城被他人所困，父母被他人所杀，宗庙被他人所有，生了你一人，断送我苏氏一门！”（反不言昏君之恶）

正感叹间，只见左右击云板①，“请老爷升殿。崇黑虎索战。”护传令：“各城门严加防守，准备攻打。”崇黑虎有异术，谁敢拒敌。急令众将上城，支起弩座，架起信炮、灰瓶、滚木之类，一应完全。黑虎在城下暗想：“苏兄，你出来与我商议，方可退兵，为何惧哉，反不出战，这是何说？”没奈何，暂且回兵。报马报与侯虎。侯虎道：“请。”黑虎进帐坐下，就言苏护闭门不出。侯虎曰：“可架云梯攻打。”黑虎曰：“不必攻打，徒费心力。今只困其粮道，使城内百姓

① 云板：亦作“云版”，亦称为“点”。古乐器。为一种长形扁铁片，两端作云头形，故名。旧时官署和权贵之家，都以打云板为报事集众的信号。

不能得接济，则此城不攻自破矣。长兄可以逸待劳，俟西伯侯兵来，再作区处。”（兵无粮自乱，亦是古典小说中的老套路）按下不题。

且言苏护在城内，并无一筹可展，一路可投，真为束手待毙。正忧闷间，忽听来报：“启君侯，督粮官郑伦候令。”护叹曰：“此粮虽来，实为无益。”急叫：“令来。”郑伦到滴水檐前，欠背行礼毕。伦曰：“末将路闻君侯反商，崇侯奉旨征讨，因此上末将心悬两地，星夜奔回。但不知君侯胜负如何？”苏护曰：“昨因朝商，昏君听信谗言，欲纳吾女为妃，吾以正言谏诤，致触昏君，便欲问罪。不意费、尤二人将计就计，赦吾归国，使吾自进其女。吾因一时暴躁，题诗反商。今天子命崇侯虎伐吾，连赢他二三阵，损军折将，大获全胜。不意曹州崇黑虎将吾子全忠拿去。吾想黑虎身有异术，勇冠三军，吾非敌手。今天下诸侯八百，我苏护不知往何处投托。自思至亲不过四人，长子今已被擒，不若先杀其妻女，然后自尽，庶不使天下后世取笑。汝众将可收拾行装，投往别处，任诸公自为成立耳。”

苏护言罢，不胜悲泣。郑伦听言，大叫曰：“君侯今日是醉了？迷了？痴了？何故说出这等不堪言语！天下诸侯有名者：西伯姬昌、东鲁姜桓楚、南伯鄂崇禹，总八百镇诸侯，一齐都到冀州，也不在我郑伦眼角之内。何苦自视卑弱如此？末将自幼相从君侯，荷蒙提挈，玉带垂腰，末将愿效驽骀①，以尽犬马。”（能出非常之言，恐有非常之能）苏护听伦之言，对众将曰：“此人催粮，路逢邪气，口里乱谈。且不但天下八百镇诸侯，只这崇黑虎曾拜异人，所传道术，神鬼皆惊，胸藏韬略，万人莫敌，你如何轻视此人？”只见郑伦听罢，按剑大叫曰：“君侯在上，末将不生擒黑虎来见，把项上首级纳于众将之前！”（已知黑虎底细，仍有此勇，必不简单）言罢，不由军令，翻身出

① 驽骀（nú tái）：驽、骀都是能力低下的马，比喻才能平庸。

府，上了火眼金睛兽，使两柄降魔杵，放炮开城，排开三千乌鸦兵，像一块乌云卷地。及至营前，厉声高叫曰："只教崇黑虎前来见我！"

崇营探马报入中军："启二位老爷，冀州有一将请二爷答话。"黑虎欠身，"小弟一往。"调本部三千飞虎兵，一对旗幡开处，黑虎一马当先。见冀州城下有一簇人马，按北方壬癸水①，如一片乌云相似。那一员将，面如紫枣，须似金针，带九云烈焰冠、大红袍、金锁甲、玉束带，骑火眼金睛兽，两根降魔杵。郑伦见崇黑虎装束稀奇：带九云四兽冠、大红袍、连环铠、玉束带，也是金睛兽，两柄湛金斧。黑虎认不得郑伦。黑虎曰："冀州来将通名！"伦曰："冀州督粮上将郑伦也。汝莫非曹州崇黑虎？擒我主将之子，自恃强暴，可速献出我主将之子，下马受缚。若道半个不字，立为齑粉②！"崇黑虎大怒，骂曰："好匹夫！苏护违犯天条，有碎骨粉躯之祸。你皆是反贼逆党，敢如此大胆，妄出浪言！"催开坐下兽，手中斧飞来，直取郑伦。郑伦手中杵急架相还。二兽相迎，一场大战。但见：

两阵咚咚发战鼓，五采幡幢空中舞。三军呐喊助神威，惯战儿郎持弓弩。二将齐纵金睛兽，四臂齐举斧共杵。这一个怒发如雷烈焰生，那一个自小生来情性卤。这一个面如锅底赤须长，那一个脸似紫枣红霞吐。这一个蓬莱海岛斩蛟龙，那一个万仞山前诛猛虎。这一个昆仑山上拜明师，那一个八卦炉边参老祖。这一个学成武艺去整江山，那一个秘授道术把乾坤补。自来也见将军战，不似今番杵对斧。（这一段颇似大鼓书一类曲艺的唱词）

---

① 壬癸水：十天干与五行和方位相配时壬癸与水相配，应北方，故有"壬癸属水"之说。

② 齑（jī）粉：亦作"虀粉"。常比喻粉身碎骨。

二兽相交，只杀的红云惨惨，白雾霏霏①。两家棋逢对手，将遇作家，来往有二十四五回合。郑伦见崇黑虎脊背上背一红葫芦，郑伦自思："主将言此人有异人传授秘术，即此是他法术。常言道：'打人不过先下手。'"郑伦也曾拜西昆仑度厄真人为师，真人知道郑伦《封神榜》上有名之士，特传他窍中二气，吸人魂魄，凡与将对敌，逢之即擒。故此着他下山投冀州，挣一条玉带，享人间福禄。今日会战，郑伦把手中杵在空中一晃，后边三千乌鸦兵一声喊，行如长蛇之势，人人手拿挠钩，个个横拖铁索，飞云闪电而来。黑虎观之，如擒人之状。黑虎不知其故。只见郑伦鼻窍中一声响如钟声，窍中两道白光喷将出来，吸人魂魄。崇黑虎耳听其声，不觉眼目昏花，跌了个金冠倒躅，铠甲离鞍，一对战靴空中乱舞。乌鸦兵生擒活捉，绳缚二臂。黑虎半晌方苏，定睛看时，已被绑了。（铁嘴神鹰败于乌鸦兵，单从名字而论亦是一大反差）黑虎怒曰："此贼好赚眼法！如何不明不白，将我擒获？"只见两边掌得胜鼓进城。诗曰：

海岛名师授秘奇，英雄猛烈世应稀。
神鹰十万全无用，方显男儿语不移。

且言苏护正在殿上，忽听得城外鼓响，叹曰："郑伦休矣！"心甚迟疑。只见探马飞报进来："启老爷：郑伦生擒崇黑虎，请令定夺。"苏护不知其故，心下暗想："伦非黑虎之敌手，如何反为所擒？"急传令："令来。"伦至殿前，将黑虎被擒诉说一遍。只见众士卒把黑虎簇拥至阶前。护急下殿，叱退左右，亲释其缚，跪下言曰："护今得罪天下，乃无地可容之犯臣。郑伦不谙事体，触犯天威，护

① 霏霏：形容雨雪之密。如：淫雨霏霏。

当死罪！”崇黑虎答曰：“仁兄与弟，一拜之交，未敢忘义。今被部下所擒，愧身无地！又蒙厚礼相看，黑虎感恩非浅！”苏护尊黑虎上坐，命郑伦众将来见。黑虎曰：“郑将军道术精奇，今遇所擒，使黑虎终身悦服。”护令设宴，与黑虎二人欢饮。护把天子欲进女之事一一对黑虎诉了一遍。黑虎曰：“小弟此来，一则为兄失利，二则为仁兄解围，不期令郎年纪幼小，自恃刚强，不肯进城请仁兄答话，因此被小弟擒回在后营，此小弟实为仁兄也。”苏护谢曰：“此德此情，何敢有忘！”（苏护欲得崇黑虎相助，崇黑虎亦想早日回营，互卖人情，皆大欢喜）

不言二侯城内饮酒，单言报马进辕门来报：“启老爷：二爷被郑伦擒去，未知凶吉，请令定夺。”侯虎自思：“吾弟自有道术，为何被擒？”其时略阵①官言：“二爷与郑伦正战之间，只见郑伦把降魔杵一摆，三千乌鸦兵一齐而至；只见郑伦鼻子里二道白光出来，如钟声响亮，二爷便撞下马来，故此被擒。”侯虎听说，惊曰：“世上如何有此异术？再差探马，打听虚实。”言未毕，报：“西伯侯差官辕门下马。”侯虎心中不悦，分付：“令来。”只见散宜生素服角带，上帐行礼毕，“卑职散宜生拜见君侯。”侯虎曰：“大夫，你主公为何偷安，竟不为国，按兵不动，违避朝廷旨意？你主公甚非为人臣之礼。今大夫此来，有何说话？”宜生答曰：“吾主公言：兵者凶器也，人君不得已而用之。今因小事，劳民伤财，惊慌万户，所过州府县道，调用一应钱粮，路途跋涉，百姓有征租榷税②之扰，军将有披坚执锐之苦，因此吾主公先使卑职下一纸之书，以息烽烟，使苏护进女王廷，各罢兵戈，不失一殿股肱之意。如护不从，大兵一至，剿叛除

① 略阵：巡视阵地。
② 榷（què）税：征税。

奸，罪当灭族。那时苏护死而无悔。”侯虎听言，大笑曰：“姬伯自知违避朝廷之罪，特用此支吾之辞，以来自释。吾先到此，损将折兵，恶战数场，那贼焉肯见一纸之书而献女也？我且看大夫往冀州见苏护如何，如不依允，看你主公如何回旨？你且去！”（崇侯虎因此前之败，已对西伯侯心生怨怼。散宜生此行若是失败便罢，若是成功说服苏护，恐怕崇侯虎对姬昌的怨气更难消弭）

宜生出营上马，径到城下叫门：“城上的，报与你主公，说西伯侯差官下书。”城上士卒急报上殿：“启爷：西伯侯差官在城下，口称下书。”苏护与崇黑虎饮酒未散，护曰：“姬伯乃西岐之贤人，速令开城，请来相见。”不一时，宜生到殿，前行礼毕。护曰：“大夫今到敝郡，有何见谕？”宜生曰：“卑职今奉西伯侯之命，前月君侯怒题反诗，得罪天子，当即敕命起兵问罪。我主公素知君侯忠义，故此按兵未敢侵犯。今有书上达君侯，望君侯详察施行。”宜生锦囊取书，献与苏护。护接书开拆。书曰：

> “西伯侯姬昌百拜冀州君侯苏公麾下：昌闻：‘率土之滨，莫非王臣。’今天子欲选艳妃，凡公卿士庶之家，岂得隐匿？今足下有女淑艾，天子欲选入宫，自是美事。足下竟与天子相抗，是足下忤君。且题诗午门，意欲何为？足下之罪，已在不赦。足下仅知小节，为爱一女，而失君臣大义。昌素闻公忠义，不忍坐视，特进一言，可转祸为福，幸垂听焉。且足下若进女王庭，实有三利：女受宫闱之宠，父享椒房[①]之贵，官居国戚，食禄千钟[②]，一利也；冀州永镇，满宅无惊，二利也；百姓无涂炭之

① 椒房：原指皇后宫室，后泛指后妃所住的宫殿。用椒和泥涂壁，取其温暖有香气，兼有多子之意，故名。
② 钟：古以六斛（hú）四斗为一钟，一说八斛为一钟，一说十斛为一钟。

苦，三军无杀戮之惨，三利也。公若执迷，三害目下至矣：冀州失守，宗社无存，一害也；骨肉有族灭之祸，二害也；军民遭兵燹①之灾，三害也。大丈夫当舍小节而全大义，岂得效区区无知之辈以自取灭亡哉！昌与足下同为商臣，不得不直言上渎，幸贤侯留意焉。草草奉闻，立候裁决。谨启。”

苏护看毕，半晌不言，只是点头。宜生见护不言，乃曰：“君侯不必犹豫。如允，以一书而罢兵戈；如不从，卑职回覆主公，再调人马。无非上从君命，中和诸侯，下免三军之劳苦。此乃主公一段好意，君侯何故缄口②无语？乞速降号令，以便施行。”苏护闻言，对崇黑虎曰：“贤弟，你来看一看，姬伯之书，实是有理，果是真心为国为民，乃仁义君子也。敢不如命！”（惟贤惟德，能服于人。崇侯虎力战多次而不能屈苏护一言，如今姬昌一纸书信便让其低头，功劳美名尽归西伯侯，崇侯虎岂能无怨恨？）于是命酒管待散宜生于馆舍。次日修书赠金帛，令先回西岐，“我随后便收拾送女朝商赎罪。”宜生拜辞而去。真是一封书抵十万之师。有诗为证。诗曰：

舌辩悬河汇百川，方知君义与臣贤。
数行书转苏侯意，何用三军枕戟眠？

苏护送散宜生回西岐，与崇黑虎商议：“姬伯之言甚善，可速整行装，以便朝商，毋致迟迟，又生他议。”二人欣喜。不知其女如何，且听下回分解。

---

① 兵燹（xiǎn）：燹，野火。指因战乱而遭焚烧破坏。
② 缄（jiān）口：《孔子家语·观周》：“孔子观周，遂入太祖后稷之庙，庙堂右阶之前，有金人焉，三缄其口，而铭其背曰：古之慎言人也。”后因以“缄口”指闭口不言。

总批

苏全忠年少之枭勇，崇黑虎与郑伦之异术，自是宇宙奇观，故其自负，亦不相让，所以立功，见战无不取捷，良有以也。

又批

崇侯自恃强横，致有损兵折将之惨，即父子几至不免。孰若西伯以一纸之书，竟挽回苏侯进女。其所全者，多多矣，岂止十万之师哉！古云："仁人之言，其利甚溥。"信然！

第四回　恩州驿狐狸死妲己

恩州驛狐
狸死妲己

导读：无论是在《封神演义》诞生的明朝还是我们今天，都已经习惯用狐狸来比喻妖冶淫荡、能诱惑勾引他人的女子。但是从历史上来看，狐狸的这一形象要到很后面才逐渐形成。在先秦时期，狐狸被视作是一种带有灵异的野兽。例如《山海经·南山经》中说，在青丘之山“有兽焉。其状如狐而九尾。其音如婴儿，能食人。食者不蛊。”又如《中山经》中说，在历石之山“有兽焉。其状如狸而白首虎爪，名曰梁渠，见则其国有大兵。”从这里看来，狐狸或类似狐狸的动物应该是凶兽了。可是《海外西经》中却又说在白民之国，“有乘黄。其状如狐，其背上有角。乘之寿二千岁”，又成了难得的吉兽。可见先秦时期的狐狸形象，是兼有吉兽与凶兽两种情况的，不过这两种情况也可以用“灵异”来统领。而到了汉代，狐狸身上凶兽的色彩逐渐退去，祥瑞的特征被放大。例如在《山海经》中还会吃人的九尾狐，在汉代的《白虎通·封禅》则成了预示子孙繁多、后代昌盛的祥瑞：“德至鸟兽则凤凰翔……狐九尾……狐九尾何？狐死首丘，不忘本也。明安不忘危也。必九尾者何？九妃得其所，子孙繁息也。于尾者何？明后当盛也。”甚至到了后来，在传说和画像石中，九尾狐还和三足乌、羽人等一样，成为了西王母等神仙的侍者和使者。只不过，此时的狐狸还没有幻化成人形的本事。到了魏晋时期的志怪小说中，狐狸变化成人，作乱为怪的故事才开始出现。而且很快便向着男女之间的故事发展而去。在《搜神记》中，更是直言“狐者，先古之淫妇也”。狐狸精的故事，大概就从这个时候开始了吧。

诗曰：

天下荒荒起战场，致生谗佞乱家邦。
忠言不听商容谏，逆语惟知费仲良。
色纳狐狸友琴瑟①，政由豺虎逐鸾凰②。
甘心亡国为污下，赢得人间一捏香。

话说宜生接了回书，竟往西岐不题。且说崇黑虎上前言曰："仁兄大事已定，可作速收拾行装，将令爱送进朝歌，迟恐有变。小弟回去，放令郎进城。我与家兄收兵回国，具表先达朝廷，以便仁兄朝商谢罪。不得又有他议，致生祸端。"苏护曰："蒙贤弟之爱，与西伯之德，吾何爱此一女而自取灭亡哉？即时打点无疑，贤弟放心。只是我苏护止此一子，被令兄囚禁行营，贤弟可速放进城，以慰老妻悬望③。举室感德不浅！"黑虎道："仁兄宽心，小弟出去，即时就放他来，不必挂念。"

二人彼此相谢。（几番折腾，最终还是要献上女儿，白白葬送许多性命。纣王固然荒淫，崇侯虎固然愚忠，苏护难道就果然无辜吗？）出城，行至崇侯虎行营。两边来报："启老爷：二老爷已至辕门。"侯虎急传令："请！"黑虎进营，上帐坐下。侯虎曰："西伯侯姬昌好生可恶！今按兵不举，坐观成败。昨遣散宜生来下书，说苏护进女朝商，至今未见回报。贤弟被擒之后，吾日日差人打听，心甚不安。今得贤弟回来，不胜万千之喜。不知苏护果肯朝王谢罪？贤弟自彼处来，定知苏

① 琴瑟：两种乐器名。亦作"瑟琴"。比喻夫妇间感情和谐；也比喻兄弟、朋友的情谊。此处指纣王亲信佞臣。
② 鸾凰：亦作"鸾皇"。皆瑞鸟名。常用以比喻贤士、淑女。
③ 悬望：盼望，挂念。

护端的，幸道其详。”黑虎厉声大叫曰：“长兄，想我兄弟二人，自始祖一脉，相传六世，俺弟兄系同胞一本。古语有言：‘一树之果，有酸有甜；一母之子，有愚有贤。’长兄，你听我说：苏护反商，你先领兵征伐，故此损折军兵。你在朝廷也是一镇大诸侯，你不与朝廷干些好事，专诱天子近于佞臣，故此天下人人怨恶。你五万之师总不如一纸之书，苏护已许进女朝王谢罪。你折兵损将，愧也不愧？辱我崇门。长兄，从今与你一别，我黑虎再不会你！（黑虎俨然一派正气）两边的，把苏公子放了！”两边不敢违令。放了全忠，上帐谢黑虎曰：“叔父天恩。赦小侄再生，顶戴不尽！”崇黑虎曰：“贤侄可与令尊说，叫他速收拾朝王，毋得迟滞。我与他上表，转达天子，以便你父子进朝谢罪。”全忠拜谢出营，上马回冀州不题。

崇黑虎怒发如雷，领了三千人马，上了金睛兽，自回曹州去了。

且言崇侯虎愧莫敢言，只得收拾人马，自回本国，具表请罪不题。

单言苏全忠进了冀州，见了父母，彼此感慰毕。护曰：“姬伯前日来书，真是救我苏氏灭门之祸。此德此恩，何敢有忘！我儿，我想君臣之义至重，君叫臣死，不敢不死，我安敢惜一女，自取败亡哉？今只得将你妹子进往朝歌，面君赎罪。你可权镇冀州，不得生事扰民。我不日就回。”全忠拜领父言。苏护随进内，对夫人杨氏将“姬伯来书劝我朝王”一节细说一遍。夫人放声大哭。苏护再三安慰。夫人含泪言曰：“此女生来娇柔，恐不谙侍君之礼，反又惹事。”苏护曰：“这也没奈何，只得听之而已。”夫妻二人不觉感伤一夜。

次日，点三千人马，五百家将，整备毡车①，令妲己梳妆起程。妲己闻命，泪下如雨，拜别母亲、长兄，婉转悲啼，百千娇媚，真如

① 毡车：以毛毡为篷的车子。

笼烟芍药，带雨梨花。子母怎生割舍。只见左右侍儿苦劝，夫人方哭进府中，小姐也含泪上车。兄全忠送至五里而回。苏护压后，保妲己前进。只见前面打两杆贵人旗幡，一路上饥餐渴饮，朝登紫陌①，暮践红尘，过了些绿杨古道、红杏园林，见了些啼鴂②唤春、杜鹃叫月。在路行程非止一两日，逢州过县，涉水登山。那日抵暮，已至恩州。只见恩州驿驿丞接见，护曰："驿丞，收拾厅堂，安置贵人。"驿丞曰："启老爷：此驿三年前出一妖精，以后凡有一应过往老爷，俱不在里面安歇。可请贵人权在行营安歇，庶保无虞。不知老爷尊意如何？"

苏护大喝曰："天子贵人，岂惧甚么邪魅？（还没进到朝歌，便将女儿视作"天子贵人"，对驿丞大呼小叫。岂是因为心中对此次进京之事没底，借此掩饰？）况有馆驿，安得停居行营之礼？快去打扫驿中厅堂住室，毋得迟误取罪！"驿丞忙叫众人打点厅堂内室，准备铺陈，注香洒扫，一色收拾停当，来请贵人。苏护将妲己安置在后面内堂里，有五十名侍儿在左右奉侍。将三千人马俱在驿外边围绕，五百家将在馆驿门首屯扎。苏护正在厅上坐着，点上画烛。苏护暗想："方才驿丞言此处有妖怪，此乃皇华驻节之所，人烟凑集之处，焉有此事？然亦不可不防。"将一根豹尾鞭放在案桌之旁，（若真有妖精，区区一鞭有何用处？明明已见过崇黑虎等人道术，还是这般自信自大）剔灯③展玩兵书。只听得恩州城中戍鼓④初敲，已是一更⑤时分。苏护终是放心不下，乃手提铁鞭，悄步后堂，于左右室内点视一番，见诸侍儿并小姐寂然

---

① 紫陌：旧谓帝都郊野的道路。此处指郊外小路。
② 啼鴂（jué）：应是"鶗鴂"，即杜鹃，常以春分鸣叫。恰好与下文相对照。
③ 剔灯：挑起灯芯，剔除余烬，使灯明亮。
④ 戍鼓：指边防驻军的鼓声。
⑤ 一更：对应现代时间为晚七点至九点。

安寝，方才放心。复至厅上再看兵书，不觉又是二更。不一时，将交三鼓，可煞作怪，忽然一阵风响，透人肌肤，将灯灭而复明。怎见得：

非干虎啸，岂是龙吟。淅凛凛寒风扑面，清冷冷恶气侵人，到不能开花谢柳，多暗藏水怪山妖。悲风影里露双睛，一似金灯在惨雾之中；黑气丛中探四爪，浑如钢钩出紫霞之外。尾摆头摇如狴犴①，狰狞雄猛似狻猊。

苏护被这阵怪风吹得毛骨悚然。心下正疑惑之间，忽听后厅侍儿一声喊叫："有妖精来了！"苏护听说后边有妖精，急忙提鞭在手，抢进后厅，左手执灯，右手执鞭，将转大厅背后，手中灯已被妖风扑灭。苏护急转身，再过大厅，急叫家将取进灯火来时，复进后厅，只见众侍儿慌张无措。苏护急到妲己寝榻之前，用手揭起幔帐，问曰："我儿，方才妖气相侵，你曾见否？"妲己答曰："孩儿梦中听得侍儿喊叫'妖精来了'，孩儿急待看时，又见灯光，不知是爹爹前来，并不曾看见甚么妖怪。"护曰："这个感谢天地庇佑，不曾惊吓了你，这也罢了。"护复安慰女儿安息，自己巡视，不敢安寝。不知这个回话的乃是千年狐狸，不是妲己。方才灭灯之时，再出厅前取得灯火来，这是多少时候了，妲己魂魄已被狐狸吸去，死之久矣。（女娲告诫，似乎忘却）乃借体成形，迷惑纣王，断送他锦绣江山。此是天数，非人力所为。有诗为证，诗曰：

① 狴犴（bì àn）：传说中的兽名。杨慎《龙生九子》："俗传龙生九子不成龙……四曰狴犴，形似虎，有威力，故立于狱门。"旧时狱门上绘狴犴，故又作为牢狱的代称。

恩州驿内怪风惊，苏护提鞭扑灭灯。

二八①娇容今已丧，错看妖魅当亲生。

苏护心慌，一夜不曾着枕，“幸喜不曾惊了贵人，托赖天地祖宗庇佑，不然又是欺君之罪，如何解释。”（首先想到的不是女儿平安与否，而是如何面对纣王）等待天明，离了恩州驿，前往朝歌而来。晓行夜住，饥餐渴饮，在路行程，非止一日。渡了黄河，来至朝歌，安下营寨，苏护先差官进城，用“脚色”② 见武成王黄飞虎。飞虎见了苏护进女赎罪文书，忙差龙环出城，分付苏护，把人马扎在城外，令护同女进城，到金亭馆驿安置。

当时权臣费仲、尤浑见苏护又不先送礼物，（不失英雄本色）叹曰：“这逆贼，你虽则献女赎罪，天子之喜怒不测，凡事俱在我二人点缀，其生死存亡，只在我等掌握之中，他全然不理我等，甚是可恶！”

不讲二人怀恨，且言纣王在龙德殿，有随侍官启驾：“费仲候旨。”天子命：“传宣。”只见费仲进朝，称呼礼毕，俯伏奏曰：“今苏护进女，已在都城候旨定夺。”纣王闻奏，大怒曰：“这匹夫，当日强辞乱政，朕欲置于法，赖卿等谏止，赦归本国。岂意此贼题诗午门，欺藐朕躬，殊属可恨。明日朝见，定正国法，以惩欺君之罪！”费仲乘机奏曰：“天子之法，原非为天子而重，乃为万姓而立。今叛臣贼子不除，是为无法。无法之朝，为天下之所弃。”（以此时的盛怒，对比见到妲己后的宠爱封赏，更可见纣王之无道）王曰：“卿言极善。明日朕自有说。”费仲退散已毕。次日天子登殿，钟鼓齐鸣，文武侍

① 二八：指十六岁。常用来形容女子的青春年华，尤其是十六岁这个年龄。
② 脚色：此指差官，送信之人。

立。但见：

银烛朝天紫陌长，禁城春色晓苍苍。
池边弱柳垂青琐，百转流莺绕建章，
剑佩声随凤池步，衣冠身惹御炉香。
共沐恩波凤池①上，朝朝染翰②侍君王。

天子升殿，百官朝贺毕。王曰："有奏章者出班，无事且散。"言未毕，午门官启驾："冀州侯苏护候旨午门，进女请罪。"王命："传旨宣来。"苏护身服犯官之服，不敢冠旒服冕，来至丹墀之下俯伏，口称："犯臣苏护，死罪！死罪！"王曰："冀州苏护，你题反诗午门，'永不朝商'，及至崇侯虎奉敕问罪，你尚拒敌天兵，损坏命官军将，你有何说，今又朝君！"着随侍官："拿出午门枭首③，以正国法！"言未毕，只见首相商容出班谏曰："苏护反商，理当正法，但前日西伯侯姬昌有本，令苏护进女赎罪，以完君臣大义。今苏护既尊王法，进女朝王赎罪，情有可原。且陛下因不进女而致罪，今已进女而又加罪，甚非陛下本心。乞陛下怜而赦之。"

纣王犹豫未定，有费仲出班奏曰："丞相所奏，望陛下从之。且宣苏护女妲己朝见。如果容貌出众，礼度幽闲，可任役使，陛下便赦苏护之罪；如不称圣意，可连女斩于市曹④，以正其罪。庶陛下不失信于臣民矣。"王曰："卿言有理。"（视国法为儿戏）看官，只因这费仲一语，将成汤六百年基业送与他人。（说好的天命呢?）这且不题。

① 凤池：全称"凤凰池"，原指皇宫禁苑中的池沼，后代指朝廷。
② 染翰：以笔蘸墨。
③ 枭首：中国古代执行死刑的一种方式。即斩首并悬挂示众。
④ 市曹：商肆集中的地方。

但言纣王命随侍官："宣妲己朝见。"妲己进午门，过九龙桥，至九间殿滴水檐前，高擎牙笏，进礼下拜，口称："万岁！"纣王定睛观看，见妲己乌云叠鬓①，杏脸桃腮，浅淡春山，纤柔腰柳，真似海棠醉日，梨花带雨，不亚九天仙女下瑶池，月里嫦娥离玉阙。妲己启朱唇似一点樱桃，舌尖上吐的是美孜孜一团和气，转秋波如双弯凤目，眼角里送的是娇滴滴万种风情。口称："犯臣女妲己愿陛下万岁，万岁，万万岁！"只这几句，就把纣王叫的魂游天外，魄散九霄，骨软筋酥，耳热眼跳，不知如何是好。当时纣王起立御案之旁，命："美人平身。"令左右宫妃："挽苏娘娘进寿仙宫，候朕躬回宫。"忙叫当驾官传旨："赦苏护满门无罪，听朕加封：官还旧职，国戚新增，每月加俸二千担②，显庆殿筵宴三日，众百官首相庆贺皇亲，夸官③三日。文官二员、武官三员送卿荣归故地。"苏护谢恩。两班文武见天子这等爱色，都有不悦之意，奈天子起驾还宫，无可诤谏，只得都到显庆殿陪宴。

不言苏护进女荣归。天子同妲己在寿仙宫筵宴，当夜成就凤友鸾交，恩爱如同胶漆。纣王自进妲己之后，朝朝宴乐，夜夜欢娱，朝政隳堕④，章奏混淆。群臣便有谏章，纣王视同儿戏。日夜荒淫，不觉光阴瞬息，岁月如流，已是二月不曾设朝，只在寿仙宫同妲己宴乐。天下八百镇诸侯多少本到朝歌，文书房本积如山，不能面君，其命焉能得下。(明代因废宰相，皇帝批阅奏章加剧)眼见天下大乱。不知后事如何，且听下回分解。

---

① 乌云叠鬓：鬓发重叠，言其厚密。即头发又黑又浓密，意为女人头发很美。
② 担：应为"石"。旧重量单位，一百二十市斤为一石。
③ 夸官：指士子考中进士或官员升迁时，排列鼓乐仗游街。
④ 隳（huī）堕：失败，不成功。指朝政败落。

总批

西伯解苏护之围，而责以君臣大义，是尊君也，原非有迷惑天子之心。孰意纣王宠一妲己，无所不为，卒至天下之恶皆归之。追原其始，独非西伯之遗谋不藏乎！岂知天之新命，竟为岐周所有，西伯在有意无意之间。

又批

妲己天下美色也，能祸人家国，不知先死于狐狸之手。是祸人者，实所以自祸。信然！信然！

又批

狐狸竟蒙妲己之面，冒名顶替，纣王竟为蒙蔽。近日之蒙面丧心者，更多读《演义》，方知若辈近日俱是有衣钵的。

第五回　云中子进剑除妖

雲中子進劍除妖

导读： 这一回中，提到了首相商容和亚相比干。且不说“首相”“亚相”这样的提法颇为奇怪，单说在商周时期，是不可能有宰相之职的。我们之前也说了，商朝实行的是内外服制度，商王直接控制的王畿地域有限，日常的政务并没有繁重到需要选拔一个或几个重臣来替自己分担的地步。宰相制度，是随着中央集权制度的兴起与完善，以及君主集权不断加大而出现和确立的。因此实行内外服制度的商朝和实行分封制的西周，都不会有宰相或类似宰相的官职。而“宰相”这个词，本身并不是一个具体的官职，而是对统率百官的最高辅佐大臣的统称。在秦汉时期，宰相即是三公。而到了魏晋南北朝时期，宰相变成了尚书省长官。等到了隋唐时期，随着三省六部制的完善，门下省与中书省的长官也成为了宰相，宰相数量开始变多，有人称其为“集体宰相制”。而到唐朝中后期，又演变成只有加了“同平章事”或“同中书门下三品”职衔的才是宰相，否则即使是三省长官也不算真宰相。只不过，唐朝的宰相数量虽多，但并没有明确的排名次序。宋代初年，将宰相限定为三人，并排出了次序，以昭文馆大学士为首，称为“首相”。但排第二的监修国史却并不称“亚相”，而称“次相”。亚相，实际上指的是御史大夫，因为在汉代，御史大夫除了是最高监察长官以外，还是丞相的副手。这里将比干称作亚相，不知是作者将官制搞错了，还是有意用御史大夫的身份突显比干的正直忠贞。

诗曰：

白云飞雨过南山，碧都落萧疏春色闲。
楼阁金辉来紫雾，交梨玉液驻朱颜。
花迎白鹤歌仙曲，柳拂青鸾舞翠鬟①。
此是仙凡多隔世，妖氛一派透天关。

不言纣王贪恋妲己，终日荒淫，不理朝政。话说终南山②有一炼气士，名曰云中子，乃是千百年得道之仙。那日闲居无事，手携水火花蓝，意欲往虎儿崖前采药，方才驾云兴雾，忽见东南上一道妖气，直冲透云霄。云中子打一看时，点首嗟叹："此畜不过是千年狐狸，今假托人形，潜匿朝歌皇宫之内，若不早除，必为大患。我出家人慈悲为本，方便为门……"忙唤金霞童子："你与我将老枯松枝取一段来，待我削一木剑，去除妖邪。"童儿曰："何不用照妖宝剑，斩断妖邪，永绝祸根？"云中子笑曰："千年老狐，岂足当吾宝剑！只此足矣。"（若用宝剑，恐无后来这许多故事了）童儿取松枝与云中子，削成木剑，分付童子："好生看守洞门，我去就来。"云中子离了终南山，脚踏祥云，望朝歌而来。怎见得，有诗为证。诗曰：

不用乘骑与驾舟，五湖四海任遨游。
大千世界须臾至，石烂松枯当一秋。

① 翠鬟（huán）：妇女环形的发式，常用来比喻秀丽的山峦。
② 终南山：亦称"南山"，即狭义的秦岭。在陕西西安南。古名太一山、地肺山、中南山、周南山。

且不言云中子往朝歌来除妖邪。只见纣王日迷酒色，旬月[1]不朝，百姓遑遑。满朝文武议论纷纷。内有上大夫梅伯与首相商容、亚相比干言曰："天子荒淫，沉湎酒色，不理朝政，本积如山，此大乱之兆也。公等身为大臣，进退自有当尽的大义。况君有诤臣，父有诤子，士有诤友，下官与二位丞相俱有责焉。今日不免鸣钟击鼓，齐集文武，请驾临轩，各陈其事，以力诤之，庶不失君臣大义。"商容曰："大夫之言有理。"传执殿官："鸣钟鼓请王升殿。"纣王正在摘星楼宴乐，听见大殿上钟鼓齐鸣，左右奏："请圣驾升殿。"纣王不得已，分付妲己曰："美人暂且安顿，待朕出殿就回。"妲己俯伏送驾。纣王秉圭坐辇[2]，临殿登座。文武百官朝贺毕。天子见二丞相抱本上殿，又见八大夫抱本上殿，与镇国武成王黄飞虎抱本上殿。

纣王连日被酒色昏迷，情思厌倦，又见本多，一时如何看得尽，又有退朝之意。只见二丞相进前，俯伏奏曰："天下诸侯本章候命，陛下何事旬月不临大殿，日坐深宫，全不把朝纲整理，此必有在王左右迷惑圣聪者。乞陛下当以国事为重，无得仍前高坐深宫，废弛国事，大拂臣民之望。臣闻天位惟艰，况今天心未顺，水旱不均，降灾下民，未有不非政治得失所致。愿陛下留心邦本，痛改前辙，去谗远色，勤政恤民，则天心效顺，国富民丰，天下安康，四海受无穷之福矣。愿陛下幸留意焉。"

纣王曰："朕闻四海安康，万民乐业，止有北海逆命，已令太师闻仲剿除奸党，此不过疥癣[3]之疾，何足挂虑？二位丞相之言甚善，

① 旬月：满一月。旬训为遍，故满一月谓之"旬月"，又十日为旬，故十个月也叫"旬月"。

② 秉圭坐辇：古代帝王或诸侯行礼时将玉圭拿在手里。这里是一种帝王出行的仪式，手里秉圭，然后坐在轿辇上摆驾出朝。

③ 疥癣（jiè xuǎn）："疥""癣"都是皮肤表面的疾病，常用来比喻无关大局的小问题。"癣"字又读为 xiǎn。

朕岂不知。但朝廷百事，俱有首相与朕代劳，自是可行，何尝有壅滞①之理？纵朕临轩②，亦不过垂拱③而已，又何必哓哓④于口舌哉？”（此言乍闻似有道理，《史记》称纣王“智足以拒谏，言足以饰非”，良有以也）君臣正言国事，午门官启奏：“终南山有一炼气士云中子见驾，有机密重情，未敢擅自朝见，请旨定夺。”纣王自思：“众文武诸臣还抱本伺候，如何得了。不如宣道者见朕闲谈，百官自无纷纷议论，且免朕拒谏之名。”（此时纣王尚有所顾忌）传旨：“宣！”云中子进午门，过九龙桥，走大道，宽袍大袖，手执拂尘，飘飘徐步而来。好齐整！但见：

头戴青纱一字巾，脑后两带飘双叶，额前三点按三光，脑后双圈分日月。道袍翡翠按阴阳，腰下双绦王母结。脚登一对踏云鞋，夜晚闲行星斗怯。上山虎伏地埃尘，下海蛟龙行跪接。面如傅粉一般同，唇似丹朱一点血。一心分免帝王忧，好道长，两手补完天地缺。

道人左手携定花篮，右手执着拂尘，近到滴水檐前，执拂尘打个稽首，口称：“陛下，贫道稽首了。”纣王看这道人如此行礼，心中不悦，自思：“朕贵为天子，富有四海，‘率土之滨，莫非王臣’，你虽是方外，却也在朕版图之中，这等可恶！本当治以慢君之罪，诸臣只说朕不能容物。朕且问他端的，看他如何应我。”纣王曰：“那道者从何处来？”道人答曰：“贫道从云水而至。”王曰：“何为云水？”

① 壅滞：阻隔，堵塞。
② 临轩：皇帝不坐正殿而御前殿。殿前堂陛之间近檐处两边有槛楯，如车之轩，故称。
③ 垂拱：垂衣拱手，常形容无事可做，后多用以称颂帝王无为而治。
④ 哓（xiāo）哓：争辩声。

道人曰："心似白云常自在，意如流水任东西。"纣王乃聪明智慧天子，便问曰："云散水枯，汝归何处？"道人曰："云散皓月当空，水枯明珠出现。"（明代小说《韩湘子全传》中也有类似对话，云中子与韩湘子的回答几乎一模一样，也不知是谁抄了谁）纣王闻言，转怒为喜，曰："方才道者见朕稽首而不拜，大有慢君之心，今所答之言，甚是有理，乃通知通慧之大贤也。"命左右："赐坐。"云中子也不谦让，旁侧坐下。云中子欠背而言曰："原来如此。天子只知天子贵，三教元来道德尊。"帝曰："何见其尊？"云中子曰："听衲子道来：

但观三教，惟道至尊。上不朝于天子，下不谒于公卿。避樊笼而隐迹，脱俗网以修真。乐林泉兮绝名绝利，隐岩谷兮忘辱忘荣。顶星冠而曜日，披布衲以长春。或蓬头而跣足①，或丫髻②而幅巾③。摘鲜花而砌笠，折野草以铺茵。吸甘泉而漱齿，嚼松柏以延龄。歌之鼓掌，舞罢眠云。

遇仙客兮，则求玄问道；会道友兮，则诗酒谈文。笑奢华而浊富，乐自在之清贫。无一毫之挂碍，无半点之牵缠。或三三而参玄论道，或两两而究古谈今。究古谈今兮叹前朝之兴废，参玄论道兮究性命之根因。任寒暑之更变，随乌兔之逡巡。苍颜返少，发白还青。携箪瓢兮到市廛④而乞化，聊以充饥；提锄篮兮进山林而采药，临难济人。解安人而利物，或起死以回生。

---

① 跣足（xiǎn zú）：指赤脚、光着脚。

② 丫髻（yā jì）：古代，凡未成年或成年但未婚嫁的女子，多将头发集束于顶，编结成两个髻。其状左右各一，与树枝丫杈相似，故名"丫头"。

③ 幅巾：又称巾帻，或称帕头。是指用整幅帛巾束首。用葛布制成，称为"葛巾"，多为布衣庶人戴用。用细绢制成，称为"缣巾"，多为王公雅士戴用。

④ 市廛（chán）：店铺集中之处。

修仙者骨之坚秀，达道者神之最灵。判凶吉兮明通爻象①，定祸福兮密察人心。阐道法，扬太上之正教；书符箓②，除人世之妖氛。谒飞神于帝阙，步罡气③于雷门。扣玄关，天昏地暗；击地户，鬼泣神钦。夺天地之秀气，采日月之精华。运阴阳而炼性，养水火以胎凝。二八阴消兮若恍若惚，三九阳长兮如杳如冥。按四时而采取，炼九转而丹成。

跨青鸾直冲紫府，骑白鹤游遍玉京。参乾坤之妙用，表道德之殷勤。比儒者兮官高职显，富贵浮云；比截教兮五刑道术，正果难成。但谈三教，惟道独尊。”（此一大段，皆袭用自宋仁宗《尊道赋》，略改几字而已）

纣王听言大悦：“朕聆先生此言，不觉精神爽快，如在尘世之外，直觉富贵如浮云耳。但不知先生果住何处洞府，因何事而见朕？请道其详。”云中子曰：“贫道住终南山玉柱洞，云中子是也。因贫道闲居无事，采药于高峰，忽见妖气贯于朝歌，怪气生于禁闼④。道心不缺，善念常随，贫道特来朝见陛下，除此妖魅耳。”纣王笑曰：“深宫秘阙，禁闼森严，防维更密，又非尘世山林，妖魅从何而来？先生此来莫非错了！”云中子笑曰：“陛下若知道有妖魅，妖魅自不敢至矣。惟陛下不识这妖魅，他方能乘机蠹惑。久之不除，酿成大害。贫道有诗为证。诗曰：

---

① 爻象（yáo xiàng）：指卦爻与卦象。

② 符箓：“符”与“箓”的合称。“符”，道教称为天神的文字，笔画屈曲，似篆字状；“箓”，一为记奉道者之名册，一为记诸天曹佐吏之名及职责的名册。道教认为符、箓可用于除灾治病及役使鬼神。种类很多。道士作斋醮，符箓并用。

③ 罡（gāng）气：道教指刚劲之气，也指浩然正气。

④ 禁闼（tà）：犹禁中。闼，门。古时帝王所居之处，防卫森严，门户有禁，非侍御亲信之臣不得妄入，故称。

艳丽妖娆最惑人，暗侵肌骨丧元神。
若知此是真妖魅，世上应多不死身。”

纣王曰：“宫中既有妖气，将何物以镇之？”云中子揭开花篮，取出松树削的剑来，拿在手中，对纣王曰：“陛下不知此剑之妙，听贫道道来：

松树削成名‘巨阙’①，其中妙用少人知。
虽无宝气冲牛斗，三日成灰妖气离。”

云中子道罢，将剑奉与纣王。纣王接剑曰：“此物镇于何处？”云中子曰：“挂在分宫楼，三日内自有应验。”纣王随命传奉官：“将此剑挂在分宫楼前。”传奉官领命而去。纣王复对云中子曰：“先生有这等道术，明于阴阳，能察妖魅，何不弃终南山而保护朕躬，官居显爵，扬名于后世，岂不美哉？何苦甘为淡薄，没世无闻。”云中子谢曰：“蒙陛下不弃幽隐，欲贫道居官，贫道乃山野慵懒之夫，不识治国安邦之术，日上三竿酣睡足，裸衣跣足满山游。”纣王曰：“便是这等，有什么好处？何如衣紫腰金，封妻荫子，有无穷享用。”云中子曰：“贫道其中也有好处：

身逍遥，心自在；不扬戈，不弄怪；万事忙忙付肚外。吾不思理正事而种韭，吾不思取功名如拾芥②，吾不思身服锦袍，吾不思腰悬鱼带，吾不思拂宰相之须，吾不思借君王之快，吾不思

① 巨阙：相传春秋时期，欧冶子曾为越王铸湛卢、巨阙、镆铘、鱼肠、纯钧五剑。
② 拾芥：比喻取之极易。

伏弩长驱，吾不思望尘下拜，吾不思养我者享禄千钟，吾不思簇我者有人四被。（云中子几次答话都不似日常说话。此处一连几个“吾不思”，后世戏曲曲艺唱词颇有类似用法，例如京剧《焚绵山》中介子推连唱的几个“我不曾”）小小庐，不嫌窄；旧旧服，不嫌秽。制芰荷以为衣，结秋兰以为佩。不问天皇、地皇与人皇，不问天籁、地籁与人籁。雅怀恍如秋水同，兴来犹恐天地碍。闲来一枕山中睡，梦魂要赴蟠桃会。那里管玉兔东升，金乌西坠。”

纣王听罢，叹曰：“朕闻先生之言，真乃清静之客。”忙命随侍官：“取金银各一盘，为先生前途盘费耳。”不一时，随侍官将红漆端盘捧过金银。云中子笑曰：“陛下之恩赐，贫道无用处。贫道有诗为证。诗曰：

随缘随分出尘林，似水如云一片心。
两卷道经三尺剑，一条藜杖五弦琴。
囊中有药逢人度，腹内新诗遇客吟。
一粒能延千载寿，慢夸人世有黄金。”

云中子道罢，离了九间大殿，打一稽首，大袖飘风，扬长竟出午门去了。两边八大夫正要上前奏事，又被一个道人来讲甚么妖魅，便耽搁了时候。纣王与云中子谈讲多时，已是厌倦，袖展龙袍，驾起还宫，令百官暂退。百官无可奈何，只得退朝。

话说纣王驾至寿仙宫前，不见妲己来接见，纣王心甚不安。只见侍御官接驾。纣王问曰：“苏美人为何不接朕？”侍驾官启陛下：“苏娘娘一时偶染暴疾，人事昏沉，卧榻不起。”纣王听罢，忙下龙辇，急进寝宫，揭起金龙幔帐，见妲己面似金枝，唇如白纸，昏昏惨惨，气息微茫，恹恹[1]若绝。纣王便叫："美人，早晨送朕出宫，美貌如花，为何一时有恙，便是这等垂危！叫朕如何是好？"看官，这是那云中子宝剑挂在分宫楼，镇压的这狐狸如此模样。倘若是镇压的这妖怪死了，可不保得成汤天下！也是合该这纣王江山有败，周室将兴，故此纣王终被他迷惑了。表过不题。只见妲己微睁杏眼，强启朱唇，作呻吟之状，喘吁吁叫一声："陛下！妾身早晨送驾临轩，午时远迎陛下，不知行至分宫楼前候驾，猛抬头见一宝剑高悬，不觉惊出一身冷汗，竟得此危症。想贱妾命薄缘悭[2]，不能长侍陛下于左右，永效于飞之乐耳。乞陛下自爱，无以贱妾为念。"说罢，泪流满面。（几乎讲出真相）

纣王惊得半晌无言，亦含泪对妲己曰："朕一时不明，几为方士所误。分宫楼所挂之剑，乃终南山炼气之士云中子所进，言朕宫中有妖气，将此镇压，孰意竟于美人作祟。乃此子之妖术，欲害美人，故捏言朕宫中有妖气。朕思深宫邃密之地，尘迹不到，焉有妖怪之理？大抵方士误人，朕为所卖。"传旨急命左右："将那方士所进木剑，用火作速焚毁，毋得迟误，几惊坏美人。"（到此方悟何以用木剑。这本是商朝最后的机会，全看纣王如何选择）纣王再三温慰，一夜无寝。

看官，纣王不焚此宝剑，还是商家天下，只因焚了此剑，妖气绵固深宫，把纣王缠得颠倒错乱，荒废朝政，人离天怨，白白将天下失于西伯，此也是天意合该如此。不知焚剑如何，且听下回分解。

总批

云中子进剑不知费几许婆心、几许言语，方打动纣王，将此

① 恹恹（yān）：谓精神不振貌。
② 缘悭（qiān）：缘分浅薄，命运不好。

剑得挂于深宫。妲己只用聊聊数语，便至焚毁而灭迹，将云中子几许殷勤，化为乌有。邪言易入；忠言难信。信然！遇此者，须当着眼。

又批

金霞童子，必竟是个快人，干事自是爽利。彼时，只依他用照妖宝剑去斩断祸根，省了许多牵枝带叶。云中子必竟学究气，到底做的不了，当可作腐儒榜样。

又批

今人见美色，见黄金，见显官赫奕，何尝不羡慕，愿得之。亦未尝不昏夜乞哀，甚至吮痈舐痔求之。云中子反欲驱之，绝之，甚至抵死辞之。其中必另有一番话说，请试一扪心。

第六回　纣王无道造炮烙

紂王無道
造炮烙

导读：造炮烙可以说是纣王最知名的暴行之一，《史记》中将其写作“炮格”。在先秦时期，它就与酒池肉林、剖心比干等一起，成为纣王的大罪。例如《荀子·议兵》云：“纣刳比干，囚箕子，为炮烙刑”；《韩非子·喻老》云：“纣为肉圃，设炮烙，登糟丘，临酒池”。不过，据《列女传》的记载，这炮烙是横放一根大铜柱，铜柱上面涂抹厚厚的膏油，下方铺满炭火，让犯人从铜柱上走过。犯人又惊又怕，脚下还要忍受着炽热的铜柱和打滑的膏油，一不小心就掉了下去，落入炭火之中。而并非如本回中所写的那样，是把炭火装进铜柱之中，然后把人用铁链捆到烧红的铜柱上。《史记索隐》中又引用邹诞生的说法，纣王是看到蚂蚁爬上铜斗后又摔下去，受此启发而发明了炮烙。铜斗是一种铜制的盛酒食的器具，前端是方形的，有着长柄，形似北斗，故名。猜测可能当时纣王正在用铜斗加热酒食，爬在上面的蚂蚁被烫得摔了下去。不过，这很可能只是后来附会的故事。毕竟写《史记索隐》的司马贞已经是唐朝人，就算是他所引用的邹诞生，也是南北朝时刘宋人。由他们来讲述秦汉人不曾知晓的，纣王如何发明炮烙的细节故事，怕是只能视作小说家言。

诗曰：

纣王无道杀忠贤，酷惨奇冤触上天。
侠烈尽随灰烬灭，妖氛偏向禁宫旋。
朝歌艳曲飞檀板，暮宴龙涎吐碧烟。
取次摧残黄耇①散，孤魂无计返家园。

话说纣王见惊坏了妲己，慌忙无措，即传旨命侍御官，将此宝剑立刻焚毁。不知此剑莫非松树削成，经不得火，立时焚尽。侍御官回旨。妲己见焚了此剑，妖光复长，依旧精神。正是，有诗为证。诗曰：

火焚宝剑智何庸，妖气依然透九重。
可惜商都成画饼，五更残月晓霜浓。

妲己依旧侍君，摆宴在宫中欢饮。且说此时云中子尚不曾回终南山，还在朝歌，忽见妖光复起，冲照宫闱，云中子点首叹曰："我只欲以此剑镇灭妖氛，稍延成汤脉络，孰知大数已去，将我此剑焚毁。一则是成汤合灭，二则是周国当兴，三则神仙遭逢大劫，四则姜子牙合受人间富贵，五则有诸神欲讨封号。罢，罢，罢，也是贫道下山一场，留下二十四字，以验后人。"云中子取文房四宝，留笔迹在司天台杜太师照墙②上。诗曰：

① 黄耇（gǒu）：形容长寿者。《诗·小雅·南山有台》："乐只君子，遐不黄耇。"
② 照墙：指影壁墙。

妖氛秽乱宫庭，圣德播扬西土。

要知血染朝歌，戊午①岁中甲子②。（神仙从不好好说话，非要题诗作哑谜，也是古典小说一贯套路）

云中子题罢，径回终南山去了。且言朝歌百姓见道人在照墙上吟诗，俱来看念，不解其意。人烟拥挤，聚积不散。正看之间，只见太师杜元铣回朝。只见许多人围绕府前，两边侍从人喝开。太师问："甚么事？"管府门役禀："老爷，有一道人在照墙上吟诗，故此众人来看。"杜太师在马上看见，是二十四字，其意颇深，一时难解，命门役将水洗了。太师进府，将二十四字细细推详，穷究幽微，终是莫解。暗想："此必是前日进朝献剑道人，说妖气旋绕宫闱，此事倒有些着落。连日我夜观乾象，见妖气日盛，旋绕禁闼，定有不祥，故留此钤记③。目今天子荒淫，不理朝政；权奸蠹惑，天愁民怨，眼见兴衰。我等受先帝重恩，安忍坐视？见朝中文武，个个忧思，人人危惧，不若乘此具一本章，力谏天子，尽其臣节，非是买直沽名④，实为国家治乱。"

杜元铣当夜修成疏章，次日至文书房，不知是何人看本。今日却是首相商容。元铣大喜，上前见礼，叫曰："老丞相，昨夜元铣观司天台，妖氛累贯深宫，灾殃立见，天下事可知矣。主上国政不修，朝纲不理，朝欢暮乐，荒淫酒色，宗庙社稷所关，治乱所系，非同小

① 戊午：为干支之一，顺序为第55个。前一位是丁巳，后一位是己未。论阴阳五行，天干之戊属阳之土，地支之午属阳之火，是火生土相生。

② 甲子：甲居十天干首位，子居十二地支首位。干支依次相配，如甲子、乙丑、丙寅之类，统称"甲子"。古人主要用以纪日，后人主要用以纪年，故常以甲子指岁月、年龄。又自甲子至癸亥，其数凡六十，六十次轮一遍，因称为六十花甲子。

③ 钤（qián）记：本指盖印，此指写诗作记。

④ 买直沽名：故作正直以猎取名誉。

可，岂得坐视？今特具谏章，上于天子，敢劳丞相将此本转达天庭，丞相意下如何？”商容听言，曰：“太师既有本章，老夫岂有坐视之理？只连日天子不御殿庭，难于面奏。今日老夫与太师进内庭见驾面奏，何如？”商容进九间大殿，过龙德殿、显庆殿、嘉善殿，再过分宫楼。

商容见奉御官。奉御官口称：“老丞相，寿仙宫乃禁闼所在，圣躬寝室，外臣不得进此！”商容曰：“我岂不知？你与我启奏：商容候旨。”奉御官进宫启奏：“首相商容候旨。”王曰：“商容何事进内见朕？但他虽是外官，乃三世之老臣也，可以进见。”（纣王此时尚且不至于完全昏聩，对国事还有几分责任心）命：“宣！”商容进宫，口称“陛下”，俯伏阶前。王曰：“丞相有甚紧急奏章，特进宫中见朕？”商容启奏：“执掌司天台首官杜元铣，昨夜观乾象，见妖气照笼金阙，灾殃立见。元铣乃三世之老臣，陛下之股肱，不忍坐视。且陛下何事，日不设朝，不理国事，端坐深宫，使百官日夜忧思。今臣等不避斧钺之诛，干冒天威，非为沽直，乞垂天听。”将本献上。两边侍御官接本在案。纣王展开观看：

“具疏臣执掌司天台官杜元铣奏，为保国安民，靖魅除妖，以隆宗社事：臣闻国家将兴，祯祥必现；国家将亡，妖孽必生。臣元铣夜观乾象，见怪雾不祥，妖光绕于内殿，惨气笼罩深宫。陛下前日躬临大殿，有终南山云中子见妖氛贯于宫闱，特进木剑，镇压妖魅。闻陛下火焚木剑，不听大贤之言，致使妖氛复成，日盛一日，冲霄贯斗，祸患不小。臣窃思：自苏护进贵人之后，陛下朝纲无纪，御案生尘。丹墀下百草生芽，御阶前苔痕长绿。朝政紊乱，百官失望。臣等难近天颜。陛下贪恋美色，日夕欢娱。君臣不会，如云蔽日。何日得睹赓歌①喜起之隆，再见太平天日也？臣不避斧钺，冒死上言，稍尽臣节。如果臣言不谬，望陛下早下御音，速赐施行。臣等不胜惶悚待命之至！谨具疏以闻。”

纣王看毕，自思：“言之甚善。（此时纣王尚能明辨是非）只因本中具有云中子除妖之事，前日几乎把苏美人险丧性命，托天庇佑，焚剑方安，今日又言妖氛在宫闱之地！”（至此仍不省悟，可谓色令智昏，灯下黑矣！）纣王回首问妲己曰：“杜元铣上书，又提妖魅相侵，此言果是何故？”妲己上前跪而奏曰：“前日云中子乃方外术士，假捏妖言，蔽惑圣聪，摇乱万民，此是妖言乱国。今杜元铣又假此为题，皆是朋党惑众，驾言生事。百姓至愚，一听此妖言，不慌者自慌，不乱者自乱，致使百姓皇皇，莫能自安，自然生乱。究其始，皆自此无稽之言惑之也。故凡妖言惑众者，杀无赦！”纣王曰：“美人言之极当！传朕旨意：把杜元铣枭首示众，以戒妖言！”（一经妲己挑唆，便如同换了个人一般）

首相商容曰：“陛下，此事不可！元铣乃三世老臣，素秉忠良，真心为国，沥血披肝，无非朝怀报主之恩，暮思酬君之德，一片苦心，不得已而言之。况且职受司天，验照吉凶，若按而不奏，恐有司参论。今以直谏，陛下反赐其死，元铣虽死不辞，以命报君，就归冥下，自分得其死所。只恐四百文武之中，各有不平元铣无辜受戮。望陛下原其忠心，怜而赦之。”王曰：“丞相不知，若不斩元铣，诬言终无已时，致令百姓遑遑，无有宁宇矣。”（昏君杀人，亦要冠冕堂皇，滑稽之至）

---

① 赓（gēng）歌：酬唱和诗。

商容欲待再谏，争奈纣王不从，令奉御官送商容出宫。奉御官逼令而行，商容不得已，只得出来。（商容虽有进谏之心，却终非能犯颜直谏之人）及到文书房，见杜太师俟候命下，不知有杀身之祸。旨意已下："杜元铣妖言惑众，拿下枭首，以正国法。"奉御官宣读驾帖①毕，不由分说，将杜元铣摘去衣服，绳缠索绑，拿出午门。方至九龙桥，只见一位大夫，身穿大红袍，乃梅伯也。伯见杜太师绑缚而来，向前问曰："太师得何罪如此？"元铣曰："天子失政，吾等上本内庭，言妖气累贯于宫中，灾星立变于天下。首相转达，有犯天颜。君赐臣死，不敢违旨。梅先生，'功名'二字，化作灰尘；数载丹心，竟成冰冷！"（寒了杜元铣的心，也是寒了满朝文武的心）梅伯听言，"两边的，且住了。"竟至九龙桥边，适逢首相商容。梅伯曰："请问丞相，杜太师有何罪犯君，特赐其死？"

商容曰："元铣本章实为朝廷，因妖氛绕于禁阙，怪气照于宫闱。当今听苏美人之言，坐以'妖言惑众，惊慌万民'之罪。老夫苦谏，天子不从。如之奈何！"梅伯听罢，只气得"五灵神暴躁，三昧火烧胸"："老丞相燮理阴阳②，调和鼎鼐③，奸者即斩，佞者即诛，贤者即荐，能者即褒，君正而首相无言，君不正以直言谏主。今天子无辜而杀大臣，似丞相这等钳口不言，委之无奈，是重一己之功名，轻朝内之股肱，怕死贪生，爱血肉之微躯，惧君王之刑典，皆非丞相之所为也！"叫："两边，且住了！待我与丞相面君！"梅伯携商容过大殿，径进内庭。伯乃外官，及至寿仙宫门首，便自俯伏。奉御官启奏："商容、梅伯候旨。"王曰："商容乃三世之老臣，进内可赦；梅伯擅进内廷，不遵国法。"传旨："宣！"商容在前，梅伯随后，进宫

① 驾帖：明代朝廷公文的一种形式，主要用于逮捕犯人和处决罪犯。
② 燮（xiè）理阴阳：指大臣辅佐天子治理国事。
③ 调和鼎鼐（dǐng nài）：比喻处理国家大事。多指宰相职责。

俯伏。王问曰："二卿有何奏章？"梅伯口称："陛下！臣梅伯具疏，杜元铣何事干犯国法，致于赐死？"王曰："杜元铣与方士通谋，架捏[1]妖言，摇惑军民，播乱朝政，污蔑朝廷。身为大臣，不思报本酬恩，而反诈言妖魅，蒙蔽欺君，律法当诛，除奸剿佞不为过耳。"

梅伯听纣王之言，不觉厉声奏曰："臣闻尧王治天下，应天而顺人，言听于文官，计从于武将，一日一朝，共谈安民治国之道，去谗远色，共乐太平。今陛下半载不朝，乐于深宫，朝朝饮宴，夜夜欢娱，不理朝政，不容谏章。臣闻'君如腹心，臣如手足'，心正则手足正，心不正则手足歪邪。古语有云：'臣正君邪，国患难治。'杜元铣乃治世之忠良，陛下若斩元铣而废先王之大臣，听艳妃之言，有伤国家之梁栋，臣愿主公赦杜元铣毫末之生，使文武仰圣君之大德。"纣王听言，"梅伯与元铣一党，违法进宫，不分内外，本当与元铣一例典刑，奈前侍朕有劳，姑免其罪，削其上大夫，永不叙用！"（如此处置，对于专制君主而言，已是不易。可见若无妲己挑唆蛊惑，纣王处置朝政的能力并不弱）梅伯厉声大言曰："昏君听妲己之言，失君臣之义，今斩元铣，岂是斩元铣，实斩朝歌万民！今罢梅伯之职，轻如灰尘，这何足惜！但不忍成汤数百年基业，丧于昏君之手！今闻太师北征，朝纲无统，百事混淆。昏君日于谗佞之臣，左右蔽惑，与妲己在深宫，日夜荒淫，眼见天下变乱，臣无面见先帝于黄壤也！"

纣王大怒，着奉御官："把梅伯拿下去，用金瓜击顶！"两边才待动手，妲己曰："妾有奏章。"王曰："美人有何奏朕？""妾启主公：人臣立殿，张眉竖目，詈语[2]侮君，大逆不道，乱伦反常，非一死可赎者也。且将梅伯权禁囹圄[3]，妾治一刑，杜狡臣之渎奏，除邪

① 架捏：凭空捏造。
② 詈（lì）语：骂人的言语。
③ 囹圄（líng yǔ）：指监狱。

言之乱正。”纣王问曰：“此刑何样？”妲己曰：“此刑约高二丈，圆八尺，上、中、下用三火门，将铜造成，如铜柱一般，里边用炭火烧红。却将妖言惑众、利口侮君、不遵法度、无事妄生谏章与诸般违法者，跣剥官服，将铁索缠身，裹围铜柱之上，只炮烙四肢筋骨，不须臾，烟尽骨消，尽成灰烬。此刑名曰‘炮烙’。若无此酷刑，奸猾之臣，沽名之辈，尽玩弄法纪，皆不知儆惧。”（恶人行恶事，总借正义做幌子）纣王曰：“美人之法，可谓尽善尽美！”即命传旨：“将杜元铣枭首示众，以戒妖言；将梅伯禁于囹圄。”又传旨意，照样造炮烙刑具，限作速完成。

首相商容观纣王将行无道，任信妲己，竟造炮烙，在寿仙宫前叹曰：“今观天下大事去矣！只是成汤懋敬厥德①，一片小心，承天永命，岂知传至当今天子，一旦无道。眼见七庙不守，社稷丘墟。我何忍见！”又听妲己造炮烙之刑，商容俯伏奏曰：“臣启陛下：天下大事已定，国家万事康宁。老臣衰朽，不堪重任，恐失于颠倒，得罪于陛下，恳乞念臣侍君三世，数载揆席②，实愧素餐，陛下虽不即赐罢斥，其如臣之庸老何。望陛下赦臣之残躯，放归田里，得含哺鼓腹③于光天之下，皆陛下所赐之余年也。”（商容眼见杜元铣、梅伯的下场，只得明哲保身。焉知不是也寒了心？）纣王见商容辞官，不居相位，王慰劳曰：“卿虽暮年，尚自矍铄④，无奈卿苦苦固辞，但卿朝纲劳苦，数载殷勤，朕甚不忍。”即命随侍官：“传朕旨意，点文官二员，四表礼，送卿荣归故里。仍着本地方官不时存问。”商容谢恩出朝。

① 懋（mào）敬厥德：高度重视自己的品德，保持恭敬和谨慎的态度，不断努力提高自己的道德水平。
② 揆（kuí）席：相位，指宰辅。
③ 含哺鼓腹：哺，指口中所含食物；鼓腹，挺着肚皮。指口含食物，饱食挺腹。形容在太平盛世无忧无虑的生活。
④ 矍铄（jué shuò）：形容老年人精神健旺。

不一时，百官俱知首相商容致政荣归，各来远送。当有黄飞虎、比干、微子、箕子、微子启、微子衍各官，俱在十里长亭饯别。商容见百官在长亭等候，只得下马。只见七位亲王，把手一举："老丞相今日固是荣归，你为一国元老，如何下得这般毒意，就把成汤社稷抛弃一旁，扬鞭而去，于心安乎？"商容泣而言曰："列位殿下，众位先生，商容纵粉骨碎身，难报国恩，这一死何足为惜，而偷安苟免。今天子信任妲己，无端造恶，制造炮烙酷刑，拒谏杀忠，商容力谏不听，又不能挽回圣意。不日天愁民怨，祸乱自生，商容进不足以辅君，死适足以彰过，不得已让位待罪，俟贤才俊彦，大展经纶，以救祸乱，此容本心，非敢远君而先身谋也。列位殿下所赐，商容立饮一杯。此别料还有会期。"乃持杯作诗一首，以志后会之期。诗曰：

蒙君十里送归程，把酒长亭泪已倾。
回首天颜成隔世，归来畎亩祝神京。
丹心难化龙逄①血，赤日空消夏桀名。
几度话来多悒怏②，何年重诉别离情？

商容作诗已毕，百官无不洒泪而别。商容上马前去，各官俱进朝歌不表。

话言纣王在宫欢乐，朝政荒乱。不一日，监造炮烙官启奏功完。纣王大悦，问妲己曰："铜柱造完，如何处置？"妲己命取来过目。监造官将炮烙铜柱推来：黄澄澄的高二丈，圆八尺，三层火门，下有二滚盘，推动好行。纣王观之，指妲己而笑曰："美人神传秘授奇法，

① 龙逄：亦作"龙逢"，"逄"为"逢"的本字。龙逢为夏末大臣，因多次谏言夏桀被囚禁处死。
② 悒怏（yì yàng）：忧郁不快。

真治世之宝！待朕明日临朝，先将梅伯炮烙殿前，使百官知惧，自不敢阻挠新法，章牍烦扰。”一宿不题。

次日，纣王设朝，钟鼓齐鸣，聚两班文武朝贺已毕。武成王黄飞虎见殿东二十根大铜柱，不知此物新设何用。王曰：“传旨把梅伯拿出！”执殿官去拿梅伯。纣王命把炮烙铜柱推来，将三层火门用炭架起，又用巨扇搧那炭火，把一根铜柱火烧的通红。众官不知其故。午门官启奏：“梅伯已至午门。”王曰：“拿来！”两班文武看梅伯垢面蓬头，身穿缟素①，上殿跪下，口称：“臣梅伯参见陛下。”纣王曰：“匹夫！你看看此物是甚么东西？”梅大夫观看，不知此物，对曰：“臣不知此物。”纣王笑曰：“你只知内殿侮君，仗你利口，诬言毁骂。朕躬治此新刑，名曰‘炮烙’。匹夫！今日九间殿前炮烙你，教你筋骨成灰！使狂妄之徒，如侮谤人君者，以梅伯为例耳。”

梅伯听言，大叫，骂曰：“昏君！梅伯死轻如鸿毛，有何惜哉？我梅伯官居上大夫，三朝旧臣，今得何罪，遭于惨刑？只是可怜成汤天下，丧于昏君之手，久以后将何面目见汝之先王耳！”纣王大怒，将梅伯剥去衣服，赤身将铁索绑缚其手足，抱住铜柱。可怜梅伯，大叫一声，其气已绝。只见九间殿上烙得皮肤筋骨，臭不可闻，不一时化为灰烬。可怜一片忠心，半生赤胆，直言谏君，遭此惨祸！正是：一点丹心归大海，芳名留得万年扬。后人看此，有诗叹曰：

血肉残躯尽化灰，丹心耿耿烛三台。
生平正直无偏党，死后英魂亦壮哉。
烈焰俱随亡国尽，芳名多傍史官裁。

① 缟（gǎo）素：白色的衣服。指丧服。

可怜太白悬旗日，怎似先生叹隽才[1]？

话说纣王将梅伯炮烙在九间大殿之前，阻塞忠良谏诤之口，以为新刑稀奇，但不知两班文武观见此刑，梅伯惨死，无不恐惧，人人有退缩之心，个个有不为官之意。

纣王驾回寿仙宫不表。且言众大臣俱至午门外，内有微子、箕子、比干，对武成王黄飞虎曰："天下荒荒，北海动摇，闻太师为国远征，不意天子任信妲己，造此炮烙之刑，残害忠良，若使播扬四方，天下诸侯闻知，如之奈何？"黄飞虎闻言，将五绺长须拈在手内，大怒曰："三位殿下，据我末将看将起来，此炮烙不是炮烙大臣，乃烙的是纣王江山，炮的是成汤社稷。古云道得好：'君之视臣如手足，则臣视君如腹心；君之视臣如土芥，则臣视君如寇仇。'（此明明是孟子所言，怎成了商朝人口中的"古人云"？须知古典小说戏曲，引用诗文多不考虑时代）今主上不行仁政，以非刑加上大夫，此乃亡国之兆，不出数年，必有祸乱。我等岂忍坐视败亡之理？"众官俱各各嗟叹而散，各归府宅。

且言纣王回宫，妲己迎接圣驾。纣王下辇，携妲己手而言曰："美人妙策，朕今日殿前炮烙了梅伯，使众臣俱不敢出头强谏，钳口结舌，唯唯而退。是此炮烙乃治国之奇宝也。"（昏君！昏君！）传旨："设宴与美人贺功。"其时笙簧杂奏，箫管齐鸣。纣王与妲己在寿仙宫，百般作乐，无限欢娱，不觉樵楼[2]鼓角二更，乐声不息。有阵风将此乐音送到中宫，姜皇后尚未寝，只听乐声聒耳，问左右宫人："这时候那里作乐？"两边宫人启："娘娘，这是寿仙宫苏美人与天子

---

① 隽（jùn）才：指才智出众的人，或者指出众的才智。
② 樵楼：樵，通"谯"。谯楼，古时建筑在城门上用以瞭望的楼。

饮宴未散。”姜皇后叹曰：“昨闻天子信妲己，造炮烙，残害梅伯，惨不可言。我想这贱人，蛊惑圣聪，引诱人君，肆行不道。”即命乘辇，“待我往寿仙宫走一遭。”

看官，此一去，未免有娥眉见妒之意，只怕是非从此起，灾祸目前生。不知后事如何，且听下回分解。

总批

忠谏杀身，古今不止一人。若梅大夫以炮烙捐躯，须臾骨化形消，其受祸更惨，更烈。俚云：“最毒妇人心。”妲己固无足论。纣王竟化之作忍心人，嗣是更惨，更毒，正所谓习与性成。独怪近日须眉男子皆化为绕指柔，而柔颜巽顺，先意逢迎，若不见其惨毒，较之妲己、纣王显恶。稍不肖人以是少恕之。予曰：“否！”当彼之曲意权贵时，冷挑热挽，井中下石，朋比作仇，杀人未尝不毒不惨。此之谓真阴毒，此之为真妇人。何也？彼阴可以借剑杀人，阳可以望风行止，甚致乘机卸担，此辈之恶更甚。殷纣、妲己，公论当入无间狱。

又批

从来仙佛之流，乃超出烦恼场中，逍遥清虚之府，任他桑田沧海，斗换星移，都无挂碍。这云中子不守清规，突然多事，引起事端，妖怪灭不成就索罢了；又题什么诗，送了个杜元铣。因杜元铣又惹得个梅伯惨死，致纣王有炮烙谏臣之名。逐节生出事来，把商家一个天下送了。究其始皆此老不宁耐多事起，《心经》所以欲观自在故，烦恼、恐怖、挂碍，色相俱忘，真是养心妙谛。

第七回　费仲计废姜皇后

費仲計廢姜皇后

导读：这一回中的主角自然是姜皇后。姜皇后当然是虚构出来的，别的不说，就说她“皇后”这个身份，就不可能出现在秦汉之前。商代是否如后世一样，有明确嫡庶尊卑的后妃制度？从现有史料来看，虽然不太能够下一个确定的结论，但很有可能不存在。在《尚书·牧誓》中提到纣王的一项大罪是“惟妇言是用”，而在《史记·殷本纪》中这个“妇”就明确为妲己了。这里的“妇”可能不是简单的表明性别，而是表示身份。在甲骨文中，我们可以看到有大量的“妇某”这样的称呼。据统计，现有甲骨文中这样的人物，有150位以上。这些人中，既有商王的配偶，也有诸侯大臣的配偶，还有商王兄弟和儿子的配偶。可见，在商代“妇”应该是对有较高社会地位女性的一种称呼。而相对应的，后世的“后”“妃”“嫔”之类君主配偶的称呼，在甲骨文中还未见到。从盘庚迁殷到纣王亡国，一共不过十二位商王。即使排除掉诸侯大臣和王子们的配偶，平均到每个商王所拥有的“妇”的数量仍然相当可观。但是，从商代晚期的周祭祀谱来看，并不是每一位妇都能得到祭祀。只有亲生儿子继承王位的妇，才能得到后世的祭祀。而如果一个商王死后是由其弟弟继位，而他自己的儿子在弟弟死后又没能继承王位，那么他的所有配偶都不能进入祀谱得到祭祀，而他本人也被视作是旁系先王。从这点来看，在商王活着的时候，可能并没有一个真正意义上的王后。“妇某”能否成为商王的“法定配偶”，取决于自己的儿子能否最终继承王位。

诗曰：

纣王无道乐温柔，日夜宣淫兴未休。
月色已西重进酒，清歌才罢奏筌篌。
养成暴虐三纲绝，酿就酗戕万姓愁。
讽谏难回流下性，至今余恨锁西楼。

话言姜皇后听得音乐之声，问左右，知是纣王与妲己饮宴，不觉点首叹曰：“天子荒淫，万民失业，此取乱之道。昨外臣谏诤，竟遭惨死，此事如何是好？眼见成汤天下变更，我身为皇后，岂有坐视之理？”姜皇后乘辇，两边排列宫人，红灯闪灼，簇拥而来，前至寿仙宫。侍驾官启奏：“姜娘娘已到宫门候旨。”纣王更深带酒，醉眼睁斜，“苏美人，你当去接梓童①。”妲己领旨出宫迎接。苏氏见皇后行礼。皇后赐以平身。妲己引导姜皇后至殿前，行礼毕。纣王曰：“命左右设坐，请梓童坐。”姜皇后谢恩，坐于右首。

看官，那姜后乃纣王元配，妲己乃美人②，坐不得，侍立一旁。（此时尚知礼数）纣王与正宫把盏。王曰：“梓童今到寿仙宫，乃朕喜幸。”命妲己：“美人着宫娥鲧捐轻敲檀板③，美人自歌舞一回，与梓童赏玩。”其时鲧捐轻敲檀板，妲己歌舞起来。但见：

霓裳摆动，绣带飘扬，轻轻裙裾不沾尘，袅袅腰肢风折柳。歌喉嘹亮，犹如月里奏仙音；一点朱唇，却似樱桃逢雨湿。尖纤十指，恍如春笋一般同；杏脸桃腮，好像牡丹初绽蕊。正是：琼

① 梓童：亦作“子童”，帝王对皇后的称呼。
② 美人：西汉时妃嫔称号，视二千石，比少上造（秦汉二十等爵之第十五等）。
③ 檀板：亦称“拍板”。檀木制成的绰板，演奏音乐时打拍子用。

瑶玉宇神仙降，不亚嫦娥下世间。

妲己腰肢袅娜，歌韵轻柔，好似轻云岭上摇风，嫩柳池塘拂水。只见鲧捐与两边侍儿喝采，跪下齐称“万岁！”姜皇后正眼也不看，但以眼观鼻，鼻叩于心。

忽然纣王看见姜后如此，带笑问曰：“御妻，光阴瞬息，岁月如流，景致无多，正宜当此取乐。如妲己之歌舞，乃天上奇观，人间少有的，可谓真宝。御妻何无喜悦之色，正颜不观，何也？”姜皇后就此出席，跪而奏曰：“如妲己歌舞，岂足稀奇，也不足真宝。”纣王曰：“此乐非奇宝，何以为奇宝也？”姜后曰：“妾闻人君有道，贱货而贵德，去谗而远色，此人君自省之宝也。（此用《中庸》中语）若所谓天有宝，日月星辰；地有宝，五谷园林；国有宝，忠臣良将；家有宝，孝子贤孙。此四者，乃天地国家所有之宝也。如陛下荒淫酒色，征歌逐技，穷奢极欲，听谗信佞，残杀忠良，驱逐正士，播弃犁老①，昵比匪人，惟以妇言是用，此‘牝鸡司晨，惟家之索’②。以此为宝，乃倾家丧国之宝也。妾愿陛下改过弗吝，聿修厥德，亲师保③，远女寺④，立纲持纪，毋事宴游，毋沉酗于酒，毋怠荒于色；日勤政事，弗自满假，庶几天心可回，百姓可安，天下可望太平矣。妾乃女流，不识忌讳，妄干天听，愿陛下痛改前愆，力赐施行。妾不胜幸甚！天下幸甚！”姜皇后奏罢，辞谢毕，上辇还宫。

且言纣王已是酒醉，听姜皇后一番言语，十分怒色：“这贱人不

---

① 播弃犁老：播弃，弃置或舍弃；犁老，老人。

② 牝（pìn）鸡司晨，惟家之索：出自《尚书·牧誓》。母鸡在早晨打鸣，这个家庭就要败落，比喻妇女篡权乱政。牝鸡，母鸡；索，尽。

③ 师保：古时任辅弼帝王和教导王室子弟的官，有师有保，统称“师保”。

④ 女寺：女指后宫佳丽，寺指宦官。

识抬举！朕着美人歌舞一回，与他取乐玩赏，反被他言三语四，许多说话。若不是正宫，用金瓜击死，方消我恨。好懊恼人也！”此时三更已尽，纣王酒已醉了，叫：“美人，方才朕躬着恼，再舞一回，与朕解闷。”妲己跪下奏曰：“妾身从今不敢歌舞。”王曰：“为何？”妲己曰：“姜皇后深责妾身，此歌舞乃倾家丧国之物。况皇后所见甚正，妾身蒙圣恩宠眷，不敢暂离左右。倘娘娘传出宫闱，道贱妾蛊惑圣聪，引诱天子，不行仁政，使外庭诸臣持此督责，妾虽拔发，不足偿其罪矣。”言罢泪下如雨。（以退为进，假装柔弱，也是后宅宫闱常用的手段，但却屡试不爽）纣王听罢，大怒曰：“美人只管侍朕，明日便废了贱人，立你为皇后。朕自做主，美人勿忧。”妲己谢恩，复传奏乐饮酒，不分昼夜不表。

一日，朔望①之辰。姜皇后在中宫，各宫嫔妃朝贺皇后。西宫黄贵妃，乃黄飞虎之妹，馨庆宫杨贵妃俱在正宫。只见宫人来报：“寿仙宫苏妲己候旨。”皇后传：“宣！”妲己进宫，见姜皇后升宝座，黄贵妃在左，杨贵妃在右，妲己进宫朝拜已毕。姜皇后特赐美人平身。妲己侍立一旁。二贵妃问曰：“这就是苏美人？”姜后曰：“正是。”因对苏氏责曰：“天子在寿仙宫，无分昼夜，宣淫作乐，不理朝政，法纪混淆，你并无一言规谏。迷惑天子，朝歌暮舞，沉湎酒色，拒谏杀忠，坏成汤之大典，误国家之安危，是皆汝之作俑也。从今如不悛改②，引君当道，仍前肆无忌惮，定以中宫之法处之！且退！”

妲己忍气吞声，拜谢出宫，满面羞愧，闷闷回宫。时有鲧捐接住妲己，口称“娘娘”。妲己进宫，坐在绣墩之上，长吁一声。鲧捐曰：“娘娘今日朝正宫而回，为何短叹长吁？”妲己切齿曰：“我乃天

---

① 朔望：朔日和望日。即农历每月的初一和十五。
② 悛（quān）改：悔改。

子之宠妃，姜后自恃元配，对黄、杨二贵妃耻辱我不堪，此恨如何不报！”鲧捐曰：“主公前日亲许娘娘为正宫，何愁不能报复？”妲己曰：“虽许，但姜后现在，如何做得！必得一奇计，害了姜后，方得妥帖，不然，百官也不服，依旧谏诤不宁，怎得安然？你有何计可行？其福亦自不浅。”鲧捐对曰：“我等俱系女流，况奴婢不过一侍婢耳，有甚深谋远虑。依奴婢之意，不若召一外臣，计议方妥。”妲己沉吟半晌曰：“外官如何召得进来？况且耳目甚众，又非心腹之人，如何使得？”鲧捐曰：“明日天子幸御园，娘娘暗传懿旨，宣召中谏大夫费仲到宫，待奴婢分付他定一妙计，若害了姜皇后，许他官居显任，爵禄加增。他素有才名，自当用心，万无一失。”妲己曰：“此计虽妙，恐彼不肯，奈何？”鲧捐曰：“此人亦系主公宠臣，言听计从，况娘娘进宫，也是他举荐。奴婢知他必肯尽力。”（此婢女比狐妖还要狡诈恶毒，人心可畏！）妲己大喜。

那日纣王幸御花园，鲧捐暗传懿旨，把费仲宣至寿仙宫。费仲在宫门外，只见鲧捐出宫问曰：“费大夫，娘娘有密书一封，你拿出去自拆，观其机密，不可漏泄。若成事之后，苏娘娘决不负大夫。宜速不宜迟。”鲧捐道罢，进宫去了。费仲接书，急出午门，到于本宅，至密室开拆观看，“乃妲己教我设谋，害姜皇后的重情。”看罢，沉思忧惧：“我想起来，姜皇后乃主上元配，他的父亲乃东伯侯姜桓楚，镇于东鲁，雄兵百万，麾下大将千员，长子姜文焕又勇冠三军，力敌万夫，怎的惹得他！若有差讹，其害非小。若迟疑不行，他又是天子宠妃。那日他若仇恨，或枕边密语，或酒后谗言，吾死无葬身之地矣！”（可见这后宫之事何其纷繁纠缠，朝臣虽是大奸大恶也不敢轻涉）心下踌蹰，坐卧不安，如芒刺背。沉思终日，并无一筹可展，半策可施。厅前走到厅后，神魂颠倒，如醉如痴。

坐在厅上，正纳闷间，只见一人，身长丈四，膀阔三停，壮而且勇，走将过去。费仲问曰：“是甚么人?”那人忙向前叩头，曰：“小的是姜环。”费仲闻说，便问：“你在我府中几年了?”姜环曰：“小的来时，离东鲁到老爷台下五年了。蒙老爷一向抬举，恩德如山，无门可报。适才不知老爷闷坐，有失回避，望老爷恕罪。”费仲一见此人，计上心来，便叫：“你且起来，我有事用你。不知你肯用心去做否?你的富贵亦自不小。”姜环曰：“若老爷分付，安敢不努力前去?况小的受老爷知遇之恩，便使小的赴汤蹈火，万死不辞。”费仲大喜，曰：“我终日沉思，无计可施，谁知却在你身上!若事成之后，不失金带垂腰，其福应自不浅。”姜环曰：“小的怎敢望此。求老爷分付，小人领命。”费仲附姜环耳上：“这般这般，如此如此，若此计成，你我有无穷富贵。切莫漏泄，其祸非同小可!”姜环点头，领计去了。这正是：金风未动蝉先觉，暗送无常死不知。有诗为证。诗曰：

姜后忠贤报主难，孰知平地起波澜。
可怜数载鸳鸯梦①，取次凋残不忍看。

话说费仲密密将计策写明，暗付稣捐。稣捐得书，密奏与妲己。妲己大喜，正宫不久可居。

一日，纣王在寿仙宫闲居无事，妲己启奏曰：“陛下顾恋妾身，旬月未登金殿，望陛下明日临朝，不失文武仰望。”王曰：“美人所言，真是难得!虽古之贤妃圣后，岂是过哉!明日临朝，裁决机务，庶不失贤妃美意。”看官，此是费仲、妲己之计，岂是好意?表过不题。次日，天子设朝，但见左右奉御保驾，出寿仙宫，銮舆过龙德

① 鸳鸯梦：比喻夫妻相会的梦境。亦省作“鸳梦”。

殿，至分宫楼，红灯簇簇，香气氤氲。正行之间，分宫楼门角旁一人，身高丈四，头戴扎巾，手执宝剑，行如虎狼，大喝一声，言曰：“昏君无道，荒淫酒色，吾奉主母之命，刺杀昏君，庶成汤天下不失与他人，可保吾主为君也！”（岂有刺客自报家门？明眼可知是做局陷害）一剑劈来。两边该多少保驾官，此人未近前时，已被众官所获，绳缠索绑，拿近前来，跪在地下。

纣王惊而且怒，驾至大殿升座，文武朝贺毕，百官不知其故。王曰：“宣武成王黄飞虎、亚相比干。”二臣随出班拜伏称“臣”。纣王曰：“二卿，今日升殿，异事非常。”比干曰：“有何异事？”王曰：“分宫楼有一刺客，执剑刺朕，不知何人所使？”黄飞虎听言大惊，忙问曰：“昨日是那一员官宿殿？”内有一人，乃是《封神榜》上有名，官拜总兵，姓鲁名雄，出班拜伏：“是臣宿殿，并无奸细。此人莫非五更随百官混入分宫楼内，故有此异变！”黄飞虎分付：“把刺客推来！”众官将刺客拖到滴水之前。天子传旨：“众卿，谁与朕勘问明白回旨？”班中闪一人进礼称：“臣费仲不才，勘明回旨。”看官，费仲原非问官，此乃做成圈套，陷害姜皇后的，恐怕别人审出真情，故此费仲讨去勘问。

话说费仲拘出刺客，在午门外勘问，不用加刑，已是招成谋逆。费仲进大殿，见天子，俯伏回旨。百官不知原是设成计谋，静听回奏。王曰：“勘明何说？”费仲奏曰：“臣不敢奏闻。”王曰：“卿既勘问明白，为何不奏？”费仲曰：“赦臣罪，方可回旨。”王曰：“赦卿无罪。”费仲奏：“刺客姓姜名环，乃东伯侯姜桓楚家将，奉中宫姜皇后懿旨，行刺陛下，意在侵夺天位，与姜桓楚而为天子。幸宗社有灵，皇天后土庇佑，陛下洪福齐天，逆谋败露，随即就擒。请陛下下九卿文武，议贵议戚，定夺。”纣王听奏，拍案大怒曰：“姜后乃朕元配，辄敢无礼，谋逆不道，还有甚么议贵议戚？况宫弊难除，祸潜内禁，肘腋①难以提防，速着西宫黄贵妃勘问回旨！”纣王怒发如雷，驾回寿仙宫不表。

且言诸大臣纷纷议论，难辨假真。（如此大事，群臣竟无一人进言，只敢相互议论。纣王的独断专行又进一步）内有上大夫杨任对武成王曰：“姜皇后贞静淑德，慈祥仁爱，治内有法。据下官所论，其中定有委曲不明之说，宫内定有私通。列位殿下，众位大夫，不可退朝，且听西宫黄娘娘消息，方存定论。”百官俱在九间殿未散。

话言奉御官承旨至中宫，姜皇后接旨，跪听宣读。奉御官宣读曰：

“敕曰：皇后位正中宫，德配坤元，贵敌天子，不思日夜兢惕②，敬修厥德，毋忝③姆懿，克谐④内助，乃敢肆行大逆，豢养武士姜环，于分宫楼前行刺，幸天地有灵，大奸随获，发赴午门勘问，招称：皇后与父姜桓楚同谋不道，侥幸天位。彝伦有乖⑤，三纲尽绝。着奉御官拿送西宫，好生打着勘明，从重拟罪，毋得徇情故纵，罪有攸归。特敕。”

姜皇后听罢，放声大哭道：“冤哉！冤哉！是那一个奸贼生事，做害我这个不赦的罪名！可怜数载宫闱，克勤克俭，夙兴夜寐，何敢轻为妄作，有忝姆训。今皇上不察来历，将我拿送西宫，存亡未保！”姜后悲悲泣泣，泪下沾襟。奉御官同姜后来至西宫。黄贵妃将

---

① 肘腋：胳膊肘与胳肢窝。比喻切近之处。
② 兢（jīng）惕：戒惧。
③ 忝（tiǎn）：辱。
④ 克谐：能够和谐。
⑤ 彝伦有乖：伦常败坏。

旨意放在上首，遵其国法。姜皇后跪而言曰："我姜氏素秉忠良，皇天后土，可鉴我心。今不幸遭人陷害，望乞贤妃鉴我平日所为，替奴作主，雪此冤枉！"

黄妃曰："圣旨道你命姜环弑君，献国与东伯侯姜桓楚，篡成汤之天下。事干重大，逆礼乱伦，失夫妻之大义，绝元配之恩情。若论情真，当夷九族！"姜后曰："贤妃在上，我姜氏乃姜桓楚之女，父镇东鲁，乃二百镇诸侯之首，官居极品，位压三公，身为国戚，女为中宫，又在四大诸侯之上。况我生子殷郊，已正东宫，圣上万岁后，我子承嗣大位，身为太后，未闻父为天子，而能令女扆负太庙者也。我虽系女流，未必痴愚至此。且天下诸侯，又不止我父亲一人，若天下齐兴问罪之师，如何保得永久！望贤妃详察，雪此奇冤，并无此事。恳乞回旨，转达愚衷，此恩非浅！"（甚有条理，真乃贤后）话言未了，圣旨来催。

黄妃乘辇至寿仙宫候旨。纣王宣黄妃进宫，朝贺毕。纣王曰："那贱人招了不曾？"黄妃奏曰："奉旨严问姜后，并无半点之私，实有真洁[①]贤能之德。后乃元配，侍君多年，蒙陛下恩宠，生殿下已正位东宫，陛下万岁后，彼身为太后，有何不足，尚敢欺心，造此灭族之祸！况姜桓楚官居东伯，位至皇亲，诸侯朝称千岁，乃人臣之极品，乃敢使人行刺，必无是理。姜后痛伤于骨髓之中，衔冤于覆盆之上[②]。即姜后至愚，未有父为天子而女能为太后、甥能承祧[③]者也。至若弃贵而投贱，远上而近下，愚者不为，况姜后正位数年，素明礼教者哉！妾愿陛下察冤雪枉，无令元配受诬，有乖圣德。再乞看太子生母，怜而赦之。妾身幸甚！姜后举室幸甚！"纣王听罢，自思曰：

① 真洁：贞洁，纯净。
② 衔冤于覆盆之上：翻过来的盆子，阳光照不到里面。形容无处申诉的冤情。
③ 承祧（tiāo）：祧，远祖的庙。谓承继先代奉祀祖庙。

“黄妃之言甚是明白，果无此事，必有委曲。”（妲己不言，纣王尚有理智。而下文妲己一开口，纣王立刻无有不从。两相对照，才可见妲己蛊惑之力）

正在迟疑未决之际，只见妲己在旁微微冷笑。纣王见妲己微笑，问曰：“美人微笑不言，何也？”妲己对曰：“黄娘娘被姜后惑了。从来做事的人，好的自己播扬，恶的推于别人。（可谓经验之谈）况谋逆不道，重大事情，他如何轻意便认。且姜环是他父亲所用之人，既供有主使，如何赖得过。且三宫后妃，何不攀扯别人，单指姜后，其中岂得无说？恐不加重刑，如何肯认！望陛下详察。”纣王曰：“美人言之有理。”黄妃在旁言曰：“苏妲己毋得如此！皇后乃天子之元配，天下之国母，贵敌主尊，虽自三皇治世，五帝为君，纵有大过，止有贬谪，并无诛斩正宫之法。”妲己曰：“法者乃为天下而立，天子代天宣化，亦不得以自私自便，况犯法无尊亲贵贱，其罪一也。陛下可传旨：如姜后不招，剜去他一目。眼乃心之苗，他惧剜目之苦，自然招认。便文武知之，此亦法之常，无甚苛求也。”纣王曰：“妲己之言是也。”

黄贵妃听说欲剜姜后目，心甚着忙，只得上辇回西宫。下辇见姜后，垂泪顿足曰：“我的皇娘，妲己是你百世冤家！君前献妒忌之言，如你不认，即剜你一目。你依我，就认了罢！历代君王，并无将正宫加害之理，莫非贬至不游宫便了。”（纣王既然能打破惯例，以酷刑加诸国母，若真的认罪，又岂会遵循旧例不加害姜后？认罪是死，不认亦是死，费仲、妲己已然造成死局，静待姜后落网）姜后泣而言曰：“贤妹言虽为我，但我生平颇知礼教，怎肯认此大逆之事，贻羞于父母，得罪于宗社。况妻刺其夫，有伤风化，败坏纲常，令我父亲作不忠不义之奸臣，我为辱门败户之贱辈，恶名千载，使后人言之切齿，又致太子不得安于储位，所关甚巨，岂可草率冒认？莫说剜我一目，便投之于鼎镬①，万剐千锤，这是生前作孽今生报，岂可有乖大义？古云‘粉骨碎身俱不惧，只留清白在人间’（化用于谦《石灰吟》：“粉骨碎身浑不怕，要留清白在人间。”）……”言未了，圣旨下：“如姜后不认，即去一目！”黄妃曰：“快认了罢！”姜后大哭曰：“纵死，岂有冒认之理？”奉御官百般逼迫，容留不得，将姜皇后剜去一目，血染衣襟，昏绝于地。黄妃忙教左右宫人扶救，急切未醒。可怜！有诗为证。诗曰：

剜目飞灾祸不禁，只因规谏语相侵。
早知国破终无救，空向西宫血染襟。

黄贵妃见姜后遭此惨刑，泪流不止。奉御官将剜下来血滴滴一目盛贮盘内，同黄妃上辇来回纣王。黄妃下辇进宫。纣王忙问曰：“那贱人可曾招成？”黄妃奏曰：“姜后并无此情，严究不过，受剜目屈刑，怎肯失了大节？奉旨已取一目。”黄妃将姜后一目血淋淋的捧将上来。纣王观之，见姜后之睛，其心不忍，恩爱多年，自悔无及，低头不语，甚觉伤情。回首责妲己曰：“方才轻信你一言，将姜后剜去一目，又不曾招成，咎将谁委？这事俱系你轻率妄动，倘百官不服，奈何，奈何！”妲己曰：“姜后不招，百官自然有说，如何干休。况东伯侯坐镇一国，亦要为女洗冤。此事必欲姜后招成，方免百官万姓之口。”（誓要拉纣王下水，置姜后于死地）

纣王沉吟不语，心下煎熬，似羝羊触藩②，进退两难，良久，问妲己曰：“为今之计，何法处之方妥？”妲己曰：“事已到此，一不

① 鼎镬（huò）：古代烹饪器，也指古代的一种酷刑，用鼎镬烹人。
② 羝（dī）羊触藩：比喻进退两难。《易·大壮》：“羝羊触藩，羸其角。”羸，困。谓公羊的角缠在篱笆上，进退不得。

做，二不休，招成则安静无说，不招则议论风生，竟无宁宇。为今之计，只有严刑酷拷，不怕他不认。今传旨：令贵妃用铜斗一只，内放炭火烧红，如不肯招，炮烙姜后二手。十指连心，痛不可当，不愁他不承认！”纣王曰：“据黄妃所言，姜后全无此事，今又用此惨刑，屈勘中宫，恐百官他议。剜目已错，岂可再乎？”妲己曰：“陛下差矣！事到如此，势成骑虎，宁可屈勘姜后，陛下不可得罪于天下诸侯、合朝文武。”纣王出乎无奈，只得传旨：“如再不认，用炮烙二手，毋得徇情掩讳！”（当纣王下令剜去姜后一目时，事情便已无可挽回，必须将姜后罪名坐实，否则无法交代。妲己从一开始就堵死了纣王可能后悔的路）

黄妃听得此言，魂不附体，上辇回宫，来看姜后。可怜身倒尘埃，血染衣襟，情景惨不忍见。放声大哭曰：“我的贤德娘娘！你前身作何恶孽，得罪于天地，遭此横刑！”乃扶姜后而慰曰：“贤后娘娘，你认了罢！昏君意呆心毒，听信贱人之言，必欲致你死地。如你再不招，用铜斗炮烙你二手。如此惨恶，我何忍见？”姜后血泪染面，大哭曰：“我生前罪深孽重，一死何辞！只是你替我作个证盟，就死瞑目！”

言未了，只见奉御官将铜斗烧红，传旨曰：“如姜后不认，即烙其二手！”姜后心如铁石，意似坚钢，岂肯认此诬陷屈情。奉御官不由分说，将铜斗放在姜后两手，只烙的筋断皮焦，骨枯烟臭。十指连心，可怜昏死在地。后人观此，不胜伤感，有诗叹曰：

铜斗烧红烈焰生，宫人此际下无情。
可怜一片忠贞意，化作空流日夜鸣！

黄妃看见这等光景，兔死狐悲，心如刀绞，意似油煎。痛哭一场，上辇回旨，进宫见纣王。黄妃含泪奏曰："惨刑酷法，严审数番，并无行刺真情。只怕奸臣内外相通，做害中宫，事机有变，其祸不小。"纣王听言，大惊曰："此事皆美人教朕传旨勘问，事既如此，奈何，奈何！"（事已至此，纣王尚不悔悟，偏信妲己，世上果有如此痴人乎？）妲己跪而奏曰："陛下不必忧虑。刺客姜环现在，传旨着威武大将军晁田、晁雷，押解姜环进西宫，二人对面执问，难道姜后还有推托？此回必定招认。"纣王曰："此事甚善。"传旨："宣押刺客对审。"黄妃回宫不题。话言晁田、晁雷押刺客姜环进西宫对词。不知性命如何，且听下回分解。

总批

从来奸臣贼子，定是残忍刻薄。费仲遣谋，妲己起衅，纣王残忍，若天生就一副肝肠。《书》曰：朋比作仇，良有以也。可怜姜后之贤，竟罹奇祸，所有黄妃一人，左右挽回，终不克免。予恨此时满朝文武，独无一男子，纣王可谓独夫！

又批

此书以狐狸托于妲己，原未见于正史；此系作书者婆心指点，大有深意。逭狐善媚而亦惨毒，如妇人焉。狐之始以美色妖惑少年，宣淫恩爱，彼少者不知，及至髓竭精枯，罢敝郎当①，彼方弃而他适，何尝有一点怜惜之意，与妇人何以异？今看纸上之言，回视闺中之妇，然乎否也？如今举世皆有狐狸，但不可为他所惑，可谓回头是岸。

① 郎当：潦倒，颓唐。

第八回　方弼方相反朝歌

方弼方相反朝歌
朝歌

导读：方弼、方相兄弟的名字，方弼应出自作者杜撰，但方相却是颇有来头的。方相原本是一类驱疫辟邪的神巫，《周礼》中称其为“方相氏”。方相最早出现于什么时候，至今还没有定论，就已有文献来看，它的历史应该比较久远。根据《周礼·夏官》的记载，方相氏的装扮是“掌蒙熊皮，黄金四目，玄衣朱裳，执戈扬盾”。而他主要的职责，一是带领手下在室内举行仪式驱逐疫病，二是在出殡和下葬时驱赶沿途和墓穴里的孤魂野鬼、魑魅魍魉，使死者不受打扰。到了汉代，又出现了一种打鬼驱疫用的面具，名叫“魌（qī）头”。此后，方相和魌头就逐渐成了送葬时开道神君的称呼。并且有了上下级之分，方相有四目，魌头只有两目，所以要低方相一等。从《隋书·礼仪志》开始，一直到《宋史·礼志》都规定只有四品以上官员出殡时才能用方相，四品以下只能用魌头，低于七品的则连魌头都没资格用。方相和魌头的关系，有点像方相和方弼，或许作者的设定也从中获取了灵感也未可知。不过在唐宋以前，方相都是由真人扮演的，而且一般都是职业化的，专做白事生意。自唐朝开始，用纸扎的方相逐渐代替了真人，在北宋时就开始有专门的店铺出售方相及其他丧葬用品。

诗曰：

美人祸国万民灾，驱逐忠良若草莱[①]。
擅宠诛妻夫道绝，听谗杀子国储灰。
英雄弃主多亡去，俊彦怀才尽隐埋。
可笑纣王孤注立，纷纷兵甲起尘埃。

话言晁田、晁雷押姜环至西宫跪下。黄妃曰：“姜娘娘，你的对头来了。”姜后屈刑凌陷，一目睁开，骂曰：“你这贼子！是何人买嘱你陷害我，你敢诬执我主谋弑君！皇天后土，也不佑你！”姜环曰：“娘娘役使小人，小人怎敢违旨。娘娘不必推辞，此情是实。”黄妃大怒：“姜环，你这匹夫！你见姜娘娘这等身受惨刑，无辜绝命，皇天后土，天必杀汝！”

不言黄妃勘问，且说东宫太子殷郊、二殿下殷洪弟兄正在东宫无事弈棋，只见执掌东宫太监杨容来启：“千岁，祸事不小！”太子殷郊此时年方十四岁，二殿下殷洪年方十二岁，年纪幼小，尚贪嬉戏，竟不在意。杨容复禀曰：“千岁不要弈棋了，今祸起宫闱，家亡国破！”殿下忙问曰：“有何大事，祸及宫闱？”杨容含泪曰：“启千岁：皇后娘娘不知何人陷害，天子怒发西宫，剜去一目，炮烙二手，如今与刺客对词，请千岁速救娘娘！”殷郊一声大叫，同弟出东宫，竟至西宫。进得宫来，忙到殿前。太子一见母亲浑身血染，两手枯焦，臭不可闻，不觉心酸肉颤，近前俯伏姜皇后身上，跪而哭曰：“娘娘为何事受此惨刑？母亲，你纵有大恶，正位中宫，何轻易加刑？”姜后闻子之声，睁开一目，母见其子，大叫一声：“我儿！你看我剜目烙

① 草莱：杂生的丛草。

手，刑甚杀戮。这个姜环做害我谋逆，妲己进献谗言残我手目，你与为母明冤洗恨，也是我养你一场！”言罢大叫一声“苦死我也！”呜咽而绝。

太子殷郊见母气死，又见姜环跪在一旁，殿下问黄妃曰：“谁是姜环？”黄妃指姜环曰：“跪的这个恶人就是你母亲对头。”殿下大怒，只见西宫门上挂一口宝剑，殿下取剑在手，“好逆贼！你欺心行刺，敢陷害国母！”把姜环一剑砍为两段，血溅满地。（到底少年冲动，这下不但死无对证，还让自己陷入被动）太子大叫曰：“我先杀妲己以报母仇！”提剑出宫，掉步如飞。晁田、晁雷见殿下执剑前来，只说杀他，不知其故，转身就跑往寿仙宫去了。黄妃见殿下杀了姜环，持剑出宫，大惊曰：“这冤家不谙事体。”叫殷洪：“快赶回你哥哥来！说我有话说！”殷洪从命，出宫赶叫曰：“皇兄！黄娘娘叫你且回去，有话对你说。”殷郊听言，回来进宫。黄妃曰：“殿下，你忒暴躁，如今杀了姜环，人死无对，你待我也将铜斗烙他的手，或用严刑拷讯，他自招成，也晓得谁人主谋，我好回旨。你又提剑出宫赶杀妲己，只怕晁田、晁雷到寿仙宫见那昏君，其祸不小！”黄妃言罢，殷郊与殷洪追悔不及。

晁田、晁雷跑至宫门，慌忙传进宫中，言：“二殿下持剑赶来！”纣王闻奏大怒：“好逆子！姜后谋逆行刺，尚未正法，这逆子敢持剑进宫弑父，总是逆种，不可留。着晁田、晁雷取龙凤剑，将二逆子首级取来，以正国法！”（暴君毒于猛虎）晁田、晁雷领剑出宫，已到西宫。时有西宫奉御官来报黄妃曰：“天子命晁田、晁雷捧剑来诛殿下。”黄妃急至宫门，只见晁田兄弟二人，捧天子龙凤剑而来。黄妃问曰：“你二人何故又至我西宫？”晁田一见黄贵妃，晁田对曰：“臣晁田奉皇上命，欲取二位殿下首级，以正弑父之罪。”

黄妃大喝一声：“这匹夫！适才太子赶你同出西宫，你为何不往东宫去寻，却怎么往我西宫来寻？我晓的你这匹夫倚天子旨意，遍游内院，玩弄宫妃。你这欺君罔上的匹夫，若不是天子剑旨，立斩你这匹夫驴头，还不速退！”晁田兄弟二人只吓得魂丧魄消，喏喏而退，不敢仰视，竟往东宫而来。（黄妃确是有手段之人）黄妃忙进宫中，急唤殷郊兄弟二人。黄妃泣曰：“昏君杀子诛妻，我这西宫救不得你，你可往馨庆宫杨贵妃那里，可避一二日。若有大臣谏救，方保无事。”二位殿下双双跪下，口称：“贵妃娘娘，此恩何日得报！只是母死，尸骸暴露，望娘娘开天地之心，念母死冤枉，替他讨得片板遮身，此恩天高地厚，莫敢有忘！”黄妃曰：“你作速去，此事俱在我，我回旨自有区处。”

二殿下出宫门，径往馨庆宫来，只见杨妃身倚宫门，望姜皇后信息。二殿下向前哭拜在地。杨贵妃大惊，问曰：“二位殿下，娘娘的事怎样了？”殷郊哭诉曰：“父王听信妲己之言，不知何人买嘱姜环架捏诬害，将母亲剜去一目，炮烙二手，死于非命。今又听妲己谗言，欲杀我兄弟二人。望姨母救我二人性命！”杨妃听罢，泪流满面，呜咽言曰：“殿下，你快进宫来！”二位殿下进宫。杨妃沉思：“晁田、晁雷至东宫，不见太子，必往此处追寻。待我把二人打发回去，再作区处。”杨妃站立宫门，只见晁田兄弟二人行如狼虎，飞奔前来。杨妃命：“传宫官，与我拿了来人！此乃深宫内阙，外官焉敢至此，法当夷族！”晁田听罢，向前口称：“娘娘千岁！臣乃晁田、晁雷，奉天子旨，找寻二位殿下。上有龙凤剑在，臣不敢行礼。”杨妃大喝曰：“殿下在东宫，你怎往馨庆宫来？若非天子之命，拿问贼臣才好，还不快退去！”（黄、杨二妃，于国为贤妃，于家为淑配，可与姜皇后并称“女三贤”）晁田不敢回言，只得退走。兄弟计较：“这件事怎了？”晁雷曰：“三宫全无，宫内生疏，不知内庭路径，且回寿仙宫见天子回旨。”二人回去不表。

且言杨妃进宫，二位殿下来见。杨妃曰："此间不是你弟兄所居之地，眼目且多，君昏臣暗，杀子诛妻，大变纲常，人伦尽灭。二位殿下可往九间殿去，合朝文武未散，你去见皇伯微子、箕子，比干、微子启、微子衍、武成王黄飞虎，就是你父亲要为难你兄弟，也有大臣保你。"二位殿下听罢，叩头拜谢姨母指点活命之恩，洒泪而别。杨妃送二位殿下出宫。杨妃坐于绣墩之上，自思叹曰："姜后元配，被奸臣做陷，遭此横刑，何况偏宫！今妲己恃宠，蛊惑昏君，倘有人传说二位殿下自我宫中放去，那时归罪于我，也是如此行径，我怎经得这般惨刑。况我侍奉昏君多年，并无一男半女；东宫太子乃自己亲生之子，父子天性，也不过如此，三纲已绝，不久必有祸乱。我以后必不能有甚好结果。"杨妃思想半日，凄惶自伤，掩了深宫，自缢而死。（非是对纣王、对未来极度绝望不能至此）有宫官报入寿仙宫中。纣王闻杨妃自缢，不知何故，传旨："用棺椁①停于白虎殿。"

且说晁田、晁雷来至寿仙宫，只见黄贵妃乘辇进宫回旨。纣王曰："姜后死了？"黄妃奏曰："姜后临绝，大叫数声道：'妾侍圣躬②十有六载，生二子，位正东宫，自待罪宫闱，谨慎小心，夙夜匪懈，御下并无嫉妒。不知何人妒我，买刺客姜环，坐我一个大逆不道罪名，受此惨刑，十指枯焦，筋酥骨碎，生子一似浮云，恩爱付于流水，身死不如禽兽，这场冤枉无门可雪，只传与天下后世，自有公论。'万望妾身转达天听。姜后言罢气绝，尸卧西宫。望陛下念元配生太子之情，可赐棺椁，收停白虎殿，庶成其礼，使文武百官无议，亦不失主上之德。"纣王传旨："准行。"黄妃回宫。只见晁田回旨，纣王问："太子何在？"晁田等奏曰："东宫寻觅，不知殿下下落。"

① 棺椁（guǒ）：即棺材和套棺（古代套于棺外的大棺）。
② 圣躬：圣体，亦代指皇帝。

王曰："莫非只在西宫？"晁田对曰："不在西宫，连馨庆宫也不在。"纣王言曰："三宫不在，想在大殿。必须擒获，以正国法。"晁田领旨出宫来不表。

且言二殿下往长朝殿来，两班文武俱不曾散朝，只等宫内信息。武成王黄飞虎听得脚步仓惶之声，望孔雀屏里一看，见二位殿下慌忙错乱，战战兢兢，黄飞虎迎上前曰："殿下为何这等慌张？"殷郊看见武成王黄飞虎，大叫："黄将军救我兄弟性命！"道罢大哭，一把拉住黄飞虎袍服，顿足曰："父王听信妲己之言，不分皂白，将我母亲剜去一目，铜斗烧红，烙去二手，死于西宫。黄贵妃勘问，并无半点真情。我看见生身母亲受此惨酷之刑，那姜环跪在前面对词，那时心甚焦躁，不曾思忖，将姜环杀了。我复仗剑，欲杀妲己，不意晁田奏准父王，父王赐我兄弟二人死。望列位皇伯怜我母亲受屈身亡，救我殷郊，庶不失成汤之一脉！"言罢，二位殿下放声痛哭。两班文武齐含泪上前曰："国母受诬，我等如何坐视。可鸣钟击鼓，请天子上殿，声明其事，庶几罪人可得，洗雪皇后冤枉。"

言未了，只听得殿西首一声喊叫，似空中霹雳，大呼曰："天子失政，杀子诛妻，建造炮烙，阻塞忠良，恣行[①]无道，大丈夫既不能为皇后洗冤，太子复仇，含泪悲啼，效儿女子之态！古云：'良禽择木而栖，贤臣择主而仕。'今天子不道，三纲已绝，大义有乖，恐不能为天下之主，我等亦耻为之臣。我等不若反出朝歌，另择新君，去此无道之主，保全社稷！"众人看时，却是镇殿大将军方弼、方相兄弟二人。黄飞虎听说，大喝一声："你多大官，敢如此乱言！满朝该多少大臣，岂到得你讲！本当拿了你这等乱臣贼子，还不退去！"（枉杨妃还视尔等为二王子之依靠，也不知是对纣王心存幻想，还是舍不得自家

① 恣（zì）行：任意而行，横行。

荣华富贵，反不若方家兄弟一腔忠勇）方弼兄弟二人低头喏喏，不敢回言。

黄飞虎见国政颠倒，迭现不祥，也知天意人心，俱有离乱之兆，心中沉郁不乐，咄咄无言，又见微子、比干、箕子诸位殿下，满朝文武，人人切齿，个个长吁，正无甚计策，只见一员官，身穿大红袍，腰悬宝带，上前对诸位殿下言曰：“今日之变，正应终南山云中子之言，古云‘君不正，则臣生奸佞’。今天子屈斩太师杜元铣，治炮烙坏谏官梅伯，今日又有这异事。皇上青白不分，杀子诛妻，我想起来，那定计奸臣，行事贼子，他反在旁暗笑。可怜成汤社稷，一旦丘墟①，似我等不久终被他人所掳。”言者乃上大夫杨任。黄飞虎长叹数声：“大夫之言是也！”百官默默。二位殿下悲哭不止。只见方弼、方相分开众人，方弼夹住殷郊，方相夹住殷洪，厉声高叫曰：“纣王无道，杀子而绝宗庙，诛妻有坏纲常，今日保二位殿下往东鲁借兵，除了昏君，再立成汤之嗣。我等反了！”二人背负殿下，径出朝歌南门去了。大抵二人气力甚大，彼时不知跌倒几多官员，那里当得住他！后人有诗为证。诗曰：

方家兄弟反朝歌，殿下今番脱网罗。
漫道美人能破舌，天心已去奈伊何。

话说众多文武见反了方弼、方相，大惊失色。独黄飞虎若为不知。亚相比干近前曰：“黄大人，方弼反了，大人为何独无一言？”黄飞虎答曰：“可惜文武之中，并无一位似方弼二人的。方弼乃一夯

① 丘墟：亦作“丘虚”。废墟，荒地。

汉[1]，尚知不忍国母负屈，太子枉死，自知卑小，不敢谏言，故此背负二位殿下去了。若圣旨追赶回来，殿下一死无疑，忠良尽皆屠戮。此事明知有死无生，只是迫于一腔忠义，故造此罪孽，然情甚可矜。”（尔等能无愧乎？）百官未及答，只听后殿奔逐之声。众官正看，只见晁田兄弟二人捧宝剑到殿前，言曰：“列位大人，二位殿下可曾往九间殿来？”（一正一反，对比鲜明）黄飞虎曰：“二位殿下方才上殿哭诉冤枉，国母屈勘遭诛，又欲赐死太子，有镇殿大将军方弼、方相听见，不忿[2]沉冤，把二位殿下背负，反出都城，去尚不远。你既奉天子旨意，速去拿回，以正国法。”晁田、晁雷听得是方弼兄弟反了，吓的魂不附体。话说那方弼身长三丈六尺，方相身长三丈四尺，晁田兄弟怎敢惹他？一拳也经不起。（整部《封神》，皆是靠实力讲话）晁田自思：“此是黄飞虎明明奈何我。我有道理。”晁田曰：“方弼既反，保二位殿下出都城去了，末将进宫回旨。”

晁田来至寿仙宫见纣王，奏曰：“臣奉旨到九间殿，见文武未散，找寻二位殿下不见。只听百官道：二位殿下见文武哭诉冤情，有镇殿将军方弼、方相保二位殿下反出都城，投东鲁借兵去了。请旨定夺。”纣王大怒曰：“方弼反了，你速赶去拿来，毋得疏虞纵法[3]！”晁田奏曰：“方弼力大勇猛，臣焉能拿得来？要拿方弼兄弟，陛下速发手诏，着武成王黄飞虎方可成功，殿下亦不致漏网。”纣王曰：“速行手敕，着黄飞虎速去拿来！”晁田将这个担儿卸与黄飞虎。晁田奉手敕至大殿，命武成王黄飞虎速擒反叛方弼、方相，并取二位殿下首级回旨。黄飞虎笑曰：“我晓的，这是晁田与我担儿挑。”（此一段推诿，着实有现实映照）即领剑敕出午门。只见黄明、周纪、龙环、

---

① 夯（bèn）汉：粗笨的汉子。夯，通“笨”。
② 不忿：指不服气，不平。
③ 疏虞纵法：疏虞，疏忽，失误。纵法，枉法。

吴炎曰："小弟相随。"黄飞虎曰："不必你们去。"自上五色神牛①，催开坐下兽，两头见日，走八百里。

且言方弼、方相背负二位殿下，一口气跑了三十里，放下来。殿下曰："二位将军，此恩何日报得。"方弼曰："臣不忍千岁遭此屈陷，故此心下不平，一时反了朝歌。如今计议，前往何方投脱。"正商议间，只见武成王黄飞虎坐五色神牛飞奔赶来。方弼、方相着慌，忙对二位殿下曰："末将二人，一时卤莽，不自三思，如今性命休矣，如何是好？"殿下曰："将军救我兄弟性命，无恩可酬，何出此言。"方弼曰："黄将军来拿我等，此去一定伏诛。"（可见黄飞虎实力不俗）殷郊急看，黄飞虎已赶到面前。二位殿下轵道②跪下曰："黄将军此来，莫非捉获我等？"黄飞虎见二殿下跪于道旁，滚下神牛，亦跪于地上，口称："臣该万死！殿下请起。"殷郊曰："将军此来有甚事？"飞虎曰："奉命差遣，天子赐龙凤剑前来，请二位殿下自决，臣方敢回旨意。非臣敢逼弑储君。请殿下速行。"（到头来竟是逼二人自裁，黄飞虎可谓"乡愿"不如！）

殷郊听罢，兄弟跪告曰："将军尽知我母子衔冤负屈。母遭惨刑，沉魂莫白，再杀幼子，一门尽绝。乞将军可怜衔冤孤儿，开天地仁慈之心，赐一线再生之路。倘得寸土可安，生则衔环③，死当结草④，没世不敢忘将军之大德！"黄飞虎跪而言曰："臣岂不知殿下冤枉，

① 五色神牛：也叫五彩神牛，具有五色毛发，力大无尽，不惧凶兽，可以托云走路。

② 轵（zhǐ）道：亭名。在陕西省西安市东北。

③ 衔环：相传东汉杨宝救了一只黄雀，后有一黄衣童子以白环四枚相报，谓使其子孙洁白，位登三事（古官名），有如此环。后杨宝子孙果皆显贵。后世因此为报恩之典。

④ 结草：春秋时晋国大夫魏武子有宠妾，武子时嘱咐儿子魏颗，将来让小妾改嫁；病重后又说让小妾殉葬。魏颗最终按照父亲首次的命令将那个小妾改嫁。后来，魏颗与杜回交战，看到一个老人结草绊住了杜回，因而获胜。夜间梦到老人对他说："我就是那个小妾的父亲，特来感谢你的恩德。"后以"结草"为受恩深重，虽死也要报答之典。

君命概不由己。臣欲要放殿下，便得欺君卖国之罪；欲要不放殿下，其实身负沉冤，臣心何忍。”彼此筹画，再三沉思，俱无计策。只见殷郊自思，料不能脱此灾，“也罢，将军既奉君命，不敢违法，还有一言，望将军不知可施此德，周旋一脉生路？”黄飞虎曰：“殿下有何事？但说不妨。”郊曰：“将军可将我殷郊之首级回都城回旨。可怜我幼弟殷洪，放他逃往别国。倘他日长成，或得借兵报怨，得泄我母之沉冤。我殷郊虽死之日，犹生之年。望将军可怜！”

殷洪上前急止之曰：“黄将军，此事不可。皇兄乃东宫太子，我不过一郡王。况我又年幼，无有大施展，黄将军可将我殷洪首级回旨。皇兄或往东鲁，或去西岐，借一旅之师。倘可报母弟之仇，弟何惜此一死！”殷郊上前一把抱住兄弟殷洪，放声大哭曰：“我何忍幼弟遭此惨刑！”二人痛哭，彼此不忍，你推我让，那里肯舍。（羞煞多少帝王家兄弟阋墙者）方弼、方相看见如此苦情疼切，二人一声叫：“苦杀人也！”泪如瓢倾。黄飞虎看见方弼有这等忠心，自是不忍见，甚是凄惶，乃含泪教：“方弼不可啼哭，二位殿下不必伤心。此事惟有我五人共知。如有漏泄，我举族不保。方弼过来，保殿下往东鲁见姜桓楚；方相，你去见南伯侯鄂崇禹，就言我在中途放殿下往东鲁，传与他，教他两路调兵，靖奸洗冤。我黄飞虎那时自有处治。”（黄飞虎从一开始偏于自保，到如今冒险设计，期间态度的转变，内心之挣扎，本可写得精彩，可惜草草带过）方弼曰：“我兄弟二人今日早朝，不知有此异事，临朝保驾，不曾带有路费，如今欲分头往东南二路去，这事怎了？”飞虎曰：“此事你我俱不曾打点。”飞虎沉思半晌曰：“可将我内悬宝玦①，拿去前途货卖，权作路费。上有金厢②，价值百金。

① 宝玦：珍贵的佩玉。
② 金厢：疑为“金镶”。

二位殿下，前途保重。方弼、方相，你兄弟宜当用心，其功不小。臣回宫复命。”飞虎上骑回朝歌。进城时日色已暮，百官尚在午门，黄飞虎下骑。比干曰：“黄将军，怎样了？”黄飞虎曰：“追赶不上，只得回旨。”百官大喜。且言黄飞虎进宫候旨。纣王问曰：“逆子叛臣，可曾拿了？”黄飞虎曰：“臣奉手敕①，追赶七十里，到三叉路口，问来往行人，俱言不曾见。臣恐有误回旨，只得回来。”纣王曰：“追袭不上，好了逆子叛臣！卿且暂退，明日再议。”黄飞虎谢恩出午门，与百官各归府第。

且说妲己见未曾拿住殷郊，复进言曰：“陛下，今日走脱了殷郊、殷洪，倘投了姜桓楚，只恐大兵不久即至，其祸不小。况闻太师远征，不在都城。不若速命殷破败、雷开，点三千飞骑，星夜拿来，斩草除根，恐生后患。”纣王听说，“美人此言，正合朕意。”忙传手诏：“命殷破败、雷开点飞骑三千，速拿殿下，毋得迟误取罪！”殷、雷二将领诏，要往黄飞虎府内，来领兵符，调选兵马。黄飞虎坐在后厅，思想：“朝廷不正，将来民愁天怨，万姓遑遑，四海分崩，八方播乱，生民涂炭，日无宁宇，如何是好？”正思想间，军政司启：“老爷，殷、雷二将听令。”飞虎曰：“令来。”二位进后厅，行礼毕。飞虎问曰：“方才散朝，又有何事？”二将启曰：“天子手诏，令末将领三千飞骑，星夜追赶殿下，捉方弼等以正国法，特来请发兵符。”飞虎暗想：“此二将赶去，必定拿来，我把前面方便付与流水。”乃分付殷破败、雷开曰：“今日晚了，人马未齐；明日五更，领兵符速去。”殷、雷二将不敢违令，只得退去。这黄飞虎乃是元戎②，殷、雷二将乃是麾下，焉敢强辩，只得回去不表。

① 手敕：手诏。
② 元戎：主将。

且言黄飞虎对周纪曰："殷破败来领兵符，调三千飞骑，追赶殿下。你明日五更，把左哨疾病、衰老、懦弱不堪的点三千与他去。"周纪领命。次早五更，殷、雷二将等发兵符。周纪下教场，令左哨点三千飞骑，发与殷、雷二将领去。二将观之，皆老弱不堪，疾病之卒，又不敢违令，只得领人马出南门而去。一声炮响，催动三军，那老弱疾病之兵，如何行得快，急得二将没奈何，只得随军征进。有诗为证。诗曰：

三千飞骑出朝歌，呐喊摇旗擂鼓锣。
队伍不齐叫难走，行人拍手笑呵呵。

不言殷破败、雷开追赶殿下。且言方弼、方相保二位殿下行了一二日，方弼与弟言曰："我和你保二位殿下反出朝歌，囊箧[①]空虚，路费毫无，如何是好！虽然黄老爷赐有玉玦，你我如何好用，倘有人盘诘，反为不便。来此正是东南二地，你我指引二位殿下前往，我兄弟再投他处，方可两全。"（粗中有细）方相曰："此言极是。"方弼请二位殿下，说曰："臣有一言，启二位千岁：臣等乃一勇之夫，秉性愚卤，昨见殿下负此冤苦，一时性起，反了朝歌，并不曾想到路途窎远[②]，盘费全无。今欲将黄将军所留玉玦货卖使用，又恐盘诘出来，反为不便。况逃灾避祸，须要隐秀[③]些方是。适才臣想一法，必须分路各自潜行，方保万全。望二位千岁详察。非臣不能终始。"（分路潜行，确有智识）殷郊曰："将军之言极当。但我兄弟幼小，不知去路，奈何？"方弼曰："这一条路往东鲁，这一条路往南都，俱是大路，

① 囊箧：袋子与箱子。
② 窎（diào）远：距离遥远。
③ 隐秀：隐蔽，不公开。

人烟凑集，可以长行。”殷郊曰：“既然如此，二位将军不知往何方去？何时再能重会也？”方相曰：“臣此去，不管那镇诸侯处暂且安身，俟殿下借兵进朝歌时，臣自来投拜麾下，以作前驱耳。”四人各各洒泪而别。

不表方弼、方相别殿下，投小路而去，且说殷郊对殷洪曰：“兄弟，你投那一路去？”殷洪曰：“但凭哥哥。”殷郊曰：“我往东鲁，你往南都，我见外翁，哭诉这场冤苦，舅爷必定调兵。我差官知会你，你或借数万之师，齐伐朝歌，擒拿妲己，为母亲报仇。此事不可忘了！”殷洪垂泪点头，“哥哥，从此一别，不知何日再会？”兄弟二人放声大哭，执手难分。有诗为证。诗曰：

旅雁分飞实可伤，兄南弟北苦参商。
思亲痛有千行泪，失路愁添万结肠。
横笛几声催暮霭，孤云一片逐沧浪。
谁知国破人离散，方信倾城在女娘。

话言殷洪上路，泪不能干，凄凄惨惨，愁怀万缕。况殿下年纪幼小，身居宫阙，那晓的跋涉长途。行行且止，后绊前思，腹内又饥。你想那殿下深居宫中，思衣则绫锦，思食则珍馐①，那里会求乞于人。见一村舍人家，大小俱在那里吃饭。殿下走到跟前，便教：“拿饭与孤家用！”众人看见殿下身着红衣，相貌非俗，忙起身曰：“请坐，有饭。”忙忙取饭放在桌上。殷洪吃了，起身谢曰：“承饭有扰，不知何时还报你们。”乡人曰：“小哥那里去？贵处？上姓？”殷洪曰：“吾非别人，纣王之子殷洪是也。如今往南都见鄂崇禹。”（小王

① 珍馐：贵重珍奇的食品。

子着实不知人情世故）

那些人听是殿下，忙叩在地，口称："千岁！小民不知，有失迎迓①，望乞恕罪。"殿下曰："此处可是往南都去的路？"乡民曰："这是大路。"殿下离了村庄，望前趱行②，一日走不上二三十里。大抵殿下乃深宫娇养，那里会走路。此时来到前不巴村，后不着店，无处可歇，心下着慌。又行二三里，只见松阴密杂，路道分明，见一座古庙，殿下大喜，一径奔至前面。见庙门一匾，上书"轩辕庙"。殿下进庙，拜倒在地，言曰："轩辕圣主，制度衣裳，礼乐冠冕，日中为市，乃上古之圣君也。殷洪乃成汤三十一代之孙，纣王之子。今父王无道，杀子诛妻，殷洪逃难，借圣帝庙宇安宿一夜，明日早行。望圣帝护祐！若得寸土安身，殷洪自当重修殿宇，再换金身。"此时殿下一路行来，身体困倦，圣座下和衣睡倒不表。

且言殷郊望东鲁大道一路行来，日色将暮，止走了四五十里。只见一府第，上书"太师府"。殷郊曰："此处乃是宦门，可以借宿一宵，明日早行。"殿下曰："里边有人否？"问了一声，见里边无人答应，殿下只得又进一层门。只听的里面有人长叹，作诗曰：

"几年待罪掌丝纶③，一片丹心岂自湮。
辅弼有心知为国，坚持无地向私人。
孰知妖孽生宫室，致使黎民化鬼磷④。

---

① 迎迓（yà）：迎接。
② 趱（zǎn）行：赶路，快行。
③ 丝纶：丝，细缕；纶，粗绦。比喻帝王的一句极微细的话也会产生很大的影响。后称帝王的诏书为"丝纶"。《礼记・缁衣》："王言如丝，其出如纶。"
④ 鬼磷：磷火。

可惜野臣心魏阙①，乞灵无计叩枫宸②。”

话说殿下听毕里面作诗，殷郊复问曰：“里面有人么？”里面听有人声，问曰：“是谁？”天色已晚，黑影之中，看得不甚分明。殷郊曰：“我是过路投亲，天色晚了，借府上一宿，明日早行。”那里面老者问曰：“你声音好像朝歌人？”殷郊答曰：“正是。”老者问曰：“你在乡，在城？”殿下曰：“在城。”“你既在城，请进来问你一声。”殿下向前一看，“呀，原来是老丞相！”商容见殷郊，下拜曰：“殿下何事到此？老臣有失迎迓，望乞恕罪。”商容又曰：“殿下乃国之储贰③，岂有独行至此，必国有不祥之兆。请殿下坐了，老臣听说详细。”殷郊流泪，把纣王杀子诛妻事故细说一遍。

商容顿足大叫曰：“孰知昏君这等暴横，绝灭人伦，三纲尽失！我老臣虽是身在林泉④，心怀魏阙，岂知平地风波，生此异事，娘娘竟遭惨死，二位殿下流离涂炭。百官为何钳口结舌，不犯颜极谏，致令朝政颠倒！（天下事，孰有大于国母、储君者？而众大臣乏人劝谏，恐惧乎？心寒乎？）殿下放心，待老臣同进朝歌，直谏天子，改弦易辙，以救祸乱。”即唤左右：“分付整治酒席，款待殿下，候明日修本。”

不言殷郊在商容府内，且说殷、雷二将领兵追赶二位殿下，虽有人马三千，俱是老弱不堪的，一日止行三十里，不能远走。行了三日，走上百里远近。一日，来到三叉路口，雷开曰：“长兄，且把人马安在此处，你领五十名精壮士卒，我领五十名精壮士卒，分头追赶：你往东鲁，我往南都。”殷破败曰：“此言甚善。不然，日同老

① 魏阙：古代宫门两边巍然高出的台观。其下为悬布法令之所，因以为朝廷的代称。
② 枫宸：宫殿。宸，北辰所居，指帝王的殿庭。汉代宫庭多植枫树，故有此称。
③ 储贰：储副，太子。
④ 林泉：山林泉石胜境。此指退隐之地。

弱之卒，行走不上二三十里，如何赶得上，终是误事。”雷开曰：“如长兄先赶着，回来也在此等我；若是我先赶着，回来也在此等兄。”殷破败曰：“说得有理。”二人将此老弱军卒屯扎在此，另各领年壮士卒五十名，分头赶来，不知二位殿下性命如何，且听下回分解。

总批

纣王无道，杀妻诛子，固是戕忍。但恨当时文武众官不齐去保救，齐去极谏，成就纣恶贯盈。然大臣者，能主持国是，扶危定倾天下事，孰有大如国母、储贰者乎？其他亦无足论，独比干、箕子、微子诸贤，置之若罔闻乎？其然！岂其然乎？

又批

今人号方相为呆子，今观其负气忠义，做事倜傥，有多少慷慨激烈处，只分路一节，大有智识。如何有此绰号，还是今人不如古人而昧心反言之乎？亦是今人胜如古人而笑之乎？请清夜自扪其心。

第九回　商容九间殿死节

商容九間殿死節

导读：从第七回以来，接连三回都在讲述姜王后与二位王子的悲剧故事。但其中有一点令人难解的地方，那就是在这堪称动摇国本的剧变中，满朝文武大臣为何没有几个犯颜直谏、竭力奏保之人？若是如后文黄飞虎所说，是因为纣王身居内宫，不见群臣。但前文商容为了杜元铣的奏本尚能闯宫进谏，何以此时事关国母、储君，反而无人出头？若说是因为群臣已经慑于纣王淫威而不敢言，但后文却又有比干、微子启等人联合劝谏纣王，救下姬昌。喜欢阴谋论的人，大概会编造出一套微子启等人阴谋夺取王位，所以放任纣王杀子之类的故事来。但《封神演义》的作者显然没有那么多的隐喻暗示，全书故事的重点也始终不在宫闱政治上。最合理的解释就是，故事情节的需要。姜王后与二王子之事，为的是引出后文四大伯侯进京，而后由姬昌被囚引出后面西岐一线的故事。若是姜王后母子被群臣进谏救下，则引不出后面的故事。若是群臣进谏救不下，按照古典小说戏曲的模式，必然要有忠良以死相拼。可比干等人后面还有需要，因此只能引出已经退隐的老商容，由他来完成死谏。既然决定了由商容死谏，其余众人自然也就无须出场了。

诗曰：

忠臣直谏岂沽名①，只欲君明国政清。
不愿此身成个是，忍教今日祸将盈。
报储一念坚金石，诛佞孤忠贯玉京。
大志未酬先碎首，令人睹此泪如倾。

话说雷开领五十名军卒，往南都追赶，似电走云飞，风驰雨骤。赶至天晚，雷开传令："你们饱餐，连夜追赶，料去不远。"军士依言，饱吃了战饭又赶。将及到二更时分，军士因连日跋涉劳苦，人人俱在马上困倦，险些儿闪下马来。雷开暗想："夜里追赶，只怕赶过了，倘或殿下在后，我反在前，空劳心力，不如歇宿一宵，明日精健好赶。"叫左右："往前边看，可有村舍？暂宿一宵，明日赶罢。"众军卒因连日追赶辛苦，巴不得要歇息。两边将火把灯球高举，照得前面松阴密密，却是村庄。及至看时，乃是一座庙宇。军卒前来禀曰："前边有一古庙，老爷可以暂居半夜，明早好行。"雷开曰："这个却好。"

众军到了庙前，雷开下马，抬头观看，上悬字乃是"轩辕庙"，里边并无庙主，军卒用手推门，齐进庙来，火把一照，只见圣座下一人，鼾睡不醒。雷开向前看时，却是殿下殷洪。雷开叹曰："若往前行，却不错过了！此也是天数。"雷开叫曰："殿下，殿下！"殷洪正在浓睡之间，猛然惊醒，只见灯球火把，一簇人马拥塞。殿下认的是雷开。殿下叫："雷将军！"雷开曰："殿下，臣奉天子命，来请殿下回朝。百官俱有保本，殿下可以放心。"殷洪曰："将军不必再言，

① 沽名：赚取名誉。

我已尽知，料不能逃此大难。我死也不惧，只是一路行来，甚是狼狈，难以行走。乞将军把你的马与我骑一骑，你意下如何？”雷开听得，忙答曰：“臣的马请殿下乘骑，臣愿步随。”彼时殷洪离庙上马，雷开步行押后，往三叉路口而来不表。

且言殷破败望东鲁大道赶来，行了一二日，赶到风云镇，又过十里，只见八字粉墙，金字牌扁①，上书“太师府”。殷破败勒住马看时，原来是商丞相的府。殷破败滚鞍下马，径进相府，来看商容。商容原是殷破败座主，殷破败是商容的门生，（座主、门生，乃是科举制下才有的关系，殷商时期怎会有此称呼？况且商容乃是文官，殷破败却是武将。估计作者此处未曾细想，只为给殷破败制造一个可以直达前厅的理由）故此下马谒见商容，却不知太子殷郊正在厅上吃饭。殷破败忝在门生，不用通报，径到厅前，见殿下同丞相用饭。殷破败上厅曰：“千岁，老丞相，末将奉天子旨意，来请殿下回朝。”商容曰：“殷将军，你来的好。我想朝歌有四百文武，就无一员官直谏天子，文官钳口，武不能言，爱爵贪名，尸位素餐，成何世界！”丞相正骂起气来，那里肯住！且说殿下殷郊，颤兢兢面如金纸，上前言曰：“老丞相不必大怒，殷将军既奉旨拿我，料此去必无生路。”言罢泪如雨下。

商容大呼曰：“殿下放心！我老臣本尚未完，若见天子，自有说话。”叫左右槽头：“收拾马匹，打点行装，我亲自面君便了。”殷破败见商容自往朝歌见驾，恐天子罪责。殷破败曰：“丞相听启：卑职奉旨来请殿下，可同殿下先回，在朝歌等候，丞相略后一步。见门生先有天子而后私情也。不识丞相可容纳否？”商容笑曰：“殷将军，我晓得你这句话：我要同行，你恐天子责你容情之罪。也罢，殿下，你同殷将军前去，老夫随后便至。”却说殿下难舍商容府第，行行且

① 扁：“匾”的本字。

止，雨泪不干。商容便叫殷破败："贤契①，我响当当的殿下交与你，你莫望功高，有伤君臣大义，则罪不胜诛矣。"破败顿首曰："门下领命，岂敢妄为！"

殿下辞了商容，同殷破败上马，一路行来。殷郊在马上暗想："我虽身死不辞，还有兄弟殷洪，尚有申冤报恨之时。"行非一日，不觉来到三叉路口。军卒报雷开。雷开到辕门来看时，只见殿下同殷破败在马上。雷开曰："恭喜千岁回来！"殿下下马进营，殷洪在帐上高坐，只见报说："千岁来了。"殷洪闻言，抬头看时，果见殷郊。殷郊又见殷洪，心如刀绞，意似油煎，赶上前，一把扯住殷洪，放声大哭曰："我兄弟二人，生前得何罪与天地！东南逃走，不能逃脱，竟遭网罗！两人被擒，父母戴天之仇，化为乌有。"顿足捶胸，伤心切骨，"可怜我母死无辜，子亡无罪！"正是二位殿下悲啼，只见三千士卒闻者心酸，见者掩鼻。二将不得已，催动人马望朝歌而来。有诗为证。诗曰：

皇天何苦失推详②，兄弟逃灾离故乡。
指望借兵申大恨，孰知中道遇豺狼。
思亲漫有冲霄志，诛佞空怀报怨方。
此日双双投陷阱，行人一见泪千行。

话说殷、雷二将获得殿下，将至朝歌，安下营寨。二将进城回旨，暗喜成功。有探马报到武成王黄飞虎帅府来，说："殷、雷二将已捉获得二位殿下，进城回旨。"黄飞虎听报大怒："这匹夫！你望

① 贤契：对弟子或朋友子侄辈的爱称。
② 推详：推究审察。

成功，不顾成汤后嗣，我叫你千钟未享餐刀剑，功未褒封血染衣！”令黄明、周纪、龙环、吴炎：“你们与我传请各位老千岁与诸多文武，俱至午门会齐。”四将领命去了。黄飞虎上了坐骑，径至午门。方才下骑，只见纷纷文武，往往官僚，闻捉获了殿下，俱到午门。

不一时，亚相比干、微子、箕子、微子启、微子衍、伯夷、叔齐、上大夫胶鬲、赵启、杨任、孙寅、方天爵、李烨、李燧，百官相见。黄飞虎曰：“列位老殿下，诸位大夫，今日安危，俱在丞相、列位谏议定夺。吾乃武臣，又非言路，乞早为之计。”正议论间，只见军卒簇拥二位殿下来到午门。百官上前，口称“千岁”。殷郊、殷洪垂泪大叫曰：“列位皇伯、皇叔并众位大臣！可怜成汤三十一世之孙，一旦身遭屠戮。我自正位东宫，并无失德，纵有过恶，不过贬谪，也不致身首异处。乞列位念社稷为重，保救余生，不胜幸甚！”微子启曰：“殿下，不妨。多官俱有本章保奏，料应无事。”（不知是安慰孩子，还是对纣王仍心存幻想？）

且言殷、雷二将进寿仙宫回旨，纣王曰：“既拿了逆子，不须见朕，速斩首午门正法，收尸埋葬回旨。”殷破败奏曰：“臣未得行刑旨出，焉敢处决！”纣王即用御笔书“行刑”二字付与。殷、雷二将捧行刑旨意，速出午门来。黄飞虎一见，火从心上起，怒向胆边生，站立午门正中，阻住二将，大叫曰：“殷破败！雷开！恭喜你擒太子有功，杀殿下有爵！只怕你官高必险，位重者身危！”

殷、雷二将还未及回言，只见一员官，乃上大夫赵启是也，走上前，劈手一把，将殷破败捧的行刑旨扯得纷纷粉碎，厉声大叫曰：“昏君无道，匹夫助恶，谁敢捧旨擅杀东宫太子！谁敢执宝剑妄斩储君！似今朝纲常大变，礼义全无！列位老殿下，诸位大臣，午门非议国事之所，齐到大殿，鸣其钟鼓，请驾临朝，俱要犯颜直谏，以定国本。”（此所谓古大臣之风，真大丈夫也！）殷、雷二将见众官激变，不复朝仪，吓得目瞪口呆，不知所出。黄飞虎又命黄明、周纪等四将，守住殿下，以防暗害。这八名奉御官把二位殿下绑缚，只等行刑旨意，孰知众官阻住。这且不言。且说众官齐上大殿，鸣钟击鼓，请天子登殿。纣王在寿仙宫听见钟鼓之声，正欲传问，只见奉御官奏曰："合朝文武请陛下登殿。"纣王对妲己曰："此无别事，只为逆子，百官欲来保奏。如何处治？"妲己奏曰："陛下传出旨意：今日斩了殿下，百官明日见朝。一面传旨，一面催殷破败回旨。"奉御官旨意下，百官仰听玉音：

"诏曰：君命召，不俟驾；君赐死，不敢生。此万古之大法，天子所不得轻重者也。今逆子殷郊，助恶殷洪，灭伦蘧法，肆行不道，仗剑入宫，擅杀逆贼姜环，希图①无证，复持剑敢杀命官，欲行弑父。悖理逆常，子道尽灭。今擒获午门，以正祖宗之法，卿等毋得助逆佑恶，明听朕言。如有国家政事，俟明日临殿议处。故兹诏示，想宜知悉。"

奉御官读诏已毕，百官无可奈何，纷纷议论不决，亦不敢散，不知行刑旨已出午门了。这且不表。（非是百官技穷，只是要待神仙出手）

单言上天垂象，定下兴衰，二位殿下乃《封神榜》上有名的，自是不该命绝。当有太华山云霄洞赤精子，九仙山桃源洞广成子，只因一千五百年神仙犯了杀戒，昆仑山玉虚宫掌阐道法宣扬正教圣人元始天尊闭了讲筵②，不阐道德。二仙无事，闲乐三山，兴游五岳，脚踏云光，往朝歌经过，忽被二位殿下顶上两道红光把二位大仙足下云

① 希图：企图，想达到某种目的。
② 讲筵：犹讲席。

光阻住。二仙乃拨开云头观看，见午门杀气连绵，愁云卷结。二仙早知其意。广成子曰："道兄，成汤王气将终，西岐圣主已出。你看那一簇众生之内，绑缚二人，红气冲霄，命不该绝，况且俱是姜子牙帐下名将，你我道心，无处不慈悲，何不救他一救。你带他一个，我带他一个回山，久后助姜子牙成功，东进五关，也是一举两得。"赤精子曰："此言有理，不可迟误。"

广成子忙唤黄巾力士："与我把那二位殿下抓回本山来听用！"黄巾力士领法旨，驾起神风，只见播土扬尘，飞砂①走石，地暗天昏，一声响亮，如崩开华岳，折倒泰山，吓得围宿三军、执刀士卒、监斩殷破败用衣掩面，抱头鼠窜。及至风息无声，二位殿下不知何往，踪迹全无。吓得殷破败魂不附体，异事非常。午门外众军一声呐喊。黄飞虎在大殿读诏，才商议纷纷，忽听喊声，比干正问何事呐喊，有周纪到大殿，报黄飞虎曰："方才大风一阵，满道异香，飞砂走石，对面不能见人。只一声响亮，二位殿下不知刮往何处去了。异事非常，真是可怪！"百官闻言，喜不自胜，叹曰："天不亡衔冤之子，地不绝成汤之脉。"百官俱有喜色。只见殷破败慌忙进宫，启奏纣王。后人有诗感叹此事。诗曰：

仙风一阵异香生，播土扬尘蔽日明。
力士奉文施道术，将军失守枉持兵。
空劳铁骑追风影，漫有谗言害鹡鸰②。
堪叹废兴皆定数，周家八百已生成。

---

① 飞砂：同"飞沙"。
② 鹡鸰（jí líng）：比喻兄弟。

话说殷破败进寿仙宫，见纣王奏曰："臣奉旨监斩，正候行刑旨出，忽被一阵狂风，把二殿下刮将去了，无踪无迹。异事非常，请旨定夺。"纣王闻言，沉吟不语，暗想曰："奇哉！怪哉！"心下犹豫不决。

且说丞相商容，随后赶进朝歌，只听得朝歌百姓俱言"风刮去二位殿下"，商容甚是惊异。来到午门，只见人马拥挤，甲士纷纷。商容径进午门，过九龙桥，时有比干看见商容前来，百官俱上前迎接，口称"丞相"。商容曰："众位老殿下，列位大夫，我商容有罪，告归林下未久，孰想天子失政，杀子诛妻，荒淫无道，可惜堂堂宰府，烈烈三公①，既食朝廷之禄，当为朝廷之事，为何无一言谏止天子者，何也？"黄飞虎曰："丞相，天子深居内宫，不临大殿，有旨皆系传奉。诸臣不得面君，真是君门万里。今日殷、雷二将把殿下捉获，进都城回旨，绑缚午门，专候行刑旨意，幸上大夫赵先生扯碎旨意，百官鸣钟击鼓，请天子临殿面谏。只见内宫传旨，俟斩了殿下，明日看百官奏章。内外不通，君臣阻隔，不得面奏。（纣王所为颇似嘉靖、万历祖孙二人对待大臣的方法，想来作者也是从现实朝政中获得的灵感）正无可奈何，却得天从人愿，一阵狂风，把二位殿下刮将去了。殷破败才进宫回旨，尚未出来。老丞相略等一等，俟他出来，便知端的。"只见殷破败走出大殿，看见商容，未及言说。商容向前曰："殿下被风刮去了，恭喜你的功高任重，不日列土分茅②！"殷破败欠身打躬曰："丞相罪杀末将了！君命点差，非为己私，丞相错怪我了。"商容对百官曰："老夫此来，面见天子，有死无生，今日必犯颜直谏，舍身报国，庶几有日见先王于在天之灵。"叫执殿官鸣钟

① 三公：官名合称。周代已有此称，为最高辅政大臣。一说指太师、太傅、太保，一说指司徒、司马、司空。战国至秦习称辅佐君主执掌军政之最高官员。
② 列土分茅：古代分封诸侯时，用白茅裹着泥土授予被封之人，象征授予土地和权力。

鼓。执殿官将钟鼓齐鸣，奉御官奏乐请驾。

纣王正在宫中，因风刮去殿下，郁郁不乐。又闻奏乐临朝，钟鼓不绝，纣王大怒，只得命驾登殿，升于宝座。百官朝贺毕。天子曰："卿等有何奏章？"商容在丹墀下，俯伏不言。纣王观见丹墀下俯伏一人，身穿缟素，又非大臣，王曰："俯伏何人？"商容奏曰："致政首相待罪商容朝见陛下。"纣王见商容，惊问曰："卿既归林下，复往都城，不遵宣诏，擅进大殿，何自不知进退如此！"商容肘膝行至滴水檐前，泣而奏曰："臣昔居相位，未报国恩，近闻陛下荒淫酒色，道德全无，听谗逐正，紊乱纪纲，颠倒五常，污蔑彝伦①，君道有亏，祸乱已伏。臣不避万刃之诛，具疏投天，恳乞陛下容纳，真拨云见日，普天之下瞻仰圣德于无疆矣。"商容将本献上，比干接表，展于龙案。纣王观之：

"具疏臣商容奏：为朝廷失政，三纲尽绝，伦纪全乖，社稷颠危，祸乱已生，隐忧百出事：臣闻天子以道治国，以德治民，克勤克戒，毋敢怠荒，夙夜祗惧②，以祀上帝，故宗庙社稷，乃得磐石之安③，金汤之固。昔日陛下初嗣宝位，修仁行义，不遑宁处④，罔敢倦勤，敬礼诸侯，优恤大臣，忧民劳苦，惜民货财，智服四夷，威加遐迩，雨顺风调，万民乐业，真可轶尧驾舜，乃圣乃神，不是过也。

不意陛下近时信任奸邪，不修政道，荒乱朝政，大肆凶顽，近佞远贤，沉湎酒色，日事声歌。听谗臣设谋，而陷正宫，人道

① 彝伦：犹伦常。古指人与人之间的道德关系。
② 祗（zhī）惧：敬惧谨慎。
③ 磐石之安：形容极稳固。
④ 不遑宁处：没有闲暇的时候，忙于应付繁重或紧急的事务。

乖和；信妲己赐杀太子，而绝先王宗嗣，慈爱尽灭；忠谏遭其炮烙惨刑，君臣大义已无。陛下三纲污蔑，人道俱垂，罪符夏桀，有忝为君。自古无道人君，未有过此者。

臣不避斧钺之诛，献逆耳之言，愿陛下速赐妲己自尽于宫闱，申皇后、太子屈死之冤；斩谗臣于藁街，谢忠臣义士惨刑酷死之苦。人民仰服，文武欢心，朝纲整饬①，宫内肃清。陛下坐享太平，安康万载。臣虽死之日，犹生之年。臣临启不胜惶悚待命之至！谨疏以闻。”（作者写至此处，可是想起当年海刚峰？）

纣王看完表章大怒，将本扯得粉碎，（犯死强谏，拂其逆鳞，有何益乎？）传旨命当驾官：“将这老匹夫拿出午门，用金瓜击死！”两边当驾官欲待上前，商容站立檐前，大呼曰：“谁敢拿我！我乃三世之股肱，托孤之大臣！”商容手指纣王大骂曰：“昏君！你心迷酒色，荒乱国政，独不思先王克勤克俭，聿修厥德，乃受天明命②。今昏君不敬上天，弃厥先宗社，谓恶不足畏，谓敬不足为，异日身弑国亡，有辱先王。且皇后乃元配，天下国母，未闻有失德，昵比妲己，惨刑毒死，大纲已失。殿下无辜，信谗杀戮，今飘刮无踪，父子伦绝。阻忠杀谏，炮烙良臣，君道全亏。眼见祸乱将兴，灾异迭见。不久宗庙丘墟，社稷易主。可惜先王竭精揆髓③遗为子孙万世之基，金汤锦绣之天下，被你这昏君断送了个干干净净的！你死于九泉之下，将何颜见你之先王哉！”

纣王拍案大骂：“快拿匹夫击顶！”商容大喝左右：“吾不惜死！帝乙先君：老臣今日有负社稷，不能匡救于君，实愧见先王耳！你这

① 整饬：整顿。
② 受天明命：意即接受上天明确的任命，也就是所谓的得到了天命。
③ 竭精揆（shàn）髓：用尽精力。

昏君，天下只在数载之间，一旦失与他人！”商容望后一闪，一头撞倒龙盘石柱上面。可怜七十五岁老臣，今日尽忠，脑浆喷出，血染衣襟，一世忠臣，半生孝子，今日之死，乃是前生造定的。（自古死谏、尸谏者，皆是绝望、寒心至极）后人有诗吊之。诗曰：

速马朝歌见纣王，九间殿上尽忠良。
骂君不怕身躯碎，叱主何愁剑下亡。
炮烙岂辞心似铁，忠言直谏意如钢。
今朝撞死金阶下，留得声名万古香。

话说众臣见商容撞死阶下，面面相觑。纣王犹怒声不息，分付奉御官：“将这老匹夫尸骸抛去都城外，毋得掩埋！”左右将商容尸骸扛去城外不题。不知后事如何，且听下回分解。

总批

商容一疏，具见忠恳，一骂更畅人心，可谓不失大臣体段。但起初开纣王女娲宫进香，启费仲诱天子拣选美女，致有纷纷祸乱，今日之死，庶几可盖前愆矣。所以为大臣者，要慎重其始，方保其终。不然，未有自身作者，不自身受者哉！

又批

赵启扯旨与方相叫反，便是一起爽快人，做事直捷，不去转弯抹角。若是这一班文武，不知有多少寻思，几番酌量，致做来，又是东扯西曳，总是儿女情多，英雄气少。予当取法斯人。

第十回　姬伯燕山收雷震

西伯燕山
收雷震

导读：从这一回开始，叙事的重心逐渐开始向西岐阵营过渡。本回中提到了姬昌自称“我该有百子”，这次捡到雷震子才集齐一百个儿子。作者在此处应该是受长期以来“文王百子”传说的影响，才这么写的。不过实际上，这一传说大概率是源于对一句古诗的误会。这句诗就是《诗经·大雅·思齐》中的“大姒嗣徽音，则百斯男”。《思齐》这首诗是在歌颂周文王善于修身、齐家、治国，也就是《毛诗序》里说的“文王所以圣也”。诗的一开头，先分别歌颂了文王的母亲大任和祖母周姜。而后接着就是这一句，称赞文王的妻子大姒能够继承大任和周姜的遗风，会有许多子嗣。这里的“百”是虚指，并非真的有一百个儿子。后世有人误会此诗，于是渐渐就有了“文王百子”的传说。由于古代以多子多孙为福，而周文王又是圣人，于是这一传说不胫而走，并且有了吉祥、幸福的寓意。明清时期，更是出现了以此为主题的大量《百子图》，以各种形式出现在人们的生活中。

诗曰：

燕山此际瑞烟笼，雷起东南助晓风。
霹雳声中惊蝶梦，电光影里发尘蒙。
三分有二开岐业，百子名全应镐酆①。
卜世卜年龙虎将，兴周灭纣建奇功。

话说众官见商容撞死，纣王大怒，俱未及言语。只见大夫赵启见商容皓首死于非命，又令抛尸，心下甚是不平，不觉竖目扬眉，忍纳不住，大叫出班："臣赵启不敢有负先王，今日殿前以死报国，得与商丞相同游地下足矣。"指纣王骂曰："无道昏君！绝首相，退忠良，诸侯失望；宠妲己，信谗佞，社稷摧颓。我且历数昏君的积恶：皇后遭枉酷死，自立妲己为正宫；追杀太子，使无踪迹；国无根本，不久丘墟。昏君，昏君！你不义诛妻，不慈杀子，不道治国，不德杀大臣，不明近邪佞，不正贪酒色，不智立三纲②，不耻败五常。昏君！人伦道德，一字全无，枉为人君，空禅帝座，有辱成汤，死有余愧！"

纣王大怒，切齿拍案大骂："匹夫焉敢侮君骂主！"传旨："将这逆贼速拿炮烙！"赵启曰："吾死不足惜，止留忠孝于人间，岂似你这昏君，断送江山，污名万载！"（有杨涟、左光斗之气魄）纣王气冲牛斗。两边将炮烙烧红，把赵启剥去冠冕，将铁索裹身，只烙的筋断皮焦，骨化烟飞，九间殿烟飞人臭，众官员钳口伤情。纣王看此惨刑，其心方遂，传旨驾回。有诗为证。诗曰：

① 镐酆（fēng）：古代地名，镐位于今天的陕西西安长安区西北，酆位于今天的陕西西安长安区西南沣河以西。周朝曾经建都在这两个地方。酆，亦作"丰"。
② 立三纲：根据前后文意，似为"堕三纲"为宜。

炮烙当庭设，火威乘势热。
四肢未抱时，一胆先摧烈。
须臾化骨筋，顷刻成膏血。
要知纣山河，随此烟烬灭。

九间殿又炮烙大臣，百官胆颤魂飞不表。且说纣王回宫，妲己接见。纣王携手相搀，并坐龙墩之上。王曰："今日商容撞死，赵启炮烙，朕被这两个匹夫辱骂不堪。（民不畏死，奈何以死惧之！）这样惨刑，百官俱还不怕，毕竟还再想奇法，治此倔强之辈。"妲己对曰："容妾再思。"王曰："美人大位已定，朝内百官也不敢谏阻，朕所虑东伯侯姜桓楚，知他女儿惨死，领兵反叛，构引诸侯，杀至朝歌。闻仲北海未回，如之奈何？"妲己曰："妾乃女流，闻见有限，望陛下急召费仲商议，必有奇谋，可安天下。"王曰："御妻之言有理。"即传旨："宣费仲。"

不一时，费仲至宫拜见。纣王曰："姜后已亡，朕恐姜桓楚闻知，领兵反乱，东方恐不得安宁。卿有何策可定太平？"费仲跪而奏曰："姜后已亡，殿下又失，商容撞死，赵启炮烙，文武各有怨言，只恐内传音信，构惹姜桓楚兵来，必生祸乱。陛下不若暗传四道旨意，把四镇大诸侯诓①进都城，枭首号令，斩草除根。那八百镇诸侯知四臣已故，如蛟龙失首，猛虎无牙，断不敢猖獗，天下可保安宁。不知圣意如何？"纣王闻言大悦，"卿真乃盖世奇才，果有安邦之策，不负苏皇后之所荐。"（此自毁长城、逼反诸侯之举，竟称之为"安邦之策"，纣王心智已全被掌控矣！）费仲退出宫中。纣王暗发诏旨四道，点四员使命官，往四处去，诏姜桓楚、鄂崇禹、姬昌、崇侯虎不题。

① 诓（kuāng）：骗。

且说那一员官径往西岐前来，一路上风尘滚滚，芳草凄凄，穿州过府，旅店村庄，真是朝登紫陌，暮踏红尘。不一日，过了西岐山七十里，进了都城。使命观看城内光景：民丰物阜，市井安闲，做买做卖，和容悦色，来往行人，谦让尊卑。使命叹曰："闻道姬伯仁德，果然风景雍和，真是唐虞之世。"使命至金庭馆驿下马。次日，西伯侯姬昌设殿，聚文武讲论治国安民之道。端门官报道："旨意下。"姬伯带领文武，接天子旨。使命到殿，跪听开读：

"诏曰：北海猖獗，大肆凶顽，生民涂炭，文武莫知所措，朕甚忧心。内无辅弼，外欠协同，特诏尔四大诸侯至朝，共襄国政，戡定①祸乱。诏书到日，尔西伯侯姬昌速赴都城，以慰朕绻怀②，毋得羁迟，致朕伫望③。俟功成之日，进爵加封，广开茅土。谨钦来命，朕不食言。汝其钦哉！特诏。"

姬昌拜诏毕，设筵款待天使。次日整备金银表礼，赍送④天使。姬昌曰："天使大人，只在朝歌会齐，姬昌收拾就行。"使命官谢毕姬昌去了不题。

且言姬昌坐端明殿，对上大夫散宜生曰："孤此去，内事托与大夫，外事托与南宫适（此处之"适"，音 kuò）、辛甲诸人。"宣儿伯邑考至，分付曰："昨日天使宣召，我起一《易》课，此去多凶少吉，纵不致损身，该有七年大难。你在西岐，须是守法，不可改于国政，一循旧章；弟兄和睦，君臣相安，毋得任一己之私，便一身之好。凡

① 戡（kān）定：克定，平定。
② 绻怀：想念。
③ 伫望：久立而远望，等候，盼望。
④ 赍（jī）送：赠送。

有作为，惟老成是谋。西岐之民，无妻者给与金钱而娶；贫而愆期[①]未嫁者，给与金银而嫁；孤寒无依者，当月给口粮，毋使欠缺。待孤七载之后灾满，自然荣归，你切不可差人来接我。此是至嘱至嘱，不可有忘！”（暗伏日后伯邑考之死）伯邑考听父此言，跪而言曰：“父王既有七载之难，子当代往，父王不可亲去。”（诚孝子之言）姬昌曰：“我儿，君子见难，岂不知回避？但天数已定，断不可逃，徒自多事。你等专心守父嘱诸言，即是大孝，何必乃尔。”

姬昌退至后宫，来见母亲太姜，行礼毕。太姜曰：“我儿，为母与你演先天数，你有七年灾难。”（原是家学）姬昌跪下答曰：“今日天子诏至，孩儿随演先天数，内有不祥，七载罪愆，不能绝命。方才内事外事，俱托文武，国政付子伯邑考。孩儿特进宫来辞别母亲，明日欲往朝歌。”太姜曰：“我儿此去，百事斟酌，不可造次。”姬昌曰：“谨如母训。”随出内宫与元妃太姬作别。西伯侯有四乳[②]，二十四妃，生九十九子，长曰伯邑考，次子姬发即武王天子也。周有三母，乃昌之母太姜，昌之元妃太姬，武王之元配太妊[③]，（此处三母与史不合，姬昌的妻子是太姒而不是这里写的“太姬”，自古同姓不婚，他的妻子又岂能再姓姬？姬昌之母乃是太妊，而非太姜，太姜乃姬昌祖母。而周武王的王后则是邑姜。此处作者乱点鸳鸯谱，将姬昌的祖母当成母亲，又把姬昌的母亲写成儿媳妇，真真荒唐！）故周有三母，俱是大贤圣母。

姬昌次日打点往朝歌，匆匆行色，带领从人五十名。只见合朝文武：上大夫散宜生，大将军南宫适，毛公遂、周公旦、召公奭、毕公、荣公、辛甲、辛免、太颠、闳夭——四贤，八俊，与世子伯邑考、姬发，领众军民人等，至十里长亭饯别，摆九龙侍席，百官与世

① 愆（qiān）期：失约，误期。
② 四乳：谓身上有四只乳房。古代传说周文王有四乳，迷信者附会为仁圣之相。
③ 太妊：亦作“太任”，周文王之母。

子把盏。姬昌曰："今与诸卿一别，七载之后，君臣又会矣。"姬昌以手拍邑考曰："我儿，只你弟兄和睦，孤亦无虑。"饮罢数杯，姬昌上马。父子君臣，洒泪而别。

西伯那一日上路，走七十余里，过了岐山。一路行来，夜住晓行，也非一日。那一日行至燕山，姬伯在马上曰："叫左右看前面可有村舍茂林，可以避雨，咫尺间必有大雨来了。"跟随人正议论曰："青天朗朗，云翳俱无，赤日流光，雨从何来？……"说话未了，只见云雾齐生。姬昌打马，叫速进茂林避雨。众人方进得林来，但见好雨：

云长东南，雾起西北。霎时间风狂生冷气，须臾内雨气可侵人。初起时微微细雨，次后来密密层层。滋禾润稼，花枝上斜挂玉玲珑；壮地肥田，草梢尖乱滴珍珠滚。高山翻下千重浪，低凹平添白练水。遍地草浇鸭顶绿，满山石洗佛头青。推塌锦江并四海，好雨，扳倒天河往下倾。

话说姬昌在茂林避雨，只见滂沱大雨，一似瓢泼盆倾，下有半个时辰。姬伯分付众人："仔细些，雷来了！"跟随众人大家说："老爷分付，雷来了，仔细些！"话犹未了，一声响亮，霹雳交加，震动山河大地，崩倒华岳高山。众人大惊失色，都挤紧在一处。须臾云散雨收，日色当空，众人方出得林子来。姬昌在马上浑身雨湿，叹曰："雷过生光，将星[1]出现。左右的，与我把将星寻来！"众人冷笑不止："将星是谁？那里去找寻？"然而不敢违命，只得四下里寻觅。众人正寻之间，只听得古墓旁边，像一孩子哭泣声响。众人向前一

① 将星：古人认为帝王将相与天上星宿相应，将星即象征大将的星宿。

看，果是个孩子。众人曰："想此古墓，焉得有这孩儿？必然古怪，想是将星。就将这婴孩抱来献与千岁看，何如？"

众人果将这孩儿抱来，递与姬伯。姬伯看见好个孩子，面如桃蕊，眼有光华。姬昌大喜，想："我该有百子，今止有九十九子，适才之数，该得此儿，正成百子之兆，真是美事。"命左右："将此儿送往前村权养，待孤七载回来，带往西岐，久后此子福分不浅。"姬昌纵马前行，登山过岭，赶过燕山。往前正走，不过一二十里，只见一道人，丰姿清秀，相貌稀奇，道家风味异常，宽袍大袖。那道人有飘然出世之表，向马前打稽首曰："君侯，贫道稽首了。"姬昌慌忙下马答礼，言曰："不才姬昌失礼了。请问道者为何到此？那座名山？甚么洞府？今见不才有何见谕？愿闻其详。"

那道人答曰："贫道是终南山玉柱洞炼气士云中子是也。方才雨过雷鸣，将星出现。贫道不辞千里而来，寻访将星。今睹尊颜，贫道幸甚。"姬昌听罢，命左右抱过此子付与道人。道人接过看曰："将星，你这时候才出现！"云中子曰："贤侯，贫道今将此儿带上终南，以为徒弟，俟贤侯回日，奉与贤侯，不知贤侯意下如何？"昌曰："道者带去不妨，只是久后相会，以何名为证？"道人曰："雷过现身，后会时以'雷震'为名便了。"昌曰："不才领教，请了。"云中子抱雷震子回终南而去。若要相会，七年后姬伯有难，雷震子下山重会。此是后话，表过不题。（此处埋下一伏线，但又将其点破，实属多余，不如删去）

且说姬昌一路无词，进五关，过渑池①县，渡黄河，过孟津，进朝歌，来至金庭馆驿。馆驿中先到了三路诸侯：东伯侯姜桓楚、南伯侯鄂崇禹、北伯侯崇侯虎。三位诸侯在驿中饮酒，左右来报："姬伯

---

① 渑（miǎn）池：在今河南渑池西。

侯到了。”三位迎接。姜桓楚曰：“姬贤伯为何来迟？”昌曰：“因路远羁縻①，故此来迟，得罪了。”四位行礼已毕，复添一席，传杯欢饮。酒行数巡，姬昌问曰：“三位贤伯，天子何事紧急，诏我四臣到此？我想有甚么大事情，都城内有武成王黄飞虎，是天子栋梁，治国有方；亚相比干，能调和鼎鼐，治民有法，有干何事，宣诏我等？”四人饮酒半酣，只见南伯侯鄂崇禹平时知道崇侯虎会夤缘②钻刺③，结党费仲、尤浑，蠹惑圣聪，广施土木，劳民伤财，那肯为国为民，只知贿赂于己，此时酒已多了，偶然想起从前事来，鄂崇禹乃曰：“姜贤伯、姬贤伯，不才有一言奉启崇贤伯。”崇侯虎笑容答曰：“贤伯有甚事见教？不才敢不领命。”鄂崇禹曰：“天下诸侯首领是我等四人，闻贤伯过恶多端，全无大臣体面，剥民利己，专与费仲、尤浑往来。督功监造摘星楼，闻得你三丁抽二，有钱者买闲在家，无钱者重役苦累，你受私爱财，苦杀万民，自专杀伐，狐假虎威，行似豺狼，心如饿虎，朝歌城内军民人等，不敢正视，千门切齿，万户衔冤。贤伯，常言道得好：‘祸由恶作，福自德生。’从此改过，切不可为！”就把崇侯虎说得满目烟生，口内火出，大叫道：“鄂崇禹！你出言狂妄。我和你俱是一样大臣，你为何席前这等凌虐我！你有何能，敢当面以诬言污蔑我！”

看官，崇侯虎倚费仲、尤浑内里有人，欲酒席上要与鄂崇禹相争起来。只见姬昌指侯虎曰：“崇贤伯，鄂贤伯劝你俱是好言，你怎这等横暴！难道我等在此，你好毁打鄂贤伯！若鄂贤伯这番言语，也不过是爱公忠告之道。若有此事，痛加改过；若无此事，更自加勉；则

① 羁縻（mí）：此处指路途遥远，道路艰险。
② 夤（yín）缘：比喻拉拢关系，阿上钻营。
③ 钻刺：钻营，谋求。

鄂伯之言句句良言，语语金石①。今公不知自责，反怪直谏，非礼也。”崇侯虎听姬昌之言，不敢动手。（可见姬昌威望之高，纣王能不惧乎？）不提防被鄂崇禹一壶酒，劈面打来，正打侯虎脸上。侯虎探身来抓鄂崇禹，又被姜桓楚架开，大喝曰：“大臣厮打，体面何存！崇贤伯，夜深了，你睡罢。”侯虎忍气吞声，自去睡了。有诗曰：

馆舍传杯②论短长，奸臣设计害忠良。
刀兵自此纷纷起，播乱朝歌万姓殃。

且言三位诸侯，久不曾会，重整一席，三人共饮。将至二鼓③时分，内中有一驿卒，见三位大臣饮酒，点头叹曰：“千岁，千岁！你们今夜传杯欢会饮，只怕明日鲜红染市曹！”更深夜静，人言甚是明白。姬昌明明听见这样言语，便问：“甚么人说话？叫过来。”左右侍酒人等，俱在两旁，只得俱过来，齐齐跪倒。姬伯问曰：“方才谁言‘今夜传杯欢会饮，明日鲜红染市曹’？”众人答曰：“不曾说此言语。”只见姜、鄂二侯也不曾听见。姬伯曰：“句句分明，怎言不曾说？”叫家将进来，“拿出去，都斩了！”驿卒听得，谁肯将生替死！只得挤出这人。众人齐叫：“千岁爷，不干小人事，是姚福亲口说出。”

姬伯听罢，叫：“住了。”众人起去。唤姚福问曰：“你为何出此言语？实说有赏，假诳有罪。”姚福道：“‘是非只为多开口’，千岁爷在上，这一件事是机密事。小的是使命官家下的人，因姜皇后屈死西宫，二殿下大风刮去，天子信妲己娘娘暗传诏旨，宣四位大臣明日

① 金石：比喻坚固，坚贞。
② 传杯：宴饮时传递酒杯劝饮。
③ 二鼓：即二更的意思，古代夜晚用鼓打更，因此二更天也称为二鼓。

早朝，不分皂白，一概斩首。今夜小人不忍，不觉说出此言。”姜桓楚听罢，忙问曰：“姜娘娘为何屈死西宫？”姚福话已露了，收不住言语，只得从头诉说：“纣王无道，杀子诛妻，自立妲己为正宫……”细细诉说一遍。

姜皇后乃桓楚之女，女死，心下如何不痛！身似刀碎，意如油煎，大叫一声，跌倒在地。姬昌命人扶起。桓楚痛哭曰：“我儿剜目，炮烙双手，自古及今，那有此事！”姬伯劝曰：“皇后受屈，殿下无踪，人死不能复生。今夜我等各具奏章，明早见君，犯颜力谏，必分清白，以正人伦。”桓楚哭而言曰：“姜门不幸，怎敢动劳列位贤伯上言。我姜桓楚独自面君，辩明冤枉。”（尚存幻想）姬昌曰：“贤伯另是一本，我三人各具本章。”姜桓楚雨泪千行，一夜修本不题。（姚福只因心有不忍，生出慨叹，无意中便坏了费仲等人的设计。有几分类似《三国演义》中从事胡班向关羽密报太守王植试图加害之事）

且说奸臣费仲知道四大臣在馆驿住，奸臣费仲暗进偏殿见纣王，具言四路诸侯俱到了。纣王大喜。“明日升殿，四侯必有奏章，上言阻谏。臣启陛下，明日但四侯上本，陛下不必看本，不分皂白，传旨拿出午门枭首，此为上策。”王曰：“卿言甚善。”费仲辞王归宅，一宿晚景已过。次日，早朝升殿，聚积两班文武。午门官启驾：“四镇诸侯候旨。”王曰：“宣来。”只见四侯伯听诏，即至殿前，东伯侯姜桓楚等，高擎牙笏，进礼称“臣”毕。姜桓楚将本章呈上，亚相比干接本。纣王曰：“姜桓楚，你知罪么？”桓楚奏曰：“臣镇东鲁，肃严边庭，奉法守公，自尽臣节，有何罪可知？陛下听谗宠色，不念元配，痛加惨刑，诛子灭伦，自绝宗嗣。信妖妃，阴谋忌妒；听佞臣，炮烙忠良。臣既受先王重恩，今睹天颜，不避斧钺，直言冒奏，实君负微臣，臣无负于君。望乞见怜，辩明冤枉。生者幸甚，死者幸甚！”纣王大怒，骂曰：“老逆贼！命女弑君，忍心篡位，罪恶如山，今反饰辞强辩，希图漏网。”命武士：“拿出午门，碎醢[1]其尸，以正国法！”金瓜武士将姜桓楚剥去冠冕，绳缠索绑。姜桓楚骂不绝口。不由分说，推出午门。只见西伯侯姬昌、南伯侯鄂崇禹、北伯侯崇侯虎出班称“臣”，“陛下，臣等俱有本章。姜桓楚真心为国，并无谋篡[2]情由，望乞详察。”纣王安心要杀四镇诸侯，将姬昌等本章放于龙案之上。不知姬昌等性命如何，且听下回分解。

总批

奸谗祸人家国，无不残忍刻薄，用心最毒，最险。只将人一个家国，送得干干净净，身弑国亡，方是了当。妲己阴险，费仲济恶，其设谋用一网打尽之计，何其恶毒！不若一驿卒，反有不忍良心。善恶原不以君子小人而分。

又批

天生一关气运有用之人，其出身必异，古今皆然。初不止雷震子一人，盖雷震子生之于古墓中，此所以为更异。

---

① 醢（hǎi）：古代的一种酷刑。将人剁成肉酱。
② 谋篡：谋朝篡位，专指通过非法手段夺取皇位。

第十回　羑里城囚西伯侯

羑里
城囚
西伯
侯

导读：姬昌被囚禁于羑里城，在中国历史上已经成为一起颇为著名的事件。再经司马迁将之概括为“文王拘而演《周易》”，成为千百年来激励人们逆境奋发的常用典故之一。羑里城的位置在今天河南汤阴，现在还有残存的遗址。据河南省文物局公开消息介绍，现存羑里城残存城址南北长106米，东西宽103米，面积10918平方米，遗址高出地表5米。遗址上层为商周文化层，出土了一些陶片，下层为龙山文化层，出土的除了陶片外，还有骨针等生活用品。可见，这里确实是一处商周时期的城址，姬昌被囚禁于此应该是可信的。至于他在此是否推演《周易》，就难以获得更多的证据了。不过，姬昌在羑里城到底是被关在府邸里软禁，还是被关在专门的监狱里囚禁？我想可能还是前者的可能性更大一些，因为都城里必然有监狱，若是只为囚禁姬昌，大可不必这么麻烦地将他送到羑里城来关押。纣王关押姬昌，主要目的应该是断绝其与外界的联系，关押的方式可能与后世明清时期对犯罪宗室实施的“圈禁”有些相似。倘如此，则羑里城也就不能像有些人或单位宣传的那样，被视作是“中国已知最早的监狱”了。

诗曰：

君虐臣奸国事非，如何信口泄天机。
若非丹陛[1]忠心谏，已见藁街血色飞。
羑里七年沾化雨，伏羲八卦阐精微。
从来世运归明主，漫道岐山日正辉。

话说西伯侯姬昌见天子不看姜桓楚的本，竟平白将桓楚拿出午门，碎醢其尸，心上大惊，知天子甚是无道。三人俯伏称“臣”，奏曰：“‘君乃臣之元首，臣乃君之股肱。’陛下不看臣等本章，即杀大臣，是谓虐臣，文武如何肯服，君臣之道绝矣。乞陛下垂听。”亚相比干将姬昌等本展开。纣王只得看本：

“具疏臣鄂崇禹、姬昌、崇侯虎等奏：为正国正法，退佞除奸，洗明沉冤，以匡不替[2]，复立三纲，内剿狐媚事：臣等闻圣王治天下，务勤实政，不事台榭陂池[3]；亲贤远奸，不驰务于游畋[4]，不沉湎于酒，淫荒于色；惟敬修天命，所以天府三事允治，以故尧舜不下阶，垂拱而天下太平，万民乐业。

今陛下承嗣大统以来，未闻美政，日事怠荒，信谗远贤，沉湎酒色。姜后贤而有礼，并无失德，竟遭惨刑；妲己秽污宫中，反宠以重位。屈斩太史，有失司天之内监；轻醢大臣，而废国家之股肱；造炮烙，阻忠谏之口；听谗言，杀子无慈。

① 丹陛：宫殿的台阶。借称朝廷或皇帝。
② 替：衰落。
③ 台榭陂（bēi）池：宫殿台榭和池沼。
④ 游畋（tián）：游猎。

臣等愿陛下贬费仲、尤浑，惟君子是亲；斩妲己整肃宫闱，庶几天心可回，天下可安。不然，臣等不知所终矣。臣等不避斧钺，冒死上言，恳乞天颜，纳臣直谏，速赐施行。天下幸甚，万民幸甚！臣不胜战栗①待命之至！谨具疏以闻。”（迄今为止，众臣劝谏都还是狐媚惑主、红颜祸水那一套说辞，却不想能被媚惑的君主，本身又能好到哪里呢？）

纣王看罢大怒，扯碎表章，拍案大呼：“将此等逆臣枭首回旨！”武士一齐动手，把三位大臣绑出午门。纣王命鲁雄监斩，速发行刑旨。只见右班中有中谏大夫费仲、尤浑出班，俯伏奏曰：“臣有短章，冒渎天听。”王曰：“二卿有何奏章？”“臣启陛下：四臣有罪，触犯天颜，罪在不赦，但姜桓楚有弑君之恶，鄂崇禹有叱主之愆，姬昌利口侮君，崇侯虎随众诬谤。据臣公议：崇侯虎素怀忠直，出力报国，造摘星楼，沥胆披肝，起寿仙宫，夙夜尽瘁，曾竭力公家，分毫无过。崇侯虎不过随声附和，实非本心，若是不分皂白，玉石俱焚，是有功而与无功同也，人心未必肯服。愿陛下赦侯虎毫末②之生，以后将功赎今日之罪。”（看来崇侯虎没少打点）纣王见费、尤二臣谏赦崇侯虎，盖为费、尤二人，乃纣王之宠臣，言听计从，无语不入。王曰：“据二卿之言，昔崇侯虎既有功于社稷，朕当不负前劳。”叫奉御官传旨：“特赦崇侯虎。”二人谢恩归班。旨意传出：“单赦崇侯虎。”（特意强调一“单”字，欲害西伯之心昭然）殿东头恼了武成王黄飞虎，执笏出班③，有亚相比干并微子、箕子、微子启、微子衍、伯夷、叔齐七人同出班俯伏。

① 战栗：形容竭力克制因过分激动、恐惧而引起的颤抖。
② 毫末：比喻细小。
③ 出班：走出行列，指走出行列上奏。

比干奏曰："臣启陛下：大臣者乃天子之股肱。姜桓楚威镇东鲁，数有战功，若言弑君，一无可证，安得加以极刑？况姬昌忠心不二，为国为民，实邦家之福臣，道合天地，德配阴阳，仁结诸侯，义施文武，礼治邦家，智服反叛，信达军民，纪纲肃清，政事严整，臣贤君正，子孝父慈，兄友弟恭，君臣一心，不肆干戈，不行杀伐，行人让路，夜不闭户，路不拾遗①，四方瞻仰，称为西方圣人。鄂崇禹身任一方重寄，日夜勤劳王家，使一方无警。皆是有功社稷之臣。乞陛下一并怜而赦之，群臣不胜感激之至！"王曰："姜桓楚谋逆，鄂崇禹、姬昌簧口②鼓惑，妄言诋君，俱罪在不赦，诸臣安得妄保！"黄飞虎奏曰："姜桓楚、鄂崇禹皆名重大臣，素无过举；姬昌乃良心君子，善演先天之数，皆国家梁栋之才。今一旦无罪而死，何以服天下臣民之心！况三路诸侯俱带甲数十万，精兵猛将，不谓无人，倘其臣民知其君死非其罪，又何忍其君遭此无辜？倘或机心一骋，恐兵戈扰攘，四方黎庶倒悬③。况闻太师远征北海，今又内起祸胎，国祚何安！愿陛下怜而赦之。国家幸甚！"（诸侯反叛，才是纣王最为担忧之事。然而当初费、尤献计之时，为何想不到？所谓"独夫之心日益骄固"，或即如此）

纣王闻奏，又见七王力谏，乃曰："姬昌，朕亦素闻忠良，但不该随声附和，本宜重处，姑看诸卿所奏赦免，但恐他日归国有变，卿等不得辞其责矣。姜桓楚、鄂崇禹谋逆不赦，速正典刑！诸卿再毋得渎奏。"旨意传出："赦免姬昌。"天子命奉御官："速催行刑，将姜桓楚、鄂崇禹以正国法。"只见左班中有上大夫胶鬲、杨任等六位大臣进礼称"臣"："臣有奏章，可安天下。"纣王曰："卿等又有何奏章？"杨任奏曰："四臣有罪，天赦姬昌，乃七王为国为贤者也。且

① 路不拾遗：路人看见道路上的失物而不会据为己有，用来形容社会风气良好。
② 簧口：如簧之口。多借指谗言。
③ 倒悬：比喻处境痛苦危急，像人被倒挂着一样。

姜桓楚、鄂崇禹皆称首之臣。桓楚任重功高，素无失德，谋逆无证，岂得妄坐？崇禹性卤无屈，直谏圣聪，无虚无谬。臣闻君明则臣直。直谏君过者，忠臣也，词谀逢君[1]者，佞臣也。臣等目观国事艰难，不得不繁言渎奏。愿陛下怜二臣无辜，赦还本国，清平各地，使君臣喜乐于尧天[2]，万姓讴歌于化日[3]，臣民念陛下宽洪大度，纳谏如流，始终不负臣子为国为民之本心耳。臣等不胜感激之至！”

王怒曰：“乱臣造逆，恶党簧舌，桓楚弑君，醢尸不足以尽其辜；崇禹谤君，枭首正当其罪。众卿强谏，朋比[4]欺君，污蔑法纪。如再阻言者，即与二逆臣同罪！”随传旨：“速正典刑！”杨任等见天子怒色，莫敢谁何。也是合该二臣命绝，旨意出，鄂崇禹枭首，姜桓楚将巨钉钉其手足，乱刀碎剐，名曰醢尸。监斩官鲁雄回旨，纣王驾回宫阙。姬昌拜谢七位殿下，泣而诉曰：“姜桓楚无辜惨死，鄂崇禹忠谏丧身，东南两地，自此无宁日矣！”众人俱各惨然泪下曰：“且将二侯收尸，埋葬浅土，以俟事定，再作区处。”有诗为证。诗曰：

忠告徒劳谏诤[5]名，逆鳞难犯莫轻撄[6]。
醢尸桓楚身遭惨，服甸崇禹命已倾。
两国君臣空望眼，七年羑里屈孤贞。
上天有意倾人国，致使纷纷祸乱生。

且不题二侯家将星夜逃回，报与二侯之子去了。且说纣王次日升

① 词谀逢君：对君王阿谀逢迎。
② 尧天：谓尧能法天而行教化。后因以“尧天”称颂帝王盛德和太平盛世。
③ 化日：太阳光。亦借指白昼。
④ 朋比：指结成私党。
⑤ 谏诤：直言指出他人的过错，并规劝其改正。
⑥ 撄（yīng）：接触，触犯。

显庆殿，有亚相比干具奏，收二臣之尸，放姬昌归国，天子准奏，比干领旨出朝。旁有费仲谏曰："姬昌外若忠诚，内怀奸诈，以利口而惑众臣，面是心非，终非良善。恐放姬昌归国，反构东鲁姜文焕、南都鄂顺兴兵扰乱天下，军有持戈之苦，将有披甲之艰，百姓惊慌，都城扰攘，诚所谓纵龙入海，放虎归山，必生后悔。"王曰："诏赦已出，众臣皆知，岂有出乎反乎之理？"（纣王竟还讲然诺，可谓盗亦有道）费仲奏曰："臣有一计，可除姬昌。"王曰："计将何出？"费仲对曰："既赦姬昌，必拜阙[1]方归故土，百官也要与姬昌饯行。臣去探其虚实，若昌果有真心为国，陛下赦之；若有欺诳[2]，即斩昌首以除后患。"王曰："卿言是也。"（非有奸臣挑唆，不能生此后许多波折，无有波折，不能成故事）

且说比干出朝，径至馆驿来看姬伯。左右通报。姬昌出门迎接，叙礼坐下。比干曰："不才今日便殿见驾奏王，为收二侯之尸，释君侯归国。"姬昌拜谢曰："老殿下厚德，姬昌何日能报再造之恩！"比干复前执手低言曰："国内已无纲纪，今无故而杀大臣，皆非吉兆。贤侯明日拜阙，急宜早行，迟则恐奸佞忌刻[3]，又生他变。至嘱[4]，至嘱！"姬昌欠身谢曰："丞相之言，真为金石，盛德岂敢有忘！"次日早临午门，望阙拜辞谢恩，姬昌随带家将，竟出西门，来到十里长亭。百官钦敬，武成王黄飞虎、微子、箕子、比干等俱在此伺候多时。姬昌下马。黄飞虎与微子慰劳曰："今日贤侯归国，不才等具有水酒一杯，一来为君侯荣饯，尚有一言奏渎。"昌曰："愿闻。"微子曰："虽然天子有负贤侯，望乞念先君之德，不可有失臣节，妄生异

① 拜阙：向皇帝居住的宫阙叩拜。表示对皇帝尊敬。
② 欺诳：用蛊惑人心的言辞，欺骗迷惑别人。
③ 忌刻：刻薄善妒。
④ 至嘱：谓极恳切的嘱咐。

端，则不才辈幸甚，万民幸甚！”

姬昌顿首谢曰：“感天子赦罪之恩，蒙列位再生之德，昌虽没齿，不能报天子之德，岂敢有他异哉！”百官执杯把盏。姬伯量大，有百杯之饮，正所谓“知己到来言不尽”，彼此更觉绸缪，一时便不能舍。正欢饮之间，只见费仲、尤浑乘马而来，自具酒席，也来与姬伯饯别。百官一见费、尤二人至，便有几分不悦，个个抽身。姬昌谢曰：“二位大人，昌有何能，荷蒙远饯！”费仲曰：“闻贤侯荣归，卑职特来饯别，有事来迟，望乞恕罪。”姬昌乃仁德君子，待人心实，那有虚意。一见二人殷勤，便自喜悦。然百官畏此二人，俱先散了，只他三人把盏。酒过数巡，费、尤二人曰：“取大杯来。”二人满斟一杯，奉与姬伯。姬伯接酒，欠身谢曰：“多承大德，何日衔环①！”一饮而尽。姬伯量大，不觉连饮数杯。费仲曰：“请问贤侯，仲常闻贤侯能演先天数，其应果否无差？”姬昌答曰：“阴阳之理，自有定数，岂得无准。但人能反此，以作善趋避之，亦能逃越。”

仲复问曰：“若当今天子所为皆错乱，不识将来究竟可预闻乎？”此时姬伯酒已半酣，却忘记此二人来意，（以文王之圣，不可能看不出二人来意，但若因看破而不言，又引不出后面故事，故而只好让酒背黑锅）一听得问天子休咎②，便蹙额欷歔③，叹曰：“国家气数黯然，只此一传而绝，不能善其终。今天子所为如此，是速其败也。臣子安忍言之哉！”姬伯叹毕，不觉凄然。仲又问曰：“其数应在何年？”姬伯曰：“不过四七年间，戊午岁中甲子而已。”费、尤二人俱咨嗟长叹，复以酒酬西伯。少顷，二人又问曰：“不才二人，亦求贤侯一数，看我

① 衔环：又作“结草衔环”。结草与衔环都是古代报恩的传说。比喻受人恩惠，定当厚报，生死不渝。

② 休咎：吉与凶，善与恶。

③ 欷歔（xī xū）：叹息，抽噎。

等终身何如？”姬伯原是贤人君子，那知虚伪，即袖演一数，便沉吟良久，曰：“此数甚奇甚怪！”费、尤二人笑问曰：“如何？不才二人数内有甚奇怪？”昌曰：“人之死生，虽有定数，或瘫痨鼓膈，百般杂症，或五刑水火，绳缢跌扑，非命而已。不似二位大夫，死得蹊蹊跷跷，古古怪怪。”

费、尤二人笑问曰：“毕竟如何？死于何地？”昌曰：“将来不知何故，被雪水淹身，冻在冰内而绝。”后来姜子牙冰冻岐山，拿鲁雄，捉此二人，祭封神台。此是后事，表过不题。二人听罢，含笑曰：“‘生有时辰死有地’，也自由他。”三人复又畅饮。费、尤二人乃乘机诱之曰：“不知贤侯平日可曾演得自己究竟如何？”昌曰：“这平昔我也曾演过。”费仲曰：“贤侯祸福何如？”昌曰：“不才还讨得个善终正寝。”费、尤二人复虚言庆慰曰：“贤侯自是福寿双全。”西伯谦谢。三人又饮数杯。费、尤二人曰：“不才朝中有事，不敢久羁。贤侯前途保重！”各人分别。

费、尤二人在马上骂曰：“这老畜生！自己死在目前，反言善终正寝，我等反寒冰冻死，分明骂我等。这样可恶！”正言话间，已至午门，下马，便殿朝见天子。王问曰：“姬昌可曾说甚么？”二臣奏曰：“姬昌怨忿，乱言辱君，罪在大不敬。”纣王大怒曰：“这匹夫！朕赦汝归国，到不感德，反行侮辱，可恶！他以何言辱朕？”二人复奏曰：“他曾演数，言国家只此一传而绝，所延不过四七之年，又道陛下不能善终。”纣王怒骂曰：“你不问这老匹夫死得如何？”费仲曰：“臣二人也问他，他道善终正寝。大抵姬昌乃利口妄言，惑人耳目，即他之死生出于陛下，尚然不知，还自己说善终，这不是自家哄自家！即臣二人叫他演数，他言臣二人冻死冰中。只臣莫说托陛下福荫，即系小民，也无冻死冰中之理。即此皆系荒唐之说，虚谬之言，惑世诬民，莫此为甚。陛下速赐施行！”王曰：

“传朕旨，命晁田赶去拿来，即时枭首，号令都城，以戒妖言！”晁田得旨追赶不表。

且说姬昌上马，自觉酒后失言，忙令家将：“速离此间，恐后有变。”众皆催动，迤逦[1]而行。姬伯在马上自思：“吾演数中，七年灾迍[2]，为何平安而返？必是此间失言，致有是非，定然惹起事来。”正迟疑间，只见一骑如飞赶来，及到面前，乃是晁田也。晁田大呼曰：“姬伯！天子有旨，请回！”姬伯回答曰：“晁将军，我已知道了。”姬伯乃对众家将曰：“吾今灾至难逃，你们速回。我七载后自然平安归国。着伯邑考上顺母命，下和弟兄，不可更西岐规矩。再无他说，你们去罢！”众人洒泪回西岐去了。姬昌同晁田回朝歌来。有诗曰：

十里长亭饯酒卮[3]，只因直语欠委蛇[4]。
若非天数羁羑里，焉得姬侯赞伏羲。

话说姬昌同晁田往午门来，就有报马飞报黄飞虎。飞虎大惊，沉思：“为何去而复返？莫非费、尤两个奸逆坐害姬昌。”令周纪：“快请各位老殿下，速至午门！”周纪去请。黄飞虎随上坐骑，急急来到午门。时姬昌已在午门候旨。飞虎忙问曰：“贤侯去而复返者何也？”昌曰：“圣上召回，不知何事。”却说晁田见驾回旨。纣王大怒，叫：“速召姬昌！”姬昌至丹墀，俯伏奏曰：“荷蒙圣恩，释臣归国，今复召臣回，不知圣意何故？”王大骂曰：“老匹夫！释你归国，不思报

① 迤逦（yǐ lǐ）：曲折前行。
② 灾迍（zhūn）：祸害，灾难。
③ 酒卮（zhī）：盛酒的器皿。
④ 委蛇（yí）：顺随应付，此处指委婉。

效君恩，而反侮辱天子，尚有何说？”

姬昌奏曰：“臣虽至愚，上知有天，下知有地，中知有君，生身知有父母，训教知有师长，‘天、地、君、亲、师’五字，臣时刻不敢有忘，怎敢侮辱陛下，甘冒万死。”王怒曰：“你还在此巧言强辩！你演甚么先天数，辱骂朕躬，罪在不赦！”昌奏曰：“先天乃伏羲演成八卦，定人事之吉凶休咎，非臣故捏。臣不过据数而言，岂敢妄议是非。”王曰：“你试演朕一数，看天下如何？”昌奏曰：“前演陛下之数不吉，故对费仲、尤浑二大夫言。即曰不吉，并不曾言甚么是非。臣安敢妄议？”纣王立身大呼曰：“你道朕不能善终，你自夸寿终正寝，非侮君而何！此正是妖言惑众，以后必为祸乱。朕先教你先天数不验，不能善终！”传旨：“将姬昌拿出午门枭首，以正国法！”左右才待上前，只见殿外有人大呼曰：“陛下！姬昌不可斩！臣等有谏章。”纣王急视，见黄飞虎、微子等七位大臣进殿俯伏，奏曰：“陛下天赦姬昌还国，臣民仰德如山。且昌先天数乃是伏羲先圣所演，非姬昌捏造。若是不准，亦是据数推详；若是果准，姬昌亦是直言君子，不是狡诈小人。陛下亦可赦其小过。”王曰：“骋自己之妖术，谤主君以不堪，岂得赦其无罪！”比干奏曰：“臣等非为姬昌，实为国也。今陛下斩姬昌事小，社稷安危事大。姬昌素有令名，为诸侯瞻仰，军民钦服。且昌先天数，据理直推，非是妄捏。如果圣上不信，可命姬昌演目下凶吉。如准，可赦姬昌；如不准，即坐以捏造妖言之罪。”

纣王见大臣力谏，只得准奏，命姬昌演目下吉凶。昌取金钱一晃，（商周时占卜应用蓍草，用铜钱占卜不会早于汉末，更何况商代哪里来的圆形方孔钱呢？）大惊曰：“陛下，明日太庙火灾，速将宗社神主请开，恐毁社稷根本！”王曰：“数演明日，应在何时？”昌曰：“应在午时。”王曰：“既如此，且将姬昌发下囹圄，以候明日之验。”众官同出午门。姬伯感谢七位殿下。黄飞虎曰："贤侯，明日颠危①，必须斟酌！"姬昌曰："且看天数如何。"众官散罢不题。

且言纣王谓费仲曰："姬昌言明日太庙火灾，若应其言，如之奈何？"尤浑奏曰："传旨，明日令看守太庙宫官仔细防闲，亦不必焚香，其火从何而至？"王曰："此言极善。"天子回宫。费、尤二人也出朝不表。

且言次日，武成王黄飞虎约七位殿下俱在王府，候午时火灾之事，命阴阳官报时刻。阴阳官报："禀上众老爷，正当午时了。"众官不见太庙火起，正在惊慌之际，只听半空中霹雳一声，山河震动。忽见阴阳官来报："禀上众老爷，太庙火起！"比干叹曰："太庙灾异，成汤天下必不久矣！"众人齐出王府看火。好火！但见：

此火本原生于石内，其实有威有雄，坐居离地东南位，势转丹砂九鼎中。此火乃燧人氏出世，刻木钻金，旋坤转乾。八卦内只他有威，五行中独他无情。朝生东南，照万物之光辉；暮落西北，为一世之混沌。火起处，滑刺刺闪电飞腾；烟发时，黑沉沉遮天蔽日。看高低，有百丈雷鸣；听远近，发三千霹雳。黑烟铺地，百忙里走万道金蛇；红焰冲空，霎时间有千团火块。狂风助力，金钉朱户②一时休；恶火飞来，碧瓦雕檐③拈指过。火起千条焰，星洒满天红。都城齐呐喊，轰动万民惊。数演先天莫浪猜，成汤宗庙尽成灰。老天已定兴衰事，算不由人枉自谋。

话说纣王在龙德殿，正聚文武商议时，只见奉御官来奏："果然

① 颠危：颠困艰危。
② 金钉朱户：红色大门上铆着金钉。代指富贵人家。
③ 碧瓦雕檐：青色的瓦，雕饰华丽的檐，形容建筑华美。

午时太庙火起！”只吓得天子魂飞天外，魄散九霄，两个奸臣肝胆尽裂。姬昌真圣人也！（太庙之事，一可见姬昌之圣德，二可见天道运数之不可违）纣王曰：“姬昌之数今果有应验。大夫，如何处之？”费、尤二臣奏曰：“虽然姬昌之数偶验，适逢其时，岂得骤赦归国！陛下恐众大臣有所谏阻，只赦放姬昌，须如此如此，天下可安，强臣无虑。此四海生民之福也。”王曰：“卿言甚善。”言未毕，微子、比干、黄飞虎等朝见毕。比干奏曰：“今日太庙火灾，姬昌之数果验。望陛下赦昌直言之罪。”王曰：“昌数果应，赦其死罪，不赦归国，暂居羑里，待后国事安宁，方许归国。”

比干等谢恩而出，俱至午门。比干对昌言曰：“为贤侯特奏天子，准赦死罪，不赦还国，暂居羑里月余。贤侯且自宁耐，俟天子转日回天，自然荣归故地。”姬昌顿首谢曰：“今日天子禁昌羑里，何处不是浩荡之恩，怎敢有违？”飞虎又曰：“贤侯不过暂居月余，不才等逢机构会，自然与贤侯力为挽回，断不令贤侯久羁此地耳。”姬昌谢过众人，随在午门望阙谢恩，即同押送官往羑里来。羑里军民父老，牵羊担酒，拥道跪迎。父老言曰：“羑里今得圣人一顾，万物生光。”欢声杂地，鼓乐惊天，迎进城郭。押送官叹曰：“圣人心同日月，普照四方，今日观百姓迎接姬伯，非伯之罪可知。”（民心人望如此，纣王安能不惊惧？）姬昌进了府宅。押送官往都城回旨不表。且言姬昌一至羑里，教化大行，军民乐业，闲居无事，把伏羲八卦，反复推明，变成六十四卦，中分三百六十爻象，守分安居，全无怨主之心。后人有诗赞曰：

七载艰难羑里城，卦爻一一变分明。
玄机参透先天秘，万古留传大圣名。

话表纣王囚禁大臣，全无忌惮。一日，报到元戎府。黄飞虎看报，见反了东伯侯姜文焕，领四十万人马，兵取游魂关；又反了南伯侯鄂顺，领人马二十万取三山关；天下已反了四百镇诸侯。黄飞虎叹曰："二镇兵起，天下慌慌，生民何日得安！"（可见纣王前计之蠢）忙发令箭，令将紧守关隘。此话不表。

且言乾元山金光洞太乙真人，因神仙一千五百年犯了杀戒，乃年积月累，天下大乱一场，然后复定。一则姜子牙该斩将封神，成汤天下该灭，周室将兴，因此玉虚宫住讲道教。太乙真人闲坐洞中，只听昆仑山玉虚宫白鹤童子持玉札①到山。太乙真人接玉札，望玉虚宫拜罢。白鹤童子曰："姜子牙不久下山，请师叔把灵珠子送下山去。"太乙真人曰："我已知道了。"白鹤童子回去不表。太乙真人送这一位老爷下山。不知后事如何，且听下回分解。

总批

纣王无故杀戮大臣，禁囚贤圣，其于为君之道已绝，故不久国破身亡，为天下戮也。宜矣。

又批

毕竟文王也是多事的。倘于问数时，只含糊应之，此一番事不是也逃越过了？古云："惟口出好兴戎。"又曰："其默足以容。"文王尚欠保身之术。

① 玉札：玉版刻的道书。

第十二回　陈塘关哪吒出世

陳塘關
哪吒出世

导读：从本回开始，一连三回讲的都是哪吒的故事，在整部《封神演义》中几乎独立构成了一个小单元。这几回，不但是《封神演义》中最为家喻户晓的故事，也是整部书中写得最有生气，最为活泼的几回。这一回主要讲的就是哪吒从出生到杀了龙王三太子敖丙，龙王前来告状的故事。

作为一个神话人物，哪吒原本来自佛教，是毗沙门天王的第三子。在唐朝不空和尚所翻译的《北方毗沙门天王随军护法真言》中就曾记载：毗沙门天王之塔“奉释伽（迦）牟尼佛。即……拥遣第三子那（哪）吒捧行，莫离其侧”。然而就如同其他域外神灵进入中国后，都不可避免地被中国化了一样。毗沙门天王居然逐渐与唐初名将李靖相结合，在民间成为了托塔李天王，而且在小说、戏曲中更多时候是作为道教的神灵出现。这种结合最早出现于何时已不可考，但元末杨景贤所撰《杨东来批评西游记》中，已有“天兵百万总归降，金塔高擎镇北方。四海皆知名与姓，毗沙门下李天王”之诗。可知这一结合最晚不会晚于元代。再经由《西游记》《封神演义》等书的渲染流行，更让托塔李天王的形象深入人心。只不过此时的托塔李天王除了名字与那位唐初名将一样外，已经看不出二人还有什么相似之处了。

诗曰：

金光洞里一奇珍，降落尘寰①辅至仁。
周室已生佳气色，纣家应自搣精神。
从来泰运②多梁栋，自古昌期③有劫磷④。
戊午时中逢甲子，慢嗟⑤朝野尽沉沦。

话说陈塘关有一总兵官，姓李，名靖，自幼访道修真，拜西昆仑度厄真人为师，学成五行遁术。因仙道难成，故遣下山辅佐纣王，官居总兵，享受人间之富贵。元配殷氏，生有二子：长曰金吒，次曰木吒。殷夫人后又怀孕在身，已及三年零六个月，尚不生产，李靖时常心下忧疑。一日，指夫人之腹，言曰：“孕怀三载有余，尚不降生，非妖即怪。”（越是神奇人物，其母怀孕时间越长，这似乎是中国神话的一条惯例。例如尧帝的母亲怀孕十四个月，黄帝的母亲怀孕二十五个月，伏羲的母亲怀孕十二年。最厉害的要数老子的母亲，神话中她怀孕了整整八十一年才生下老子）

夫人亦烦恼曰：“此孕定非吉兆，教我日夜忧心。”李靖听说，心下甚是不乐。当晚夜至三更，夫人睡得正浓，梦见一道人，头挽双髻，身着道服，径进香房。夫人叱曰：“这道人甚不知理。此乃内室，如何径进，着实可恶！”道人曰：“夫人快接麟儿！”夫人未及答，只见道人将一物往夫人怀中一送，夫人猛然惊醒，骇出一身冷汗。忙唤醒李总兵曰：“适才梦中……如此如此。”说了一遍，言未毕时，殷

① 尘寰（huán）：犹尘世，人世。
② 泰运：大运，天运。
③ 昌期：兴隆昌盛时期。
④ 劫磷（lìn）：劫难，灾难。
⑤ 慢嗟：空叹。

夫人已觉腹中疼痛。靖急起来，至前厅坐下，暗想：“怀身三年零六个月，今夜如此，莫非降生，吉凶尚未可知。”正思虑间，只见两个侍儿，慌忙前来，“启老爷：夫人生下一个妖精来了！”李靖听说，急忙来至香房，手执宝剑，只见房里一团红气，满屋异香。（分明是祥瑞）有一肉球，滴溜溜圆转如轮。李靖大惊，望肉球上一剑砍去，划然有声。（可见李靖一开始便对此儿无丝毫慈心）分开肉球，跳出一个小孩儿来，满地红光，面如傅粉，右手套一金镯，肚腹上围着一块红绫，金光射目。这位神圣下世，出在陈塘关，乃姜子牙先行官是也，灵珠子化身。金镯是“乾坤圈”，红绫名曰“混天绫”。此物乃是乾元山镇金光洞之宝。表过不题。

只见李靖砍开肉球，见一孩儿满地上跑。李靖骇异，上前一把抱将起来，分明是个好孩子，又不忍作为妖怪坏他性命，乃递与夫人看。彼此恩爱不舍，各各忧喜。却说次日，有许多属官，俱来贺喜。李靖刚发放完毕。中军官来禀：“启老爷：外面有一道人求见。”李靖原是道门，怎敢忘本，忙道：“请来。”军政官急请道人。道人径上大厅，朝上对李靖曰：“将军，贫道稽首了。”李靖忙答礼毕，尊道人上坐。道人不谦，便就坐下。李靖曰：“老师何处名山？甚么洞府？今到此关，有何见谕？”道人曰：“贫道乃乾元山金光洞太乙真人是也，闻得将军生了公子，特来贺喜，借令公子一看，不知尊意如何？”

李靖闻道人之言，随唤侍儿抱将出来。侍儿将公子抱将出来。道人接在手，看了一看，问曰：“此子落在那个时辰？”李靖答曰：“生在丑时。”道人曰：“不好。”李靖问曰：“此子莫非养不得么？”道人曰：“非也。此子生于丑时，正犯了一千七百杀戒。”又问：“此子可曾起名否？”李靖答曰：“不曾。”道人曰：“待贫道与他起个名，就与贫道做个徒弟，何如？”李靖答曰：“愿拜道者为师。”道人曰：

"将军有几位公子？"李靖答曰："不才有三子：长曰金吒，拜五龙山云霄洞文殊广法天尊为师；次曰木吒，拜九宫山白鹤洞普贤真人为师。（文殊、普贤俱是佛教菩萨，此亦是佛道融合人物）老师既要此子为门下，但凭起一名讳，便拜道者为师。"道人曰："此子第三，取名叫做'哪吒'。"李靖谢曰："多承厚德命名，感谢不尽。"唤左右："看斋。"道人乃辞曰："这个不必，贫道有事，即便回山。"着实固辞，李靖只得送道人出府。那道人别过，径自去了。

话说李靖在关上无事，忽闻报天下反了四百诸侯。（与前文照应，和主线故事又联系上了）忙传令出，把守关隘，操演三军，训练士卒，谨提防野马岭要地。乌飞兔走，瞬息光阴，暑往寒来，不觉七载，哪吒年方七岁，身长六尺。时逢五月，天气炎热，李靖因东伯侯姜文焕反了，在游魂关大战窦荣，因此每日操练三军，教练士卒不表。

且说三公子哪吒见天气暑热，心下烦躁，来见母亲，参见毕，站立一旁，对母亲曰："孩儿要出关外闲玩一会，禀过母亲，方敢前去。"殷夫人爱子之心重，便叫："我儿，你既要去关外闲玩，可带一名家将领你去，不可贪顽①，快去快来，恐怕你爹爹操练回来。"哪吒应道："孩儿晓得。"哪吒同家将出得关来，正是五月天气，也就着实炎热。但见：

太阳真火炼尘埃，绿柳娇禾欲化灰。
行旅畏威慵举步，佳人怕热懒登台。
凉亭有暑如烟燎，水阁无风似火埋。
慢道荷香来曲院，轻雷细雨始开怀。

① 顽：通"玩"。

话说哪吒同家将出关，约行一里之余，天热难行。哪吒走得汗流满面，乃叫家将："看前面树阴之下，可好纳凉？"家将来到绿柳阴中，只见熏风[1]荡荡，烦襟尽解，急忙走回来，对哪吒禀曰："禀公子，前面柳阴之内，甚是清凉，可以避暑。"哪吒听说，不觉大喜，便走进林内，解开衣带，舒放襟怀，甚是快乐。猛忽的见那壁厢清波滚滚，绿水滔滔，真是两岸垂杨风习习，崖旁乱石水潺潺。哪吒立起身来，走到河边，叫家将："我方才走出关来，热极了，一身是汗，如今且在石上洗一个澡。"家将曰："公子仔细，只怕老爷回来，可早些回去。"哪吒曰："不妨。"脱了衣裳，坐在石上，把七尺混天绫放在水里，蘸水洗澡。不知这河是九湾河，乃东海口上。哪吒将此宝放在水中，把水俱映红了。摆一摆，江河晃动；摇一摇，乾坤动撼。那哪吒洗澡，不觉那水晶宫已晃的乱响。

不说那哪吒洗澡，且说东海敖光在水晶宫坐，只听得宫阙震响，敖光忙唤左右，问曰："地不该震，为何宫殿晃摇？"传与巡海夜叉李艮，看海口是何物作怪。夜叉来到九湾河一望，见水俱是红的，光华灿烂，只见一小儿将红罗[2]帕蘸水洗澡。夜叉分水，大叫曰："那孩子将甚么作怪东西，把河水映红，宫殿摇动？"哪吒回头一看，见水底一物，面如蓝靛[3]，发似朱砂，巨口獠牙，手持大斧。哪吒曰："你那畜生，是个甚东西，也说话？"（可谓出言不逊，亦见其勇气过人）夜叉大怒，"吾奉主公点差巡海夜叉，怎骂我是畜生？"分水一跃，跳上岸来，望哪吒顶上一斧劈来。哪吒正赤身站立，见夜叉来得勇猛，将身躲过，把右手套的乾坤圈望空中一举。此宝原系昆仑山玉虚宫所赐太乙真人镇金光洞之物，夜叉那里经得起，那宝打将下来，正

---

① 熏风：和暖的风。
② 红罗：红色轻软的丝织品。
③ 蓝靛（diàn）：深蓝色。

落在夜叉头上，只打的脑浆迸流，即死于岸上。（哪吒原不知他那两件宝物威力何其之大，在河中洗澡也是小儿常态。可笑那夜叉明知宝物厉害，却还这般鲁莽恶状，一言不合就挥斧子劈砍，想是平日在水中作威作福惯了的。倘若一上来就与哪吒好言相说，又岂会有后面种种，害了自家太子？）哪吒笑曰："把我的乾坤圈都污了。"复到石上坐下，洗那圈子。水晶宫如何经得起此二宝震撼，险些儿把宫殿俱晃倒了。敖光曰："夜叉去探事未回，怎的这等凶恶！"

正说话间，只见龙兵来报："夜叉李艮被一孩童打死在陆地，特启龙君知道。"敖光大惊："李艮乃灵霄殿御笔点差的，谁敢打死？"（来头不小，难怪霸道）敖光传令："点龙兵，待吾亲去，看是何人！"话未了，只见龙王三太子敖丙出来，口称："父王，为何大怒？"敖光将李艮打死的事说了一遍。三太子曰："父王请安。孩儿出去拿来便是。"忙调龙兵，上了逼水兽①，提画杆戟，径出水晶宫来。分开水势，浪如山倒，波涛横生，平地水长数尺。哪吒起身看着水，言曰："好大水！好大水！"只见波浪中现一水兽，兽上坐一人，全装服色，持戟骁雄②，大叫曰："是甚人打死我巡海夜叉李艮？"哪吒曰："是我。"敖丙一见，问曰："你是谁人？"哪吒答曰："我乃陈塘关李靖第三子哪吒是也。俺父亲镇守此间，乃一镇之主。我在此避暑洗澡，与他无干，他来骂我，我打死了他，也无妨。"

三太子敖丙大惊曰："好泼贼！夜叉李艮乃天王点差，你敢大胆将他打死，尚敢撒泼乱言！"太子将画戟便刺，来取哪吒。（三太子行事与那夜叉何其相似，再看后文老龙王亦复如是，全无法纪，真上梁不正下梁歪）哪吒手无寸铁，把手一低，攒将过去，"少待动手，你是何人？

① 逼水兽：又称避水兽、辟水兽、辟水犀，传说长得像犀牛，为龙王三太子敖丙出海时所用，骑上可水陆两栖作战。
② 骁雄：勇猛威武。

通个姓名，我有道理。”敖丙曰：“孤乃东海龙君三太子敖丙是也。”哪吒笑曰：“你原来是敖光之子。你妄自尊大①，若恼了我，连你那老泥鳅都拿出来，把皮也剥了他的。”（哪吒性子甚是刚强）三太子大叫一声：“气杀我！好泼贼！这等无礼！”又一戟刺来。哪吒急了，把七尺混天绫望空一展，似火块千团，往下一裹，将三太子裹下逼水兽来。哪吒抢一步赶上去，一脚踏住敖丙的颈项，提起乾坤圈，照顶门一下，把三太子的元身打出，是一条龙，在地上挺直。（也忒不经打，实力相差悬殊）哪吒曰：“打出这小龙的本相来了，也罢，把他的筋抽去，做一条龙筋绦②与俺父亲束甲。”（“大孝子”）哪吒把三太子的筋抽了，径带进关来。把家将吓得浑身骨软筋酥，腿慢难行，挨到帅府门前。哪吒来见殷夫人。夫人曰：“我儿，你往那里耍子，便去这半日？”哪吒曰：“关外闲行，不觉来迟。”哪吒说罢，往后园去了。

且说李靖操演回来，发放左右，自卸衣甲，坐于后堂。忧思纣王失政，逼反天下四百诸侯，目见生民涂炭，正在那里烦恼。

且说敖光在水晶宫，只听得龙兵来报说：“陈塘关李靖之子哪吒把三太子打死，连筋都抽去了。”敖光听报，大惊曰：“吾儿乃兴云步雨滋生万物正神，怎说打死了！（无论是听闻夜叉还是儿子之死，首先想到的是他们的神职品位，可见是何其势利之龙）李靖，你在西昆仑学道，吾与你也有一拜之交，你敢纵子为非，将我儿子打死，这也是百世之冤，怎敢又将我儿子筋都抽了！言之痛心切骨！”敖光大怒，恨不能即与其子报仇，随化一秀士③，径往陈塘关来。至于帅府，对门官曰：“你与我传报，有故人敖光拜访。”军政官进内厅禀曰：“启老

① 妄自尊大：狂妄地自高自大。
② 绦（tāo）：用丝线编织成的带子或绳子。
③ 秀士：德行才艺出众的人。

爷：外有故人敖光拜访。”李靖曰：“吾兄一别多年，今日相逢，真是天幸。”忙整衣来迎。敖光至大厅，施礼坐下。李靖见敖光一脸怒色，方欲动问，只见敖光曰：“李贤弟，你生的好儿子！”李靖笑答曰：“长兄，多年未会，今日奇逢，真是天幸，何故突发此言？若论小弟，止有三子：长曰金吒，次曰木吒，三曰哪吒，俱拜名山道德之士为师，虽未见好，亦不是无赖之辈。长兄莫要错见。”敖光曰：“贤弟，你错见了，我岂错见！你的儿子在九湾河洗澡，不知用何法术，将我水晶宫几乎震倒。我差夜叉来看，便将我夜叉打死。我第三子来看，又将我三太子打死，还把他筋都抽了来……”敖光说至此，不觉心酸，勃然大怒曰：“你还说不晓事护短的话！”李靖忙陪笑答曰：“不是我家，兄错怪了我。我长子在九龙山学艺；二子在九宫山学艺；三子七岁，大门不出，从何处做出这等大事来？”敖光曰：“便是你第三子哪吒打的！”李靖曰：“真是异事非常。长兄不必性急，待我教他出来你看。”

李靖往后堂来。殷夫人问曰：“何人在厅上？”李靖曰：“故友敖光。不知何人打死他三太子，说是哪吒打的。如今叫他出去与他认。哪吒今在那里？”殷夫人自思：“只今日出门，如何做出这等事来？”不敢回言，只说：“在后园里面。”李靖径进后园来叫：“哪吒在那里？”叫了半个时辰不应，李靖径走到海棠轩来，见门又关住。李靖在门口大叫，哪吒在里面听见，忙开门来见父亲。李靖便问：“我儿，你在此作何事？”哪吒对曰：“孩儿今日无事出关，至九湾河顽耍，偶因炎热，下水洗个澡。叵耐[①]有一夜叉李艮，孩儿又不惹他，他百般骂我，还拿斧来劈我。是孩儿一圈打死了。不知又有个甚么三太子叫做敖丙，持画戟刺我。被我把混天绫裹他上岸，一脚踏住颈项，也

① 叵耐：不可忍耐，可恨。

是一圈，不意打出一条龙来。（从受害人角度，纯属正当防卫）孩儿想龙筋最贵气，因此上抽了他的筋来，在此打一条龙筋绦，与父亲束甲。”

就把李靖只吓得张口如痴，结舌不语，半晌，大叫曰：“好冤家！你惹下无涯之祸。你快出去见你伯父，自回他话。”哪吒曰：“父亲放心，不知者不坐罪，筋又不曾动他的，他要，元物①在此，待孩儿见他去。”哪吒急走来至大厅，上前施礼，口称：“伯父，小侄不知，一时失错，望伯父恕罪。元筋交付明白，分毫未动。”（小小年纪，却是一爽利汉子，换做别人，还不知要如何遮掩搪塞）敖光见物伤情，对李靖曰：“你生出这等恶子，你适才还说我错了。今他自己供认，只你意上可过的去！况吾子者，正神也，夜叉李艮亦系御笔点差，岂得你父子无故擅行打死！我明日奏上玉帝，问你的师父要你！”敖光径扬长去了。（这老龙此时却知走流程，照章上诉。若平日如此教子，管束部下，焉有如今之事！）

李靖顿足放声大哭：“这祸不小！”夫人听见前庭悲哭，忙问左右侍儿，侍儿回报曰：“今日三公子因游玩，打死龙王三太子。适才龙王与老爷折辨②，明日要奏准天庭。不知老爷为何啼哭。”夫人着忙，急至前庭，来看李靖。李靖见夫人来，忙止泪，恨曰：“我李靖求仙未成，谁知你生下这样好儿子，惹此灭门之祸！（生儿子难道与男人无关？毫无担当，较哪吒相差远矣！）龙王乃施雨正神，他妄行杀害，明日玉帝准奏施行，我和你多则三日，少则两朝，俱为刀下之鬼！”说罢又哭，情甚惨切。（实在不像丈夫）夫人亦泪如雨下，指哪吒而言曰：“我怀你三年零六个月，方才生你，不知受了多少苦辛。谁知你是灭门绝户之祸根也！”哪吒见父母哭泣，立身不安，双膝跪下，言

① 元物：即原物。
② 折辨：即“折辩”，辩解。

曰："爹爹，母亲，孩儿今日说了罢。我不是凡夫俗子，我是乾元山金光洞太乙真人弟子。此宝皆系师父所赐，料敖光怎的不得我。我如今往乾元山上，问我师尊，必有主意。常言道：'一人做事一人当。'岂敢连累父母！"（好个孩儿，毕竟不与凡俗同流）哪吒出了府门，抓一把土，望空一洒，寂然无影。此是生来根本，借土遁往乾元山来。有诗为证。诗曰：

乾元山上叩吾生，诉说敖光东海情。
宝德门前施法力，方知仙术不虚名。

话说哪吒借土遁来至乾元山金光洞，候师法旨。金霞童儿忙启师父："师兄候法旨。"太乙真人曰："着他进来。"金霞童子至洞门对哪吒曰："师父命你进去。"哪吒至碧游床倒身下拜。真人问曰："你不在陈塘关，到此有何话说？"哪吒曰："启老师：蒙恩降生陈塘，今已七年。昨日偶到九湾河洗澡，不意敖光子敖丙将恶语伤人，弟子一时怒发，将他伤了性命。今敖光欲奏天庭，父母惊慌，弟子心甚不安，无门可救，只得上山，恳求老师，赦弟子无知之罪，望祈垂救。"真人自思曰："虽然哪吒无知，误伤敖丙，这是天数。今敖光虽是龙中之王，只是步雨兴云，然上天垂象，岂得推为不知！以此一小事干渎[1]天庭，真是不谙事体！"（讲得轻巧）忙叫："哪吒过来，你把衣裳解开。"真人以手指在哪吒前胸画了一道符箓，分付哪吒："你到宝德门，如此如此。事完后，你回到陈塘关与你父母说，若有事，还有师父，决不干碍父母。你去罢。"（真是恩师胜爹娘）

哪吒离了乾元山，径往宝德门来。正是天宫异景非凡像，紫雾红

---

① 干渎：冒犯。

云罩碧空。但见上天，大不相同：

初登上界，乍见天堂，金光万道吐红霓①，瑞气千条喷紫雾。只见那南天门：碧沉沉琉璃造就，明晃晃宝鼎妆成。两边有四根大柱，柱上盘绕的是兴云步雾赤须龙；正中有三座玉桥，桥上站立的是彩羽凌空丹顶凤。明霞灿烂映天光，碧雾朦胧遮斗日。天上有三十三座仙宫：遣云宫、毘沙宫、紫霄宫、太阳宫、太阴宫、化乐宫……一宫宫脊吞金獬豸②；又有七十二重宝殿：乃朝会殿、凌虚殿、宝光殿、聚仙殿、传奏殿……一殿殿柱列玉麒麟。寿星台、禄星台、福星台，台下有千千年不卸奇花；炼丹炉、八卦炉、水火炉，炉中有万万载常青的绣草。

朝圣殿中绛纱衣③，金霞灿烂；彤廷④阶下芙蓉冠，金碧辉煌。灵霄宝殿，金钉攒玉户；积圣楼前，彩凤舞朱门。伏道回廊，处处玲珑剔透；三檐四簇⑤，层层龙凤翱翔。上面有紫巍巍、明晃晃、圆丢丢、光灼灼、亮铮铮的葫芦顶，左右是紧簇簇、密层层、响叮叮、滴溜溜、明朗朗的玉佩声。正是：

天宫异物般般有，世上如他件件稀。金阙银鸾并紫府，奇花异草暨瑶天⑥。朝王玉兔坛边过，参圣金乌⑦着底飞。若人有福

① 霓：喻指桥梁。
② 獬豸（xiè zhì）：传说中的一种神兽，独角，见人斗，即以角触不直者，闻人争，即以口咬不正者。
③ 绛纱衣：深红色纱袍。古代常用为朝服。
④ 彤廷：汉代宫廷因以朱漆涂饰，故称；泛指皇宫。
⑤ 三檐四簇：用来形容建筑物的精美和复杂。“三檐”指的是三层伞盖，而“四簇”则形容聚集、簇拥在一起，代表数量多。
⑥ 瑶天：天上，仙境。
⑦ 金乌：又称三足金乌。在中国古代神话里，红日中央有一只黑色的三足乌鸦，乌鸦蹲居在红日中央，周围是金光闪烁的“红光”，故称“金乌”。

来天境，不堕人间免污泥。

哪吒到了宝德门，来的尚早，不见敖光。又见天宫各门未开，哪吒站立在聚仙门下。不多时，只见敖光朝服叮当，径至南天门。只见南天门未开。敖光曰：“来早了，黄巾力士还不曾至，不免在此间等候。”哪吒看见敖光，敖光看不见哪吒。哪吒是太乙真人在他前心书了符篆，名曰“隐身符”，故此敖光看不见哪吒。哪吒看见敖光在此等候，心中大怒，撒开大步，提起手中乾坤圈，把敖光后心一圈，打了个饿虎扑食，跌倒在地。哪吒赶上去，一脚踏住后心。不知敖光性命如何，且听下回分解。

总批

哪吒在九湾河洗澡，原是小儿常态。夜叉原是卤莽恶状的。二人相见，自不是好相识，所以遭哪吒打死。只这三太子便当问一端的，此事原好结局，如何也蛮做起来，亦遭毒手，还是自欠主张。

又批

哪吒终是爽利汉子，自不藏头露尾，一见敖光便自承认。若是今人，就有许多抵赖，许多婆子气。

第十三回　太乙真人收石矶

太乙真人收石磯

导读：我们在之前就已经说到，哪吒的父亲托塔李天王来源于佛教的毗沙门天王，哪吒本人也是佛教中的护法神。这点从他独特的名字也能看出。随着毗沙门天王与李靖逐渐融合为托塔李天王，哪吒也开始了他的中国化道路。在初创于元代，完善于明代的《三教源流搜神大全》中，哪吒的“工作单位”已经从佛教转到了道教，成为“玉皇驾下大罗仙”，后受玉帝旨意下凡，托胎于李靖之家。之后的故事已经与《封神演义》所载大同小异，大闹东海、杀死九龙、天门拦截老龙王、意外杀死石矶娘娘之子、割肉剔骨还父母等情节都已具备，只不过具体故事还很简单。而与《封神演义》最大的不同，则是最后用莲藕为哪吒重塑肉身，使之复活的，是如来佛祖而不是太乙真人。

诗曰：

天然顽石得机先，结就灵胎已万年。
吸月餐星①探地窟，填离取坎伏天乾。
慢跨步雾兴云术，且听吟龙啸虎仙。
劫火②运逢难措手③，须知邪正有偏全。

话说哪吒在宝德门将敖光踏住后心，敖光扭颈回头看时，认得是哪吒，不觉勃然大怒，况又被他打倒，用脚踏住，挣持不得，乃大骂曰："好大胆泼贼！你黄牙未退，奶毛未干，骋凶将御笔钦点夜叉打死，又将我三太子打死，他与你何仇，你敢将他筋俱抽去！这等凶顽，罪已不赦。今又敢在宝德门外，毁打兴云步雨正神。你欺天罔上。虽损醢汝尸，不足以尽其辜！"（仍是仗着神职、地位恐吓，这老龙王颇似一些官场中人）哪吒被他骂得性起，恨不得就要一圈打死他，奈太乙真人分付，只是按住他道："你叫，你叫，我便打死你这老泥鳅也无甚大事！我不说，你也不知我是谁。吾非别人，乃乾元山金光洞太乙真人弟子灵珠子是也。（这位小爷来头更大，老龙恐难申冤）奉玉虚宫法牒，脱化陈塘关李门为子。因成汤合灭，周室当兴，姜子牙不久下山，吾乃是破纣辅周先行官是也，偶因九湾河洗澡，你家人欺负我，是我一时性起，便打死他二命，也是小事。（岂是小事）你就上本。我师父说来，就连你这老蠢物都打死了，也不妨事。"

敖光听罢，骂曰："好孺子④！打的好！打的好！"（妙极，妙极，

① 吸月餐星：吸收月星之精华。
② 劫火：劫坏时所发生的大火灾。
③ 措手：着手安排，应付。
④ 孺子：小孩子，儿童。

老龙王动辄摆身份地位吓人，哪知这哪吒背景后台比他更硬，直接令其气急无语）哪吒曰："你要打，就打你。"拎起拳来，或上或下，乒乒乓乓，一气打有一二十拳，打的敖光喊叫，哪吒道："你这老蠢才，乃顽皮，不要打你，你是不怕的。"古云："龙怕揭鳞，虎怕抽筋。"哪吒将敖光朝服一把拉去了半边，左胁下露出鳞甲。哪吒用手连抓数把，抓下四五十片鳞甲，鲜血淋漓，痛伤骨髓。敖光疼痛难忍，只叫"饶命！"哪吒曰："你要我饶你，我不许你上本，跟我往陈塘关去，我就饶你，你若不依，一顿乾坤圈打死你，料有太乙真人作主，我也不怕你。"敖光遇着恶人，莫敢谁何，只得应承："愿随你去！"（后台硬，手段强，有理变无理，无理变有理）哪吒曰："放你起来。"敖光起来，正欲同行，哪吒曰："尝闻龙会变化，要大便撑天柱①地，要小便芥子藏身。我怕你走了，往何处寻你。你变一个小小蛇儿，我带你回去。"敖光不得脱身，没奈何，只得化一个小青蛇儿。哪吒拿来放在袖里，离了宝德门，往陈塘关来，时刻便至帅府。

家将忙报李靖曰："三公子回府了。"李靖闻言，甚是不乐。只见哪吒进府来谒见父亲。见李靖眉锁春山，愁容可掬，上前请罪。李靖问曰："你往那里去来？"哪吒曰："孩儿往南天门去，请回伯父敖光不必上本。"（龙王走流程乃合规之举，硬是截回，可谓无法无天）李靖大喝一声："你这说谎畜生！你是何等之辈，敢往天界。俱是一派诳言，瞒昧父母，甚是可恼！"哪吒曰："父亲不必大怒，现在伯父敖光可证。"李靖曰："你尚胡说！伯父如今在那里？"哪吒曰："在这里。"袖内取出青蛇，望下一丢，敖光化一阵清风，见成人形。

李靖吃了一惊，忙问曰："长兄为何如此？"敖光大怒，把南天门毁打之事，说了一遍，又把胁下鳞甲把与李靖观看，"你生这等恶

① 柱（zhǔ）：支撑，拄持。

子，我把四海龙王齐约到灵霄殿，申明冤枉，看你如何理说？”（还是坚持上诉，为何？哪吒实力强劲，非一般百姓可欺耳）道罢，化一阵清风去了，李靖顿足曰：“此事愈反加重，如何是好？”哪吒近前，跪而禀曰：“老爷，母亲，只管放心。孩儿求救师父，师父说我不是私自投胎至此，奉玉虚宫符命来保明君。连四海龙王，便都坏了，也不妨甚么事。（老师也是强人）若有大事，师父自然承当，父亲不必挂念。”李靖乃道德之士，亦明玄中奥妙，又见哪吒南天门打敖光的手段，既上得天曹①，其中必有原故。殷夫人终是爱子之心，见哪吒站立旁边，李靖烦恼，有恨儿子之意，夫人曰：“你还在这里，不往后边去！”

哪吒听母命，径往后园来。坐了一会，心上觉闷，乃出后园门，径上陈塘关的城楼上来纳凉。此时天气甚热，况自不曾到此，只见好景致：曛曛荡荡②，绿柳依依，观望长空，果然似一轮火盖。正是：行人满面流珠落，避暑闲人把扇摇。哪吒看了一回，自言曰：“从不知道这个所在好顽耍！”又见兵器架上有一张弓，名曰乾坤弓；有三枝箭，名曰震天箭。哪吒自思：“师父说我后来做先行官，破成汤天下，如今不习弓马，更待何时。况且有现成弓箭，何不演习演习。”哪吒心下甚是欢喜，便把弓拿在手中，取一枝箭，搭箭当弦，望西南上一箭射去。响一声，红光缭绕，瑞彩③盘旋。这一箭不当紧，正是：沿河撒下钩与线，从今钓出是非来。哪吒不知此弓箭乃镇陈塘关之宝，乾坤弓，震天箭，自从轩辕黄帝大破蚩尤，传留至今，并无人拿的起来。（神奇秘宝，多年无人能动，只待主角一来便使用自如。也是多少小说中的老手段了）

---

① 天曹：天上的官署。
② 曛曛荡荡：喻晚霞蔚为壮观。
③ 瑞彩：吉祥的霞光异彩。

今日哪吒拿起来，射了一箭，只射到骷髅山白骨洞，有一石矶娘娘的门人，名曰碧云童子，携花篮采药，来至山崖之下，被这一箭正中咽喉，翻身倒地而死。（哪吒不愧杀神，举手投足便伤性命）少时，只见彩云童子看见碧云中箭而死，急忙报与石矶娘娘曰："师兄不知何故，箭射咽喉而死。"石矶娘娘听说，走出洞来，行至崖边，看见碧云童儿，果然中箭而死。只见翎花①下有名讳"镇陈塘关总兵李靖"（既然自黄帝之后无人拿得起来，又如何能刻上李靖字号?）字号。石矶娘娘怒曰："李靖，你不能成道，我在你师父前着你下山，求人间富贵，你今位至公侯，不思报德，反将箭射我的徒弟，恩将仇报。"叫："彩云童儿看着洞府，待我拿李靖来，以报此恨。"

石矶娘娘乘青鸾而来，只见金霞荡荡，彩雾绯绯②，正是：仙家妙用无穷尽，咫尺青鸾到此关。娘娘在半空中大呼："李靖出来见我！"李靖不知道是谁人叫，急出来看时，像似石矶娘娘。李靖倒身下拜，"弟子李靖拜见。不知娘娘驾至，有失迎迓，望乞恕罪。"娘娘曰："你行的好事！尚在此巧语花言。"将八卦云光帕③，上面有坎离震兑之宝，包罗万象之珍，望下一丢，命黄巾力士："将李靖拿进洞府来!"黄巾力士平空把李靖拿去，至白骨洞放下。娘娘离了青鸾，坐在蒲团之上。力士将李靖拿至面前跪下。石矶娘娘曰："李靖，你仙道未成，已得人间富贵，你却亏了何人。今不思报本，反起歹意，将我徒弟碧云童儿射死，有何理说?"李靖不知何事，真是平地风波。（有儿如此，凡人也是操劳）李靖曰："娘娘，弟子今得何罪?"娘娘曰："你恩将仇报。射死我门人，你还故推不知?"李靖曰："箭

① 翎（líng）花：指箭羽。
② 绯绯：红艳貌。
③ 八卦云光帕：截教的石矶娘娘之物，状若一方白帕，上面有坎离震兑之宝，包罗万象之珍，可召唤黄巾力士。

在何处？”娘娘命：“取箭来与他看。”李靖看时，却是震天箭。李靖大惊曰：“这乾坤弓、震天箭，乃轩辕黄帝传留，随出人君，镇关之宝，谁人拿得起来。这是弟子运乖时蹇[1]，异事非常。望娘娘念弟子无辜被枉，冤屈难明，放弟子回关，查明射箭之人，待弟子拿来，以分皂白，庶不冤枉无辜。如无射箭之人，弟子死甘瞑目。”石矶娘娘曰：“既如此，我且放你回去。你若查不出来，我问你师父要你！你且去！”

李靖连箭带回，借土遁来至关前，收了遁法，进了帅府。殷夫人不知何故，见李靖凭空拎去，正在惊慌之处，李靖回见夫人，夫人曰：“将军为甚事平空摄去？使妾身惊慌无地。”李靖顿足[2]叹曰：“夫人，我李靖居官二十五载，谁知今日运蹇时乖。关上敌楼有乾坤弓、震天箭，乃镇压此关之宝，不知何人将此箭射去，把石矶娘娘徒弟射死。箭上是我官衔，方才被他拿去，要我抵偿性命。被我苦苦哀告，回来访是何人，拿去见他，方能与我明白。”李靖又曰：“若论此弓箭，别人也拿不动，莫非又是哪吒？”（终于开窍）夫人曰：“岂有此理！难道敖光事未了，他又敢惹这是非！就是哪吒，也拿不起来。”李靖沉思半晌，计上心来，叫左右侍儿：“请你三公子来。”

不一时，哪吒来见，站立一旁。李靖曰：“你说你有师父承当，叫你辅弼[3]明君，你如何不去学习些弓马，后来也好去用力。”哪吒曰：“孩儿奋志[4]如此。才偶在城敌楼上，见弓箭在此，是我射了一箭，只见红光缭绕，紫雾纷霏，把一枝好箭射不见了。”就把李靖气的大叫一声：“好逆子！你打死三太子，事尚未定，今又惹这等无涯

① 运乖时蹇（jiǎn）：时运不佳，处于逆境。
② 顿足：跺脚。多形容情绪激昂或极其悲伤。
③ 辅弼（bì）：辅佐。
④ 奋志：奋发的心志，振奋志气。

之祸！"夫人默默无言。哪吒不知其情，便问："为何？又有甚么事？"李靖曰："你方才一箭，射死石矶娘娘的徒弟。娘娘拿了我去，被我说过，放我回来，寻访射箭之人，原来却是你！你自去见娘娘回话！"哪吒笑曰："父亲且息怒。石矶娘娘在那里住？他的徒弟在何处？我怎样射死他？平地赖人，其心不服。"李靖说："石矶娘娘在骷髅山白骨洞，你既射死他徒弟，你去见他！"哪吒曰："父亲此言有理，同到甚么白骨洞，若还不是我，打他个搅海翻江，我才回来。父亲请先行，孩儿随后。"父子二人驾土遁往骷髅山来：

箭射金光起，红云照太虚。
真人今出世，帝子已安居。
莫浪夸仙术，须知念玉书。
万邪难克正，不免破三军。

话说李靖到了骷髅山，分付哪吒："站立在此，待我进去，回了娘娘法旨。"哪吒冷笑："我在那里，平空赖我，看他如何发付我。"且言李靖进洞中，参见娘娘。娘娘曰："是何人射死碧云童儿？"李靖启娘娘："就是李靖所生逆子哪吒。弟子不敢有违，已拿在洞府前，听候法旨。"娘娘命彩云童儿："着他进来！"

只见哪吒看见洞里一人出来，自想："打人不过先下手。此间是他巢穴，反为不便。"（七岁孩童岂有此念？真似《水浒》中老江湖手段，既无赖又孟浪！）拎起乾坤圈，一下打将来。彩云童儿不曾提防，夹颈一圈，"呵呀"一声，跌倒在地。彩云童儿彼时一命将危。娘娘听得洞外跌得人响，急出洞来，彩云童儿已在地下挣命。娘娘曰："好孽障！还敢行凶，又伤我徒弟！"哪吒见石矶娘娘带鱼尾金冠，穿大红八卦衣，麻履丝绦，手提太阿剑赶来。哪吒收回圈，复打一圈来。娘娘看是太乙真人的乾坤圈，“呀！原来是你！”娘娘用手接住乾坤圈。哪吒大惊，忙将七尺混天绫来裹娘娘。娘娘大笑，把袍袖望上一迎，只见混天绫轻轻的落在娘娘袖里。娘娘叫：“哪吒，再把你师父的宝贝用几件来，看我道术如何！”哪吒手无寸铁，将何物支持，只得转身就跑。（小英雄首次吃瘪）娘娘叫：“李靖，不干你事。你回去罢。”

不言李靖回关，且说石矶娘娘赶哪吒，飞云掣电，雨骤风驰，赶彀[1]多时，哪吒只得往乾元山来。到了金光洞，慌忙走进洞门，望师父下拜。真人问曰：“哪吒为何这等慌张？”哪吒曰：“石矶娘娘赖弟子射死他的徒弟，提宝剑赶来杀我，把师父的乾坤圈、混天绫都收去了。如今赶弟子不放，现在洞外。弟子没奈何，只得求见师父，望乞救命！”太乙真人曰：“你这孽障，且在后桃园内，待我出去看。”（太乙动怒，可见石矶与龙王实力大为不同）真人出来，身倚洞门，只见石矶满面怒色，手提宝剑，恶狠狠赶来，见太乙真人，打稽首，“道兄请了！”太乙真人答礼。石矶曰：“道兄，你的门人仗你道术，射死贫道的碧云童儿，打坏了彩云童子，还将乾坤圈、混天绫来伤我。道兄，好好把哪吒叫他出来见我，还是好面相看，万事俱息，若道兄隐护，只恐明珠弹雀[2]，反为不美。”真人曰：“哪吒在我洞里，要他出来不难，你只到玉虚宫，见吾掌教老师。（搬出更大靠山）他教与你，我就与你。哪吒奉御敕钦命出世，辅保明君，非我一己之私。”娘娘笑曰：“道兄差矣！你将教主压我，难道你纵徒弟行凶，杀我的徒弟，还将大言压我。难道我不如你，我就罢了？你听我道来：

① 赶彀（gòu）：此处意为追赶。
② 明珠弹雀：用珍珠打鸟雀，比喻得到的补偿不了失去的。

道德森森出混元，修成乾建得长存。
三花聚顶非闲说，五气朝元岂浪言。
闲坐苍龙归紫极，喜乘白鹤下昆仑。
休将教主欺吾党，劫运回环已万源。”

话说太乙真人曰：“石矶，你说你的道德清高，你乃截教，吾乃阐教，因吾辈一千五百年不曾斩却三尸①，犯了杀戒，故此降生人间，有征诛杀伐，以完此劫数。今成汤合灭，周室当兴，玉虚封神，应享人间富贵。当时三教佥押②《封神榜》，吾师命我教下徒众，降生出世，辅佐明君。哪吒乃灵珠子下世，辅姜子牙而灭成汤，奉的是元始掌教符命。就伤了你的徒弟，乃是天数。（明明是人数怎能全推给天数？）你怎言包罗万象，迟早飞升。似你等无忧无虑，无辱无荣，正好修持，何故轻动无名，自伤雅道。”（讲得轻巧。自家徒儿被欺时可不是这般言语）石矶娘娘忍不住心头火，喝曰：“道同一理。怎见高低？”太乙真人曰：“道虽一理，各有所陈。你且听吾分剖：

交光日月炼金英，一颗灵珠透室明。
摆动乾坤知道力，避移生死见功成。
逍遥四海留踪迹，归在三清立姓名。
直上五云云路稳，紫鸾朱鹤自来迎。”

石矶娘娘大怒，手执宝剑望真人劈面砍来。（石矶终是顽石所成，行事孟浪，太乙真人是何身份，又有元始天尊符命，岂容你动手？也是合该

① 三尸：道教谓在人体内有作祟的三神；上尸青姑伐人眼，中尸白姑伐人五脏，下尸血姑伐人胃命。
② 佥（qiān）押：指在文书上签字画押表示负责，也指官府处理公务。

有此一劫）太乙真人让过，抽身复入洞中，取剑挂在手上，暗袋一物，望东昆仑山下拜，“弟子今在此山开了杀戒。”拜罢，出洞指石矶曰：“你根源浅薄，道行难坚，怎敢在我乾元山自恃凶暴！”石矶又一剑砍来。太乙真人用剑架住，口称：“善哉！”石矶乃一顽石成精，采天地灵气，受日月精华，得道数千年，尚未成正果，今逢大劫，本相难存，故到此山。一则石矶数尽，二则哪吒该在此处出身。天数已定，怎能避躲。石矶娘娘与太乙真人往来冲突，翻腾数转，二剑交加，未及数合，只见云彩辉辉，石矶娘娘将八卦龙须帕丢起空中，欲伤真人。真人笑曰：“万邪岂能侵正？”（此处已隐隐点出截教非是正派）真人口中念念有词，用手一指，“此物不落，更待何时！”八卦帕落将下来。石矶大怒，脸变桃花，剑如雪片。太乙真人曰：“事到其间，不得不行。”（斩草除根，却无慈悲心）真人将身一跃，跳出圈子外来，将九龙神火罩抛起空中。石矶见罩，欲避不出，已罩在里面。

且说哪吒看见师父用此物罩了石矶，叹曰：“早将此物传我，也不费许多力气。”哪吒出洞来见师父。太乙真人回头，看见徒弟来，“呀！这顽皮，他看见此罩，毕竟要了。但如今他还用不着，待子牙拜将之后，方可传他。”（对徒儿真是关怀备至！石矶也是因徒儿殒命，可叹！）真人忙叫：“哪吒，你快去！四海龙君奏准玉帝，来拿你父母了。”哪吒听得此言，满眼垂泪，恳求真人曰：“望师父慈悲弟子一双父母！子作灾殃，遗累父母，其心何安？”道罢，放声大哭。真人见哪吒如此，乃附耳曰：“如此如此。可救你父母之厄。”哪吒叩谢，借土遁往陈塘关来不表。

且说太乙真人罩了石矶，石矶在罩内不知东西南北。真人用两手一拍，那罩内腾腾焰起，烈烈光生，九条火龙盘绕，此乃三昧神火烧炼石矶。一声雷响，把娘娘真形炼出，乃是一块顽石。此石生于天地玄黄①之外，经过地水火风，炼成精灵，今日天数已定，合于此地而死，故现其真形。（此是何天数？分明太乙存心欺人）此是太乙真人该开杀戒。真人收了神火罩，又收乾坤圈、混天绫，进洞不表。

且说哪吒飞奔陈塘关来，只见帅府前人声扰攘②。众家将见公子来了，忙报李靖曰："公子回来了。"四海龙王敖光、敖顺、敖明、敖吉正看间，只见哪吒厉声叫曰："'一人行事一人当'，我打死敖丙、李艮，我当偿命，岂有子连累父母之理！"（是烈汉子）乃对敖光曰："我一身非轻，乃灵珠子是也。奉玉虚符命，应运下世。我今日剖腹、剜肠、剔骨肉，还于父母，不累双亲。你们意下如何？如若不肯，我同你齐到灵霄殿见天王，我自有话说。"敖光听见此言，"也罢，你既如此，救你父母，也有孝名。"（老龙倒是沉稳）四龙王便放了李靖夫妇。哪吒便右手提剑，先去一臂膊，后自剖其腹。剜肠剔骨，散了七魄三魂，一命归泉，四龙王据哪吒之言回旨不表。

殷夫人见哪吒尸骸，用棺木盛了埋葬不表。

且说哪吒魂无所依，魄无所倚，他元是宝贝化现，借了精血，故有魂魄。哪吒飘飘荡荡，随风而至，径到乾元山来。不知后事如何，且听下回分解。

总批

哪吒顽劣不亚美猴王，而一念忠孝、慷慨、激烈处，有似花和尚、李铁牛。此传固当与《西游》《水浒》并传。

---

① 天地玄黄：玄为天色，黄为地色。天地玄黄指天地初始的颜色。
② 人声扰攘：人来人往，非常热闹。

又批

顽石乃是一蠢然无知之物，偶借天地之精灵而成形。所以做事，就有这些孟浪造次，未免遭此劫数。今之蠢然无知之辈，乍识些字，便妄自尊大，何以异此？所以今人叱称此辈曰“石头”，良有以也。作此传者，真大慈悲菩萨。

第十四回　哪吒现莲花化身

哪吒現蓮花化身

导读：哪吒割肉剔骨而死，太乙真人教他让其母在翠屏山为其立庙供奉，受三年香火即可复生。谁料不及半载即被李靖意外发现，竟然砸毁金身，焚烧庙宇。太乙真人于是用莲藕为哪吒再塑肉身。哪吒复原之后，难压怒火，立刻前去追打李靖，要报此仇。普贤真人、文殊广法天尊、燃灯道人接连出手，最后才用宝塔逼迫哪吒与李靖父子和好。

如今仔细想来，这一回写得委实不高明，前人如钟伯敬等批评家对此回便颇多不满。太乙真人既能用莲藕为哪吒重塑肉身，又何必让他去受三年香火？哪吒受香火半年，便已经“姜子牙下山已快”，若待他受满三年，岂不误事？可见整个翠屏山立庙之事，除了加深父子矛盾之外，没有任何意义。至于后面三位真仙前来帮助李靖，要磨哪吒的性子，更是为矛盾而矛盾。哪吒天性如此，岂是三两次失败能改变的？更何况最后还是燃灯道人用玲珑金塔逼迫哪吒与其父和解，这不正说明所谓“磨性”彻底失败了吗？还不如直接写太乙真人救活哪吒，父母惊喜之下听从真人劝解，全家隐居以待武王。虽然俗套平淡，但不悖情理。

诗曰：

仙家法力妙难量，起死回生有异方。
一粒丹砂①归命宝，几根荷叶续魂汤。
超凡不用肮脏骨，入圣②须寻返魄香。
从此开疆归圣主，岐周事业借匡襄③。

且说金霞童儿进洞来，启太乙真人曰：“师兄杳杳冥冥④，飘飘荡荡，随风定止，不知何故。”真人听说，早解其意，忙出洞来。真人分付哪吒：“此处非汝安身之所。你回到陈塘关，托一梦与你母亲，离关四十里，有一翠屏山，山上有一空地，令你母亲造一座哪吒行宫，你受香烟三载，又可立于人间，辅佐真主。可速去，不得迟误！”哪吒听说，离了乾元山往陈塘关来。正值三更时分，哪吒来到香房，叫：“母亲，孩儿乃哪吒也。如今我魂魄无栖，望母亲念为儿死得好苦，离此四十里，有一翠屏山上，与孩儿建立行宫，使我受些香烟，好去托生天界。孩儿感母亲之慈德甚于天渊。”

夫人醒来，却是一梦，夫人大哭。李靖问曰：“夫人为何啼哭？”夫人把梦中事说了一遍。李靖大怒曰：“你还哭他！他害我们不浅。（这岂是人父之言？李家父子矛盾，李靖责任更大）常言‘梦随心生’，只因你思想他，便有许多梦魂颠倒，不必疑惑。”夫人不言。且说次日又来托梦，三日又来。夫人合上眼，殿下就站立面前。不觉五七日之后，哪吒他生前性格勇猛，死后魂魄也是骁雄，遂对母亲曰：“我求

① 丹砂：朱砂。炼汞的主要矿物，红色或棕红色，可做颜料，中医入药。
② 入圣：达到非凡的境界。
③ 匡襄：辅佐帮助。
④ 杳杳冥冥：指恍恍惚惚。

你数日，你全不念孩儿苦死，不肯造行宫与我，我便吵你个六宅不安！”夫人醒来，不敢对李靖说。夫人暗着心腹人，与些银两，往翠屏山兴工破土，起建行宫，造哪吒神像一座，旬月功完。哪吒在此翠屏山显圣①，感动万民，千请千灵，万请万应，因此庙宇轩昂，十分齐整。但见：

行宫八字粉墙开，朱户铜环左右排。
碧瓦雕檐三尺水，数株桧柏②两重台。
神厨宝座金妆就，龙凤幡幢瑞色裁。
帐幔悬钩吞半月，狰狞鬼判立尘埃。
沉檀袅袅烟结凤，逐日纷纷祭祀来。

哪吒在翠屏山显圣，四方远近居民，俱来进香，纷纷如蚁，日盛一日，往往不断。祈福禳灾③，无不感应。不觉乌飞兔走，似箭光阴，半载有余。

且说李靖因东伯姜文焕为父报仇，调四十万人马，游魂关大战窦荣，荣不能取胜。李靖在野马岭操演三军，紧守关隘。一日回兵往翠屏山过，李靖在马上看见往往来来，扶老携幼，进香男女，纷纷似蚁，人烟凑积。李靖在马上问曰：“这山乃翠屏山，为何男女纷纷，络绎不绝？”军政官对曰：“半年前，有一神道在此感应显圣，千请千灵，万请万感，祈福福至，禳患患除，故此惊动四方男女进香。”李靖听罢，想起来，问中军官：“此神何姓何名？”中军回曰：“是哪吒行宫。”李靖大怒，传令：“安营！待我上山进香。”人马站立，李

① 显圣：迷信认为神圣的人物死后显灵。
② 桧柏：树木名，一般指圆柏。
③ 禳（ráng）灾：祭祷消灾。

靖纵马往山上来进香，男女闪开。李靖纵马径至庙前，只见庙门高悬一扁①，书“哪吒行宫”四字。进得庙来，见哪吒形象如生，左右站立鬼判②。李靖指而骂曰：“畜生！你生前扰害父母，死后愚弄百姓！”骂罢，提六陈鞭，一鞭把哪吒金身打的粉碎。（岂是父子，真如寇仇）李靖怒发，复一脚蹬倒鬼判。传令：“放火，烧了庙宇。”分付进香万民曰：“此非神也，不许进香。”吓得众人忙忙下山。李靖上马，怒气不息。（可曾料到日后狼狈？）有诗为证。诗曰：

雄兵才至翠屏疆，忽见黎民日进香。
鞭打金身为粉碎，脚蹬鬼判也遭殃。
火焚庙宇腾腾焰，烟透长空烈烈光。
只因一气冲牛斗，父子参商③有战场。

话说李靖兵进陈塘关帅府下马，传令：“将人马散了。”李靖进后厅，殷夫人接见。李靖骂曰：“你生的好儿子，还遗害我不少，今又替他造行宫，煽惑④良民。你要把我这条玉带送了才罢！如今权臣当道，况我不与费仲、尤浑二人交接，倘有人传至朝歌，奸臣参我假降邪神，白白的断送我数载之功。这样事俱是你妇人所为！今日我已烧毁庙宇。你若再与他起造，那时我也不与你好休！”（原来竟是为了自己的高官厚禄，如此全无心肝之人，难怪修道难成）

且不言李靖。再表哪吒那一日出神，不在行宫，及至回来，只见庙宇无存，山红土赤，烟焰未灭，两个鬼判，含泪来接。哪吒问曰：

① 扁：“匾”的本字。
② 鬼判：指传说中冥司的衙吏、杂差。
③ 参商：参、商二星此出则彼没，两不相见。因以比喻人分离不得相见。此处指矛盾甚大。
④ 煽惑：煽动诱惑。

“怎的来？”鬼判答曰：“是陈塘关李总兵突然上山，打碎金身，烧毁行宫。不知何故？”哪吒曰：“我与你无干了，骨肉还于父母，你如何打我金身，烧我行宫，令我无处栖身？”心上甚是不快。沉思良久，“不若还往乾元山走一遭。”哪吒受了半年香烟，已觉有些形声，一时到了高山，至于洞府。金霞童儿引哪吒见太乙真人。真人曰：“你不在行宫接受香火，你又来这里做甚么？”哪吒跪诉前情：“被父亲将泥身打碎，烧毁行宫，弟子无所依倚，只得来见师父，望祈怜救。”真人曰：“这就是李靖的不是。他既还了父母骨肉，他在翠屏山上，与你无干，今使他不受香火，如何成得身体？况姜子牙下山已快。也罢，既为你，就与你做件好事。”叫金霞童儿：“把五莲池中莲花摘二枝，荷叶摘三个来。”童子忙忙取了荷叶、莲花，放于地下。

真人将花勒下瓣儿，铺成三才，又将荷叶梗儿折成三百骨节，三个荷叶，按上、中、下，按天、地、人。真人将一粒金丹放于居中，法用先天，气运九转，分离龙、坎虎，绰[1]住哪吒魂魄，望荷、莲里一推，喝声：“哪吒不成人形，更待何时！”只听得响一声，跳起一个人来，面如傅粉，唇似涂朱，眼运精光，身长一丈六尺，此乃哪吒莲花化身，见师父拜倒在地。真人曰：“李靖毁打泥身之事，其实伤心。”哪吒曰：“师父在上，此仇决难干休[2]！”真人曰：“你随我桃园里来。”真人传哪吒火尖枪，不一时已自精熟。哪吒就要下山报仇。真人曰：“枪法好了，赐你脚踏风火二轮，另授灵符秘诀。”真人又付豹皮囊，囊中放乾坤圈、混天绫、金砖一块，“你往陈塘关去走一遭。”（明知哪吒复仇心切，又给他法宝，又让他回家，岂不是纵容他报复李靖？）哪吒叩首，拜谢师父，上了风火轮，两脚踏定，手提火尖枪，

① 绰：通“抄”，抓取。
② 干休：罢休，罢手。

径往关上来。诗曰：

两朵莲花现化身，灵珠二世出凡尘。
手提紫焰蛇矛宝，脚踏金霞风火轮。
豹皮囊内安天下，红锦绫中福世民。
历代圣人为第一，史官遗笔万年新。

话说哪吒来到陈塘关，径进关来至帅府，大呼曰："李靖早来见我！"有军政官报入府内："外面有三公子，脚踏风火二轮，手提火尖枪，口称老爷姓讳，不知何故，请老爷定夺。"李靖喝曰："胡说！人死岂有再生之理！"言未了，只见又一起人来报："老爷如出去迟了，便杀进府来！"李靖大怒，"有这样事！"忙提画戟，上了青骢①，出得府来。见哪吒脚踏风火二轮，手提火尖枪，比前大不相同。

李靖大惊，问曰："你这畜生！你生前作怪，死后还魂，又来这里缠扰！"哪吒曰："李靖！我骨肉已交还与你，我与你无相干碍，你为何往翠屏山鞭打我的金身，火烧我的行宫？今日拿你，报一鞭之恨！"把枪晃一晃，劈脑刺来，李靖将画戟相迎。轮马盘旋，戟枪并举。哪吒力大无穷，三五合把李靖杀的马仰人翻，力尽筋输，汗流脊背。李靖只得望东南避走。哪吒大叫曰："李靖休想今番饶你！不杀你决不空回！"（新仇旧恨，一齐发作）往前赶来，不多时，看看赶上。哪吒的风火轮快，李靖马慢。李靖心下着慌，只得下马，借土遁去了。哪吒笑曰："五行之术，道家平常，难道你土遁去了，我就饶你！"把脚一登，驾起风火二轮，只见风火之声，如飞云掣电，望前追赶。李靖自思："今番赶上，一枪被他刺死，如之奈何？"李靖见

① 青骢（cōng）：毛色黑白相间的马。

哪吒看看至近，正在两难之际，忽然听得有人作歌而来，歌曰：

“清水池边明月，绿杨堤畔桃花。

别是一般清味，凌空几片飞霞。”

李靖看时，见一道童，顶着髢①巾，道袍大袖，麻履丝绦，来者乃九公山白鹤洞普贤真人徒弟木吒是也。木吒曰：“父亲，孩儿在此。”李靖看时，乃是次子木吒，心下方安。哪吒驾轮正赶，见李靖同一道童讲话。哪吒落下轮来。木吒上前，大喝一声：“慢来！你这孽障好大胆！子杀父，忤逆乱伦。早早回去，饶你不死！”（又是倚仗自己兄长身份而口出大言）哪吒曰：“你是何人，口出大言？”木吒曰：“你连我也认不得！吾乃木吒是也。”哪吒方知是二哥，忙叫曰：“二哥，你不知其详。”哪吒把翠屏山的事细细说了一遍，“这个是李靖的是，是我的是？”木吒大喝曰：“胡说！天下无有不是的父母！”（千古愚孝，皆是此言！）哪吒又把“剖腹、刳肠，已将骨肉还他了，我与他无干，还有甚么父母之情！”（此时哪吒已非血肉之躯，生身乃师父所赐）

木吒大怒曰：“这等逆子！”（理屈词穷，只能谩骂）将手中剑望哪吒一剑砍来。哪吒枪架住曰：“木吒，我与你无仇，你站开了，待吾拿李靖报仇。”木吒大喝：“好孽障！焉敢大逆！”提剑来取。哪吒道：“这是大数造定，将生替死。”手中枪劈面交还。轮步交加，弟兄大战。哪吒见李靖站立一旁，又恐走了他，哪吒性急，将枪挑开剑，用手取金砖望空②打来。木吒不提防，一砖正中后心，打了一

① 髢（dí）：发髻。
② 望空：向着空中。

交，跌在地下。哪吒登轮来取李靖。李靖抽身就跑。哪吒叫曰："就赶到海岛，也取你首级来，方泄吾恨！"李靖望前飞走，真似失林飞鸟，漏网游鱼，莫知东南西北。往前又赶多时，李靖见事不好，自叹曰："罢！罢！罢！想我李靖前生不知作甚孽障，致使仙道未成，又生出这等冤愆。（至死不悟）也是合该如此，不若自己将刀戟刺死，免受此子之辱。"正待动手，只见一人叫曰："李将军切不要动手，贫道来矣！"信口作歌，歌曰：

"野外清风拂柳，池中水面飘花。
借问安居何地？白云深处为家。"

作歌者乃五龙山云霄洞文殊广法天尊，手执拂尘而来。李靖看见，口称："老师救末将之命！"天尊曰："你进洞去，我这里等他。"

少刻，哪吒雄赳赳、气昂昂，脚踏风火轮，持枪赶至。看见一道者，怎生模样：

双抓髻，云分霭霭；水合袍，紧束丝绦。仙风道骨任逍遥，腹隐许多玄妙。玉虚宫元始门下，群仙首曾赴蟠桃。全凭五气炼成豪，天皇氏修仙养道。

话说哪吒看见一道人站立山坡上，又不见李靖。哪吒问曰："那道者可曾看见一将过去？"天尊曰："方才李将军进我云霄洞里去了。你问他怎的？"哪吒曰："道者，他是我的对头。你好好放他出洞来，与你干休；若走了李靖，就是你替他戳三枪。"天尊曰："你是何人？这等狠，连我也要戳三枪。"哪吒不知那道人是何等人，便叫曰："吾乃乾元山金光洞太乙真人徒弟哪吒是也。你不可小觑了我。"（狂傲至极）天尊说："自不曾听见有甚么太乙真人徒弟叫做哪吒！你在别处撒野便罢了，我这所在撒不的野。若撒一撒野，便拿去桃园内，吊三年，打二百扁拐①。"

哪吒那里晓得好歹，将枪一展，就刺天尊。天尊抽身就往本洞跑，哪吒踏轮来赶。天尊回头，看见哪吒来的近了，袖中取一物，名曰"遁龙桩"，又名"七宝金莲"，望空丢起，只见风生四野，云雾迷空，播土扬尘，落来有声，把哪吒昏沉沉不知南北，黑惨惨怎认东西，颈项套一个金圈，两只腿两个金圈，靠着黄澄澄金柱子站着。哪吒及睁眼看时，把身子动不得了。天尊曰："好孽障，撒的好野！"唤金吒："把扁拐取来！"金吒忙取扁拐，至天尊面前禀曰："扁拐在此。"天尊曰："替我打！"金吒领师命，持扁拐把哪吒一顿扁拐，打的三昧真火七窍齐喷。天尊曰："且住了。"同金吒进洞去了。哪吒暗想："赶李靖到不曾赶上，倒被他打了一顿扁拐，又走不得。"哪吒切齿深恨，没奈何，只得站立此间，气冲牛斗。看官，这个是太乙真人明明送哪吒到此磨他杀性，（前面纵容他回家寻仇，又安排此处来磨性，真真无谓也）真人已知此情。

哪吒正烦恼时，只见那壁厢大袖宽袍，丝绦麻履，乃太乙真人来也。哪吒看见，叫曰："师父！望乞救弟子一救！"连叫数声，真人不理，径进洞去了。有白云童儿报曰："太乙真人在此。"天尊迎出洞来，对真人携手笑曰："你的徒弟，叫我教训。"他二仙坐下。太乙真人曰："贫道因他杀戒重了，故送他来磨其真性，孰知果获罪于天尊。"天尊命金吒："放了哪吒来。"金吒走到哪吒面前道："你师父叫你。"哪吒曰："你明明的奈何我，你弄甚么障眼法儿，把我动

① 扁拐：仙家宝物，使用者分别有文殊广法天尊、老子、鸿钧老祖等，一种手杖，可作为兵器击打敌人。

展不得？你还来消遣我！”金吒笑曰：“你闭了目。”哪吒只得闭着眼。金吒将灵符画毕，收了遁龙桩。哪吒急待看时，其圈、桩俱不见了。哪吒点头道：“好，好，好，今日吃了无限大亏，且进洞去，见了师父，再做处置。”（人教人，教不会；事教人，一遍会）二人进洞来。

哪吒看见打他的道人在左边，师父在右边。太乙真人曰：“过来，与你师伯叩头！”哪吒不敢违拗师命，只得下拜。哪吒道：“谢打了。”（不情不愿）转身又拜师父。太乙真人叫：“李靖过来。”李靖倒身下拜。真人曰：“翠屏山之事，你也不该心量窄小，故此父子参商。”（打碎金身、焚毁庙宇，如此行径何异于杀人放火，岂是一句“心量窄小”能带过的？）哪吒在旁只气的面如火发，恨不的吞了李靖才好。二仙早解其意。真人曰：“从今父子再不许犯颜。”分付李靖：“你先去罢。”李靖谢了真人，径出来了。就把哪吒急的敢怒而不敢言，只在旁边抓耳揉腮，长吁短叹。真人暗笑，曰：“哪吒，你也回去罢，好生看守洞府，我与你师伯下棋，一时就来。”哪吒听见此言，心花儿也开了。哪吒曰：“弟子晓得。”忙忙出洞，踏起风火二轮，追赶李靖。往前赶有多时，哪吒看是李靖前边驾着土遁，大叫：“李靖休走，我来了！”李靖看见，叫苦曰：“这道者可为失言！既先着我来，就不该放他下山，方是为我。今没多时，便放他来赶我。这正是为人不终，怎生奈何？”只得往前避走。

却说李靖被哪吒赶的上天无路，入地无门。正在危急之际，只见山岗上有一道人，倚松靠石而言曰：“山脚下可是李靖？”李靖抬头一看，见一道人，靖曰：“师父，末将便是李靖。”道人曰：“为何慌忙？”靖曰：“哪吒追之甚急，望师父垂救！”道人曰：“快上岗来，站在我后面，待我救你。”李靖上岗，躲在道人之后，喘息未定，只见哪吒风火轮响，看看赶至岗下。哪吒看见两人站立，便冷笑一番：“难道这一遭又吃亏罢！”踏着轮往岗上来。道者问曰：“来者可是哪吒？”哪吒答曰：“我便是。你这道人为何叫李靖站立在你后面？”道人曰：“你为何事赶他？”哪吒又把翠屏山的事说了一遍。道人曰：“你既在五龙山讲白了，又赶他，是你失信了。”哪吒曰：“你莫管我们。今日定要拿他，以泄我恨！”道人曰：“你既不肯，”便对李靖曰：“你就与他杀一回与我看。”李靖曰：“老师，这畜生力大无穷，末将杀他不过。”道人站起来，把李靖啐①一口，把脊背上打一巴掌，“你杀与我看。有我在此，不妨事。”

李靖只得持戟刺来，哪吒持火尖枪来迎。父子二人战在山岗，有五六十回合。哪吒这一回被李靖杀的汗流满面，遍体生津②。哪吒遮架画戟不住，暗自沉思：“李靖原杀我不过，方才这道人啐他一口，扑他一掌，其中必定有些原故。我有道理：待我卖个破绽，一枪先戳死道人，然后再拿李靖。”（好狠的计策）哪吒将身一跃，跳出圈子来，一枪竟刺道人。道人把口一张，一朵白莲花接住了火尖枪。道人曰：“李靖，且住了。”李靖听说，急架住火尖枪。道人问哪吒曰：“你这孽障！你父子厮杀，我与你无仇，你怎的刺我一枪！到是我白莲架住，不然我反被你暗算。这是何说？”哪吒曰：“先前李靖杀不过我，你叫他与我战，你为何啐他一口，掌他一下。这分明是你弄鬼，使我战不过他。我故此刺你一枪，以泄其忿。”（如此伎俩，又怎能磨哪吒之性？）道人曰：“你这孽障，敢来刺我！”哪吒大怒，把枪展一展，又劈脑刺来。道人跳开一旁，袖儿望上一举，只见祥云缭绕，紫雾盘旋，一物往下落来，把哪吒罩在玲珑塔里。

道人双手在塔上一拍，塔里火发，把哪吒烧的大叫“饶命”。道人在塔外问曰：“哪吒，你可认父亲？”哪吒只得连声答应：“老爷，

① 啐（cuì）：向人吐唾沫。
② 遍体生津：浑身是汗。

我认是父亲了。”道人曰：“既认父亲，我便饶你。”道人忙收宝塔。哪吒睁眼一看，浑身上下，并莫有烧坏些儿。哪吒暗思：“有这等的异事！此道人真是弄鬼！”道人曰：“哪吒，你既认李靖为父，你与他叩头。”哪吒意欲不肯，道人又要祭塔，哪吒不得已，只得忍气吞声，低头下拜，尚有不忿之色。（最后还是用强力压服，与凡间父母以暴力逼迫子女何异？堂堂神仙，竟与愚夫愚妇同一手段，真可笑也！）道人曰：“还要你口称‘父亲’。”哪吒不肯答应。道人曰：“哪吒，你既不叫‘父亲’，还是不服，再取金塔烧你！”哪吒着慌，连忙高叫：“父亲，孩儿知罪了。”哪吒口内虽叫，心上实是不服，只是暗暗切齿，自思道：“李靖，你长远带着道人走！”道人唤李靖曰：“你且跪下，我秘受你这一座金塔。如哪吒不服，你便将此塔祭起烧他。”

哪吒在旁，只是暗暗叫苦。道人曰：“哪吒，你父子从此和睦，久后俱系一殿之臣，辅佐明君，成其正果，再不必言其前事。哪吒，你回去罢。”哪吒见是如此，只得回乾元山去了。李靖跪而言曰：“老爷广施道德，解弟子之危厄①，请问老爷，高姓大名？那座名山？何处洞府？”道人曰：“贫道乃灵鹫山元觉洞燃灯道人是也。你修道未成，合享人间富贵。今商纣失德，天下大乱，你且不必做官，隐于山谷之中，暂忘名利，待武周兴兵，你再出来立功立业。”李靖叩首在地，回关隐迹去了。道人原是太乙真人请到此间磨哪吒之性，以认父之情。后来父子四人，肉身成圣，托塔天王乃李靖也。后人有诗曰：

黄金造就玲珑塔，万道毫光透九重。
不是燃灯施法力，天教父子复相从。

① 危厄：危急困窘。

此是哪吒二次出世于陈塘关。后子牙下山，正应文王羑里七载之事。不知后节何如，且听下回分解。

总批

起死回生，原是神仙妙术。太乙真人起初就当如此救度他。何必又教他去翠屏山上受什么香火，致使他父子兄弟分颜？若是故意做此勾当，磨折他杀性，此分明是婆子气。

又批

今观太乙、文殊、燃灯诸菩萨俱是不爽利的。哪吒浮躁，便当明白晓谕他父子兄弟之道，何故反左支右吾？令李靖狼狈，不成为父之体。此所以谓之和尚道士耳，呵呵！

第十五回　昆仑山子牙下山

崑崙山子
牙下山

导读：哪吒的故事暂告一段落，故事转入全书的核心人物姜子牙。姜子牙奉元始天尊之命下山，助周灭商，开榜封神。然而真下了昆仑山，他才想起自己已无亲人在世，只好去朝歌投靠好友宋异人。宋异人好心为姜子牙促成了一门亲事，却不料妻子马氏对姜子牙处处看不上；又出钱让姜子牙做生意，却不料做一行赔一行。这一回，将英雄落魄写得颇为真实，不知作者是否有亲身体验。

历史上的姜子牙姜姓，吕氏，名望，字尚父，一说字子牙。又称太公望、姜太公。古时“姜”“羌”本是一字，故而很多人认为姜太公的世系当属于西羌人。《史记·齐太公世家》则说姜子牙是“东海上人。其先祖尝为四岳，佐禹平水堪有功，虞夏之际封于吕，或封于申，姓姜氏。”因为姬昌在渭水遇到姜子牙时曾说：“吾先君太公曰，当有圣人适周，周以兴。子真是邪？吾太公望子久矣”，故号曰“太公望”。是辅佐周武王灭商的重要功臣之一，后受封齐国。《史记》中关于姜太公的叙述已经有很多传说成分，而到了西汉末年，在刘向所著《列仙传》中，更是直接将姜太公塑造成了神仙。书中说姜太公是冀州人，“生而内智，预见存亡。避纣之乱，隐于辽东四十年”。又说他“服泽芝地髓具二百年而告亡”，并且死后“有难而不葬，后子伋葬之无尸”。等到了唐宋时期，《太平广记》里记载的一个故事已经隐隐有了姜太公封神的雏形。《太平广记》卷二九一中有载，武王伐纣时遇到大雪，积雪一丈有余，某天突然有两匹马五辆车来到大营求见。更奇怪的是，雪地上居然没有车马的辙痕。姜太公告诉武王，这必然是五方神，那五辆车是五方之神，两匹马则是风伯和雨师，皆曰：“天伐殷立周，谨来授命。”于是姜子牙“敕风伯雨师，各使奉其职也”。

诗曰：

子牙此际落凡尘，白首牢骚类野人。
几度策身成老拙①，三番涉世②反相嗔。
磻溪③未入飞熊梦④，渭水安知有瑞麟。
世际风云开帝业，享年八百庆长春。

话说昆仑山玉虚宫掌阐教道法元始天尊因门下十二弟子犯了红尘之厄，杀罚临身，故此闭宫止讲。又因昊天上帝命仙首十二称臣。故此三教并谈，乃阐教、截教、人道三等，共编成三百六十五位成神，又分八部：上四部雷、火、瘟、斗，下四部群星列宿、三山五岳、步雨兴云、善恶之神。此时成汤合灭，周室当兴，又逢神仙犯戒，元始封神，姜子牙享将相之福，恰逢其数，非是偶然。所以"五百年有王者起，其间必有名世者"，正此之故。

一日，元始天尊坐八宝云光座上，命白鹤童子："请你师叔姜尚来。"白鹤童子往桃园中来请子牙，口称："师叔，老爷有请。"子牙忙至宝殿座前行礼曰："弟子姜尚拜见。"天尊曰："你上昆仑几载了？"子牙曰："弟子三十二岁上山，如今虚度七十二岁了。"天尊曰："你生来命薄，仙道难成，只可受人间之福。成汤数尽，周室将兴。你与我代劳，封神下山，扶助明主，身为将相，也不枉你上山修行四十年之功。此处亦非汝久居之地，可早早收拾下山。"子牙哀告

① 老拙：老人自谦之称。
② 涉世：经历世事。
③ 磻（pán）溪：亦称"璜河"。古水名。在今陕西宝鸡东南。源出南山兹谷，北流入渭水。相传吕尚垂钓于此而遇周文王。
④ 飞熊梦：即飞熊入梦。原指周文王梦飞熊而得太公望，后比喻圣主得贤臣的征兆。

曰："弟子乃真心出家，苦熬岁月，今亦有年。修行虽是滚芥投针①，（此喻绝妙，非有实修者不能道）望老爷大发慈悲，指迷归觉，弟子情愿在山苦行，必不敢贪恋红尘富贵，望尊师收录。"天尊曰："你命缘如此，必听于天，岂得违拗？"子牙恋恋难舍。有南极仙翁上前言曰："子牙，机会难逢，时不可失，况天数已定，自难逃躲。你虽是下山，待你功成之时，自有上山之日。"子牙只得下山。子牙收拾琴剑衣囊，起身拜别师尊，跪而泣曰："弟子领师法旨下山，将来归着如何？"天尊曰："子今下山，我有八句钤偈②，后日有验，偈曰：

二十年来窘迫联，耐心守分且安然。
磻溪石上垂竿钓，自有高明访子贤。
辅佐圣君为相父，九三拜将握兵权。
诸侯会合逢戊甲，九八封神又四年。"

天尊道罢，"虽然你去，还有上山之日。"子牙拜辞天尊，又辞众位道友，随带行囊，出玉虚宫。有南极仙翁送子牙，在麒麟崖分付曰："子牙前途保重！"

子牙别了南极仙翁，自己暗思："我上无叔伯、兄嫂，下无弟妹、子侄，（三十二岁方才上昆仑山，难道此前竟未成婚？）叫我往那里去？我似失林飞鸟，无一枝可栖。"忽然想起："朝歌有一结义仁兄宋异人，不若去投他罢。"子牙借土遁前来，早至朝歌。离南门三十五里，至宋家庄。子牙看门庭依旧，绿柳长存。子牙叹曰："我离此四十载，不觉风光依旧，人面不同。"子牙到得门前，对看门的问曰："你员

① 滚芥投针：指滚动芥子把针投到小孔里。用来比喻做事情极不容易。
② 钤偈（qián jì）：此处指日后应验的预言。

外在家否？”管门人问曰：“你是谁？”子牙曰：“你只说故人姜子牙相访。”庄童来报员外：“外边有一故人姜子牙相访。”

宋异人正算账，听见子牙来，忙忙迎出庄来，口称：“贤弟，如何数十载不通音问？”子牙连应曰：“不才弟有。”二人携手相搀，至于草堂，各施礼坐下。异人曰：“常时渴慕，今日重逢，幸甚，幸甚！”子牙曰：“自别仁兄，实指望出世超凡，奈何缘浅分薄，未遂其志，今到高庄，得会仁兄，乃尚之幸。”异人忙分付收拾饭食，又问曰：“是斋？是荤？”子牙曰：“既出家，岂有饮酒吃荤之理，弟是吃斋。”宋异人曰：“酒乃瑶池玉液，洞府琼浆，就是神仙也赴蟠桃会，酒吃些儿无妨。”（谈吐果是异人）子牙曰：“仁兄见教，小弟领命。”二人欢饮。异人曰：“贤弟上昆仑多少年了？”子牙曰：“不觉四十载。”异人叹曰：“好快！贤弟在山可曾学些甚么？”子牙曰：“怎么不学？不然所作何事？”异人曰：“学些甚么道术？”子牙曰：“挑水，浇松，种桃，烧火，搧炉，炼丹。”异人笑曰：“此乃仆佣之役，何足挂齿。今贤弟既回来，不若寻些事业，何必出家。就在我家同住，不必又往别处去。我与你相知，非比别人。”子牙曰：“正是。”异人曰：“古云：‘不孝有三，无后为大。’贤弟，也是我与你相处一场，明日与你议一门亲，生下一男半女，也不失姜姓之后。”子牙摇手曰：“仁兄，此事且再议。”（还惦记着日后重回昆仑山，岂肯轻言婚嫁）二人谈讲至晚，子牙就在宋家庄住下。

话说宋异人二日早起，骑了驴儿往马家庄上来议亲。异人到庄，有庄童报与马员外曰：“有宋员外来拜。”马员外大喜，迎出门来，便问：“员外是那阵风儿刮将来？”异人曰：“小侄特来与令爱议亲。”马员外大悦，施礼坐下。茶罢，员外问曰：“贤契，将小女说与何人？”异人曰：“此人乃东海许州人氏，姓姜，名尚，字子牙，别号飞熊，与小侄契交通家，因此上这一门亲正好。”马员外曰：“贤契主亲，并无差迟。”宋异人取白金四锭以为聘资①，马员外收了，忙设酒席款待异人，抵暮而散。且说子牙起来，一日不见宋异人，问庄童曰：“你员外那里去了？”庄童曰：“早晨出门，想必讨帐去了。”

不一时，异人下了头口②。子牙看见，迎门接曰：“兄长那里回来？”异人曰：“恭喜贤弟！”子牙问曰：“小弟喜从何至？”异人曰：“今日与你议亲，正是相逢千里，会合姻缘。”子牙曰：“今日时辰不好。”异人曰：“阴阳无忌，吉人天相。”子牙曰：“是那家女子？”异人曰：“马洪之女，才貌两全，正好配贤弟。还是我妹子，人家六十八岁，黄花女儿。”异人治酒与子牙贺喜。二人饮罢，异人曰：“可择一良辰娶亲。”子牙谢曰：“承兄看顾，此德怎忘。”乃择选良时吉日，迎娶马氏。宋异人又排设酒席，邀庄前、庄后邻舍，四门亲友，庆贺迎亲。其日马氏过门，洞房花烛，成就夫妻。正是：天缘遇合，不是偶然。有诗曰：

离却昆仑到帝邦，子牙今日娶妻房。
六十八岁黄花女，稀寿有二做新郎。

话说子牙成亲之后，终日思慕昆仑，只虑大道不成，心中不悦，那里有心情与马氏暮乐朝欢。马氏不知子牙心事，只说子牙是无用之物。不觉过了两月，马氏便问子牙曰：“宋伯伯（宋异人对马父自称“小侄”，马氏怎能称其“伯伯”？又怎能与“伯伯”之兄弟成婚？恐是“大伯子”之谓，这么写颇易招人误会）是你姑表弟兄？”子牙曰：“宋兄是我结义兄弟。”马氏曰：“原来如此。便是亲生弟兄，也无有不散的

① 聘资：即聘礼。
② 头口：牲口。

筵席。今宋伯伯在，我夫妻可以安闲自在，倘异日不在，我和你如何处？常言道：‘人生天地间，以营运为主。’我劝你做些生意，以防我夫妻后事。”（居家度日，理当如此）

子牙曰：“贤妻说得是。”马氏曰：“你会做些甚么生意？”子牙曰：“我三十二岁在昆仑学艺，不识甚么世务生意，只会编笊篱①。”马氏曰：“就是这个生意也好。况后园又有竹子，砍些来，劈些篾，编成笊篱，往朝歌城卖些钱钞，大小都是生意。”（马氏颇有持家理念）子牙依其言，劈了篾子②，编了一担笊篱，挑到朝歌来卖。从早至午，卖到未末申初，也卖不得一个。子牙见天色至申时③，还要挑着走三十五里，腹内又饿了，只得奔回。一去一来，共七十里路，子牙把肩头都压肿了。（真真苦也）走到门前，马氏看时，一担去，还是一担来。正待问时，只见子牙指马氏曰：“娘子，你不贤。恐怕我在家闲着，叫我卖笊篱。朝歌城必定不用笊篱，如何卖了一日，一个也卖不得，到把肩头压肿了。”马氏曰：“笊篱乃天下通用之物，不说你不会卖，反来假抱怨！”（马氏此言有理，俗话说“三分生意七分叫”，姜子牙一心修道，哪里会吆喝叫卖）夫妻二人语去言来，犯颜嘶嚷。

宋异人听得子牙夫妇吵嚷，忙来问子牙曰：“贤弟，为何事夫妻相争？”子牙把卖笊篱事说了一遍。异人曰：“不要说是你夫妻二人，就有三二十口，我也养得起。你们何必如此？”马氏曰：“伯伯虽是这等好意，但我夫妻日后也要归着，难道束手待毙？”宋异人曰：“弟妇之言也是，何必做这个生意？我家仓里麦子生芽，可叫后生磨些面，贤弟可挑去货卖，却不强如编笊篱？”子牙把箩担收拾，后生

① 笊篱：一种发源于中国的传统的烹饪器具，用竹篾或柳条、铁丝等编成。像漏勺一样，有眼儿，烹饪时，用来捞取食物。
② 篾子：薄竹片，可以编制席子、篮子等。
③ 申时：相当于十五时至十七时。亦泛指傍晚。

支起磨来，磨了一担干面。子牙次日挑着进朝歌货卖，从四门都走到了，也卖不的一斤。腹内又饥，担子又重，只得出南门，肩头又痛。子牙歇下了担儿，靠着城墙坐一坐，少憩片时。自思运蹇时乖，作诗一首。诗曰：

“四入昆仑访道玄，岂知缘浅不能全？
红尘黯黯难睁眼，浮世纷纷怎脱肩。
借得一枝栖止处，金枷玉锁又来缠。
何时得遂平生志，静坐溪头学老禅。”

话说子牙坐了一会，方才起身。只见一个人叫：“卖面的站着！”子牙说：“发利市①的来了。”歇下担子。只见那人走到面前，子牙问曰：“要多少面？”那人曰：“买一文钱的。”子牙又不好不卖，只得低头撮面。不想子牙不是久挑担子的人，把肩担抛在地旁，绳子撒在地下。此时因纣王无道，反了东南四百镇诸侯，报来甚是紧急。武成王日日操练人马，因放散营炮响，惊了一骑马，溜缰奔走如飞。子牙弯着腰撮面，不曾提防，后边有人大叫曰：“卖面的，马来了！”子牙急起身，马已到了。担上绳子铺在地下，马来的急，绳子套在马七寸上，把两箩面拖了五六丈远，面都泼在地下，被一阵狂风将面刮个干净。子牙急抢面时，浑身俱是面裹了。买面的人见这等模样，就去了。

子牙只得回去。一路嗟叹，来到庄前。马氏见子牙空箩回来，大喜，“朝歌城干面这等卖的。”子牙到了马氏跟前，把箩担一丢，骂曰：“都是你这贱人多事！”马氏曰：“干面卖的干净是好事，反来骂

① 发利市：谓做买卖获利，常指一天中成立的第一次买卖。也形容讨个好兆头。

我！”子牙曰：“一担面挑至城里，何尝卖得，至下午才卖一文钱。”马氏曰：“空箩回来，想必都赊去了。”子牙气冲冲的曰：“因被马溜缰，把绳子绊住脚，把一担面带泼了一地，天降狂风，一阵把面都吹去了。都不是你这贱人惹的事！”（自己运气不好，却来责怪老婆，难怪修道难成。可与动辄叱骂儿子的李靖凑一对儿了）马氏听说，把子牙劈脸一口啐道：“不是你无用，反来怨我，真是饭囊衣架，惟知饮食之徒！”子牙大怒，“贱人女流，焉敢啐侮①丈夫！”（自知理亏，大搞人身攻击，着实丢脸）二人揪扭一堆。宋异人同妻孙氏来劝：“叔叔却为何事与婶婶争竞？”子牙把卖面的事说了一遍。异人笑曰：“担把面能值几何，你夫妻就这等起来。贤弟同我来。”子牙同异人往书房中坐下。子牙曰：“承兄雅爱，提携小弟。弟时乖运蹇②，做事无成，实为有愧！”异人曰：“人以运为主，花逢时发，古语有云：‘黄河尚有澄清日，岂可人无得运时？’贤弟不必如此。我有许多伙计，朝歌城有三五十座酒饭店，俱是我的。待我邀众朋友来，你会他们一会，每店让你开一日，周而复始，轮转作生涯，却不是好。”子牙作谢道：“多承仁兄抬举。”（世上果有如此通情达理之知己？）

异人随将南门张家酒饭店与子牙开张。朝歌南门乃是第一个所在，近教场，各路通衢③，人烟凑集，大是热闹。其日做手多宰猪羊，蒸了点心，收拾酒饭齐整，子牙掌柜，坐在里面。一则子牙乃万神总领，一则年庚④不利，从早晨到巳牌⑤时候，鬼也不上门。及至午时，倾盆大雨，黄飞虎不曾操演，天气炎热，猪羊肴馔，被这阵暑

① 啐侮：唾骂，侮辱。
② 蹇（jiǎn）：艰难，不顺利。
③ 通衢：四通八达、宽敞平坦的道路。
④ 年庚：指人的生辰八字。
⑤ 巳牌：上午九时至十一时。旧时官府在衙门前挂牌报时，故称某时为某牌。

气一蒸，登时臭了，点心馊了，酒都酸了。子牙坐得没趣，叫众把持："你们把酒肴都吃了罢，再过一时可惜了。"子牙作诗曰：

"皇天生我在尘寰①，虚度风光困世间。
鹏翅有时腾万里，也须飞过九重山。"

当时子牙至晚回来。异人曰："贤弟，今日生意如何？"子牙曰："愧见仁兄！今日折了许多本钱，分文也不曾卖得下来。"异人叹曰："贤弟不必恼，守时候命，方为君子，总来折我不多，再做区处，别寻道路。"异人怕子牙着恼，兑五十两银子，叫后生同子牙走积场，贩卖牛、马、猪、羊，"难道活东西也会臭了？"子牙收拾去买猪、羊，非止一日。那日贩买许多猪、羊，赶往朝歌来卖。此时因纣王失政，妲己残害生灵，奸臣当道，豺狼满朝，故此天心不顺，旱潦不均，朝歌半年不曾下雨。天子百姓祈祷，禁了屠沽②，告示晓谕军民人等，各门张挂。子牙失于打点，把牛、马、猪、羊往城里赶，被看门人役叫声："违禁犯法，拿了！"子牙听见，就抽身跑了。牛马牲口，俱被入官，子牙只得束手归来。（屡屡失败，也是姜子牙身负灭商、封神大任，天意不许他做平常营生）

异人见子牙慌慌张张，面如土色，急问子牙曰："贤弟为何如此？"子牙长吁叹曰："屡蒙仁兄厚德，件件生意俱做不着，致有亏折③。今贩猪羊，又失打点，不知天子祈雨，断了屠沽，违禁进城，猪、羊、牛、马入官，本钱尽绝，使姜尚愧身无地。奈何！奈何！"宋异人笑曰："几两银子入了官罢了，何必恼他。贤弟，我携一壶酒

① 尘寰（huán）：犹尘世、人世。
② 屠沽：宰牲和卖酒。
③ 亏折：损失本钱。

与你散散闷怀，到我后花园去。”（真乃通达之士）子牙时来运至，后花园先收五路神。不知后事何如，且听下回分解。

总批

子牙乃三代人物，一世英雄，岂是草草豪杰？故做事多有不就绪耳。若是做一件事做妥帖了，反是误这个人一生。孟子所以说：“天将降大任于是人也，必先苦其心志，劳其筋骨，饿其体肤”云云，良有以也。

又批

马氏也是有见识的人，只是不可以世俗之见待子牙，所以不足取耳。若是近日妇人，只知安闲了事，有吃有穿罢了，那里又论身后一着？此妇人犹超出今人之上。

第十六回　子牙火烧琵琶精

子牙火燒
琵琶精

导读：姜子牙在尝试了各种营生，屡战屡败之后，终于找到了适合自己的工作——算卦，也算是干回了本行，回到“舒适区”了。在宋异人的帮助下，姜子牙在朝歌城里开了个算卦馆，几次出手之后，名气渐起。没承想，这一日妲己的好友琵琶精进城，居然想来试探下姜子牙。

算命占卜，在后世稀松平常，不但有人以此为生，普通人也能看书自学一二。但在上古，占卜可以说是当时的“核心科技”，只有太卜、太史等专职官员可以掌握。也只有天子或诸侯等高级贵族，才有资格请这些人来为自己占卜。因此历史上的朝歌城里，是不可能有人开命馆的。作者此处对姜子牙与命馆的描写，基本上是按照明代情况来的。特别是提到姜子牙让来人取卦帖给自己推算，更是一种非常晚近的占卜方法。商代的占卜，基本是用龟甲、兽骨烧灼，根据裂纹来推算，留下的遗物就是甲骨文。而周代的占卜，更多是用蓍草，即用五十根蓍草，根据一定规则反复变化，最终得到《周易》里的一个卦象，然后据此推算。蓍草占卜，后世简化为用铜钱抛掷，即所谓“金钱卦”。再进一步则简化为卦帖，即将六十四卦每一卦的卦象、卦爻辞和一些常见事项的吉凶祸福。来人从中随机抽取一张，交由算卦人据此推算。此外还有生肖帖、四季帖等，算法大同小异，但与《周易》关系已经不大，更多的是一种跑江湖的营生。

诗曰：

妖孽频兴国势阑①，大都无意久摧残。
休言怪气侵牛斗②，且俟精灵杀豸冠③。
千载修持成往事，一朝被获若为欢。
当时不遇天仙术，安得琵琶火后看。

话说子牙同异人来到后花园，周围看了一遍，果然好个所在。但见：

墙高数仞，门壁清幽。左边有两行金线垂杨，右壁有几株剔牙松树。牡丹亭对玩花楼，芍药圃连秋千架。荷花池内，来来往往锦鳞游；木香篷下，翩翩翻翻蝴蝶戏。正是：小园光景似蓬莱，乐守天年娱晚景。

话说异人与子牙来后园散闷，子牙自不曾到此处，看了一回，子牙曰：“仁兄，这一块空地，怎的不起五间楼？”异人曰：“起五间楼怎说？”子牙曰：“小弟无恩报兄，此处若起做楼，按风水有三十六条玉带，金带有一升芝麻之数。”异人曰：“贤弟也知风水？”子牙曰：“小弟颇知一二。”异人曰：“不瞒贤弟说，此处也起造七八次，造起来就烧了，故此我也无心起造他。”子牙曰：“小弟择一日辰，仁兄只管起造。若上梁那日，仁兄只是款待匠人，我在此替你压压邪

① 阑：残，尽。
② 牛斗：亦作“斗牛”。二十八宿中的斗宿和牛宿。王勃《滕王阁序》：“龙光射牛斗之墟。”牛斗之墟，指两宿的“分野”，即今浙江、江苏、安徽、江西诸省地区。
③ 豸（zhì）冠：古代执法官戴的帽子。

气，自然无事。”异人信子牙之言，（对几次三番失败的友人还能如此信任，宋异人真是贤者，颇有鲍叔牙对待管仲之风）择日兴工破土，起造楼房。那日子时上梁，异人待匠在前堂，子牙在牡丹亭里坐定等候，看是何怪异。不一时，狂风大作，走石飞砂，播土扬尘，火光影里见些妖魅，脸分五色，狰狞怪异，怎见得：

> 狂风大作，恶火飞腾。烟绕处，黑雾蒙蒙；火起处，千团红焰。脸分五色，赤白黑色共青黄；巨口獠牙，吐放霞光千万道。风逞火势，忽喇喇走万道金蛇；火绕烟迷，赤律律天黄地黑。山红土赤，煞时间万物齐崩；闪电光辉，一会家千门尽倒。正是：妖气烈火冲霄汉，方显龙冈怪物凶。

话说子牙在牡丹亭里，见风火影里，五个精灵作怪。子牙忙披发仗剑，用手一指，把剑一挥，喝声：“孽畜不落，更待何时！”再把手一放，雷鸣空中，把五个妖物慌忙跪倒，口称：“上仙，小畜不知上仙驾临，望乞全生，施放大德！”子牙喝道：“好孽畜！火毁楼房数次，凶心不息，今日罪恶贯盈，当受诛戮。”道罢，提剑向前就斩妖怪。众怪哀告曰：“上仙，道心无处不慈悲。小畜得道多年，一时冒渎①天颜，望乞怜赦。今一旦诛戮，可怜我等数年功行，付于流水！”拜伏在地，苦苦哀告。子牙曰：“你既欲生，不许在此扰害万民。你五畜受吾符命，径往西岐山，久后搬泥运土，听候所使。有功之日，自然得其正果。”五妖叩头，径往岐山去了。（又埋下一大伏线）

不说子牙压星收妖，且说那日是上梁吉日，三更子时，前堂异人

① 冒渎：冒犯亵渎。

待匠，马氏同姆姆①孙氏往后园暗暗的看子牙做何事。二人来至后园，只听见子牙分付妖怪。马氏对孙氏曰："大娘，你听听，子牙自己说话。这样人一生不长进。说鬼话的人，怎得有升腾日子？"马氏气将起来，走到子牙面前，问子牙曰："你在这里与谁讲话？"子牙曰："你女人家不知道，方才压妖。"马氏曰："自己说鬼话，压甚么妖！"子牙曰："说与你也不知道。"马氏正在园中与子牙分辩，子牙曰："你那里晓得甚么，我善能风水，又识阴阳。"马氏曰："你可会算命？"（马氏不信鬼神，却信命理，凡人大多如此）子牙曰："命理最精，只是无处开一命馆。"

正言之间，宋异人见马氏、孙氏与子牙说话，异人曰："贤弟，方才雷响，你可曾见些甚么？"子牙把收妖之事说了一遍。异人谢曰："贤弟这等道术，不枉修行一番。"孙氏曰："叔叔会算命，却无处开一命馆。不知那所在有便房，把一间与叔叔开馆也好。"异人曰："你要多少房子？朝歌南门最热闹，叫后生收拾一间房子，与子牙去开命馆，这个何难。"却说安童将南门房子不日收拾齐整，贴几副对联，左边是"只言玄妙一团理"，右边是"不说寻常半句虚"。里边又有一对联云："一张铁嘴，说破人间凶与吉；两只怪眼，善观世上败和兴。"上席又一副云："袖里乾坤大，壶中日月长。"子牙选吉日开馆。不觉光阴拈指②，四五个月不见算命扯帖的来。（选了吉日，又是自己本行，可见子牙确实不能在人间做营生。更可见后来诸事，皆是为他灭商封神制造机缘，非是无端闲笔）

只见那日有一樵子，姓刘名乾，挑着一担柴往南门来。忽然看见一命馆，刘乾歇下柴担，念对联，念到"袖里乾坤大，壶中日月

---

① 姆姆：弟妻对兄妻的称呼。《通俗编·称谓》："弟妇呼兄妇为姆姆，即母母也。"
② 拈指：犹弹指，形容时间过得很快。

长”。刘乾原是朝歌破落户①，走进命馆来，看见子牙伏案而卧，刘乾把桌子一拍。子牙吓了一惊，揉眉擦目，看时，那一人身长丈五，眼露凶光。子牙曰：“兄起课，是看命?”那人道：“先生上姓?”子牙曰：“在下姓姜，名尚，字子牙，别号飞熊。”刘乾曰：“且问先生，‘袖里乾坤大，壶中日月长’，这对联怎么讲?”子牙曰：“‘袖里乾坤大’乃知过去未来，包罗万象；‘壶中日月长’有长生不死之术。”刘乾曰：“先生口出大言，既知过去未来，想课是极准的了。你与我起一课，如准，二十文青蚨②；如不准，打几拳头，还不许你在此开馆。”（无赖嘴脸）子牙暗想：“几个月全无生意，今日撞着这一个，又是拨嘴③的人。”

子牙曰：“你取下一卦帖来。”刘乾取了一个卦帖儿，递与子牙。子牙曰：“此卦要你依我才准。”刘乾曰：“必定依你。”子牙曰：“我写四句在帖儿上，只管去。”上面写着：“一直往南走，柳阴一老叟。青蚨一百二十文，四个点心、两碗酒。”刘乾看罢，“此卦不准。我卖柴二十余年，那个与我点心、酒吃，论起来，你的不准。”子牙曰：“你去，包你准。”刘乾挑着柴，径往南走，果见柳树下站立一老者，叫曰：“柴来！”刘乾暗想：“好课！果应其言。”老者曰：“这柴要多少钱?”刘乾答应：“要一百文。”少讨二十文，拗他一拗。老者看看，“好柴！干的好，捆子大，就是一百文也罢。劳你替我拿拿进来。”刘乾把柴拿在门里，落下草叶来。刘乾爱干净，取扫帚把地下扫得光光的，方才将尖担绳子收拾停当等钱。老者出来，看见地下干净，“今日小厮勤谨。”刘乾曰：“老丈，是我扫的。”老者曰：“老

① 破落户：旧谓衰落的门第。也指这种人家的无赖子弟。

② 青蚨：青蚨乃传说中的虫子，传说青蚨母子分离后必会相聚。将青蚨母子血各涂在钱上，钱用出后必会飞回，即所谓“青蚨还钱”，“青蚨”也成了钱的代称。

③ 拨嘴：拌嘴弄舌。

哥，今日是我小儿毕姻①，遇着你这好人，又卖的好柴。”老者说罢，往里边去，只见一个孩子，捧着四个点心、一壶酒、一个碗：“员外与你吃。”刘乾叹曰：“姜先生真乃神仙也！我把这酒满满的斟一碗，那一碗浅些，也不算他准。”刘乾满斟一碗，再斟第二碗，一样不差。刘乾吃了酒，见老者出来，刘乾曰：“多谢员外。”老者拿两封钱出来，先递一百文与刘乾曰：“这是你的柴钱。”又将二十文递与刘乾曰：“今日是我小儿喜辰，这是与你做喜钱，买酒吃。”就把刘乾惊喜无地，想：“朝歌城出神仙了！”拿着尖担，径往姜子牙命馆来。

早晨有人听见刘乾言语不好，众人曰：“姜先生，这刘大不是好惹的。卦如果不准，你去罢。”子牙曰：“不妨。”（修道四十年，这点自信还是有的）众人俱在这里闲站，等刘乾来。不一时，只见刘乾如飞前来。子牙问曰：“卦准不准？”刘乾大呼曰：“姜先生真神仙也！好准课！朝歌城中有此高人，万民有福，都知趋吉避凶！”子牙曰：“课既准了，取谢仪②来。”刘乾曰：“二十文其实难为你，轻你。”口里只管念，不见拿出钱来。子牙曰：“课不准，兄便说闲话，课既准，可就送我课钱，如何只管口说！”刘乾曰：“就把一百二十文都送你，也还亏你。姜先生不要急，等我来。”

刘乾站立檐前，只见南门那边来了一个人，腰束皮挺带，身穿布衫，行走如飞，刘乾赶上去，一把扯住那人。那人曰：“你扯我怎的？”刘乾曰：“不为别事，扯你算个命儿。”那人曰：“我有紧急公文要走路，我不算命。”刘乾道：“此位先生，课命准的好，该照顾他一命。况举医荐卜，乃是好情。”那人曰：“兄真个好笑！我不算

① 毕姻：长辈为晚辈完婚，泛指男女结婚。
② 谢仪：谢礼或酬金。

命，也由我。”刘乾大怒，“你算也不算？”那人道：“我不算！”刘乾曰：“你既不算，我与你跳河，把命配你！”一把拽住那人，就往河里跑。（无赖习气尽显）众人曰：“那朋友，刘大哥分上，算个命罢！”那人说：“我无甚事，怎的算命？”刘乾道：“若算不准，我替你出钱；若准，你还要买酒请我。”那人无法，见刘乾凶得紧，只得进子牙命馆来。那人是个公差有紧急事，等不的算八字，“看个卦罢。”扯下一个帖儿来与子牙看。子牙曰：“此卦做甚么用？”那人曰：“催钱粮。”子牙曰：“卦帖批于你去自验。此卦逢于艮[1]，钱粮不必问。等候你多时，一百零三锭。”

那人接了卦帖，问曰：“先生，一课该几个钱？”刘乾曰：“这课比众不同，五钱[2]一课。”那人曰：“你又不是先生，你怎么定价？”刘乾曰：“不准包回换。五钱一课，还是好了你。”那人心忙意急，恐误了公事，只得称五钱银子去了。刘乾辞谢子牙。子牙曰：“承兄照顾。”众人在子牙命馆门前，看那催钱粮的如何。过了一个时辰，那人押解钱粮，到子牙命馆门前曰：“姜先生真乃神仙出世！果是一百零三锭，真不负五钱一课！”子牙从此时来，轰动一朝歌。军民人等，俱来算命看课，五钱一命。子牙收得起的银子。马氏欢喜，异人遂心。（对他们而言，姜子牙有了正经营生，往后可以好好过日子了。哪里会想到他还有灭商封神的天命大任）不觉光阴似箭，日月如梭，半年以后，远近闻名，多来推算，不在话下。

且说南门外轩辕坟中，有个玉石琵琶精，往朝歌城来看妲己，便在宫中夜食宫人。御花园太湖石下，白骨现天。琵琶精看罢出宫，欲回巢穴，驾着妖光，径往南门过，只听得哄哄人语，扰攘之声。妖精

① 艮：八卦之一，卦形是“☶”，代表山。
② 五钱：此非五枚铜钱，而是五钱银子。钱，重量单位，一钱约合今五克。

拨开妖光看时，却是姜子牙算命。妖精曰："待我与他推算，看他如何？"（凡是非人之物，来找高人算卦，多无好下场。君不见《西游记》中之泾河龙王乎？）

妖精一化，变作一个妇人，身穿重孝[1]，扭捏腰肢而言曰："列位君子让一让，妾身算一命。"纣时人老诚，两边闪开。子牙正看命，见一妇人来的蹊跷，子牙定睛观看，认得是个妖精，暗思："好孽畜！也来试我眼色，今日不除妖怪，等待何时！"子牙曰："列位看命君子，'男女授受不亲'，先让这小娘子算了去，然后依次算来。"众人曰："也罢，我们让他先算。"妖精进了里面坐下。子牙曰："小娘子，借右手一看。"妖精曰："先生算命，难道也会风鉴[2]？"子牙曰："先看相，后算命。"妖精暗笑，把右手递与子牙看。子牙一把将妖精的寸关尺脉门攥住，将丹田中先天元气，运上火眼金睛，把妖光钉住了。子牙不言，只管看着。妇人曰："先生不相不言，我乃女流，如何拿住我手。快放手！旁人看着，这是何说！"旁人且多不知奥妙，齐齐大呼："姜子牙，你年纪老大，怎干这样事！你贪爱此女姿色，对众欺骗，此乃天子日月脚下，怎这等无知，实为可恶！"（朝歌百姓，果然淳朴）子牙曰："列位，此女非人，乃是妖精。"众人大喝曰："好胡说！明明一个女子，怎说是妖精。"

外面围看的挤嚷不开。子牙暗思："若放了女子，妖精一去，青白难辨。我既在此，当除妖怪，显我姓名。"（也有名利私心掺杂）子牙手中无物，止有一紫石砚台，用手抓起石砚，照妖精顶上响一声，打得脑浆喷出，血染衣襟。（可谓老当益壮，下手狠辣）子牙不放手，还搯住了脉门，使妖精不能变化。两边人大叫："莫等他走了！"众

① 重孝：最重的孝服，如父母去世后子女所穿的孝服。
② 风鉴：此处指看相。

人齐喊："算命的打死了人!"重重叠叠围住了子牙命馆。不一时，打路的来，乃是亚相比干乘马来到，问左右："为何众人喧嚷?"众人齐说："丞相驾临，拿姜尚去见丞相爷!"比干勒住马，问："甚么事?"内中有抱不平的人跪下，"启老爷：此间有一人算命，叫做姜尚。适间有一个女子来算命，他见女子姿色，便欲欺骗。女子贞洁不从，姜尚陡起凶心，提起石砚，照顶上一下打死。可怜血溅满身，死于非命。"

比干听众口一辞，大怒，唤左右："拿来!"子牙一只手拖住妖精，拖到马前跪下。比干曰："看你皓头①白须，如何不知国法，白日欺奸女子，良妇不从，为何执砚打死！人命关天，岂容恶党！勘问明白，以正大法。"子牙曰："老爷在上，容姜尚禀明。姜尚自幼读书守礼，岂敢违法，但此女非人，乃是妖精。近日只见妖气贯于宫中，灾星历遍天下，小人既在辇毂②之下，感当今皇上水土之恩，除妖灭怪，荡魔驱邪，以尽子民之志。此女实是妖怪，怎敢为非。望老爷细察，小民方得生路。"

旁边众人，齐齐跪下："老爷，此等江湖术士，利口巧言，遮掩狡诈，蔽惑老爷，众人经目③，明明欺骗不从，逞凶打死。老爷若听他言，可怜女子衔冤，百姓负屈!"比干见众口难调，又见子牙拿住妇人手不放，比干问曰："那姜尚，妇人已死，为何不放他手，这是何说?"子牙答曰："小人若放他手，妖精去了，何以为证?"比干闻言，分付众民："此处不可辨明，待吾启奏天子，便知清白。"（这等纠纷琐事也要呈报天子裁定？只是为了引姜子牙与纣王、妲己相见）

① 皓头：即皓首，白首。指老年。
② 辇毂（niǎn gǔ）：天子的车驾，此处指皇帝所在的都城。
③ 经目：过目。

众民围住子牙，子牙拖着妖精，往午门来。比干至摘星楼候旨。纣王宣比干见。比干进内，俯伏启奏。王曰："朕无旨意，卿有何奏章?"比干奏曰："臣过南门，有一术士算命，只见一女子算命，术士看女子是妖精，不是人，便将砚石打死。众民不服，齐言术士爱女子姿色，强奸不从，逞凶将女子打死。臣据术士之言，亦似有理。然众民之言，又是经目可证。臣请陛下旨意定夺。"妲己在后听见比干奏此事，暗暗叫苦："妹妹，你回巢穴去便罢了，算甚么命！今遇恶人打死，我必定与你报仇！"

妲己出见纣王，"妾身奏闻陛下，亚相所奏，真假难辨。主上可传旨，将术士连女子拖至摘星楼下，妾身一观，便知端的。"纣王曰："御妻之言是也。"传旨："命术士将女子拖于摘星楼见驾。"旨意一出，子牙将妖精拖至摘星楼。子牙俯伏阶下，右手揝住妖精不放。纣王在九曲雕栏之外，王曰："阶下俯伏何人?"子牙曰："小民东海许州人氏，姓姜，名尚，幼访名师，秘授阴阳，善识妖魅。因尚住居都城，南门求食，不意妖氛作怪，来惑小民，尚看破天机，剿妖精于朝野，灭怪静其宫阙。姜尚一则感皇王都城戴载之恩，报师傅秘授不虚之德。"王曰："朕观此女，乃是人像，并非妖邪，何无破绽?"子牙曰："陛下若要妖精现形，可取柴数担，炼此妖精，原形自现。"天子传旨："搬运柴薪至于楼下。"子牙将妖精顶上用符印镇住原形，子牙方放了手，把女子衣裳解开，前心用符，后心用印，治住妖精四肢，拖在柴上，放起火来。好火！但见：

浓烟笼地角，黑雾锁天涯。积风生烈焰，赤火冒红霞。风乃火之师，火乃风之帅。风仗火行凶，火以风为害。滔滔烈火，无风不能成形；荡荡狂风，无火焉能取胜。风随火势，须臾时燎彻天关；火趁风威，顷刻间烧开地户①。金蛇串绕，难逃火炙之殃；烈焰围身，大难飞来怎躲。好似老君扳倒炼丹炉，一块火光连地滚。

子牙用火炼妖精，烧炼两个时辰，上下浑身，不曾烧枯了些儿。纣王问亚相比干曰："朕观烈火焚烧两个时辰，浑身也不燋烂，真乃妖怪！"（纣王此时倒也清醒。纣王昏愦，虽由妲己蛊惑，也是作者刻意为之。令人觉此人忽明忽昏，有分裂之嫌）比干奏曰："若看此事，姜尚亦是奇人。但不知此妖终是何物作怪。"王曰："卿问姜尚，此妖果是何物成精？"比干下楼，问子牙。子牙答曰："要此妖现真形，这也不难。"子牙用三昧真火烧此妖精。不知妖精性命如何，且听下回分解。

总批

子牙算命，尚未逢时，得刘乾一无赖来起课，方哄动②万民；又得此琵琶精来算命，方能惊动天子。然而刘乾、妖精亦不可认作恶相识。

又批

当日众人，只见女子，不知是妖怪。子牙见是妖怪，不是女子。请问今人，毕竟妖怪是女子，女子还是妖怪？悟此方是达者。

① 地户：地的门户。古代传说天有门，地有户，天门在西北，地户在东南。因称地之东南为"地户"；也泛指大地。
② 哄动：轰动。同时惊动很多人。

第十七回　纣王无道造虿盆

蘇妲己置造蠆盆

导读：本回中出现了一个语文教材中的“固定嘉宾”——胶鬲，只要学过《孟子》选段《生于忧患死于安乐》的，应该都能记得。孟子只提到“胶鬲举于鱼盐之中”，关于他具体的生平并没有讲。事实上，现有的史料中关于胶鬲的记载也确实非常简单，而且彼此间似乎还有些矛盾。据《孟子》《国语》等书的记载，胶鬲原本是纣王的大臣，因为纣王无道，所以隐遁做了鱼盐贩子，后来被周文王发现，做了周的大臣。可按照《吕氏春秋》的记载，胶鬲直到武王伐纣之时还是纣王的大臣，甚至还曾与周公旦密盟，做了周朝的内应。这两种说法哪一个更符合史实，恐怕难以决断。不过从成书时间和性质上来说，《吕氏春秋》成书于秦统一前夕，时间较晚，撰写的目的又在于宣扬吕不韦的政治思想。因此，可信度可能稍微低一些。至于说胶鬲本是隐士，周文王从鱼盐摊贩中发掘了他，将他推荐给纣王，可能是后来调和弥缝的说法。

诗曰：

虿盆极恶已满天，宫女无辜血肉朘①。
媚骨已无埋玉处，芳魂犹带秽腥膻②。
故园有梦空歌月，此地沉冤未息肩③。
怨气漫漫天应惨，周家世业更安然。

话说子牙用三昧真火烧这妖精。此火非同凡火，从眼、鼻、口中喷将出来，乃是精、气、神炼成三昧，养就离精，与凡火共成一处，此妖精怎么经得起！妖精在火光中，扒将起来，大叫曰："姜子牙，我与你无冤无仇，怎将三昧真火烧我？"纣王听见火里妖精说话，吓的汗流浃背，目瞪痴呆。（若知自己与妖精朝夕相处，又将惊为何状？）子牙曰："陛下请驾进楼，雷来了。"子牙双手齐放，只见霹雳交加，一声响亮，火灭烟消，现出一面玉石琵琶来。纣王与妲己曰："此妖已现真形。"妲己听言，心如刀绞，意似油煎，暗暗叫苦："你来看我，回去便罢了，又算甚么命！今遇恶人，将你原形烧出，使我肉身何安？我不杀姜尚，誓不与匹夫俱生！"（只此一怒，惹下日后多少恩怨）

妲己只得勉作笑容，启奏曰："陛下命左右将玉石琵琶取上楼来，待妾上了丝弦，早晚与陛下进御取乐。妾观姜尚，才术两全，何不封彼在朝保驾？"王曰："御妻之言甚善。"天子传旨："且将玉石琵琶，取上楼来。姜尚听朕封官：官拜下大夫，特授司天监④职，随朝侍用。"（子牙本为保周，却先做商臣）子牙谢恩，出午门外，冠带回来异

① 朘（juān）：剥削，减少。
② 腥膻（shān）：又腥又膻的气味，比喻丑恶污浊的事物。
③ 息肩：肩头得到休息。比喻卸除责任。
④ 司天监：官署名，执掌天文历法的机构。

人庄上。异人设席款待，亲友俱来恭贺。饮酒数日，子牙复往都城随朝不表。

且说妲己把玉石琵琶放于摘星楼上，采天地之灵气，受日月之精华，已后五年，返本还元，断送成汤天下。（后文虽有出场，但无甚故事，更未讲其如何复原，可谓有失照应）

一日，纣王在摘星楼与妲己饮宴，酒至半酣①，妲己歌舞一回，与纣王作乐。三宫嫔妃，六院宫人，齐声喝采。内有七十余名宫人，俱不喝采，眼下且有泪痕。妲己看见，停住歌舞，查问那七十余名宫人，原是那一宫的。内有奉御官查得：原是中宫姜娘娘侍御宫人。妲己怒曰："你主母谋逆赐死，你们反怀忿怒，久后必成宫闱之患。"奏与纣王，纣王大怒，传旨："拿下楼，俱用金瓜打死！"妲己奏曰："陛下，且不必将这起逆党击顶，暂且送下冷宫，妾有一计，可除宫中大弊。"奉御官即将宫女送下冷宫。且说妲己奏纣王曰："将摘星楼下，方圆开二十四丈阔，深五丈。陛下传旨，命都城万民，每一户纳蛇四条，都放于此坑之内，将作弊宫人，跣剥干净，送下坑中，喂此毒蛇。此刑名曰'虿盆'。"（可还记得女娲法旨，不得残害众生？）纣王曰："御妻之奇法，真可剔除宫中大弊。"天子随传旨意，张挂各门。国法森严，万民遭累，勒令限期，往龙德殿交蛇。众民日日进于朝中，并无内外，法纪全消。朝廷失政，不止一日。众民纳蛇，都城那里有这些蛇，俱到外县买蛇交纳。

一日，文书房胶鬲，官居上大夫，在文书房里看天下本章，只见众民或三两成行，四五一处，手提筐篮，进九间大殿。大夫问执殿官："这些百姓，手提筐篮，里面是甚么东西？"执殿官答曰："万民交蛇。"大夫大惊曰："天子要蛇何用？"执殿官曰："卑职不知。"大

① 半酣（hān）：酒喝一半，尚未尽兴，接近尽兴状态。

夫出文书房到大殿，众民见大夫叩头。胶鬲曰："你等拿的甚么东西?"众民曰："天子榜文，张挂各门，每一户交蛇四条。都城那里许多蛇，俱是百里之外，买蛇交纳。不知圣上那里用。"胶鬲曰："你们且去交蛇。"

众民去了，大夫进文书房，不看本章，只见武成王黄飞虎、比干、微子、箕子、杨任、杨修俱至，相见礼毕。胶鬲曰："列位大人可知天子令百姓每户纳蛇四条，不知取此何用?"黄飞虎答曰："末将昨日看操回来，见众民言，天子张挂榜文，每户交蛇四条，纷纷不绝，俱有怨言，因此今日到此，请问列位大人，必知其详。"比干、箕子曰："我等一字也不知。"黄飞虎曰："列位既不知道，叫执殿官过来，你听我分付。你上心打听，天子用此物做甚么事，若得实信，速来报我，重重赏你。"执殿官领命去讫，众官随散不表。

且说众民又过五七日，蛇已交完。收蛇官往摘星楼回旨，奏曰："都城众民交蛇已完，奴婢回旨。"纣王问妲己曰："坑中蛇已完了，御妻何以治此?"妲己曰："陛下传旨，可将前日暂寄不游宫宫人，跣剥干净，用绳缚背，推下坑中，喂此蛇蝎。若无此极刑，宫中深弊难除。"纣王曰："御妻所设此刑，真是除奸之要法。蛇既纳完，命奉御官将不游宫前日送下宫人，绑出推落虿盆。"奉御官得旨，不一时将宫人绑至坑边。那宫人一见蛇蝎狰狞，扬头吐信，恶相难看，七十二名宫人一齐叫苦。

那日胶鬲在文书房，也为这件事，逐日打听，只听得一阵悲声惨切。大夫出的文书房来，见执殿官忙忙来报："启老爷：前日天子取蛇，放在大坑中，今日将七十二名宫人跣剥入坑，喂此蛇蝎。卑职探听得实，前来报知。"胶鬲闻言，心中甚是激烈，径进内庭，过了龙德殿，进分宫楼，走至摘星楼下，只见众宫人赤身缚背，泪流满面，哀声叫苦，凄惨难观。胶鬲厉声大叫曰："此事岂可行！胶鬲有本启奏!”纣王正要看毒蛇咬食宫人以为取乐，（独裁暴君，多有以残害同类为乐者。古今中外皆然，不独纣王，更有甚于纣王者）不期大夫胶鬲启奏。

纣王宣胶鬲上楼俯伏，王问曰：“朕无旨意，卿有何奏章?”胶鬲泣而奏曰：“臣不为别事，因见陛下横刑惨酷，民遭荼毒，君臣睽隔①，上下不相交接，宇宙已成否塞②之象。今陛下又用这等非刑，宫人得其何罪!昨日臣见万民交纳蛇蝎，人人俱有怨言。今旱潦频仍，况且买蛇百里之外，民不安生。臣闻：民贫则为盗，盗聚则生乱。况且海外烽烟，诸侯离叛，东南二处，刻无宁宇，民日思乱，刀兵四起。陛下不修仁政，日行暴虐，自从盘古至今，并不曾见，此刑为何名?那一代君王所制?”王曰：“宫人作弊，无法可除，往往不息，故设此刑，名曰‘虿盆’。”

胶鬲奏曰：“人之四肢，莫非皮肉，虽有贵贱之殊，总是一体。今人坑穴之中，毒蛇吞啖③，苦痛伤心，陛下观之，其心何忍，圣意何乐?况宫人皆系女子，朝夕宫中，侍陛下于左右，不过役使，有何大弊，遭此惨刑?望陛下怜赦宫人，真皇上浩荡之恩，体上天好生之德。”王曰：“卿之所谏，亦似有理，但肘腋之患，发不及觉，岂得以草率之刑治之。况妇寺阴谋险毒，不如此，彼未必知警耳。”胶鬲厉声言曰：“‘君乃臣之元首，臣是君之股肱。’（“君为元首，臣作股肱”，此《贞观政要》中魏徵之言也）又曰：‘亶聪④明作元后⑤，元后作民父母。’今陛下忍心丧德，不听臣言，妄行暴虐，罔有悛心⑥，使

① 睽（kuí）隔：分离，乖隔。
② 否塞：闭塞不通，犹困厄。
③ 吞啖（dàn）：吞吃。
④ 亶（dǎn）聪：借指天子。《书·泰誓上》：“亶聪明，作元后，元后作民父母。”孔《传》：“人诚聪明，则为大君，而为众民父母。”后以“亶聪”谓天子之聪明。
⑤ 元后：指天子。
⑥ 悛（quān）心：悔改之心。

天下诸侯怀怨，东伯侯无辜受戮，南伯侯屈死朝歌，谏官尽遭炮烙，今无辜宫娥，又入虿盆。陛下只知欢娱于深宫，信谗听佞，荒淫酗酒，真如重疾在心，不知何时举发，诚所谓大痈[1]既溃，命亦随之。陛下不一思省，只知纵欲败度，不想国家何以如磐石之安。可惜先王克勤克俭，敬天畏民，方保社稷太平、华夷率服。陛下当改恶从善，亲贤远色，退佞进忠，庶几宗社可保，国泰民安，生民幸甚。臣等日夕焦心，不忍陛下沦于昏暗，黎民离心离德，祸生不测，所谓社稷宗庙非陛下之所有也。臣何忍深言，望陛下以祖宗天下为重，不得妄听女寺之言，有废忠谏之语，万民幸甚！"

纣王大怒曰："好匹夫！怎敢无知侮谤圣君，罪在不赦！"叫左右："即将此匹夫剥净，送入虿盆，以正国法！"众人方欲来拿，被胶鬲大喝曰："昏君无道，杀戮谏臣，此国家大患，吾不忍见成汤数百年天下一旦付于他人，虽死我不瞑目。况吾官居谏议，怎入虿盆！"手指纣王大骂："昏君！这等横暴，终应西伯之言！"大夫言罢，望摘星楼下一跳，撞将下来，跌了个脑浆迸流，死于非命。有诗为证：

赤胆忠心为国忧，先生撞下摘星楼。
早知天数成汤灭，可惜捐躯血水流。

话说胶鬲坠楼，粉骨碎身。纣王看见，更觉大怒，传旨："将宫女推下虿盆，连胶鬲一齐喂了蛇蝎！"可怜七十二名宫人，齐声高叫："皇天后土，我等又未为非，遭此惨刑！妲己贱人！我等生不能食汝之肉，死后定啖汝阴魂！"纣王见宫人落于坑内，饿蛇将宫人盘

① 痈（yōng）：一种肿毒，畏痛不早治，则化脓溃烂。

绕，吞咬皮肤，钻入腹内，苦痛非常。妲己曰："若无此刑，焉得除宫中大患！"（可谓贼喊捉贼）纣王以手拂妲己之背曰："喜似这等奇法，妙不可言！"两边宫人，心酸胆碎。有诗为证：

虿盆蛇蝎势狰狞，宫女遭殃入此坑。
一见魂飞千里外，可怜惨死胜油烹。

话说纣王将宫人入于坑内，以为美刑。妲己又奏曰："陛下可再传旨，将虿盆左边掘一池，右边挖一沼。池中以糟丘为山，右边以酒为池。糟丘山上，用树枝插满，把肉披成薄片，挂在树枝之上，名曰'肉林'。（也不怕馊了）右边将酒灌满，名曰'酒海'。天子富有四海，原该享无穷富贵，此肉林、酒海，非天子之尊，不得妄自尊享也。"纣王曰："御妻异制奇观，真堪玩赏，非奇思妙想，不能有此。"随传旨，依法制造。非止一日，将酒池、肉林，造的完全。纣王设宴，与妲己玩赏肉林、酒池。

正饮之间，妲己奏曰："乐声烦厌，歌唱寻常，陛下传旨，命宫人与宦官扑跌①，得胜者池中赏酒，不胜者乃无用之婢，侍于御前，有辱天子，可用金瓜击顶，放于糟内。"妲己奏毕，纣王无不听从，传旨："命宫人宦官扑跌。"可怜这妖孽在宫中，无所不为，宫宦遭殃，伤残民命。看官，他为何事要将宫人打死，入在糟内？妲己或二、三更，现出原形，要吃糟内宫人，以血食养他妖气，惑于纣王。（也算为其残虐寻得一"合理"解释）有诗曰：

① 扑跌：指相扑、摔跌。

悬肉为林酒作池，纣王无道类穷奇①。
虿盆怨气冲霄汉②，炮烙精魂傍火炊。
文武无心扶社稷，军民有意破宫帏。
将来国土何时尽？戊午旬中甲子期。

话说纣王听信妲己，造酒池、肉林，一无忌惮，朝纲不正，任意荒淫。一日，妲己忽然想起玉石琵琶精之恨，设一计要害子牙。作一图画。那日在摘星楼与纣王饮宴，酒至半酣，妲己曰："妾有一图画，献与陛下一观。"王曰："取来朕看。"妲己命宫人将画叉挑起。纣王曰："此画又非翎毛，又非走兽，又非山景，又非人物。"上画一台，高四丈九尺，殿阁巍峨，琼楼玉宇，玛瑙砌就栏杆，明珠妆成梁栋，夜现光华，照耀瑞彩，名曰"鹿台"③。妲己奏曰："陛下万圣至尊，贵为天子，富有四海，若不造此台，不足以壮观瞻。此台真是瑶池玉阙，阆苑④蓬莱。陛下早晚宴于台上，自有仙人、仙女下降，陛下得与真仙遨游，延年益寿，禄算无穷。陛下与妾，共叨福庇，永享人间富贵也。"王曰："此台工程浩大，命何官督造？"

妲己奏曰："此工须得才艺精巧、聪明睿智、深识阴阳、洞晓生克⑤，以妾观之，非下大夫姜尚不可。"纣王闻言，即传旨："宣下大夫姜尚。"使臣往比干府宣召姜尚，比干慌忙接旨。使臣曰："旨意乃是宣下大夫姜尚。"子牙即忙接旨，谢恩曰："天使大人，可先到

① 穷奇：中国古代神话传说中的四凶之一，是西方天帝少昊的后代，因毁信恶忠，崇饰恶言，被舜流放，迁于四裔，以御魑魅。
② 霄汉：云霄和天河。
③ 鹿台：故址在今河南鹤壁淇滨区钜桥镇。
④ 阆苑：传说中昆仑山之巅西王母居住的地方。泛指神仙居住的地方，有时也代指帝王宫苑。
⑤ 生克：五行之间的相生相克。

午门，卑职就至。”使臣去了。子牙暗起一课，早知今日之危。子牙对比干谢曰：“姜尚荷蒙大德提携，并早晚指教之恩，不期今日相别。此恩此德，不知何时可报。”比干曰：“先生何故出此言？”子牙曰：“尚占运命，主今日不好，有害无利，有凶无吉。”比干曰：“先生又非谏官在位，况且不久面君，以顺为是，何害之有！”子牙曰：“尚有一柬帖，压在书房砚台之下，但丞相有大难临身，无处解释，可观此柬，庶几可脱其危，乃卑职报丞相涓涯之万一耳。从今一别，不知何日能再睹尊颜！”

子牙作辞，比干着实不忍，“先生果有灾迍①，待吾进朝面君，可保先生无虞。”子牙曰：“数已如此，不必动劳，反累其事。”比干相送，子牙出相府，上马来到午门，径至摘星楼候旨。奉御官宣上摘星楼，见驾毕。王曰：“卿与朕代劳，起造鹿台，俟功成之日，加禄增官，朕决不食言。图样在此。”子牙一看，高四丈九尺，（约当今十数米而已）上造琼楼玉宇，殿阁重檐，玛瑙砌就栏杆，宝石妆成梁栋。子牙看罢，暗想：“朝歌非吾久居之地，且将言语感悟这昏君，昏君必定不听、发怒。我就此脱身隐了，何为不可！”毕竟不知子牙凶吉如何，且听下回分解。

总批

虿盆惨恶，毒极千古，真令人神共怒，则焚尸悬首不足以尽其辜。而妲己亦当服此极刑，可惜止戮首藁街，至今犹令人不平。

---

① 灾迍（zhūn）：灾患困厄。

又批

妇人，阴物也。美妇，阴之极者也。惟阴最毒，惟阴之极者为极毒。妲己美妇也，故所钟之毒已极，而设施惨恶，亦极其毒。或曰：“然则丑妇乃得阴之轻者乎？”予曰：“无盐东施自是榜样。”然则今人又极喜美色者，何多也？予曰：“自古及今，你见几曾做出好事来！”

第十八回　子牙谏主隐磻溪

子牙諫主隱磻溪

导读：本回中出现的杨任，在被纣王挖去双眼后，蒙清虚道德真君施救，将两粒仙丹放到杨任眼眶里。只见杨任眼眶里长出两只手，手心里生两只眼睛。而在最后封神之时，杨任则被封为“甲子太岁”。但如果大家到供奉有全部六十甲子太岁的道观中，却会发现其中的甲子太岁虽然也是从两眼眶中伸出两只手来，手上长着两只眼睛，但他的名字却不是杨任，而是金辨。虽说《封神演义》中绝大多数被封神的人，都和道教中的神灵没什么关系，但大多是因为这些神灵本身是先天神灵，并没有人间经历，也就无所谓姓名。而六十甲子太岁都曾化身降临人间，为何《封神演义》要换个名字呢？实际上，六十甲子太岁的形成相对较晚，早期仅以干支称呼，还没有对应的神名。今天所固定流传的六十甲子太岁名讳，应该是在清代才定型的，其中多为元明时期人物即是明证。

诗曰：

渭水潺潺①日夜流，子牙从此独垂钩。
当时未入飞熊梦，几向斜阳叹白头。

话说子牙看罢图样，王曰："此台多少日期方可完得此工？"尚奏曰："此台高四丈九尺，造琼楼玉宇，碧槛雕栏②，工程浩大，若完台工，非三十五年不得完成。"（能拖则拖）纣王闻奏，对妲己曰："御妻，姜尚奏朕，台工要三十五年方成。朕想光阴瞬息，岁月如流，年少可以行乐，若是如此，人生几何，安能长在！造此台实为无益。"（纣王着实好骗）妲己奏曰："姜尚乃方外术士，总以一派诬言。那有三十五年完工之理！狂悖欺主，罪当炮烙！"纣王曰："御妻之言是也。传奉官，可与朕拿姜尚炮烙，以正国法。"（本来还有几分理智，一经妲己挑唆，转瞬即为狂暴）子牙曰："臣启陛下，鹿台之工，劳民伤财，愿陛下且息此念头，切为不可。今四方刀兵乱起，水旱频仍，府库空虚，民生日促，陛下不留心邦本，与百姓养和平之福，日荒淫于酒色，远贤近佞，荒乱国政，杀害忠良，民怨天愁，累世警报，陛下全不修省。今又听狐媚之言，妄兴土木，陷害万民，臣不知陛下之所终矣。臣受陛下知遇之恩，不得不沥胆披肝，冒死上陈。如不听臣言，又见桀王造琼宫之故事耳。可怜社稷生民，不久为他人之所有，臣何忍坐视而不言！"

纣王闻言，大骂："匹夫！焉敢诽谤天子！"令两边承奉官："与朕拿下，醢尸齑粉，以正国法！"众人方欲向前，子牙抽身望楼下飞

① 潺（chán）潺：形容流水声。
② 碧槛雕栏：雕镂彩绘的柱子和碧色栏杆。

跑。纣王一见，且怒且笑，“御妻，你看这老匹夫，听见‘拿’之一字就跑了。礼节法度，全然不知，那有一个跑了的?”传旨命奉御官：“拿来!”众官赶子牙过了龙德殿、九间殿，子牙至九龙桥，只见众官赶来甚急，子牙曰：“承奉官不必赶我，莫非一死而已。”按着九龙桥栏杆，望下一撺①，把水打了一个窟笼。众官急上桥看，水星儿也不冒一个——不知子牙借水遁去了。承奉官往摘星楼回旨。(何不打捞尸身?难道任其在御河腐烂?)王曰：“好了这老匹夫!”

且不表纣王。话说子牙投水桥下，有四员执殿官扶着栏杆，看水嗟叹。适有上大夫杨任进午门，见桥边有执殿官，伏着望水。杨任问曰：“你等在此看甚么?”执殿官曰：“启老爷：下大夫姜尚投水而死。”杨任曰：“为何事?”执殿官答曰：“不知。”杨任进文书房看本章不题。且说纣王与妲己议鹿台差那一员官监造。妲己奏曰：“若造此台，非崇侯虎不能成功。”纣王准行，差承奉宣崇侯虎。承奉得旨，出九间殿往文书房，来见杨任。杨任问曰：“下大夫姜子牙何事忤君，自投水而死?”承奉答曰：“天子命姜尚造鹿台，姜尚奏事忤旨，因命承奉拿他，他跑至此，投水而死。今诏崇侯虎督工。”杨任问曰：“何为鹿台?”承奉答曰：“苏娘娘献的图样，高四丈九尺，上造琼楼玉宇，殿阁重檐，玛瑙砌就栏杆，珠玉妆成梁栋。今命崇侯虎监造。卑职见天子所行皆桀王之道，不忍社稷丘墟，特来见大人。大人秉忠谏止土木之工，救万民搬泥运土之苦，免商贾有陷血本之殃，此大夫爱育天下生民之心，可播扬于世世矣。”(此承奉亦铁骨铮铮)

杨任听罢，谓承奉曰：“你且将此诏停止，待吾进见圣上，再为施行。”杨任径往摘星楼下候旨。纣王宣杨任上楼见驾。王曰：“卿有何奏章?”杨任奏曰：“臣闻治天下之道，君明臣直，言听计从，

① 撺（cuān）：跳跃。

惟师保是用，忠良是亲，奸佞日远，和外国，顺民心，功赏罪罚，莫不得当，则四海顺从，八方仰德，仁政施于人，则天下景从，万民乐业，此乃圣主之所为。今陛下信后妃之言，而忠言不听，建造鹿台。陛下只知行乐欢娱，歌舞宴赏，作一已之乐，致万姓之愁，臣恐陛下不能享此乐，而先有腹心之患矣。陛下若不急为整饬，臣恐陛下之患不可得而治之矣。主上三害在外，一害在内，陛下听臣言。其外三害：一害者东伯侯姜文焕，雄兵百万，欲报父仇，游魂关兵无宁息，屡折军威，苦战三年，钱粮尽费，粮草日艰，此为一害；二害者南伯侯鄂顺，为陛下无辜杀其父亲，大势人马，昼夜攻取三山关，邓九公亦是苦战多年，库藏空虚，军民失望，此为二害；三害者，况闻太师远征北海大敌，十有余年，今且未能返国，胜败未分，凶吉未定。（若不是杨任谏言，几乎忘却此时还有三场大战。平常朝代，有一处大战，君主尚且昼夜忧思。纣王面对三场大战却能视而不见，一意作乐，确是非比寻常）陛下何苦听信谗言，杀戮正士。狐媚偏于信从，谠言①致之不问。小人日近于君前，君子日闻于退避。宫帏竟无内外，貂珰②紊乱深宫。（宦官亦深受其害）三害荒荒，八方作乱。

“陛下不容谏官，有阻忠耿，今又起无端造作，广施土木，不惟社稷不能奠安，宗庙不能磐石，臣不忍朝歌百姓受此涂炭。愿陛下速止台工，民心乐业，庶可救其万一。不然，民一离心，则万民荒乱。古云：‘民乱则国破，国破主君亡。’只可惜六百年已定华夷，一旦被他人所掳矣。”

纣王听罢，大骂：“匹夫！把笔书生，焉敢无知，直言犯主！”命奉御官：“将此匹夫剜去二目！朕念前岁有功，姑恕他一次。”杨

---

① 谠（dǎng）言：正直之言，慷慨之言。
② 貂珰（diāo dāng）：貂尾和金、银珰，汉代中常侍的冠饰。此处借指宦官。

任复奏曰："臣虽剜目不辞，只怕天下诸侯有不忍臣之剜目之苦也。"奉御官把杨任搀下楼，一声响，剜二目献上楼来。且说杨任忠肝义胆，实为纣王，虽剜二目，忠心不灭，一道怨气，直冲在青峰山紫阳洞清虚道德真君面前。真君早解其意，命黄巾力士："可救杨任回山。"力士奉旨，至摘星楼下，用三阵神风，异香遍满，摘星楼下，平地播起尘土，扬起沙灰，一声响，杨任尸骸（只是剜去双眼，怎么却成了尸骸？岂不与前文"姑恕他一次"矛盾？）竟不见了。纣王急往楼内，避其沙土。不一时，风息沙平，两边启奏纣王曰："杨任尸首风刮不见了。"纣王叹曰："似前番朕斩太子也被风刮去，似此等事，皆系常事，不足怪也。"（见怪不怪，纣王傻得可爱）纣王谓妲己曰："鹿台之工，已诏侯虎，杨任谏朕，自取其祸。速诏崇侯虎！"侍驾官催诏去了。

且说杨任的尸首被力士摄上紫阳洞，回真君法旨。道德真君出洞来，命白云童儿，葫芦中取二粒仙丹，将杨任眼眶里放二粒仙丹。真人用仙天真气吹在杨任面上，喝声："杨任不起，更待何时！"真是仙家妙术，起死回生。只见杨任眼眶里长出两只手来，手心里生两只眼睛，此眼上看天庭，下观地穴，中识人间万事。杨任立起半晌，定省见自己目化奇形，见一道人立在山洞前。杨任问曰："道长，此处莫非幽冥地界？"真君曰："非也。此处乃青峰山紫阳洞，贫道是炼气士清虚道德真君，因见子有忠心赤胆，直谏纣王，怜救万民，身遭剜目之灾，贫道怜你阳寿不绝，度你上山，后辅周王成其正道。"杨任听罢，拜谢曰："弟子蒙真君怜救，指引还生，再见人世，此恩此德，何敢有忘！望真君不弃，愿拜为师。"杨任就在青峰山居住。后只待破瘟癀阵[1]下山，助子牙成功。有诗曰：

① 瘟癀阵：截教阵法之一，是由瘟神吕岳所炼的瘟阵，同时阵主也是吕岳。此毒阵是吕岳为了与西周众将二战独门自创出的仙家法阵，曾把姜子牙困在阵中百日；最终被阐教三代弟子杨任所破，吕岳败阵被杀。

大夫直谏犯非刑①，剜目伤心不忍听。
不是真君施妙术，焉能两眼察天庭。

不说杨任居此安身。且说纣王诏崇侯虎督造鹿台。此台功成浩瀚，要动无限钱粮，无限人夫，搬运木植、泥土、砖瓦，络绎之苦，不可胜计。各州府县军民，三丁抽二，独丁赴役。有钱者买闲在家，无钱者任劳累死，万民惊恐，日夜不安，男女慌慌，军民嗟怨②，家家闭户，逃奔四方。崇侯虎仗势虐民，可怜老少累死不计其数，皆填于鹿台之内。朝歌变乱，逃亡者甚多。

不表侯虎监督台工。且说子牙借水遁，回到宋异人庄上。马氏接住："恭喜大夫，今日回家。"子牙曰："我如今不做官了。"马氏大惊："为何事来？"子牙曰："天子听妲己之言，起造鹿台，命我督工。我不忍万民遭殃，黎庶有难，是我上一本，天子不行，被我直谏，圣上大怒，把我罢职归田。我想纣王非吾之主。娘子，我同你往西岐去，守时候命，我一日时来运至，官居显爵，一品当朝，人臣第一，方不负吾心中实学。"（这话常人听了如何肯信？只道是大言哄骗）马氏曰："你又不是文家出身，不过是江湖一术士，天幸做了下大夫，感天子之德不浅。今命你造台，乃看顾你监工，况钱粮既多，你不管甚东西，也赚他些回来。你多大官，也上本谏言？还是你无福，只是个术士的命！"（一番话虽然刻薄，却也入情入理）

子牙曰："娘子，你放心。是这样官，未展我胸中才学，难遂我平生之志，你且收拾行装，打点同我往西岐去。不日官居一品，位列

① 非刑：违反法律而施行的残酷刑罚。
② 嗟（jiē）怨：嗟叹怨恨。

公卿，你授一品夫人①，身着霞帔②，头戴珠冠，荣耀西岐，不枉我出仕一番。”马氏笑曰：“子牙，你说的是失时话，现成官你没福做，到去空拳只手去别处寻！这不是折得你苦思乱想，走投无路，舍近求远，尚望官居一品？天子命你监造台工，明明看顾你。你做的是那里清官！如今多少大小官员，都是随时而已。”（非深知官场潜规则者不能道）子牙曰：“你女人家不知远大。天数有定，迟早有期，各自有主。你与我同到西岐，自有下落，一日时来，富贵自是不浅。”马氏曰：“姜子牙，我和你缘分夫妻，只到的如此。我生长朝歌，决不往他乡外国去。（京城之人，自然不愿投奔偏乡）从今说过，你行你的，我干我的，再无他说！”子牙曰：“娘子错说了，嫁鸡怎不逐鸡飞，夫妻岂有分离之理！”马氏曰：“妾身原是朝歌女子，那里去离乡背井？子牙，你从实些，写一纸休书与我，各自投生。我决不去！”

子牙曰：“娘子随我去好！一日身荣，无边富贵。”马氏曰：“我的命只合如此，也受不起大福分。你自去做一品显官，我在此受些穷苦，你再娶一房有福的夫人罢。”（可谓人间清醒）子牙曰：“你不要后悔！”马氏曰：“是我造化低，决不后悔！”子牙点头叹曰：“你小看了我！既嫁与我为妻，怎不随我去，必定要你同行！”（姜子牙婆婆妈妈，不像拜将封侯之人，难怪马氏不信他）马氏大怒：“姜子牙！你好，就与你好开交，如要不肯，我与父兄说知，同你进朝歌见天子，也讲一个明白！”夫妻二人正在此斗口，有宋异人同妻孙氏来劝子牙曰：“贤弟，当时这一件事是我作的，弟妇既不同你去，就写一字与他，贤弟乃奇男子，岂无佳配，何必苦苦留恋他。常言道：‘心去意难留。’勉强终非是好结果。”子牙曰：“长兄、嫂在上：马氏随我一

① 一品夫人：即诰命夫人中级别最高的封号。诰命又称诰书，是皇帝封赠官员的专用文书。
② 霞帔（pèi）：古代妇女的一种披肩服饰。明代规定：“一品衣金绣文霞帔，金珠翠妆饰玉坠。”

场，不曾受用一些，我心不忍离他，他倒有离我之心。（也是一片苦心）长兄分付，我就写休书与他。”

子牙写了休书拿在手中，“娘子，书在我手中，夫妻还是团圆的。你接了此书，再不能完聚了！”马氏伸手接书，全无半毫顾恋之心。子牙叹曰：“青竹蛇儿口，黄蜂尾上针，两般由自可，最毒妇人心！”（马氏所为，自平常观之，皆合情理。无奈小说家刻意损之）马氏收拾回家，改节[1]去了。（这一节，颇似后世戏曲小说中朱买臣马前泼水）不题。子牙打点起行，作辞宋异人、嫂嫂孙氏：“姜尚蒙兄嫂看顾提携，不期有今日之别！”异人治酒与子牙饯行，饮罢，远送一程，因问曰：“贤弟往那里去？”子牙曰：“小弟别兄往西岐做些事业。”异人曰：“倘贤弟得意时，可寄一音，使我也放心。”二人洒泪而别。（人生得一知己，足矣！）

异人送别在长途，两下分离心思孤。
只为金兰[2]恩义重，几回搔首[3]意踟蹰[4]。

话说子牙离了宋家庄，取路往孟津，过了黄河，径往渑池县，往临潼关[5]来。只见一起朝歌奔逃百姓，有七八百黎民，父携子哭，弟为兄悲，夫妻泪落，男女悲哭之声，纷纷载道。子牙见而问曰：“你们是朝歌的民？”内中也有人认的是姜子牙，众民叫曰：“姜老爷！我等是朝歌民，因为纣王起造鹿台，命崇侯虎监督，那天杀的奸臣，

① 改节：指改嫁。
② 金兰：谓友情契合，深交。语出《易·系辞上》：“二人同心，其利断金；同心之言，其臭如兰。”
③ 搔首：以手搔头，焦急或有所思貌。
④ 踟蹰（chí chú）：指徘徊，心中犹疑，要走不走的样子。
⑤ 临潼关：此关为作者虚构。然“临潼”确有其地，在今陕西西安市区。

三丁抽二，独丁赴役，有钱者买闲在家，累死数万人夫，尸填鹿台之下，昼夜无息。（十数米高台，竟殃民如此）我等经不得这等苦楚，故此逃出五关，不期总兵张老爷不放我们出关。若是拿将回去，死于非命，故此伤心啼哭。”

子牙曰：“你们不必如此，待我去见张总兵，替你们说个人情，放你们出关。”众人谢曰：“这是老爷天恩，普施甘露，枯骨重生！”子牙把行囊与众人看守，独自前往张总兵府来。家人问曰：“那里来的？”子牙曰：“烦你通报，商都下大夫姜尚来拜你总兵。”门上人来报：“启老爷：商都下大夫姜尚来拜。”张凤想：“下大夫姜尚来拜，他是文官，我乃武官，他近朝廷，我居关隘，百事有烦他。”（可谓深语官场之道）急命左右请进。子牙道家打扮，不曾公服，径往里面，见张凤。凤一见子牙道服而来，便坐而问曰：“来者何人？”子牙曰：“吾乃下大夫姜尚是也。”凤问曰：“大夫为何道服而来？”

子牙答曰：“卑职此来，不为别事，单为众民苦切①。天子不明，听妲己之言，广施土木之功，兴造鹿台，命崇侯虎督工。岂意彼陷虐万民，贪图贿赂，罔惜民力。况四方兵未息肩，上天示儆，水旱不均，民不聊生，天下失望，黎庶遭殃，可怜累死军民填于台内。荒淫无度，奸臣蛊惑天子，狐媚巧闭圣聪，命吾督造鹿台。我怎肯欺君误国，害民伤财，因此直谏。天子不听，反欲加刑于我。我本当以一死以报爵禄之恩，奈尚天数未尽，蒙恩赦宥，放归故乡，（水遁之事一字不提）因此行到贵治。偶见许多百姓，携男拽女，扶老搀幼，悲号苦楚，甚是伤情。如若执回，又惧炮烙、虿盆，惨刑恶法，残缺肢体，骨粉魂消，可怜民死无辜，怨魂怀屈。今尚观之，心实可怜，故不辞

① 苦切：凄怆哀伤。

愧面，奉谒台颜，恳求赐众民出关，黎庶从死而之生，将军真天高海阔之恩，实上天好生之德。”

张凤听罢大怒，言曰：“汝乃江湖术士，一旦富贵，不思报本于君恩，反以巧言而惑我。况逃民不忠，若听汝言，亦陷我以不义。我受命执掌关隘，自宜尽臣子之节，逃民玩法，不守国规，宜当拿解于朝歌。自思只是不放过此关，彼自然回国，我已自存一线之生路矣。若论国法，连汝例解回朝，以正国典。奈吾初会，暂且姑免。”（姜子牙此处却有些强人所难，一旦放行，日后被纣王查之，张凤岂有命乎？不加驱逐，也是给了众民伺机潜逃的机会，虽不足称赞，亦未可指摘）喝两边：“把姜尚叉将出去！”众人一声喝，把子牙推将出来。子牙满面羞愧。（可谓自取其辱）众民见子牙回来，问曰：“姜老爷，张老爷可放我等出关？”子牙曰：“张总兵连我也要拿进朝歌城去。是我说过了。”

众人听罢，齐声叫苦，七八百黎民号啕痛哭，哀声彻野。子牙看见不忍。子牙曰：“你们众民不必啼哭，我送你们出五关去。”有等不知事的黎民，闻知此语，只说宽慰他，乃曰：“老爷也出不去，怎讲救我们？”内中有知道的，哀求曰：“老爷若肯救拔，真是再生之恩！”子牙道：“你们要出五关者，到黄昏时候，我叫你等闭眼，你等就闭眼，若听得耳内风响，不要睁眼，若开了眼时，跌出脑子来，不要怨我。”众人应承了。

子牙到一更时候，望昆仑山拜罢，口中念念有词，一声响。这一会，子牙土遁救出万民。（七八百黎民，怎成了万民？）众人只听的风声飒飒，不一会，四百里之程出了临潼关、潼关、穿云关、界牌关、汜水关[1]，到金鸡岭，子牙收了土遁，众民落地。子牙曰："众人开眼！"众人睁开了眼。子牙曰："此处乃是汜水关外金鸡岭，乃西岐州地方，你们好好去罢！"众人叩头谢曰："老爷天垂甘露，普救群生，此恩此德，何日能报！"众人拜别不题。

且说子牙往磻溪隐迹。有诗为证：

弃却朝歌远市尘[2]，法施土遁救民愆。
闲居渭水垂竿待，只等风云际会缘。
武吉灾殃为引道，飞熊仁兆主求贤。
八十才逢明圣主，方立周朝八百年。

话说众民等待天明，果是西岐地界。过了金鸡岭，便是首阳山。走过燕山，又过了白柳村，前至西岐山。过了七十里，至西岐城。众民进城，观看景物：民丰物阜，行人让路，老幼不欺，市井谦和，真乃尧天舜日，别是一番风景。众民作一手本，投递上大夫府。散宜生接看手本。翌日伯邑考传命："既朝歌逃民因纣王失政，来归吾土，无妻者给银与他娶妻。又与银子，令众人僦居[3]安处。鳏寡孤独[4]者在三济仓造名，自领口粮。"（两相比照，民心不问可知）宜生领命。

邑考曰："父王囚羑里七年，孤欲自往朝歌，代父赎罪，不知卿等意下如何？"散宜生奏曰："臣启公子：主公临别之言'七年之厄已满，灾完难足，自然归国'，不得造次，有违主公临别之言。如公

① 汜（sì）水关：古关名，故址在今河南荥阳汜水镇西。本虎牢关，属成皋县。隋改成皋县为汜水县，此后因有此名。
② 市尘：喻指城市的喧嚣。
③ 僦（jiù）居：指租屋而居。
④ 鳏（guān）寡孤独：泛指没有劳动力而又没有亲属供养、无依无靠的人。

子于心不安，可差一士卒前去问安，亦不失为子之道，何必自驰鞍马，身临险地哉？”（甚为妥当）伯邑考叹曰：“父王有难，七载禁于异乡，举目无亲，为人子者，于心何忍？所谓立国立家，徒为虚设，要我等九十九子何用！我自带祖遗三件宝贝，往朝歌进贡，以赎父罪。”伯邑考此去，不知吉凶如何，且听下回分解。

总批

纣王用刑极惨，良心丧尽，其欲不忘国者，决无是理；况荒淫无度，土木频兴，荼毒生灵，天愁民怨，虽有善人，无复能为之矣；况逆谏杀忠，黄耇去国乎！所以自古无道之君，必首称桀纣。其来信有自也。

又批

子牙乃一代伟人，封侯拜将，开周家八百年元勋，何等力量？而不能无儿女子之态。观其与马氏留恋，代逃民求释，都是可笑事，多此无限转折。其然，岂其然乎？

又批

妇人见识是极小的，原不可责备他。况无限须眉男子，也不知错认了多少英雄豪杰，何尝于尘埃中，识得天子、宰相。具此质者，幸为亮之。

第十九回　伯邑考进贡赎罪

伯邑考進貢贖罪

导读：伯邑考是周文王姬昌的长子，也是姬昌最为神秘的儿子。伯邑考作为姬昌的长子，其形象在早期文献的记载中是颇为模糊，甚至矛盾的。因为这里有一个很棘手的问题，那就是作为恪守礼法的圣人姬昌，为什么会废长立幼，绕开嫡长子伯邑考，而立次子姬发呢？古人对此有多种解释，如《史记·管蔡世家》中就说，太姒生的十个儿子中，只有武王发和周公旦贤明，言下之意就是伯邑考不贤，因此被舍弃。但同一篇内，后面又说“伯邑考既已前卒矣”，也就是说伯邑考是因为早亡，所以才立姬发为太子。可见，司马迁已经难以决断哪个说法更可靠了。董仲舒则在《春秋繁露》中认为，是伯邑考自己发现弟弟姬发更贤明，于是效法太伯让国，将太子之位让给了姬发。至于大家耳熟能详的，也是被本回故事所采用的，伯邑考为救父亲被纣王杀害，做成肉酱给姬昌吃。目前最早的出处是皇甫谧的《帝王世纪》，时间已经到了晋朝。由于合理解释了文王舍长立幼的行为，以及为伯邑考塑造了孝子的形象，这个起源很晚，又略显荒诞的故事迅速被人们所接受。而实际上，现存的先秦文献中并没有伯邑考被纣王所杀的记载。但是，伯邑考又确实在西周历史上有着重要的地位。在《逸周书·世俘解》中记载，武王灭商之后，在周的太庙中祭告先祖，庙里供奉的牌位，第一个是太王，最后一个就是伯邑考。可见，伯邑考在周初的祀典中有着“先太子”甚至“准周王”的地位。姬昌舍伯邑考而立姬发最有可能的原因就是伯邑考早亡，而结合伯邑考在太庙中的地位，他的早亡很可能确实与周的兴起甚至灭商计划有关。可惜史料残缺过甚，已经无从探求真相了。

诗曰：

忠臣孝子死无辜，只为殷商有怪狐。
淫乱不羞先荐耻，贞诚岂畏后来诛。
宁甘万刃①留青白，不受千娇②学独夫③。
史册不污千载恨，令人屈指泪如珠。（这一回，专为颂伯邑考之忠孝，有其祖上太伯、虞仲之遗风也）

话说伯邑考要往朝歌为父赎罪，时有上大夫散宜生阻谏，公子立意不允，随进宫辞母太姬，要往朝歌赎罪。太姬曰："汝父被羁羑里，西岐内外事托付何人？"考曰："内事托与兄弟姬发，外事托付与散宜生，军务托付南宫适。孩儿亲往朝歌面君，以进贡为名，请赎父罪。"母亲见伯邑考坚执要去，只得依允，分付曰："孩儿此去，须要小心！"邑考辞出，竟到殿前与弟姬发言曰："兄弟好生与众兄弟和美，不可改西岐规矩。我此去朝歌，多则三月，少则二月，即便回程。"邑考分付毕，收拾宝物进贡，择日起行。姬发同文武、九十八弟，在十里长亭饯别，邑考与众人饮酒作辞。一路前行，扬鞭纵马，过了些红杏芳林，行无限柳阴古道。伯邑考与从人一日行至汜水关，关上军兵见两杆进贡幡幢，上书西伯侯旗号。军官来报主帅，守关总兵韩荣命开关。

邑考进关，一路无辞。行过五关，来到渑池县，渡黄河至孟津，进了朝歌城，皇华馆驿安下。次日，问驿丞："丞相府住在那里？"驿丞答曰："在太平街。"次日，邑考来至午门，并不见一员官走动，

① 万刃：指数量众多的刀剑。
② 千娇：妩媚可爱。形容女性容貌极其美好。指妲己。
③ 独夫：独夫民贼。残暴无道、众叛亲离的统治者。指纣王。

（可见纣王怠政）又不敢擅入午门。往返五日，邑考素缟抱本立于午门外。少时，只见一位大臣骑马而至，乃亚相比干也，伯邑考向前跪下。比干问曰："阶下跪者何人？"邑考答曰："吾乃犯臣姬昌子伯邑考。"比干闻言，滚鞍下马，以手相扶，口称："贤公子请起！"二人立在午门外，比干问曰："公子为何事至此？"邑考答曰："父亲得罪于天子，蒙丞相保护，得全性命，此恩真天高地厚，愚父子弟兄，铭刻难忘！只因七载光阴，父亲久羁羑里，人子何以得安？想天子必思念循良[①]，岂肯甘为鱼肉？（实在天真）邑考与散宜生共议，将祖遗镇国异宝，进纳王廷，代父赎罪，万望丞相开天地仁慈之心，怜姬昌久羁羑里之苦，倘蒙赐骸骨，得归故土，真恩如太山[②]，德如渊海。西岐万姓，无不感念丞相之大恩也。"

比干答曰："公子纳贡，乃是何宝？"伯邑考曰："自始祖亶父[③]所遗七香车、醒酒毡，白面猿猴、美女十名，代父赎罪。"比干曰："七香车有何贵乎？"邑考答曰："七香车，乃轩辕皇帝破蚩尤于北海，遗下此车，若人坐上面，不用推引，欲东则东，欲西则西，乃传世之宝也。（可谓自动驾驶鼻祖）醒酒毡，倘人醉酩酊，卧此毡上，不消时刻即醒。白面猿猴，虽是畜类，善知三千小曲，八百大曲，能讴筵前之歌，善为掌上之舞，真如呖呖莺篁[④]，翩翩弱柳。"比干听罢，"此宝虽妙，今天子失德，又以游戏之物进贡，正是助桀为虐，（后世便有助纣为虐）荧惑圣聪，反加朝廷之乱，（这几句未免过于胆大露

① 循良：奉公守法的官吏。此处似指文王。
② 太山：即泰山。
③ 亶（dǎn）父：亦称"周太王"。古代周族领袖。传为后稷第十二代孙。周文王祖父。为戎、狄族所逼，由豳（今陕西旬邑西南）迁至岐山下的周原（今陕西岐山北），建筑城邑房屋，设立官吏，改革戎狄风俗，开垦荒地，发展农业。武王时追尊为"太王"。
④ 莺篁：亦作"莺簧"。黄莺叫声像笙簧声一样悦耳，因称莺声为"莺簧"。

骨，可见众臣失望已极）无奈公子为父羁囚，行其仁孝，一点真心，此本我替公子转达天听，不负公子来意耳。”比干往摘星楼下候旨。

奉御官启奏：“亚相比干见驾。”纣王曰：“宣比干上楼。”比干上楼朝见。王曰：“朕无旨宣召，卿有何奏章？”比干奏曰：“臣启陛下：西伯侯姬昌子伯邑考，纳贡代父赎罪。”王曰：“伯邑考纳进何物？”比干将进贡本呈上。帝览毕，向比干曰：“七香车、醒酒毡、白面猿猴、美女十名代西伯侯赎罪。”纣王命宣邑考上楼。邑考肘膝而行①，俯伏奏曰：“犯臣子伯邑考朝见。”纣王曰：“姬昌罪大忤君，今子纳贡为父赎罪，亦可为孝矣。”伯邑考奏曰：“犯臣姬昌罪犯忤君，赦宥免死，暂居羑里，臣等举室感陛下天高海阔之洪恩，仰地厚山高之大德。今臣等不揣愚陋，昧死上陈，请代父罪。倘荷仁慈，赐以再生，得赦归国，使臣母子等骨肉重完，臣等万载瞻仰陛下好生之德出于意外也。”

纣王见邑考悲惨，为父陈冤，极其恳至，知是忠臣孝子之言，不胜感动，乃赐邑考平身。（为人父者，谁不想有此佳儿？恐想起了殷郊兄弟）邑考谢恩，立于栏杆之外。妲己在帘内，见邑考丰姿都雅，目秀眉清，唇红齿白，言语温柔。妲己传旨：“卷去珠帘。”左右宫人将珠帘高卷，搭上金钩。纣王见妲己出来，口称：“御妻，今有西伯侯之子伯邑考纳贡代父赎罪，情实可矜②。”妲己奏曰：“妾闻西岐伯邑考善能鼓琴，真世上无双，人间绝少。”纣王曰：“御妻何以知之？”妲己曰：“妾虽女流，幼在深闺闻父母传说，邑考博通音律，鼓琴更精，深知大雅遗音，妾所以得知。陛下可着邑考抚弹一曲，便知深浅。”

① 肘膝而行：膝盖和胳膊肘着地行走，匍匐而行。形容地位卑下，不敢与别人平起平坐。

② 情实可矜：情况实在值得怜悯。

纣王乃酒色之徒，久被妖氛所惑，一听其言，便命伯邑考叩见妲己。邑考朝拜毕。妲己曰："伯邑考，闻你善能鼓琴，你今试抚一曲何如?"邑考奏曰："娘娘在上：臣闻父母有疾，为人子者，不敢舒衣安食。今犯臣父七载羁囚，苦楚万状，臣何忍蔑视其父，自为喜悦而鼓琴哉！况臣心碎如麻，安能宫商节奏①，有辱圣聪。"纣王曰："邑考，你当此景，抚操一曲，如果稀奇，赦你父子归国。"邑考听见此言，大喜谢恩。纣王传旨，取琴一张。邑考盘膝坐在地上，将琴放在膝上，十指尖尖，拨动琴弦，抚弄一曲，名曰《风入松》：

"杨柳依依弄晓风，桃花半吐映日红。
芳草绵绵铺锦绣，任他车马各西东。"

邑考弹至曲终，只见音韵幽扬，真如戛玉鸣球②，万壑松涛，清婉欲绝，令人尘襟顿爽，恍如身在瑶池凤阙，而笙簧③箫管，檀板讴歌，觉俗气逼人耳，诚所谓"此曲只应天上有，人间能得几回闻"。纣王听罢，心中大悦，对妲己曰："真不负御妻所闻。邑考此曲可称尽善尽美。"妲己奏曰："伯邑考之琴，天下共闻，今亲觌④其人，所闻未尽所见。"（妲己亦不俗也）纣王大喜，传旨："摘星楼排宴。"

妲己偷睛看邑考，面如满月，丰姿俊雅，一表非俗，其风情袅袅动人。妲己又看纣王容貌，大是暗昧⑤，不甚动人。（古代小说中，常见豪门大宅中姬妾美婢与书生、小厮私通，与此俱是一理）看官，纣王虽

① 宫商节奏：宫商角徵羽，是古代音乐的节奏韵脚。伯邑考此时心乱如麻，不宜操琴。
② 戛（jiá）玉鸣球：形容声调有节奏而响亮好听。也形容人气节凛然。戛，敲击。球，同"璆"，美玉。
③ 笙簧：即笙。笙由密集而长短不一的竹管制成，故称。
④ 觌（dí）：相见。
⑤ 暗昧：愚昧，昏庸。

是帝王之相，怎经色欲相亏，形容枯槁①。自古佳人爱少年，何况妲己乃一妖魅乎？妲己暗思："且将邑考留在此处，假说传琴，乘机挑逗，庶几成就鸾凤，共效于飞之乐。况他少年，其为补益更多，而拘拘于此老哉。"妲己设计欲留邑考，随即奏曰："陛下当赦西伯父子归国，固是陛下浩荡之恩，但邑考琴为天下绝调，今赦之归国，朝歌竟为绝响，深为可惜。"纣王曰："如之奈何？"妲己奏曰："妾有一法，可全二事。"纣王曰："卿有何妙策可以两全？"妲己曰："陛下可留邑考在此，传妾之琴，俟妾学精熟，早晚侍陛下左右，以助皇上清暇一乐。一则西伯父子感陛下赦宥之恩，二则朝歌不致绝瑶琴之乐，庶几可以两全。"

纣王闻言，以手拍妲己之背曰："贤哉爱卿！真是聪慧贤明，深得一举两全之道。"随传旨："留邑考在此楼传琴。"妲己不觉暗喜："我如今且将纣王灌醉了，扶去浓睡，我自好与彼行事，何愁此事不成。"忙传旨排宴。纣王以为妲己好意，岂知内藏伤风败俗之情，大坏纲常礼义之防。妲己手奉金杯，对纣王曰："陛下进此寿酒！"纣王以为美爱，只顾欢饮，不觉一时酩酊。妲己命左右侍御宫人，扶皇上龙榻安寝，方着邑考传琴。两边宫人取琴二张，上一张是妲己，下一张是伯邑考传琴。邑考奏曰："犯臣子启娘娘：此琴有内外五形，六律五音。吟、揉、勾、剔。左手龙睛，右手凤目，按宫、商、角、徵、羽。又有八法，乃抹、挑、勾、剔、撇、托、摘、打。有六忌，七不弹。"妲己问曰："何为六忌？"邑考曰："闻哀，恸泣，专心事，忿怒情怀，戒欲、惊。"妲己又问："何为七不弹？"邑考曰："疾风骤雨，大悲大哀，衣冠不正，酒醉性狂，无香近亵，不知音近俗，不洁近秽。遇此皆不弹也。此琴乃太古遗音，乐而近雅，与诸乐大不相

① 枯槁（gǎo）：形容人憔悴。

同，其中有八十一大调，五十一小调，三十六等音。”有诗为证：

音和平兮清心目，世上琴声天上曲。
尽将千古圣人心，付与三尺梧桐木。

邑考言毕，将琴拨动，其音嘹亮，妙不可言。

且说妲己原非为传琴之故，实为贪邑考之姿容，挑逗邑考，欲效于飞，纵淫败度，何尝留心于琴。只是左右勾引，故将脸上桃花现娇艳夭姿①，风流国色。转秋波，送娇滴滴情怀；启朱唇，吐软温温悄语。无非欲动邑考，以惑乱其心。邑考乃圣人之子，因为父受羁囚之厄，欲行孝道，故不辞涉水之劳，往朝歌进贡，代赎父罪，指望父子同还故都，那有此意。虽是传琴，心如铁石，意若坚钢，眼不旁观，一心只顾传琴，妲己两番三次勾邑考不动。妲己曰：“此琴一时难明。”分付左右：“且排上宴来。”两边随办上宴来。妲己命席旁设坐，令邑考侍宴，邑考魂不附体，跪而奏曰：“邑考乃犯臣之子，荷蒙娘娘不杀之恩，赐以再生之路，感圣德真如山海。娘娘乃万乘之尊，人间国母，邑考怎敢侧坐。臣当万死！”邑考俯伏，不敢抬头。

妲己曰：“邑考之言差矣！若论臣子，果然坐不得，若论传琴，乃是师徒之道，坐而何妨？”伯邑考闻妲己之言，暗暗切齿：“这贱人把我当做不忠、不德、不孝、不仁、非礼、非义、不智、不良之类。想吾始祖亶父在尧为臣，官居司农之职，相传数十世，累代忠良。今日邑考为父朝商，误入陷阱。岂知妲己以邪淫坏主上之纲常，有伤于风化，深辱天子，其恶不小。我邑考宁受万刃之诛，岂可坏姬

① 娇艳夭姿：美丽而妩媚。形容女子的体态容貌娇美，气质出众。

门之节也！九泉之下，何颜相见始祖哉！”（此所谓“行莫丑于辱先”）

且说妲己见邑考俯伏不言。又见邑考不动心情，并无一计可施。妲己邪念不绝：“我到有爱恋之心，他全无顾盼之意。也罢，我再将一法引逗他，不怕此人心情不动耳！”妲己只得命宫人将酒收了，令邑考平身，曰：“卿既坚执不饮，可还依旧用心传琴。”邑考领旨，依旧抚琴，照前勾拨多时。

妲己猛曰：“我居于上，你在于下，所隔疏远，按弦多有错乱，甚是不便，焉能一时得熟？我有一法，可以两便，又相近，可以按纳，有何不可？”邑考曰：“久抚自精，娘娘不必性急。”妲己曰：“不是这等说。今夜不熟，明日主上问我，我将何言相对？深为不便。可将你移于上坐，我坐你怀内，你拿着我手双拨此弦，不用一刻即熟，何劳多延日月哉？”就把伯邑考吓得魂游万里，魄走三千。邑考思量：“此是大数已定，料难脱此罗网。毕竟做个青白之鬼，不负父亲教子之方，只得把忠言直谏，就死甘心。”（不负父教，可谓忠臣孝子）

邑考正色奏曰：“娘娘之言，使臣万载竟为狗彘之人！史官载在典章，以娘娘为何如后！娘娘乃万姓之国母，受天下诸侯之贡贺，享椒房至尊之贵，掌六宫金阙之权，今为传琴一事，亵尊一至于此，深属儿戏，成何体统！使此事一闻于外，虽娘娘冰清玉洁，而天下万世又何信哉？娘娘请无性急，使旁观若有辱于至尊也。”就把妲己羞得彻耳通红，无言可对。（居然尚有羞耻心）随传旨命伯邑考暂退。邑考下楼，回馆驿不题。

且说妲己深恨：“这等匹夫，轻人如此！‘我本将心托明月，谁知明月照沟渠！’（元代《琵琶记》中语也）反被他羞辱一场。管教你粉骨碎身，方消吾恨！”（得不到便要毁灭之）妲己只得陪纣王安寝。次日天明，纣王问妲己曰：“夜来伯邑考传琴，可曾精熟？”妲己枕边挑剔，乘机谮[1]曰："妾身启陛下：夜来伯邑考无心传琴，反起不良之念，将言调戏，甚无人臣礼，妾身不得不奏。"纣王闻言大怒曰："这匹夫焉敢如此！"随即起来，整饬用膳，传旨："宣伯邑考。"邑考在馆驿，闻命即至摘星楼下候旨。王命："宣上楼来。"邑考上楼，叩拜在地，王曰："昨日传琴，为何不尽心相传，反迁延时刻，这是何说？"

邑考奏曰："学琴之事，要在心坚意诚，方能精熟。"妲己在旁言曰："琴中之法无他，若仔细分明，讲的斟酌，岂有不精熟之理？只你传习不明，讲论糊涂，如何得臻[2]其音律之妙？"纣王听妲己之言，夜来之事，不好明言，随命邑考："再抚一曲与朕亲听，看是如何。"邑考受命，膝地而坐，抚弄瑶琴，自思："不若于琴中寓以讽谏之意。"（一错再错）乃叹纣王一词曰：

一点忠心达上苍，祝君寿算永无疆。
风和雨顺当今福，一统山河国祚长。

纣王静听琴内之音，俱是忠心爱国之意，并无半点欺谤之言，将何罪于邑考？

妲己见纣王无有加害之心，以言挑之曰："伯邑考前进白面猿猴，善能歌唱，陛下可曾听其歌唱否？"纣王曰："夜来听琴有误，未曾演习，今日命邑考进上楼来，以试一曲，如何？"邑考领旨到馆驿，将猿猴进上摘星楼，开了红笼，放出猿猴。邑考将檀板递与白猿。白猿轻敲檀板，婉转歌喉，音若笙簧，满楼嘹亮，高一声如凤鸣之音，

---

① 谮（zèn）：说坏话诬陷别人。
② 臻（zhēn）：至，到。

低一声似鸾啼之美，愁人听而舒眉，欢人听而抚掌，泣人听而止泪，明人听而如痴。纣王闻之，颠倒情怀。妲己听之，芳心如醉。宫人听之，为世上之罕有。那猿猴只唱的神仙着意，嫦娥侧耳，就把妲己唱得神荡意迷，情飞心逸，如醉如痴，不能检束自己形骸，将原形都唱出来了。

这白猴乃千年得道之猿，修的十二重楼①横骨俱无，故此善能歌唱；又修成火眼金睛，（汝家亦在花果山中乎？）善看人间妖魅。妲己原形现出，白猿看见上面有个狐狸，不知狐狸乃妲己本相，白猿虽是得道之物，终是一个畜类。此猿将檀板掷于地下，隔九龙侍席上，一擗劈面来抓妲己。妲己往后一闪，早被纣王一拳将白猿打跌在地，遂死于地下。众宫人扶起。妲己曰："伯邑考明进猿猴，暗为行刺，若非陛下之恩相救，妾命休矣！"纣王大怒，喝左右："将伯邑考拿下，送入虿盆！"两边侍御官将邑考拿下。邑考厉声大叫"冤枉"不绝。纣王听邑考口称冤枉，命且放回。纣王问曰："你这匹夫！白猿行刺，众目所视，为何强辩，口称'冤枉'，何也？"邑考泣奏曰："猿猴乃山中之畜，虽修人语，野性未退，况猴子善喜果品，不用烟火之物，今见陛下九龙侍席之上，百般果品，心中急欲取果物，便弃檀板而擗酒席。且猿猴手无寸刃，焉能行刺？臣伯邑考世受陛下洪恩，焉敢造次。愿陛下究察其情，臣虽寸磔，死亦瞑目矣。"

纣王听邑考之言，暗思多时，转怒为喜，言曰："御妻，邑考之言是也。猿猴乃山中之物，终是野性，况无刃岂能行刺？"随赦邑考。（纣王此前戕害忠良皆不待辩驳，唯独对伯邑考三番两次受听其言，亦异事也。仁孝感动乎？良心发现乎？）邑考谢恩。妲己曰："既赦邑考无罪，

① 十二重楼：道教内丹术语。比喻人之喉有十二节，亦名十二玉楼。

你再将瑶琴抚弄一奇词异调，琴内果有忠良之心，便罢，若无倾葵之语①，决不赦饶。”纣王曰：“御妻之言甚善。”邑考听妲己之奏，暗想：“这一番谅不能脱其圈套。就将此残躯以为直谏，就死万刃之下，留之史册，也见我姬姓累世不失忠良。”（性情刚烈，已抱必死之心）邑考领旨坐地，就于膝上抚弄一曲，词曰：

“明君作兮布德行仁，未闻忍心兮重敛烦刑。炮烙炽兮筋骨粉，虿盆惨兮肺腑惊，万姓精血竟入酒海，四方膏脂尽悬肉林。机杼②空兮，鹿台才满；犁锄③折兮，钜桥粟盈④。我愿明君兮去谗逐淫，振刷纲纪兮天下太平！”

邑考抚罢，纣王不明其音。妲己妖魅，听得琴中之意有毁谤君上之言。妲己以手指邑考骂曰：“大胆匹夫！敢于琴中暗寓毁谤之言，辱君詈主，情殊可恨！真是刁恶之徒，罪不容诛！”纣王问妲己曰：“琴中毁谤，朕尚不明。”妲己将琴中之意，细说一番。纣王大怒，喝左右来拿。邑考奏曰：“臣还有结句一段，试抚于陛下听完。”词曰：

“愿王远色兮再正纲常，天下太平兮速废娘娘。妖氛灭兮诸侯悦服，却邪淫兮社稷宁康。陷邑考兮不怕万死，绝妲己兮史氏传扬！”

---

① 倾葵之语：比喻忠诚之心。
② 机杼：指织布机。
③ 犁锄：犁和锄，也借指耕作。
④ 钜桥粟盈：把钜桥粮仓的粮食装得满满的。

邑考作歌已毕，回首一琴隔侍席打来，只打得盘碟纷飞。妲己将身一闪，跌倒在地。纣王大怒曰："好匹夫！猿猴行刺，被你巧言说过，你将琴击皇后，分明弑逆，罪不容诛！"喝左右侍驾官："将邑考拿下摘星楼，送入虿盆！"众宫人扶起，妲己奏曰："陛下且将邑考拿下楼去，妾身自有处治。"纣王随听妲己之言，把邑考拿下楼。妲己命左右取钉四根，将邑考手足钉了，用刀碎剐。可怜一声拿下，钉了手足。邑考大叫，骂不绝口："贱人！你将成汤锦绣江山化为乌有。我死不足惜，忠名常在，孝节永存。贱人！我生不能啖汝之肉，死后定为厉鬼食汝之魂！"

可怜孝子为父朝商，竟遭万刃醢剐尸！不一时，将邑考剐成肉酱。纣王命付于虿盆，喂了蛇蝎。妲己曰："不可。妾常闻姬昌号为圣人，说他能明祸福，善识阴阳。妾闻圣人不食子肉，今将邑考之肉着厨役用作料，做成肉饼，赐与姬昌。若昌竟食，此人乃是妄诞虚名，祸福阴阳，俱是谬说，竟可赦宥，以表皇上不杀之仁，如果不食，当速杀姬昌，恐遗后患。"纣王曰："御妻之言正合朕意。速命厨役，将邑考肉作饼，差官押送羑里，赐与姬昌。"不知西伯性命如何，且听下回分解。

总批

纣王无道，戕害忠良，忍心害理，并无一念仁慈。独于伯邑考累听其言，每加怜惜。可见至昏庸之人，亦有一时良心发现，但不常耳。无奈妲己贪其姿色，陡起邪淫，愈恋愈深，致反成怨，势必致死而后已。此皆劫数使然，岂人力所能哉！所以邑考亦见得透彻，不若犯颜一谏，以遂其忠臣孝子之心，其伟矣哉！

又批

淫妇心最慧，最善妒，最悍毒，善于逢迎，巧于遮护，随机应变，捷于弄丸。人一堕其手，未有不身亡家破者。今观妲己妖魅耳，何人不可苟且，一见丰美之人，尚恋恋不能舍，百计千方以诱之。况人间愚妇女，一睹年少儿郎，岂有不神驰心荡者，鲜矣！语云："男女虽异，所欲则同。"又云："女子非不肯也，不敢也。"其深知女子之性者也。此篇可作闺门箴。

第二十回　散宜生私通费尤

散宜生私
通費尤

导读：伯邑考是姬昌最为神秘的儿子，除了他的生平极为模糊之外，他的名字究竟叫什么，他有没有后裔，这些问题都难以有明确的解答。关于名字，伯邑考的“伯”字表示的是排行，这点一般没什么异议。争论的焦点在“邑”和“考”这两个字，哪个字是他的名？还是都不是？一种流传较广的说法是，“考”是死后对他的尊称，“邑”则是他的名。但这种说法有一个问题，那就是在前面提到的《逸周书·世俘解》中，提到周太庙中的神位是从太王到伯邑考。而《逸周书》在记录这些神位的时候用的都是“太王”“太伯”“文王”这样的尊称而不书名，太王的次子仲雍都被称作“虞公”，而不称其名。那么相对应的，最后一个神主写的“邑考”也应该是尊称，而不是他的名字。如果这样，那么参照“虞公”的称呼，“邑”就应该伯邑考的封地。但若是这样，就又有一个问题，《史记·管蔡世家》记载了文王与太姒其他八个儿子的封地，却唯独说“伯邑考，其后不知所封”。似乎伯邑考又没有封地，而且作为文王的太子，他也确实不应有封地。那么“邑”应该是什么呢？最有可能的，或许是伯邑考墓地或祠庙的所在地。而“其后不知所封”可能也代表了伯邑考没有后嗣。

诗曰：

自古权奸止爱钱，构成机彀[1]害忠贤。
不无黄白开生路，也要青蚨入锦缠。
成己不知遗国恨，遗灾那问有家延。
孰知反复原无定，悔却吴钩[2]错倒拈。

且言西伯侯囚于羑里城[3]，每日闭门待罪，将伏羲八卦变为八八六十四卦，重为三百八十四爻，内按阴阳消息之机，周天划度之妙，后为“周易”。姬伯闲暇无事，闷抚瑶琴一曲，猛然琴中大弦而有杀声，西伯惊曰：“此杀声主何怪事？”忙止琴声，取金钱占取一课，便知分晓，姬伯不觉流泪曰：“我儿不听父言，遭此碎身之祸！今日如不食子肉，难逃杀身之殃；如食子肉，其心何忍！使我心如刀绞，不敢悲啼。如泄此机，我身亦自难保。”（内心煎熬，进退维谷，非常人所能道也）姬伯只得含悲忍泪，不敢出声，作诗叹曰：

“孤身抱忠义，万里探亲灾。
未入羑里城，先登殷纣台。
抛琴除孽妇，顷刻怒心推。
可惜青年客，魂随劫运灭！”

① 机彀（gòu）：机关，圈套。
② 吴钩：春秋时期流行的一种弯刀，它以青铜铸成，是冷兵器里的典范，充满传奇色彩，后又被历代文人写入诗篇，成为驰骋疆场，励志报国的精神象征。
③ 羑里城：明刻本“羑里城”下有小字注“即今河北相州汤阴县是也”。羑里在今河南汤阴北。

姬昌作毕，左右不知姬伯心事，俱默默不语。

话未了时，使命官到，有旨意下。姬伯缟素接旨，口称："犯臣死罪。"姬昌接旨，开读毕，使命官将龙凤膳盒摆在右面。使命曰："主上见贤侯在羑里久羁，圣心不忍。昨日圣驾幸猎，打得鹿獐之物，做成肉饼，特赐贤侯，故有是命。"姬昌跪在案前，揭开膳盒，言曰："圣上受鞍马之劳，反赐犯臣鹿饼之享，愿陛下万岁！"谢恩毕，连食三饼，将盒盖了。（圣人行权，不得已而为之）使命见姬昌食了子肉，暗暗叹曰："人言姬伯能知先天神数，善晓吉凶，今日见子肉而不知，速食而甘美，所谓阴阳吉凶，皆是虚语！"且说姬昌明知子肉，含忍苦痛，不敢悲伤，勉强精神，对使命言曰："钦差大人，犯臣不能躬谢天恩，敢烦大人与昌转达，昌就此谢恩便了。"姬伯倒身下拜，"感圣上之恩光，又普照于羑里"。使命官回朝歌不题。且说姬伯思子之苦，不敢啼哭，暗暗作诗叹曰：

"一别西岐到此间，曾言不必渡江关。
只知进贡朝昏主，莫解迎君有犯颜。
年少忠良空惨切，泪多时雨只潸潸①。
游魂一点归何处，青史名标是等闲。"

姬伯作毕诗，不觉忧忧闷闷，寝食俱废，在羑里不题。

且说使命官回朝复命。纣王在显庆殿与费仲、尤浑弈棋。左右侍驾官启奏："使命候旨。"纣王传旨："宣至殿廷回旨。"奏曰："臣奉旨将肉饼送至羑里，姬昌谢恩言曰：'姬昌犯罪当死，蒙圣恩赦以再生，已出望外，今皇上受鞍马之劳，犯臣安逸而受鹿饼之赐，圣恩浩

① 潸潸（shān）：泪流不止貌。

荡，感刻无地！’跪在地上，揭开膳盒，连食三饼，叩头谢恩。又对臣曰：‘犯臣姬昌不得面觌①天颜。’又拜八拜，乞使命转达天廷。今臣回旨。”

纣王听使臣之言，对费仲曰：“姬昌素有重名，善演先天神数，吉凶有准，祸福无差，今观自己子肉食而不知，人言可尽信哉！朕念姬昌七载羁囚，欲赦还国，二卿意下以为如何？”费仲奏曰：“昌数无差，定知子肉。恐欲不食，又遭屠戮，只得勉强忍食，以为脱身之计，不得已而为之也。陛下不可不察，误中奸计耳。”（可谓见事“明白”）王曰：“昌知子肉，决不肯食。”又言：“昌乃大贤，岂有大贤忍啖子肉哉？”费仲奏曰：“姬昌外有忠诚，内怀奸诈，人皆为彼瞒过，不如且禁羑里，似虎投陷阱，鸟困雕笼，虽不杀戮，也磨其锐气。况今东南二路已叛，尚未慑服，今纵姬昌于西岐，是又添一患矣。乞陛下念之。”王曰：“卿言是也。”（难得“正确”决策）此还是西伯侯灾难未满，故有谗佞之阻。有诗为证：

羑里城中灾未满，费尤在侧献谗言。
若无西地宜生计，焉得文王返故园。

不说纣王不赦姬昌，且说邑考从人②已知纣王将公子醢为肉酱，星夜逃回，进西岐来见二公子姬发。姬发一日升殿，端门官来报：“有跟随公子往朝歌家将候旨。”姬发听报，传令旨，宣众人到殿前。众人哭拜在地。姬发慌问其故。来人启曰：“公子往朝歌进贡，不曾到羑里见老爷，先见纣王。不知何事，将殿下醢为肉酱。”姬发听

① 面觌（dí）：当面，见面。
② 从人：随从，仆从。

言，大哭于殿廷，几乎气绝。（商、周两家之子，均笃于兄弟情谊，属实难得）只见两边文武之中，有大将军南宫适大叫曰：“公子乃西岐之幼主，今进贡与纣王，反遭醢尸之惨。我等主公遭囚羑里，虽是昏乱，吾等还有君臣之礼，不肯有负先王，今公子无辜而受屠戮，痛心切骨，君臣之义已绝，纲常之分俱乖。今东南两路苦战多年，吾等奉国法以守臣节，今已如此，何不统两班文武，将倾国之兵，先取五关，杀上朝歌，剿戮昏主，再立明君。正所谓定祸乱而反太平，亦不失为臣之节！”

只见两边武将听南宫适之言，时有四贤、八俊：辛甲、辛免、太颠、闳夭、祁公、尹积，西伯侯有三十六教习子姪，姬叔度等，齐大叫：“南将军之言有理！”众文武切齿咬牙，竖眉睁目，七间殿上，一片喧嚷之声，连姬发亦无定主。只见散宜生厉声言曰：“公子休乱，臣有事奉启！”（极怒之下，最易做出冲动决策，需由理智之人及时拦阻）发曰：“上大夫今有何言？”宜生曰：“公子命刀斧手先将南宫适拿出端门斩了首级，然后再议大事。”姬发与众将问曰：“先生为何先斩南将军，此理何说，使诸将不服。”宜生对诸将言曰：“此等乱臣贼子，陷主君于不义，理当先斩，再议国是。诸公只知披坚执锐，一勇无谋，不知老大王克守臣节，硁硁[1]不贰，虽在羑里，定无怨言。公等造次胡为，兵未到五关，先陷主公于不义而死，此诚何心？故先斩南宫适，而后再议国是也。”

公子姬发与众将听罢，个个无言，默默不语。南宫适亦无语低头。宜生曰：“当日公子不听宜生之言，今日果有杀身之祸。昔日大王往朝歌之日，演先天之数，‘有七年之殃，灾满难足，自有荣归之日，不必着人来接。’言犹在耳，殿下不听，致有此祸。况又失于打

① 硁（kēng）硁：形容固执浅薄。

点，今纣王宠信费、尤二贼，临行不带礼物，先通关节，贿赂二人，故殿下有丧身之祸。为今之计，不若先差官二员，用重赂私通费、尤，使内外相应，待臣修书，恳切哀求。若奸臣受贿，必在纣王面前以好言解释，老大王自然还国，那时修德行仁，俟纣恶贯盈，再会天下之兵共伐无道。兴吊民[①]伐罪之师，天下自然响应。废去昏庸，再立有道，人心悦服。不然，徒取败亡，遗臭后世，为天下笑耳。”（确是老成谋国之言，惜何不早行此计？）姬发曰：“先生之教甚善，使发顿开茅塞，真金玉之论也。不知先用何等礼物？所用何官？先生当明以告我。”宜生曰：“不过用明珠、白璧、彩缎表里、黄金、玉带，共礼二分：一分差太颠送费仲，一分差闳夭送尤浑。使二将星夜进五关，扮做商贾，暗进朝歌。费、尤二人若受此礼，大王不日归国，自然无事。”公子大喜，即忙收拾礼物。宜生修书，差二将往朝歌来。有诗曰：

明珠白璧共黄金，暗进朝歌贿佞壬。
慢道财神通鬼使，果然世利动人心。
成汤社稷成残烛，西伯江山若茂林。
不是宜生施妙策，天教殷纣自成擒。

且说太颠、闳夭扮做经商，暗带礼物，星夜往汜水关来。关上查明，二将进关。一路上无词，过了界牌关，八十里进了穿云关，又进潼关，一百二十里又至临潼关，过渑池县，渡黄河，到孟津，至朝歌。二将不敢在馆驿安住，投客店歇下，暗暗收拾礼物。太颠往费仲府下书，闳夭往尤浑府下书。

① 吊民：抚慰百姓。

且说费仲抵暮出朝，归至府第无事。守门官启老爷：“西岐有散宜生差官下书。”费仲笑曰：“迟了！着他进来。”太颠来到厅前，只得行礼参见。费仲问曰：“汝是甚人，黄夜见我？”太颠答曰：“末将乃西岐神武将军太颠是也。今奉上大夫散宜生命，具有表礼。蒙大夫保全我主公性命，再造洪恩，高深莫极，每思毫无尺寸相补，以效涓涯，今特差末将有书投见。”费仲命太颠平身，将书拆开观看。书曰：

“西岐卑职散宜生顿首百拜①致书于上大夫费公恩主台下：久仰大德，未叩台端②，自愧驽骀，无缘执鞭③，梦想殊渴。

兹启：敝地恩主姬伯，冒言忤君，罪在不赦。深感大夫垂救之恩，得获生全。虽囚羑里，实大夫再赐之余生耳。不胜庆幸，其外又何敢望焉。职等因僻处一隅，未伸衔结④，日夜只有望帝京遥祝万寿无疆而已。

今特遣大夫太颠，具不腆之仪⑤，白璧二双，黄金百镒，表里四端，少曝西土众士民之微忱⑥，幸无以不恭见罪。但我主公以衰末残年，久羁羑里，情实可矜，况有倚闾⑦老母，幼子孤臣，无不日夜悬思，希图再睹，此亦仁人君子所共怜念者也。

恳祈恩台大开慈隐，法外施仁，一语回天，得赦归国，则恩台德海仁山，西土众姓，无不衔恩于世世矣。临书不胜悚慄待命之至！谨启。”

---

① 顿首百拜：以头叩地，跪拜多次。表示感激或尊敬。
② 台端：犹言尊处、尊驾或阁下。
③ 执鞭：持鞭驾车。意谓追随左右。
④ 衔结：比喻报恩。为“结草衔环”的省文。
⑤ 不腆（tiǎn）之仪：不丰厚的礼物。旧时送礼的谦辞。
⑥ 微忱：微薄的心意。
⑦ 倚闾（lǘ）：父母望子归来之心殷切。

费仲看了书共礼单，自思：“此礼价值万金，如今怎能行事。”(卑辞厚礼，君子尚且难拒，况奸佞乎?) 沉思半晌，乃分付太颠曰：“你且回去，多拜上散大夫，我也不便修回书。等我早晚取便，自然令你主公归国，决不有负你大夫相托之情。”太颠拜谢告辞，自回下处。不一时闳夭也往尤浑处送礼回至，二人相谈，俱是一样之言。二将大喜，忙收拾回西岐去讫不表。

自费仲受了散宜生礼物，也不问尤浑，尤浑也不问费仲，二人各推不知。一日，纣王在摘星楼与二臣下棋。纣王连胜了二盘，纣王大喜，传旨排宴。费、尤侍于左右，换盏传杯。正欢饮之间，忽纣王言起伯邑考鼓琴之雅，猿猴讴歌之妙，又论：“姬昌自食子肉，所论先天之数，皆系妄谈，何尝先有定数。”费仲乘机奏曰：“臣闻姬昌素有叛逆不臣之心，一向防备。臣于前数日着心腹往羑里探听虚实，羑里军民俱言姬昌实有忠义，每月逢朔望之辰，焚香祈求陛下国祚安康，四夷拱服，国泰民安，雨顺风调，四民乐业，社稷永昌，宫闱安静。陛下囚昌七载，并无一怨言。(此非常人所能) 据臣意，看姬昌真乃忠臣。”

纣王言曰：“卿前日言姬昌，外有忠诚，内怀奸诈，包藏祸心，非是好人，何今日言之反也?”费仲又奏曰：“据人言，昌或忠或佞，入耳难分，一时不辨，因此臣暗使心腹，探听真实，方知昌是忠耿之人。正所谓‘路遥知马力，日久见人心’。”纣王曰：“尤大夫以为何如?”尤浑启曰：“具费仲所奏，其实不差。据臣所言，姬昌数年困苦，终日羁囚，训羑里万民，万民感德，化行俗美，民知有忠孝节义，不知妄作邪为，所以民称姬昌为圣人，日从善类。陛下问臣，臣不敢不以实对。方才费仲不奏，臣亦上言矣。”纣王曰：“二卿所奏既同，毕竟姬昌是个好人。朕欲赦姬昌，二卿意下何如?”费仲曰：“姬昌之可赦不可赦，臣不敢主张，但姬昌忠孝之心，致羁羑里，毫无怨言，若陛下怜悯，赦归本国，是姬昌以死而之生，无国而有国，其感戴陛下再生之恩，岂有已时。此去必效犬马之劳，以不负生平报德酬恩，臣量姬昌以不死之年，忠心于陛下也。”

尤浑在侧，见费仲力保，想必也是得了西岐礼物，所以如此，“我岂可单让他做情，我一发使姬昌感激。”（千金之子，不死于市，岂虚言哉！）尤浑出班奏曰：“陛下天恩，既赦姬昌，再加一恩典，彼自然倾心为国。况今东伯侯姜文焕造反，攻打游魂关，大将窦荣大战七年，未分胜负。南伯侯鄂顺谋逆，攻打三山关，大将邓九公亦战七载，杀戮相半。刀兵竟无宁息，烽烟四起。依臣愚见，将姬昌反加一王封，假以白旄、黄钺，得专征伐，代劳天子，威镇西岐。（弄巧成拙，惹出祸端）况姬昌素有贤名，天下诸侯畏服，使东南两路知之，不战自退。正所谓举一人而不肖者远矣。”纣王闻奏大喜，曰：“尤浑才智双全，尤属可爱。费仲善挽贤良，实是可钦。”（佞臣配昏君，亡国标配）二臣谢恩。纣王即降赦条，单赦姬昌速离羑里。有诗为证：

天运循环大不同，七年方满出雕笼。
费尤受赂将言谏，社稷成汤画饼中。
加任文王归故土，五关父子又重逢。
灵台应兆飞熊至，渭水溪边遇太公。

且说使臣持赦出朝歌，众官闻知大喜。使臣竟往羑里而来，不题。

且说西伯侯在羑里之中，闲思长子之苦，被纣王醢尸，叹曰：“我儿生在西土，绝于朝歌，不听父言，遭此横祸。圣人不食子肉，我为父不得已而咬者，乃从权之计。”正思想邑考，忽一阵怪风，将檐瓦吹落两块在地，跌为粉碎。西伯惊曰：“此又是异征！”随焚香，将金钱搜求八卦，早解其情。姬伯点首叹曰：“今日天子赦至。”唤左右："天子赦到，收拾起行。"众随侍人等，未肯尽信。不一时，使臣传旨，赦书已到。西伯接赦礼毕。使臣曰："奉圣旨，单赦姬伯老大人。"

姬伯望北谢恩，随出羑里。只见羑父老牵羊担酒，簇拥道旁，跪接曰："千岁今日龙逢云彩，凤落梧桐，虎上高山，鹤栖松柏。七载蒙千岁教训抚字①，长幼皆知忠孝，妇女皆知贞洁，化行俗美，大小居民，不拘男妇，无不感激千岁洪恩。今一别尊颜，再不能得沾雨露。"左右泣下。（纣王若知姬昌民望如此，还肯放其归国否？）西伯亦泣而言曰："吾羁囚七载，毫无尺寸美意与尔众民，又劳酒礼，吾心不安。只愿尔等不负我常教之方，自然百事无亏，得享朝廷太平之福矣。"黎民越觉悲伤，远送十里，洒泪而别。西伯侯一日到了朝歌，百官在午门候接。只见微子、箕子、比干、微子启、微子衍、麦云、麦智、黄飞虎八谏议大夫都来见西伯侯。姬昌见众官慌忙行礼，慰曰："犯官七年未见众位大人，今一旦荷蒙天恩特赦，此皆叨列位大人之福荫，方能再见天日也。"众官见姬昌年迈，精神加倍，彼此慰喜。只见使命回旨。天子正在龙德殿，闻知候旨，命宣众官随姬昌朝见。只见姬昌缟素俯伏，奏曰："犯臣姬昌，罪不胜诛，蒙恩赦宥，虽粉骨碎身，皆陛下所赐之年。愿陛下万岁！"王曰："卿在羑里，七载羁囚，毫无一怨言，而反祈朕国祚绵长，求天下太平，黎民乐业，可见卿有忠诚，朕实有负于卿矣。今朕特诏，赦卿无罪。七载无辜，仍加封贤良忠孝百公之长，特专征伐。赐卿白旄、黄钺，坐镇西岐。每月加禄米一千石。文官二名，武将二员，送卿荣归。仍赐龙德殿筵宴，游街三日，拜阙谢恩。"西伯侯谢恩。彼时姬伯换服，百官称庆，就在龙德殿饮宴。怎见得：

① 抚字：指安抚、治理百姓的举措。

擦抹条台桌椅，铺设奇异华筵。左设妆花白玉瓶，右摆玛瑙珊瑚树。进酒宫娥双洛浦①，添香美女两嫦娥。黄金炉内麝檀香，琥珀杯中珍珠滴。两边围绕绣屏开，满座重铺销金簟②。金盘犀箸③，掩映龙凤珍馐，整整齐齐，另是一般气象。绣屏锦帐，围绕花卉翎毛，叠叠重重，自然彩色稀奇。

休夸交梨火枣④，自有雀舌牙茶⑤。火炮白杏，酱牙红姜。鹅梨、苹果、青脆梅，龙眼、枇杷、金赤橘。石榴盏大，秋柿球圆。又摆列兔丝、熊掌、猩唇、驼蹄，谁羡他凤髓、龙肝、狮睛、麟脯。漫斟那瑶池玉液，紫府琼浆；且吹他鸾箫凤笛，象板笙篁。

正是：西伯夸官先饮宴，蛟龙得水离泥沙。要的般般有，珍馐百味全。一声鼓乐动，正是帝王欢。

话说比干、微子、箕子，在朝大小官员，无有不喜赦姬昌。百官陪宴尽乐。文王谢恩出朝，三日夸官。怎见得文王夸官的好处？但见：

前遮后拥，五色幡摇。桶子枪朱缕荡荡，朝天凳艳色辉辉。左边钺斧右金瓜，前摆黄旌后豹尾。带刀力士增光彩，随驾官员喜气添。银交椅衬玉芙蓉，逍遥马饰黄金辔。走龙飞凤大红袍，暗隐团龙妆花绣。彩玉束带，箱成八宝。百姓争看西伯驾，万民

① 洛浦：洛水之滨。借指洛神。
② 簟（diàn）：供坐卧用的竹席。
③ 犀箸：以犀角制成的筷子。
④ 交梨火枣：道教经书中所说的“仙果”。
⑤ 雀舌牙茶：即雀舌茶，因形状小巧似雀舌而得名，是以嫩芽焙制的上等芽茶。

称贺圣人来。正是：霭霭香烟馨满道，重重瑞气罩台阶。

朝歌城中百姓，扶老携幼，拖男抱女，齐来看文王夸官。人人都道："忠良今日出雕笼，有德贤侯灾厄满。"文王在城中夸官两日，到未牌[1]时分，只见前面幡幢队伍，剑戟森罗，一枝人马到来。文王问曰："前面是那处人马？"两边启上："大王千岁：是武成王黄爷看操回来。"文王急忙下马，站立道旁，欠背打躬[2]。武成王见文王下马，即忙滚鞍下骑，称文王曰："大人前来，末将有失回避大驾，望乞恕罪。"乃曰："今贤王荣归，真是万千之喜。末将有一闲言奉启，不识贤王可容纳否？"西伯曰："不才领教。"武成王曰："此间离末将府第不远，薄具杯酒，以表芹意[3]，何如？"文王乃诚实君子，不会推辞谦让，随答曰："贤王之命，姬昌敢不领教。"

黄飞虎随携文王至王府，命左右快排筵宴。二王传杯欢饮，各谈些忠义之言。不觉黄昏，掌上画烛，武成王命左右且退。黄飞虎曰："今日大人之乐，实为无疆之福。但当今宠信邪佞，不听忠言，陷坏大臣，荒于酒色，不整朝纲，不容谏本，炮烙以退忠良之心，虿盆以阻谏臣之语。（与前文比干之语相似，可见已是共识）万姓慌慌，刀兵四起。东南两处已反四百诸侯，以贤王之德，尚有羑里困苦之羁，今已特赦，是龙归大海，虎入深山，金鳌脱钓，如何尚不醒悟！况且朝中无三日正条，贤王夸甚么官，显甚么王！何不早早飞出雕笼，见其故土，父子重逢，夫妻复会，何不为美。又何必在此网罗之中，做此吉凶未定之事也。"武成王只此数语，把个文王说的骨解筋酥，起而谢曰："大王真乃金石之言，提拔姬昌，此恩何以得报！奈昌欲去，五

① 未牌：中午前后的这一段时间，具体为十三时至十五时。
② 打躬：弯身，多用来形容恭顺恳求。
③ 芹意：谦辞。微薄的情意。

关有阻，奈何？”黄飞虎曰：“不难。铜符俱在吾府中。”须臾，取出铜符令箭，交与文王，随令改换衣裳，打扮夜不收号色，径出五关，并无阻隔。文王谢曰：“大王之恩，实是重生父母，何时能报！”此时二鼓①时候，武成王命副将龙环、吴贤，开朝歌西门，送文王出城去了。不知性命如何，且听下回分解。

总批

从来奸佞，只知贿赂可通，不管是非利害，误人家国。随转谗言，可黄而可白，可死而可生。自古及今，不知凡几。宜生此术，惜乎行之太晚！

又批

圣人不食子肉者，此经也；食子肉而避难者，此权也。经权原自合一，不可分之为两。非大圣人不能行，亦非大圣人不敢行，虽然在自视何如耳。若此身有关于天下不可少之人，则行权；若此身在天地间无甚关系，则行经。如是方称合一。不然，二者皆非。或曰：“文王易卦，可以前知，进朝已知有七年之厄，宁有不知其子有醢身之惨与食子肉而脱难耶？若不知而蹈之，终是不明；若知而使蹈之，亦为不仁。二者孰是？”余曰：“文王岂有不知之理！临行所以再三叮咛，毋使一人至商者，其意盖已深告之矣。然而，所以必蹈之者，此又数之难逃者耳。”

① 二鼓：古代夜晚用鼓打更，因此二更天也称为二鼓。夜间十时左右。

第二十一回　文王夸官逃五关

文王誇官逃五關

导读：雷震子是《封神演义》中原创的一个人物，也是未被写明结局的少数几个人物之一，还是不在《封神榜》内却最终“肉身成圣”的七人之一。按前文所述，雷震子乃是将星，和哪吒身为灵珠子转世一样，降生前原在神界有身份。这可能就是云中子为何主动要收他为徒的原因。而雷震子在吃了仙杏之后，面如蓝靛，巨口獠牙，还肋生双翅，这个形象像谁呢？很像雷公。在历史上，最初只有雷神，如《山海经·海内东经》中载：“雷泽中有雷神，龙身而人头，鼓其腹。”而雷公的形象则出现较晚，而且屡经变化。最初在《楚辞》《论衡》等书中，雷公还是一个普通士人的形象。而到了干宝的《搜神记》中，雷公的形象就变成了：唇如丹，目如镜，毛角长三尺余，状如六畜，头如猕猴。此后雷公的形象虽然屡经变化，但基本上逃不出人兽结合的形象。而宋代以来，道教雷法兴起，雷声普化天尊成为司掌雷霆的最高神，又形成了庞大的雷部神系。雷公下降成了雷部中的一个普通神将，有时也作为雷部神将的泛称。他的形象也逐渐稳定，最终形成了后世常见的状若力士，裸胸袒腹，背插两翅，额具三目，脸赤如猴的样子。雷震子虽然与雷部无关，但因为与天雷的因缘，作者还是借用了雷公的形象来塑造他。

诗曰：

黄公恩义救岐王，令箭铜符出帝疆。
尤费谗谋追圣主，云中显化济慈航。
从来德大难容世，自此龙飞兆瑞祥。
留有吐儿名誉在，至今齿角有余芳。

话说文王离了朝歌，连夜过了孟津，渡了黄河，过了渑池，前往临潼关而来不题。

且说朝歌城馆驿官见文王一夜未归，心下慌忙，急报费大夫府得知。左右通报费仲曰："外有驿官禀说，西伯文王一夜未归，不知何往。此事重大，不得不预先禀明。"费仲闻知，命："驿官且退，我自知道。"费仲沉思："事干自己身上，如何处治？"乃着堂候官，"请尤爷来商议。"少时，尤浑到费仲府，相见礼毕。仲曰："不道姬昌，贤弟保奏，皇上封彼为王，这也罢了。孰意皇上准行夸官三日，今方二日，姬昌逃归，不俟主命，必非好意。事干重大，且东南二路，叛乱多年，今又走了姬昌，使皇上又生一患。这个担儿谁担？为今之计，将如之何？"（西岐的贿赂不好拿）

尤浑曰："年兄且宽心，不必忧闷，我二人之事，料不能失手。且进内庭面君，着两员将官，赶去拿来，以正欺君负上之罪，速斩于市曹，何虑之有！"二人计议停当，忙整朝衣，随即入朝。纣王正在摘星楼赏玩。侍臣启驾："费仲、尤浑候旨。"王曰："宣二人上楼。"二人见王礼毕。王曰："二卿有何奏章来见？"费仲奏曰："姬昌深负陛下洪恩，不遵朝廷之命，欺藐陛下，夸官二日，不谢圣恩，不报王爵，暗自逃归，必怀歹意。恐回故土，以起猖獗之端。臣荐在前，恐后得罪。臣等预奏，请旨定夺。"

纣王怒曰："二卿曾言姬昌忠义，逢朔望焚香叩拜，祝祈风和雨顺，国泰民安，朕故此赦之。今日坏事，皆出二卿轻举之罪！"尤浑奏曰："自古人心难测，面从背违，知外而不知内，知内而不知心，正所谓'海枯终见底，人死不知心'。（此唐人杜荀鹤《感寓》诗中句）姬昌此去不远，陛下传旨，命殷破败、雷开点三千飞骑，赶去拿来，以正逃官之法。"纣王准奏，"速遣殷、雷二将，点兵追赶。"使命传旨。神武大将军殷破败、雷开领旨，往武成王府来调三千飞骑，出朝歌西门，一路上赶来。怎见得：

> 幡幢招展，三春杨柳交加；号带飘扬，七夕彩云披日。刀枪闪灼，三冬瑞雪弥天；剑戟森严，九月秋霜盖地。咚咚鼓响，汪洋大海起春雷；振地锣鸣，万劫山前飞霹雳。人似南山争食虎，马如北海混波龙。

不说追兵随后飞云掣电而来。且说文王自出朝歌，过了孟津，渡了黄河，望渑池大道徐徐而行，扮作夜不收[①]模样。文王行得慢，殷、雷二将赶得快，不觉看看赶上。文王回头，看见后面尘土荡起，远闻人马喊杀之声，知是追赶。文王惊得魂飞无地，仰天叹曰："武成王虽是为我，我一时失于打点，（黄飞虎既然有心为姬昌谋划，为何不寻一更稳妥方式离开？姬昌圣贤，竟也仓皇而逃。想是七年幽禁，终成惊弓之鸟也）黉夜逃归，想必当今知道，旁人奏闻，怪我私自逃回，必有追兵赶逐。此一拿回，再无生理。如今只得趱马[②]前行，以脱此厄。"文王这一回，似失林飞鸟，漏网惊鱼，那分南北，孰辨东西。文王心

① 夜不收：古代军队中的哨探。
② 趱（zǎn）马：催促马向前行。

忙似箭，意急如云，正是：仰面告天天不语，低头诉地地无言。只得加鞭纵辔①数番，恨不得马足腾云，身能生翅。远望临潼关不过二十里之程，后有追师，看看至近。文王正在危急。按下不题。

且说终南山云中子在玉柱洞中碧游床运其元神，守离龙，纳坎虎，猛的心血潮来。道人觉而有警，掐指一算，早知凶吉："呀！原来西伯灾厄已满，目下逢危。今日正当他父子重逢，贫道不失燕山之语。"叫："金霞童儿在那里？你与我后桃园中请你师兄来。"金霞童儿领命，往桃园中来，见了师兄道："师父有请。"雷震子答曰："师弟先行，我随即就来。"雷震子见了云中子下拜："不知师父有何分付？"云中子曰："徒弟，汝父有难，你可前去救援。"雷震子曰："弟子父是何人？"（七年之久，竟不告知其身世？）道人曰："汝父乃是西伯侯姬昌，有难在临潼关，你可往虎儿崖下寻一兵器来，待吾秘授你些兵法，好去救你父亲。（可谓临阵磨枪）今日正当子父重逢之日，后期好相见耳。"

雷震子领师父之命，离了洞府，径至虎儿崖下，东瞧西看，到各处寻不出甚么东西，又不知何物为兵器。雷震子寻思："我失打点。常闻兵器乃枪、刀、剑、戟、鞭、斧、瓜、锤，师父口言兵器，不知何物，且回洞中，再问详细。"（这七年竟不学兵习武）雷震子方欲转身，只见一阵异香扑鼻，透胆钻肝，不知在于何所。只见前面一溪涧下，水声潺潺，雷鸣隐隐。雷震子观看，只见稀奇景致，雅韵幽栖，藤缠桧柏，竹插颠崖，狐兔往来如梭，鹿鹤唳鸣前后，见了些灵芝隐绿草，梅子在青枝，看不尽山中异景。猛然间见绿叶之下，红杏二枚，雷震子心欢，顾不得高低险峻，攀藤扪葛②，手扯晃摇，将此二

① 纵辔（pèi）：放开马缰。
② 攀藤扪葛：意思是攀附着藤葛前进。极言道路艰难。

枚红杏摘于手中，闻一闻，扑鼻馨香，如甘露沁心，愈加甘美。雷震子暗思：“此二枚红杏，我吃一个，留一个带与师父。”雷震子方吃了一个，“怎么这等香美，津津异味！只是要吃。”不觉又将这个咬了一口。“呀！咬残了，不如都吃了罢。”（分明是故意引诱雷震子来吃）方吃了杏子，又寻兵器，不觉左胁①下一声响，长出翅来，拖在地下。雷震子吓得魂飞天外，魄散九霄。雷震子曰：“不好了！”忙将两手去拿住翅。只管拔，不防右边又冒出一只来。雷震子慌得没主意，吓得坐在地下。

原来两边长出翅来，不打紧，连脸都变了：鼻子高了，面如青靛，发似朱砂，眼睛暴湛，牙齿横生，出于唇外，身躯长有二丈。雷震子痴呆不语。只见金霞童子来到雷震子面前，叫曰：“师兄，师父叫你。”雷震子曰：“师弟，你看我，我都变了。”金霞曰：“你怎的来？”雷震子曰：“师父叫我往虎儿崖寻兵器去救我父亲，寻了半日不见，只寻得二枚杏子，被我吃了。可煞作怪，弄的青头红发，上下獠牙，又长出两边肉翅，教我如何去见师父？”金霞童子曰：“快去！师父等你！”（竟毫不惊讶，恐怕早已知晓）雷震子起来，一步走来，自觉不好看，二翅拖着，如同斗败了的鸡一般，不觉到了玉柱洞前。云中子见雷震子来，抚掌道：“奇哉！奇哉！”手指雷震子作诗：

“两枚仙杏安天下，一条金棍定乾坤。
风雷两翅开先辈，变化千端起后昆。
眼似金铃通九地，发如紫草短三髭。
秘传玄妙真仙诀，炼就金刚体不昏。”

① 左胁：身体左侧肋骨下方，位于胸部。

云中子作罢诗，命雷震子："随我进洞来。"雷震子随师父至桃园中。云中子取一条金棍传雷震子，上下飞腾，盘旋如风雨之声，进退有龙蛇之势，转身似猛虎摇头，起落像蛟龙出海，呼呼响亮，闪灼光明，空中展动一团锦，左右纷纭万簇花。云中子在洞中传的雷震子精熟，随将雷震子二翅左边用一"风"字，右边用一"雷"字，又将咒语诵了一遍，雷震子飞腾，起于半天，脚登天，头望下，二翅招展，空中俱有风雷之声。雷震子落地，倒身下拜，叩谢曰："师父有妙道玄机，今传弟子，使救父之厄，此乃莫大之洪恩也。"道人曰："你速往临潼关，救西伯侯姬昌，乃汝之父。速去速来，不可迟延。你救父送出五关，不许你同父往西岐，亦不许你伤纣王军将，功完速回终南，再传你道术。后来你弟兄自有完聚之日。"云中子分付毕，"你去罢！"

雷震子出了洞府，二翅飞起，霎时间飞至临潼关。见一山冈，雷震子落将下来，立在山冈之上，看了一会，不见形迹。雷震子自思："呀！我失于打点，不曾问吾师父，西伯侯文王不知怎么个模样，教我如何相见？"一言未了，只见那壁厢①一人，粉青毡笠，穿一件皂服②号衫，乘一骑白马，飞奔而来。雷震子曰："此人莫非是吾父也？"大叫一声曰："山下的可是西伯侯姬老爷么？"文王听的有人叫他，勒马抬头观看时，又不见人，只听的声气。文王叹曰："吾命合休！为何闻声不见人形，此必鬼神相戏。"原来雷震子面蓝，身上又是水合色，故此与山色交加，文王不曾看得明白，故有此疑。雷震子见文王住马停蹄，看一回，不言而又行，又叫曰："此位可是西伯侯姬千岁否？"

① 壁厢：边，旁。
② 皂服：旧时小吏所着的黑衣服。

文王抬头，猛见一人，面如蓝靛，发似朱砂，巨口獠牙，眼似铜铃，光华闪灼，吓的魂不附体。文王自忖：“若是鬼魅，必无人声，我既到此，也避不得了，他既叫我，我且上山，看他如何。”文王打马上山，叫曰：“那位杰士，为何认的我姬昌？”雷震子闻言，倒身下拜，口称：“父王，孩儿来迟，致父王受惊，恕孩儿不孝之罪。”文王曰：“杰士错认了。我姬昌一向无识，为何以父子相称？”雷震子曰：“孩儿乃是燕山收的雷震子。”文王曰：“我儿，你为何生得这个模样？你是终南山云中子带你上山，算将来方今七岁，你为何到此？”雷震子曰：“孩儿奉师法旨，下山来救父亲出五关，退追兵，故来到此。”文王听罢，吃了一惊，自思：“吾乃逃官，已自得罪朝廷，此子看他面色，也不是个善人，他若去退追兵，兵将都被他打死了，与我更加罪恶。待我且说他一番，以止他凶暴。”

文王叫：“雷震子，你不可伤了纣王军将，他奉王命而来。吾乃逃官，不遵王命，弃纣归西，我负当今之大恩。你若伤了朝廷命官，你非为救父，反为害父也。”（确是“恪守臣节”，已近乎愚忠，此专制帝王所推崇之西伯侯，非历史上谋划翦商之周文王也）雷震子答曰：“我师父也曾分付孩儿，教我不可伤他军将之命，只救父亲出五关便了，孩儿自劝他回去。”雷震子见那里追兵卷地而来，旗幡招展，锣鼓齐鸣，喊声不息，一派征尘，遮蔽旭日。雷震子看罢，便把胁下双翅，一声响，飞起空中，将一根黄金棍拿在手里，就把文王吓了一交，跌在地上不题。且说雷震子飞在追兵前面，一声响落在地下，用手把一根金棍柱在掌上，大叫曰：“不要来！”兵卒抬头。看见雷震子面如蓝靛，发似朱砂，巨口獠牙。军卒报与殷破败、雷开曰：“启老爷：前有一恶神阻路，凶势狰狞。”殷、雷二将大声喝退。二将纵马向前，来会雷震子。不知性命如何，且听下回分解。

总批

文王圣人也，当此大厄之后，自宜恬退静处，岂有夸官耀职之理。此在智者不为，西伯断无此事；此小说家粉饰之谈。独怪武成王知朝政日非，劝文王归国，则当名正言顺，约诸大臣，力奏西伯还国何不可之有；乃草草令西伯逃回，是先得悖逆之名，适来谗佞之口。西伯几至不免，是谁之咎与？

又批

小人之口无常，然而其心更险。费、尤二人当其受西伯之贿，则百计赞导，惟恐描写其不真；及至西伯逃回，又彼此为卸担之计。纣王亦明知之，然而终被其惑者，以其近而易狎，善于婉转弥缝耳。忠臣义士必不如是，为人君者幸鉴于兹。

第二十二回　西伯侯文王吐子

西伯侯文王吐子

导读：历史上的周朝确实有灵台。很多人单纯以为灵台就是周代的天文台，这样的理解就略显片面了。中国古代，特别是上古时期，天文不只是制定历法、观测星象的科学活动，更是兼具了政治和宗教属性的文化活动。君主通过颁布历法，即所谓“敬授民时”，来确定自己的正统性。同时，天文活动也带有通天、占星等宗教意味。因此，灵台不仅是周代的天文台，也是占星台，同时还是通天的坛场。《诗·大雅·灵台》郑笺云：“天子有灵台者，所以观祲象察气之妖祥也。”而随着历史的发展，灵台的作用更多偏重在了天文观测上。到西汉时，周代的灵台早已毁弃，汉朝在长安城郊重筑一台，初名为清台，后改为灵台。台上装备有浑仪、相风鸟和铜圭等天文仪器。东汉建立迁都洛阳后，汉光武帝又在洛阳平昌门南另建了一座灵台。由太史令主持全台工作，下设数十名工作人员，分别负责不同的观测任务，项目齐全，分工明确。洛阳的这座灵台在东汉灭亡后，又由曹魏和西晋继续使用，直到北魏时才被废弃。此后各朝各代虽然还都建有自己的天文观象台，但没有再正式使用“灵台”这个名字的了。

诗曰：

忍耻归来意可怜，只因食子泪难干。
非求度难伤天性，不为成忠贼爱缘。
天数凑来谁个是，劫灰聚处若为愆。
从来莫道人间事，自古分离总在天。

且说二将匹马当先，只见雷震子怎生模样，有赞为证：

天降雷鸣现虎躯，燕山出世托遗孤。
姬侯应产螟蛉子①，仙宅当藏不世珠。
秘授七年玄妙诀，长生两翅有风雷。
桃园传得黄金棍，鸡岭先将圣主扶。
目似金光飞闪电，面如蓝靛发如朱。
肉身成圣仙家体，功业齐天帝子图。
慢道姬侯生百子，名称雷震岂凡夫。

话说殷破败、雷开仗其胆气，厉声言曰："汝是何人，敢拦阻去路？"雷震子答曰："吾乃西伯文王第百子，雷震子是也。吾父王乃仁人君子，贤德丈夫，事君尽忠，事亲尽孝，交友以信，视臣以义，治民以礼，处天下以道，奉公守法，而尽臣节，无故而羁囚羑里，七载守命待时，全无嗔怒。今既放归，为何又来追袭，反复无常，岂是天子之所为！因此奉吾师法旨，下山特来迎接我父王归国，使吾父子重逢。你二人好好回去，不必言勇。吾师曾分付，不可伤人间众生，

① 螟蛉子：古人误认为蜾蠃养螟蛉为子，故把"螟蛉子"作为养子的代称。

故教汝速退便了。”

殷破败大笑曰：“好丑匹夫！焉敢口出大言，煽惑三军，欺吾不勇！”乃纵马舞刀来取雷震子。雷震子将手中棍架住，曰：“不要来！你想必要与我定个雄雌，这也可。只是奈我父王之言，师父之命，不敢有违。我且试一试与你看。”雷震子将胁下翅一声响飞起空中，有风雷之声，脚登天，头望下，看见西边有一山嘴，往外扑着，雷震子说：“待我把这山嘴打一棍你看。”一声响亮，山嘴滚下一半。雷震子转身落下来，对二将言曰：“你的头可有这山结实？”二将见此凶恶，魂不附体。二将言曰：“雷震子，听你之言，我等暂回朝歌见驾，且让你回去。”殷、雷二将见此光景，料不能胜他，只得回去。（前倨后恭，思之令人发笑）有诗为证：

一怒飞腾起在空，黄金棍摆气如虹。
霎时风响来天地，顷刻雷鸣遍宇中。
猛烈恍如鹏翅鸟，狰狞浑似鬼山熊。
从今丧却殷雷胆，束手归商势已穷。

话说殷、雷二将见雷震子这等骁勇，况且胁生双翼，遍体风雷，情知料不能取胜，免得空丧性命无益，故此将机就计，转回人马不表。

且说雷震子复上山来见文王。文王吓得痴了。雷震子曰：“奉父王之命，去退追兵，赶父王二将，一名是殷破败，一名是雷开，他二人被孩儿以好言劝他回去了。如今孩儿送父王出五关。”文王曰：“我随身自有铜符、令箭，到关照验，方可出关。”雷震子曰：“父王不必如此，若照铜符，有误父王归期。如今事已急迫，恐后面又有兵来，终是不了之局。待孩儿背父王，一时飞出五关，免得又有异端。”文王听罢，“我儿话虽是好，此马如何出得去?”雷震子曰：“且顾父王出关，马匹之事甚小。”文王曰：“此马随我患难七年，今日一旦便弃他，我心何忍?”雷震子曰：“事已到此，岂是好为此不良之事，君子所以弃小而全大。”文王上前，以手拍马，叹曰：“马！非昌不仁，庇你出关，奈恐追兵复至，我命难逃。我今别你，任凭你去罢，另择良主。”文王道罢，洒泪别马。有诗曰：

奉敕朝歌来谏主，同吾羑里七年囚。
临潼一别归西地，任你逍遥择主投。

且说雷震子曰：“父王快些，不必久羁。”文王曰：“背着我。你仔细些。”文王伏在雷震子背上，把二目紧闭，耳闻风响，不过一刻，已出了五关，来到金鸡岭，落将下来。雷震子曰：“父王，已出五关了。”文王睁开二目，已知是本土，大喜曰：“今日复见我故乡之地，皆赖孩儿之力！”雷震子曰：“父王前途保重！孩儿就此告归。”文王惊问曰：“我儿，你为何中途抛我，这是何说?”雷震子告曰：“奉师父之命，止救父亲出关，即归山洞。今不敢有违，恐负师言，孩儿有罪。父王先归家国，孩儿学全道术，不久下山，再拜尊颜。”雷震子叩头，与文王洒泪而别。（雷震子法术已远超常人，对付寻常兵马早已不在话下。若此时随姬昌回西岐，则后面许多战事只需他略施法术就可解决，故事便写不下去了。因此，必须让雷震子离开。这就如同《水浒传》中几次三番要将公孙胜支走，一样的道理）正是：世间万般哀苦事，无过死别共生离。雷震子回终南山回覆师父之命不题。

且说文王独自一人，又无马匹，步行一日。文王年纪高迈，跋涉艰难，抵暮，见一客舍，文王投店歇宿。次日起程，囊乏无资。店小儿[1]曰："歇房与酒饭钱，为何一文不与？"文王曰："因空乏到此，权且暂记，俟到西岐，着人加利送来。"店小儿怒曰："此处比别处不同。俺这西岐，撒不得野，骗不得人。西伯侯千岁以仁义而化万民，行人让路，道不拾遗，夜无犬吠，万民而受安康，湛湛尧天，朗朗舜日。好好拿出银子，算还明白，放你去，若是迟延，送你到西岐，见上大夫散宜生老爷，那时悔之晚矣。"（何不顺势前往西岐？）文王曰："我决不失信。"只见店主人出来问道："为何事吵闹？"店小儿把文王欠少饭钱说了一遍。店主人见文王年虽老迈，精神相貌不凡，问曰："你往西岐来做甚么事？因何盘费也无？我又不相识你，怎么记饭钱？说得明白，方可记与你去。"文王曰："店主人，我非别人，乃西伯侯是也。因囚羑里七年，蒙圣恩赦宥归国，幸逢吾儿雷震子救我出五关，因此囊内空虚。权记你数日，俟吾到西岐，差官送来，决不相负。"

那店家听得是西伯侯，慌忙倒身下拜，口称："大王千岁！子民肉眼有失接驾之罪！复请大王入内，进献壶浆，子民亲送大王归国。"文王问曰："你姓甚名谁？"店主人曰："子民姓申，名杰，五代世居于此。"文王大喜，问申杰曰："你可有马，借一匹与我骑了好行，俟归国必当厚谢。"申杰曰："子民皆小户之家，那有马匹。家下只有磨面驴儿，收拾鞍辔，大王暂借此前行，小人亲随伏侍。"文王大悦，离了金鸡岭，过了首阳山，一路上晓行夜住。时值深秋天气，只见金风飒飒，梧叶飘飘，枫林醉色，景物虽是堪观，怎奈寒鸟悲风，蛩声[2]惨切，况西伯又是久离故乡，睹此一片景色，心中如何安泰，恨不得一时就到西岐，与母子夫妻相会，以慰愁怀。按下文王

---

① 店小儿：似应作"店小二"。
② 蛩（qióng）声：蟋蟀的鸣声。

在路不表。

且说文王母太姜在宫中思想西伯，忽然风过三阵，风中竟带吼声。太姜命侍儿焚香，取金钱演先天之数，知西伯侯某日某时，已至西岐。太姜大喜，忙传令百官、众世子，（世子即诸侯之太子，只可有一，岂容有“众”？盖与前文龙王三太子之类相同，皆民间习惯称呼，作书人顺势采用而已）往西岐接驾。众文武与各位公子无不欢喜，人人大悦。西岐万民，牵羊担酒，户户焚香，氤氲拂道。文武百官与众位公子，各穿大红吉服。此时骨肉完聚，龙虎重逢，倍增喜气。有诗为证：

万民欢忭①出西岐，迎接龙车过九逵②。
羑里七年今已满，金鸡一战断穷追。
从今圣化过尧舜，目下灵台立帝基。
自古贤良周易少，臣忠君正助雍熙③。

且说文王同申杰行至西岐山，转过迢遥径路，依然又见故园，文王不觉心中凄惨，想：“昔日朝商之时，遭此大难，不意今日回归，又是七载。青山依旧，人面已非。”正嗟叹间，只见两杆红旗招展，大炮一声，簇拥一对人马。文王心中正惊疑未定，只见左有大将军南宫适，右有上大夫散宜生，引了四贤、八俊、三十六杰，辛甲、辛免、太颠，闳夭、祁恭、尹籍伏于道旁。次子姬发近前拜伏驴前曰：“父王羁縻异国，时月累更，为人子不能分忧代患，诚天地间之罪人，望父王宽恕。今日复睹慈颜，不胜欣慰！”文王见众文武、世子多人，不觉泪下，“孤想今日不胜凄惨。孤已无家而有家，无国而有

① 欢忭：喜悦。
② 九逵：四通八达的大道。后多指京城的大路。
③ 雍熙：和乐升平。

国，无臣而有臣，无子而有子，陷身七载，羁囚羑里，自甘老死，今幸见天日，与尔等复能完聚，睹此反觉凄惨耳。”

大夫散宜生启曰：“昔成汤王亦囚于夏台，一日还国，而有事于天下。今主公归国，更修德政，育养民生，俟时而动，安知今日之羑里，非昔之夏台乎？”文王曰：“大夫之言，岂是为孤之言，亦非臣下事上之理。昌有罪商都，蒙圣恩羁而不杀，虽七载之囚，正天子浩荡洪恩，虽顶踵①亦不能报。后又进爵文王，赐黄钺、白旄，特专征伐，赦孤归国。此何等殊恩！当尽臣节，捐躯报国，犹不能效涓涯之万一耳。大夫何故出此言，使诸文武而动不肖之念也。”（真内心所想，还是公开场合的场面话？）诸皆悦服。姬发近前，“请父王更衣乘辇。”文王依其言，换了王服，乘辇，命申杰同进西岐。一路上欢声拥道，乐奏笙簧，户户焚香，家家结彩。文王端坐鸾舆，两边的执事成行，幡幢蔽日。只见众民大呼曰：“七年远隔，未睹天颜，今大王归国，万民瞻仰，欲亲觌天颜，愚民欣慰。”文王听见众民如此，方骑逍遥马。众民欢声大振曰：“今日西岐有主矣！”人人欢悦，各各倾心。文王出小龙山口，见两边文武、九十八子相随，独不见长子邑考，因想其醢尸之苦，羑里自啖子肉，不觉心中大痛，泪如雨下。文王将衣掩面，作歌曰：

“尽臣节兮奉旨朝商，直谏君兮欲正纲常。谗臣陷兮囚于羑里，不敢怨兮天降其殃。邑考孝兮为父赎罪，鼓琴音兮屈害忠良。啖子肉兮痛伤骨髓，感圣恩兮位至文王。夸官逃难兮路逢雷震，命不绝兮幸济吾疆。今归西土兮团圆母子，独不见邑考兮碎裂肝肠！”

① 顶踵：指头顶和脚踵，比喻全身。

文王作罢歌，大叫一声："痛杀我也！"跌下逍遥马来，面如白纸。慌坏世子并文武诸人，急急扶起，搂在怀中，速取茶汤，连灌数口。只见文王渐渐重楼①中一声响，吐出一块肉羹。那肉饼就地上一滚，生出四足，长上两耳，望西跑去了。连吐三次，三个兔儿走了。众臣扶起文王，乘鸾舆至西岐城，进端门，到大殿。公子姬发扶文王入后宫，调理汤药。也非一日，文王其恙已愈。那日升殿，文武百官上殿朝贺毕，文王宣上大夫散宜生，拜伏于地。文王曰："孤朝天子，算有七年之厄，不料长子邑考为孤遭戮，此乃天数。（亦是人祸）荷蒙圣恩，特赦归国，加位文王，又命夸官三日，深感镇国武成王大德，送铜符五道，放孤出关。不期殷、雷二将，奉旨追袭，使孤势穷力尽，无计可施。束手待毙之时，多亏昔年孤因朝商途中，行至燕山收一婴儿，路逢终南山炼气士云中子带去，起名雷震，不觉七年。谁想追兵紧急，得雷震子救我出了五关。"散宜生曰："五关岂无将官把守，焉能出得关来？"

文王曰："若说起雷震子之形，险些儿吓杀孤家。七年光景，生得面如蓝靛，发似朱砂，胁生双翼，飞腾半空，势如风雷之状；用一根金棍，势似熊罴。他将金棍一下，把山尖打下一块来，故此殷、雷二将不敢相争，诺诺而退。雷震子回来，背着孤家，飞出五关，不须半个时辰，即是金鸡岭地面，他方告归终南山去了。孤不忍舍他。他道：'师命不敢违，孩儿不久下山，再见父王。'故此他便回去。孤独自行了一日，行至申杰店中，感申杰以驴儿送孤，一路扶持。命官重赏，使申杰回家。"宜生跪启曰："主公德贯天下，仁布四方，三分天下，二分归周，万民受其安康，百姓无不瞻仰。自古有云：'克念者，自生百福；作念者，自生百殃。'主公已归西土。真如龙归大

① 重楼：喉咙的别名。

海，虎复深山，自宜养时待动。况天下已反四百诸侯，而纣王肆行不道，杀妻诛子，制炮烙、虿盆，醢大臣，废先王之典，造酒池肉林，杀宫嫔，听妲己之所谗，播弃犁老，昵比罪人，拒谏诛忠，沉酗酒色，谓上天不足畏，谓善不足为，一意荒淫，罔有悛改。臣料朝歌不久属他人矣。”

言未毕，殿西来一人大呼曰：“今日大王已归故土，当得为公子报醢尸之仇！况今西岐雄兵四十万，战将六十员，正宜杀进五关，围住朝歌，斩费仲、妲己于市曹，废弃昏君，另立明主，以泄天下之忿！”文王听而不悦曰：“孤以二卿为忠义之士，西土赖之以安，今日出不忠之言，是先自处于不赦之地，而尚敢言报怨灭仇之语！天子乃万国之元首，纵有过，臣且不敢言，尚敢正君之过。父有失，子亦不敢语，况敢正父之失。所以‘君叫臣死，不敢不死；父叫子亡，不敢不亡’。为人臣子，先以忠孝为首，而敢直忤于君父哉？昌因直谏于君，君故囚昌于羑里，虽有七载之困苦，是吾愆尤，怎敢怨君，归善于己。古语有云：‘君子见难而不避，惟天命是从。’今昌感皇上之恩，爵赐文王，荣归西土，孤正当早晚祈祝当今，但愿八方宁息兵燹，万民安阜乐业，方是为人臣之道。从今二卿切不可逆理悖伦，遗讥[1]万世，岂仁人君子之所言也！”（夸官二日便潜逃，姬昌似非不知纣王为人）

南宫适曰：“公子进贡，代父赎罪，非有逆谋，如何竟遭醢尸之惨，情法难容，故当剿无道以正天下，此亦万民之心也。”文王曰：“卿只执一时之见，此是吾子自取其死。孤临行曾对诸子、文武有言：孤演先天数，算有七年之灾，切不可以一卒前来问安，候七年灾满，自然荣归。邑考不遵父训，自恃骄拗，执忠孝之大节，不知从

① 遗讥：见笑。

权，又失打点，不知时务进退，自己德薄才庸，情性偏执，不顺天时，致遭此醢身之祸。孤今奉公守法，不妄为，不悖德，硁硁以尽臣节，任天子肆行狂悖，（“任”字极妙，就是要放任纣王继续暴行，丧尽民心。以达“多行不义必自毙”之效果）天下诸侯自有公论，何必二卿首为乱阶，自持强梁①，先取灭亡哉。古云：‘五伦之中，惟有君亲恩最重；百行之本，当存忠孝义为先。’孤既归国，当以化行俗美②为先，民丰物阜为务，则百姓自受安康，孤与卿等共享太平。耳不闻兵戈之声，眼不见征伐之事，身不受鞍马之劳，心不悬胜败之扰，但愿三军身无披甲胄之苦，民不受惊慌之灾，即此是福，即此是乐，又何必劳民伤财，糜烂其民，然后以为功哉。”（前言近乎愚忠，此方透露真心，目的在休养生息，积蓄力量，不做出头鸟）

南宫适、散宜生听文王之训，顿首叩谢。文王曰：“孤思西岐正南欲造一台，名曰‘灵台’。孤恐木土之工非诸侯所作，劳伤百姓，然而造此灵台以应灾祥之兆。”散宜生奏曰：“大王造此灵台，既为应灾祥而设，乃为西土之民，非为游观之乐，何为劳民哉？况主公仁爱，功及昆虫草木，万姓无不衔恩。若大王出示，万民自是乐役。若大王不轻用民力，仍给工银一钱，任民自便，随其所欲，不去强他，这也无害于事。况又是为西土人民应灾祥之故，民何不乐为？”文王大喜：“大夫此言方合孤意。”随出示张挂各门。不知后事如何，且听下回分解。

总批

大圣人所存者化，所过者神，全不在世情上起见，于忠孝上

① 强梁：凶暴，强横。亦作“强良”。
② 化行俗美：教化得到推行，风俗美好。

犹自浑然。纣王无道，文王之德日益隆盛，宜代殷商而有天下，此不待有智者所深知也。散宜生、南宫适虽是大贤，终未窥见文王底蕴。所以孟夫子曰：“得百里之地而君之，皆能朝诸侯而有天下。行一不义，杀一不辜，不为也。”文王虽至三分有二归周，犹以服事殷，此所以为至圣。

又批

吐儿之说，此后人粉饰圣人食子之故，不知正不必尔也！圣人心同天地，无可无不可，总不出经权二字。识此者，可以语道矣。

第二十三回　文王夜梦飞熊兆

文王
夜夢
飛熊
兆

导读：文王之所以敢于画地为牢而不怕犯人逃跑，最主要的原因就在于自己占卜算卦极其精准，无论跑到哪里一算便知。在此前的内容里也能看到，周王室里精通此道的不止文王一人，而且都用“先天数”来称呼之，这就有点问题了。“先天数”这个称呼应当来源于先天象数，而先天象数的依据则是伏羲先天八卦。这看上去好像很合理，伏羲毕竟是三皇之一，年代在文王之前很久，文王及其家人学习掌握也很合理。可问题在于，所谓的伏羲先天八卦，是北宋时候才出现的。邵雍根据《周易》与道教思想，重新构造了一个八卦系统，即乾南坤北、离东坎西、震东北、兑东南、巽西南、艮西北的卦位，以及乾一、兑二、离三、震四、巽五、坎六、艮七、坤八的卦数。这套八卦被邵雍称作“先天八卦”，托名伏羲。而传统的离南坎北、震东兑西、巽东南、坤西南、乾西北、艮东北的卦位，坎一、坤二、震三、巽四、中宫五、乾六、兑七、艮八、离九的卦数，则被称作“后天八卦”，托名文王。可见，先天八卦乃是宋儒邵雍的发明，西周的文王如何能晓得？只不过在邵雍之后，很多人认可了他的这套八卦。到明清时期，这套八卦更是成为了一种“常识”，想必作者在写作时也就顺手用了。

诗曰：

文王守节①尽臣忠，仁德兼施造大工。
民力不教胼胝②碎，役钱常赐锦缠红。
西岐社稷如磐石，纣王江山若浪从。
谩道孟津天意合，飞熊入梦已先通。

话说文王听散宜生之言，出示张挂西岐各门，惊动军民，都来争瞧告示。只见上书曰：

“西伯文王示谕军民人等知悉：西岐之境，乃道德之乡，无兵戈用武之扰，民安物阜，讼减官清③。孤因羑里羁縻，蒙恩赦宥归国。因见通来灾异频仍，水潦失度，及查本土，占验灾祥，竟无坛址。昨观城西有官地一隅④，欲造一台，名曰‘灵台’，以占风候，看验民灾。又恐土木工繁，有伤尔军民力役，特每日给工银一钱支用。此工亦不拘日之近远，但随民便。愿做工者即上簿造名，以便查给，如不愿者，各随尔经营，并无逼强。想宜知悉，谕众通知。”

话说西岐众军民人等一见告示，大家欢悦，齐声言曰：“大王恩德如天，莫可图报。我等日出而嬉游，日落而归宿，坐享承平之福，

① 守节：坚守节操，不做逾礼的事。
② 胼胝（pián zhī）：俗称“老茧”，手掌或足底因长期受压和摩擦而形成增厚的角质层。
③ 讼减官清：诉讼稀少，官员清廉。
④ 一隅：一个地方。

是皆大王之所赐。今大王欲造灵台，尚言给领工钱，我等虽肝脑涂地，手胼足胝，亦所甘心。况且为我百姓占验灾祥之设，如何反领大王工银也？”一郡军民无不欢悦，情愿出力造台。（取之于民，用之于民，方有此效）散宜生知民心如此，抱本进内启奏。文王曰：“军民既有此义举，随传旨散给银两。”众民领讫。文王对散宜生曰：“可选吉日，破土兴工。”众民用心，着意搬泥运土，伐木造台。正是：窗外日光弹指过，席前花影座间移。又道是：行见落花红满地，霎时黄菊绽东篱。造灵台不过旬月，管工官来报工完。文王大喜，随同文武多官排鸾舆出郭，行至灵台观看，雕梁画栋，台砌巍峨，真一大观也。有赋为证。赋曰：

台高二丈，势按三才。上分八卦合阴阳，下属九宫定龙虎。四角有四时之形，左右立乾坤之象。前后配君臣之义，周围有风云之气。此台上合天心，下合地户，中合人意。上合天心应四时，下合地户属五行，中合人意风调雨顺。文王有德，使万物而增辉；圣人治世，感百事而无逆。灵台从此立王基，验照灾祥扶帝主。正是：治国江山茂，今日灵台胜鹿台。（灵台与鹿台相对，暗示文王已与纣王地位相等，且有胜过之势）

话说文王随同两班文武上得灵台，四面一观，文王默然不语。时有上大夫散宜生出班奏曰：“今日灵台工完，大王为何不悦？”文王曰：“非是不悦。此台虽好，台下欠少一池沼以应‘水火既济①，合配阴阳’之意。孤欲再开沼池，又恐劳伤民力，故此郁郁耳。”宜生启曰：“灵台之工，甚是浩大，尚且不日而成，况于台下一沼，其工

① 水火既济：即既济卦，为阴阳和谐之象。

甚易。”宜生忙传王旨：“台下再开一沼池，以应‘水火既济’之意。”说言未了，只见众民大呼曰：“小小池沼，有何难成，又劳圣虑！”众人随将带来锹锄，一时挑挖，内中挑出一付枯骨，众人四路抛掷。文王在台上，见众人抛此枯骨。王问曰：“众民抛此何物？”左右启奏曰：“此地撅起一付人骨，众人故此抛掷。”

文王急传旨，命众人：“将枯骨取来，放在一处，用柜盛之，埋于高阜①之地。岂有因孤开沼而暴露此骸骨，实孤之罪也。”（真圣人也。修鹿台敲骨吸髓，建灵台泽及枯骨，天道民心何归，不言自明）众人听见此言，大呼曰：“圣德之君，泽及枯骨，何况我等人民，不沾雨露之恩。真是广施人意，道合天心，西岐万民获有父母矣！”（遭逢仁君、暴君，全凭天意，可为一叹）众民欢声大悦。文王因在灵台看挖沼池，不觉天色渐晚，回驾不及。文王随文武在灵台上设宴，君臣共乐。席散之后，文武在台下安歇。文王台上设绣榻而寝。时至三更，正值梦中，忽见东南一只白额猛虎，胁生双或翼，望帐中扑来。孤急呼左右，只听台后一声响亮，火光冲霄，文王惊醒，吓了一身香汗，听台下已打三更。文王自思：“此梦主何凶吉？待到天明，再作商议。”（何不自卜一卦？）有诗曰：

文王治国造灵台，文武锵锵②保驾来。
忽见沼池枯骨现，命将高阜速藏埋。
君臣共乐传杯盏，夜梦飞熊扑帐开。
龙虎风云从此遇，西岐方得栋梁才。

① 高阜：高的土山。
② 锵（qiāng）锵：盛多貌。

话说次早文武上台，参谒已毕。文王曰："大夫散宜生何在？"宜生出班见礼曰："有何宣召？"文王曰："孤今夜三鼓，得一异梦，梦见东南有一只白额猛虎，胁生双翼，望帐中扑来，孤急呼左右，只见台后火光冲霄，一声响亮，惊醒，乃是一梦。此兆不知主何吉凶？"散宜生躬身贺曰："此梦乃大王之大吉兆，主大王得栋梁之臣，大贤之客，真不让风后、伊尹之右。"文王曰："卿何以见得如此？"宜生曰："昔商高宗曾有飞熊入梦，得傅说[①]于版筑之间；今主公梦虎生双翼者，乃熊也。又见台后火光，乃火煅物之象。今西方属金，金见火必煅；煅炼寒金，必成大器。此乃兴周之大兆。故此臣特欣贺。"（解得甚为迂曲牵强）众官听罢，齐声称贺。文王传旨回驾，心欲访贤，以应此兆不题。

且言姜子牙自从弃却朝歌，别了马氏，土遁救了居民，隐于磻溪，垂钓渭水。子牙一意守时候命，不管闲非，日诵《黄庭》[②]，（奇哉，奇哉，论时间《黄庭经》成于魏晋，论教派《黄庭经》属于尊奉灵宝天尊之上清道，姜子牙如何诵的？想来此处只是用典而已）悟道修真。若闷时，持丝纶倚绿柳而垂钓。时时心上昆仑，刻刻念随师长，难忘道德，朝暮悬悬。一日，执竿叹息，作诗曰：

"自别昆仑地，俄然二四年。
商都荣半载，直谏在君前。
弃却归西土，磻溪执钓先。
何日逢真主，披云再见天。"

---

① 傅说：亦称"傅兑"。商王武丁大臣。相传原是奴隶，后被武丁任为大臣，治理国政，王朝得以振兴。

②《黄庭》：指《黄庭经》。道教的经典著作。

子牙作罢诗，坐于垂杨之下。只见滔滔流水，无尽无休，彻夜东行，熬尽人间万古。正是：惟有青山流水依然在，古往今来尽是空。子牙叹毕，只听得一人作歌而来：

“登山过岭，伐木丁丁。随身板斧，砍劈枯藤。崖前兔走，山后鹿鸣。树梢异鸟，柳外黄莺。见了些青松桧柏，李白桃红。无忧樵子，胜似腰金。担柴一石，易米三升。随时菜蔬，沽酒一瓶。对月邀饮，乐守孤林。深山幽僻，万壑无声。奇花异草，逐日相侵。逍遥自在，任意纵横。”

樵子歌罢，把一担柴放下，近前少憩，问子牙曰：“老丈，我常时见你在此，执竿钓鱼，我和你像一个故事。”子牙曰：“像何故事？”樵子曰：“我与你像一个‘渔樵问答’。”子牙大喜：“好个‘渔樵问答’。”樵子曰：“你上姓？贵处？缘何到此？”子牙曰：“吾乃东海许州人也。姓姜，名尚，字子牙，道号飞熊。”樵子听罢，扬笑不止。子牙问樵子曰：“你姓甚？名谁？”樵子曰：“吾姓武，名吉，祖贯西岐人氏。”子牙曰：“你方才听吾姓名，反加扬笑者，何也？”武吉曰：“你方才言号飞熊，故有此笑。”子牙曰：“人各有号，何以为笑？”樵子曰：“当时古人、高人、圣人、贤人，胸藏万斛珠玑①，腹隐无边锦绣，如风后、老彭②、傅说、常桑、伊尹之辈，方称其号，似你也有此号，名不称实，故此笑耳。我常时见你伴绿柳而垂丝，别无营运，守株而待兔，看此清波，无识见高明，为何亦称道号？”

① 万斛（hú）珠玑：此处比喻学识渊博。
② 老彭：商代的贤人。

武吉言罢，却将溪边钓竿拿起，见线上叩①一针而无曲。樵子抚掌②大笑不止，对子牙点头叹曰："有智不在年高，无谋空言百岁。"樵子问子牙曰："你这钩线何为不曲？古语云：'且将香饵钓金鳌。'我传你一法，将此针用火烧红，打成钩样，上用香饵，线上又用浮子，鱼来吞食，浮子自动，是知鱼至，望上一拎，钓挂鱼腮，方能得鲤，此是捕鱼之方。似这等钓，莫说三年，便百年也无一鱼到手。可见你智量愚拙，安得妄曰飞熊！"（武吉非恶人，只是凡愚之人如何识得真仙家？亦与马氏相同）子牙曰："你只知其一不知其二。老夫在此，名虽垂钓，我自意不在鱼，吾在此不过守青云而得路，拨阴翳而腾霄，岂可曲中而取鱼乎！非丈夫之所为也。吾宁在直中取，不向曲中求，不为锦鳞设，只钓王与侯。吾有诗为证：

短杆长线守磻溪，这个机关那个知？
只钓当朝君与相，何尝意在水中鱼。"

武吉听罢，大笑曰："你这个人也想王侯做？看你那个嘴脸，不像王侯，你到像个活猴！"子牙也笑着曰："你看我的嘴脸不像王侯，我看你的嘴脸也不甚么好。"武吉曰："我的嘴脸比你好些。吾虽樵夫，真比你快活：春看桃杏，夏玩荷红，秋看黄菊，冬赏梅松。我也有诗：

担柴货卖长街上，沽酒回家母子欢。
伐木只知营运乐，放翻天地自家看。"

① 叩：应作扣。
② 抚掌：拍手。多表示高兴或得意。

子牙曰："不是这等嘴脸。我看你脸上的气色不甚么好。"武吉曰："你看我的气色怎的不好？"子牙曰："你左眼青，右眼红，今日进城打死人。"武吉听罢，叱之曰："我和你闲谈戏语，为何毒口伤人！"（确是正常反应）

武吉挑起柴，径往西岐城中来卖。不觉行至南门，却逢文王车驾往灵台，占验灾祥之兆。随侍文武出城，两边侍卫甲马御林军人大呼曰："千岁驾临，少来！"武吉挑着一担柴往南门来，市井道窄，将柴换肩，不知塌了一头，番转尖担，把门军[1]王相夹耳门[2]一下，即刻打死。两边人大叫曰："樵子打死了门军！"即时拿住，来见文王。文王曰："此是何人？"两边启奏："大王千岁，这个樵子不知何故打死门军王相。"文王在马上问曰："那樵子叫甚名字？为何打死王相？"武吉启曰："小人就是西岐的良民，叫作武吉。因见大王驾临，道路窄狭，将柴换肩，误伤王相。"文王曰："武吉既打死王相，理当抵命。"（太不讲情理）

随即就在南门画地为牢，竖木为吏，将武吉禁于此间，文王往灵台去了。纣时画地为牢，止西岐有此事。东、南、北，连朝歌俱有禁狱，惟西岐因文王先天数，祸福无差，因此人民不敢逃匿，所以画地为狱，民亦不敢逃去。但凡人走了，文王演先天数，算出拿来，加倍问罪。以此顽猾之民，皆奉公守法，故曰"画地为狱"。且说武吉禁了三日，不得回家。（这三日吃喝怎来？）武吉思："母无依，必定倚闾而望，况又不知我有刑陷之灾。"因思母亲，放声大哭，行人围看。

其时散宜生往南门过，忽见武吉悲声大痛，散宜生问曰："你是前日打死王相的，杀人偿命，理之常也，为何大哭？"武吉告曰：

---

① 门军：守门的士兵。
② 耳门：经穴名。出自《针灸甲乙经》。属手少阳三焦经。位于耳前，当耳屏上切迹前方凹陷处。

“小人不幸逢遇冤家，误将王相打死，理当偿命，安得埋怨？只奈小人有母，七十有余岁，小人无兄无弟，又无妻室，母老孤身，必为沟渠饿殍①，尸骸暴露，情切伤悲，养子无益，子丧母亡，思之切骨，苦不敢言。小人不得已，放声大哭。不知回避，有犯大夫，望祈恕罪。”（确是个孝子，小说中莽撞之人大多孝母，如李逵之流）散宜生听罢，默思久之：“若论武吉打死王相，非是斗殴杀伤人命，不过挑柴误塌尖担，打伤人命，自无抵偿之理。”宜生曰：“武吉不必哭，我往见千岁启一本，放你回去，办你母亲衣衾、棺木，柴米养身之资，你再等秋后以正国法。”武吉叩头，“谢老爷天恩！”

宜生一日进便殿，见文王朝贺毕，散宜生奏曰：“臣启大王：前日武吉打伤王相人命，禁于南门。臣往南门，忽见武吉痛哭。臣问其故，武吉言有老母七十余岁，止生武吉一人，况吉上无兄弟，又无妻室，其母一无所望，吉遭国法，羁陷莫出，思母必成沟渠之鬼，因此大哭。臣思王相人命，原非斗殴，实乃误伤，况武吉母寡身单，不知其子陷身于狱。据臣愚念，且放武吉归家，以办养母之费，棺木、衣衾之资，完毕，再来抵偿王相之命。臣请大王旨意定夺。”文王听宜生之言，随准行：“速放武吉回家。”（此事处理极为不当，武吉误伤人民，论罪应当减死，不至于偿命。其母孤老，可遣人问恤甚至赡养，无须放武吉回家。以文王之圣，散宜生之智，竟也糊涂至此？盖不如此则不能引出后面故事，亦属强凑）诗曰：

文王出郭②验灵台，武吉担柴惹祸胎。
王相死于尖担下，子牙八十运才来。

① 饿殍（piǎo）：亦作“饿莩”。饿死的人。
② 郭：一作“廓”，亦称“郛”。外城。古代在城的外围加筑的一道城墙。

话说武吉出了狱，可怜思家心重，飞奔回来。只见母亲倚闾而望，见武吉回来，忙问曰："我儿，你因甚么事，这几日才来？为母在家，晓夜不安，又恐你在深山穷谷被虎狼所伤，使为娘的悬心吊胆，废寝忘餐，今日见你，我心方落。不知你为何事，今日才回？"武吉哭拜在地曰："母亲，孩儿不幸前日往南门卖柴，遇文王驾至，我挑柴闪躲，塌了尖担，打死门军王相。文王把孩儿禁于狱中。我想母亲在家中悬望，又无音信，上无亲人，单身只影，无人奉养，必成沟壑之鬼，因此放声大哭。多亏上大夫散宜生老爷启奏文王，放我归家，置办你的衣衾、棺木、米粮之类，打点停当，孩儿就去偿王相之命。母亲，你养我一场无益了！"道罢大哭。其母听见儿子遭此人命重情，魂不附体，一把扯住武吉，悲声哽咽，两泪如珠，对天叹曰："我儿忠厚半生，并无欺妄，孝母守分，今日有何罪得与天地，遭此陷阱之灾。我儿，你有差迟，为娘的焉能有命！"（着实凄惨）

武吉曰："前一日，孩儿担柴行至磻溪，见一老人执竿垂钓，线上拴着一个针，在那里钓鱼。孩儿问他：'为何不打弯了，安着香饵钓鱼？'那老人曰：'宁在直中取，不在曲中求。非为锦鳞，只钓王侯。'孩儿笑他：'你这个人也想做王侯，你那嘴脸，也不像个王侯，倒像一个活猴！'那老人看看孩儿曰：'我看你的嘴脸也不好。'我问他：'我怎的不好？'那老人说孩儿'左眼青，右眼红，今日必定打死人'，确确的，那一日打死了王相。我想那老人嘴极毒，想将起来可恶。"其母问吉曰："那老人姓甚，名谁？"武吉曰："那老人姓姜，名尚，字子牙，道号飞熊。因他说出号来，孩儿故此笑他，他才说出这样破话。"老母曰："此老善相，莫非有先见之明？我儿，此老人你还去求他救你，此老必是高人。"（老母亲有大见识）武吉听了母命，收拾径往磻溪来见子牙。不知后事如何，且听下回分解。

总批

从来仁贤应运而生，必有异兆，方能侧陋升闻。当年帝赉良弼，梦入飞熊，此皆帝心简在，良有以也。但小说家必假吉凶祸福，以武吉一段插入，以神其说。此皆不解文王子牙之遇合者也。

又批

子牙、武吉以渔樵问答相称，大是好光景。只是武吉愚而冷，子牙达而热，俱有用世心肠，物外意趣。子牙因武吉而成名，武吉因子牙而脱难，可称良对。

又批

当日武吉罪名，原有应得之典。只文王、散宜生俱不分析明白，致武吉逃隐。后来竟成儿戏套头，宜生不能辞责。

第二十四回　渭水文王聘子牙

渭水文王聘子牙

导读：文王梦到飞熊，于是在渭水之畔遇到姜子牙，这个故事很多人都耳熟能详。但有一点不能不让人感到疑惑："虎生双翼"怎么就是熊了呢？在《史记·齐太公世家》中，对此事的记载有很大不同。首先，文王并没有做梦，而是在打猎之前命人占卜，占卜的结果是："所获非龙非彲（同"螭"），非虎非罴；所获霸王之辅"。这里面的"罴"是熊的一种，即棕熊。很有可能是这里的"非罴"在流传中讹传成了"飞熊"，然后又被人参考商王武丁梦到贤人傅说的故事，编造出来了文王梦到飞熊，于是遇到姜子牙的故事。再后来，甚至直接编造了姜子牙的道号就是"飞熊"，以求与梦境相联系。而在更早期的《孟子》中，却又讲述了一个与我们熟知的渭水垂钓故事完全不同的版本。在《孟子》的《离娄》与《尽心》两篇中都曾提到，姜子牙为了躲避纣王，隐居的地方是"东海之滨"，而不是渭水之畔。姜子牙也是听闻了文王的德行名声之后，主动前往西岐投靠的，而不是文王求贤或者打猎偶然遇到的。这两种说法孰是孰非，抑或都不是史实，目前还难有结论。

诗曰：

别却朝歌隐此间，喜观绿水绕青山。
《黄庭》两卷消长昼，金鲤三条了笑颜。
柳内莺声来呖呖①，岸旁溜响听潺潺②。
满天华露③开祥瑞，赢得文王仙驾扳。

话说武吉来到溪边，见子牙独坐垂杨之下，将鱼竿飘浮绿波之上，自己作歌取乐。武吉走至子牙之后，欸欸叫曰："姜老爷！"子牙回首，看见武吉，子牙曰："你是那一日在此的樵夫？"武吉答曰："正是。"子牙曰："你那一日可曾打死人么？"武吉慌忙跪泣告曰："小人乃山中蠢子，执斧愚夫，那知深奥。肉眼凡胎，不识老爷高明隐达之士，前日一语，冒犯尊颜。老爷乃大人之辈，不是我等小人，望姜老爷切勿记怀，大开仁慈广施恻隐，只当普济群生！那日别了老爷，行至南门，正遇文王驾至，挑柴闪躲，不知塌了尖担，果然打死门军王相。此时文王定罪，理合抵命。小人因思母老无依，终久必成沟壑之鬼，蒙上大夫散宜生老爷为小人启奏文王，权放归家，置办母事完备，不日去抵王相之命。以此思之，母子之命依旧不保，今日特来叩见姜老爷，万望怜救毫末余生，得全母子之命。小人结草衔环，犬马相报，决不敢有负大德！"（态度倒是诚恳）

子牙曰："数定难移。你打死了人，宜当偿命，我怎么救得你？"武吉哀哭拜求曰："老爷恩施，昆虫草木，无处不发慈悲，倘救得母子之命，没齿难忘！"子牙见武吉来意虔诚，亦且此人后必有贵，子

① 呖呖：象声词，形容鸟类清脆悦耳的叫声。
② 潺（chán）潺：形容流水声。
③ 华露：露水。

牙曰："你要我救你，你拜吾为师，我方救你。"（转祸为福矣）武吉听言，随即下拜。子牙曰："你既为吾弟子，我不得不救你。如今你速回到家，在你床前，随你多长，挖一坑堑，深四尺。你至黄昏时候，睡在坑内，叫你母亲于你头前点一盏灯，脚头点一盏灯。或米也可，或饭也可，抓两把撒在你身上，放上些乱草。睡过一夜起来，只管去做生意，再无事了。"武吉听了，领师之命，回到家中，挖坑行事。有诗为证。诗曰：

文王先天数，子牙善厌星①。
不因武吉事，焉能涉帝廷。
磻溪生将相，周土产天丁②。
大造③原相定，须教数合冥④。（真乃作者强令也）

话说武吉回到家中，满面喜容。母说："我儿，你去求姜老爷，此事如何？"武吉对母亲一一说了一遍。母亲大喜，随命武吉挖坑点灯不题。

且说子牙三更时分，披发仗剑，踏罡布斗⑤，掐诀结印，随与武吉厌星。次早，武吉来见子牙，口称"师父"，下拜。子牙曰："既拜吾为师，早晚听吾教训。打柴之事，非汝长策，早起挑柴货卖，到中时来讲谈兵法。方今纣王无道，天下反乱四百镇诸侯。"武吉曰："老师父，反了那四百镇诸侯？"子牙曰："反了东伯侯姜文焕，领兵

① 厌星：一种扰乱天机，使天机出现假象的道法。
② 天丁：指有天运在身的男子，与前句"将相"对照。"将相"指姜子牙，"天丁"当指武吉。
③ 大造：指大功劳或大恩德。也指天地或大自然。
④ 合冥：暗合。
⑤ 踏罡（gāng）布斗：道教法师祈天或作法的步伐，表示脚踏在天宫罡星斗宿之上。

四十万，大战游魂关；南伯侯鄂顺反了，领三十万人马，攻打三山关。我前日仰观天象，见西岐不久刀兵四起，离乱发生。此是用武之秋，上心学艺，若能得功出仕，便是天子之臣，岂是打柴了事。古语有云：'将相本无种，男儿当自强。'又曰：'学成文武艺，货与帝王家。'也是你拜我一场。”（原来是要为西岐造一大将）武吉听了师父之言，早晚上心，不离子牙，精学武艺，讲习《六韬》① 不表。

话说散宜生一日想起武吉之事，一去半载不来。宜生入内庭见文王，启奏曰：“武吉打死王相，臣因见彼有老母在家，无人养侍，奏过主公，放武吉回家，办其母棺木日费之用即来。岂意彼竟欺灭国法，今经半载，不来领罪，此必狡猾之民，大王可演先天数以验真实。”（西岐岂无执法之吏，此等小事也要上大夫亲自过问?）文王曰：“善。”随取金钱，占演凶吉。文王点首叹曰：“武吉亦非猾民，因惧刑自投万丈深潭已死。若论正法，亦非斗殴杀人，乃是误伤人命，罪不该死。（终于明白过来）彼反惧法身死，如武吉深为可悯！”叹息良久，君臣各退。

正是拈指光阴似箭，果然岁月如流。文王一日与文武闲居无事，见春和景媚，柳舒花放。桃李争妍，韶光正茂。文王曰：“三春景色繁华，万物发舒，襟怀爽畅，孤同诸子、众卿，往南郊寻青踏翠，共乐山水之欢，以效寻芳之乐。”散宜生近前启曰：“主公，昔日造灵台，夜兆飞熊，主西岐得栋梁之才，主君有贤辅之佐。况今春光晴爽，花柳争妍，一则围幸于南郊，二则访遗贤于山泽。臣等随使，南宫适、辛甲保驾，正尧舜与民同乐之意。”文王大悦，随传旨：“次早南郊围幸行乐。”（君臣同乐，犹不忘为国求贤。对比纣王纵欲享乐，不

①《六韬》：由周初太公望（即吕尚、姜子牙）所著，全书以太公与文王、武王对话的方式编成。《六韬》分别以文、武、龙、虎、豹、犬为标题，各为一卷。

理朝政。谁兴谁亡，一眼可知）次日，南宫适领五百家将出南郊，步一围场。众武士披执，同文王出城，行至南郊。怎见得好春光景致：

和风飘动，百蕊争荣，桃红似火，柳嫩成金。萌芽初出土，百草已排新。芳草绵绵铺锦绣，娇花袅袅斗春风。林内清奇鸟韵，树外氤氲烟笼。听黄鹂、杜宇①唤春回，遍访游人行乐。絮飘花落溶归棹②，又添水面文章。见几个牧童短笛骑牛背，见几个田下锄人速手忙，见几个摘桑拎着桑篮走，见几个采茶歌罢入茶筐。一段青，一段红，春光富贵；一园花，一园柳，花柳争妍。无限春光观不尽，溪边春水戏鸳鸯。人人贪恋春三月，留恋春光却动心。劝君休错三春景，一寸光阴一寸金。

话说文王同众文武出郊外行乐，共享三春之景。行至一山，见有围场，步成罗网。文王一见许多家将披坚执锐，手持扫杆钢叉，黄鹰猎犬，雄威万状。怎见得：

烈烈旌旗似火，辉辉皂盖遮天。锦衣绣袄驾黄鹰，花帽征衣牵猎犬。粉青毡笠，打洒朱缨。粉青毡笠，一池荷叶舞清风；打洒朱缨，开放桃花浮水面。

只见：赶獐猎犬，钻天鹞子带红缨；捉兔黄鹰，拖帽金彪双凤翅。黄鹰起去，空中咬坠玉天鹅；恶犬来时，就地拖翻梅花鹿。青锦白吉，锦豹花彪。青锦白吉，遇长杆血溅满身红；锦豹花彪，逢利刃血淋山土赤。野鸡着箭，穿住二翅怎能飞；鸬

① 杜宇：传说中的古代蜀国国王。亦指杜鹃鸟。
② 归棹：返航的船只。

鹚[1]遭叉，扑地翎毛难展挣。大弓射去，青妆白鹿怎逃生；药箭来时，练雀斑鸠难回避。

旌旗招展乱纵横，鼓响锣鸣声呐喊。打围人个个心猛，与猎将各各欢欣。登崖赛过搜山虎，跳涧犹如出海龙。火炮钢叉连地滚，窝弓[2]伏弩傍空行。长天听有天鹅叫，开笼又放海东青。

话说文王见这样个光景，忙问："上大夫，此是一个围场，为何设于此山？"宜生马上欠身答曰："今日千岁游春行乐，共幸春光，南将军已设此围场，俟主公打猎行幸，以畅心情，亦不枉行乐一番，君臣共乐。"文王听说，正色曰："大夫之言差矣！昔伏羲皇帝不用茹毛，而称至圣。当时有首相名曰风后，进茹毛于伏羲，伏羲曰：'此鲜食皆百兽之肉，吾人饥而食其肉，渴而饮其血，以之为滋养之道，不知吾欲其生，忍令彼死，此心何忍。朕今不食禽兽之肉，宁食百草之粟。各全生命以养天和，无伤无害，岂不为美。'伏羲居洪荒之世，无百谷之美，尚不茹毛鲜食，况如今五谷可以养生，肥甘足以悦口。孤与卿踏青行乐，以赏此韶华风景，今欲骋孤等之乐，追麋逐鹿，较强比胜，骋英雄于猎较之间，禽兽何辜，而遭此杀戮之惨！且当此之时，阳春乍启，正万物生育之时，而行此肃杀之政，此仁人所痛心者也。古人当生不剪，体天地好生之仁。孤与卿等何蹈此不仁之事哉！速命南宫适，将围场去了！"（春天万物萌动，本不宜射猎）众将传旨。文王曰："孤与众卿，在马上欢饮行乐。"观望来往士女纷纭，踏青紫陌，斗草荒丛，或携酒而乐溪边，或讴歌而行绿圃。君臣马

① 鸬鹚（lú cí）：鸟纲，鹈形目，鸬鹚科，鸬鹚属各种的通称。
② 窝弓：猎人用以捕兽的伏弩。

上，欣然[1]而叹曰：“正是君正臣贤，士民怡乐。”宜生马上欠背答曰：“主公，西岐之地胜似尧天。”

君臣正迤行乐，只见那边一伙渔人作歌而来：

“忆昔成汤扫桀时，十一征兮自葛始。
堂堂正大应天人，义旗一举民安止。
今经六百有余年，祝网恩波将歇息。
悬肉为林酒作池，鹿台积血高千尺。
内荒于色外荒禽，嘈嘈[2]四海沸呻吟。
我曹本是沧浪客，洗耳不听亡国音。
日逐洪涛歌浩浩，夜观星斗垂孤钓。
孤钓不如天地宽，白头俯仰天地老。”（大贤多能作诗歌，且能被周围民众传唱，如诸葛孔明躬耕南阳时一般）

文王听渔人歌罢，对散宜生曰：“此歌韵度清奇，其中必定有大贤隐于此地。”文王命辛甲：“与孤把作歌贤人请来相见。”辛甲领旨，将坐下马一磕，向前厉声言曰：“内中有贤人，请出来见吾千岁！”那些渔人齐齐跪下，答曰：“吾等都是‘闲’人。”（此处用笔，堪与“幸福”“姓曾”相比）辛甲曰：“你们为何都是贤人？”渔人曰：“我等早晨出户捕鱼，这时节回来无事，故此我等俱是‘闲’人。”不一时，文王马到。辛甲向前启曰：“此乃俱是渔人，非贤人也。”文王曰：“孤听作歌，韵度清奇，内中定有大贤。”众渔人曰：“此歌非小民所作。离此三十五里，有一磻溪，溪中有一老人，时常作此

① 欣然：喜悦貌，愉快貌。
② 嘈嘈：形容声音繁杂。

歌，我们耳边听的熟了，故此随口唱出此歌，实非小民所作。”文王曰：“众位请回。”众渔人叩头去了。

文王马上想歌中之味，好个“洗耳不闻亡国音”。旁有大夫散宜生欠背言曰：“‘洗耳不闻亡国音’者何也？”昌曰：“大夫不知么？”宜生曰：“臣愚不知深义。”昌曰：“此一句乃尧王访舜天子故事。昔尧有德，乃生不肖之男，后尧王恐失民望，私行访贤，欲要让位。一日行至山僻幽静之乡，见一人倚溪临水，将一小瓢儿在水中转。尧王问曰：‘公为何将此瓢在水中转？’其人笑曰：‘吾看破世情，却了名利，去了家私，弃了妻子，离爱欲是非之门，抛红尘之径，避处深林，齑盐蔬食，怡乐林泉，以终天年，平生之愿足矣。’尧王听罢大喜，‘此人眼空一世，忘富贵之荣，远是非之境，真乃仁杰也。孤将此帝位正该让他。’王曰：‘贤者，吾非他人，朕乃帝尧。今见大贤有德，欲将天子之位让尔，可否？’其人听罢，将小瓢拿起，一脚踏的粉碎，两只手掩住耳朵，飞跑至溪边洗耳。正洗之间，又见一人举一只牛来吃水。其人曰：‘那君子，牛来吃水了。’那人只管洗耳。其人又曰：‘此耳有多少秽污，只管洗？’那人洗完，方开口答曰：‘方才帝尧让位与我，把我双耳都污了，故此洗了一会，有误此牛吃水。’其人听了，把牛牵至上流而饮。那人曰：‘为甚事便走？’其人曰：‘水被你洗污了，如何又污吾牛口？’当时高洁之士如此。此一句乃是‘洗耳不闻亡国音’。”众官马上俱听文王谈讲先朝兴废，后国遗踪。君臣马上传杯共享，与民同乐，见了些桃红李白，鸭绿鹅黄，莺声嘹呖，紫燕呢喃，风吹不管游人醉，独有三春景色新。

君臣正行，见一起樵夫作歌而来：

“凤非乏兮麟非无，但嗟治世有隆污。
龙兴云出虎生风，世人慢惜寻贤路。

君不见耕莘①野夫，心乐尧舜与犁锄。
不遇成汤三使聘，怀抱经纶学左徒。
又不见一傅岩子，萧萧蓑笠甘寒楚。
当年不入高宗梦，霖雨终身藏版土。
古来贤达辱而荣，岂特吾人终水浒②。
且横牧笛歌清昼，慢叱犁牛耕白云。
王侯富贵斜晖③下，仰天一笑俟明君。”

文王同文武马上听得歌声甚是奇异，内中必有大贤。命辛甲：“请贤者相见。”辛甲领命，拍马前来，见一伙樵人，言曰：“你们内中可有贤者？请出来与吾大王相见。”众人放下担儿，俱言：“内无贤者。”不一时文王马至。辛甲回覆曰：“内无贤士。”文王曰：“歌韵清奇，内中岂无贤士？”中有一人曰：“此歌非吾所作。前边十里，地名磻溪，其中有一老叟，朝暮垂竿。小民等打柴回来，磻溪少歇，朝夕听唱此歌，众人听得熟了，故此随口唱出。不知大王驾临，有失回避，乃子民之罪也。”王曰：“既无贤士，尔等暂退。”众皆去了。文王在马上只管思念。（层层递进，钓起文王兴致）又行了一路，与文武把盏，兴不能尽。春光明媚，花柳芳妍，红绿交加，妆点春色。

正行之间只见一人挑着一担柴唱歌而来：

“春水悠悠春草奇，金鱼未遇隐磻溪，
世人不识高贤志，只作溪边老钓矶④。”

① 耕莘：躬耕于莘野的意思。传说伊尹曾耕于有莘之野。
② 水浒（hǔ）：水边。
③ 斜晖：傍晚西斜的阳光。
④ 钓矶：钓鱼时坐的岩石。

文王听得歌声，嗟叹曰："奇哉！此中必有大贤。"宜生在马上看那挑柴的好像猾民武吉。宜生曰："主公，方才作歌者像似打死王相的武吉。"王曰："大夫差矣！武吉已死万丈深潭之中，前演先天，岂有武吉还在之理。"宜生看的实了，随命辛免曰："你是不是拿来。"辛免走马向前。武吉见是文王驾至，回避不及，把柴歇下，跪在尘埃。辛免看时，果然是武吉。辛免回见文王，启曰："果是武吉。"文王闻言，满面通红，（方才有多自信，此时便有多尴尬）见吉大喝曰："匹夫怎敢欺孤太甚！"随对宜生曰："大夫，这等狡猾逆民，须当加等勘问。杀伤人命，躲重投轻，罪与杀人等。（可谓恼羞成怒）今非谓武吉逃躲，则先天数竟有差错，何以传世？"

武吉泣拜在地，奏曰："吉乃守法奉公之民，不敢狂悖。只因误伤人命，前去问一老叟。离此间三里，地名磻溪，此人乃东海许州人氏，姓姜，名尚，字子牙，道号飞熊，叫小人拜他为师，传与小人：回家挖一坑，叫小人睡在里面，用草盖在身上，头前点一盏灯，脚后点一盏灯，草上用米一把撒在上面，睡到天明，只管打柴，再不妨了。千岁爷，蝼蚁尚且贪生，岂有人不惜命。"只见宜生马上欠身贺曰："恭喜大王！武吉今言此人，道号飞熊，正应灵台之兆。昔日商高宗夜梦飞熊而得傅说，今日大王梦飞熊，应得子牙。今大王行乐，正应求贤。望大王宜赦武吉无罪，令武吉往前林请贤士相见。"武吉叩头，飞奔林中去了。且说文王君臣，将至林前，不敢惊动贤士，离数箭之地，文王下马，同宜生步行入林。

且说武吉赶进林来，不见师父，心下着慌。又见文王进林，宜生问曰："贤士在否？"武吉答曰："方才在此，这会不见了。"文王曰："贤士可有别居？"武吉道："前边有一草舍。"武吉引文王驾至门首。文王以手抚门，犹恐造次。只见里面走一小童开门，文王笑脸问曰："老师在否？"童曰："不在了。同道友闲行。"文王问曰："甚时回来？”童子答曰：“不定。或就来，或一二日，或三五月。萍梗浮踪①，逢山遇水，或师或友，便谈玄论道，故无定期。”（此处绝类《三国演义》中三顾茅庐时，刘皇叔与孔明书僮之对答，或即模仿而写）宜生在旁曰：“臣启主公：求贤聘杰，礼当虔诚。今日来意未诚，宜其远避。昔上古神农拜常桑，轩辕拜老彭，黄帝拜风后，汤拜伊尹，须当沐浴斋戒，择吉日迎聘，方是敬贤之礼。主公且暂请驾回。”文王曰：“大夫之言是也。”命武吉随驾入朝。

文王行至溪边，见光景稀奇，林木幽旷，乃作诗曰：

“宰割山河布远猷②，大贤抱负可同谋。
此来不见垂竿叟，天下人愁几日休。”

文王作罢又见绿柳之下，坐石之旁，鱼竿飘在水面，不见子牙，心中甚是悒怏③。复作诗曰：

“求贤远出到溪头，不见贤人止见钩，
一竹青丝垂绿柳，满江红日水空流。”

文王犹留恋不舍。宜生复劝，文王方随众文武回朝。抵暮，进西岐，俱到殿廷，文王传旨，令百官：“俱不必各归府第，都在殿廷宿斋三日，同去迎请大贤。”（果有诚意）内有大将军南宫适进曰：“磻溪钓叟恐是虚名，大王未知真实，而以隆礼迎请，倘言过其实，不空费主公一片真诚，竟为愚夫所弄。依臣愚见，主公亦不必如此费心，

① 萍梗浮踪：像浮萍在水中，漂泊不定。比喻行踪无定。
② 远猷（yóu）：长远的打算，远大的谋略。
③ 悒怏：郁郁不乐。

待臣明日自去请来。如果才副其名，主公再以隆礼加之未晚。如果虚名，可叱而不用，又何必主公宿斋而后请见哉？”宜生在旁厉声言曰：“将军！此事不是如此说！方今天下荒荒，四海鼎沸，贤人君子多隐岩谷。今飞熊应兆，上天垂象，特赐大贤助我皇基，是西岐之福泽也。（说漏了嘴，西岐君臣求贤为何事，不言自明）此时自当学古人求贤，破拘挛[1]之习，岂得如近日欲贤人之自售[2]哉？将军切不可说如是之言，使诸臣懈怠！”（此二人之话，亦颇似关、张）文王闻言大悦，曰：“大夫之言，正合孤意。”于是百官俱在殿廷歇宿三日，然后聘请子牙。后有诗曰：

西岐城中鼓乐喧，文王聘请太公贤。
周家从此皇基固，四九为尊八百年。

文王从散宜生之言，斋宿三日。至第四日，沐浴整衣，极其精诚。文王端坐鸾舆，扛抬聘礼。文王摆列军马成行，前往磻溪，来迎子牙。封武吉为武德将军。（此处细节颇为用心，武吉一段公案可算了结）笙簧满道，竟出西岐，不知惊动多少人民，扶老携幼，来看迎贤。但见：

旗分五采，戈戟锵锵。笙簧拂道，犹如鹤唳鸾鸣。画鼓咚咚，一似雷声滚滚。对子马人人喜悦，金吾士个个欢忻。文在东，宽袍大袖；武在西，贯甲披坚。毛公遂、周公旦、召公奭、毕公荣，四贤佐主；伯达、伯适、叔夜、叔夏等八俊相随。城内

① 拘挛：筋骨拘急挛缩，肢节屈伸不利。此指拘谨。
② 自售：此指自荐。

氤氲香满道，郭外瑞彩结成祥。圣主降临西土地，不负五凤立岐山。万民齐享升平日，宇宙雍熙八百年。飞熊仁兆兴周室，感得文王聘大贤。

文王带领众文武出郭，径往磻溪而来。行至三十五里，早至林下。文王传旨："士卒暂在林外扎住，不必声扬，恐惊动贤士。"文王下马，同散宜生步行，入得林来，只见子牙背坐溪边。文王悄悄的行至跟前，立于子牙之后。子牙明知驾临，故作歌曰：

"西风起兮白云飞，岁已暮兮将焉为？
五凤鸣兮真主现，垂竿钓兮知我稀。"

子牙作歌毕。文王曰："贤士快乐否？"子牙回头，看见文王，忙弃竿一旁，俯伏叩地曰："子民不知驾临，有失迎候，望贤王恕尚之罪。"（此处转折太生硬，与前文所渲染的贤士形象落差较大）文王忙扶住，拜言曰："久慕先生，前顾不虔，昌知不恭，今特斋戒，专诚拜谒，得睹先生尊颜，实昌之幸也。"命宜生："扶贤士起。"子牙躬身而立。文王笑容携子牙至茅舍之中。子牙再拜。文王同拜。王曰："久仰高明，未得相见，今幸接丰标①，祗聆教诲，昌实三生之幸矣。"子牙拜而言曰："尚乃老朽非才，不堪顾问，文不足安邦，武不足定国，荷蒙贤王枉顾，实辱鸾舆，有辜圣德。"

宜生在旁曰："先生不必过谦。吾君臣沐浴虔诚，特申微忱，专心聘请。今天下纷纷，定而又乱，当今天子，远贤近佞，荒淫酒色，残虐生民，诸侯变乱，民不聊生。吾主昼夜思维，不安枕席。久慕先

① 丰标：风度，仪态。

生大德，侧隐溪岩，特具小聘[①]，先生不弃，供佐明时，吾王幸甚，生民幸甚。先生何苦隐胸中之奇谋，忍生民之涂炭？何不一展绪余，哀此茕独[②]，出水火而置之升平。此先王覆载之德，不世之仁也。”

宜生将聘礼摆开。子牙看了，速命童儿收讫。宜生将鸾舆推过，请子牙登舆。子牙跪而告曰：“老臣荷蒙洪恩，以礼相聘，尚已感激非浅，怎敢乘坐鸾舆，越名僭分。这个断然不敢！”文王曰：“孤预先相设，特迓先生，必然乘坐，不负素心。”子牙再三不敢，推阻数次，决不敢坐。（之前何等自负，此时却又胆怯拘谨起来）宜生见子牙坚意不从，乃对文王曰：“贤者既不乘舆，望主公从贤者之请，可将大王逍遥马请乘。主公乘舆。”王曰：“若是如此，有失孤数日之虔敬也。”彼此又推让数番，文王方乘舆，子牙乘马。欢声载道，士马轩昂。时值喜吉之辰，子牙时来，年近八十。有诗叹曰：

渭水溪头一钓竿，鬓霜皎皎两云皤。
胸横星斗冲霄汉，气吐虹霓扫日寒。
养老来归西伯下，避危拚弃[③]旧王冠。
自从梦入飞熊后，八百余年享奠安[④]。

话说文王聘子牙，进了西岐，万民争看，无不欣悦。子牙至朝门下马，文王升殿，子牙朝贺毕。文王封子牙为右灵台丞相。子牙谢恩，偏殿设宴，百官相贺对饮。其时君臣有辅，龙虎有依。子牙治国有方，安民有法，件件有条，行行有款，西岐起造相府。此时有报传

① 小聘：微薄的聘请之礼。此是散宜生的谦辞。
② 茕（qióng）独：谓孤独，没有依靠；亦指孤独无靠的人。
③ 拚（pàn）弃：抛弃或舍弃。
④ 奠安：安定。

进五关。汜水关首将韩荣具疏往朝歌，言姜尚相周。(西岐任用朝廷要犯，纣王岂会开心?) 不知子牙后事如何，且听下回分解。

总批

聘贤，大礼也，自不可草率。文王能行之，散宜生能赞成之，故造周家八百年洪基。推古验今，毫厘不爽。虽然当时太公望年已八十，隐钓溪边，若非武吉事，终至沉埋。天下事都要逢机应会，不然纵五百年名世，应一代之王者，亦有时而失之者。伯益、皋陶、伊尹、周公、孔子是也。三复于斯，令人於悒。

又批

阴阳妙用，原在隐跃之间，令人欲尽信而不可得，欲不信而亦不可得，此方是天地显微之妙；若一定不疑，反觉索然无味。宜生因恃文王先天数有准，则有破先天数者。在此虽谑语，大可会心。

第二十五回　苏妲己请妖赴宴

蘇妲己請
妖赴宴

导读： 妲己此前曾哄骗纣王，说鹿台建好后会有神仙、仙子、仙姬等前来同乐。这固然是妲己骗纣王的鬼话，但建高台以求通神，却是上古时期曾经有过的一种活动。早期的先民，往往认为高山是可以与上天或神明沟通联系的。在《山海经》中就有不少类似的记载，例如《海内经》中就有“有山名曰肇山，有人名曰柏高，柏高上下于此，至于天”，又比如《西山经》中槐江之山是“帝之平圃”，昆仑之丘是“帝之下都”，等等。但后来随着人类社会的发展，人类居住的地方距离高山越来越远，于是便改为建造高台。如前面所说，文王建造的灵台在天文观测之外，就担负着通天降神的功能。再到后来，随着神仙信仰的形成，统治者们逐渐不再妄图依靠高台来通天降神。但对于迷信仙道的君王来说，期待神仙降临又成了建造高台的新目标。直到唐朝，唐武宗还曾在大明宫中建了一座望仙台，遗址至今犹存。

诗曰：

鹿台只望接神仙，岂料妖狐降绮筵①。
浊骨②不能超浊世，凡心怎得出凡筌③。
希徒弄巧欺明哲，孰意招尤剪秽膻。
惟有昏庸殷纣拙，反听苏氏杀先贤。

话说韩荣知文王聘请子牙相周，忙修本差官往朝歌。非止一日，进城来，差官往文书房来下本。那日看本者乃比干丞相。比干见此本，姜尚相周一节，沉吟不语，仰天叹息曰："姜尚素有大志，今佐西周，其心不小，此本不可不奏。"比干抱本往摘星楼来候旨。纣王宣比干进见。王曰："皇叔有何奏章？"比干奏曰："汜水关总兵官韩荣一本，言姬昌礼聘姜尚为相，其志不小。东伯侯反于东鲁之乡，南伯侯屯兵三山之地，西伯姬昌若有变乱，此时正谓刀兵四起，百姓思乱。况水旱不时，民贫军乏，库藏空虚。况闻太师远征北地，胜败未分，真国事多艰，君臣交省之时。愿陛下圣意上裁，请旨定夺。"王曰："候朕临殿，与众卿共议。"

君臣正论国事，只见当驾官奏曰："北伯侯崇侯虎候旨。"命传旨："宣侯虎上楼。"王曰："卿有何奏章？"侯虎奏曰："奉旨监造鹿台，整造二年零四个月，（文王建灵台，民众自愿做工，旬日而成。纣王造鹿台，百般逼迫，历时二年有余。民心可见）今已完工，特来复命。"纣王大喜，"此台非卿之力，终不能如是之速。"侯虎曰："臣昼夜督

① 绮筵：华丽丰盛的筵席。
② 浊骨：凡人的重浊躯体，指尘世之人。
③ 凡筌：是指捕捉凡夫俗子的肉体和精神的"神器"。得"道"之人就能冲出"凡筌"。

工，焉敢怠玩①，故此成工之速。”王曰：“目今姜尚相周，其志不小。汜水关总兵韩荣有本来说。为今之计，如之奈何？卿有何谋，可除姬昌大患？”侯虎奏曰：“姬昌何能？姜尚何物？井底之蛙，所见不大；萤火之光，其亮不远。名为相周，犹寒蝉之抱枯杨，不久俱尽。陛下若以兵加之，使天下诸侯耻笑。据臣观之，无能为耳，愿陛下不必与之较可也。”（也是佞臣之言，难怪与费、尤交好）王曰：“卿言甚善。”纣王又问曰：“鹿台已完，朕当幸之。”侯虎奏曰：“特请圣驾观看。”纣王甚喜，“二卿可暂往台下，候朕与皇后同往。”王传旨：“排銮驾往鹿台玩赏。”有诗为证。诗曰：

鹿台高耸透云霄，断送成汤根与苗。
土木工行人失望，黎民怨起鬼应妖。
食人无厌崇侯恶，献媚逢迎费仲枭。
勾引狐狸歌夜月，商朝一似水中飘。

话说纣王与妲己同坐七香车，宫人随驾，侍女纷纷，到得鹿台，果然华丽。君后下车，两边扶侍上台。真是瑶池紫府，玉阙珠楼，说甚么蓬壶方丈！团团俱是白石砌就，周围尽是玛瑙妆成。楼阁重重，显雕檐碧瓦；亭台叠叠，皆兽马金环。殿当中嵌几样明珠，夜放光华，空中照耀。左右铺设，俱是美玉良金，辉煌闪灼。比干随行，在台观看。台上不知费几许钱粮，无限宝玩，可怜民膏民脂，弃之无用之地。想台中间不知陷害了多少冤魂屈鬼。又见纣王携妲己入内庭。比干看罢鹿台，不胜嗟叹。有赋为证。赋曰：

① 怠玩：玩忽职守，也指贪玩怠慢。

台高插汉①，榭耸凌云。九曲栏杆，饰玉雕金光彩彩；千层楼阁，朝星映月影溶溶。怪草奇花，香馥四时不卸，殊禽异兽，声扬十里传闻。游宴者恣情欢乐，供力者劳瘁艰辛！涂壁脂泥，俱是万民之膏血；华堂采色，尽收百姓之精神。绮罗锦席，空尽织女机杼；丝竹管弦，变作野夫啼哭。真是以天下奉一人，须信独夫残万姓。

比干在台上，忽见纣王传旨奏乐饮宴，赐比干、侯虎筵席。二臣饮罢数杯，谢酒下台不表。

且说妲己与纣王酣饮。王曰："爱卿曾言鹿台造完，自有神仙、仙子、仙姬俱来行乐，今台已造完成，不识神仙、仙子，可一日一至乎？"（当了皇上想成仙，坐在地上要升天。也是古来多少帝王的共同追求）这一句话原是当时妲己要与玉石琵琶精报仇，将此鹿台图献与纣王，要害子牙，故将邪言惑诱纣王，岂知作要成真，不期今日工完，纣王欲想神仙，故问妲己。妲己只得朦胧应曰："神仙、仙子，乃清虚有道之士，须待月色圆满，光华皎洁、碧天无翳②，方肯至此。"纣王曰："今乃初十日，料定十四五夜，月华圆满，必定光辉，使朕会一会神仙、仙子，何如？"妲己不敢强辩，随口应承。此时纣王在台上，贪欢取乐，淫泆③无休。从来有福者，福德多生；无福者，妖孽广积。奢侈淫泆，乃丧身之药。纣王日夜纵施，全无忌惮。妲己自纣王要见神仙、仙子之类，着实挠心，日夕不安。

其日乃是九月十三日，三更时分，妲己候纣王睡熟，将原形出窍，一阵风声，来至朝歌南门外，离城三十五里轩辕坟内。妲己原形

① 插汉：插入霄汉。极言其高
② 翳（yì）：遮蔽。又指起障蔽作用的东西。
③ 淫泆（yì）：指恣意妄为，恣纵逸乐。

至此，众狐狸齐来迎接。又见九头雉鸡精出来相见。雉鸡精道：“姐姐为何到此？你在深院皇宫受享无穷之福，何尝思念我等在此凄凉！”妲己道：“妹妹，我虽偏你们，朝朝侍天子，夜夜伴君王，未尝不思念你等。如今天子造完鹿台，要会仙姬、仙子，我思一计，想起妹妹与众孩儿们，有会变者，或变神仙，或变仙子、仙姬，去鹿台受享天子九龙宴席；不会变者，自安其命，在家看守。俟其日，妹妹同众孩儿们来。”雉鸡精答道：“我有些需事，不能领席，算将来只得三十九名会变的。”

妲己分付停当，风声响处，依旧回宫，入还本窍。纣王大醉，那知妖精出入，一宿天明。次日，纣王问妲己曰：“明日是十五夜，正是月满之辰，不识群仙可能至否？”妲己奏曰：“明日治宴三十九席，排三层，摆在鹿台，候神仙降临。陛下若会仙家，寿添无算。”纣王大喜。王问曰：“神仙降临，可命一臣斟酒陪宴。”妲己曰：“须得一大量大臣，方可陪席。”王曰：“合朝文武之内，为有比干量洪。”传旨：“宣亚相比干。”不一时，比干至台下朝见。纣王曰：“明日命皇叔陪群仙筵宴，至月上，台下候旨。”比干领旨，不知怎样陪神仙，糊涂不明，仰天叹息：“昏君！社稷这等狼狈，国事日见颠危，今又痴心逆想，要会神仙。似此又是妖言，岂是国家吉兆！”比干回府，总不知所出。

且说纣王次日传旨：“打点筵宴，安排台上，三十九席俱朝上摆列，十三席一层，摆列三层。”纣王分付，布列停妥。纣王恨不得将太阳速送西山，皎月忙升东土。九月十五日抵暮，比干朝服往台下候旨。且说纣王见日已西沉，月光东上，纣王大喜，如得万斛珠玉一般，携妲己于台上，看九龙筵席，真乃是烹龙炮凤珍羞味，酒海肴山色色新。席已完备，纣王、妲己入内坐欢饮，候神仙前来。妲己奏曰：“但群仙至此，陛下不可出见。如泄天机，恐后诸仙不肯再降。”

王曰："御妻之言是也。"话犹未了，将近一更时分，只听得四下里风响。怎见得，有诗为证。诗曰：

> 妖云四起罩乾坤，冷雾阴霾天地昏。
> 纣王台前心胆战，苏妃目下子孙尊。
> 只知饮宴多生福，孰料贪杯惹灭门。
> 怪气已随王气散，至今贻笑鹿台魂。

这些在轩辕坟内狐狸，采天地之灵气，受日月之精华，或一二百年者，或三五百年者，今并化作仙子、仙姬，神仙体象而来。那些妖气，霎时间，把一轮明月雾了。风声大作，犹如虎吼一般。只听得台上飘飘的落下人来。那月光渐渐的现出。妲己悄悄启曰："仙子来了。"慌的纣王隔绣帘一瞧，内中袍分五色，各穿青、黄、赤、白、黑，而有戴鱼尾冠者，九扬巾者，一字巾者，（俱是后世道士的冠巾，也算来源于生活了）头陀打扮者，双丫髻者；又有盘龙云髻如仙子、仙姬者。

纣王在帘内观之，龙心大悦。只听有一仙人言曰："众位道友，稽首了。"众仙答礼曰："今蒙纣王设席，宴吾辈于鹿台，诚为厚赐。但愿国祚千年胜，皇基万万秋！"妲己在里面传旨："宣陪宴官上台。"比干上台，月光下一看，果然如此，个个有仙风道骨，人人像不老长生。自思："此事实难解也！人像两真，我比干只得向前行礼。"内有一道人曰："先生何人？"比干答曰："卑职亚相比干，奉旨陪宴。"道人曰："既是有缘来此会，赐寿一千秋。"比干听说，心下着疑。内传旨："斟酒。"比干执金壶，斟酒三十九席已完，身居相位，不识妖气，怀抱金壶，侍于侧伴。这些狐狸，俱仗变化，全无忌惮，虽然服色变了，那些狐狸骚臭变不得，（可见妖精所谓变化，不过障眼法而已，到底比不得神仙变化自如）比干只闻狐骚臭。比干自思："神仙乃六根清净之体，为何气秽冲人！"比干叹息："当今天子无道，妖生怪出，与国不祥。"正沉思之间，妲己命陪宴官奉大杯。比干依次奉三十九席，每席奉一杯陪一杯。比干有百斗之量，随奉过一回。妲己又曰："陪宴官再奉一杯。"

比干每一席又是一杯。诸妖连饮二杯。此杯乃是劝杯。诸妖自不曾吃过这皇封御酒，狐狸量大者，还招架的住；量小者，招架不住。妖怪醉了，把尾巴都拖下来只是晃。妲己不知好歹，只是要他的子孙吃，但不知此酒发作起来，禁持不住，都要现出原形来。比干奉第二层酒，头一层都挂下尾巴，都是狐狸尾。此时月照正中，比干着实留神，看得明白，已是追悔不及，暗暗叫苦，想："我身居相位，反见妖怪叩头，羞杀我也！"比干闻狐骚臭难当，暗暗切齿。且说妲己在帘内看着陪宴官奉了三杯，见小狐狸醉将来了，若现出原身来，不好看相。（若非妲己要奉大杯，恐怕还不至于早早吃醉。真是弄巧成拙，反害了自家孩儿性命）妲己传旨："陪宴官暂下台去，不必奉酒，任从众仙各归洞府。"

比干领旨下台，郁郁不乐，出了内庭，过了分宫楼、显庆殿、嘉善殿、九间殿。殿内有宿夜官员。出了午门上马，前边有一对红纱灯引道。未及行了二里，前面火把灯笼，铿锵士马，原来是武成王黄飞虎巡督皇城。比干上前，武成王下马，惊问比干曰："丞相有甚紧急事，这时节才出午门？"比干顿足道："老大人！国乱邦倾，纷纷精怪，浊乱朝廷，如何是好！昨晚天子宣我陪仙子、仙姬宴，果然有一更月上，奉旨上台，看一起道人，各穿青、黄、赤、白、黑衣，也有些仙风道骨之像，孰知原来是一阵狐狸精。那精连饮两三大杯，把尾巴挂将下来，月下明明的看得是实。如此光景，怎生奈何！"黄飞虎曰："丞相请回，末将明日自有理会。"比干回府。黄飞虎命黄明、周纪、龙环、吴乾："你四人各带二十名健卒，散在东、南、西、北地方，看那些道人出那一门，务踪其巢穴，定要真实回报。"四将领命去讫。武成王回府。

且说众狐狸酒在腹内，闹将起来，驾不得妖风，起不得朦雾，勉强架出午门，一个个都落下来，拖拖拽拽，挤挤挨挨，三三五五，拥簇而来。出南门，将至五更，南门开了，周纪远远的黑影之中，明明看见。随后哨探：离城三十五里，轩辕坟旁，有一石洞，那些道人、仙子，都爬进去了。次日，黄飞虎升殿，四将回令。周纪曰："昨在南门，探得道人有三四十名，俱进轩辕坟石洞内去了。探的是实，请令定夺。"黄飞虎即命周纪："领三百家将，尽带柴薪，塞住石洞，将柴架起来烧，到下午来回令。"

周纪领令去讫。门官报道："亚相到了。"飞虎迎请到庭上行礼，分宾主坐下。茶罢，黄飞虎将周纪一事说明，比干大喜称谢，二人在此谈论国家事务。武成王置酒，与比干丞相传杯相叙，不觉就至午后。周纪来见，"奉令放火，烧到午时，特来回令。"飞虎曰："末将同丞相一往如何？"比干曰："愿随车驾。"二人带领家将，同出南门，三十五里，来至坟前，烟火未灭。黄将军下骑，命家将将火灭了，用挠钩挞将出来。众家将领命不题。且说这些狐狸吃了酒的死也甘心，还有不会变的，无辜俱死于一穴。有诗为证。诗曰：

欢饮传杯在鹿台，狐狸何事化仙来。
只因秽气人看破，惹下焦身粉骨灾。

众家将不一时将些狐狸挞出，而有焦毛烂肉，臭不可闻。比干对武成王曰："这许多狐狸，还有未焦者，拣选好的，将皮剥下来，造一袍袄献与当今，以惑妲己之心，使妖魅不安于君前，必至内乱；使天子醒悟，或知贬谪妲己，也见我等忠诚。”（难道不知纣王已昏庸无道至何种地步？竟妄想用一件袍子令其悔悟，比干也太天真了些）二臣共议，大悦。各归府第，欢饮尽醉而散。古语云：不管闲事终无事，只怕你谋里招殃祸及身。（这古语引得恶俗，比干为国除妖，岂是闲事?）不知后来凶吉如何，且听下回分解。

总批

天子富贵已极，所思者神仙寿算耳。故奸谗嬖幸，每以此惑之。着着打入痛处，其听信皆牢不可破。人君一入此套，未有不身弑国亡者几希。

又批

妲己妖孽耳。只天子不知，举朝皆知。妖氛贯宫闱，邪气笼内殿，独怪比干身为次相，亲陪筵宴，目睹诸妖而不能以一壶击其脑髓，是又痛恨。后与黄飞虎委曲设计，烧死狐狸种类；假一袍以悟主聪，难矣！宜乎惧不测之祸。

第二十六回　妲己设计害比干

妲己設計
害比干

导读：比干剖心，一直以来都是纣王残暴无道的重要依据之一。但这个故事，却也有着在流传过程中逐渐被加重的可能。目前最早提到比干的文献是《论语》，而在《论语·微子》中，孔子只说“比干谏而死”，并没有剖心之类具体的死法。大概出于七十子后学的《礼记·乐记》中，也只提到周武王“封王子比干之墓”，《墨子·亲士》也只说“比干之殪”，都没有提到比干因何而死。而到了战国中后期的《庄子》《荀子》和《韩非子》中，就明确出现了“比干剖心”。而且其中荀子似乎特别喜欢举这个例子，在《儒效》《议兵》《正道》《成相》《宥坐》《尧问》等篇中反复提及。让人不由得怀疑，是不是比干剖心的说法是战国中后期才出现的，而且风行一时，所以荀子才会反复地提到。这么猜测不是没有依据的，因为在屈原的《九章·涉江》中，他明确写道“伍子逢殃兮，比干菹醢”。菹醢，即剁成肉酱。可见在屈原受到的历史教育里，比干并非剖心而死，而是和伯邑考一样被剁成了肉酱。那么，比干剖心的说法就很值得再审视了。

诗曰：

朔风[①]一夜碎琼瑶[②]，丞相乘机进锦貂。
只望回心除恶孽，孰知触忌[③]作君妖。
刳心[④]已定千秋案，宠姬难羞万载谣。
可惜成汤贤圣业，化为流水逐春潮！

且说比干将狐狸皮硝熟[⑤]，造成一件袍袄，只候严冬进袍。此是九月，瞬息光阴，一如拈指，不觉时近仲冬[⑥]。纣王同妲己宴乐于鹿台之上，那日只见：彤云密布，凛冽朔风。乱舞梨花，乾坤银砌。纷纷瑞雪，遍满朝歌。怎见得好雪：

空中银珠乱洒，半天柳絮交加。行人拂袖舞梨花，满树千枝银压。公子围炉酌酒，仙翁扫雪烹茶，夜来朔风透窗纱，也不知是雪是梅花。飕飕冷气侵人，片片六花盖地，瓦楞[⑦]鸳鸯轻拂粉，炉焚兰麝可添绵。云迷四野催妆晚，暖客红炉玉影偏。

此雪似梨花，似杨花，似梅花，似琼花：似梨花白，似杨花细，似梅花无香，似琼花贵。

此雪有声，有色，有气，有味：有声者如蚕食叶，有气者冷浸心骨，有色者比美玉无瑕，有味者能识来年禾稼。团团如滚

① 朔风：北风。指冬天的风。
② 琼瑶：比喻雪。
③ 触忌：触犯禁忌。
④ 刳（kū）心：挖出心脏。
⑤ 硝熟：用芒硝、朴硝等鞣制动物皮革使之变软。
⑥ 仲冬：冬季的第二个月，即农历十一月。
⑦ 瓦楞：瓦垄。屋顶上用瓦铺成行列的隆起部分。

珠，碎剪如玉屑，一片似凤耳，两片似鹅毛，三片攒三，四片攒四，五片似梅花，六片如六萼。此雪下到稠密处，只见江河一道青。

此雪有富，有贵，有贫，有贱：富贵者红炉添兽炭，暖阁饮羊羔①；贫贱者厨中无米，灶下无柴。非是老天传敕旨，分明降下杀人刀。

凛凛寒威雾气棼②，国家祥瑞落纷纭。

须臾四野③难分界，顷刻千山尽是云。

银世界，玉乾坤，空中隐跃自为群。

此雪落到三更后，尽道丰年已十分。

纣王与妲己正饮宴赏雪，当驾官启奏："比干候旨。"王曰："宣比干上台。"比干行礼毕。王曰："六花杂出，舞雪纷纭，皇叔不在府第酌酒御寒，有何奏章，冒雪至此？"比干奏曰："鹿台高接霄汉，风雪严冬，臣忧陛下龙体生寒，特献袍袄，与陛下御冷驱寒，少尽臣微悃④。"王曰："皇叔年高，当留自用，今进与孤，足征忠爱！"命"取来。"比干下台，将朱盘高捧，面是大红，里是毛色。比干亲手抖开，与纣王穿上。帝大悦："朕为天子，富有四海，实缺此袍御寒。今皇叔之功，世莫大焉！"（这几句话颇近人情）纣王传旨："赐酒共乐鹿台。"

话说妲己在绣帘内观见，都是他子孙的皮，不觉一时间刀剜肺腑，火燎肝肠，此苦可对谁言！暗骂："比干老贼！吾子孙就享了当

① 羊羔：美酒名。
② 棼（fén）：纷乱。
③ 四野：广阔的原野。泛指四方。
④ 悃（kǔn）：诚挚。

今酒席，与老贼何干？（明明是你令人陪酒，羞辱元老）你明明欺我，把皮毛惑吾之心，我不把你这老贼剜出你的心来，也不算中宫之后！”（比干此举，几乎是向妲己示威挑战，不知是低估了妲己对纣王的影响，还是高估了自己的地位）泪如雨下不表。妲己深恨比干。且说纣王与比干把盏，比干辞酒，谢恩下台。纣王着袍进内，妲己接住。王曰：“鹿台寒冷，比干进袍，甚称朕怀。”妲己奏曰：“妾有愚言，不识陛下可容纳否？陛下乃龙体，怎披此狐狸皮毛？不当稳便，甚为亵尊。”王曰：“御妻之言是也。”遂脱将下来贮库。此乃是妲己见物伤情，其心不忍，故为此语。因自沉思曰：“昔日欲造鹿台，为报琵琶妹子之仇，岂知惹出这场是非，连子孙俱剿灭殆尽。”心中甚是痛恨，一心要害比干，无计可施。（冤冤相报何时了）

话说时光易度，一日，妲己在鹿台陪宴，陡生一计，将面上妖容彻去，比平常娇媚不过十分中一二。大抵往日如牡丹初绽，芍药迎风，梨花带雨，海棠醉日，艳冶①非常。纣王正饮酒间，谛视良久，见妲己容貌大不相同，不住盼睐②。妲己曰：“陛下频顾贱妾残妆何也？”纣王笑而不言。妲己强之，纣王曰：“朕看爱卿容貌，真如娇花美玉，令人把玩，（纣王自以为把玩美人，却不知自己早已被美人玩弄于股掌间）不忍释手。”妲己曰：“妾有何容色，不过蒙圣恩宠爱，故如此耳。妾有一结识义妹姓胡，名曰喜媚，如今在紫霄宫出家。妾之颜色，百不及一。”

纣王原是爱酒色的，听得如此容貌，其心不觉欣悦，乃笑而问曰：“爱卿既有令妹，可能令朕一见否？”妲己曰：“喜媚乃是闺女，自幼出家，拜师学道，在洞府名山紫霄宫内修行，一刻焉能得至？”

---

① 艳冶：亦作“冶艳”。艳丽之至。
② 盼睐：观看，顾盼。

王曰："托爱卿福庇，如何委曲，使朕一见，亦不负卿所举。"妲己曰："当时同妾在冀州时，同房针线，喜媚出家，与妾作别，妾洒泪泣曰：'今别妹妹，永不能相见矣！'喜媚曰：'但拜师之后，若得五行之术，我送信香①与你。姐姐欲要相见，焚此信香，吾当即至。'后来去了一年，果送信香一块。未及二月，蒙圣恩取上朝歌，侍陛下左右，一向忘却。方才陛下不言，妾亦不敢奏闻。"纣王大喜曰："爱卿何不速取信香焚之？"妲己曰："尚早。喜媚乃是仙家，非同凡俗，待明日，月下陈设茶果，妾身沐浴焚香相迎，方可。"王曰："卿言甚是，不可亵渎。"

纣王与妲己宴乐安寝。却说妲己至三更时分，现出原形，竟到轩辕坟中。只见雉鸡精接着，泣诉曰："姐姐！因为你一席酒，断送了你的子孙尽灭，将皮都剥了去，你可知道？"妲己亦悲泣道："妹妹！因我子孙受此沉冤，无处申报，寻思一计，须如此如此，可将老贼取心，方遂吾愿。今仗妹妹扶持，彼此各相护卫。我想你独自守此巢穴，也是寂寥，何不乘此机会，享皇宫血食，朝暮如常，何不为美？"雉鸡精深谢妲己曰："既蒙姐姐抬举，敢不如命，明日即来。"妲己计较已定，依旧隐形回宫入窍，与纣王共寝。天明起来，正是纣王欢忭，专候今晚喜媚降临，恨不得把金乌赶下西山，去捧出东边玉兔来。至晚，纣王见华月初升，一天如洗，作诗曰：

"金运蝉光出海东，清幽宇宙彻长空。
玉盘悬在碧天上，展放光辉散彩红。"

话说纣王与妲己在台上玩月，催逼妲己焚香。（"催逼"二字极妙，即可

---

① 信香：迷信说法谓香为信心之使，虔敬烧香，神佛即知其愿望，因称信香。

见纣王色中饿鬼之态，又可见他与妲己并无感情，只是垂涎美色）妲己曰："妾虽焚香拜请，倘或喜媚来时，陛下当回避一时。恐凡俗不便，触彼回去，急切难来，待妾以言告过，再请陛下相见。"纣王曰："但凭爱卿分付，一一如命。"妲己方净手焚香，做成圈套。将近一鼓时分，听半空风响，阴云密布，黑雾迷空，把一轮明月遮掩。一霎时，天昏地暗，寒气侵人。纣王惊疑，忙问妲己曰："好风！一会儿翻转了天地。"妲己曰："想必喜媚踏风云而来。"

言未毕，只听空中有环珮之声，隐隐有人声坠落，妲己忙催纣王进里面，曰："喜媚来矣，俟妾讲过，好请相见。"纣王只得进内殿，隔帘偷瞧。只见风声停息，月光之中，见一道姑穿大红八卦衣，丝绦麻履。况此月色复明，光彩皎洁，且是灯烛辉煌，常言"灯月之下看佳人，比白日更胜十倍"。只见此女肌如瑞雪，脸似朝霞，海棠丰韵，樱桃小口，杏脸桃腮，光莹娇媚，色色动人。（盖即"雾里看花花更美，水中望月月更明"之朦胧美也）妲己向前曰："妹妹来矣！"喜媚曰："姐姐，贫道稽首了。"二人同至殿内，行礼坐下。茶罢，妲己曰："昔日妹妹曾言，'但欲相会，只焚信香即至。'今果不失前言。得会尊容，妾之幸甚。"道姑曰："贫道适闻信香一至，恐违前约，故此即速前来，幸恕唐突。"彼此逊谢。且说纣王再观喜媚之姿，复睹妲己之色，天地悬隔。

纣王暗想："但得喜媚同侍衾枕，便不做天子又有何妨。"心上甚是难过。（真是爱美人不爱江山）只见妲己问喜媚曰："妹妹是斋，是荤？"喜媚答曰："是斋。"妲己传旨："排上素斋来。"二人传杯叙话，灯光之下，故作妖娆。纣王看喜媚，真如蕊宫仙子，月窟嫦娥。把纣王只弄的魂游荡漾三千里，魄绕山河十万重，恨不能共语相陪，一口吞他下肚，抓耳挠腮，坐立不宁，不知如何是好。纣王急得不耐烦，只是乱咳嗽。妲己已会其意，眼角传情，看着喜媚曰："妹妹，妾有一言奉渎①，不知妹妹可容纳否？”喜媚曰：“姐姐有何事分付？贫道领教。”妲己曰：“前者妾在天子面前，赞扬妹妹大德，天子喜不自胜，久欲一睹仙颜，今蒙不弃，慨赐降临，实出万幸。乞贤妹念天子渴想之怀，俯同一会，得领福慧，感戴不胜！今不敢唐突晋谒②，托妾先容，不知妹妹意下如何？”

喜媚曰：“妾系女流，况且出家，生俗不便相会，二来男女不雅，且男女授受不亲，岂可同筵晤对③，而不分内外之礼。”妲己曰：“不然。妹妹既系出家，原是‘超出三界外，不在五行中’，岂得以世俗男女分别而论。况天子系命于天，即天之子，总控万民，富有四海，率土皆臣，即神仙亦当让位。况我与你幼虽结拜，义实同胞，即以姐妹之情，就见天子，亦是亲道，这也无妨。”喜媚曰：“姐姐分付，请天子相见。”纣王闻“请”字，也等不得，就走出来了。纣王见道姑一躬，喜媚打一稽首相还。喜媚曰：“请天子坐。”纣王便旁坐在侧。二妖反上下坐了。

灯光下，见喜媚两次三番启朱唇，一点樱桃，吐的是美孜孜一团和气；转秋波，双湾活水，送的是娇滴滴万种风情，把个纣王弄得心猿难按，意马驰缰，只急得一身香汗。妲己情知纣王欲火正炽，左右难挨，故意起身更衣。妲己上前曰：“陛下在此相陪，妾更衣就来。”纣王复转下坐，朝上觌面传杯。纣王灯下以眼角传情，那道姑面红微笑。纣王斟酒，双手奉于道姑，道姑接酒，吐袅娜声音答曰：“敢劳陛下！”纣王乘机将喜媚手腕一捻，道姑不语，把纣王魂灵儿都飞在九霄。纣王见是如此，便问曰：“朕同仙姑台前玩月，何如？”喜媚曰：“领教。”纣王复携喜媚手出台玩月，喜媚不辞。纣王心动，便

① 奉渎：冒昧打扰。
② 晋谒：拜见，前往求见。
③ 晤对：会面交谈。

搭住香肩，月下偎倚，情意甚密。

纣王心中甚美，乃以言挑之曰：“仙姑何不弃此修行，而与令姐同住宫院，抛此清凉，且享富贵，朝夕欢娱，四时欢庆，岂不快乐！人生几何，乃自苦如此。仙姑意下如何？”喜媚只是不语。纣王见喜媚不甚推托，乃以手抹着喜媚胸膛，软绵绵，温润润，嫩嫩的腹皮，喜媚半推半就。纣王见他如此，双手抱搂，偏殿交欢，云雨几度，方才歇手。正起身整衣，忽见妲己出来，一眼看见喜媚乌云散乱，气喘吁吁，妲己曰：“妹妹为何这等模样？”纣王曰：“实不相瞒，方才与喜媚姻缘相凑。天降赤绳①，你姐妹同侍朕左右，朝暮欢娱，共享无穷之福。此亦是爱卿荐拔喜媚之功，朕心喜悦，不敢有忘。”即传旨重新排宴，三人共饮，至五更方共寝鹿台之上。有诗为证。诗曰：

国破妖氛现，家亡纣主昏。
不听君子谏，专纳佞臣言。
先爱狐狸女，又宠雉鸡精。
比干逢此怪，目下死无存。

话说纣王暗纳喜媚，外官不知。天子不理国事，荒淫内阙，外廷隔绝，真是君门万里。武成王执掌大帅之权，提调朝歌四十八万人马。镇守都城，虽然丹心为国，其如不能面君谏言，彼此隔绝，无可奈何，只付长叹而已。一日，见报说，东伯侯姜文焕分兵攻打野马岭，要取陈塘关，黄总兵令鲁雄领兵十万把守去讫不表。

且说纣王自得喜媚，朝朝云雨，夜夜酣歌②，那里把社稷为重。

① 赤绳：一种赤色绳子。中国古代民间传说中月下老人以此系男女之足，使成夫妇。
② 酣歌：沉湎于歌乐。亦指尽兴高歌。

那日，二妖正在台上用早膳，忽见妲己大叫一声，跌倒在地，把纣王惊骇汗出，吓的面如土色。见妲己口中喷出血水来，闭目不言，面皮俱紫，纣王曰："御妻自随朕数年，未有此疾。今日如何得这等凶症？"喜媚故意点头叹曰："姐姐旧疾发了！"帝问："媚美人为何知御妻有此旧疾？"喜媚奏曰："昔在冀州时，彼此俱是闺女，姐姐常有心痛之疾，一发即死。冀州有一医士，姓张，名元，他用药最妙，有玲珑心一片煎汤吃下，此疾即愈。"纣王曰："传旨宣冀州医士张元。"

喜媚奏曰："陛下之言差矣！朝歌到冀州有多少路！一去一来，至少月余，耽误日期，焉能救得？除非朝歌之地，若有玲珑心，取他一片，登时可救；如无，须臾即死。"（真是挖空心思，想出此计。若非要害比干，这姐妹二人倒是适合搭档做"仙人跳"）纣王曰："玲珑心谁人知道？"喜媚曰："妾身曾拜师，善能推算。"纣王大喜，命喜媚速算。这妖精故意掐指，算来算去，奏曰："朝中止有一大臣，官居显爵，位极人臣，只怕此人舍不得，不肯救拔娘娘。"纣王曰："是谁？快说！"喜媚曰："惟亚相比干乃是玲珑七窍之心。"纣王曰："比干乃是皇叔，一宗嫡派，难道不肯借一片玲珑心为御妻起沉疴之疾①？速发御札，宣比干！"差官飞往相府。（有借无还）

比干闲居无事，正为国家颠倒，朝政失宜，心中筹画。（一心为国，却不知自己大难临头）忽堂候官敲云板，传御札，立宣见驾。比干接札，礼毕，曰："天使先回，午门会齐。"比干自思："朝中无事，御札为何甚速？"话未了，又报："御札又至！"比干又接过。不一时，连到五次御札。比干疑惑："有甚紧急，连发五札？"正沉思间，又报："御札又至！"持札者乃奉御官陈青。比干接毕，问青曰："何

① 沉疴之疾：指久治不愈的病。

事要紧，用札六次？”青曰：“丞相在上：方今国势渐衰，鹿台又新纳道姑，名曰胡喜媚。今日早膳，娘娘偶然心疼疾发，看看气绝。胡喜媚陈说，要得玲珑心一片，煎羹汤，吃下即愈。皇上言：‘玲珑心如何晓得？’胡喜媚会算，算丞相是玲珑心。因此发札六道，要借老千岁的心一片，急救娘娘，故此紧急。”

比干听说，惊得心胆俱落，自思：“事已如此。”乃曰：“陈青，你在午门等候，我即至也。”比干进内，见夫人孟氏曰：“夫人，你好生看顾孩子微子德！我死之后，你母子好生守我家训，不可造次。朝中并无一人矣！”言罢泪如雨下。夫人大惊，问曰：“大王何故出此不吉之言？”比干曰：“昏君听信妲己有疾，欲取吾心作羹汤，岂有生还之理！”夫人垂泪曰：“官居相位，又无欺诳，上不犯法于天子，下不贪酷于军民，大王忠诚节孝，素表著于人耳目，有何罪恶，岂至犯取心惨刑。”微子在旁泣曰：“父王勿忧。方才孩儿想起，昔日姜子牙与父王看气色，曾说不利，留一简帖，见在书房，说：‘至危急两难之际，进退无路，方可看简，亦可解救。’”（前后照应。如同诸葛亮之锦囊）比干方悟曰：“呀！几乎一时忘了！”忙开书房门，见砚台下压着一帖，取出观之，上书明白。比干曰：“速取火来！”取水一碗，将子牙符烧在水里，比干饮于腹中，忙穿朝服上马，往午门来不表。

且说六札宣比干，陈青泄了内事，惊得一城军民官宰，尽知取比干心作羹汤。话说武成王黄元帅同诸大臣俱在午门，只见比干乘马，飞至午门下马。百官忙问其故。比干曰：“据陈青说取心一节，吾总不知。”百官随比干至大殿。比干径往鹿台下候旨。纣王立候，听得比干至，命：“宣上台来。”比干行礼毕。王曰：御妻偶发沉疴心痛之疾，惟玲珑心可愈。皇叔有玲珑心，乞借一片作汤，治疾若愈，此功莫大焉。”

比干曰："心是何物？"纣王曰："乃皇叔腹内之心。"比干怒奏曰："心者一身之主，隐于肺内，坐六叶两耳之中，百恶无侵，一侵即死。心正，手足正；心不正，则手足不正。心乃万物之灵苗，四象变化之根本。吾心有伤，岂有生路！老臣虽死不惜，只是社稷丘墟，贤能尽绝。今昏君听新纳妖妇之言，赐吾摘心之祸。只怕比干在，江山在；比干存，社稷存！"纣王曰："皇叔之言差矣！总只借心一片，无伤于事，何必多言？"

比干厉声大叫曰："昏君！你是酒色昏迷，糊涂狗彘！心去一片，吾即死矣！比干不犯剜心之罪，如何无辜遭此非殃！"（骂得痛快！）纣王怒曰："君叫臣死，不死不忠。台上毁君，有亏臣节！如不从朕命，武士，拿下去，取了心来！"比干大骂："妲己贱人！我死冥下，见先帝无愧矣！"喝："左右，取剑来与我！"奉御官将剑递与比干。比干接剑在手，望太庙大拜八拜，泣曰："成汤先王，岂知殷受断送成汤二十八世天下！非臣之不忠耳！"遂解带现躯，将剑往脐中刺入，将腹剖开，其血不流。比干将手入腹内，摘心而出，望下一掷，掩袍不语，面似淡金，径下台去了。（真乃烈士）且说诸大臣在殿前打听比干之事。众臣纷纷，议论朝廷失政，只听的殿后有脚迹之声。黄元帅望后一观，见比干出来，心中大喜。飞虎曰："老殿下，事体如何？"比干不语。百官迎上前来，比干低首速行，面如金纸[1]，径过九龙桥去，出午门，常随见比干出朝，将马伺候。比干上马，往北门去了。不知凶吉如何，且听下回分解。

总批

比干乃国之黄耇元老，竟遭惨死，其欲不亡得乎！纣王惟妇

[1] 面如金纸：脸色像金纸一样毫无血色。形容极为愤怒或恐惧。

言是用，巧于拒谏，酷恶非常，所以后世推亡国之君，必首及桀纣，实为万世罪魁。

又批

妲己一妇已足亡商，今又添一喜媚，如虎生翼。纣王且日与之酣饮荒淫，纵不败家国，亦是速死之道。

第二十七回　太师回兵陈十策

太師回兵
陳十策

导读：闻仲在《封神演义》中的地位颇为重要，他身为三朝元老，既是纣王之父帝乙的托孤重臣，手中又握有兵权，地位显赫，连纣王都对他礼敬三分。如果和历史人物对比，大概类似于霍光、长孙无忌之类。同时他还是截教弟子，修为颇高，在与西岐大军作战中几度令西岐军队受挫。虽然不敌阐教众弟子，最终在绝龙岭被云中子的通天神火柱烧死，但死后却被封为统领雷部的九天应元雷声普化天尊。雷声普化天尊在宋元雷法大兴之后，在道教地位极高，被认为是四御之一南极长生大帝的化身。可以说，无论是生前地位之煊赫，还是死后神位之崇高，闻仲都可以说是《封神演义》中的第一人。那么很多人就会好奇，闻仲的原型是谁呢？有人说是越国大夫文仲，但这只限于二人名字相似，生平事迹全无相同之处。还有人说，闻仲的形象是借由比干的身份性格再创造的，这也毫无依据。仔细想来，虽然在历史上很难找到与闻仲相似的人物，但在小说戏曲中却有一个形象与他颇有几分相似。那就是在《杨家将》和《三侠五义》中颇为活跃的八贤王。二人都是身份显赫，又都是先帝老臣，对朝廷忠心耿耿，不辞辛劳。八贤王手中有先帝御赐可以“上打昏君，下打谗臣”的瓦面金锏，闻仲手里也有先王帝乙亲赐的打王金鞭。当然，我们并不是要一口咬定，闻仲的形象就是根据八贤王改编的。而是想要提醒大家注意，在涉及宫廷政事的传统小说戏曲中，往往都会有一个类似这样的人物。除了八贤王与闻仲，类似人物还有《说唐后传》中的尉迟恭，京剧《大探二》里的定国公徐延昭等。

诗曰：

天运循环有替隆，任他胜算总无功。
方才少进和平策，又道提兵欲破戎。
数定岂容人力转，期逢自与鬼神同。
从来逆孽终归尽，纵有回天手亦穷。

话说黄元帅见比干如此不言，径出午门，命黄明、周纪："随看老殿下往何处去。"二将领命去讫。且说比干走马如飞，只闻的风响之声。约走五七里之遥。只听的路旁有一妇人手提筐篮，叫卖无心菜。比干忽听得，勒马问曰："怎么是无心菜？"妇人曰："民妇卖的是无心菜。"比干曰："人若是无心，如何？"妇人曰："人若无心，即死。"比干大叫一声，撞下马来，一腔热血溅尘埃。有诗为证：

御札飞来实可伤，妲己设计害忠良。
比干倚仗昆仑术，卜兆①焉知在路旁。

话说卖菜妇人见比干落马，不知何故，慌的躲了。黄明、周纪二将，骑马赶出北门，看见比干死于马下，一地鲜血，溅染衣袍，仰面朝天，瞑目无语。二将不知所以然。当时子牙留下简帖，上书符印，将符烧灰入水，服于腹中，护其五脏，故能乘马出北门耳。见卖无心菜的，比干问其因由，妇人言"人无心即死"，若是回道"人无心还活"，（一般人谁会说这种话？可见比干必死无疑早已注定，就是不知姜子牙为何要多此一举）比干亦可不死。比干取心，下台，上马，血不出者，

① 卜兆：古人灼龟甲以占吉凶，其裂痕谓之兆。

乃子牙符水玄妙之功。

话说黄明、周纪飞马赶出北门，见如此行径，回至九间殿来，回黄元帅说“见比干……如此而死”，说了一遍。微子等百官无不伤情，内有一下大夫厉声大叫：“昏君无事擅杀叔父，纪纲绝灭！吾自见驾！”此官乃是夏招，自往鹿台，不听宣召，径上台来。纣王将比干心立等作羹汤，又被夏招上台见驾。纣王出见夏招，见招竖目扬眉，圆睁两眼，面君不拜。纣王曰：“夏招，无旨有何事见朕?”招曰：“特来弑君!”纣王笑曰：“自古以来，那有臣弑君之理!”招曰：“昏君！你也知道无弑君之理！世上那有无故侄杀叔父之情！比干乃昏君之嫡叔，帝乙之弟，今听妖妇妲己之谋，取比干心作羹，诚为弑叔父！臣弑昏君，以尽成汤之法!”招把鹿台上挂的飞云剑掣在手，望纣王劈面杀来。纣王乃文武全才，岂惧此一个儒生，将身一闪让过，夏招扑个空。纣王大怒，命：“武士拿下!”武士领旨，方来擒拿。夏招大叫曰：“不必来！昏君杀叔父，招宜弑君，此事之当然。”众人向前。夏招一跳，撞下鹿台。可怜粉骨碎身，死于非命！有诗赞曰：

夏招怒发气当嗔，只为君王行不仁。
不惜残躯拼直谏，可怜血肉已成尘！
忠心自合留千古，赤胆应知重万钧。
今日虽投台下死，芳名常共日华①新！（义愤至极，生死不顾）

不说夏招死于鹿台之下，且说各文武听得夏招尽节鹿台之下，又去北门外收比干之尸。世子微子德披麻执杖，拜谢百官。内有武成王

① 日华：太阳光。

黄飞虎、微子、箕子，伤悼不已，将比干用棺椁停在北门外，搭起芦棚，扬纸幡①安定魂魄。忽听探马报："闻太师奏凯回朝。"百官齐上马，迎接十里。至辕门，军政司报太师："百官迎接辕门。"太师传令："百官暂回，午门相会。"众官速至午门等候。

闻太师乘墨麒麟往北门而进，忽见纸幡飘荡，便问左右："是何人灵柩？"左右答曰："是亚相比干之柩。"太师惊讶。进城，又见鹿台高耸，光景嵯峨②。到了午门，见百官道旁相迎。太师下骑，笑脸答曰："列位老大人，仲远征北海，离别多年，景物城中尽多变了。"武成王曰："太师在北，可闻天下离乱，朝政荒芜，诸侯四叛？"太师曰："年年见报，月月通知，只心悬两地，北海难平。托赖天地之恩，主上威福，方灭北海妖孽，吾恨胁无双翼，飞至都城面君为快。"

众官随至九间大殿。太师见龙书案何以生尘，寂静凄凉，又见殿东边黄澄澄大圆柱子。太师问执殿官："黄澄澄大柱子，为何放在殿上？"执殿官跪而答曰："此是天子所置新刑，名曰炮烙。"太师又问："何为炮烙？"只见武成王向前言曰："太师，此刑乃铜造成的，有三层火门。凡有谏官阻事，尽忠无私，赤心为国的，言天子之过，说天子不仁，正天子不义，便将此物将炭烧红，用铁索将人两手抱住铜柱，左右裹将过去，四肢烙为灰烬，殿前臭不可闻。为造此刑，忠良隐遁，贤者退位，能者去国，忠者死节。"（说话已无所避忌，非失望心寒至极不能如此）闻太师听得此言，心中大怒，三目交辉，只急得当中那一只神目睁开，白光现尺余远近。命执殿官："鸣钟鼓请驾！"百官大悦。

话说纣王自取比干心作汤，疗妲己之疾，一时全愈，正在台上温

① 纸幡：纸制的招魂幡。旧时丧家用纸作旗幡，上书死者名讳及生卒年月日，谓之招魂幡。

② 嵯峨（cuó é）：高峻貌。

存。当驾官启奏曰："九间殿鸣钟鼓，乃闻太师还朝，请驾登殿。"纣王闻得此说，默然不语，（恶人还须强人磨）随传旨："排銮舆临轩。"车御、保驾等官，扈[1]拥天子登九间大殿。百官朝驾。闻太师进礼，山呼[2]毕。纣王秉圭（难得具仪接见）谕曰："太师远征北海，登涉艰苦，鞍马劳心，运筹无暇，欣然奏捷，其功不小。"太师拜伏于地曰："仰仗天威，感陛下洪福，灭怪除妖，斩逆剿贼。征伐十五年，臣捐躯报国。不敢有负先王。臣在外闻得内庭浊乱，各路诸侯反叛，使臣心悬两地，恨不得插翅面君。今睹天颜，其情可实？"

纣王曰："姜桓楚谋逆弑朕，鄂崇禹纵恶为叛，俱已伏诛。但其子肆虐，不遵国法，乱离各地，使关隘扰攘，甚是不法，良可痛恨！"太师奏曰："姜桓楚篡位，鄂崇禹纵恶，谁可以为证？"纣王无辞以对。太师近前复奏曰："臣征在外，苦战多年，陛下仁政不修，荒淫酒色，诛谏杀忠，致使诸侯反乱。臣且启陛下：殿东放着黄澄澄的是甚东西？"纣王曰："谏臣恶口忤君，沽忠买直，故设此刑，名曰炮烙。"太师又启："臣进都城，见高耸青霄是甚所在？"纣王曰："朕至暑天，苦无憩地，造此行乐，亦观高望远，不致耳目蔽塞耳。名曰鹿台。"太师听罢，心中甚是不平，乃大言曰："今四海荒荒，诸侯齐叛，皆陛下有负于诸侯，故有离叛之患。今陛下仁政不施，恩泽不降，忠谏不纳，近奸色而远贤良，恋酷饮而不分昼夜，广施土木，民连累而反，军绝粮而散。文武军民，乃君王四肢。四肢顺，其身康健；四肢不顺，其身缺残。君以礼待臣，臣以忠事君。想先王在日，四夷拱手，八方宾服，享太平乐业之丰，受巩固皇基之福。今陛下登临大宝，残虐万姓，诸侯离叛，民乱军怨。北海刀兵，使臣一片苦

---

① 扈：随从，护卫。
② 山呼：犹嵩呼。封建时代臣下祝颂皇帝的仪节。

心，殄灭①妖党。今陛下不修德政，一意荒淫，数年以来，不知朝纲大变，国体全无，使臣日劳边疆，正如辛勤立燕巢于朽幕耳。惟陛下思之！臣今回朝，自有治国之策，容臣再陈。陛下暂请回宫。”纣王无言可对，只得进宫阙去了。（纣王对闻仲颇有几分畏惧，若是旁人怕是早已被炮烙了）

且说闻太师立于殿上曰：“众位先生、大夫，不必回府第，俱同老夫到府内共议，吾自有处。”百官跟随，同至太师府，到银安殿上，各依次坐下。太师就问：“列位大夫、诸先生，老夫在外多年，远征北地，不得在朝，但我闻仲感先王托孤之重，不敢有负遗言。但当今颠倒宪章，有不道之事，各以公论，不可架捏，我自有平定之说。”内有一大夫孙容，欠身言曰：“太师在上：朝廷听谗远贤，沉湎酒色，弑忠阻谏，殄灭彝伦，怠荒国政，事迹多端。恐众官齐言，有紊太师清听，不若众位静坐，只是武成王黄老大人从头至尾讲与老太师听。一来老太师便于听闻，百官不致搀越②。不识太师意下如何？”

闻太师听罢，“孙大夫之言甚善。黄老大人，老夫洗耳，愿闻其详。”黄飞虎欠身曰：“既从遵命，末将不得不细细实陈。天子自从纳了苏护之女，朝中日渐荒乱。将元配姜娘娘剜目烙手，杀子绝伦。诓诸侯入朝歌，戮醢大臣，妄斩司天监太史杜元铣。听妲己之狐媚，造炮烙之刑，坏上大夫梅伯。囚姬昌于羑里七年。摘星楼内设虿盆，宫娥惨死。造酒池、肉林，内侍遭殃。造鹿台广兴土木之工，致上大夫赵启坠楼而死。肆用崇侯虎监工，贿赂通行，三丁抽二，独丁赴役，有钱者买闲在家，累死百姓，填于台下。上大夫杨任谏阻鹿台之

① 殄（tiǎn）灭：消灭，灭绝。
② 搀越：干预非自己分内之事。

工，将杨任剜去二目，至今尸骸无踪。前者鹿台上有四五十狐狸化作仙人赴宴，被比干看破，妲己怀恨。今不明不白，内庭私纳一女，不知来历。昨日听信妲己，诈言心疼，要玲珑心作汤疗疾，勒逼比干剖心，死于非命，灵柩见停北门。国家将兴，祯祥自现；国家将亡，妖孽频出。谗佞信如胶漆[1]，忠良视如寇仇[2]，惨虐异常，荒淫无忌。即不才等累具谏章，视如故纸，甚至上下阻隔。正无可奈何之时，适太师奏凯还国，社稷幸甚！万民幸甚！”（闻仲已是百官最后的希望）

黄飞虎这一遍言语，从头至尾，细细说完，就把闻太师急得厉声大叫曰：“有这等反常之事！只因北海刀兵，致天子紊乱纲常。我负先王，有误国事，实老夫之罪也！众大夫、先生请回，我三日后上殿，自有条陈。”太师送众官出府，唤徐急雨，令封了府门，一应公文不许投递。至第四日面君，方许开门应接事体。徐急雨得令，即闭府门。有诗为证。诗曰：

太师兵回奏凯还，岂知国内事多奸。
君王失政乾坤乱，海宇分崩国政艰。
十道条陈安社稷，九重金阙[3]削奸顽。
山河旺气该如此，总用心机只等闲。

话说闻太师三日内造成条陈十道，第四日入朝面君。文武官员已知闻太师有本上殿。那日早朝，聚两班文武，百官朝毕。纣王曰：“有奏章出班，无事朝散。”左班中闻太师进礼称臣曰：“臣有疏。”将本铺展御案。纣王览表：

① 胶漆：胶和漆，比喻结合牢固。亦比喻情意相投，亲密无间。
② 寇仇：仇敌。
③ 金阙：古人谓天上有黄金阙，为仙人或天帝所居。亦指古代帝王所居的宫阙。

“具疏太师臣闻仲上言：奏为国政大变，有伤风化①，宠淫近佞，逆治惨刑，大干天变，隐忧莫测事。臣闻：尧受命以天下为己忧，而未尝以位为乐也。故诛逐乱臣，务求贤圣，是以得舜、禹、稷、契及咎繇②，众圣辅德，贤能佐职，教化大行，天下和洽，万民皆安仁乐义，各得其宜，动作应礼，从容中道，乃‘王者必世而后仁’（此孔子之言，见《论语·子路》）之谓也。尧在位七十载，乃逊位③以禅虞舜。尧崩，天下不归尧子丹朱④而归舜。舜知不可避，乃即天子之位，以禹为相，因尧之辅佐，继其统业，是以垂拱无为而天下治，所作《韶乐》，尽美尽善。

今陛下继承大位，当行仁义，普施恩泽，惜爱军民，礼文敬武，顺天和地，则社稷奠安，生民乐业。岂意陛下近淫酒，亲奸佞，忘恩爱，将皇后炮手剜睛，杀子嗣，自剪其后。此皆无道之君所行，自取灭亡之祸。

臣愿陛下痛改前非，行仁兴义，远小人，近君子，（自古忠良进谏，不外乎此十字）庶几社稷奠安，万民钦服，天心效顺，国祚灵长，风和雨顺，天下享承平之福矣。臣戴罪冒犯天颜，条陈开列于后：

第一件：拆鹿台，安民不乱；

第二件：废炮烙，使谏官尽忠；

第三件：填虿盆，宫患自安；

第四件：去酒池、肉林，掩诸侯谤议；

① 风化：风俗教化。
② 咎繇（yáo）：人名。即皋陶，相传曾被舜任为掌管刑法的官，后被禹选为继承人。
③ 逊位：犹让位。
④ 丹朱：传说中帝尧之子。名朱，亦作“絑”，因居丹水，名为“丹朱”。傲慢荒淫，尧因禅位于舜。

第五件：贬妲己，别立正宫，使内庭无蛊惑之虞；

第六件：勘佞臣，速斩费仲、尤浑而快人心，使不肖者自远；

第七件：开仓廪，赈民饥馑；

第八件：遣使命，招安①于东南；

第九件：访遗贤于山泽，释天下疑似者之心；

第十件：纳忠谏，大开言路，使天下无壅塞之蔽。”

闻太师立于龙书案旁，磨墨润毫，将笔递与纣王：“请陛下批准施行。”（有似逼宫）纣王看十款之中，头一件便是拆鹿台。纣王曰：“鹿台之工，费无限钱粮，成功不毁，今一旦拆去，实是可惜，此等再议。二件，‘炮烙’，准行。三件，‘虿盆’，准行。五件，‘贬苏后’，今妲己德性幽闲②，并无失德，如何便加谪贬？也再议。六件，中大夫费、尤二人，素有功而无罪，何为谗佞，岂得便加诛戮！除此三件，以下准行。”（此三件才是关键。准此三件，其余七件不准亦可。准其余七件而不准此三件，则七件亦是未准也）

太师奏曰：“鹿台功大，劳民伤财，万民深怨，拆之所以消天下百姓之隐恨。皇后谏陛下造此惨刑，神怒鬼怨，屈魂无申，乞速贬苏后，则神喜鬼舒，屈魂瞑目，所以消在天之幽怨。勘斩费仲、尤浑，则朝纲清净，国内无谗，圣心无惑乱之虞，则朝政不期清而自清矣。愿陛下速赐施行，幸无迟疑不决，以误国事，则臣不胜幸甚！”纣王没奈何，立语曰：“太师所奏，朕准七件；此三件候议妥再行。”闻太师曰：“陛下莫谓三事小节而不足为，此三事关系治乱之源，陛下

① 招安：劝说使归顺。
② 幽闲：柔顺闲静，多形容女子。

不可不察，毋得草草放过。”（若非本事在身，闻太师安能如此逼君？）

君臣立辨，只见中大夫费仲还不识时务，出班上殿见驾。闻太师认不得费仲，问曰：“这员官是谁？”仲曰：“卑职费仲是也。”太师道：“先生就是费仲。先生上殿有甚么话讲？”仲曰：“太师虽位极人臣，不按国体，持笔逼君批行奏疏，非礼也；本参皇后，非臣也；令杀无辜之臣，非法也。太师灭君恃己，以下凌上，肆行殿庭，大失人臣之礼，可谓大不敬！”太师听说，当中神目睁开，长髯直竖，大声曰：“费仲巧言惑主，气杀我也！”将手一拳，把费仲打下丹墀，面门青肿。只见尤浑怒上心来。上殿言曰：“太师当殿毁打大臣，非打费仲，即打陛下矣！”太师曰：“汝是何官？”尤浑曰：“吾乃是尤浑。”太师笑曰：“原来是你！两个贼臣表里弄权，互相回护！”趋向前，只一掌打去，把那奸臣翻筋斗跌下丹墀，有丈余远近。唤左右：“将费、尤二人拿出午门斩了！”（如此行事，方显权臣本色）当朝武士最恼此二人，听得太师发怒，将二人推出午门。闻太师怒冲牛斗。

纣王默默无语，口里不言，心中暗道：“费、尤二人不知起倒①，自讨其辱。”（在绝对实力面前，纣王还是拎得清的）闻太师复奏请纣王发行刑旨。纣王怎肯杀费、尤二人。纣王曰：“太师奏疏，俱说得是。此三件事，朕俱总行，待朕再商议而行。费、尤二臣，虽是冒犯参卿，其罪无证，且发下法司勘问，情真罪当，彼亦无怨。”闻太师见纣王再三委曲，反有兢业②颜色，自思：“吾虽为国直谏尽忠，使君惧臣，吾先得欺君之罪矣。”太师跪而奏曰：“臣但愿四方绥服，百姓奠安，诸侯宾服，臣之愿足矣，敢有他望哉！”纣王传旨：“将费、尤发下法司勘问。七道条陈限即举行，三条再议妥施行。”纣王回

① 起倒：随俗俯仰、浮沉。
② 兢业：谨慎戒惧。

宫。百官各散。

天下兴，好事行；天下亡，祸胎降。太师方上条陈，事已好将来了，不防东海反了平灵王。飞报进朝歌来，先至武成王府。黄元帅见报，叹曰：“兵戈四起，八方不宁，如今又反了平灵王，何时定息！”黄元帅把报差官送到闻太师府里去。太师在府正坐，堂候官报：“黄元帅差官见老爷。”太师命：“令来。”差官将报呈上。太师看罢，打发来人，随即往黄元帅府里来。黄元帅迎接到殿上行礼，分宾主坐下。闻太师道：“元帅，今反了东海平灵王，老夫来与将军共议：还是老夫去，还是元帅去？”黄元帅答曰：“末将去也可，老太师去也可，但凭太师主见。”太师想一想，道曰：“黄将军，你还随朝。老夫领二十万人马前往东海，剿平反叛，归国再商政事。”

二人共议停当。次日早朝，闻太师朝贺毕。太师上表出师。纣王览表，惊问曰：“平灵王又反，如之奈何？”闻太师奏曰：“臣之丹心，忧国忧民，不得不去。今留黄飞虎守国，臣往东海，削平反叛。愿陛下早晚以社稷为重，条陈三件，待臣回再议。”纣王闻奏大悦，巴不得闻太师去了，不在面前搅扰，心中甚是清净。（闻仲棋输一着，岂不闻“攘外必先安内”？）忙传谕：“发黄旄、白钺，即与闻太师饯行起兵。”纣王驾出朝歌东门。太师接见。纣王命斟酒赐与太师。

闻仲接酒在手，转身递与黄飞虎，太师曰：“此酒黄将军先饮。”飞虎欠身曰：“太师远征，圣上所赐，黄飞虎怎敢先饮？”太师曰：“将军接此酒，老夫有一言相告。”黄飞虎依言，接酒在手。闻太师曰：“朝纲无人，全赖将军。当今若是有甚不平之事，礼当直谏，不可钳口结舌，非人臣爱君之心。”太师回身见纣王曰：“臣此去无别事忧心，愿陛下听忠告之言，以社稷为重，毋变乱旧章，有乖君道。臣此一去，多则一载，少则半载，不久便归。”太师用罢酒，一声炮响，起兵径往东海去了。眼前一段蹊跷事，惹得刀兵滚滚来。不知胜负如何，且听下回分解。

总批

闻太师十策，亦是救时急着，尚未尽纣之不善。虽然当时在朝诸臣，不无慷慨激烈之士。因纣王惨酷，未免钳口结舌。虽未必为身家富贵之计，而惧祸之不测者恒多。若闻太师之位重望隆，可以使天子不得不行，庶可稍挽天变。奈何又有东海之役，此殆天数也欤！

又批

夏招不忍比干之死，有激于谏，故不暇揣度君臣之分，勇往而死，此殆忠而过，直而戆者也。其事不可训，其心则可谅也。若闻太师之当殿打费仲、尤浑，未免犯卑凌尊、下越上之意，此不得与夏招同科。

第二十八回　子牙兵伐崇侯虎

西伯兵伐
崇侯虎

导读：文王出兵征讨崇国，随行人员里面有“四贤八俊”。关于具体的人员，作者在第十回中曾经给出：上大夫散宜生、大将军南宫适、毛公遂、周公旦、召公奭、毕公、荣公、辛甲、辛免、太颠、闳夭。这些人中，有历史上西周的重臣，如南宫适、散宜生、太颠、闳夭等；有文王的儿子，如周公旦、召公奭、毕公等；还有作者虚构的人物，如毛公遂、荣公、辛免等。这样的组合，可谓是混乱至极。关于文王身边的贤臣，历史上曾经有“文王四友”的说法。而这四友具体都是谁，古籍中却略有差异。《尚书大传》中说，文王以闳夭、太公望、南宫括、散宜生为四友。而《汉书·古今人表》则以大颠、闳夭、散宜生、南宫适为文王之四友。可见，差异就在于第四位到底是太公望还是大颠。不过，如果从身份和仕周的时间来看，《古今人表》所记的四友更合理一些。“四贤”很可能就是由“四友”而来。至于“八俊”，则有可能是由“八虞”演化而来。“八虞”出自《国语·晋语》，即《论语·微子》中的“周有八士”：伯达、伯括、仲突、仲忽、叔夜、叔夏、季随、季騧。可能是这八个人没有什么事迹流传下来，名声也不够响亮，于是作者重新编造了一套“四贤八俊”的名单。

诗曰：

崇虎贪残气更枭，剥民膏髓自肥饶。
逢君欲作千年调，买窟惟知百计要。
奉命督工人力尽，乘机起衅帝图消。
子牙有道征无道，国败人亡事事凋。

话说纣王同文武欣然回至大殿，众官侍立。天子传旨："释放费仲、尤浑。"彼时有微子出班奏曰："费、尤二人，乃太师所参，系狱听勘者。今太师出兵未远，即时释赦，似亦不可。"纣王曰："费、尤二人原无罪，系太师条陈屈陷①，朕岂不明？皇伯（微子乃纣王庶兄，如何称呼"皇伯"?）不必以成议而陷忠良也。"微子不言下殿。不一时，赦出二人，官还原职，随朝保驾，纣王心甚欢悦。又见闻太师远征，放心恣乐②，一无忌惮。时当三春天气，景物韶华，御园牡丹盛开。传旨："同百官往御花园赏牡丹，以继君臣同乐，效虞廷赓歌喜起之盛事。"（可谓厚颜）百官领旨，随驾进园。正是：天上四时春作首，人间最富帝王家。怎见得御花园的好处，但见：

仿佛蓬莱仙境，依希天上仙圃：诸般花木结成攒，叠石琳琅妆就景。桃红李白芬芳，绿柳青萝摇曳。金门外几株君子竹，玉户下两行大夫松。紫巍巍锦堂画栋，碧沉沉彩阁雕檐。蹴球场斜通桂院，秋千架远离花篷。牡丹亭嫔妃来往，芍药院彩女③闲游。

① 屈陷：诬陷。
② 恣（zì）乐：放纵行乐。
③ 彩女：宫女。

金桥流绿水，海棠醉轻风。磨砖砌就萧墙，白石铺成路径。紫街两道，现出二龙戏珠，阑干左右，雕成朝阳丹凤。翡翠亭万道金光，御书阁十层瑞彩。

祥云映日，显帝王之荣华；瑞气迎眸，见皇家之极贵。凤尾竹百鸟来朝，龙爪花五云相罩。千红万紫映楼台，走兽飞禽鸣内院。

八哥说话，纣王喜笑欲狂；鹦鹉高歌，天子欢容鼓掌。碧池内金鱼跃水，粉墙内鹤鹿同春。芭蕉影动逞风威，逼射香为百花主。

珊瑚树高高下下，神仙洞曲曲湾湾，玩月台层层叠叠，惜花径绕绕迢迢。水阁下鸥鸣和畅，凉亭上琴韵清幽。

夜合花开，深院奇香不散；木兰花放，满园清味难消。名花万色，丹青难画难描；楼阁重重，妙手能工焉仿。

御园中果然异景，皇宫内真是繁华。花间翻蝶翅，禁院隐蜂衙①。亭檐飞紫燕，池角听鸣蛙。春鸟啼百舌，反哺是慈乌。

正是：御园如锦绣，何用说仙家。蓝靛染成千块玉，碧纱笼罩万堆霞。

诗曰：

瑞气腾腾锁太华，祥光霭霭照云霞。
龙楼凤阁侵霄汉，玉户金门映翠纱。
四时不绝稀奇景，八节常开罕见花。
几番雨过春风至，香满城中百万家。

① 蜂衙：群蜂早晚聚集，簇拥蜂王，如旧时官吏到上司衙门排班参见。

话说百官随驾进御园牡丹亭，摆开九龙设席筵宴，文武依次序坐下，论尊卑行礼。纣王在御书阁陪苏妲己、胡喜媚共饮。且说武成王对微子、箕子曰："筵无好筵，会无好会。方今士马纵横，刀兵四起，有甚心情宴赏牡丹。但不知天子能改过从善，或边亭烽息，殄逆除凶，尚可望共乐唐虞①，享太平之福，若是迷而不返，恐此日无多，忧日转长也。"（黄飞虎对纣王尚存希望，故后文需要设计方能逼反）微子、箕子闻言，点首嗟叹。

众官饮至日当正午，百官往御书阁来谢酒。当驾官启奏："百官谢恩。"纣王曰："春光景媚，花柳芳妍，正宜乐饮，何故谢恩？传旨，待朕陪宴。"百官听见天子下楼亲陪，不敢告退，只得恭候。但见纣王亲至，牡丹亭上首添一席，同众臣共饮欢笑，乐声齐奏，君臣换盏轮杯，不觉天晚，帝命掌上画烛。笙歌嘹亮，真是欢乐倍常。将近二鼓时分，不说君臣会酒。且言御书阁妲己、胡喜媚带酒酣睡龙榻之上，近三更时候，妲己原形现出来寻人吃。（妲己吃人，前文已有交代。但如此秘密之事怎能轻易泄露？若是推给醉酒，难道此前妲己不曾醉过？终是欠考虑。此处若是新入宫不久的胡喜媚，说服力更强）

一阵怪风大作。怎见得：

> 摧花倒树异寻常，灭烛无情尽绝光。
> 穿户透帘侵病骨，妖氛怪气此中藏。

风过了一阵，播土扬尘，把牡丹亭都晃动。众官正惊疑间，只听得侍酒官齐叫："妖精来了！"黄飞虎酒已半酣，听说有妖精，慌忙

① 唐虞：唐尧与虞舜的合称。传说尧舜皆以揖让而有天下，后因以"唐虞"喻指圣明的君主，亦以咏盛世。

起身出席，果见一物在寒露之中而来。但见：

眼似金灯体态殊，尾长爪利短身躯。
扑来恍似登山虎，转面浑如捕物貙。
妖孽惯侵人气魄，怪魔常噬血头颅。
凝眸仔细观形象，却是中山一老狐！

话说黄飞虎带酒出席，见此妖精扑来，手中无一物可挡，把手挽住牡丹亭栏杆，攀折了一根，望那狐狸一下打去。那妖精闪过，又扑将来。黄飞虎叫左右："快取北海进来的金眼神莺①！"左右忙忙的将红笼开了放出。那神莺飞起，二目如灯，专降狐狸。此莺往下一罩，爪似钢钩，把狐狸抓了一下。那狐狸叫了一声，径往太湖石下钻去了。（战力竟如此低下）纣王眼见此事，即唤左右取锹锄望下挖。左右挖下二三尺，见无限的人骨骷髅成堆，纣王着实骇然。纣王因想："谏官本上，常言'妖氛贯于宫中，灾星变于天下'，此事果然是实。"（不见棺材不落泪）心下甚是不悦。百官起身，谢恩出朝，各归府第不题。

且说妲己酒后，原形出现，不意被神莺抓了面门，伤破皮肤，惊醒回来，悔之无及。纣王至御书阁同妲己共寝，睡至天明，纣王忽见妲己面上带伤，急问曰："御妻脸上为何有伤？"妲己在枕边回曰："夜来陛下陪百官饮宴，妾往园中稍游，从海棠花下过，忽被海棠枝干吊将下来，把妾身抓了面上，故此带伤。"纣王曰："今后不可往御园游乐，原来此地真有妖氛。朕与百官饮至三更，果见一狐狸前来扑人。时有武成王黄飞虎攀折栏杆去打他，尚然不退，后放出外国进

① 金眼神莺：神兽，关于红笼之中，此莺二目如灯，爪似钢钩，专降妖精。

来金眼神莺。那莺惯降狐狸，一爪抓去，那妖带伤走了，莺爪尚有血毛。”纣王对妲己说，但不知同着狐狸共寝。

且说妲己暗恨黄飞虎：“我不曾惹你，你今来害我，则怕你路逢窄道难回避！”（黄飞虎岂能想到那狐妖竟是皇后，浑然不觉间结下如此大仇）有诗为证。诗曰：

纣王欣然赏牡丹，君臣欢饮鼓三攒。
狐狸影现人多怕，怪兽威施气更欢。
金眼神莺真可羡，绥尾邪魔已带残。
私仇断送贞洁妇，才得忠良逐钓竿。

话说妲己深恨黄飞虎放莺害他，只等他路逢狭道。武成王那里知道？

话分两处。且言西岐姜子牙在朝，一日闻边报，言纣王荒淫酒色，宠任奸佞，又反了东海平灵王，闻太师前去征剿。又见报，崇侯虎蛊惑圣聪，广兴土木，陷害大臣，荼毒万姓，潜通费、尤，内外交结，把持朝政，朋比为奸，肆行不道，钳制谏官。子牙看到切情①之处，怒发冲冠：“此贼若不先除，恐为后患！”

子牙次日早朝。文王问曰：“丞相昨阅边报，朝歌可有甚么异事？”子牙出班启曰：“臣昨见边报，纣王剜比干之心，作羹汤疗妲己之疾；崇侯虎紊乱朝政，横恣大臣，簧惑天子，无所不为，害万民而不敢言，行杀戮而不敢怨，恶孽多端，使朝歌生民，日不聊生，贪酷无厌。臣愚不敢请，似这等大恶，假虎张威，毒痡②四海，助桀为

① 切情：急切。
② 毒痡（pū）：毒害，残害。

虐，使居天子左右，将来不知如何结局。今百姓如在水火之中，大王以仁义广施，若依臣愚意，先伐此乱臣贼子，剪其乱政者，则天子左右见无谗佞之人，庶几天子有悔过迁善之机，则主公亦不枉天子假以节钺之意。”文王曰：“卿言虽是，奈孤与崇侯虎一样爵位，岂有擅自征伐之理？”子牙曰：“天下利病，许诸人直言无隐。况主公受天子白旄、黄钺，得专征伐，（纣王与费、尤可后悔乎？）原为禁暴除奸。似这等权奸蛊国，内外成党，残虐生民，以白作黑，屠戮忠贤，为国家大恶。大王今发仁慈之心，救民于水火，倘天子改恶从善，而效法尧、舜之主，大王此功，万年不朽矣。”（子牙自己可信这番话？）

文王闻子牙之言，劝纣王为尧、舜，其心甚悦，便曰：“丞相行师，谁为主将去伐崇侯虎？”子牙曰：“臣愿与大王代劳，以效犬马。”文王恐子牙杀伐太重，自思：“我去还有酌量①。”文王曰：“孤同丞相一往，恐有别端，可以共议。”子牙曰：“大王大驾亲征，天下响应。”文王发出白旄、黄钺，起人马十万，择吉日祭宝纛②幡，以南宫适为先行，辛甲为副将，随行有四贤、八俊。文王与子牙放炮起兵。一路上父老相迎，鸡犬不惊。民闻伐崇，人人大悦，个个欢忻。好人马！怎见得：

幡分五色，杀气弥空。明晃晃剑戟枪刀，光灿灿叉槌斧棒。三军跳跃，尤如猛虎下高山；战马长嘶，一似蛟龙离海岛。巡营小校似欢狼，瞭哨③儿郎雄赳赳。先行引道，逢山开路踏桥梁；元帅中军，杀斩存留施号令。团团牌手护军粮，硬弩狂弓射阵脚。此一去，除奸削党安天下，才离磻溪第一功。

① 酌量：斟酌估量，盘算。
② 宝纛（dào）：帝王出行乘舆上所建的旗帜。
③ 瞭哨：指瞭望哨，瞭望放哨。

话说子牙人马过府、州、县、镇，人人乐业，鸡犬不惊，一路上多少父老迎迓。（此真王师也）一日，探马来报中军："兵至崇城。"子牙传令安营，竖了旗门，结成大寨。子牙升帐①，众将参谒不题。

且说探马报进崇城，此时崇侯不在崇城，正在朝歌随朝。城内是侯虎之子崇应彪，闻报大怒，忙升殿点聚将士。众将上银安殿，参谒已毕。应彪曰："姬昌暴横，不守本分，前岁逃关，圣上几番欲点兵征伐，彼不思悔过，反兴此无名之师，深属可恨！况且我与你各守疆土，秋毫无犯，今自来送死，我岂肯轻恕！"传令："点人马出城。"随令大将黄元济、陈继贞、梅德、金成："这一番定擒反叛，解上朝歌，以尽大法。"

却说子牙次日升帐，先令南宫适崇城见首阵。南宫适得令，领本部人马出营，排成阵势，出马厉声叫曰："逆贼崇侯虎早至军前受死！"言未毕，听城中炮响，门开处，只见一枝人马杀将出来。为头一将乃飞虎大将黄元济是也。南宫适曰："黄元济，你不必来，唤出崇侯虎来领罪，杀了逆贼，泄神人之忿，万事俱休。"元济大怒，骤马摇刀，飞来直取。南宫适举刀相迎。两马盘旋，双刀并举，一场大战。怎见得：

> 二将坐鞍鞒，征云透九霄。这一个急取壶中箭，那一个忙拔紫金标。这将刀欲诛军将，那将刀直取英豪。这一个平生胆壮安天下，那一个气概轩昂压俊髦②。

话说南宫适大战黄元济，未及三十回合，元济非南宫适敌手，力

① 升帐：主帅在营帐召集将士议事或发令。
② 俊髦（máo）：俊秀杰出之士。

不能支，南宫适是西岐名将，元济怎能胜得他。元济欲要败走，又被南宫适一口刀裹住了，跳不出圈子去，早被南将军一刀挥于马下。军兵枭了首级，掌得胜鼓回营，进辕门来见子牙，将斩的黄元济首级报功，子牙大喜。

且说崇城败残军马回报崇应彪，说："黄元济已被南宫适斩于马下，将首级在辕门号令。"应彪听罢，拍案大呼曰："好姬昌逆贼！今为反臣，又杀朝廷命官，你罪如太山，若不斩此贼与黄元济报仇，誓不回军！"传令："明日将大队人马出城，与姬昌决一雌雄！"（不自量力，眼高于顶）一宿已过，次早旭日东升，大炮三声，开城门，大势人马杀奔周营，坐名只要姬昌、姜尚至辕门答话。探马报入中军曰："崇应彪口出不逊之言，请丞相军令定夺。"子牙请文王亲自临阵，会兵于崇城。文王乘骑，四贤保驾，八俊随军。周营内炮响，麾动旗幡。崇应彪见对阵旗门开处，忽见一人，道扮乘马而来，两边排列众将，一对对雁翅分开。崇应彪定睛观看，但见有《西江月》为证：

> 鱼尾金冠鹤氅①，丝绦双结乾坤，雌雄宝剑手中擎，八卦仙衣可衬。　　元始玉虚门下，包含地理天文，银须白发气精神，却似神仙临阵。

子牙马至阵前，言曰："崇城守将可来见我。"只听得那阵上一骑飞来。怎见得崇应彪装束：

> 盘头冠，飞凤结；大红袍，猩猩血。黄金铠甲套连环，护心

① 鹤氅（chǎng）：鸟羽制成的裘，后专称道服。

宝镜悬明月。腰束羊脂白玉镶，九吞八扎真奇绝。金妆锏挂马鞍旁，虎尾钢鞭悬竹节。袋内弓湾三尺五，囊中箭插宾州铁。坐下走阵冲营马，丈八蛇矛①神鬼怯。父在当朝一宠臣，子镇崇城真英杰。

崇应彪一马当前，见子牙问曰："汝乃何等人物，敢犯吾疆界？"子牙曰："吾乃文王驾下首相姜子牙是也。汝父子造恶如渊海，积毒似山岳，贪民财物如饿虎，伤人酷惨似豺狼，惑天子无忠耿之心，坏忠良有摧残之意，普天之下，虽三尺之童，恨不能生啖你父子之肉！今日文王起仁义之师，除残暴于崇地，绝恶党以畅人神，不负天子加以节钺，得专征伐之意。"

应彪闻得此言，大喝姜尚曰："你不过磻溪一无用老朽，敢出大言！"顾左右曰："谁为吾擒此逆贼？"言还未了，只见一将出马对阵。文王马上大呼曰："崇应彪少得行凶，孤来也！"应彪又见文王马至，气冲满怀，手指文王大骂："姬昌！你不思得罪朝廷，立仁行义，反来侵吾疆界！"文王曰："你父子罪恶贯盈，不必我言，只是你早早下马，解送西岐，立坛告天，除汝父子凶恶，不必连累崇城良民。"应彪大喝："谁为我擒此反贼？"一将应声而出，乃陈继贞。这壁厢辛甲纵马摇斧，大叫："陈继贞慢来！休得冲吾阵脚！"两马相交，枪斧并举，战在一处。二将拨马抡兵，杀有二十回合。

应彪见陈继贞战辛甲不下，随命金成、梅德助阵。子牙见对阵有助，子牙令毛公遂、周公旦、召公奭、吕公望、辛免、南宫适六将齐出，冲杀一阵。应彪见大势人马催动，自拨马杀进重围，只杀的惨惨

① 蛇矛：矛头如弯曲的蛇体，属于长杆兵器。

征云，纷纷愁雾，喊声不绝，鼓角齐鸣。混战多时，早有吕公望一枪刺梅德于马下，辛免斧劈金成。崇兵大败进城。子牙传令鸣金，众将掌得胜鼓回营不表。话说应彪兵败将亡，进城将四门紧闭，在殿上与众将商议退兵之策。众将见西岐士马英雄，势不可当，并无一筹可展，半策可施。（此前叫嚷有多凶狠，此刻便有多狼狈）

且说子牙得胜回营，欲传令攻城。文王曰："崇家父子作恶，与众百姓无干，今丞相欲要攻城，恐城破玉石俱焚，可怜无辜遭枉。况孤此来，不过救民，岂有反加之以不仁哉？切为不可！"子牙见文王以仁义为重，不敢抗违，自思："主公德同尧、舜，一时如何取得崇城！只得暗修一书，使南宫适往曹州见崇黑虎，庶几崇城可得。"令南宫适接书，径往曹州来。子牙按兵不动，只等回书。不知崇侯虎性命如何，且听下回分解。

总批

西伯得专征伐，乃纣王假之以权，正天夺其鉴，若或使之而然。故天下诸侯皆知有西伯耳。所以武王嗣兴，天下响应，有所自也。虽然斯时已三分有二，文王犹以服事殷。纣恶日甚，周之德所以日见其盛矣。虽不假之以权，其可得乎！君人者，当知所勉夫！

又批

赏牡丹而妖狐出见，此纣王亲见神莺抓退。进内殿见妲己抓伤头面，此不问可知；不然亦当疑惑，何能其摭拾而恬不为怪，乃痴迷若是也，又何怪今人之多被此妖之蒙蔽乎！

第二十九回　斩侯虎文王托孤

斬侯虎文王托孤

导读：关于历史上的崇国，我们在前文曾经提到过。它的位置，大致在今天陕西省西安市鄠邑区东。而在此之前的唐虞时期还有一个崇国，相传尧帝曾经把在今天河南省登封市嵩山附近的崇地，封给了大禹的父亲鲧，称其为“崇伯鲧”。两个崇国之间并无关系。商代的崇国，其位置恰好位于西岐（今陕西省宝鸡市扶风、岐山一带）向东进发的必经之路上。加上历史上的崇侯虎也曾向纣王进关于姬昌的谗言。因此，当姬昌开始策划取代商朝的计划时，崇国就成了必须被攻灭的对象。按照《尚书大传》的记载，文王“六年伐崇”。这里的“六年”，指的是文王受天命后的第六年，而不是他统治的第六年。按照《史记·周本纪》的说法，文王受命之后，二年伐犬戎，三年伐密须，四年败耆国。五年伐邘，又过一年伐崇侯虎，这年就是受命后的第六年。文王灭了崇国之后，就在沣河附近建造了新的都城丰邑，从西岐迁都于此。第二年，文王就驾崩了。而今本《竹书纪年》却将伐崇定在纣王三十四年，而将文王驾崩定在纣王四十一年。很显然是误读了《尚书大传》，以为文王在伐崇后六年去世。

诗曰：

崇虎无谋枉自尤，欺君盗国岂常留。
辕门斩首空嗟叹，孥子悬头莫怨愁。
周室龙兴应在武，纣家虎败却从彪。
孰知不负文王托，八百年来戊午收。

话说南宫适离了周营，径望曹州。一路上晓行夜住，也非一日，（从陕西到山东，一路岂止千里！）来到曹州馆驿安歇，次日至黑虎府里下书。黑虎正坐，家将禀："千岁，有西岐差南宫适来下书。"黑虎听得是西岐差官，即降阶①迎接，笑容满面，让至殿内，行礼，分宾主坐下。崇黑虎欠身言曰："将军今到敝驿，有何见谕？"南宫适曰："吾主公文王，丞相姜子牙，拜上大王，特遣末将有书上达。"南宫适取书递与黑虎，黑虎拆书观看：

"岐周丞相姜尚顿首百叩，致书于大君侯崇将军麾下：盖闻：人臣事君，务引其君于当道，必谏行言听，膏泽②下于民，使百姓乐业，天下安阜；未闻有身为大臣逢君之恶，蛊惑天子，残虐万民，假天子之命令，敲骨剥髓，尽民之力肥润私家，陷君不义，忍心丧节，如令兄者。真可谓积恶如山，穷凶若虎，人神共怒，天下恨不食其肉而寝其皮，为诸侯之所共弃。

今尚主公得专征伐，奉诏以讨不道。但思君侯素称仁贤，岂得概以一族而加之以不义哉？尚不忍坐视，特遣裨将③呈书上

① 降阶：走下台阶，以示恭敬。
② 膏泽：滋润作物的雨。此处指恩泽。
③ 裨（pí）将：副将。

达。君侯能擒叛逆，解送周营，以谢天下，庶几洗一身之清白，见贤愚之有分。不然，天下之口哓哓，恐昆仑火焰，玉石无分，尚深为君侯惜矣！

君侯倘不以愚言为非，乞速赐一语，则尚幸甚，万民幸甚！临楮①不胜跂望②之至！尚再拜。"

崇黑虎看了书，复连看三五遍，自思点头："我观子牙之言，甚是有理。我宁可得罪于祖宗，怎肯得罪于天下，为万世人民切齿。纵有孝子、慈孙，不能盖其愆尤。宁至冥下请罪于父母，尚可留崇氏一脉，不致绝灭宗枝也。"（崇黑虎颇明大义，又晓时势，知兄长之罪恶，也知纣王之难以倚仗）南宫适见黑虎自言自语，暗暗点头，又不敢问。只见黑虎曰："南将军，我末将谨领丞相教诲，不必修回书，将军先回，多多拜上大王、丞相，总无他说，只是把家兄解送辕门请罪便了。"遂设席待南宫适，尽饮而散。次日，南宫适作辞去了。

话说崇黑虎分付副将高定、沈冈，点三千飞虎兵，即日往崇城来。又命子崇应鸾守曹州。黑虎行兵在路无词。一日行至崇城，有探马报与崇应彪，应彪领众将出城，迎接黑虎。应彪马上欠背打躬，口称"王叔"曰："侄男甲胄在身，不能全礼。"黑虎曰："贤侄，吾闻姬昌伐崇，特来相助。"崇应彪感谢不尽，遂并马进城，入府上殿。行礼毕，崇黑虎问其来伐原故，应彪答曰："不知何故攻打崇城。前日与西伯会兵，小侄失军损将，今得王叔相辅，乃崇门之幸也。"遂设宴款待一宿。次日，黑虎点三千飞虎兵出城，至周营索战。南宫适已回过子牙，子牙正坐，忽报崇黑虎请战。子牙令南宫适出阵。南宫

① 楮（chǔ）：木名。皮可制桑皮纸，因以为纸的代称。亦指信笺。
② 跂望：亦作"企望"。踮起脚跟向前望，形容盼望心切。

适结束来至阵前，见黑虎怎生装束：

九云冠，真威武；黄金甲，霞光吐。大红袍上现团龙，勒甲绒绳攒九股。豹花囊内插狼牙，龙角弓湾四尺五。坐下火眼金睛兽，鞍上横拖两柄斧。曹州威镇列诸侯，封神南岳崇黑虎。

黑虎面如锅底，海下一部落腮红髯，两道黄眉，金睛双暴，来至军前，厉声大叫曰："无故恃强犯界，任尔猖狂，非王者之师。"（专为引出其兄罪恶）南宫适曰："崇黑虎，不道汝兄恶贯天下，陷害忠良，残虐善类，古云：'乱臣贼子，人人得而诛之。'"道罢，举刀直取。黑虎手中斧急架相还。兽马相交，斧刀并起，战有二十回合。马上黑虎暗对南宫适曰："末将只见这一阵，只等把吾兄解到行营，再来相见，将军坐下阵去罢。"南宫适曰："领君侯命。"随掩一刀，拨马就走，大叫："崇黑虎，吾不及你了，休来赶我！"黑虎亦不赶，掌鼓回营。

话说崇应彪在城上敌楼观战，见南宫适败走，黑虎不赶，忙下城迎着黑虎曰："叔父今日会兵，为何不放神鹰拿南宫适？"黑虎曰："贤侄，你年幼不知事体。你不闻姜子牙乃昆仑山上之客，我用此术，他必能识破，不为可惜，且胜了他再来区处[1]。"二人同至府前下马，上殿坐下，共议退兵之策。黑虎道："你修一表，差官往朝歌见天子，我修书请你父亲来，设计破敌，庶几文王可擒，（呼姬昌为文王，已露出其立场感情，可惜崇应彪未能及时发现）大事可定。"应彪从命修本，差官并书一齐起行。

且说使命官一路无辞，过了黄河，至孟津，往朝歌来。那一日，

① 区处：处理，分别处置。

进城先来见崇侯虎。两边启："千岁：家将孙荣到了。"崇侯虎命："令来。"孙荣叩头。侯虎曰："你来有甚话说？"荣将黑虎书呈上。侯虎拆书：

"弟黑虎百拜王兄麾下：盖闻：天下诸侯，彼此皆兄弟之国。孰意西伯姬昌不道，听姜尚之谋，无端架捏，言王兄恶大过深，起猖獗之师，入无名之谤，伐崇城甚急。应彪出敌，又损兵折将。弟闻此事，星夜进兵，连敌二阵，未见胜负。因差官上达王兄，启奏纣王，发兵剿叛除奸，清肃西土。如今事在燃眉，不可羁滞。弟候兵临，共破西党，崇门幸甚。弟黑虎再拜上陈。"

侯虎看罢，拍案大骂姬昌曰："老贼！你逃官欺主，罪当诛戮。圣上几番欲要伐你，我在其中，尚有许多委曲。今不思你知感，反致欺侮。若不杀老贼，势不回兵！"遂穿朝服进内殿，朝见纣王。王宣侯虎至，行礼毕。纣王曰："卿有何奏章？"侯虎奏曰："逆恶姬昌，不守本土，偶生异端，领兵伐臣，谈扬过恶，望陛下为臣作主。"纣王曰："昌素有大罪，逃官负孤，焉敢凌虐大臣，殊为可恨！卿先回故地，朕再议点将提兵，协同剿捕逆恶。"侯虎领旨先回。且说崇侯虎领人马三千，离了朝歌，一路而来。有诗为证。诗曰：

三千人马疾如风，侯虎威严自姓崇。
积恶如山神鬼怒，诱君土木士民穷。
一家嫡弟施谋略，拿解行营请建功。
善恶到头终有报，衣襟血染已成空。

且说崇侯虎人马不一日到了崇城。报马来报黑虎。黑虎暗令高定："你领二十名刀斧手，埋伏于城门里，听吾腰下剑声响处，与我把大爷拿下，解送周营，辕门会齐。"又令沈冈："我等出城迎大千岁去，你把大千岁家眷拿到周营，辕门等候。"分付已定，方同崇应彪出城迎接，行三里之外，只见侯虎人马已到。有探马报入行营曰："二大王同殿下辕门接见。"崇侯虎马出辕门，笑容言曰："贤弟此来，愚兄不胜欣慰！"又见应彪，三人同行。方进城门，黑虎将腰下剑拔出鞘，一声响，只见两边家将一拥上前，将侯虎父子二人拿下，绑缚其臂。侯虎喊叫曰："好兄弟！反将长兄拿下者，何也？"黑虎曰："长兄，你位极人臣，不修仁德，惑乱朝廷，屠害万姓，重贿酷刑，监造鹿台，恶贯天下。四方诸侯欲同心剿其崇姓，文王书至，为我崇氏分辨贤愚。我敢有负朝廷，宁将长兄拿解周营定罪。我不过只得罪于祖宗犹可，我岂肯得罪于天下，自取灭门之祸？故将兄送解周营，再无他说。"

侯虎长叹一声，再不言语。（岂是自知己身罪恶滔天，难以言辩？）黑虎随将侯虎父子送解周营。至辕门，侯虎又见元配李氏同女站立。侯虎父子见了，大哭曰："岂知亲弟陷兄，一门尽绝！"黑虎至辕门下骑，探事马报进中军。子牙传令："请。"黑虎至帐行礼。子牙迎上帐曰："贤侯大德，恶党剿除，君侯乃天下奇丈夫也！"黑虎躬身谢曰："感丞相之恩，手札降临，照明肝胆，领命遵依，故将不仁之兄拿献辕门，听候军令。"子牙传令："请文王上帐。"彼时文王至。黑虎进礼，口称"大王"。文王曰："呀！原来崇二贤侯，为何至此？"黑虎曰："不才家兄逆天违命，造恶多端，广行不仁，残虐良善，小弟今将不仁家兄，解至辕门，请令施行。"文王听罢，其心不悦，沉思："是你一胞兄弟，反陷家庭，亦是不义。"（何其太迂，无子牙大业难成）

子牙在旁言曰："崇侯不仁，黑虎奉诏讨逆，不避骨肉，真忠贤君子，慷慨丈夫！古语云：'善者福，恶者祸。'天下恨侯虎恨不得生啖其肉，三尺之童，闻而切齿，今共知黑虎之贤名，人人悦而心欢。故曰：好歹贤愚，不以一例而论也。"子牙传令："将崇侯虎父子推来！"众士卒将崇侯虎父子簇拥推至中军，双膝跪下。正中文王，左边子牙，右边黑虎。子牙曰："崇侯虎恶贯满盈，今日自犯天诛，有何理说？"文王在旁，有意不忍加诛。子牙下令："速斩首回报！"不一时，推将出去，宝纛幡一展，侯虎父子二人首级斩了，来献中军。文王自不曾见人之首级，猛见献上来，吓得魂不附体，忙将袍袖掩面曰："骇杀孤家！"（此亦太过，如此表现，文王乎？唐僧乎？）子牙传令："将首级号令辕门！"有诗为证。诗曰：

独霸朝歌恃己强，惑君贪酷害忠良。
谁知恶孽终须报，枭首辕门是自亡。

话说斩了崇家父子，还有崇侯虎元配李氏并其女儿，黑虎请子牙发落，子牙曰："令兄积恶，与元配无干，况且女生外姓，何恶之有？君侯将令嫂与令侄女分为别院，衣食之类，君侯应之，无使缺乏，是在君侯。今曹州可令将把守，坐镇崇城，便是一国，万无一失矣。"崇黑虎随释其嫂，依子牙之说，请文王进城，查府库，清户口。文王曰："贤侯兄既死，即贤侯之掌握，何必孤行。姬昌就此告归。"黑虎再三款留不住。子牙回兵。（不罪家眷，不占其地，确是仁义伐罪之师）诗曰：

自出磻溪为首相，酬恩除暴伐崇城。
一封书到擒侯虎，方显飞熊素著名。

话说文王、子牙辞了黑虎，回兵往西岐来。文王自见斩了崇侯虎的首级，文王神魂不定，身心不安，郁郁不乐。一路上茶饭懒餐，睡卧不宁，合眼朦胧，又见崇侯虎立于面前，惊疑失神。那一日兵至西岐，众文武迎接文王入宫。彼时路上有疾，用医调治，服药不愈。按下不表。（两颗首级便被吓得如此，如此文王，算得什么圣人？败笔也）

话说崇黑虎献兄周营，文王将崇侯虎父子枭首示儆，崇城已属黑虎。北边地方，俱不服朝歌。其时有报到朝歌城。文书房微子看本，看到崇侯虎被文王所诛，崇城尽属黑虎所占，微子喜而且忧：喜者，喜侯虎罪不容诛，死当其罪；忧者，忧黑虎独占崇城，终非良善；姬昌擅专征伐，必欲剪商。"此事重大，不得不奏。"遂抱本来奏纣王。纣王看本，怒曰："崇侯屡建大功，一旦被叛臣诛戮，情殊痛恨！"传旨："命点兵将，先伐西岐，拿曹侯崇黑虎等，以正不臣之罪。"旁有中大夫李仁进礼称"臣"，奏曰："崇侯虎虽有大功于陛下，实荼毒于万民，结大恶于诸侯，人人切齿，个个伤心。今被西伯殄灭，天下无不讴歌。况大小臣工无不言陛下宠信谗佞，今为诸侯又生异端，此言恰中诸侯之口。愿陛下将此事徐徐图之。如若急行，文武以陛下宠嬖幸①，以诸侯为轻。侯虎虽死，如疥癣②一般，天下东南，诚为重务。愿陛下裁之！"纣王听罢，沉吟良久，方息其念。按下纣王不表。（一谏而息征伐之意，崇侯虎地下有知，可心寒否？）

且说文王病势日日沉重，有加无减，看看危笃③。文武问安，非止一日。文王传旨："宣丞相进宫。"子牙入内殿，至龙榻前，跪而奏曰："老臣姜尚奉旨入内殿，问候大王，贵体安否？"文王曰："孤今召卿入内，并无别论。孤居西北，坐镇兑方，统二百镇诸侯元首，

① 嬖（bì）幸：指被宠爱狎昵的人。
② 疥癣：疥、癣都是皮肤表面的疾病，常用来比喻虽关痛痒，但无碍生命的小问题。
③ 危笃：病势严重。

感蒙圣恩不浅。方今虽则乱离，况且还有君臣名分，未至乖离。孤伐侯虎，虽斩逆而归，外舒而心实怯非。乱臣贼子，虽人人可诛，今明君在上，不解天子而自行诛戮，是自专①也。况孤与侯虎一般爵位，自行专擅②，大罪也。自杀侯虎之后，孤每夜闻悲泣之声，合目则立于榻前。吾思不能久立于阳世矣。今日请卿入内，孤有一言，切不可负：倘吾死之后，纵君恶贯盈，切不可听诸侯之唆③，以臣伐君。丞相若违背孤言，冥中不好相见。”（是何言！愚忠至此，宋江杀李逵，亦不及此。作者此回写文王极失败，不见圣贤，唯见蠢奴）道罢，泪流满面。

子牙跪而启曰：“臣荷蒙恩宠，身居相位，敢不受命。若负君言，即系不忠。”君臣正论间，忽殿下姬发进宫问安。文王见姬发至，便喜曰：“我儿此来，正遂孤愿。”姬发行礼毕。文王曰：“我死之后，吾儿年幼，恐妄听他人之言，肆行征伐。纵天子不德，亦不得造次妄为，以成臣弑君之名。你过来，拜子牙为亚父④，早晚听训指教，今听丞相，即听孤也，可请丞相坐而拜之。”（孰料“怂恿”姬发造次者，即亚父也）姬发请子牙转上，即拜为亚父。子牙叩头榻前，泣曰：“臣受大王重恩，虽肝脑涂地，碎骨捐躯，不足以酬国恩之万一！大王切莫以臣为虑，当宜保重龙体，不日自愈矣。”文王谓子发曰：“商虽无道，吾乃臣子，必当恪守其职，毋得僭越，遗讥后世。睦爱弟兄，悯恤万民，吾死亦不为恨。”又曰：“见善不怠，时至勿疑，去非勿处，此三者乃修身之道，治国安民之大略也。”姬发再拜受命。文王曰：“孤蒙纣王不世之恩，臣再不能睹天颜直谏，再不能演八卦羑里化民也！”（此真一斯德哥尔摩综合征之重度患者也）言罢遂薨，

① 自专：意味着自作主张，独断专行。
② 专擅：谓不请命而擅自行事。
③ 唆：怂恿人去做坏事。
④ 亚父：仅次于父亲的尊称。

亡年九十七岁，后谥为周文王。时商纣王二十年仲冬。

奂美文王德，巍然甲众侯。际遇昏君时，小心翼翼求。
商都三道谏，羑里七年囚。卦发先天秘，《易传》起后周。
飞熊来入梦，丹凤出鸣州。仁风光后稷，德业继公刘①。
终守仁臣节，不逞伐商谋。万古岐山下，难为西伯俦②。

话说西伯文王薨，于白虎殿停丧。百官共议嗣位。太公望率群臣奉姬发嗣西伯之位，后谥为武王。武王葬父既毕，尊子牙为尚父，其余百官各加一级。君臣协心，继志述事，尽遵先王之政。四方附庸之国，皆行朝贡西土。二百镇诸侯，皆率王化③。且说汜水关总兵官韩荣见得边报，文王已死，姜尚立世子姬发为武王。（可见子牙、姬发俱未遵从文王临终之咛语）荣大惊，忙修本，差官往朝歌奏事。使命一日进城，将本下于文书房。时有上大夫姚中见本，与殿下微子共议："姬发自立为武王，其志不小，意在谋叛，此事不可不奏。"微子曰："姚先生，天下诸侯见当今如此荒淫，进奸退忠，各有无君之心。今姬发自立为武王，不日而有鼎沸山河、扰乱乾坤之时。今就将本面君，昏君决不以此为患，总是无益。"（可见朝中之人心向背）姚中曰："老殿下，言虽如此，各尽臣节。"姚中抱本往摘星楼候旨。不知凶吉如何，且听下回分解。

总批

侯虎罪恶，固人人可诛。况文王得专征伐，岂有坐视之理，

① 公刘：古代周族领袖。传为后稷曾孙。
② 俦：伴侣，同类。
③ 王化：天子的教化或德化。

擒之送入朝廷，明正其罪，以杀戮出自朝廷，文王不自专擅可也。何子牙计不出此，而擅自斩首号令，岂是时雨之师。后日叩马之谏，有所自矣。

又批

黑虎为崇侯嫡弟，虽君臣之义重，而手足之分亦严，皆不可草草作为，且甚至令满门受缚，何心哉！当时黑虎只当明兄之罪，共相擒获，而自行请罪，以免其子孙，此方妥当；岂得暗行谋计，而伤其手足哉！黑虎难辞其责矣。

第三十回　周纪激反武成王

周紀激反武成王

导读：在早期的伐纣小说如《武王伐纣平话》《列国志传》等书中，黄飞虎的身份只是一个小小的地方诸侯“南燕王”，在武王起兵之后前来投靠，被封为“先锋招讨大将军”。而在本书中，黄飞虎身份却是武官中仅次于闻仲的“武成王”。“武成王”这个封号不能不引人遐想，因为历史上确实有一位生活在商周之际的人物被封为武成王，那就是姜子牙。在唐朝时，仿照太学与文庙设立了武学和武庙，以姜太公为武庙主祀，历代名将配祀。唐肃宗上元元年(760)，正式下诏追封姜太公为武成王，几乎与孔子的文宣王平起平坐了。但是自从武庙设立以来，就时不时地受到质疑。因为武庙完全是模仿文庙而成的，许多设置就不免牵强附会。

唐代文庙以颜回配享，因为颜回是七十二贤之首，而武庙以张良配享，只因为张良曾学过《太公兵法》。诸如此类，自然引起文官的不满。在他们看来，尊崇孔子是因为孔子乃万世师表，尊孔子乃是尊师崇道。而姜太公与张良都只是某一朝代的功勋，并不值得后世帝王如此崇敬。而且，朝中武将对于武庙的感情大多也较为冷淡。因为武庙是依托武学而建的，可军队中真正看重的是实战中升迁进步的将校，而不大看得起靠武举做官的。因此，朝中武将多是起于行伍或出身将门，极少有武举出身的，因此对于武庙自然也就没太多感情。武庙最终在明朝初年被朱元璋废除，姜太公的武成王封号也被撤销。因此，有些人认为，《封神演义》中的黄飞虎实际上是姜子牙的分身。作者将历史上的姜子牙一分为二，其谋士、术士的一面被保留为书中的姜子牙，而其武将、统帅的一面则被塑造成了黄飞虎，故而也就将历史上原本属于姜子牙的封号武成王给了黄飞虎。

诗曰：

君戏臣妻自不良，纲常污蔑枉成王。
只知苏后妖言惑，不信黄妃直谏匡。
烈妇清贞成个是，昏君愚昧落场[1]殃。
今朝逼反擎天柱，稳助周家世世昌。

话说姚中上摘星楼见驾毕，纣王曰："卿有何奏章？"姚中曰："西伯姬昌已死，姬发自立为武王，颁行四方，诸侯归心者甚多，将来为祸不小。臣因见边报，甚是恐惧。陛下当速兴师问罪，以正国法，若怠缓不行，则其中观望者皆效尤耳。"纣王曰："料姬发一黄口稚子，有何能为之事？"姚中奏曰："发虽年幼，姜尚多谋，南宫适、散宜生之辈，谋勇俱全，不可不预为防。"纣王曰："卿之言虽有理，料姜尚不过一术士，有何作为！"须不听。姚中知纣王意在不行，随下殿叹曰："灭商者必姬发矣！"这且不表。

时光迅速，不觉又是年终。次年乃纣二十一年，正月元旦之辰，百官朝贺毕，圣驾回宫。大凡元旦日，各王公并大臣的夫人俱入内朝贺正宫苏皇后。各亲王夫人朝贺毕，出朝。祸因此起。

且说武成王黄飞虎的元配夫人贾氏，入宫朝贺；二则西宫黄妃是黄飞虎的妹子，一年姑嫂会此一次，必须款洽[2]半日，故贾夫人先往正宫来。宫人报："启娘娘：贾夫人候旨。"妲己问曰："那个贾夫人？"宫人曰："启娘娘：黄飞虎元配贾夫人。"妲己暗暗点头："黄飞虎，你恃强助放神莺，抓坏我面门，今日你一般妻子贾

① 落场：收场。
② 款洽：亲切，融洽。

氏也入吾圈套！”（妲己自知法力不及黄飞虎，不敢对其下手，只能拿女人泄愤）传旨：“宣。”贾氏入宫行礼，朝贺毕。娘娘赐坐。夫人谢恩。

妲己曰：“夫人青春几何？”贾氏：“启娘娘：臣妾虚度‘四九’。”妲己曰：“夫人长我八岁，还是我姐姐。我苏氏与你结为姊妹，如何？”贾氏奏曰：“娘娘乃万乘之尊，臣妾乃一介之妇，岂有彩凤配山鸡之理？”妲己曰：“夫人太谦！我虽椒房之贵，不过苏侯之女，你位居武成王夫人，况且又是国戚，何卑之有？”传旨：“排宴。”款待贾氏。妲己居上，贾氏居下，传杯共饮。酒不过三五巡，宫宦启娘娘：“驾到！”贾氏着忙，奏曰：“娘娘将妾身置于何地？”妲己曰：“姐姐，不妨，可往后宫回避。”

贾氏果进后宫。妲己接驾至殿上。纣王见有筵席，问曰：“卿与何人饮酒？”妲己奏曰：“妾身陪武成王夫人贾氏饮酒。”纣王曰：“贤哉妲己！”（贤在何处？）传旨：“换席。”纣王与妲己把盏。妲己曰：“陛下可曾见贾氏之容貌乎？”纣王曰：“卿言差矣。君不见臣妻，礼也。”（居然还知君臣之礼）妲己曰：“君故不可见臣妻，今贾氏乃陛下国戚，武成王妹子现在西宫，既为内戚，见亦何妨。外边小民，姑夫、舅母共饮，乃常事耳。陛下暂请出宫，别殿少憩。待妾诓贾氏上摘星楼，那时驾临，使贾氏不能回避。贾氏果然天姿国色，万分妖娆。”（对纣王而言，妲己或许真算得上“贤妻”）纣王大喜，退于偏殿。

且说妲己来请贾氏，贾氏谢恩告出。妲己曰：“一年一会，今与姐姐往摘星楼看景一会，何如？”贾氏不敢违命，只得相随往摘星楼来。诗曰：

妲己设计陷忠贞，贾氏楼前命自湮①。
名节已全清白信，简编凛烈②有谁伦。

妲己携贾氏上得楼来，行至九曲栏杆，望下一看，只见虿盆③内蛇蝎狰狞，骷髅白骨，堆堆垛垛，着实难看；酒池中悲风凛凛，肉林下寒气侵侵。贾氏对妲己曰："启娘娘：此楼下设此池沼、坑穴，为何？"妲己曰："宫中大弊难除，故设此刑，名曰虿盆。宫人有犯者，剥衣缚身，送下此坑，喂此蛇蝎。"贾氏听罢，魂不附体。妲己传旨："摆上酒来！"贾氏告辞："决不敢领娘娘盛意！"妲己曰："我晓的你还要往西宫去，略饮数杯，也是上楼一番。"贾氏只得依从。（想来贾氏已察觉妲己非是好意，但无论是性格还是实力，都令其难以逃离）且不说贾氏在楼。且说西宫黄妃差官打听，贾夫人入宫朝贺，姑嫂骨肉只此一年一会。黄妃倚宫门而候。差官回覆曰："贾夫人随苏娘娘上摘星楼去了。"黄妃大惊："妲己乃妒忌之妇，嫂嫂为何随此贱人？"忙差官往楼下打听。

话说妲己、贾氏正饮酒时。宫人来报："驾到！"贾氏着忙。妲己曰："姐姐莫慌，请立于栏杆外边，等驾见毕，姐姐下楼，何必着忙。"果然贾氏立在栏杆外边。纣王上楼，妲己礼毕。纣王坐下，故问曰："栏杆外立者何人？"妲己曰："武成王夫人贾氏。"贾氏出笏④见礼。妲己曰："赐卿平身。"贾氏立于一旁。纣王偷睛观看贾氏姿色，果然生成端正，长就娇容。昏君传旨："赐坐。"贾氏奏曰："陛下、国母，乃天下之主，臣妾焉敢坐。臣妾该万死！"妲己曰：

---

① 自湮：自尽。
② 凛烈：庄严、令人敬畏的样子。
③ 虿（chài）盆：又名万蛇坑，为古代酷刑之一。
④ 出笏（hù）：出示笏板。

“姐姐坐下何妨。”

纣王曰：“御妻为何称贾氏为姐姐？”妲己曰：“贾夫人与妾一拜姊妹，故称姐姐，乃是皇姨，便坐下何妨。”贾氏自思：“今日入了苏妲己圈套。”贾氏俯伏奏曰：“臣妾进宫朝贺，乃是恭上，陛下亦合礼下。自古道：‘君不见臣妻，礼也。’愿陛下赐臣妾下楼，感圣恩于无极矣！”纣王曰：“皇姨谦而不坐，朕立奉一杯，如何？”贾氏面红赤紫，怒发冲霄，自思：“我的丈夫何等之人！我怎肯今日受辱！”贾氏料今日不能全生。纣王执一杯酒，笑容可掬来奉贾氏。贾氏已无退处，用手抓杯，望纣王劈面打来，大骂：“昏君！我丈夫与你挣江山，立奇功三十余场，不思酬功，今日信苏妲己之言，欺辱臣妻。昏君！你与妲己贱人不知死于何地！”纣王大怒，命左右：“拿了！”贾氏大喝曰：“谁敢拿我！”转身一步，走近栏杆前，大叫曰：“黄将军！妾身与你全其名节！只可怜我三个孩儿，无人看管！”这夫人将身一跳，撞下楼台，粉骨碎身。（刚烈非常，果有将门之风。想来亦是自知绝无保全之策，方有此决绝之举）有诗为证。诗曰：

朝贺中宫起祸殃，夫人贞洁坠楼亡。
纣王失政忘君道，烈妇存诚①敢自凉。
西伯慢言招国瑞，殷商又道失金汤②。
三三两两兵戈动，八百诸侯起战场。

话说纣王见贾氏坠楼而死，好懊恼，平地风波，悔之不及。且说

① 存诚：谓心怀坦诚。
② 金汤：指坚固的城池。此指殷商将失去黄飞虎一家的支持。

黄妃的差官打听信息，忙报西宫："启娘娘：其祸不浅！"黄妃曰："有甚么祸事？"差官报道："贾夫人坠了摘星楼，不知何故。"黄妃大哭曰："妲己泼贱！与吾兄有隙，今将吾嫂嫂陷害无辜。"黄妃步行往摘星楼下，径上楼，指定纣王骂曰："昏君！你成汤社稷亏谁！我兄与你东拒海寇，南战蛮夷。掌兵权，一点丹心；助国家，未敢安枕。我父黄滚镇守界牌关，训练士卒，日夕劳苦。一门忠烈，报国忧民。今元旦，遵守朝廷国礼，进宫朝贺，乃敬上守法之臣。任信泼贱，诓彼上楼。昏君！你爱色不分纲常，绝灭彝伦！你有辱先王，污名简册！"

黄妃把纣王骂得默默无言。（想来纣王一是自知理亏，二是对黄妃尚有些许感情，三是怕逼反黄飞虎一家。不然纣王几时能容此责骂？）又见妲己侧坐，黄妃指妲己骂曰："贱人！你淫乱深宫，蛊惑天子。我嫂嫂被你陷身坠楼，痛伤骨髓！"赶上一把，抓住妲己。黄妃原有气力，乃将门之女，把妲己拖翻在地，捺[①]在尘埃，手起拳落，打了二三十下。（大快人心）妲己虽然是妖怪，见纣王坐在上面，有本事也不敢用出，只叫："陛下救命！"纣王看着黄妃打妲己，心有偏向，上前劝解。纣王曰："不管妲己事。你嫂嫂触朕自愧，故投楼下，与妲己无干。"黄妃急攘[②]之间，不暇检点，回手一拳，误打着纣王脸上，"好昏君！你还来替贱人遮掩！打死了妲己，与嫂嫂偿命！"纣王大怒："这贱人反将朕打一拳！"一把抓住黄妃后鬓[③]，一把抓住宫衣，拎起来，纣王力大，望摘星楼下一摔。（纣王转变过快，文笔略嫌生硬）可怜：香消玉碎佳人绝，粉骨残躯血染衣！纣王摔了黄妃下楼，独坐无言，心下甚是懊恼，只是不好埋怨妲己。（自知闯了大祸）

且说贾氏侍儿随夫人往宫朝贺，只在九间殿等候，到了晚也不见

① 捺：按，扣压。
② 急攘：形容急忙慌乱。
③ 后鬓：后面头发的鬓角。

出来。只见一内侍问曰："你们是那里的侍儿？"答曰："我们是武成王府里的，随夫人朝宫，在此伺候。"内侍曰："你夫人坠了摘星楼，黄娘娘为你夫人辨明，反被天子摔下楼，跌得粉骨碎身。你们快去罢！"侍儿听说，急急回王府来。武成王在内殿同弟黄飞彪、飞豹，黄明、周纪、龙环、吴谦，黄天禄、天爵、天祥二子，元旦良辰欢饮。只见侍儿慌张来报："千岁爷，祸事不小！"飞虎曰："有甚么事，报得这等凶？"侍儿跪禀曰："夫人进宫，不知何故，坠了摘星楼，黄娘娘被纣王摔下楼来跌死了！"黄天禄十四岁，天爵十二岁，天祥七岁，听得母亲坠楼而亡，放声大哭。有诗为证。诗曰：

忽闻凶报满门惊，子哭儿啼泪若倾。
烈妇有恩虽莫负，忠君无愧更当诚。
左观四友俱怀忿，右睹三男苦痛心。
回首不堪重悒怏，伤心只有夜猿鸣。

话说飞虎听得此信，无语沉吟。又见三子哭得酸楚。黄明曰："兄长不必踌躇。纣王失政，大变人伦。嫂嫂进宫，想必昏君看见嫂嫂姿色，君欺臣妻，此事也是有的。嫂嫂乃是女中丈夫，兄长何等豪杰，嫂嫂守贞洁，为夫名节，为子纲常，故此坠楼而死。黄娘娘见嫂嫂惨死，必定向昏君辨明。纣王溺爱偏向，把娘娘摔下楼。（所料如同目睹，可谓深知家人，亦深知纣王者）此事再无他议。长兄不必迟疑。'君不正，臣投外国。'想吾辈南征北讨，马不离鞍，东战西攻，人不脱甲，若是这等看起来，愧见天下英雄，有何颜立于人世！君既负臣，臣安能长仕[①]其国？吾等反也！"四人各上马，持利刃，出门

① 长仕：长久地任职。

而走。

飞虎见四人反了，自思："难道为一妇人，竟负国恩之理？（愚忠至此，令人喷饭）将此反声扬出，难洗清白。"黄飞虎急出府，大叫曰："四弟速回！就反也要商议往何地方？投于何主？打点车辆，装载行囊，同出朝歌，为何四人独自前去！"四将听罢，回马，至府下马，进了内殿。黄飞虎持剑在手，大喝曰："黄明等！你这四贼！不思报本，反陷害我合门之祸！我家妻子死于摘星楼，与你何干！你等口称'反'字，黄氏一门七世忠良，享国恩二百余年，难道为一女人造反。（是人言否？有夫如此，黄妃泉下有知，不知作何感想）你借此乘机要反朝歌而图掳掠，你不思金带垂腰，官居神武，尽忠报国，而终成狼子野心，不绝绿林①本色耳！"骂的四人默默无语。

黄明笑曰："长兄，你骂得有理。又不是我们的事，恼他怎的！"四人在旁，抬一桌酒吃，四人大笑不止。（笑黄飞虎不是丈夫）黄飞虎心下如火燎一般，又见三子哭声不绝，听得四人抚掌欢欣，黄飞虎问曰："你们那些儿欢喜？"黄明曰："兄长家下有事挠心，小弟们心上无事。今元旦吉辰，吃酒作乐，与你何干？"飞虎气不过，恼曰："你见我有事，反大笑，这是怎么说？"周纪曰："不瞒兄说，笑的是你。"飞虎道："有甚么事与你笑？我官居王位，禄极人臣，列朝班身居首领，披蟒腰玉②，有何事与你笑？"周纪曰："兄长，你只知官居首领，显耀爵禄，身挂蟒袍。知者说仗你平生胸襟，位至尊大；不知者，只说你倚嫂嫂姿色，和悦君王，得其富贵。"（思路清奇，无懈可击）

① 绿林：新莽末年，王匡、王凤等聚众起义，占据绿林山（今湖北大洪山），号称"绿林军"。后因称聚集山林，武装反抗封建统治、诛锄恶霸土豪的好汉为"绿林"。亦用指群盗股匪。

② 披蟒腰玉：身穿蟒袍，腰系玉带。指身居高位做大官。

周纪道罢，黄飞虎大叫一声："气杀我也！"（怒发冲冠，终究是为了面子。此处颇有孔明以"二乔"智激周瑜之感）传家将："收拾行囊，打点反出朝歌！"黄飞彪见兄反了，点一千名家将，将车辆四百，把细软、金银珠宝装载停当。飞虎同三子、二弟、四友，临行曰："我们如今投那方去？"黄明曰："兄长岂不闻'贤臣择主而仕'，西岐武王，三分天下，周土已得二分，共享安康之福，岂不为美。"周纪暗思："方才飞虎反，是我说将计反了。他若还看破，只怕不反，不若使他个绝后计，再也来不得。"周纪曰："此往西岐，出五关，借兵来朝歌城，为嫂嫂、娘娘报仇，此还是迟着。依小弟愚见，今日就在午门会纣王一战，以见雌雄。你意下如何？"（确是绿林本色，如此行事便彻底断了黄飞虎退路）黄飞虎心下昏乱，随口答应曰："也是。"大抵天道该是如此。飞虎金装盔甲，上了五色神牛。飞彪、飞豹同三侄，龙环、吴谦并家将，保车辆出西门。黄明、周纪同武成王至午门，天色已明。周纪大叫："传与纣王，早早出来，讲个明白。如迟，杀进宫阙，悔之晚矣！"

纣王自贾氏身亡，黄妃已绝，自己悔之不及，正在龙德殿懊恼，无可对人言说。直到天明，当驾官启奏："黄飞虎反了，现在午门请战。"纣王大怒，借此出气，"好匹夫！焉敢如此欺侮朕躬！"传旨："取披挂！"九吞八扎[1]，点护驾御林军，上逍遥马，提斩将刀，出午门。怎见得：

冲天盔，龙蟠凤舞；金锁甲，叩就连环。九龙袍，金光晃目；护心镜，前后牢拴。红挺带，攒成八宝；鞍鞒挂，竹节钢

[1] 九吞八扎：九吞指战甲上九个作吞食状神兽的兽面装饰。八扎是指战甲的穿戴过程，需要扎带八次，形容穿戴之繁复，也有说认为八扎指铠甲有八层叶片。两者都是帝王高贵身份的象征。

鞭。逍遥马追风逐日，斩将刀定国安邦。只因天道该如此，至使君臣会战场。

黄飞虎虽反，今日面君，尚有愧色。周纪见飞虎愧色，在马上大呼："纣王失政，君欺臣妻，大肆狂悖！"纵马使斧，来取纣王。纣王大怒，手中刀急架相还。黄明走马来攻。黄飞虎口里虽不言，心中大恼曰："也不等我分清理浊，他二人便动手杀将起来！"（人家正要将此事坐实，岂能留时间与你？）飞虎只得催开神牛。一龙三虎杀在午门。这才是，诗曰：

虎斗龙争在午门，纣王无道败彝伦，
眼前贤士归明主，目下黎民叛远村。
三略有人空执法，五关无路可留阍①。
忠孝至今传万载，独夫②遗臭枉称尊。

君臣四骑，杀三十回合。纣王刀法展开，其势真如虎狼。三员大将使开枪斧，纣王抵敌不住，刀尖难举，马往后坐，将刀一掩，败进午门。黄明要赶，飞虎曰："不可。"（若一齐攻进，擒了纣王，省却多少事）三骑随出西门，来赶家将，一同行走，过孟津不表。

且说纣王败至大殿坐下，懊悔不及。都城百姓官员已知武成王反了，家家闭户，路少人行。又闻天子大战黄飞虎，百官忙入朝，见纣王问安，曰："黄飞虎因何事造反？"天子怎肯认错，乃曰："贾氏进宫朝贺，触忤皇后，自己坠楼而死。黄妃倚仗伊兄，恃强殴辱正宫，

① 阍（hūn）：守门。
② 独夫：谓残暴无道、众叛亲离的统治者。

推跌下楼，亦是误伤。不知黄飞虎自己因何造反，杀入午门，深属不道！诸臣为朕作速议处！”百官听纣王言说，皆默默无语，莫敢先立意见。

正沉思间，探事马报进午门曰：“闻太师征东海奏凯回兵。”百官大喜，齐辞朝上马，出郭迎接。只见人马远远行至，中军官报入营中曰：“启太师：百官辕门迎接。”闻太师曰：“众官请回，午门相会。”众官进城至朝门，见闻太师骑墨麒麟来至，众官躬身。太师曰：“列位请了！”众官同进朝，见天子。行礼毕，起身，不见武成王，太师心下疑惑，奏曰：“武成王为何不来随朝？”王曰：“黄飞虎反了。”太师惊问：“为何事反？”纣王曰：“元旦贾氏进宫，朝贺中宫，触犯苏后，自知罪戾，负愧坠楼而死，此是自取。西宫黄妃听知贾氏已死，忿怒上楼，毁打苏后，辱朕不堪，是朕怒起相攘，误跌下楼，非朕有意。（好一个“非朕有意”）不知黄飞虎辄敢率众杀入午门，与朕对敌，幸而未遭毒手，今已拥众反出西门。朕正在此沉思，适太师奏捷，乞与朕擒来，以正国法！”

太师听罢，厉声言曰：“此一件事，据老臣愚见，还是陛下有负于臣子！黄飞虎素有忠君爱国之心，今贾氏进宫朝贺，此臣下之礼，岂有无故而死！况摘星楼乃陛下所居，与中宫相间①，贾氏因何上此楼？其中必有主使、引诱之人，故陷陛下于不义。陛下不自详察，而有辱此贞洁之妇。黄娘娘见嫂死无辜，必定上楼直谏，陛下亦不能容受，溺爱偏向，又将黄娘娘摔跌下楼。致贾氏忿怨死，黄娘娘遭冤，实君有负臣子，与臣下何干！况语云：‘君不正则臣投外国。’今黄飞虎以报国赤衷，功在社稷，不能荣子封妻，享久长富贵，反致骨肉无辜惨死，情实伤心。乞陛下可赦黄飞虎一概大

① 相间：相隔。

罪，待臣追赶飞虎回来，社稷可安，家国太平。”（太师端的是明白人）

百官在旁，齐言：“太师处之甚明，无不钦服，望陛下速降敕旨，大事定矣！”闻太师又曰：“此是天子负臣，故当赦宥。若果飞虎有负君之处，只怕老臣一时之见，还有礼当说者，即行商议，不可有误国事。”班中闪一员官，乃下大夫徐荣出见。闻太师曰：“大夫有何议论？”荣曰：“太师所言，虽是天子负臣，黄飞虎也有忤君之罪。”太师曰：“大夫何以见得？”荣曰：“君欺臣妻，天子负臣，不顾恩爱，摔死黄娘娘，也是天子失政。黄飞虎岂得率众杀入午门，声言天子之罪，与天子在午门大战，臣节全无，故武成王也有不是。”（不知轻重缓急，一味咬文嚼字。看似公平公正，实际是为纣王开脱）闻太师听说，乃对诸大臣曰：“今诸臣朦胧，只谈天子之过，不言飞虎之逆。”乃传令吉立、徐庆：“快发飞檄①传临潼关、佳梦关、青龙关三路总兵，不可走了反叛，待老臣赶去拿来，以正大法！”不知凶吉何如，且听下回分解。

总批

妲己欲报私仇，不顾礼义纲常，致陷君于不道，逼飞虎之叛乱，此皆长舌之妇启之也。《书》曰：“牝鸡无晨。牝鸡之晨，惟家之索。”凡有不国之责者幸察于斯。

又批

贾氏，烈妇也。宁死而不受君辱，虽见之真，然事出一时，不暇筹画，所以竟成其是。飞虎，忠臣也。不肯因一妇人而失其

① 飞檄：紧急檄文。

节，此见极是。殆至沉思迟疑，须来周纪之激，必竟成其叛逆。闻仲谓："君有负于臣"，议论极是。及至转一议，便生出无限事端，不能瓦全其美，良可悲矣！大抵天下事，成于初念，败于转念，好恶皆然。

第三十一回　闻太师驱兵追袭

聞太師
驅兵追襲

导读：从本回开始，阐、截二教的弟子们开始逐渐加入战斗。这一回出场的是阐教的清虚道德真君。关于清虚道德真君是否存在原型，是一个很难定论的问题。因为阐教十二金仙的来源颇为复杂，有借用已有神仙名号的，如广成子、赤精子；有将佛教菩萨改头换面的，如文殊广法天尊、普贤道人；也有作者自己编造的，如灵宝大法师、清虚道德真君。清虚、道德都是道教常用的词汇，也常被用于神仙和高道的封号。例如张三丰就被加封清虚元妙真君。因此，我们实在难以仅凭清虚、道德这两个词，就试图为他找出一个原型。

不过，此回出现的魔家四将确有原型，即是佛教的“四大天王”。魔礼青对应的是南方增长天王，魔礼海对应的是北方多闻天王，魔礼寿对应的是东方持国天王，魔礼红对应的是西方广目天王。

诗曰：

忠良去国运将灰，水旱频仍万姓灾。
贤圣太师旋斗柄①，奸谗妖孽丧盐梅②。
三关漫道能留辔，四径纷纭唱草莱③。
空把追兵迷白日，彼苍④定数莫相猜。

话说闻太师驱兵追赶，出西门，一路上旗幡招展，锣鼓齐鸣，喊声大作不表。且说黄家父子、兄弟过了孟津，渡了黄河，行至渑池县。县中镇守主将张奎。黄飞虎知张奎利害，不敢穿城而走，从城外过了渑池，径往临潼关来。家将徐徐行至白莺林，只听得后面喊声大作，滚滚尘起。飞虎回头一看，却是闻太师的旗号，随后赶来。飞虎俯鞍叹曰："闻太师兵来，如何抵敌！吾等束手待毙而已。"（如此怕事，诚非英雄也！）飞虎见三子天祥，年方七岁，坐在马上。飞虎暗暗嗟叹："此子幼稚无知，你得何罪，也逢此难。"（观之令人生怜）

家将来报："启千岁：左边有一枝人马到了。"飞彪看时，乃青龙关张桂芳人马。又报："佳梦关魔家四将从右边来了。"又见正中间临潼关总兵官张凤兵来。黄飞虎见四面人马俱来，自思不能逃脱，长吁一声，气冲霄汉。且说青峰山紫阳洞清虚道德真君因神仙犯了杀戒，玉虚宫止讲，待子牙封过神方上昆仑，因此闲游五岳。一日往临潼关过，被武成王怨气冲开真人足下祥光。真人拨开云彩，往下一

① 斗柄：比喻权柄，大权。
② 盐梅：《书·说命下》："若作和羹，尔惟盐梅。"殷高宗命傅说作相之辞。盐味咸，梅味酸，均为调味所需，比喻傅说是国家所需要的人。后因以赞美重臣。
③ 草莱：在野的，未出仕的。
④ 彼苍：《诗·秦风·黄鸟》："彼苍者天，歼我良人。"后人因以"彼苍"为天的代称。

观，“元来是武成王有难，贫道不行护救，谁为拔济！”真人命黄巾力士：“将吾混元幡遮下，把黄家父子移到避净山中去，待贫道退了朝歌人马，打发他出关。”黄巾力士领法旨，用混元幡一罩，将黄家父子尽移往深山去了，踪迹全无。（重要人物遇险，必有高人解救，亦是古典小说常有套路）

且说闻太师大兵赶至中途，前哨报：“青龙关总兵官张桂芳听令。”太师传将令：“来。”桂芳行至军前，欠身躬候。太师问曰：“黄飞虎反出朝歌，此必由关隘，你可曾见否？”桂芳答曰：“末将不曾见。”太师曰：“速回，谨防关隘，不得迟误。”桂芳得令，去讫。又报：“佳梦关魔家四将听令。”太师命：“令来。”四天王步行至军前，口称：“太师，甲胄在身，不能全礼。”太师道：“黄飞虎曾往佳梦关来否？”四将答曰：“不曾见。”太师传令：“速回佳梦关守御，协同捉贼。”四将得令，去讫。又报：“临潼关首将张凤听令。”太师命：“令来。”至骑前行礼。太师曰：“老将军，叛贼黄飞虎曾往关上来否？”张凤欠身答曰：“不曾见。”闻太师令回兵，用心防守。张凤得令，去讫。

且说太师坐在骑上暗思：“俱道飞虎既出西门，过孟津，为何不见？三处人马撞来，俱言不曾见。异哉！异哉！也罢，待吾将人马驻扎在此，看他往那里来？”且说清虚道德真君在空中看闻太师住兵不动，真君曰：“若不把闻仲兵退回去，黄飞虎怎的出得五关？”真人随将葫芦盖去了，倒出神砂一捏，望东南上一洒。法用先天一气，炉中炼就玄功。少时间，闻太师军政官来报：“启太师：武成王领家将倒杀往朝歌去了。”太师闻报，传令：“回兵。”慌忙赶杀，径奔渑池，一路上果见前边一伙人，簇拥飞走。太师催动三军，赶过了孟津。按下不表。（真君好一出围魏救赵之计）

且说真君在云里命黄巾力士把混元幡移出大道，黄家父子兄弟在马上如醉方醒，如梦方觉，个个马上揉眉擦眼，定睛看时，四路人马去得影迹无踪。黄明叹曰："吉人自有天相。"飞虎忙问众弟兄："方才人马俱不知往那里去了，乘此时速行，过临潼关方好。"众将听令，速速策马前行。来至临潼关，见一枝人马扎住团营，阻住去路。黄飞虎令车辆暂停，正要上前打听，只听得炮声响处，呐喊摇旗。飞虎坐在五色神牛上，只见总兵张凤全装甲胄，八扎九吞。怎见得：

凤翅盔，黄金重，柳叶甲挂红袍控。
束腰八宝紫金厢，绒绳双叩梅花镜。
打将钢鞭如豹尾，百炼锤起寒云迸。
斩将刀举似秋霜，马走临崖当取胜。
大红幡上树威名，坐镇临潼将张凤。

话说张凤听报，黄飞虎领众已至关前。张凤上马，来至军前，大呼曰："黄飞虎出来答话！"武成王乘神牛至营前，欠身，口称："老叔：小侄乃是难臣，不能全礼。"张凤曰："黄飞虎，你的父与我一拜之交，你乃纣王之股肱，况是国戚，为何造反，辱没宗祖。今汝父任总帅大权，汝居王位，岂为一妇人而负君德。（何其冷血无耻之言）今日反叛，如鼠投陷阱，无有升腾[①]，即老拙[②]闻知，亦惭愧无地，真是可惜！听我老拙之言，早下坐骑受缚，解送朝歌，百司有本，当殿与你分个清浊，辨其罪戾[③]。庶几纣王姑念国戚，将往日功劳，赎今日之罪，保全一家生命。如迷而不悟，悔之晚矣！"

黄飞虎告曰："老叔在上，小侄为人，老叔尽知。纣王荒淫酒色，

① 升腾：此指脱逃。
② 老拙：旧时老年人自称的谦辞。
③ 罪戾：罪过，罪恶。

听奸退贤，颠倒朝政，人民思乱久矣。况君欺臣妻，逆礼悖伦，杀妻灭义。我兵平东海，立大功二百余场。定天下，安社稷，沥胆披肝；治诸侯，练士卒，神劳形瘁①，有所不恤。天下太平，不念功臣，反行不道，而欲使臣下倾心难矣。望老叔开天地之心，发慈悲之德，放小侄出关，投其明主。久后结草衔环，补报不迟。不识尊叔意下何如？”张凤大怒：“好逆贼！敢出此污蔑之言，欺吾老迈！”手起一刀砍来。黄飞虎将手中枪架住，“老叔息怒。我与老叔皆是一样臣子，倘老叔被屈，必定也投他处，总是一般。从来有言：‘君不正，臣投外国。’礼之当然。老叔何苦认真，不行方便。”张凤大喝曰：“好反贼！焉敢巧舌！”（自知理亏，言辩不过，心态崩溃，恼羞成怒也）又一刀劈来。飞虎大怒，纵骑挺枪。牛马相交，刀枪并举。战三十回合，张凤力怯，拨马便走。飞虎逞势赶来。张凤闻脑后铃响，料飞虎赶来，鸟翅环挂下刀，揭开战袍，取百炼锤，将紫绒绳理得停当，发手打来。怎见得好锤：

圆的好：冰盘大，碗口小。神见愁，鬼见怕。伤人心，碎人脑。断筋骨，真稀少。顺手轻持百炼锤，暗带随身人不晓。大将逢着命难逃，着重人亡并马倒。

话说张凤回马一锤打来，黄飞虎见锤将近，用宝剑望上一掠，将绳截为两断，收了张凤百炼锤。张凤败进帅府，黄飞虎也不追赶，命家将将车辆围绕营中，就草茵而坐，与众弟兄商议出关之策。

且说张凤败进关，坐在殿上，自思：“黄飞虎勇冠三军，吾老迈安能取胜？倘然走了，吾又得罪于天子。”叫：“萧银在那里？”萧银

① 神劳形瘁：形容人精神和身体都极度劳累的状态。

上殿，见张凤曰："末将听令。"张凤曰："黄飞虎力敌万夫，又收我百炼锤，似不可以力敌。你可黄昏时候，传长箭手三千，至二更时分，领至大营，听梆子[1]响，一齐发箭，射死反贼，将首级献上朝歌请功，方保无虞。"萧银领令出府，乃自忖曰："黄将军昔在都城，我在他麾下，荷蒙提携，奖荐升用将职，未曾以不肖相看，今点临潼副将。我岂敢忘恩，忍令恩主一门反遭横祸，我心安忍！"

萧银随改装束，暗出行营，黑地潜行，来至黄飞虎营前问曰："可有人么？"巡营军曰："你是何人？"萧银答曰："我原是老爷门下萧银，特来报机密重情。"巡营军急进营报知。飞虎命："速令进见。"萧银黑地参见，下拜曰："末将乃旧门下萧银，蒙老爷点发临潼关。今日张凤密令末将二更时，带领攒箭手，射死老爷满门，将首级献上朝歌请功。末将自思：岂肯欺心，有伤天道！故此改妆，先来报知。"飞虎听毕，大惊曰："多感将军盛德！不然黄门老少死于非命矣。实系再生之恩，何时能报。为今之计，事属燃眉，将军何以救我？"萧银曰："大王速上马，领车辆杀出临潼关，末将开关等候。事不宜迟，恐机泄有误。"飞虎等急忙上骑，各持兵器，喊声杀来，势如虎猛。时方初更，未及二鼓，士卒皆未有备。萧银开了栓锁，黄家众将一拥杀出关门去了。

且说张凤正坐厅上，忽报："黄家众将闯关杀出去了！"张凤厉声叫苦曰："是我错用了人！萧银乃黄飞虎旧将，今日串同黄飞虎斩关落锁而去，情殊可恨！"张凤急上马提刀来赶飞虎。不防萧银乘马隐在关旁，听得马铃响处，料是张凤来赶，不期果然。张凤走马方出关门，萧银一戟刺张凤于马下。有诗为证。诗曰：

---

① 梆子：亦称"梆"。巡更或召唤者所敲之器。

凛凛英才汉，堂堂忠义隆。
只因飞虎反，听令发千弓。
知恩行大义，落锁放雕笼。
戟刺张凤死，辅佐出临潼。（真好汉也！）

话说萧银杀了张凤，走马来赶，大叫："黄老爷慢行！末将萧银已刺死了张凤，大王前途保重！末将如今将临潼关扎板下了，命兵卒将士壅塞①，恐有追兵赶来，再去了土板，可以羁滞时候，及至来时，大王去之已远。此一别又不知何日再睹尊颜！"飞虎称谢曰："今日之恩，不知甚日能报！"彼此各分路而别。后来萧银要会在"十绝阵"内。此是后话不表。

且说黄飞虎离了临潼，八十余里，行至潼关。潼关守将陈桐有探马报到："黄飞虎同家将至关，扎住了行营。"陈桐笑曰："黄飞虎，你指望成汤王位坐守千年，一般也有今日！"传令："将人马排开，鹿角阻住咽喉。"陈桐全身披挂，结束整齐，打点擒拿飞虎。且说黄飞虎扎住行营，问："守关主将何人？"周纪曰："乃是陈桐。"黄飞虎半晌不言，长吁曰："昔陈桐在我麾下，有事犯吾军令，该枭首级，众将告免，后来准立功代罪，今调任在此，与吾有隙，必报昔日之恨。如何处治？"（一恩一仇，正相对照）

正沉思间，只听外边呐喊之声甚急。飞虎上了神牛，提枪至营前。只见陈桐耀武扬威，用戟指曰："黄将军请了！你昔享王爵，今日为何私自出关？吾奉太师将令，久候多时。乞早早下马，解返朝歌，免生他说。"飞虎曰："陈将军差矣！盈虚②消息，乃世间长情。

① 壅塞：堵塞不通。
② 盈虚：盈满或虚空。谓发展变化。

昔日你在吾麾下，我并无他心，待如手足。后来犯罪，是你自取，吾亦听众人而免你之罪，立功自赎，我亦不为无恩。今当面辱吾，莫非欲报昔日之恨耶？快放马来，你三合赢得我，便下马受缚。”言罢，摇枪直取。陈桐将画戟相迎。二骑相交，双兵共举，一场大战。则杀的，赞曰：

四下阴云惨惨，八方杀气腾腾。长枪闪得亮如银，画戟幡摇摆动。枪挑前心两胁，戟刺眼角眉丛。咬牙切齿面皮红，地府天关摇动。

话说二将拨马[1]，往来冲突二十回合。陈桐非飞虎敌手，料不能胜，掩一戟拨马就走。飞虎怒气冲空，大喝一声：“决拿此贼以泄吾恨！”（怒火之下，忘了穷寇勿追之理）望前赶来。陈桐闻脑后鸾铃[2]响处，料是飞虎赶来，挂下画戟，取火龙标掌在手中。此标乃异人秘授，出手烟生，百发百中。一标打来，飞虎叫声：“不好！”躲不及，一标从胁下打来。可怜：万丈神光从此灭，将军撞下战驹来。诗曰：

标发飞烟焰，光华似异珍。
逢将穿心过，中马倒埃尘。
安邦无价宝，治国正乾坤。
今日伤飞虎，万死落沉沦。

黄飞虎被火龙标打下五色神牛。黄明、周纪见主将落骑，催马向

① 拨马：掉转马头。
② 鸾铃：系在马身上的响铃。

前，大喝曰："勿伤吾主，待吾来也！"两骑马、两柄斧飞来直取。陈桐将画戟急架相还。飞彪将飞虎救回时，已是死了。二将战陈桐，恨不得将陈桐碎尸万段。陈桐掩一戟就走。二将为飞虎报仇，催马赶来。陈桐又发标打来，把周纪一标，将颈子打通，落马。陈桐勒回马欲取首级，早被黄明马到，力战陈桐。陈桐见已胜二人，便回军掌鼓进营去了。且说飞彪把飞虎尸骸救回，三子见父死大哭。黄明将周纪也停在荒郊草地。众家将无不伤感。众将见死了二人，心下无谋，前无所往，退无所归，羊触藩篱①，进退两难，正在慌乱之间，不表。

话说青峰山紫阳洞清虚道德真君正在碧云床运元神，忽心下一惊，道人袖里掐指一算，早知黄飞虎有厄，道人忙命白云童儿："请你师兄来。"白云童子即时请出一位道童，生的身高九尺，面似羊脂，眼光暴露，虎形豹走，头挽抓髻②，腰束麻绦，脚登草履，至云榻前下拜，口称："师父，唤弟子那壁使用？"真君曰："你父亲有难，你可下山走一遭。"黄天化答曰："师父，弟子父亲是谁？"（又一个不知父的）真君曰："你父乃武成王黄飞虎是也，今在潼关，被火龙标打死。着你下山，一则救父，二则你子父相逢，久后仕周，共扶王业。"

天化听罢曰："弟子因何到此？"真君曰："那一年，我往昆仑山来，脚踏祥云，被你顶上杀气冲入云霄，阻我云路。我看时，你才三岁。见你相貌清奇，后有大贵，故此带你上山，今已十三载了。你父亲今日有难，该我救他，我故教你前去。"真君先把花篮儿与天化拿了，又将一口剑付与，分付："速去救父。"天化方欲问故，真君曰："若会陈桐，须得如此如此，方可保你父出潼关。不许你同往西岐，

---

① 羊触藩篱：指羊用角顶篱笆，被缠住，进退不得。比喻进退两难，陷入困境。
② 抓髻（jì）：旧时一种少女的发式。把头发向上梳，在头顶两边绾成发髻。

可速回来，终有日相会。”天化领师父严命，叩头下山。出了紫阳洞，捏了一撮土，望空中一撒，借土遁往潼关来，迅速如风。父子相逢，潼关大战。不知后事如何，且听下回分解。

总批

飞虎之反，乃天子有以驱逐之。闻太师驱兵擒拿飞虎，何先见之聪，而转念反惑耶！真是不斟酌处。幸遇清虚道德真君，才免大难。不然四路会合，飞虎几为齑粉矣！虽曰天数，是亦人谋之不臧耳！

又批

萧银怀恩，陈桐挟恨，皆是世井常态，乌足为怪，但当分公私何如耳！若陈桐，未免记仇太过，必至杀身而后已。今之记人恩怨者，必准之于公私，则得矣！

第三十二回　黄天化潼关会父

黄天化潼關會父

导读：在本回中，黄飞虎一行差点中了陈梧之计，若非夫人贾氏显灵，一众人等就要被烧死在此。而这种故人显灵搭救的桥段，在中国传统文学中可谓是源远流长，屡见不鲜。最早可以追溯到《左传》。《左传·宣公十五年》记载了这么一个故事：这年秦国出兵伐晋，两军在晋地辅氏交战，晋将魏颗与秦将杜回厮杀在一起。正在二人难分难解之际，魏颗突然看见一个老人用草编的绳子套住杜回的脚，将其绊倒在地，被魏颗所擒。随着主将被俘，魏颗也趁势大败秦军。获胜收兵后的当天夜里，魏颗梦见了那位老人。老人说："我就是你把她嫁走的那个女子的父亲，我这样做是为了报答你的大恩。"原来，魏颗的父亲魏武子有个没有生育的爱妾。魏武子有一次生病的时候嘱咐魏颗说："我死之后你一定要把她嫁出去。"不久魏武子病重，他又对魏颗说："我死之后，一定要让她为我殉葬。"等到魏武子死后，魏颗把那个妾嫁给了别人。并且解释说："人在病重的时候，神志会昏乱不清。我嫁此女，是依据父亲神志清醒时的吩咐。"后来，随着志怪小说的兴起，以及因果报应思想的盛行，这一类的故事就越来越多了。

诗曰：

五道玄功妙莫量，随风化气涉苍茫。
须臾历遍阎浮世[1]，顷刻遨游泰岳邙[2]。
救父岂辞劳顿苦，诛谗不怕勇心狼。
潼关父子相逢日，尽是岐周美栋梁。

话说黄天化借土遁，倏尔[3]来至潼关，落下埃尘，时方五更。只见一簇人马围绕，一盏灯高挑空中，又听得悲悲切切哭泣之声。天化走至一簇人前，黑影内有人问曰："你是何人，来此探听军情？"天化答曰："贫道乃青峰山紫阳洞炼气士是也，知你大王有难，特来相救。快去通报。"家将闻言，报知二爷。飞彪急出营门，灯下观看，见一道童，着实齐整。怎见得，《西江月》为证：

顶上抓髻灿烂，道袍大袖迎风，丝绦叩结按离龙[4]，足下麻鞋珍重。　花篮内藏玄妙，背悬宝剑锋凶，潼关父子得相逢，方显麒麟有种。

话说黄飞彪出来迎请道童，一见举止色相，恍如飞虎。飞彪忙请里面相见。那道童进得营中，与众将见毕，飞彪问曰："道者此来，若救得家兄，实是再生父母！"道童曰："黄大王在那里？"飞彪引道

① 阎浮世：即阎浮提。多泛指人世间。
② 邙：即邙山。在河南洛阳。
③ 倏尔：迅疾的样子，常形容时间短暂。
④ 离龙：即螭龙，螭是古代神话传说中的一种龙。螭龙寓意美好，吉祥，招财，也寓意男女的感情。

童来看。走至后营，见飞虎卧在毡毯上，以面朝天，形如白纸，闭目无言。黄天化看见脸黄，暗暗叹曰：“父亲，你名在何方？利在何处？身居王位，一品当朝，为甚来由，这等狼狈！”（颇有些看破红尘利禄之意）天化见还有一个睡在旁边，天化问曰：“那一位是谁？”飞彪曰：“是吾结义兄弟，也被陈桐飞标打死的。”天化命：“涧下取水来。”不一时，水到。天化在花篮中取出仙药，用水研开，把剑撬开上下牙关，灌入口内，送入中黄①，走三关②，透四肢，须臾转八万四千毛窍③，又用药搽在伤眼上。

有一个时辰，只见黄飞虎大叫一声：“疼杀吾也！”睁开双目，只见一个道童坐在草茵之上。飞虎曰：“莫非冥中相会？如何有此仙童？”飞彪曰：“若非道者，长兄不能回生。”飞虎听罢，随起身拜谢曰：“飞虎何幸，令得道长怜悯，垂救回生！”黄天化垂泪，跪在地上曰：“父亲，吾非别人，是你三岁在后花园不见的黄天化。”飞虎与众人听罢，惊讶曰：“原来是天化孩儿前来救我！不觉又是十有三年。”飞虎问天化曰：“我儿，你在那座名山学道？”天化泣而言曰：“孩儿在青峰山紫阳洞，吾师是清虚道德真君，见孩儿有出家之分，把我带上高山，不觉十有三载。今见三个兄弟，又见二位叔叔，周纪也救得返本还元，一家相聚。”

天化前后一看，却不见母亲贾氏。天化元是圣神，性如烈火，一时面发通红，向前对飞虎曰：“父亲，你好狠心！”把牙一咬。飞虎曰：“我儿，今日相逢，何故突发此言？”天化曰：“父亲既反朝歌，兄弟却都带来，独不见吾母亲，何也？他是女流，倘被朝廷拿回，露面抛头，武成王体面何在？”（贾氏泉下有知，当欣慰有此佳儿）飞虎闻

① 中黄：泛指腹中。
② 三关：指耳、目、口。
③ 毛窍：毛孔。

说，顿足泪流，哭曰："我儿言之痛心！你父亲为何事而反？为你母亲元旦朝贺苏后，因君欺臣妻，你母亲誓守贞洁，辱君自坠摘星楼而死。你姑娘为你母亲直谏，被纣王摔下楼来，跌得粉骨碎身，俱死非命。今苦不胜言。"

天化听罢，大叫一声，气死在地。慌坏众人，急救苏醒时，天化满眼垂泪，哭得如醉如痴，大叫曰："父亲！孩儿也不去青峰山上学道，且杀到朝歌，为母亲报仇！"（真好儿郎也！）咬牙切齿正哭，忽报："陈桐在外请战。"飞虎听报，面如土色。天化见父慌张，忙止泪答曰："父亲出去，有孩儿在此，不妨。"飞虎只得上了五色神牛，金装铠甲，出得营来，叫曰："陈桐，还吾夜来一标之仇！"陈桐见飞虎宛然无恙，心下大疑，又不敢问，只得大叫曰："反臣慢来！"飞虎曰："匹夫！你将标打我，岂知天不绝吾！"纵牛摇枪，直取陈桐。陈桐将戟急架相还。

二骑相交，大战十五回合。陈桐拨马便走。飞虎不赶。天化叫曰："父亲，赶这匹夫，有儿在此，何惧之有！"飞虎只得赶将下来。陈桐见飞虎追赶，发标打来。天化暗将花篮对着火龙标，那标尽投花篮内收将去了。陈桐见收了火龙标，大怒，勒回马复来战飞虎。后一人大叫曰："陈桐匹夫！我来了！"陈桐见一道童助战，"呀！原来是你收我神标！破吾道术，怎肯干休！"纵马摇戟，来挑天化。天化忙将背上宝剑执在手中，照陈桐只一指。只见剑尖上一道星光，有盏口大小，飞至陈桐面上，陈桐首级已落于马下。有诗单道宝剑好处。诗曰：

非铜非铁亦非金，乃是乾元百炼精。
变化无形随妙用，要知能杀亦能生。

话说天化此剑，乃清虚道德真君镇山之宝，名曰“莫耶宝剑”，光华闪出，人头即落。（降维打击）故陈桐逢此剑自绝。陈桐已死，黄明、周纪众将呐一声喊，斩栓落锁，杀散军兵，出了潼关。黄天化辞父归山，拜曰：“父亲同兄弟慢行，前途保重！”飞虎曰：“我儿，你为何不与我同行？”天化曰：“师命不敢有违。”必欲回山。飞虎不忍别子，叹曰：“相逢何太迟，别离须恁早[1]！此一别何时再会？”天化曰：“不久往西岐相会。”父子兄弟洒泪而别。（此处与雷震子别文王何其相似，想来作者亦不知该如何安排如此多神通之人，只好借师命、运数将其调离）

不说天化回山，且说黄家父子离了潼关八十余里，行至穿云关不远。穿云关守将乃陈桐的兄弟陈梧把守。败军先已报知，陈梧听得飞虎杀了兄弟，急得三尸神[2]暴躁，七窍内生烟，欲点鼓聚将发兵，为弟报仇。内班中一人言曰：“主将不可造次。黄飞虎乃勇冠三军，周纪等乃熊罴之将，寡不敌众，弱不拒强，二爷勇猛，况已枉死。以愚意观之，当以智擒。若要力战，恐不能取胜，尚有不测。”陈梧听偏将贺申之言，乃曰：“贺将军言虽有理，计将安出？”贺申曰：“须得如此如此。不用张弓只箭，可绝黄氏一门也。”陈梧大喜，依计而行。传令：“如黄飞虎到关，须当速报。”

不一时，有探事马报到：“黄家人马来了。”陈梧传令：“掌金鼓，众将上马，迎接武成王黄爷。”只见飞虎在坐骑上，见陈梧领众将，身不披甲，手不执戈迎来，马上欠身，口称：“大王。”飞虎亦欠背言曰：“难臣黄飞虎，罪犯朝廷，被厄出关，今蒙将军以客礼相待，感德如山！昨又为令弟所阻，故有杀伤。将军若念飞虎受屈，此

① 恁（nèn）早：过早。

② 三尸神：道教谓在人体内有作祟的三神。可以理解为人体内部的三种“恶欲”，即华饰、滋味、淫欲等。

一去倘有得地，决不敢有忘大恩也。”陈梧在马上答曰：“陈梧知大王数世忠良，赤心报国，今乃是君负于臣，何罪之有。吾弟陈桐，不知分量，抗阻行车，不识天时，礼当诛戮。末将今设有一饭，请大王暂停鸾舆，少纳末将虔意①，则陈梧不胜幸甚。”黄明马上叹曰：“一母之子，有愚贤之分；一树之果，有酸甜之别。似这等观之，陈将军胜其弟多矣！”黄家众将听得黄明之言，一齐下马。（黄飞虎自己造反，就因妻子、妹妹被纣王所杀，见陈梧如此礼遇杀弟仇人，难道无半点怀疑警惕？）陈梧亦下马，“请黄大王入帅府。”众人相让，至殿行礼，依次序坐。陈梧传令：“摆上饭来。”飞虎谢曰：“难臣蒙将军盛赐，何以克当！此恩此德，不知何日能报万一耳。”

众将用罢饭，飞虎起身，谢陈梧曰：“将军若发好生恻隐之心，敢烦开关，以度蚁命。他日衔环，决不有负。”陈梧带笑，欠身而言曰：“末将知大王必往西岐，以投明主，他日若有会期，再图报效。今具有鲁酒②一杯，莫负末将芹敬③。大王勿疑，并无他意。”黄飞虎曰：“将军雅爱，念吾俱是武臣，被屈脱难，贤明自是见亮。既陈将军设有盛爱，总不敢辞。”陈梧忙传令：“摆设酒席，奏乐。”宾客交欢，不觉日已沉西。黄飞虎出席告辞：“承蒙雅赐，恩同太山。难臣若有寸进，决不忘今日之德。”陈梧曰：“大王放心。末将知大王一路行来，未安枕席，鞍马困倦，天色已晚，草榻一宵，明日早行，料无他意。”

飞虎自思：“虽是好意，但此处非可宿之地。”（果然还有几分警觉）又见黄明道：“长兄，陈将军既有高情④，明日去也无妨。”黄飞

---

① 虔意：此指诚意。
② 鲁酒：指味薄的酒。
③ 芹敬：谦称自己的赠予或款待。
④ 高情：敬辞。深厚的情意。

虎只得勉强应承。陈梧大喜。梧曰："末将当得再陪几杯，恐大王连日困劳，不敢加劝。大王且请暂歇，末将告退。明早再为劝酬。"飞虎深谢，送陈梧出府，命家将把车辆推进府廊下，堆垛①起来。家将掌上画烛，众人安歇去讫。都是一路上辛苦，跋涉勤劳，一个个酣睡如雷，各有鼻息之声。黄飞虎坐在殿上，思前想后，兜底上心，长吁一声，叹曰："天！我黄氏一门，七世商臣，岂知今日如此而做叛亡之客！我一点忠心，惟天可表！只是昏君欺灭臣妻，殊为痛恨！摔死吾妹，切骨伤心！老天呵！若是武王肯容纳我等借兵，定伐无道！"飞虎把牙一咬，作诗一首。诗曰：

"七世忠良成画饼，谁知今日入西岐。
五关有路真颠厄，三战无君岂浪思。
飞鸟失林家已破，依人得意念先疑。
老天若遂平生志，洗却从前百事奇。"

话说黄飞虎作诗方毕，听得樵楼②一鼓，独坐无聊，不觉又是二更催来。飞虎思想："王府华丽，玩设画堂，锦堆绣阁，何等富贵，岂知今日置身无地。"（此言未免显得太过小气，如何能出自武成王之口）又听三更鼓打，飞虎曰："我今日怎的睡不着！"心下一躁，急了一身香汗。忽听丹墀下一阵风响，怎见得好风，诗曰：

无形无影冷然惊，灭烛穿帘太没情。
送出白云飞去杳，剪残黄叶落来轻。

① 堆垛：堆积，堆砌。
② 樵楼：樵，通"谯"。谯楼，指古代城门上建造的用以瞭望的楼。

催骤雨，助舟行，起人愁思恨难平。
猛添无限伤心泪，滴向阶前作雨声。

话说飞虎坐在殿上，三更时候，只听得一阵风响，从丹墀下直旋到殿里来。飞虎见了，毛骨悚然，惊得冷汗一身。那旋风开处，见一只手伸出来，把烛光灭了。听的有声叫曰："黄将军，妾身并非妖魔，乃是你元配妻贾氏相随至此。你眼前大灾到了！目下烈焰来侵，快叫叔叔起来！将军好生看我三个无娘的孩儿。（娇儿失恃，最让慈母放心不下）速起来！我去矣！"飞虎猛然惊觉。那灯光依旧复明。飞虎拍案大叫："快起来！快起来！"只见黄明、周纪等正在浓睡之间，听得喊声，慌忙爬起，问道："长兄为何大叫？"飞虎把灭灯听贾氏之言说了一遍。飞彪曰："宁可信有，不可信无。"

黄明走至大门前开门时，其门倒锁。黄明说："不好了！"龙环、吴谦用斧劈开，只见府前堆积柴薪，浑似柴篷塞挤。慌坏周纪，急唤众家将，将车辆推出。众将上马，方才出得府来，只见陈梧领众将持火把，蜂拥而至，却来迟了些儿。大抵天意，岂是人为。探马报与陈梧曰："黄家众将出了府门，车辆在外。"陈梧大怒，叫众将曰："来迟了，快纵马向前！"黄飞虎曰："陈梧，你昨日高情成为流水，我与你何怨何仇，行此不仁？"

陈梧知计已破，大骂曰："反贼！实指望斩草除根，绝你黄氏一脉。孰知你狡猾之徒，终多苟且。虽然如此，谅你也难出地网天罗！"纵马摇枪，来取黄明。黄明手中斧对面交还。夜里交兵，两家混战。黄飞虎催开五色神牛，举枪也来战陈梧。陈梧招架刀斧，抵挡枪戟。黄飞虎战不数合，大怒，吼一声，穿心过，把陈梧挑于马下。

众将只杀得关内人叫苦，惊天动地，鬼哭神愁。彼时斩栓落锁，杀出穿云关。天色已明，打点往界牌关①来。黄明在马上曰："再也不须厮杀了。前关乃是太老爷镇守的，乃是自家人。"（切莫高兴太早）忙催车辆紧行，有八十余里，看看行至离关不远。却说界牌关黄滚乃是黄飞虎父亲，镇守此关，闻报长子飞虎反了朝歌，一路上杀了守关总兵。黄滚心下懊恼。探事军报来："大老爷同二爷、三爷来了。"黄滚急传令："把人马发三千，布成阵势，将囚车十辆，把这反贼总拿解朝歌！"（可叹又是一愚忠者）不知黄家众将性命如何，且听下回分解。

总批

黄天化父子相逢，诛谗剪暴，自是天相吉人，若不令其死，正置之危地而安，驱之死地而存，乃上天增益其所不能深意。只天化见父、叔诸人而不见其母，必至痛心，亦描写孩提惟慈母依依本色，于严父略有分别。

又批

陈梧以一段小人心肠，百般趋迎，百般晋接，酒间有无限殷勤，无非欲为焚杀飞虎张本，飞虎则以是心至而待之不疑，幸夫人有灵，为之指示，不然几不免虎口哉！今人如处嫌疑之际，有过分谦恭，不可不鉴别于斯。

① 界牌关：通往朝歌城的主要关隘之一，为作者虚构。

第三十三回　黄飞虎泗水大战

黄飛虎泗
水大戰

导读：余化是截教弟子，他所倚仗的法宝名叫戮魂幡，用时将此幡朝空中一举，放出数道黑气把人罩住，然后就能将人凭空带走。不难看出，这一法宝从名称到用法，都像是模仿道教做法事时使用的灵幡，因为后来灵幡大多用于超度法事时摄召亡灵之用，故而民间也俗称为招魂幡。道士使用灵幡，在法事开始前就要准备。按照道门规矩，道士应预先在靠近斋坛的空地立起长竿，张挂灵幡，使得“显幽共睹，鬼神遥瞻”，以求在法事中“启闻穹厚，普告万灵”。南宋道士金允中称，古时只有迁神和回耀两种灵幡，主要都是用于超度亡魂、消除罪孽的。后来随着道教斋醮科仪的不断发展完善，灵幡的种类也逐渐增多。在隋唐之际成书的《洞玄灵宝三洞奉道科戒营始》中就记载了二十一种灵幡。这二十一种灵幡形制、大小、用途各不相同，有用来超度亡魂的，也有为病人度厄、消灾的，为常人致福、保寿的，等等。而到了明代，灵幡种类又逐渐减少了。据《上清灵宝济度大成金书》记载，当时除了迁神和回耀之外，主要就是告盟、命灵、超度、青玄、太乙、昊天、召灵等几种幡。

诗曰：

百难千灾苦不禁，奸臣贼子枉痴心。
漫夸幻术能多获，不道邪谋可易侵。
余化图功成画饼，韩荣封拜有差参①。
总然天意安排定，说道封神泪满襟。

话说黄滚布开人马，等候儿子来。只见黄明、周纪远远望见一枝人马摆开。黄明对黄飞虎曰："老爷布开人马，又见陷车，这光景不是好消息。"龙环道："且见了老爷，看他怎说，再做处治。"数骑向前。飞虎在鞍韂欠身，口称："父亲，不孝儿飞虎不能全礼。"黄滚曰："你是何人？"飞虎答曰："我是父亲长子黄飞虎，为何反问？"

黄滚大喝一声："我家受天子七世恩荣，为商汤之股肱，忠孝贤良者有，叛逆奸佞者无。况我黄门无犯法之男，无再嫁之女。你今为一妇人，（纵然儿媳是外人，难道黄妃也不是你的女儿？人伦莫大于父子，女儿惨死你尚且不顾，还有什么脸面，说的什么忠孝！）而背君亲之大恩，弃七代之簪缨②，绝腰间之宝玉，失人伦之大体，忘国家之遗荫③，背主求荣，无端造反，杀朝廷命官，闯天子关隘，乘机抢掳，百姓遭殃，辱祖宗于九泉，愧父颜于人世，忠不能于天子，孝不尽于父前。畜生！你空为王位，累父餐刀④！你生有愧于天下，死有辱于先人！你再有何颜见我！"（纣王为一妖孽，设酷刑、宠奸佞、杀妻儿、害忠良、戏臣妻、虐黎民，四大伯侯逼反三个，难道就无罪吗？他就有颜面去见他父

① 差参：不一致。
② 簪缨：古代达官贵人的冠饰，后遂借以指高官显宦。
③ 遗荫：此处指遗泽。
④ 累父餐刀：拖累父亲死于刀下。

帝乙？他就不辱祖宗？）

飞虎被父亲一篇言语说得默默无言。黄滚又曰：“畜生！你可做忠臣、孝子，不做忠臣、孝子？”飞虎曰：“父亲此言怎么说？”滚曰：“你要做忠臣、孝子，早早下骑，为父的把你解往朝歌，使我黄滚解子有功，天子必不害我。我得生全，你死还是商臣，为父还有肖子。（为一己性命名声，而致子孙性命、女儿冤仇于不顾，汝尚可为人否？）畜生！你忠孝还得两全。你不做忠臣、孝子，既已反了朝歌，目中已无天子，自是不忠。你再使开长枪，把我刺于马下，料你必投西土，任你纵横，使我眼不见，耳不闻，我也甘心，你可乐意。庶几不遗我末年披枷带索，死于藁街，使人指曰：‘此某人之父，因子造反而致某于此也！’”（以死相逼，实际不容选择）飞虎听罢，在神牛上大叫曰：“老爷不必罪我，与老爷解往朝歌去罢！”（飞虎愚忠，乃得其父真传）

方欲下骑，旁有黄明在马上大呼曰：“长兄不可下骑！纣王无道，乃失政之君，不以吾等尽忠辅国为念，古语云：‘君使臣以礼，臣事君以忠。’国君既以不正，乱伦反常，臣又何心听其驱使！我等出五关，费了多少艰难，十死一生，今听老将军一篇言语，就死于马下无益。可怜惨死，深冤不能表白于天下！”飞虎听的此言有理，在牛上低首不语。黄滚大骂黄明：“你们这伙逆贼！吾子料无反心，是你们这样无父无君、不仁不义、少三纲、绝五常的匹夫唆使，故做出这等事来。在我面前，况且教吾子不要下骑，这不是你等撺弄他！气杀老夫！”（令人无语）纵马抡刀来取黄明。

黄明急用斧架开刀曰：“老将军，你听我讲。黄飞虎等是你的儿子，黄天禄等是你的孙子，我等不是你的子孙，怎把囚车来拿我等？老将军，你差了念头！自古虎毒不食儿（讲得好），如今朝廷失政，大变伦常，各处荒乱，刀兵四起，天降不祥，祸乱已现。今老将军媳妇被君欺辱，亲女被君摔死，沉冤无伸，不思为一家骨肉报仇。反解儿子往朝歌受戮。语云：‘君不正，臣投外国；父不慈，子必参商。’”黄滚大怒，“反贼，巧言舌辩，气杀我！”（无力反驳，恼羞成怒）把刀望黄明劈来。黄明架刀，大叫：“黄老儿！你‘天晴不肯走，只待雨淋头’！你做一世大帅，不识时务，只管把刀来劈我，独不想吾手中斧无眉少目，万一有伤，把老将军一生英名置于乌有。小侄怎敢！”

黄滚大怒，纵马舞刀，飞来直取。周纪曰：“老将军，今日得罪也罢，忍不住了。”黄明、周纪、龙环、吴谦四将，把黄滚围裹垓心①，斧戟交加，奔腾战马。黄飞虎在旁，见四将把父亲围住，面上甚有怒色，沉思曰：“这匹夫可恶！我在此，尚把老爷欺侮。”（他四人交战为谁？如此不识好歹，真是黄滚亲子）只见黄明大叫曰：“长兄，我等将老爷围住，你们不快快出关，还要等请？”（点醒梦中人）飞豹、飞彪、天禄、天爵，一齐连家将车辆，冲出关去。黄滚见儿子撞出关去，气冲肝腑，跌下马来，随欲拔剑自刎。黄明下马，一把抱住，口称：“老爷何必如此？”黄滚醒回，睁目大骂：“无知强盗！你把我逆子放走了，还要在此支吾！”黄明曰：“末将一言难尽，真是有屈无伸。我受你的儿子气，已是无限了。他要反商，我几番苦谏，动不动只要杀我四人。我等没奈何，共议只到界牌关，见了黄将军，设法拿解朝歌，洗我四人一身之怨。末将以目送情，老将军只管说闲话不睬。末将犹恐泄了机会，反为不美。”黄滚曰：“据你怎么讲？”黄明曰：“老将军快上马，出关赶飞虎，只说：‘黄明劝我，“虎毒不食儿”，你们都回来，我同你往西岐去投见武王。何如？’”

黄滚笑曰：“这畜生好言语，反来诱我！”黄明曰：“终不然当真

① 垓（gāi）心：围困的中心。

去？此是哄他进关。老将军在府内设饭酒与他吃，我四人打点绳索挠钩，老将军击钟为号，吾等一齐上手，把你三子、三孙俱拿入陷车，解往朝歌。只望老将军天恩，保我等四条金带，感德不浅！”黄滚听罢，叹曰：“黄将军，你原来是个好人。”（令人喷饭）黄滚忙上马，赶出关来，大呼曰：“我儿！黄明劝我，着实有理。我也自思，不若同你往西岐去罢。”飞虎自忖：“父亲为何有此言语？”飞豹曰：“这是黄明的圈套。我等速回，听其指挥，以便行事。”遂进关入府，拜见父亲。黄滚曰：“一路鞍马，快收拾酒饭，你们吃了，同往西岐去便了。”

且说两边忙排酒食上来，黄滚相陪，饮了四五杯酒，见黄明站在旁边，黄滚把金钟击了数下，黄明听见，只当不知。且说龙环来对黄明说：“如今怎样了？”黄明曰：“你二人将老将军资蓄[①]打点上车，收拾干净。你一把火烧起粮草堆来。我们一齐上马。老将军必定问我，我自有话回他。”二人去讫。黄滚见黄明听钟响不见动手，叫到案旁来，问曰：“方才钟响，你怎的不下手？”黄明曰：“老将军，刀斧手不齐，怎么动得手？倘或知觉走了，反为不美。”

且说龙环、吴谦二将，把黄老将军家私都打点上车，就放一把火烧将起来。两边来报：“粮草堆火起！”众人齐上马出关。黄滚叫苦：“我中了这伙强盗的计了！”黄明曰：“老将军，实对你讲：纣王无道，武王乃仁明圣德之君。我们此去借兵报仇。你去就去。你不去便是催督不完，烧了仓廒[②]，已绝粮草，到了朝歌，难逃一死。总不如一同归武王，此为上策。”黄滚沉吟长吁曰：“臣非纵子不忠，奈众口难调。老臣七世忠良，今为叛亡之士。”望朝歌大拜八拜，将五十

---

① 资蓄：积蓄的资财。
② 仓廒：亦作“仓敖”“仓厫”。指储藏粮食的处所。

六两帅印挂在银安殿，老将军点兵三千，共家将人等，合有四千余人，救灭火光，离了高关。（对他人满口忠孝，等到自己被逼至绝境，也不见你尽忠殉节）有诗为证。诗曰：

设计施谋出界牌，黄明周纪显奇才。
谁知汜水关难过，怎脱天罗地网灾。
余化通玄多奥妙，法施异宝捉将来。
不是哪吒相接引，焉得君臣破鹿台。

话说黄滚同众人并马而行。黄滚曰："黄明，我见你为吾子，不是为他，是害了我一门忠义。界牌关外便是西岐，那个不妨。只此八十里至汜水关，守关者乃韩荣。麾下一将余化，此人乃左道，（旁门左道，暗伏其必败）人称他'七首将军'，此人道法通玄，旗开拱手，马到成功，坐下火眼金睛兽，用方天戟，我们一到，料是个个被擒，决难脱逃。我若解你往朝歌，尚留我老身一命，今日一同至此，真是荆山失水，玉石俱焚。此正天数难逃，吾命所该。"又见七岁孙儿在马上啼哭，又添惨切，不觉失声道曰："我等遭此缧绁①，你得何罪于天地，也逢此诛身之厄！"黄滚一路上不绝口叹息，不觉行至汜水关，安下人马，扎了辕门。

却说韩荣探马报到："黄滚同武成王反出界牌，兵至关前扎营。"韩荣听罢，低首自思："黄老将军，你官居总帅，位极人臣，为何纵子反商，不谙事体，其实可笑。"命左右："擂鼓聚将听用。"诸军参谒毕。韩荣曰："黄滚纵子造反，兵至此地，必须商议，仔细酌量。"众将领令。那韩荣调人马阻塞咽喉。按下不表。

① 缧绁（léi xiè）：捆绑犯人的绳索。借指监狱，囚禁。

且说黄滚坐在帐里，看着两边子孙，点首曰："今日齐齐整整，两边侍立，到明日不知先少谁人？"众人听着，各有不忿之意。且说次日余化领令，布开人马，军前搦战①。营门官报入。黄滚问："你们谁去走走？"只见黄飞虎曰："孩儿前去。"上了五色神牛，提枪在手，催骑向前。见一将生的古怪形容，怎见得，诗曰：

脸似搽金须发红，一双怪眼度金瞳，
虎皮袍衬连环铠，玉束宝带现玲珑。
秘授玄功无比赛，人称"七首"似飞熊。
翠蓝幡上书名字，余化先行手到功。

话说余化一骑向前，此人自不曾会武成王，见来将仪容异相，五柳②长髯，飘扬脑后，丹凤眼，卧蚕眉，提金錾，提芦杆，坐五色神牛。余化问曰："来者何人？"武成王答曰："吾乃武成王黄飞虎是也。今纣王失政，弃纣归周。汝乃何人？"余化答曰："末将未会大王尊颜。大王乃成汤社稷之臣，若论满朝富贵，尽出黄门。何事不足，而作反叛之人？"飞虎曰："将军之言虽是，各有衷曲，一言难尽。即以君臣之道而论，古云：'君使臣以礼，臣事君以忠。'普天下尽知纣王无道，羞于为臣。今又乱伦败德，污蔑纪纲，残贼仁义，不恤士民，天下诸侯，皆知有岐周矣。三分天下，周土已得二分，可见天命有归，岂是人力。吾今止借此关一往，望将军容纳。不才感德无涯。"

余化叹曰："大王此言差矣！末将各守关隘，以尽臣职。大王不

① 搦（nuò）战：挑战，挑衅。
② 五柳：指的是长长的胡须像五条柳枝一样垂顺飘逸。

反，末将自当远迎。大王今系叛亡，末将与大王成为敌国，岂有放大王出关之理！大王难道此理也不知？我劝大王请速下战骑，俟末将关主解往朝歌，请旨定夺。百司自有本章保奏，念大王平日之功，以赦叛亡之罪，或未可知。若想善出此关，大王乃缘木求鱼，非徒无益，而又害之也。”飞虎曰：“五关已出有四，（此其底气也）岂在汝这汜水关！敢出言无状，放马来与你见个雌雄。”飞虎举枪，直取余化。余化摇画戟相迎。二兽相交，枪戟并举，一场大战。

二将阵前势无比，立见输赢定生死。
狻猊摆尾斗麒麟，却似苍龙搅海水。
长枪荡荡蟒翻身，摆动金钱豹子尾。
将军恶战不寻常，不至败亡心不止。

话说武成王展放钢枪，使得性发，似一条银蟒裹住余化，只杀的他马仰人翻。余化掩一戟就走。飞虎赶来，追至两肘之地，余化挂下画戟，揭起战袍，囊中取出一幡，名曰“戮魂幡”。此物是蓬莱岛一气仙人传授，乃左道旁门之物。望空中一望，数道黑气，把飞虎罩住，平空拎得去了，望辕门摔下。众士卒将武成王拿了。余化掌得胜鼓回府。旗门小校飞报守将韩荣曰：“余将军今日已擒反臣黄飞虎听令。”韩荣传令：“推来！”众士卒将飞虎推至檐前。飞虎立而不跪。荣曰：“朝廷何事亏你，一旦造反？”飞虎笑曰：“似足下坐守关隘，自谓贵职，不过狐假虎威，借天子之威福以弹压此一方耳。岂知朝政得失，祸乱之由，君臣乖违①之故？我今既被你所获，无非一死而已，何必多言！”（此时方有些英雄气概）韩荣曰：“吾既守此关隘，擒

① 乖违：背离。

拿叛逆，不过尽吾职守，吾亦不与你辩。且送下囹圄监候，俟余党尽获起解。”

且说黄滚在营中闻报说飞虎被擒，黄滚叹曰：“畜生！你不听为父之言，可惜这场功劳，落在韩荣手里！”一宿已过，次日来报：“余化请战。”黄滚问：“何人出去？”黄明、周纪曰：“末将愿往。”二将上马，抡斧出营，大呼曰：“余化匹夫！擒吾长兄，此恨怎消！”纵马舞斧来取。余化画戟急架相还。三骑相交，戟斧并举，一场大战。诗曰：

三将昂昂杀气高，征云霭霭透青霄。
英雄踊跃多威武，俊杰胸襟胆量豪。
逆理莫思封拜福，顺时应自得金鳌。
从来理数皆如此，莫用心机空自劳。

话说三将交锋，未及三十回合，余化拨马便走。二将赶来。余化依旧将戮魂幡举起如前，把二将拿去见韩荣。韩荣分付：“发下监禁。”不表。

且言探马报入中营：“启元帅：二将被擒。”黄滚低首不言。又报：“余化请战。”黄滚又问：“谁出马？”黄飞彪、飞豹曰：“孩儿愿为长兄报仇。”二将上马，抡枪出营，骂曰：“余化匹夫！以妖法擒吾弟兄三人！”拨马来取。三将又战二十回合。余化拨马败走。飞豹二将亦赶下来。余化也如前法，又把二将拿去见韩荣。也是送下囹圄监候。黄滚闻二将又被擒去，心下十分懊恼。次日又报：“余化请战。”黄滚问曰：“谁再去退战？”帐下龙环、吴谦曰：“终不然畏彼妖法便罢？吾二人愿往。”二将上马，抡戟出营，见余化，气冲斗牛，厉声大叫：“匹夫！将左道之术，擒吾长兄，与贼势不两立！”三马交还，战二十回合，余化依旧败走。二将赶来，亦被余化拿去见韩荣。依旧发下囹圄。余化连四阵捉七员将官。韩荣设酒与余化贺功不表。

话说黄滚在中军，见两边诸将被擒，又见三个孙儿站立在旁，心下十分不忍，点头泪落："我儿！你年不过十三四岁，为何也遭此厄？"又报："余化请战。"只见次孙黄天禄欠身曰："小孙愿为父、叔报仇。"黄滚分付曰："是必小心！"黄天禄上马，提枪出营，见余化曰："匹夫赶尽杀绝，但不知你可有造化受其功禄！"纵马摇枪直取。余化急架忙迎。二马相交，枪戟并举。黄天禄年纪虽幼，原是将门之子，传授精妙，枪法如神，不分起倒，一勇而进。正是"初生之犊猛于虎"。后人看至此，有诗赞曰：

乾坤真个少，盖世果然稀。老君炉里炼，曾敲十万八千槌。磨塌太山昆仑顶，战干黄河九曲溪。上阵不粘尘世界，回来一阵血腥飞。

话说黄天禄使开枪如翻江怪兽，势不可当。天禄见战不下余化，在马上卖一个名解，唤做"丹凤入昆仑"，一枪正刺中余化左腿。余化负痛，落荒便走。（可见余化武艺平平，全靠这一法宝。若有人持更厉害的法宝，又当如何？）天禄不知好歹，赶下阵来。余化虽败，此术尚存，依旧举幡如前，把黄天禄拿去见韩荣。也发下囹圄①监候。黄飞虎屡见将他黄门人拿来，心上甚是懊恼。忽见次子天禄又拿到，飞虎不觉泪流满面。可怜！正是父子关心，骨肉情切。

且不说他父子悲咽，有话难言。再表黄滚闻报次孙被擒，心中甚

① 囹圄（líng yǔ）：牢狱。

是凄惋。想一想，无策可施，“如今止存公、孙三人，料难出他地网天罗。往前不得出关，去后一无退步。黄滚把案一拍，“罢！罢！罢！”忙传令，命家将等，共三千人马，“你们把车辆上金珠细软之物献与韩荣，买条生路，放你们出关。我公、孙料不能俱生。”众家将跪而告曰：“老爷且省愁烦，‘吉人自有天相’，何必如此？”黄滚曰：“余化乃左道妖人，皆系幻术，我何能抵挡？若被他擒获，反把我平昔英名一旦化为乌有。”又见二孙在旁啼泣，黄滚亦泣曰：“我儿，你也不知可有造化，替你哀告韩荣，亦不知他可肯饶你二人。”黄滚把头上盔除下，摘去腰间玉带，解甲宽袍，腰悬玉玦，领着二孙，径往韩荣帅府门前来。众官见是黄元帅亲自如此，俱不敢言语。黄滚至府前，对门官曰：“烦你通报韩总兵，只说黄滚求见。”军政官报与韩荣。韩荣曰：“你来也无用了。”忙令军卒分排两旁，众将分开左右，韩荣出仪门，至大门口，只见黄滚缟素跪下，后跪黄天爵、天祥。（真真丢人！）不知凶吉如何，且听下回分解。

总批

飞虎父子，原自忠贞；只因天数使然，致有叛乱之变，而黄明、周纪，不过于中提掇之。若说人定胜天，此英雄欺人语耳！

又批

韩荣倚余化而好大喜功，至于不寐。余化倚左道之术旁若无人，以为无出其右。卒至哪吒一出，几至不免。回视以前，恍然如梦。大抵大丈夫须自作主张，未有倚人而可做事业者。世人当要着眼，作者无限婆心。

第三十四回　飞虎归周见子牙

飛虎歸周見子牙

导读：黄飞虎一路逃出朝歌，奔往西岐，按照书中所描述的路线，前后经过五关——临潼关、潼关、穿云关、界牌关和汜水关。不管这五关的设定是不是受了关公过五关斩六将的影响，这个路线都有很大的问题。其中，穿云关、界牌关都是虚构出的关隘，姑且不论。可临潼关、潼关和汜水关却都是现实中存在的。汜水关乃洛阳八关之一，又称虎牢关，位置在今天河南省荥阳市的汜水镇境内，是洛阳东边的门户。潼关则在今天陕西省渭南市潼关县，居陕、晋、豫三省交界处，是东入中原和西进关中的必经之地，素有“畿内首险”“四镇咽喉”之誉。临潼关虽然历史上并没有这样一个关隘，但临潼这个地名却是存在并且沿用至今的，即今天的陕西省西安市临潼区。那么问题就来了，朝歌的位置，大致在今天河南省鹤壁市的淇县。从朝歌前往西岐，也就是从河南鹤壁到陕西宝鸡，无论怎么走也应该是先经过洛阳附近的汜水关，而后过两省交界的潼关，最后经由西安附近的临潼关前往西岐。但书里的描写却正好反过来，西安附近的临潼关成了第一站，而且还明言是过了渑池县之后。汜水关反而成了最后一关。为何会出现这种颠倒的路线，具体原因不得而知，猜测可能是作者长居江浙，对北方秦豫之地的地理毫无所知吧。

诗曰：

左道旁门乱似麻，只因昏主起波查①。
贪淫不避彝伦②序，乱政谁知国事差。
将相自应归圣主，韩荣何故阻行车。
中途得遇灵珠子，砖打伤残枉怨嗟。

话说黄滚膝行军门请罪，见韩荣，口称："犯官黄滚特来叩见总兵。"（还不如阵前被擒体面）韩荣忙答礼曰："老将军，此事皆系国家重务，亦非末将敢于自专。今老将军如此，有何见谕？"黄滚曰："黄门犯法，理当正罪，原无可辞，但有一事，情在可矜之列，望总兵法外施仁，开此一线生路，则愚父子虽死九泉，感德无涯矣。"韩荣曰："何事分付？末将愿闻。"黄滚曰："子累父死，滚不敢怨。奈黄门七世忠良，未尝有替臣节，今不幸遭此劫运，使我子孙一概屠戮，情实可悯。不得已，肘膝求见总兵，可怜念无知稚子，罪在可宥。乞总兵放此七岁孙儿出关，存黄门一脉。但不知将军意下何如？"

韩荣曰："老将军差矣！荣居此地，自有官守，岂得循私而忘君哉！譬如老将军权居元首，职压百僚③，满门富贵，尽受国恩，不思报本，纵子反商，罪在不赦，髫龀④无留。一门犯法，毫不容私。解进朝歌，朝廷自有公论，清白毕竟有分。那时名正言顺，谁敢不服？今老将军欲我将黄天祥放出关隘，吾便与反叛通同，欺侮朝廷，法纪何在！吾与老将军皆不可免，这个决不敢从命。"

---

① 波查：指困苦、危害，后泛指艰辛，磨折。
② 彝伦：犹伦常。古指人与人之间的道德关系。
③ 百僚：百官。
④ 髫龀（tiáo chèn）：指幼童。

黄滚曰："总兵在上：黄氏犯法，一门良眷颇多，料一婴儿有何妨碍，纵然释放，能成何事？这个情分也做得过。'恻隐之心，人皆有之。'（此乃孟子之言）将军何苦执一而不开一线之方便也。想我黄门功积如山，一旦如此，古云：'当权若不行方便，如入宝山空手回。'人生岂能保得百年常无事。况我一家俱系含冤负屈，又非大奸不道，安心叛逆者，望将军怜念，舍而逐之，生当衔环，死当结草，决不敢有负将军之大德矣。"韩荣曰："老将军，你要天祥出关，末将除非也附从叛亡之人，随你往西岐，这件事才做得。"（法理虽和，情理难通，酷吏讼棍所以惹人厌恶，与此同理）

黄滚三番四次，见韩荣执法不允，黄滚大怒，对二孙曰："吾居元帅之位，反去下气求人！既总兵不肯容情，吾公孙愿投陷阱，何惧之有！"随往韩荣帅府，自投囹圄，来至监中。黄飞虎忽见父亲同二子齐到，放声大哭："岂料今日如老爷之言，使不肖子为万世大逆之人也！"黄滚曰："事已到此，悔之无益。当初原教你饶我一命，你不肯饶我，又何必怨尤！"（此时倒有些英雄气概）

不说黄滚父子在囹圄悲泣，且表韩荣既得了黄家父子功勋，又收拾黄家货财珍宝等项，众官设酒，与总兵贺功。大吹大擂，乐奏笙簧，众官欢饮。（小人得志之态）韩荣正饮酒中间，乃商议解官点谁。余化曰："元帅要解黄家父子，末将自去，方保无虞。"韩荣大喜，"必须先行一往，吾心方安。"当晚酒散。次日，点人马三千，把黄姓犯官共计十一员，解往朝歌。众官置酒与余化饯别。饮罢酒，一声炮响，起兵往前进发。行八十里至界牌关。黄滚在陷车①中，看见帅府厅堂依旧，谁知今作犯官，睹物伤情，不由泪落。关内军民一齐来看，无不叹息流泪。（看来黄滚为官尚好）

① 陷车：押送囚犯的车子。

不说黄家父子在路，且言乾元山金光洞有太乙真人闲坐碧游床，正运元神，忽心血来潮。看官，但凡神仙，烦恼、嗔痴、爱欲三事永忘，其心如石，再不动摇。心血来潮者，心中忽动耳。（此书中神仙，却多性情之辈）真人袖里一掐，早知此事，“呀！黄家父子有厄，贫道理当救之。”唤金霞童儿：“请你师兄来。”童儿至桃园，见哪吒使枪。童子曰：“师父有请。”哪吒收枪，来至碧游床下，倒身下拜，“弟子哪吒有，不知师父唤弟子有何使用？”真人曰：“黄飞虎父子有难，你下山救他一番，送出汜水关，你可速回，不得有误。久后你与他俱是一殿之臣。”哪吒原是好动的，心中大悦，慌忙收拾，打点下山，脚登风火二轮，提火尖枪，离了乾元山，望穿云关来。好快！怎生见得，有诗为证。诗曰：

脚踏风轮起在空，乾元道术妙无穷。
周游天下如风响，忽见穿云眼角中。

话说哪吒踏风火二轮，霎时到穿云关落下，来在一山岗上，看一会，不见动静，站立多时，只见那壁厢一枝人马，旗幡招展，剑戟森严而来。哪吒想：“平白地怎就杀将起来？必定寻他一个不是处方可动手。”哪吒一时想起，作个歌儿来，歌曰：

“吾当生长不记年，只怕尊师不怕天。
昨日老君从此过，也须送我一金砖。”（诗虽粗糙，却合哪吒性格气质）

哪吒歌罢，脚登风火二轮，立于咽喉之径。有探事马飞报与余化：“启老爷：有一人脚立车上作歌。”余化传令扎了营，催动火眼金睛兽，出营观看。见哪吒立于风火轮上。怎见得，有诗为证。诗曰：

异宝灵珠落在尘，陈塘关内脱真神。
九湾河下诛李艮，怒发抽了小龙筋。
宝德门前敖光服，二上乾元现化身。
三追李靖方认父，秘授火尖枪一根。
顶上揪巾光灿烂，水合袍束虎龙纹。
金砖到处无遮挡，乾坤圈配混天绫。
西岐屡战成功绩，立保周朝八百春。
东进五关为前部，枪展旗开迥绝伦。
莲花化身无坏体，八臂哪吒到处闻。

话说余化问曰："登风火轮者乃是何人？"哪吒答曰："吾久居此地，如有过往之人，不论官员皇帝，都要留些买路钱。你如今往那里去？乞速送上买路钱，让你好赶路。"余化大笑曰："吾乃汜水关总兵韩荣前部将军余化。今解反臣黄飞虎等官员往朝歌请功。你好大胆，敢挠路径，作甚歌儿！可速退去，饶你性命。"哪吒曰："你原来是捉将有功的，今往此处过，也罢，只送我十块金砖，放你过去。"（漫天要价，故意激他）

余化大怒，催开火眼金睛兽，摇方天画戟飞来直取。哪吒手中枪急架相还。二将交加，一场大战，往来冲突。一个七孤星[①]，英雄猛虎；一个是莲花化身的，抖擞神威。哪吒乃仙传妙法，比众大不相同，把余化杀的力尽筋舒，掩一戟，扬长败走。（左道怎敌正法）哪吒

① 七孤星：即孤辰星，这是余化封神后所得的神职。

曰："吾来了！"往前正赶，余化回头，见哪吒赶来，挂下方天画戟，取出戮魂幡来，如前来拿哪吒。哪吒一见，笑曰："此物是戮魂幡，只何足为奇！"哪吒见数道黑气奔来，哪吒只用手一招，便自接住，往豹皮囊中一塞，大叫曰："有多少？一搭儿放将来罢！"余化见破了宝物，拨回走兽，来战哪吒。哪吒想："奉师命下山，来救黄家父子，恐余化泄了机，杀了黄家父子，反为不美。"左手提枪，挡架方天戟，右手取金砖一块，丢起空中，喝声："疾！"只见五采瑞临天地暗，乾元山上宝生光。那砖落将下来，把余化顶盔上打了一砖，打的俯伏鞍鞒①，窍中喷血，倒拖画戟败走。

哪吒赶了一程，自思："吾奉师命，来援黄家父子，若贪追袭，可不误了大事。"（思虑周全，非复当年顽童，当刮目相看）随登转双轮，祭一块金砖，打得众兵星飞云散，瓦解冰消，各顾性命奔走。哪吒只见陷车中垢面蓬头，厉声大呼曰："谁是黄将军？"飞虎曰："登轮者是谁？"哪吒答曰："吾乃乾元山金光洞太乙真人门下，姓李，双名哪吒。知将军今有小厄，命吾下山相援。"武成王大喜。哪吒将金砖磕开陷车，将众将放出。飞虎倒身拜谢。哪吒曰："列位将军慢行。我如今先与你把汜水关取了，等将军们出关。"众人称谢："多感盛德，立救残喘，尚容叩谢。"各人将短器械执在手中，切齿咬牙，怒冲牛斗，随后而行。

且说余化败回汜水关来。火眼金睛兽，两头见日走千里；穿云关至汜水关，一百六十里。韩荣在府内，正与众将官饮酒作贺，欢心悦意，谈讲黄家事体。忽报："先行官余化等令。"韩荣大惊："去而复返，其中事有可疑。"忙令："进见。"正是：入门休问荣枯事，观见

① 俯伏鞍鞒：卧伏在马鞍上。

容颜便得知①。忙问曰："将军为何回来，面容失色，似觉带伤？"余化请罪曰："人马行至穿云关将近，有一人不通姓名，脚登风火二轮，作歌截路。末将会面，要我十块金砖，方肯放行。末将不忿，与他大战一场。那人枪法精奇，末将只得回骑，欲用宝物拿他，方才举宝时，那人用手接去。末将不服，勒回骑与他交兵，见他手动处，不知取何物，只见黄光闪灼，被他把末将颈项打坏，故此败回。"

韩荣慌问曰："黄家父子怎样了？"余化答曰："不知。"韩荣顿足曰："一场辛苦，走了反臣，天子知道，吾罪怎脱！"众将曰："料黄飞虎前不能出关，退不能往朝歌，总兵速遣人马，把守关隘，以防众反叛透露。"正议间，探事官来报："有一人脚登车轮，提枪威武，称名要'七首将军'。"余化在旁答曰："就是此人。"韩荣大怒，传诸将上马，"等吾擒之！"（余化尚且惨败，你能如何？）众将得令，俱上马出帅府，三军蜂拥而来。哪吒登转车轮，大呼曰："余化早来见我，说一个明白！"

韩荣一马当先，问曰："来者何人？"哪吒见韩荣戴束发冠，金锁甲，大红袍，玉束带，点钢枪，银合马，答曰："吾非别人，乃乾元山金光洞太乙真人门下，姓李，名哪吒，奉师命下山，特救黄家父子。方才正遇余化，未曾打死，吾特来擒之。"韩荣曰："截抢朝廷犯官，还来在此猖獗，甚是可恶！"哪吒曰："成汤气数该尽，西岐圣主已生。黄家乃西岐栋梁，正应上天垂象，尔等又何违背天命，而造此不测之祸哉？"（你拿朝廷说事，我用天命来对，朝廷再大，大得过上天否？）韩荣大怒，纵马摇枪来取。哪吒登轮转枪相还，轮马相交，未及数合，左右一齐围绕上来。怎见得好一场大战：

① 入门休问荣枯事，观见容颜便得知：要了解对方的处境、心情怎样，只需察看一下对方的脸色就知道了。

咚咚鼓响，杂彩旗摇。三军齐呐喊，众将俱枪刀。哪吒铜枪生烈焰，韩荣马上逞英豪。众将精神雄似虎，哪吒像狮子把头摇。众将如狻猊摆尾，哪吒似搅海金鳌。火尖枪犹如怪蟒，众将兵杀气滔滔。哪吒斩关落锁施威武，韩荣阻挡英雄气概高。天下兵戈从此起，汜水关前头一遭。

话说哪吒火尖枪是金光洞里传授，使法不同，出手如银龙探爪，收枪似走电飞虹，枪挑众将，纷纷落马。众将抵不住，各自逃生。韩荣舍命力敌。正酣战之间，后有黄明、周纪、龙环、吴谦、飞彪、飞豹一齐杀来，大叫曰："这去必定拿韩荣报仇！"且说余化没奈何，奋勇催金睛兽，使画杆戟①，杀出府来。两家混战。哪吒见黄家众将杀来，用手取金砖丢在空中，打将下来，正中守将韩荣，打了护心镜，纷纷粉碎，落荒便走。

余化大叫："李哪吒勿伤吾主将！"纵兽摇戟来取，哪吒未及三四合，用枪架住画戟，豹皮囊内忙取乾坤圈打来，正中余化臂膊，打得筋断骨折，几乎坠兽，往东北上败走。哪吒取汜水关。黄明等六将，只杀得关内三军乱窜，任意剿除。次日，黄滚同飞虎等齐至，到把韩荣府内之物一总装在车辆上，（韩荣可谓鸡飞蛋打，赔了夫人又折兵）载出汜水关，乃西岐地界。哪吒送至金鸡岭作别。黄滚与飞虎众将感谢曰："蒙公子垂救愚生，实出望外。不知何日再睹尊颜，稍效犬马，以尽血诚。"哪吒曰："将军前途保重。我贫道不日也往西岐，后会有期，何必过誉。"众人分别。哪吒回乾元山去了不题。

话说武成王同原旧三千人马并家将，还在一路上晓往夜住，过了些高山凸凹崎岖路，险水颠崖深茂林。有诗为证。诗曰：

① 画杆戟：又称画杆方天戟，一种古代兵器名称。

别却朝歌归圣主，五关成败力难支。
子牙从此刀兵动，准被四九伐西岐。

话说黄家众将过了首阳山、桃花岭，度了燕山，非止一日，到了西岐山。只七十里便是西岐城。武成王兵至岐山，安了营寨，禀过黄滚曰："父亲在上：孩儿先往西岐，去见姜丞相。如肯纳我等，就好进城；如不纳我等，再做道理。"黄滚曰："我儿言之甚善。"黄飞虎缟素将巾[①]，上骑行七十里至西岐。

看西岐景致：山川秀丽，风土淳厚，大不相同。只见行人让路，礼别尊卑，人物繁盛，地利险阻。飞虎叹曰："西岐称为圣人，今果然民安物阜，的确舜日尧天，夸之不尽。"进了城，问："姜丞相府在那里？"民人答曰："小金桥头便是。"黄飞虎行至小金桥，到了相府，对堂候官曰："借重你禀丞相一声，说朝歌黄飞虎求见。"堂候官击云板，请丞相升殿。子牙出银安殿。堂候官将手本呈上。子牙看罢，"朝歌黄飞虎乃武成王也。今日至此，有甚么事？"忙传："请。"子牙官服，迎至仪门拱候。（礼数周全）黄飞虎至滴水檐前下拜。子牙顶礼相还，口称："大王驾临，姜尚不曾远接，有失迎迓，望乞勿罪。"飞虎曰："末将黄飞虎乃是难臣，今弃商归周，如失林飞鸟，聊借一枝[②]。倘蒙见纳，黄飞虎感恩不浅！"子牙忙扶起，分宾主序坐。飞虎曰："末将乃商之叛臣，怎敢列坐丞相之旁？"（你二人俱是叛臣）子牙曰："大王言之太重！尚虽忝列相位，昔曾在大王治下，今日何故太谦？"飞虎方才告坐。

子牙躬身请问曰："大王何事弃商？"武成王曰："纣王荒淫，权

① 将巾：武将便装时所戴。
② 聊借一枝：指暂且找个安身的地方。

臣当道，不纳忠良，专近小人，贪色不分昼夜，不以社稷为重，残杀忠良，全无忌惮，施土木陷害万民。今元旦，末将元配朝贺中宫，妲己设计，诬陷末将元配，以致坠楼而死。末将妹子在西宫，得知此情，上摘星楼明正其非，纣王偏向，又将吾妹采宫衣，揪后鬓，摔下摘星楼，跌为齑粉。末将自揣：'君不正，臣投外国。'此亦礼之当然。故此反了朝歌，杀出五关，特来相投，愿效犬马。若肯纳吾父子，乃丞相莫大之恩。"子牙大喜，"大王既肯相投，竭力扶持社稷，武王不胜幸甚！岂有不容纳之理？"（文王遗嘱，全抛却脑后）传出去："请大王公馆少憩，尚随即入内庭见驾。"飞虎辞往公馆不表。

且言子牙乘马进朝，武王在显庆殿闲坐。当驾官启奏："丞相候旨。"武王宣子牙进见，礼毕。王曰："相父有何事见孤？"子牙奏曰："大王万千之喜！今成汤武成王黄飞虎弃纣来投大王，此西土兴旺之兆也。"武王曰："黄飞虎可是朝歌国戚？"子牙曰："正是。昔先王曾说夸官得受大恩，今既来归，礼当请见。"传旨："请。"不一时，使命回旨："黄飞虎候旨。"武王命："宣。"

至殿前，飞虎倒身下拜，"成汤难臣黄飞虎愿大王千岁！"武王答礼曰："久慕将军，德行天下，义重四方，施恩积德，人人瞻仰，真良心君子。何期①相会，实三生之幸！"飞虎伏地奏曰："荷蒙大王提拔，飞虎一门出陷阱之中，离网罗之内，敢不效驽骀②之力，以报大王！"武王问子牙曰："昔黄将军在商，官居何位？"子牙奏曰："官拜镇国武成王。"武王曰："孤西岐只改一字罢，便封开国武成王。"（一字之变，已含改朝换代之意）黄飞虎谢恩。

武王设宴，君臣共饮，席前把纣王失政细细说了一遍。武王曰：

① 何期：犹言岂料。表示没有想到。
② 驽骀（nú tái）：驽、骀都为能力低下的马，比喻才能平庸。

“君虽不正，臣礼宜恭，各尽其道[1]而已。”（忽悠谁呢）武王谕子牙：“选吉日动工，与飞虎造王府。”子牙领旨。君臣席散。次日，黄飞虎上殿，谢恩毕，复奏曰：“臣父黄滚，同弟飞彪、飞豹，子黄天禄、天爵、天祥，义弟黄明、周纪、龙环、吴谦，家将一千名，人马三千，未敢擅入都城，今驻扎西岐山，请旨定夺。”武王曰：“既是有老将军，传旨速入都城，各各官居旧职。”西岐自得黄飞虎，遍地干戈起，纷纷士马兴。不知后事如何，且听下回分解。

总批

韩荣自恃余化，不从黄滚之请，孰意哪吒一来，化为乌有，反折去了许多家私。此所谓爱便宜处失便宜。大凡处天下事，俱不可认煞了。

又批

收亡纳叛，为古今所共恶。武王一纳黄飞虎，兵戈竟无宁日。凡有家国生民之计者，幸毋蹈此辙。

① 各尽其道：君臣各自履行自己的职责。

第三十五回　晁田兵探西岐事

晁田兵探西岐事

导读： 闻太师回朝后，听闻黄飞虎逃出五关，派晁田、晁雷兄弟率军去西岐探查情况。晁雷来西岐城下挑战，被南宫适活捉，在黄飞虎的劝说下，投降西岐。回到商营后，又劝说大哥一起投降。晁田考虑到父母妻儿都在朝歌，不敢背叛。于是二人将黄飞虎骗来擒住，急忙返回朝歌。却不料被早有准备的西岐大军包围。

本回中，擒拿晁田的大将乃是四贤八俊之一的辛甲。辛甲是历史上确实存在过的人物，不过和书中的身份却大不相同。按照《左传》与《汉书》的相关记载，辛甲原本是纣王的大臣，多次劝谏纣王无效（《汉书·艺文志》中说他前后进谏了纣王七十五次之多），于是投奔周朝。文王将长子之地（今山西省长子县一带）封给他，并任用他为太史，主诫谏。后世流传有《辛甲》二十九篇，《汉书·艺文志》将其列为道家。因此，有人称辛甲是历史上已知最早的道家人物。但从学术与文化发展的角度来看，这部书应该是后人托名所作。而且这部书如今也已经失传，清代马国瀚曾经搜集佚文，辑为《辛甲书》一卷，收录于《玉函山房辑佚书》中。

诗曰：

黄家出寨若飞鸢，盼至西岐拟到天。
兵过五关人寂寂①，将来几次血涓涓②。
子牙妙算安周室，闻仲无谋改纣愆③。
纵有雄师皆离德④，晁田空自涉风烟⑤。

话说闻太师自从追赶黄飞虎至临潼关，被道德真君一捏神砂退了。闻太师兵回。太师乃碧游宫金灵圣母门下，五行大道，倒海移山，闻风知胜败，嗅土定军情，怎么一捏神砂，便自不知？大抵天数已归周主，闻太师这一会阴阳交错⑥，一时失计。（想来作者自己发现此纰漏，但难以改动，只好以天数之言弥缝）闻太师看着兵回，自已迷了。到得朝歌，百官听候回音，俱来见太师，问其追袭原故，太师把追袭说了一遍，众官无言。

闻太师沉吟半晌，自思："纵黄飞虎逃去，左有青龙关张桂芳所阻，右有魔家四将可拦，中有五关，料他插翅也不能飞去。"忽听得报："临潼关萧银开栓锁，杀张凤，放了黄飞虎出关。"太师不语。又报："黄飞虎潼关杀陈桐。"又报："穿云关杀了陈梧。"又报："界牌关黄滚纵子投西岐。"又报："汜水关韩荣有告急文书。"闻太师看过，大怒曰："吾掌朝歌先君托孤之重，不料当今失政，刀兵四起，先反东南二路。岂知祸生萧墙，元旦灾来，反了股肱重臣，追之不

① 寂寂：冷静，落寞。
② 血涓涓：形容血液不断流出。
③ 纣愆（qiān）：商纣王的罪孽和过错。
④ 离德：谓人心各异，思想不统一，行动不一致。
⑤ 风烟：指朦胧的景物，比喻战乱。
⑥ 阴阳交错：把阴和阳搞差了，后比喻由于偶然的因素而造成了差错。

及，中途中计而归，此乃天命。如今成败未知，兴亡怎定？吾不敢负先帝托孤之恩，尽人臣之节，以死报先帝可也。”命左右：“擂聚将鼓响。”

不一时，众官俱至参谒。太师问：“列位将军，今黄飞虎反叛，已归姬发，必生祸乱，今不若先起兵，明正其罪，方是讨伐不臣。尔等意下如何？”内有总兵官鲁雄出而言曰：“末将启太师：东伯侯姜文焕年年不息兵戈，使游魂关窦荣劳心费力；南伯侯鄂顺，月月三山关，苦坏生灵，邓九公睡不安枕。黄飞虎今虽反出五关，太师可点大将镇守，严备关防，料姬发纵起兵来，中有五关之阻，左右有青龙、佳梦二关，飞虎纵有本事，亦不能有为，又何劳太师怒激。方今二处干戈未息，又何必生此一方兵戈，自寻多事。况如今库藏空虚，钱粮不足，（这才是关键）还当酌量。古云：‘大将者，必战守通明，方是安天下之道。’”

太师曰：“老将军之言虽是，犹恐西土不守本分，倘生祸乱，吾安得而无准备。况西岐南宫适勇冠三军，散宜生谋谟[①]百出，又有姜尚乃道德之士，不可不防。一着空虚百着空。临渴掘井，悔之何及！”鲁雄曰：“太师若是犹豫未决，可差一二将，出五关打听西岐消息，如动，则动；如止，则止。”太师曰：“将军之言是也。”随问左右：“谁为我往西岐走一遭？”内有一将应声曰：“末将愿往。”来者乃佑圣上将晁田，见太师欠背打躬曰：“末将此去，一则探虚实，二则观西岐进退巢穴，入目便知兴废事，三寸舌动可安邦。”有诗为证：

愿探西岐虚实情，提兵三万出都城。

① 谋谟：计谋。

子牙妙策权施展，管取①将军谒圣明。

话说闻太师见晁田欲往，大悦。点人马三万，即日辞朝，出朝歌。一路上只见：

轰天炮响，震地锣鸣。轰天炮响，汪洋大海起春雷；镇地锣鸣，万仞山前飞霹雳。人如猛虎离山，马似蛟龙出水。旗幡摆动，浑如五色祥云；剑戟辉煌，却似三冬瑞雪。迷空杀气罩乾坤，遍地征云笼宇宙。征夫勇猛要争先，虎将鞍鞒持利刃。银盔荡荡白云飞，铠甲鲜明光灿烂。滚滚人行如泄水，滔滔马走似狻猊。（如此动静，打探消息耶？出兵征伐耶？）

话说晁田、晁雷人马出朝歌，渡黄河，出五关，晓行夜住，非止一日。哨探马报："人马至西岐。"晁田传令："安营。"点炮静营，三军呐喊，兵扎西门。且说子牙在相府闲坐，忽听有喊声震地，子牙传出府来："为何有喊杀之声？"不时有报马至府前："启老爷：朝歌人马驻扎西门，不知何事。"子牙默思："成汤何事起兵来侵？"传令："擂鼓聚将。"不一时，众将上殿参谒。子牙曰："成汤人马来侵，不知何故？"众将佥②曰："不知。"

且说晁田安营，与弟共议："今奉太师命，来探西岐虚实，元来也无准备。今日往西岐见阵，如何？"晁雷曰："长兄言之有理。"晁雷上马提刀，往城下请战。子牙正议，探马报称："有将搦战。"子牙问曰："谁去问虚实走一遭？"言未毕，大将南宫适应声出曰："末

① 管取：包管。表示一种保证或确保的承诺。
② 佥（qiān）：都，皆。

将愿往。”子牙许之。南宫适领一枝人马出城，排开阵势，立马旗门，看时，乃是晁雷。南宫适曰：“晁将军慢来！今天子无故以兵加西土，却是为何？”晁雷答曰：“吾奉天子敕命，闻太师军令，问不道姬发，自立武王，不遵天子之谕，收叛臣黄飞虎，情殊可恨！汝可速进城，禀你主公，早早把反臣献出，解往朝歌，免你一郡之殃。若待迟延，悔之何及！”（还以钦差自命，口气不小）

南宫适笑曰：“晁雷，纣王罪恶深重，醢大臣，不思功绩；斩元铣，有失司天；造炮烙，不容谏言；治虿盆，难及深宫；杀叔父，剖心疗疾；起鹿台，万姓遭殃；君欺臣妻，五伦尽灭；宠小人，大坏纲常。吾主坐守西岐，奉法守仁，君尊臣敬，子孝父慈，三分天下，二分归西，民乐安康，军心顺悦。你今日敢将人马侵犯西岐，乃是自取辱身之祸。”（有理有节，不愧四贤之一）晁雷大怒，纵马舞刀来取南宫适。南宫适举刀赴面相迎。两马相交，双刀并举，一场大战。南宫适与晁雷战有三十回合，把晁雷只杀得力尽筋舒，那里是南宫适敌手！被南宫适卖一个破绽，生擒过马，望下一摔，绳缚二背。得胜鼓响，推进西岐。

南宫适至相府听令。左右报于子牙，命：“令来。”南宫适进殿，子牙问：“出战胜负？”南宫适曰：“晁雷来伐西岐，末将生擒，听令指挥。”子牙传令：“推来！”左右把晁雷推至滴水檐前。晁雷立而不跪。子牙曰：“晁雷既被吾将擒来，为何不屈膝求生？”晁雷竖目大喝曰：“汝不过编篱卖面一小人！吾乃天朝上国命臣，不幸被擒，有死而已，岂肯屈膝！”子牙命：“推出斩首！”众人将晁雷推出去了。两边大小众将听晁雷骂子牙之短，众将暗笑子牙出身浅薄。（也是人之常情，何况众将多贵族子弟）子牙乃何等人物，便知众将之意。子牙谓诸将曰：“晁雷说吾编篱卖面，非辱吾也。昔伊尹乃莘野匹夫，后辅成汤，为商股肱，只在遇之迟早耳。”传令：“将晁雷斩讫来报！”只见武成王黄飞虎出曰："丞相在上：晁雷只知有纣，不知有周，末将敢说此人归降，后来伐纣，亦可得其一臂之力。"子牙许之。

黄飞虎出相府，见晁雷跪候行刑。飞虎曰："晁将军！"晁雷见武成王至，不语。飞虎曰："你天时不识，地利不知，人和不明。三分天下，周土已得二分。东南西北，俱不属纣。纣虽强胜一时，乃老健春寒[1]耳。纣之罪恶得罪于天下百姓，兵戈自无休息。况东南士马不宁，天下事可知矣。武王文足安邦，武可定国。想吾在纣官拜镇国武成王，到此只改一字：开国武成王。天下归心，悦而从周。武王之德，乃尧舜之德，不是过耳。吾今为你，力劝丞相，准将军归降，可保簪缨万世。若是执迷，行刑令下，难保性命，悔之不及。"（恩威并施）晁雷被黄飞虎一篇言语，心明意朗，口称："黄将军，方才末将抵触了子牙，恐不肯赦免。"飞虎曰："你有归降之心，吾当力保。"晁雷曰："既蒙将军大恩保全，实是再生之德，末将敢不如命。"

且说飞虎复进内见子牙，备言晁雷归降一事。子牙曰："杀降诛服[2]，是为不义。黄将军既言，传令放来。"晁雷至檐下，拜伏在地，"末将一时卤莽，冒犯尊颜，理当正法。荷蒙赦宥，感德如山。"子牙曰："将军既真心为国，赤胆佐君，皆是一殿之臣，同是股肱之佐，何罪之有！将军今已归周，城外人马可调进城来。"（开国君臣，多有容人忍辱之量）晁雷曰："城外营中，还有末将的兄晁田见在营里。待末将出城，招来同见丞相。"子牙许之。

不说晁雷归周，话说晁田在营，忽报："二爷被擒。"晁田心下不乐，"闻太师令吾等来探虚实，今方出战，不料被擒，挫动锋锐。"言未了，又报："二爷辕门下马。"晁雷进帐见兄。晁田曰："言你被

① 老健春寒：老年人的生命，就像春天的寒冷一样不会久长。
② 杀降诛服：杀害已投降和顺服的人。

擒，为何而返？”晁雷曰：“弟被南宫适擒见子牙，吾当面深辱子牙一番，将吾斩首。有武成王一篇言语，说的我肝胆尽裂。吾今归周，请你进城。”

晁田闻言，大骂曰：“该死匹夫！你信黄飞虎一片巧言，降了西土，你与反贼同党，有何面见闻太师也！”晁雷曰：“兄长不知，今不但吾等归周，天下尚且悦而归周。”晁田曰：“天下悦而归周，吾也知之。你我归降，独不思父母妻子俱见在朝歌。吾等虽得安康，致令父母遭其诛戮，你我心里安乐否？”（倒是个顾家的）晁雷曰：“为今之计奈何？”晁田曰：“你快上马，须当如此如此，以掩其功，方好回见太师。”

晁雷依计上马，进城至相府，见子牙曰：“末将领令，招兄晁田归降，吾兄愿从麾下。只是一件，末将兄说：奉纣王旨意征讨西岐，此系钦命[1]，虽末将被擒归周，而吾兄如束手来见，恐诸将后来借口。望丞相抬举，命一将至营，招请[2]一番，可存体面。”子牙曰：“原来你令兄要请，方进西岐。”（此时恐已看出破绽）子牙问曰：“左右谁去请晁田走一遭？”左有黄飞虎言曰：“末将愿往。”子牙许之。二将出相府去了。子牙令辛甲、辛免领简帖速行。二将得令。子牙令南宫适领简帖速行。得令去讫不表。

且说黄飞虎同晁雷出城，至营门，只见晁田辕门躬身欠背，迎迓武成王，口称：“千岁请！”飞虎进了三层围子手，晁田喝声：“拿了！”两边刀斧手一齐动手，挠钩搭住，卸袍服，绳缠索绑。飞虎大骂：“你负义逆贼！恩将仇报！”晁田曰：“‘踏破铁鞋无觅处，得来全不费功夫。’正要擒反叛解往朝歌，你今来的凑巧。”（兵不厌诈）

① 钦命：皇帝的命令。
② 招请：邀请。

传令："起兵速回五关！"有诗为证：

晁田设计擒周将，妙算何如相父明。
画虎不成类为犬，弟兄捆缚进都城。

话说晁田兄弟欣然而回，炮声不响，人无喊声，飞云掣电而走。行过三十五里，兵至龙山口，只见两杆旗摇，布开人马，应声大叫："晁田！早早留下武成王！吾奉姜丞相命，在此久候多时了！"晁田怒曰："吾不伤西岐将佐，焉敢中途抢截朝廷犯官！"（黄飞虎此时难道不是"西岐将佐"？）纵马舞刀来战。辛甲使开斧，赴面交还。两马相交，刀斧并举，大战二十回合。辛免见辛甲的斧胜似晁田，自思："既来救黄将军，须当上前。"催马使斧，杀进营来。晁雷见辛免马至，理屈词穷，举刀来战。战未数合，晁雷情知中计，拨马落荒便走。辛免杀官兵逃走，救了黄飞虎。飞虎感谢，走骑出来，看辛甲大战晁田。武成王大怒曰："吾有义与晁田，这个贼狠心之徒！"纵骑持短兵来战。未及数合，早被黄将军擒下马来，拿绳缠二背。武成王指面大骂曰："逆贼！你欺心定计擒我，岂能出姜丞相奇谋妙算！天命有在！"解回西岐不表。

且说晁雷得命逃归，有路就走，路径生疏，迷踪失径，左串右串，只在西岐山内。走到二更时分，方上大路，只见前面有夜不收，灯笼高挑。晁雷的马走鸾铃响处，忽听得炮声呐喊，当头一将乃南宫适也。灯光影里，晁雷曰："南将军，放一条生路，后日恩当重报。"南宫适曰："不须多言，早早下马受缚！"晁雷大怒，舞刀来战。那里是南将军敌手，大喝一声，生擒下马。两边将绳索绑缚，拿回西岐来。此时天色微明，黄飞虎在相府前伺候。南宫适也回来。

飞虎称谢毕。少时间，听得鼓响，众将参谒。左右报："辛甲回令。”令：“至殿前。”曰：“末将奉令，龙山口擒了晁田，救了黄将军，在府前听令。”令：“来。”飞虎感谢曰：“若非丞相救拔，几乎遭逆党毒手。”子牙曰：“来意可疑，吾故知此贼之诡诈矣，故令三将于二处伺候，果不出吾之所料。”又报：“南宫适听令。”令：“至殿前。”南宫适曰：“奉命岐山把守，二更时分，果擒晁雷，请令定夺。”子牙传令：“来！”把二将推至檐下。子牙大喝曰：“匹夫！用此诡计，怎么瞒得过我！此皆是儿曹之辈①！”命：“推出斩了！”军政官得令，把二将簇拥推出相府。只听晁雷大叫：“冤枉！”子牙答曰：“明明暗算害人，为何又称冤枉？”分付左右：“推回晁雷来。”

子牙曰：“匹夫！弟兄谋害忠良，指望功高归国，不知老夫豫已知之。今既被擒，理当斩首，何为冤枉？”晁雷曰：“丞相在上：天下归周，人皆尽知。吾兄言，父母俱在朝歌，子归真主，父母遭殃。自思无计可行，故设小计。今被丞相看破，擒归斩首，情实可矜。”子牙曰：“你既有父母在朝歌，与我共议，设计搬取家眷，为何起这等狼心？”晁雷曰：“末将才庸智浅，并无远大之谋，早告明丞相，自无此厄也。”道罢，泪流满面。子牙曰：“你可是真情？”晁雷曰：“末将若无父母，故说此言，黄将军尽知。”子牙问：“黄将军，晁雷可有父母？”子虎答曰：“有。”子牙曰：“既有父母，此情是实。”传令：“把晁田放回。”二将跪拜在地。子牙道：“将晁田为质，晁雷领简帖，如此如此，往朝歌搬取家眷。”晁雷领令往朝歌。不知凶吉如何，且听下回分解。

总批

闻太师兴兵问罪，亦理之当然，但不可骤用晁氏弟兄无谋之

① 儿曹之辈：即子侄辈。

将，须令子牙一发不可收拾。周之反商，未尝不是闻太师酿成之耳。倘当日先以一能言之士，奉尺一之书，责以不当招亡纳叛，擅即封爵，则武王、子牙纵圣神明哲，亦无以解此二罪也。所以管夷吾责楚以包茅等事，楚虽强悍未尝不心悦诚服，惜太师之计不出此。而开此衅端，是亦天数使然非欤。

又批

晁田以掩耳之计瞒子牙，宜其被擒。但子牙亦以此计愚闻仲，而仲乃竟受其愚，何其颠倒若是。果仲与田等，而子牙独出其上耶，仲殆囿于晁氏兄弟，而不加察焉耳。

第三十六回　张桂芳奉诏西征

張桂芳奉
詔西征

导读：本回中出场了一位身有奇能的截教弟子——青龙关总兵张桂芳。他有一门夺魂秘法——呼名落马，即呼唤敌人的名字可控制对方失魂落马。听上去，有些像《西游记》里太上老君的那个一叫你名字你若是答应，就立刻会被吸进去的紫金葫芦。而实际上，这种左道秘法也好，还是老君的法宝也好，都体现出了人类早期历史中的一种巫术现象，即对名字的禁忌。古代民族特别是一些原始民族大都相信名字与生命、灵魂有着直接的联系。列维-布留尔在《原始思维》中就曾经举例：印第安人不把自己的名字看成简单的标签，而是看成自己这个人的单独的一部分，看成某种类似自己的眼睛或牙齿的东西。他相信，由于恶意地使用他的名字，他就一定会受苦，如同由于身上的什么部分受了伤一样会受苦。这个信仰在从大西洋到太平洋之间的各种各样部族那里都能见到。这里的描述，已经很接近于张桂芳的呼名落马了。而J. G. 弗雷泽在他的名著《金枝》中也提到，许多原始部族常以为名字和它们所代表的人或物之间不仅是人的思想观念上的联系，而且是实在的物质的联系，从而巫术容易通过名字，犹如通过头发指甲及人身其他任何部分一样，来为害于人。事实上，原始人把自己的名字看作是自身极重要的部分，因而非常注意保护。在中国古代，这种对名字的信仰也很盛行，并由此衍生出了许多与名字相关的法术。这些法术大致可以分为两类，一类是用名字改变厄运或预防灾祸，另一类是用名字攻击仇敌或违背施术者意志的人。很显然，张桂芳的法术属于后者。

诗曰：

奉诏西征剖玉符，幡幢飘扬映长途。
惊看画戟翻钱豹，更羡冰花拂剑凫①。
张桂擒军称号异，风林打将仗珠殊。
纵然智巧皆亡败，无奈天心恶独夫。

话说晁雷离了西岐，星夜进五关，过渑池，渡黄河，往朝歌，非止一日，进了都城，先至闻太师府来。太师正在银安殿闲坐，忽报："晁雷等令。"太师急令至檐前，忙问西岐光景。晁雷答曰："末将兵至西岐，彼时有南宫适搦战。末将出马，大战三十合，未分胜败，两家鸣金。次日，晁田大战辛甲，辛甲败回。连战数日，胜败未分。奈因汜水关韩荣不肯应付粮草，三军慌乱。大抵粮草乃三军之性命，末将不得已，故此星夜来见太师。望乞速发粮草，再加添兵卒，以作应援。"闻太师沉吟半晌，曰："前有火牌令箭②，韩荣为何不发粮草应付？晁雷，你点三千人马，粮一千，星夜往西岐接济。等老夫再点大将，共破西岐，不得迟误。"晁雷领令，速点三千人马，粮草一千，暗暗夹带家小，出了朝歌，星夜往西岐去了。有诗为证：

妙算神机世所稀，太公用计亦深微。
当时漫道欺闻仲，此后征诛事渐非。

话说闻太师发三千人马，粮草一千，命晁雷去了三四日。忽然想

① 剑凫（fú）：又叫野鸭、鹜。生长在江河湖泊中。常常几百只结伴飞行，它们飞行时发出的声音很大。
② 火牌令箭：古代主将发布命令用的符信。

起："汜水关韩荣为何不肯支应？其中必有原故！"（岂不反应太慢？）太师焚香，将三个金钱搜求八卦妙理玄机，算出其中情由，（有此神算，当时为何不用？）太师拍案大呼曰："吾失打点，反被此贼诓了家小去了！气杀吾也！"欲点兵追赶，去之已远。随问徒弟吉立、余庆："今令何人可伐西岐？"吉立曰："老爷欲伐西岐，非青龙关张桂芳不可。"太师大悦，随发火牌、令箭，差官往青龙关去讫。一面又点神威大将军丘引，交代镇守关隘。话说晁雷人马出了五关，至西岐，回见子牙，叩头在地："丞相妙计，百发百中，今末将父母妻子俱进都城。丞相恩德，永矢[①]不忘！"又把见闻太师的话说了一遍。子牙曰："闻太师必点兵前来征伐，此处也要防御打点，有场大战。"按下不表。

且说闻太师的差官到了青龙关，张桂芳得了太师令箭、火牌。交代官乃神威大将军丘引。张桂芳把人马点十万。先行官[②]姓风，名林，乃风后苗裔。（风后乃黄帝重臣，来头不小）等至数日，丘引来到，交代明白。张桂芳一声炮响，十万雄师尽发，过了些府、州、县、道，夜住晓行。怎见得，有诗为证：

浩浩旌旗滚，翩翩绣带飘。
枪缨红似火，刀刃白如镣。
斧列宣花样，幡摇豹尾旓。
鞭锏瓜槌棍，征云透九霄。
三军如猛虎，战马怪龙枭。
鼓擂春雷振，锣鸣地角[③]遥。

---

① 永矢：发誓永远要（做某事），常用于否定语前。表示一种坚定的决心和承诺。
② 先行官：率领先头部队的将领。
③ 地角：指非常僻远的地方。

桂芳为大将，西岐事更昭。

话说张桂芳大队人马非止一日。哨探马报入中军："启总兵：人马已到西岐。"离城五里安营，放炮呐喊，设下宝帐①，先行参谒。桂芳按兵不动。话说西岐报马报入相府："张桂芳领十万人马，南门安营。"子牙升殿，聚将共议退兵之策。子牙曰："黄将军，张桂芳用兵如何？"飞虎曰："丞相下问，末将不得不以实陈。"子牙曰："将军何故出此言？吾与你皆系大臣，为主心腹，何故说'不得不实陈'者何也？"飞虎曰："张桂芳乃左道旁门术士，（殷商这边，一连几个将军都是左道旁门之人，岂是朝廷应有之正大气象！）俱有幻术伤人。"子牙曰："有何幻术？"飞虎曰："此术异常。但凡与人交兵会战，必先通名报姓，如末将叫黄某，正战之间，他说叫：'黄飞虎不下马更待何时！'末将自然下马。故有此术，似难对战。丞相须分付众位将军，但遇桂芳交战，切不可通名。如有通名者，无不获去之理。"子牙听罢，面有忧色。旁有诸将不服此言的，道："岂有此理！那有叫名便下马的？若这等，我们百员官将只消叫的百十声，便都拿尽。"众将官俱各含笑而已。（尚未意识到危险）

且说张桂芳命先行官风林先往西岐见头阵。风林上马，往西岐城下请战。报马忙进相府："启丞相：有将搦战。"子牙问："谁见首阵走一遭？"内有一将，乃文王殿下姬叔乾也。（史籍不载，盖作者杜撰）此人性如烈火，因夜来听了黄将军的话，故此不服，要见头阵。上马抡枪出来。只见翠蓝幡下一将，面如蓝靛，发似朱砂，獠牙生上下。怎见得：

---

① 宝帐：华美的帐子。

花冠分五角①，蓝脸映须红。
金甲袍如火，玉带扣玲珑。
手提狼牙棒，乌骓②猛似熊。
胸中藏锦绣，到处定成功。
封神为吊客③，先锋自不同。
大红幡上写，首将姓为风。

话说姬叔乾一马至军前，见来将甚是凶恶，问曰："来将可是张桂芳？"风林曰："非也。吾乃张总兵先行官风林是也，奉诏征讨反叛。今尔主无故背德，自立武王，又收反臣黄飞虎，助恶成害。天兵到日，尚不引颈受戮，乃敢拒敌大兵！快早通名来，速投棒下！"姬叔乾大怒曰："天下诸侯，人人悦而归周，天命已是有在，怎敢侵犯西土，自取死亡。今日饶你，只叫张桂芳出来！"风林大骂："反贼焉敢欺吾！"纵马使两根狼牙棒飞来直取。姬叔乾摇枪急架相还。二马相交，枪棒并举，一场大战。怎见得：

二将阵前各逞，锣鸣鼓响人惊。该因世上动刀兵，不由心头发恨。枪来那分上下，棒去两眼难睁。你拿我，诛身报国辅明君；我捉你，枭首辕门号令。

二将战有三十余合，未分胜败。姬叔乾枪法传授神妙，演习精奇，浑身罩定，毫无渗漏。风林是短家伙，攻不进长枪去，被姬叔乾卖个破绽，叫声："着打！"风林左脚上中了一枪。风林拨马逃回本

① 花冠分五角：即五个角形状的花冠。
② 乌骓（zhuī）：项羽所骑战马名骓，后人称作乌骓。
③ 吊客：释义为凶神。主疾病哀泣之事或吊丧者。

营。姬叔乾纵马赶来，不知风林乃左道之士，乘势追赶。风林虽是带伤，法术无损，回头见叔乾赶来，口里念念有词，把口一吐，一道黑烟喷出，就化为一网，里边现一粒红珠，有碗口大小，望姬叔乾劈脸打来。（武艺不如人，便用法术，若无阐教众人相助，只这几个旁门左道之士便可灭了西岐）可怜！姬殿下乃文王第十二子，被此珠打下马来。风林勒回马，复一棒打死，枭了首级，掌鼓回营，见张桂芳报功。桂芳令："辕门号令。"

且说西岐败残人马进城，报于姜丞相。子牙知姬叔乾阵亡，郁郁不乐。武王知弟死，着实伤悼。诸将切齿。次日，张桂芳大队排开，坐名请子牙答话。子牙曰："不入虎穴，焉得虎子。"随传令："摆五方队伍。"两边摆列鞭龙降虎将，打阵众英豪。出城，只见对阵旗幡脚下有一将，银盔素铠，白马长枪，上下似一块寒冰，如一堆瑞雪。怎见得：

顶上银盔排凤翅，连环素铠似秋霜。
白袍暗现团龙滚，腰束羊脂八宝厢。
护心镜射光明显，凹面锏挂马鞍旁。
银合马走龙出海，倒提安邦白杵枪。
胸中炼就无穷术，秘授玄功实异常。
青龙关上声名远，纣王驾下紫金梁。
素白旗上书大字：奉敕西征张桂芳。

话说张桂芳见子牙人马出城，队伍齐整，纪法森严，左右有雄壮之威，前后有进退之法。金盔者，英风赳赳；银盔者，气概昂昂。一对对出来，其实骁勇。又见子牙坐青骢马，一身道服，落腮银须，手提雌雄宝剑[1]。怎见得，有《西江月》为证：

> 鱼尾金冠鹤氅，丝绦双结乾坤。雌雄宝剑手中拎，八卦仙衣可衬。　　善能移山倒海，惯能撒豆成兵[2]。仙风道骨果神清，极乐神仙临阵。

张桂芳又见宝纛幡下，武成王黄飞虎坐骑提枪，心下大怒，一马闯至军前，见子牙而言曰："姜尚，你原为纣臣，曾受恩禄，为何又背朝廷，而助姬发作恶，又纳叛臣黄飞虎，复施诡计，说晁田降周，恶大罪深，纵死莫赎。吾今奉诏亲征，速宜下马受缚，以正欺君叛国之罪。尚敢抗拒天兵，只待踏平西土，玉石俱焚，那时悔之晚矣。"子牙马上笑曰："公言差矣！岂不闻'贤臣择主而仕，良禽相木而栖'，天下尽反，岂在西岐！料公一忠臣，也不能辅纣王之稔恶[3]。吾君臣守法奉公，谨修臣节。今日提兵，侵犯西土，乃是公来欺我，非我欺足下。倘或失利，贻笑他人，深为可惜，不如依吾拙谏，请公回兵，此为上策。毋得自取祸端，以遗伊戚[4]。"桂芳曰："闻你在昆仑学艺数年，你也不知天地间有无穷变化。据你所言，就如婴儿作笑，不识轻重。你非智者之言。"（自己不知天数气运，反说子牙不智，真真可笑）令先行官："与吾把姜尚拿了！"风林走马出阵，冲杀过来。只见子牙旗门角下一将，连人带马，如映金赤日玛瑙一般，纵马舞刀，迎敌风林，乃大将军南宫适，也不答话，刀棒并举，一场大

---

① 雌雄宝剑：相传春秋时吴人干将铸二剑，雄号干将，雌号莫邪。进雄剑于吴王而自藏雌剑。

② 撒豆成兵：撒放豆子，变成军队。

③ 稔（rěn）恶：久积恶行。

④ 伊戚：指烦恼、忧患。

战。怎见得：

二将阵前把脸变，催开战马心不善。这一个指望万载把名标，那一个声名留在金銮殿。这一个钢刀起去似寒冰，那一个棒举虹飞惊紫电。自来恶战果蹊跷，二虎相争心胆颤。

话说二将交兵，只杀的征云绕地，锣鼓喧天。

且说张桂芳在马上又见武成王黄飞虎在子牙宝纛幡脚下，怒纳不住，纵马杀将过来。黄飞虎也把五色神牛催开，大骂："逆贼！怎敢冲吾阵脚！"牛马相交，双枪并举，恶战龙潭。张桂芳仗胸中左道之术，一心要擒飞虎。二将酣战，未及十五合，张桂芳大叫："黄飞虎不下骑更待何时！"飞虎不由自己，撞下鞍鞒。军士方欲上前擒获，只见对阵上一将，乃是周纪，飞马冲来，抡斧直取张桂芳。黄飞彪、飞豹二将齐出，把飞虎抢去。周纪大战桂芳。张桂芳掩一枪就走。周纪不知其故，随后赶来。张桂芳知道周纪，大叫一声："周纪不下马更待何时！"周纪吊下马来。及至众将救时，已被众士卒生擒活捉，拿进辕门。且说风林战南宫适，风林拨马就走，南宫适也赶去，被风林如前，把口一张，黑烟喷出，烟内现碗口大小一粒珠，把南宫适打下马来，生擒去了。张桂芳大获全胜，掌鼓回营。子牙收兵进城，见折了二将，郁郁不乐。（俘虏如此几员大将，竟如砍瓜切菜一般。须知不如此，则不足以凸显后文哪吒之神勇）

且说张桂芳升帐，把周纪、南宫适推至中军，张桂芳曰："立而不跪者，何也？"南宫适大喝："狂诈匹夫！将身许国，岂惜一死！既被妖术所获，但凭汝为，有甚闲说！"桂芳传令："且将二人囚于陷车之内，待破了西岐，解往朝歌，听圣旨发落。"不题。次日，张桂芳亲往城下搦战。探马报入丞相府曰："张桂芳搦战。"子牙因他开口叫名字便落马，故不敢传令，且将“免战牌”挂出去。张桂芳笑曰：“姜尚被吾一阵便杀得‘免战牌’高悬！”故此按兵不动。

且说乾元山金光洞太乙真人坐碧游床运元神，忽然心血来潮，早知其故。命金霞童儿：“请你师兄来。”童儿领命，来桃园见哪吒，口称：“师兄，老爷有请。”（以“老爷”称呼师尊，文理不通，情理不合）哪吒至蒲团下拜。真人曰：“此处不是你久居之所。你速往西岐，去佐你师叔姜子牙，可立你功名事业。如今三十六路兵伐西岐，你可前去辅佐明君，以应上天垂象。”哪吒满心欢喜，即刻辞别下山，上了风火轮，提火尖枪，斜挂豹皮囊，往西岐来。怎见得好快，有诗为证：

风火之声起在空，遍游天下任西东。
乾坤顷刻须臾到，妙理玄功自不同。

话说哪吒顷刻来到西岐，落了风火轮，找问相府。左右指引：“小金桥是相府。”哪吒至相府下轮。左右报入：“有一道童求见。”子牙不敢忘本，传令：“请来。”哪吒至殿前，倒身下拜，口称“师叔”。子牙问曰：“你是那里来的？”哪吒答曰：“弟子是乾元山金光洞太乙真人徒弟，姓李，名哪吒，奉师命下山，听师叔左右驱使。”子牙大喜，未及温慰，只见武成王出班，称谢前救援之德。哪吒问：“有何人在此伐西岐？”黄飞虎答曰：“有青龙关张桂芳，左道惊人，连擒二将。姜丞相故悬‘免战牌’在外。”

哪吒曰：“吾既下山来佐师叔，岂有袖手旁观之理。”哪吒来见子牙曰：“师叔在上：弟子奉师命下山，今悬‘免战牌’，此非长策，弟子愿去见阵，张桂芳可擒也。”子牙许之，传令：“去了‘免战牌’。”彼时探马报与张桂芳：“西岐摘了‘免战牌’。”桂芳谓先行风林曰：“姜子牙连日不出战，那里取得救兵来了。今日摘去‘免战牌’，你可去搦战。”先行风林领令出营，城下搦战。探马报入相府。哪吒答言曰：“弟子愿往。”子牙曰：“是必小心。桂芳左道，呼名落马。”哪吒答曰：“弟子见机而作。”即登风火轮，开门出城。见一将蓝靛脸，朱砂发，凶恶多端，用狼牙棒，走马出阵，见哪吒脚踏二轮，问曰：“汝是何人？”哪吒答曰：“吾乃姜丞相师侄李哪吒是也。尔可是张桂芳，专会呼名落马的？”风林曰：“非也。吾乃是先行官风林。”哪吒曰：“饶你不死，只唤出张桂芳来！”风林大怒，纵马使棒来取。哪吒手内枪两相架隔。轮马相交，枪棒并举，大战城下。有诗为证：

下山首战会风林，发手成功岂易寻。
不是武王洪福大，西岐城下事难禁。

话说二将大战二十回合，风林暗想：“观哪吒道骨稀奇，若不下手，恐受他累。”掩一棒，拨马便走。哪吒随后赶来。前走一似猛风吹败叶，后随恰如急雨打残花。风林回头一看，见哪吒赶来，把口一张，喷出一道黑烟，烟里现碗口大小一珠，劈面打来。哪吒笑曰：“此术非是正道。”哪吒用手一指，其烟自灭。（正法应对左道，真是摧枯拉朽，风卷残云）风林见哪吒破了他的法术，厉声大叫：“气杀吾也！敢破吾法术！”勒马复战，被哪吒豹皮囊取出那乾坤圈，丢起，正打风林左肩甲，只打的筋断骨折，几乎落马，败回营去。哪吒打了风林，立在辕门，坐名要张桂芳。

且说风林败回进营，见桂芳备言前事。又报：“哪吒坐名搦战。”张桂芳大怒，忙上马提枪出营，一见哪吒耀武扬威，张桂芳问曰：

“踏风火轮者可是哪吒么？”哪吒答曰：“然[1]。”张桂芳曰：“你打吾先行官，是尔？”哪吒大喝一声：“匹夫！说你善能呼名落马，特来会尔！”把枪一晃来取。桂芳急架相迎。轮马相交，双枪并举，好场杀：一个是莲花化身灵珠子；一个是《封神榜》上一丧门[2]。有赋为证：

> 征云笼宇宙，杀气绕乾坤！这一个展钢枪，要安社稷；那一个踏双轮，发手无存。这一个为江山以身报国，那一个争世界岂肯轻论？这个枪似金鳌搅海，那个枪似大蟒翻身。几时才罢干戈事，老少安康见太平。

话说张桂芳大战哪吒三四十回合。哪吒枪乃太乙仙传，使开如飞电绕长空，似风声吼玉树。张桂芳虽是枪法精熟，也自雄威，力敌不能久战，随用道术，要擒哪吒。桂芳大呼曰：“哪吒不下轮来更待何时！”哪吒也吃一惊，把脚登定二轮，却不得下来。桂芳见叫不下轮来，大惊：“老师秘授之吐语捉将，道名拿人，往常响应，今日为何不准！”（对方法术远胜你，且是正法，左道如何能敌？）只得再叫一声。哪吒只是不理。连叫三声，哪吒大骂：“失时匹夫！我不下来凭我，难道勉强叫我下来！”张桂芳大怒，努力死战。哪吒把枪紧一紧，似银龙翻海底，如瑞雪满空飞，只杀的张桂芳力尽筋舒，遍身汗流。哪吒把乾坤圈飞起来打张桂芳。不知性命如何，且听下回分解。

---

① 然：即“是”。

② 丧门：即丧门星，这是张桂芳封神后的神职。

总批

子牙设计，令晁雷诓家眷，原是平常家数，无甚精奇；而闻太师之中计，亦是理之可信者。但系两家敌国，须要检点精察；不然，以千里悬度，不为其所欺者，几希？忽略之过，闻仲不能辞其责矣！

又批

张桂芳、风林俱以左道胜人，一遇哪吒便自失手。可见有所恃者必有所败，理势然耳。

封神演义

㈡

[明]许仲琳 陆西星 著

孙见坤 导读 注释 点评

全本 全注 全评

岳麓书社·长沙

龙须虎

子牙魂陷“落魂阵”

燃灯道人

广成子

赵公明

陆压

云霄娘娘

邓婵玉

元始天尊

土行孙

龙吉公主

太极图殷洪绝命

殷郊

周武王

孔宣

韦护

明　佚名　《仿李唐采薇图》

准提道人

第三十七回　姜子牙一上昆仑

姜子牙一上崑崙

导读：南极仙翁是《封神演义》作者原创的一个神仙名字。虽然他的名字和南极老人非常像，但在《封神演义》之前对南极老人从未有过这个称呼。所以，南极仙翁应该和文殊广法天尊一样，是作者根据已有的神仙重新造出的一个称呼。对于南极老人星的崇拜，在中国古代可谓源远流长，历史悠久。《史记·天官书》载："老人（星）见，治安；不见，兵起。"张守节《史记正义》解释说："（老人星）见，国长命，故谓之寿昌，天下安宁；不见，人主忧也。"可见，在早期的占星认识里，南极老人星司掌国运之长短，其出现与否，关系到整个国家的安定，某种程度上南极老人星已经成了国家祸福的象征。但随着时间的变化，南极老人星身上的政治色彩日渐淡薄，反而成为了长寿的象征。后来这一神格又被道教吸收，成为斋醮法事中祈寿、延寿的主要神灵，尊称南极老人为南极老人寿德星君。

诗曰：

子牙初返玉京来，遥见琼楼香雾开。
绿水流残人世梦，青山消尽帝王才。
军民有难干戈动，将士多灾异术催。
无奈封神天意定，岐山方去筑新台。

话说哪吒一乾坤圈把张桂芳左臂打得筋断骨折，马上晃了三四晃，不曾闪下马来。哪吒得胜进城。探马报入相府。令：“哪吒来见。”子牙问曰：“与张桂芳见阵，胜负如何？”哪吒曰：“被弟子乾坤圈打伤左臂，败进营里去了。”子牙又问：“可曾叫你名字？”哪吒曰：“桂芳连叫三次，弟子不曾理他罢了。”众将不知其故。但凡精血成胎者，有三魂七魄，被桂芳叫一声，魂魄不居一体，散在各方，自然落马。哪吒乃莲花化身，浑身俱是莲花，那里有三魂七魄，（然而前文分明言道“绰住哪吒魂魄，望荷、莲里一推”，则哪吒实有魂魄，这又待何解？）故此不得叫下轮来。且说张桂芳打伤左臂，先行官风林又被打伤，不能动履，只得差官用告急文书，往朝歌见闻太师求援不表。

且说子牙在府内自思：“哪吒虽则取胜，恐后面朝歌调动大队人马，有累西土。”子牙沐浴更衣，来见武王。朝见毕，武王曰：“相父见孤，有何紧事？”子牙曰：“臣辞主公，往昆仑山去一遭。”武王曰：“兵临城下，将至濠边，国内无人，相父不可逗留高山，使孤盼望。”子牙曰：“臣此去，多则三朝，少则两日，即时就回。”武王许之。子牙出朝，回相府，对哪吒曰：“你与武吉好生守城，不必与张桂芳厮杀，待我回来，再作区画。”哪吒领命。子牙分付已毕，随借土遁往昆仑山来。怎见得，有诗为证：

玄里玄空玄内空，妙中妙法妙无穷。
五行道术非凡术，一阵清风至玉宫。

话说子牙从土遁到得麒麟崖，落下土遁，见昆仑光景，嗟叹不已。自思："一离此山，不觉十年。如今又至，风景又觉一新。"子牙不胜眷恋。怎见得好山：

烟霞散彩，日月摇光。千株老柏，万节修篁。千株老柏，带雨满山青染染；万节修篁，含烟一生色苍苍。门外奇花布锦，桥边瑶草生香。岭上蟠桃红锦烂，洞门茸草翠丝长。时闻仙鹤唳，每见瑞鸾翔。仙鹤唳时，声振九皋霄汉远；瑞鸾翔处，毛辉五色彩云光。白鹿玄猿时隐现，青狮白象任行藏。细观灵福地，果乃胜天堂。

子牙上昆仑，过了麒麟崖，行至玉虚宫，不敢擅入。在宫前等候多时，只见白鹤童子出来。子牙曰："白鹤童儿，与吾通报。"白鹤童子见是子牙，忙入宫至八卦台下，跪而启曰："姜尚在外听候玉旨。"元始点首："正要他来。"童儿出宫，口称："师叔，老爷有请。"子牙台下倒身拜伏，"弟子姜尚愿老师父圣寿无疆!"元始曰："你今上山正好，命南极仙翁取《封神榜》与你，可往岐山造一封神台。台上张挂《封神榜》，把你的一生事俱完毕了。"子牙跪而告曰："今有张桂芳，以左道旁门之术，征伐西岐。弟子道理微末，不能治伏。望老爷大发慈悲，提拔弟子。"元始曰："你为人间宰相，受享国禄，称为'相父'，凡间之事，我贫道怎管得你的尽。西岐乃有德之人坐守，何怕左道旁门。事到危急之处，自有高人相辅，（此所谓"得道多助"是也）此事不必问我，你去罢。"

子牙不敢再问，只得出宫。才出宫门首，有白鹤童儿曰：“师叔，老爷请你。”子牙听得，急忙回至八卦台下跪了。元始曰：“此一去，但凡有叫你的，不可应他。若是应他，有三十六路征伐你。东海还有一人等你，（已伏后面故事。古今小说中，但凡提前叮嘱莫做什么的，最后基本都做了，亦是老套路也）务要小心。你去罢。”子牙出宫，有南极仙翁送子牙。子牙曰：“师兄，我上山参谒老师，恳求指点，以退张桂芳，老师不肯慈悲，奈何，奈何！”南极仙翁曰：“上天数定，终不能移。只是有人叫你，切不可应他，着实要紧！我不得远送你了。”

子牙捧定《封神榜》，往前行至麒麟崖，才驾土遁，脑后有人叫：“姜子牙！”子牙曰：“当真有人叫。不可应他。”后边又叫：“子牙公！”也不应。又叫：“姜丞相！”也不应。连声叫三五次，见子牙不应，那人大叫曰：“姜尚！你忒薄情而忘旧也！你今就做丞相，位极人臣，独不思在玉虚宫与你学道四十年，今日连呼你数次，应也不应！”子牙听得如此言语，只得回头看时，（几句责骂就忘了师尊、师兄万般叮嘱，姜子牙仙根果然太浅）见一道人。怎见得，有诗为证：

顶上青巾一字飘，迎风大袖衬轻绡①。
麻鞋足下生云雾，宝剑光华透九霄。
葫芦里面长生术，胸内玄机隐《六韬》。
跨虎登山随地是，三山五岳任逍遥。

话说子牙一看，原来是师弟申公豹。子牙曰：“兄弟，吾不知是你叫我。我只因师尊分付，但有人叫我，切不可应他。我故此不曾答应。（如今不是应了？）得罪了！”申公豹问曰：“师兄手里拿着是甚么

① 轻绡：一种透明而有花纹的丝织品。

东西？”子牙曰：“是《封神榜》。”申公豹曰：“那里去？”子牙道：“往西岐造封神台，上面张挂。”申公豹曰：“师兄，你如今保那个？”子牙笑曰：“贤弟，你说混话！我在西岐，身居相位，文王托孤，我立武王，三分天下，周土已得二分，八百诸侯，悦而归周，吾今保武王，灭纣王，正应上天垂象。岂不知凤鸣岐山，兆应真命之主。今武王德配尧、舜，仁合天心，况成汤旺气黯然，此一传而尽。贤弟反问，却是为何？”

申公豹曰：“你说成汤旺气已尽，我如今下山，保成汤，扶纣王。子牙，你要扶周，我和你掣肘[①]。（平白无故，何以故意与姜子牙为难？）”子牙曰：“贤弟，你说那里话！师尊严命，怎敢有违？”申公豹曰：“子牙，我有一言奉禀，你听我说，有一全美之法，倒不如同我保纣灭周。一来你我弟兄同心合意，二来你我弟兄又不至参商，此不是两全之道？你意下如何？”子牙正色言曰：“兄弟言之差矣！今听贤弟之言，反违师尊之命。况天命人岂敢逆，决无此理。兄弟请了！”申公豹怒色曰：“姜子牙！料你保周，你有多大本领，道行不过四十年而已。你且听我道来。有诗为证：

炼就五行真妙诀，移山倒海更通玄。
降龙伏虎随吾意，跨鹤乘鸾入九天。
紫气飞升千万丈，喜时火内种金莲[②]。
足踏霞光闲戏耍，逍遥也过几千年。”

话说子牙曰：“你的功夫是你得，我的功夫是我得，岂在年数之

① 掣肘（chè zhǒu）：意为拉着胳膊，比喻有人从旁牵制。
② 火内种金莲：火里种出来的金色莲花，比喻稀有或难得。

多寡。”申公豹曰：“姜子牙，你不过五行之术，倒海移山而已，你怎比得我。似我，将首级取将下来，往空中一掷，遍游千万里，红云托接，复入颈项上，依旧还元返本[1]，又复能言。似此等道术，不枉学道一场。你有何能，敢保周灭纣！（原来是嫉妒不如自己的姜子牙得了封神重任）你依我烧了《封神榜》，同吾往朝歌，亦不失丞相之位。”子牙被申公豹所惑，暗想：“人的头乃六阳之首，刎[2]将下来，游千万里，复入颈项上，还能复旧，有这样的法术，自是稀罕。”乃曰：“兄弟，你把头取下来。果能如此起在空中，复能依旧，我便把《封神榜》烧了，同你往朝歌去。”（可见姜子牙学道四十年，眼界还是狭窄，对法术所知不多）申公豹曰：“不可失信！”子牙曰：“大丈夫一言既出，重若泰山，岂有失信之理？”

申公豹去了道巾，执剑在手，左手提住青丝，右手将剑一刎，把头割将下来，其身不倒。复将头望空中一掷，那颗头盘盘旋旋，只管上去了。子牙乃忠厚君子，仰面呆看，其头旋得只见一些黑影。不说子牙受惑，且说南极仙翁送子牙不曾进宫去，在宫门前少憩片时。只见申公豹乘虎赶子牙，赶至麒麟崖前，指手画脚讲论。又见申公豹的头游在空中。仙翁曰：“子牙乃忠厚君子，险些儿被这孽障惑了！”忙唤：“白鹤童儿那里？”童子答曰：“弟子在。”“你快化一只白鹤，把申公豹的头衔了，往南海走走来。”童子得法旨，便化鹤飞起，把申公豹的头衔着往南海去了。有诗为证：

左道旁门惑子牙，仙翁妙算更无差，
邀仙全在申公豹，四九兵来乱似麻。

---

① 还元返本：恢复到事物的本来形态。
② 刎：割断，割颈。

话说子牙仰面观头，忽见白鹤衔去。子牙跌足大呼曰："孽障！怎的把头衔去了？（何出此敌我不分之话？）"不知南极仙翁从后来，把子牙后心一巴掌。子牙回头看时，乃是南极仙翁。子牙忙问曰："道兄，你为何又来？"仙翁指子牙曰："你原来是一个呆子！（骂得好！）申公豹乃左道之人，此乃些小幻术，你也当真！只用一时三刻，其头不到颈上，自然冒血而死。师尊分付你，不要应人，你为何又应他！你应他不打紧，有三十六路兵马来伐你。方才我在玉虚宫门前，看着你和他讲话。他将此术惑人，你就要烧《封神榜》，倘或烧了此榜，怎么了？我故叫白鹤童儿化一只仙鹤，衔了他的头往南海去，过了一时三刻，死了这孽障，你才无患。"子牙曰："道兄，你既知道，可以饶了他罢。道心无处不慈悲，怜恤他多年道行，数载功夫，丹成九转①，龙交虎成，真为可惜！"

南极仙翁曰："你饶了他，他不饶你。那时三十六路兵来伐你，莫要懊悔！"子牙就说："后面有兵来伐我，我怎肯忘了慈悲，先行不仁不成。"（真可谓是"蠢猪式"的慈悲）不言子牙哀求南极仙翁。且说申公豹被仙鹤衔去了头，不得还体，心内焦躁，过一时三刻，血出即死，左难右难。且说子牙恳求仙翁，仙翁把手一招，只见白鹤童子把嘴一张，放下申公豹的头落将下来。不意落忙了，把脸落的朝着脊背。申公豹忙把手端着耳朵一磨，才磨正了。把眼睁开看，见南极仙翁站立。仙翁大喝一声："把你这该死孽障！你把左道惑弄姜子牙，使他烧毁《封神榜》，令子牙保纣灭周，这是何说？该拿到玉虚宫，见掌教老师去才好！"叱了一声："还不退去！姜子牙，你好生去罢。"申公豹惭愧，不敢回言，上了白额虎，指子牙道："你去！我叫你西岐顷刻成血海，白骨积如山！"申公豹恨恨而去不表。（你对人

① 丹成九转：指炼得九转金丹。后常比喻经过长期不懈的艰苦努力而终于获得成功。

家慈悲，人家可不领你的情）

话说子牙捧《封神榜》，驾土遁往东海来。正行之际，飘飘的落在一座山上。那山玲珑剔透，古怪崎岖，峰高岭峻，云雾相连，近于海岛。有诗为证：

海岛峰高生怪云，崖旁桧柏翠氤氲。
峦头风吼如猛虎，拍浪穿梭似破军。
异草奇花香馥馥①，青松翠竹色纷纷。
灵芝结就清灵地，真是蓬莱迥不群②。

话说子牙贪看此山景物，堪描堪画，“我怎能了却红尘，来到此间团瓢③静坐，朗诵《黄庭》，方是吾心之愿。”话未了，只见海水翻波，旋风四起。风逞浪，浪翻雪练；水起波，波滚雷鸣。霎时间云雾相连，阴霾四合，笼罩山峰。子牙大惊曰：“怪哉！怪哉！”正看间，见巨浪分开，现一人赤条条的，大叫：“大仙！游魂埋没千载，未得脱体，前日清虚道德真君符命，言今日今时，法师经过，使游魂伺候。（有仿《西游记》中观音安排唐僧收徒故事的痕迹）望法师大展威光，普济游魂，超出烟波，拔离苦海。洪恩万载！”子牙仗着胆子问曰：“你是谁，在此兴波作浪？有甚沉冤？实实道来。”那物曰：“游魂乃轩辕黄帝总兵官柏鉴也。因大破蚩尤，被火器打入海中，千年未能出劫。万望法师指超福地，恩同泰山。”子牙曰：“你乃柏鉴，听吾玉虚法牒，随往西岐山去候用。”把手一放，五雷响亮，振开迷关，速超神道。柏鉴现身拜谢。子牙大喜，随驾土遁往西岐山来。霎时风

① 香馥馥：形容香气浓烈。
② 不群：卓异，不平凡。
③ 团瓢：即“团焦”。圆形草屋。

响，来到山前。只听狂风大作。怎见得好风，有诗为证：

细细微微播土尘，无影过树透荆榛[1]，
太公仔细观何物，却似朝歌五路神。

当时子牙看，原来是五路神来接。大呼曰："昔在朝歌，蒙恩师发落，往西岐山伺候，今知恩师驾过，特来远接。"（此处前后呼应，安排得好）子牙曰："吾择吉日，起造封神台，用柏鉴监造，若是造完，将榜张挂，吾自有妙用。"子牙分付柏鉴："你就在此督造，待台完，吾来开榜。"五路神同柏鉴领法语，在岐山造台。

子牙回西岐，至相府。武吉、哪吒迎接，至殿中坐下，就问："张桂芳可曾来搦战？"武吉回曰："不曾。"子牙往朝中，见武王回旨。武王宣子牙至殿前，行礼毕。武王曰："相父往昆仑，事体何如？"子牙只得模糊答应，把张桂芳事掩盖，不敢泄漏天机。武王曰："相父为孤劳苦，孤心不安。"子牙曰："老臣为国，当得如此，岂惮劳苦。"武王传旨："设宴。"与子牙共饮数杯。子牙谢恩回府。次日，点鼓聚将，参谒毕。子牙传令："众将官领简帖。"先令黄飞虎领令箭，哪吒领令箭，又令辛甲、辛免领令箭。子牙发放已毕。

且说张桂芳被哪吒打伤臂膊，正在营中保养伤痕，专候朝歌援兵，不知子牙劫营[2]。二更时分，只听得一声炮响，喊声齐起，震动山岳，慌忙披挂上马。风林也上了马。及至出营，遍地周兵，灯球火把，照耀天地通红，喊杀连声，山摇地动。只见辕门哪吒，登风火轮，摇火尖枪，冲杀而来，势如猛虎。张桂芳见是哪吒，不战自走。

① 荆榛：杂生荆棘灌木。多用以形容荒芜景象。
② 劫营：袭击敌营。

风林在左营，见黄飞虎骑五色神牛，使枪冲杀进来。风林大怒，“好反叛贼臣！焉敢夤夜劫营，自取死也！”纵青鬃马，使两根狼牙棒来取飞虎。

牛马交逢，夜间混战。且说辛甲、辛免往右营冲杀，营内无将抵当，任意纵横，只杀到后寨，见周纪、南宫适监在陷车中，忙杀开纣兵，打开陷车救出，二将步行，抢得利刃在手，只杀得天崩地裂，鬼哭神愁，里外夹攻，如何抵敌。张桂芳与风林见不是势头，只得带伤逃归。（没了法宝左道，竟狼狈至此）遍地尸横，满地血水成流。三军叫苦，弃鼓丢锣，自己践踏，死者不计其数。张桂芳连夜败走至西岐山，收拾败残人马。风林上帐，与主将议事。桂芳曰：“吾自来提兵，未尝有败。今日在西岐损折许多人马，心上甚是不乐。”忙修告急本章，打进朝歌，速发援兵，共破反叛。且说子牙收兵，得胜回营。众将欢腾，齐声唱凯。正是：鞍上将军如猛虎，得胜小校似欢彪。

话说张桂芳遣官进朝歌，来至太师府下文书。闻太师升殿，聚将鼓响，众将参谒。堂候官将张桂芳申文呈上。太师拆开一看，大惊曰：“张桂芳征伐西岐，不能取胜，反损兵挫锐，老夫须得亲征，方克西土。奈因东南两路，屡战不宁，又见游魂关总兵窦荣不能取胜，方今贼盗乱生，如之奈何！吾欲去，家国空虚；吾不去，不能克服。”只见门人吉立上前言曰：“今国内无人，老师怎么亲征得，不若于三山五岳之中，可邀一二位师友，往西岐协助张桂芳，大事自然可定，何劳老师费心，有伤贵体。”只这一句话，断送修行人两对，封神台上且标名。不知凶吉何如，且听下回分解。

总批

张桂芳身为大将，岂有不提防劫寨，以致一败涂地！其行军欠严之律，桂芳不能辞责，子牙不得专美矣！

又批

子牙虽是忠厚，未免失之于呆。申公豹必欲扭转而遁，更呆似子牙。南极仙翁不善调停，当时只将他头拿去，免了无限唇舌。

第三十八回　四圣西岐会子牙

四聖西岐會子牙

导读：九龙岛四圣：王魔、杨森、高友乾、李兴霸，从他们的名字和各自的坐骑（狴犴、狻猊、花斑豹、狰狞）来看，似乎是作者完全原创的角色。但从他们最后获封的神位——灵霄宝殿四圣大元帅，以及他们各自的外形来看，这四人的原型还是很清楚的。那就是在神魔小说中经常出场的道教护法四元帅。道教元帅神的兴起，与宋元时期雷法的兴盛有着密切的关系，因此元帅神或多或少都与雷部有些关联。元帅神数量颇多，其中道士在法事中经常召请，也是道观中常塑供奉的四位元帅，即护法四元帅——马灵耀、赵公明、关羽和温琼。九龙岛四圣不但日后获封的神位与这四位元帅相似，而且外形也严格对应。马灵耀白脸，王魔“面如满月”；赵公明脸黑，杨森“面如锅底”；温琼蓝脸，高友乾“面如蓝靛”；至于李兴霸，作者直接写他“面如重枣，一部长髯”，完全照抄关羽了。

诗曰：

王道从来先是仁，妄加征伐自沉沦。
趋名战士如奔浪，逐劫神仙似断磷。
异术奇珍谁个是，争强图霸孰为真。
不如闭目深山坐，乐守天真养自身。

话说闻太师听吉立之言，忽然想起海岛道友，拍掌大笑曰："只因事冗杂，终日碌碌，为这些军民事务，不得宁暇，把这些道友都忘却了。不是你方才说起，几时得海宇清平。"分付吉立："传众将知道，三日不必来见。你与余庆好生看守相府，吾去三两日就回。"太师骑了墨麒麟，挂两根金鞭，把麒麟顶上角一拍，麒麟四足自起风云，霎时间周游天下。有诗为证：

四足风云声响亮，麟生雾彩映金光。
周游天下须臾至，方显玄门道术昌。

话说闻太师来至西海九龙岛，见那些海浪滔滔，烟波滚滚。把坐骑落在崖前。只见那洞门外：异花奇草般般秀，桧柏青松色色新。正是：只有仙家来往处，那许凡人到此间。正看玩时，见一童儿出，太师问曰："你师父在洞否？"此童儿答曰："家师在里面下棋。"太师曰："你可通报：商都闻太师相访。"童儿进洞来，启老师曰："商都闻太师相访。"

只见四位道人听得此言，齐出洞来，大笑曰："闻兄，那一阵风儿吹你到此？"闻太师一见四人出来，满面笑容相迎，竟邀至里面，行礼毕，在蒲团坐下。四位道人曰："闻兄自那里来？"太师答曰："特来进谒。"（有求于人，礼数周全）道人曰："吾等避迹荒岛之中，有何见谕，特至此地？"太师曰："吾受国恩，与先王之托，官居相位，统领朝纲重务。今西岐武王驾下姜尚，乃昆仑门下，仗道欺公，助姬发作反。前差张桂芳领兵征伐，不能取胜。奈因东南又乱，诸侯猖獗，吾欲西征，恐家国空虚，自思无计，愧见道兄。若肯借一臂之力，扶危拯弱，以锄强暴，实闻仲万千之幸。"

头一位道人答曰："闻兄既来，我贫道一往，救援桂芳，大事自然可定。"只见第二位道人曰："要去四人齐去，难道说王兄为得闻兄，吾等便就不去？"闻太师听罢大喜。此乃是四圣，也是《封神榜》上之数：头一位姓王，名魔；二位姓杨，名森；三位姓高，名友乾；四位姓李，名兴霸；是灵霄殿四将。看官，大抵神道原是神仙做，只因根行浅薄，不能成正果朝元，故成神道。且说王魔曰："闻兄先回，俺们随后即至。"闻太师曰："承道兄大德，求即幸临，不可羁滞。"（急切之情，可见一斑）王魔曰："吾把童儿先将坐骑送往岐山，我们即来。"闻太师上了墨麒麟回朝歌不表。

且说王魔等四人，一齐驾水遁往朝歌来。怎见得，有诗为证：

五行之内水为先，不用乘舟不驾船。
大地乾坤顷刻至，碧游宫内圣人传。

话说四位道人到朝歌，收了水遁进城。朝歌军民一见，吓得魂不附体：王魔戴一字巾，穿水合服，面如满月；杨森莲子箍，似陀头打扮，穿皂服，面如锅底，须似朱砂，两道黄眉；高友乾挽双孤髻，穿大红服，面如蓝靛，发似朱砂，上下獠牙；李兴霸戴鱼尾金冠，穿淡黄服，面如重枣①，一部长髯；俱有一丈五六尺长，晃晃荡荡。众民看见，伸舌咬指②。王魔问百姓曰："闻太师府在那里？"有大胆的答曰："在正南二龙桥就是。"

四道人来至相府，太师迎入，施礼毕，传令："摆上酒来。"左道之内，俱用荤酒，持斋者少。五位传杯。次日，闻太师入朝见纣王，言："臣请得九龙岛四位道者，往西岐破武王。"（称武王甚不得体）纣王曰："太师为孤佐国，何不请来相见？"太师领旨。不一时，领四位道人进殿来。纣王一见，魂不附体，"好凶恶相貌！"（配合前言，竟有些许叶公好龙之感）道人见纣王曰："衲子③稽首了！"纣王曰："道者平身。"传旨："命太师与朕代礼，显庆殿陪宴。"太师领旨，纣王回宫。且说五位在殿欢饮。王魔曰："闻兄，待吾等成了功来，再会酒罢。我们去也。"四位道人离了朝门，太师送出朝歌。太师自回府中不表。

且说四位道人驾水遁往西岐山来，霎时到了，落下水光，到张桂芳辕门。探马报入："有四位道长至辕门候见。"张桂芳闻报，出营接入中军。张桂芳、风林参谒。王魔见二将欠身不便，问曰："闻太师请俺们来助你，你想必着伤？"风林把臂膊被哪吒打伤之事说了一遍。王魔曰：与吾看一看。呀！原来是乾坤圈打的。"葫芦中取一粒丹，口嚼碎了搽上，即时全愈。桂芳也来求丹，王魔一样治度④。又问："西岐姜子牙在那里？"张桂芳曰："此处离西岐七十里。因兵败至此。"王魔曰："快起兵往西岐城去！"彼时张桂芳传令，一声炮

① 重枣：深暗红色的枣子，常用以形容人的脸色。
② 伸舌咬指：咬着手指吐出舌头。形容畏惧害怕的样子。
③ 衲子：僧徒的衣服常用许多碎布补缀而成，称"百衲衣"。所以用为僧徒的自称或代称。
④ 治度：对事物进行调整和处理，使之恢复正常或达到某种状态。

响，三军呐喊，杀奔西岐，东门下寨。子牙在相府，正议连日张桂芳败兵之事。探事马报来："张桂芳起兵在东门安营。"子牙与众将官言曰："张桂芳此来，必求有援兵在营，各要小心。"众将得令。

且说王魔在帐中坐下，对张桂芳曰："你明日出阵前，坐名要姜子牙出来。吾等俱隐在旗幡脚下，待他出来，我们好会他。"杨森曰："张桂芳、风林，你们把这符贴在你们的马鞍鞒上，各有话说。我们的坐骑乃是奇兽，战马见了，骨软筋酥，焉能站立？"（原来是靠坐骑吓人）二将领命。且说次日，张桂芳全装甲胄，上马至城下，坐名只要姜子牙答话。报马进相府，报："张桂芳请丞相答话。"子牙不把张桂芳放在心上，料只如此，传令："摆五方队伍出城。"炮声响亮，城门大开。只见：

青幡招展，一池荷叶舞青风；素带施张，满苑梨花飞瑞雪。红幡闪灼，烧山烈火一般同；皂盖①飘摇，乌云盖住铁山顶。杏黄旗磨动，护中军战将；英雄如猛虎，两边摆打阵众英豪。

话说宝纛幡下，子牙骑青鬃马，手提宝剑。桂芳一马当先。子牙曰："败军之将，又有何面目至此？"张桂芳曰："'胜败军家常事'，何得为愧？今非昔比，不可欺敌！"言还未毕，只听得后面鼓响，旗幡开处，走出四样异兽：王魔骑狴犴，杨森骑狻猊，高友乾骑的是花斑豹，李兴霸骑的是狰狞②，四兽冲出阵来。子牙两边战将都跌翻下马，连子牙撞下鞍鞒。这些战马经不起那异兽恶气冲来，战马都骨软筋酥。内中只是哪吒风火轮，不能动摇；黄飞虎骑五色神牛，不曾挫

① 皂盖：古代官员外出所用黑色篷伞。
② 狰狞：传说中的异兽。出自《山海经·西山经》。

锐；以下都跌下马来。

四道人见子牙跌得冠斜袍绽，大笑不止，大呼曰："不要慌！慢慢起来！"子牙忙整衣冠，再一看时，见四位道人好凶恶之相：脸分青、白、红、黑，各骑古怪异兽。子牙打稽首曰："四位道兄，那座名山？何处洞府？今到此间，有何分付？"子牙道罢，王魔曰："姜子牙，吾乃是九龙岛炼气士王魔、杨森、高友乾、李兴霸也。你我俱是道门，只因闻太师相招，特地到此。我等莫非与子牙解围，并无他意。不知子牙可依得贫道三件事情？"子牙曰："道兄分付，莫说三件，便三十件可以依得。但说无妨。"王魔曰："头一件：要武王称臣。"子牙曰："道兄差矣。吾主公武王，死是商臣，奉法守公，并无欺上，何不可之有？"王魔曰："第二件：开了库藏，给散三军赏赐。第三件：将黄飞虎送出城，与张桂芳解回朝歌。你意下如何？"子牙曰："道兄分付，极是明白，容尚回城，三日后作表，敢烦道兄带回朝歌谢恩，再无他议。"（答应得如此迅速，必然有诈）两边举手："请了！"正是：且说三事权依允，二上昆仑走一遭。

话说子牙同将进城，入相府，升殿坐下。只见武成王跪下曰："请丞相将我父子解送桂芳行营，免累武王。"子牙忙忙扶起，曰："黄将军，方才三件事，乃权宜暂允他，非有他意。彼骑的俱是怪兽，众将未战，先自落马，挫动锐气，故此将计就计，且进城再作他处。"黄将军谢了子牙，众将散讫。子牙乃香汤沐浴，分付武吉、哪吒防守。子牙驾土遁，二上昆仑，往玉虚宫而来。有诗为证：

道术传来按五行，不登雾彩最轻盈。

须臾直过扶桑径，咫尺[1]行来至玉京。

① 咫尺：比喻很近的距离。

且说子牙到了玉虚宫，不敢擅入。候白鹤童子出来，子牙曰："白鹤童儿，通报一声。"白鹤童子至碧游床，跪而言曰："启老爷：师叔姜尚在宫外候法旨。"元始分付："命来。"子牙进宫，倒身下拜。元始曰："九龙岛王魔等四人在西岐伐你。他骑的四兽，你未曾知道。此物乃万兽朝苍之时，种种各别，龙生九种，色相不同。白鹤童子，你往桃园里把我的坐骑牵来。"白鹤童儿往桃园内，牵了四不相来。怎见得，有诗为证：

麟头豸尾体如龙，足踏祥光至九重。
四海九洲随意遍，三山五岳霎时逢。

童儿把四不相牵至。元始曰："姜尚，也是你四十年修行之功，与贫道代理封神，今把此兽与你骑往西岐，好会三山、五岳、四渎[①]之中奇异之物。"又命南极仙翁取一木鞭，长三尺六寸五分，有二十一节，每一节有四道符印，共八十四道符印，名曰"打神鞭"。子牙跪而接受，又拜恳曰："望老师大发慈悲！"元始曰："你此一去，往北海过，还有一人等你。贫道将此中央戊己之旗[②]付你。旗内有简，临迫之际，当看此简，便知端的。"（如孔明之锦囊妙计一般）子牙叩首辞别，出玉虚宫。南极仙翁送子牙至麒麟崖。子牙上了四不相，把顶上角一拍，那兽一道红光起去，铃声响亮，往西岐来。

正行之间，那四不相飘飘落在一座山上。山近连海岛。怎见得好山：

① 四渎：古人对四条独流入海的大川的总称，即江（长江）、河（黄河）、淮、济（已湮）。

② 中央戊己之旗：即戊己杏黄旗，先天五方旗之一，长二丈有余，旗色玄黄，为阐教教主元始天尊之宝物。

千峰排戟，万仞开屏。[1] 日映岚光[2]轻岭外，雨收岱色[3]冷含烟。藤缠老树，雀占危岩。奇花瑶草，修竹乔松。幽鸟啼声近，滔滔海浪鸣。重重谷壑芝兰绕，处处巉崖[4]苔藓生。起伏峦头龙脉好，必有高人隐姓名。

话说子牙看罢山，只见山脚下一股怪云卷起。云过处生风，风响处见一物，好生跷蹊古怪。怎见得：

头似驼，狰狞凶恶；项似鹅，挺折枭雄。须似虾，或上或下；耳似牛，凸暴双睛。身似鱼，光辉灿烂；手似莺，电灼钢钩。足似虎，钻山跳涧；龙分种，降下异形。采天地灵气，受日月之精。发手运石多玄妙，口吐人言盖世无。龙与豹交真可羡，来扶明主助皇图。

话说子牙一见，魂不附体，吓了一身冷汗。那物大叫一声曰："但吃姜尚一块肉，延寿一千年！"（看来姜子牙道行尚浅，吃他一口肉只能延寿千年，不如唐僧一口肉就可长生不老）子牙听罢，"原来是要吃我的。"那东西又一跳将来，叫："姜尚，我要吃你！"子牙曰："吾与你无隙无仇，为何要吃我？"妖怪答曰："你休想逃脱今日之厄！"子牙把杏黄旗轻轻展开，看里面简帖，"原来如此。"子牙曰："那孽障，我该你口里食，料应难免。你只把我杏黄旗儿拔起来，我就与你吃；拔不起来，怨命。"

① 千峰排戟，万仞开屏：万千的高峰像排列的刀戟，无数的大山像大开的屏风。
② 岚光：山间雾气经日光照射而发出的光彩。
③ 岱色：青中夹黑的颜色。
④ 巉（chán）崖：高耸险峻的山崖。

子牙把旗望地上一戮。那旗长有二丈有余。那妖怪伸手来拔，拔不起来；两只手拔，也拔不起；用阴阳手拔，也拔不起来；便将双手只到旗根底下，把头颈子挣的老长的，也拔不起来。子牙把手望空中一撒，五雷正法，雷火交加，一声响，吓的那东西要放手，不意把手长在旗上了。子牙喝一声："好孽障！吃吾一剑！"那物叫曰："上仙饶命！念吾不识上仙玄妙，此乃申公豹害了我！"子牙听说申公豹的名字，子牙问曰："你要吃我，与申公豹何干？"

妖怪答曰："上仙，吾乃龙须虎也。自少昊时生我，采天地灵气，受阴阳精华，已成不死之身。前日申公豹往此处过，说：'今日今时姜子牙过时，若吃他一块肉，延年万载。'（方才说是千年，如今又说万载，糊涂至此耶？）故此一时愚昧，大胆欺心，冒犯上仙。不知上仙道高德隆，自古是慈悲道德，可怜念我千年辛苦，修开十二重楼，若赦一生，万年感德！"子牙曰："据你所言，你拜吾为师，我就饶你。"龙须虎曰："愿拜老爷为师。"子牙曰："既如此，你闭了目。"龙须虎闭目。只听得空中一声雷响，龙须虎也把手放了，倒身下拜。子牙北海收了龙须虎为门徒。

子牙问曰："你在此山，可曾学得些道术？"龙须虎答曰："弟子善能发手有石。随手放开，便有磨盘大石头，飞蝗骤雨①，打的满山灰土迷天，随发随应。"（如此法术，五行俱属土，难怪要用戊己杏黄旗）子牙大喜："此人用之劫营，到处可以成功。"子牙收了杏黄旗，随带龙须虎，上了四不相，径往西岐城。落下坐骑，来至相府。众将迎接，猛见龙须虎在子牙后边，众将吓的痴呆了："姜丞相惹了邪气来了！"子牙见众将猜疑，笑曰："此是北海龙须虎也，乃是我收来的门徒。"众将进到府，参谒已毕。子牙问城外消息，武吉曰："城外

① 飞蝗骤雨：形容数量非常多而密集，像飞蝗、骤雨一般。

不见动静。”子牙打点一场大战。

且说张桂芳在营五日，不见子牙出城来犒赏三军，把黄飞虎父子解到营里来，乃对四位道人曰：“老师，姜尚五日不见消息，其中莫非有诈?”王魔曰：“他既依允，难道失信与我等！西岐城管教他血满城池，尸成山岳。”又过三日，杨森对王魔曰：“道兄，姜子牙至八日还不出来，我们出去会他，问个端的。”张桂芳曰：“姜尚那日见势不好，将言俯就①。姜尚外有忠诚，内怀奸诈。”

杨森曰：“既如此，我等出去。若是诱哄我等，我们只消一阵成功，早与你班师回去。”风林传下令去，点炮，三军呐喊，杀至城下，请子牙答话。探事马报入相府。子牙带哪吒、龙须虎、武成王，骑四不相出城。王魔一见大怒：“好姜尚！你前日跌下马去，却原来往昆仑山借四不相，要与俺们见个雌雄!”（能识得元始天尊坐骑，看来有些见识）把狴犴一磕，执剑来取子牙。旁有哪吒登开风火轮，摇火尖枪大叫：“王魔少待伤吾师叔!”冲杀过来。轮兽相交，枪剑并举，好场大战，怎见得：

两阵上幡摇擂战鼓，剑枪交加霞光吐。枪是乾元秘授来，剑法冰山多威武。哪吒发怒性刚强，王魔宝剑谁敢阻。哪吒是乾元山上宝和珍，王魔一心要把成汤辅。枪剑并举没遮拦，只杀的两边儿郎寻斗赌。

话说二人大战，哪吒使发了那一条枪与王魔力敌。正战间，杨森骑着狻猊，见哪吒枪来得利害，剑乃短家伙，招架不开。杨森在豹皮囊中取一粒开天珠，劈面打来，正中哪吒，打翻下风火轮去。王魔急

① 俯就：指屈己就人，迁就对方。

来取首级，早有武成王黄飞虎催开五色神牛，把枪一摆，冲将过来，救了哪吒。王魔复战飞虎。杨森二发奇珠，黄飞虎乃是马上将军，怎经得一珠，打下坐骑来。早被龙须虎大叫曰："莫伤吾大将，我来了！"王魔一见大惊，"是个甚么妖精出来！"怎见得：

古怪跷蹊相，头大颈子长。
独足只是跳，眼内吐金光。
身上鳞甲现，两手似钩枪。
炼成奇异术，发手磨盘强。
但逢龙须虎，不死也着伤。

话说高友乾骑着花斑豹，见龙须虎凶恶，忙取混元宝珠，劈脸打来，正中龙须虎的脖子，打的扭着头跳。左右救回黄飞虎。王魔、杨森二骑来擒子牙。子牙只得将剑招架，来往冲杀。子牙左右无佐，三将着伤，救回去了。不防李兴霸把劈地珠照子牙打来，正中前心。子牙"哎呀"一声，几乎坠骑，带四不相望北海上逃走。王魔曰："待吾去拿了姜尚。"来赶子牙，似飞云风卷，如弩箭离弦。子牙虽是伤了前心，听的后面赶来，把四不相的角一拍，起在空中。王魔笑曰："总是道门之术！你欺我不会腾云？"把狴犴一拍，也起在空中，随后赶来。

子牙在西岐有七死三灾，此是遇四圣，头一死。（神魔小说，主角必有若干厄难，比起《西游》八十一难，姜子牙已经占了不少便宜）王魔见赶不上子牙，复取开天珠望后心一下，把子牙打翻下骑来，骨碌碌滚下山坡，面朝天，打死了。四不相站在一旁。王魔下骑，来取子牙首级，忽然听的半山中作歌而来：

“野水清风拂柳，池中水面飘花。
借问安居何处，白云深处为家。”

话说王魔听歌，看时，乃五龙山云霄洞文殊广法天尊。王魔曰：“道兄来此何事？”广法天尊答曰：“王道友，姜子牙害不得！贫道奉玉虚宫符命在此，久等多时。只因五事相凑，故命子牙下山：一则成汤气数已尽；二则西岐真主降临；三则吾阐教犯了杀戒；四则姜子牙该享西地福禄，身膺[①]将相之权；五则与玉虚宫代理封神。道友，你截教中逍遥自在，无拘无束，为甚么恶气纷纷，雄心赳赳？可知道你那碧游宫上有两句说的好：紧闭洞门，静诵《黄庭》三两卷；身投西土，‘封神台’上有名人。

你把姜尚打死，虽死还有回生时候。道友，依我，你好生回去，这还是一月未缺，若不听吾言，致生后悔。”（有理有利有威胁）

王魔曰：“文殊广法天尊，你好大话！我和你一样规矩，怎言月缺难圆。难道你有名师，我无教主！”王魔动了无明之火，持剑在手，睁睛欲来取文殊广法天尊。只见天尊后面有一道童，挽抓髻，穿淡黄服，大叫：“王魔少待行凶，我来了！”广法天尊门徒金吒是也，拎剑直奔王魔。王魔手中剑对面交还。来往盘旋，恶神厮杀。有诗为证：

来往交还剑吐光，二神斗战五龙岗，
行深行浅皆由命，方知天意灭成汤。

话说王魔、金吒恶战山下，文殊广法天尊取一物，此宝在玄

① 身膺：接受重任。

门①为遁龙桩，久后在释门②为七宝金莲。上有三个金圈，往上一举，落将下来。王魔急难逃脱，颈子上一圈，腰上一圈，足下一圈，直立的靠定此桩。金吒见宝缚了王魔，手起剑落。不知性命如何，且听下回分解。

总批

闻太师自己不动身，又送四个人死。虽然如此，只他四个人要寻事做，不肯静坐深山，保守天真，甘入《封神榜》内。

又批

子牙遇王魔，已被打死，幸得文殊救免，虽死而实未曾死。如有此等死法，便是百死何妨？只恐今人学此方法，便是断根绝命。

① 玄门：《老子》："玄之又玄，众妙之门。"后因以"玄门"指道教。
② 释门：指佛教之门。

第三十九回　姜子牙冰冻岐山

姜子牙冰凍岐山

导读：这一回中，哪吒的哥哥金吒也加入了西岐的队伍。金吒和哪吒一样，都是来源于佛教。金吒源自密宗的军荼利明王。军荼利明王是南方宝生如来的忿怒身，属于密宗的五大明王之一。“军荼利”是梵语的音译，意为“瓶”，也译作“军吒利”。在密宗里，瓶子常常是甘露的象征，因而他又被称作“甘露军荼利明王”，又因其现忿怒相，形貌似夜叉身，所以也称“军荼利夜叉明王”。军荼利明王的信仰在唐高宗时期传入中国。当时印度高僧阿地瞿多来到长安，被安排在大慈恩寺参与玄奘法师的译经工作。永徽年间，阿地瞿多译出了《陀罗尼集经》，首次将军荼利明王的修持法传入中国。军荼利明王的职掌非常多，其中有一项是保佑儿童不受恶鬼侵扰。于是很多父母就从其名号里摘取“军吒”作为孩子的乳名，以求庇佑。久而久之，军荼利明王似乎成了儿童的保护神。再加上他本身又有童子相，便被称作“军荼利金刚童子”。于是后来人们逐渐把他也拉去充当了李天王的儿子，而且为了与哪吒的名字相似，故意选用了“军吒”，后来又逐渐演化成了读音相似但更为中国化的“金吒”。

诗曰：

四圣无端欲逆天，仗他异术弄狂颠。
西来有分封神客，北伐方知证果仙。
几许雄才消此地，无边恶孽造前愆。
雪飞七月冰千尺，尤费颠连丧九泉。

话说金吒，一剑把王魔斩了。一道灵魂往封神台来，清福神柏鉴用百灵幡①引进去了。（与前文呼应得好）广法天尊收了此宝，望昆仑下拜："弟子开了杀戒。"命金吒把子牙背负上山，将丹药用水研开，灌入子牙口内。（可与前文王魔口嚼丹药为张桂芳等治伤相对比）不一时，子牙醒回，看见广法天尊，曰："道兄，我如何于此处相会？"天尊答曰："原是天意，定该如此，不由人耳。"（万能解答）过了一二时辰，命金吒："你同师叔下山，协助西土。我不久也要来。"遂扶子牙上了四不相，回西岐。广法天尊将土掩了王魔尸骸不表。

且说西岐城不见姜丞相，众将慌张。武王亲至相府，差探马各处找寻。子牙同金吒至西岐，众将同武王齐出相府。子牙下骑。武王曰："相父败兵何处？孤心甚是不安！"子牙曰："老臣若非金吒师徒，决不能生还矣。"金吒参谒武王，会了哪吒，二人自在一处。子牙进府调理。

且说成汤营里杨森见王魔得胜，追赶子牙，至晚不见回来。杨森疑惑，"怎么不见回来？"忙忙袖中一算，大叫一声："罢了！"高友乾、李兴霸齐问原由。杨森怒曰："可惜千年道行，一旦死于五龙山！"三位道人怒发冲冠，一夜不安。次日上骑，城下搦战，只要子

① 百灵幡：又名引魂幡、招魂幡，乃是柏鉴之物，此宝可引导魂魄进入封神台。

牙出来答话。探马报入相府，子牙着伤未愈。只见金吒曰："师叔，既有弟子在此保护，出城定要成功。"子牙从计上骑，开城，见三位道人咬牙大骂曰："好姜尚！杀吾道兄，势不两立！"三骑齐出来战，子牙旁有金吒、哪吒二人。金吒两口宝剑，哪吒登开风火轮，使开火尖枪抵敌。五人交兵，只杀得霭霭红云笼宇宙，腾腾杀气照山河。

子牙暗想："吾师所赐打神鞭，何不祭起？"子牙将神鞭丢起空中只听雷鸣火电，正中高友乾顶上，打得脑浆迸出，死于非命。一魂已入封神台去了。（元始所赐，厉害如斯！）杨森见高道兄已亡，吼一声来奔子牙，不防哪吒将乾坤圈丢起，杨森方欲收此宝，被金吒将遁龙桩祭起，遁住杨森，早被金吒一剑挥为两段。一道灵魂也进封神台去了。张桂芳、风林见二位道长身亡，纵马使枪，风林使狼牙棒，冲杀过来。（着实英勇，不曾被子牙唬住）李兴霸骑狰狞，拎方楞锏杀来。金吒步战。哪吒使一根枪，两家混战。只听西岐城里一声炮响，走出一员小将，还是一个光头儿，银冠银甲，白马长枪，此乃黄飞虎第四子黄天祥。走马杀到军前，神武耀威，勇冠三军，枪法如骤雨。天祥刺斜里一枪，把风林挑下马来。一魂也进封神台去了。张桂芳料不能取胜，败进行营。李兴霸上帐自思："吾四人前来助你，不料今日失利，丧吾三位道兄。你可修文书，速报闻兄，可求救至此，以泄今日之恨。"张桂芳依言，忙作告急文书，差官星夜进朝歌不表。

且说姜子牙得胜回西岐，升银安殿。众将报功。子牙羡黄天祥走马枪挑风林。金吒曰："师叔，今日之胜，不可停留，明日会战，一阵成功，张桂芳可破也。"（一鼓作气，此自然之理）子牙曰："善。"次日，子牙点众将出城，三军呐喊，军威大振，坐名要张桂芳。桂芳听报大怒，"自来提兵未曾挫锐，今日反被小人欺侮，气杀我也！"忙上马布开阵势，到辕门，指子牙大喝曰："反贼！怎敢欺侮天朝元帅！与你立见雌雄。"纵马持枪杀来。子牙后面黄天祥出马，与桂芳双枪并举，一场大战：

二将坐雕鞍，征夫马上欢。这一个怒发如雷吼，那一个心头火一攒。这一个丧门星要扶纣主，那一个天罡星①欲保周元。这一个舍命而安社稷，那一个弃残生欲正江山。自来恶战不寻常，辕门几次鲜红溅。

话说黄天祥大战张桂芳，三十合未分上下。子牙传令：“点鼓。”军中之法：鼓进，金止。周营数十骑，左右抢出伯达、伯适、仲突、仲忽、叔夜、叔夏、季随、季騧、毛公遂、周公旦、召公奭、吕公望、南宫适、辛甲、辛免、太颠、闳夭、黄明、周纪等，围裹上来，（法宝、道术俱已无用，可让凡人战将出场）把张桂芳围在垓心。好张桂芳，似弄风猛虎，酒醉斑彪，抵挡周将，全无惧怯。且说子牙命金吒，“你去战李兴霸！我用打神鞭助你今日成功。”金吒听命，拽步而来。

李兴霸坐在狰狞上，见一道童忽抢来，催开狰狞，提锏就打。金吒举宝剑急架相迎。未及数合，只见哪吒登风火轮，摇枪直刺李兴霸。兴霸用锏急架忙还。子牙在四不相上，方祭打神鞭。李兴霸见势不能取胜，把狰狞一拍，那兽四足腾起风云。逃脱去了。哪吒见走了李兴霸，登轮直杀进桂芳垓心来。晁田弟兄二人在马上大呼曰：“张桂芳早下马归降，免尔一死，吾等共享太平！”张桂芳大骂：“叛逆匹夫！捐躯报国，尽命则忠，岂若尔辈贪生而损名节也！”从清晨只杀到午牌时分，桂芳料不能出，大叫：“纣王陛下！臣不能报国立功，一死以尽臣节！”自转枪一刺，桂芳撞下鞍鞒。（其行不可取，其情却堪

① 天罡星：星官名。即北斗七星的柄。

悯）一点灵魂往封神台来，清福神引进去了。正是：英雄半世成何用，留的芳名万载传。

桂芳已死，人马也有降西岐者，也有回关者。子牙得胜进城，入府上殿，各报其功。子牙见今日众将英雄可喜。

且说李兴霸逃脱重围，慌忙疾走。李兴霸乃四圣之数，怎脱得大数。狰狞正行，飘然落在一山，道人见坐骑落下，滚鞍下地，倚松靠石，少憩片时，寻思良久："吾在九龙岛修炼多年，岂料西岐有失，愧回海岛，羞见道中朋友。如今且往朝歌城去，与闻兄共议，报今日之恨也。"方欲起身，只听得山上有人唱道情[1]（道情出现的历史最早不过两宋，如今竟一跃而至殷周）而来。道人回首一看，原来是一道童：

天使还玄得做仙，做仙随处睹青天。

此言勿谓吾狂妄，得意回时合自然。

话言那道童唱着行来，见李兴霸打稽首："道者请了！"兴霸答礼。道童曰："老师那一座名山？何处洞府？"兴霸曰："吾乃九龙岛炼气士李兴霸，因助张桂芳西岐失利，在此少坐片时。道童，你往那里来？"道童暗想道："这正是'踏破铁鞋无觅处，得来全不费功夫'。"道童大喜："我不是别人，我乃九宫山白鹤洞普贤真人徒弟木吒是也，奉师命往西岐去见师叔姜子牙门下，立功灭纣。我临行时，吾师尊说：'你要遇着李兴霸，捉他去西岐见子牙为贽见[2]。'岂知恰恰遇你。"李兴霸大笑曰："好孽障！焉敢欺吾太甚！"拎锏劈头就打。木吒执剑急架忙迎。剑锏相交。怎见得九宫山大战：

① 道情：曲艺的一个类别。用渔鼓和简板为伴奏乐器，一般以唱为主，以说为辅，各地种类繁多。

② 贽（zhì）见：谓手执礼品求见。

这一个轻移道步，那一个急转麻鞋。轻移道步，撤玉靶纯钢出鞘；急转麻鞋，浅金装宝剑离匣。锏来剑架，剑锋斜刺一团花；剑去锏迎，脑后千块寒雾滚。一个是肉身成圣，木吒多威武；一个是灵霄殿上，神将逞雄威。些儿眼慢，目下皮肉不完全；手若迟松，眼下尸骸分两块。

话说木吒大战李兴霸，木吒背上宝剑两口，名曰“吴钩”。此剑乃“干将”“镆铘”之流，分有雌雄。木吒把左肩一摇，那雄剑起去，横在空中，磨了一磨，李兴霸可怜：千年修炼全无用，血染衣襟在九宫。

木吒将兴霸尸骸掩了，借土遁往西岐来，进城，至相府。门官通报：“有一道童求见。”子牙命：“请来。”木吒至殿前下拜。子牙问曰：“那里来的？”金吒在旁言曰：“此是弟子兄弟木吒，在九宫山白鹤洞普贤真人学艺。”子牙曰：“兄弟三人齐佐明主，简篇万年，史册传扬不朽。”（必为哪吒凑齐三兄弟，莫非是受桃园结义之影响？）西岐日盛。

话说闻太师在朝歌执掌大小国事，其实有条有法。话说汜水关韩荣报入太师府，闻太师拆开一看，拍案大呼曰：“道兄你却为着何事，死于非命！吾乃位极人臣，受国恩如同泰山，只因国事艰难，使我不敢擅离此地，今见此报，使吾痛入骨髓！”忙传令：“点鼓聚将。”只见银安殿三咚鼓响，一干众将参谒太师。太师曰：“前日吾邀九龙岛四道友协助张桂芳，不料死了三位。风林阵亡。今与诸将共议，谁为国家辅张桂芳破西岐走一遭？”

言未毕，左军上将军鲁雄年纪高大，上殿曰：“末将愿往。”闻太师看时，左军上将军鲁雄苍髯皓首[①]上殿。太师曰：“老将军年纪

① 苍髯皓首：形容一个人头发灰白，胡须苍劲的样子，指年老。

高大，犹恐不足成功。”鲁雄笑曰：“太师在上：张桂芳虽是少年当道，用兵恃强，只知己能，显胸中秘授；风林乃匹夫之才，故此有失身之祸。为将行兵，先察天时，后观地利，中晓人和。用之以文，济之以武，守之以静，发之以动；亡而能存，死而能生，弱而能强，柔而能刚，危而能安，祸而能福；机变不测，决胜千里，自天之上，由地之下，无所不知；十万之众，无有不力，范围曲成，各极其妙，定自然之理，决胜负之机，神运用之权，藏不穷之智，此乃为将之道也。末将一去，便要成功。再副一二参军，大事自可定矣。”（观其言，怕不是赵括、马谡之流）

太师闻言，“鲁雄虽老，似有将才，况是忠心。欲点参军，必得见机明辨的方去得。不若令费仲、尤浑前去亦可。”忙传令：“命费仲、尤浑为参军。”军政司将二臣令至殿前。费仲、尤浑见太师行礼毕。太师曰：“方今张桂芳失机，风林阵亡，鲁雄协助，少二名参军。老夫将二位大夫为参赞[①]机务，征剿西岐，旋师之日，其功莫大。”费、尤听罢，魂魄潜消，“太师在上：职任文家，不谙武事，恐误国家重务。”太师曰：“二位有随机应变之才，通达时务之变，可以参赞军机，以襄[②]鲁将军不逮[③]，总是为朝廷出力。况如今国事艰难，当得辅君为国，岂可彼此推诿？左右，取参军印来！”（闻仲用此二人，是真以为可用，还是想借刀杀人？若是前者，未免识人不明。若是后者，难道就不怕拖累大军？）费、尤二人落在圈套之中，只得挂印。簪花，递酒，太师发铜符，点人马五万协助张桂芳。有诗为证：

鲁雄报国寸心丹，费仲尤浑心胆寒。

---

① 参赞：此处指帮办。
② 襄：相助而成。亦谓助理、佐治。
③ 不逮：不及，比不上。

夏月行兵难住马，一笼火伞罩征鞍。
只因国祚生离乱，致有妖氛起祸端。
台造封神将已备，子牙冰冻二逸奸。

话说鲁雄择吉日，祭宝纛旗，杀牛，宰马，不日起兵。鲁雄辞过闻太师，放炮起兵。此时夏末秋初，天气酷暑，三军铁甲单衣好难走，马军雨汗长流，步卒人人喘息。好热天气！三军一路，怎见得好热：

万里乾坤，似一轮火伞当中。四野无云风尽息，八方有热气升空。高山顶上，大海波中。高山顶上，只晒得石烈灰飞；大海波中，蒸熬得波翻浪滚。林中飞鸟，晒脱翎毛，莫想腾空展翅；水底游鱼，蒸翻鳞甲，怎能弄土钻泥。只晒得砖如烧红锅底热，便是铁石人身也汗流。

三军一路上：盔滚滚撞天银磬，甲层层盖地兵山。军行如骤雨，马跳似欢龙。闪翻银叶甲，拨转皂雕弓①。正是：喊声振动山和泽，天地乾坤似火笼。

话说鲁雄人马出五关，一路行来。有探马报与鲁雄曰："张总兵失机阵亡，首级号令在西岐东门，请军令定夺。"鲁雄闻报大惊曰："桂芳已死，吾师不必行，且安营。"问："前面是甚么所在？"探马回报："是西岐山。"鲁雄传令："茂林深处安营。"（难道不怕火攻？）命军政司修告急文书报太师不表。

① 皂雕弓：商、周将士常佩之弓。弓弯三尺五，箭尾为雕羽，箭破空之声如同雕鸣长空。

且说子牙自从斩了张桂芳，见李姓兄弟三人都到西岐。一日子牙升相府，有报马报入府来："西岐山有一枝人马扎营。"子牙已知其详。前日清福神来报，封神台已造完，张挂《封神榜》，如今正要祭台。传令："命南宫适，武吉点五千人马，往岐山安营，阻塞路口，不放他人马过来。"二将领令，随即点人马出城。一声炮响，七十里望见岐山一枝人马，乃成汤号色。南宫适对阵安下营寨。天气炎热，三军站立不住，空中火伞施张。武吉对南宫适曰："吾师令我二人出城，此处安营，难为三军枯渴，又无树木遮盖，恐三军心有怨言。"

一宿已过。次日，有辛甲至营相见，"丞相有令：命把人马调上岐山顶上去安营。"二将听罢，甚是惊讶："此时天气热不可当，还上山去，死之速矣！"（必有奇计）辛甲曰："军令怎违，只得如此。"二将点兵上山。三军怕热，张口喘息，着实难当，又要造饭，取水不便，军士俱埋怨不题。

且言鲁雄屯兵在茂林深处，见岐山上有人安营，纣兵大笑："此时天气，山上安营，不过三日，不战自死！"鲁雄只等救兵交战。至次日，子牙领三千人马出城，往西岐山来。南宫适、武吉下山迎接，上山合兵一处。八千人马在山上绞起了幔帐。子牙坐下。怎见得好热，有诗为证：

太阳真火炼尘埃，烈石煎湖实可哀。
绿柳青松催艳色，飞禽走兽尽罹灾①。
凉亭上面如烟燎，水阁之中似火来。
万里乾坤只一照，行商旅客苦相挨。

① 罹灾：遭受灾难。

话说子牙坐在帐中，令武吉："营后筑一土台，高三尺。速去筑来！"武吉领令。西岐辛免催趱车辆许多饰物，报与子牙。子牙令搬进行营，散饰物。众军看见，痴呆半晌。子牙点名给散，一名一个棉袄，一个斗笠，领将下去。众军笑曰："吾等穿将起来，死的快了！"且说子牙至晚，武吉回令："土台造完。"子牙上台，披发仗剑，望东昆仑下拜，布罡斗，行玄术，念灵章①，发符水。但见：

子牙作法，霎时狂风大作，吼树穿林。只刮的飒飒灰尘，雾迷世界，滑喇喇天摧地塌，骤沥沥海沸山崩，幡幢响如铜鼓振，众将校两眼难睁。一时把金风彻去无踪影，三军正好赌输赢。

诗曰：

念动玉虚玄妙诀，灵符秘授更无差。
驱邪伏魅随时应，唤雨呼风似滚沙。

且说鲁雄在帐内见狂风大作，热气全无，大喜曰："若闻太师点兵出关，正好厮杀，温和天气。"费仲、尤浑曰："天子洪福齐天，故有凉风相助。"（事出反常，竟无一人警觉，鲁雄果然不堪大用）那风一发胜了，如猛虎一般。怎见得好风，有诗为证：

萧萧飒飒透深林，无影无形最骇人。
旋起黄沙三万丈，飞来黑雾百千尘。
穿林倒木真无状，彻骨生寒岂易论。

① 灵章：指道教的经典、符箓。

纵火行凶尤猛烈，江湖作浪更迷津。

话说子牙在岐山布斗，刮三日大风，凛凛似朔风一样。三军叹曰：“天时不正，国家不祥，故有此异事。”过了一两个时辰，半空中飘飘荡荡落下雪花来。纣兵怨言：“吾等单衣铁甲，怎耐凛冽严威！”正在那里埋怨，不一时，鹅毛片片，乱舞梨花，好大雪！怎见得：

潇潇洒洒，密密层层。潇潇洒洒，一似豆秸灰①；密密层层，犹如柳絮舞。初起时，一片，两片，似鹅毛风卷在空中；次后来，千团，万团，如梨花雨打落地下。高山堆叠，獐狐失穴怎能行；沟涧无踪，若杀行人难进步。霎时间银妆世界，一会家粉砌乾坤。客子难沽酒，苍翁苦觅梅。飘飘荡荡裁蝶翅，叠叠层层道路迷。丰年祥瑞从天降，堪贺人间好事宜。

鲁雄在中军对费、尤曰：“七月秋天，降此大雪，世之罕见。”鲁雄年迈，怎禁得这等寒冷。费、尤二人亦无计可施。三军都冻坏了。且说子牙在岐山上，军士人人穿起棉袄，戴起斗笠，感丞相恩德，无不称谢。子牙问：“雪深几尺？”武吉回话：“山顶上深二尺，山脚下风旋下去，深有四五尺。”子牙复上土台，披发仗剑，口中念念有词，把空中彤云②散去，现出红日当空，一轮火伞，霎时雪都化水，往山下一声响，水去的急，聚在山凹③里。（先前冻死一批，现今淹死一批，这仗还怎么打？）子牙见日色且胜，有诗为证：

① 豆秸灰：豆秸烧成的灰，呈白色。
② 彤云：下雪前的阴云。
③ 山凹：山坳。山间的平地。

真火原来是太阳，初秋积雪化汪洋。
玉虚秘授无穷妙，欲冻商兵尽丧亡。

话说子牙见雪消水急，滚涌下山，忙发符印，又刮大风。只见阴云布合，把太阳掩了。风狂凛冽，不亚严冬。霎时间把岐山冻作一块汪洋。子牙出营来，看纣营幡幢尽倒，命南宫适、武吉二将："带二十名刀斧手下山，进纣营，把首将拿来！"二将下山，径入营中。见三军冻在冰里，将死者且多，又见鲁雄、费仲、尤浑三将在中军。刀斧手上前擒捉，如同囊中取钞一般，把三人捉上山来见子牙。不知性命如何，且听下回分解。

总批

鲁雄谈兵，尽有将略，着实好听；只是没有交战，竟被子牙捉去。在费仲、尤浑固无论。只可惜鲁雄忠贞之辈竟打在此劫之内，未免令人怆惋。

又批

李兴霸已身逃去，毕竟撞着木吒，斩了。可见天数已定，更无疏漏。今人毕竟逆天做事，这都是不安于命。

第四十回　四天王遇炳灵公

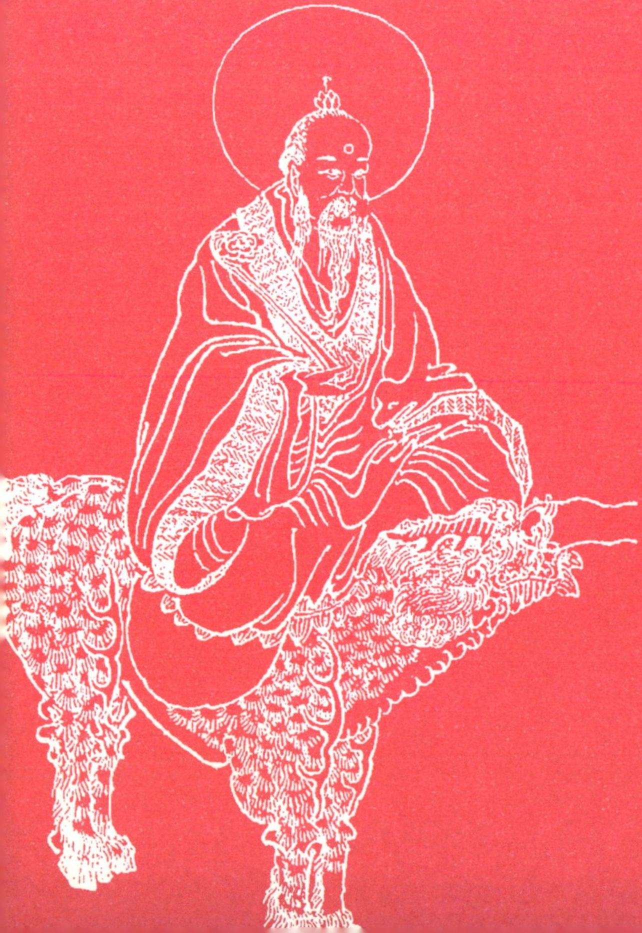

四天王遇丙靈公

导读：魔家四将的来源很明显，就是佛教里的四大天王。按照佛教的说法——当然其中有很多也是婆罗门教等印度神话的设定——世界的中心是须弥山，四大天王住在须弥山的山腰，那里又有一座犍陀罗山，此山有四座山峰，称“须陀四宝山”，四大天王各居一山。按佛教说的，须弥山四方是东胜神洲、南赡部洲（中国在此洲）、西牛贺洲、北俱芦洲，四大天王的任务就是各护一方世界，因而又称“护世四天王”。他们分别是：东方持国天王，名多罗吒，身白色，穿甲胄，手持琵琶；南方增长天王，名毗琉璃，身青色，穿甲胄，手握宝剑；西方广目天王，名毗留博叉，身红色，穿甲胄，手中缠龙；北方多闻天王，名毗沙门，身绿色，穿甲胄，右手持宝伞，左手握神鼠。南北朝时期，四大天王的信仰传入中国，并且一度颇为繁盛。其中尤以多闻天王毗沙门的信仰最盛，托塔李天王的形象就是由他分化而来，这点我们之前已经说过了。元明以后，四大天王的信仰虽然衰落了，但他们的影响却依旧存在，只要有佛寺，就大概率有天王殿供奉他们。对于《封神演义》的作者而言，他自然不会放过这样一组名声颇著的神灵，于是就用魔家四将的模式将他们彻底汉化了。

诗曰：

魔家四将号天王，惟有青云剑①异常。
弹动琵琶人已绝，撑开珠伞日无光。
莫言烈焰能焚毙，且说花狐善食强。
纵有几多稀世宝，炳灵一遇命先亡。

话说南宫适、武吉将三人拿到辕门通报，子牙命："推进来。"鲁雄站立，费、尤二贼跪下。（高下立判。鲁雄虽愚忠，然毕竟有信念，不似二贼一味利己）子牙曰："鲁雄，时务要知，天心要顺，大理要明，真假要辨。方今四方知纣稔恶，弃纣归周，三分有二，何苦逆天，自取杀身之祸。今已被擒，尚有何说？"鲁雄大喝曰："姜尚！尔曾为纣臣，职任大夫，今背主求荣，非良杰也。吾今被擒，食君之禄，当死君之难，今日有死而已，又何必多言。"

子牙命且监于后营。（不写二贼言语，盖不屑已极，视之蔑如也）复到土台上，布起罡斗，随把彤雪散了，现出太阳，日色如火一般，把岐山脚下冰时刻化了。五万人马冻死三二千，余者逃进五关去了。子牙又命南宫适往西岐城，请武王至岐山。南宫适走马进城，来见武王，行礼毕。武王曰："相父在岐山，天气炎热，陆地无阴，三军劳苦。卿今来见孤，有何事？"南宫适对曰："臣奉丞相令，请大王驾幸岐山。"武王随同众文武往岐山来。怎见得，有诗为证。诗曰：

君正臣贤国日昌，武王仁德配陶唐②。

① 青云剑：又名"青锋宝剑"，法宝，持有者是魔家四将之一的魔礼青。
② 陶唐：古帝名。即唐尧。帝喾之子，初封于陶，后封于唐，故称。

慢言冰冻擒军死，且听台城斩将亡。
祭赛①封神劳圣主，驱驰国事仗臣良。
古来多少英雄血，争利图名尽是伤。

话言武王同文武往西岐山来，行未及二十里，只见两边沟渠之中冰块飘浮来往。武王问南宫适，方知冰冻岐山。君臣又行七十里，至岐山。子牙迎武王。武王曰："相父邀孤，有何事商议？"子牙曰："请大王亲祭岐山。"武王曰："山川享祭②，此为正礼。"乃上山进帐。子牙设下祭文。武王不知今日祭封神台。子牙只言祭岐山。（不知为何要瞒着武王？）排下香案，武王拈香。子牙命将三人推来。武吉将鲁雄、费仲、尤浑推至。子牙传令："斩讫报来！"霎时献三颗首级。武王大惊曰："相父祭山，为何斩人？"子牙曰："此二人乃成汤费仲、尤浑也。"（三颗首级，何以只言此二人？）武王曰："奸臣，理当斩之。"子牙与武王回兵西岐不表。且说清福神将三魂引入封神台去了。

话说鲁雄残兵败卒走进关，逃回朝歌。闻太师在府，看各处报章，看三山关邓九公报："大败南伯侯。"忽报："汜水关韩荣报到。"令："接上来。"拆开看时，顿足叫曰："不料西岐姜尚这等凶恶！杀死张桂芳，又捉鲁雄号令岐山，大肆猖獗。吾欲亲征，奈东南二处，未息兵戈。"乃问吉立、余庆曰："我如今再遣何人去伐西岐？"吉立答曰："太师在上：西岐足智多谋，兵精将勇，张桂芳况且失利，九龙岛四道者亦且不能取胜，如今可发令牌，命佳梦关魔家四将征伐，庶大功可成。"

① 祭赛：祭祀酬神。
② 享祭：祭祀。

太师听言，喜曰："非此四人不能克此大恶。"忙发令牌，又点左军大将胡升、胡雷交代守关。将令发出，使命领令前行。不觉一日，已至佳梦关，下马报曰："闻太师有紧急公文。"魔家四将接了文书，拆开看罢，大笑曰："太师用兵多年，如今为何颠倒！料西岐不过是姜尚、黄飞虎等，'割鸡焉用牛刀'？"（自视过高，骄兵必败）打发来使先回。弟兄四人点精兵十万，即日兴师，与胡升、胡雷交代府库钱粮，一应完毕。魔家四将辞了胡升，一声炮响，大队人马起行，浩浩荡荡，军声大振，往西岐而来。怎见得好人马：

> 三军呐喊，幡列五方。刀如秋水迸寒光，枪似麻林①初出土。开山斧如同秋月，画杆戟豹尾飘飖。鞭锏抓锤左右，长刀短剑砌龙鳞。花腔鼓擂，催军趱将；响阵锣鸣，令出收兵。拐子马御防劫寨，金装弩准备冲营。中军帐钩镰护守，前后营刁斗分明。临兵全仗胸中策，用武还依纪法行。

话说魔家四将人马，晓行夜住，逢州过府，越岭登山，非止一日，又过了桃花岭。哨马报入中军："启元帅：兵至西岐北门，请令定夺。"魔礼青传令："安下团营，扎了大寨。"三军放静营炮，呐一声喊。

且说子牙自兵冻岐山，军威甚盛，将士英雄，天心效顺，四方归心，豪杰云集。子牙正商议军情，忽探马报入相府："魔家四帅领兵驻扎北门。"子牙聚将上殿，共议退兵之策。武成王黄飞虎上前启曰："丞相在上：佳梦关魔家四将乃弟兄四人，皆系异人秘授奇术变幻，大是难敌。长曰魔礼青，长二丈四尺，面如活蟹，须如铜线，用

---

① 麻林：成片长着的麻。常用以形容刀、枪之类密集众多。

一根长枪，步战无骑。有秘授宝剑，名曰‘青云剑’，上有符印，中分四字：‘地、水、火、风’，这风乃黑风，风内有万千戈矛。若人逢着此刃，四肢成为齑粉；若论火，空中金蛇搅绕，遍地一块黑烟，烟掩人目，烈焰烧人，并无遮挡。还有魔礼红，秘授一把伞，名曰‘混元伞’，伞上有祖母禄、祖母印、祖母碧，有夜明珠、碧尘珠、碧火珠、碧水珠、消凉珠、九曲珠、定颜珠、定风珠，还有珍珠穿成四字：‘装载乾坤’。这把伞不敢撑，撑开时，天昏地暗，日月无光；转一转，乾坤晃动。还有魔礼海，用一根枪，背上一面琵琶，上有四条弦，也按‘地、水、火、风’。拨动弦声，风火齐至，如青云剑一般。还有魔礼寿，用两根鞭。囊里有一物，形如白鼠，名曰‘花狐貂’，放起空中，现身似白象，胁生飞翅，食尽世人。若此四将来伐西岐，吾兵恐不能取胜也。”子牙曰：“将军何以知之？”黄飞虎答曰：“此四将昔日在末将麾下，征伐东海，故此晓得。今对丞相，不得不以实告。”子牙听罢，郁郁不乐。（战事一有挫折，子牙便“郁郁不乐”，作者也不知换个说法，让人生厌）

且言魔礼青对三弟曰：“今奉王命，征剿凶顽，兵至三日，必当为国立功，不负闻太师之所举也。”魔礼红曰：“明日俺们兄弟齐会姜尚，一阵成功，旋师奏凯。”（正与之后长期围而不下相对）其日，弟兄欢饮。次早，炮响鼓鸣，摆开队伍，立于辕门，请子牙答话。探马来报：“魔家四将请战。”子牙因黄飞虎所说利害，恐将士失利，心下犹豫未决。金吒、木吒、哪吒在旁，口称：“师叔，难道依黄将军所说，我等便不会战罢。所仗福德在周，天意相佑，随时应变，岂得看住。”子牙猛醒，传令：“摆五方旗号，整点诸将校，列成队伍，出城会战。”怎见得：

两扇门开：青幡招展，震中杀气透天庭；素白纷纭，兑地征云从地起。红幡荡荡，离宫猛火欲烧山；皂带飘飘，坎气乌云由上下。杏黄幡麾，中央正道出兵来。

金盔将如同猛虎，银盔将一似欢狼。南宫适似摇头狮子，武吉似摆尾狻猊。四贤、八俊逞英豪，金木二吒持宝剑。龙须虎天生异像，武成王斜跨神牛。领首的哪吒英武，掠阵的众将轩昂。

魔家四将见子牙出兵有法，纪律森严，坐四不相，至军前。怎生打扮，有诗为证。诗曰：

金冠分鱼尾，道服勒霞绡①。
童颜并鹤发，项下长银苗。
身骑四不相，手挂剑锋枭。
玉虚门下客，封神立圣朝。

话说子牙出阵前，欠身曰："四位乃魔元帅么？"魔礼青曰："姜尚，你不守本土，甘心祸乱，而故纳叛亡，坏朝廷法纪，杀大臣号令西岐，深属不道，是自取灭亡。今天兵至日，尚不倒戈授首②，犹自抗拒，直待践平城垣，俱为齑粉，那时悔之晚矣！"子牙曰："元帅言之差矣，吾等守法奉公，原是商臣，受封西土，岂得称为反叛。今朝廷信大臣之言，屡伐西岐，胜败之事，乃朝廷大臣自取其辱，我等并无一军一卒冒犯五关。今汝等反加之罪名，我君臣岂肯虚服。"魔礼青大怒曰："孰敢巧语，混称大臣取辱！独不思你目下有灭国之祸！"放开大步，使枪来取子牙。左哨上南宫适纵马舞刀，大喝曰：

① 霞绡：美艳轻柔的丝织物。
② 授首：指投降。

“不要冲吾阵脚！”用钢刀急架忙迎。步马交兵，刀戟并举。魔礼红绰步①展方天戟冲杀而来。子牙队里辛甲举斧来战魔礼红。魔礼海摇枪直杀出来。哪吒登风火轮，摇火尖枪迎住。二将双枪共举。魔礼寿使两根锏，似猛虎摇头，杀将过来。这壁厢武吉银盔素铠，白马长枪，接战阵前。这一场大战，怎见得：

满天杀气，遍地征云。这阵上三军威武，那阵上战将轩昂。南宫适斩将刀似半潭秋水，魔礼青虎头枪似一段寒冰。辛甲大斧犹如皓月光辉，魔礼红画戟一似金钱豹尾。哪吒发怒抖精神，魔礼海生嗔②显武艺。武吉长枪飕飕，急雨洒残花；魔礼寿二锏凛凛，冰山飞白雪。四天王忠心佐成汤，众战将赤胆扶圣主。两阵上锣鼓频敲，四哨内三军呐喊。从辰至午③，只杀的旭日无光；未末申初④，霎时间天昏地暗。

诗曰：

为国亡家欲尽忠，只徒千载把名封。
捐躯马革何曾惜，止愿皇家建大功。

话言哪吒战住了魔礼海，把枪架开，随手取出乾坤圈使在空中，要打魔礼海。魔礼红看见，忙忙跳出阵外，把混元珍珠伞撑开一晃，先收了哪吒的乾坤圈去了。金吒见收兄弟之宝，忙使遁龙桩，又被收

① 绰步：大步。
② 生嗔：生气，发怒。
③ 从辰至午：辰，上午7时至上午9时；午，上午11时至下午1时。
④ 未末申初：未，下午1时至下午3时；申，下午3时至下午5时。

将去了。子牙把打神鞭使在空中，此鞭只打的神，打不的仙，打不得人。四天王乃是释门中人，（此时何来的释门?）打不得，后一千年，才受香烟，因此上把打神鞭也被伞收去了。子牙大惊。魔礼青战住南宫适，把枪一掩，跳出阵来，把青云剑一晃，往来三次，黑风卷起，万刃戈矛。一声响亮。怎见得，有诗为证。诗曰：

黑风卷起最难当，百万雄兵尽带伤。
此宝英锋真利害，铜军铁将亦遭殃。

魔礼红见兄用青云剑，也把珍珠伞撑开，连转三四转，咫尺间黑暗了宇宙，崩塌了乾坤，只见烈烟黑雾，火发无情，金蛇搅绕半空，火光飞腾满地。好火！有诗为证。诗曰：

万道金蛇空内滚，黑烟罩体命难存。
子牙道术全无用，今日西岐尽败奔。

话说魔礼海拨动了地水火风琵琶；魔礼寿把花狐貂放出在空中，现形如一只白象，任意食人，张牙舞爪。风火无情，西岐众将遭此一败，三军尽受其殃。子牙见黑风卷起，烈火飞来，人马一乱，往后败下去。魔家四将挥动人马，往前冲杀。可怜三军叫苦，战将着伤。怎见得：

赶上将，任从刀劈；乘着势，剿杀三军。逢刀的，连肩拽背；遭火的，烂额焦头。鞍上无人，战马脱缰，不管营前和营后；地上尸横，折筋断骨，怎分南北与东西。人亡马死，只为扶王创业到如今；将躲军逃，止落叫苦连声无投处。

子牙出城，齐齐整整，众将官顶盔贯甲，好似得智狐狸强似虎；到如今只落得：哀哀哭哭，歪盔卸甲，犹如退翎鸾凤不如鸡。死的尸骸暴露，生的逃窜难回。惊天动地将声悲，嚎山泣岭三军苦。愁云直上九重天，一派残兵奔陆地。

话言魔家四将一战，损周兵一万有余，战将损了九员，带伤者十有八九。子牙坐四不相平空去了，金、木二吒土遁逃回，哪吒风火轮走了，龙须虎借水里逃生，众将无术，焉能得脱。子牙败进城，入相府点众将：着伤大半，阵亡者九名，杀死了文王六位殿下，三名副将。子牙伤悼不已。（开篇以来，西岐最大一次惨败）

且说魔家四将收兵，掌得胜鼓回营，三军踊跃。正是：喜孜孜鞭敲金镫响，笑吟吟齐唱凯歌回。

话说魔家四将得胜回营，上帐议取西岐大事。魔礼红曰："明日点人马困城，尽力攻打，指日可破，子牙成擒，武王授首。"礼青曰："贤弟之言甚善。"次日进兵围城，喊声大振，杀奔城下，坐名请子牙临阵。探马报进帅府。子牙传令："将'免战牌'挂在城敌楼上。"魔礼青传令："四面架起云梯①，用火炮攻打。"甚是危急。且说子牙失利，诸将带伤，忙领金、木二吒，龙须虎，哪吒，黄飞虎不曾带伤者上城，设灰瓶②，炮石，火箭，火弓，硬弩，长枪，千方守御，日夜防备。

魔家四将见四门攻打三日不下，反损有兵卒，（若无法宝，则毫无优势。书中打斗大都如此，故不如《三国》《水浒》有味，久读易生厌倦）魔礼红曰："暂且退兵。"命军士鸣金，退兵回营。当晚兄弟四人商

① 云梯：用于攀越城墙攻城的用具。
② 灰瓶：一种装有石灰的瓶，用以临阵击敌，使敌不能张目。

议："姜尚乃昆仑教下，自善用兵。我们且不可用力攻打，只可紧困，困得他里无粮草，外无援兵，此城不攻自破矣。"礼青曰："贤弟言之有理。"安心困城，不觉困了两月。四将心下甚是焦躁："闻太师命吾伐西岐，如今将近两三个月，未能破敌，十万之众，日费许多钱粮，倘太师嗔怪，体面何存？也罢，今晚初更，各将异宝祭于空中，就把西岐旋成渤海，早早奏凯还朝。"魔礼寿曰："兄长之言妙甚。"各各欢喜。不言兄弟计较停当。且说子牙在相府有事，又见失机，与武成王黄飞虎议退兵之策。忽然猛风大作，把宝纛幡杆一折两段。子牙大惊，忙焚香，把金钱搜求八卦，只吓得面如土色。随即沐浴，更衣拈香，望东昆仑下拜。子牙倒海救西岐。有诗为证。诗曰：

玉虚秘授甚精奇，玄内玄中定坎离①。
魔家四将施奇宝，子牙倒海救西岐。

话说子牙披发仗剑，倒海把西岐罩了。却说玉虚宫元始天尊知西岐事体，把琉璃瓶中静水望西岐一泼，乃三光神水，浮在海水上面。（这一泼，才是最要紧的）再说魔礼青把青云剑祭起地、水、火、风，魔礼红祭混元珍珠伞，魔礼海拨动琵琶，魔礼寿祭起花狐貂，只见四下里阴云布合，冷雾迷空，响若雷鸣，势如山倒，骨碌碌天崩，滑喇喇地塌。三军见而心惊，一个个魂迷意怕。兄弟四人各施异术，要成大功，奏凯回朝，则怕你一场空想，正是：枉费心机空费力，雪消春水一场空。

且说魔家兄弟四人祭此各样异宝，直到三更尽，才收了回营，指望次日回兵。且说子牙借北海水救了西岐，众将一夜不曾安枕。至次

① 坎离：八卦中坎代表水，离代表火，坎离犹水火。

日，子牙把海水退回北海，依旧现出城来，分毫未动。且说纣营军校见西岐城上草也不曾动一根，忙报四位元帅："西岐城全然不曾坏动一角。"四将大惊，齐出辕门看时，果然如此。四人无法可施，一策莫展，只得把人马紧困西岐。（可见法宝之外，自身并无多少本领，尤其没有智谋）

且说子牙倒海救了此危，点将上城看守。非一日，乌飞兔走，不觉又困两月。子牙被困，无法退兵。魔家四将英勇，仗倚宝贝，焉能取胜。忽有总督粮储官见子牙，具言："三济仓缺粮，止可支用十日。请丞相定夺。"子牙惊曰："兵困城事小，城中缺粮事大。如之奈何！"武成王黄飞虎曰："丞相可发告示与居民，富厚者必积有稻谷，或借三二万，或五六万，待退兵之日，加利给还，亦是暂救燃眉之计。"子牙曰："不可。吾若出示，民慌军乱，必有内变之祸。（子牙政治头脑强）料还有十日之粮，再作区处。"

子牙不行。不觉又过七八日。子牙算止得二日粮，心下十分着忙，大是忧郁。那日，来了两位道童，一个穿红，一个穿青，至相府门上，对门官曰："烦你通报，要见姜师叔。"门官启老爷："有二位道童求见。"子牙闻道者来，便命："请来。"二位道童上殿下拜，口称"师叔"。子牙答礼曰："二位是那座名山？何处洞府？今到西岐，有何见谕？"二道童曰："弟子乃金庭山玉屋洞道行天尊门下弟子，姓韩，双名毒龙；这位是姓薛，双名恶虎。今奉师命，送粮前来。"子牙曰："粮屯何所？"道童曰："弟子随身带来。"锦囊中取一简献与子牙。子牙看简，大喜曰："师尊圣谕，事在危急，自有高人相辅，今果如其言。"子牙命道童："取粮。"道童将豹皮囊中取出碗口大一个斗，见盛有一斗米。众将又不敢笑。（接连见了许多高人，故不敢小视）子牙将斗命韩毒龙："亲送三济仓去，再来回话。"不一时，毒龙回来见子牙，"送去了"。不上两个时辰，管仓官来报："启丞相：三济仓连气楼①上，都淌出米来。”子牙大喜。今事到急处，自有高人来佐佑，此是武王福大。有诗赞曰：

> 武王仁德禄能昌，增福神祇来助粮。
> 紫阳洞里黄天化，西岐尽灭四天王。

话说子牙粮也足，将也多，兵也广，只没奈魔家四将奇宝伤人，因此上固守西岐，不敢擅动。且说魔家兄弟又过了两个月，将近一年，不能成功，修文书报闻太师，言子牙虽则善战，今又能守不表。

一日，子牙正在相府，商议军功大事。忽报：“有一道者求见。”子牙命：“请来。”这道人带扇云冠，穿水合服，腰束丝绦，脚登麻鞋，至檐前下拜，口称“师叔”。子牙曰：“那里来的？”道人曰：“弟子乃玉泉山金霞洞玉鼎真人门下，姓杨，名戬，奉师命，特来师叔左右听用。”子牙大喜。见杨戬超群出类。杨戬与诸门人会了，见过武王，复来问：“城外屯兵者何人？”子牙把魔家四将用的“地、水、火、风”物件说了一遍，“故此挂‘免战牌’”。杨戬曰：“弟子既来，师叔可去‘免战’二字。弟子会魔家四将，便知端的。若不见战，焉能随机应变。”子牙听言甚喜，随传令：“摘了‘免战牌’。”

彼时有探马报入大营：“启元戎：西岐去了‘免战牌’。”魔家四将大喜，即刻出营搦战。探马报入相府。子牙命杨戬出城，哪吒压阵。城门开处，杨戬出马，见四将威风凛凛冲霄汉，杀气腾腾逼斗星。四将见西岐城内一人，似道非道，似俗非俗，带扇云冠，道服丝绦，骑白马，执长枪。魔礼青曰：“来者何人？”杨戬答曰：“吾乃姜丞相师侄杨戬是也。你有何能，敢来此行凶作怪，仗倚左道害人。眼

① 气楼：米仓屋顶上通气的小楼。

前叫你知吾利害，死无葬身之地！”纵马摇枪来取。却说魔家四将有半年不曾会战，如今一齐出来，步战杨戬，四将围将上来，把杨戬裹在垓心，酣战城下。且说楚州有解粮官，解粮往西岐，正要进城，见前面战场阻路。此人姓马，名成龙，用两口刀，坐赤兔马，心性英烈，见战场阻路，大喝一声：“吾来了。”（真忠义之士也）那马撺在圈子内，力敌四将。魔礼寿又见一将冲杀将来，心中大怒，未及十合，取出花狐貂祭在空中，化如一只白象，口似血盆，牙如利刃，乱抢人吃。有诗为证。诗曰：

此兽修成隐显功，阴阳二气在其中。
随时大小皆能变，吃尽人心若野熊。

却说祭起花狐貂，一声响，把马成龙吃了半节去。杨戬在马上暗喜：“元来有这个孽障作怪！”魔家四将也不知道杨戬有九转炼就元功，魔礼寿又祭花狐貂，一声响，也把杨戬咬了半节去。哪吒见头势不好，进城来报姜丞相，说：“杨戬被花狐貂吃了。”子牙郁郁不乐，（又是“郁郁不乐”，能换个词否？）纳闷在府。

且说魔家四将得胜回营，治酒，兄弟共饮。吃到二更时分，魔礼寿曰：“长兄，如今把花狐貂放进西岐城里去，若是吃了姜尚，吞了武王，大事定了。那时好班师归国，何必与他死守。”四人酒后，各发狂言。礼青曰：“贤弟之言有理。”礼寿豹皮囊取出花狐貂，叫曰：“宝贝，你若吃了姜尚回来，此功莫大。”遂祭在空中去了。花狐貂乃是一兽，只知吃人，那知道吃了杨戬是个祸胎。杨戬曾炼过九转元功，七十二变化，无穷妙道，肉身成圣，封清源妙道真君。花狐貂把他吃在腹里，杨戬听着四将计较，杨戬曰：“孽障！也不知我是谁！”把花狐貂的心一捏，那东西叫一声，跌将下来。杨戬现身，把花狐貂一撑两段。杨戬现原形，有三更时分，来相府门前，叫左右报丞相。

守门军士击鼓。子牙三更时，还与哪吒共议魔家四将事，忽听鼓响，报："杨戬回来。"子牙大惊："人死岂能复生！"（你不也曾死而复生？何必大惊小怪如此）命哪吒探虚实。哪吒至大门首问曰："杨道兄，你已死了，为何又至？"杨戬曰："你我道门徒弟，各玄妙不同。快开门！我有要紧事报与师叔。"哪吒命开了门。杨戬同至殿前。子牙惊问："早晨阵亡，为何又至？必有回生之术！"杨戬把魔礼寿放花狐貂进城，"要伤武王、师叔，弟子在那孽障腹中听着，方才把花狐貂弄死了，特来报知师叔"。子牙闻言大喜："吾有这等道术之客，何惧之有！"戬曰："弟子如今还去。"哪吒曰："道兄如何去得？"杨戬曰："家师秘授，自有玄妙，随风变化，不可思议。有诗为证。诗曰：

秘授仙传真妙诀，我与道中俱各别。
或山或水或巅崖，或金或宝或铜铁。
或鸾或凤或飞禽，或龙或虎或狮猁。
随风有影即无形，赴得蟠桃添寿节。"

子牙听罢，"你有此奇术，可显一二。"杨戬随身一晃，变成花狐貂满地跳，把哪吒喜不自胜。杨戬曰："弟子去也！"响一声，才要去。子牙曰："杨戬，且住！你有大术，把魔家四将宝贝取来，使他束手不能成功。"杨戬即时飞出西岐城，落在魔家四将帐上。礼寿听的宝贝回来，忙用手接住，瞧了一瞧，见不曾吃了人来。将近四鼓时分，兄弟同进帐中睡去。正是酒酣睡倒，鼻息如雷，莫知高下。杨戬自豹皮囊中跳出来，将魔家四将帐上挂有四件宝贝，杨戬用手一端，端塌了，止拿得一把伞。那三件宝贝落地有声。魔礼红梦中听见有响声，急起来看时，“呀！却元来挂塌了钩子，吊将下来！”糊涂醉眼，不曾查得，就复挂在上面，依旧睡了。（身为大将，岂能如此毫无警觉？）

且说杨戬复到西岐城来见子牙，将混元珍珠伞献上。金木二吒、哪吒都来看伞。杨戬复又入营，还在豹皮囊中不表。且说次早中军帐鼓响，兄弟四人，各取宝贝，魔礼红不见混元伞，大惊：“为何不见了此伞！”急问巡内营将校。众将曰：“内营红尘也飞不进来，那有奸细得入。”魔礼红大叫：“吾立大功，只凭此宝，今一旦失了，怎生奈何！”四将见如此失利，郁郁不乐，无心整理军情。

且说青峰山紫阳洞清虚道德真君忽然心血潮来，（衔接未免生硬）叫金霞童子：“请你师兄来。”童儿领命，少时间请师兄至。黄天化至碧游床前，倒身下拜：“老师父，叫弟子那里使用？”真君曰：“你打点下山。你父子当立功与周主，随我来。”黄天化随师至桃园中。真君传二柄锤，天化见而即会，精熟停当，无不了然。真君曰：“将吾的玉麒麟与你骑。又将火龙标带去。徒弟，你不可忘本，必尊道德。”黄天化曰：“弟子怎敢？”辞了师父，出洞来，上了玉麒麟，把角一拍，四足起风云之声。此兽乃道德真君闲戏三山、闷游五岳之骑。黄天化即时来至西岐，落下麒麟，来到相府，令门官通报。“启丞相：有一道童求见。”子牙曰：“请来。”黄天化上殿下拜，口称：“师叔，弟子黄天化奉师命下山，听候左右。”子牙问：“那一座山？”黄飞虎曰：“此童乃青峰山紫阳洞清虚道德真君门下黄天化，乃末将长子。”子牙大喜：“将军有子出家修道，更当庆幸！”且说黄天化父子重逢，同回王府，置酒父子欢饮。黄天化在山吃斋，今日在王府吃荤，不挽双抓髻，穿王服，带束发冠，金抹额[1]，穿大红服，贯金锁

① 抹额：亦称“抹头”。束在额上的巾。

甲，束玉带，次日上殿见子牙。子牙一见天化如此装束，便曰："黄天化，你元是道门，为何一旦变服？我身居相位，不敢忘昆仑之德。你昨日下山，今日变服，还把丝绦束了。"黄天化领命，系了丝绦。天化曰："弟子下山，退魔家四将，故此如将家装束耳。怎敢忘本！"子牙曰："魔家四将乃左道之术也，须紧要提防。"天化曰："师命指明，何足惧哉！"子牙许之。黄天化上了玉麒麟，拎两柄锤，开放城门，至辕门请战。四天王正遇炳灵公。不知胜败如何，且听下回分解。

总批

魔家四将雄伟过人，又且宝物利害，设若无炳灵公一遇，岐周已无生活。大抵强梁定然遭对手，万事皆然。

又批

冰冻岐山，费仲、尤浑自然该如此，一死尚不足以尽厥辜。只鲁雄亦遭此恶孽，殊觉可怜。

第四十一回　闻太师兵伐西岐

聞太師兵伐西岐

导读：在《封神演义》的设计中，黄飞虎日后受封为东岳大帝，而他的长子黄天化则受封为炳灵公。然而在现实的泰山信仰中，东岳大帝的长子并不出彩，被封为炳灵公的是其第三子，又称泰山三郎。虽然早在秦汉时期，就已经出现了泰山府君的信仰，但泰山神有儿子的观念，却要迟至南北朝时期才出现。目前最早的记载见于《魏书·段承根传》，说是段承根的父亲段晖少年求学时，有一个关系很好的童子。段晖有一次做了一个木马送给他，童子很高兴，就告诉他自己是泰山府君的儿子，然后骑着木马腾空而去。在隋唐五代时期，泰山三郎还是恶神，多以纨绔恶少的形象出现。在一些笔记小说中，还有许多他强掠妇女的故事。不过泰山三郎的信仰在当时的齐鲁地区非常兴旺，甚至一度超过了其父泰山府君。而他受封的经过也很奇特，据《旧五代史·唐书·明宗纪》载，后唐长兴四年（933）七月，唐明宗病重，有人推荐一个泰山僧人（另有史料说是道人）为明宗治病，他说曾遇泰山府君，让他为其第三子求个爵位，唐明宗于是就封泰山三郎为威雄大将军。然而当年十一月，唐明宗就驾崩了。虽说泰山三郎并没有显灵治好唐明宗，但从此他就有了正式的册封，其形象也逐渐从恶神转变为正神。到了北宋初年，在其父被封为东岳天齐仁圣帝后，他也随之被封为炳灵公。而到了宋哲宗时期，大家才想起来要给他的兄弟们也册封一番，于是才有了完整的东岳大帝五子。后来很多人又将碧霞元君视作东岳大帝的女儿，再加上此前册封的东岳淑明皇后，终于凑成了相亲相爱一家人。至于作者在书中，将原本是三子的炳灵公写成长子，不知是因为炳灵公信仰更盛，还是作者对东岳信仰了解不多所致。

诗曰：

太师行兵出故商，西风飒飒送斜阳。
君因乱政民多难，臣为摅忠[1]命尽伤。
惟知去日宁知返，只识兴时那识亡。
四将亦随征进没，令人几度忆成汤。

且说魔礼红不见了珍珠伞，无心整理军情。忽报：“有将在辕门讨战。”四将听说，随点人马出营会战，见一将骑玉麒麟而来。但见怎生打扮，有赞为证。赞曰：

悟道高山十六春，仙传道术最通灵。
潼关曾救生身[2]父，莫耶宝剑斩陈桐。
束发金冠飞烈焰，大红袍上长征番，
连环砌就金锁铠，腰下绒绦左右分，
两柄银锤生八楞，稳坐走阵玉麒麟。
奉命特来收四将，西岐城外立头功。
旗开拱手黄天化，《封神榜》上炳灵公。

魔礼青观看一员小将，身坐玉麒麟，到阵前曰：“来者何人？”天化答曰：“吾非别人，乃开国武成王长男黄天化是也，今奉姜丞相将令，特来擒你。”魔礼青大怒，摇枪拽步来取黄天化。天化手中锤赴面交还。步骑交兵，一场大战。怎见得：

① 摅（shū）忠：抒发忠诚，犹尽忠。
② 生身：亲生。

发鼓振天雷，锣鸣两阵催。红幡如烈火，将军八面威。这一个舍命而安社稷，那一个拚①残生欲正华夷。自来也见将军战，不似今番枪对锤。

话说魔礼青大战黄天化，麟步相交，枪锤并举，来往未及二十回合，早被魔礼青随手戴起白玉金刚镯，一道霞光，打将下来，正中后心，只打的金冠倒撞，跌下骑来。魔礼青方欲取首级，早被哪吒大叫："不要伤吾道兄！"登开风火轮，杀至阵前，救了黄天化。哪吒大战魔礼青，双枪共发，杀的天愁地暗。魔礼青二起金刚镯来打哪吒。哪吒也把乾坤圈丢起。乾坤圈是金的，金刚镯是玉的，金打玉，打的粉碎。（不比法力比材质，倒是淳朴）魔礼青、魔礼红一齐大呼曰："好哪吒！伤碎吾宝，此恨怎消！"齐来动手。哪吒见势不好，忙进西岐。魔礼海正待用琵琶时，哪吒已自进城去了。魔礼青进营，见失了金刚镯，闷闷不悦。

且说黄天化被金刚镯已自打死了。黄飞虎痛哭曰："岂知才进西岐，未安枕席，竟被打死！"甚是伤情。只得把天化尸骸停在相府门前。子牙亦是不乐。忽有人报进府来："启丞相：有一道童求见。"子牙传令："请来。"（可否换个新鲜点的出场方式，如此复制粘贴式的出场，看多了真真令人生厌）道童至殿前下拜。子牙问曰："那里来的？"童子曰："弟子是紫阳洞道德真君命弟子来背师兄黄天化回山。"子牙大喜。

白云童子将黄天化背回，至紫阳洞门前放下。道童进洞回覆曰："师兄已背至了。"真君出洞，看天化面黄不语，闭目无言。真君命

① 拚（pàn）：同"拚"。舍弃。

童子取水来，将丹药化开，用剑撬开口，将药灌入，随入中黄①。不一个时辰，黄天化已是回生，二目睁开，见师父在旁，天化曰："弟子如何在此相见？"真君曰："好畜生！下山吃荤，罪之一也；变服忘本，罪之二也。若不看子牙面上，决不救你！"（呼应下山前对其"不忘道德"之嘱托）黄天化倒身下拜。真人取出一物，递与天化，曰："你速往西岐，再会魔家四将，可成大功。我不久也要下山。"

黄天化辞了师父，借土遁前来，须臾便至西岐，落下遁光，来至相府。门官忙报。子牙命至殿前。黄天化把师父言语说了一遍，飞虎大喜。次日，黄天化上了玉麒麟出城，坐名要魔家四将。军政司报进行营："黄天化请战。"魔家四将听报，忙出营。见天化精神赳赳，大叫曰："今日定见雌雄！"魔礼青摇枪来刺，天化火速来迎。麒步相交，一场大战。未及三五回合，天化便走。魔礼青随后赶来。（一战便走，必有后手）黄天化回头一看，见魔礼青来赶，挂下双锤，取出一幅锦囊，打开看时，只见长有七寸五分，放出华光，火焰夺目，名曰"攒心钉"。黄天化掌在手中，回手一发。此钉如稀世奇珍，一道金光出掌。怎见得，有诗为证。诗曰：

此宝今番出紫阳，炼成七寸五分长，
玄中妙法真奇异，收伏魔家四大王。

话说黄天化发出攒心钉，正中魔礼青前心，不觉穿心而过。只见魔礼青大叫一声，跌倒在地。魔礼红见兄长打倒在地，心中大怒，急忙跑出阵来，把方天戟一摆，紧紧赶来。黄天化收回钉，仍复打来。魔礼红躲不及，又中前心。此钉见心才过，响一声，跌在尘埃。魔礼

① 中黄：泛指腹中。

海大呼曰："小畜生！将何物伤吾二兄？"急出时，早被黄天化连发此钉，又将魔礼海打中。也是该四天王命绝，正遇炳灵公，此乃天数。只有魔礼寿见三兄死于非命，心中甚是大怒，忙忙走出，用手往豹皮囊里拿花狐貂出来，欲伤黄天化。不知此花狐貂乃是杨戬变化的，隐在豹皮囊里，礼寿把手来拿此物，不知杨戬把口张着，等魔礼寿的手往花狐貂嘴里来，被花狐貂一口，把魔礼寿的手咬将下来。只得一个骨头，（卧底往往比敌人更可怕）怎熬得这般痛疼！又被黄天化一钉打来，正中胸前。可怜！正是：治世英雄成何济，封神台上把名标。

话说黄天化打死魔家四将，方才来取首级，忽见豹皮囊中一阵风儿过处，只见花狐貂化为一人，乃是杨戬。黄天化认不得杨戬，天化问曰："风化人形者是谁？"杨戬答曰："吾乃杨戬是也。姜师叔有命在此，以为内应。今见兄长连克四将，正应上天之兆。"正说间，只见哪吒登轮赶来，对黄天化、杨戬言曰："二兄今立大功，不胜喜悦！"三人彼此庆慰，同进城至相府内，来见子牙。三人将发钉打死四将，杨戬伤手之事，诉说一遍。子牙大喜，命将四将斩首号令城上。

且说魔家人马逃回进关，随路报于汜水关韩荣。韩荣闻报大惊，曰："姜尚在西周用兵如此利害！"心上甚是着忙，乃作告急表章，星夜打上朝歌去讫不题。

且说闻太师在相府闲坐，闻报："游魂关窦荣屡胜东伯侯。"忽然又报："三山关邓九公有女邓婵玉连胜南伯侯，今已退兵。"（有此二胜，闻太师方敢出征）太师大喜。又报："汜水关韩荣有报。"太师命："令来。"来官将文书呈上。太师拆开一看，见魔家四将尽皆诛戮，号令城头，太师拍案大怒，叫曰："谁知四将英勇，都也丧于西岐，姜尚有何本领，挫辱朝廷军将！"闻太师当中一目睁开，白光有二尺远近，只气得三尸神暴躁，七窍内生烟。自思自忖道："也罢！如今东南二处，渐已平定，明日面君，必须亲征，方可克敌。"当日作表。次日朝贺，将出师表章来见纣王。纣王曰："太师要伐西岐，为孤代理。"命左右："速发黄旄、白钺，得专征伐。"太师择吉日，祭宝纛旗幡。纣王亲自饯别，满斟一杯，递与闻太师。太师接酒，躬身奏曰："老臣此去，必克除反叛，清静边隅①。愿陛下言听计从，百事详察而行，毋令君臣隔绝，上下不通。臣多不过半载，便自奏凯还朝。"纣王曰："太师此行，朕自无虑，不久候太师佳音。"命排黄旄、白钺，令闻太师起行。

太师饮过数杯，纣王看闻太师上骑。那墨麒麟久不曾出战，今日闻太师方欲骑上，被墨麒麟叫一声，跳将起来，把闻太师跌将下来。（此大不吉，暗伏后文闻太师之败）百官大惊，左右扶起，太师忙整衣冠。时有下大夫王变，上前奏曰："太师今日出兵落骑，实为不祥，可再点别将征伐可也。"太师曰："大夫差矣！人臣将身许国而忘其家，上马抡兵而忘其命，将军上阵，不死带伤，此理之常，何足为异。大抵此骑久不曾出战，未曾演试，筋骨不能舒伸，故有此失。大夫幸②勿再言。"（却是忠勇可钦）随传令："点炮起兵。"太师复上骑。此一别，正不知何年再会君臣面，只落得默默英魂带血归。太师一点丹心，三年征伐。俱是为国为民。

用尽机谋扶帝业，上天垂象不能成。

话说闻太师提大兵三十万出了朝歌，渡黄河，兵至渑池县。总兵

① 边隅：边陲，边疆。
② 幸：希望。

官张奎迎接，至帐前行礼毕。太师问："往西岐那一条路近?"张奎答曰："往青龙关近二百里。"太师传令："往青龙关去。"人马离了渑池县，往青龙关来。一路上旗幡招展，绣带飘飖，真好人马！怎见得，有赞为证。赞曰：

飞龙幡红缨闪闪，飞凤幡紫雾盘旋。飞虎幡腾腾杀气，飞豹幡盖地遮天。挡牌滚滚，短剑辉辉。挡牌滚滚，扫万军之马足；短剑辉辉，破千重之狼铣①。

大杆刀、雁翎刀，排开队伍；錾金枪、点钢枪，荡荡朱缨。太阿剑、昆吾剑，龙鳞砌就；金装锏、银镀锏，冷气森严。画杆戟、银尖戟，飘扬豹尾；开山斧、宣花斧，一似车轮。

三军呐喊撼天关，五色旗摇遮映日。一声鼓响，诸营奋勇逞雄威；数棒锣鸣，众将委蛇随队伍。宝纛幡下，瑞气笼烟；金字令旗，来往穿梭。能报事拐子马紧挨鹿角，能冲锋连珠炮提防劫营。

诗曰：

腾腾杀气滚征埃②，隐隐红云映绿苔。
十里止闻戈甲响，一座兵山出土来。

话说大兵离了青龙关，一路崎岖窄小，止容一二骑而行，人马甚

① 狼铣（xiǎn）：即"狼筅"。亦称"狼牙筅"。相传为明代将领戚继光发明的一种长矛类兵器，由竹子制作而成，长度五米以上。它的独特之处在于保留了竹子上端的枝丫，形成了一种类似狼牙的结构。
② 征埃：行路人走起来的尘埃。

是难走，跋涉更觉险峻。闻太师见如是艰难，悔之不及。早知如此，不若还走五关，方便许多，如今反耽误了程途。一日，来到黄花山，只见好一座大山。怎见得，有赞为证。赞曰：

远观山，山青叠翠；近观山，翠叠青山。山青叠翠，参天松婆娑弄影；翠叠青山，靠峻岭逼陡①悬崖。逼陡涧，绿桧影摇玄豹尾；峻悬崖，青松拆折老龙腰。望上看，似梯似磴②；望下看，如穴如坑。青山万丈接云霄，斗涧鹰愁侵地户。

此山：到春来如火如烟，到夏来如蓝如翠，到秋来如金如锦，到冬来如玉如银。到春来，怎见得如火如烟：红灼灼夭桃喷火，绿依依弱柳含烟。到夏来，怎见得如蓝如翠：雨来苍烟欲滴，月过岚气氤氲。到秋来，怎见得如金如锦：一攒攒，一簇簇，俱是黄花吐瑞；一层层，一片片，尽是红叶摇风。到冬来，怎见得如玉如银：水晃晃冻成千块玉；雪蒙蒙堆叠一银山。山径崎岖，难进难出；水回曲折，流去流来。树梢上生生不已，鸟啼时韵致悠扬。

正是：观之不舍，乐坐忘归。诗曰：

一山未过一山迎，千里全无半里平，
莫道牧童遥指处，只看图画不堪行。

话说闻太师看此山险恶，传令安下人马，催开墨麒麟，自上山来

① 逼陡：山势陡峭直立。
② 磴（dèng）：亦作“隥”“墱”。山路的石级，泛指石阶。

观看。见有一程平坦之地，好似一个战场。太师叹曰：“好一座山！若是朝歌宁静，老夫来黄花山避静消闲，多少快乐！”又见依依翠竹，古木乔松，赏玩不尽。正看此山景致，忽听脑后一声锣响，太师急勒转坐骑，原来是山下走阵。走的乃是长蛇阵[①]，阵头一将，面如蓝靛，发似朱砂，上下獠牙，金甲红袍，坐下黑马，手使一柄开山斧。

闻太师贪看走阵，不觉被山下士卒看见：闻太师身穿红袍，坐骑一兽，用两根金鞭，偷看阵势。士卒竟不走阵，来报主将：“启大王千岁：山上有一人探看吾等巢穴。”那人见说，抬头一看，大怒，速命退了阵，把马一磕，那马飞上山来。（果然不凡）闻太师看见一将飞来，甚是英雄，十分勇猛，心中大喜：“收得此人，去伐西岐，乃是用人之际。”心上正自踌躇，不觉那马已到面前。只见来将大呼曰：“你是何人？好大胆！敢来探吾山穴！”闻太师曰：“贫道看此山幽静，欲化此结一茅庵[②]，早晚诵一二卷《黄庭》，不识将军肯否？”

来人大怒，骂道：“好妖道！”催开马，摇手中斧，飞来直取。闻太师用金鞭急架忙迎。鞭斧交加，勇战在高山之上。闻太师征伐多年，不知见过多少豪杰，那里把他放在眼里。见这将使的斧也有些本领，“待吾收了此人往西岐去，虽无大成，亦有小就。”太师把骑一拨，往东就走。那人赶来。闻太师听脑后铃声响亮，把金鞭一指，平地现出一座金墙，把这一员大将围裹在内，用金遁遁了。太师依旧还往这山上，下了战骑，倚松靠石坐下。太师看有几道杀气隐在山中，默然不题。

且说小校报上山来：“启二位千岁：有一穿红的道人，把大千岁

① 长蛇阵：指作战队伍排列成一长条弯曲如蛇的阵势。
② 茅庵：茅庐，草舍。

引入一阵黄气之内，就不见了。”二将急问报事喽啰：“如今在那里？”小校答曰：“如今现在山上坐着。”二人大怒，忙上马持兵，众喽啰齐声呐喊，杀上山来。闻太师看见，慢慢的上了墨麒麟，把金鞭一摆，大呼曰：“二将慢来！”二将见闻太师是三只眼的道人，也自惊讶，乃上前喝曰：“你是何人，敢在此行凶，将吾兄长摄在那里去了？好好送还，饶你性命！”闻太师曰：“方才那蓝脸的无知触我，被我一鞭打死了。你二人又来做甚么？我非有别意，欲化此黄花山修炼。你二人肯么？”（闻仲此言，在对方听来，就是要抢山夺寨之意，焉能不怒？）

二人大怒，把马催开，一个使枪便取，那一个使双锏打来。闻太师使开金鞭，冲杀上下，三骑交加。闻太师勒转墨麒麟，往南就走。二将赶来。太师把鞭一指，将水遁遁了张天君，木遁遁了陶天君。此一回乃闻太师收邓、辛、张、陶四天君。闻太师依旧还坐在山坡之上。且说喽啰来报辛天君。辛天君正在山后收粮，忽见小喽啰来报：“二千岁，祸事不小！”辛环问曰：“有何事？”小校曰：“三位千岁被一道人打死了。”辛环听说，大叫一声：“气杀我也！”忙提锤钻，将胁下双肉翅一夹，飞起空中，一阵风响，只听得半空中声似雷鸣，至山上，大呼曰：“好妖道！将吾兄弟打死，岂可让你独生乎！”闻太师当中眼睁开看时，好凶恶之像，二翅飞来。怎见得，赞曰：

二翅空中响，头戴虎头冠，
面如红枣色，顶上宝光寒，
锤钻安天下，獠牙嘴上安，
一怒无遮挡，飞来势若鸾。

话说闻太师见而大喜：“真奇异豪杰！”那人照闻太师顶上一锤

打来。太师用鞭急架忙迎。锤鞭骁勇，杀法精奇。太师掩一鞭，望东便走。辛环大呼："妖道那里去？吾来了！"把双翅一夹，即到顶上。他不知闻太师有多大本领，任意行凶。闻太师自忖："五遁之中，遁不得此人。"且将金鞭照路旁一块山，连指两三指，命黄巾力士："将此山石把这人压了！"力士得法旨，忙将此山石平空飞起，把辛环挟腰压下来。怎知闻太师：

玄中道术多奇异，倒海移山谈笑中。

刚才把辛环压住了，闻太师勒转墨麒麟，举鞭照顶门上打来。辛环大叫曰："老师慈悲！弟子不识高明，冒犯天威，望老师救宥。若得再生，感恩非浅！"太师把鞭放在辛环顶上曰："你认不得我。吾非道者，我是朝歌闻太师是也。因征伐西岐，往此经过。你那蓝脸的人，无故来伤我。你还是欲生乎？欲死乎？"辛环大叫："太师老爷！小的不知是太师驾过此山，早知，应当远迓①。冒犯天颜，万望恕小人死罪。"（法术、权势两重压制，辛环岂有别的选择？）太师曰："你既欲生，吾便赦汝。只是要在吾门下，往征西岐。若是有功，不失腰玉之福。"辛环曰："若是贵人肯提拔下士，末将愿从麾下指挥。"

太师把鞭一指，黄巾力士将山石揭去，辛环站不起来，半晌方能站立，拜倒在地。闻太师扶起。太师收了辛环，方倚松靠石坐下。辛环立在一旁。闻太师问曰："黄花山有多少人马？"辛环答曰："此山方圆有六十里，啸聚②喽啰一万有余，粮草颇多。"太师不觉大喜。辛环跪下哀告曰："前来三将，望太师老爷一例慈悲赦宥。若得回生，

① 远迓（yà）：即"远迎"，远离居所地来迎接来宾，以示敬重之意。
② 啸聚：结伙为盗贼。

愿尽驽骀①，以报知遇之恩。”闻太师道：“你还要他来？”辛环曰：“名虽各姓，情同手足。”闻太师曰：“既然如此，你等也是有义气的。站开了！”太师发手，一声雷鸣，振动山岳。且说遁的三将，一时揉眉擦眼：邓天君不见了金墙，张天君不见了大海，陶荣不见了大林。三将走马回山，只见辛环站在那穿红的道人旁边。邓忠大怒，声若巨雷，叫：“贤弟，与吾拿住那妖道！”话还未了，张、陶二将齐叫：“拿妖道！”也不知闻太师性命如何，且听下回分解。

总批

闻太师征西岐，不从中路而走青龙关小径，须至黄花山，收了四位天君，以凑封神之数。此殆劫运聚集，纵是仙凡，亦不能逃越。信乎！

又批

闻太师出兵，当饯别时，墨麒麟自惊，已是警报。王变谏止，太师不信，决意西征，须至丧亡，此岂智者故失之，况又深明阴阳，善五行之术者乎？大抵太师只知有忠君爱国之心，于吉凶祸福有所不计耳。今之人又不知有多少为阴阳所误，惟吉是趋者。然又何尝逃越乎数？此殆儿女情多，英雄气少。

① 驽骀（tái）：驽、骀都是能力低下的马，比喻才能平庸。

第四十二回　黄花山收邓辛张陶

黄花山收鄧辛張陶

导读：这几回中出场的邓、辛、张、陶四人，都是道教雷法中十分重要的将帅。道教的雷法，有一套非常严密而庞大的神职体系。在这个体系中，除了普化天尊等尊神外，还有大大小小的多位神灵，并依照人间的行政体系建立了各种神界机构。例如效仿人间尚书省、中书省、门下省而设立的雷霆三省：泰省、玄省、都省，分别由许逊、葛玄、张道陵三位天师执掌。三省之下，又有四府，即九霄玉清府、东极青玄府、九天应元府和洞渊玉府。在此之外，还有六院、诸有司和大批的雷霆神将，其中就包括了邓、辛、张、陶。只不过道教中的邓、辛、张、陶，与本书里所写的相差极大，基本上除了姓氏以外，就没什么相同点了。按照《道法会元》等书中的记载，四人的名字分别是：邓伯温、辛汉臣、张元伯和陶公济。其中，前三者合称“雷霆三帅”。据白玉蟾所言，邓伯温乃伏羲次子，而辛汉臣、张元伯也是黄帝的后裔。三帅本是上古圣王的后裔，又主掌雷霆，故应时降世，神威甚大。而陶公济则是雷法中驱邪治病的主要神将之一。在许多的道教法事中，陶元帅都与雷霆三帅一起被召请，久而久之就形成了“邓辛张陶”的组合。直到今天，正一派道士在做法事请圣时，还要请“雷霆邓辛张陶庞刘苟毕八大天君”。

诗曰：

劫数相逢亦异常，诸天神部涉疆场。
任他奇术俱遭败，那怕仙凡尽带伤。
周室兴隆时共泰，成汤丧乱日偕亡。
黄花山下收强将，总向岐山土内藏。

话说三将齐来发怒，辛环急上前忙止曰：“兄弟们不得妄为，快下马来参谒。此是朝歌闻太师老爷。”三将听说“闻太师”，滚鞍下马，拜伏在地，口称：“太师，久慕大名，未得亲觌①尊颜，今幸天缘，大驾过此，末将等有失迎迓，致多冒渎，正谓误犯，望太师老爷恕罪，末将等不胜庆幸。”（无论前面打斗多么激烈，一报上自己大名，对面立刻归降。小说中名将、名臣收服山贼草寇，大都与此类似）众将请太师上山。闻太师听说亦喜，随同众将上山。众将请太师上坐，复行参谒。太师亦自温慰，因问四将：“尊姓？何名？今日幸逢，老夫亦与有荣焉。”邓忠曰：“此黄花山，俺弟兄四人，结义多年，末将姓邓，名忠；次名辛环；三名张节；四名陶荣。只因诸侯荒乱，暂借居此山，权且为安身之地，其实皆非末将等本心。”（何为本心？受招安而已）

闻太师听罢，“你等肯随吾征伐西岐，候有功之日，俱是朝廷臣子。何苦为此绿林②之事，埋没英雄，辜负生平本事。”辛环曰：“如太师不弃，忠等愿随鞭镫。”闻太师曰：“列位既肯出力王室，正是国家有庆。你们可将山上喽啰计有多少？”辛环答曰：“有一万有

① 觌（dí）：见，相见。
② 绿林：原指新莽末年的农民起义军“绿林军”，后因称聚集山林，武装反抗封建统治、诛锄恶霸土豪的好汉为“绿林”。亦用指群盗股匪。

余。”闻太师曰：“你可晓谕众人：愿随征者，去，不愿随征者，宁释还家，仍给赏财物，也是他跟随你们一场。”辛环领命，传与众人，有愿去的，有不愿去的，俱将历年所积给与诸人，众人无不悦服。除不去的，尚余七千多人马，粮草计有三万。俱打点停当，烧了牛皮宝帐。闻太师即日起兵，又得四将，不觉大喜。把人马过了黄花山，径往前进，浩浩荡荡，甚是军威雄猛。有诗为证。诗曰：

烈烈旗幡飞杀气，纷纷战马似龙蛟。
西岐豪杰如云集，太师亲征若浪抛。

话言闻太师人马正行，忽抬头见一石碣[1]，上书三字，名曰“绝龙岭”。太师在墨麒麟上，默默无言，半晌不语，邓忠见闻太师勒骑不行，面上有惊恐之色。邓忠问曰：“太师为何停骑不语？”闻太师曰：“吾当时悟道，在碧游宫拜金灵圣母[2]为师之时，学艺五十年。吾师命我下山佐成汤，临行，问师曰：‘弟子归着如何？’吾师道：‘你一生逢不的“绝”字。’今日行兵，恰恰见此石碣，上书‘绝’字，心上迟疑，故此不决。”（古代小说中，凡出现此类情节，无有不应验者。读者至此已可知后文闻太师必败）

邓忠等四将笑曰：“太师差矣！大丈夫岂可以一字定终身祸福？况且‘吉人天相’，只以太师之才德，岂有不克西岐之理。从古云：‘不疑何卜？’”太师亦大笑不语。众将催人马速行。马枪似水，甲士如云，一路无词。哨马报入中军：“启太师：人马至西岐南门。请令定夺。”太师传令：“安营。”一声炮响，三军呐一声喊，安下营，

① 石碣：圆顶的石碑。
② 金灵圣母：截教圣人通天教主门下的四大亲传弟子之一，同时又是截教五大圣母之首，其地位仅次于大师兄多宝道人，为女仙之首。

结下大寨。怎见得，有赞为证。赞曰：

营安南北，阵摆东西。营安南北分龙虎，阵摆东西按木金。围子手平添杀气，虎狼威长起征云。拐子马齐齐整整，宝纛幡卷起威风。阵前小校披金甲，传箭儿郎挂锦裙。先行官如同猛虎，佐二官恶似彪熊。定营炮天崩地裂，催阵鼓一似雷鸣。白日里出入有法，到晚间转箭支更。只因太师安营寨，鸦鸟不敢望空行。

不说闻太师安营西岐。只见报马报进相府，报：“闻太师调三十万人马，在南门安营。”子牙曰：“当时吾在朝歌，不曾会闻太师，今日领兵到此，看他纪法何如。”随带诸将上城，众门下相随，同到城敌楼上，观看闻太师行营。果然好人马！怎见得，有赞为证。赞曰：

满空杀气，一川铁马兵戈；片片征云，五色旌旗缥缈。千枝画戟，豹尾描金五彩幡；万口钢刀，诛龙斩虎青铜剑。密密钺斧①，幡旗大小水晶盘；对对长枪，盏口粗细银画杆。幽幽画角②，犹如东海老龙吟；灿灿银盔，滚滚冰霜如雪练③。锦衣绣袄，簇拥走马先行；玉带征夫，侍听中军元帅。鞭抓将士尽英雄，打阵儿郎凶似虎。不亚轩辕黄帝破蚩尤，一座兵山从地起。

① 钺斧：即“斧钺”。古代军法用以杀人的斧子。
② 画角：古管乐器。出自西羌。形如竹筒，本细末大。以竹木或皮革制成，因外加彩绘，故名。发声哀厉高亢。古时军中多用之，以警昏晓。
③ 雪练：洁白的绢帛。

话说子牙观看良久，叹曰："闻太师平日有将才，今观如此整练，人言尚未尽其所学。"（只此一语，便可见闻仲之不可小觑）随下城入府，同大小门下众将，商议退兵之策。有黄飞虎在侧曰："丞相不必忧虑，况且魔家四将不过如此，正所谓国王洪福大，巨恶自然消散。"子牙曰："虽是如此，民不安生，军逢恶战，将累鞍马，俱不是宁泰之象。"正议间，报："闻太师差官下书。"子牙传令："令来。"不一时，开城，放一员大将至相府，将书呈上。子牙拆书观看，上云：

"成汤太师兼征西天宝大元帅闻仲，书奉丞相姜子牙麾下：盖闻王臣作叛，大逆于天。今天王在上，赫赫威灵。兹尔西土，敢行不道，不遵国法，自立为王，有伤国体。复纳叛逆，明欺宪典。天子累兴问罪之师，不为俯首伏辜①，尚敢大肆猖獗，拒敌天吏，杀军覆将，辄敢号令张威，王法何在！虽食肉寝皮②，不足以尽厥③罪；纵移尔宗祀，削尔疆土，犹不足以偿其失。

今奉诏下征，你等若惜一城之生灵，速至辕门授首，候归朝以正国典。如若拒抗，真火焰昆冈④，俱为齑粉，噬脐何及⑤？战书到日，速为自裁。不宣。"

子牙看书毕。子牙曰："来将何名？"邓忠答曰："末将邓忠。"子牙曰："邓将军回营，多拜上闻太师，原书批回，三日后会兵城

① 伏辜：指服罪，承担罪责而死。
② 食肉寝皮：意思是割他的肉当饭吃，剥他的皮做褥垫睡。后用"食肉寝皮"比喻除尽奸恶。亦表示仇恨极深。
③ 厥：代词，相当于"其"。
④ 昆冈：传说中的产玉之山。《书·胤征》曰："火炎昆冈，玉石俱焚。"此与后文"俱为齑粉"相对照。
⑤ 噬脐何及：谓咬自己的肚脐是够不着的。比喻后悔莫及。

下。”邓忠领命出城，进营回覆了闻太师，将子牙回话说了一遍。不觉就是三日。只听得成汤营中炮响，喊杀之声振天。子牙传令：“把五方队伍调遣出城。”闻太师正在辕门，只见西岐南门开处，一声炮响，有四杆青幡招展，幡下四员战将，按震宫①方位：

青袍青马尽穿青，步将层层列马兵，
手挽挡牌人似虎，短剑长枪若铁城。

二声炮响：四杆红幡招展，幡脚下四员战将，按离宫②方位：

红袍红马绛红缨，收阵铜锣带角鸣，
将士雄赳跨战骑，窝弓火炮列行营。

三声炮响，四杆素白幡招展，幡脚下有四员战将，按兑宫③方位：

白袍白马烂银盔，宝剑昆吾④耀日辉，
火焰枪同金装锏，大刀犹似白龙飞。

四声炮响，四杆皂盖幡招展，幡脚下四员战将，按坎宫⑤方位：

① 震宫：指东方。
② 离宫：指南方。
③ 兑宫：指西方。
④ 昆吾：是古代宝剑名，周穆王伐昆戎，昆戎献昆吾之剑。
⑤ 坎宫：指北方。

黑人黑马皂罗袍，斩将飞翎箭更豪，
斧有宣花酸枣槊，虎头枪配雁翎刀。

五声炮响，四杆杏黄幡招展，幡脚下四员战将，按戊己宫①方位：

金盔金甲杏黄幡，将坐中央守一元，
杀气腾腾笼战骑，冲锋锐卒候辕门。

话说闻太师看见子牙把五方队伍调出，两边大小将官一对对整整齐齐：哪吒登风火轮，手提火尖枪，对着杨戬、金吒、木吒、韩毒龙、薛恶虎、黄天化、武吉等侍卫两旁。宝纛旗下，子牙骑四不相，右手下有武成王黄飞虎坐五色神牛而出。只见闻太师在龙凤幡下，左右有邓、辛、张、陶四将。太师面如淡金，五柳长髯，飘扬脑后，手提金鞭。怎见得闻太师威武：

九云冠金霞缭绕，绛绡衣鹤舞云飞，阴阳绦结束，朝履应玄机。坐下麒麟如墨染，金鞭摆动光辉。拜在通天教下，三除五遁施为。胸中包罗天地，运筹万斛珠玑。丹心贯乎白日，忠贞万载名题。龙凤幡下列旌旗，太师行兵自异。

话说子牙催骑向前，欠背打躬，口称："太师，卑职姜尚不能全礼。"闻太师曰："姜丞相，闻你乃昆仑名士，为何不谙事体，何也？"子牙答曰："尚忝玉虚门下，周旋道德，何敢违背天常。上尊

① 戊己宫：指中央。

王命，下顺军民，奉法守公，一循于道。敬诚缉熙[1]，克勤天戒，分别贤愚，佐守本土，不敢虐民乱政。稚子无欺，民安物阜，万姓欢娱，有何不谙事体之处？”闻太师曰：“你只知巧于立言，不知自己有过。今天王在上，你不遵君命，自立武王。欺君之罪，孰大如此！收纳叛臣黄飞虎，明知欺君，安心拒敌。叛君之罪，孰大如此！及至问罪之师一至，不行认罪，擅行拒敌，杀戮军士命官。大逆之罪，孰加于此！今吾自至此，犹恃己能，不行降服，犹自兴兵拒敌，巧言饰非，真可令人痛恨！”

子牙笑而答曰：“太师差矣！自立武王，固是吾国未行请奏，然子袭父荫，何为不可。况天下诸侯尽反成汤，也是欺君不成！只是人君先自灭纪纲，不足为万姓之主，因此皆叛背不臣，此其过岂尽在臣也。收武成王，正是‘君不正，臣投外国’，亦是礼之当然。今为人君，尚不自反，乃厚于责臣，不亦羞乎！若论杀朝廷命官士卒，是自到此取死讨辱，尚等并不曾领一军一卒，或助诸侯，或伐关隘。太师名振八方，今又到此，未免先有轻举妄动之意，在尚怎敢抗拒。不若依尚愚意：老太师请暂回鸾辔[2]，各守疆界，还是好颜相看，若太师务任一己之私，逆天行事，然兵家胜负，未可知也。还请太师三思，毋损威重。”

闻太师被此数语说得面皮通红，（闻仲自知一切皆因纣王无道而起，尚有是非羞恶之心，故而脸红。亦可见其与之前来将之不同）又见黄飞虎在宝纛之下，乃大呼曰：“逆臣黄某，出来见我！”飞虎觌面难回，只得向前欠身曰：“末将自别太师，不觉数载，今日又会，不才冤屈庶可伸明。”

---

① 敬诚缉熙：谦逊诚实，光明正大。
② 鸾辔：车驾的美称。

闻太师喝曰："满朝富贵，尽出黄门，一旦负君，造反助恶，杀害命官，逆恶贯盈，还来强辩！"命："那一员将官先把反臣拿了！"左哨上邓忠大叫曰："末将愿往。"走马摇斧，来取黄飞虎。飞虎纵五色神牛，手中枪赴面交还。张节使枪也来助邓忠，周营内有大将南宫适敌住。陶荣使锏，飞马前来助战，这壁厢武吉拨马摇枪，抵住陶荣。两阵上六员战将，三对交锋，来来往往，冲冲撞撞，翻腾上下交加，只杀得天愁地暗，日月无光。辛环见三将不能取胜，把胁下肉翅一夹，飞起半空，手持锤钻，望子牙打来。时有黄天化催开玉麒麟，两柄银锤，抵住辛环。周营众将见成汤营里飞起一人来，虎头冠，面如红枣，尖嘴獠牙，狰狞恶状，惟黄天化战住辛环。闻太师见黄天化坐玉麒麟，知是道德之士，急催开墨麒麟，使两条金鞭，冲杀过来，忙取子牙。子牙忙催动四不相，急架相迎。二兽交加，竟生云雾。这是闻太师头一场西岐大战。怎见得，赞曰：

两下里排门队伍，军政司擂鼓鸣锣。前后军安排赌斗，左右将准备相持。一等等有牙有爪，一等等能走能飞。狻猊①、獬豸②、狮子、麒麟、欢彪、怪兽、猛虎、蛟龙。狻猊斗，狂风荡荡；獬豸斗，日色辉辉；狮子斗，寒风凛凛；麒麟斗，冷气森森；欢彪斗，来往撺跳；怪兽斗，遍地云云；蛟龙斗，彩云布合；猛虎斗，卷起狂风。

大战一场怎肯休，英雄恶战逞雄赳。若烦解的虫王恨，除是南山老比丘。

① 狻猊（suān ní）：传说中的一种猛兽，"龙生九子"中的第五子。
② 獬豸（xiè zhì）：传说中的一种神兽，是律法与正义的象征。

且说闻太师鞭法甚利，且有风雷之声，久惯兴师，四方响应，子牙如何敌得住，甚难招架。被闻太师祭起雄鞭，飞在空中，此鞭原是两条蛟龙化成，双鞭按阴阳，分二气。那鞭在空中打将下来，正中子牙肩臂，翻鞍落骑。闻太师方欲来取首级，彼时哪吒登风火轮，摇枪大叫："勿要伤吾师叔！"照闻太师面上一枪。太师急架枪时，早被辛甲将子牙救回。

闻太师与哪吒战三五回合，又祭鞭打哪吒。哪吒不曾防备，也被一鞭打下轮来。早有金吒跃步赶来，将宝剑架住金鞭，欲救哪吒。太师大怒，连发双鞭，雌雄不定，或起或落，连打金、木二吒，又打韩毒龙。幸有杨戬在侧，看见闻太师好鞭，只打得落花流水，才把银合马飞走出阵，使枪便刺。闻太师见杨戬相貌非俗，心下自忖："西岐有这些奇人，安得不反！"便把鞭来迎战。数合之内，祭起双鞭，正打中杨戬顶门上，只打的火星迸出，全然不理，一若平常，太师大惊，骇然叹曰："此等异人，真乃道德之士！"（只此两句，便可见杨戬神威）不说闻太师赞叹，且说陶荣战武吉，见诸将都未分胜负，忙把聚风幡取出，连摇数摇，霎时间飞砂走石，播土扬尘，天昏地暗。怎见得好风，只打得众军如风卷残云，丢旗弃鼓，将士尽盔歪甲斜，莫辨东西，败下阵来。有赞为证。赞曰：

霎时间天昏地暗，一会见雾起云迷。初起时尘沙荡荡，次后来卷石翻砖。黑风影里，三军乱窜；惨雾之中，战将心忙。会武的刀枪乱法，能文的颠倒慌张。闻太师金鞭龙摆尾，邓忠阔斧似车轮，辛环肉翅世间稀，张节枪传天下少，陶荣奇异聚风旗。

这才是雷部神祇①施猛烈，西岐众将各逃生。弃鼓丢锣抛满地，尸横马倒不堪题。为国亡身遭剑劈，尽忠舍命定逢伤。闻太师西岐得胜，四天君掌鼓回营。

话说闻太师掌得胜鼓回营，升了帐，众将来贺："太师头阵之初，挫动西岐锋锐，破此城只在指日矣。"

且说子牙收败兵进城，入府，众将上殿见子牙。子牙曰："今日着伤诸将：李氏三人、韩毒龙等尽被闻太师打了。"有杨戬在侧，曰："丞相且歇息一二日，再与他会战，定胜闻仲。若得胜之时，乘机劫营，先挫其锋，后面势如破竹，闻仲可擒矣。"子牙曰："善。"只至第三日，西岐炮响，众将出城，安排厮杀。报马报入营来。闻太师见报入营，随即出阵，左右四将分开，太师至阵前。子牙曰："今日与太师定决一雌雄。"各不答话，二兽相交，鞭剑并举。子牙左有杨戬，右有哪吒，敌住太师。邓忠走马前来助战，有黄飞虎前来截住厮杀。张、陶二将来助，有武吉、南宫适敌住厮杀。辛环飞来，有黄天化阻住。闻太师酣战之际，又把雌鞭起在空中。子牙打神鞭也飞将起来。打神鞭乃玉虚宫元始所赐，此鞭有三七二十一节，一节上有四道符印，打八部正神②。闻太师鞭往下打，子牙鞭往上迎，鞭打鞭，把闻太师雌鞭一打两断，落在尘埃。（如此法宝，先前何以不用？）闻太师大叫一声："好姜尚！今把吾宝贝伤其性命，吾与你势不两立！"子牙复祭打神鞭起去。闻太师难逃这一鞭之祸，一声响，把闻太师打

① 雷部神祇：雷部乃道教道法神系之天庭属部，由正神九天应元雷声普化天尊执掌。《封神演义》中闻仲即被封为普化天尊。

② 八部正神：神系合称。指八种神职部门，而这八大部门里的神都是正级的，故名八部正神，是《封神榜》上的神属之一，受打神鞭所管制。八部具体是指：雷部、火部、瘟部、斗部、太岁部、痘部、水部、财部。

下骑来。幸有门下吉立、余庆催马急救，太师借土遁去了。子牙与众将大杀一阵，方收兵进西岐城，入相府。只见杨戬进曰："今日劫营之事，定是大胜。"子牙曰："善。众将暂退，午后听令。"正是：挖下战坑擒虎豹，满天张网等蛟龙。

且说闻太师败兵进营，升帐坐下，四将参谒。闻太师曰："自来征伐，未尝有败。今被姜尚打断吾雌鞭，想吾师秘授蛟龙金鞭，今日已绝，有何面目再见吾师也！"四将曰："胜负军家常事。"且说子牙掌鼓聚将上殿。子牙令黄飞虎、飞彪、黄明等冲闻太师左营；令南宫适、辛甲、辛免四贤冲右营；令哪吒、黄天化为头队，冲大辕门；木吒、金吒，韩毒龙、薛恶虎为二队，龙须虎、武吉保子牙作三队。令杨戬："你去烧闻太师行粮，老将军黄滚守城垣。"调遣已定。且说闻太师败兵进营，坐于帐下，郁郁不乐。忽然见杀气罩于中军帐，太师焚香，将金钱一卜，早知其意，笑曰："今劫吾营，非为奇计。"（本是西岐必胜无疑之事，加了这一小段，顿起悬念，让人非看完下一回不可）忙传令："邓忠、张节在左营敌周将，辛环、陶荣在右营战周将，吉立、余庆守行粮，老夫守中营，自然无虞也。"闻太师安排迎敌。却说子牙把众将发落已毕，只等炮响，各人行事。当日将人马暗暗出城，四面八方，俱有号记，灯笼高挑，各按方位。时至初更，一声炮响，三军呐一声喊，大辕门哪吒、黄天化先杀进来；左营黄家父子，右营乃四贤众将，齐冲进来。这一阵不知胜败如何，且听下回分解。

总批

闻太师征伐西岐，与对阵时，凛凛数语，责之何辞。后虽至纣恶贯盈，子牙相周以灭汤，终无回护今日觌面之言。所以汤武虽王天下，犹有惭德，真圣人之语也。

又批

闻仲食君禄而死君之节，自是当然。只邓忠等四人，且自逍遥，何苦为功名富贵，自送死亡。古云：“香饵之下，必有死鱼。”信然！今之求富贵利达者，必一详审方可。

第四十三回　闻太师西岐大战

聞太師西岐大戰

导读：本回在提到金鳌岛十天君的装扮时，曾经专门写了他们的冠帽——“或带一字巾、九扬巾，或鱼尾金冠、碧玉冠，或挽双抓髻，或头陀打扮”。这些冠帽并不是作者杜撰的，而是道士们真实的穿着打扮，有一些还流传到了今天。一字巾，也称“幅巾”“太极巾”，是最简单的一种道巾。其形状为一条黑色布带，端头有木扣或玉扣，扣子一般刻有太极八卦图形，佩戴时将扣子系在脑后。九扬巾，即“九阳巾”，又叫“纯阳巾”“九梁巾”，类似方巾，前方有斜坡，缀有一大小相等的方形片，片上九道梁垂下。这两种道巾直到今天还有不少道士在佩戴使用。鱼尾金冠，目前尚未发现实物，只在一些道书中有所记载。例如《道门通教必用集》中载：“法师入坐，先存己身，如天师戴鱼尾冠，披鱼鬣衣，朱履。便掐变神诀。”碧玉冠，则所指太过含糊，凡是碧玉所制成的道冠都可如此称呼。如果考虑到宋明时期道教的流行风尚，那么碧玉材质的上清芙蓉冠可能性比较大。双抓髻，就是将头发一分两边，在头顶两侧各挽一个发髻，可以参考八仙中汉钟离的形象。而头陀原本是佛教苦行僧，后来在中国境内逐渐形成了一套标志性的头陀装扮，最主要的外形特点就是蓬头、剪发齐眉，衣着简朴甚至破烂。

诗曰：

黑夜交兵实可伤，抛盔弃甲未披裳。
冒烟突火寻归路，失志丢魂觅去乡。
多少英雄茫昧死，几许壮士梦中亡。
谁知吉立多饶舌，又送天君入北邙①。

话说子牙与众将来劫闻太师行营，势如风火。只见哪吒登风火轮，持火尖枪杀来。闻太师忙上了墨麒麟，拎鞭迎敌。黄天化自恃英勇，持两柄银锤，催动玉麒麟，前来接战，裹住闻太师不放。金木二吒挥宝剑，上前助战。韩毒龙、薛恶虎展宝剑左右相攻。杀气纷纷，兵戈闪灼。怎见得一夜好战，有赞为证。赞曰：

黄昏兵到，黑夜军临。黄昏兵到，冲开队伍怎支持；黑夜兵临，撞倒栅栏焉可立。马闻金鼓之声，惊驰乱走；军听喊杀喧哗，难辨你我。刀枪乱刺，那知上下交锋！将士相迎，孰识东西南北。劫营将如同猛虎，踏营军一似欢龙。鸣金小校，擂鼓儿郎。鸣金小校，灰迷二目眼难睁；擂鼓儿郎，两手慌忙捶乱打。

初起时，两下抖擞精神；次后来，胜败难分敌手：败了的，似伤弓之鸟，见曲木而高飞；得胜的，如猛虎登崖，闯群羊而弄猛；着刀的，连肩拽背；逢斧的，头断身开；挡剑的，劈开甲胄；中枪的，腹内流红。人撞人，自相践踏；马撞马，遍地尸

① 北邙（máng）：古山名。亦作“北芒”，即邙山。在河南洛阳北。东汉及北魏的王公多葬于此。后以北邙指代墓地。

横。伤残士军，哀哀叫苦；带箭儿郎，戚戚之声。弃金鼓，幡幢满地；烧粮草，四野通红。

只知道奉命征讨，谁知道片甲无存。愁云只上九重天，遍地尸骸真惨切。

话说子牙劫闻太师行营，哪吒等把闻太师围困垓心。黄飞虎父子冲左营，与邓忠、张节大战，杀的乾坤暗暗；南宫适、辛甲等冲右营，与辛环、陶荣接战，俱系夜间，只杀的惨惨悲风，愁云滚滚。（到此，战况尚未出闻太师之前安排）正酣战之际，杨戬从闻太师后营杀进去，纵马摇枪，只杀至粮草堆上，放起火来。好火！怎见得，有诗为证。诗曰：

烈焰冲霄势更凶，金蛇万道绕空中。
烟飞卷荡三千里，烧毁行粮天助功。

话说杨戬借胸中三昧真火①，将粮草烧着，照彻天地。闻太师正战之间，忽见火起，心中大惊，自思："粮草被烧，大营难立。"（漏算一着）把金鞭架枪、挡剑，无心恋战。又见子牙骑到，把打神鞭祭于空中，闻太师难逃这一鞭之厄，只打的闻太师三昧火喷出三四尺远近。太师把墨麒麟纵出圈子，且战且走，黄飞虎等追袭。邓忠、张节见中军失守，只得保着闻太师夺路而走。南宫适等追赶辛环、陶荣。吉立、余庆见势头不好，护持不下，只得败走。辛环肉翅飞在空中，保着闻太师，退走往岐山不表。

① 三昧真火：常见的仙家道术，使用者分别有哪吒、金吒、木吒、姜子牙、雷震子、黄天化、韦护、杨戬等。

且说终南山玉柱洞云中子在碧游床，忽然想起闻太师征伐西岐，正是雷震子下山之时，忙命金霞童儿："请你师兄来。"童子去不多时，将雷震子请至碧游床前，倒身下拜。云中子曰："徒弟，你可往西岐，去见你兄武王姬发，便可谒见你师叔姜子牙，助他伐纣，你可立功，速去。倘或中途若遇有肉翅之人，便可立功，方不负贫道传你两翅玄功，以助周室。"正是：两枚仙杏安天下，方保周家八百年。

且说雷震子出洞，把风雷翅一展，脚登天，头往下，二翅腾开，顷刻万里。怎见得，有赞为证。赞曰：

大雨燕山曾出世，一声雷响现无生。
终南秘授先天诀，八卦炉边师训成。
七岁临潼曾会父，回山学艺更精明。
二枚仙杏分离坎，两翅飞腾有昃盈。
洞府传就黄金棍，展动舒开云雾生。
奉师法旨离玉柱，方见岐山旧有名。

且说雷震子离了终南，把二翅一夹，有风雷之声，飞至西岐山，远远望见闻太师败兵而来。雷震子大喜："幸遇败兵，正好用心杀他一阵！"且说太师正挫锋锐，慌忙疾走，猛然抬头，见空中飞有一人，面如蓝靛，发似朱砂，獠牙生于上下，好凶恶之像。闻太师叫："辛环！你看前面飞来一人，甚是凶恶，你可仔细小心！"说犹未了，雷震子大呼曰："吾来了！"举棍就打，辛环锤钻迎面交还。空中四翅翻腾，锤棍交加响亮。雷震子乃仙传棍法，辛环生就英雄。怎见得：

四翅在空中，风雷响亮冲：这一个杀气三千丈，那一个灵光透九重；这一个肉身成正道，那一个凡体受神封；这一个棍起生烈焰，那一个锤钻逞英雄。平地征云起，空中火焰凶。金棍光辉分上下，锤钻精通最有功。自来也有将军战，不似空中类转蓬①。

话说雷震子中途一战，只杀的辛环抵挡不住，抽身望岐山逃走。雷震子自思："不可追赶。见了师叔、皇兄，料他还来，终久会我。"（穷寇勿追，雷震子可谓有勇有谋者）遂望西岐城相府中来不题。

只见众人俱在子牙府里报功，劫营得胜，挫了闻太师的锋锐，子牙大喜，慰劳诸将曰："今日之胜，皆出汝等之力，圣主社稷生民之福。"众将答曰："武王洪福，丞相德政，致使闻仲不识时务，失其利也。"正话间，忽报："有一道童求见。"子牙传："请。"少时，雷震子进府下拜，口称："师叔。"子牙曰："是那座名山弟子，今至此地？"雷震子答曰："弟子乃终南山玉柱洞云中子门下雷震子是也，今奉师命下山，一则谒师叔立功，二则见皇兄相会。"子牙曰："你皇兄是谁？"雷震子曰："皇兄乃是武王。"子牙问两边站立殿下："你们可认得么？"众人曰："认不得。"雷震子曰："弟子七岁曾救文王出五关，弟子乃燕山雷震子。"子牙方悟，谓诸将曰："此子，先王曾言，出五关遇雷震子救护。今日进西岐，乃当今之洪福，得此异人。"遂引雷震子往见武王。子牙至皇城，有执殿官启武王："丞相候旨。"武王传："宣。"子牙进殿，行礼毕，奏曰："大王御弟朝见。"武王曰："孤弟何人？"子牙曰："昔日先王在燕山收的雷震子，一向在终南山学艺，今日方归。"武王命："请来。"雷震子进内庭，

① 转蓬：随风飘转的蓬草。

倒身下拜，口称："皇兄。"武王称："御弟，昔先王曾言贤弟之功，救危出关，复回终南，今日相逢，实为庆幸！"武王见雷震子形像凶恶，不敢命入内庭，恐惊太姬等。（此句实属多余，岂不落下"母嫌儿丑"之名？）武王曰："相父与孤代劳，相府宴弟。"子牙曰："雷震子持斋，只随臣府宅，以便立功。"武王甚喜。雷震子彼时辞王回相府不题。

且说闻太师兵败岐山七十里，收住败残人马，结下营寨查点，损折军兵二万有余。太师升帐，长叹曰："自来提兵征伐多年，未尝有挫锋锐，今日到此，失机丧师，殊为痛恨！"心下十分不乐，自思无门，欲调别将，各有镇守。太师乃丹心赤胆，恨不能一刻遂平西地，其心才快，岂意如今失机被辱，只急的当中神目睁开，长吁短叹。吉立近前启曰："太师不必忧思，况且三山五岳之中，道友颇多，或请一二位，大事自然可成。"太师听说："老夫着军务烦冗，紊乱心怀，一时忘却。"遂上帐，分付邓、辛二将："好生看守大营，吾去来。"太师乘了墨麒麟，把风云角一拍，那兽起在空中。正是：金鳌岛内邀仙友，《封神榜》上早标名。

话说闻太师的墨麒麟周游天下，霎时可至千里，其日行到东海金鳌岛。太师观看大海，青山幽静，因嗟叹曰："吾只为国事烦琐，先王托孤之重，何日能脱却烦恼，静坐蒲团，参玄悟妙，闲看《黄庭》一卷，任乌兔如梭[1]，何有与我。"真个好海岛，有无穷奇景。怎见得，有赞为证：

势镇汪洋，威宁瑶海。潮涌银山鱼入穴，波翻雪浪蜃[2]离

① 乌兔如梭：即"日月如梭"。神话谓日中有乌，月中有兔，故以"乌兔"指日月。
② 蜃：传说中的蛟属。能吐气成海市蜃楼。

渊。木火方隅[1]高积土，东西崖畔耸危巅。丹岩怪石，峭壁奇峰。丹崖上彩凤双鸣，峭壁前麒麟独卧。峰头时听锦鸾啼，石窟每观龙出入。林中有寿鹿、仙狐，树上有灵禽、玄鹤。瑶草奇花不谢，青松翠柏长春。仙桃常结果，修竹每留云。一条涧壑[2]藤萝密，四面源堤草色新。

正是：百川会处擎天柱，万劫无移大地根。

话说闻太师到了金鳌岛，下了墨麒麟，看了一回，各处洞门紧闭，并无一人，不知往那里去了，静悄悄的。闻太师沉吟半晌，自思："不如往别处去罢。"上了墨麒麟，方出岛来，后有人叫曰："闻道兄！往那里去？"（前脚刚要走，后面便有人喊住，也是小说戏曲中的常用桥段）闻太师回顾，见来者乃菡芝仙也，忙上前稽首曰："道友往那里去？"菡芝仙答曰："特来会你。金鳌岛众道友为你往白鹿岛去练阵图。前日申公豹来请俺们往西岐助你，我如今在八卦炉中炼一物，功尚未成，若是完了，随即就至。众道友现在白鹿岛，道兄，你可速去。"

闻太师听说大喜，遂辞了菡芝仙，径往白鹿岛来，霎时而至。只见众道人：或带一字巾、九扬巾，或鱼尾金冠、碧玉冠，或挽双抓髻，或头陀[3]打扮，俱在山坡前闲说，不在一处。闻太师看见，大呼曰："列位道友，好自在也！"众道人回头，见是闻太师，俱起身相迎。内有秦天君曰："闻得道兄征伐西岐，前日申公豹在此相邀助你，吾等在此练十阵图，方得完备，适道兄到临，真是万千之幸！"闻太

① 木火方隅：指东南方位。
② 涧壑：溪涧山谷。
③ 头陀：佛教苦行之一。佛教僧人行头陀时，应守十二项苦行，分衣、食、住三类，即着粪扫衣（百衲衣）、常乞食、住空闲处等。此处指头陀式的着衣。

师问曰："兄们练的那十阵？"秦天君曰："吾等这十阵，各有妙用，明日至西岐摆下，其中变化无穷。"闻太师看罢，曰："为何只有九位，却少一位？"秦天君曰："金光圣母往白云岛去练他的金光阵，其玄妙大不相同，因此少他一位。"董天君曰："列位阵图可曾完么？"众道人曰："俱完了。""既完了，我们先往西岐。闻兄在此等金光圣母同来，你意下如何？"闻太师曰："既蒙列位道兄雅爱，闻仲感戴荣光万万矣。此是极妙之事。"九位道人辞了闻太师，借水遁先往岐山而来。怎见得，有诗为证。诗曰：

天下嬉游半日功，倏来倏去[1]任西东，
仙家妙术无穷际，岂似凡夫驾彩虹。

不说九位道者往西岐山，到了营里。且说闻太师坐在山坡，倚松靠石，未及片时[2]，只见正南上五点斑豹驹上坐一人，戴鱼尾金冠，身穿大红八卦衣，腰束丝绦，脚登云履[3]，背一包袱，挂两口宝剑，如飞云掣电而来。望见白鹿岛前不见众人，只见一位穿红、三只眼、黄脸长髯的道者，却元来是闻太师。金光圣母急下坐骑，曰："闻兄何来？"二人施礼。问："九位道友往那里去了？"太师曰："他们先往岐山去，留吾在此等候同行。"二人大喜，齐上坐骑，驾起云光，往岐山而来，霎时便至。到了行营，吉立领众将迎接，上中军帐，与众道人相见。秦天君曰："西岐城在那里？"闻太师曰："因吾前夜败兵，退至七十里安营，此处乃是岐山。"众人曰："我们连夜起兵前去。"闻太师令邓忠前队起兵，整点人马，一声炮响，杀奔西岐城

① 倏（shū）来倏去：来去迅速。
② 片时：片刻，一会儿。
③ 云履：绣有云形花纹的鞋子。

来，安了行营，三军放定营大炮，呐喊传更。

子牙在相府自因得胜，与众将逐日议论天下大事，忽听喊声，子牙曰："闻太师想必取得援兵至矣。"旁有杨戬答曰："闻太师新败，去了半月，弟子闻此人乃截教门下，必定别请左道旁门之客，也要仔细防护。"子牙听罢，心下疑惑，乃同哪吒、杨戬等都上城来观看，闻太师行营今番大不相同。子牙见营中愁云惨惨，冷雾飘飘，杀光闪闪，悲风切切，又有十数道黑气，冲于霄汉，笼罩中军帐内。子牙看罢，惊讶不已，诸弟子默默不言，只得下城入府，共议破敌，实是无策。

且说闻太师安了营，与十天君共议破西岐之策。袁天君曰："吾闻姜子牙昆仑门下。想二教皈依，总是一理，如红尘杀伐，吾等不必动此念头，既练有十阵，我们先与他斗智，方显两教中玄妙。若要倚勇斗力，皆非我等道门所为。"（十天君岂不知商周之间，乃是改朝换代之战，而非修行人间的斗法切磋，何以出此天真之言？想是申公豹游说时并未将实情完全相告，亦可见截教中人无从得知商亡周兴的天运）闻太师曰："道兄之言甚善。"次日，成汤营里炮声一响，布开阵势。闻太师乘墨麒麟，坐名请子牙答话。报马报进相府。子牙随调三军，摆出城来，幡分五色，众将轩昂，子牙在四不相上，看成汤营里布成阵势。只见闻太师坐麒麟，执金鞭在前，后面有十位道者，好凶恶！脸分五色：青、黄、赤、白、黑，俱皆骑鹿而来。怎见得，有诗为证。诗曰：

青丝上搭一纶巾①，腹内玄机动万人。
无福成仙称道德，《封神榜》上列其身。

① 纶（guān）巾：亦作"混元巾"。道教全真道道士所戴的圆巾。用布帛缝制，顶有圆孔，便于露发戴冠。

话说秦天君乘鹿上前，见子牙打稽首，曰："姜子牙请了！"子牙欠背躬身答曰："道兄请了。不知列位道兄是那座名山？何处洞府？"秦天君答曰："吾乃金鳌岛炼气士秦完是也。汝乃昆仑门客，吾是截教门人，为何你倚道术欺侮吾教？甚非你我道家体面。"子牙答曰："道友何以见得我欺侮贵教？"秦完曰："你将九龙岛魔家四人诛戮，还深侮吾教。我等今下山，与你见个雌雄。非是倚勇，吾等各以秘授略见功夫。吾等又不是凡夫俗子，恃强斗勇，皆非仙体。"秦完说罢，子牙曰："道兄通明达显，普照四方，复始巡终，周流上下，原无二致。纣王无道，绝灭纪纲，王气黯然。西土仁君已现，当顺天时，莫迷己性。况鸣凤在岐山，应生圣贤之兆。从来有道克无道，有福催无福，正能克邪，邪不能犯正。道兄幼访名师，深悟大道，岂可不明道理！"

秦完曰："据你所言，周为真命之主，纣王乃无道之君。吾等此来，助纣灭周，难道便是不应天时？（可见截教中人确实无从知晓天命，还以为姜子牙所言乃是诳语）这也不在口中讲。姜子牙，吾在岛中曾练有十阵，摆与子牙过目。不必倚强，恐伤上帝好生之仁，累此无辜黎庶，勇悍儿郎，智猛将士，遭此劫运，而糜烂其肌体也。不识子牙意下何如？"子牙曰："道兄既有此意，姜尚岂敢违命。"只见十道人俱回骑进营，一两个时辰，把十阵俱摆将出来。秦完复至阵前曰："子牙，贫道阵图已全，请公细玩。"子牙曰："领教了。"随带哪吒、黄天化、雷震子、杨戬四门人来看阵。闻太师在辕门与十道人看，子牙领来四人：一个站在风火轮上，提火尖枪，是哪吒；玉麒麟上是黄天化；雷震子狰狞异相；杨戬道气昂然。杨戬向前对秦天君曰："吾等看阵，不可以暗兵、暗宝暗算吾师叔，非大丈夫之所为也。"秦完笑曰："叫你等早晨死，不敢午时亡。岂有将暗宝伤你等之理！"哪吒曰："口说无凭，发手可见。道者休得夸口！"

四人保定子牙看阵。见头一阵，挑起一牌，上书“天绝阵”；第二上书“地烈阵”；第三上书“风吼阵”；第四上书“寒冰阵”；第五上书“金光阵”；第六上书“化血阵”；第七上书“烈焰阵”；第八上书“落魂阵”；第九上书“红水阵”；第十上书“红砂阵”。子牙看毕，复至阵前。秦天君曰：“子牙识此阵否？”子牙曰：“十阵俱明，吾已知之。”袁天君曰：“可能破否？”子牙曰：“既在道中，怎不能破？”袁天君曰：“几时来破？”子牙曰：“此阵尚未完全，待你完日，用书知会，方破此阵。请了！”闻太师同诸道友回营。

子牙进城，入相府，好愁！真正是双锁眉尖，无筹可展。杨戬在侧曰：“师叔方才言能破此阵，其实可能破得否？”子牙曰：“此阵乃截教传来，皆稀奇之幻法，阵名罕见，焉能破得？”不言子牙烦难。且说闻太师同十位道者入营，治酒款待。饮酒之间，闻太师曰：“道友，此十阵有何妙用可破西岐？”秦天君开讲十绝大阵。不知有何奥妙，且听下回分解。

总批

闻太师久经征战，老练之才，如何昏夜劫营，不预为防备，致遭大败，太师不能辞其疏虞之责也。

又批

十天君，原自讨烦恼，只在金鳌岛，自在逍遥，何等快乐。乃信申公豹之说，练“十绝阵”来助闻太师，是自取灭亡，所以说天作孽犹可违，自作孽不可活，神仙且犹不可，况今人尚多作孽者何哉？余不知此辈所税驾①矣。

① 税驾（tuō jià）：解驾，停车。谓休止、休息。

第四十四回　子牙魂游昆仑山

子牙魂遊崑崙山

导读：姚天君做了一个姜子牙的草人，然后靠着阵法与法术生生拜死了姜子牙。一看这个桥段，就会让人想起中国历史上屡见不鲜的巫蛊之术。通过对写上对方姓名八字的小人施加法术，从而达到驱使或惩罚对方的目的，抑或是将对方原本的灾祸予以转移。这样的情节，无论是在古代的小说戏曲，还是上世纪的港台电影，抑或是现如今的网文短剧中，都屡见不鲜。从巫术的角度来看，这种使用小人的法术可以被视作顺势巫术的一种。与接触性巫术不同的地方在于，这类巫术可以远距离运作，并不需要与目标或者目标身体的部分（如头发、指甲、血液等）有实际上的接触，而是通过与目标有着相似特征的物品来运作。可以看出，使用小人就是一种典型的顺势巫术，由于这种巫术的运作原理比较通俗、容易理解，因而在世界各地不同时期的巫术中都能找到类似的行为，影响直到今天。例如 1982 年世界杯喀麦隆对阵秘鲁前，秘鲁就有巫师在喀麦隆队的教练、球员照片上洒乌鸡血，念动咒语，埋于地下。而 2022 年世界杯时，澳大利亚的《西澳大利亚人报》更是在网站发文，呼吁读者在当日报纸头版的梅西巫毒娃娃图片上扎针，以帮助澳大利亚队击败梅西。当然，这两次“施法”显然都没有达到他们预期的效果。

诗曰：

左道妖魔事更偏，咒咀①魇魅②古今传。
伤人不用飞神剑，索魄何须取命笺。
多少英雄皆弃世，任他豪杰尽归泉。
谁知天意俱前定，一脉游魂去复连。

话说秦天君讲“天绝阵”，对闻太师曰：“此阵乃吾师曾演先天之数，得先天清气，内藏混沌之机，中有三首幡，按天、地、人三才，共合为一气。若人入此阵内，有雷鸣之处，化作灰尘；仙道若逢此处，肢体震为粉碎。故曰‘天绝阵’也。有诗为证。诗曰：

天地三才颠倒推，玄中玄妙更难猜。
神仙若遇‘天绝阵’，顷刻肢体化成灰。”

闻太师听罢大喜。又问：“‘地烈阵’如何？”赵天君曰：“吾‘地烈阵’亦按地道之数，中藏凝厚之体，外现隐跃之妙，变化多端，内隐一首红幡，招动处，上有雷鸣，下有火起。凡人、仙进此阵，再无复生之理。纵有五行妙术，怎逃此厄！有诗为证。诗曰：

‘地烈’炼成分浊厚，上雷下火太无情。
就是五行乾健体，难逃骨化与形倾。”

① 咀：通“诅”。咒骂。
② 魇（yǎn）魅：犹魇昧。用法术使人受祸或使之神智迷糊。

闻太师又问："'风吼阵'何如？"董天君曰："吾'风吼阵'中藏玄妙，按地、水、火、风之数，内有风、火。此风、火乃先天之气，三昧真火，百万兵刃，从中而出。若人、仙进此阵，风、火交作，万刃齐攒①，四肢立成齑粉。怕他有倒海移山之异术，难逃身体化成脓。有诗为证。诗曰：

'风吼阵'中兵刃窝，暗藏玄妙若天罗②，
伤人不怕神仙体，消尽浑身血肉多。"

闻太师又问："'寒冰阵'内有何妙用？"袁天君曰："此阵非一日功行乃能炼就，名为'寒冰'，实为刀山。内藏玄妙，中有风雷，上有冰山如狼牙，下有冰块如刀剑。若人、仙入此阵，风雷动处，上下一磕，四肢立成齑粉。纵有异术，难免此难。有诗为证。诗曰：

玄功炼就号'寒冰'，一座刀山上下凝。
若是人仙逢此阵，连皮带骨尽无凭。"（十阵皆用同一模式一问一答，宛若模版，虽各阵巧妙不同，但毕竟容易使人疲倦）

闻太师又问："'金光阵'妙处何如？"金光圣母曰："贫道'金光阵'，内夺日月之精，藏天地之气，中有二十一面宝镜，用二十一根高杆，每一面悬在高杆顶上，一镜上有一套。若人、仙入阵，将此套拽起，雷声震动镜子，只一二转，金光射出，照住其身，立刻化为脓血。纵会飞腾，难越此阵。有诗为证。诗曰：

① 攒（cuán）：集中，聚集。
② 天罗：天网。

宝镜非铜又非金，不向炉中火内寻。
纵有天仙逢此阵，须臾形化更难禁。”

闻太师又问：“‘化血阵’如何用度？”孙天君曰：“吾此阵法，用先天灵气，中有风雷，内藏数片黑砂。但人、仙入阵，雷响处，风卷黑砂，些须着处，立化血水。纵是神仙，难逃利害。有诗为证。诗曰：

黄风卷起黑砂飞，天地无光动杀威。
任你神仙闻此气，涓涓血水溅征衣。”

闻太师又问：“‘烈陷阵’又是如何？”白天君曰：“吾‘烈焰阵’妙用无穷，非同凡品，内藏三火，有三昧火、空中火、石中火。三火并为一气。中有三首红幡。若人、仙进此阵内，三幡展动，三火齐飞，须臾成为灰烬。纵有避火真言，难躲三昧真火。有诗为证。诗曰：

燧人方有空中火，炼养丹砂炉内藏。
坐守离宫为首领，红幡招动化空亡。”

太师问：“‘落魂阵’奇妙如何？”姚天君曰：“吾此阵非同小可，乃闭生门，开死户，中藏天地厉气，结聚而成。内有白纸幡一首，上存符印。若人、仙入此阵内，白幡展动，魄消魂散，顷刻而灭。不论神仙，随入随灭。有诗为证。诗曰：

白纸幡摇黑气生，炼成妙术透虚盈。

从来不信神仙体，入阵魂消魄自倾。”

太师又问：“如何为‘红水阵’？其中妙用如何？”王天君曰：“吾‘红水阵’内夺壬癸之精，藏天乙之妙，变幻莫测。中有一八卦台，台上有三个葫芦，任随人、仙入阵，将葫芦往下一掷，倾出红水，汪洋无际，若其水溅出一点粘在身上，顷刻化为血水。纵是神仙，无术可逃。有诗为证。诗曰：

炉内阴阳真奥妙，炼成壬癸里边藏。
饶君就是金钢体，遇水粘身顷刻亡。”

闻太师又问：“‘红砂阵’毕竟愈出愈奇，更烦请教，以快愚衷。”张天君曰：“吾‘红砂阵’果然奇妙，作法更精。内按天、地、人三才，中分三气，内藏红砂三斗，看似红砂，着身利刃，上不知天，下不知地，中不知人。若人、仙冲入此阵，风雷运处，飞砂伤人，立时骸骨俱成齑粉。纵有神仙佛祖，（释迦牟尼此时尚未出世，何来的佛祖？）遭此再不能逃。有诗为证。诗曰：

红砂一撮道无穷，八卦炉中玄妙功。
万象包罗为一处，方知截教有鸿蒙。”

闻太师听罢，不觉大喜：“今得众道友到此，西岐指日可破。纵有百万甲兵，千员猛将，无能为矣，实乃社稷之福也！”内有姚天君曰：“列位道兄，据贫道论起来，西岐城不过弹丸之地，姜子牙不过浅行之夫，（尚不知姜子牙背后乃是整个阐教）怎经得十绝阵起！只小弟略施小术，把姜子牙处死，军中无主，西岐自然瓦解。常言‘蛇无头而不行，军无主而则乱’。又何必区区与之较胜负哉？”闻太师曰：“道兄若有奇功妙术，使姜尚自死，又不张弓持矢，不致军士涂炭，此幸之幸也。敢问如何治法？”姚天君曰：“不动声色，二十一日自然命绝。子牙纵是脱骨神仙，超凡佛祖，也难逃躲。”

闻太师大喜，更问详细。姚斌附太师耳曰：“须如此如此，自然命绝，又何劳众道兄费心。”闻太师喜不自胜，对众道友曰：“今日姚兄施大法力，为我闻仲治死姜尚，尚死，诸将自然瓦解，功成至易。真所谓樽俎折冲①，谈笑而下西岐。大抵今皇上洪福齐天，致感动列位道兄扶助。”众人曰：“此功让姚贤弟行之，总为闻兄，何言劳逸。”姚天君让过众人，随入“落魂阵”内，筑一土台，设一香案，台上扎一草人，草人身上写“姜尚”的名字，草人头上点三盏灯，足下点七盏灯。上三盏名为催魂灯，下七盏名为促魄灯。姚天君在其中，披发仗剑，步罡念咒于台前，发符用印于空中，一日拜三次，连拜了三四日，就把子牙拜的颠三倒四，坐卧不安。（果有如此奇效，又何须大军攻伐？）

不说姚天君行法，且说子牙坐在相府与诸将商议破阵之策，默默不言，半筹无画②。杨戬在侧，见姜丞相或惊或怪，无策无谋，容貌比前大不相同，心下便自疑惑：“难道丞相曾在玉虚门下出身，今膺重寄，况上天垂象，应运而兴，岂是小可；难道就无计破此十阵，便自颠倒如此！其实不解。”杨戬甚是忧虑。（可见杨戬心思细腻，善于观察）

又过七八日，姚天君在阵中把子牙拜吊了一魂二魄。子牙在相府，心烦意躁，进退不宁，十分不爽利，整日不理军情，慵懒常眠。

---

① 樽俎（zǔ）折冲：指不以武力而在宴席交谈中制胜敌人。
② 半筹无画：连半点计谋都拿不出来。

众将、门徒俱不解是何原故，也有疑无策破阵者，也有疑深思静摄者。不说相府众人猜疑不一。又过十四五日，姚天君将子牙精魂气魄，又拜去了二魂四魄。子牙在府，不时憨睡，鼻息如雷。且说哪吒、杨戬与众大弟子商议曰："方今兵临城下，阵摆多时，师叔全不以军情为重，只是憨睡，此中必有原故。"杨戬曰："据愚下观丞相所为，恁般颠倒，连日如在醉梦之间，似此动作，不像前番，似有人暗算之意。不然，丞相学道昆仑，能知五行之术，善察阴阳祸福之机，安有昏迷如是，置大事若不理者！其中定有说话。"众人齐曰："必有原故。我等同入卧室，请上殿来，商议破敌之事，看是如何。"

众人至内室前，问内侍人等："丞相何在？"左右侍儿应曰："丞相浓睡未醒。"众人命侍儿请丞相至殿上议事。侍儿忙入室请子牙，出得内室，门外武吉上前告曰："老师每日安寝，不顾军国重务，关系甚大，将士忧心，恳求老师速理军情，以安周土。"子牙只得勉强出来，升了殿。众将上前，议论军情等事，子牙只是不言不语，如痴如醉。忽然一阵风响，哪吒没奈何，来试试子牙阴阳如何。哪吒曰："师叔在上：此风甚是凶恶，不知主何凶吉？"子牙掐指一算，答曰："今日正该刮风，原无别事。"众人不敢抵触。

看官，此时子牙被姚天君拜去了魂魄，心中模糊，阴阳差错了，故曰"该刮风"，如何知道祸福。当日众人也无可奈何，只得各散。言休烦絮[①]，不觉又过了二十日。（二十多天过去，闻仲一方始终不来人宣战，如此怪事西岐竟无人察觉吗？）姚天君把子牙二魂六魄俱已拜去了，（之前先后拜去一魂二魄、二魂四魄，相加已去了三魂六魄，不知此处如何少了一魂）止有得一魂一魄，其日竟拜出泥丸[②]宫，子牙已死在相

① 烦絮：言语烦杂琐碎。
② 泥丸：道家谓上丹田，在两眉间。

府。众弟子与门下诸将官，连武王驾至相府，俱环立而泣。武王亦泣而言曰："相父为国勤劳，不曾受享安康，一旦致此，于心何忍，言之痛心！"众将听武王之言，不觉大痛。杨戬含泪，将子牙身上摸一摸，只见心口还热，忙来启武王曰："不要忙，丞相胸前还热，料不能就死，且停在卧榻。"

不言众将在府中慌乱。单言子牙一魂一魄，飘飘荡荡，杳杳冥冥，径往封神台来。时有清福神祇迎迓，见子牙竟是魂魄，清福神柏鉴知道天意，忙将子牙魂魄轻轻的推出封神台来。（可算阐教作弊否？）但子牙原是有根行的人，一心不忘昆仑，那魂魄出了封神台，随风飘飘荡荡，如絮飞腾，径至昆仑山来。适有南极仙翁闲游山下，采芝炼药，猛见子牙魂魄渺渺而来，南极仙翁仔细观看，方知是子牙的魂魄。仙翁大惊曰："子牙绝矣！"慌忙赶上前，一把绰住了魂魄，装在葫芦里面，塞住了葫芦口，正进玉虚宫，启掌教老师。才进得宫门，后面有人叫曰："南极仙翁不要走！"仙翁及至回头看时，原来是太华山云霄洞赤精子。仙翁曰："道友那里来？"赤精子曰："闲居无事，特来会你游海岛，适山岳，访仙境之高明野士，看其着棋闲耍，如何？"仙翁曰："不得闲。"赤精子曰："如今止了讲，你我正得闲。他日若还开讲，你我俱不得闲矣。今日反说是不得闲，兄乃欺我。"仙翁曰："我有要紧的事，不得陪兄，岂为不得闲之说。"赤精子曰："吾知你的事：姜子牙魂魄不能入窍之说，再无他意。"

仙翁曰："你何以知之？"赤精子曰："适来言语，原是戏你，我正为子牙魂魄赶来。我因先到西岐山，封神台上见清福神柏鉴，说：'子牙魂魄方才至此，被我推出，今游昆仑山去了。'故此特地赶来。方才见你进宫，故意问你。今子牙魂魄果在何处？"仙翁曰："适间闲游崖前，只见子牙魂魄飘荡而至，及仔细观看方知。今已被吾装在葫芦内，要启老师知之，不意兄至。"赤精子曰："多大事情，惊动教主，你将葫芦拿来与我，待吾去救子牙走一番。”仙翁把葫芦付与赤精子。

赤精子心慌意急，借土遁离了昆仑，霎时来至西岐，到了相府前，有杨戬接住，拜倒在地，口称：“师伯今日驾临，想是为师叔而来。”赤精子答曰：“然也。快为通报！”杨戬入内，报与武王。武王亲自出迎。赤精子至银安殿。赤精子对武王打个稽首。武王竟以师礼待之，尊于上座。赤精子曰：“贫道此来，特为子牙下山。如今子牙死在那里？”武王同众将士引赤精子进了内榻。赤精子见子牙合目不言，仰面而卧。赤精子曰：“贤王不必悲啼，毋得惊慌，只令他魂魄还体，自然无事。”

赤精子同武王复至殿上。武王请问曰：“道长，相父不绝，还是用何药饵？”赤精子曰：“不必用药，自有妙用。”杨戬在旁问曰：“几时救得？”赤精子曰：“只消至三更时，子牙自然回生。”众人俱各欢喜。不觉至晚，已到三更，杨戬来请，赤精子整顿衣袍，起身出城。只见十阵内黑气迷天，阴云布合，悲风飒飒，冷雾飘飘，有无限鬼哭神嚎，竟无底止。赤精子见此阵十分险恶，用手一指，足下先现两朵白莲花，为护身根本，后将麻鞋踏定莲花，轻轻起在空中。正是仙家妙用。怎见得，有诗为证。诗曰：

道人足下白莲生，顶上祥光五色呈。
只为神仙犯杀戒，“落魂阵”内去留名。

话说赤精子站在空中，见十阵好生凶恶，杀气贯于天界，黑雾罩于岐山。赤精子正看，只见“落魂阵”内姚斌在那里披发仗剑，步罡踏斗于雷门。又见草人顶上一盏灯，昏昏惨惨，足下一盏灯，半灭半明。姚斌把令牌一击，那灯往下一灭，一魂一魄在葫芦中一迸，幸葫芦口儿塞住，焉能迸得出来。姚天君连拜数拜，其灯不灭。大抵灯不灭，魂不绝。姚斌不觉心中焦躁，把令牌一拍，大呼曰："二魄六魄已至，一魂一魄为何不归！"不言姚天君发怒连拜。且说赤精子在空中，见姚斌方拜下去，把足下二莲花往下一坐，来抢草人。不意姚斌拜起抬头，看见有人落将下来，乃是赤精子。姚斌曰："赤精子，原来你敢入吾'落魂阵'抢姜尚之魂！"忙将一把黑砂望上一洒。赤精子慌忙疾走，饶着走的快，把足下二朵莲花落在阵里。赤精子几乎失陷"落魂阵"中，急忙驾遁，进了西岐。

杨戬接住，见赤精子面色恍惚，喘息不定。杨戬曰："老师可曾救回魂魄？"赤精子摇头连曰："好利害！好利害！'落魂阵'几乎连我陷于里面！饶我走得快，犹把我足下二朵白莲花打落在阵中。"武王闻说，大哭曰："若如此言，相父不能回生矣！"赤精子曰："贤王不必忧虑，料是无妨。此不过系子牙灾殃，如此迟滞，贫道如今往个所在去来。"武王曰："老师往那里去？"赤精子曰："吾去就来。你们不可走动，好生看待子牙。"分付已毕，赤精子离了西岐，脚踏祥光，借土遁来至昆仑山。不一时，有南极仙翁出玉虚宫而来，见赤精子至，忙问："子牙魂魄可曾回？"赤精子把前事说了一遍，"借重道兄，启师尊，问个端的，怎生救得子牙？"（不如一开始便入禀天尊，免得平白生出这般波折）

仙翁听说，入宫至宝座下，行礼毕，把子牙事细细陈说一番。元始曰："吾虽掌此大教，事体尚有疑难，你叫赤精子可去八景宫见大老爷，便知始末。"仙翁领命出宫来，对赤精子曰："老师分付，你可往八景宫去参谒大老爷，便知端的。"赤精子辞了南极仙翁，驾祥云往玄都而来，不一时已到仙山，此处乃大罗宫玄都洞，是老子所居之地，内有八景宫，仙境异常，令人把玩不暇。有诗为证。诗曰：

仙峰巅险，峻岭崔嵬①。
坡生瑞草，地长灵芝。
根连地秀，顶接天齐。
青松绿柳，紫菊红梅。
碧桃银杏，火枣交梨。
仙翁判画，隐者围棋。
群仙谈道，静讲玄机。
闻经怪兽，听法狐狸。
彪熊剪尾，豹舞猿啼。
龙吟虎啸，翠落莺飞。
犀牛望月，海马声嘶。
异禽多变化，仙鸟世间稀。
孔雀谈经句，仙童玉笛吹。
怪松盘古顶，宝树映沙堤。
山高红日近，涧阔水流低。
清幽仙境院，风景胜瑶池。
此间无限景，世上少人知。

话说赤精子至玄都洞，见上面一联云：

道判混元，曾见太极两仪生四象；
鸿蒙传法，又将胡人西度出函关②。（老子西出，乃数百年后春秋时之事，化胡之说，更是又几百年后佛教传入中国后才有的，何以此

① 崔嵬（wéi）：高峻貌。
② 函关：即“函谷关”。古关在今河南灵宝一带，后来移至今河南新安县境。

时便写在洞口？）

赤精子在玄都洞外，不敢擅入。等候一会，只见玄都大法师出宫来，看见赤精子，问曰："道友到此，有甚么大事？"赤精子打稽首，口称："道兄，今无甚事，也不敢擅越。只因姜子牙魂魄游荡的事。"细说一番，"特奉师命，来见老爷。敢烦通报。"玄都大法师听说，忙入宫，至蒲团前行礼，启曰："赤精子宫门外听候法旨。"老子曰："招他进来。"赤精子入宫，倒身下拜："弟子愿老师万寿无疆！"老子曰："你等犯了此劫，'落魂阵'姜尚有愆，吾之宝'落魂阵'亦遭此厄，（暗伏下文）都是天数，汝等谨受法戒。"叫玄都大法师："取太极图来。"付与赤精子。"将吾此图如此行去，自然可救姜尚。你速去罢。"

赤精子得了太极图，离了大罗宫，一时来至西岐。武王闻说赤精子回来，与众将迎迓至殿前。武王忙问曰："老师那里去来？"赤精子曰："今日方救得子牙。"众将听说，不觉大喜。杨戬曰："老师，还到甚时候？"赤精子曰："也到三更时分。"诸弟子专专等至三更来请，赤精子随即起身。出城行至十阵门前，捏土成遁，驾在空中，只见姚天君还在那里拜伏。赤精子将老君太极图打散抖开。此图乃老君劈地开天，分清理浊，定地、水、火、风，包罗万象之宝。（如此至宝，竟能失落"落魂阵"？怪不得前文要用天数来遮掩）化了一座金桥，五色毫光，照耀山河大地，护持着赤精子往下一坠，一手正抓住草人，望空就走。姚天君忽见赤精子二进"落魂阵"来，大叫曰："好赤精子？你又来抢我草人！甚是可恶！"忙将一斗黑砂望上一泼。赤精子叫一声："不好！"把左手一放，将太极图落在阵里，被姚天君所得。且说赤精子虽是把草人抓出阵去，反把太极图失了，吓得魂不附体，面如金纸，喘息不定，在土遁内，几乎失利。落下遁光，将草人放下，把葫芦取出，收了子牙二魂六魄，装在葫芦里面，往相府前而来。

只见众弟子正在此等候，远远望见赤精子欣然而来，杨戬上前请问曰："老师！师叔魂魄可曾取得来么？"赤精子曰："子牙事虽完了，吾将掌教大老爷的奇宝失在'落魂阵'，吾未免有陷身之祸！"众将同进相府。武王闻得取子牙魂魄已至，不觉大喜。赤精子至子牙卧榻，将子牙头发分开，用葫芦口合住子牙泥丸宫，连把葫芦敲了三四下，其魂魄依旧入窍。少时，子牙睁开眼，口称："好睡！"急至看时，卧榻前武王、赤精子、众门人。子牙跃身而起。武王曰："若非此位老师费心，焉得相父今生再面！"这会子牙方才醒悟，便问："道兄何以知之，而救不才也？"赤精子把"十绝阵内有一'落魂阵'，姚斌将你魂魄拜入草人，腹内止得一魂一魄，天不绝你，魂游昆仑，我为你赶入玉虚宫，讨你魂魄；复入大罗宫，蒙掌教大老爷赐太极图救你，不意失在'落魂阵'中。"子牙听毕，自悔根行①甚浅，不能俱知始末，"太极图乃玄妙之珍，今已误陷，奈何？"赤精子曰："子牙且调养身体，待平复后，共议破阵之策。"武王回驾。子牙调养数日，方才全愈。

翌日升殿，赤精子与诸人共议破阵之法。赤精子曰："此阵乃左道旁门，不知深奥。既有真命，自然安妥。"言未毕，杨戬启子牙："二仙山麻姑洞黄龙真人到此。"子牙迎接至银安殿，行礼毕，分宾主坐下。子牙曰："道兄今到此，有何事见谕？"黄龙真人曰："特来西岐，共破十绝阵。方今吾等犯了杀戒，轻重有分，众道友咫尺即来。此处凡俗不便，贫道先至，与子牙议论。可在西门外，搭一芦篷

① 根行：品行修养。

席殿①，结彩悬花，以便三山五岳道友齐来，可以安歇。不然，有亵众圣，甚非尊贤之理。”子牙传令：“着南宫适、武吉起造芦篷，安放席殿。”又命杨戬：“在相府门首，但有众老师至，随即通报。”赤精子对子牙曰：“吾等不必在此商议，候造篷工完，篷上议事可也。”话非一日，武吉来报工完。子牙同二位道友、众门人，都出城来听用，止留武成王掌府事。话说子牙上了芦篷，铺毡佃地，悬花结彩，专候诸道友来至。大抵武王为应天顺人，仙圣自不绝而来。先来的是：

九仙山桃园洞广成子，
太华山云霄洞赤精子，
二仙山麻姑洞黄龙真人，
狭龙山飞云洞惧留孙——后入释成佛，
乾元山金光洞太乙真人，
崆峒山元阳洞灵宝大法师，
五龙山云霄洞文殊广法天尊——后成文殊菩萨，
九功山白鹤洞普贤真人——后成普贤菩萨，
普陀山落伽洞慈航道人——后成观世音大士，
玉泉山金霞洞玉鼎真人，
金庭山玉屋洞道行天尊，
青峰山紫阳洞清虚道德真君。

子牙径往迎接，上篷坐下。内有广成子曰：“众位道友，今日前

① 芦篷席殿：用芦篷做的简陋的居所，中国神话里很多仙人或者圣人降临凡间，凡人都要安排好住的地方。

来，兴废可知，真假自辨。子牙公几时破十绝阵？吾等听从指教。”子牙听得此言，魂不附体，欠身言曰：“列位道兄，料不才不过四十年毫末之功，岂能破得此十绝阵！乞列位道兄怜姜尚才疏学浅，生民涂炭，将士水火，敢烦那一位道兄，与吾代理，解君臣之忧烦，黎庶之倒悬，真社稷生民之福矣。姜尚不胜幸甚！”广成子曰：“吾等自身难保无虞，虽有所学，不能克敌此左道之术。”彼此互相推让。正说间，只见半空中有鹿鸣，异香满地，遍处氤氲。不知是谁来至，且听下回分解。

总批

十天王十绝阵自恃无敌，孰知十人止做了破阵的贴户。害人者实所以自害，今人何得恃一己之才而妄自尊大耶！

又批

姚天君之魇魅，实为利害。子牙乃系应运而兴者，岂得擅能扑灭。故当艰疑百折之际，又有为之救者。他人枉自费心。

第四十五回　燃灯议破十绝阵

燃燈議破十絕陣

导读： 燃灯道人的原型是佛教中的燃灯佛，又名锭光佛、定光佛、锭光如来、定光如来、普光如来。燃灯佛是过去庄严劫（佛教将过去、现在、未来划分为三大劫，即庄严劫、贤劫和星宿劫）中所出千佛之一，因出生时身边一切光明如灯，故名燃灯佛。燃灯佛是纵三世佛中的过去佛，与现在佛释迦牟尼、未来佛弥勒并称。（另有横三世佛，即东方药师佛、中央释迦牟尼佛、西方阿弥陀佛）燃灯佛在过去时为释迦牟尼佛授记，预言他未来将成佛，《金刚经》中云："是故燃灯佛与我授记，作是言：'汝于来世，当得作佛，号释迦牟尼。'"燃灯佛在佛教中地位尊崇，明清时期又被许多民间宗教吸收，例如清代中后期的白莲教中，就有无生老母派遣燃灯佛在青阳劫时出世度化众生的说法。

诗曰：

“天绝阵”中多猛烈，若逢“地烈”更难堪。
秦完凑数皆天定，袁角遭诛是性贪。
雷火烧残今已两，捆仙缚去不成三。
区区十阵成何济[①]，赢得《封神榜》上谈。

话说众人正议破阵主将，彼此推让，只见空中来了一位道人，跨鹿乘云，香风袭袭。怎见得他相貌稀奇，形容古怪？真是仙人班首，佛祖源流。（倒是符合燃灯佛的身份）有诗为证。诗曰：

一天瑞彩光摇曳，五色祥云气不彻。
鹿鸣空内九皋声[②]，紫芝色秀千层叶。
中间现出真人相，古怪容颜原自别。
神舞虹霓透汉霄，腰悬宝箓无生灭。
灵鹫山上号燃灯，时赴蟠桃添寿域。

众仙知是灵鹫山（此即唐僧心向往之的灵山）圆觉洞燃灯道人，齐下篷来，迎接上篷，行礼坐下。燃灯曰：“众道友先至，贫道来迟，幸勿以此介意。方今十绝阵甚是凶恶，不知以何人为主？”子牙欠身打躬曰：“专候老师指教。”燃灯曰：“吾此来，实与子牙代劳，执掌符印；二则众友有厄，特来解释；三则了吾念头。子牙公请了！可将符印交与我。”子牙与众人俱大喜曰：“道长之言，甚是不谬。”随将

① 成何济：有什么用处，无用场。
② 九皋声：《诗·小雅·鹤鸣》曰：“鹤鸣于九皋，声闻于野。”此“九皋声”典之出处。九皋，意为曲折深远的沼泽。

印符拜送燃灯。燃灯受印符，谢过众道友，方打点议破十阵之事。正是：雷部正神施猛力，神仙杀戒也难逃。

话说燃灯道人安排破阵之策，不觉心上咨嗟：“此一劫必损吾十友。”

且说闻太师在大营请十天君上帐，坐而问曰：“十阵可曾完全？”秦完曰：“完已多时。可着人下战书知会，早早成功，以便班师。”闻太师忙修书，命邓忠往子牙处来下战书。有哪吒见邓忠来至，便问曰：“有何事至此？”邓忠答曰：“来下战书。”哪吒报与子牙：“邓忠下书。”子牙命：“接上来。”书曰：

“征西大元戎太师闻仲书奉丞相姜子牙麾下：古云‘率土之滨，莫非王臣[①]’。今无故造反，是得罪于天下，为天下所共弃者也。屡奉天讨，不行悔罪，反恣肆强暴，杀害王师，致辱朝廷，罪亦罔赦。今摆此十绝阵已完，与尔共决胜负。特着邓忠将书通会，可准定日期，候尔破敌。战书到日，即此批宣。”（语气比之前强硬不少，想是有十绝阵撑腰，底气足了）

子牙看罢书，原书批回：“三日后会战。”邓忠回见太师，“三日后会阵。”闻太师乃在大营中设席，款待十天君，大吹大擂饮酒。饮至三更，出中军帐，猛见周家芦篷里众道人顶上现出庆云瑞彩，或金灯贝叶[②]，缨络[③]垂珠，似檐前滴水，涓涓不断。十天君惊曰：“昆仑山诸人到了！”众皆骇异，各归本阵，自去留心。不觉便是三日。那日早晨，成汤营里炮响，喊声齐起，闻太师出营，在辕门口，左右分

① 率土之滨，莫非王臣：所有的人都是国君的臣民。语出《诗·小雅·北山》。
② 贝叶：印度贝多树的叶子，可以代纸，古印度人多用以抄写佛经。
③ 缨络：用丝缕贯串珠玉而成的装饰品。亦作“璎珞”。

开队伍，乃邓、辛、张、陶四将，十阵主各安方向而立。只见西岐芦篷里，隐隐幡飘，霭霭瑞气，两边摆三山五岳门人。只见头一队是哪吒、黄天化出来，二队是杨戬、雷震子，三队是韩毒龙与薛恶虎，四队是金吒、木吒。怎见得：

玉磬金钟声两分，西岐城下吐祥云。
从今大破十绝阵，雷祖英名万载闻。

话说燃灯掌握元戎①，领众仙下篷，步行排班，缓缓而来。只见赤精子对广成子，太乙真人对灵宝大法师，道德真君对惧留孙，文殊广法天尊对普贤真人，慈航道人对黄龙真人，玉鼎真人对道行天尊，十二代上仙，齐齐整整摆出。当中梅花鹿上坐燃灯道人，赤精子击金钟，广成子击玉磬。只见“天绝阵”内一声钟响，阵门开处，两杆幡摇，见一道人，怎生模样：面如蓝靛，发似朱砂，骑黄斑鹿出阵。但见：

莲子箍，头上着；绛绡衣，绣白鹤。手持四楞黄金锏，暗带擒仙玄妙索。荡三山，游五岳，金鳌岛内烧丹药。只因烦恼共嗔痴，不在高山受快乐。

且说“天绝阵”内秦天君飞出阵来。燃灯道人看左右，暗思：“并无一个在劫先破此阵之人。”正话说未了，忽然空中一阵风声飘飘，落下一位仙家，乃玉虚宫第五位门人邓华是也，拎一根方天画戟。见众道人，打个稽首，曰：“吾奉师命，特来破‘天绝阵’。”燃

① 元戎：犹大军。

灯点首自思曰："数定在先，怎逃此厄！"（未有前缘，突然而至，只能托于定数）尚未回言，只见秦天君大呼曰："玉虚教下谁来见吾此阵？"邓华向前言曰："秦完慢来，不必恃强，自肆猖獗！"秦完曰："你是何人，敢出大言？"邓华曰："业障！你连我也认不得了！吾乃玉虚门下邓华是也。"秦完曰："你敢来会吾此阵否？"邓华曰："既奉敕下山，怎肯空回！"提画戟就刺。秦完催鹿相还，步鹿交加，杀在"天绝阵"前，怎见得：

这一个轻移道步，那一个兜转黄斑。轻移道步，展动描金五色幡；兜转黄斑，金锏使开龙摆尾。这一个道心退后恶心生，那一个那顾长生真妙诀。这一个蓝脸上杀光直透三千丈，那一个粉脸上恶气冲破五云端。一个是雷部天君施威仗勇，一个是日宫神圣气概轩昂。

正是：封神台上标名客，怎免诛身戮体灾。

话说秦天君与邓华战未及三五回合，空丢一锏，往阵内就走。邓华随后赶来，见秦完走进阵门去了，邓华也赶入阵内。秦天君见邓华赶急，上了板台。台上有几案，案上有三首幡。秦天君将幡执在手，左右连转数转，将幡往下一掷，雷声交作，只见邓华昏昏惨惨，不知南北西东，倒在地下。秦完下板台，将邓华取了首级，拎出阵来，大呼曰："昆仑教下，谁敢再观吾'天绝阵'也！"燃灯看见邓华首级，不觉咨嗟："可怜数年道行，今日结果！"又见秦完复来叫阵，乃命文殊广法天尊先破此阵，燃灯分付："务要小心！"文殊曰："知道。领法牒。"作歌出曰：

“欲试锋芒敢惮劳①，凌霄宝匣玉龙号。
手中紫气三千丈，顶上凌云百尺高。
金阙晓临谈道德，玉京时去种蟠桃。
奉师法旨离仙府，也到红尘走一遭。”

文殊广法天尊问曰：“秦完，你截教无拘无束，原自快乐，为何摆此‘天绝阵’陷害生灵。我等既来破阵，必开杀戒。非是我等灭却慈悲，无非了此前因，你等勿自后悔！”秦完大笑曰：“你等是闲乐神仙，怎的也来受此苦恼。你也不知吾所练阵中无尽无穷之妙。非我逼你，是你等自取大厄！”（小说中凡出此大言者，之后多会落败）文殊广法天尊笑曰：“也不知是谁取绝命之愆！”秦完大怒，执锏就打。天尊道：“善哉！”将剑挡架招隔。未及数合，秦完败走进阵。天尊赶到“天绝阵”门首，见里面悲风飒飒，寒雾萧萧，也自迟疑不敢擅入，只听得后面金钟响处，只得要进阵去。天尊把手往下一指，平地有两朵白莲而出，天尊足踏二莲，飘飘而进。秦天君大呼曰：“文殊广法天尊！纵你开口有金莲，垂手有白光，也出不得吾‘天绝阵’也！”天尊笑曰：“此何难哉！”把口一张，有斗大一朵金莲喷出，左手五指里有五道白光垂地倒往上卷，白光顶上有五枝莲花，花上有五盏金灯引路。且说秦完将三首幡，如前施展，只见文殊广法天尊顶上有庆云②升起，五色毫光内有缨络垂珠挂将下来，手托七宝金莲，现了化身。怎见得：

悟得灵台体自殊，自由自在法难拘。

① 惮劳：怕苦怕累。
② 庆云：一种彩云，古人以为祥瑞之气。

三花久已朝元海，缨络垂丝顶上珠。

话说秦天君把幡摇了数十摇，也摇不动广法天尊。天尊在光里言曰："秦完！贫道今日放不得你，要完吾杀戒！"把遁龙桩望空中一撒，将秦天君遁住了。此桩按三才，上下有三圈，将秦完缚得逼直。广法天尊对昆仑打个稽首曰："弟子今日开此杀戒！"（庄严中又略带滑稽，给后世不少喜剧表演灵感）将宝剑一劈，取了秦完首级，拎将出"天绝阵"来。闻太师在墨麒麟上，一见秦完被斩，大叫一声："气杀老夫！"催动坐骑，大叫："文殊休走！吾来也！"天尊不理。麒麟来得甚急，似一阵黑烟滚来。怎见得，后人有诗叹曰。诗曰：

怒气凌空怎按摩，一心只要动干戈。
休言此阵无赢日，纵有奇谋俱自讹。

且说燃灯后面黄龙真人乘鹤飞来，阻住闻太师，曰："秦完'天绝阵'坏吾邓华师弟，想秦完身亡，足以相敌。今十阵方才破一，还有九阵未见雌雄，原是斗法①，不必恃强。你且暂退！"

只听得"地烈阵"一声钟响，赵江在梅花鹿上作歌而出。歌曰：

"妙妙妙中妙，玄玄玄更玄。
动言俱演道，默语是神仙。
在掌如珠异，当空似月圆。
功成归物外，直入大罗天。"

① 斗法：用法术相斗。

赵天君大呼曰："广法天尊既破了'天绝阵'，谁敢会我'地烈阵'么？"冲杀而来。燃灯道人命韩毒龙："破'地烈阵'走一遭。"韩毒龙跃身而出，大呼曰："不可乱行！吾来也！"赵天君问曰："你是何人，敢来见我？"韩毒龙曰："道行天尊门下，奉燃灯师父法旨，特来破你'地烈阵'。"赵江笑曰："你不过毫末道行，怎敢来破吾阵，空丧性命！"（无有空丧性命之先驱，又岂有成功之后来，不独战争如此）提手中剑飞来直取。韩毒龙手中剑赴面交还。剑来剑架，犹如紫电飞空，一似寒冰出谷。战有五六回合，赵江掩一剑，望阵内败走。韩毒龙随后跟来。赶至阵中，赵天君上了板台，将五方幡摇动，四下里怪云卷起，一声雷鸣，上有火罩，上下交攻，雷火齐发。可怜韩毒龙，不一时身体成为齑粉。一道灵魂往封神台来，有清福神祇引进去了。且说赵天君复上梅花鹿，出阵大呼："阐教道友，别着个有道行的来见此阵，毋得使根行浅薄之人至此枉丧性命！谁敢再会吾此阵？"燃灯道人曰："惧留孙去走一番。"惧留孙领命，作歌而来。歌曰：

"交光日月炼金英，二粒灵珠透室明。
摆动乾坤知道力，逃移生死见功成。
逍遥四海留踪迹，归在玄都立姓名。
直上五云云路稳，紫鸾朱鹤自来迎。"

惧留孙跃步而出，见赵天君纵鹿而来。怎生装束，但见：

碧玉冠，一点红；翡翠袍，花一丛。丝绦结就乾坤样，足下常登两朵云。太阿剑，现七星，诛龙虎，斩妖精。九龙岛内真灵士，要与成汤立大功。

惧留孙曰："赵江，你乃截教之仙，与吾辈大不相同，立心险恶，如何摆此恶阵，逆天行事！休言你胸中道术，只怕你封神台上难逃目下之灾！"赵天君大怒，提剑飞来直取，惧留孙执剑赴面交还。未及数合，依前走入阵内。惧留孙随后赶至阵前，不敢轻进，只听脑后有钟声催响，只得入阵。赵天君已上板台，将五方幡如前运用。惧留孙见势不好，先把天门开了，现出庆云保护其身，然后取捆仙绳，命黄巾力士将赵江拿在芦篷，听候指挥。但见：

金光出手万仙惊，一道英风透体生。
"地烈阵"中施妙法，平空拎去上芦篷。

话说惧留孙将捆仙绳命黄巾力士拎往芦篷下一摔，把赵江跌的三昧火七窍中喷出，遂破了"地烈阵"。惧留孙徐徐而回。闻太师又见破了"地烈阵"，赵江被擒，在墨麒麟背上，声若巨雷，大叫曰："惧留孙莫走！吾来也！"时有玉鼎真人曰："闻兄不必这等。我辈奉玉虚宫符命下世，身惹红尘，来破十阵，才破两阵，尚有八阵未见明白。况原言过斗法，何劳声色，非道中之高明也。"把闻太师说得默默无言。（以子之矛攻子之盾，若非十天君先有斗阵之说，恐怕双方早已打将开来，岂会老老实实逐个破阵？）燃灯道人命："暂且回去。"闻太师亦进老营，请八阵主帅，议曰："今方破二阵，反伤二位道友，使我闻仲心下实是不忍！"董天君曰："事有定数，既到其间，亦不容收拾。如今把吾'风吼阵'定成大功。"与闻太师共议不题。

且说燃灯道人回至篷上，惧留孙将赵江提在篷下，来启燃灯。燃灯曰："将赵江吊在芦篷上。"众仙启燃灯道人："'风吼阵'明日可破么？"燃灯道："破不得。这'风吼阵'非世间风也。此风乃地、水、火之风。若一运动之时，风内有万刀齐至，何以抵当？须得先借得定风珠，治住了风，然后此阵方能得破。”众位道友曰：“那里去借定风珠？”内有灵宝大法师曰：“吾有一道友，在九鼎铁叉山八宝云光洞，（此处所指，殆即九顶铁槎山云光洞，在今山东荣成，乃全真七子之一玉阳真人王处一隐居之地）度厄真人有定风珠。弟子修书，可以借得。子牙差文官一员，武将一员，速去借珠，‘风吼阵’自然可破。”子牙忙差散宜生、晁田文武二名，星夜往九鼎铁叉山八宝云光洞来取定风珠。二人离了西岐，径往大道。非止一日，渡了黄河。又过数日，行到九鼎铁叉山。怎见得：

嵯峨矗矗①，峻险巍巍。嵯峨矗矗冲霄汉，峻险巍巍碧碍空。怪石乱堆如坐虎，苍松斜挂似飞龙。岭上鸟啼娇韵美，崖前梅放异香浓。涧水潺潺流出冷，巅云黯淡过来凶。又见飘飘雾，凛凛风，咆哮饿虎吼山中。寒鸦②拣树无栖处，野鹿寻窝没定踪。可叹行人难进步，皱眉愁脸把头蒙。

话说宜生、晁田二骑上山，至洞门下马，只见有一童子出洞。宜生曰：“师兄，请烦通报老师：西周差官散宜生求见。”童子进里面去。少时出来道：“请。”宜生进洞，见一道人坐于蒲团之上。宜生行礼，将书呈上。道人看书毕，对宜生曰：“先生此来，为借定风珠。此时群仙聚集，会破十绝阵，皆是定数，我也不得不允，况有灵宝师兄华札。只是一路去须要小心，不可失误！”随将一颗定风珠付与宜生。宜生谢了道人，慌忙下山，同晁田上马，扬鞭急走，不顾巅危跋涉。

① 嵯峨矗矗（cuó é chù chù）：形容山岭高大而险峻。
② 寒鸦：寒天的乌鸦，受冻的乌鸦。

沿黄河走了两日，却无渡船。宜生对晁田曰：“前日来，到处有渡口，如今却无渡船者何也？”只见前面有一人来，晁田问曰：“过路的汉子，此处如何竟无渡口？”行人答曰：“官人不知，近日新来两个恶人，力大无穷，把黄河渡口俱被他赶个罄尽①。离此五里，留个渡口，都要从他那里过，尽他掯勒②渡河钱。人不敢拗他，要多少就是多少。”宜生听说，“有如此事，数日就有变更！”速马前行，果然见两个大汉子，不撑船，只用木筏，将两条绳子，左边上筏，右边拽过去；右边上筏，左边拽过来。宜生心上也甚是惊骇：“果然力大，且是爽利。”心忙意急，等晁田来同渡。

只见晁田马至面前，他认得是方弼、方相兄弟二人，在此盘河。晁田曰：“方将军！”方弼看时，认得是晁田。方弼曰：“晁兄，你往那里去来？”晁田曰：“烦你渡吾过河。”方弼随将筏排同宜生、晁田渡过黄河上岸。方相、方弼相见，叙其旧日之好。方弼问曰：“晁兄往那里去来？”晁田将取定风珠之事说了一遍。方弼又问：“此位是何人？”晁田曰：“此是西岐上大夫散宜生。”方弼曰：“你乃纣臣，为甚事同他走？”晁田曰：“纣王失政，吾已归顺武王。如今闻太师征伐西岐，摆下十绝阵。今要破‘风吼阵’，借此定风珠来。今日有幸得遇你昆玉。”（“幾事不密则害成”，如此大事怎可轻易对人言）

方弼自思：“昔日反了朝歌，得罪纣王，一向流落，今日将定风珠抢去，将功赎罪，却不是好，我兄弟还可复职。”因问曰：“散大夫，怎么样的就叫做定风珠？借吾一看，以长见识。”宜生见方弼渡他过河，况是晁田认得，忙忙取出来递与方弼。方弼打开看过了，把包儿往腰里一塞，“此珠当作过河船资。”遂不答话，径往正南大路

① 罄尽：竭尽，没有剩余。
② 掯（kèn）勒：即“勒掯”，勒索之意。

去了。晁田不敢拦阻。方弼、方相身高三丈有余，力大无穷，怎敢惹他！把宜生吓的魂飞魄散，大哭曰：“此来跋涉数千里途程，今一旦被他抢去，怎生是好！将何面见姜丞相诸人!”抽身往黄河中要跳。晁田把宜生扯住，曰：“大夫不要性急。吾等死不足惜，但姜丞相命我二人取此珠破‘风吼阵’，急如风火，不幸被他劫去。吾等死于黄河，姜丞相不知信音，有误国家大事，是不忠也；中途被劫，是不智也。我和你慨然①见姜丞相，报知所以，令他别作良图②。宁死刀下，庶几少减此不忠、不智之罪。你我如今不明不白死了，两下耽误，其罪更甚。”宜生叹曰：“谁知此处遭殃!”

二人上马，往前加鞭急走。行不过十五里，只见前面两杆旗幡，飞出山口，后听粮车之声。宜生马至跟前，看见是武成王黄飞虎催粮过此。宜生下马。武成王下骑，曰：“大夫往那里来?”宜生哭拜在地。黄飞虎答礼，问晁田曰：“散大夫有甚事，这等悲泣?”宜生把取定风珠，渡黄河遇方弼抢去的事说了一番。黄飞虎曰：“几时劫去?”宜生曰：“去而不远。”飞虎曰：“不妨。吾与大夫取来，你们在此略等片时。”（每至绝境，必有己方高人前来化解）飞虎上了神牛。此骑两头见日，走八百里。撒开辔头，赶不多时，已自赶上。

只见兄弟二人在前面晃晃荡荡而行。黄千岁大叫曰：“方弼、方相慢行!”方弼回头，见是武成王黄飞虎，多年不见，忙在道旁跪下，问武成王曰：“千岁那里去?”飞虎大喝曰：“你为何把散宜生定风珠都抢了来?”方弼曰：“他与我作过渡钱，谁抢他的?”飞虎曰：“快拿来与我!”方相双手献与黄飞虎。飞虎曰：“你二人一向在那里?”方弼曰：“自别大王，我弟兄盘河过日子，苦不堪言。”飞虎

---

① 慨然：激昂貌，愤激貌。此指慷慨赴死。

② 良图：良策。

曰："我弃了成汤，今归周国。武王真乃圣主，仁德如尧、舜，三分天下，已有二分。会闻太师在西岐征伐，屡战不能取胜。你既无所归，不若同我归顺武王御前，亦不失封侯之位。不然，辜负你弟兄本领。"（劝人只凭利害，为弟兄谋个前程，好似《水浒》招安）方弼曰："大王若肯提拔，乃愚兄弟再生之恩矣，有何不可。"飞虎曰："既如此，随吾来。"

二人随着武成王，飞骑而来，霎时即至。宜生、晁田见方家弟兄跟着而来，吓的魂不附体。武成王下骑，将定风珠付与宜生，"你二位先行，吾带方弼、方相后来。"且说宜生、晁田星夜赶至西岐篷下，来见子牙。子牙问："取定风珠的事如何？"宜生把渡黄河被劫之事说了一遍。子牙大喝："宜生！倘然是此珠，若是国玺，也被中途抢去了！且戴罪暂退！"（责人易，责己难。若是姜子牙独自遇到此二人，能保定风珠无虞否？）子牙将定风珠上篷，献与燃灯道人。众仙曰："既有此珠，明日可破'风吼阵'。"不知胜负如何，且听下回分解。

总批

破一阵必先用一个赔偿性命的。此便是佛家轮回报应之说，执一而不可破。倘当日只用后面一个去破，何等直捷省事。燃灯佛祖毕竟有些婆子气。

又批

方弼、方相只在黄河岸上盘河，何等快乐！一为跟黄飞虎来立功名，便送却性命，此正为"香饵之下，必有死鱼"。今人欲速富贵利达者，幸鉴于兹。

第四十六回　广成子破金光阵

廣成子破金光陣

导读： 这一回中出场的阐教金仙不少，但主角应当是回目中提到的广成子。《封神演义》中的广成子，完全袭用了原有的神仙之名。原本的广成子是传说中上古时代的神仙，相传隐居于崆峒山石室之中，轩辕黄帝曾经亲自前来向其问道。据《庄子·在宥》所载，广成子乃以“至道之精，窈窈冥冥；至道之极，昏昏默默。无视无听，抱神以静，形将自正。必静必清，无劳汝形，无摇汝精，乃可以长生”答复黄帝。同时提出“守一”“处和”的修道原则，自称用此法修身，至一千二百岁，容颜未尝衰老，“得吾道者，上为皇而下为王；失吾道者，上见光而下为土”。此后《神仙传》《轩辕本纪》《逍遥虚经》等书中也都多有关于广成子的故事。另外，在太上老君历劫度人之说兴起后，广成子也成了太上老君八十一次显化人间的化身之一。

诗曰：

仙佛从来少怨尤[1]，只因烦恼惹闲愁，
恃强自弃千年业，用暴须拚万劫[2]修。
几度看来悲往事，从前思省为谁仇。
可怜羽化[3]封神日，俱作南柯梦里游。

话说燃灯道人次日共十二弟子排班下篷，将金钟、玉磬频敲，一齐出阵。只见成汤营里一声炮响，闻太师乘骑早至辕门，看子牙破“风吼阵”。董天君作歌而来，骑八叉鹿，提两口太阿剑。歌曰：

“得到清平有甚忧，丹炉乾马配坤牛[4]。
从来看破纷纷乱，一点灵台只自由。”

话说董天君鹿走如飞，阵前高叫。燃灯观左右无人可先入“风吼阵”，忽然见黄飞虎领方弼、方相来见子牙，禀曰：“末将催粮，收此二将，乃纣王驾下镇殿大将军方弼、方相兄弟二人。”子牙大喜。猛然间，燃灯道人看见两个大汉，问子牙曰：“此是何人？”子牙曰：“黄飞虎新收二将，乃是方弼、方相。”燃灯叹曰：“天数已定，万物难逃！就命方弼破‘风吼阵’走一遭。”（又拿天数说事，就不能换个花样？）子牙遂令方弼破“风吼阵”。可怜！方弼不过是俗子

① 怨尤：怨恨责怪。语出《论语·宪问》“不怨天，不尤人”。
② 万劫：佛教用以指时间极长。其义与“万世”近似。“劫”意为“远大时节”，故名。
③ 羽化：中国古代称成仙为羽化，取“变化飞升”之意。
④ 乾马配坤牛：语本《易·说卦》“乾为马，坤为牛”。“乾马”指纯阳之气；“坤牛”为至阴之精。

凡夫，那里知道其中幻术，便应声：“愿往！”持戟拽步①如飞虎，走至阵前。董天君见一大汉，高三丈有余，面如重枣，一布②落腮髭髯③，四只眼睛，甚是凶恶。董天君看罢，着实骇然，怎见得，有赞为证。赞曰：

三叉冠，乌云荡漾；铁掩心，砌就龙鳞。翠蓝袍，团花灿烂；画杆戟，烈烈征云④。四目生光真显耀，脸如重枣像虾红。一布落腮飘脑后，平生正直最英雄。曾反朝歌保太子，盘河渡口遇宜生。归周未受封官爵，“风吼阵”上见奇功。只因前定垂天象，显道神封久注名。

话说方弼见董天君，大呼曰：“妖道慢来！”就是一戟。董天君那里招架的住，只是一合，（并无武艺，全凭法术）便往阵里走了。子牙命左右擂鼓。方弼耳闻鼓声响，拖戟赶来，至“风吼阵”门前，径冲将进去。他那里知道阵内无穷奥妙。只见董天君上了板台，将黑幡摇动，黑风卷起，有万千兵刃，杀将下来。只听得一声响，方弼四肢已为数段，跌倒在地。一道灵魂往封神台，清福神柏鉴引进去了。董天君命士卒将方弼尸首拖出阵来。董全催鹿，复至阵前，大呼曰：“玉虚道友！尔等把一凡夫误送性命，汝心安乎！既是高明道德之士，来会吾此阵，便是玉石也。”燃灯乃命慈航道人：“你将定风珠拿去，破此‘风吼阵’。”慈航道人领法旨。乃作歌曰：

① 拽（yè）步：拉开脚步。
② 一布：犹言满布，一片。
③ 髭髯（zī rán）：胡须。
④ 征云：战云。比喻战争的气氛。

“自隐玄都不记春，几回沧海变成尘。
玉京金阙朝元始，紫府丹霄悟妙真。
喜集化成千岁鹤，闲来高卧[1]万年身。
吾今已得长生术，未肯轻传与世人。”

话说慈航道人谓董全曰：“道友，吾辈逢此杀戒，尔等最是逍遥，何苦摆此阵势，自取灭亡！当时佥押《封神榜》，你可曾在碧游宫，听你掌教师尊曾说有两句偈言，帖在宫门：‘静诵《黄庭》紧闭洞，如染西土受灾殃！’”（看来截教教主早已示下，奈何一众弟子不明师尊苦心）董天君曰：“你阐教门下，自倚道术精奇，屡屡将吾辈藐视，我等方才下山。道友，你是为善好乐之客，速回去，再着别个来，休惹苦恼！”慈航曰：“连你一身也顾不来，还要顾我！”

董全大怒，执宝剑望慈航直取。慈航架剑，口称：“善哉！”方才用剑相还。来往有三五回合，董天君往阵中便走。慈航道人随后赶来，到得阵门前，亦不敢擅入里面去，只听得脑后钟声频催，乃徐徐而入。只见董天君上了板台，将黑幡摇动，黑风卷起，犹如坏方弼一般。慈航道人顶上有定风珠，此风焉能得至。（既如此，此宝当名“避风珠”更恰当）不知此风不至，刀刃怎么得来。慈航将清净琉璃瓶祭于空中，命黄巾力士将瓶底朝天，瓶口朝地。只见瓶中一道黑气，一声响，将董全吸在瓶中去了。慈航命力士将瓶口转上，带出“风吼阵”来。只见闻太师坐在墨麒麟身上，专听阵中消息。只见慈航道人出来，对闻太师曰：“‘风吼阵’已被吾破矣。”命黄巾力士将瓶倾下来。怎见得，只见：

① 高卧：高枕而卧，安卧。

丝绦道服麻鞋在，浑身皮肉化成脓。

董全一道灵魂往封神台来，清福神柏鉴引进去了。闻太师见而大呼曰："气杀吾也！"将麒麟磕开，提金鞭冲杀过来。有黄龙真人乘鹤急止之曰："闻太师，你十阵方破三阵，何必又动无明，来乱吾班次！"只听得"寒冰阵"主大叫："闻太师，且不要争先，待吾来也！"乃信口作歌曰：

"玄中奥妙少人知，变化随机事事奇。
九转功成炉内宝，从来应笑世人痴。"

话说闻太师只得立住。那"寒冰阵"内袁天君歌罢，大叫："阐教门下，谁来会吾此阵?"燃灯道人命道行天尊门徒薛恶虎："你破'寒冰阵'走一遭。"薛恶虎领命，提剑蜂拥而来。袁天君见是一个道童，乃曰："那道童速自退去，着你师父来！"薛恶虎怒曰："奉命而来，岂有善回之理！"执剑砍来。袁天君大怒，将剑来迎，战有数合，便走入阵内去了。薛恶虎随后赶入阵来。只见袁天君上了板台，用手将黑幡摇动，上有冰山，即似刀山一样，往下磕来；下有冰块，如狼牙一般，往上凑合。任你是甚么人，遇之即为齑粉，薛恶虎一入其中，只听得一声响，磕成肉泥。一道灵魂径往封神台去了。阵中黑气上升。道行天尊叹曰："门人两个，今绝于二阵之中！"又见袁天君跨鹿而来，便叫："你们十二位之内，乃是上仙名士，谁来会吾此阵？乃令此无甚道术之人来送性命！"（非要先在阵中丧亡一人，而后才能破阵，如此安排，着实令人难解）燃灯道人命普贤真人走一遭。普贤真人作歌而来。歌曰：

“道德根源不敢忘，寒冰看破火消霜。
尘心不解遭魔障，堪伤！眼前咫尺失天堂。”

普贤真人歌罢。袁天君怒气纷纷，持剑而至。普贤真人曰：“袁角，你何苦作孽，摆此恶阵！贫道此来入阵时，一则开吾杀戒，二则你道行功夫一旦失却，后悔何及！”袁天君大怒，仗剑直取。普贤真人将手中剑架住，口称：“善哉！”二人战有三五合，袁角便走入阵中去了。普贤真人随即走进阵来。袁天君上了板台，将黑幡招动，上有冰山一座打将下来。普贤真人用指上放一道白光如线，长出一朵庆云，高有数丈，上有八角，角上乃金灯，缨络垂珠，护持顶上。其冰见金灯自然消化，毫不能伤。有一个时辰，袁天君见其阵已破，方欲抽身，普贤真人用吴钩剑飞来，将袁天君斩于台下。袁角一道灵魂被清福神引进封神台去了。普贤收了云光，大袖迎风，飘飘而出。闻太师又见破了“寒冰阵”，欲为袁角报仇。只见“金光阵”主，乃金光圣母，撒开五点斑豹驹，厉声作歌而来。歌曰：

“真大道，不多言，运用之间恒觉察。
放开二目见天元，此即是神仙。”

话说金光圣母骑五点斑豹驹，提飞金剑，大呼曰：“阐教门人谁来破吾‘金光阵’？”燃灯道人看左右无人先破此阵，正没计较，只见空中飘然坠下一位道人，面如傅粉，唇似丹朱。怎见得，有诗为证。诗曰：

道服先天气盖昂，竹冠麻履异寻常。

丝绦腰下飞鸾尾①，宝剑锋中起烨光②。
全气全神真道士，伏龙伏虎仗仙方。
袖藏奇宝钦神鬼，《封神榜》上把名扬。

话说众道人看时，乃是玉虚宫门下萧臻。萧臻对众仙稽首，曰："吾奉师命下山，特来破'金光阵'。"只见金光圣母大呼曰："阐教门下谁来会吾此阵？"言未毕，萧臻转身曰："吾来也！"金光圣母认不得萧臻，问曰："来者是谁？"萧臻笑曰："你连我也认不得了！吾乃玉虚门下萧臻的便是。"金光圣母曰："尔有何道行，敢来会吾此阵？"执剑来取。萧臻彻步③，赴而交还。二人战未及三五合，金光圣母拨马往阵中飞走。萧臻大叫："不要去！吾来了！"径赶入金光阵内，至一台下。金光圣母下驹上台，将二十一根杆上吊着镜子，镜子上每面有一套，套住镜子。圣母将绳子拽起，其镜现出，把手一放，明雷响处，振动镜子，连转数次，放出金光，射着萧臻，大叫一声。可怜！正是：百年道行从今灭，衣袍身体影无踪。

萧臻一道灵魂，清福神柏鉴引进封神台去。金光圣母复上了斑豹驹，走至阵前曰："萧臻已绝。谁敢会吾此阵？"燃灯道人命广成子："你去走一遭。"广成子领命，作歌曰：

"有缘得悟本来真，曾在终南遇圣人。
指出长生千古秀，生成玉蕊万年新。
浑身是口难为道，大地飞尘别有春。

① 鸾尾：鸾鸟之尾，此指鸾鸟尾巴上的羽毛。
② 烨光：灿烂的光芒。
③ 彻步：即"撤步"。彻，通"撤"。

吾道了然成一贯，不明一字最艰辛。”

话说金光圣母见广成子飘然而来，大呼曰：“广成子，你也敢会吾此阵？”广成子曰：“此阵有何难破，聊为儿戏耳！”（既如此，又何苦丧那萧臻性命）金光圣母大怒，仗剑来取。广成子执剑相迎。战未及三五合，金光圣母转身往阵中走了。广成子随后赶入“金光阵”内，见台前有幡杆二十一根，上有物件挂着。金光圣母上台，将绳子揽住，拽起套来，现出镜子，发雷振动，金光射将下来。广成子忙将八卦仙衣打开，连头裹定，不见其身。

金光纵有精奇奥妙，侵不得八卦紫寿衣。有一个时辰，金光不能透入其身，雷声不能振动其形。广成子暗将番天印往八卦仙衣底下打将上来，一声响，把镜子打碎了十九面。金光圣母着慌，忙拿两面镜子在手，方欲摇动，急发金光来照广成子，早被广成子复祭番天宝印打来。金光圣母躲不及，正中顶门，脑浆迸出。一道灵魂早进封神台去了。广成子破了“金光阵”，方出阵门。闻太师得知金光圣母已死，大叫曰：“广成子休走！吾与金光圣母报仇！”麒麟走动如飞。只见“化血阵”内孙天君大呼曰：“闻兄不必动怒，待吾擒他与金光圣母报仇。”

孙天君面如重枣，一步短髯，戴虎头冠，乘黄斑鹿，飞滚而来。燃灯道人顾左右，并无一人去得，偶然见一道人，慌忙而至，与众人打稽首，曰：“众位道兄请了！”燃灯曰：“道者何来？高姓，大名？”道人曰：“衲子乃五夷山白云洞散人乔坤是也。闻十绝阵内‘化血阵’，吾当协助子牙。”（正缺帮手，帮手便从天而降，如此桥段，偶一为之尚可，稍一多用，即觉重复可厌）言未了，孙天君叫曰：“谁来会吾此阵？”乔坤抖擞精神曰：“吾来了！”仗剑在手，向前问曰：“尔等虽是截教，总是出家人，为何起心不良，摆此恶阵？”孙天君曰：“尔是何人，敢来破吾‘化血阵’？快快回去，免遭枉死！”乔坤大怒，骂曰：“孙良，你休夸海口，吾定破尔阵，拿你枭首，号令西岐。”孙天君大怒，纵鹿仗剑来取。乔坤赴面交还。未及数合，孙天君败入阵。乔坤随后赶入阵中。孙天君上台，将一片黑砂往下打来，正中乔坤。正是：砂沾袍服身为血，化作津津遍地红。乔坤一道灵魂已进封神台去了。孙天君复出阵前，大呼曰：“燃灯道友，你着无名下士来破吾阵，枉丧其身！”（必先死一人，而后能破阵，如此安排，除了硬凑人数，实在不知还有何意义）燃灯命太乙真人：“你去走一遭。”太乙真人作歌而来。歌曰：

“当年有志学长生，今日方知道行精。
运动坤乾颠倒理，转移月日互为明。
苍龙有意归离卧，白虎多情觅坎行。
欲炼九还何处是，震宫雷动望西成。”

太乙真人歌罢。孙天君曰：“道兄，你非是见吾此阵之士。”太乙真人笑曰：“道友休夸大口，吾进此阵如入无人之境耳。”孙天君大怒，催鹿仗剑直取。太乙真人用剑相还。未及三五合，孙天君便往阵中去了。太乙真人听脑后金钟催响，至阵门，将手往下一指，地现两朵青莲，真人脚踏二花，腾腾而入。真人用左手一指，指上放出一道白光，高有一二丈。顶上现一朵庆云，旋在空中，护于顶上。孙天君在台上抓一把黑砂打将下来。其砂方至顶云，如雪见烈焰一般，自灭无踪。孙天君大怒，将一斗黑砂往下一泼。其砂飞扬而去，自灭自消。孙天君见此术不应，抽身逃遁。

太乙真人忙将九龙神火罩祭于空中，孙天君合该如此，将身罩住。真人双手一拍，只见现出九条火龙，将罩盘绕，顷刻烧成灰烬。

一道灵魂往封神台去了。闻太师在老营外，见太乙真人又破了“化血阵”，大叫曰：“太乙真人休回去！吾来了！”只见黄龙真人乘鹤而至，立阻闻太师曰：“大人之语，岂得失信！十阵方才破六，尔且暂回，明日再会。如今不必这等恃强，雌雄自有分定。”闻太师气冲斗牛，神目光辉，须发皆竖。回进老营，忙请四阵主入帐。太师泣对四天君曰：“吾受国恩，官居极品，以身报国，理之当然。今日六友遭殃，吾心何忍！四位请回海岛，待吾与姜尚决一死战，誓不俱生！”太师道罢，泪如雨下。四天君曰：“闻兄且自宽慰，此是天数。吾等各有主张。”俱回本阵去了。

且说燃灯与太乙真人回至芦篷，默坐不言。子牙打点前后。

话说闻太师独自寻思，无计可施。忽然想起峨嵋山罗浮洞赵公明，心下踌蹰：“若得此人来，大事庶几可定。”忙唤吉立、余庆：“好生守营，我往峨嵋山去来。”二人领命。太师随上墨麒麟，挂金鞭，借风云，往罗浮洞来。正是：神风一阵行千里，方显玄门道术高。

霎时到了峨嵋山罗浮洞。下了麒麟，太师观看其山，真清幽僻静：鹤鹿纷纭，猿猴来往，洞门前悬挂藤萝。太师问：“有人否？”少时有一童子出来，见太师三只眼，问曰：“老爷那里来的？”太师曰：“你师父可在么？”童儿答曰：“在洞里静坐。”太师曰：“你说商都闻太师来访。”童儿进来，见师父报曰：“有闻太师来拜访。”

赵公明听说，忙出洞迎接，见闻太师大笑曰：“闻道兄，那一阵风儿吹你到此？你享人间富贵，受用金屋繁华，全不念道门光景，清淡家风！”二人携手进洞，行礼坐下。闻太师长吁一声，未及开言。赵公明问曰：“道兄为何长吁？”闻太师曰：“我闻仲奉诏征西，讨伐叛逆。不意昆仑教下姜尚，善能谋谟①，助恶者众，朋济作奸。屡屡失机，无计可施。不得已，往金鳌岛，邀秦完等十友协助，乃摆十绝阵，指望擒获姜尚，孰知今破有六，反损六位道友，无故遭殃，实为可恨！今日自思，无门可投，忝愧到此，烦兄一往。不知道兄尊意如何？”公明曰：“你当时怎不早来？今日之败，乃自取之也。（亦是自负之言）既然如此，兄且先回，吾随后即至。”太师大喜，辞了公明，上骑，借风云回营不表。

且说赵公明唤门徒陈九公、姚少司：“随我往西岐去。”两个门徒领命。公明打点起身，唤童儿：“好生看守洞府，吾去就来。”带两个门人，借土遁往西岐。正行之间，忽然落下来，是一座高山上。正是：异景奇花观不尽，分明生就小蓬莱。赵公明正看山中景致，猛然山脚下一阵狂风大作，卷起灰尘。公明看时，只见一只猛虎来了。笑曰：“此去也无坐骑，跨虎登山，正是好事。”只见那虎剪尾摇头而来。怎见得，诗曰：

咆哮踊跃出深山，几点英雄汗血斑。
利爪如钩心胆壮，钢牙似剑势凶顽。
未曾行处风先动，才作奔腾草自扳。
任是兽群应畏服，敢撄②威猛等闲间。

话说赵公明见一黑虎而来，喜不自胜：“正用得着你！”掉步向前，将二指伏虎在地，用丝绦套住虎项，跨在虎背上，把虎头一拍，用符印一道画在虎项上。那虎四足就起风云，霎时间来到成汤营，辕

① 谋谟：谋划，制定谋略。
② 撄（yīng）：接触，触犯。

门下虎。众军大叫："虎来了！"陈九公曰："不妨！乃是家虎。快报与闻太师：赵老爷已至辕门。"太师闻报，忙出营迎迓。二人至中军帐坐下。有四阵主来相见，共谈军务之事。赵公明曰："四位道兄，如何摆十绝阵，反损了六位道友？此情真是可恨！"

正说间，猛然抬头，只见子牙芦篷上吊有赵江。公明问曰："那篷上吊的是谁？"白天君曰："道兄，那就是'地烈阵'主赵江。"公明大怒："岂有此理！三教原来总一般，彼将赵江如此之辱，吾辈体面何存！待吾也将他的人拿一个来吊着，看他意下如何！"随上虎提鞭。闻太师同四阵主出营，看赵公明来会姜子牙。不知胜负如何，且听下回分解。

总批

十阵主自恃无敌，故屡屡遭败，理势然也。若燃灯等毕竟是以静待动，故动辄致胜。古语：欺敌者亡。从来任一己用事的，都做不出好事来，可为自用者之戒。

又批

十绝阵主刚暴自任，理合取败。大抵闻太师实是勾魂使，只无奈燃灯亦以十个人去填陷，若有意送去的。此还是天数乎？果不可逃者乎？当与知数学者商之。

第四十七回　公明辅佐闻太师

公明輔佐
聞太師

导读：赵公明应该是读者非常熟悉，而且估计也是最为喜欢的神仙，因为在现代赵公明已经是公认的财神爷。但是最开始，赵公明的形象却是一个恶神。晋代干宝《搜神记》中说，上帝命三将军督鬼卒下到人间取人，赵公明就是这三个督鬼将军之一。陶弘景的《真诰》称他为“土下冢中直气五方诸神”之一。这是赵元帅出现在道教神谱中的最早形象。之后又有传说赵公明为五方力士之一，这五方力士乃天之五鬼，在地名曰五瘟使者，一旦出现民间必有瘟疫，是为瘟神。赵公明在其中手执凉扇，身穿白袍，被隋文帝封为“感应将军”。元明以后，赵公明逐渐衍化成为道教的护法天神。据《历世真仙体道通鉴》等书的记载，赵公明原为蜀地八部鬼帅之一。祖天师张道陵入蜀传道，与其大战于青城山，最终大胜，收服了六大魔王、八部鬼帅。这里的赵公明还保留了其恶神的出身，而到了《汉天师世家》中，他就成了自愿为张道陵看守丹炉的护法神了。至于赵公明的财神属性，至迟在元明之际成书的《三教源流搜神大全》中就已经出现了。究其原因，笔者以为或许和他封号中的“金轮如意”有关。

诗曰：

异宝虽多莫炫奇，须知盈满有参商。
西山此际多夸胜，狭路应思失意悲。
跨虎有威终属幻，降龙无术转当时。
堪嗟纣日西山近，无奈匡君欠所思。

话说赵公明乘虎提鞭，出营来大呼曰：“着姜尚快来见吾！”哪吒听说，报上篷来：“有一跨虎道者，请师叔答话。”燃灯谓子牙曰：“来者乃峨嵋山罗浮洞赵公明是也。你可见机而作。”子牙领命下篷，乘四不相，左右有哪吒、雷震子、黄天化、杨戬、金木二吒拥护。只见杏黄旗招展，黑虎上坐一道人。怎见得：

天地玄黄修道德，洪荒宇宙炼元神。
虎龙啸聚风云鼎，乌兔周旋卯酉①晨。
五遁三除闲戏耍，移山倒海等闲抡。
掌上曾安天地诀，一双草履任游巡。
五气朝元②真罕事，三花聚顶③自长春。
峨嵋山下声名远，得到罗浮有几人。

话说子牙见公明，向前施礼，口称：“道友是那一座名山？何处洞府？”公明曰：“吾乃峨嵋山罗浮洞赵公明是也。你破吾道友六阵，倚仗你等道术，坏吾六友，心实痛切！又把赵江高吊芦篷，情俱可

① 卯酉：此指早晚。
② 五气朝元：道教内丹修炼术语。为内丹修炼的最高阶段。
③ 三花聚顶：道教内丹修炼术语。指精、气、神经内丹修炼，融汇为一，聚于上丹田。

恨！姜尚，我知你是玉虚宫门下，我今日下山，必定与你见个高低！”提鞭纵虎来取子牙。子牙仗剑急架忙还。(何不用打神鞭?)二兽相交。未及数合，公明祭鞭在空中，神光闪灼如电，其实惊人。子牙躲不及，被一鞭打下鞍韂。哪吒急来，使火尖枪敌住公明。金吒救回姜子牙。子牙被鞭打伤后心①，死了。哪吒使开枪法，战未数合，又被公明一鞭打下风火轮来。黄天化看见，催开玉麒麟，使两柄锤抵住公明。又飞起雷震子，展开黄金棍，往下打来。杨戬纵马摇枪，将赵公明裹在垓心。好杀！只杀得：

天昏地惨无光彩，宇宙浑然黑雾迷。

赵公明被三人裹住了。雷震子是上三路，黄天化是中三路，杨戬暗将哮天犬放起，形如白象。怎见得好犬：

仙犬修成号细腰，形如白象势如枭。
铜头铁颈难招架，遭遇凶锋②骨亦消。

话说杨戬暗放哮天犬，赵公明不防备，早被哮天犬一口把颈项咬伤，将袍服扯碎，只得拨虎逃归进辕门。(明枪易躲，暗犬难防)闻太师见公明失利，慌忙上前慰劳。赵公明曰：“不妨。”忙将葫芦中仙药取出搽上，即时全愈不表。

且说子牙被赵公明一鞭打死，抬进相府。武王知子牙打死，忙同文武众官至相府来看子牙。只见子牙面如白纸，合目不言，不觉点首

① 后心：背后对着心窝的部分。
② 凶锋：犹凶焰。指凶猛的锐气。

叹曰："'名利'二字，俱成画饼！"着实伤悼。正叹之间，报："广成子进相府来看子牙。"武王迎接至殿前。武王曰："道兄，相父已亡，如之奈何？"广成子曰："不妨。子牙该有此厄。"叫取水一盏。道人取一粒丹，用手拈开，撬开口，将药灌下十二重楼[①]有一个时辰，子牙大叫一声："痛杀吾也！"二目睁开，只见武王、广成子俱站于卧榻之前。子牙方知中伤已死。正欲挣起身来致谢，广成子摇手曰："你好生调理，不要妄动。吾去芦篷照顾，恐赵公明猖獗。"广成子至篷上，回了燃灯的话："已救回子牙还生，且在城内调养。"不表。

话说赵公明次日上虎，提鞭出营，至篷下，坐名要燃灯答话。哪吒报上篷来。燃灯遂与众道友排班而出。见公明威风凛凛，眼露凶光，非道者气象。燃灯打稽首，对赵公明曰："道兄请了！"公明回答曰："道兄，你等欺吾教太甚！吾道你知，你道吾见。你听吾道来：

混沌从来不记年，各将妙道补真全。
当时未有星河斗，先有吾党后有天。

道兄，你乃阐教玉虚门下之士，我乃截教门人。你师，我师，总是一师秘授，了道成仙，共为教主。你们把赵江吊在篷上，将吾道藐如灰土。（原来是为了颜面而来）吊他一绳，有你半绳，道理不公。岂不知：

翠竹黄须白笋芽，儒冠道履白莲花。
红花白藕青荷叶，三教元来总一家。"

① 重楼：道教称"喉咙"为重楼。

燃灯答曰："赵道兄，当时佥押《封神榜》，你可曾在碧游宫？"赵公明曰："吾岂不知！"燃灯曰："你既知道，你师曾说神中之姓名，三教内俱有，弥封无影，死后见明①。尔师言得明明白白，道兄今日至此，乃自昧己心，逆天行事，是道兄自取。吾辈逢此劫数，吉凶未知。吾修天皇成于正果，至今难脱红尘。道兄无束无拘，却要强争名利。你且听我道来：

盘古修来不记年，阴阳二气在先天。
煞中生气肌肤换，精里含精性命团。
玉液丹成真道士，六根清净产胎仙。
扭天拗地心难正，徒费工夫落堑渊②。"

赵公明大怒曰："难道吾不如你，且听我道来：

能使须弥翻转过，又将日月逆周旋。
后来天地生吾后，有甚玄门道德仙！"（怒火中烧，已至口不择言）

赵公明道罢。黄龙真人跨鹤至前，大呼曰："赵公明，你今日至此，也是《封神榜》上有名的，合该此处尽绝！"公明大怒，举鞭来取。真人忙将宝剑来迎。鞭剑交加。未及数合，赵公明将缚龙索祭起，把黄龙真人平空拿去。赤精子见拿了黄龙真人，大呼："赵公明少得无礼！听吾道来：

① 弥封无影，死后见明：此指《封神榜》上的姓名无人知道，只有在这些人死了，才会公布出来。
② 堑（qiàn）渊：沟壑深潭。

会得阳丹物外玄，了然得意自忘筌①。
应知物外长生路，自是逍遥不老仙。
铅与汞，产先天，颠倒日月配坤乾。
明明指出无生妙，无奈凡心不自捐。”

话说赤精子执剑来取公明。公明鞭法飞腾。来往有三五合，公明取出一物，名曰定海珠，珠有二十四颗。此珠后来兴于释门，化为二十四诸天。公明将此宝祭于空中，有五色毫光。纵然神仙，观之不明，瞧之不见，一刷下来，将赤精子打了一交。赵公明正欲用鞭复打赤精子顶上，有广成子岔步大叫：“少待伤吾道兄！吾来了！”公明见广成子来得凶恶，急忙迎架广成子。两家交兵，未及一合，又祭此珠，将广成子打倒尘埃。道行天尊急来抵住公明。公明连发此宝，打伤五位上仙。玉鼎真人，灵宝大法师五位败回芦篷。赵公明连胜回营。至中军，闻太师见公明得胜大喜。公明命将黄龙真人也吊在幡杆上。把黄龙真人泥丸宫上用符印压住元神，轻容易不得脱逃。营中闻太师一面分付设酒，四阵主陪饮。（到底报复回去，也算让赵公明出了口气，自该畅饮，但只怕乐极生悲）

且说燃灯回上篷来坐下，五位上仙俱着了伤，面面相觑，默默不语。燃灯问众道友曰：“今日赵公明用的是何物件打伤众位？”灵宝大法师曰：“只知着人甚重，不知是何宝物，看不明切。”五人齐曰：“只见红光闪灼，不知是何物件。”燃灯闻言，甚是不乐。忽然抬头，见黄龙真人吊在幡杆上面，心下越觉不安。众道者叹曰：“是吾辈逢此劫厄不能摆脱。今黄龙真人被如此厄难，我等此心何忍！谁能解他

① 忘筌：语出《庄子·外物》“荃者所以在鱼，得鱼而忘荃”。后即用以比喻功成而忘其凭借。

愆尤[1]方好。”玉鼎真人曰：“不妨。至晚间再作处治。”众道友不言。不觉红轮西坠，玉鼎真人唤杨戬曰：“你今夜去把黄龙真人放来。”杨戬听命。至一更时分，化作飞蚊，飞在黄龙真人耳边，悄悄言曰：“师叔，弟子杨戬奉命，特来放老爷。怎么样阳神[2]便出？”真人曰：“你将吾顶上符印去了，吾自得脱。”杨戬将符印揭去。正是：天门大开阳神出，去了昆仑正果仙。真人来至芦篷稽首，谢了玉鼎真人。众道人大喜。

且说赵公明饮酒半酣，正欢呼大悦，忽邓忠来报：“启老爷：幡上不见了道人了！”赵公明掐指一算，知道是杨戬救去了。公明笑曰：“你今日去了，明日怎逃！”彼时二更席散，各归寝榻。

次日，升中军，赵公明上虎，提鞭，早到篷下，坐名要燃灯答话。燃灯在篷上见公明跨虎而来，谓众道友曰：“你们不必出去，待吾出去会他。”燃灯乘鹿，数门人相随，至于阵前。赵公明曰：“杨戬救了黄龙真人来了，他有变化之功，叫他来见我。”燃灯笑曰：“道友乃斗筲之器，此事非是他能，乃仗武王洪福，姜尚之德耳。”公明大怒曰：“你将此言惑乱军心，甚是可恨！”提鞭就打。（赵公明智谋也不可小觑）燃灯口称：“善哉！”急忙用剑招架。未及数合，公明将定海珠祭起。燃灯借慧眼看时，一派五色毫光，瞧不见是何宝物。看看落将下来，燃灯拨鹿便走，不进芦篷，望西南上去了。公明追将下来，往前赶有多时，至一山坡。松下有二人下棋，一位穿青，一位穿红，正在分局之时，忽听鹿蹄响亮，二人回顾，见是燃灯道人，二人忙问其故？燃灯认不得二人。燃灯把赵公明伐西岐事说了一遍。二人曰：“不妨。老师站在一边，待我二人问他。”且说赵公明

① 愆尤：罪过，罪责。
② 阳神：泛指灵魂。

虎走如飞驰电骤，倏忽而至。二人作歌曰：

“可怜四大属虚名，认破方能脱死生。
慧性犹如天际月，幻身却似水中冰。
拨回关棙①头头着，看破虚空物物明。
缺行亏功俱是假，丹炉火起道难成。”

且说赵公明正赶燃灯，听得歌声古怪，定目观之，见二人各穿青、红二色衣袍，脸分黑、白。公明问曰：“尔是何人？”二人笑曰：“你连我也认不得，还称你是神仙！听我道来：

堪笑公明问我家，我家原住在烟霞。
眉藏火电非闲说，手种金莲岂自夸。
三尺焦桐②为活计，一壶美酒是生涯。
骑龙远出游沧海，夜久无人玩物华。

吾乃五夷山散人萧升、曹宝是也，俺弟兄闲对一局，以遣日月。今见燃灯老师被你欺逼太甚，强逆天道，扶假灭真，（再次强调商亡周兴乃是天数）自不知己罪，反恃强追袭，吾故问你端的。”赵公明大怒：“你好大本领，焉敢如此！”发鞭来打。二道人急以宝剑来迎。鞭来剑去，宛转抽身。未及数合，公明把缚龙索祭起来拿两个道人。萧升一见此索，笑曰：“来得好！”急忙向豹皮囊取出一个金钱，有翅，名曰“落宝金钱”，也祭起空中。只见缚龙索跟着金钱落在地上。曹

① 棙（lì）：机纽。
② 焦桐：琴。东汉蔡邕曾用烧焦的桐木造琴，后因称琴为焦桐。

宝忙将索收了。赵公明见收了此宝，大呼一声：“好妖孽！敢收吾宝！”又取定海珠祭起于空中，只见瑞彩千团打将下来。萧升又发金钱。定海珠随钱而下。曹宝忙忙抢了定海珠。公明见失了定海珠，气得三尸神暴跳，急祭起神鞭。萧升又发金钱。不知鞭是兵器，不是宝，（鞭是神鞭，如何算不得宝？也是故意咬文嚼字，不如此则引不出后续故事也）如何落得！正中萧升顶门，打得脑浆迸出，做一场散淡闲人，只落得封神台下去了。

曹宝见道兄已死，欲为萧升报仇。燃灯在高阜处观之，叹曰：“二友棋局欢笑，岂知为我遭如此之苦！待吾暗助他一臂之力。”忙将乾坤尺祭起去。公明不曾提防，被一尺打得公明几乎坠虎，大呼一声，拨虎往南去了。燃灯近前，下鹿施礼，“深感道兄施术之德。堪怜那一位穿红的道友遭迍①，吾心不忍！二位是那座名山？何处洞府？高姓？大名？”道者答曰：“贫道乃五夷山散人萧升、曹宝是也，因闲无事，假此一局遣兴。今遇老师，实为不平之忿，不期萧兄绝于公明毒手，实为可叹！”（燃灯无意而至，二人无意而战，如此而称“天数如此”云云，方觉自然）

燃灯曰：“方才公明祭起二物欲伤二位，贫道见一金钱起去，那物随钱而落，道友忙忙收起，果是何物？”曹宝曰：“吾宝名为‘落宝金钱’，连落公明二物，不知何名。”取出来与燃灯观看。燃灯一见定海珠，鼓掌大呼曰：“今日方见此奇珍，吾道成矣！”曹宝忙问其故。燃灯曰：“此宝名‘定海珠’，自元始已来，此珠曾出现光辉，照耀玄都，后来杳然无闻，不知落于何人之手。今日幸逢道友，收得此宝，贫道不觉心爽神快。”曹宝曰：“老师既欲见此宝，必是有可用之处，老师自当收去。”燃灯曰：“贫道无功，焉敢受此？”曹宝

---

① 遭迍（zhūn）：亦作“遭屯”。遭受困顿。

曰："一物自有一主，既老师可以助道，理当受得。弟子收之无用。"燃灯打稽首，谢了曹宝，二人同往西岐，至芦篷。众道人起身相见。燃灯把遇萧升一事说了一遍。燃灯又对众人曰："列位道友被赵公明打伤扑跌在地者，乃是'定海珠'。"众道人方悟。燃灯取出，众人观看，一个个嗟叹不已。

不说燃灯得宝，话说赵公明被打了一乾坤尺，又失了定海珠、缚龙索，回进大营。闻太师接住，问其追燃灯一事。公明长吁一声。闻太师曰："道兄为何这等？"公明大叫曰："吾自修行以来，今日失利。正赶燃灯，偶遇二子，名曰萧升、曹宝，将吾缚龙索、定海珠收去。吾自得道，仗此奇珠，今被无名小辈收去，吾心碎矣！"公明曰："陈九公、姚少司，你好生在此，吾往三仙岛去来。"闻太师曰："道兄此去速回，免吾翘首。"公明曰："吾去即回。"遂乘虎驾风云而起。

不一时来至三仙岛，下虎至洞府前，咳嗽一声。少时，一童儿出来，"原来是大老爷来了。"忙报与三位娘娘："大老爷至此。"三位娘娘起身，齐出洞门迎接，口称："兄长请入里面。"打稽首坐下。云霄娘娘曰："大兄至此，是往那里去来？"公明曰："闻太师伐西岐不能取胜，请我下山，会阐教门人，连胜他几番。后是燃灯道人会我，口出大言，吾将定海珠祭起，燃灯逃遁，吾便追袭。不意赶至中途，偶遇散人萧升、曹宝两个无名下士，（虽是无名，却非无能，赵公明仗着两样秘宝，眼高于顶，合该有此一败）把吾二物收去。自思辟地开天，成了道果，得此二宝，方欲炼性修真，在罗浮洞中以证元始，今一旦落于儿曹之手，心甚不平。特到此间，借金蛟剪也罢，或混元金斗也罢，拿下山去，务要复回此二宝，吾心方安。"

云霄娘娘听罢，只是摇头，说道："大兄，此事不可行。昔日三教共议，佥押《封神榜》，吾等俱在碧游宫。我们截教门人，《封神榜》上颇多，因此禁止不出洞府，只为此也。吾师有言：‘弥封名姓，当宜谨慎。’宫门又有两句贴在宫外：

紧闭洞门，静诵《黄庭》三两卷；
身投西土，《封神榜》上有名人。

如今阐教道友犯了杀戒，吾截教实是逍遥。昔日凤鸣岐山，今生圣主，何必与他争论闲非。大兄，你不该下山。你我只等子牙封过神，才见神仙玉石。大兄请回峨嵋山，待平定封神之日，吾亲自往灵鹫山，问燃灯讨珠还你。若是此时要借金蛟剪、混元金斗，妹子不敢从命。”（原来非是截教中人不知兴周封神之事，却为何要屡屡逆天而动？难道这也是天数所定，在劫难逃吗？）公明曰：“难道我来借，你也不肯？”云霄娘娘曰：“非是不肯，恐怕一时失了，追悔何及！总来兄请回山，不久封神在迩，何必太急。”公明叹曰：“一家如此，何况他人！”遂起身作辞，欲出洞门，十分怒色。正是：他人有宝他人用，果然开口告人难。

三位娘娘听公明之言，内有碧霄娘娘要借，奈姐姐云霄不从。且说公明跨虎离洞，行不上一二里，在海面上行，脑后有人叫曰：“赵道兄！”公明回头看时，一位道姑，脚踏风云而至。怎见得，诗曰：

髻挽青丝杀气浮，修真炼性隐山丘。
炉中玄妙超三界，掌上风雷震九州。
十里金城驱黑雾，三仙瑶岛运神飚①。
若还触恼仙姑怒，翻倒乾坤不肯休。

① 飚（liú）：风。

赵公明看时，元来是菡芝仙。公明曰："道友为何相招？"道姑曰："道兄那里去？"赵公明把伐西岐失了定海珠的事说了一遍，"方才问俺妹子借金蛟剪，去复夺定海珠，他坚执不允，故此往别处借些宝贝，再作区处。"菡芝仙曰："岂有此理！我同道兄回去。一家不借，何况外人！"（却也是个惹事精）菡芝仙把公明请将回来，复至洞门下虎。童儿禀三位娘娘："大老爷又来了。"三位娘娘复出洞来迎接。只见菡芝仙同来，入内行礼坐下。菡芝仙曰："三位姐姐，道兄乃你三位一脉，为何不立纲纪。难道玉虚宫有道术，吾等就无道术。他既收了道兄二宝，理当为道兄出力。三位姐姐为何不允！这是何故？倘或道兄往别处借了奇珍，复得西岐燃灯之宝，你姊妹面上不好看了。况且至亲一脉，又非别人。今亲妹子不借，何况他人哉！连我八卦炉中炼的一物，也要协助闻兄去，怎的你到不肯！"

碧霄娘娘在旁，一力赞助："姐姐，也罢，把金蛟剪借与长兄去罢。"云霄娘娘听罢，沉吟半晌，无法可处，不得已，取出金蛟剪来。云霄娘娘曰："大兄，你把金蛟剪拿去，对燃灯说：'你可把定海珠还我，我便不放金蛟剪；你若不还我宝珠，我便放金蛟剪，那时月缺难圆。'他自然把宝珠还你。大兄，千万不可造次行事！我是实言。"公明应诺，接了金蛟剪，离却三仙岛。菡芝仙送公明曰："吾炉中炼成奇珍，不久亦至。"彼此作谢而别。公明别了菡芝仙，随风云而至成汤大营。旗牌报进营中："启太师爷：赵老爷到了。"闻太师迎接入中军坐下。正是：入门休问荣枯事，观见容颜便得知。

太师问曰："道兄往那里借宝而来？"公明曰："往三仙岛吾妹子处，那里借他的金蛟剪来。明日务要复夺吾定海珠。"闻太师大喜，设酒款待，四阵主相陪。当日而散。次早，成汤营中炮响，闻太师上了墨麒麟，左右是邓、辛、张、陶。赵公明跨虎临阵，专请燃灯答话。哪吒报上芦篷。燃灯早知其意，"今公明已借金蛟剪来。"谓众道友曰："赵公明已有金蛟剪，你们不可出去。吾自去见他。"遂上了仙鹿，自临阵前。公明一见燃灯，大呼曰："你将定海珠还我，万事干休；若不还我，定与你见个雌雄!"燃灯曰："此珠乃佛门之宝，(此时何来佛门?)今见主必定要取。你那左道旁门，岂有福慧压得住他！此珠还是我等了道证果①之珍，你也不必妄想。"公明大叫曰："今日你既无情，我与你月缺难圆!"这道人诗曰：

"跨虎临锋胆气雄，圆睁怪目吐长虹。
神鞭闪灼游龙尾，黑虎飞腾起旋风。
借来蛟剪称无价，要夺奇珠立大功。
造化不如周主福，千年道行一场空。"(公明怎自作诗谓己道行成空，此诗殊不可解)

话说燃灯道人见公明纵虎冲来，只得催鹿抵架。不觉鹿虎交加，往来数合。赵公明将金蛟剪祭起。不知燃灯性命如何，且听下回分解。

总批

赵公明也只是恃得自己有宝贝，故此连胜燃灯众人；一至失却诸宝，便自空拳失手，反去沿门托钵。凡有吾鼎者，当得自爱。

又批

公明无宝珠便自张惶失措，一有金蛟剪又自恃此逞凶，所以终至失手。古人所以云："谦受益，满招损。"良有以也。

① 证果：本为佛家语，指经过长期修行而悟入妙道。

第四十八回　陆压献计射公明

陸壓獻計射公明
趙公明

导读： 本回中，赤精子终于破了“落魂阵”，拿回了太上老君的太极图。这个赤精子是否有原型呢？赤精子的名字容易让人联想到一位传说中的上古神仙——赤松子。赤松子在秦汉时期声名颇盛，不但《淮南子》《列仙传》等书中记载了不少他的事迹，就连张良向刘邦提出要归隐修仙时说的也是“欲从赤松子游”。不过，在当时确实有一位“赤精子”，是谁呢？就是汉高祖刘邦。刘邦起兵时有著名的斩蛇起义故事，故事中的老妇声称刘邦是赤帝之子。后来故事越传越离奇，最后说成了刘邦的母亲是感赤龙而孕，刘邦也就被称作了“赤帝之精”“赤精子”，甚至简称“赤精”。而另一个“赤精子”就是范蠡。《齐民要术·养鱼》里曾经引用了一部署名陶朱公的《养鱼经》，书中记载说，齐威王问陶朱公说：“我听闻您在齐地叫鸱夷子皮，在西戎叫赤精子，在越叫范蠡，有这回事吗？”可见，赤精子也是范蠡的化名之一，只不过此时的范蠡是已经神化的陶朱公，而不是历史上的越国上将军了。另外，还有一位“赤精子”，那便是太上老君。据《太上老君开天经》所言，太上老君在颛顼时化身为赤精子，下降人间，这也是太上老君八十一次显化的身份之一。

诗曰：

周家开国应天符，何怕区区定海珠。
陆压有书能射影，公明无计庇头颅。
应知幻化多奇士，谁信残忍活独夫。
闻仲扭天原为主，忠肝留向在龙图。

话说公明祭起金蛟剪——此剪乃是两条蛟龙，采天地灵气，受日月精华，起在空中，挺折上下，祥云护体，头交头如剪，尾绞尾如股，不怕你得道神仙，一闸两段。那时起在空中，往下闸来。燃灯忙捹了梅花鹿，借木遁去了。把梅花鹿一闸两段。（鹿儿何辜，属实可怜）公明怒气不息，暂回老营不题。且说燃灯逃回芦篷，众仙接着，问金蛟剪的原故。燃灯摇头曰："好利害！起在空中，如二龙绞结；落下来，利刃一般。我见势不好，预先借木遁走了。可惜把我的梅花鹿一闸两段！"（能上《封神榜》否？）众道人听说，俱各心寒，共议将何法可施。正议间，哪吒上篷来："启老师：有一道者求见。"燃灯道："请来。"哪吒下篷对道人曰："老师有请。"这道人上得篷来，打稽首曰："列位道兄请了！"燃灯与众道人俱认不得此人。燃灯笑容问曰："道友是那座名山？何处洞府？"道人曰："贫道闲游五岳，闷戏四海，吾乃野人①也。吾有歌为证。歌曰：

贫道本是昆仑客，石桥南畔有旧宅。
修行得道混元初，才了长生知顺逆。
休夸炉内紫金丹，须知火里焚玉液。

① 野人：自谦之语，借指隐逸之士。

跨青鸾，骑白鹤，不去蟠桃飧①寿药，
不去玄都拜老君，不去玉虚门上诺。
三山五岳任我游，海岛蓬莱随意乐。
人人称我为仙癖，腹内盈虚自有情。
陆压散人亲到此，西岐要伏赵公明。

贫道乃西昆仑闲人，姓陆，名压，因为赵公明保假灭真，又借金蛟剪下山，有伤众位道兄。他只知道术无穷，岂晓得玄中更妙？故此贫道特来会他一会，管教他金蛟剪也用不成，他自然休矣。”（又是位绝境之际不请自来的帮手）当日道人默坐无言。

次日，赵公明乘虎，篷前大呼曰：“燃灯，你既有无穷妙道，如何昨日逃回？可速来早决雌雄！”哪吒报上篷来。陆压曰：“贫道自去。”道人下得篷来，径至军前。赵公明忽见一矮道人，带鱼尾冠，大红袍，异相长须，作歌而来。歌曰：

“烟霞深处访玄真，坐向沙头洗幻尘。七情六欲消磨尽，把功名付水流，任逍遥，自在闲身。寻野叟②同垂钓，觅骚人③共赋吟。乐酶酶别是乾坤。”

赵公明认不得，问曰：“来的道者何人？”陆压曰：“吾有名，是你也认不得我。我也非仙，也非圣，你听我道来。歌曰：

性似浮云意似风，飘流四海不停踪。或在东洋观皓月，或临

① 飧（sūn）：简单的饭食。此处可引申为吃饭。
② 野叟：村野老人。
③ 骚人：泛指诗人、文人。

南海又乘龙。三山虎豹俱骑尽，五岳青鸾足下从。不富贵，不簪缨，玉虚宫里亦无名。玄都观内桃千树，自酌三杯任我行。喜将棋局邀玄友，闷坐山岩听鹿鸣。闲吟诗句惊天地，静里瑶琴乐性情。不识高名空费力，吾今到此绝公明。

贫道乃西昆仑闲人陆压是也。”

赵公明大怒：“好妖道！焉敢如此出口伤人，欺吾太甚！”（几回看下来，赵公明委实太过易怒了）催虎提鞭来取。陆压持剑赴面交还。未及三五合，公明将金蛟剪祭在空中。陆压观之，大呼曰：“来的好！”他一道长虹而去。公明见走了陆压，怒气不息，又见芦篷上燃灯等昂然端坐，公明切齿而回。且说陆压逃归，此非是会公明战，实看公明形容，今日观之罢了。

千年道行随流水，绝在钉头七箭书。

且说陆压回篷，与诸道友相见。燃灯问：“会公明一事如何？”陆压曰：“衲子自有处治，此事请子牙公自行。”子牙欠身。陆压揭开花篮，取出一幅书，书写明白，上有符印口诀，“依次而用，可往岐山立一营，营内筑一台。扎一草人，人身上书‘赵公明’三字，头上一盏灯，足下一盏灯。脚步罡斗①，书符结印焚化，一日三次拜礼，至二十一日之时，贫道自来午时助你，公明自然绝也。”（可比那姚天君的“落魂阵”）

子牙领命，前往岐山，暗出三千人马，又令南宫适、武吉前去安

① 脚步罡斗：道士礼拜星宿，召遣神灵的一种动作。其步行转折，宛如踏在罡星斗宿之上。

置。子牙后随军至岐山，南宫适筑起将台，安排停当，扎一草人，依方制度。子牙披发仗剑，脚步罡斗，书符结印，连拜三五日，把赵公明只拜的心如火发，意似油煎，走投无路，帐前走到帐后，抓耳挠腮。闻太师见公明如此不安，心中甚是不乐，亦无心理论军情。且说“烈焰阵”主白天君进营来，见闻太师，曰：“赵道兄这等无情无绪，恍惚不安，不如且留在营中。吾将‘烈焰阵’去会阐教门人。”闻太师欲阻白天君，白天君大呼曰：“十阵之内无一阵成功，如今若坐视不理，何日成功！”（此时正当小心谨慎，岂可负气出战）遂不听太师之言，转身出营，走入“烈焰阵”内。钟声响处，白天君乘鹿大呼于篷下。燃灯同众道人下篷排班，方才出来，未曾站定，只见白天君大叫：“玉虚教下，谁来会吾此阵？”燃灯顾左右，无一人答应。陆压在旁问曰：“此阵何名？”燃灯曰：“此是‘烈焰阵’。”陆压笑曰：“吾去会他一番。”道人笑谈作歌。歌曰：

> “烟霞深处运元功，睡醒茅庐日已红。翻身跳出尘埃境，把功名付转蓬。受用些明月清风。人世间，逃名士；云水中，自在翁；跨青鸾游遍山峰。”

陆压歌罢。白天君曰：“尔是何人？”陆压曰：“你既设此阵，阵内必有玄妙处。我贫道乃是陆压，特来会你。”天君大怒，仗剑来取。陆压用剑相还，未及数合，白天君望阵内便走。陆压不听钟声，（此与之前破阵众人不同）随即赶来。白天君下鹿，上台，将三首红幡招展。陆压进阵，见空中火，地下火，三昧火，三火将陆压围裹居中。他不知陆压乃火内之珍，离地之精，三昧之灵。三火攒绕，共在一家，焉能坏得此人。陆压被三火烧有两个时辰，在火内作歌。歌曰：

“燧人①曾炼火中阴，三昧攒来用意深。
烈焰空烧吾秘授，何劳白礼费其心？”

白天君听得此言，着心看火内，见陆压精神百倍，手中托着一个葫芦，葫芦内有一线毫光，高三丈有余，上边现出一物，长有七寸，有眉有目，眼中两道白光反罩将下来，钉住了白天君泥丸宫。白天君不觉昏迷，莫知左右。陆压在火内一躬：“请宝贝转身！”那宝物在白光头上一转，白礼首级早已落下尘埃。一道灵魂往封神台下去了。陆压收了葫芦，破了“烈焰阵”，方出阵时，只见后面大呼曰：“陆压休走！吾来也！”“落魂阵”主姚天君跨鹿持锏，面如黄金，海下红髯，巨口獠牙，声如霹雳，如飞电而至。燃灯命子牙曰：“你去唤方相破‘落魂阵’走一遭。”子牙急令方相：“你去破‘落魂阵’，其功不小。”方相应声而出，提方天画戟，飞步出阵曰：“那道人，吾奉将令，特来破你‘落魂阵’！”更不答话，一戟就刺。方相身长力大。姚天君招架不住，掩一锏，望阵内便走。方相耳闻鼓声，随后追来。赶进“落魂阵”中，见姚天君已上板台，把黑砂一把洒将下来。可怜方相那知其中奥妙，大叫一声，顷刻而绝。一道灵魂往封神台去了。姚天君复上鹿出阵，大呼曰：“燃灯道人，你乃名士，为何把一俗子凡夫枉受杀戮？你们可着道德清高之士来会吾此阵。”燃灯命赤精子：“你当去矣。”赤精子领命，提宝剑作歌而来。歌曰：

“何幸今为物外人，都因夙世脱凡尘。
了知生死无差别，开了天门妙莫论。
事事事通非事事，神神神彻不神神。

① 燧人：即“燧人氏”，传说中钻木取火的发明者。

目前总是常生理，海角天涯都是春。”

赤精子歌罢，曰：“姚斌，你前番将姜子牙魂魄拜来。吾二次进你阵中，虽然救出子牙魂魄，今日你又伤方相，殊为可恨。”姚天君曰：“太极图玄妙也只如此，未免落在吾囊中之物。你玉虚门下神通虽高不妙。”（人狂必有祸）赤精子曰：“此是天意，该是如此。你今逢绝地，性命难逃，悔之无及。”姚天君大怒，执锏就打。赤精子口称：“善哉！”招架闪躲，未及数合，姚斌便进“落魂阵”去了。

赤精子闻后面钟声，随进阵中。这一次乃三次了，岂不知阵中利害，赤精子将顶上用庆云一朵现出，先护其身，将八卦紫寿仙衣明现其身，光华显耀，使黑砂不粘其身，自然安妥。姚天君上台，见赤精子进阵，忙将一斗黑砂往下一泼。赤精子上有庆云，下有仙衣，黑砂不能侵犯。姚天君大怒，见此术不应，随欲下台，复来战争。不防赤精子暗将阴阳镜望姚斌劈面一晃，姚天君便撞下台来。赤精子对东昆仑打稽首曰：“弟子开了杀戒！”提剑取了首级。姚斌一道灵魂往封神台去了。赤精子破了“落魂阵”，取回太极图，送还玄都洞。

且言闻太师因赵公明如此，心下不乐，懒理军情，不知二阵主又失了机。太师闻报，破了两阵，只急得三尸神暴跳，七窍内生烟，顿足叹曰：“不期今日吾累诸友遭此灾厄！”（首先想到朋友遭难，而非军事之败，闻太师确是个可交之人）忙请二阵主张、王两位天君。太师泣而言曰：“不幸奉命征讨，累诸位道兄受此无辜之灾。吾受国恩，理当如此，众道友却是为何遭此惨毒，使闻仲心中如何得安！”又见赵公明昏乱，不知军务，只是睡卧，尝闻鼻息之声，古云“神仙不寝”，乃是清净六根①，如何

① 清净六根：佛教用语，指断除由眼、耳、鼻、舌、身、意这六根所引起的欲念，达到无烦无恼的境界。

今日六七日只是昏睡！且不说汤营乱纷纷计议不一。且说子牙拜掉了赵公明元神散而不归。但神仙以元神为主，游八极，任逍遥，今一旦被子牙拜去。不觉昏沉，只是要睡。闻太师心下甚是着忙。自思："赵道兄为何只是睡而不醒，必有凶兆！"闻太师愈觉郁郁不乐。且说子牙在岐山拜了半月，赵公明越觉昏沉，睡而不省人事。太师入内帐，见公明鼻息如雷，用手推而问曰："道兄，你乃仙体，为何只是酣睡？"公明答曰："我并不曾睡。"二阵主见公明颠倒，谓太师曰："闻兄，据我等观赵道兄光景，不像好事，想有人暗算他的，取金钱一卦，便知何故。"闻太师曰："此言有理。"便忙排香案，亲自拈香，搜求八卦。

闻太师大惊曰："术士陆压将钉头七箭书，在西岐山要射杀赵道兄，这事如何处？"王天君曰："既是陆压如此，吾辈须往西岐山，抢了他的书来，方能解得此厄。"太师曰："不可。他既有此意，必有准备，只可暗行，不可明取。若是明取，反为不利。"闻太师入后营，见赵公明，曰："道兄，你有何说？"公明曰："闻兄，你有何说？"太师曰："原来术士陆压将钉头七箭书射你。"公明闻得此言，大惊曰："道兄，我为你下山，你当如何解救我？"闻太师这一会神魂飘荡，心乱如麻，一时间走投无路。张天君曰："不必闻兄着急，今晚命陈九公、姚少司二人借土遁暗往岐山，抢了此书来，大事方才可定。"太师大喜。正是：天意已归真命主，何劳太师暗安排。

话说陈九公二位徒弟去抢箭书不表。

且说燃灯与众门人静坐，各运元神。陆压忽然心血来潮，道人不语，掐指一算，早解其意。陆压曰："众位道兄，闻仲已察出原由，今着他二门人去岐山，抢此箭书。箭书抢去，吾等无生，快遣能士报知子牙，须知防备，方保无虞。"燃灯随遣杨戬、哪吒二人："速往岐山去报子牙。"哪吒登风火轮先行，杨戬在后。风火轮去而且快，杨戬的马慢便迟。且说闻太师着赵公明二位徒弟陈九公、姚少司去岐山，抢钉头七箭书。二人领命，速往岐山来。时已是二更，二人驾着土遁，在空中果见子牙披发仗剑，步罡踏斗于台前，书符念咒而发遣，正一拜下去，早被二人往下一坐，抓了箭书，似风云而去。

子牙听见响，急抬头看时，案上早不见了箭书。子牙不知何故，自己沉吟。正忧虑之间，忽见哪吒来至，南宫适报入中军。子牙急令进来，问其原故。（如此紧急之事，居然还要通报，岂不太迂？）哪吒曰："奉陆压道者命，说有闻太师遣人来抢箭书。此书若是抢去，一概无生。今着弟子来报，令师叔预先防御。"子牙听罢，大惊曰："方才吾正行法术，只见一声响，便不见了箭书，原来如此。你快去抢回来！"哪吒领令，出得营来，登风火轮便起，来赶此书不表。且说杨戬马徐徐行来，未及数里，只见一阵风来，甚是古怪。怎见得好风：

> 嗗碌碌如同虎吼，滑喇喇猛兽咆号。
> 扬尘播土逞英豪，搅海翻江华岳倒。
> 损林木如同劈砍，响时节花草齐凋。
> 催云卷雾岂相饶，无影无形真个巧。

杨戬见其风来得异怪，想必是抢了箭书来。杨戬下马，忙将土草抓一把，望空中一洒，喝一声："疾！"坐在一边。正是先天秘术，道妙无穷，保真命之主，而随时响应。且说陈九公、姚少司二人抢了书来大喜，见前面是老营，落下土遁来。见邓忠巡外营，忙然报入。二人进营，见闻太师在中军帐坐定。二人上前回话。太师问曰："你等抢书一事如何？"二人回曰："奉命去抢书，姜子牙正行法术，等他拜下去，被弟子坐遁，将书抢回。"太师大喜，问二人："将书拿上来。"

二人将书献上。太师接书一看，放于袖内，便曰："你们后边去回覆你师父。”二人转身往后营正走，只听得脑后一声雷响，急回头不见大营，二人站在空地之上。（妙极，妙极，看惯了刀枪争夺、法宝对攻，突然来此一段障眼法，颇令人耳目一新）二人如痴如醉，正疑之间，见一人白马长枪，大呼曰：“还吾书来！”陈九公、姚少司大怒，四口剑来取。杨戬枪大蟒一般。黉夜交兵，只杀的天惨地昏，枪剑之声，不能断绝。正战之际，只见空中风火轮响，哪吒听得兵器交加，落下轮来，摇枪来战。陈九公、姚少司那里是杨戬敌手，况又有接战之人。哪吒奋勇，一枪把姚少司刺死，杨戬把陈九公胁下一枪。二人灵魂俱往封神台去了。

杨戬问哪吒曰：“岐山一事如何？”哪吒曰：“师叔已被抢了书去，着吾来赶。”杨戬曰：“方才见二人驾土遁，风声古怪，吾想必是抢了书来。吾随设一谋，仗武王洪福，（暗合前文“保真命之主”）把书诓设①过来。又得道兄协助，可喜二人俱死。”杨戬与哪吒复往岐山，来见子牙。二人行至岐山，天色已明。有武吉报入营中。子牙正纳闷时，只见来报：“杨戬、哪吒来见。”子牙命入中军，问其抢书一节，杨戬把诓设一事，说与子牙。子牙奖谕杨戬曰：“智勇双全，奇功万古！”又谕哪吒：“协助英雄，赤心辅国。”杨戬将书献与子牙，二人回芦篷不表。且说子牙日夜用意提防。惊心提胆，又恐来抢。

且说闻太师等抢书回来报喜，等得第二日巳时，不见二人回来，又令辛环去打听消息。少时辛环来报：“启太师：陈九公、姚少司不知何故，死在中途。”太师拍案大叫曰：“二人已死，其书必不能返！”捶胸跌足，大哭于中军。只见二阵主进营，来见太师，见如此悲痛，忙问其故。太师把前事说了一遍，二天君不语，同进后营，来见赵公明。公明鼻息之声如雷。三位来至榻前，太师垂泪叫曰：“赵

① 诓设：骗取。

道兄!”公明睁目见闻太师来至，就问抢书一事。太师实对公明说曰：“陈九公、姚少司俱死。”赵公明将身坐起，二目圆睁，大呼曰：“罢了！悔吾早不听吾妹之言，果有丧身之祸!”

公明只吓的浑身汗出，无计可施。公明叹曰：“想吾在天皇时得道，修成玉肌仙体，岂知今日遭殃，反被陆压而死，真是可怜！闻兄，料吾不能再生，今追悔无及！但我死之后，你将金蛟剪连吾袍服包住，用丝绦缚定。我死，必定云霄诸妹来看吾之尸骸。你把金蛟剪连袍服递与他。吾三位妹妹见吾袍服，如见亲兄!”道罢，泪流满面，猛然一声大叫曰：“云霄妹子！悔不用你之言，致有今日之祸!”（读来令人长叹，早知今日，何必当初!）言罢，不觉於邑[①]，不能言语。闻太师见赵公明这等苦切，心如刀绞，只气的怒发冲冠，钢牙挫碎。只有“红水阵”主王变见如此伤心，忙出老营，将“红水阵”排开，径至篷下，大呼曰：“玉虚门下谁来会吾‘红水阵’也?”哪吒、杨戬才在篷上，回燃灯、陆压的话，又听得“红水阵”开了，燃灯只得领班下篷，众弟子分开左右。只见王天君乘鹿而来。好凶恶！怎见得，有诗为证。诗曰：

一字青纱头上盖，腹内玄机无比赛。
“红水阵”内显其能，修炼惹下诛身债。

话说燃灯命：“曹道友，你去破阵走一遭。”曹宝曰：“既为真命之主，安得推辞。”忙提宝剑出阵，大叫：“王变慢来!”王天君认得是曹宝散人，王变曰：“曹兄，你乃闲人，此处与你无干，为何也来受此杀戮?”曹宝曰：“察情断事，你们扶假灭真，不知天意有在，

① 於（wū）邑：亦作“於悒”。犹呜咽。低声哭泣。

何必执拗。想赵公明不顺天时，今一旦自讨其死。十阵之间已破八九，可见天心有数。”王天君大怒，仗剑来取。曹宝剑架忙迎。步鹿相交，未及数合，王变往阵中就走。

曹宝随后跟来，赶入阵中。王天君上台，将一葫芦水往下一摔。葫芦振破，红水平地拥来。一点粘身，四肢化为血水。曹宝被水粘身，可怜！只剩道服丝绦在，四肢皮肉化为津。一道灵魂往封神台去了。王天君复乘鹿出阵，大呼曰：“燃灯甚无道理！无辜断送闲人！(燃灯此举，着实令人难解，西岐就无人质疑吗?)玉虚门下高名者甚多，谁敢来会吾此阵?”燃灯命道德真君：“你去破此阵。”不知胜负如何，且听下回分解。

总批

钉头七箭书原是压魅之术，但是神仙不免，此所以为奇。大抵天意归周，任你有玄功妙术，俱自遇治而灭。不然，金蛟剪已自无敌矣。

又批

陈九公、姚少司既然抢得书来，公明则有生矣；其如西周不保。何故得杨戬有此变化，复赚回书。其功莫大焉。不但堪羡其功，而临时应变，迅捷更妙。

第四十九回　武王失陷红砂阵

武王失陷紅沙陣

导读：三仙岛三霄娘娘，在最后的封神中被封为“感应随世仙姑正神之位”，随后又补充道：“正是坑三姑娘之神”。看得人一脸茫然：这是什么神？怎么既没听说过，看名字又猜不出来？其实，这个“坑三姑娘之神”是一个和人们生活密切相关，但又多少有点不好开口的神——厕神。据南朝宋刘敬叔的《异苑》记载，一个名叫紫姑的姑娘，本是一户人家的小妾，被正妻嫉妒诬陷，被罚去清理厕所，最后死于正月十五这天。死后冤魂不散，人们便在她去世的这天祭祀她，逐渐形成了风俗，但此时还没有明确将紫姑确定为厕神。等到隋唐时期，紫姑的故事逐渐丰满。据《显异录》所载，在唐代形成的版本里，紫姑姓何名媚，字丽卿，山东莱阳人，被寿阳李景纳为侍妾。何媚年轻漂亮，李景的大老婆又妒又恨，且为人刻毒，哪里肯容何媚？在正月十五元宵节夜晚，大老婆将何媚暗杀于厕所之中。何媚冤魂不散，李景如厕时，“忽闻啼哭声，常隐隐出现，且有刀兵呵喝状”，后来“天帝悯之，命为厕神”，也有说是武则天敕封的。此后，紫姑的厕神地位就此确定。而在流传过程中，又有了紫姑行三的说法，还出现了以“戚姑”为厕神，并且附会为被吕后做成人彘，扔到茅厕的戚夫人。不过比起戚夫人，“戚姑”更可能是“紫姑”读音相近而讹变的。又由于出现了紫姑行三的说法，于是便有了“坑三娘娘”的称呼。《封神演义》的作者想来就是误解了这个“三”，错把排行当成数量，将原本由紫姑一人承担的厕神之职分给了云、琼、碧三霄。

诗曰：

一煞真元万事休，无为无作更无忧。
心中白璧人难会，世上黄金我不求。
石畔溪声谈梵语，涧边山色咽寒流。
有时七里滩头坐，新月垂江作钓钩。

话说道德真君领燃灯命，作罢歌，提剑而来。真君曰："王变，你等不谙天时，指望扭转乾坤，逆天行事，只待丧身，噬脐何及。今尔等十阵已破八九，尚不悔悟，犹然恃强狂逞！"王天君听得道德真君如此之语，大怒，仗剑来取。道德真君剑架忙还。来往数合，王变进本阵去了。道德真君闻金钟击响，随后赶进阵中。王变上台，也将葫芦如前一样打将下来，只见红水满地。真君把袖一抖，落下一瓣莲花，道德真君双脚踏在莲花瓣上。任凭红水上下翻腾，道德真君只是不理。王天君又拿一葫芦打下来，真君顶上现出庆云，遮盖上面，无水粘身；下面红水不能粘其步履，如一叶莲舟相似。正是：一叶莲舟能解厄，方知阐教有高人。

道德真君脚踏莲舟，有一个时辰。王变情知此阵不能成功，方欲抽身逃走，道德真君忙取五火七禽扇一搧。此扇有空中火、石中火、木中火、三昧火、人间火，五火合成此宝。（火反而破了水阵，亦是一奇）扇有凤凰翅，有青鸾翅，有大鹏翅，有孔雀翅，有白鹤翅，有鸿鹄翅，有枭鸟翅，七禽翎上有符印，有秘诀。后人有诗单道此扇好处，有诗为证。诗曰：

五火奇珍号七翎，授人初出乘离荧。

逢山怪石成灰烬，遇海煎干少露泠①。
克木克金为第一，焚梁焚栋暂无停。
王变从②是神仙体，遇扇搧时即灭形。

道德真君把七禽扇照王变一搧。王变大叫一声，化一阵红灰，径进封神台去了。道德真君破了“红水阵”。燃灯回芦篷静坐。且说张天君报入中军：“启太师：‘红水阵’又被西周破了。”闻太师因赵公明有钉头七箭书事，郁郁不乐，纳闷心头，不曾理论军情。又听得破了一阵，更添愁闷。（闻仲几被逼至绝境，然而小说中，遇到此种情况，往往也就是转机将近之时）

且说子牙在岐山拜了二十日，七篇书已拜完。明日二十一日，要绝公明，心下甚欢喜。再说赵公明卧于后营，闻太师坐于榻前看守。公明曰：“闻兄，吾与你止会今日。明日午时，吾命已休！”太师听罢，泣而言曰：“吾累道兄遭此不测之殃，使我心如刀割！”张天君进营来看赵公明，正是有力无处使，只恨钉头七箭书。把一个大罗神仙只拜得如俗子病夫一般，可怜讲甚么五行遁术，说不起倒海移山，只落得一场虚话！（性命不存，法术法宝又有何用？可叹，可叹！）大家相看流泪。

且说子牙至二十一日巳牌时分，武吉来报：“陆压老爷来至。”子牙出营迎接，入帐行礼。序坐毕，陆压曰：“恭喜！恭喜！赵公明定绝今日！且又破了‘红水阵’，可谓十分之喜！”子牙深谢陆压：“若非道兄法力无边，焉得公明绝命。”陆压笑吟吟揭开花篮，取出小小一张桑枝弓，三只桃枝箭，递与子牙，“今日午时初刻，用此箭

① 露泠：降落的露水。泠，通“零”。降落。
② 从：“纵”的古字。

射之。”子牙曰：“领命。”二人在帐中等至午时，不觉阴阳官来报：“午时牌！”子牙净手，拈弓，搭箭。陆压曰：“先中左目。”子牙依命，先中左目。这西岐山发箭射草人，成汤营里赵公明大叫一声，把左眼闭了。闻太师心如刀割，一把抱住公明，泪流满面，哭声甚惨。子牙在岐山，二箭射右目，三箭劈心一箭。三箭射了草人。公明死于成汤营里。有诗为证。诗曰：

悟道原须灭去尘，尘心不了怎成真。
至今空却罗浮洞，封受金龙如意神。

闻太师见公明死于非命，放声大哭，用棺椁盛殓，停于后营。邓、辛、张、陶四将心惊胆战，“周营有这样高人，如何与他对敌！”营内只因死了公明，彼此惊乱，行伍不整。（军心大乱，可见赵公明一死影响之大）且言子牙同陆压回篷，与众道友相见，俱说：“若不是陆压兄之术，焉能使公明如此命绝！”燃灯甚是称羡。

且说张天君开了“红砂阵”，里面连催钟响，燃灯听见，谓子牙曰：“此‘红砂阵’乃一大恶阵耳，必须要一福人方保无虞。若无福人去破此阵，必有大损。”子牙曰：“老师用谁为福人？”燃灯曰：“若破‘红砂阵’，须是当今圣主方可。若是别人，凶多吉少。”子牙曰：“当今天子体先王仁德，不善武事，怎破得此阵？”燃灯曰：“事不宜迟，速请武王，吾自有处。”子牙着武吉请武王。

少时，武王至篷下，子牙迎迓上篷。武王见众道人下拜，众道人答礼相还。武王曰：“列位老师相招，有何分付？”燃灯曰：“方今十阵已破九阵，止得一‘红砂阵’，须得至尊亲破，方保无虞，但不知贤王可肯去否？”（如此说话，武王焉能推脱？）武王曰：“列位道长此来，俱为西土祸乱不安，而发此恻隐。今日用孤，安敢不去？”燃灯大喜，“请王解带，宽袍。”武王依其言，摘带，脱袍。燃灯用中指在武王前后胸中用符印一道，完毕，请武王穿袍，又将一符印塞在武王蟠龙冠内。燃灯又命哪吒、雷震子保武王下篷。只见“红砂阵”内有位道人，戴鱼尾冠，面如冻绿①，颔下赤髯，提两口剑，作歌而来。歌曰：

“截教传来悟者稀，玄中大妙有天机。
先成炉内黄金粉，后炼无穷白玉霏。
红砂数片人心落，黑雾弥漫胆骨飞。
今朝若会龙虎地，便是神仙绝魄归。”

“红砂阵”主张绍大呼曰：“玉虚门下谁来会吾此阵？”只见风火轮上哪吒提火尖枪而来。又见雷震子保有一人，戴蟠龙冠，身穿黄服。张绍曰：“来者是谁？”哪吒答曰：“此吾之真主武王是也。”武王见张天君狰狞恶状，凶暴猖獗，唬得战惊惊，坐不住马鞍鞒上。（武王若只见张天君面貌狰狞便吓得坐不住，日后如何领兵伐纣？此句属实败笔）张天君纵开梅花鹿，仗剑来取。哪吒登开风火轮，摇枪赴面交还。未及数合，张天君往本阵便走。哪吒、雷震子保定武王径入“红砂阵”中。张天君见三人赶来，忙上台，抓一片红砂往下劈面打来。武王被红砂打中前胸，连人带马撞下坑去。哪吒踏住风火轮就升起空中。张绍又发三片砂打将下来，也把哪吒连轮打下坑内。雷震子见事不好，欲起风雷翅，又被红砂数片打翻下坑。故此“红砂阵”困住了武王三人。

且说燃灯同子牙见“红砂阵”内一股黑气往上冲来，燃灯曰：

---

① 冻绿：一种植物，天然的绿色染料之一。

“武王虽是有厄，然百日可解。”子牙问其详细：“武王怎不见出阵来？”燃灯曰：“武王、雷震子、哪吒三人俱该受困此阵。”子牙慌问：“老师，几时回来？”燃灯曰：“百日方能出得此厄。”（又是天数，凡说不出道理即可推给天数）子牙听罢，顿足叹曰：“武王乃仁德之君，如何受得百日之苦，那时若有差讹，奈何？”燃灯曰：“不妨。天命有在，周主洪福，自保无事，子牙何必着忙。暂且回篷，自有道理。”子牙进城，报入宫中。太姬、太妊二后忙令众兄弟进相府来问。子牙曰：“当今不妨，只有百日灾难，自保无虞。”子牙出城，复上篷见众道友，闲谈道法不题。话表张天君进营对闻太师曰：“武王、雷震子、哪吒俱陷‘红砂阵’内。”闻太师口虽庆喜，心中只是不乐。止为公明混闷而死。（倒是个重情义的）张天君在阵内，每日常把红砂洒在武王身上，如同刀刃一般。多亏前后符印护持其体，真命福人，焉能得绝。

且不说张绍困住武王，只说申公豹跨虎往三仙岛来报信与云霄娘娘姊妹三人。及至洞门，光景与别处大不相同。怎见得：

烟霞袅袅，松柏森森。烟霞袅袅瑞盈门，松柏森森青绕户。桥踏枯槎①木，峰巅绕薜萝，鸟衔红蕊来云壑②，鹿践芳丛上石苔。那门前时催花发，风送香浮，临堤绿柳转黄鹂，旁岸夭桃翻粉蝶。虽然别是洞天景，胜似蓬莱阆苑佳。

话说申公豹行至洞中下虎，问：“里面有人否？”少时，一女童出来，认得申公豹，便问：“老师往那里来？”公豹曰：“报你师父，

① 枯槎：老树的枝杈。
② 云壑：云气遮覆的山谷。

说我来访。”童儿进洞，“启娘娘：申老爷来访。”娘娘道：“请来。”申公豹入内相见，稽首坐下。云霄娘娘问曰：“道兄何来？”公豹曰：“特为令兄的事来。”云霄娘娘曰：“吾兄有甚么事敢烦道兄？”申公豹笑曰：“赵道兄被姜尚钉头七箭书射死岐山，你们还不知道？”（赵公明一死，便可挑动三霄复仇，使得阐、截二教矛盾争斗更盛，恰中申公豹下怀，焉能不笑）只见琼霄、碧霄听罢，顿首曰：“不料吾兄死于姜尚之手，实为痛心！”放声大哭。申公豹在旁又曰：“令兄把你金蛟剪借下山，一功未成，反被他人所害。临危对闻太师说：‘我死之后，吾妹必定来取金蛟剪，你多拜上三位妹子：吾悔不听云霄之言，反入罗网之厄，见吾道服、丝绦，如见我亲身一般！’（如此私下密语，申公豹从何知晓？）言之痛心，说之酸鼻！可怜千年勤劳修炼一场，岂知死于无赖之手！真是切骨之仇！”

云霄娘娘曰：“吾师有言：‘截教门中不许下山，如下山者，《封神榜》上定是有名。’故此天数已定。吾兄不听师言，故此难脱此厄。”琼霄曰：“姐姐，你实是无情！不为吾兄出力，故有此言。我姊妹二人就是《封神榜》上有名也罢，吾定去看吾兄骸骨，不负同胞。”琼霄、碧霄娘娘怒气冲冲，不由分说，琼霄忙乘鸿鹄，碧霄乘花翎鸟出洞。云霄娘娘暗思：“吾妹妹此去，必定用混元金斗乱拿玉虚门人，反为不美。惹出事来，怎生是好！吾当亲去执掌，还可在我。”娘娘分付女童：“好生看守洞府，我去就来。”娘娘跨青鸾，也出洞府，见碧霄、琼霄飘飘跨异鸟而去。云霄娘娘大叫曰：“妹妹慢行！吾也来了！”二位娘娘道：“姐姐，你往那里去？”云霄曰：“我见你们不谙事体，恐怕多事，同你去，见机而作，不可造次。”三人同行，只见后面有人呼曰：“三位姐姐慢行！吾也来了！”云霄回头看时，“原来是菡芝仙妹子。”问道：“你从那里来？”菡芝仙曰：“同你往西岐去。”娘娘大喜。才待前行，又有人来叫曰：“少待！吾来也！”及看时，乃彩云仙子，打稽首曰：“四位姐姐往西岐去，方才遇着申公豹约我同行，正要往闻道兄那里去，恰好遇着大家同行。”五位女仙往西岐来，顷刻，驾遁光即时而至。正是：群仙顶上天门闭，九曲黄河大难来。

话说五位仙姑来至营门，命旗门官通报。旗门官报入中军。闻太师出营迎请至帐内，打稽首坐下。云霄曰：“前日吾兄被太师请下罗浮洞来，不料被姜尚射死。我姊妹特来收吾兄骸骨，如今却在那里？烦太师指示。”闻太师悲咽泣诉，泪雨如珠，曰：“道兄赵公明不幸遭萧升、曹宝收了定海珠去。他往道友洞府借了金蛟剪来，就会燃灯，交战时便祭此剪。燃灯逃遁，其坐下一鹿闸为两段。次日有一野人陆压会令兄，又祭此剪。陆压化作长虹而走。然后两下不曾会战。数日来，西岐山姜尚立坛行术，咒咀令兄，被吾算出。彼时令兄有二门人陈九公、姚少司，令他去抢钉头七箭书，又被哪吒杀死。令兄对吾说：‘悔不听吾妹云霄之言，果有今日之苦。’他将金蛟剪用道服包定，留与三位道友，见服如见公明。”

闻太师道罢，放声掩面大哭。五位道姑齐动悲声。太师起身，忙取袍服所包金蛟剪放于案上。三位娘娘展开，睹物伤情，泪不能干。琼霄切齿，碧霄面发通红，动了无明三昧。碧霄曰：“吾兄棺椁在那里？”太师曰：“在后营。”琼霄曰：“吾去看来。”云霄娘娘止曰：“吾兄既死，何必又看？”碧霄曰：“既来了，看看何妨？”二位娘娘就走，云霄只得同行。来至后营，三位娘娘见了棺木，揭开一看，见公明二目血水流津，心窝里流血，不得不怒。琼霄大叫一声，几乎气倒。碧霄含怒曰：“姐姐不必着急，我们拿住他，也射他三箭，报此仇恨！”

云霄曰：“不管姜尚事，是野人陆压，弄这样邪术！一则也是吾兄数尽，二则邪术倾生，吾等只拿陆压，也射他三箭，就完此恨。”

（冤有头，债有主，云霄确是三姐妹中最为理智之人）又见“红砂阵”主张天君进营，与五位仙姑相见。太师设席与众位共饮数杯。次日，五位道姑出营。闻太师掠阵[1]，又命邓、辛、张、陶护卫前后。云霄乘鸾来至篷下，大呼曰：“传与陆压，早来会吾！”左右忙报上篷来：“有五位道姑欲请陆老师答话。”陆压起身曰：“贫道一往。”提剑在手，迎风大袖飘扬而来。云霄娘娘观看，陆压虽是野人，真有些仙风道骨。怎见得：

双抓髻，云分瑞彩；水合袍，紧束丝绦。仙风道骨气逍遥，腹内无穷玄妙。四海野人陆压，五岳到处名高。学成异术广，懒去赴蟠桃。

云霄对二妹曰：“此人名为闲士，腹内必有胸襟。看他到了面前怎样言语，便知他学识浅深。”陆压徐徐而至，念几句歌词而来。歌曰：

“白云深处诵《黄庭》，洞口清风足下生。无为世界清虚境，脱尘缘万事轻。叹无极天地也无名。袍袖展，乾坤大；杖头[2]挑，日月明。只在一粒丹成。”

陆压歌罢，见云霄打个稽首。琼霄曰：“你是散人陆压否？”陆压答曰：“然也。”琼霄曰：“你为何射死吾兄赵公明？”陆压答曰：“三位道友肯容吾一言，吾便当说；不容吾言，任你所为。”云霄曰：

① 掠阵：压阵。
② 杖头：手杖的顶端。

“你且道来！”陆压曰：“修道之士，皆从理悟，岂仗逆行。故正者成仙，邪者堕落。吾自从天皇悟道，见过了多少逆顺。历代以来，从善归宗，自成正果。岂意赵公明不守顺，专行逆，助灭纲败纪之君，杀戮无辜百姓，天怒民怨。且仗自己道术，不顾别人修持。此是只知有己，不知有人，便是逆天。从古来逆天者亡，吾今即是天差杀此逆士，又何怨于我！（倒是理直气壮，难以反驳）吾观道友，此地居不久，此处乃兵山火海，怎立其身？若久居之，恐失长生之路。吾不失忌讳，冒昧上陈。”云霄沉吟，良久不语。琼霄大喝曰：“好孽障！焉敢将此虚谬之言，簧惑众听！（无从反驳，只能怒骂）射死吾兄，反将利口强辩！料你毫末之道，有何能处。”琼霄娘娘怒冲霄汉，仗剑来取。陆压剑架忙迎。未及数合，碧霄将混元金斗望空祭起。陆压怎逃此斗之厄！有诗为证。诗曰：

此斗开天长出来，内藏天地按三才。
碧游宫里亲传授，阐教门人尽受灾。

碧霄娘娘把混元金斗祭于空中，陆压看见，却待逃走，其如此宝利害，只听得一声响，将陆压拿去，望成汤老营一摔。陆压总有玄妙之功，也摔得昏昏默默①。碧霄娘娘亲自动手，绑缚起来，把陆压泥丸宫用符印镇住，绑在幡杆上，与闻太师曰：“他会射吾兄，今番我也射他！”传长箭手，令五百名军来射。箭发如雨，那箭射在陆压身上，一会儿，那箭连箭杆与箭头都成灰末。众军卒大惊。闻太师观之，无不骇异。

云霄娘娘看见如此，碧霄曰：“这妖道将何异术来惑我等！”忙

① 昏昏默默：看不见听不到的状态。

祭金蛟剪。陆压看见，叫声："吾去也！"化道长虹，径自走了。来到篷下，见众位道友。燃灯问曰："混元金斗把道友拿去，如何得返？"陆压曰："他将箭来射吾，欲与其兄报仇，他不知我根脚，那箭射在我身上，箭咫尺成为灰末。复放金蛟剪时，吾自来矣。"燃灯曰："公道术精奇，真个可羡！"陆压曰："贫道今日暂别，不日再会。"不表。（陆压可谓神乎其术，三霄非其对手。此时再不走，就引不出后面两位教主一同破阵之事了）

且说次日，云霄共五位道姑齐出来会子牙。子牙随带领诸门人，乘了四不相，众弟子分左右。子牙定睛，看云霄跨青鸾而至。怎见得：

云髻双蟠道德清，红袍白鹤顶朱缨，
丝绦束定乾坤结，足下麻鞋瑞彩生。
劈地开天成道行，三仙岛内炼真形。
六气三尸①俱抛尽，咫尺青鸾离玉京。

话说子牙乘骑向前，打稽首曰："五位道友请了！"云霄曰："姜子牙，吾居三仙岛，是清闲之士，不管人间是非。只因你将吾兄赵公明用钉头七箭书射死。他有何罪，你下此绝情，实为可恶！你虽是陆压所使，但杀人之兄，人亦杀其兄，我等不得不问罪于你。况你乃毫末道行，何足为论。就是燃灯道人知吾姊妹三人，他也不敢欺忤我。"子牙曰："道友此言差矣！非是我等寻事作非，乃是令兄自取惹事。此是天数如此，终不可逃。既逢绝地，怎免灾殃！令兄师命不遵，要往西岐，是自取死。"

琼霄大怒曰："既杀吾亲兄，还借言天数，吾与你杀兄之仇，如

① 三尸：亦作"三尸神"。道教谓在人体内有作祟的三神，需要除去。

何以巧言遮饰！不要走，吃吾一剑！”把鸿鹄鸟催开双翅，将宝剑飞来直取。子牙手中剑急架相还。只见黄天化纵玉麒麟，使两柄银锤冲杀过来。杨戬走马摇枪，飞来截杀。这壁厢碧霄怒发如雷，“气杀我也！”把花翎鸟二翅飞腾。云霄把青鸾飞开，也来助战。彩云仙子把葫芦中戮目珠抓在手中，要打黄天化下麒麟。不知性命如何，且听下回分解。

总批

五百年王者起，正是杀运方兴之际，纵武王以仁德开国，而杀戮犹纷纷不已也。况其他乎？只是纣时又不知是何运劫，而神仙佛祖也来混搅一场，殊觉骇观。

又批

云霄既知师训又知天命，如何立脚不牢，毕竟被旁人摇动了。大抵气是易动的。所以孟夫子要养气；神仙要消却无明。又曰：心如死灰，方才得神仙做。人可是不该戒的。

第五十回　三姑计摆黄河阵

三姑計擺黃河陣
九曲黃河陣

导读：元始天尊亲自前来破九曲黄河阵，但在下场之前还要等太上老君前来，好让两人一同破阵。在《封神演义》中，太上老君是元始天尊的师兄，这似乎和大家一般认识里的三清关系不太一样。现在道观中供奉的三清造像，顺序都是元始天尊居中，灵宝天尊居左，太上老君道德天尊居右。一般在介绍三清时，也都以元始天尊居首。那么《封神演义》为什么要特意改变这个次序呢？这就涉及三清地位变化的问题。《封神演义》中没有出现灵宝天尊，我们姑且不论，只说元始天尊和太上老君。张道陵创立天师道的时候，道教以太上老君为最高神，太上老君就是大道本身。而到了魏晋南北朝时期，新的道派不断出现，这些新道派有的接受太上老君为最高神，有的则推出了本派的最高神。其中声势最大的上清、灵宝等派均奉元始天尊为最高神，同时形成了太上大道君的信仰，灵宝天尊就是由此衍变而来，在其信仰中的地位仅次于元始天尊。这便是元始天尊的地位能凌驾于太上老君之上的原因。

然而到了宋元之际，道教的发展又有了新的变化。上清派和灵宝派衰落沉寂了，神霄、净明、清微等新的道派兴起了，玉皇、真武、雷祖等神仙信仰兴盛了起来。在这些新兴的道派和信仰中，太上老君的地位与作用逐渐凸显，而元始天尊则日渐被淡化。另一方面，龙虎山张天师重新崛起，成为“掌天下道教事”的教主。为了维系自身的权威，他们也必须强化太上老君与张道陵的地位。在这样的一个大背景下，《封神演义》的作者让太上老君居于元始天尊之前，自然也是顺理成章。

诗曰：

黄河恶阵按三才，此劫神仙尽受灾。
九九曲中藏造化，三三湾内隐风雷。
谩言阆苑修真客，谁道灵台结圣胎。
遇此总教重换骨，方知左道不堪媒。

话说彩云仙子把戮目珠望黄天化劈面打来，此珠专伤人目，黄天化不及提防，被打伤二目，翻下玉麒麟。有金吒速救回去。子牙把打神鞭祭起，正中云霄，吊下青鸾。有碧霄急来救时，杨戬又放起哮天犬，把碧霄肩膀上一口，连皮带服扯了一块下来。且言菡芝仙见势不好，把风袋打开，好风！怎见得，有诗为证。诗曰：

能吹天地暗，善刮宇宙昏。
裂石崩山倒，人逢命不存。

菡芝仙放出黑风。子牙急睁眼看时，又被彩云仙子一戮目珠打伤眼目，几乎落骑。琼霄发剑冲杀，幸得杨戬前后救护，方保无虞。子牙走回芦篷，闭目不睁。燃灯下篷看时，乃知戮目珠伤了，忙取丹药疗治，一时而愈。子牙与黄天化眼目好了。黄天化切齿咬牙，终是怀恨，欲报此珠之仇。

且说云霄被打神鞭打重了，碧霄被哮天犬咬了。三位娘娘曰："吾到不肯伤你，（难道彩云仙子不是你们的人吗?）你今番坏吾！罢，罢，罢！妹子，莫言他玉虚门下门人，你就是我师伯，也顾不得了！"正是：不施奥妙无穷术，那显仙传秘授功。

话说云霄服了丹药，谓闻太师曰："把你营中大汉子选六百名来与吾，有用处。”太师令吉立去，即时选了六百大汉前来听用。云霄三位娘娘同二位道姑往后营，用白土画成图式：何处起，何处止。内藏先天秘密，生死机关；外按九宫八卦，出入门户，连环进退，井井有条。人虽不过六百，其中玄妙不啻百万之师。纵是神仙入此，则神消魄散。其阵，众人也演习半月有期，方才走熟。

那一日，云霄进营来见闻太师，曰：“今日吾阵已成，请道兄看吾会玉虚门下弟子。”太师问曰：“不识此阵有何玄妙？”云霄曰：“此阵内按三才，包藏天地之妙；中有惑仙丹，闭仙诀，能失仙之神，消仙之魄，陷仙之形，损仙之气，丧神仙之原本，损神仙之肢体。神仙入此而成凡，凡人入此而即绝。九曲曲中无直，曲尽造化之奇，抉尽神仙之秘，任他三教圣人，遭此亦难逃脱。”（越是如此夸张自信，越容易被寻到破绽）太师闻说大喜，传令：“左右，起兵出营！”

闻太师上了墨麒麟，四将分于左右。五位道姑齐至篷前，大呼曰：“左右探事的！传与姜子牙，着他亲自出来答话。”探事的报上篷来：“汤营有众女将讨战。”子牙传令，命众门人排班出来。云霄曰：“姜子牙，若论二教门下，俱会五行之术。倒海移山，你我俱会。今我有一阵，请你看。你若破得此阵，我等尽归西岐，不敢与你拒敌。你若破不得此阵，吾定为我兄报仇。”杨戬曰：“道兄，我等同师叔看阵，你不可乘机暗放奇宝暗器伤我等。”云霄曰：“你是何人？”杨戬答曰：“我是玉泉山金霞洞玉鼎真人门下杨戬是也。”碧霄曰：“我闻得你有八九元功，变化莫测。我只看你今日也用变化来破此阵，我断不像你等暗用哮天犬而伤人也。（一句话反显得杨戬等人无理了）快去看了阵来，再赌胜负！”杨戬等各忍怒气，保着子牙来看阵图。及至到了一阵，门上悬有小小一牌，上书“九曲黄河阵”。士卒不多，只有五六百名。旗幡五色。怎见得，有赞为证。赞曰：

阵排天地，势摆黄河。阴风飒飒气侵人，黑雾弥漫迷日月。悠悠荡荡，杳杳冥冥。惨气冲霄，阴霾彻地。消魂灭魄，任你千载修持成画饼①；损神丧气，虽逃万劫艰辛俱失脚②。正所谓：神仙难到，尽削去顶上三花；那怕你佛祖厄来，也消了胸中五气。逢此阵劫数难逃，遇他时真人怎躲？

话言姜子牙看罢此阵，回见云霄。云霄曰："子牙，你识此阵么？"子牙曰："道友，明明书写在上，何必又言识与不识也？"碧霄大喝杨戬曰："你今日再放哮天犬来！"杨戬倚了胸襟，仗了道术，催马摇枪来取。琼霄在鸿鹄鸟上执剑来迎。未及数合，云霄娘娘祭起混元金斗。杨戬不知此斗利害，只见一道金光，把杨戬吸在里面，往"黄河阵"里一摔。不怕你：七十二变俱无用，怎脱"黄河阵"内灾！

却说金吒见拿了杨戬，大喝曰："将何左道拿吾道兄！"仗剑来取。琼霄持宝剑来迎。金吒祭起遁龙桩。云霄笑曰："此小物也！"托金斗在手，用中指一指，遁龙桩落在斗中。二起金斗，把金吒拿去，摔入"黄河阵"中。正是此斗：装尽乾坤并四海，任他宝物尽收藏。

话说木吒见拿了兄长去，大呼曰："那妖妇将何妖术敢欺吾兄！"这道童狼行虎跳，仗剑且凶，望琼霄一剑劈来。琼霄急架忙迎。未及三合，木吒把肩膀一摇，吴钩剑起在空中。琼霄一见，笑曰："莫道吴钩不是宝，吴钩是宝也难伤吾！"云霄用手一招，宝剑落在斗中。云霄再祭金斗，木吒躲不脱，一道金光，装将去了，也摔在"黄河

① 画饼：比喻事情落空。
② 失脚：比喻受挫折或犯错误。

阵”中。（混元金斗何以如此厉害？答曰，乃是马桶。古人生产亦用干净马桶承接，无论神仙凡人，皆需经过马桶始到人间。故而一遇金斗，便回复初生之时，无力抵抗矣）云霄大怒，把青鸾一纵，二翅飞来，直取子牙。子牙见拿了三位门人去，心下惊恐，急架云霄剑时，未及数合，云霄把混元金斗祭起来拿子牙。子牙忙将杏黄旗招展。旗现金花，把金斗敌住在空中，只是乱翻，不得落将下来。子牙败回芦篷，来见燃灯等。燃灯曰：“此宝乃是混元金斗。这一番方是众位道友逢此一场劫数。你们神仙之体有些不祥。入此阵内，根深者不妨，根浅者只怕有些失利。”

且说云霄娘娘回进中军。闻太师见一日擒了三人入阵，太师问云霄曰：“此阵内拿去的玉虚门人怎生发落？”云霄曰：“等我会了燃灯之面，自有道理。”闻太师营中设席款待。张天君“红砂阵”困着三人，又见云霄这等异阵成功，闻太师爽怀乐意。正是：屡胜西岐重重喜，只怕苍天不顺情。

且说闻太师欢饮而散。次日，五位道姑齐至篷前，坐名①请燃灯答话。燃灯同众道人排班而出。云霄见燃灯坐鹿而出。怎见得，有赞为证。赞曰：

> 双抓髻，乾坤二色；皂道服，白鹤飞云。仙风并道骨，霞彩现当身。顶上灵光千丈远，包罗万象胸襟。九返金丹全不讲，修成圣体彻灵明②。灵鹫山上客，元觉道燃灯。

且说燃灯见云霄，打稽首，曰：“道友请了！”云霄曰：“燃灯道

① 坐名：指名。
② 灵明：指精神。

人，今日你我会战，决定是非。吾摆此阵，请你来看阵。只因你教下门人将吾道污蔑太甚，吾故此才有念头。如今月缺难圆。你门下有甚高明之士，谁来会吾此阵？”燃灯笑曰：“道友此言差矣！佥押《封神榜》，你亲自在宫中，岂不知循环之理，从来造化，复始周流。赵公明定就如此，本无仙体之缘，该有如此之劫。”琼霄曰：“姐姐既设此阵，又何必与他讲甚么道德。待吾拿他，看他有何术相抵！”（自恃法宝与阵法无敌，和之前赵公明颇似，果然兄妹。只不过就不曾想过天外有天吗？）琼霄娘娘在鸿鹄鸟上仗剑飞来。这壁厢恼了众门下。内有一道人作歌曰：

“高卧白云山下，明月清风无价。壶中玄奥，静里乾坤大。夕阳看破霞，树头数晚鸦。花阴柳下，笑笑逢人话；剩水残山，行行到处家。凭咱茅屋任生涯，从他金阶玉露滑。”

赤精子歌罢，大呼曰：“少出大言！琼霄道友，你今日到此，也免不得《封神榜》上有名。”轻移道步，执剑而来。琼霄听说，脸上变了两朵桃花，仗剑直取。步鸟飞腾，未及数合，云霄把混元金斗望上祭起，一道金光，如电射目，将赤精子拿住，望“黄河阵”内一摔，跌在里面，如醉如痴，即时把顶上泥丸宫闭塞了。可怜千年功行，坐中辛苦，只因一千五百年逢此大劫，乃遇此斗，装入阵中，总是神仙也没用了。广成子见琼霄如此逞凶，大叫：“云霄休小看吾辈，有辱阐道之仙，自恃碧游宫左道！”（正教对左道的歧视是刻在骨子里的）

云霄见广成子来，忙催青鸾，上前问曰：“广成子，莫说你是玉虚宫头一位击金钟首仙，若逢吾宝，也难脱厄。”广成子笑曰：“吾已犯戒，怎说脱厄？定就前因，怎违天命。今临杀戒，虽悔何及！”仗剑来取。云霄执剑相迎。碧霄又祭金斗。只见金斗显耀，目观不明，也将广成子拿入“黄河阵”内。如赤精子一样相同，不必烦叙。此混元金斗，正应玉虚门下徒众该削去顶上三花。天数如此，自然随时而至，总把玉虚门人俱拿入“黄河阵”，闭了天门，失了道果。只等子牙封过神，再修正果，返本还元。此是天数。

话说云霄将混元金斗拿文殊广法天尊，拿普贤真人，拿慈航道人、道德真君，拿清微教主、太乙真人，拿灵宝大法师，拿惧留孙，拿黄龙真人：把十二弟子俱拿入阵中，正剩的燃灯与子牙。且说云霄娘娘又倚金斗之功，无穷妙法，大呼曰：“月缺今已难圆，作恶到底！燃灯道人，今番你也难逃！”又祭混元金斗来擒燃灯。燃灯见事不好，借土遁化清风而去。三位娘娘见燃灯走了，暂归老营。闻太师见“黄河阵”内拿了玉虚许多门人，十分喜悦，设席贺功。云霄娘娘虽是饮酒而散，默坐自思：“事已做成，怎把玉虚门下许多门人困于阵中，此事不好处，使吾今日进退两难。”（云霄不愧是长姐，头脑最为清醒理智）

且说燃灯逃回篷上，只见子牙上篷相见，坐下。子牙曰：“不料众道兄俱被困于‘黄河阵’中，凶吉不知如何？”燃灯曰：“虽是不妨，可惜了一场功夫虚用了。如今我贫道只得往玉虚宫走一遭。子牙，你在此好生看守，料众道友不得损身。”燃灯彼时离了西岐，驾土遁而行，霎时来至昆仑山麒麟崖。落下遁光，行至宫前，又见白鹤童儿看守九龙沉香辇。燃灯向前问童儿曰：“掌教师尊往那里去？”白鹤童儿口称：“老师，老爷驾往西岐，你速回去焚香静室，迎鸾接驾。”燃灯听罢，火速忙回至篷前，见子牙独坐，燃灯曰：“子牙公，快焚香结彩①，老爷驾临！”子牙忙净洁其身，秉香道旁，迎迓鸾舆。只见霭霭香烟，氤氲遍地。怎见得，有歌为证。歌曰：

① 结彩：用彩色绸布、纸条或松枝等结成美丽的装饰物。

混沌从来道德奇，全凭玄理立玄机。
太极两仪并四象，天开于子[1]任为之，
地丑人寅吾掌教，《黄庭》两卷度群迷。
玉京金阙传徒众，火种金莲是我为。
六根清静除烦恼，玄中妙法少人知。
二指降龙能伏虎，目运祥光天地移。
顶上庆云三万丈，遍身霞绕彩云飞。
闲骑逍遥四不相，默坐沉檀[2]九龙车。
飞来异兽为扶手，喜托三宝玉如意。
白鹤青鸾前引道，后随丹凤舞仙衣，
羽扇分开云雾隐，左右仙童玉笛吹，
黄巾力士听敕命，香烟滚滚众仙随。
阐道法扬真教主，元始天尊离玉池。

话说燃灯、子牙听见半空中仙乐，一派嘹亮之音，燃灯秉香，轵道伏地曰："弟子不知大驾来临，有失远迎，望乞恕罪。"元始天尊落了沉香辇。南极仙翁执羽扇随后而行。燃灯、子牙请天尊上芦篷，倒身下拜。天尊开言曰："尔等平身。"子牙复俯伏启曰："三仙岛摆'黄河阵'，众弟子俱有陷身之厄，求老师大发慈悲，普行救拔。"元始曰："天数已定，自莫能解，何必你言。"元始默言静坐。燃灯、子牙侍于左右。至子时分，天尊顶上现庆云，有一亩田大，上放五色毫光，金灯万盏，点点落下，如檐前滴水不断。

且说云霄在阵内，猛见庆云现出，云霄谓二妹子曰："师伯至矣！

① 天开于子：太阳在黄道带上从子时开始升起。
② 沉檀：沉香木和檀木。

妹子，我当初不肯下山，你二人坚执不从。我一时动了无明，偶设此阵，把玉虚门人俱陷在里面，使吾又不好放他，又不好坏他。今番师伯又来，怎好相见，真为掣肘！”琼霄曰：“姐姐此言差矣！他又不是吾师，尊他为上，不过看吾师之面。我不是他教下门人，任凭我为，如何怕他？”碧霄曰：“我们见他，尊他，他无声色，以礼相待；他如有自尊之念，我们那认他甚么师伯！既为敌国，如何逊礼。今此阵既已摆了，说不得了，如何怕得许多！”（如此倨傲，岂能有好下场）

话说元始天尊次日清晨命南极仙翁：“将沉香辇收拾，吾既来此，须进‘黄河阵’走一遭。”燃灯引道，子牙随后，下篷行至阵前。白鹤童儿大呼曰：“三仙岛云霄快来接驾！”只见云霄等三人出阵，道旁欠身，口称：“师伯，弟子甚是无礼，望乞恕罪！”元始曰：“三位设此阵，乃我门下该当如此。只是一件，你师尚不敢妄为，（半部书已过，而通天教主迄未露面）尔等何苦不守清规，逆天行事，自取违教之律！尔等且进阵去，我自进来。”三位娘娘先自进阵，上了八卦台，看元始进来如何。且说天尊拍着飞来椅，径进阵来，沉香辇下四脚离地二尺许高，祥云托定，瑞彩飞腾。天尊进得阵来，慧眼垂光①，见十二弟子横睡直躺，闭目不睁。天尊叹曰：“只因三尸不斩，六气②未吞，空用功夫千载！”天尊道心慈悲，看罢方欲出阵。八卦台上彩云仙子见天尊回身，抓一把戮目珠打来。（蚍蜉撼树）怎见得，有诗为证。诗曰：

奇珠出手焰光生，灿烂飞腾太没情。
只说暗伤元始祖，谁知此宝一时倾。

① 垂光：此指元始天尊目光向下看去。
② 六气：指好、恶、喜、怒、哀、乐六种情志。

话说元始天尊看罢“黄河阵”，方欲出阵，彩云仙子将戮目珠从后面打来。那珠未到天尊跟前，已化作灰尘飞去。云霄见而失色。

且说元始出阵，上篷坐下。燃灯曰：“老师进阵内，众道友如何？”元始曰：“三花削去，闭了天门，已成俗体，即是凡夫。”燃灯又曰：“方才老师入阵，未何不破此阵，将众道友提援①出来，大发慈悲。”元始笑曰：“此教虽是贫道掌，尚有师长，必当请问过道兄，方才可行。”言未毕，听空中鹿鸣之声，元始曰：“八景宫道兄来矣。”忙下篷迎迓。怎见得，有诗为证。诗曰：

> 鸿蒙剖破玄黄景，又在人间治五行。
> 度得轩辕升白昼，函关施法道常明。

话说老子乘牛从空而降，元始远迓，大笑曰：“为周家八百年事业，有劳道兄驾临！”老子曰：“不得不来。”燃灯明香引道上篷，玄都大法师随后。燃灯参拜，子牙叩首毕，二位天尊坐下。老子曰：“三仙童子设一‘黄河阵’，吾教下门人俱厄于此，你可曾去看？”元始曰：“贫道先进去看过，正应垂象②，故候道兄。”老子曰：“你就破了罢，又何必等我？”二位天尊默坐不言。且说三位娘娘在阵，又见老子顶上现一座玲珑塔于空中，毫光五色，隐现于上。云霄谓二妹曰：“玄都大老爷也来了，怎生是好？”碧霄娘娘道：“姐姐，各教所授，那里管他！今日他再来，吾不是昨日那样待他，那里怕他？”云霄摇头，“此事不好。”（元始天尊之能，云霄已见而失色，何况来的是元始之师兄）琼霄曰：“但他进此阵，就放金蛟剪，再祭混元金斗，何必

---

① 提援：援救。
② 垂象：显示的征兆。

惧他?"

且说次日，老子谓元始曰："今日破了'黄河阵'早回，红尘不可久居。"元始曰："道兄之言是矣。"命南极仙翁收拾香辇。老子上了板角青牛[①]，燃灯引道，遍地氤氲，异香馥道，散满红霞。行至"黄河阵"前，玄都大法师大呼曰："三仙姑快来接驾!"里面一声钟响，三位姑娘出阵，立而不拜。老子曰："你等不守清规，敢行忤慢[②]!尔师见吾且躬身稽首，你焉敢无状[③]!"碧霄曰："吾拜截教主，不知有玄都。上不尊，下不敬，礼之常耳。"玄都大法师大喝曰："这畜生好胆大，出言触犯天颜!快进阵!"三位娘娘转身入阵。老子把牛领进阵来。元始沉香辇也进了阵。白鹤童儿在后，齐进"黄河阵"来。不知三位娘娘性命如何，且听下回分解。

总批

"黄河阵"虽是众仙逢劫，然而动了二位天尊，三位仙姑亦当俯首听命，何得抗颜忤逆师长?是自取灭亡，岂得尽委之天命哉!

又批

云霄颇有见识，只是没有坚持之操守，故毕竟遭此劫数。当时只有碧霄、琼霄二人有些动客气，孰知又有菡芝、彩云二子，犹属孟浪不羁，助桀为虐，所以造成此数，实是人谋不臧[④]。

① 板角青牛：太上老君之坐骑。青牛，乃是上古瑞兽"兕"。
② 忤慢：亦作"忤嫚"。违抗怠慢。
③ 无状：没有礼貌。
④ 人谋不臧：事情的失败，是由于人的计划不周密所导致，与天命毫无关系。

第五十一回　子牙劫营破闻仲

子牙劫營
破聞仲

导读：《封神演义》中，有许多人物是从佛教中的佛、菩萨改造成道人、金仙的。这里面知名度最高的，应该还是由观世音菩萨改造而来的慈航道人。早期佛教并没有“菩萨”的概念，能自己觉悟者便是“佛”，经由他人教导而觉悟的便是“罗汉”，二者并没有绝然悬殊的地位差别。大乘佛教兴起之后，原本指以佛法觉悟众生并以最终成佛为实践目的的修行者的“菩萨”，逐渐成为了一种位阶，形成了从低到高的罗汉、菩萨、佛三阶。而其中的很多菩萨，则是吸收了印度本土婆罗门教的神灵而形成的。观世音菩萨的形象，就来自于婆罗门教的双马童。双马童是一对孪生兄弟，不可分离的一对美丽的青年天神。他们强壮、灵巧、聪明、敏捷，皮肤蜜黄色，头戴莲花冠。有时他们的形象也化身一对并肩相连的小马。

双马童的主要功德是救苦救难，尤其能治病。大乘佛教受其影响，塑造了观世音菩萨的形象，并且为其安排了一个和佛祖释迦牟尼相似的出身——都是王室太子。由于观世音菩萨的形象主要受双马童的影响，因此观世音菩萨一开始也是男子的形象。但是当佛教传入中国以后，为了适应中国社会，满足人们信仰上的需要，观世音菩萨的形象逐渐从男性变为可男可女，最终彻底转变成了女性形象。而与之相对应的，她的出身也从太子变成了公主。至于道教化的慈航道人或慈航真人的形象是何时出现的，目前尚不可确定。但是，在明代编纂的《正统道藏》中，还没有相关的记载，而在一些宝卷、唱词中却能看到相关的形象出现。因此，将观世音菩萨道教化为慈航道（真）人，很可能是明代中后期源自民间的一种信仰现象。至于是《封神演义》启发了这种信仰，还是这种信仰影响了《封神演义》的创作，限于史料不足，尚难以有一个明确的答案。

诗曰：

昔日行兵夸首相，今逢时数念应差。
风雷阵设如奔浪，龙虎营排似落花。
纵有“黄河”成个事，其如苍赤[1]更堪嗟。
劝君莫待临龙地，同向灵台玩物华。

话说二位天尊进阵。老子见众门人似醉而未醒，沉沉酣睡，呼吸有鼻息之声。又见八卦台上有四五个五体不全之人，老子叹曰：“可惜千载功行，一旦俱成画饼！”且说琼霄见老子进阵来观望，便放起金蛟剪去。那剪在空中挺折如剪，头交头，尾交尾，落将下来。老子在牛背上看见金蛟剪落下来，把袖口望上一迎，那剪子如芥子[2]落于大海之中，毫无动静。碧霄又把混元金斗祭起，老子把风火蒲团往空中一丢，唤黄巾力士：“将此斗带上玉虚宫去！”（这两样法宝刚才是何等厉害，如今竟被如此轻松地破了，到底还是要实力说话）

三位娘娘大呼曰：“罢了！收吾之宝，岂肯干休！”三位齐下台来，仗剑飞来直取。难道天尊与他动手？老子将乾坤图抖开，命黄巾力士：“将云霄裹去了，压在麒麟崖下！”力士得旨，将图裹去不题。且言琼霄仗剑而来。元始命白鹤童子把三宝玉如意祭在空中，正中琼霄顶上，打开天灵。一道灵魂往封神台去了。碧霄大呼曰：“道德千年，一旦被你等所伤，诚为枉修功行！”用一口飞剑来取元始天尊，被白鹤童子一如意，把飞剑打落尘埃。元始袖中取一盒，揭开盖，丢起空中，把碧霄连人带鸟装在盒内，不一会化为血水。一道灵魂也往

① 苍赤：指百姓。
② 芥子：芥菜的种子。佛教用语，用以比喻极微小之物。

封神台去了。(此时回想方才放言“那里怕他”“何必惧他”，可曾后悔?)有诗为证。诗曰：

修道千年岛内成，殷勤日夜炼无明。
无端摆下“黄河阵”，气化清风损七情[1]。

话说三位娘娘已绝。菡芝仙同彩云仙子还在八卦台上，看二位天尊。元始既破“黄河阵”，众弟子都睡在地上。老子用中指一指，地下雷鸣一声，众弟子猛然惊醒，连杨戬、金木二吒齐齐跃起，拜伏在地，老子乘牛转出，回至篷上。众门人拜毕。元始天尊曰：“今日诸弟子削了顶上三花，消了胸中五气，遭逢劫数，自是难逃。况今姜尚有四九之惊，尔等要往来相佐，再赐尔等纵地金光法，可日行数千里。”又问：“尔等镇洞之宝?”“俱装在混元金斗内。”命：“取来还你等。如今留南极仙翁破‘红砂阵’，我同道兄暂回玉虚宫。白鹤童子，陪你师父同回。”遂命“返驾”。众门人排班送二位天尊回驾。

且说彩云仙子怒气不息。菡芝仙见破了“黄河阵”，进老营来见闻太师，太师已知阵破，玉虚门人都救回去了，心下十分不安，忙具表遣官往朝歌求救；又发火牌，调三山关总兵官邓九公往麾下听用。(引出后面故事)

且说燃灯在篷上与众道者默坐。南极仙翁打点破“红砂阵”。子牙到九十九日上，来见燃灯，口称：“老师，明日正该破阵。”次日，众仙步行排班，南极仙翁同白鹤童儿至阵前，大呼曰：“吾师来会

① 七情：人的七种感情。儒家以喜、怒、哀、惧、爱、恶、欲为七情。佛教以喜、怒、忧、惧、爱、憎、欲为七情。另有一说认为七情可为喜、怒、忧、思、悲、恐、惊七种情志的总称。

‘红砂阵’主！”张天君从阵里出来，甚是凶恶，跨鹿提剑，杀奔前来。抬头见是南极仙翁，张绍曰：“道兄，你是为善最乐[1]之士，亦非破阵之流，此阵只怕你：可惜修就神仙体，若遇红砂顷刻休！”（两大教主方才来过，岂会不给徒弟留些法宝？张绍亦太大意）

话说南极仙翁曰：“张绍，你不必多言。此阵今日该是我破。料你也不能久立于阳世[2]。”张天君大怒，纵鹿冲来，把剑往仙翁顶上就劈。旁有白鹤童子将三宝玉如意赴面交还。来往未及数合，张天君掩一剑，望本阵就走。白鹤童子随后跟来。南极仙翁同入阵内。张绍下鹿，上台，把红砂抓了数片，望仙翁打来。南极仙翁将五火七翎扇把红砂一搧，红砂一去，影迹无踪。张天君掇起一斗红砂望下一泼。仙翁把扇子连搧数搧，其砂去无影向。南极仙翁曰：“张绍今番难逃此厄！”张绍欲待逃遁，早被白鹤童子祭起玉如意，正中张绍后心，打翻跌下台来。白鹤童子手起一剑，即时血染衣襟。正是：未曾破阵先数定，怎脱封神台下来。

且说南极仙翁破了“红砂阵”，白鹤童子见三穴内有人。南极仙翁发一雷，惊动哪吒、雷震子，俱将身一跃，睁开眼看见南极仙翁，知是昆仑山师尊来救护。哪吒急来扶武王，武王已是死了。坐下逍遥马，百日都坏了。燃灯在外面见破了“红砂阵”，子牙催骑入阵，来看武王时，已是死了。子牙哭声不止。燃灯曰：“不妨。前日入阵时，有三道符印护其前后心体，武王该有百日之灾，吾自有处治。”命雷震子背负武王尸骸，放在篷下，用水沐浴。燃灯将一粒丹药用水研化，灌入武王口内。有两个时辰，武王睁眼观看，方知回生。见子牙众门人立于左右，王曰：“孤今日又见相父也！”（一来凸显武王真龙天

① 为善最乐：意思是把做善事当作最快乐的事。
② 阳世：意思为阳间，人世间。

子，天命所归，遇难成祥；二来也显摆下他燃灯道人的本事）子牙差左右听用官，送武王回宫。

且说燃灯与众道者曰："列位道友，贫道今破十阵，与子牙代劳已完，众位各归府。只留广成子，你去桃花岭阻闻仲，不许他进佳梦关。又留赤精子，你去燕山阻闻仲，不许他进五关。二位速去！又留慈航道人在此，以下请回。"众道人方才出篷欲去，忽云中子至。燃灯请上篷。打稽首曰："列位道兄请了！"众道者曰："云中子乃福德之仙也，今不犯'黄河阵'，真乃大福之士。"云中子曰："奉敕炼通天神火柱，绝龙岭等候闻太师。"燃灯曰："你速去，不可迟。"云中子去了。燃灯把印剑交与子牙。燃灯曰："我贫道也往绝龙岭，助云中子一臂之力。吾今去也！"止留慈航同子牙在篷上。子牙传令："把麾下众将调来。"南宫适等齐至篷前，见姜子牙行礼毕，立于两旁。子牙传："明日开队，与闻太师共决雌雄。"（这几回描绘众仙家，竟无有一个性格鲜明的，个个好似工具人一般。莫说与哪吒、杨戬相比，甚至不如三霄生动）众将得令不题。

且说闻太师见十绝阵俱破，只等朝歌拔兵，又望三山关邓九公来助。与彩云仙子、菡芝仙共议。二仙曰："不料三仙遭厄，两位师伯下山，故有今日之挫。把吾截教不如灰草。"闻太师长吁一声。忽听得周营炮响，喊声大震，来报曰："姜子牙请太师答话。"闻太师大怒曰："吾不速拿姜尚报仇，誓不俱生！"（自出兵以来，已数不清闻太师"大怒"多少次了）遂遣邓、辛、张、陶，分于左右，二女仙齐出辕门。太师跨墨麒麟，如烟火而来。子牙曰："闻太师，你征战三年有余，雌雄未见。你如今再摆十绝阵否？"传令："把吊着的赵江斩了！"武吉把赵江斩在阵前。闻太师大叫一声，提鞭冲杀过来。有黄天化催开玉麒麟，用两柄银锤挡住闻太师。菡芝仙在辕门，怒从心上起，恶向胆边生，纵步举宝剑，来助闻太师。这壁厢①杨戬纵马摇枪，前来敌住了菡芝仙。彩云仙子见杨戬敌住了菡芝仙，仗剑冲杀过来。哪吒大喝一声："休冲吾阵！"脚登风火轮，战住了彩云仙子。邓、辛、张、陶四将齐出。这壁厢武成王黄飞虎、南宫适、武吉、辛甲四将来迎。两家这场大战：

两阵咚咚擂战鼓，五色幡摇飞霞舞，长弓硬弩护辕门，铁壁铜墙齐队伍。太师九云冠上火焰生，黄天化金锁甲上霞光吐。女仙是大海波中戏水龙，杨戬似万仞山前争食虎。搜搜刀举，好似金睛怪兽吐征云；晃晃长枪，一似巨角蛟龙争戏水。鞭来锤架，银花响亮迸寒光；枪去剑迎，玉焰生风飘瑞雪。刀劈甲，甲中刀，如同山前猛虎斗狻猊；枪刺盔，盔中枪，一个深潭玉龙降水兽。使斧的天边皓月皎光辉，使锏的万道长虹飞紫电。使枪的紫气照长空，使刀的庆云离顶上。

有诗为证。诗曰：

大战一场力不加，亡人死者乱如麻。
只为君王安社稷，不辨贤愚血染沙。

且说子牙大战闻太师。菡芝仙把风袋抖开，一阵黑风卷起。不知慈航道人有定风珠，随取珠将风定住，风不能出。（与前文呼应，安排得好）

子牙忙祭起打神鞭，正中菡芝仙顶护，打得脑浆迸出，死于非

① 壁厢：边，旁。

命。一道灵魂往封神台去了。彩云仙子听得阵后有响声，回头看时，早被哪吒一枪，刺中肩甲，倒翻在地，后加一枪，结果了性命。也往封神台去了。武成王大战张节，黄飞虎枪法如神，大吼一声，把张节一枪刺于马下。一灵也往封神台去了。闻太师力战黄天化，又见折了三人，无心恋战，掩一鞭，暂回老营。止有邓忠、辛环、陶荣三将。见今日又损了张节，四将中少了一人，十分不悦。

且言子牙全胜回兵，慈航作辞回山。子牙进城，升银安殿，传令："众将用过午饭，上殿听点。"众将领令。子牙进内室，写柬帖[①]，只至午末未初，银安殿上打聚将鼓响，众将上殿，参谒听令。子牙令黄天化领柬帖、令箭，又命哪吒领柬帖、令箭，雷震子也领柬帖、令箭："你们三路，先只须如此如此。"子牙令："黄飞虎等领兵五千冲左哨，南宫适等领兵五千冲右哨。"又令："金吒、木吒、龙须虎冲辕门，四贤、八俊随吾后队接应。辛甲、辛免、太颠、闳夭、祁恭、尹籍领三千人马，大呼曰：'归顺西岐有德之君，坐享安康；扶助成汤无道之主，灭伦绝纪。早归周地，不致身亡！'（瓦解军心，最好能不战而屈人之兵）先散开成汤人马，以孤其势。大功只在今晚可成。"又令："杨戬领三千人马，先烧彼之粮草。彼军不战自乱。你如烧了粮草，截战后，再往绝龙岭助雷震子成功。"杨戬领令去讫[②]。正是：挖下战坑擒虎豹，满天张网等蛟龙。

不表子牙前来劫营，且言闻太师损兵折将，在帐中独坐无言。猛然当中神目看见，西岐一股杀气直冲中军，太师笑曰："姜尚今日得胜，乘机劫吾大寨。"急令："邓忠、陶荣在左哨，辛环在右哨，吉立、余庆领长箭手守后营粮草。吾在中军，看谁进辕门！"太师准备

① 柬帖：泛指信札、帖子等。此指正式的通知、命令。
② 讫（qì）：终了，完毕。

夜战。当时天晚，日落西山。将近一鼓时分，子牙把众将调出，四面攻营。人马暗暗到了成汤大辕门，左右有灯笼为号，一声信炮，三军呐喊，鼓声大振，杀声齐起。怎见得这场夜战：

征云笼四野，杀气锁长空。天昏地暗交兵，雾惨云愁[①]厮杀。初时战斗，灯笼火把相迎；次后交攻，剑戟枪刀乱刺。离宫不朗，左右军卒乱奔；坎地无光，前后将兵不正。昏昏沉沉，月朦胧，不辨谁家宇宙；渺渺漫漫，灯惨淡，难分那个乾坤。征云紧护，拚命士卒往来相持；战鼓忙敲，舍死将军纷纷对敌。东西混战，剑戟交加；南北相持，旌旗掩映。狼烟火炮，似雷声霹雳惊天；虎节龙旗，如闪电翻腾上下。摇旗小校，夤夜[②]里战战兢兢；擂鼓儿郎，如履冰俱难措手[③]。周兵勇猛，纣卒奔逃。只见：滔滔流血坑渠满，叠叠横尸数里平。

有诗为证。诗曰：

劫营功业妙无穷，三路冲营建大功。
只为武王洪福广，名垂青史羡姜公。

话说子牙督前军，冲开了七层围子，呐一声喊，杀进大辕门。闻太师忙上了墨麒麟，提鞭冲来，大呼曰："姜尚，今番与你定个雄雌！"提鞭来取。（十绝阵破之时，闻太师便已经败了，此刻不过做困兽之

① 雾惨云愁：意思是一种悲壮苍凉的气氛。
② 夤（yín）夜：深夜。
③ 措手：应付。

斗）子牙仗剑交还。金吒在左，木吒在右，龙须虎发①手放出石头打将来，如飞蝗骤雨。成汤军卒如何招架得开，多是着伤。闻太师酣战在中军。黄飞虎杀进左营，有邓忠、陶荣大喝曰："黄飞虎慢来！"黄家父子兵把二将困在左营。邓忠抖精神，使开板斧，陶荣显本事，双锏忙轮，二将大战在左营。南宫适冲进右营，只见辛环大叫："南宫适休走！"把肉翅飞起。西岐数将战住辛环。灯球火把，照耀如同白昼。黄昏厮杀，黑夜交兵，惨惨②阴风，咚咚战鼓。

闻太师正征战之间，子牙祭起打神鞭。闻太师当中神目看见，疾忙躲时，早中左肩臂。龙须虎发石乱打，三军驻扎不定。大队一乱，周兵呐喊，四面围裹上来。闻太师如何抵挡得住。黄飞虎有四子黄天祥等，年少勇猛，势不可当，展枪如龙摆尾，转换似蟒翻身。陶荣躲不及，早被一枪刺于马下。邓忠挡不住，只得败走。辛环见周兵势甚大，不敢恋战，知锋锐已挫，料不能取胜，又见后营火起，杨戬烧了粮草，军兵一乱，势不可解。只见火焰冲天，金蛇乱舞，周军锣鸣鼓响，只杀得鬼哭神号。闻太师大兵已败，又听得周兵四处大叫曰："西岐圣主，天命维新。纣王无道，陷害万民。你等何不投西土受享安康！何苦用力而为独夫③，自取灭亡！"成汤军士在西岐日久，又见八百诸侯归周者甚众，兵乱不由主将，呐一声喊，走了一半。闻太师有力也无处使，有法也无处用。只见归降者漫散而去，不降者且战且走。（好似四面楚歌后的项羽部队，作者或是受此启发？）且说周兵赶杀成汤败卒，怎见得：

赶上将连衣剥甲，逞着势顺手夺枪。铜敲鼻凹，锤打当胸。

---

① 发：打开。
② 惨惨：暗淡无光貌。
③ 独夫：谓残暴无道、众叛亲离的统治者。此指纣王。

铜敲鼻凹，打的眉眼张开；锤打当胸，洞见心肝肺腑。连肩拽背着刀伤，肚腹分崩遭斧剁。锤打的利害，枪刺的无情。着箭的穿袍透铠，遇弹子鼻凹流红。逢叉俱丧魄，遇鞭碎天灵。愁云惨惨黯天关，急急逃兵寻活路。

闻太师兵败，且战且走。辛环飞在空中，保护太师，邓忠催住后队。一夜败有七十余里，至岐山脚下。子牙鸣金收队。正是：三军踊跃欢声悦，姜相成功奏凯还。

话说闻太师败至岐山，收住败残人马，点视，止三万有余。太师又见折了陶荣，心中闷闷不语。邓忠曰："太师，如今兵回那里？"闻太师问："此处往那里去？"辛环曰："此处往佳梦关去。"太师道："就往佳梦关去。"（可见此时闻仲心中已经没了计划策略，只能走一步看一步）催动人马前进。可怜兵败将亡，其威甚挫，着实没兴。一路上人人叹息，个个吁嗟。人马正行间，只见桃花岭上一首黄幡，幡下有一道人，乃是广成子。闻太师向前问曰："广成子，你在此有甚么事？"广成子答曰："特为你，在此等候多时。你今违天逆命，助恶灭仁，致损生灵，害陷忠良，是你自取。我今在此，也不与你为仇，只不许你过桃花岭，任凭你往别处去便罢。"闻太师大怒曰："吾今不幸，兵败将亡，敢欺吾太甚！"催开墨麒麟，提鞭就打。

广成子撒步向前，用宝剑急架相还。未及三五合，广成子取番天印祭于空中。太师一见，知印利害，拨转麒麟望西便走。邓忠跟着太师退回。辛环曰："太师方才怎的怕他，便自退兵？"太师曰："广成子番天印，吾等招架不住。若中此印，倘或无生，如何是好！且自避他。只如今不得过此岭，却往那里去？"邓忠曰："不若进五关往燕山去。"太师只得调转人马，往燕山大路而来。

太师晓行夜住①，不一日，人马行至燕山。猛然抬头，见太华山上竖一首黄幡，赤精子立于幡下。太师催麒麟至前。赤精子曰："来者乃闻太师，你不必往此燕山去，此处非汝行之地。吾奉燃灯命，在此阻你，不许你进五关。原是那里来，还是那里去。"（逆运数时势而行，自然处处碰壁）太师只气得三尸魂暴躁，七窍②内生烟，大呼曰："赤精子，吾乃是截教门人，总是一道，何得欺吾太甚！我虽兵败，拚得一死，定与你做一场，岂肯擅自干休！"将麒麟一夹，四蹄登开，使开金鞭，神光灿烂。赤精子抖动麻鞋，挥开宝剑，鞭剑相交。未及五七合，赤精子取阴阳镜出来。不知闻太师性命如何，且听下回分解。

总批

闻太师两次俱被子牙劫营大胜，然而太师未尝不知，其为预防，大为疏略。闻太师难曰知兵，所仗者不过这些幻术耳。所以自古及今，凡谈奇门丁甲、五行遁术，毕竟破败，其如堂堂之阵、正正之旗，所向自克，真是邪不胜正。

又批

神仙佛祖动即言数，惟圣神能修一己以逃乎数，今燃灯、子牙等皆囿于数者，而子牙独不能尽安于数，故见武王则哭，还有些儿女气。

---

① 晓行夜住：意思是白天赶路，晚上投宿，形容赶路之匆忙。
② 七窍：耳、目、口、鼻七孔。

第五十二回　绝龙岭闻仲归天

絶龍嶺聞
仲歸天

导读：本回中出场的土行孙，是十二金仙之一惧留孙的徒弟。惧留孙这个名字，看上去有些不明所以，单看字面意思仿佛是“害怕留下孙子”。其实，他也是一位从佛教中改造而来的神仙。他的原型是佛教中的拘楼孙佛，又译作“拘留孙佛”“鸠楼孙佛”等。是过去七佛中的第四佛。所谓“过去七佛”，即是指离我们最近的七位佛。按照时间顺序，他们分别是：毗婆尸佛、尸弃佛、毗舍婆佛、拘楼孙佛、拘那含牟尼佛、迦叶佛和我们熟知的释迦牟尼佛。其中，前三佛为过去庄严劫千佛的三佛，后四佛为现在贤劫千佛的四佛，换言之，拘楼孙佛是现在贤劫的第一佛。按照佛经中的有关记载，拘楼孙佛时，人寿四万岁。他出自婆罗门种姓，姓迦叶，父名记得，母名善枝，子名上胜。他是坐在尸利沙树下觉悟成佛，主要弟子有萨尼、毗楼、善觉等。

诗曰：

几回奏捷建奇功，纣主荒淫幸女红。
入国已无封谏表，到山应有泪江枫。
岂知魂梦烽烟绝，且听哀猿夜月空。
纵有丹心①成往事，年年杜宇②泣东风。（闻仲之挽诗也）

话说闻太师见赤精子拿出阴阳镜，把麒麟一磕，跳出圈子外，往燕山下退去。赤精子也不来赶。太师气得面黄气喘，默默无言。辛环曰："太师，两条路既不容行，不若还往黄花山，进青龙关去罢。"太师沉吟良久，曰："吾非不能遁回朝歌见天子，再整大兵，以图恢复。只人马累赘，岂可舍此身行。"只得把人马调回，往青龙关大道而行，未及半日，见前边一枝人马驻扎咽喉之处。闻太师传令："安营，不意前有伏兵。"营不曾安定，只听得一声炮响，两杆红旗展动，哪吒脚踏风火轮，拈火尖枪，大呼曰："闻太师休想回去！此处乃是你归天之地！"太师大怒，急得三只眼中射出金光，骂曰："姜尚欺吾太甚！此处埋伏着不堪小辈，欺藐天朝大臣！"（此是何时何地，还以"天朝大臣"自居，可叹）提鞭，纵麒麟飞来直取。哪吒火尖枪急架相还。鞭枪并举，一场大战。只见：

阴霾迷四野，冷气逼三阳。这壁厢旌旗耀彩，反令日月无光；那壁厢戈戟腾辉，致使儿郎丧胆。金鞭叱咤闪威风，神枪出没施妙用。闻太师忠心，三太子赤胆。只杀得空中无鸟过，山内

① 丹心：犹赤心。忠贞的心。
② 杜宇：即"杜鹃啼血"之典，形容哀痛到了极点。

虎狼奔，飞砂走石乾坤黑，播土扬尘宇宙昏。

话说闻太师与邓忠、辛环、吉立、余庆把哪吒裹在垓心。哪吒那里惧他，使开一条枪，怎见得利害，有赞为证。赞曰：

枪是邠州铁，炼成一段钢，落在能工手，造成丈八长。刺虎穿胸连树倒，降魔锋利似秋霜，大将逢之翻下马，冲营躧[①]阵士俱亡。展放光芒天地暗，吐吞寒雾日无光。

哪吒抖擞神威，酣战五将，大叫一声，把吉立刺于马下。忙把风火轮登出阵来，取乾坤圈祭在空中，正中邓忠肩甲，翻下鞍鞒，被哪吒复一枪，结果了性命。二道灵魂俱往封神台去了。闻太师见又折了邓忠、吉立二将，十分懊恼，不觉失措，无心恋战，夺路而走。哪吒大杀一阵，截断后面一半人马，"愿降者免死！"众兵齐告曰："愿归明主。"哪吒得获全胜，回西岐报功不表。

且说闻太师兵败前行，至晚点扎残兵，不足一万余人。太师升帐坐下。愧赧[②]无地。自思曰："吾自征伐，未尝挫锐。今日西征，致有片甲无存之辱。"辛环在侧曰："太师且请宽慰，'胜负乃兵家之常'，何必挂心。俟回朝再整大队人马，以复此仇未迟。太师还当自己保重。"次日，起人马望黄花山进发，行至巳牌时候，猛见前面红旗招展，号炮喧天，见一将金甲红袍，坐玉麒麟上，使两柄银锤，刺斜而来，大呼曰："奉姜丞相令，等候多时！今兵败将亡，眼见独力难支，天命已定。此处不降，更待何时！"

---

① 躧（xǐ）：践踏，摧毁。
② 愧赧（nǎn）：因惭愧而面红耳赤。

闻太师见黄天化阻住去路，大怒，骂曰："好反叛逆贼，敢出此言欺吾!"催开墨麒麟，单鞭力战。黄天化鞭锤相架，战在山前。但见：

两阵鸣锣击鼓，三军呐喊摇旗。红幡招展振天雷，画戟轻翻豹尾。这一个舍命冲锋扶社稷，那一个拚生惯战定华夷。不是你生我死不相离，只杀得日月无光天地迷。

话说二人交锋，约有二三十合，有辛环气冲牛斗，余庆怒发冲冠，二将来助太师。黄天化见二将来助战，把玉麒麟跳出阵外就走。余庆不知好歹，随后追来。（黄天化分明是在诱敌，余庆竟不能辨，可见已是失了理智）黄天化挂下双锤，取火龙标回首一标，打下落马而死。一魂进封神台去了。辛环见余庆落马，大叫一声："吾来了!"肉翅飞来，锤钻往顶上打来。辛环是上三路，黄天化锤是短兵器，招架上三路不好挡抵，把玉麒麟跳出圈子就走。这玉麒麟乃是道德真君坐骑，足有云风，速如飞电。辛环不见机，赶来。被黄天化将攒心钉发出，正中肉翅。辛环在空中吊将下来。闻太师见辛环失利，忙催动残兵，望东南败走。黄天化连胜二阵，也不追赶，领兵回西岐报功去了。

且言闻太师见后无袭兵，领人马徐徐而行。又见折了余庆，辛环带伤，太师十分不乐，一路上思前想后。人马行至晚间，有一座高山在前，但见山景凄凉，太师坐下，不觉兜底上心，自己吟诗嗟叹。诗曰：

"回首青山两泪垂，三军凄惨更堪悲。
当时只道旋师返，今日方知败卒疲。

可恨天时难预料，堪嗟人事竟何之！
眼前颠倒浑如梦，为国丹心总不移。”（此时之闻仲，颇似败走华容道之曹孟德）

话说闻太师作罢诗，神思不宁。三军造饭，辛环整理，次日回兵。将至二更，只听得山顶上响声大振，炮发雷鸣。闻太师出帐观看，见山上是姜子牙同武王在马上饮酒，左右诸将用手指曰：“山下闻太师败兵在此。”

太师听说，性如烈火，上了墨麒麟，提鞭杀上山来。只见一声雷响，一人也不见了。闻太师乃是神目，左右观看，又不见影迹。太师咬牙深恨，立骑寻思。忽然山下一声炮响，人马势如云集，围困山下，只叫“休走了闻太师！”太师大怒，催骑杀下山来，及自至山下，一军一卒俱无。太师喘息不定，方欲算卜，又见山顶上大炮响，子牙与武王拍手大笑而言曰：“闻太师今日之败，把数年英雄尽丧于此，有何面目再返朝歌！”闻太师厉声大骂：“姬发匹夫，焉敢如此！”纵骑复杀上山来。将至半山凹里，猛然飞起雷震子。好凶恶！怎见得，有诗为证。诗曰：

两翅飞腾起怪风，发红脸靛①势如熊。
终南秘授神仙术，辅佐姬周立大功。

闻太师只顾山上，未防山凹里飞起雷震子，一棍照闻太师打来。太师措手不及，（之前对闻仲轮番戏耍、羞辱，为的就是耗其精力，乱其心志）叫声“不好！”将身一闪，让个空。不防那金棍正中墨麒麟后胯

① 靛（diàn）：蓝色和紫色混合而成的一种颜色。

上，打得此兽竟为两段。太师跌下地来，随借土遁去了。辛环大呼曰：“雷震子不要走！吾来了！”肉翅飞起，来战雷震子。不防杨戬暗祭哮天犬，一口把辛环的腿咬住了。雷震子一棍，正打着辛环顶门①，死于非命。也往封神台去了。雷震子获功回西岐去了。

且说闻太师失了坐骑，自思：“不好归国。想吾三十万人马西征，大战三年有余，不料失机，止存败残人马数千，致有片甲无存之诮②。连吾坐骑俱死，门人、副将俱绝。”又见辛环已死，只影单形。太师落下土遁，默坐沉吟。半晌，仰天叹曰：“天绝成汤！当今失政，致天心不顺，民怨日生。臣空有赤胆忠心，无能回其万一。此岂臣下征伐不用心之罪也！”（运数如此，非战之罪也）太师坐到天明，复起身招集败残士卒，迤逦③而行。又无粮草，士卒疲敝之甚，俱有饥色。猛然见一村舍，有簇人家。太师沉吟④，饥不可行，乃命士卒：“向前去借他一顿饭，你等充饥。”

众人向前观看，果然好个所在。怎见得，有赞为证。赞曰：

> 竹篱密密，茅屋重重。参天野树迎门，曲水溪桥映户。道旁杨柳绿依依，园内花开香馥馥。夕照西沉，处处山林喧鸟雀；晚烟出灶，条条道径转牛羊。正是那：食饱鸡豚眠屋角，醉酣邻叟唱歌来。

话说军士来至庄前，问：“里面有人么？”忽然走出一位老叟，见是些残败军卒，忙问：“众位至小庄有何公干？”士卒曰：“吾等非

① 顶门：头顶。
② 诮（qiào）：责备，讥嘲。
③ 迤（yí）逦：亦作“迤逦”。曲折连绵貌。此指一路曲折前行。
④ 沉吟：犹疑不决。

是别人，乃是跟成汤闻太师老爷，因奉敕伐周，与姜尚交兵，失机而回，借你一饭充饥，后必有补。”那老人听罢，忙道：“快请太师老爷来。”众军士回去，禀太师曰：“前有一老人，专请老爷。”

太师只得缓步行至庄前。老人忙倒身下拜，口称：“太师，小民有失迎迓①，望乞恕罪。”太师亦以礼相答。老人忙躬身迎请太师里面坐。太师进里面坐下。老人急收拾饭，摆将上来。闻太师用了一餐，方收拾饭与众士卒吃了。歇宿一宵。次日，太师辞老叟，问曰：“你们姓甚么？昨日搅扰你家，久后好来谢你。”老人曰：“小民姓李，名吉。”闻太师分付左右记了。离了此间，同些士卒望青龙关大路而来，不觉迷踪失径。太师命军士站住，观看东、南、西、北。忽听林中伐木之声，见一樵人。太师忙令士卒，向前问那樵子。士卒向前问曰：“樵子，借问你一声。”樵子弃斧在地，上前躬身，口称：“列位有何事呼唤？”士卒曰：“我等是奉敕征西的，如今要往青龙关去，借问那条路近些？”樵子用手一指，“往西南上不过十五里，过白鹤墩，乃是青龙关大道。”士卒谢了樵子，来报与闻太师。太师命众人往西行，迤逦望前而行。不知道这樵子乃是杨戬变化的，指闻太师往绝龙岭而来。

且说闻太师行过有二十里，看看至绝龙岭来。好险峻！但见：

巍巍峻岭，崒嵂②峰峦。溪深涧陡，石梁桥天生险恶；壁峭崖悬，虎头石长就雄威。奇松怪柏若龙蟠，碧落丹枫如翠盖。云迷雾障，山巅直透九重霄；瀑布奔流，潺湾一泻千百里。

真个是鸦雀难飞，漫道是行人避迹。烟岚障目，采药仙童怕

① 迎迓（yà）：迎接。
② 崒嵂（zú lǜ）：即“嵂崒”，山高峻貌。

险；荆榛①塞野，打柴樵子难行。胡羊野马似穿梭，狡兔山牛如布阵。

正是：草迷四野有精灵，奇险惊人多恶兽。

话说闻太师行至绝龙岭，方欲进岭，见山势险峻，心下甚是疑惑。猛抬头，见一道人穿水合道服，认的是终南山玉柱洞云中子。闻太师慌忙上前问曰："道兄在此何干？"云中子曰："贫道奉燃灯命，在此候兄多时。此处是绝龙岭，你逢绝地，何不归降？"闻太师大笑曰："云中子，你把我闻仲当作稚子婴儿，怎言吾逢绝地，以此欺吾。你我莫非五行之术，在道通知。你今如此戏我，看你有何法治我！"云中子曰："你敢到这个所在来？"太师就行。云中子用手发雷，平地下长出八根通天神火柱，高有三丈余，长圆有丈余，按八卦方位：乾、坎、艮、震、巽、离、坤、兑。闻太师站立当中，大呼曰："你有何术，用此柱困我？"云中子发手雷鸣，将此柱震开，每一根柱内现出四十九条火龙，烈焰飞腾。闻太师大笑曰："离地之精，人人会遁；火中之术，个个皆能。此术焉敢欺吾！"掐定避火诀，太师站于里面。怎见得好火，有火赞为证。赞曰：

此火非同凡体，三家会合成功。英雄独占离地，运同九转旋风。炼成通中火柱，内藏数条神龙，口内喷烟吐焰，爪牙动处通红。苦海煮干到底，逢山烧得石空，遇木即成灰烬，逢金化作长虹。燧人初出定位，木里生来无踪。石中电火稀奇宝，三昧金光透九重。在天为日通明帝，在地生烟活编氓②，在人五脏为心

① 荆榛：杂生荆棘灌木。多用以形容荒芜景象。
② 编氓（méng）：编入户籍的平民。

主，火内玄功大不同。饶君就有神仙体，遇我难逃眼下倾。

话说闻太师掐定避火诀，站于中间，在火内大呼曰："云中子！你的道术也只如此！吾不久居，我去也！"往上一升，驾遁光欲走。不知云中子预将燃灯道人紫金钵盂磕住，浑如一盖盖定。闻太师那里得知，往上一冲，把九云烈焰冠撞落尘埃，青丝发俱披下。太师大叫一声，跌将下来。（何其狼狈可怜也哉！）云中子在外面发雷，四处有霹雳之声，火势凶猛。可怜成汤首相，为国捐躯！一道灵魂往封神台来，有清福神祇用百灵幡来引太师。太师忠心不灭，一点真灵借风径至朝歌，来见纣王，申诉其情。

此时纣王正在鹿台与妲己饮酒，不觉一阵昏沉，伏几而卧。忽见太师立于旁边，谏曰："老臣奉敕西征，屡战失利，枉劳无功，今已绝于西土。愿陛下勤修仁政，求贤辅国；毋肆荒淫，浊乱朝政；毋以祖宗社稷为不足重，人言不足信，天命不足畏，企反前愆①，庶可挽回。老臣欲再诉深情，恐难进封神台耳。臣去也！"径往封神台来。柏鉴引进其魂，安于台内。且说纣王猛然惊醒曰："怪哉！异哉！"妲己曰："陛下有何惊异？"纣王把梦中事说了一遍。妲己曰："梦由心作。贱妾常闻陛下忧虑闻太师西征，故此有这个警兆。料闻太师岂是失机之士。"纣王曰："御妻之言是矣。"（闻仲，闻仲，你若见此，可觉忠心错付否？）随时就放下心怀。且说子牙收兵，众门人都来报功。云中子收了神火柱，与燃灯二人回山去不表。

再讲申公豹知闻太师绝龙岭身亡，深恨子牙。往五岳三山②，寻访仙客伐西岐，为闻太师报仇。一日游至夹龙山飞龙洞，跨虎飞来，

① 愆（qiān）：过错，罪过。
② 五岳三山：泛指各地名山仙府。

忽见山崖上一小童儿跳耍。申公豹下虎来看，此童儿却是一个矮子，身不过四尺，面如土色。申公豹曰："那童儿，你是那家的？"土行孙见一道人叫他，上前施礼曰："老师那里来？"申公豹曰："我往海岛来。"土行孙曰："老师是截教，是阐教？"申公豹曰："是阐教。"土行孙曰："是吾师叔。"（因是自家人，故而轻信上当）申公豹问曰："你师是谁？你叫甚名字？"土行孙答曰："我师父是惧留孙。弟子叫做土行孙。"申公豹又问曰："你学艺多少年了？"土行孙答曰："学艺百载。"申公豹摇头曰："我看你不能了道成仙，只好修个人间富贵。"土行孙问曰："怎样是人间富贵？"申公豹曰："据我看，你只好披蟒腰玉①，受享君王富贵。"土行孙曰："怎得能够？"申公豹曰："你肯下山，我修书荐你，咫尺成功。"土行孙曰："老师指我往那里去？"申公豹曰："荐你往三山关邓九公处去，大事可成。"土行孙谢曰："若得寸进，感恩非浅。"申公豹曰："你胸中有何本事？"土行孙曰："弟子善能地行千里。"申公豹曰："你用个我瞧。"土行孙把身子一扭，即时不见。道人大喜，忽见土行孙往土里钻上来。公豹又曰："你师父有捆仙绳，你要去带下两根去，也成的功。"土行孙曰："吾知道了。"土行孙盗了师父惧留孙的捆仙绳，五壶丹药，径往三山关来。不知胜负如何，且听下回分解。

总批

闻太师征伐西岐，来时甚是雄威，及至败回时，何其垂头丧气。固是子牙诸人算无遗策，亦是闻公恃左道诸人谋画之不臧耳。如此观之，邪不胜正，信然。

① 披蟒腰玉：身穿蟒袍，腰系玉带。指土行孙得享人间富贵。

又批

太师精忠报国，死不忘君，庶几[1]不愧大臣体统。但于绝龙岭自恃道术以取败，此其所以短也。

① 庶几：差不多，近似。

第五十三回　邓九公奉敕西征

鄧九公奉勅征西
西岐

导读：如果评选《封神演义》中最丑的人物，那么龙须虎应该会占得一席之地。毕竟在他这个头似驼、项似鹅、须似虾、耳似牛、身似鱼、手似莺、足似虎的形象第一次出场时，纵然是姜子牙也被吓出了一身冷汗。而且这个龙须虎还只有一只脚，行走的时候一蹦一蹦的，更增添了些诡异。那么，作者为何要创造出这么一个形象？这个龙须虎有原型吗？有的，龙须虎的原型就是夔。夔是上古时期的一种神怪，在《山海经·大荒东经》就曾记载："有兽状如牛，苍身而无角，一足，出入水则必风雨，其光如日月，其声如雷，其名曰夔，黄帝得之，以其皮为鼓，橛以雷兽之骨，声闻五百里，以威天下。"这里夔的形象与龙须虎已经颇有几分相似了。而另一种说法，则说夔是龙形的。如《说文解字》中就说夔"如龙，一足"，由此也就又有了"夔龙"之说。而龙的形象，则一直流传着角似鹿、头似驼、眼似兔、项似蛇、腹似蜃、鳞似鱼、爪似鹰、掌似虎、耳似牛的说法，两相对比，可以发现龙须虎的形象基本是融合了《山海经》中的夔与后世龙的形象而成的。

诗曰：

渭水①滔滔日夜流，西岐征战几时休。
漫言②虎豹才离穴，又见貔貅树敌楼。
修德③每愁糜白骨，荒淫反自咏金瓯④。
岂知天意多颠倒，取次干戈不断头。

话说申公豹说反了土行孙下山，他又往各处去了。

且说当日绝龙岭逃回军士进汜水关，报与韩荣，说知闻太师死于绝龙岭，随修表报进朝歌。有微子看报，忙进偏殿，见纣王行礼称“臣”。王曰：“朕无旨，皇伯有何奏章？”微子把闻太师的事奏启一遍。纣王大惊：“孤数日前，恍惚之中明明见闻太师在鹿台奏朕，言在绝龙岭失利，今日果然如此！”纣王着实伤感。王问左右文武曰：“太师新亡，点那一员官，定要把姜尚拿解⑤朝歌，与太师报仇。”众官共议未决，有上大夫金胜出班⑥奏曰：“三山关总兵官邓九公，前日大破南伯侯鄂顺，屡建大功，若破西岐，非此人不克成功。”（鄂顺何能比此时西岐？）

纣王传旨：“速发白旄⑦、黄钺⑧，得专征伐。差官即往，星夜不许停留。”使命官王贞，持诏往三山关来，一路上马行如箭，心去如

① 渭水：即渭河，古称渭水，是黄河的最大支流，发源于甘肃省，东流横贯陕西渭河平原。恰在西岐地界。
② 漫言：莫言，别说。
③ 修德：修养德行，行善积德。
④ 金瓯（ōu）：比喻疆土之完固。亦用以指国土。
⑤ 拿解（jiè）：逮捕解送。
⑥ 出班：指走出行列上奏。
⑦ 白旄（máo）：古代军旗的一种。以牦牛尾置竿首，用以指挥全军。
⑧ 黄钺：以黄金为饰的斧。古代为帝王所专用，或特赐给专主征伐的重臣。

飞，秋光正好，和暖堪行。怎见得：

千山木落芦花碎，几树风扬红叶醉。路途烟雨故人稀，黄菊芬菲山色丽，水寒荷破人憔悴。白蘋红蓼满江干，落霞孤鹜①长空坠。依稀黯淡野云飞，玄鸟②去，宾鸿③至，嘹嘹呖呖④惊人寐。

话说天使所过府、州、县、司，（商周之际，安有这明清时代方有的政区规划？虽说传统小说不拘泥于此，但这一句并无意义，完全可以不写）不止一日。其日到了三山关，驿内安歇。次日，到邓九公帅府前。邓九公同诸将等焚香接旨，开读。诏曰：

"天子征伐，原为诛逆救民。大将专阃外⑤之寄，正代天行拯溺⑥之权。兹尔元戎邓九公，累功三山关，严出入之防，边烽无警；退鄂顺之反叛，奏捷甚速；懋绩⑦大焉。今姬发不道，纳亡招叛，大肆猖獗。朕累勤问罪之师，彼反抗军而树敌；致王师累辱，大损国威，深为不法，朕心恶之。特敕尔前去，用心料理，相机进剿。务擒首恶，解阙献俘，以正国典。朕决不惜茅土⑧，

① 鹜（wù）：鸟名。即家鸭。古亦泛指野鸭。
② 玄鸟：是古代中国神话传说中的神鸟。玄鸟的初始形象类似燕子。
③ 宾鸿：即大雁。
④ 嘹嘹呖呖（liáo liáo lì lì）：形容声音响亮凄清。
⑤ 阃（kǔn）外：郭门之外，引申为京城或朝廷以外，亦指外任将吏驻守管辖的地域，与朝中、朝廷相对。
⑥ 拯溺：救援溺水的人。引申指解救危难。
⑦ 懋（mào）绩：大的功绩。
⑧ 茅土：古天子分封诸侯时，用代表方位的五色土筑坛，按封地所在方向取一色土，包以白茅而授之，作为受封者得以有国建社的表征。后遂以"茅土"指诸侯的封爵。

（许以裂土封疆之酬，纣王也是下了血本了）以酬有功。尔其钦哉①，毋负朕托重至意。故兹尔诏。”

邓九公读毕，待天使，等交代。王贞曰：“新总兵孔宣就到。”不一日，孔宣已到。邓九公交代完毕，点将祭旗，次日起兵。忽报：“有一矮子来下书。”邓九公令进帅府。见来人身不过四五尺长，至滴水檐前行礼，将书呈上。邓九公拆书，观看来书，知申公豹所荐，乃是“土行孙效劳麾下”。邓九公见土行孙人物不好，“欲待不留，恐申道友见怪；若要用他，不成规矩。”沉吟良久，“也罢，把他催粮应付三军。”邓九公曰：“土行孙，既申道兄荐你，吾不敢负命。后军粮草缺少，用你为五军督粮使。”命太鸾为正印先行，子邓秀为副印先行，赵升、孙焰红为救应使。随带女孩儿邓婵玉，随军征伐。

邓元帅调人马离了三山关，往西进发。一路上旗幡荡荡，杀气腾腾。怎见得：

三军踊跃，将士熊罴②。征云并杀气相浮，剑戟共旗幡耀日。人雄如猛虎，马骤似飞龙。弓弯银汉月，箭插虎狼牙。袍铠鲜明如绣簇，喊声大振若山崩。鞭梢施号令，浑如开放三月桃花；马摆闪銮铃，恍似摇绽九秋金菊。威风凛凛，人人咬碎口中牙；杀气腾腾，个个睁圆眉下眼。真如猛虎出山林，恰似天王离北阙。

话说邓九公人马在路，也行有个月。一日来到西岐。哨探马报入

① 尔其钦哉：“尔”是你的意思，“其”是连词，表承接，犹言至于、至如。“钦”是敬佩的意思。这句话的意思与“钦此”相同。

② 熊罴（pí）：熊和罴，两种猛兽。比喻勇猛的武士。

中军："启元帅：前面乃西岐东门，请令定夺。"邓九公传令："安营。"怎见得：

营安八卦，幡列五方。左右摆攒攒簇簇军兵，前后排密密层层将佐。拐子马紧挨鹿角，连珠炮密护中军。正是：刀枪白映三冬雪，炮响声高二月雷。

邓九公安了行营，放炮呐喊。

且说西岐子牙自从破了闻太师，天下诸侯响应。忽探马报入相府："三山关邓九公人马驻扎东门。"子牙闻报，谓诸将曰："邓九公其人如何？"黄飞虎在侧，启曰："邓九公，将才也。"（只言将才，似乎邓九公并非修道之人，但从前文邓九公称申公豹为"道友""道兄"来看，他似乎又与阐教有渊源。作者于此处交代不清）子牙笑曰："将才好破，左道难克。"且言邓九公次日传令："那员战将先往西岐见头阵走遭？"帐下先行官太鸾应声："愿往。"调本部人马出营，排开阵势，立马横刀，大呼搦战①。

探事马报入相府："有将请战。"子牙问左右："谁见头阵？"有南宫适领令，提刀上马，呐喊摇旗，冲出城来，见对阵一将，面如活蟹，海下黄须，坐乌骓马。怎见得，有赞为证。赞曰：

顶上金冠飞双凤，连环宝甲三锁控。
腰缠玉带扣团花，手执钢刀寒光迸。
锦囊暗带七星锤，鞍韂又把龙泉纵。
大将逢时命即倾，旗开拱手诸侯重。

① 搦（nuò）战：挑战。

三山关内大先行，四海闻名心胆痛。

话说南宫适大呼曰："来者何人？"太鸾答曰："吾乃三山关总兵邓麾下，正印先行太鸾是也，今奉敕西征讨贼。尔等不守臣节，招纳叛亡，无故造反，恃强肆暴，坏朝廷之大臣，藐天朝之使命，殊为可恨。特命六师，剿除叛恶，尔等可下马受缚，解往朝歌，尽成汤之大法，免生民之倒悬①。如再执迷，悔之无及。"（来来去去，总是同一套大差不差的说辞）

南宫适笑曰："太鸾，你知闻太师、魔家四将、张桂芳等只落得焚身，斩首，片甲不归。料尔等米粒之珠，吐光不大；蝇翅飞腾，去而不远。速速早回，免遭屠戮。"（骂得巧妙形象，羞辱性极强）太鸾大怒，催开紫骅骝②，手中刀飞来直取。南宫适纵骑，合扇刀急架相还。两马相交，一场大战。来往冲突，擂破花腔战鼓，摇碎锦绣旗幡。来来往往，有三十回合。南宫适马上逞英雄，展开刀势，抖擞精神，倍加气力。太鸾怒发，环眼双睁，把合扇刀卖一个破绽，叫声："着！"一刀劈将下来。南宫适因小觑了太鸾，不曾在意，见一刀落将下来，南宫适着忙，叫声"不好！"将身急闪过，那刀把护肩甲吞头削去半边，戎绳割断数肘，把南宫唬得魂飞天外，大败进城。太鸾赶杀周兵，得胜回营，见邓九公，曰："今逢南宫适大战，被末将刀劈护肩甲吞头，不能枭首，请令定夺。"邓九公曰："首功居上，虽不能斩南宫之首，已挫周将之锐。"

且说南宫适进城，至相府，回见子牙，具言失利，几乎丧师辱命。子牙曰："'胜败军家之常'，为将务要见机，进则可以成功，退

① 倒悬：比喻处境痛苦危急，像人被倒挂着一样。
② 骅骝（huá liú）：亦作"华骝"。马名。周穆王"八骏"之一。亦泛指骏马。

则可以保守无虞①，此乃为将之急务也。”次日邓九公传令，调五方队伍，大壮军威，炮声如雷，三军踊跃，喊杀振天，来至城下，请姜子牙答话。探子马报入相府。子牙分付辛甲：“先调大队人马出城，吾亲会邓九公。”西岐连珠炮响，两扇门开，一簇人马踊出。

邓九公定睛观看，只见两杆大红旗，飘飘而出，引一队人马，分为前队，有穿红周将压住阵脚。怎见得人马雄伟，有诗为证。诗曰：

旗分离位列前锋，朱雀迎头百事凶。
铁骑横排冲阵将，果然人马似蛟龙。

二声号炮，又见两杆青旗，飞扬而出，引一队人马，立于左队，有穿青周将压住阵脚。怎见得人马鹰扬②，有诗为证。诗曰：

青龙旗展震宫旋，短剑长矛次第先。
更有冲锋窝里炮，追风须用火攻前。

三声炮响，只见两杆白旗，飘扬而出，引一队人马，立于右队，有穿白周将压住阵脚。怎见得人马勇猛，有诗为证。诗曰：

旗分兑位虎为头，戈戟森森列敌楼。
硬弩强弓遮战士，中藏遁甲鬼神愁。

邓九公对诸将曰：“姜尚用兵，真个纪律严明，甚得形势之分，

① 无虞：没有忧患。
② 鹰扬：威武貌。语出《诗·大雅·大明》“维师尚父，时维鹰扬”。是用来赞颂姜子牙的诗句。

果有将才。”再看时，又见两杆皂旗，飞舞而出，引一队人马，立于后队，有穿黑周将压住阵脚。怎见得人马齐整，有诗为证。诗曰：

坎宫玄武黑旗幡，鞭锏抓锤衬铁轈①。
左右救应为第一，鸣金击鼓任频敲。

又见中央摆列杏黄旗在前，引着一大队人马，攒簇五方八卦旗幡，众门人一队队排雁翅而出；有二十四员战将，俱是金盔，金甲，红袍，画戟，左右分十二骑；中间四不相上，端坐子牙，甚是气概轩昂，兵威严肃。怎见得，有诗为证。诗曰：

中央戊己号中军，宝纛旗开五色云。
十二牙门②排将士，元戎大帅此中分。（完全按五行方位颜色排列队伍，此非是将军打仗，实乃道士作法也。古代小说中此类描写甚多，皆是作者不通军事，故作神秘之举）

话说邓九公看子牙兵按五方而出，左右顾盼，进退舒徐，纪律严肃，井井有条，兵威甚整，真堂堂之阵，正正之旗，不觉点首嗟叹：“果然话不虚传！无怪先来将士损兵折将，真劲敌也！”乃纵马向前言曰：“姜子牙请了！”子牙欠身答曰：“邓元帅，卑职少礼。”邓九公曰：“姬发不道，大肆猖獗。你乃是昆仑山明士，为何不知人臣之礼，恃强叛国，大败纲常，招亡结党，法纪安在！及至天子震怒，兴师问罪，尚敢逆天拒敌，尔必有大败之愆；不守国规，自有戮身之

① 轈（cháo）：即巢车，古代军中窥敌的瞭望车。
② 牙门：营门。古代军营门口置牙旗，故称。

苦。今天兵到日，急早下马受缚，以免满城生灵涂炭。如抗吾言，那时城破被擒，玉石碎焚①，悔之晚矣。”

子牙笑曰：“邓将军，你这篇言词，真如痴人说梦。今天下归周，人心效顺，即数次王师，俱兵亡将掳，片甲无回。今将军将不过十员，兵不足二十万，真如群羊斗虎，以卵击石，未有不败者也。依吾愚见，不若速回兵马，转达天听②，言姬周并未有不臣之心，各安边境，真是美事。若是执迷不悟，恐蹈闻太师之辙，那时噬脐何及③！”（闻仲未败之前，姜子牙多以天运、人心为说。现今大败闻仲，底气更足，便可以实力为说）邓九公大怒，谓诸将曰：“似此卖面编篱小人，敢触犯天朝元宰，不杀此村夫，怎消此恨！”纵马舞刀，飞来直取。

子牙左有武成王黄飞虎催开五色神牛，大呼：“邓九公不得无礼！”邓九公见黄飞虎，大骂曰：“好反贼！敢来见吾！”二骑交加，刀枪并举。黄飞虎枪法如龙，邓九公刀法似虎。二将相交，一场大战，怎见得，有赞为证。赞曰：

二将恃强无比赛，各争名利夸能会：一个赤铜刀举荡人魂，一个银蟒枪飞惊鬼怪。一个冲营斩将势无伦，一个捉虎擒龙谁敢对。生来一对恶凶神，大战西岐争世界。

话说邓九公战住黄飞虎。左哨哪吒见黄飞虎战邓九公不下，忍不得登开风火轮，摇枪助战。成汤营中邓九公长子邓秀纵马冲来，这壁厢黄天化催开玉麒麟截战。太鸾舞刀冲来，武吉摇枪抵住。赵升使方

---

① 玉石碎焚：即“玉石俱焚”，美玉和石头一起被烧毁。比喻好坏同归于尽。
② 天听：古谓天有意志和知觉，因称上天（天帝）的听闻为“天听”。此处用以代指帝王的听闻。
③ 噬脐何及：即“噬脐莫及”，谓咬自己的肚脐是够不着的。比喻后悔莫及。

天戟杀来，这里太颠挡住。成汤营孙焰红冲杀过来，有黄天禄接住。两家混战，好杀！只杀得天昏地暗，旭日无光，嗗碌碌战鼓忙敲，咭叮当两家兵器。怎见得，有赋为证。赋曰：

二家混战，士卒奔腾。冲开队伍势如龙，砍倒旗幡雄似虎。兵对兵，将对将，各分头目使深机；枪迎枪，箭迎箭，两下交逢乘不意。你往我来，遭着兵刃命随倾；顾后瞻前，错了心神身不保。只杀得征云黯淡，两家将佐眼难明，那里知怪雾弥漫，报效儿郎寻队伍。

正是：英雄恶战不寻常，棋逢敌手难分解。

话说两家大战西岐城下。哪吒用开火尖枪，助黄飞虎协战邓九公。九公原是战将，抖擞神威，展开大刀，精神加倍。哪吒见邓九公勇猛，暗取乾坤圈打来，正中九公左臂上，打了个带断皮开，几乎坠马。周兵见哪吒得胜，呐了一声喊，杀奔过来。太颠不防赵升把口一张，喷出数尺火来，烧得焦头烂额，险些儿落马。两家混战一场，各自收兵。且说九公败进大营，声唤不止，痛疼难禁，昼夜不安。且言子牙进城，回至相府，见太颠带伤，命去调养不表。

且言邓九公在营，昼夜不安。有女婵玉见父着伤，心下十分懊恼。次日，问过父安，禀："爹爹且自调理，待女孩儿为父亲报仇。"邓九公曰："吾儿须要仔细。"小姐随点本部人马，至城下请战。子牙坐在银安殿，正与众将议事，忽报："成汤营有一女将讨战。"子牙听报，沉吟半晌。旁有武成王言曰："丞相千场大战未尝忧惧，今闻一女将，为何沉吟不决？"子牙曰："用兵有三忌：道人，陀头，妇女。此三等人非是左道，定有邪术。彼仗邪术，恐将士不提防，误被所伤，深为利害。"哪吒应声出曰："弟子愿往。"子牙分付："小心！”哪吒领命，上了风火轮，出得城来，果见一女将滚马而至。怎见得，有赞为证。赞曰：

红罗①包凤髻，绣带扣潇湘。一瓣红蕖②挑宝镫，更现得金莲③窄窄；两湾翠黛④拂秋波⑤，越觉得玉溜⑥沉沉。娇姿袅娜，慵拈针指好轮刀；玉手菁葱，懒傍妆台骑劣马。桃脸通红，羞答答通名问姓；玉梗微狠，娇怯怯夺利争名。漫道佳人多猛烈，只因父子出营来。

有诗为证。诗曰：

甲胄无双貌出奇，娇羞袅娜更多姿。
只因误落凡尘里，致使先行得结褵⑦。

哪吒大呼曰：“女将慢来！”邓婵玉问曰：“来将是谁？”哪吒答曰：“吾乃是姜丞相麾下哪吒是也。你乃五体不全妇女，焉敢阵前使勇！况你系深闺弱质，不守家教，露面抛头，不识羞愧。料你总会兵机，也难逃吾之手，还不回营，另换有名上将出来。”婵玉大怒：“你就是伤吾父亲仇人，今日受吾一刀！”切齿面红，纵马使双刀来取。哪吒火尖枪急架相还。二将往来，战未数合，邓婵玉想：“吾先

① 红罗：红色轻软的丝织品。多用于制作妇女衣裙。
② 红蕖（qú）：意思是红荷花，喻指女子的红鞋。
③ 金莲：此指女子的脚。
④ 翠黛：螺黛，画眉的青黑色颜料。因以代指女子之眉。
⑤ 秋波：比喻清澈明亮的眼睛。多用于女性。
⑥ 玉溜：眼珠流转灵活貌。
⑦ 结褵（lí）：亦作“结缡”，亦称“结帨”。古代女子出嫁，母亲把帨（佩巾）结在女儿身上，申戒至男家后须尽力家务。

下手为强。”把马一拨，掩一刀就走，“吾不及你！”哪吒点头叹曰：“果然是个女子，不耐大战。”（轻视女将，故中诱敌之计）竟往下赶来。赶未及三五射之地，邓婵玉扭颈回头，见哪吒赶来，挂下刀，取五光石掌在手中，回手一下，正中哪吒脸上。正是：发手五光出掌内，纵是仙凡也皱眉。

话说邓婵玉回手一石，正打中哪吒面上，只打得傅粉脸青紫，鼻眼皆平，败回相府。

子牙看见哪吒面上着伤，乃问其故。哪吒曰：“弟子与女将邓婵玉战未数合，那贱人就走，弟子赶去，要拿他成功，不防他回首一道光华，却是一块石头，正中脸上，打得如此狼狈。”子牙曰：“追赶必要小心。”旁有黄天化言曰：“为将之道：身临战场，务要眼观四处，耳听八方，（谈何容易哉！）难道你一块石头也不会招架，被他打伤。今恐土星[①]打断，就破了相，一生俱是不好。”把哪吒气得怒冲牛斗，今日失机着伤，又被黄天化一场取笑。且说邓婵玉进营，见父亲回话，说打伤哪吒一事。邓九公闻言虽是欢喜，其如疼痛难禁。次日，婵玉复来搦战。探马报入相府。

子牙问：“谁去走一遭？”黄天化曰：“弟子愿往。”子牙曰：“须是仔细。”天化领令，上了玉麒麟，出城列阵。邓婵玉马走如飞，上前问曰：“来将何名？”黄天化曰：“吾乃开国武成王长男黄天化是也。你这贱人，可是昨日将石打伤吾道兄哪吒？是你么？不要走！”举锤就打。女将双刀劈面来迎。二人锤刀交架，未及数合，拨马就走。婵玉高声叫曰：“黄天化，你敢来赶我？”天化在坐骑上思想：“吾若不赶他，恐哪吒笑话我。”只得催开坐骑，往前赶来。邓婵玉闻脑后有声，挂下双刀，回手一石。黄天化急待闪时，已打在脸上，

① 土星：术数用语。命相家称鼻子为“土星”。

比哪吒分外打得狠，掩面逃回，进相府来回令。（可谓是双重“打脸”也）子牙见黄天化脸着重伤，仍问其故：“你如何不提防？”天化曰：“那贱人回马就是一石，故此未及防备。”子牙曰：“且养伤痕。”哪吒在后，听得黄天化失机，从后走出言曰：“为将要眼观四处，耳听八方，你连一女将如何也失手与他，被他打断山根①，一百年还是晦气！”黄天化大怒曰：“你为何还我此言！我出于无心，你为何记其小忿！”哪吒亦怒：“你如何昨日辱我！”（正是少年心性，今日十来岁男生中也多有类似争执）彼此争论，被子牙一声喝：“你两个为国，何必如此！”二人各自负愧，退入后寨不题。

且说邓婵玉得胜回营，见父亲，言：“打了黄天化，败进城去了。”邓九公虽见连日得胜，但臂膊疼痛，度日如年。次日，邓婵玉又来城下请战。探马报入相府曰：“有婵玉在城下搦战。”子牙曰：“谁去走遭？”杨戬在旁，对龙须虎曰：“此女用石打人，师兄可往，吾当掠阵。”龙须虎曰：“弟子愿往，杨戬压阵。”子牙许之。二人出城。

邓婵玉一见城里跳出一个东西来，自不曾见的。怎见得，有诗为证。诗曰：

发石如飞实可夸，龙生一种产灵芽。
运成云水归周主，炼出奇形助子牙。
手似鹰隼足似虎，身如鱼滑髩②如虾。
《封神榜》上无名姓，徒建奇功与帝家。

① 山根：中国相术“十三部位”之一。即鼻梁。
② 髩（bìn）：同“鬓”。

话说邓婵玉见城内跳出个古怪东西来，唬得魂不附体，问曰："来的甚么东西？"龙须虎大怒："好贱人！吾乃姜丞相门徒龙须虎便是。"婵玉又问："你来做甚么？"龙须虎曰："今奉吾师之命，特来擒你。"

邓婵玉不知龙须虎发手有石，只见龙须虎把手一放，照着邓婵玉打来，有磨盘大小的石头。两只手齐放，便如飞蝗一般，只打得遍地灰土迸起，甚如霹雳之声。婵玉马上自思："此石来得利害！若不仔细，便打了马也是不好。"拨回马就走。龙须虎赶来。婵玉回头一看，见龙须虎赶来，婵玉回手一石打来。龙须虎见石光打来，把头往下一躲，颈子长，弯将过来，正中颈子窝儿骨，把龙须虎打的扭着颈子跑。婵玉复又一石，龙须虎独足难立，打了一交。邓婵玉勒转马来，要取龙须虎首级。不知性命如何，且听下回分解。

总批

南宫适乃周名将，亦自轻敌，几为太鸾所算。况其他者乎？天下事俱不可忽略。故《诗》之颂文王曰："小心翼翼。"夫子曰："暴虎冯河，死而无悔者，吾不与也。"武侯自曰："先帝知臣谨慎。"此皆检束身心妙谛，凡人当取为式。

又批

哪吒、黄天化俱仙门高弟，以一语互相嘲诮，不但不成将军品格，算来俱是儿女心肠，真可喷饭。

第五十四回　土行孙立功显耀

土行孫
立功顯耀

导读：土行孙靠着惧留孙的捆仙绳很是威风了一把，但他也不是全无本领、只靠法宝的人。他有一项很令西岐众人头疼的法术，即地行术，能在地下移动前行。这里要注意一点，地行术与之前出现多次的土遁术不同。地行术是在地底之下行动和攻击，而土遁术是借用五行之一的土在空中快速穿行。土遁术会的人不少，而这地行术目前只有土行孙一人掌握。而且从他的名字来看，这应该是他的拿手法术。那么，在道教和之前的神怪小说中，是否有地行术的记载呢?就目前掌握的材料来看，似乎是没有的。但是，有一种与之相似的“缩地术”。使用此术，能收缩地脉，化远为近，将千万里的路程缩短到只有几步的距离，而且能缩能放。传说东汉时候有一位壶公先生擅长此法，他在市场卖药，屋里悬一个空壶，每天回来后就栖身在壶中，故人称“壶公”。而当时有一个市场的小吏发现了他的不同寻常之处，便向他拜师学仙，后来也学得了壶公的缩地之术。这个小吏就是后来成仙的费长房。至于这缩地之法具体如何行持，在《太玄金锁流珠引》卷二十七中就有记载，好奇者可以参看。

诗曰：

征西将士有奇才，缩地能令浊土开。
劫寨偷营如掣电，飞书走檄①若轰雷。
贪趋相府几亡命，恐失佳期被所媒。
总是君明天自爱，英谋奇略尽成灰。

话说杨戬见邓婵玉回马飞来要杀龙须虎，杨戬大呼曰：“少待伤吾师兄！”马走如飞，摇枪来刺。婵玉只得架枪。两马相交，未及数合，婵玉便走。杨戬随后赶来。婵玉又发一石，正中杨戬，打的脸上火星迸出，往下愈赶得紧了。他不知杨戬有无限腾挪变化。婵玉见马势赶得甚急，忙发一石，又中杨戬脸上，只当不知。婵玉正是着忙，杨戬祭起哮天犬，把邓婵玉颈子上一口，连皮带肉咬去了一块。婵玉负痛难忍，几乎落马，大败进营，叫喊不止。邓九公又见女儿着伤，心下十分不爽。纳闷在帐，切齿深恨哪吒。（邓婵玉被哮天犬咬伤，为何要恨哪吒？想来是以为，若非哪吒将自己打伤，便可出战为女报仇。却不想自己可是杨戬、龙须虎的对手否？）且说杨戬救了龙须虎，回见子牙。子牙见龙须虎又着石伤，虽然杨戬哮天犬伤了邓婵玉，子牙心上也自不悦。

当日邓九公父子着伤，日夜煎熬。四将在营商议：“今主帅带伤，不能取胜西岐，奈何？”正议论间，报：“有督粮官土行孙等令。”内帐传出：“令来。”土行孙上帐，不见主帅，问其原故，太鸾备言其事。土行孙进帐来，见邓九公问安。九公说：“被哪吒打伤肩臂，筋断骨折，不能全愈。今奉旨来征西岐，谁知如此！”土行孙曰：“主

① 走檄（xí）：紧急发送文书。

将之伤不难，末将有药。”忙取葫芦里一粒金丹，用水研开，将乌翎①搽上，真如甘露沁心，立时止痛。

土行孙又听得帐后有妇女娇怯悲惨之声，土行孙问曰：“里面是何人呻吟？”九公曰：“是吾女婵玉，也被着伤。”土行孙又取出一粒丹药，如前取水研开，扶出小姐，用药敷上，立时止痛，邓九公大喜。至晚，帐内摆酒待土行孙，众将共饮。土行孙请问邓九公：“与姜子牙见了几阵？”九公曰：“屡战不能取胜。”土行孙笑曰：“当时主将肯用吾征时，如今平服西岐多时了。”九公暗想：“此人必定有些本事。（一开始受轻视之人往往有大用，也是传统小说戏曲惯用套路）他无有道术，申公豹决不荐他。也罢，不若把他改作正印先行。”彼时酒散。

次早升帐，九公谓太鸾曰：“将军今把先行印让土行孙挂了，使他早能成功，回师奏凯，共享皇家天禄，无使②迁延日月③，何如？”太鸾曰：“主帅将令，末将怎敢有违？况土行孙早能建功，岂不是美事。情愿让位。”忙将正印交代。土行孙当时挂印施威，领本部人马，杀奔西岐城下，厉声大呼曰：“只叫哪吒出来答话！”子牙正与诸将商议，忽报：“汤营有将搦战，坐名要哪吒答话。”子牙命哪吒出城。哪吒登风火轮来至阵前，只管瞧，不见将官，只管望营里看。土行孙其身止高四尺有余，哪吒不曾往下看。

土行孙叫曰：“来者何人？”哪吒方往下一看，原来是个矮子，身不过四尺，拖一根宾铁④棍。哪吒问曰：“你是甚么人，敢来大张声势？”土行孙曰：“吾乃邓元帅麾下先行官土行孙是也。”哪吒曰：“你来作何事？”土行孙曰：“奉令特来擒你。”哪吒大笑不止，把枪

① 翎（líng）：鸟的羽毛。
② 无使：无须，不必。
③ 迁延日月：犹言拖延时间。
④ 宾铁：即“镔铁”。精炼之铁。

往下一戳，土行孙把棍往上迎来。哪吒登风火轮，使开枪，展不开手。土行孙矮，只是前后跳，把哪吒杀出一身汗来。土行孙战了一回，跳出圈子，大叫曰："哪吒！你长我矮，你不好发手，我不好用功。你下轮来，见个输赢。"哪吒想一想："这矮匹夫自来取死。"（大意轻敌矣）

哪吒从其言，忙下轮来，把枪来挑。土行孙身子矮小，钻将过去，把哪吒腿上打了一棍。哪吒急待转身，土行孙又往后面，又把哪吒胯子上又打两棍。哪吒急了，才要用乾坤圈打他，不防土行孙祭起捆仙绳，一声响，把哪吒平空拿了去，望辕门下一掷，把哪吒缚定，怎能得脱此厄，正是：飞龙洞里仙绳妙，不怕莲花变化身。

话说土行孙得胜回营，见邓九公回报："生擒哪吒。"邓九公令："来。"只见军卒把哪吒抬来，放在丹墀[1]下。邓九公问曰："如何这等拿法？"土行孙曰："各有秘传。"邓九公想一想，意欲斩首，但思："奉诏征西，今获大将，解往朝歌，使天子裁决，更尊天子之威，亦显边戍元戎之勇。"（只想着邀功，留下隐患）传令："将哪吒拘于后营。"令军政司上土行孙首功。营中治酒庆功。

且说报马进相府，报说哪吒被擒一事。子牙惊问探马："如何擒去？"掠阵官启曰："只见一道金光，就平空的拿去了。"子牙沉吟："又是甚么异人来了？"心下郁郁不乐。次日，报："土行孙请战。"子牙曰："何人会土行孙？"阶下黄天化应声而出："愿往。"子牙许之。天化上了玉麒麟，出城看土行孙，大喝曰："你这缩头畜生，焉敢伤吾道兄！"手中锤分顶门打来。土行孙宾铁棍左右来迎。锤打棍，寒风凛凛；棍迸锤，杀气腾腾。

战未及数合，土行孙盗了惧留孙师父捆仙绳，在这里乱拿人，不

① 丹墀（chí）：亦称"丹陛"。古时宫殿前的石阶以红色涂饰，故名。

知好歹，（呼应前文申公豹诓骗，亦暗伏后文惧留孙出手）又祭起捆仙绳，将黄天化拿了；如哪吒一样，也拘在后营。哪吒一见黄天化也如此拿将进来，就把黄天化激得三尸神暴跳，大呼曰：“吾等不幸，又遭如此陷身！”哪吒曰：“师兄不必着急。命该绝此，急也无用；命若该生，且自宁耐①。”话说子牙又闻得擒了黄天化，子牙大惊，心下不乐。相府两边乱腾腾的议论不表。

且言土行孙得了两功，邓元帅治酒庆贺，夜饮至二更，土行孙酒后狂谈，自恃道术，夸张曰：“元帅若早用末将，子牙已擒，武王早缚，成功多时矣。”邓九公见土行孙连胜两阵，擒拿二将，故此深信其言。酒至三更，众将各回寝帐，独土行孙还吃酒。九公失言曰：“土将军，你若早破西岐，吾将弱女赘公为婿。”（酒后失言，引出后面一串故事）土行孙听得此言，满心欢喜，一夜踌躇不睡。且言次日邓九公令土行孙：“早早立功，旋师奏凯，朝贺天子，共享千钟。”

土行孙领命，排开阵势，坐名要姜子牙答话。报马报进相府来。子牙随即出城，众将在两边，见土行孙跳跃而来，大呼曰：“姜子牙，你乃昆仑之高士，吾特来擒你，可早早下马受缚，无得使我费手。”众将官那里把他放在眼里，齐声大笑。子牙曰：“观你形貌，不入衣冠之内，你有何能，敢来擒吾？”土行孙不由分说，将铁棍劈面打来。子牙用剑架隔，只是捞不着他。如此往来，未及三五合，土行孙祭起捆仙绳，子牙怎逃此厄，捆下骑来。土行孙士卒来拿，这边将官甚多，齐奋勇冲出，一声喊，把子牙抢进城去了。

惟有杨戬在后面，看见金光一道，其光正而不邪，（杨戬心思细腻，观察入微，真大将之风）叹曰：“又有些古怪！”且说众将抢了子牙进相府，来解此绳解不开，用刀割此绳，且陷在肉里，愈弄愈紧。子

① 宁耐：意思是忍耐。

牙曰："不可用刀割。"早已惊动武王，亲自进相府来看，问相父安。看见子牙这等光景，武王垂泪言曰："孤不知得有何罪，天子屡年征伐，竟无宁宇，民受倒悬，军遭杀戮，将逢陷阱，如之奈何！相父今又如此受苦，使孤日夜惶悚不安！"杨戬在旁，仔细看这绳子，却似捆仙绳，自己沉吟："必是此宝。"正虑之间，忽报："有一道童要见丞相。"子牙道："请进来。"原来是白鹤童子，至殿前见子牙，口称："师叔，奉老爷法牒，送符印将此绳解去。"童儿把符帖在绳头上，用手一指，那绳即时落将下来。子牙忙顿首昆仑，拜谢老师慈悯。白鹤童子回宫不表。（些许小厄，也要元始天尊插手来救，恐难免"微操"之讥）

且说杨戬对子牙曰："此绳是捆仙绳。"子牙曰："岂有此理！难道惧留孙反来害我，决无此说！"正疑惑之间。次日，土行孙又来请战。杨戬应声而出："弟子愿往。"子牙分付："小心！"杨戬领令上马，提枪出得城来。土行孙曰："你是何人？"杨戬道："你将何术捆吾师叔？不要走！"摇枪来取。土行孙发棍来迎。枪棍交加。杨戬先自留心看他端的。未及五七合，土行孙祭捆仙绳来拿杨戬，只见光华灿烂，杨戬已被拿了。土行孙令士卒抬着杨戬，才到辕门，一声响，抬塌了，吊在地下，及至看时，乃是一块石头。众人大惊。

土行孙亲目看见，心甚惊疑。正沉吟不语，只见杨戬大呼曰："好匹夫！焉敢以此术惑吾！"摇枪来取。土行孙只得复身迎战。两家杀得长短不一。杨戬急把哮天犬祭在空中。土行孙看见，将身子一扭，即时不见。杨戬观看，一骇然大惊曰："成汤营里若有此人，西岐必不能取胜。"凝思半晌，面有忧色。回进相府，来见子牙。看见杨戬这等面色，问其故。杨戬曰："西岐又添一患。土行孙善有地行之术，奈何！这到不可不防。这事是件没有遮拦的。若是他暗进城来，怎能准备！"子牙曰："有这样事？"杨戬曰："他前日拿师叔，据弟子看，定是捆仙绳。今日弟子被他捆着，我留心着意，仔细定睛，还是捆仙绳，分毫不差。待弟子往夹龙山飞龙洞去探问一番，何如？”子牙曰：“此虑甚远，且防他目下进城。”杨戬亦不敢再说。

且说土行孙回营来见邓九公，问曰：“今日胜了何人？”土行孙把擒杨戬之事说了一遍。九公曰：“但愿早破西岐，旋师奏凯，不负将军得此大功也。”土行孙暗想：“不然今夜进城，杀了武王，诛了姜尚，眼下成功，早成姻眷，多少是好！”（贪功冒进，必遭大败）土行孙上帐言曰：“元帅不必忧心，末将今夜进西岐，杀了武王、姜尚，找二人首级回来，进朝报功。西岐无首，自然瓦解。”九公曰：“怎得入城？”土行孙曰：“昔日吾师传我有地行之术，可行千里。如进城，有何难事？”邓九公大喜，治酒与土将军贺功，晚间进西岐，行刺武王、子牙不表。

且言子牙在府，虑土行孙之事，忽然一阵怪风刮来，甚是利害。怎见得，有赞为证。赞曰：

淅淅萧萧，飘飘荡荡。淅淅萧萧飞落叶，飘飘荡荡卷浮云。松柏遭摧折，波涛尽搅浑。山鸟难栖，海鱼颠倒。东西铺阁，难保门窗脱落；前后屋舍，怎分户牖①倾攲②。真是：无踪无影惊人胆，助怪藏妖出洞门。

子牙在银安殿上，见大风一阵，刮得来，响一声，把宝纛幡一折两段。子牙大惊，忙取香案，焚香炉内，将八卦搜求吉凶。子牙铺下金钱，便知就里，大惊拍案曰：“不好！”命左右：“忙传请武王驾至相府！”

① 户牖（yǒu）：门窗。
② 攲（qī）：通“敧”。倾斜。

众门人慌问其故。子牙曰："杨戬之言大是有理！方才风过甚凶，主土行孙今晚进城行刺。"命："府前大门悬三面镜子，大殿上悬五面镜子，今晚众将不要散去，俱在府内严备看守，须弓上弦，刀出鞘，以备不虞。"少时，诸将披执上殿。只见门官报入："武王驾至。"子牙忙率众将接驾至殿内，行礼毕。武王曰："相父请孤，有何见谕[①]？"子牙曰："老臣今日训练众将《六韬》[②]，特请大王筵宴。"武王大喜："多得相父如此勤劳，孤不胜感激。只愿兵戈宁息，与相父共享安康也。"子牙忙令左右安排筵席，侍武王饮宴；只是谈笑军国重务，不敢说土行孙行刺一节。（姜子牙此一番应对，既精彩，又显其身为主帅之智勇沉着）

且说邓九公饮酒至晚，时至初更。土行孙辞邓九公、众将，打点进西岐城。邓九公与众将立起，看土行孙把身子一扭，杳然无迹无踪。邓九公抚掌大笑曰："天子洪福，又有这等高人辅国，何愁祸乱不平！"且说土行孙进了西岐，到处找寻。来至子牙相府，只见众将弓上弦，刀出鞘，侍立两旁。土行孙在下面立等，不得其便，只得伺候。且说杨戬上殿来，对子牙悄悄道了几句，子牙许之。子牙先把武王安在密室，着四将保驾。子牙自坐殿上，运用元神，保护自己不题。

且言土行孙在下面久等，不能下手，心中焦躁起来，自思："也罢！我且往宫里杀了武王，再来杀姜子牙不迟。"土行孙离了相府，来寻皇城，未走数步，忽然一派笙簧之音，猛抬头看时，已是宫内。只见武王同嫔妃奏乐饮宴。（此处武王是谁？必有蹊跷）土行孙见了大喜。正所谓：

---

① 见谕：见教，套语，称对方指教自己。

②《六韬》：亦称《太公六韬》。中国古代兵书。"武经七书"之一。托名为姜子牙所撰。经后人考证，约成书于战国时期。

踏破铁鞋无觅处，得来全不用功夫。

话说土行孙喜不自胜，轻轻衬在底下等候。只见武王曰："且止音乐。况今兵临城下，军民离乱，收了筵席，且回宫安寝。"两边宫人随驾入宫。武王命众宫人各散，自同宫妃解衣安寝。

不一时，已有鼻息之声。土行孙把身子钻将上来，此时红灯未灭，举室通明。土行孙提刀在手，上了龙床，揭起帐幔，搭上金钩。武王合眼朦胧，酣然熟睡。土行孙只一刀，把武王割下头来，往床下一掷。只见宫妃尚闭目，齁睡不醒。土行孙看见妃子脸似桃花，异香扑鼻，不觉动了欲心，（果然好色之徒）乃大喝一声："你是何人，兀自[1]熟睡？"那女子醒来，惊问曰："汝是何人，夤夜至此？"土行孙曰："吾非别人，乃成汤营中先行官土行孙是也，武王已被吾所杀，尔欲生乎，欲死乎？"宫妃曰："我乃女流，害之无益，可怜赦妾一命，其恩非浅。若不弃贱妾貌丑，收为婢妾，得侍将军左右，铭德五内[2]，不敢有忘。"土行孙原是一位神祇，怎忘爱欲，心中大喜："也罢，若是你心中情愿，与我暂效鱼水之欢，我便赦你。"（甚下流）

女子听说，满面堆下笑来，百般应喏[3]。土行孙不觉情逸，随解衣上床，往被里一钻，神魂飘荡，用手正欲抱搂女子，只见那女人双手反把土行孙搂住一束，土行孙气儿也叹不过来，叫道："美人，略松着些！"那女子大喝一声："好匹夫！你把吾当谁！"叫左右："拿住了土行孙！"三军呐喊，锣鼓齐鸣。土行孙及至看时，原来是杨戬。土行孙赤条条的，不能展挣，已被杨戬擒住。此是杨戬智擒土行孙。杨戬将土行孙夹着走，不放他沿着地。（想象此等情景，真令人喷

① 兀（wù）自：尚，还。
② 铭德五内：比喻内心非常感激。五内，指五脏。
③ 应喏：即"应诺"。

饭也）若是沿着地，他就走了。土行孙自己不好看相，只是闭着眼。且说子牙在银安殿，只闻金鼓大作，杀声振地，问左右："那里杀声？"只见门官报进相府："启丞相：杨戬智擒了土行孙。"

子牙大喜。杨戬夹着土行孙在府前听令。子牙传令："进来。"杨戬把土行孙赤条条的夹到檐前来。子牙一见，便问杨戬曰："拿将成功，这是如何光景？"杨戬夹着土行孙答曰："这人善能地行之术，若放了他，沿了地就走了。"子牙传令："拿出去斩了！"杨戬领令，方出府，子牙批行刑箭出。杨戬方转换手来用刀，土行孙往下一挣，杨戬急抢时，土行孙沿土去了。杨戬面面相觑，来回子牙曰："弟子只因换手斩他，被他挣脱，沿土去了。"子牙听说，默然不语。此时丞相府吵嚷一夜不表。

且说土行孙得生，回至内营，悄悄的换了衣裳，来至营门听令。邓九公传令："令来。"土行孙至帐前。邓九公问曰："将军昨晚至西岐，功业如何？"土行孙曰："子牙防守严紧，分毫不能下手，故此守至天明空回。"邓九公不知所以原故，也自罢了。且说杨戬上殿，来见子牙曰："弟子往仙山洞府，访问土行孙是如何出处，将捆仙绳问个下落。"子牙曰："你此去，又恐土行孙行刺，你不可迟误，事机要紧！"杨戬曰："弟子知道。"杨戬领令，离了西岐，往夹龙山来。不知后事如何，且听下回分解。

总批

土行孙器宇易盈，举其对邓九公之言，何其渺视西土，也不知子牙帐下有多少智术之士，岂在土行孙之下。真所谓初生之犊不惧虎。不过以管窥天，井中之量耳。只邓九公竟以女许之，可称为真爱才，真爱国，予不觉之复斯言。

又批

或曰：土行孙幸有地行之术，不然几为贪色所败，可不辜负邓九公一片热心。这等人真该一棒打杀，予曰：若是如此，今日当不得打杀许多。

第五十五回　土行孙归伏西岐

土行
孫歸
伏西
岐

导读：本回中出现了一位在后面内容中将有不少戏份的人物——龙吉公主。按本回所说，她是昊天上帝与瑶池金母的女儿，因犯戒被贬至凤凰山修行。瑶池金母即是西王母，也就是后世称呼的王母娘娘。但这个昊天上帝却要多做些解释，昊天上帝原本是商周时期尊奉的最高神，也是至尊的天帝。后世皇帝祭天，所祭祀的对象就是他，直到嘉靖年间才改称“皇天上帝”。今天北京天坛的祈年殿中，供奉的牌位就是皇天上帝。严格来说，昊天上帝并非道教神系或民间神话中的神，而是国家礼乐制度中的最高神，不能将其与道教的玉皇大帝等同。但通观《封神演义》全书的设定，似乎是将昊天上帝与玉皇大帝合二为一了。在书中，昊天上帝也居于灵霄宝殿，龙王等神也要上来朝见，与其他小说中玉皇大帝的设置完全无二。

玉皇大帝信仰兴起的时间较晚，虽然在隋唐时期已经流行，但真正成为道教中具有“天帝”地位的主神，要等到宋代才完全实现。宋徽宗为其上尊号“太上开天执符御历含真体道昊天玉皇上帝”，更是将昊天上帝与玉皇大帝合为一体。可能也是基于这一点，《封神演义》选择了更为古老的昊天上帝作为天帝的名号。当然还有一种可能，那就是陆西星出于自己的信仰原因，规避了玉皇大帝的名号。陆西星所著的内丹著作《方壶外史》开篇即是《无上玉皇心印妙经测疏》，自称“淮海参学小臣陆西星谨测”。这也能解释为什么《封神演义》中一直使用“老子”这个称呼，而不用太上老君。

诗曰：

藏身匿影总无良，水到渠成为甚忙。
背却天真贪爱欲，有违师训逐疆场。
百千伎俩终归正，八九元功自异常。
两国始终成好合，认由月老定鸾凰。

话说杨戬借土遁往夹龙山来，正驾遁光，风声雾色，不觉飘飘荡荡落将下来，乃是一座好山。（杨戬向来行事稳妥，如何会误入此山？）但见：

山顶嵯峨摩斗柄，树梢仿佛接云霄。青烟堆里，时闻谷口猿啼；乱翠阴中，每听松间鹤唳。啸风山魅，立溪边戏弄樵夫；成器狐狸，坐崖畔惊张猎户。八面崔嵬，四围险峻。古怪乔松盘翠岭，楂砑①老树挂藤萝。绿水清流，阵阵异香忻馥馥；巅峰彩色，飘飘隐现白云飞。时见大虫来往，每闻山鸟声鸣。麂鹿②成群，穿荆棘往来跳跃；玄猿出入，盘溪涧摘果攀桃。伫立草坡一望，并无人走；行来深凹，俱是采药仙童。不是凡尘行乐地，赛过蓬莱第一峰。

话说杨戬落下土遁来，见一座山，真实罕见。往前一望，两边俱是古木乔松，路径幽深，杳然难觅。行过数十步，只见一座桥梁。杨戬过了桥，又见碧瓦雕檐，金钉朱户，上悬一匾“青鸾斗阙”。杨戬

① 楂砑（chá yà）：即“楂丫”，树木枝杈歧出貌。
② 麂（jǐ）鹿：一种小型鹿类。

观羡不尽，甚是清幽，不觉立在松阴之下，看玩景致。只见朱红门开，鸾鸣鹤唳之声；又见数对仙童，各执旗幡羽扇，当中有一位道姑，身穿大红白鹤绛绡①衣，徐徐而来；左右分八位女童，香风袅袅，彩瑞翩翩。怎见得，有赞为证。赞曰：

鱼尾金冠霞彩飞，身穿白鹤绛绡衣。
蕊宫玉阙曾生长，自幼瑶池养息机。
只因劝酒蟠桃会，误犯天条谪翠微②。
“青鸾斗阙”权③修摄④，再上灵霄启故扉。

话说杨戬隐在松林之内，不好出来，只得待他过去，方好起身。只见道姑问左右女童：“是那里有闲人隐在林内？走去看来。”有一女童儿往林中来，杨戬迎上前去，口称：“道兄，方才误入此山，弟子乃玉泉山金霞洞玉鼎真人门下杨戬是也，今奉姜子牙命，往夹龙山去探机密事，不意驾土遁误落于此。望道兄转达娘娘，我弟子不好上前请罪。”

女童出林见道姑，把杨戬的言语一一回覆了。道姑曰：“既是玉鼎真人门下，请来相见。”杨戬只得上前施礼。道姑曰：“杨戬，你往那里去，今到此处？”杨戬曰：“因土行孙同邓九公伐西岐，他有地行之术，前日险些被他伤了武王与姜子牙；如今访其根由，觅其实迹，设法擒他。不知误落此山，失于回避。”道姑曰：“土行孙乃惧留孙门人，你请他师父下山，大事可定。你回西岐，多拜上姜子牙。

① 绛绡（jiàng xiāo）：红色绡绢。绡为生丝织成的薄纱、细绢。
② 翠微：青翠掩映的山腰幽深处。泛指青山。
③ 权：充当，当作。
④ 修摄：指道教的修炼养生。

你速回去。”杨戬躬身问曰：“请娘娘尊姓大名？回西岐好言娘娘圣德。”道姑曰：“吾非别人，乃昊天上帝亲女，瑶池金母所生。只因那年蟠桃会，该我奉酒，有失规矩，误犯清戒，将我谪贬凤凰山青鸾斗阙。吾乃龙吉公主是也。”（此处暗伏后来一段故事）

杨戬躬身，辞了公主，借土遁而行，未及盏茶时候，又落在低泽之旁。杨戬偏生要行此遁，为何又落，只见泽中微微风起：

扬尘播土，倒树摧林。海浪如山耸，浑波万叠侵。乾坤昏惨惨，日月暗沉沉。一阵摇松如虎啸，忽然叽树似龙吟。万窍怒号天噎气，飞砂走石乱伤人。

话说杨戬见狂风大作，雾暗天愁，泽中旋起二三丈水头。猛然开处，见一怪物，口似血盆，牙如钢剑，大叫一声：“那里生人气？”跳上岸来，两手拈叉来取。杨戬笑曰：“好孽障！怎敢如此！”手中枪急架相还。未及数合，杨戬发手，用五雷诀，一声响，霹雳交加，那精灵抽身就走。杨戬随后赶来。往前跳至一山脚下，有斗大一个石穴，那妖精往里面钻了去。

杨戬笑曰：“是别人不进来，遇我，凭你有多大一个所在，我也走走！”喝声：“疾！”随跟进石穴中来。只见里边黑暗不明。杨戬借三昧火眼，现出光华，照耀如同白昼。原来里面也大，只是一个尽头路。观看左右，并无一物，只见闪闪灼灼，一口三尖两刃刀，又有一包袱扎在上面。杨戬连刀带出来，把包袱打开一看，是一件淡黄袍。（《说岳全传》中沥泉神枪也是类似这般得来，不知是否受此影响）怎见得，有赞为证。赞曰：

淡鹅黄，铜钱厚；骨突云，霞光透。属戊己，按中央。黄澄澄，大花袍。浑身上下金光照。

杨戬将袍抖开，穿在身上，不长不短；把刀和枪扎在一处，收了黄袍，方欲起身，只听的后面大呼曰：“拿住盗袍的贼！”杨戬回头，见两个童儿赶来。杨戬立而问曰：“那童子，那个盗袍？”童子曰：“是你。”杨戬大喝一声：“吾盗你的袍？把你这孽障！吾修道多年，岂犯贼盗！”二童子曰：“你是谁？”杨戬曰：“吾乃玉泉山金霞洞玉鼎真人门下杨戬是也。”二童听罢，倒身下拜：“弟子不知老师到，有失迎迓。”杨戬曰：“二童子果是何人？”童子曰：“弟子乃五夷山金毛童子是也。”杨戬曰：“你既拜吾为师，你先往西岐去，见姜丞相，你说我往夹龙山去了。”金毛童子曰：“倘姜丞相不纳，如何？”杨戬曰：“你将此枪连刀袍都带去，自然无事。”二童辞了师父，借水遁往西岐来了。（现在知道为何要落此处，只为赠你宝刀锦袍，并两个便宜徒弟是也）正是：玄门自有神仙诀，脚踏风云咫尺来。

话说金毛童子至西岐，寻至相府前，对门官曰：“你报丞相，说有二人求见。”门官进来启丞相：“有二道童求见。”子牙命：“来。”二童入见子牙，倒身下拜，“弟子乃杨戬门徒金毛童子是也。家师中途相遇，为得刀袍，故先着弟子来。师父往夹龙山去了。特来谒叩老爷。”子牙曰：“杨戬又得门人，深为可喜。”留在本府听用不题。

且说杨戬驾土遁至夹龙山飞龙洞，径进洞，见了惧留孙下拜，口称：“师伯。”惧留孙忙答礼曰：“你来做甚么？”杨戬道：“师伯可曾不见了捆仙绳？”惧留孙慌忙站起曰：“你怎么知道？”杨戬曰：“有个土行孙同邓九公来征伐西岐，用的是捆仙绳，将子牙师叔的门人拿入汤营，被弟子看破，特来奉请师伯。”惧留孙听得，怒曰：“好畜生！你敢私自下山，盗吾宝贝，害吾不浅！杨戬，你且先回西岐，我随后就来。”（整个过程颇似《西游记》中神仙菩萨的坐骑、童子偷拿法宝

下界为祸的情节，杨戬就好比来告状的孙悟空）

杨戬离了高山，回到西岐，至府前，入见子牙。子牙问曰："可是捆仙绳？"杨戬把收金毛童子事、误入青鸾斗阙、见惧留孙的事说了一遍。子牙曰："可喜你又得了门下！"杨戬曰："前缘有定，今得刀袍，无非赖师叔之大德，主上之洪福耳。"且言惧留孙分付童子："看守洞门，俟我去西岐走一遭。"童子领命不题。道人驾纵地金光法来至西岐。左右报与子牙："惧留孙仙师来至。"子牙迎出府来。二人携手至殿，行礼坐下。子牙曰："高徒累胜吾军，我又不知；后被杨戬看破，只得请道兄一顾，以完道兄昔日助燃灯道兄之雅。未弟不胜幸甚！"惧留孙曰："自从我来破十绝阵回去，自未曾检点此宝，岂知是这畜生盗在这里作怪！不妨，须得如此如此，顷刻擒获。"子牙大喜。

次日，子牙独自乘四不相往成汤辕门前后，观看邓九公的大营，若探视之状。只见巡营探子报入中军："启元帅：姜丞相乘骑在辕门私探，不知何故。"邓九公曰："姜子牙善能攻守，晓畅兵机，不可不防。"旁有土行孙大喜曰："元帅放心，待吾擒来，今日成功。"（一谨慎，一轻敌，高下立判）土行孙暗暗走出辕门，大呼曰："姜尚！你私探吾营，是自送死期，不要走！"举手中棍照头打来。

子牙仗手中剑急架来迎。未及三合，子牙拨转四不相就走。土行孙随后赶来，祭起捆仙绳，又来拿子牙。他不知惧留孙驾着金光法隐在空中，只管接他的。土行孙意在拿了子牙，早奏功回朝，要与邓婵玉成亲。此正是爱欲迷人，真性①自昧②。只顾拿人，不知省视前后一路。只是祭起捆仙绳，不见落下来，也不思忖③。只顾赶子牙，不

① 真性：天性，本性。
② 昧：蒙蔽，隐蔽不明。
③ 思忖（cǔn）：考虑，思量。

上一里，把绳子都用完了，随手一摸，只至没有了，方才惊骇。土行孙见势头不好，站立不赶。子牙勒转四不相，大呼曰："土行孙敢至此再战三合否？"土行孙大怒，拖棍赶来。才转过城垣，只见惧留孙曰："土行孙那里去！"土行孙抬头，见是师父，就往地下一钻。惧留孙用手一指，"不要走！"只见那一块土比铁还硬，钻不下去。惧留孙赶上一把，抓住顶瓜皮①，用捆仙绳四马攒蹄捆了，拎（这一"拎"字用得妙）着他进西岐城来。

众将知道擒了土行孙，齐至府前来看。道人把土行孙放在地下。杨戬曰："师伯仔细，莫又走了他！"惧留孙曰："有吾在此，不妨。"复问土行孙曰："你这畜生！我自破十绝阵回去，此捆仙绳我一向不曾检点，谁知被你盗出。你实说，是谁人唆使？"土行孙曰："老师来破十绝阵，弟子闲耍高山，偶逢一道人跨虎而来，问弟子叫甚名字，弟子说名与他。弟子也随问他，他说是阐教门人申公豹。他看我不能了道成仙，只好受人间富贵。他教我往闻太师行营成功。弟子不肯。他荐我往三山关邓九公麾下建功。师父，弟子一时迷惑，但富贵人人所欲，贫贱人人所恶，（这两句倒是大实话，古往今来怕只有那屈指可数的几位圣贤能堪破此道）弟子动了一个贪痴念头，故此盗了老师捆仙绳，两葫芦丹药，走下尘寰②。望老师道心无处不慈悲，饶了弟子罢！"

子牙在旁曰："道兄，似这等畜生，坏了吾教，速速斩讫报来！"惧留孙曰："若论无知冒犯，理当斩首。但有一说：此人子牙公后有用他处，可助西岐一臂之力。"子牙曰："道兄传他地行之术，他心毒恶，暗进城垣，行刺武王与我，赖皇天庇佑，风折旗幡，把吾惊

① 顶瓜皮：意思是头顶及其周围的皮发。
② 尘寰（huán）：犹尘世、人世。

觉，算有吉凶，着实防备，方使我君臣无虞，若是毫厘差迟，此事怎了。亏杨戬设法擒获，又被他狡猾走了。这样东西，留他不得！”子牙道罢，惧留孙大惊，忙下殿来大喝曰：“畜生！你进城欲害武王，行刺你师叔，那时幸而无虞；若是差迟，罪系于我。”（武王若死，则兴周灭商大计难成。姜子牙若死，则封神大计难成。任何一项都是塌天祸事，惧留孙焉能不惊惧）

土行孙曰：“我实告师尊：弟子随邓九公征伐西岐，一次仗师父捆仙绳拿了哪吒，二次擒了黄天化，三次将师叔拿了。邓元帅与弟子贺功，见我屡拿有名之士，将女许我，欲赘为婿。被他催逼弟子，弟子不得已，仗地行之术，故有此举。怎敢在师父跟前有一句虚语！”惧留孙低头连想，默算一面，不觉嗟叹。子牙曰：“道兄为何嗟叹？”惧留孙曰：“子牙公，方才贫道卜算，这畜生与那女子该有系足①之缘。前生分定，事非偶然。若得一人作伐②，方可全美。若此女来至，其父不久也是周臣。”

子牙曰：“吾与邓九公乃是敌国之仇，怎能得全此事？”惧留孙曰：“武王洪福，乃有道之君。天数已定，不怕不能完全。只是选一能言之士，前往汤营说合，不怕不成。”子牙低头沉思良久，曰：“须得散宜生去走一遭方可。”惧留孙曰：“既如此，事不宜迟。”子牙命左右：“去请上大夫散宜生来商议。”命：“放了土行孙。”

不一时，上大夫散宜生来至，行礼毕。子牙曰：“今邓九公有女邓婵玉，原系邓九公亲许土行孙为妻。今烦大夫至汤营作伐，乞为委曲周旋，务在必成，如此如此，方可。”散宜生领命出城不表。且说邓九公在营，悬望③土行孙回来，只见一去，竟无影响。令探马打听

① 系足：意指缔结婚姻。
② 作伐：做媒。
③ 悬望：盼望，挂念。

多时，回报："闻得土行孙被子牙拿进城去了。"邓九公大惊曰："此人捉去，西岐如何能克！"心下十分不乐。只见散宜生来与土行孙议亲。不知吉凶如何，且听下回分解。

总批

杨戬往夹龙山来，偏要落在这些山泽中，得了许多东西。虽曰天数，亦是杨戬乖巧处，故到处讨些便宜。

又批

或曰土行孙赶子牙，甚至将捆仙绳放尽方才知觉，可为痴极。然而到底是他骗了个好老婆。是呆子，未尝不讨便宜，然而还是痴好，还是乖好？予曰：正好与杨戬做一对。不然土行孙进西岐，杨戬不以美人弄他，或人不觉大笑。

第五十六回　子牙设计收九公

子牙設計收九公

导读：邓婵玉和土行孙最终成了夫妻，很容易让人联想起《水浒传》里的矮脚虎王英和一丈青扈三娘这对夫妇。矮子配美女，仿佛是古代小说中的一个常见组合。除了土行孙和王英之外，还有许多类似的人物。例如《薛丁山征西》里的窦一虎，简直就是个唐朝版的土行孙，作为王禅老祖的大弟子，他身高三尺，擅长地行术，最终迎娶了薛仁贵的女儿薛金莲。而《说岳全传》里的石鸾英，则可称是宋朝版的邓婵玉。她是尽南关总兵石山之女，武艺高强，擅长使用石元宝，曾打败牛皋之子牛通。后来战败，被牛通生擒，被牛通强迫后结为了夫妻。为什么古代小说戏曲中喜欢安排矮子配美女的情节呢？有的研究者认为，这可能是出于一种补偿心态。在古代小说戏曲里，矮子往往都是以插科打诨、耍怪卖丑的形象出现。于是，就有了这样一种心理——作者一方面通过嘲笑和戏弄矮子达到诙谐的效果，但另一方面出于道德或宗教的原因，又会产生一些惭愧之意。那么，给他们安排一个美女妻子，就算是对他们的补偿了。有了这个补偿，作者可以心安理得地用他们来制造笑料，而读者和观众也就能心安理得地欣赏这些笑料了——毕竟已经给你安排了一个漂亮媳妇啊。可这些被安排给矮子的女子，又有谁来补偿她们呢？

诗曰：

姻缘前定果天然，须信红丝足下牵。
敌国不妨成好合，仇雠①应自得翩联。
子牙妙计真难及，鸾使奇谋枉用偏。
总是天机难预料，纣王无福镇乾坤。

话说散宜生出城，来至汤营，对旗门官曰："辕门将校，报与你邓元帅得知：岐周差上大夫散宜生有事求见。"军政官报进中军："启元帅：岐周差上大夫有事求见。"邓九公曰："吾与他为敌国，为何差人来见我！必定来下说词，岂可容他进营，惑乱军心。你与他说：'两国正当争战之秋，相见不便。'"军政官出营，回覆散宜生。宜生曰："'两国相争，不阻来使。'相见何妨？吾此来奉姜丞相命，有事面决，非可传闻。再烦通报。"

军政官只得又进营来，把散宜生言语对九公诉说一遍。九公沉吟。旁有正印先行官太鸾上前言曰："元帅乘此机会放他进来，随机应变，看他如何说，亦可就中取事，有何不可？"九公曰："此说亦自有理。"命左右："请他进来。"旗门官出辕门，对散宜生曰："元帅有请。"散大夫下马，走进辕门，进了三层鹿角，行至滴水檐前。邓九公迎下来。散宜生鞠躬，口称："元帅！"九公曰："大夫降临，有失迎候。"彼此逊让行礼。（虽两国交战，亦不可轻慢使者，少了礼数）后人有诗单赞子牙妙计。诗曰：

子牙妙算世无伦，学贯天人泣鬼神。

① 仇雠（chóu）：仇敌。

纵使九公称敌国，蓝桥[1]也自结姻亲。

话说二人逊至中军，分宾主坐下。邓九公曰："大夫，你与我今为敌国，未决雌雄，彼此各为其主，岂得徇私妄议。大夫今日见谕，公则公言之，私则私言之，不必效舌剑唇枪，徒劳往返耳。予心如铁石，有死而已，断不为浮言所摇。"（此时还以为散宜生是为劝降而来）散宜生笑曰："吾与公既为敌国，安敢造次请见。只有一件大事，特来请一明示，无他耳。昨因拿有一将，系是元帅门婿，于盘问中，道及斯意。吾丞相不忍骤加极刑，以割人间恩爱，故命宜生亲至辕门，特请尊裁。"邓九公听说，不觉大惊曰："谁为吾婿，为姜丞相所擒？"散宜生说："元帅不必故推，令婿乃土行孙也。"

邓九公听说，不觉面皮通红，心中大怒，厉声言曰："大夫在上：吾只有一女，乳名婵玉，幼而丧母，吾爱惜不啻[2]掌上之珠，岂得轻意许人。今虽及笄[3]，所求者固众，吾自视皆非佳婿。而土行孙何人，妄有此说也！"散宜生曰："元帅暂行息怒，听不才[4]拜禀：古人相女配夫，原不专在门第。今土行孙亦不是无名小辈，彼原是夹龙山飞龙洞惧留孙门下高弟，因申公豹与姜子牙有隙，故说土行孙下山，来助元帅征伐西岐。昨日他师父下山，捉获行孙在城，因穷其所事。彼言所以，虽为申公豹所惑，次为元帅以令爱相许，有此一段姻缘，彼固倾心为元帅而暗进岐城行刺，欲速成功，良有以也。昨已被擒，伏辜不枉。但彼再三哀求姜丞相、彼之师尊惧留孙曰'为此一段姻

① 蓝桥：桥名。在陕西蓝田东南蓝溪之上。相传其地有仙窟，为唐裴航遇仙女云英处。明龙膺撰有《蓝桥记》，演裴航在蓝桥驿遇云英求得玉杵臼捣药、结为夫妇的故事。此处暗指土行孙与邓婵玉二人结亲之事。

② 不啻（chì）：无异于，如同。

③ 及笄（jī）：指女子达到了可以出嫁的年龄。

④ 不才：没有才能。多用为自称的谦辞。

缘，死不瞑目’之语。即姜丞相与他师尊俱不肯赦，只予在旁劝慰：岂得以彼一时之过，而断送人间好事哉！因劝姜丞相暂且留人。宜生不辞劳顿，特谒元帅，恳求俯赐人间好事，曲成儿女恩情，此亦元帅天地父母之心。故宜生不避斧钺[1]，特见尊颜[2]，以求裁示。倘元帅果有此事，姜丞相仍将土行孙送还元帅，以遂姻亲，再决雌雄耳。并无他说。”（先讲出身，再叙痴情，确是能言之士）

邓九公曰：“大夫不知，此土行孙妄语耳。行孙乃申公豹所荐，为吾先行，不过一牙门裨将，吾何得骤以一女许之哉？彼不过借此为偷生之计，以辱吾女耳。大夫不可轻信。”宜生曰：“元帅也不必固却。此事必有原故。难道土行孙平白兴此一番言语，其中定有委曲。想是元帅或于酒后赏功之际，怜才惜技之时，或以一言安慰其心，彼便妄认为实，作此痴想耳。”

九公被散宜生此一句话，买出九公一腔心事。九公不觉答道：“大夫斯言，大是明见！当时土行孙被申公豹荐在吾麾下，吾亦不甚重彼，初为副先行督粮使者，后因太鸾失利，彼恃其能，改为正先行官。首阵擒了哪吒，次擒黄天化，三次擒了姜子牙，被岐周众将抢回。土行孙进营，吾见彼累次出军获胜，治酒与彼贺功，以尽朝廷奖赏功臣至意。及至饮酒中间，彼曰：‘元帅在上：若是早用末将为先行，吾取西岐多时矣。’那时吾酒后失口，许之曰：‘你若取了西岐，吾将婵玉赘你为婿。’一来是奖励彼竭力为公，早完王事。今彼既已被擒，安得又妄以此言为口实，令大夫往返哉？”（醉酒快言，事后反悔，亦是小说中常见桥段）

散宜生笑曰：“元帅此言差矣。大丈夫一言既出，驷马难追。况

---

① 斧钺（yuè）：亦作“斧戉”“鈇钺”。古代军法用以杀人的斧子。
② 尊颜：对长者仪容的敬称。

且婚姻之事，人之大伦，如何作为儿戏之谈？前日元帅言之，土行孙信之；土行孙又言之，天下共信之；传与中外，人人共信，正所谓‘路上行人口似碑’。将以为元帅相女配夫，谁信元帅权宜之术，为国家行此不得已之深衷也。徒使令爱千金之躯作为话柄，闺中美秀竟作口谈。万一不曲全此事，徒使令爱①有白头之叹②。吾窃为元帅惜之！今元帅为汤之大臣，天下三尺之童无不奉命。若一旦而如此，吾不知所税驾③矣。乞元帅裁之。”

邓九公被散宜生一番言语说得默默沉思，无言可答。只见太鸾上前，附耳说：“如此如此，亦是第一妙计。”邓九公听太鸾之言，回嗔作喜④曰：“大夫之言深属有理，末将无不听命。只小女因先妻早丧，幼而失教，予虽一时承命，未知小女肯听此言。俟予将此意与小女商确，再令人至城中回覆。”（态度突然大变，背后必有缘故）散宜生只得告辞。邓九公送至营门而别。散宜生进城，将邓九公言语从头至尾说了一遍。子牙大笑曰：“邓九公此计，怎么瞒得我过！”惧留孙亦笑曰：“且看如何来说。”子牙曰：“动劳散大夫，俟九公人来，再为商议。”宜生退去不表。

且说邓九公与太鸾曰：“适才虽是暂允，此事毕竟当如何处置？”太鸾曰：“元帅明日可差一能言之士，说：‘昨日元帅至后营，与小姐商议，小姐已自听允，只是两边敌国，恐无足取信，是必姜丞相亲自至汤营纳聘，小姐方肯听信。’子牙如不来便罢，再为之计；若是他肯亲自来纳聘，彼必无带重兵自卫之理，如此，只一匹夫可擒耳。若是他带有将佐，元帅可出辕门迎接，至中军用酒筵赚开他手下众将，

① 令爱：爱，亦作“嫒”。尊称对方的女儿。
② 白头之叹：妇女被遗弃而作晚景凄凉之叹。
③ 税驾（tuō jià）：解驾，停车。谓休息或归宿。
④ 回嗔（chēn）作喜：转怒为喜。

预先埋伏下骁勇将士。俟酒席中击杯为号，擒之如囊中之物。西岐若无子牙，则不攻自破矣。”（类似《三国演义》中周瑜设计招亲刘备之举，只不过相比起来粗糙许多）邓九公闻说大喜：“先行之言，真神出鬼没之机！只是能言快语之人，临机应变之士，吾知非先行不可，乞烦先行明日亲往，则大事可成。”太鸾曰：“若元帅不以末将为不才，鸾愿往，管叫子牙亲至中军，不劳苦争恶战，早早奏凯回军。”九公大喜。一宿晚景不题。

次日，邓九公升帐，命太鸾进西岐说亲。太鸾辞别九公出营，至西岐城下，对守门官将曰：“吾是先行官太鸾，奉邓元帅命，欲见姜丞相。烦为通报。”守城官至相府，报与姜丞相曰：“城下有汤营先行官太鸾求见，请令定夺。”子牙听罢，对惧留孙曰：“大事成矣。”惧留孙亦自暗喜。子牙对左右曰：“速与我请来。”守门官同军校至城下，开了城门，对太鸾曰：“丞相有请。”太鸾忙忙进城，行至相府下马。左右通报：“太鸾进府。”子牙与惧留孙降阶而接。太鸾控背躬身言曰：“丞相在上：末将不过马前一卒，礼当叩见，岂敢当丞相如此过爱？”子牙曰：“彼此二国，俱系宾主，将军不必过谦。”

太鸾再四逊谢，方敢就坐。彼此温慰毕。子牙以言挑之曰：“前者因惧道兄将土行孙擒获，当欲斩首；彼因再四哀求，言邓元帅曾有牵红之约，乞我少缓须臾之死，故此着散大夫至邓元帅中军，问其的确。倘元帅果有此言，自当以土行孙放回，以遂彼儿女之情，人间恩爱耳。幸蒙元帅见诺，俟议定回我。今将军赐顾[①]，元帅必有教我。”太鸾欠身答曰：“蒙丞相下问，末将敢不上陈。今特奉主帅之命，多拜上丞相，不及写书；但主帅乃一时酒后所许，不意土行孙被获，竟

① 赐顾：称人到来的敬辞。

以此事倡明，主帅亦不敢辞。但主帅此女，自幼失母，主帅爱惜如珠。况此事须要成礼，后日乃吉日良辰，意欲散大夫同丞相亲率土行孙入赘，以郑重其事，主帅方有体面，然后再面议军国之事。不识丞相允否?”

子牙曰：“我知邓元帅乃忠信之士，但几次天子有征伐之师至此，皆不由分诉，俱以强力相加；只我周这一段忠君爱国之心，并无背逆之意，不能见谅于天子之前，言之欲涕。今天假其便，有此姻缘，庶几将我等一腔心事可以上达天子，表白于天下也。我等后日，亲送土行孙至邓元帅行营，吃贺喜筵席。乞将军善言道达，姜尚感激不尽!”太鸾逊谢。子牙遂厚款太鸾而别。

太鸾出得城来，至营门前等令。左右报入营中：“有先行官等令。”邓九公命：“令来。”太鸾至中军。九公问曰：“其事如何?”太鸾将姜子牙应允后日亲来言语，诉说一遍。邓九公以手加额曰：“天子洪福，彼自来送死!”太鸾曰：“虽然大事已成，但防备不可不谨。”邓九公分付：“选有力量军士三百人，各藏短刀利刃，埋伏帐外，听击杯为号，左右齐出，不论子牙众将，一顿刀剁为肉酱!”众将士得令而退。命赵升领一枝人马，埋伏营左，候中军炮响，杀出接应。又命孙焰红领一枝人马，埋伏营右，候中军炮响，杀出接应。又命太鸾与子邓秀在辕门赚住众将。又分付后营小姐邓婵玉领一枝人马，为三路救应使。邓九公分付停当，专俟后日行事。左右将佐俱去安排不表。(不想西岐众将，多有道法在身，如今更有上仙惧留孙坐镇，三百军士岂足惧哉)

且说子牙送太鸾出府，归与惧留孙商议曰：“必须如此如此，大事可成。”光阴迅速，不觉就是第三日。先一日，子牙命：“杨戬变化，暗随吾身。”杨戬得令。子牙命选精力壮卒五十名，装作抬礼脚夫；辛甲、辛免、太颠、闳夭，四贤、八俊等充作左右应接之人，俱各藏暗兵利刃。又命雷震子领一枝人马，抢他左哨，杀入中军接应。再命南宫适领一枝人马，抢彼右哨，杀入中军接应。金吒、木吒、龙须虎统领大队人马，救应抢亲。子牙俱分付暗暗出营埋伏不表。怎见得，有诗为证。诗曰：

汤营此日瑞筵开，专等鹰扬大将来。

孰意子牙筹画①定，中军炮响抢乔才②。（与此相比，邓九公之安排简直如同过家家一般）

且说邓九公其日与女婵玉商议曰："今日子牙送土行孙入赘，原是赚③子牙出城，擒彼成功。吾与诸将分剖④已定，你可将掩心甲紧束，以备抢将接应。"其女应允。邓九公升帐，分付铺毡搭彩，俟候子牙不题。

且说子牙其日使诸将装扮停当⑤，乃命土行孙至前听令。子牙曰："你同至汤营，看吾号炮一响，你便进后营抢邓小姐，要紧！"（此一幕可谓各怀鬼胎矣）土行孙得令。子牙等至午时，命散宜生先行，子牙方出了城，望汤营进发。宜生先至辕门。太鸾接着，报于九公。九公降阶，至辕门迎接散大夫。宜生曰："前蒙金诺⑥，今姜丞相已亲自压礼⑦，同令婿至此，故特令下官先来通报。"邓九公曰："动烦大夫往返，尚容申谢。我等在此立等，如何？"宜生曰："恐惊动元

① 筹画：今多作"筹划"。谋划，计划。
② 乔才：称姿容姣好的人。多指女子。
③ 赚：诳骗。
④ 分剖：分析。
⑤ 停当：亦作"亭当"。妥当，合宜。
⑥ 金诺：守信不渝的诺言。金，比喻珍贵。
⑦ 压礼：事成之前预付的财礼。

帅不便。”邓九公曰：“不妨。”彼此等候良久，邓九公远远望见子牙乘四不相，带领脚夫一行不上五六十人，并无甲胄兵刃。九公看罢，不觉暗喜。只见子牙同众人行至辕门。

子牙见邓九公同太鸾、散宜生俱立候，子牙慌忙下骑。邓九公迎上前来，打躬曰：“丞相大驾降临，不才未得远接，望乞恕罪。”子牙忙答礼曰：“元帅盛德，姜尚久仰芳誉，无缘未得执鞭[①]，今幸天缘，得罄委曲，姜尚不胜幸甚！”只见惧留孙同土行孙上前行礼，九公问子牙曰：“此位是谁？”子牙曰：“此是土行孙师父惧留孙也。”邓九公忙致款曲曰：“久仰仙名，未曾拜识；今幸降临，足慰夙昔[②]。”惧留孙亦称谢毕。彼此逊让，进得辕门。（心中算计满满，面上互相吹捧，难为这一众“影帝”）子牙睁睛观看，只见肆筵设席，结彩悬花，极其华美。怎见得，有诗为证。诗曰：

结彩悬花气象新，麝兰[③]香霭衬重茵[④]。
屏开孔雀千年瑞，色映芙蓉万谷春。
金鼓两旁藏杀气，笙箫一派郁荆榛。
孰知天意归周主，十万貔貅[⑤]化鬼磷[⑥]。

话说子牙正看筵席，猛见两边杀气上冲，子牙已知就里，便与土行孙众将丢个眼色，众人已解其意，俱亲上帐来。邓九公与子牙诸人

① 执鞭：为人驾驭车马。意谓给他人服役。引申为景仰而追随。此处为姜子牙恭维邓九公的话。
② 夙昔：同“宿昔”。往日。
③ 麝（shè）兰：麝香和兰香的简称。
④ 重茵：双层的坐卧垫褥。
⑤ 貔貅（pí xiū）：比喻勇猛的军士。
⑥ 鬼磷：磷火。

行礼毕。子牙命左右："抬上礼来。"

邓九公方才接礼单看玩，只见辛甲暗将信香取出，忙将抬盒内大炮燃着。一声炮响，恍若地塌山崩。邓九公吃了一惊，及至看时，只见脚夫一拥而前，各取出暗藏兵器，杀上帐来。邓九公措手不及，只得望后就跑。太鸾与邓秀见势不谐，也望后逃走。只见四下伏兵尽起，喊声振天。土行孙绰了兵器，望后营来抢邓婵玉小姐。子牙与众人俱各抢上马骑，各执兵刃厮杀。那三百名刀斧手如何抵当得住。及至邓九公等上得马出来迎战时，营已乱了。

赵升闻炮，自左营杀来接应；孙焰红听得炮响，从右营杀来接应；俱被辛甲、辛免等分头截杀。邓婵玉方欲前来接应，又被土行孙敌住，彼此混战。不意雷震子、南宫适两枝人马从左右两边裹来，成汤人马反在居中，首尾受敌，如何抵得住。后面金吒、木吒等大队人马掩杀上来。邓九公见势不好，败阵而走；军卒自相践踏，死者不计其数。

邓婵玉见父亲与众将败下阵去，也虚闪一刀，往正南上逃走。土行孙知婵玉善于发石伤人，遂用捆仙绳祭起，将婵玉捆了，跌下马来，被土行孙上前绰住，先擒进西岐城去了。子牙与众将追杀邓九公有五十余里，方鸣金收军进城。邓九公与子邓秀并太鸾、赵升等直至岐山下方才收集败残人马，查点军卒，见没了小姐，不觉伤感。指望擒拿子牙，孰知反中奸计，追悔无及。只得暂扎住营寨不表。（真可谓"九公妙计安天下，赔了女儿又折兵"）

且说子牙与惧留孙大获全胜，进城，升银安殿坐下。诸将报功毕。子牙对惧留孙曰："命土行孙乘今日吉日良时，与邓小姐成亲，何如？"惧留孙曰："贫道亦是此意。时不宜迟。"子牙命土行孙："你将邓婵玉带至后房，乘今日好日子，成就你夫妇美事。明日我另有说话。"土行孙领命。子牙又命侍儿："搀邓小姐到前日安置新房内去，好生服侍。”邓小姐娇羞无那①，含泪不语，被左右侍儿挟持往后房去了。（此与强抢民女何异？一众道德之士，只因二人命中有此前定，便可这般做事吗？）

子牙命诸将吃贺喜酒席不题。且说邓小姐搀至香房，土行孙上前迎接。婵玉一见土行孙笑容可掬，便自措身无地，泪雨如倾，默默不语。土行孙又百般安慰。婵玉不觉怒起，骂曰：“无知匹夫，卖主求荣！你是何等之人，敢妄自如此？”土行孙陪着笑脸答曰：“小姐虽千金之躯，不才亦非无名之辈，也不辱没了你。况小姐曾受我疗疾之恩，又是你尊翁②泰山③亲许与我，俟行刺武王回兵，将小姐入赘。人所共知。且前日散大夫先进营与尊翁面订，今日行聘入赘，丞相犹恐尊翁推托，故略施小计，成此姻缘。小姐何苦固执？”

婵玉曰：“我父亲许散宜生之言，原是赚姜丞相之计，不意误中奸谋，落在彀中④，有死而已。”土行孙曰：“小姐差矣！别的好做口头话，夫妻可是暂许得的？古人一言为定，岂可失信。况我等俱是阐教门人，只因误听申公豹唆使，故投尊翁帐下以图报效。昨被吾师下山，擒进西岐，责吾暗进西岐行刺武王、姜丞相，有辱阐教，背本忘师，逆天助恶，欲斩吾首，以正军法，吾哀告师尊，姜丞相定欲行刑。吾只得把初次擒哪吒、黄天化，尊翁泰山晚间饮酒将小姐许我，俟旋师命吾入赘，我只因欲就亲事之心急，不得已方暗进西岐。吾师与姜丞相听得斯言，掐指一算，乃曰：‘此子该与邓小姐有红丝系足之缘，后来俱是周朝一殿之臣。’因此赦吾之罪，命散大夫作伐。小

① 无那：犹无奈。无可奈何。
② 尊翁：敬称对方的父亲。
③ 泰山：岳父的别称。
④ 彀（gòu）中：牢笼，圈套。

姐，你想：若非天缘，尊翁怎么肯？小姐焉能到此？况今纣王无道，天下叛离，累伐西岐，不过魔家四将、闻太师、十洲三岛仙众皆自取灭亡，不能得志，天意可知，顺逆已见，又何况尊翁区区一旅之师哉！古云：‘良禽相木而栖，贤臣择主而仕。’小姐今自固执，三军已知土行孙成亲。小姐纵冰清玉洁，谁人信哉？小姐请自三思！”（前面一大段话洋洋洒洒，颇有道理，但末尾却露出威胁之意——纵使邓婵玉抵死不从，外人也必然认定她失了清白）

邓婵玉被土行孙一席话说得低头不语。土行孙见小姐略有回心之意，又近前促之曰：“小姐自思，你是香闺艳质，天上奇葩①；不才乃夹龙山门徒，相隔不啻天渊。今日何得与小姐觌体相亲，情同夙觏②？”便欲上前，强牵其衣。小姐见此光景，不觉粉面通红，以手拒之曰：“事虽如此，岂得用强！候我明日请命与父亲，再成亲不迟。”

土行孙此时情兴已迫，按纳不住，上前一把搂定，小姐抵死拒住。土行孙曰：“良时吉日，何必苦推，有误佳期。”竟将一手去解其衣。小姐双手推托，彼此扭作一堆。小姐终是女流，如何敌得土行孙过。不一时，满面汗流，喘吁气急，手已酸软。土行孙乘隙将右手插入里衣。婵玉及至以手挡抵，不觉其带已断。及将双手揝③住里衣，其力愈怯。土行孙得空，以手一抱，暖玉温香，已贴满胸怀。檀口④香腮，轻轻紧揾。小姐娇羞无主，将脸左右闪赚不得，流泪满面曰：“如是恃强，定死不从！”

土行孙那里肯放，死死压住。彼此推扭，又有一个时辰。土行孙

---

① 奇葩：奇异美丽的花卉。此处比喻邓婵玉的美貌可人。
② 夙觏（sù gòu）：旧相识。
③ 揝（zuàn）：同“攥”。握住。
④ 檀口：红艳的嘴唇。

见小姐终是不肯顺从，乃诒[1]之曰："小姐既是如此，我也不敢用强，只恐小姐明日见了尊翁变卦，无以为信耳。"小姐忙曰："我此身已属将军，安有变卦之理。只将军肯怜我，容见过父亲，庶成我之节；若我是有负初心，定不逢好死。"土行孙曰："既然如此，贤妻请起。"土行孙将一手搂抱其颈，轻轻扶起。邓婵玉以为真心放他起来，不曾提防，将身起时，便用一手推开土行孙之手。土行孙乘机将双手插入小姐腰里，抱紧了一拎，腰已松了，里衣径往下一卸。

邓婵玉被土行孙所算，及落手相持时，已被双肩隔住手，如何下得来！小姐展挣不住，不得已言曰："将军薄幸！既是夫妻，如何哄我？"土行孙曰："若不如此，贤妻又要千推万阻。"小姐惟闭目不言，娇羞满面，任土行孙解带脱衣。二人扶入锦被，婵玉对土行孙曰："贱妾系香闺幼稚，不识云雨，乞将军怜护。"土行孙曰："小姐娇香艳质，不才饮德久矣，安敢狂逞。"正是：翡翠衾中，初试海棠新血；鸳鸯枕上，漫飘桂蕊奇香。彼此温存，交相慕恋，极人间之乐，无过此时矣。后人有诗单道子牙妙计，成就二人美满前程。诗曰：

妙算神机说子牙，运筹帷幄更无差。

百年好事今朝合，莫把红丝[2]孟浪[3]夸。（此一段恶俗气息扑鼻，着实没有必要。于情节推进作用不大，反使文字沦于下流）

话说土行孙与邓婵玉成就夫妻。一夜晚景已过。次日，夫妻二

① 诒（dài）：通"绐"。欺骗。
② 红丝：婚姻或媒妁的代称。
③ 孟浪：鲁莽，轻率。

人起来，梳洗已毕。土行孙曰："我二人可至前殿，叩谢姜丞相与我师尊抚育成就之恩。"婵玉曰："此事固当要谢，但我父亲昨日不知败于何地，岂有父子事两国之理！乞将军以此意道达于姜丞相得知，作何区处，方保两全。"土行孙曰："贤妻之言是也。伺上殿时，就讲此事。"话犹未了，只见子牙升殿，众将上殿参谒毕。土行孙与邓婵玉夫妻二人上前叩谢。子牙曰："邓婵玉今属周臣，尔父尚抗拒不服。我欲发兵前去擒剿，但你系他骨肉至亲，当如何区处？"

土行孙上前曰："婵玉适才正为此事与弟子商议。恳求师叔开恻隐之心，设一计策，两全之美。此师叔莫大之恩也。"子牙曰："此事也不难。若婵玉果有真心为国，只消得亲自去说他父亲归周，有何难处。但不知婵玉可肯去否？"邓婵玉上前跪而言曰："丞相在上：贱妾既已归周，岂敢又蓄两意。早晨婵玉已欲自往说父亲降周，惟恐丞相不肯信妾真情，致生疑虑。若丞相肯命妾说父归降，自不劳张弓设箭，妾父自为周臣耳。"子牙曰："我断不疑小姐反复，只恐汝父不肯归周，又生事端耳。今小姐既欲亲往，吾拨军校随去。"婵玉拜谢子牙，领兵卒出城，望岐山前来不表。

且说邓九公收集残军，驻扎一夜，至次日升帐，其子邓秀，太鸾、赵升、孙焰红侍立。九公曰："吾自行兵以来，未尝遭此大辱；今又失吾爱女，不知死生，正是羊触藩篱，进退两难，奈何，奈何！"太鸾曰："元帅可差官赍①表进朝告急，一面探听小姐下落。"正迟疑间，左右报曰："小姐领一枝人马，打西周旗号，至辕门等令。"太鸾等惊愕不定。邓九公曰："令来。"左右开了辕门，婵玉下马，进辕门来，至中军，双膝跪下。

① 赍（jī）：持，带。

邓九公看见如此行径，慌立起问曰：“我儿这是如何说？”婵玉不觉流泪言曰：“孩儿不敢说。”邓九公曰：“你有甚冤屈？站起来说无妨。”（到底舐犊情深）婵玉曰：“孩儿系深闺幼女，此事俱是父亲失言，弄巧成拙。父亲平空将我许了土行孙，勾引姜子牙做出这番事来，将我擒入西岐，强逼为婚。如今追悔何及！”邓九公听得此言，唬得魂飞天外，半晌无言。

蝉玉又进言曰：“孩儿今已失身为土行孙妻子，欲保全爹爹一身之祸，不得不来说明。今纣王无道，天下分崩。三分天下，有二归周。其天意人心，不卜可知[①]。纵有闻太师、魔家四将与十洲三岛真仙，俱皆灭亡。顺逆之道明甚。今孩儿不孝，归顺西岐，不得不以利害与父亲言之。父亲今以爱女轻许敌国，姜子牙亲进汤营行礼，父亲虽是赚辞，谁肯信之！父亲况且失师辱国，归商自有显戮[②]。孩儿乃奉父命归适良人，自非私奔桑濮[③]之地，父亲亦无罪孩儿之处。父亲若肯依孩儿之见，归顺西周，改邪归正，择主而仕，不但骨肉可以保全，实是弃暗投明，从顺捹逆，天下无不欢悦。”

九公被女儿一番言语说得大是有理，自己沉思：“欲奋勇行师，众寡莫逆；欲收军还国，事属嫌疑。”沉吟半晌，对婵玉曰：“我儿，你是我爱女，我怎的舍得你！只是天意如此。但我羞入西岐，屈膝与子牙耳。如之奈何？”婵玉曰：“这有何难！姜丞相虚心下士，并无骄矜。父亲果真降周，孩儿愿先去说明，令子牙迎接。”（大抵名将败绩，而又无退路，却迟迟不肯归降者，大都是为颜面使然。此时若能隆礼相迎，大都能够归顺。盖因一世英名勋业俱毁，唯此些许颜面可以自恃，岂能放弃？）

① 不卜可知：不用占卜就能知道。指不必预测就能知道。
② 显戮：明正典刑，当众处决。
③ 桑濮（pú）：指男女幽会之所。

九公见婵玉如此说，命婵玉先行，邓九公领众军将归顺西岐不题。且说邓婵玉先至西岐城，入相府，对子牙将上项事诉说一遍。子牙大喜，命左右："排队伍出城，迎接邓元帅。"左右闻命，俱披执迎接里余之地，已见邓九公军卒来至。子牙曰："元帅请了！"九公连在马上欠背躬身曰："末将才疏智浅，致蒙谴责，理之当然。今已纳降，望丞相恕罪。"子牙忙勒骑向前，携九公手，并辔①而言曰："今将军既知顺逆，弃暗投明，俱是一殿之臣，何得又分彼此。况令爱又归吾门下师侄，吾又何敢嫌将军哉？"九公不胜感激。二人叙至相府下马，进银安殿，重整筵席，同诸将饮庆贺酒一宿不题。次日，见武王，朝贺毕。

且不言邓九公归周，只见探马报入汜水关，韩荣听得邓九公纳降，将女私配敌国，韩荣飞报至朝歌。有上大夫张谦看本，见此报大惊，忙进内打听，皇上在摘星楼，只得上楼启奏。左右见上大夫进疏，慌忙奏曰："启陛下：今有上大夫张谦候旨。"纣王听说，命："宣上楼来。"张谦闻命上楼，至滴水檐前拜毕。纣王曰："朕无旨宣卿，卿有何奏章？就此批宣。"张谦俯伏奏曰："今有汜水关韩荣进有奏章，臣不敢隐匿，虽触龙怒，臣就死无辞。"

纣王听说，命当驾官："即将韩荣本拿来朕看。"张谦忙将韩荣本展于纣王龙案之上。纣王看未完，不觉大怒曰："邓九公受朕大恩，今一旦归降叛贼，情殊可恨！待朕升殿，与臣共议，定拿此一班叛臣，明正伊罪，方泄朕恨！"张谦只得退下楼来，候天子临轩。只见九间殿上，钟鼓齐鸣。众官闻知，忙至朝房伺候。须臾，孔雀屏开，纣王驾临，登宝座传旨："命众卿面议。"

众文武齐至御前，俯伏候旨。纣王曰："今邓九公奉诏征西，不

① 并辔（pèi）：并排骑马齐行。

但不能伐叛奏捷，反将己女私婚敌国，归降逆贼，罪在不赦，除擒拿逆臣家属外，必将逆臣拿获，以正国法。卿等有何良策，以彰国之常刑？”纣王言未毕，有中谏大夫飞廉出班奏曰：“臣观西岐抗礼拒敌，罪在不赦。然征伐大将，得胜者或有捷报御前，失利者惧罪即归伏西土，何日能奏捷音也。依臣愚见，必用至亲骨肉之臣征伐，庶无二者之虞，且与国同为休戚，自无不奏捷者。”纣王曰：“君臣父子，总系至戚，又何分彼此哉？”飞廉奏曰：“臣保一人，征伐西岐，姜尚可擒，大功可奏。”纣王曰：“卿保何人？”飞廉奏曰：“要克西岐，非冀州侯苏护不可。一为陛下国戚，二为诸侯之长，凡事无有不用力者。”纣王闻言大悦：“卿言甚善。”即令军政官：“速发黄旄、白钺。”（为伐西岐，这“黄旄、白钺”前前后后不知发了多少，朝歌国库中恐怕已是库存告急矣）使命赍诏前往冀州。不知胜负如何，且听下回分解。

总批

子牙收伏邓九公，其计虽巧，然非散宜生之舌辩不能以成其巧；非太鸾之赞助，不足以终其巧。此正谓天机凑合，特借人力，以曲全之耳。若专以人力巧谋曲取，固不可；若专任天缘凑合，亦不可，惟善于乘时者自识之。

又批

天下事有好姻缘，有恶姻缘。好姻缘，是男女相悦，六礼①以备，媒妁纳好，父母之命，此之为顺；恶姻缘，是彼此仇

① 六礼：指中国古代婚姻成立的六道手续。包括纳采、问名、纳吉、纳徵、请期、亲迎。

雠，两家敌国，或千难百折，情非素交，反因此而不得不成，此之为逆。若土行孙既归西岐，与邓九公已为仇敌，反因太鸾之计，以遂牵红，此殆非天意而何？虽然太鸾之计，固拙于谋国，未尝不有功于土行孙两人，便当筑台拜谢。

第五十七回　冀州侯苏护伐西岐

冀州侯蘇護伐西岐

导读：在《封神演义》的设定里，吕岳及其四位弟子拿手的是散布瘟病，最后受封的也是瘟部诸神。在中国古代的民间信仰里，对于一些难以抵挡，且反复出现的灾难，人们往往会认为是有专门的神灵在掌管。于是，便对这些神灵顶礼膜拜，虔诚上供，以祈求这些神灵不要在自己身边降下这些灾难。比较典型的，有掌管蝗灾的蝗神、掌管天花的痘神，自然也就包含掌管瘟疫的瘟神。不过，在早期，人们还不称他们为瘟神，而是称作瘟鬼。在汉代，人们相信瘟鬼是五帝之一颛顼帝的一个儿子死后所化。对待他们，人们也选择用大傩来驱逐，以保平安。但估计是发现用大傩驱逐不管用，再加上魏晋南北朝时期长年战乱，瘟疫不断。到了隋唐之际，人们对待他们的态度，就逐渐从驱逐变成了祭拜。

《三教源流搜神大全》中记载，隋文帝开皇十一年(591)六月的一天，有五个力士出现在天上，个个身高三五丈，身披五色袍，各执一物。一人执勺子和罐子，一人执皮袋和剑，一人执扇，一人执锤，一人执火壶。隋文帝问太史张居仁："此何神？主何灾福也？"张居仁回奏："此是五方力士，在天上为五鬼，在地为五瘟，名曰五瘟：春瘟张元伯，夏瘟刘元达，秋瘟赵公明，冬瘟钟仕贵，总管中瘟史文业。如现之者，主国民有瘟疫之疾。此为天行时病也。"隋文帝又问如何免除瘟疫？张居仁回答，这是上天降下的，无法免除。当年就因为瘟疫死了好多人。隋文帝无奈，只好为这五个力士建了祠庙，并封他们为将军，按时祭祀。这里的五方瘟鬼，应该就是吕岳和他四个弟子的原型了。

诗曰：

苏侯有意欲归周，纣主江山似浪浮。
红日已随山后卸，落花空逐水东流。
人情久欲投明圣，世局翻为急浪舟。
贵戚亲臣皆已散，独夫犹自卧红楼。

话说天使离了朝歌，前往冀州，一路无词，翌日来至冀州馆驿安下。次日，报至苏侯府内。苏侯即至馆驿接旨。（钦差传旨，当在官衙或府邸正堂，哪有去驿站接旨的道理？）焚香拜毕，展诏开读，诏曰：

“朕闻征讨之命，皆出于天子；阃外之寄，实出于元戎。建立功勋，威镇海内，皆臣子分内事也。兹西岐姬发肆行不道，抗拒王师，情殊可恨。特敕尔冀州侯苏护，总督六师，前往征伐，必擒获渠魁①，殄灭②祸乱。俟旋师奏捷，朕不惜茅土以待有功。尔其勖③哉！特诏。”

话说苏侯开读旨意毕，心中大喜，管待天使，赍送程费，打发天使起程。苏侯暗谢天地曰：“今日吾方得洗一身之冤，以谢天下。”忙令后厅治酒，与子全忠、夫人杨氏共饮，曰：“我不幸生女妲己，进上朝歌。谁想这贱人尽违父母之训，无端作孽，迷惑纣王，无所不为，使天下诸侯衔恨于我。今武王仁德播于天下，三分有二尽归于西周。不意昏君反命吾征伐。吾得遂生平之愿。我明日意欲将满门良眷

① 渠魁（kuí）：首领。
② 殄（tiǎn）灭：灭绝。
③ 勖（xù）：勉励。

带在行营，至西岐归降周主，共享太平。然后会合诸侯，共伐无道，使我苏护不得贻笑于诸侯，受讥于后世，亦不失丈夫之所为耳。”夫人大喜：“将军之言甚善，正是我母子之心。”（可怜这一家人还不知，如今的妲己早已不是他们的女儿）

且说次日殿上鼓响，众将军参见。苏护曰：“天子敕下，命吾西征。众将整备起行。”众将得令，整点十万人马，即日祭宝纛旗，收拾起兵，同先行官赵丙、孙子羽、陈光，五军救应使郑伦，即日离了冀州，军威甚是雄伟。怎见得，有赞为证。赞曰：

杀气征云起，金锣鼓又鸣。
幡幢①遮瑞日，剑戟鬼神惊。
平空生雾彩，遍地长愁云。
闪翻银叶甲，拨转皂雕弓。
人似离山虎，马如出水龙。
头盔生灿烂，铠甲砌龙鳞。
离了冀州界，西土去安营。

苏侯行兵，非止一日。有探马报入中军：“前是西岐城下。”苏侯传令：“安营结寨。”升帐坐下。众将参谒，立起帅旗。

且说子牙在相府，收四方诸侯本，请武王伐纣。忽报马入府：“启老爷：冀州侯苏护来伐西岐。”子牙问黄飞虎曰：“久闻此人善能用兵，黄将军必知其人，请言其概。”黄飞虎曰：“苏护秉性刚直，不似谄媚无骨之夫，名为国戚，与纣王有隙，一向要归周，时常有书至末将处。此人若来，必定归周，再无疑惑。”子牙闻言大悦。且说

① 幡幢（chuáng）：作为仪仗用的一种旗帜。

苏侯三日未来请战。黄飞虎上殿见子牙，曰：“苏侯按兵不动，待末将探他一阵，便知端的。”子牙许之。飞虎领令，上了五色神牛，出得城来，一声炮响，立于辕门，大呼曰：“请苏侯答话！”

探马报入中军。苏侯令先行官见阵。赵丙领令，上马提方天戟，径出辕门，认的是武成王黄飞虎。赵丙曰：“黄飞虎，你身为国戚，不思报本，无故造反，致起祸端，使生民涂炭，屡年征讨不息。今奉旨特来擒你，尚不下马受缚，犹自支吾！”摇戟刺来。黄飞虎将枪架住，对赵丙曰：“你好好回去，请你主将出来答话，吾自有道理。你何必自逞其强也！”赵丙大怒：“既奉命来擒你报功，岂得犹以语言支吾！”（一介武夫，恃强好勇，耽误主帅大事）又一戟刺将来。黄飞虎大怒：“好大胆匹夫！焉敢连刺吾两戟！”催开神牛，手中枪赴面交还。牛马相交，枪戟并举。怎见得：

二将阵前势无比，拨开牛马定生死。这一个钢枪摇动鬼神愁，那一个画戟展开分彼此。一来一往势无休，你生我活谁能已。从来恶战不寻常，搅海翻江无底止。

话说黄飞虎大战赵丙，二十回合，被飞虎生擒活捉，拿解相府，来见子牙。报入府中。子牙令飞虎进见：“将军出阵，胜负若何？”飞虎曰：“生擒赵丙，听令定夺。”子牙命：“推来。”士卒将赵丙拥至殿前，赵丙立而不跪。子牙曰：“既已被擒，尚何得抗礼？”赵丙曰：“奉命征讨，指望成功；不幸被执，唯死而已，何必多言！”子牙传令：“暂且囚于禁中。”

且说苏侯闻报，赵丙被擒，低首不语。只见郑伦在旁曰：“君侯在上，黄飞虎自恃强暴，待明日拿来，解往朝歌，免致生灵涂炭。”（又一个坏事的）次日，郑伦上了火眼金睛兽，提了降魔杵，往城下请战。左右报入相府。子牙令："黄将军出阵走一遭。"飞虎领令出城，见一员战将，面如紫枣，十分枭恶，骑着火眼金睛兽。怎见得，有诗为证。诗曰：

道术精奇别样妆，降魔宝杵世无双。
忠肝义胆堪称诵，无奈昏君酒色荒。

话言飞虎大呼曰："来者何人？"郑伦曰："吾乃苏侯麾下郑伦是也。黄飞虎，你这个叛贼！为你屡年征伐，百姓遭殃。今天兵到日，尚不免戈[1]伏诛，意欲何为？"飞虎曰："郑伦，你且回去，请你主将出来，吾自有说话。你若是不知机变，如赵丙自投陷身之祸！"

郑伦大怒，抡杵就打。黄飞虎手中枪急架相还。二兽相交，枪杵并举，两家大战三十回合。郑伦把杵一摆，他有三千乌鸦兵走动，行如长蛇之势。郑伦窍中两道白光往鼻子里出来。"哄"的一声响，黄将军正是：见白光三魂即散，听声响撞下鞍鞒。

乌鸦兵用挠钩搭住，一踊上前，拿翻，剥了衣甲，绳缠索绑。飞虎上了绳子，二目方睁。飞虎点首曰："今日之擒，如同做梦一般，真是心中不服！"郑伦掌得胜鼓回营，来见苏侯，上帐报功："今日生擒反叛黄飞虎至辕门，请令发落。"苏侯令："推来。"小校将飞虎推至帐前。飞虎曰："今被邪术受擒，愿请一死，以报国恩。"苏侯曰："本当斩首，且监候[2]，留解朝歌，请天子定罪。"（苏护此时尚不敢令人知其有归降西岐之意）左右将黄飞虎送下后营。

且说报马报入相府，言黄飞虎被擒。子牙大惊曰："如何擒去？"

---

① 免戈：此指解甲投降。
② 监候：指虽判处死刑但不立即执行，暂时监禁，等候行刑的时令。

掠阵官启曰："苏侯麾下有一郑伦，与武成王正战之间，只见他鼻子里放出一道白光，黄将军便坠骑被他拿去。"子牙心下十分不乐："又是左道之术！"只见黄天化在旁，听见父亲被擒，恨不得平吞了郑伦。当日晚间不题。次日，天化上帐，请令出阵，以探父亲消息。子牙许之。天化领令，上了玉麒麟，出城请战。探马报入营中："有将请战。"苏侯曰："谁去见阵走一遭？"郑伦答曰："愿往。"上了金睛兽，炮声响处，来至阵前。黄天化曰："尔乃是郑伦？擒武成王者是你？不要走，吃吾一锤！"一似流星闪灼光辉，呼呼风响。郑伦忙将杵劈面相还。

二将交兵，未及十合。郑伦见天化腰束着丝绦，是个道家之士，"若不先下手，恐反遭其害。"把杵望空中一摆，乌鸦兵齐至，如长蛇一般。郑伦鼻窍中一道白光吐出，如钟鸣一样。天化看见白光出窍，耳听其声，坐不住玉麒麟，翻身落骑。乌鸦兵依旧把天化绑缚起来。急自睁开眼，不知其身已受绑缚。郑伦又擒黄天化进营来见。郑伦曰："末将擒黄天化已至辕门等令。"苏侯令："推至中军。"见天化眼光暴露，威风凛凛，一表非俗，立而不跪。苏侯命也监候后营。黄天化入后营，看见父亲监禁在此，大呼曰："爹爹！我父子遭妖术成擒，心中甚是不服！"飞虎曰："虽是如此，当思报国。"按下黄家父子，且说探马报入相府："黄天化又被擒去。"子牙大惊："黄将军说苏侯有意归周，不料擒他父子！"子牙心中纳闷。（任谁都会狐疑猜度，郑伦自以为忠义，却害了主帅）

且说郑伦捉了二将，军威甚盛。次日又来请战。探马报入相府。子牙急令："何人走遭？"言未毕，土行孙答曰："弟子归周，寸功未立，愿去走一遭，探其虚实，何如？"子牙许之。土行孙方领令出府；旁有邓婵玉上前告曰："末将父子蒙恩，当得掠阵。"子牙并许之。郑伦听得城内炮响，见两扇门开，旗幡磨动，见一女将飞来。怎见得，有诗为证。诗曰：

此女生来锦织成，腰肢一搦体轻盈。
西岐山下归明主，留得芳名照汗青①。

话言郑伦见城内女将飞马而来，不曾看见土行孙出来。土行孙生得矮小，郑伦只看了前面，未曾照看面前。土行孙大呼曰："那匹夫！你看那里？"郑伦往下一看，见是个矮子。郑伦笑曰："你那矮子，来此做甚么？"土行孙曰："吾奉姜丞相将令，特来擒尔！"郑伦复大笑曰："看你这厮，形似婴孩，乳毛未退，敢出大言，自来送死！"土行孙听见骂他甚是卑微，大叫："好匹夫！焉敢辱我！"使开铁棍，一滚而来，就打金睛兽的蹄子。郑伦急用杵来迎架，只是捞不着。大抵郑伦坐的高，土行孙身子矮小，故此往下打费力。几个回合，把郑伦挣了一身汗，反不好用力，（身材矮小竟有这般意外之用）心里焦躁起来，把杵一晃，那乌鸦兵飞走而来。土行孙不知那里帐，郑伦把鼻子里白光喷出，"哼"然有声。

土行孙眼看耳听，魂魄尽散，一交跌在地下。乌鸦兵把土行孙拿了，绑将起来。土行孙睁开眼，见浑身上了绳子，道声："噫！到有趣！"土行孙绑着，看着邓婵玉走马大呼曰："匹夫不必逞凶擒将！"把刀飞来直取。郑伦手中杵劈面打来。婵玉未及数合，拨马就走。郑伦不赶。佳人挂下刀，取五光石，侧坐鞍韂，回手一石。正是：从来暗器最伤人，自古妇人为更毒。

郑伦"哎呀"的一声，面上着伤，败回营中来见苏侯。苏侯曰："郑伦，你失机了？"郑伦答曰："拿了一个矮子，才待回营，不意有

① 汗青：此指史册。

一员女将来战，未及数合，回马就走，末将不曾赶他，他便回手一石，急自躲时，面上已着了伤。如今那个矮子拿在辕门听令。”

苏侯传令：“推将进来。”众将卒将土行孙簇拥推至帐下。苏侯曰：“这样将官，拿他何用！推出去斩了！”土行孙曰：“且不要斩，我回去说个信来。”苏侯笑曰：“这是个呆子！推出斩了！”土行孙曰：“你不肯，我就跑了。”众人大笑。正是：仙家秘授真奇妙，迎风一晃影无踪。众人一见大惊，忙至帐前来，禀启元帅：“方才将矮子推出辕门，他把身子一扭就不见了。”（原来是用地行术之妙）苏侯叹曰：“西岐异人甚多，无怪屡次征伐，俱是片甲不回，无能取胜。”嗟叹不已。郑伦在旁只是切齿，自己用丹药敷贴，欲报一石之恨。

次日，郑伦又来请战，坐名要女将。邓婵玉就要出马。子牙曰：“不可。他此来必有深意。”哪吒应曰：“弟子愿往。”子牙许之。哪吒上了风火轮，出城大呼曰：“来者可是郑伦？”郑伦答曰：“然也。”哪吒不答话，登轮就杀。郑伦急用杵相还。轮兽交兵。怎见得，有赞为证。赞曰：

哪吒怒发气吞牛，郑伦恶性展双眸。火尖枪摆喷云雾，宝杵施开转捷稠。这一个倾心辅佐周王驾，那一个有意能分纣主忧。二将大战西岐地，海沸江翻神鬼愁。

话说郑伦大战哪吒，恐哪吒先下手，把杵一摆，乌鸦兵如长蛇阵一般，都拿着挠钩套索前来等着。哪吒看见，心下着忙。只见郑伦对着哪吒一声“哼！”哪吒无魂魄，怎能跌得下轮来。郑伦见用此术不能响应，大惊曰：“吾师秘授，随时响应，今日如何不验？”（谁能想到世间竟有无魂魄之人）又将白光吐出鼻子窍中。哪吒见头一次不验，第二次就不理他。郑伦着忙，连哼第三次。哪吒笑曰："你这匹夫害的是甚么病？只管哼！"郑伦大怒，把杵劈头乱打。又战三十回合，哪吒把乾坤圈祭在空中，一圈打将下来。郑伦难逃此厄，正中肩背，只打得筋断骨折，几乎坠骑，败回行营。哪吒得胜，回来见子牙，将"郑伦如此如彼被乾坤圈打伤，败回去"说了一遍。子牙大喜，上了哪吒功不表。

且说苏侯在中军，闻郑伦失机来见。苏侯见郑伦着伤，站立不住，其实难当。苏侯借此要说郑伦，乃慰之曰："郑伦，观此天命有在，何必强为！前闻天下诸侯归周，俱欲共伐无道，只闻太师屡欲扭转天心，故此俱遭屠戮，实生民之难。我今奉敕征讨，你得功莫非暂时侥幸耳。吾见你着此重伤，心下甚是不忍。我与你名为主副之将，实有手足之情。今见天下纷纷，刀兵未息，此乃国家不祥，人心、天命可知。昔尧帝之子丹朱①不肖，尧崩，天下不归丹朱而归于舜，舜之子商均②亦不肖，舜崩，天下不归商均而归于禹。方今世乱如麻，真假可见，从来天运循环，无往不复。今主上失德，暴虐乱常，天下分崩，黯然气象，莫非天意也。我观你遭此重伤，是上天警醒你我耳。我思：'顺天者昌，逆天者亡。'不若归周，共享安康，以伐无道。此正天心人意，不卜可知。你意下如何？"

郑伦闻言，正色大呼曰："君侯此言差矣！天下诸侯归周，君侯不比诸侯，乃是国戚。国亡与亡，国存与存。今君侯受纣王莫大之恩，娘娘享宫闱③之宠，（怎知这正是苏护意欲归周的原因）今一旦负

① 丹朱：传说中帝尧之子。名朱，亦作"絑"，因居丹水，名为"丹朱"。傲慢荒淫，尧因禅位于舜。
② 商均：传说中帝舜之子。原名"义均"，因封于商地而称"商均"，其不肖类丹朱，舜因禅位于禹。
③ 宫闱：后妃所居之处。

国，为之不义。今国事艰难，不思报效，而欲归反叛，为之不仁。郑伦切为君侯不取也！若为国捐生①，舍身报主，不惜血肉之躯以死自誓，乃郑伦忠君之愿，其他非所知也。”苏护曰：“将军之言虽是，古云：‘良禽择木而栖，贤臣择主而事。’古人有行之不损令名者，伊尹是也。黄飞虎官居王位，今主上失德，有乖天意，人心思乱，故舍纣而归周。邓九公见武王、子牙以德行仁，知其必昌，纣王无道，知其必亡，亦舍纣而从周。所以人要见机，顺时行事，不失为智。你不可执迷，恐后悔无及。”郑伦曰：“君侯既有归周之心，我决然不顺从于反贼。待我早间死后，君侯早上归周；我午后死，君侯午后归周。我忠心不改，此颈可断，心不可污！”（如此忠义之士，却死守纣王，可叹，可惜）转身回帐，调养伤痕不题。

且说苏侯退帐，沉思良久，命苏全忠后帐治酒。二鼓时分，命全忠往后营，把黄飞虎父子放了，请到帐前。苏护下拜请罪，言曰：“末将有意归周久矣。”黄飞虎忙答拜曰：“今蒙盛德，感赐再生。前闻君侯意欲归周，使我心怀渴想，喜如雀跃，故末将才至营前，欲会君侯，问其虚实耳。不期被郑伦所擒，有辱君命。今蒙开其生路，有何分付，愚父子惟命是从。”苏护曰：“不才久欲归周，不能得便。今奉敕西征，实欲乘机归顺。怎奈偏将郑伦坚执不允。我将言语开说上古顺逆有归之语，他只是不从。今特设此酒，请大王、公子少叙心曲，以赎不才冒渎之罪。”飞虎曰：“君侯既肯归顺，宜当速行。虽然郑伦执拗，只可用计除之。大丈夫先立功业，共扶明主，垂名竹帛，岂得区区效匹夫匹妇之小忠小谅哉！”酒至三更，苏护起身言曰：“大王、贤公子，出后粮门，回见姜丞相，把不才心事呈与丞相，以知吾之心腹也。”遂送黄飞虎父子回城。飞虎至城下叫门，城上听

① 捐生：舍弃生命。

的是武成王，不敢黄夜开门，来报子牙。子牙听得是三更天气，报："黄飞虎回来。"忙传令："开城门。"

少时，飞虎至相府，来见子牙。子牙曰："黄将军被奸恶所获，为何黄夜而归？"黄飞虎把苏护心欲归周所以，一一说了一遍，"只是郑伦把持，不得遂其初心。再等一两日，他自有处治。"不表飞虎回城，且说苏侯父子不得归周，作何商议。苏全忠曰："不若乘郑伦身着重伤，修书一封，打入城中，知会子牙前来劫营，将郑伦生擒进城，看他归顺不归顺，任姜丞相处治。孩儿与爹爹早得归周，恐后致生疑惑。"苏护曰："此计虽好，只是郑伦也是个好人，必须周全得他方好。"（郑伦虽然愚忠，阻碍苏护降周之举，但毕竟忠义之士，不肯害他性命）全忠曰："只是不好伤他性命便了。"苏护大喜："明日准行。"父子计较①停当，来日行事。有诗为证。诗曰：

苏护有意欲归周，怎奈门官不肯投。
只是子牙该有厄，西岐传染病无休。

话说郑伦被哪吒打伤肩背，虽有丹药，只是不好，一夜声唤，睡卧不宁。又思："主将心意归周，恨不能即报国恩，以遂其忠悃②。其如凡事不能就绪，如之奈何！"且说苏护次日升帐，打点行计，忽听得把辕门官旗报入中军："有一道人，三只眼，穿大红袍，要见老爷。"苏护不是道家出身，不知道门尊大，便叫："令来。"左右出辕门，报与道人。道人听得叫"令来"，不曾说个"请"字，心下郁郁不乐。欲待不进营去，恐辜负了申公豹之命。道人自思："且进营去，

① 计较：商量，谋划。
② 忠悃（kǔn）：悃，真心诚意。谓忠诚。

看他何如。”只得忍气吞声进营，来至中军。苏侯见道人来，不知何事。道人见苏侯曰：“贫道稽首了！”苏侯亦还礼毕，问曰：“道者今到此间，有何见谕？”道者曰：“贫道特来相助老将军，共破西岐，擒反贼，以解天子。”

苏侯曰：“道者住居那里？从何处而来？”道人答曰：“吾从海岛而来。有诗为证。诗曰：

弱水行来不用船，周游天下妙无端。
阳神①出窍人难见，水虎牵来事更玄。
九龙岛内经修炼，截教门中我最先。
若问衲子②名何姓？吕岳声名四海传。”

话说道人作罢诗，对苏护曰：“衲子乃九龙岛声名山炼气士是也，姓吕，名岳，乃申公豹请我来助老将军，将军何必见疑乎？”苏侯欠身请坐。吕道人也不谦让，就上坐了。

只听得郑伦声唤曰：“痛杀吾也！”吕道人问：“是何人叫苦？”苏侯暗想：“把郑伦扶出来，唬他一唬。”苏侯答曰：“是五军大将郑伦，被西岐将官打伤了，故此叫苦。”吕道人曰：“且扶他出来，待吾看看何如？”左右把郑伦扶将出来。吕道人一看，笑曰：“此是乾坤圈打的，不妨，待吾救你。”豹皮囊中取出一个葫芦，倒出一粒丹药，用水研开，敷于上面，如甘露沁心一般，即时全愈。郑伦今得重伤全愈。正是：猛虎又生双胁翅，蛟龙依旧海中来。

郑伦伤痕全愈，遂拜吕岳为师。吕道人曰：“你既拜吾为师，助

① 阳神：泛指生魂、灵魂。
② 衲（nà）子：出家人。

你成功便了。”帐中静坐，不语三日。苏侯叹曰：“正要行计，又被道人所阻，深为可恨！”（攻打西岐艰难，谁料归降西岐也这般艰难）

且说郑伦见吕岳不出去见阵，上帐启曰：“老师既为成汤，弟子听候老师法旨，可见阵会会姜子牙。”吕岳曰：“吾有四位门人未曾来至，但他们一来，管取你克了西岐，助你成功。”又过数日，来了四位道人，至辕门，问左右曰：“里边可有一吕道长么？烦为通报：有四门人来见。”军政官报入中军：“启老爷：有四位道人要见老爷。”吕岳曰：“是吾门人来也。”着郑伦出辕门来请。郑伦至辕门，见四道者脸分青、黄、赤、黑，或挽抓髻，或戴道巾，或似陀头，穿青、红、黄、皂，身俱长一丈六七尺，行如虎狼，眼露睛光，甚是凶恶。郑伦欠背躬身曰：“老师有请。”

四位道人也不谦让，径至帐前，见吕道人行礼毕，口称：“老师。”两边站立。吕岳问曰：“为何来迟？”内有一穿青者答曰：“因攻伐之物未曾制完，故此来迟。”吕岳谓四门人曰：“这郑伦乃新拜吾为师的，亦是你等兄弟。”郑伦重新又与四人见礼毕。郑伦欠身请问曰：“四位师兄高姓大名？”吕岳用手指着一位曰：“此位姓周，名信；此位姓李，名奇；此位姓朱，名天麟；此位姓杨，名文辉。”郑伦也通了名姓，遂治酒管待，饮至二鼓方散。次日，苏侯升帐，又见来了四位道者，心下十分不悦，懊恼在心。吕岳曰：“今日你四人谁往西岐走一遭？”内有一道者曰：“弟子愿往。”（早知今日，当初便不该放吕岳来见）吕岳许之。那道人抖擞精神，自恃胸中道术，出营步行，来会西岐。不知凶吉如何，且听下回分解。

总批

苏侯择主而事，弃暗投明，固是贤士。但身系纣王戚臣，不思舍身报主，效龙逄、比干以直谏死，真有愧于诸君子。万世之下以此为口实者，苏侯其罪之魁乎。

又批

郑伦乃裨将，也知有君而不知有身，真是有血性男子。看他对苏侯数语，真使苏侯父子汗下。

第五十八回　子牙西岐逢吕岳

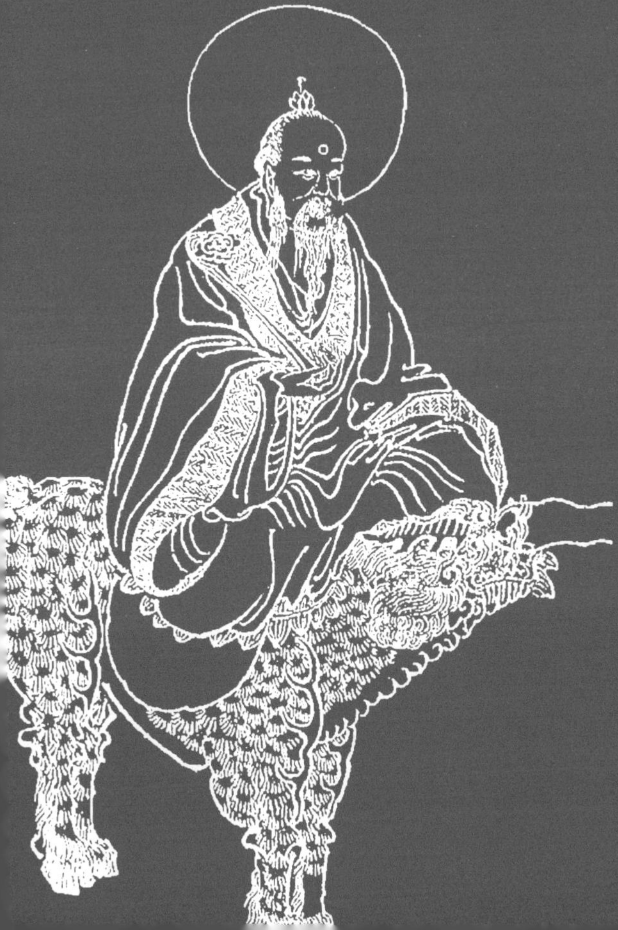

子牙西岐逢吕岳

导读：三皇五帝的名号，相信每个中国人都听过。相比五帝，三皇的神话色彩更浓一些。和五帝一样，三皇究竟是哪三位，也有多种不同的说法。影响较大的说法有：天皇、地皇、人皇（泰皇）；伏羲、女娲、神农；伏羲、神农、燧人；伏羲、神农、祝融；等等。而在本回中，三皇选定的是伏羲、神农、黄帝的搭配。为什么会选这个搭配呢？因为本回需要的是从三皇这里求得解除瘟疫的丹药，而只有这个组合的三皇才全都是医学祖师。神农尝百草、黄帝作《内经》，这是大家耳熟能详的，那伏羲又和医学有什么关系呢？据《帝王世纪》的记载，伏羲也有尝百草的事迹，同时也是针灸的发明者。因此，将伏羲视作医学祖师之一，也是合情合理的。在元朝的时候，元世祖忽必烈曾经下诏在各路立三皇庙，作为医神庙，选择的就是这个组合。之后，到了元成宗年间，底下的各郡县也开始建庙祭祀三皇，并且以历代名医配享，如同文庙、武庙一般。到了明朝，朱元璋以为三皇乃是上古圣王，只由地位低下的医生来负责祭祀，有亵渎之嫌。于是下令废除了全国各地方的三皇庙。但是，医生们依旧祭祀三皇，将之视为祖师爷。甚至太医院里，也依旧供奉三皇，直到清末。

诗曰：

疫痢瘟癀几遍灾，子牙端是有奇才，
匡扶社稷开基域，保护黔黎①脱祸胎。
劫运方来神鬼哭，兵戈时至士民哀。
何年得遂清平日，祥霭氤氲万岁台。

话说周信出营来至城下请战。报入相府：“有一道人请战。”子牙闻报连日未曾会战，“今日竟有道人，此来毕竟又是异人。”便问：“谁去走一遭？”有金吒欠身而言曰：“弟子愿往。”子牙许之。金吒出城，偶见一个道者，生的十分凶恶。（正符合瘟鬼之相）怎见得，有诗为证。诗曰：

发似朱砂脸带绿，獠牙上下金睛目。
道袍青色势狰狞，足下麻鞋云雾簇。
手提宝剑电光生，胸藏妙诀神鬼哭。
行瘟使者②降西岐，正是东方甲乙木。

话说金吒问曰：“道者何人？”周信答曰：“吾乃九龙岛炼气士周信是也，闻尔等仗昆仑之术，灭吾截教，（不言商周兴亡，而指责阐教众人要灭截教，莫非是申公豹又换了套说辞？）情殊可恨！今日下山，定然与你等见一高下，以定雌雄。”绰步③执剑来取。金吒用剑急架相还。

① 黔黎：黎民百姓。
② 行瘟使者：姜子牙归国封神，封周信、李奇、朱天麟、杨文辉为东西南北四大行瘟使者。
③ 绰步：大步。

未及数合，周信抽身便走。金吒随即赶来。周信揭开袍服，取出一磬，转身对金吒连敲三五下。金吒把头摇了两摇，即时面如金纸，走回相府，声唤只叫："头疼杀我！"子牙问其详细，金吒把赶周信事说了一遍，子牙不语。金吒在相府，昼夜叫苦。

且说次日，又报进相府："又有一道人请战。"子牙问左右："谁去见阵走一遭？"旁有木吒曰："弟子愿往。"木吒出城，见一道人，挽双抓髻，穿淡黄服，面如满月，三柳长髯。怎见得，有诗为证。诗曰：

面如满月眼如珠，淡黄袍服绣花禽。
丝绦上下飘瑞彩，腹内玄机海样深。
五行道术般般会，撒豆成兵件件精。
兑地行瘟号使者，正属西方庚辛金。

话说木吒大喝曰："你是何人，敢将左道邪术困吾兄长，使他头疼？想就是你了！"李奇曰："非也。那是吾道兄周信。吾乃吕祖门人李奇是也。"（吕祖之称，向来唯有纯阳帝君吕洞宾独享，全真道因太上老君为道祖，而尊吕洞宾为道宗。此处吕岳竟也享此称呼，岂非僭越太甚乎？）木吒大怒："都是一班左道邪党！"轻移大步，执剑当空来取李奇。李奇手中剑劈面交还。

二人步战之间，剑分上下，要赌雌雄：一个是肉身成圣的木吒，施威仗勇；一个是瘟部内有名的恶煞，展放凶光。往来未及五七回合，李奇便走。木吒随后赶来。二人步行，赶不上一射之地，李奇取出一幡，拿在手中，对木吒连摇数摇。木吒打了一个寒噤，不去追赶。李奇也全然不理，径进大营去了。且说木吒一会儿面如白纸，浑身上如火燎，心中似油煎，解开袍服，赤身来见子牙，只叫："不好了！"子牙大惊，急问："怎的这等回来？"木吒跌倒在地，口喷白沫，身似炭火。子牙命扶往后房。子牙问掠阵官："木吒如何这样回来？"掠阵官把木吒追赶，摇幡之事说了一遍。子牙不知其故，"此又是左道之术！"心中甚是纳闷。

且说李奇进营，回见吕岳。道人问曰："今日会何人？"李奇曰："今日会木吒，弟子用法幡一展，无不响应，因此得胜，回见尊师。"吕岳大悦，心中乐甚，乃作一歌。歌曰：

"不负玄门诀，工夫修炼来。
炉中分好歹，火内辨三才。
阴阳定左右，符印最奇哉。
仙人逢此术，难免杀身灾。"

吕岳作罢歌，郑伦在旁，口称："老师，二日成功，未见擒人捉将，方才闻老师作歌最奇，甚是欢乐，其中必有妙用，请示其详。"（但凡如此自负者，之后必遭惨败）吕岳曰："你不知吾门人所用之物俱有玄功，只略展动了，他自然绝命，何劳持刀用剑杀他。"郑伦听说，赞叹不已。次日，吕岳曰："朱天麟，今日你去走一遭，也是你下山一场。"朱天麟领法旨，提剑至城下，大呼曰："着西岐能者会吾！"有探事的报入相府。子牙双眉不展，问左右曰："谁去走一遭？"旁有雷震子曰："弟子愿去。"子牙许之。雷震子出城，见一道人生的凶恶。怎见得，有诗为证。诗曰：

巾上斜飘百合缨，面如紫枣眼如铃。
身穿红服如喷火，足下麻鞋似水晶。
丝绦结就阴阳扣，宝剑挥开神鬼惊。
行瘟部内居离位，正按南方火丙丁。

话说雷震子大呼曰："来的妖人，仗何邪术，敢困吾二位道兄也！"朱天麟笑曰："你自恃狰狞古怪，发此大言，谁来怕你。谅你也不知我是谁，吾乃九龙岛朱天麟的便是。你通名来，也是我会你一番。"

雷震子笑曰："谅尔不过一草芥之夫，焉能有甚道术。"雷震子把风雷翅分开，飞起空中，使起黄金棍，劈头就打。朱天麟手中剑急架相还。二人相交，未及数合，大抵雷震子在空中使开黄金棍，往下打将来，朱天麟如何招架得住，只得就走。雷震子方才要赶，朱天麟将剑望雷震子一指，雷震子在空中驾不住风雷二翅，响一声落将下来，便往西岐城内跳将进来，走至相府。子牙一见走来之势不好，子牙出席，急问雷震子曰："你为何如此？"雷震子不言，只是把头摇，一交跌倒在地。子牙仔细定睛，看不出他蹊跷原故，心中十分不乐，命抬进后厅调息。子牙纳闷。

且说朱天麟回见吕岳，言如法治雷震子，无不应声而倒。吕道人大悦。次日，又着杨文辉来城下请战。左右报入相府："今日又是一位道人搦战。"子牙闻报，心下踌躇："一日换一个道者，莫非又是十绝阵之故事？"子牙心中疑惑。只见龙须虎要去见阵。子牙许之。须虎出城，见一道人面如紫草，发似钢针，头戴鱼尾金冠，身穿皂服，飞步而来。怎见得，有诗为证。诗曰：

顶上金冠排鱼尾，面如紫草眼光炜①。
丝绦彩结扣连环，宝剑砍开天地髓。
草履斜登寒雾生，胸藏秘诀多文斐。
封神台上有他名，正按坎宫壬癸水。

① 炜（wěi）：鲜明有光。

话说龙须虎见道人，大呼曰："来者何人？"杨文辉一见大惊，看龙须虎形象古怪稀奇，问曰："通个名来。"龙须虎曰："吾乃姜子牙门人龙须虎是也。"

杨文辉大怒，仗剑来取。龙须虎发手有石，只管打将下来。杨文辉不敢久战，掩一剑便走。龙须虎随后赶来。杨文辉取出一条鞭，对着龙须虎一顿转。龙须虎忽的跳将回来，发着石头，尽行力气打进西岐，直打到相府，又打上银安殿来。子牙忙着两边军将："快与吾拿下去！"众将官用钩连枪钩倒在地，捆将起来。龙须虎口中喷出白沫，朝着天，睁着眼，只不作声。子牙无计可施，不知就理。这个是瘟部中四个行瘟使者，头一位周信按东方使者，用的磬名曰"头疼磬"；第二位李奇按西方使者，用的幡名曰"发躁幡"；第三位朱天麟按南方使者，用的剑名曰"昏迷剑"；第四位杨文辉按北方使者，用的鞭名曰"散瘟鞭"；故此瘟部之内先着四个行瘟使者，先会门人，此乃子牙一灾又至。姜子牙那里知道？

子牙正在府中，谓杨戬曰："吾师言三十六路伐西岐，算将来有三十路矣。今又逢此道者，把吾四个门人困住，声叫痛苦，使我心下不忍，如何是好？将奈之何？"正议间，忽门旗官报曰："有一三只眼道人请丞相答话。"哪吒、杨戬在旁曰："今连战五日，一日换一个，不知他营中有多少截教门人？师叔会他，便知端的。"（哪吒、杨戬实乃西岐之"核心决策层"也）子牙传令："摆队伍出城。"炮声响亮，两扇门开，左右列兴周灭纣英雄，前后立玉虚门下。

且说吕岳见子牙出城，兵势严整，果然比别人不同。正是：果然纪律分严整，不亚当年风后强。

话说子牙见黄幡脚下有一道人，穿大红袍服，面如蓝靛，发似朱砂，三目圆睁，骑金眼驼，手提宝剑，大呼曰："来者可是姜子牙么？"子牙答曰："然也。"子牙曰："道兄是那座名山？何处仙府？

今往西岐屡败吾门下，道兄何所见而为？今纣主无道，周室兴仁，天下共见。从来人心归顺真主，道兄何必强为！常言‘顺天者存，逆天者亡’。今我周凤鸣岐山，英雄间出，似不卜可知。道兄又何得逆天而行其己意哉？况道兄在道门久炼，岂不知《封神榜》乃三教圣人所主，非吾一己之私。今我奉玉虚符命，扶助真主，不过完天地之劫数，成气运之迁移。今道兄既屡得胜，不过一时侥幸成功，若是劫数来临，自有破你之术者。道兄不得恃强，无贻伊戚①。”（姜子牙尚不知吕岳所来，竟与商周兴亡无干）

吕岳曰：“吾乃九龙岛炼气之士，名为吕岳。只因你等恃阐教门人，侮我截教，吾故令四个门人略略使你知道。今日特来会你一会，共决雌雄。只是你死日甚近，幸无追悔！你听我道来：

截教门中我最先，玄中妙诀许多言。
五行遁术寻常事，驾雾腾云只等闲。
腹内离龙并坎虎，捉来一处自熬煎。
炼就纯阳乾健体，九转还丹把寿延。
八极神游真自在，逍遥任意大罗天。
今日降临西岐地，早早投戈免罪愆。”（吕岳为阐、截二教争高下而来，与前此众人皆不同，有此变化，读来便有新兴味）

吕岳道罢，子牙笑曰：“据道兄所谈，不过如峨嵋山赵公明，三仙岛云霄、琼霄、碧霄之道，一旦俱成画饼，料道兄此来，不过自取杀身之祸耳。”吕岳大怒，骂曰：“姜尚，你有何能，敢发如此恶言？”纵开金眼驼，执手中剑，飞来直取。子牙剑急架忙迎。杨戬在

① 无贻伊戚：《诗·小雅·小明》曰：“心之忧矣，自诒伊戚。”此处谓不要自寻烦恼。

旁，纵马摇刀飞来，大呼曰："师叔，弟子来也！"杨戬不分好歹，照顶上剁来。吕岳手中剑架刀隔剑。哪吒登开风火轮，使开火尖枪，冲杀过来。黄天化在旗门脚下，忍不住心头火起："虽然是苏侯放归吾父子，难道我不如他们？只要成功，顾不得了！"催开玉麒麟，杀将过来，把吕岳围在当中。

且言旗门下郑伦看见黄天化杀将过来，"呀"的一声，几乎坠于兽下，长吁叹曰："谁知我为纣王擒将立功，元来主将有意归周，反将黄家父子放回去了。"郑伦自思："这番捉住，即时打死，绝其他念。"（是个狠人）急催开金睛兽，大呼"黄天化"曰："吾来也！"天化见了仇人，拨转麒麟，双锤并起，力战郑伦。哪吒见黄天化敌住了郑伦，恐怕有失，忙登回风火轮，把枪劈心就刺郑伦，大叫曰："黄公子，你去拿吕岳，吾来杀此匹夫！"郑伦曾被哪吒乾坤圈打过一次，大抵心下十分怯他，纵战俱是不济，先是留心着意，防哪吒动手。

且说子牙见杨戬使刀敌住吕岳，又见黄天化助力，土行孙也提宾铁棍滚将过来。邓婵玉在辕门下看战。吕岳见周将有增，随将身手摇动，三百六十骨节，霎时现出三头六臂，一只手执形天印，一只手擎住瘟疫钟，一只手持定形瘟幡，一只手执住止瘟剑，双手使剑，现出青脸獠牙。子牙见了吕岳现如此形状，心下十分惧怕。（到底非是战将，修炼时间又短，有此惧怕也在情理之中）杨戬见子牙怯战，忙将马走出圈子外，命金毛童子拿金丸在手，拽满扣儿，一金丸正打中吕岳肩臂。黄天化见杨戬成功，把玉麒麟跳远了，回手一火龙标，把吕岳腿上打了一标。子牙见吕岳着伤，祭起打神鞭，这一鞭正中吕岳，响一声，坠下金眼驼来，借土遁去了。郑伦见吕岳失机，不能取胜，心下一慌，被哪吒一枪正中肩背，几乎闪下兽来，败进辕门。子牙不赶，鸣金回兵。

且说苏侯父子在辕门见吕岳失机着了重伤，郑伦也着了伤，心中大悦："这匹夫该当如此！"吕岳回营进中军帐坐定，被打神鞭打的三昧火从窍中而出。四门人来问老师曰："今日不意老师反被他取了胜。"吕岳曰："不妨，吾自有道理。"随将葫芦中取药自啖，仍复笑曰："姜尚，你虽然取胜一时，你怎逃灭一城生灵之祸！"（未免歹毒太甚，日后必遭反噬）郑伦着伤，吕岳又将药救之。

吕岳至一更时，分命四门人，每一人拿一葫芦瘟丹，借五形遁进西岐城。吕岳乘了金眼驼，也在当中，把瘟丹用手抓着，往城中按东、西、南、北，洒至三更方回不表。且说西岐城中那知此丹俱入井泉河道之中，人家起来，必用水火为急济之物，大家小户，天子文武，士庶人等，凡吃水者，满城尽遭此厄。（好一场用法术的"化学战""细菌战"）不一二日，一城中烟火①全无，街道上并无人走。皇城内人声寂静，止闻有声唤之音。相府内众门人也逢此难。内有二人不遭此殃，哪吒乃莲花化身，杨戬有元功变化。故此二人见满城如此，二人心下十分着慌。

哪吒进内庭看武王。杨戬在相府照顾，又不时要上城看守。二人计议："城中止有二人，若是吕岳加兵攻打，如之奈何？"杨戬曰："不妨。武王乃圣明之君，其福不小；师叔该有这场苦楚，定有高明之士来佐。"不言二人在城上商议，且说吕岳散了瘟丹，次日在帐前对苏侯等言曰："我今一日与汝等成功，不用张弓只箭，六七日之内，西岐一郡生灵尽皆死绝。尔等速速奏凯回兵，不负我下山一遭。"（为你教门颜面，而害了一郡众生性命，竟还如此得意，真真全无心肝）郑伦曰："连日西岐不见城上有人。"吕岳曰："一郡众生尽逢大劫，不久身亡。"郑伦曰："既西岐城人民俱遭困厄，何不调一枝人马杀进城中，剪草除根？"吕岳曰："也使得。"

---

① 烟火：即炊烟。借指住户、人家。

郑伦欣然领了苏侯令，调出人马来，方出汤营。且说杨戬在城上看见郑伦调兵出营，哪吒着慌，问杨戬曰："人马杀来，我你二人焉能挡抵大众人马？"杨戬曰："不要忙，吾自有退兵之策。"杨戬连忙把土与草抓了两把，望空中一洒，喝声："疾！"西岐城上尽是彪躯大汉，往来耀武。郑伦抬头看时，见城上人马反比前不相同，故此不敢攻城。有诗为证。诗曰：

杨戬神机妙术奇，吕岳空自费心机。
武王洪福包天地，应合姜公遇难时。

话说郑伦见西岐城上人马轩昂骁勇，不敢进兵。徐徐退进营来。见吕岳言曰："城上有人。"此事不表。

且说杨戬虽用此术，只过一时三刻，只救眼下之急，不能长久。哪吒正忧烦，听的空中鹤唳之声，元来是黄龙真人跨鹤而来，落在城上。哪吒、杨戬下拜，口称："老师。"真人曰："你师父可曾来？"杨戬答曰："家师不曾来。"黄龙真人至相府来看子牙，又入内庭看过武王，复出皇城，上了城，玉鼎真人方驾纵地金光法而至。黄龙真人曰："道兄为何来迟？"玉鼎真人曰："我借金光纵地，故此来迟。今吕岳将此异术治此一郡，众生遭逢大厄。今着杨戬速往火云洞，见三圣大师，速取丹药，可救此愆。"杨戬领师命，径往火云洞来。正是：足踏五行生雾彩，周游天下只须臾。

话说杨戬借土遁来至火云洞。此处云生八处，雾起四方，挺生秀柏，屈曲苍松，真好所在！怎见得：

巨镇东南，中天胜岳。芙蓉峰龙耸，紫盖岭巍峨。百草含香味，炉烟鹤唳踪。上有玉虚之宝箓①，朱陆之灵台。舜巡、禹祷，玉简金书②。楼阁飞青鸾③，亭台隐紫雾。地设名山雄宇宙，天开仙境透三清。几树桃梅花正放，满山瑶草色皆舒。龙潜涧底，虎伏崖前。幽鸟如诉语，驯鹿近人行。白鹤伴云栖老桧，青鸾丹凤向阳鸣。火云福地真仙境，金阙仁慈治世公。

话说杨戬不敢擅入，伺候多时，只见一童儿出洞府，杨戬上前稽首曰："师兄，弟子乃玉泉山金霞洞玉鼎真人门徒杨戬，今奉师命，特到此处，参谒三圣老爷。借师兄转达一声。"童儿曰："你可知道三圣人是谁？如何以老爷相称？"杨戬欠身曰："弟子不知。"童子曰："你不知，不怪你。此三圣乃天、地、人三皇帝主。"杨戬曰："多感师兄指教，其实弟子不知。"童儿进洞府，少时出来，曰："三位皇爷命你相见。"杨戬进洞府，见三位圣人：当中一位，顶生二角；（伏羲也）左边一位，披叶盖肩，腰围虎豹之皮；（神农也）右边一位，身穿帝服。（黄帝也）杨戬不敢僭越阶次，只得倒身下拜，言曰："弟子杨戬奉玉鼎真人之命，今为西岐武王因吕岳助苏护征伐其地，不知用何道术，将一郡生民尽是卧床不起，呻吟不绝，昼夜无宁，武王命在旦夕，姜尚死在须臾。弟子奉师命，特恳金容④，大发慈悲，救拔无辜生灵，实乃再造洪恩，德如渊海！"

杨戬诉罢。当中一位圣人乃伏羲皇帝，谓左边神农曰："想吾辈为君，和八卦，定礼乐，并无祸乱。方今商运当衰，干戈四起，想武

① 宝箓（lù）：道家符箓。
② 玉简金书：即玉牒金书。道教用语。指以金玉装饰或以玉简金字所作的珍贵道经。
③ 青鸾：传说中凤凰一类的神鸟。赤色多者为凤，青色多者为鸾。
④ 金容：对神的尊称。

王德业[1]日盛，纣恶贯盈，以周伐纣，此是天数。但申公豹扭转天心，助恶为虐，邀请左道，大是可恨。御弟不可辞劳，转济周功，不负有德之业。”神农答曰：“皇兄此言有理。”（伏羲与神农年代相隔绝远，如何竟能以兄弟相称？）忙起身入后，取了丹药，付与杨戬，曰：“此丹三粒：一粒救武王宫眷，一粒救子牙诸多门人，一粒用水化开，用杨枝细洒西城。凡有此疾者，名为传染之疫。”杨戬叩首在地，拜谢出洞。

神农复叫杨戬，分付曰：“你且站住。”神农出的洞府，往紫芝崖来，寻了一遍，忽然拔起一草，递与杨戬：“你将此宝带回人间，可治传染之疾。若凡世间众生遭此苦厄，先取此草服之，其疾自愈。”杨戬接草，跪而启曰：“此草何名？留传人间急济寒疫。恳乞明示。”神农道：“你听我有偈为证。偈曰：

此草生来盖世无，紫芝崖下用功夫。
常桑曾说玄中妙，寒门发表[2]是柴胡。”（柴胡是治疗外感发热常用药，单独服用亦可退烧，故有此说）

话说杨戬得了柴胡草并丹药，离了火云洞，径往西岐而来。早至城上，见师父回话。玉鼎真人问：“取丹药一事如何？”杨戬把神农分付的言语，细细说了一遍。玉鼎真人依法而行，将三粒丹如法制度。果然好丹药！正是：圣主洪福无边远，吕岳何须枉用心！

话说吕岳在营过了七八日，对众门人曰：“西岐人民想已尽绝。”苏侯在中军听得吕道人之言，心下十分不乐。又过了数日，苏侯暗出

---

① 德业：德行与功业。
② 发表：即“解表”。解散表邪的一种治法。

大营，来看西岐城上，只见幡幢依旧，往来不断人行；看哪吒精神抖擞，杨戬气概轩昂，心下大悦：“吕岳之言不过愚惑吾等耳。可将言语灭他一番。”遂进中军对吕岳曰：“老师言西岐人民尽绝，如今反有人马往来，战将威武，此事不实了。老师将何法处之？不可以前言为戏。”吕岳闻言，立身曰：“岂有此理！”苏侯曰：“此不才适才经目看将来的，岂敢造次乱言。”

吕岳就出营一看，果然如此。掐指一算，不觉失声大叫曰：“原来玉鼎真人往火云洞借了丹药，以救此一城生灵之厄！”（三皇者，上古大圣，医药之祖，破一小小炼气士之瘟丹岂非砍瓜切菜一般）忙命四门人郑伦：“你可每门调三千人马，乘他身弱无力支持，杀进城中，尽行屠戮。”郑伦领命，来问苏侯调人马破西岐。苏侯情知吕岳不能破子牙，遂将一万二千人马调出。周信领三千往东门杀来，李奇领三千往西门杀来，朱天麟领三千往南门杀来，杨文辉领三千同吕岳往北门杀来。郑伦在城外打点进城。

且说哪吒在城上看见成汤营里发出人马，杀奔城前，忙见黄龙真人曰：“城内空虚，止有四人，焉能护持得来？”黄龙真人曰：“不妨。”命杨戬：“你去东门迎敌，开门让他进来，吾自有道理。哪吒，你在西门，也是如此。玉鼎真人，你在南门。我贫道在北门。把他诓进城来，我自有处治。”且说吕岳把四个门人点出来取西岐城，不知胜负如何，且听下回分解。

总批

苏护要归周，偏有这些强神恶煞来帮助。果是天意欲要如此，还是子牙众人有难？这些事须要与近日推算者商量。

又批

瘟疫，恶病也。瘟疫使者，恶煞也。今人恶之更深，避之亦力，当时便自如此，无怪近日讳之。

第五十九回　殷洪下山收四将

殷洪下山收四将

导读：本回中，殷洪收服的庞弘、刘甫、苟章、毕环四将，在最后被封为雷部二十四天君之四。而在道教雷法中，也确实有庞、刘、苟、毕四位元帅。直到今天，正一道士们日常诵念的《雷霆总诰》中还有“庞刘苟毕神通大，温康岳孟显威灵”之句。不过，道教的庞、刘、苟、毕四元帅，名字却和本书所写的不同。这一点，和之前的邓、辛、张、陶一样。道教中的庞元帅，名叫庞灵，被尊为上清八卦洞神主法左璇开明大神、八卦洞神天魂正将。而他还有一个副手，名叫刘通，位居上清八卦洞神掌法右玑开光大神、八卦洞神地魄副将——也就是“庞刘苟毕”中的“刘”。他们二人运行八卦，统领万兵，上通九霄，下赴幽冥，赏善罚恶，救济群生。而苟元帅名叫苟翌冲，又名苟留（雷）吉，号阳雷神君，被尊为九天应运宣灵演化真君、上清运阳赤灵神烈天君等，是宋代以后新兴的清微派雷法主将。毕元帅则名叫毕宗远，号阴雷神君，被尊为三界通真黑灵辅化天尊、上清运阴黑灵神化天君等。从他们二人的神号就能看出，他们应该是一对搭档。像在《北帝伏魔经法建坛仪》中，苟元帅是左伐魔使，毕元帅则是右伐魔使。

诗曰：

纣王极恶已无恩，安得延绵及子孙。
非是申公能反国，只因天意绝商门。
收来四将皆逢劫，自遇三灾若返魂。
涂炭一场成个事，封神台上泣啼痕。

话说周信领三千人马杀至城下，一声响，冲开东门，往城里杀来。喧天金鼓，喊声大振。杨戬见人马俱进了城，把三尖刀一摆，大呼："周信！是尔自来取死，不要走，吃吾一刀！"周信大怒，执剑飞来直取。杨戬的刀赴面交还。话分四路：李奇领三千人马杀进西门，有哪吒截住厮杀。朱天麟领人马杀进南门，有玉鼎真人截住去路。杨文辉同吕岳杀进北门，只见黄龙真人跨鹤，大喝一声："吕岳慢来！你欺敌擅入西岐，真如鱼游釜中，鸟投网里，是取其死！"吕岳一见是黄龙真人，笑曰："你有何能，敢出此大言？"将手中剑来取真人。真人忙用剑遮架。正是：神仙杀戒相逢日，只得将身向火焰。

黄龙真人用双剑来迎。吕岳在金眼驼上，现出三头六臂，大显神通。（吕岳确有本领，非是只会投毒散瘟）一位是了道真仙，一位是瘟部鼻祖。不说吕岳在北门，且说东门杨戬战周信，未及数合，杨戬恐人马进满，杀戮城中百姓，随将哮天犬祭在空中，把周信夹颈子上一口咬住不放。周信欲待挣时，早被杨戬一刀挥为两段。一道灵魂往封神台去了。杨戬大杀成汤人马，三军逃出城外，各顾性命。杨戬往中央来接应。且说哪吒在西门与李奇大战，交锋未及数合，李奇非哪吒敌手，被哪吒乾坤圈打倒在地，胁①下复了一枪。一灵也往封神台去了。

玉鼎真人在南门战朱天麟，杨戬走马接应。只见哪吒杀了李奇，登风火轮赶杀士卒，势如猛虎，三军逃窜。吕岳战黄龙真人，真人不能敌，且败往正中央来。杨文辉大呼："拿住黄龙真人！"（同周信、李奇相比，顿显吕岳之能）哪吒听见三军呐喊，振动山川，急来看时，见吕岳三头六臂，追赶黄龙真人。哪吒大咤曰："吕岳不要恃勇！吾来了！"把枪刺斜里杀来。吕岳手中剑架枪大战。哪吒正战，杨戬马到，使开三尖刀，如电光耀目。玉鼎真人祭起斩仙剑，诛了朱天麟，又来助杨戬、哪吒来战吕岳。西岐城内止有吕岳、杨文辉二人。

且说子牙坐在银安殿，其疾方愈，未能全妥。左右站立几个门人：雷震子、金吒、木吒、龙须虎、黄天化、土行孙。只听的喊声振地，锣鼓齐鸣。子牙慌问。众门人俱曰："不知。"旁有雷震子深恨吕岳，"待弟子看来。"把风雷翅飞起空中一看，知是吕岳杀进城来，忙转身报于子牙："吕岳欺敌，杀入城来。"金吒、木吒、黄天化闻言，恨吕岳深入骨髓，五人喊声大叫："今日不杀吕岳，怎肯干休！"（除了自身曾被吕岳所伤之外，更恨其阴毒手段，竟妄图杀尽西岐之人）齐出相府。子牙阻拦不住。吕岳正战之间，只见金吒大呼曰："兄弟！不可走了吕岳！"忙把遁龙桩祭在空中。吕岳见此宝落将下来，忙将金眼驼拍一把，那驼四足就起风云，方欲起去，不防木吒将吴钩剑祭起砍来。吕岳躲不及，被剑卸下一只膀臂，负痛逃走。杨文辉见势不好，亦随师败下阵去。

且说众门人等回见子牙。黄龙真人同玉鼎真人曰："子牙放心，此子今日之败，再不敢正眼觑②西岐了。吾等暂回山岳，至拜将吉

① 胁：腋下肋骨所在的部分。
② 觑（qù）：窥伺。

辰，再来拜贺。”二仙回山不表。且说郑伦在城外，见败残人马来报：“启爷知道：吕老爷失机走了。”郑伦低首无语，回营见苏侯。苏侯暗喜曰：“今日方显真命圣主。”俱各无语。

且说那日吕岳同门人败走，来至一山，心下十分惊惧。下了坐骑，倚松靠石，少憩片时，对杨文辉曰：“今日之败，大辱吾九龙岛声名。如今往那里去觅一道友来，以报吾今日之恨？”话犹未了，听得脑后有人唱道情而来，歌曰：

“烟霞深处隐吾躯，修炼天皇访道机。一点真元无破漏，拖白虎，过桥西。易消磨天地须臾。人称我全真客，（全其本真之人，非是全真道士也）伴龙虎守茅庐，过几世固守男儿。”

吕岳听罢，回头一看，见一人非俗非道，头戴一顶盔，身穿道服，手执降魔杵，徐徐而来。吕岳立身言曰：“来的道者是谁？”其人答曰：“吾非别人，乃金庭山玉屋洞道行天尊门下韦护是也。今奉师命下山，佐师叔子牙，东进五关灭纣。今先往西岐，擒拿吕岳，以为进见之功。”（真真是冤家路窄也）杨文辉闻言大怒，大喝一声曰：“你这厮好大胆，敢说欺心大话！”纵步执剑，来取韦护。韦护笑曰：“事有凑巧，元来此处正与吕岳相逢！”二人轻移虎步，大杀山前。只三五回合，韦护祭起降魔杵。怎见得好宝贝，有诗为证。诗曰：

曾经煅炼炉中火，制就降魔杵一根。

护法沙门（沙门者，和尚也。因为时代原因，作者尽量避免或改造佛教内容。但书中依旧屡屡出现佛教词汇，不知是删改未尽，还是笔力不足无法修改，不得不如此）多有道，文辉遇此绝真魂。

话说此宝拿在手中，轻如灰草；打在人身上，重似太山[1]。杨文辉见此宝落将下来，方要脱身，怎免此厄，正中顶上。可怜打的脑浆迸出。一道灵魂进封神台去了。吕岳又见折了门人，心中大怒，大喝曰："好孽障！敢如此大胆，欺侮于我！"拎手中剑，飞来直取。韦护展开杵，变化无穷。

一个是护三教法门全真，一个是第三部瘟部正神。两家来往，有五七回合，韦护又祭起宝杵。吕岳观之，料不能破此宝，随借土遁，化黄光而去。韦护见走了吕岳，收了降魔杵，径往西岐来，早至相府。门官通报："有一道人求见。"子牙听得是道者，忙道："请来。"韦护至檐前，倒身下拜，口称："师叔，弟子是金庭山玉屋洞道行天尊门下韦护是也。今奉师命，来佐师叔，共辅西岐。弟子中途曾遇吕岳，两下交锋，被弟子用降魔杵打死了一个道者，不知何名。单走了吕岳。"子牙闻言大悦。

且说吕岳回往九龙岛，炼瘟瘽伞不表。（留下书扣子，且待日后分解）

且说苏侯被郑伦拒住，不肯归周，心下十分不乐。自思："屡屡得罪于子牙，如何是好？"且不言苏护纳闷。话分两处，且言太华山云霄洞赤精子，只因削了顶上三花，潜消胸中五气，闲坐于洞中，保养天元。只见有玉虚宫白鹤童子持札[2]而至。赤精子接见。白鹤童儿开读御札。谢恩毕，方知姜子牙金台拜将，请师叔西岐接驾。赤精子打发白鹤童儿回宫。忽然见门人殷洪在旁，道人曰："徒弟，你今在此，非是了道成仙之人。如今武王乃仁圣之君，有事于天下，伐罪吊民[3]。你姜师叔合当封拜，东进五关，会诸侯于孟津，灭独夫于牧

① 太山：即泰山。
② 札（zhá）：信札，手札。
③ 伐罪吊民：讨伐暴君，存恤百姓。

野。你可以下山，助子牙一臂之力。只是你有一件事掣肘①。”殷洪曰：“老师，弟子有何事掣肘？”赤精子曰：“你乃是纣王亲子，你决不肯佐周。”（虽然纣王于殷洪兄弟有仇恨，但殷商毕竟是自家天下，如何肯将这万里江山送与他人？也是人之常情）殷洪闻言，将口中玉钉一锉，二目圆睁：“老师在上：弟子虽是纣王亲子，我与妲己有百世之仇。父不慈，子不孝。他听妲己之言，刳②吾母之目，烙吾母二手，在西宫死于非命。弟子时时饮恨，刻刻痛心。怎能得此机会拿住妲己，以报我母沉冤，弟子虽死无恨！”

赤精子听罢大悦：“你既有此意，不可把念头改了。”殷洪曰：“弟子怎敢有负师命？”道人忙取紫绶仙衣、阴阳镜、水火锋，拿在手中，曰：“殷洪，你若是东进时，倘过佳梦关，有一火灵圣母，他有金霞冠戴在头上，放金霞三四十丈，罩着他一身，他看得见你，你看不见他。你穿此紫绶仙衣，可救你刀剑之灾。”又取阴阳镜付与殷洪：“徒弟，此镜半边红，半边白，把红的一晃，便是生路；把白的一晃，便是死路。水火锋可以随身护体。你不可迟留，快收拾去罢！吾不久也至西岐。”

殷洪收拾，辞了师父下山。赤精子暗想：“我为子牙，故将洞中之宝尽付与殷洪去了。他终是纣王之子，倘若中途心变，如之奈何？那时节反为不美。”赤精子忙叫：“殷洪！你且回来。”殷洪曰：“弟子既去，老师又令弟子回来，有何分付？”赤精子曰：“吾把此宝俱付与你，切不可忘师之言，保纣伐周。”殷洪曰：“弟子若无老师救上高山，死已多时，岂能望有今日！弟子怎敢背师言而忘之理！”赤精子曰：“从来人面是心非，如何保得到底！你须是对我发个誓来。”

① 掣肘：从旁牵制或干扰。
② 刳（kū）：挖。

殷洪随口应曰："弟子若有他意，四肢俱成飞灰！"（暗伏殷洪后来下场）赤精子曰："出口有愿。你便去罢！"且说殷洪离了洞府，借土遁往西岐而来。正是：神仙道术非凡术，足踏风云按五行。

话说殷洪驾着土遁正行，不觉落将下来。一座古古怪怪高山，好凶险！怎见得。诗曰：

顶巅松柏接云青，石壁荆榛挂野藤。
万丈崔嵬峰岭峻，千层峭险壑崖深。
苍苔碧藓铺阴石，古桧高槐结大林。
林深处处听幽鸟，石磊层层见虎行。
涧内水流如泻玉，路旁花落似堆金。
山势险恶难移步，十步全无半步平。
狐狸麋鹿成双走，野兽玄猿作对吟。
黄梅熟杏真堪食，野草闲花不识名。

话说殷洪看罢山景，只见茂林中一声锣响，殷洪见有一人，面如亮漆，海下红髯，两道黄眉，眼如金镀，皂袍乌马，穿一副金锁甲，用两条银装锏，滚上山来，大咤一声，如同雷鸣，问道："你是那里道童，敢探吾之巢穴？"劈头就是一锏。殷洪忙将水火锋急架忙迎。步马交还。山下又有一人大呼曰："长兄，吾来了！"那人戴虎磕脑，面如赤枣，海下长须，用驼龙枪，骑黄骠马，双战殷洪。殷洪怎敌得过二人，心中暗想："吾师曾分付，阴阳镜按人生死，今日试他一试。"殷洪把阴阳镜拿在手中，把一边白的对着二人一晃。那二人坐不住鞍鞒，撞下尘埃。殷洪大喜。只见山下又有二人上山来，更是凶恶。一人面如黄金，短发虬须，穿大红，披银甲，坐白马，用大刀，真是勇猛。

殷洪心下甚怯，把镜子对他一晃，那人又跌下鞍鞒。后面一人见殷洪这等道术，滚鞍下马，跪而告曰：“望仙长大发慈悲，赦免三人罪愆！”殷洪曰：“吾非仙长，乃纣王殿下殷洪是也。”（内心深处仍自认为殷商王子，与下文呼应）那人听罢，叩头在地，曰：“小人不知千岁①驾临，吾兄亦不知，万望饶恕。”殷洪曰：“吾与你非是敌国，再决不害他。”将阴阳镜把红的半边对三人一晃。三人齐醒回来，跃身而起，大叫曰：“好妖道！敢欺侮我等！”旁立一人大呼曰：“长兄，不可造次！此乃是殷殿下也。”

三人听罢，倒身下拜，口称：“千岁！”（法宝的威慑力还是不如王权）殷洪曰：“请问四位，高姓大名？”内一人应曰：“某等在此二龙山黄峰岭啸聚绿林，末将姓庞，名弘；此人姓刘，名甫；此人姓荀，名章；此人姓毕，名环。”殷洪曰：“观你四人，一表非俗，真是当世英雄。何不随我往西岐去助武王伐纣，如何？”刘甫曰：“殿下乃成汤胄胤②，反不佐成汤而助周武者何也？”殷洪曰：“纣王虽是吾父，奈他绝灭彝伦③，有失君道，为天下所共弃。吾故顺天而行，不敢违逆。你此山如今有多少人马？”庞弘答曰：“此山有三千人马。”殷洪曰：“既是如此，你们同吾往西岐，不失人臣之位。”四人答曰：“若千岁提携，乃贵神所照，敢不如命。”四将随将三千人马改作官兵，打西岐号色，放火烧了山寨，离了高山。一路上正是：杀气冲空人马进，这场异事又来侵。

话说人马非止一日，行在中途，忽见一道人跨虎而来。众人大叫：“虎来了！”道人曰：“不妨，此虎乃是家虎，不敢伤人。烦你报与殷殿下，说有一道者要见。”军士报至马前曰：“启千岁：有一道

① 千岁：古代对太子、王公等的称呼。
② 胄胤（zhòu yìn）：指后代。
③ 彝（yí）伦：犹伦常。

人要见。”殷洪原是道门出身，命左右：“住了人马，请来相见。”少时，见一道者飘然而来，白面长须，上帐见殷洪，打个稽首。殷洪亦以师礼而待。殷洪问曰：“道长高姓？”道人曰：“你师与吾一教，俱是玉虚门下。”

殷洪欠身，口称：“师叔。”二人坐下。殷洪问：“师叔高姓？大名？今日至此，有何见谕？”道人曰：“吾乃是申公豹也。你如今往那里去？”殷洪曰：“奉师命往西岐，助武王伐纣。”道人正色言曰：“岂有此理！纣王是你甚么人？”洪曰：“是弟子之父。”道人大喝一声曰：“世间岂有子助他人，反伐父亲之理！”殷洪曰：“纣王无道，天下叛之。今以天之所顺，行天之罚，天必顺之。虽有孝子慈孙，不能改其愆尤。”申公豹笑曰：“你乃愚迷之人，执一之夫，不知大义。你乃成汤苗裔，虽纣王无道，无子伐父之理。况百年之后，谁为继嗣之人？你倒不思社稷为重，听何人之言，忤逆灭伦，为天下万世之不肖，未有若殿下之甚者！你今助武王伐纣，倘有不测，一则宗庙被他人之所坏，社稷被他人之所有。你久后死于九泉之下，将何颜相见你始祖哉？”（殷洪之仇，仅限纣王一人。申公豹以祖宗、社稷相劝说，故能说动殷洪）

殷洪被申公豹一篇言语说动其心，低首不语，默默无言；半晌，言曰：“老师之言虽则有理，我曾对吾师发咒，立意来助武王。”申公豹曰：“你发何咒？”殷洪曰：“我发誓说：如不助武王伐纣，四肢俱成飞灰。”申公豹笑曰：“此乃牙疼咒耳！（牙疼咒，俗语也，谓昧心誓言。固然“要盟也，神不听”，但殷洪当日发誓之时岂是昧心之言？）世间岂有血肉成为飞灰之理。你依吾之言，改过念头，竟去伐周，久后必成大业，庶几不负祖宗庙社①之灵，与我一片真心耳。”殷洪彼时听

① 庙社：宗庙社稷。

了申公豹之言，把赤精子之语丢了脑后。申公豹曰：“如今西岐有冀州侯苏护征伐。你此去与他合兵一处，我再与你请一高人来，助你成功。”殷洪曰：“苏护女妲己将吾母害了，我怎肯与仇人之父共居！”申公豹笑曰：“‘怪人须在腹，相见有何妨。’你成了天下，任你将他怎么去报母之恨，何必在一时自失机会。”殷洪欠身谢曰：“老师之言大是有理。”（能以此言为“大是有理”，只能说歹竹究竟难出好笋，到底是纣王之子）申公豹说反了殷洪，跨虎而去。正是：堪恨申公多饶舌，殷洪难免这灾迍①。

且说殷洪改了西周号色，打着成汤字号，一日到了西岐，果见苏侯大营扎在城下。殷洪命庞弘去令苏护来见。庞弘不知就里，随上马到营前，大呼曰：“殷千岁驾临，令冀州侯去见！”有探事马报入中军：“启君侯：营外有殷殿下兵到，如今来令君侯去见。”苏侯听罢，沉吟曰：“天子殿下久已湮没，如何又有殿下？况吾奉敕征讨，身为大将，谁敢令我去见？”因分付旗门官曰：“你且将来人令来。”军政司来令庞弘。庞弘随至中军。苏侯见庞弘生的凶恶，相貌跷蹊，便问来者曰：“你是那里来的兵？是那个殿下命你来至此？”庞弘答曰：“此是二殿下之令，命末将来令老将军。”

苏侯听罢，沉吟曰：“当时有殷郊、殷洪绑在绞头桩上，被风刮不见了，那里又有一个二殿下殷洪也？”旁有郑伦启曰：“君侯听禀：当时既有被风刮去之异，此时就有一个不可解之理。想必当初被那一位神仙收去。今见天下纷纷，刀兵四起，特来扶助家国，亦未可知。君侯且到他行营，看其真假，便知端的。”苏侯从其言，随出大营，来至辕门。庞弘进营回覆殷洪曰：“苏护在辕门等令。”

殷洪听得，命左右：“令来。”苏侯、郑伦至中军行礼，欠身打

① 灾迍（zhūn）：亦作“灾屯”。灾难，祸患。

躬曰："末将甲胄在身，不能全礼。请问殿下是成汤那一枝宗派？"殷洪曰："孤乃当今嫡派次子殷洪。只因父王失政，把吾弟兄绑在绞头桩，欲待行刑，天不亡我，有海岛高人将吾提拔。故今日下山，助你成功，又何必问我？"郑伦听罢，以手加额曰："以今日之遇，正见社稷之福！"殷洪令苏护合兵一处。殷洪进营升帐，就问："连日可曾与武王会兵以分胜负？"苏侯把前后大战一一说了一遍。殷洪在帐内，改换王服。次日领众将出营请战。有报马报入相府："启丞相：外有殷殿下请战。"子牙曰："成汤少嗣，焉能又有殿下提兵？"旁有黄飞虎曰："当时殷郊、殷洪绑在绞头桩上，被风刮去，想必今日回来。末将认的他，待吾出去，便知真假。"

黄飞虎领令出城，有子黄天化压阵。黄天禄、天爵、天祥父子五人齐出城。黄飞虎在坐骑上，见殷洪王服，左右摆着庞、刘、荀、毕四将，后有郑伦为左右护卫使，真好齐整！看殷洪出马，怎见得，有诗为证。诗曰：

束发金冠火焰生，连环铠甲长征云。
红袍上面团龙现，腰束挡兵走兽裙。
紫绶仙衣为内衬，暗挂稀奇水火锋。
拿人捉将阴阳镜，腹内安藏秘五行。
坐下走阵逍遥马，手提方天戟一根。
龙凤幡上书金字，成汤殿下是殷洪。

话言黄飞虎出马言曰："来者何人？"殷洪离飞虎十年有余，不想飞虎归了西岐，一时也想不到。殷洪答曰："吾乃当今次殿下殷洪是也。你是何人，敢行叛乱？今奉敕征讨，早早下骑受缚，不必我费心。莫说西岐姜尚乃昆仑门下之人，若是恼了我，连你西岐寸草不留，定行灭绝！”（得意忘形，忘乎所以，简直小人得志之态）黄飞虎听说，答曰：“殿下，吾非别人，乃开国武成王黄飞虎是也。”殿下暗想：“此处难道也有个黄飞虎？”殷洪把马一纵，摇戟来取。黄飞虎催神牛，手中枪急架来迎。牛马相交，枪戟并举。这一场大战，不知胜负如何，且听下回分解。

总批

殷洪对师发誓，言犹在耳，申公豹浮言安得插入。况当日亲见杀母，身遭刑戮，岂得一旦忘之哉！但申公豹之言，皆在天伦至极之处打转他，他不得不为之转念耳。当斯时，自无以子伐父之理，只是他不会权宜。当时肯假西周之兵，观政商郊，擒妲己以报母恨，清君侧之奸，平定祸乱，安抚士民，除其虐政，将纣王送入养老宫，择如微子之贤，以续商嗣，然后自杀。武王虽贤，能得代商否？又不失忠臣孝子之名，惜乎草率做了一个孟浪事。

又批

纣恶贯盈，天心厌弃久矣。纵有孝子仁人，亦不能挽回愆尤。况如殷洪、殷郊二子者乎。取败宜矣。

第六十回　马元下山助殷洪

馬元下山助殷洪

导读：本回中出现的马元是一个相貌丑陋、生性凶残、爱吃人心、近乎妖魔的形象。但就是这样一个恶人，最终不但没有受到惩治，反而被西方教的准提道人救下，最后在西方修得正果，成了佛。正如本回诗中所云："堪叹马元成佛去，西岐犹自怯心剜。"马元的形象和大家印象中的佛实在相差太远，不由得令人怀疑他是不是作者杜撰的。有的读者认为马元的原型是佛祖三十二相之一的"马阴藏相"。但这二者除了名称中都带个"马"字以外，似乎很难将他们联想到一起去。相比于马阴藏相，马头观音似乎更像是马元的原型。马头观音是观世音菩萨的化身之一，又称"马头明王""马头金刚"，佛教密宗认为其是六道中畜生道的护法明王。因以马首置于头顶，故称此名。马头观音相貌凶恶，令人毛骨悚然。他通体赤红，三目圆睁，獠牙外露，项挂骷髅头项链，或头戴五骷髅冠，手、腿、颈等处都盘绕着蛇，各手分别持骷髅碗、绳索、蛇、骷髅杖等。这正与书中马元"面如瓜皮，獠牙巨口，身穿大红，颈上带一串念珠，乃是人之顶骨""发似朱砂脸似瓜，金睛凸暴冒红霞。窍中吐出顽蛇信，上下斜生利刃牙"的形象吻合。可见，马元的原型应该就是马头观音。

虽然今天一提起佛教密宗，大家首先想到的会是藏传佛教或者日本真言宗。但事实上在唐宋时期，佛教密宗在汉地曾经一度颇为流行，影响深远。日本真言宗的密法也是由中原汉地东传，该派至今仍尊奉西安青龙寺为其祖庭。而密宗在民间遗留的影响也一直以各种形式存在，加之《封神演义》也是一部在民间不断流传加工的故事基础上成书的小说，因此，在其中出现一两位具有佛教密宗特色的人物，也就不足为奇了。

诗曰：

玄门久炼紫真宫，暴虐无端性更残。
五厌贪痴成恶孽，三花善果属欺谩。
纣王帝业桑林晚，周武军威瑞雪寒。
堪叹马元成佛去，西岐犹自怯心剜①。

话说黄飞虎大战殷洪，二骑交锋，枪戟上下，来往相交，约有二十回合。黄飞虎枪法如风驰电掣，往来如飞，抢入怀中。殷洪招架不住。（少年王子，武艺如何能与武成王相比？能招架住才是怪事）只见庞弘走马来助，这壁厢黄天禄纵马摇枪，敌住庞弘。刘甫舞刀飞来，黄天爵也来接住厮杀。苟章见众将助战，也冲杀过来。黄天祥年方十四岁，大呼曰："少待！吾来！"枪马抢出，大战苟章。毕环走马，使锏杀来。黄天化举双锤接杀。且说殷洪敌不住黄飞虎，把戟一掩就走。黄飞虎赶来。殷洪取出阴阳镜，把白光一晃。黄飞虎滚下骑来。早被郑伦杀出阵前，把黄飞虎抢将过去了。

黄天化见父亲坠骑，弃了毕环，赴来救父。殷洪见黄天化坐的是玉麒麟，知是道德之士，恐被他所算，忙取出镜子，如前一晃。（倒是眼明心细，可惜未走正道）黄天化跌下鞍鞒，也被擒了。苟章欺黄天祥年幼，不以为意，被天祥一枪，正中左腿，败回行营。殷洪一阵擒二将，掌得胜鼓回营。且说黄家父子五人出城，到擒了两个去，止剩三个回来，进相府泣报子牙。子牙大惊，问其原故。天爵等将"镜子一晃，即便拿人"诉了一遍。子牙十分不悦。

只见殷洪回至营中，令："把擒来二将抬来。"殷洪明明卖弄他

① 剜（wān）：用刀挖。

的道术，把镜子取出来，用红的半边一晃。黄家父子睁开二目，见身上已被绳索捆住。及推至帐前，黄天化只气得三尸神暴跳，七窍内生烟。黄飞虎曰："你不是二殿下！"殷洪喝曰："你怎见得我不是？"黄飞虎曰："你既是二殿下，你岂不认得我武成王黄飞虎？当年你可记得我在十里亭前放你，午门[①]前救你？"殷洪听罢，"呀"的一声："你原来就是大恩人黄将军！"（黄飞虎原是商朝重臣，与二位王子不少见面，又对殷洪有救命之恩，纵使数载未见，岂能当面不识？恐是殷洪佯装不识而已）殷洪忙下帐，亲解其索；又令放了黄天化。殷洪曰："你为何降周？"黄飞虎欠身打躬曰："殿下在上：臣愧不可言。纣王无道，因欺臣妻，故弃暗投明，归投周主。况今三分天下，有二归周，天下八百诸侯无不臣服。纣王有十大罪，得罪天下，醢[②]戮大臣，炮烙正士，剖贤之心，杀妻戮子，荒淫不道，沉湎酒色，峻宇[③]雕梁，广兴土木，天愁民怨，天下皆不愿与之俱生，此殿下所知者也。今蒙殿下释吾父子，乃莫大之恩。"

郑伦在旁，急止之曰："殿下不可轻释黄家父子，恐此一回去，又助恶为衅，乞殿下察之。"（郑伦行径，越发像《水浒》中的黄文炳了）殷洪笑曰："黄将军昔日救我弟兄二命，今日理当报之。今放过一番，二次擒之，当正国法。"叫左右："取衣甲还他。"殷洪曰："黄将军，今日之恩吾已报过了，以后并无他说。再有相逢，幸为留意，毋得自遗伊戚！"黄飞虎感谢出营。正是：昔日施恩今报德，从来万载不生尘。[④]

---

① 午门：帝王宫城的正门，是群臣待朝候旨之处。

② 醢（hǎi）：指古代的一种酷刑。把人剁成肉酱。一说把人切割成片、块。

③ 峻宇：高大的屋宇。

④ 昔日施恩今报德，从来万载不生尘：化用"只有感恩并积恨，千年万载不生尘"，意思是感恩报德的事，永远不会忘却。

且说殷洪放回黄家父子，回至城下，放进城来，到相府谒见子牙。子牙大悦，问其故："将军被获，怎能得复脱此厄？"黄飞虎把上件事说了一遍。子牙大喜："正所谓'天相吉人'。"话说郑伦见放了黄家父子，心中不悦，对殷洪曰："殿下，这番再擒来，切不可轻易处治。他前番被臣擒来，彼又私自逃回。这次切宜斟酌。"殿下曰："他救我，我理当报他。料他也走不出吾之手。"（有法宝在手，故能自信满满，然而之前几个这样自信之人，如今安在哉？）

次日，殷洪领众将来城下，坐名请子牙答话。探马报入相府。子牙对诸门人曰："今日会殷洪，须是看他怎样个镜子。"传令："排队伍。"炮声响亮，旗幡招展出城，对子马各分左右，诸门人雁翅排开。殷洪在马上把画戟指定，言曰："姜尚为何造反？你也曾为商臣，一旦辜恩，情殊可恨！"子牙欠身曰："殿下此言差矣！为君者上行而下效，其身正，不令而行；其身不正，虽令不从。其所令反其所好，民孰肯信之！纣王无道，民愁天怨，天下皆与为仇，天下共叛之，岂西周故逆王命哉？今天下归周，天下共信之，殿下又何必逆天强为？恐有后悔！"殷洪大喝曰："谁与我把姜尚擒了？"左队内庞弘大叱一声，走马滚临阵前，用两条银装锏冲杀过来。哪吒登风火轮，摇枪战住。刘甫出马来战，又有黄天化接住厮杀。毕环助战，又有杨戬拦住厮杀。

且说苏侯同子苏全忠在辕门，看殷洪走马来战姜子牙，子牙仗剑来迎。怎见得这场恶杀：

扑咚咚陈皮鼓响，血沥沥旗磨朱砂。槟榔马上叫活拿，便把人参捉下。暗里防风鬼箭，乌头便撞飞抓。好杀！只杀得附子染黄沙，都为那地黄天子驾。（一首诗，竟句句皆是药材，用在此处颇觉怪异。莫非是别处窜入的？）

话说两家锣鸣鼓响，惊天动地，喊杀之声，地沸天翻。且说子牙同殷洪未及三四合，祭打神鞭来打殷洪。不知殷洪内衬紫绶仙衣，此鞭打在身上，只当不知。子牙忙收了打神鞭。哪吒战庞弘，忙祭起乾坤圈，一圈将庞弘打下马去，复胁下一枪刺死。殷洪见刺杀庞弘，大叫曰："好匹夫！伤吾大将！"弃了子牙，忙来战哪吒。戟枪并举，杀在虎穴。却说杨戬战毕环，未及数合，杨戬放出哮天犬，将毕环咬了一口，毕环负疼，把头一缩，措手不及，被杨戬复上一刀，可怜死于非命。二人俱进封神台去了。

殷洪战住哪吒，忙取阴阳镜照着哪吒一晃。哪吒不知那里帐，见殷洪拿镜子照他晃。不知哪吒乃莲花化身，不系精血之体，怎晃的他死？（哪吒这莲花之体，不知救了他多少次）殷洪连晃数晃，全无应验。殷洪着忙[①]，只得又战。彼时杨戬看见殷洪拿着阴阳镜，慌忙对子牙曰："师叔快退后！殷洪拿的是阴阳镜。方才弟子见打神鞭虽打殷洪，不曾着重，此必有暗宝护身。如今又将此宝来晃哪吒，幸哪吒非血肉之躯，自是无恙。"子牙听说，忙命邓婵玉暗助哪吒一石，以襄[②]成功。婵玉听说，把马一纵，将五光石掌在手上望殷洪打来。正是：发手石来真可羡，殷洪怎免面皮青？

殷洪与哪吒大战局中，不防邓婵玉一石打来，乃至着伤，打得头青眼肿，"哎"的一声，拨骑就走，哪吒刺斜里一枪，劈胸刺来，亏（"亏"字用得好）杀了紫绶仙衣，枪尖也不曾刺入分毫。哪吒大惊，不敢追袭。子牙掌得胜鼓进城。殷洪败回大营，面上青肿，切齿深恨姜尚："若不报今日之耻，非大丈夫之所为也！"

且说杨戬在银安殿启子牙曰："方才弟子临阵，见殷洪所掌，实

① 着忙：着慌，着急。
② 襄：相助而成。《左传·定公十五年》："葬定公，雨，不克襄事。"杜预注："襄，成也。"亦谓助理、佐治。

是阴阳镜。今日若不是哪吒，定然坏了几人。弟子往太华山去走一遭，见赤精子师伯，看他如何说。”子牙沉吟半晌，方许前去。杨戬离了西岐，借土遁往太华山来，随风而至。来到高山，收了遁术，径进云霄洞来。赤精子见杨戬进洞，问曰：“杨戬，你到此有何说话？”杨戬行礼，口称：“师伯，弟子来见，来借阴阳镜与姜师叔，暂破成汤大将，随即奉上。”赤精子曰：“前日殷洪带下山去，我使他助子牙伐纣，难道他不说有此宝在身？”杨戬曰：“弟子单为殷洪而来。殷洪不曾归周，如今反伐西岐。”道人听罢，顿足叹曰：“吾错用其人！将一洞珍宝尽付殷洪。岂知这畜生反生祸乱！”（师尊之命，亲口之誓，如何能比自家江山重要）

赤精子命杨戬：“你且先回，我随后就至。”杨戬辞了赤精子，借土遁回西岐，进相府，来见子牙。子牙问曰：“你往太华山见你师伯如何说？”杨戬曰：“果是师伯的徒弟殷洪。师伯随后就来。”子牙心下焦闷。过了三日，门官报入殿前：“赤精子老爷到了。”子牙忙迎出府前。二人携手上殿。赤精子曰：“子牙公，贫道得罪！吾使殷洪下山，助你同进五关，使这畜生得归故土。岂知负我之言，反生祸乱。”子牙曰：“道兄如何把阴阳镜也付与他？”赤精子曰：“贫道将一洞珍宝尽付与殷洪。恐防东进有碍，又把紫绶仙衣与他护身，可避刀兵水火之灾。这孽障不知听何人唆使，中途改了念头。也罢，此时还未至大决裂，我明日使他进西岐赎罪便了。”（赤精子还妄图说服殷洪悔悟，尚不知彼已笃信了申公豹的一套歪理，连誓言也不顾了）一宿不表。

次日，赤精子出城至营，大呼曰：“辕门将士传进去，着殷洪出来见我。”话说殷洪自败在营，调养伤痕，切齿痛恨，欲报一石之仇。忽军士报：“有一道人，坐名请千岁答话。”殷洪不知是师父前来，随即上马，带刘甫、苟章，一声炮响，齐出辕门。殷洪看见是师父，便自置身无地，欠背打躬，口称：“老师，弟子殷洪甲胄在身，不能全礼。”赤精子曰：“殷洪，你在洞中怎样对我讲？你如今反伐西岐，是何道理？徒弟，开口有愿，出语受之，仔细[1]四肢成为飞灰也！好好下马，随吾进城，以赎前日之罪，庶免飞灰之祸。如不从我之言，那时大难临身，悔无及矣！”

殷洪曰：“老师在上，容弟子一言告禀：殷洪乃纣王之子，怎的反助武王。古云：‘子不言父过。’况敢从反叛而弑[2]父哉？即人神仙佛，不过先完纲常彝伦，方可言其冲举。又云：‘未修仙道，先修人道。人道未完，仙道远矣。’且老师之教弟子，且不论证佛成仙，亦无有教人有逆伦弑父之子。即以此奉告老师，老师当何以教我？”（独夫暴君最爱此等言论）赤精子笑曰：“畜生！纣王逆伦灭纪，惨酷不道，杀忠害长，淫酗无忌。天之绝商久矣，故生武周，继天立极[3]。天心效顺，百姓乐从。你之助周，尚可延商家一脉；你若不听吾言，这是大数已定，纣恶贯盈，而遗疚[4]于子孙也。可速速下马，忏悔往愆。吾当与你解释此罪尤也。”殷洪在马上正色言曰：“老师请回。未有师尊教人以不忠不孝之事者，弟子实难从命！俟弟子破了西岐逆孽，再来与老师请罪。”

赤精子大怒：“畜生不听师言，敢肆行如此！”仗手中剑飞来直取。殷洪将戟架住，告曰：“老师何苦深为子牙，自害门弟？”赤精子曰：“武王乃是应运圣君，子牙是佐周名世，子何得逆天而行横暴乎！”又把宝剑直砍来。殷洪又架剑，口称：“老师，我与你有师生之情，你如今自失骨肉而动声色，你我师生之情何在？若老师必执一

---

① 仔细：小心，当心。
② 弑（shì）：古代称臣杀君、子杀父母为“弑”。《易·坤》：“臣弑其君，子弑其父，非一朝一夕之故，其所由来者渐矣。”
③ 继天立极：继承天子的皇位。继，继承。天、极，指皇位。
④ 遗疚：遗祸，留下灾殃。

偏之见，致动声色，那时不便，可惜前情教弟子一场，成为画饼耳。”道人大骂：“负义匹夫！尚敢巧言！”又一剑砍来。殷洪面红火起：“老师，你偏执己见，我让你三次，吾尽师礼，这一剑吾不让你了！”赤精子大怒，又一剑砍来。殷洪发手，赴面交还。正是：师徒共战抡剑戟，悔却当初救上山。

话说殷洪回手与师父交兵，已是逆命于天。战未及数合，殷洪把阴阳镜拿出来，欲晃赤精子。赤精子见了，恐有差讹，借纵地金光法走了，进西岐城，来至相府。子牙接住，问其详细。赤精子从前说了一遍。众门人不服，俱说：“赤老师，（这是何等称呼，竟拿道号、神号当作姓名？难道广成子可叫“广老师”，元始天尊可称“元老师”？）你太弱了。岂有徒弟与师尊对持之理！”赤精子无言可对，纳闷厅堂。

且说殷洪见师父也逃遁了，其志自高。正在中军与苏侯共议破西岐之策，忽辕门军士来报：“有一道人求见。”殷洪传令：“请来。”只见营外来一道人，身不满八尺，面如瓜皮，獠牙巨口，身穿大红，颈上带一串念珠，乃是人之顶骨；又挂一金镶瓢，是人半个脑袋；眼、耳、鼻中冒出火焰，如顽蛇吐信一般。（常人看来，此与恶鬼妖魔何异）殷殿下同诸将观之骇然。那道人上帐，稽首而言曰：“那一位是殷殿下？”殷洪答曰：“吾是殷洪。不知老师那座名山？何处洞府？今到小营，有何事分付？”道人曰：“吾乃骷人山白骨洞一气仙马元是也，遇申公豹请吾下山助你一臂之力。”殷洪大喜，请马元上帐坐了，“请问老师吃斋？吃荤？”道人曰：“吾乃吃荤。”殷洪传令，军中治酒，管待马元。

当晚已过。次日，马元对殷洪曰：“贫道既来相助，今日吾当会姜尚一会。”殷洪感谢。道人出营，至城下，只请姜子牙答话。报马报入府中：“启丞相：城外有一道人请丞相答话。”子牙曰：“吾有三十六路征伐之厄，理当会他。”传令：“排队伍出城。”子牙随带众将、诸门人出得城来。只见对面来一道人，甚是丑恶。怎见得，有诗为证。诗曰：

发似朱砂脸似瓜，金睛凸暴冒红霞。
窍中吐出顽蛇信，上下斜生利刃牙。
大红袍上云光长，金叶冠拴紫玉花。
腰束麻绦太极扣，太阿宝剑手中拿。
《封神榜》上无名姓，他与西方是一家。

话说子牙至军前，问曰："道者何名？"马元答曰："吾乃一气仙马元是也。申公豹请吾下山，来助殷洪，共破逆天大恶。姜尚，休言你阐教高妙，吾特来擒汝，与截教吐气①。（原来又是个为自家教门争脸面的）"子牙曰："申公豹与吾有隙，殷洪误听彼言，有背师教，逆天行事，助极恶贯盈之主，反伐有道之君。道者既是高名，何得不顺天从人，而反其所事哉？"马元笑曰："殷洪乃纣王亲子，反说他逆天行事。终不然转助尔等，叛逆其君父，方是顺天应人。姜尚，还亏你是玉虚门下，自称道德之士，据此看来，真满口胡言，无父无君之辈！我不诛你，更待何人！"仗剑跃步砍来。

子牙手中剑赴面交还。未及数合，子牙祭打神鞭打将来。马元不是《封神榜》上人，被马元看见，伸手接住鞭，收在豹皮囊里。子牙大惊。正战之间，忽一人走马军前，凤翅盔，金锁甲，大红袍，白玉带，紫骅骝，大吒一声："丞相，吾来也！"子牙看时，乃秦州运粮官、猛虎大将军武荣。（肉体凡胎，难逃一死）因催粮至此，见城外厮杀，故来助战。一马冲至军前，展刀大战。马元抵武荣这口刀不

① 吐气：吐出胸中郁闷之气。

住，真若山崩地裂，渐渐筋力难支。马元默念神咒，道声：“疾！”忽脑后伸出一只手来，五个指头好似五个大冬瓜，把武荣抓在空中，望下一摔，一脚躧①住大腿，两只手端定一只腿，一撕两块，血滴滴取出心来，对定子牙、众周将门人，“咽喳咽喳”，嚼在肚里，大呼曰：“姜尚，捉住你也是这样为例！”把众将吓得魂不附体。马元仗剑，又来搦战。

土行孙大呼曰：“马元少待行恶，吾来也！”抡开大棍，就打马元一棍。马元及至看时，是一个矮子。马元笑而问曰：“你来做甚么？”土行孙曰：“特来拿你。”又是一棍打来。马元大怒：“好孽障！”绰步撩衣，把剑往下就劈。土行孙身子伶俐，展动棍就势已钻在马元身后，拎着铁棍把马元的大腿连腰，打了七八棍，把马元打得骨软筋酥，招架着实费力。怎禁得土行孙在穴道上打。马元急了，念动真言伸出那一只神手，抓着土行孙，望下一摔。马元不知土行孙有地行道术，摔在地下，就不见了。

马元曰：“想是摔狠了，怎么这厮连影儿也不见了？”（地行术又显神威）正是：马元不识地行妙，尚将双眼使模糊。

且说邓婵玉在马上见马元将土行孙摔不见了，只管在地上瞧，邓婵玉忙取五光石发手打来。马元未曾提防，脸上被一石头，只打的金光乱冒，“哎呀”一声，把脸一抹，大骂：“是何人暗算打我？”只见杨戬纵马舞刀，直取马元。马元仗剑来战杨戬。杨戬刀势疾如飞电，马元架不住三尖刀，只得又念真言，复现那一只神手，将杨戬抓在空中，往下一摔，也像撕武荣一般，把杨戬心肺取将出来，血滴滴吃了。（必是杨戬又有奇谋）马元指子牙曰：“今日且饶你多活一夜，明日再来会你。”马元回营。殷洪见马元道术神奇，食人心肺，这等凶

① 躧（xǐ）：踩，踏。

猛，心下甚是大悦。掌鼓回营，治酒与大小将校只饮至初更时候不表。

且说子牙进城至府，自思：“今日见马元这等凶恶，把人心活活的吃了，从来未曾见此等异人。杨戬虽是如此，不知凶吉。”正是放心不下。却说马元同殷殿下饮酒，至二更时分，只见马元双眉紧皱，汗流鼻尖。殷洪曰：“老师为何如此？”马元曰：“腹中有点痛疼。”郑伦答曰：“想必吃了生人心，故此腹中作痛，吃些热酒冲一冲，自然无事。”马元命取热酒来吃了，越吃越疼。马元忽的大叫一声，跌倒在地下乱滚，只叫：“疼杀我也！”腹中嗗碌碌的响。郑伦曰：“老师腹中有响声，请往后营方便方便，或然无事，也不见得。”马元只得往后边去了。岂知是杨戬用八九元功，变化腾挪之妙，将一粒奇丹，使马元泻了三日，泻的马元瘦了一半。（颇有几分孙悟空设计进入铁扇公主腹中的影子）

且说杨戬回西岐来见子牙，备言前事。子牙大喜。杨戬对子牙曰：“弟子权将一粒丹使马元失其形神，丧其元气，然后再做处治，谅他有六七日不能得出来会战。”正言之间，忽哪吒来报：“文殊广法天尊驾至。”子牙忙迎至银安殿，行礼毕，又见赤精子，稽首坐下。文殊广法天尊曰：“恭喜子牙公，金台拜将，吉期甚近！”子牙曰：“今殷洪背师言而助苏护征伐西岐，黎庶不安，又有马元凶顽肆虐，不肖如坐针毡。”文殊广法天尊曰：“子牙公，贫道因闻马元来伐西岐，恐误你三月十五日拜将之辰，故此来收马元。子牙公可以放心。”子牙大喜：“若得道兄相助，姜尚幸甚，国家幸甚！但不知用何策治之？”天尊附子牙耳曰：“如要伏马元，须是如此如此，自然成功。”

子牙忙令杨戬领法旨。杨戬得令，自去策应。正是：马元今入牢笼计，可见西方有圣人。

话说子牙当日申牌时分，骑四不相，单人独骑，（姜子牙单枪匹马而出，常人便可推知必有计策埋伏。可惜马元报仇心切，故而中计）在成汤辕门外若探望样子，用剑指东画西。只见巡哨探马报入中军曰：“禀殿下：有姜子牙独自一个在营前探听消息。”殷洪问马元曰：“老师，此人今日如此模样，探我行营，有何奸计？”马元曰：“前日误被杨戬这厮，中其奸计，使贫道有失形之累。待吾走去擒来，方消吾恨。”马元出营，见子牙怒起，大叫：“姜尚不要走！吾来了！”绰步上前，仗剑来取。子牙手中剑急架相还。步兽相交，未及数合，子牙拨骑就走。马元只要拿姜子牙的心重，怎肯轻放，随后赶来。不知马元胜负如何，且听下回分解。

总批

殷洪恶战苦争，俱是替纣王添担子，愈显其父恶迹，真可称父作子述。

又批

马元，恶煞也。西方竟收去成佛。予常曰：“和尚道人心最毒。”今观此，可见成佛的俱要恶人。予友闻斯言，深为予折辨。予因笑谓之曰：“兄何执着太甚，彼经卷有云：‘杀猪王弃屠刀立地成佛。’斯语岂是诳言，屠户可是善信？”予友不觉大笑。

第六十一回　太极图殷洪绝命

太極圖殷洪絶命

导读：这一回里出现了一位西方教的准提道人。西方教在《封神演义》里基本就是佛教的代名词，而“准提”二字在佛教里又很是常见，如准提佛母、准提菩萨、准提咒等。在第七十回“准提道人收孔宣”中更是明言“准提菩萨产西方”，因此，准提道人就是准提菩萨，这一点应该没有异议。那么为什么是准提道人来收服马元呢？准提菩萨、准提佛母其实是同一人，又称“七俱胝佛母”。俱胝是古印度的计量单位，“七俱胝”形容其数量之多。佛母也并不是指生育诸佛的母亲，而是指诸佛通过修持准提法门而成佛。简而言之，就是说有无数多的佛都是通过修持准提法门而成佛的。在明代，民间对准提菩萨的信仰和对准提咒的修持非常流行。基于这两点，作者选用准提菩萨加以改造，前来收服马元、孔宣等人，既符合准提菩萨“佛母”的性质，又切合当时流行的民间信仰。准提道人常挂在嘴边的那句“你与我西方有缘”，更显示出了他的开明与狡黠，他因此而收走了截教众多门人。

诗曰：

太极图中造化奇，仙凡迥隔①少人知。
移来幻化真玄妙②，忏过前非亦浪思。
弟子悔盟师莫救，苍天留意地难私。
当时纣恶彰弥极，一木安能挽阿谁③。

话说马元追赶子牙，赶了多时，不能赶上。马元自思："他骑四不相，我倒跟着他跑？今日不赶他，明日再做区处。"子牙见马元不赶，勒回坐骑，大呼曰："马元！你敢来这平坦之地与我战三合，吾定擒尔！"马元笑曰："料你有何力量，敢禁我来不赶？"随绰开大步来追。子牙又战三四合，拨骑又走。马元见如此光景，心下大怒："你敢以诱敌之法惑我！"咬牙切齿赶来，"我今日拿不着你，势不回军！便赶上玉虚宫，也擒了你来。"（马元原本尚存理智，只因被姜子牙一激，明知是"诱敌之法"也要上前，亦是太过自负矣）只管往下赶来。

看看至晚，见前面一座山，转过山坡，就不见了子牙。马元见那山甚是险峻。怎见得，有赞为证：

那山真个好山，细看处色班班④。顶上云飘荡，崖前树影寒。飞鸟睍睆⑤，走兽凶顽。凛凛松千干，挺挺竹几竿。吼叫是

① 迥（jiǒng）隔：远远隔绝。
② 玄妙：道家谓"道"深奥难识，为万物所自出。语出《老子》"玄之又玄，众妙之门"。后亦谓事理的深奥难明。
③ 阿谁：疑问代词。犹言谁，何人。
④ 班班：斑点众多貌。班，通"斑"。
⑤ 睍睆（xiàn huǎn）：形容声音清和圆转。

苍狼夺食，咆嚎是饿虎争飧①。野猿常啸寻鲜果，麋鹿攀花上翠岚②。风洒洒，水潺潺，暗闻幽鸟语间关。几处藤萝牵又扯，满溪瑶草杂香兰。磷磷怪石，磊磊峰岩。狐狸成群走，猿猴作对顽。行客正愁多险峻，奈何古道又湾还。

话说马元赶子牙，来至一座高山，又不见了子牙，跑的力尽筋酥。天色又晚了，腿又酸了，马元只得倚松靠石，少憩片时，喘息静坐，存气定神，待明早回营，再做道理。

不觉将至二更，只听的山顶炮响。正是：喊声震地如雷吼，灯裘火把满山排。

马元抬头观看，见山顶上姜子牙同着武王在马上传杯，两边将校一片大叫："今夜马元已落圈套，死无葬身之地！"马元听得大怒，跃身而起，提剑赶上山来。及至山上来看，见火把一晃，不见了子牙。马元睁睛四下里看时，只见山下四面八方，围住山脚，只叫："不要走了马元！"马元大怒，又赶下山来，又不见了。把马元往来跑上跑下两头赶，只赶到天明。把马元跑了一夜，甚是艰难辛苦，肚中又饿了；（皆是连环设计，不使马元跑得劳累饥饿至极，难以保证其必然会去吃下那妇人）深恨子牙，咬牙切齿，恨不能即时拿子牙方消其恨。自思："且回营，破了西岐再处。"

马元离了高山，往前才走，只听的山凹里有人声唤叫："疼杀我了！"其声甚是凄楚。马元听得有人声叫喊，急转下山坡，见茂草中睡着一个女子。马元问曰："你是甚人，在此叫喊？"那女子曰："老师救命！"马元曰："你是何人？叫我怎样救你？"妇人答曰："我是

① 飧（sūn）：晚餐。
② 翠岚：指山林中的雾气。

民妇，因回家看亲，中途偶得心气疼，命在旦夕，望老师或在近村人家讨些热汤，搭救残喘，胜造七级浮屠。倘得重生，恩同再造。”马元曰：“小娘子，此处那里去寻热汤？你终是一死，不若我反化你一斋，实是一举两得。”女子曰：“若救我全生，理当一斋。”马元曰：“不是如此说。我因赶姜子牙，杀了一夜，肚中其实饿了。量你也难活，不若做个人情，化你与我贫道吃了罢。”（不吃此女，尚不至于被擒）

女人曰：“老师不可说戏话。岂有吃人的理？”马元饿急了，那里由分说？赶上去一脚，踏住女人胸膛，一脚踏住女人大腿，把剑割开衣服，现出肚皮。马元忙将剑从肚脐内刺将进去。一腔热血滚将出来。马元用手抄着血，连吃了几口；在女人肚子里去摸心吃。左摸右摸捞不着，两只手在肚子里摸，只是一腔热血，并无五脏。马元看了，沉思疑惑。（如此奇怪，必有反常，正应速速离去，哪里还有时间沉思！）正在那里捞，只见正南上梅花鹿上坐一道人仗剑而来。怎见得，有赞为证。赞曰：

双抓髻，云分靋靋；水合袍，紧束丝绦。仙风道骨任逍遥，腹隐许多玄妙。玉虚宫元始门下，十仙首会赴蟠桃。乘鸾跨鹤在碧云霄，天皇氏修仙养道。

话说马元见文殊广法天尊仗剑而来，忙将双手掣出肚皮，不意肚皮竟长完了，把手长在里面；欲待下女人身子，两只脚也长在女人身上。（马元一生好吃人心，最终也因欲吃人心而被擒，岂非因果报应？）马元无法可施，莫能挣扎。马元蹲在一堆儿，只叫：“老师饶命！”文殊广法天尊举剑才待要斩马元，只听得脑后有人叫曰：“道兄剑下留人！”广法天尊回顾，认不得此人是谁：头挽双髻，身穿道服，面黄微须。道人曰：“稽首了！”广法天尊答礼，口称：“道友何处来？有

甚事见谕?”道人曰:“元来道兄认不得我。吾有一律,说出便知端的。诗曰:

大觉金仙不二时,西方妙法祖菩提。
不生不灭三三行,全气全神万万慈。
空寂自然随变化,真如本性任为之。
与天同寿庄严体,历劫明心大法师。

道人曰:“贫道乃西方教下准提道人是也。《封神榜》上无马元名讳[1]。此人根行[2]且重,与吾西方有缘,待贫道把他带上西方,成为正果,亦是道兄慈悲,贫道不二门中之幸也。”

广法天尊闻言,满面欢喜,大笑曰:“久仰大法,行教西方,莲花现相,舍利元光,真乃高明之客。贫道谨领尊命。”(文殊广法天尊最后转投西方教,此次与准提道人相会,或即此一因缘之开端)准提道人向前,摩顶[3]受记曰:“道友可惜五行修炼,枉费功夫!不如随我上西方,八德池边,谈讲三乘大法;七宝林下,任你自在逍遥。”马元连声喏喏。准提谢了广法天尊,又将打神鞭交与广法天尊带与子牙,准提同马元回西方不表。

且说广法天尊回至相府,子牙接见,问处马元一事如何。广法天尊将准提道人的事详细说了一遍,又将打神鞭付与子牙。赤精子在旁,双眉紧皱,对文殊广法天尊曰:“如今殷洪阻挠逆法,恐误子牙

① 名讳:旧时称人名字,生曰“名”,死曰“讳”。君亲之名,生时亦讳。连称则曰“名讳”,通用于生者及死者,含尊敬意。
② 根行:指品德修养,造诣。
③ 摩顶:《妙法莲华经》谓释迦牟尼佛授法时,用右手抚摩受法弟子之顶。后世僧尼在收徒弟或受人供养时,亦常用手抚摩其人之顶。

拜将之期，如之奈何？”（对自家徒弟亦无可奈何，可见番天印之厉害）正话间，忽杨戬报曰：“有慈航师伯来见。”三人闻报，忙出府迎接。慈航道人一见，携手上殿。行礼已毕，子牙问曰：“道兄此来，有何见谕？”慈航曰：“专为殷洪而来。”赤精子闻言大喜，便曰：“道兄将何术治之？”慈航道人问子牙曰：“当时破十绝阵，太极图在么？”子牙答曰：“在此。”慈航曰：“若擒殷洪，须是赤精子道兄将太极图，须如此如此，方能除得此患。”赤精子闻言，心中尚有不忍，（已知殷洪将死，难舍数年师徒之情）因子牙拜将日已近，恐误限期，只得如此，乃对子牙曰：“须得公去，方可成功。”

且言殷洪见马元一去无音，心下不乐，对刘甫、苟章曰：“马道长一去，音信杳无，定非吉兆。明日且与姜尚会战，看是如何，再探马道长消息。”郑伦曰：“不得一场大战，决不能成得大功。”一宿晚景已过。次日早晨，汤营内大炮响亮，杀声大振，殷洪大队人马，出营至城下，大叫曰：“请子牙答话！”左右报入相府。三道者对子牙曰：“今日公出去，我等定助你成功。”子牙不带诸门人，领一枝人马，独自出城，将剑尖指殷洪，大喝曰：“殷洪！你师命不从，今日难免大厄，四肢定成飞灰，悔之晚矣！”殷洪大怒，纵马摇戟来取。子牙手中剑赴面相还。兽马争持，剑戟并举。未及数合，子牙便走，不进城，落荒而逃。殷洪见子牙落荒而走，急忙赶来，随后命刘甫、苟章率众而来。这一回正是：前边布下天罗网，难免飞灰祸及身。

话说子牙在前边，后随殷洪，赶过东南，看看到正南上，赤精子见徒弟赶来，难免此厄，不觉眼中泪落，点头叹曰：“畜生！畜生！今日是你自取此苦。你死后休来怨我。”忙把太极图一抖，放开此图，乃包罗万象之宝，化一座金桥。子牙把四不相一纵，上了金桥。殷洪马赶至桥边，见子牙在桥上指殷洪曰：“你敢上桥来，与我见三合否？”殷洪笑曰：“连吾师父在此，吾也不惧，又何怕你之幻术哉？

我来了！”（又是一个自恃法宝而轻敌自负之人！《封神》一书，前前后后此类人甚多。总不想高人之外更有高人，法宝之上更有法宝，最终无一不是惨败身死）把马一拎，那马上了此图。有诗为证。诗曰：

混沌未分盘古出，太极传下两仪①来。
四象②无穷真变化，殷洪此际丧飞灰。

话言殷洪上了此图，一时不觉杳杳③冥冥，心无定见，百事攒来。心想何事，其事即至。殷洪如梦寐一般，心下想：“莫是有伏兵？”果见伏兵杀来，大杀一阵，就不见了。心下想拿姜子牙，霎时子牙来至，两家又杀一阵。忽然想起朝歌，与父王相会，随即到了朝歌，进了午门，至西宫，见黄娘娘站立，殷洪下拜；忽的又至馨庆宫，又见杨娘娘站立，殷洪口称：“姨母。”杨娘娘不答应。此乃是太极四象，变化无穷之法；心想何物，何物便见；心虑百事，百事即至。只见殷洪左舞右舞，在太极图中如梦如痴。（原来竟是在与自己的内心互搏相斗，岂有生还之理）赤精子看着他，师徒之情，数年殷勤，岂知有今日，不觉嗟叹。

只见殷洪将到尽头路，又见他生身母亲姜娘娘大叫曰：“殷洪！你看我是谁？”殷洪抬头看时，“呀！元来是母亲姜娘娘！”殷洪不觉失声曰：“母亲！孩儿莫不是与你冥中相会？”姜娘娘曰：“冤家！你不遵师父之言，要保无道而伐有道，又发誓言，开口受刑，出口有愿，当日发誓说四肢成为飞灰，你今日上了太极图，眼下要成灰烬之

① 两仪：天地或阴阳的合称。
② 四象：指春、夏、秋、冬四时，或指水、火、木、金，布于四方，或指太阴、太阳、少阴、少阳，其说不一。
③ 杳杳（yǎo yǎo）：深远幽暗。

苦！”殷洪听说，急叫：“母亲救我！”忽然不见了姜娘娘。殷洪慌在一堆。只见赤精子大叫曰：“殷洪！你看我是谁？”殷洪看见师父，泣而告曰：“老师，弟子愿保武王灭纣，望乞救命！”赤精子曰：“此时迟了！你已犯天条，不知见何人叫你改了前盟。”殷洪曰：“弟子因信申公豹之言，故此违了师父之语。望老师慈悲，借得一线之生，怎敢再灭前言！”赤精子尚有留恋之意，只见半空中慈航道人叫曰：“天命如此，岂敢有违？毋得误了他进封神台时辰！”赤精子含悲忍泪，只得将太极图一抖，卷在一处；拎着半晌，复一抖，太极图开了，一阵风，殷洪连人带马，化作飞灰去。（师父尚有温情，弟子悔之晚矣！）一道灵魂进封神台来了。有诗为证。诗曰：

殷洪任信申公豹，要伐西岐显大才。
岂知数到皆如此，魂绕封神台畔哀。

话说赤精子见殷洪成了灰烬，放声哭曰：“太华山再无人养道修真。见吾将门下这样如此，可为疼心！”慈航道人曰：“道兄差矣！马元《封神榜》上无名，自然有救拔苦恼之人。殷洪事该如此，何必嗟叹。”（如此劝慰，不如不劝）三位道者复进相府，子牙感谢。三位道人作辞：“贫道只等子牙吉辰，再来饯①东征。”三道人别子牙回去不表。

且言苏侯听得殷洪绝了，又有探马报入营中曰：“禀元帅：殷殿下赶姜子牙，只一道金光，就不见了。”郑伦与刘甫、苟章打听，不知所往。且说苏侯暗与子苏全忠商议曰：“我如今暗修书一封，你射进城去，明日请姜丞相劫营，我和你将家眷先进西岐西门，吾等不管

① 饯：以酒食送行。

他是与非，将郑伦等一齐拿解见姜丞相，以赎前罪。此事不可迟误！”苏全忠曰：“若不是吕岳、殷洪，我等父子进西岐多时矣。”（亦是好事多磨）苏侯忙修书，命全忠黄夜将书穿在箭上，射入城中。那日是南宫适巡城，看见箭上有书，知是苏护的，忙下城，进相府来，将书呈与姜丞相。

子牙拆开观看，书曰：

> “征西元戎、冀州侯苏护百叩顿首姜丞相麾下：护虽奉敕征讨，心已归周久矣。兵至西岐，急欲投戈麾下，执鞭役使。孰知天违人愿，致有殷洪、马元抗逆，今已授首①。惟佐贰郑伦执迷不悟，尚自屡犯天条，获罪如山。护父子自思，非天兵压寨，不能剿强诛逆。今特敬修尺一②，望丞相早发大兵，今夜劫营。护父子乘机可将巨恶擒解施行。
>
> 但愿早归圣主，共伐独夫，洗苏门一身之冤，见护虔诚至意，虽肝脑涂地，护之愿毕矣。谨此上启，苏护九顿。”

话说子牙看书大喜。次日午时发令：“命黄飞虎父子五人作前队，邓九公冲左营，南宫适冲右营，令哪吒压阵。”且说郑伦与刘甫、荀章回见苏护，曰：“不幸殷殿下遭于恶手，如今须得本上朝歌，面君请援，方能成功。”苏护只是口应：“俟明日区处③。”诸人散入各帐房去了。苏侯暗暗打点今夜进西岐不题。郑伦那里知道？正是：挖下战坑擒虎豹，满天张网等蛟龙。

话说西岐傍晚，将近黄昏时候，三路兵收拾出城埋伏。伺至二更

① 授首：被斩首，投降。
② 尺一：指书信。
③ 区处（chǔ）：分别处置，处理。

时分，一声炮响，黄飞虎父子兵冲进营来，并无遮挡；左有邓九公，右有南宫适，三路齐进。郑伦急上火眼金睛兽，拎降魔杵往大辕门来，正遇黄家父子，五骑大战在一处，难解难分。邓九公冲左营，刘甫大呼曰："贼将慢来！"南宫适进右营，正遇苟章，接住厮杀。西岐城开门，发大队人马来接应，只杀得地沸天翻。苏家父子已往西岐城西门进去了。邓九公与刘甫大战，刘甫非九公敌手，被九公一刀砍于马下。南宫适战苟章，展开刀法，苟章招架不住，拨马就走，正遇黄天祥，不及提防，被黄天祥刺斜里一枪，挑于马下。二将灵魂已往封神台去了。

众将官把一个成汤大营杀的瓦解星散。单剩郑伦，力抵众将。不防邓九公从旁边将刀一盖，降魔杵磕定不能起，被九公抓住袍带，拎过鞍鞒，往地上摔。两边士卒将郑伦绳缠索绑，捆将起来。西岐城一夜闹嚷嚷的，直到天明。子牙升了银安殿，聚将鼓响，众将上殿参谒，然后黄飞虎父子回令，邓九公回令：斩刘甫，擒郑伦。南宫适回令：大战苟章败走，遇黄天祥枪刺而绝。又报："苏护听令。"子牙传令："请来。"苏家父子进见子牙，方欲行礼，子牙曰："请起叙话。君侯大德，仁义素布海内，不是小忠小信之夫，识时务弃暗投明，审祸福择主而仕，宁弃椒房之宠，以洗万世污名，真英雄也！不才无不敬羡！"苏护父子答曰："不才父子多有罪戾，蒙丞相曲赐①生全②，愧感无地！"彼此逊谢。（苏护降周真可谓时机不到，百般阻碍；时机一到，诸事不坏）

言毕，子牙传令："把郑伦推来。"众军校把郑伦蜂拥推至檐前。郑伦立而不跪，睁睛不语，有恨不能吞苏侯之意。子牙曰："郑伦，

---

① 曲（qū）赐：称尊长的赐予、关照等。
② 生全：保全生命。

谅你有多大本领，屡屡抗拒？今已被擒，何不屈膝求生，尚敢大廷抗礼！”郑伦大喝曰：“无知匹夫！吾与尔身为敌国，恨不得生擒尔等叛逆，解往朝歌，以正国法。今不幸，吾主帅同谋，误被尔擒，有死而已，何必多言！”（倒是个忠义有气节的汉子，可惜不辨明暗）子牙命左右：“推去斩讫号令！”众军校将郑伦推出相府，只等行刑牌出。只见苏侯向前跪而言曰：“启丞相：郑伦违抗天威，理宜正法，但此人实是忠义，似还是可用之人。况此人胸中奇术，一将难求，望丞相赦其小过，怜而用之，亦古人释怨用仇之意。乞丞相海涵！”

子牙扶起苏侯，笑曰：“吾知郑将军忠义，乃可用之人，特激之，使将军说之耳，易于见听。今将军既肯如此，老夫敢不如命。”苏护闻言大喜，领令出府，至郑伦面前。（“释怨用仇”，非豪杰之士不敢为）郑伦见苏侯前来，低首不语。苏护曰：“郑将军，你为何迷而不悟？尝言，识时务者呼为俊杰。今国君无道，天愁民怨，四海分崩，生民涂炭，刀兵不歇，天下无不思为，正天之欲绝殷商也。今周武以德行仁，推诚待士，泽及无告①，民安物阜②，三分有二归周，其天意可知。子牙不久东征，吊民伐罪③，独夫授首，又谁能挽此愆尤也！将军可速早回头，我与你告过姜丞相，容你纳降，真不失君子见机而作；不然，徒死无益。”郑伦长吁不语。（已然心动，但尚须过自己心中一坎）

苏护复说曰：“郑将军，非我苦苦劝你，可惜你有大将之才，死非其所。你说‘忠臣不事二君’，今天下诸侯归周，难道都是不忠的？难道武成王黄飞虎、邓九公俱是不忠的？又是君失其道，便不可为民之父母，而残贼之人称为独夫。今天下叛乱，是纣王自绝于天。

① 无告：有苦而无处可求告（的人）。形容处境极为不幸。
② 阜（fù）：盛多，丰富。
③ 吊民伐罪：慰问受害的百姓，讨伐有罪的人。亦省作“吊伐”。

况古云：‘良禽择木，贤臣择主。’将军可自三思，毋徒伊戚。天子征伐西岐，其艺术高明之士，经天纬地之才者，至此皆化为乌有，此岂人力为之哉。况子牙门下，多少高明之士，道术精奇之人，岂是草草罢了。郑将军不可执迷，当听吾言，后面有无限受用，不可以小忠小谅而已。”郑伦被苏护一篇言语，说得如梦初觉，如醉方醒，长叹曰：“不才非君侯之言，几误用一番精神。只是吾屡有触犯，恐子牙门下诸将不能相容耳。”（此时降意已决，只是要再讨一个保证）

苏护曰：“姜丞相量如沧海，何细流之不纳？丞相门下，皆有道之士，何不见容。将军休得错用念头。待我禀过丞相就是。”苏护至殿前打躬曰：“郑伦被末将一番说，肯归降。奈彼曾有小过，恐丞相门下诸人不能相容耳。”子牙笑曰：“当日是彼此敌国，各为其主；今肯归降，系是一家，何嫌隙之有？”忙令左右传令：“将郑伦放了，衣冠相见。”少时，郑伦整衣冠，至殿前下拜，曰：“末将逆天，不识时务，致劳丞相筹画。今既被擒，又蒙赦宥①，此德此恩，没齿不忘矣！”子牙忙降阶扶起，慰之曰：“将军忠心义胆，不佞②识之久矣。但纣王无道，自绝于天，非臣子之不忠心于国也。吾主下贤礼士，将军当安心为国，毋得以嫌隙自疑耳。”郑伦再三拜谢。

子牙遂引苏侯等至殿内，朝见武王。行礼称臣毕，王曰：“相父有何奏章？”子牙启曰：“冀州侯苏护今已归降，特来朝见。”武王宣苏护上殿，慰曰：“孤守西土，克尽臣节，未敢逆天行事，不知何故，累辱王师。今卿等既舍纣归孤，暂住西土。孤与卿等当共修臣节，以俟天子修德，再为商量。（场面话而已，切勿当真）相父与孤代劳，设宴待之。”子牙领旨。苏侯人马尽行入城，西岐云集群雄不题。且言

① 赦宥（yòu）：宽赦豁免。
② 不佞：没有才能。亦用作自谦之辞。

汜水关韩荣闻得此报大惊，忙差官修本赴朝歌城来。不知吉凶如何，且听下回分解。

总批

殷洪乃纣王之子，岂得概以违天论之。虽纣恶贯盈，而殷洪罪不应此，岂得定报之如誓？当日殷洪等，既系《封神榜》有名之人，赤精子何不叫他不要下山？不是也免得这番恶孽。此分明是赤精子送他上路，宜乎再无人上太华山修行学业也。哭之何益？予独怪慈航大士，不为之解释耳。

又批

郑伦真有丈夫气，举其对子牙之语，胜苏护十倍。苏护此际当如何生活？

第六十二回　张山李锦伐西岐

張山李錦
伐西岐

导读：本回中的羽翼仙，即是《西游记》《说岳全传》等书中出现的大鹏金翅鸟（《西游记》中称作“大鹏金翅雕”，《说岳全传》中称作“大鹏金翅明王”）。这大鹏金翅鸟，实际上是两种神鸟融合而成的。其一便是最早出现在《庄子·逍遥游》中的大鹏，经由后世的逐渐衍化，成为中国古代文学作品中的一个重要神鸟。而另一种神鸟则是来自印度的迦楼罗。迦楼罗原本是古印度神话传说中的一种巨型神鸟，是印度教三大主神之一毗湿奴的坐骑。据说其形象为半人半鸟，生有鹰首、利爪和喙，却长着人的身躯和四肢。而在佛教中，迦楼罗则是天龙八部之一，分为化生、湿生、胎生、卵生四种，形象也有人面鸟身、鸟面人身或全鸟身的区别。因其翅膀金色而闪亮，故称“金翅鸟”。迦楼罗的形象随着佛教传入中国后，逐渐与中国原有的大鹏形象相融合，形成了大鹏金翅鸟这一形象。

诗曰：

抢攘兵戈日不宁，生民涂炭自零星。
甘驱苍赤①填沟壑，忍令脂膏实羽翎。
战士有心勤国主，彼苍无意固皇扃②。
只因大劫人多难，致使西岐杀戮腥。

话说差官一路无词，来到朝歌城，至馆驿中歇下。（如此军国大事，竟不连夜禀奏？）次日，进午门，至文书房。那日是中大夫方景春看本，忽然接着看时，见苏护已降岐周，方景春点首骂曰："老匹夫！一门尽受天子宠眷，不思报本，今日反降叛逆，真狗彘之不若！"遂抱本入内庭，问侍御官曰："天子在何处？"左右侍御对曰："在摘星楼。"方景春竟至楼下候旨。左右启上天子。纣王闻奏，宣上楼，朝贺毕，王曰："大夫有何奏章？"方景春奏曰："汜水关总兵官韩荣具本到都城，奏为冀州侯苏护世受椒房之贵，满门叨其恩宠，不思报国，反降叛逆，深负圣恩，法纪安在？具本申奏。臣未敢擅便，请旨定夺。"

纣王见奏，大惊曰："苏护乃朕心腹之臣，贵戚之卿，如何一旦反降周助恶，情殊痛恨！大夫暂退，朕自理会。"方景春下楼。纣王宣苏皇后。妲己在御屏后，已听知此事，闻宣，竟至纣王御案前，双膝跪下，两泪如珠，娇声软语，泣而奏曰："妾在深宫，荷蒙圣上恩宠，粉骨难消。不知父亲受何人唆使，反降叛逆，罪恶通天，法当族诛，情无可赦。愿陛下斩妲己之首，悬于都城，以谢天下。庶百官万

① 苍赤：指百姓。
② 皇扃（jiōng）：意思是宫门。

姓知陛下圣明，乾纲在握，守祖宗成法，不私贵幸①，正妾之报陛下恩遇之荣，死有余幸矣。”道罢，将香肌伏在纣王膝上，相偎相倚，悲悲泣泣，泪雨如注。（亦是以退为进之法，对纣王屡试不爽。也是自知纣王不会杀己，否则何至于此？）

纣王见妲己泪流满面，娇啼婉转，真如带雨梨花，啼春娇鸟。纣王见如此态度，更觉动情，用手挽起，口称：“御妻，汝父反朕，你在深宫，如何得知？何罪之有？赐卿平身，毋得自戚②，有损花容。纵朕将江山尽失，也与爱卿无干。幸③宜④自爱。”妲己谢恩。纣王次日升九间殿，聚众文武，曰：“苏侯叛朕归周，情实痛恨！谁与孤代劳伐周，将苏护并叛逆众人拿解朕躬，以正其罪？”班中闪出一大臣，乃上大夫李定，进前奏曰：“姜尚足智多谋，知人善使，（为统帅者，能兼有此二项，可称无敌）故所到者非败则降，累辱天朝师帅，大为不轨。若不择人而用，速正厥罪，则天下诸侯皆观望效尤，何以惩将来！臣举大元戎张山，久于用兵，慎事虑谋，可堪斯任，庶几不辱君命。”

纣王闻奏大喜，即命传诏赍发⑤，差官往三山关来。使命离了朝歌，一路上无词。一日到了三山关馆驿歇下。次日传与管关元帅张山同钱保、李锦等来馆驿，接了圣旨，至府堂上焚香案，跪听开读诏敕：

“诏曰：‘征伐虽在于天子，功成又在阃外元戎。姬发猖獗，大恶难驱，屡战失机，情殊痛恨！朕欲亲往讨贼，百司谏阻。兹

① 贵幸：位尊且受君王宠信（的人）。
② 戚：忧愁，悲伤。
③ 幸：希冀。
④ 宜：应当。
⑤ 赍发：派遣。

尔张山，素有才望。上大夫李定等特荐卿得专征伐。尔其用心料理，克振壮猷①，毋负朕倚托之重。俟旋凯之日，朕决不食言，以吝此茅土之赏。尔其钦哉！特诏。’”

钦差官读罢诏旨，众官谢恩毕，管待使臣，打发回朝歌。张山等候交代官洪锦，交割事体明白，方好进兵。

一日，洪锦到任。张山起兵，领人马十万，左右先行，乃钱保、李锦，佐贰乃马德、桑元。一路上人喊马嘶。正值初夏天气，风和日暖，梅雨霏霏，真好光景。怎见得，有诗为证。诗曰：

冉冉绿阴密，风轻燕引雏。
新荷翻沼面，修竹渐扶苏②。
芳草连天碧，山花遍地铺。
溪边蒲插剑③，榴火④壮行图。
何时了王事，镇日⑤醉呼卢⑥。

话言张山人马一路晚住晓行，也受了些饥餐渴饮，鞍马奔驰，不一日来到西岐北门。左右报入行营："禀元帅：前哨人马已至岐周北门。"张山传令："安营。"一声炮响，三军呐喊，绞起中军帐来。张山坐定，只见钱保、李锦上帐参谒。钱保曰："兵行百里，不战自疲，

① 壮猷（yóu）：指宏大的谋略。猷，指计谋，打算，谋划。
② 扶苏：枝叶繁茂的树木。此处形容竹子枝叶繁茂的样子。
③ 蒲插剑：菖蒲的叶形像剑，故称"蒲剑"。亦指以蒲为剑。
④ 榴火：形容石榴花红艳似火。
⑤ 镇日：犹言整天。从早到晚。
⑥ 呼卢：古代一种赌博游戏。共有五枚骰子，骰子一面涂黑，一面涂白。掷子时五子全黑叫"卢"，得头彩。赌博时为得头彩，往往高声喊叫，希望得全黑，称"呼卢"。

请主将定夺。”张山谓二将曰：“将军之言甚善。姜尚乃智谋之士，不可轻敌。况吾师远来，利在速战。今且暂歇息军士，吾明日自有调用。”二将应诺而退。

且言子牙在西岐，日日与众门人共议拜将之期，命黄飞虎造大红旗帜，不要杂色。（周为火德，故要造大红旗帜）黄飞虎曰：“旗号乃三军眼目。旗分五色，原为按五方之位次，使三军知左右前后，进退攻击之法，不得错乱队伍。若纯是一色红旗，则三军不知东南西北，何以知进退趋避之方？犹恐不便。或其中另有妙用？乞丞相一一教之。”子牙笑曰：“将军实不知其故耳。红者火也。今主上所居之地乃是西方；此地原自属金，非借火炼寒金，岂能为之有用，此正兴周之兆。（此乃后世无知附会之言尔，岂不闻五行生克乃火克金，而商正为金德）然于旗上另安号带，须按青、黄、赤、白、黑五色，使三军各自认识，自然不能乱耳。又使敌军一望生疑，莫知其故，自然致败。兵法云：‘疑则生乱。’正此故耳。又何不可之有？”

黄飞虎打躬谢曰：“丞相妙算如神！”子牙又令辛甲造军器。只见天下八百诸侯又表上西岐，请武王伐纣，会兵于孟津。子牙接表，与众将官商议：“恐武王不肯行。”众人正迟疑间，只见探事官报入相府来，报子牙曰：“成汤有人马在北门安营，主将乃是三山关总兵张山。”子牙听说，忙问邓九公曰：“张山用兵如何？”邓九公曰：“张山原是末将交代官，此人乃一勇之将耳。”（评价唯有“一勇”，可见实乃少谋之辈）正话之时，又报：“有将请战。”子牙传令：“谁去走遭？”邓九公欠身：“末将愿往。”

领令出城。见一员战将，如一轮火车，滚至军前。怎见得打扮骁勇，有赞为证。赞曰：

顶上金盔分凤翅，黄金铠挂龙鳞砌。

大红袍上绣团花，丝蛮宝带吞头异。
腰下常悬三尺锋，打阵银锤如猛鸷①。
撺山跳涧紫骅骝，斩将钢刀生杀气。
一心分免纣王忧，万古留传在史记。

话言邓九公马至军前，看来者乃是钱保也。邓九公大叫曰："钱将军，你且回去，请张山出来，吾与他自有话说。"钱保指九公大骂曰："反贼！纣王有何事负你！朝廷拜你为大将，宠任非轻；不思报本，一旦投降叛逆，真狗彘不若②！尚有何面目立于天地之间！"（亦是不自量力之辈）

邓九公被数语骂得满面通红，亦骂曰："钱保！料你一匹夫，有何能处，敢出此大言！你比闻太师何如？况他也不过如此。早受吾一刀，免致三军受苦。"言罢，纵马舞刀，直取钱保。钱保手中刀急架相还。二马盘旋，一场大战。怎见得：

二将坐鞍鞒，征云透九霄③。急取壶中箭，忙拔紫金标。这一个兴心安社稷，那一个用意正天朝。这一个千载垂青史，那一个万载把名标。真如一对狻猊斗，不亚翻江两怪蛟。

话说邓九公大战钱保有三十回合，钱保岂邓九公对手，被九公回马刀劈于马下，（若早如邓九公所言，回营请出张山，亦不至于丧命）枭首级进城，来见子牙，请令定夺。子牙大悦，记功宴贺不表。

① 鸷（zhì）：凶猛的鸟。如鹰、鹯之类。
② 狗彘（zhì）不若：意思是连猪狗都不如。形容品行卑劣到连猪狗都不如的程度。出自《荀子·荣辱》。
③ 九霄：天的极高处。

只见败兵报与张山说："钱保被邓九公枭首级进城去了。"张山闻报大怒。次日，亲临阵前，坐名要邓九公答话。报马报入相府，言："有将请战，要邓将军答话。"邓九公挺身而出。有女邓婵玉愿随压阵。子牙许之。九公同女出城。张山一见邓九公，走马至军前，乃大骂曰："反贼匹夫！国家有何事亏你，背恩忘义，一旦而事敌国，死有余辜！今不倒戈受缚，尚敢恃强，杀朝廷命官。今日拿匹夫解上朝歌，以正大法。"邓九公曰："你既为大将，上不知天时，下不谙[1]人事，空生在世，可惜衣冠着体，真乃人中之畜生耳！今纣王贪淫无道，残虐不仁，天下诸侯不归纣而归周，天心人意可见。汝尚欲勉强逆天，是自取辱身之祸，与闻太师等枉送性命耳。可听吾言，下马归周，共伐独夫，拯溺救焚，上顺天心，下酬民愿，自不失封侯之位。若勉强支吾，悔无及矣。"（胜方自然振振有词，更何况西岐胜了多次）

张山大怒，骂曰："利口匹夫！敢假此无稽之言，惑世诬民，碎尸不足以尽其辜！"摇枪直取。邓九公刀迎面还来。二将相持，一场赌斗。怎见得，有赞为证。赞曰：

轻举擎天手，生死在轮回。往来无定论，叱咤似春雷。一个恨不得平吞你脑袋，一个恨不得活砍你颐腮[2]。只杀得一个天昏地暗没三才[3]，那时节方才两下分开。

话言邓九公与张山大战三十回合，邓九公战张山不下，邓婵玉在

① 不谙（ān）：不了解，没有经验。谙，熟悉，精通。
② 颐腮：即头颅。
③ 三才：古指天、地、人。《易·说卦》："是以立天之道曰阴与阳，立地之道曰柔与刚，立人之道曰仁与义。兼三才而两之，故《易》六画而成卦。"

后阵，见父亲刀法渐乱，打马兜回，发手一石，把张山脸上打伤，几乎坠马，败进大营。邓九公父女掌得胜鼓进城，入相府报功不表。

话言张山失机进营，脸上着伤，心上甚是急躁，切齿深恨。忽报："营外有一道人求见。"张山传令："请来。"只见一道人，头挽双髻，背缚一口宝剑，飘然而至中军，打稽首。张山欠身答礼，尊帐中坐下。道人见张山脸上青肿，问曰："张将军面上为何着伤？"张山曰："昨日见阵，偶被女将暗算。"道人忙取药饵敷搽，即时全愈。（这道人有些本事，如同当初吕岳救治郑伦一般）张山忙问："老师从何处而来？"道人曰："吾从蓬莱岛而至。贫道乃羽翼仙也。特为将军来助一臂之力。"

张山感谢道人。次日，早至城下，请子牙答话。报马报入相府："城外有一道人请战。"子牙曰："原该有三十六路征伐西岐，此来已是三十二路，还有四路未曾来至，我少不得要出去。"忙传令："排五方队伍。"一声炮响，齐出城来。羽翼仙抬头观看，只见两扇门开，纷纷绕绕，俱是穿红着绿狼虎将；攒攒簇簇，尽是敢勇当先骁骑兵。哪吒对黄天化，金吒对木吒，韦护对雷震子，杨戬与众门人左右排列保护中军，武成王压阵。子牙坐四不相，走出阵前。见对面一道者，生的形容古怪，尖嘴缩腮，头挽双髻，徐徐而来。怎见得，有赞为证：

头挽双髻，体貌轻扬。
皂袍麻履，形异寻常。
嘴如鹰鸷，眼露凶光。
葫芦背上，剑佩身藏。
蓬莱怪物，得道无疆。
飞腾万里，时歇沧浪。

名为金翅，绰号禽王。

话说子牙拱手言曰：“道友请了！”羽翼仙曰：“请了。”子牙曰：“道友高姓何名？今日会尚有何事分付？”羽翼仙答曰：“贫道乃蓬莱岛羽翼仙是也。姜子牙，我且问你：你莫非是昆仑门下元始徒弟？你有何能，对人骂我，欲拔吾翎毛，抽吾筋骨？我与你无涉，你如何这等欺人？”（想来又是申公豹背后挑唆。截教众人之所以助商灭周，大都并非认同商朝，而仅仅是为了与阐教，甚至仅仅是为了与姜子牙个人争个颜面。亦是可怜可叹。看来修行之人，看破利容易，看破名则大难）子牙欠身曰：“道友不可错来怪人。我与道友并未曾会过几次，我知道友根底？或有人搬唆，或有甚失礼得罪之处。我与道友未有半面之交，此语从何而来？道友请自三思。”

羽翼仙听得此语，低头暗思：“此言大是有理。”乃谓子牙曰：“你话虽有理，只是此语未必无自而来。但说过，你从今百事斟酌，毋得再是如此造次，我与你不得干休。去罢！”子牙方欲勒骑，哪吒听罢大怒：“这泼道焉敢如此放肆，眇视①师叔！”登开风火轮，摇枪就刺。（意气坏事）羽翼仙笑曰：“元来你仗这些孽障凶顽，敢于欺人！”彻步持剑相交，枪剑并举。黄天化忙催玉麒麟，使双锤，双战道人。雷震子把风雷翅飞起空中，黄金棍往下刷来。土行孙倒拖宾铁棍，来打下三路。杨戬纵马舞三尖刀，前来助战。把羽翼仙围裹垓心。上三路雷震子，中三路哪吒、杨戬、黄天化，下三路土行孙。

且说哪吒见羽翼仙了得，先下手祭乾坤圈打来，正中羽翼仙肩甲。道人把眉头一皱，方欲抽身逃走，被黄天化回手一攒心钉，把道人右臂打通；又被土行孙把道人腿上打了数下；杨戬复祭哮天犬把羽

① 眇视：轻视，小看。

翼仙夹颈子一口。羽翼仙四下吃亏，大叫一声，借土遁走了。子牙得胜，众门人相随进城。且说羽翼仙吃了许多的亏，把牙一挫[1]，走进营来。张山接住，口称："老师今日误中奸计，老师反被他着伤。"道人曰："不妨，吾不曾防备他，故此着了他的手。"羽翼仙忙将花篮中取出丹药，用水吞下一二粒，即时全愈。羽翼仙谓张山曰："我念'慈悲'二字，到不肯伤众生之命！他今日反来伤我，是彼自取杀身之祸。"复对张山曰："可取些酒来，你我痛饮。至更深时，我叫西岐一郡化为渤海。"（纵使哪吒等人伤你，一郡百姓何辜？前文尚称"慈悲"，转脸便要水淹全城，不亦变脸太快乎？）张山大喜，忙治酒相款，不表。

却说子牙得胜进府，与诸门人将佐商议。忽一阵风把檐瓦刮下数片来。子牙忙焚香炉中，取金钱在手，占卜吉凶，只见排下卦来，把子牙唬得魂不附体。忙沐浴更衣，望昆仑下拜。拜罢，子牙披发仗剑，移北海之水，救护西岐，把城郭罩住。只见昆仑山玉虚宫元始天尊早知详细，用琉璃瓶中三光神水，洒向北海水面之上，又命四偈谛神："把西岐城护定，不可晃动。"正是：人君福德安天下，元始先差偈谛神。（元始天尊暗中相助，羽翼仙岂有胜算？）

话说羽翼仙饮至一更时分，命张山收去了酒，出了辕门，现了本相，乃大鹏金翅雕。张开二翅，飞在空中，把天也遮黑了半边。好利害！有赞为证。赞曰：

二翅遮天云雾迷，空中响亮似春雷。
曾扇四海俱见底，吃尽龙王海内鱼。
只因怒发西岐难，还是明君福德齐。

---

① 挫：折断。此应指咬紧、磨搓，表示愤怒。

羽翼根深归正道，至今万载把名题。

只见大鹏雕飞在空中望下一看，见西岐城是北海水罩住。羽翼仙不觉失声笑曰：“姜尚可谓腐朽，不知我的利害。我若稍用些须之力，连四海顷刻扇干，岂在此一海之水！”羽翼仙展两翅，用力连扇有七八十扇。他不知此水有三光神水在上面，越扇越长，不见枯涸。羽翼仙自一更时分直扇到五更天气，那水差不多淹着大鹏雕的脚。这一夜将气力用尽，不能成功，不觉大惊，“若再迟延，恐到天明不好看”，（费时一夜方肯认输，可见羽翼仙亦是个极端自负之人）自觉惭愧，不好进营来见张山，一怒飞起来，至一座山洞，甚是清奇。怎见得，有赞为证。赞曰：

高峰掩映，怪石嵯峨。奇花瑶草馨香，红杏碧桃艳丽。崖前古树，霜皮①溜雨②四十围③；门外苍松，黛色④参天三千尺。双双野鹤，常来洞口舞清风；对对山禽，每向枝头啼白昼。簇簇黄藤如挂索，行行烟柳似垂金。方塘积水，深穴依山。方塘积水，隐千年未变的蛟龙；深穴依山，住万载得道仙子。果然不亚玄都府，真是神仙出入门。

话说大鹏雕飞至山洞前，见一道人靠着洞边默坐。羽翼仙寻思：“不若将此道人抓来吃了，以为充饥，再作道理。”大鹏雕方欲扑来，

① 霜皮：经霜的树皮。
② 溜雨：指雨水从树干滑落。
③ 围：古代计量圆周的约略单位，其具体尺寸各说不一。此处应是指两手的拇指和食指合拢的长度。
④ 黛色：青黑色。

道人用手一指，大鹏雕扑蹋的跌将下地来。（无端伤人者，亦为人所伤。无端吃人者，难免被人吃）道人揉眉擦目，言曰："你好没礼！你为何来伤我？"羽翼仙曰："实不相瞒，我去伐西岐，腹中饿了，借你充饥，不知道友仙术精奇，得罪了！"道人曰："你腹中饥了，问吾一声，我自然指你去。你如何就来害我？甚是非礼。也罢，我说与你知道：离此二百里，有一山，名为紫云崖，有三山五岳，四海道人，俱在那里赴香斋。你速去，恐迟了不便。"

大鹏谢曰："承教了。"（竟不疑有他，也是个少心眼的）把二翅飞起，霎时而至，即现仙形。只见高高下下，三五一攒，七八一处，都是四海三山道者赴斋。又见一童儿往来捧东西与众道人吃。羽翼仙曰："道童请了！贫道是来赴斋的。"那童儿听说，"呀"的一声，答曰："老师来早些方好，如今没有东西了。"羽翼仙曰："偏我来就没有东西了？"道童答曰："来早就有，来迟了，东西已尽与众位师父，安能再有？必至明日方可。"羽翼仙曰："你拣人布施，我偏要吃！"

二人嚷将起来。只见一位穿黄的道人向前问曰："你为何事在此争论？"童儿曰："此位师父来迟了，定要吃斋。那里有了？故此闲讲。"那道人曰："童儿，你看可有面点心否？"童儿答曰："点心还有，要斋却没有了。"羽翼仙曰："就是点心也罢，快取将来。"那童儿忙把点心拿将来，递与羽翼仙。羽翼仙一连吃了七八十个。那童儿曰："老师可吃了？"羽翼仙曰："有，还吃得几个。"童儿又取十数个来。羽翼仙共吃了一百零八个。正是：妙法无边藏秘诀，今番捉住大鹏雕。

话说羽翼仙吃饱了，谢过斋，复现本相，飞起往西岐来。复从那洞府过，道人还坐在那里，望着大鹏雕把手一指，大鹏雕跌将下来，"哎呀"的一声，跌了肚肠了，在满地打滚，只叫："痛杀我也！"不知大鹏雕性命如何，且听下回分解。

总批

张山有大将之才，惜乎自不是子牙对手。只这大鹏雕也来浑一场帐，并未曾得尺寸之功，后反贪口腹被擒，毕竟是羽毛中品格。

又批

来伐西岐的屡欲暗算子牙，每每被狂风檐瓦报信，须至保全无事。即此可卜天意，岂是人力所能强为？可笑殷郊、殷洪错了念头。

第六十三回　申公豹说反殷郊

申公豹說
反殷郊

导读：本回中殷郊在白龙山收服的温良和马善，其原型应当是道教中的温元帅与马元帅。马元帅即华光大帝，又称“三眼灵光”“灵官马元帅”等，也就是民间俗语“马王爷三只眼”中的“马王爷”。温元帅在之前闻太师请来九龙岛四圣时，曾经介绍过。但在九龙岛四圣身上，只是借用了灵霄宝殿镇殿四元帅的外形。而此处的温良，才是对应了温元帅。至于马善，书中给他安排的出身是燃灯道人驾前琉璃灯的火焰，这也与当时明代小说和民间信仰中华光大帝的身份切合。在以《南游记》为代表的相关文艺作品和民间信仰中，华光大帝被称为“火精”，身藏金砖、火丹。民间将其视作火神，在八、九月间举办法会，名曰“华光醮”，以祈求免除火灾。而更早的《三教源流搜神大全》中，对其来历叙述已经很成系统，《南游记》等书大都是据此发挥、编写的。按照《三教源流搜神大全》所说，他本是如来身边的“至妙吉祥”，因毁坏了“焦火鬼坟”，被罚下凡，先后三次投胎。第一次，他以五团火光投胎于一马姓家；第二次，他投胎于火魔王公主为儿。这两次都与火有关。等到第三次投胎之后，玉帝见他颇有将才，便敕封他为真武大帝的部将。本回中，马善是燃灯道人琉璃灯中火焰的设定，可能就是受了他火神身份，以及原本为如来身边“至妙吉祥”设定的影响。

诗曰：

公豹存心至不良，纣王两子丧疆场。
当初致使殷洪反，今日仍教太岁亡。
长舌惹非成个事，巧言招祸作何忙。
虽然天意应如此，何必区区话短长！

话言羽翼仙在地下打滚，只叫："疼杀我也！"这道人起身，徐徐行至面前，问曰："你方才去吃斋，为何如此？"大鹏答曰："我吃了些面点心，腹中作疼。"道人曰："吃不着，吐了罢。"大鹏当真的去吐，不觉一吐而出，有鸡子大，白光光的，连绵不断，就像一条银索子，将大鹏的心肝锁住。大鹏觉得异样，及至扯时，又扯得心疼。（也是替贪吃多占者画像以为戒）大鹏甚是惊骇，知是不好消息，欲待转身，只见这道人把脸一抹，大喝一声："我把你这孽障！你认得我么？"

这道人乃是灵鹫山元觉洞燃灯道人。道人骂曰："你这孽障！姜子牙奉玉虚符命，扶助圣王，戡定①祸乱，拯溺救焚，吊民伐罪，你为何反起狼心，连我也要吃？你助恶为虐！"命黄巾力士："把这孽障吊在大松树上，只等姜子牙伐了纣，那时再放你不迟！"大鹏忙哀诉曰："老师大发慈悲，赦宥弟子！弟子一时愚昧，被旁人唆使。从今知过，再不敢正眼窥视西岐。"燃灯曰："你在天皇时得道，如何大运也不知，真假也不识，还听旁人唆使，情真可恨，决难恕饶！"大鹏再三哀告曰："可怜我千年功夫，望老师怜悯！"燃灯曰："你既肯改邪归正，须当拜我为师，我方可放你。"大鹏连忙极口称道曰：

① 戡（kān）定：平定。戡，攻克，平定。

“愿拜老爷为师，修归正果。”燃灯曰：“既然如此，待我放你。”用手一指，那一百零八个念珠还依旧吐出腹中。大鹏遂归燃灯道人，往灵鹫山修行不表。（燃灯道人好计策，帮助西岐除去大敌，又收了个“天皇时得道”的好徒弟。其实此番姜子牙并未寻求燃灯相助，元始天尊的三光神水足以挡住羽翼仙。燃灯此举不好说更多是为了西岐，还是更多为了给自己招人）

话分两头，且说九仙山桃园洞广成子只因犯了杀戒，只在洞中静坐，保摄①天和②，不理外务。忽有白鹤童子奉玉虚符命，言子牙不日金台拜将，命众门徒须至西岐山饯别东征。广成子谢恩，打发白鹤童儿回玉虚去了。道人偶想起殷郊：“如今子牙东征，把殷郊打发他下山，佐子牙东进五关，一则可以见他家之故土，一则可以捉妲己报杀母之深仇。”（为徒弟考虑周全）忙问：“殷郊在那里？”殷郊在殿后听师父呼唤，忙至前殿，见师父行礼。广成子曰：“方今武王东征，天下诸侯相会孟津，共伐无道，正你报仇泄恨之日。我如今着你前去，助周作前队，你可去么？”

殷郊听罢，口称“老师”，曰：“弟子虽是纣王之子，实与妲己为仇。父王反信奸言，诛妻杀子，母死无辜，此恨时时在心，刻刻挂念，不能有忘，今日老师大舍慈悲，发付③弟子，敢不前往，以图报效，真空④生于天地间也。”广成子曰：“你且去桃源洞外狮子崖前，

① 保摄：保养。
② 天和：人体之元气。
③ 发付：打发。
④ 真空：佛学概念。《大般若经》卷五百六十七谓，般若波罗蜜多（大智慧到彼岸）“亦名真空，及一切智、一切相智不二法界”。常人见佛家多谈“空”，便以为否定一切存在。这是一种误解。其实，佛家要否定的只是妄心所生的妄相，并不否定一切事物现象。从这个意义上说，“真空”也就是“妙有”，所谓“真空不空，妙有非有”。学佛而未理解此意，偏执于“空”论，甚至于否定因果，便成了“顽空”。佛家言“空”，是说事物都是由因缘相待而产生的，没有独立不变的“自性”，并不是否认事物的存在。

寻了兵器来，我传你些道术，你好下山。”殷郊听说，忙出洞往狮子崖来寻兵器。只见白石桥那边有一洞。怎见得，有《西江月》为证：

门依双轮日月，照耀一望山川。珠渊金井暖含烟，更有许多堪羡。　叠叠朱楼画阁，凝凝赤壁青田。三春①杨柳九秋莲，兀的洞天罕见。

话说殷郊见石桥南畔有一洞府，兽环朱户，俨若王公第宅。殿下自思：“我从不曾到此，且过桥去，便知端的。”

来至洞前，那门虽两扇，不推而自开。只见里边有一石几，几上有热气腾腾六七枚豆儿。殷郊拈一个吃了，自觉甘甜香美，非同凡品，“好豆儿，不若一总吃了罢。”刚吃了时，忽然想起：“来寻兵器，如何在此闲玩？”忙出洞来，过了石桥，及至回头，早不见洞府。殿下心疑，不觉浑身骨头响，左边肩头上忽冒出一只手来。殿下着慌，大惊失色。只见右边又是一只。一会儿忽长出三头六臂，把殷郊只唬得目瞪口呆，半晌无语。（竟与雷震子食杏变身有些相似）只见白云童儿来前叫曰：“师兄，师父有请。”殷郊这一会略觉神思清爽，面如蓝靛，发似朱砂，上下獠牙，多生一目，恍恍荡荡，来至洞前。

广成子拍掌笑曰：“奇哉！奇哉！仁君有德，天生异人。”命殷郊进洞，至桃园内，广成子传与方天画戟②，言曰：“你先下山，前至西岐，我随后就来。”道人取出番天印、落魂钟、雌雄剑付与殷郊。殷郊即时拜辞下山。广成子曰：“徒弟，你且住。我有一事对你

① 三春：春季的三个月。农历正月为孟春，二月为仲春，三月为季春，合称“三春”。

② 方天画戟：一种古代兵器名称，因其戟杆上加彩绘装饰，又称画杆方天戟，是顶端作“井”字形的长戟。历史上，方天画戟通常是一种仪设之物，较少用于实战，不过并非不能用于实战，而是对使用者的要求极高。

说。吾将此宝尽付与你，须是顺天应人，东进五关，辅周武，兴吊民伐罪之师，不可改了念头，心下狐疑，有犯天谴，那时悔之晚矣。”殷郊曰：“老师之言差矣！周武明德圣君，吾父荒淫昏虐，岂得错认，有辜师训。弟子如改前言，当受犁锄之厄①。”（与其弟殷洪此前所为所言何其相似，恐终难免与其弟同一下场）道人大喜。殷郊拜别师尊。正是：殿下实心扶圣主，只恐旁人起祸殃。

话说殷郊离了九仙山，借土遁往西岐前来。正行之间，不觉那遁光飘飘，落在一座高山。怎见得好山，有赞为证。赞曰：

冲天占地，转日生云。冲天处尖峰矗矗，占地处远脉迢迢。转日的，乃岭头松郁郁；生云的，乃崖下石磷磷。松郁郁，四时八节常青；石磷磷，万年千载不改。林中每听夜猿啼，涧内常见妖蟒过。山禽声咽咽，走兽吼呼呼。山獐山鹿，成双作对纷纷走；山鸦山雀，打阵攒群密密飞。山草山花看不尽，山桃山果应时新。虽然崎险不堪行，却是神仙来往处。

话言殷郊才看山巅险峻之处，只听得林内一声锣响，见一人面如蓝靛，发似朱砂，骑红砂马，金甲红袍，三只眼，拎两根狼牙棒，那马如飞，奔上山来，见殷郊三头六臂，也是三只眼，大呼曰：“三首者乃是何人，敢来我山前探望？”殷郊答曰：“吾非别人，乃纣王太子殷郊是也。”

那人忙下马，拜伏在地，口称：“千岁为何往此白龙山径过？”（见殷郊如此面貌竟也不疑有他？）殷郊曰：“吾奉师命，往西岐去见姜子

① 犁锄之厄：由古代的酷刑“犁首之厄”而来，指把人埋在地里，露出脑袋，然后赶着牛，用那尖尖的犁像耕田一样犁过去。

牙。”话未曾了，又一人带扇云盔，淡黄袍，点钢枪，白龙马，面如傅粉①，三绺②长髯，也奔上山来，大呼曰：“此是何人？”蓝脸的道：“快来见殷千岁。”那人也是三只眼，滚鞍下马，拜伏在地。二人同曰：“且请千岁上山，至寨中相见。”

三人步行至山寨，进了中堂。二人将殷郊扶在正中交椅上，纳头便拜。殷郊忙扶起，问曰：“二位高姓大名？”那蓝脸的应曰：“末将姓温，名良；那白面的姓马，名善。”殷郊曰：“吾看二位一表非俗，俱负英雄之志，何不同吾往西岐立功，助武王伐纣？”二人曰：“千岁为何反助周灭纣者，何也？”殷郊答曰：“商家气数已尽，周家王气正盛，况吾父得十罪于天下，今天下诸侯应天顺人，以有道伐无道，以无德让有德，此理之常，岂吾家故业哉？”（见识胜于其弟，申公豹若仍用劝说殷洪之言来劝殷郊，恐难奏效）温良、马善曰：“千岁兴言及此，真以天地父母为心，乃丈夫之所为，如千岁者鲜矣。”温良与马善整酒庆喜。殷郊一面分付偻㑩改作周兵，放火烧了寨栅，随即起兵。殷郊三人同上了马，离了白龙山，往大路进发，径奔西岐而来。正是：殷郊有意归周主，只怕苍天不可从。

殷郊正行，偻㑩报：“启千岁：有一道人骑虎而来，要见千岁。”殷郊闻报，忙分付左右旗门官，令：“安下人马，请来相见。”道人下虎进帐。殷郊忙迎将下来打躬，口称：“老师从何而来？”道人曰：“吾乃昆仑门下申公豹是也。殿下往那里去？”殷郊曰：“吾奉师命，往西岐投拜姬周，姜师叔不久拜将，助他伐纣。”道人笑曰：“我问你，纣王是你甚么人？”殷郊答曰：“是吾父王。”道人曰：“恰又来！世间那有子助外人而伐父之理！此乃乱伦忤逆之说。你父不久龙归沧

① 傅粉：搽粉，抹粉。
② 绺（liǔ）：须、发、线、麻等的一股。

海，你原是东宫，自当接成汤之胤，位九五之尊，承帝王之统，岂有反助他人，灭自己社稷，毁自己宗庙，此亘古①所未闻者也。且你异日，百年之后，将何面目见成汤诸君于在天之灵哉！我见你身藏奇宝，可安天下，形像可定乾坤，当从吾言，可保自己天下，以诛无道周武，是为长策。”（此与劝说殷洪之言无二，看殷郊如何答他）

殷郊答曰：“老师之言虽是，奈天数已定，吾父无道，理当以让有德，况天心以顺，周主当兴，吾何敢逆天哉！况姜子牙有将相之才，仁德数布于天下，诸侯无不响应。我老师曾分付我下山助姜师叔东进五关，吾何敢有背师言，此事断难从命。”（果然劝说不动）申公豹暗想：“此言犯不动他，也罢，再犯他一场，看他如何。”申公豹又曰：“殷殿下，你言姜尚有德，他的德在那里？”殷郊曰：“姜子牙为人公平正直，礼贤下士，仁义慈祥，乃良心君子，道德丈夫，天下服从，何得小视他。”申公豹曰：“殿下有所不知。吾闻有德不灭人之彝伦，不戕②人之天性，不妄杀无辜，不矜功自伐③。殿下之父亲固得罪于天下，可与为仇；殿下之胞弟殷洪，闻说他也下山助周，岂意他欲邀己功，竟将殿下亲弟用太极图化成飞灰，此还是有德之人做的事，无德之人做的事？今殿下忘手足而事仇敌，吾为殿下不取④也。”（不重功利者，难免重于情义，故而以此再劝）

殷郊闻言，大惊曰：“老师，此事可真？”道人曰：“天下尽知，难道吾有诳语。实对你说，如今张山现在西岐驻扎人马，你只问他。如果殷洪无此事，你再进西岐不迟；如有此事，你当为弟报仇。我今与你再请一高人，来助你一臂之力。”申公豹跨虎而去。殷郊甚是疑

① 亘（gèn）古：从古代到现在。
② 戕（qiāng）：杀害，残害。
③ 矜功自伐：指自以为有功劳而夸耀。
④ 不取：指不赞成，不采取。

惑，只得把人马催动，径往西岐。殷郊一路上沉吟思想：“吾弟与天下无仇，如何将他如此处治，必无此事。若是姜子牙将吾弟果然如此，我与姜尚誓不两立，必定为弟报仇，再图别议。”（此时殷郊尚有理智，但申公豹故意略去殷洪被杀之原因，诱导殷郊只要确定弟弟为姜子牙所杀，不问情由便去报仇）人马在路，非止一日，来至西岐，果然有一枝人马打商汤旗号在此驻扎。殷郊令温良前去营里去问：“果是张山否？”话说张山自羽翼仙当晚去后，两日不见回来，差人打探，不得实信。

正纳闷间，忽军政官来报：“营外有一大将，口称‘请元帅接千岁大驾’，不知何故，请元帅定夺。”张山闻报，不知其故，沉思：“殿下久已失亡，此处是那里来的？”忙传令：“令来。”军政官出营对来将曰：“元帅令将军相见。”温良进营来见张山，打躬。张山问曰：“将军自何处而来？有何见谕？”温良答曰：“吾奉殷郊千岁令旨，令将军相见。”张山对李锦曰：“殿下久已失亡，如何此处反有殿下？”李锦在旁曰：“只恐是真。元戎可往相见，看其真伪，再作区处。”

张山从其言，同李锦出营，来至军前。温良先进营回话，对殷郊曰：“张山到了。”殷郊曰：“令来。”张山进营，见殷郊三首六臂，相貌凶恶；左右立温良、马善，都是三只眼。张山问曰：“启殿下：是成汤那枝宗派？”殷郊曰：“吾乃当今长殿下殷郊是也。”因将前事诉说一番。张山闻言，大觉大悦，忙行礼，口称：“千岁。”殷郊曰：“你可知道二殿下殷洪的事？”张山答曰：“二千岁因伐西岐，被姜尚用太极图化作飞灰多日矣。”殷郊听罢，大叫一声，昏倒在地。众人扶起。放声大哭曰：“兄弟果死于恶人之手！”跃身而起，将令箭一枝折为两段，曰：“若不杀姜尚，誓与此箭相同！”（手足情深，奈何为奸人所利用！可惜！可叹！）

次日，殷郊亲自出马，坐名只要姜尚出来。报马报入城中，进相府报曰："城外有殷郊殿下请丞相答话。"子牙传令："军士排队伍出城。"炮声响处，西岐门开，一对对英雄似虎，一双双战马如飞，左右列各洞门人。子牙见对营门一人，三首六臂，青面獠牙；左右二骑乃温良、马善，各持兵器。哪吒暗笑："三人九只眼，多了个半人！"殷郊走马至军前，叫："姜尚出来见我！"子牙向前曰："来者何人？"殷郊大喝曰："吾乃长殿下殷郊是也！你将吾弟殷洪用太极图化作飞灰，此恨如何消歇！"子牙不知其中原故，应声曰："彼自取死，与我何干？"（一言败事！若姜子牙心平气和地将前后经过说清，再温言慰抚，殷郊未尝不能谅解）

殷郊听罢，大叫一声，几乎气绝，大怒曰："好匹夫！尚说与你无干！"纵马摇戟来取。旁有哪吒登开风火轮，将火尖枪直取殷郊。轮马相交，未及数合，被殷郊一番天印把哪吒打下风火轮来。黄天化见哪吒失机，催开了玉麒麟，使两柄银锤，敌住了殷郊。子牙左右救回哪吒。黄天化不知殷郊有落魂钟。殷郊摇动了钟，黄天化坐不住鞍鞒，跌将下来。张山走马将黄天化拿了。及至上了绳索，黄天化方知被捉。黄飞虎见子被擒，催开五色神牛来战。殷郊也不答话，枪戟并举；又战数合，摇动落魂钟，黄飞虎也撞下神牛，早被马善、温良捉去。杨戬在旁见殷郊祭番天印、摇落魂钟，恐伤了子牙，不当稳便，忙鸣金收回队伍。子牙忙令军士进城，坐在殿上纳闷。杨戬上殿奏曰："师叔，如今又是一场古怪事出来！"子牙曰："有甚古怪？"杨戬曰："弟子看殷郊打哪吒的是番天印，此宝乃广成子师伯的，如何反把于殷郊？"子牙曰："难道广成子使他来伐我？"（姜子牙岂是被吓糊涂了，竟出如此之语）杨戬曰："殷洪之故事，师叔独忘之乎？"子牙方悟。

且说殷郊将黄家父子拿至中军。黄飞虎细观不是殷郊。殷郊问曰："你是何人？"黄飞虎曰："吾乃武成王黄飞虎是也。"殷郊曰："西岐也有武成王黄飞虎？"张山在旁坐，欠身答曰："此就是天子殿前黄飞虎，他反了五关，投归周武，为此叛逆，惹下刀兵。今日被擒，正所谓'天网恢恢，疏而不漏'，是彼自取死耳。"殷郊闻言，忙下帐来，亲解其索，口称："恩人，昔日若非将军，焉能保有今日。"忙问飞虎曰："此人是谁？"黄飞虎答曰："此吾长子黄天化。"殷郊急传令也放了。因对飞虎曰："昔日将军救吾兄弟二人，今日我放你父子，以报前德。"（与殷洪所为无差，真一母同胞也）

黄飞虎感谢毕，因问曰："千岁当时风刮去，却在何处？"殷郊不肯说出根本，恐泄了机密，乃朦胧应曰："当日乃海岛仙家救我，在山学业。今特下山来报吾弟之仇。今日吾已报过将军大德，倘后见战，幸为回避。如再被擒，必正国法。"黄家父子告辞出营，至城下叫门。把门军官见是黄家父子，忙开城门放入。父子进相府来见子牙，尽言其事。子牙大喜。

次日，探马来报："有将请战。"子牙问："谁人去走一遭？"旁有邓九公愿往。子牙许之。邓九公领令出府，上马提刀，开放城门，见一将白马长枪，穿淡黄袍。怎见得：

> 戴一顶扇云冠，光芒四射；黄花袍，紫气盘旋；银叶甲，辉煌灿烂；三股绦，身后交加；白龙马追风赶日；杵白枪大蟒顽蛇。修行在仙山洞府，成道行有正无邪。

话说邓九公大呼曰："来者何人？"马善曰："吾乃大将马善是也。"邓九公也不通姓名，纵马舞刀，飞来直取。马善枪劈面相迎。两马往还，杀有十二三回合，邓九公刀法如神，马善敌不住，被邓九公闪一刀，逼开了马善的枪，抓住腰间绦袍，拎过鞍鞒，往下一摔，生擒进城，至相府来见子牙。子牙问曰："将军胜负如何？"九公曰："擒了一将，名唤马善。令在府前，候丞相将令。"子牙命："推来。"少时，将马善推至殿前。那人全不畏惧，立而不跪。子牙曰："既已被擒，何不屈膝？"马善大笑，骂曰："老匹夫！你乃叛国逆贼。吾既被擒，要杀就杀，何必多说！"子牙大怒，令："推出府斩讫报来！"南宫适为监斩官，推至府前，只见行刑箭出，南宫适手起一刀，犹如削菜一般。正是：钢刀随过随时长，如同切水一般同。

南宫适看见大惊，忙进相府回令曰："启丞相：异事非常！"子牙问曰："有甚话说？"南宫适曰："奉令将马善连斩三刀，这边过刀，那边长完，不知有何幻术，请丞相定夺。"子牙听报大惊，忙同诸将出府来，亲见动手，也是一般。旁有韦护祭起降魔杵打将下来，正中马善顶门，只打的一派金光，就地散开。韦护收回杵，还是人形。众门人大惊，只叫："古怪！"子牙无计可施，命众门人："借三昧真火烧这妖物！"旁有哪吒、金木二吒、雷震子、黄天化、韦护，运动三昧真火焚之。马善乘火光一起，大笑曰："吾去也！"杨戬看见火光中走了马善。子牙心下不乐。各回府中商议不题。且言马善走回营来见殷郊，尽言擒去，怎样斩他，怎样放火焚他，"末将借火光而回。"（这马善亦非等闲之辈，不可以普通山贼视之）殷郊闻言大喜。

子牙在府中沉思。只见杨戬上殿，对子牙曰："弟子往九仙山探听虚实，看是如何。二则再往终南山，见云中子师叔，去借照妖鉴来，看马善是甚么东西，方可治之。"子牙许之。杨戬离了西岐，借土遁径往九仙山来。不一时，顷刻已至桃园洞，来见广成子。杨戬行礼，口称："师叔。"广成子曰："前日令殷郊下山，到西岐，同子牙伐纣，好三首六臂么？候拜将日，再来嘱他。"杨戬曰："如今殷郊不伐朝歌，反伐西岐，把师叔的番天印打伤了哪吒诸人，横行狂暴。弟子奉子牙之命，特来探其虚实。"

广成子闻言大叫：“这畜生有背师言，定遭不测之祸！但吾把洞内宝珍尽付与他，谁知今日之变。”（不看赤精子前车之鉴，还敢尽付珍宝）叫杨戬：“你且先回，我随后就来。”杨戬离了九仙山，径往终南山来，须臾而至。进洞府，见云中子行礼，口称：“师叔，今西岐来了一人，名曰马善，诛斩不得，水火亦不能伤他，不知何物作怪，特借老师照妖鉴一用，俟除此妖邪，即当奉上。”云中子听说，即将宝鉴付与杨戬。杨戬离了终南山，往西岐来，至相府，参谒子牙。子牙问曰：“杨戬，你往九仙山见广成子，此事如何？”杨戬把上项事情一一诉说一遍；又将取照妖鉴来的事亦说了一遍。令：“明日可会马善。”

次日，杨戬上马提刀，来营前请战，坐名只要马善出来。探马报入中军。殷郊命马善出营。马善至军前。杨戬暗取宝鉴照之，乃是一点灯头儿在里面晃。杨戬收了宝鉴，纵马舞刀，直取马善。二马相交，刀枪并举。战有二三十回合，杨戬拨马就走。马善不赶，回营来见殷郊回话：“与杨戬交战，那厮败走，末将不去赶他。”殷郊曰：“知己知彼，此是兵家要诀。此行是也。”

且言杨戬回营进相府来。子牙问曰：“马善乃何物作怪？”杨戬答曰：“弟子照马善，乃是一点灯头儿，（难怪刀砍不断，反而能借火光逃走）不知详细。”旁有韦护曰：“世间有三处，有三盏灯：玄都洞八景宫有一盏灯，玉虚宫有一盏灯，灵鹫山有一盏灯。莫非就是此灯作怪？杨道兄可往三处一看，便知端的。”杨戬欣然欲往。子牙许之。

杨戬离了西岐，先往玉虚宫而来，驾着土遁而走。正是：风声响处行千里，一饭功夫至玉虚。

话说杨戬自不曾至昆仑山，今见景致非常，只得玩赏。怎见得：

珍楼玉阁，上界昆仑。谷虚繁地籁，境寂散天香。青松带雨遮高阁，翠竹依稀两道旁。霞光缥缈，采色飘飘。朱栏碧槛，画栋雕檐。谈经香满座，静闭月当窗。鸟鸣丹树内，鹤饮石泉旁。四时不谢奇花草，金殿门开射赤光。楼台隐现祥云里，玉磬金钟声韵长。珠帘半卷，炉内烟香。讲动《黄庭》① 方入圣，万仙总领镇来方②。

话说杨戬至麒麟崖，看罢昆仑景致，不敢擅入，立于宫外，等候多时。只见白鹤童子出宫来，杨戬上前施礼，口称："师兄，弟子杨戬借问老爷面前琉璃灯可曾点着？"白鹤童儿答曰："点着哩。"杨戬自思："此处点着，想不是这里，且往灵鹫山去。"

彼时离了玉虚，径往灵鹫山来。好快！正是：架雾腾云仙体轻，玄门③须仗五行④行。周游寰宇⑤须臾至，才离昆仑又玉京⑥。

杨戬进元觉洞，倒身下拜，口称："老师，弟子杨戬拜见。"燃灯问曰："你来做甚么？"杨戬答曰："老爷面前的琉璃灯灭了。"道人抬头看见灯灭了，"呀"的一声，"这孽障走了！"（原来马善竟是燃灯道人琉璃灯中火焰，私逃下界。燃灯道人方才收了羽翼仙，这下又得来助西岐）

杨戬把上件事说了一遍。燃灯曰："你先去，我随即就来。"杨

① 《黄庭》：即《黄庭经》，道教经名。具体是指《上清黄庭内景经》和《上清黄庭外景经》，为道教上清派主要经书之一，以七言歌诀讲说道教养生修炼原理。它为历代道教徒及修身养性之士所重视，更是全真派的重要功课之一。

② 来方：前来祭祀四方之神。

③ 玄门：称道家。

④ 五行：水、火、木、金、土五种物质。中国古代思想家把这五种物质作为构成万物的元素，以说明世界万物的起源和多样性的统一。

⑤ 寰（huán）宇：犹言宇内，天下。

⑥ 玉京：道家称天帝所居之处。

戬别了燃灯，借土遁径归西岐，至相府来见子牙，将至玉虚见燃灯事说了一遍，“燃灯老师随后就来。”子牙大喜。正言之间，门官报：“广成子至。”子牙迎接至殿前。广成子对子牙谢罪曰：“贫道不知有此大变，岂意殷郊反了念头，吾之罪也。待吾出去，招他来见。”广成子随即出城，至营前大呼曰：“传与殷郊，快来见我！”不知后事如何，且听下回分解。

总批

申公豹与子牙有甚么仇隙，五次三番邀请十洲三岛凶神恶煞，来伐西岐，不知杀害多少生灵。毕竟与子牙无损，徒自送了这许多人。这不是与子牙为仇，是与众人为仇耳。

又批

纣王两个儿子被申公豹一场巧言浪语，都送在极惨的死地。此正不是为纣，实所以害纣。所谓自灭！自灭！还自灭耳！大抵今人作恶，还自身受，正是天道，恰好主张。

第六十四回　罗宣火焚西岐城

羅宣火焚西岐城

导读：本回中龙吉公主再次登场。按照书中的设定，龙吉公主乃是昊天上帝与瑶池金母的女儿。瑶池金母就是西王母，也就是民间俗称的王母娘娘。但是，无论是按照正统道教的教义，还是按照上古时期的西王母传说，西王母都是没有配偶，也没有亲生子女的。但是在各种民间故事和小说戏曲中，西王母却有着数量庞大的女儿，据不完全统计，至少有二十名。为什么会产生这种现象？或许有人会想当然地以为，是由于后世民间将王母娘娘与玉皇大帝拉郎配，硬生生弄成了天庭的皇帝、皇后，有了父母自然要搭配些子女。但是，这解释不了为什么西王母名下几乎都是女儿而鲜少有儿子。如果我们仔细回溯关于西王母女儿们的故事，会发现这类故事在早期并不是西王母的女儿下界如何如何，而是很多民间早夭的女子死后被西王母收养。为什么会出现这样的故事呢？这些故事最早出现在两晋南北朝时期。这是一个动荡不已、战乱频仍的时代，早亡的女孩不在少数。西王母作为当时广受崇拜的女仙之首，便有人编造故事，说这些女孩都被西王母收养做女儿了。无论编造这些故事之人的本意为何，这对于早亡女孩的父母亲友都是一种莫大的安慰。久而久之，西王母便拥有了一大堆的女儿，以至于当后世将她与玉皇大帝拉郎配时，给他们安排的也都是女儿，而极少听闻有儿子了。

诗曰：

离宫原是火之精，配合干支在丙丁。
烈石焚山情更恶，流金烁海①势偏横。
在天列曜人君畏，入地藏形万姓惊。
不是罗宣能作难，只因西土降仙卿。

话说探马报入中军："启千岁：有一道人请千岁答话。"殷郊暗想："莫不是吾师来此？"随即出营，果然是广成子。殷郊在马上欠身言曰："老师，弟子甲胄在身，不敢叩见。"广成子见殷郊身穿王服，（既入道门，便不可擅自改换衣冠。之前黄天化变装来见，姜子牙便生不快，以为忘本。广成子本就因殷郊背誓而气极，如今见其换装更加恼怒）大喝曰："畜生！不记得山前是怎样话！你今日为何改了念头？"殷郊泣诉曰："老师在上，听弟子所陈：弟子领命下山，又收了温良、马善；中途遇着申公豹，说弟子保纣伐周，弟子岂肯有负师言？弟子知吾父残虐不仁，肆行无道，固得罪于天下，弟子不敢有违天命；只吾幼弟又得何罪，竟将太极图把他化作飞灰！他与你何仇，遭此惨死！此岂有仁心者所为，此岂以德行仁之主！言之痛心刺骨！老师反欲我事仇，是诚何心！"殷郊言罢，放声大哭。

广成子曰："殷郊，你不知申公豹与子牙有隙，他是诳你之言，不可深信。此事乃汝弟自取，实是天数。"殷郊曰："申公豹之言固不可信；吾弟之死，又是天数，终不然是吾弟自走入太极图中去，寻此惨酷极刑。（怎不问你弟弟做了什么？）老师说得好笑！今兄存弟亡，实为可惨。老师请回，俟弟子杀了姜尚以报弟仇，再议东征。"广成

① 流金烁海：疑为"流金铄石"，形容天气酷热。

子曰："你可记得发下的誓言？"殷郊曰："弟子知道。就受此厄，死也甘心，决不愿独自偷生！"（可叹如此兄弟之情，竟被申公豹所利用！此所谓君子可欺之以方乎？哀哉！）广成子大怒，喝一声，仗剑来取。殷郊用戟架住："老师，没来由你为姜尚与弟子变颜，实系偏心。倘一时失礼，不好看相。"

广成子又一剑劈来。殷郊曰："老师何苦为他人不顾自己天性，则老师所谓'天道''人道'，俱是矫强[1]。"广成子曰："此是天数。你自不悔悟，违背师言，必有杀身之祸！"复又一剑砍来。殷郊急得满面通红，曰："师父，你既无情，偏执己见，自坏手足，弟子也顾不得了！"乃发手还一戟来。师徒二人战未及四五合，殷郊祭番天印打来。广成子着慌，借纵地金光法逃回西岐至相府。正是：番天印传殷殿下，岂知今日打师尊。

话言广成子回相府，子牙迎着，见广成子面色不似平日，忙问今日会殷郊详细。广成子曰："彼被申公豹说反。吾再三苦劝，彼竟不从。是吾怒起，与他交战。那孽障反祭番天印来打我，吾故此回来，再作商议。"子牙不知番天印的利害，正说之间，门官报："燃灯老爷来至。"二人忙出府迎接。至殿前，燃灯对子牙曰："连吾的琉璃灯也来寻你一番，俱是天数。"子牙曰："尚该如此，理当受之。"（面对天数，只能接受）燃灯曰："殷郊的事大，马善的事小，待吾先收了马善，再做道理。"乃谓子牙曰："你须得如此如此，方可收伏。"子牙俱依此计。

次日，子牙单人独骑出城，坐名"只要马善来见我！"左右报马报入中军："启千岁爷：姜子牙独骑出城，只要马善出战。"殷郊自思："昨日吾师出城见我，未曾取胜；今日令子牙单骑出城要马善，

---

① 矫强：勉强，矫情。

必有原故。且令马善出战，看是何如。”马善得令，拎枪上马，出辕门，也不答话，直取子牙。子牙手中剑赴面相迎。未及数合，子牙也不归营，望东南上逃走。马善不知他的本主等他，随后赶来。（单枪匹马来见，必有后手。马善竟敢孤身追赶，看来也是个少智的）未及数射之地，只见柳阴之下立着一个道人，让过子牙，当中阻住，大喝曰：“马善！你可认得我？”马善只推不知，就一枪来刺。燃灯袖内取出琉璃望空中祭起，那琉璃望下掉来。马善抬头看见，及待躲时，燃灯忙令黄巾力士：“可将灯焰带回灵鹫山去。”正是：仙灯得道现人形，反本还元[①]归正位。

话言燃灯收了马善，令力士带上灵鹫山去了，不题。（颇有《西游记》中各路神佛收服私逃下界坐骑的感觉）

且说探马来报入中军：“启千岁：马善追赶姜尚，只见一阵光华，止有战马，不见了马善。未敢擅专，请令定夺。”殷郊闻报，心下疑惑，随传令：“点炮出营，定与子牙立决雌雄。”只见燃灯收了马善，方回来与广成子共议：“殷郊被申公豹说反，如之奈何？”正说之间，探马报入相府：“有殷殿下请丞相答话。”燃灯曰：“子牙公，你去得。你有杏黄旗，可保其身。”（给子牙一颗定心丸）子牙忙传令，同众门人出城。炮声响亮，西岐门开。子牙一骑当先，对殷郊言曰：“殷郊，你负师命，难免犁锄之厄。及早投戈，免得自悔。”

殷郊大怒，见了仇人，切齿咬牙，大骂：“匹夫把吾弟化为飞灰，我与你誓不两立！”（为兄弟而坏大义，其行难恕，其情可悯！）纵马摇戟，直取子牙。子牙仗剑迎之。戟剑交加，大战龙潭虎穴。且说温良走马来助，这壁厢哪吒登开风火轮接住交兵。两下里只杀得：

① 反本还元：又作“返本还元”“返本还源”，意思是恢复根本，恢复正道。

黑霭霭云迷白日，闹嚷嚷杀气遮天。枪刀剑戟冒征烟，阔斧犹如闪电。好勇的成功建业，恃强的努力当先。为明君不怕就死，报国恩欲把身捐。只杀得一团白骨现青天，那时节方才收军罢战。

且说温良祭起白玉环来打哪吒，不知哪吒也有乾坤圈，也祭起来。不知金打玉，打得纷纷粉碎。温良大叫一声："伤吾之宝，怎肯干休！"又战哪吒，被哪吒一金砖正中后心，打得往前一晃，未曾闪下马来。方欲逃回，不意被杨戬一弹子，穿了肩头，跌下马去，死于非命。

殷郊见温良死于马下，忙祭番天印打子牙。子牙展开杏黄旗，便有万道金光，祥云笼罩；又现有千朵白莲，谨护其身；把番天印悬在空中，只是不得下来。（番天印乃广成子之宝，杏黄旗乃元始天尊之宝。到底还是师父管着徒弟）子牙随祭打神鞭，正中殷郊后背，翻筋斗落下马去。杨戬急上前欲斩他首级，有张山、李锦二骑抢出，不知殷郊已借土遁去了。子牙竟获全胜进城，燃灯与广成子共议曰："番天印难治。且子牙拜将已近，恐误吉辰，罪归于你。"广成子告曰："老师为我设一谋，如何除得此恶？"燃灯曰："无筹可治，奈何！奈何！"

且说殷郊着伤逃回进营，纳闷郁郁不喜。且说辕门外来一道人，戴鱼尾冠，面如重枣，海下赤髯，红发，三目，穿大红八卦服，骑赤烟驹。（全身皆红，摆明与火有关）道人下骑，叫："报与殷殿下，吾要见他。"军政官报入中军："启千岁：外边有一道者求见。"殷郊传令："请来。"少时，道人行至帐前。殷郊看见，忙降阶迎接。见道人红面英雄，其形甚恶。彼此各打稽首。殷殿下忙欠身答曰："老师可请上坐。"道人亦不谦让，随即坐下。殷郊曰："老师高姓大名？

何处名山洞府？”道人答曰：“贫道乃火龙岛升焰仙罗宣是也，因申公豹相邀，特来助你一臂之力。”（不知申公豹此次又用何种借口说服罗宣，倒是个宣传好手，极品说客）

殷郊大悦，治酒款待。道人曰：“吾乃是斋，不用荤。”殷郊命治素酒相待不题。一连在军中过了三四日，也不出去会子牙。殷郊问曰：“老师既为我而来，为何数日不会子牙一阵？”道人曰：“我有一道友，他不曾来；若要来时，我与你定然成功，不用殿下费心。”且说那日正坐，辕门官军来报：“有一道者来访。”罗宣与殷郊传令：“请来。”少时，见一道者，黄脸虬须，身穿皂服，徐步而来。殷郊乃出帐迎接，进帐行礼，尊于上坐。道人坐下。罗宣问曰：“贤弟为何来迟？”道人曰：“因攻战之物未完，故此来迟。”殷郊对道人曰：“请问道长高姓大名？”道人曰：“吾乃九龙岛炼气士刘环是也。”殷郊传令治酒管待。

次早，二位道人出营，来至城下，请子牙答话。探马忙报入相府：“启丞相：有二位道人请丞相爷答话。”子牙随即同众门人出城，排开队伍。只见催阵鼓响，对阵中有一道者，生得甚是凶恶。怎见得：

> 鱼尾冠，纯然烈焰；大红袍，片片云生。丝绦悬赤色，麻履长红云。剑带星星火，马如赤爪龙。面如血泼紫，钢牙暴出唇。三目光辉观宇宙，火龙岛内有声名。

话说子牙对诸门人曰：“此人一身赤色，连马也是红的！”众弟子曰：“截教门下，古怪者甚多。”（此与截教广收门徒，来者不拒的门风有关）

话未毕，罗宣一骑马当先，大呼曰：“来者可就是姜子牙？”子牙答曰："道兄，不才便是。不知道友是何处名山？那里洞府？"罗宣曰："吾乃火龙岛焰中仙罗宣是也。吾今来会你，只因你倚仗玉虚门下，把吾辈背后甚是耻辱，吾故到此与你见一个雌雄，方知二教自有高低，非在于口舌争也。你那左右门人不必向前，料你等不过毫末道行，不足为能。只我与你比个高下。"（原来又是为了二教名声高低而来。凡人多是贪财殒身，而截教众人可谓贪名殒身）道罢，把赤烟驹催开，使两口飞烟剑，来取子牙。子牙手中剑急架相迎。二兽盘旋，未及数合，哪吒登开风火轮，摇枪来刺。罗宣旁有刘环跃步而出，抵住哪吒。大抵子牙的门人多，不由分说，杨戬舞三尖刀冲杀过来；黄天化使开双锤，也来助战；雷震子展开二翅，飞起空中，将金棍刷来；土行孙使动宾铁棍，往下三路也自杀来；韦护绰步，使降魔杵劈头就打：四面八方，围裹上来。

罗宣见子牙众门人不分好歹，一拥而上，抵挡不住，忙把三百六十骨节摇动，现出三首六臂，一手执照天印，一手执五龙轮，一手执万鸦壶，一手执万里起云烟，双手使飞烟剑，好利害！怎见得，有赞为证。赞曰：

赤宝丹天降异人，浑身上下烈烟熏，
离宫炼就非凡品，南极熬成迥出群。
火龙岛内修真性，焰气声高气似云。
纯阳自是三昧宝，烈石焚金恶煞神。

话说罗宣现了三首六臂，将五龙轮一轮把黄天化打下玉麒麟，早有金、木二吒救回去了。杨戬正欲暗放哮天犬来伤罗宣，不意子牙早祭起打神鞭望空中打来，把罗宣打得几乎翻下赤烟驹来。哪吒战住了刘环，把乾坤圈打来，只打得刘环三昧火冒出，俱大败回营。（交战

不利，恐有阴招）

张山在辕门观看，见岐周多少门人，祭无穷法宝，一个胜如一个，心中自思："久后灭纣者必是子牙一辈。"心中甚是不悦。只见罗宣失利回营，张山接住慰劳。罗宣曰："今日不防姜尚打我一鞭，吾险些儿坠下骑来。"忙取葫芦中药饵，吞而治之。罗宣对刘环曰："这也是西岐一群众生该当如此，非我定用此狠毒也。"（西岐众生与你有何恩怨？分明是自知将要使用的手段太过阴毒无耻，在此掩耳盗铃，颠倒黑白，为己开脱）道人咬牙切齿。正是：山红土赤须臾了，殿阁楼台化作灰。

话言罗宣在帐内与刘环议曰："今夜把西岐打发他干干净净，免得费我清心。"刘环道："他既无情，理当如此。"

正是子牙灾难至矣，子牙只知得胜回兵，那知有此一节。不意时至二更，罗宣同刘环借着火遁，乘着赤烟驹，把万里起云烟射进西岐城内。此万里起云烟乃是火箭，及至射进西岐城内，可怜东西南北各处火起，相府皇城，到处生烟。子牙在府内只听的百姓呐喊之声，振动华岳①。燃灯已知道了，与广成子出静室看火不题。怎见得，好火：

黑烟漠漠，红焰腾腾。黑烟漠漠，长空不见半分毫；红焰腾腾，大地有光千里赤。初起时，灼灼金蛇；次后来，千千火块。罗宣切齿逞雄威，恼了刘环施法力。燥干柴烧烈火性，说甚么燧人钻木；热油门上飘丝，胜似那老子开炉。正是那无情火发，怎禁这有意行凶。不去弭灾②，返行助虐。风随火势，焰飞有千丈

① 华岳：西岳华山。
② 弭灾：消弭灾害。

余高；火逞风威，灰迸上九霄云外。乒乒乓乓，如同阵前炮响；轰轰烈烈，却似锣鼓齐鸣。只烧得男啼女哭叫皇天，抱女携儿无处躲。姜子牙总有妙法不能施，周武王德政天齐难逃避。门人虽有，各自保守其躯；大将英雄，尽是獐跑鼠窜。正是灾来难避无情火，慌坏青鸾斗阙仙。

话说武王听得各处火起，连宫内生烟，武王跪在丹墀，告祈后土、皇天曰："姬发不道，获罪于天，降此大厄，何累于民？只愿上天将姬发尽户灭绝，不忍万民遭此灾厄。"（比当年商汤于桑林以身祷雨，亦不遑多让，合该其有天下）俯伏在地，放声大哭。且说罗宣将万鸦壶开了，万只火鸦飞腾入城，口内喷火，翅上生烟；又用数条火龙，把五龙轮架在当中，只见赤烟驹四蹄生烈焰，飞烟宝剑长红光，那有石墙、石壁烧不进去。又有刘环接火，顷刻齐休，画阁雕梁，即时崩倒。正是：武王有福逢此厄，自有高人灭火时。

话言罗宣正烧西岐，来了凤凰山青鸾斗阙的龙吉公主，乃是昊天上帝亲生，瑶池金母之女。只因有念思凡，贬在凤凰山青鸾斗阙，今见子牙伐纣，也来助一臂之力。（想不到竟是数回前出场的龙吉公主来救此难。如此安排，读者谁能猜到？真可谓意料之外，情理之中）正值罗宣来烧西岐，娘娘就假此好见子牙，遂跨青鸾来至。远远的只见火内有千万火鸦，忙叫："碧云童儿，将雾露乾坤网撒开，往西岐火内一罩。"此宝有相生相克之妙，雾露者乃是真水；水能克火，故此随即息灭，即时将万只火鸦尽行收去。

罗宣正放火乱烧，忽不见火鸦。往前一看，见一道姑，戴鱼尾冠，穿大红绛绡衣。罗宣大呼："乘鸾者乃是何人，敢灭吾之火？"公主笑曰："吾乃龙吉公主是也。你有何能，敢动恶意，有逆天心，来害明君，吾特来助阵。你可速回，毋取灭亡之祸。"（不愧是昊天上帝亲女，言论满是正大之气）罗宣大怒，将五龙轮劈面打来。公主笑曰："我知道你只有这些伎俩。你可尽力发来！"乃忙取四海瓶持在手中，对着五龙轮，只见一轮竟打在瓶里去了。火龙进入于海内，焉能济事！罗宣大叫一声，把万里起云烟射来。公主又将四海瓶收住去了。刘环大怒，脚踏红焰，仗剑来取。公主把脸一红，将二龙剑望空中一丢。刘环那里经得起，随将刘环斩于火内。

罗宣忙现三首六臂，祭照天印打龙吉公主。公主把剑一指，此印落于火内，又将剑丢起去。罗宣情知难拒，拨赤烟驹就走。公主再把二龙剑丢起，正中赤烟驹后臀。赤烟驹自倒，将罗宣撞下火来，借火遁而逃。（以公主之尊，收拾此二人真如砍瓜切菜一般）公主忙施雨露，且救了西岐火焰，好见子牙。怎见得好雨，有赞为证。赞曰：

潇潇洒洒，密密沉沉。潇潇洒洒，如天边坠落明珠；密密沉沉，似海口倒悬滚浪。初起时，如拳大小；次后来，瓮泼盆倾。沟壑水飞千丈玉，涧泉波涨万条银。西岐城内看看满，低凹池塘渐渐平。真是武王有福高明助，倒泻天河往下倾。

话说龙吉公主施雨救灭西岐火焰，满城民人齐声大叫曰："武王洪福齐天，普施恩泽，吾等皆有命也！"合城大小，欢声震地。一夜天翻地沸，百姓皆不得安生。武王在殿内祈祷，百官带雨问安。子牙在相府，神魂俱不附体。只见燃灯曰："子牙忧中得吉，就有异人至也。贫道非是不知，吾若是来治此火，异人必不能至。"话言未了，有杨戬报入府来："启师叔：有龙吉公主来至。"子牙忙降阶迎迓上殿。公主见燃灯、广成子在殿上，公主打稽首，口称："道兄请了！"子牙忙问燃灯曰："此位何人？"（子牙道行微末，尚无资格、无机缘得见公主，自然不识）公主忙答曰："贫道乃龙吉公主，有罪于天；方才罗宣用火焚烧西岐，贫道今特到此间，用些须小法术，救灭此火，特佐子牙东征，会了诸侯，有功于社稷，可免罪愆，得再回瑶池耳，真不负贫道下山一场。"子牙大喜，忙分付侍儿，打点焚香净室，与公主居住。西岐城内这一场嚷闹，大是利害，乃收拾宫阙府第，不表。

且说罗宣败走下山，喘息不定，倚松靠石，默坐自思："今日把这些宝贝一旦失与龙吉公主，此恨怎消。"正愁恨时，话犹未了，只听得脑后有人作歌而至。歌曰：

"曾做菜羹寒士，不去奔波朝市。宦情收起，打点林泉事。高山采紫芝，溪边理钓丝。洞中戏耍，闲写《黄庭》字。把酒醺[①]然，长歌腹内诗。识时，扶王立帝基；知机，罗宣今日危。"

话说罗宣听罢，回头一看，见个大汉，戴扇云盔，穿道服，持戟而至。罗宣问曰："汝是何人，敢出大言？"其人答曰："吾乃李靖是也。今日往西岐见姜子牙，东进五关，我无有进见之功，今日拿你，权敌一功。"（太久未出场，几将李天王忘却了）罗宣大怒，跃身而起，将宝剑来取。二人交锋。不知性命如何，且听下回分解。

总批

广成子毕竟被殷郊数语压倒，没得回他。纣虽得罪于天下，于其子何辜。大抵广成子俱局于数术，定要送他弟兄两个性命，

① 醺：通"醺"。

多惹此一番斗争，与申公豹何干。

又批

罗宣放火烧西岐，满城鼎沸，众生无所措手足，幸得龙吉公主来救灭。燃灯此时反说现成话，真可谓道人会打诳语。

第六十五回　殷郊岐山受犁锄

殷郊岐山受犁鋤

导读：在这一回中，又一位西方教的大佬出场了，那就是接引道人。看到这个名字，可能很多人会想到《西游记》中那位在灵山下撑无底船的接引佛祖。那么这二者有关系吗？实际上，接引佛祖是《西游记》杜撰出来的一个人物，在佛教中并没有这么一位撑船的佛。但是，佛教中确有一位地位极高的佛也被称作“接引佛”，他才是接引道人的原型，那就是信佛之人几乎不离口的阿弥陀佛。阿弥陀佛又称无量佛、无量光佛、无量寿佛、十二光佛等，是佛教中西方极乐世界的教主，因此本书中接引道人所居之处也就被定为“西方极乐之乡”。

据《无量寿经》卷上载，过去久远劫世自在王佛时，有一名国王发无上道心，舍弃了王位，出家为僧，名为法藏比丘。世自在王佛应其所请，广说二百一十亿佛国天人之善恶，国土之粗妙。法藏比丘经五劫之思维，摄取其精华，于世自在王佛前发四十八愿。历劫修行，于十劫前愿满成佛，在西方建成净土，号阿弥陀。大约在西晋时期，阿弥陀佛信仰传入中国，在中国历经了数百年的发展，与中国文化相互融合，最终在唐代形成了以持念佛号、祈求往生净土为特色的净土宗。在宋代以后，净土宗成为可以与禅宗并举的、汉地最有影响的佛教派别之一。由于其法门简便易行，故而在民间十分流行。信众只要不断持念阿弥陀佛名号，在极乐世界中说法的阿弥陀佛就会接引念佛人往生西方净土，故而阿弥陀佛也被称作“接引佛”，这正是接引道人的原型。

诗曰：

鼙鼓[①]频催日已西，殷郊此日受犁锄。
翻天有印皆沦落，离地无旗孰可栖。
空负肝肠空自费，浪留名节浪为题。
可怜二子俱如誓，气化清风魂伴泥。

话说李靖大战罗宣，戟剑相交，犹如虎狼之状。李靖祭起按三十三天黄金宝塔，乃大叫曰：“罗宣！今日你难逃此难矣！”罗宣欲待脱身，怎脱此厄，只见此塔落将下来，如何存立！可怜！正是：封神台上有坐位，道术通天难脱逃。

话言黄金塔落将下来，正打在罗宣顶上，只打得脑浆迸流，一灵已奔封神台去了。（整部《封神》中的神仙，无论是何教门，也不论地位高低，打斗起来几乎都靠法宝，失了法宝便无力招架，直让人怀疑他们修仙修道，只是为了多得法宝）李靖收了宝塔，借土遁往西岐，时刻而至。到了相府前，有木吒看见父亲来至，忙报与子牙：“弟子父亲李靖等令。”燃灯对子牙曰：“乃是吾门人，曾为纣之总兵。”子牙闻之大喜，忙令相见毕。

且说广成子见殷郊阻兵于此，子牙拜将又近，问燃灯曰：“老师，如今殷郊不得退，如之奈何？”燃灯曰：“番天印利害，除非取了玄都离地焰光旗，西方取了青莲宝色旗。如今止有了玉虚杏黄旗，殷郊如何伏得他，必先去取了此旗方可。”广成子曰：“弟子愿往玄都，见师伯走一遭。”燃灯曰：“你速去！”广成子借纵地金光法往玄都来，不一时来至八景宫玄都洞。真好景致！怎见得，有赞为证。

① 鼙（pí）鼓：泛指打击乐器。常用于典礼或军中。亦比喻战事。

赞曰：

金碧辉煌，珠玉灿烂。菁葱[1]婆娑，苍苔[2]欲滴。仙鸾仙鹤成群，白鹿白猿作对。香烟缥缈冲霄汉[3]，彩色氤氲绕碧空。雾隐楼台重叠叠，霞盘殿阁紫阴阴。祥光万道临福地，瑞气千条照洞门。大罗宫内金钟响，八景宫开玉磬[4]鸣。开天辟地神仙府，才是玄都第一重。

话说广成子至玄都洞，不敢擅入，等候半晌，只见玄都大法师出来，广成子上前稽首，口称："道兄，烦启老师，弟子求见。"玄都大法师至蒲团前启曰："广成子至此，求见老师。"老子曰："广成子不必着他进来，他来是要离地焰光旗，你将此旗付与他去罢。"玄都大法师随将旗付与广成子，曰："老师分付，你去罢，不要进见了。"（以此突显老子之神通与威严）广成子感谢不尽，将旗高捧，离了玄都，径至西岐，进了相府。子牙接见，拜了焰光旗。广成子又往西方极乐之乡来。（一眼可知此即佛教之西方极乐世界。书中对有关佛教的内容虽加以改动，但又不至于大变模样，多数还是一望可知）纵金光，一日到了西方胜境，比昆仑山大不相同。怎见得，有赞为证。赞曰：

宝焰金光映日明，异香奇彩更微精。

① 菁葱：即"青葱"，葱绿色。
② 苍苔：指青色苔藓。
③ 霄汉：谓天空的极高处。霄，云霄。汉，天河。
④ 玉磬：一种古代的玉制乐器，声音清脆，传声较远，是中国古代一种较为出名的敲击乐器。

七宝①林中无穷景，八德池②边落瑞璎。
素品仙花人罕见，笙篁仙乐耳根清。
西方胜界真堪羡，真乃莲花瓣里生。

话说广成子站立多时，见一童子出来，广成子曰："那童子，烦你通报一声，说广成子相访。"只见童子进去，不一时，童子出来，道："有请。"广成子见一道人，身高丈六，面皮黄色，头挽抓髻，向前稽首，分宾主坐下。道人曰："道兄乃玉虚门下，久仰清风，无缘会晤。今幸至此，实三生有缘。"广成子谢曰："弟子因犯杀戒，今被殷郊阻住子牙拜将日期，今特至此，求借青莲宝色旗，以破殷郊，好佐周主东征。"接引道人曰："贫道西方乃清净无为，与贵道不同，（阐教即道教，西方即佛教，自然不同）以花开见我，我见其人，乃莲花之像，非东南两度之客。此旗恐惹红尘，不敢从命。"广成子曰："道虽二门，其理合一。以人心合天道，岂得有两。南北东西共一家，难分彼此。如今周王是奉玉虚符命，应运而兴，东西南北，总在皇王水土之内。道兄怎言西方不与东南之教同。古语云：'金丹舍利同仁义，三教元来是一家。'"（金丹，道也；舍利，佛也；仁义，儒也。此时距孔子出世尚有五百年，如何能有这样的"古语"？想是作者直接将明代民间俗语借来使用，而忘了书中"三教"与现实中"三教"的差别）

接引道人曰："道人言虽有理，只是青莲宝色旗染不得红尘。奈何！奈何！"二人正论之间，后边来了一位道人，乃是准提道人，打

① 七宝：佛教所说的七种宝物。佛经中说法不一。(1)《法华经》以金、银、琉璃、砗磲、码碯（玛瑙）、真珠、玫瑰为七宝。(2)《无量寿经》以金、银、琉璃、玻璃、珊瑚、码碯（玛瑙）、砗磲为七宝。(3)《阿弥陀经》《大智度论》以金、银、琉璃、水晶、砗磲、赤珠、码碯（玛瑙）为七宝。(4)《般若经》以金、银、琉璃、砗磲、玛瑙、虎（琥）珀、珊瑚为七宝。
② 八德池：佛教称西方极乐世界的浴池，池中有八功德水。

了稽首，同坐下。准提曰："道兄此来，欲借青莲宝色旗，西岐山破殷郊。若论起来，此宝借不得。如今不同，亦自有说。"乃对接引道人曰："前番我曾对道兄言过：东南两度，有三千丈红气冲空，与吾西方有缘，是我八德池中五百年花开之数。西方虽是极乐，其道何日得行于东南；不若借东南大教兼行吾道，有何不可。（若是为了东传本教，自然舍得此宝）况今广成子道兄又来，当得奉命。"接引道人听准提道人之言，随将青莲宝色旗付与广成子。广成子谢了二位道人，离西方望西岐而来。正是：只为殷郊逢此厄，才往西方走一遭。

话说广成子离了西方，不一日来到西岐，进相府来见燃灯，将西方先不肯借旗，被准提道人说了方肯的话说了一遍。燃灯曰："事好了！如今正南用离地焰光旗，东方用青莲宝色旗，中央用杏黄戊己旗，西方用素色云界旗，单让北方与殷郊走，方可治之。"广成子曰："素色云界旗那里有？"众门人都想，想不起来。（为引出下文龙吉公主与西王母，便让众人皆得了"健忘症"。如此安排，未免儿戏）广成子不乐。众门人俱退。土行孙来到内里，对妻子邓婵玉说："平空殷郊伐西岐，费了许多的事，如今还少素色云界旗，不知那里有？"只见龙吉公主在静室中听见，忙起身来问土行孙曰："素色云界旗是我母亲那里有。此旗一名'云界'，一名'聚仙'，但赴瑶池会，将此旗拽起，群仙俱知道，即来赴瑶池胜会，故曰'聚仙旗'。此旗，别人去不得，须得南极仙翁方能借得来。"（为何非南极仙翁不可？）土行孙闻说，忙来至殿前，见燃灯道人曰："弟子回内室，与妻子商议，有龙吉公主听见。彼言此旗乃西王母处有，名曰聚仙旗。"燃灯方悟，随命广成子往昆仑山来。广成子纵金光至玉虚宫，立于麒麟崖。等候多时，有南极仙翁出来。广成子把殷郊的事说了一遍。南极仙翁曰："我知道了。你且回去。"广成子回西岐不表。

且说南极仙翁即忙收拾，换了朝服，系了玎珰[①]玉佩，手执朝笏[②]，（朝觐帝王之相！昆仑之仙变了天庭之臣）离了玉虚宫，足踏祥云，飘飘荡荡，鹤驾先行引导。怎见得，有诗为证。诗曰：

祥云托足上仙行，跨鹤乘鸾上玉京。
福禄并称为寿曜，东南常自驻行旌[③]。

话说南极仙翁来到瑶池，落下云头，见朱门紧闭，玉佩无声。只见瑶池那些光景，甚是稀奇。怎见得，有赞为证。赞曰：

顶摩霄汉，脉插须弥。巧峰排列，怪石参差。悬崖下瑶草琪花[④]，曲径旁紫芝香蕙。仙猿摘果入桃林，却似火焰烧金；白鹤栖松立枝头，浑如苍烟捧玉。彩凤双双，青鸾对对。彩凤双双，向日一鸣天下瑞；青鸾对对，迎风跃舞世间稀。又见黄澄澄琉璃瓦（此凡间皇宫规制）叠鸳鸯，明晃晃锦花砖铺玛瑙。东一行，西一行，尽是蕊宫珍阙；南一带，北一带，看不了宝阁琼楼。云光殿上长金霞，聚仙亭下生紫雾。正是：金阙堂中仙乐动，方知紫府是瑶池。

话说南极仙翁俯伏金阶，口称："小臣南极仙翁奏闻金母：应运圣主，鸣凤岐山，仙临杀戒，垂象上天；因三教并谈，奉玉虚符命，

① 玎珰：今多作"叮当"。拟声词。
② 朝笏（hù）：古时大臣朝见时手中所执的狭长板子，用玉、象牙或竹片制成，以为指画、记事之用。
③ 行旌（jīng）：旧指官员出行时的旗帜。亦泛指出行时的仪仗。亦借以敬称出行的官员。
④ 瑶草琪花：亦作"瑶草琪葩"，意思是仙境里的花草，珍贵奇异的花草。

按三百六十五度封神八部，雷、火、瘟、斗，群星列宿。今有玉虚副仙广成子门人殷郊，有负师命，逆天叛乱，杀害生灵，阻挠姜尚不能前往，恐误拜将日期。殷郊发誓，应在西岐而受犁锄之厄。今奉玉虚之命，特恳圣母，恩赐聚仙旗，下至西岐，治殷郊以应愿言。诚惶诚恐，稽首顿首。具疏小臣南极仙翁具奏。”（与殷商众臣上奏纣王的行文格式并无不同）俯伏少时，只听得仙乐一派。怎见得：

> 玉殿金门两扇开，乐声齐奏下瑶台。
> 凤衔丹诏离天府，玉敕金书降下来。

话说南极仙翁俯伏玉阶，候降敕旨。只闻乐声隐隐，金门开处，有四对仙女高捧聚仙旗，付与南极仙翁，曰：“敕旨付南极仙翁：周武当有天下；纣王秽德彰闻，应当绝灭：正合天心。今特敕尔聚仙旗前去，以助周邦，毋得延缓，有亵仙宝。速往。钦哉！望阙谢恩。”南极仙翁谢恩毕，离了瑶池。正是：周主洪基年八百，圣人金阙借旗来。（这一节，颇似其他小说中臣子见君，上奏获赐之情节，想来是有固定程式）

话说南极仙翁离了瑶池，径至西岐。有杨戬报入相府。广成子焚香接敕，望阙谢恩毕。子牙迎接仙翁至殿中坐下，共言殷郊之事。仙翁曰：“子牙，吉辰将至，你等可速破了殷郊，我暂且告回。”众仙送仙翁回宫。燃灯曰：“今有聚仙旗，可以擒殷郊。只是还少两三位可助成功。”话犹未了，哪吒来报：“赤精子来至。”子牙迎至殿前。广成子曰：“我与道兄一样，遭此不肖弟子。”彼此嗟叹。（实乃为师者之一大悲也）又报：“文殊广法天尊来至。”见了子牙，口称：“恭喜！”子牙答曰：“何喜可贺？连年征伐无休，日不能安食，夜不得安寝，怎能得静坐蒲团，了悟无生之妙也！”燃灯道：“今日烦文殊道友，可将青莲宝色旗往西岐山震地驻扎，赤精子用离地焰光旗在岐山离地驻扎，中央戊己乃贫道镇守，西方聚仙旗须得武王亲自驻扎。”子牙曰：“这个不妨。”随即请武王至相府。子牙不提起擒殷郊之事，只说是：“请大王往岐山退兵，老臣同往。”武王曰：“相父分付，孤自当亲往。”话说子牙掌聚将鼓，令黄飞虎领令箭，冲张山大辕门，邓九公冲左粮道门，南宫适冲右粮道门，哪吒、杨戬在左，韦护、雷震子在右，黄天化在后，金木二吒、李靖父子三人掠阵。正是：计就月中擒玉兔，谋成日里捉金乌①。

子牙分付停当，先同武王往岐山，安定西方地位。

且说张山、李锦见营中杀气笼罩，上帐见殷郊，言曰：“千岁，我等驻扎在此，不能取胜，不如且回兵朝歌，再图后举。千岁意下如何？”殷郊曰：“我不曾奉旨而来。待吾修本，先往朝歌，求援兵来至，料此一城有何难破？”张山曰：“姜尚用兵如神，兼有玉虚门下甚众，亦不是小敌耳。”殷郊曰：“不妨。连吾师也惧吾番天印，何况他人！”（小子得志，真可谓不知天高地厚）三人共议至抵暮。有一更时分，只见黄飞虎带领一枝人马，点炮呐喊，杀进辕门。真是父子兵，一拥而进，不可抵挡。

殷郊还不曾睡，只听得杀声大振。忙出帐，上马拎戟，掌起灯笼火把。灯光内，只见黄家父子杀进辕门。殷郊大呼曰：“黄飞虎，你敢来劫营，是自取死耳！”黄飞虎曰：“奉将令，不敢有违。”摇枪直取。殷郊手中戟急架忙迎。黄天禄、黄天爵、黄天祥等一裹而上，将殷郊围在垓心。只见邓九公带领副将太鸾、邓秀、赵升、孙焰红冲杀左营，南宫适领辛甲、辛免、太颠、闳夭②直杀进右营，李锦接住厮

① 金乌：亦称“赤乌”。传说太阳中有三足乌，因用为太阳的别称。
② 闳夭（hóng yāo）：西周初大臣。闳氏，名夭。

杀，张山战住邓九公。哪吒、杨戬抢入中军，来助黄家父子。哪吒的枪只在殷郊前后心窝、两胁内乱刺，杨戬的三尖刀只在殷郊顶上飞来。殷郊见哪吒登轮，先将落魂钟对哪吒一晃。哪吒全然不理。祭番天印打杨戬。杨戬有八九玄功，迎风变化，打不下马来。（可见若是自身修得上乘功法，又何惧法宝）故此殷郊着忙。夤夜交兵，苦杀了成汤士卒！只因为主安天下，马死人亡满战场。

话言哪吒祭起一块金砖，正中殷郊的落魂钟上，只打得霞光万道。殷郊大惊。

南宫适斩了李锦，也杀到中营来助战。张山与邓九公大战，不防孙焰红喷出一口烈火，张山面上被火烧伤，邓九公赶上一刀，劈于马下。九公领众将官也冲杀至中军，重重叠叠把殷郊围住，枪刀密匝，剑戟森罗①，如铜墙铁壁。殷郊虽然是三首六臂，怎经得起这一群狼虎英雄。俱是《封神榜》上恶曜。又经得雷震子飞在空中，使开金棍刷将下来。殷郊见大营俱乱，张山、李锦皆亡。殷郊见势头不好，把落魂钟对黄天化一晃。黄天化翻下玉麒麟来。殷郊乘此走出阵来，往岐山逃遁。众将官鸣锣擂鼓，追赶三十里方回。黄飞虎督兵进城，俱进相府，候子牙回兵。

且说殷郊杀到天明，止剩有几个残兵败卒。殷郊叹曰："谁知如此兵败将亡！俺如今且进五关，往朝歌见父借兵，再报今日之恨不迟。"（此时便忘了杀母之仇了？）因策马前行。忽见文殊广法天尊站立前面而言曰："殷郊，今日你要受犁锄之厄！"殷郊欠身，口称："师叔，弟子今日回朝歌，老师为何阻吾去路？"文殊广法天尊曰："你入罗网之中，速速下马，可赦你犁锄之苦。"殷郊大怒，纵马摇戟，直取天尊。天尊手中剑急架忙迎。殿下心慌，祭起番天印来。

---

① 森罗：纷然排列。

文殊广法天尊忙将青莲宝色旗招展。好宝贝：白气悬空，金光万道，现一粒舍利子。怎见得，有诗为证。诗曰：

万道金光隐上下，三乘玄妙入西方。
要知舍利无穷妙，治得番天印渺茫。

文殊广法天尊展动此宝，只见番天印不能落将下来。殷郊收了印，往南方离地而来。忽见赤精子大呼曰："殷郊，你有负师言，难免出口发誓之灾！"殷郊情知不杀一场也不得完事，催马摇戟来刺赤精子。赤精子曰："孽障！你兄弟一般，俱该如此，乃是天数，俱不可逃。"（赤精子想起殷洪，更是既怒且恨）忙用剑架戟。殷郊复祭番天印就打。赤精子展动离地焰光旗。此宝乃玄都宝物，按五行奇珍。怎见得，有诗为证。诗曰：

鸿蒙①初判道精微，产在离宫造化机。
今日岐山开展处，殷郊难免血沾衣。

赤精子展开此宝，番天印只在空中乱滚，不得下来。殷郊见如此光景，忙收了印，往中央而来。燃灯道人叫殷郊曰："你师父有一百张犁锄候你！"殷郊听罢着慌，口称："老师，弟子不曾得罪与众位师尊，为何各处逼迫？"燃灯曰："孽障！你发愿对天，出口怎免。"（既曾发誓，便须践言，并无关得罪与否）殷郊乃是一位恶神，怎肯干休？便气冲牛斗，直杀过来。燃灯口称："善哉！"将剑架戟。未及三合，殷郊发印就打。

① 鸿蒙：同"澒蒙"。宇宙形成前的混沌状态。

燃灯展开了杏黄旗。此宝乃玉虚宫奇珍，怎见得，有诗为证。诗曰：

执掌昆仑按五行，无穷玄法使人惊。
展开万道金莲现，致使殷郊性命倾。

殷郊见燃灯展开杏黄旗，就有万朵金莲现出，番天印不得下来，恐被他人收去了，忙收印在手。忽然望正西上一看，见子牙在龙凤幡下。殷郊大叱一声："仇人在前，岂可轻放！"纵马摇戟，大呼："姜尚！吾来也！"武王见一人三首六臂，摇戟而来。武王曰："唬杀①孤家！"子牙曰："不妨。来者乃殷郊殿下。"武王曰："既是当今储君，孤当下马拜见。"子牙曰："今为敌国，岂可轻易相见，老臣自有道理。"

武王看殷郊来得势如山倒一般，滚至面前，也不答话，直一戟刺来有声。子牙剑急架忙迎。这一合，殷郊就祭印打来。子牙急展聚仙旗。此乃瑶池之宝，只见氤氲遍地，一派异香笼罩上面，番天印不得下来。怎见得，有诗为证。诗曰：

五彩祥云天地迷，金光万道吐虹霓。
殷郊空用番天印，咫尺犁锄顶上挤。

子牙见此旗有无穷大法，番天印当作飞灰，子牙把打神鞭祭起来打殷郊。殷郊着忙，抽身望北而走。燃灯远见殷郊已走坎地，发一雷声，四方呐喊，锣鼓齐鸣，杀声大振。殷郊催马向北而走。四面追

① 唬（xià）杀：犹吓坏，吓死。

赶，把殷郊赶得无路可投，往前行山径越窄。

殷郊下马步行，又闻后面追兵甚急，对天祝曰："若吾父王还有天下之福，我这一番天印把此山打一条路径而出，成汤社稷还存；如打不开，吾今休矣。"言罢，把番天印打去。只见响一声，将山打出一条路来。殷郊大喜曰："成汤天下还不能绝。"（方有希望，便入绝境，可怜可叹）便往山路就走。只听得一声炮响，两山头俱是周兵卷上山顶来，后面又有燃灯道人赶来。殷郊见左右前后俱是子牙人马，料不能脱得此难，忙借土遁，往上就走。殷郊的头方冒出山尖，燃灯道人便用手一合，二山头一挤，将殷郊的身子夹在山内，头在山外。不知性命如何，且听下回分解。

总批

殷郊之死，固是天数，以报纣之极恶。然广成子未勉[1]有些孟浪。当日一旦将无数宝贝付托与他，后面治伏此宝，便去东挪西借，走了无限脚头，费了许多气力，后面又去啼哭，毫无神仙品，反是一段婆子心肠。

又批

我想神仙原是弄人耍子，必竟要做出这些模样，方显得这些神通，使人莫测其涯际。不然，只不放他下山，何等直捷！何等无事！

① 勉：通"免"。

第六十六回　洪锦西岐城大战

洪錦西岐城大戰

导读：在本书中，殷郊最终因为违背誓言而遭受犁锄之刑。而在更早的《武王伐纣平话》中，殷郊（《平话》作“殷交”）始终未曾叛离西岐，并且最终斩杀了纣王与妲己。《封神演义》的这种改动，不知出于何种目的。但从书中不时出现的庸俗忠孝观来看，可能是作者认为无论什么理由都不能以子弑父，故而改了结局。在最后封神的时候，殷郊受封的是“执年岁君太岁之神”，这个神位可大有问题。除了“执年”应作“值年”外，这个神位还有两个问题：其一，岁君即是太岁，这两个称谓不应重复出现。其二，殷郊并不是值年太岁，而是地司太岁。

古人所说的太岁，大致可以分为三种：第一种太岁是古人在进行天文观测和历法编修时，人为设定的一颗与岁星（木星）运行轨道相反的假想星体。古人有一种纪年法，称作岁星纪年。人们将黄道附近的一周天平均划分为十二等分，称为“十二次”。具体位置则以二十八宿中的某些星宿为标志。当岁星运行到某一次的区域内时，这一年便记作“岁在××”。但由于木星运行轨道与地球相反，为了计算方便，中国古代的天文学家们便假想了一颗太岁星。第二种太岁便是我们今天拜太岁的主要对象——值年太岁，一共有六十位，按照六十甲子的顺序，每年轮换，执掌一年吉凶祸福。第三种太岁则是土煞的一种，所谓“敢在太岁头上动土”中的太岁就是这种。殷郊的太岁其实是第三种，只不过随着民间宗教的发展变化，特别是宋代以来道教天心派和地司法的兴起，太岁殷郊的地位也逐渐升高，被尊为“正将地司太岁”“地司荡凶院都雷杀伐主帅”“神通莫测天尊”等。而且殷郊不但地位升高，还成为了统领值年太岁的“总太岁”，被尊称为“都天太岁”。

诗曰：

奇门遁术阵前开，斩将搴[1]旗亦壮哉。
黑焰引魂遮白日，青幡掷地画尘埃。
三山关上多英俊，五气崖前有异才。
不是仙娃能幻化，只因月老作新媒。

话说燃灯合山，挤住殷郊，四路人马齐上山来。武王至山顶上，看见殷郊这等模样，滚鞍下马，跪于尘埃，大呼：“千岁！小臣姬发，奉法恪守臣节，并不敢欺君枉上。相父今日令殿下如此，使孤有万年污名。”（何其迂腐！）子牙挽扶武王而言曰：“殷郊违逆天命，大数如此，怎能脱逃。大王要尽人臣之道，行礼以尽主公之德可也。”武王曰：“相父今日把储君夹在山中，大罪俱在我姬发了。望列位老师大开恻隐，怜念姬发，放了殿下罢！”燃灯道人笑曰：“贤王不知天数。殷郊违逆天命，怎能逃脱，大王尽过君臣之礼便罢了。大王又不可逆天行事。”

武王两次三番劝止。子牙正色言曰：“老臣不过顺天应人，断不敢逆天而误主公也。”武王含泪，撮土焚香，跪拜在地，称臣泣诉曰：“臣非不救殿下，奈众老师要顺守天命，实非臣之罪也。”（众仙来助西岐，你反将责任全部推给众仙，自己摘了个干净，这岂是仁君所为？全书写姬发父子总是透着一股“蠢猪式”的忠孝，恐怕这也是作者在处理这对人物时所面临的两难困境。因为二人是圣贤，因此不能像《水浒》中“夺了鸟位”那般直率，也不能像《三国》中那样去“复兴汉（商）室”或是割据一方。既要做传统道德的楷模，又要去完成传统道德最忌讳的改朝换代。

① 搴（qiān）：拔取。

因此作者写出的文王与武王，一个赛一个的拧巴）拜罢，燃灯请武王下山，命广成子推犁上山。广成子一见殷郊这等如此，不觉落泪。正是：只因出口犁锄愿，今日西岐怎脱逃。

只见武吉犁了殷郊。殷郊一道灵魂往封神台来。清福神祇柏鉴用百灵幡来引殷郊。殷郊怨心不服，一阵风径往朝歌城来。纣王正与妲己在鹿台饮酒。好风！怎见得，有赞为证。赞曰：

刮地遮天暗，愁云照地昏。鹿台如泼墨，一派靛妆成。先刮时扬尘播土，次后来倒树推林。只刮得嫦娥抱定梭罗树，空中仙子怎腾云。吹动昆仑顶上石，卷得江河水浪浑。

话说纣王在鹿台上正饮酒，听得有人来，纣王不觉昏沉，就席而卧。见一人三首六臂，立于御前，口称："父王，孩儿殷郊为国而受犁锄之厄。父王可修仁政，不失成汤社稷。当任用贤相，速拜元戎，以任内外大事。不然，姜尚不久便欲东征，那时悔之晚矣！孩儿还要诉奏，恐封神台不纳，孩儿去也！"（杀母之仇早忘在脑后）纣王惊醒，口称："怪哉！"妲己、胡喜媚、王贵人三妖共席欠身，忙问曰："陛下为何口称'怪哉'？"纣王把梦中事说了一遍。妲己曰："梦由心作，陛下勿疑。"纣王乃酒色昏君，见三妖娇态，把盏①传杯，遂不在心。（生前尚不曾将殷郊放在心上，又岂会在意他的死后托梦）只见汜水关韩荣有本进朝歌告急。其本至文书房，微子看本，看见如此，心下十分不乐，将此本抱入内庭。

纣王正在显庆殿。当驾官启奏："微子候旨。"王曰："宣。"微子至殿前，行礼毕，将汜水关韩荣报本呈上。纣王展看，见张山奉敕

① 把盏：亦作"把醆"。端着酒杯。多用于斟酒敬客。

征讨失利，又带着殷郊殿下绝于岐山。纣王看毕大怒，与众臣曰：“不道姬发自立武王，竟成大逆；屡屡征伐，损将折兵，不见成功。为今之计，可用何卿为将？若不早除，恐为大患。”班内一臣乃中谏大夫李登，进礼称臣曰：“今天下不静，刀兵四起，十余载未宁。虽东伯侯姜文焕、南伯侯鄂顺、北伯侯崇黑虎，此三路不过癣疥[①]之疾；独西岐姜尚助姬发而为不道，肆行祸乱，其志不小。论朝歌城内，皆非姜尚之敌手。臣荐三山关总兵官洪锦，才术双全，若得此臣征伐，庶几大事可定。”

纣王即传旨，赍敕往三山关，命洪锦得专征伐。（百足之虫尚且死而不僵，五百年江山还不至于无兵可用）使命持诏，径往三山关来。一路无词，一日来至三山关馆驿中安下。次日，洪锦待佐贰官接旨，开读毕，交代官乃是孔宣。不日俟孔宣交代明白，洪锦领十万雄师，离了高关，往西岐进发。好人马！怎见得，有赞为证。赞曰：

一路上旌旗迷丽日，杀气乱行云。刀枪寒飒飒，剑戟冷森森。弓弯秋月样，箭插点寒星。金甲黄澄澄，银盔似玉钟。锣响惊天地，鼓擂似雷鸣。人是貔貅猛，马似蛟龙雄。今往西岐去，又送美前程。

话说洪锦一路行来，兵过岐山。哨马报入中军：“人马已至西岐了。”洪锦传令：“安营。”立下寨栅。先行官季康、柏显忠上帐参见。洪锦曰：“今奉敕征讨，尔等各宜尽心为国。姜尚足智多谋，非同小敌，须是谨慎小心，不得造次草率。”二将曰：“谨领台命。”次日，季康领令出营，至西岐城下搦战。探马报入相府。子牙大喜：

① 癣疥（xuǎn jiè）：癣、疥是两种皮肤病。比喻危害尚轻的祸患。

"三十六路征伐，今日已满，可以打点东征。"（往往最后一路容易横生枝节，不可大意）忙问曰："那一员将官去走一遭？"南宫适愿往。子牙许之。

南宫适领命出城，见季康犹如一块乌云而至。南宫适曰："来者何人？"季康答曰："吾乃洪总兵麾下正印官季康是也，今奉敕征伐。尔等叛逆之徒，理当受首辕门①，尚敢领兵拒敌，真是无法无君！"（还作此老生常谈之大言，看了生厌）南宫适笑曰："似你这等不堪之类，西岐城也不知杀了百万，又在你这一二人而已！快快回兵，免你一死。"（西岐屡战屡胜，众将多生骄傲之心，已没耐心再去讲天数运道如何）季康大怒，纵马舞刀直取。南宫适手中刀赴面相迎。二将战有三十回合，季康乃左道旁门，念动咒语，顶上现一块黑云，云中现出一只犬来，把南宫适夹膊子②上一口，连袍带甲，扯去半边，几乎被季康刀劈了。南宫适唬得魂不附体，败进城，至相府回话，将咬伤一事诉说了一遍。子牙不乐。只见季康进营，见洪锦，言："得胜，伤南宫适败进城去了。"洪锦大喜："头阵胜，阵阵胜。"（若你知道此前来伐西岐之军的经历，便不会有此言）

次日，柏显忠上马，至城下请战。探马报入相府。子牙问："谁人出马？"有邓九公应曰："末将愿往。"子牙许之。邓九公开放西岐城，走马至军前，认得是柏显忠，大呼曰："柏显忠！天下尽归明主，你等今日不降，更待何时？"柏显忠曰："似你这匹夫，负国大恩，不顾仁义，乃天下不仁不智之狗彘耳！"邓九公大怒，催开坐骑，使开合扇大刀，直取柏显忠。显忠挺枪刺来。二将交锋，如同猛虎摇

① 辕门：古代帝王巡狩、田猎，止宿在险阻的地方，用车子作为屏藩。出入之处，仰起两车，使两车的辕相向交接成半圆形门，称"辕门"。后亦指领兵将帅的营门及督抚等官署的外门。

② 膊子：胳膊。

头，不亚狮子摆尾，只杀的天昏地暗。怎见得，有赞为证。赞曰：

这一个顶上金盔飘烈焰，那一个黄金甲挂连环套。这一个猩猩血染大红袍，那一个粉素征衫如白练。这一个大刀挥如闪电光，那一个长枪恰似龙蛇现。这一个胭脂马跑鬼神惊，那一个白龙驹走如银霰①。红白二将似天神，虎斗龙争真不善。

二将大战二三十回合，邓九公乃是有名大将，展开刀如同闪电，势不可当。柏显忠那里是九公敌手，被九公卖个破绽，手起一刀，把柏显忠挥于马下。邓九公得胜进城，至相府回话："斩了柏显忠首级报功。"子牙令："将首级号令城上。"（呜呼，可怜柏显忠，这下白显忠了）

且说洪锦见折了一将，在中军大怒，咬牙切齿，恨不得平吞了西岐。次日，领大队人马，坐名要子牙答话。哨马报入相府。子牙闻报，即时排队伍出城。炮声响处，西岐门开，一枝人马而出。洪锦看城内兵来，纪律严整，又见左右归周豪杰，一个个胜似虎狼，那三山五岳门人，飘飘然俱有仙风道骨，两旁雁翅排开。宝纛旗下乃开国武成王黄飞虎。子牙坐四不相，穿一身道服，体貌自别。怎见得，有诗为证。诗曰：

金冠如鱼尾，道服按东方。
丝绦悬水火，麻鞋系玉珰。
手执三环剑，胸藏百炼钢。
帝王师相品，万载把名扬。

① 霰（xiàn）：雪珠。白色不透明的球形或圆锥形小冰粒。多在下雪前或下雪时降落。

话说洪锦走马至军前，大呼曰："来者是姜尚么？"子牙答曰："将军何名？"洪锦曰："吾乃奉天征讨大元戎洪锦是也。尔等不守臣节，违天作乱，往往拒敌王师，法难轻贷①。今奉旨特来征讨尔等，拿解朝歌，以正国法。若知吾利害，早早下骑就擒，可救一郡生灵涂炭。"子牙笑曰："洪锦，你既是大将，理当知机。天下尽归周主，贤士尽叛独夫。料你不过一泓②之水，能济甚事。今诸侯八百齐伐无道，吾不久会兵孟津，吊民伐罪，以救生民涂炭，削平祸乱。汝等急急早降，乃归有道，自不失封侯之位耳。尚敢逆天以助不道，是自取罪戾也。"（几次三番阵前对答，姜子牙说话也逐渐有了在上位者的气势）

洪锦大骂："好老匹夫！焉敢如此肆志乱言！"遂纵马舞刀，冲过阵来。旁有姬叔明大呼曰："不得猖獗！"催开马，摇枪直取洪锦。二将杀在一堆。姬叔明乃文王第七十二子，这殿下心性最急，使开枪势如狼虎，约战有三四十合。洪锦乃左道术士出身，他把马一夹，跳在圈子外面，将一皂旗往下一戳，把刀望上一晃，那旗化作一门，洪锦连人带马径进旗门而去。殿下不知，也把马赶进旗门来。此时洪锦看得见姬叔明，姬叔明看不见洪锦。马头方进旗门。洪锦在旗门里一刀把姬叔明挥于马下。（可怜姬叔明一条性命，只为了他炫耀左道之术）子牙大惊。

洪锦收了旗门，依旧现身，大呼曰："谁来与吾见阵？"旁有邓婵玉走马至军前，大呼："匹夫！少待恃强！吾来也！"洪锦看见一员女将奔来，金盔金甲，飞临马前。怎见得，有诗为证。诗曰：

　　女将生来正幼龄，英风凛凛貌娉婷。

① 轻贷：轻易饶恕。
② 一泓：清水一片或一道。犹言一汪。

五光宝石飞来妙，辅国安民定太平。

邓婵玉一马冲至阵前。洪锦也不答话，舞刀直取。佳人手中双刀急架忙迎。洪锦暗思：“女将，不可恋战，速斩为上策。”洪锦依然去把皂幡如前用度，也把马走入旗门里面去了，只说邓婵玉赶他。不知婵玉有智，也不来赶，忙取五光石往旗门里一石打来，听得洪锦在旗门内“哎哟”一声，面已着伤，收了旗幡，败回营去了。子牙回兵进府，又见伤了一位殿下，郁郁不爽，纳闷在府。

且言洪锦被五光石打得面上眼肿鼻青，激得只是咬牙，忙用丹药敷贴，一夜全愈。次日上马，亲至城下，坐名只要女将。哨马报入相府，言：“洪锦只要邓婵玉。”子牙无计，只得着人到后面来说。土行孙见人来报，忙对邓婵玉曰：“今日洪锦坐名要你，你切不可进他旗门。”婵玉曰：“我在三山关大战数年，难道左道也不知？我岂有进他旗门去的理。”二人正议论间，时有龙吉公主听见，忙出净室，问曰：“你二人说甚么？”土行孙对：“成汤有一大将洪锦，善用幻术，将皂旗一面，化一旗门，殿下姬叔明赶进去，被他一刀送了性命。昨与婵玉会战，他又用皂幡，被他不赶，只一石往里面打去，打伤此贼。他今日定要婵玉出马，故此弟子分付他今日切不可赶他。如若不去，使他说吾西岐无人物。”龙吉公主笑曰：“此乃小术，叫做‘旗门遁’。皂幡为内旗门，白幡为外旗门。既然如此，待吾收之。”

土行孙上银安殿，对子牙把龙吉公主的事说了一遍。子牙大喜，忙请公主上殿。公主见子牙，打稽首，曰：“乞借一坐骑，待吾去收此将。”子牙令取五点桃花驹。龙吉公主独自出马，开了城门，一骑当先。洪锦见女将来至，不是邓婵玉。洪锦问曰：“来者乃是何人？”龙吉公主曰：“你也不必问我。我要说出来，你也不知。你只是下马受死，是你本色。”（昊天上帝之女，地位何等尊贵！姜子牙尚且不识，何况你小小左道之士？简单两语，道尽轻蔑）洪锦大笑，骂曰："好大胆贱人，焉敢如此！"纵马舞刀来取。公主手中鸾飞剑急架忙迎。二骑交锋，只三四合，洪锦又把内旗门遁使将出来。公主看见，也取出一首白幡，往下一戳，将剑一分，白幡化作一门，公主走马而入，不知所往。

洪锦及至看时，不见了女将，大惊。不知外旗门有相生相克之理。龙吉公主从后面赶将出来，公主虽是仙子，终是女流，力气甚小，（公主养尊处优，又非女将，常年清修，自是娇贵）及举剑望洪锦背上砍来，正中肩甲，洪锦"哎"的一声，不顾旗门皂幡，往正北上逃走。龙吉公主随后赶来，大叫："洪锦速速下马受死！吾乃瑶池金母之女，来助武王伐纣。莫说你有道术，便赶你上天入地，也要带了你的首级来！"望前紧赶。洪锦只得舍生奔走。往前久赶，看看赶上，公主又曰："洪锦莫想今日饶你！吾在姜丞相面前说过，定要斩你方回。"洪锦听罢，心下着忙，身上又痛，自思："不若下马，借土遁逃回，再作区处。"

龙吉公主见洪锦借土遁逃走，笑曰："洪锦这五行之术，随意变化，有何难哉！吾也来！"下马借木遁赶来。取"木能克土"之意。看看赶至北海，洪锦自思曰："幸吾有此宝在身，不然怎了？"忙取一物，往海里一丢。那东西见水重生，搅海翻波而来。此物名曰鲸龙。洪锦脚跨鲸龙，奔入海内而去。龙吉公主赶至北海，只见洪锦跨鲸而去。怎见得，有赞为证。赞曰：

烟波荡荡，巨浪悠悠。烟波荡荡接天河，巨浪悠悠连地脉。潮来汹涌，水浸湾还。潮来汹涌，犹如霹雳吼三春；水浸湾还，却似狂风吹九夏。乘龙福老，往来必定皱眉行；跨鹤仙童，反覆果然忧虑过。近岸无村舍，旁水少渔舟。浪卷千层雪，风生六月秋。野禽凭出没，沙鸟①任浮沉。眼前无钓客，耳畔只闻鸥。海底鱼游乐，天边鸟过愁。

话言龙吉公主赶至北海，见洪锦跨鲸而逃，公主笑曰：“幸吾离瑶池带得此宝而来。”（寻常宝物如何能与西王母之宝相比，洪锦无生路矣）忙向锦囊中取出一物，也往海里一丢。那宝贝见水，复现原身，滑喇喇分开水势，如泰山一般。此宝名为神鲦，原身浮于海面。公主站立于上，仗剑赶来。此神鲦善降鲸龙。起头鲸龙入海，搅得波浪滔天；次后来神鲦入海，鲸龙无势。龙吉公主看看赶上，祭起捆龙索，命黄巾力士：“将洪锦速拿往西岐去！”黄巾力士领娘娘法旨，凭空把洪锦拎去，（公主带着天庭的“御林军”呢）往西岐来，正是：缚龙仙索真玄妙，捉得夫君洪锦来。

话言洪锦被黄巾力士拿往西岐，至相府，往阶下一摔。子牙正与众将官共议军情，只见空中摔下洪锦，子牙大喜。不知洪锦性命如何，且听下回分解。

总批

殷郊之死，也是天数。只是广成子原不该着他下山来，分明是送他上路。广成子不得辞其责。

又批

武王不忍见殷郊受犁锄之厄，再三乞免，真有仁圣之度。只是这些道人不肯，何也？此正是以天意限定了。不知后世误了多少人。

---

① 沙鸟：沙滩或沙洲上的水鸟。

第六十七回　姜子牙金台拜将

姜子牙金臺拜将

导读：正如我们之前所说，《封神演义》与《红楼梦》《儒林外史》等小说不同，并不是由某一位作家完全独立创作出来的。它和《西游记》《水浒传》等小说一样，是由一位定稿人将当时民间所流传的关于武王伐纣、姜太公封神的一系列传说、故事、戏曲等整理、改写、编辑而成的。也正因为如此，全书中有许多彼此矛盾或是有失照应的地方。符元仙翁、龙吉公主就可以视作是其中的典型。在本回中，月合老人告诉姜子牙：“符元仙翁曾言龙吉公主与洪锦有俗世姻缘。”可这个符元仙翁是谁？在整部《封神演义》中，他只在这回出现了两次，而且还是通过月合老人之口出现的。网络上有不少文章、短视频靠着这两句话对他反复分析猜测，甚至有人认为他的地位比昊天上帝还高，因为他可以决定龙吉公主的婚配。这就有些分析过度了。

实际上，如果我们了解了《封神演义》成书的经过，就很好理解这里的符元仙翁。他其实就是一个当年众多的民间封神故事中出现过的人物。而《封神演义》的作者在确定出场人物时，并没有选择他，自然《封神演义》全书中都没有他的身影。而这里还残留了两处，最有可能的原因就是作者没有删改干净。而同样，无论是之前龙吉公主第一次出场，还是这里月合老人来劝她接受婚姻，都提到她将来还是要重返瑶池，回到父母身边的。而且月合老人还强调，龙吉公主与洪锦夫妇二人要“建不世之勋，垂名竹帛”。结果到了后来，他们没来得及建立什么功勋就双双殒命万仙阵中。龙吉公主非但没能重返瑶池，还被封了个红鸾星。要知道，在《封神演义》的设定里，仙的位阶要高于神。结果龙吉公主这原本货真价实的仙女，功成之后居然被降了级！这应该也不是作者有意为之，要么是小说头绪太多，作者也忘了前面的设定；要么就是原本的龙吉公主故事与《封神演义》后面的故事难以贴合，为了全书故事的发展，只好舍弃龙吉公主故事的后段，直接将他们夫妻送去封神台。

诗曰：

金台拜将若飞仙，斗大黄金肘后悬。
梦入熊罴方实地，年登耄耋①始朝天。
延绵周室承先业，树列齐封启后贤。
福寿两端人罕及，帝王师相古今传。

话说子牙见捉了洪锦，料知龙吉公主成功。将洪锦放下丹墀。少时，龙吉公主进相府。子牙欠身谢曰："今日公主成莫大之功，皆是社稷生民之福。"公主曰："自下高山，未与丞相成尺寸之功。今日捉了洪锦，但凭丞相发落。"龙吉公主道罢，自回净室去了。（不居功，不参与军政，公主自有其清贵矜持）子牙令左右将洪锦推至殿前，问曰："似你这等逆天行事之辈，何尝得片甲回去？"命："推将出去，斩首号令！"有南宫适为监斩，候行刑令下，方欲开刀，只见一道人忙奔而来，喘息不定，只叫："刀下留人！"南宫适看见，不敢动手，急进相府来禀曰："启丞相得知：末将斩洪锦，方欲开刀，有一道人只叫'刀下留人'。未敢擅便，请令定夺。"（知道凡是能来西岐的道人没有一个能小觑的，故而急忙来请子牙。若是刚才派个性急骄横的去监斩，恐怕就要出事了）

子牙传："请。"少时，那道人来至殿前，与子牙打了稽首。子牙曰："道兄从何处来？"道人曰："贫道乃月合老人也。因符元仙翁曾言龙吉公主与洪锦有俗世姻缘，曾绾红丝之约，故贫道特来通报；二则可以保子牙东度五关，助得一臂之力。子牙公不可违了这件大

① 耄耋（mào dié）：耄，年纪约八十至九十岁。耋，年纪为八十岁。耄耋指年纪很大的人。

事。”子牙暗想：“他乃蕊宫仙子，吾怎好将凡间姻缘之事与他讲？”乃令邓婵玉先去见龙吉公主，将就月合仙翁之言先禀过，方可再议。邓婵玉径进内庭，请公主出净室议事。公主忙出来，见邓婵玉，问曰：“有何事见我？”邓婵玉曰：“今有月合仙翁言公主与洪锦有俗世姻缘，曾绾红丝之约，该有一世夫妻，现在殿前与丞相共议此事，故丞相先着妾身启过娘娘，然后可以面议。”公主曰：“吾因在瑶池犯了清规，特贬我下凡，不得复归瑶池与吾母子重逢。今下山来，岂得又多此一番俗孽耶。”（确实，任谁听了都觉得彼此矛盾。也正因有此矛盾，才有悬念）邓婵玉不敢作声。

少时，月合仙翁同子牙至后厅。龙吉公主见仙翁稽首。仙翁曰：“今日公主已归正道，今贬下凡间者，正要了此一段俗缘，自然反本归元耳。况今子牙拜将在尔[1]，那时东度五关，公主该与洪锦建不世[2]之勋，垂名竹帛。候功成之日，瑶池自有旌幡来迎接公主回宫。此是天数，公主虽欲强为，不可得矣。所以贫道受符元仙翁之命，故不辞劳顿，亲自至此，特为公主作伐。不然，洪锦刚赴法行刑，贫道至此，不迟不早，恰逢其时，其冥数可知。公主当依贫道之言，不可误却佳期，罪愆更甚，那时悔之晚矣。公主请自三思！”（本以为会有什么奇特情节或特殊因缘，没想到还是老掉牙的天数威逼，再加名利诱惑。无聊，无聊）龙吉公主听了月合仙翁一篇话，不觉长吁一声：“谁知有此孽冤所系！既是仙翁掌人间婚姻之牍，我也不能强辞，但凭二位主持。”子牙、仙翁大喜，遂放了洪锦，用药敷好剑伤。洪锦自出营招回季康人马，择吉日与龙吉公主成了姻眷。正是：天缘月合非容易，自有红丝牵系来。

---

① 尔：通“迩”，近。
② 不世：不是每代都有的。谓非常、非凡。

话说子牙与龙吉公主成了姻亲，乃纣王三十五年三月初三日。西岐城众将，打点东征，一应钱粮，俱各停当，只等子牙上出师表。翌日，武王设聚早朝，王曰：“有奏章出班，无事朝散。”言未毕，有姜丞相捧出师表上殿。武王命接上来。奉御官将表文开于御案上。武王从头看玩：

“进表丞相臣姜尚。臣闻惟天地万物父母，惟人万物之灵。天佑下民，作之君，作之师。惟其克相上帝，宠绥①四方，作民父母。

今商王受弗敬上天，降灾下民，流毒邦国，剥丧②元良③，贼虐④谏辅⑤，狎侮⑥五常⑦，荒怠不敬，沉湎酒色，罪人以族⑧，官人以世⑨；惟宫室、台榭⑩、陂池⑪、侈服⑫以残害于万姓；遗厥先宗庙弗祀；播弃⑬犁老⑭，昵比⑮罪人；惟妇言是用，焚炙⑯

---

① 宠绥（suí）：爱抚使其安定。
② 剥丧：伤亡，丧乱。
③ 元良：大善至德，一般指大贤之士。
④ 贼虐：残害。
⑤ 谏辅：敢于劝谏的辅佐之臣。
⑥ 狎（xiá）侮：轻慢，戏弄。
⑦ 五常：即“五典”。用以指古代社会五种行为准则，即父义、母慈、兄友、弟恭、子孝。
⑧ 罪人以族：指“连坐”。中国旧时因一人犯法而使有一定关系的人（如亲属、邻里或主管者等）连带受刑的制度。《书·泰誓》有“罪人以族”的记载。
⑨ 官人以世：不以贤才而凭父兄做官。
⑩ 台榭（xiè）：中国古代将地面上的夯土高墩称为台，台上的木构房屋称为榭，两者合称为台榭。
⑪ 陂（bēi）池：池沼。
⑫ 侈服：奢华的服饰。
⑬ 播弃：丢弃。
⑭ 犁老：老人。按，王引之《经义述闻·通说上》：“犁老者，耆老也。古字犁与耆通。”
⑮ 昵（nì）比：亲近。
⑯ 焚炙：烧烤，烧灼，一种纣王制作的炮烙酷刑。

忠良，刳剔①孕妇；崇信奸回，放黜师保②；屏弃典刑③，囚奴正士；杀妻戮子，惟淫酗是图，作奇技淫巧，以悦妇人；郊社④不修，宗庙不享。商罪贯盈，天人共怒。

今天下诸侯大会于孟津，兴吊民伐罪之师，救生民于水火，乞大王体上天好生之心，孚⑤四海诸侯之念，思天下黎庶之苦，大奋鹰扬，择日出师，恭行天罚，则社稷幸甚，臣民幸甚！乞赐详示施行。谨具表以闻。”（此表中内容，大半袭用《尚书·泰誓》中武王的话）

武王览毕，沉吟半晌。王曰：“相父此表，虽说纣王无道，为天下共弃，理当征伐，但昔日先王曾有遗言：‘切不可以臣伐君。’今日之事，天下后世以孤为口实。况孤有辜先王之言，谓之不孝。总纣王无道，君也。孤若伐之，谓之不忠。孤与相父共守臣节，以俟纣王改过迁善，不亦善乎。”（他改得了吗？如此之言，惺惺作态乎？自欺欺人乎？）子牙曰：“老臣怎敢有负先王。但天下诸侯布告中外，诉纣王罪状，不足以君天下，纠合诸侯，大会孟津，昭畅天威，兴吊民伐罪之师，观政于商，前有东伯侯姜文焕、南伯侯鄂顺、北伯侯崇黑虎具文书知会，如那一路诸侯不至者，先问其违抗之罪，次伐无道。老臣恐误国家之事，因此上表，请王定夺，愿大王裁之。”武王曰：“既是他三路欲伐成汤，听他等自为。孤与相父坐守本土，以尽臣节，上不失为臣之礼，下可以守先王之命。不亦美乎？”（若真要尽守臣节，当初

① 刳剔：剖挖。
② 师保：古时担任教导贵族子弟的官，有师有保，统称“师保”。
③ 典刑：常刑。
④ 郊社：祭天地。周代于冬至日祭天于南郊称为“郊”，夏至日祭地于北郊称为“社”，合称“郊社”。
⑤ 孚（fú）：为人所信服。

张桂芳来讨伐时便该自缚投降，引颈就戮）子牙曰："惟天为万物父母，惟人万物之灵，亶聪①明，作元后②，元后作民父母。今商王受荼毒生民，如坐水火，罪恶贯盈，皇天震怒，命我先王，大勋未集耳。今大王行吊民伐罪之师，正代天以彰天讨，救民于水火。如不顺上天，厥罪惟均③。"

只见上大夫散宜生上前奏曰："丞相之言乃为国忠谋，大王不可不听。今天下诸侯大会孟津，大王若不以兵相应，则不足取信以众人，则众人不服，必罪我国以助纣为虐。倘移兵加之，那时反不自遗伊戚。况纣王信谗，屡征西土，黎庶遭惊慌之苦，文武有汗马之劳，今方安宁，又动天下之兵，是祸无已时。以臣愚见，不若依相父之言，统兵大会孟津，与天下诸侯陈兵商郊，观政于商，俟其自改，则天下生民皆蒙其福，又不失信于诸侯，遗灾于西土，上可以尽忠于君，下可以尽孝于先王，可称万全之策。乞大王思之。"（又想伐纣王，又要好名声！作者将武王写得仿佛后世篡窃天下者，在禅位之前三辞三让，假意惺惺）

武王听得散宜生一番言语，不觉欣悦，乃曰："大夫之言是也。不知用多少人马。"宜生奏曰："大王兵进五关，须当拜丞相为大将军，付以黄钺、白旄，总理大权，得专阃外之政，方可便宜行事。"武王曰："但凭大夫主张，孤即拜相父为大将军，得专征伐。"宜生曰："昔黄帝拜风后，须当筑台，拜告皇天后土、山川河渎④之神，捧毂推轮⑤，方成拜将之礼。"武王曰："凡一应事宜，俱是大夫为

---

① 亶（dǎn）聪：谓天子之聪明，借指天子。
② 元后：天子。
③ 厥（jué）罪惟均：其罪行是一样的。厥，代词，其。
④ 河渎："四渎"之一，即黄河之神。"四渎"，我国古代对四条独流入海的大河的称呼，即"江、河、淮、济"（长江、黄河、淮河、济水）。
⑤ 捧毂（gǔ）推轮：古代帝王任命将相时的隆重礼遇。

之。”武王朝散，宜生又至相府恭贺。百官俱各各欣悦。众门人个个喜欢。宜生次日至相府对子牙说，令南宫适、辛甲往岐山监造将台。当时二人至岐山，拣选木植砖石之物，克日兴工。也非一日，将台已完，二将回报子牙。宜生入内庭回武王旨，曰：“臣奉旨监造将台已完，谨择良辰，于三月十五日，请大王至金台，亲拜相父。”武王准旨，俟至日行礼。

且说子牙三月十三日立辛甲为军政司，先将斩法纪律牌挂在帅府，使众将各宜知悉。辛甲领令，挂出帅府：“扫荡成汤天宝大元帅姜，条约示谕大小众将知悉。”

只见各款开列于后——

其一：闻鼓不进，闻金不退，举旗不起，按旗不伏，此为慢军，犯者斩。

其二：呼名不应，点视不到，违期不至，动乖纪律，此为欺军，犯者斩。

其三：夜传刁斗，怠而不报，更筹[①]违度[②]，声号不明，此为懈军，犯者斩。

其四：多出怨言，毁谤主将，不听约束，梗教难治，此为横军，犯者斩。

其五：扬声笑语，蔑视禁约，哓詈[③]军门，此为轻军，犯者斩。

其六：所用兵器，克削钱粮，致使弓弩绝弦，箭无羽镞，剑戟不利，旗帜凋敝，此为贪军，犯者斩。

① 更筹：亦称“更签”。古代夜间计时报更的竹签。
② 违度：失度，反常。
③ 哓詈（xiāo lì）：乱骂。

其七：谣言诡语，造捏鬼神，假托梦寐，大肆邪说，鼓惑将士，此为妖军，犯者斩。

其八：奸舌利齿，妄为是非，调拨士卒，互相争斗，致乱行伍①，此为刁军，犯者斩。

其九：所到之地，凌侮百姓，逼淫妇女，此为奸军，犯者斩。

其十：窃人才②物，以为己利，夺人首级，以为己功，此为盗军，犯者斩。

其十一：军中聚众议事，近帐私探信音，此为探军，犯者斩。

其十二：或闻所谋，及闻号令，漏泄于外，使敌人知之，此为背军，犯者斩。

其十三：调用之际，结舌不应，低眉俯首，面有难色，此为怯军，犯者斩。

其十四：出越队伍，搀前乱后，言语喧哗，不遵禁约，此为乱军，犯者斩。

其十五：托伤诈病，以避征进，捏故假死，因而逃脱，此为奸军，犯者斩。

其十六：主掌钱粮，给赏之时，阿私③所亲，使士卒结怨，此为弊军，犯者斩。

其十七：观寇不审，探贼不详，到不言到，多则言少，少则言多，此为误军，犯者斩。

---

① 行伍：古代军队编制，五人为“伍”，二十五人为“行”，故以“行伍”泛指军队。
② 才：通“财”。
③ 阿（ē）私：偏私。

话说子牙将斩法牌挂于帅府，众将观之，无不敬谨。（此一大段军令，大抵从宋代《虎铃经·军令第九》抄来，略改几个字而已）

且说宜生至十四日，入内庭见武王，曰："请大王明日清晨至相府，请丞相登坛。"武王曰："拜将之道，如何行礼？"宜生曰："大王如黄帝拜风后，方成拜将之礼。"武王曰："卿言正合孤意。"次日乃三月十五日吉辰，武王带领合朝文武齐至相府前。只听里面乐声响过三番，军政司令门官："放炮开门。"只见三声炮响，相府门开。宜生引道，武王随后至银安殿。军政司忙禀请元帅升殿："有千岁亲来拜请元帅登辇。"子牙忙从后面道服而出。武王乃欠身言曰："请元帅登辇。"子牙慌忙谢过，同武王分左右并行至大门。武王欠身打一躬。两边扶子牙上辇。宜生请武王亲扶凤尾，连推三步。后人有诗赞子牙末年叨①此荣宠，诗曰：

周主今朝列将台，风云龙虎四门开。
香生满道衣冠引，紫气当天御仗来。
统领貔貅添瑞彩，安排士马尽崔嵬。
磻溪②今日人龙出，八百开基说异才。（子牙半世蹉跎，至此方可称得上扬眉吐气矣）

话说子牙排仪仗出城，只见前面七十里俱是大红旗，只摆到西岐山。西岐百姓，扶老携幼，俱来观看。子牙至岐山，将近将台边，有一座牌坊，上有一幅对联："三千社稷归周主，一派华夷属武王。"

话说众将分道而行。武王至将台边一看，只见将台高耸，甚是嵬

① 叨（tāo）：承受。古汉语中用于对受人恩惠及礼物表示感谢的谦辞。
② 磻（pán）溪：是一条溪流的名称，在今陕西省宝鸡市东南，相传是姜太公钓鱼的地方，今存有钓鱼台。在古诗词中，磻溪也会代指姜子牙。

峨轩昂。怎见得，但见：

台高三丈，象按三才。阔二十四丈，按二十四气。台有三层：第一层台中立二十五人，各穿黄衣，手持黄旗，按中央戊己土；东边立二十五人，各穿青衣，手持青旗，按东方甲乙木；西边立二十五人，各穿白衣，手持白旗，按西方庚辛金；南边立二十五人，各穿红衣，手持红旗，按南方丙丁火；北方立二十五人，各穿皂衣，手持皂旗，按北方壬癸水。第二层是三百六十五人，手各执大红旗三百六十五面，按周天三百六十五度。第三层立七十二员牙将，各执剑、戟、抓、锤，按七十二候。三层之中，各有祭器、祝文。自一层之下，两边仪仗，雁翅排列。真是衣冠整肃，剑戟森严，从古无两。

只见散宜生至鸾舆前，请武王出舆。武王忙下舆。宜生曰："大王可至元帅前，请元帅下辇。"武王行至辇前，欠身曰："请元帅下辇。"子牙忙令中军扶下辇来。宜生引导子牙至台边。散宜生赞礼曰："请元帅面南背北。"散宜生开读祝文：

维大周十有三年，孟春丁卯，朔丙子，西周武王姬发遣上大夫散宜生敢昭告于五岳、四渎、名山大川之神曰：呜呼！惟天惠民，惟辟奉天，抚绥众庶，克底于道。

今商王受弗敬上天，降灾下民，惟妇言是用，昏弃厥祀弗答，昏弃厥遗王父、母、弟不迪，乃惟四方之多罪逋逃①，是

① 逋（bū）逃：逃亡的罪人。

崇，是长，是信，是使，是以为大夫卿士，俾①暴虐于百姓，以奸宄②于商邑。

今发夙夜祗惧③，若不顺天，厥罪惟均。谨择今日，特拜姜尚为大将军，恭行天讨，伐罪吊民，永清四海。所赖神祇相我众士，以克厥勋。伏惟尚飨④！”（此篇祝文，又多袭用《尚书·牧誓》中语，故而言辞忽而古奥，忽而平顺）

话说散宜生读罢祝文，有周公旦引子牙上第二层台。周公旦赞礼曰：“请元帅面东背西。”周公旦开读祝文：

维大周十有三年，孟春丁卯，上朔丙子，西周武王姬发遣周公旦敢昭告日、月、星辰、风伯、雨师、历代圣帝明王之神曰：呜呼！天有显道⑤，厥类惟彰⑥。

今商王受乃夷居弗事上帝神祇，遗厥先宗庙弗祀，沉湎酒色，淫酗肆虐，惟宫室台榭是崇。焚炙忠良，刳剔孕妇，以残害于下民，牺牲粢盛⑦，既于凶盗，乃曰‘吾有民有命’，罔⑧惩其侮。皇天震怒，命发诛之。发曷⑨敢有越⑩厥志。自思：欲济斯

① 俾（bǐ）：使。
② 奸宄（guǐ）：劫夺。
③ 祗（zhī）惧：敬惧谨慎。
④ 伏惟尚飨（xiǎng）：指伏在地上恭敬地请被祭者享用供品。伏惟，表示伏在地上想，下对上陈述时的表敬之辞。尚，希望的意思。飨，泛指请人受用，祭祀的意思。
⑤ 天有显道：天有明确的道义准则。显道，明确的道义准则。
⑥ 厥类惟彰：其法则应当表现出来才能被彰显。类，法则。惟，当。彰，彰明，使彰明。
⑦ 粢盛（zī chéng）：亦作“齍盛”“齐盛”。盛在祭器内以供祭祀的谷物。
⑧ 罔：不，无。
⑨ 曷（hé）：岂，难道。
⑩ 越：违背。

民，匪才不克。

今特拜姜尚为大将军，取彼凶残，杀伐用张①。仰赖神祇翊②卫启迪，吐纳风云③，嘘咈变化④变化，拯救下民，恭行天罚，克定厥勋，于汤有光，伏惟尚飨！”（此篇又多袭用《尚书·泰誓》中语）

周公旦读罢祝文。有召公奭⑤引子牙上第三层台。毛公遂捧武王所赐黄钺、白旄，祝曰：“自今以后，奉天征讨，罚此独夫，为生民除害，为天下造福，元戎往勖之哉！”子牙跪受黄钺、白旄，乃令左右执捧。礼官赞礼曰：“请元戎面北，拜受龙章凤篆⑥。”子牙跪拜。左右歌“中和”之曲，奏“八音”之章，乐声嘹亮，动彻上下。召公奭开读祝文：

维大周十有三年，孟春丁卯，上朔丙子，西岐武王姬发敢昭告昊天上帝，后土神祇曰：呜呼！天矜⑦于民。民之所欲，天必从之。

① 张：弓上弦。与“弛”相对。《诗·小雅·吉日》：“既张我弓。”引申为开弓。
② 翊（yì）：辅佐，护卫。
③ 吐纳风云：形容人气魄极大，能够吞吐、吸纳天地间的风云变幻。
④ 嘘咈（fú）变化：指细微的动作引发的看似微小却具有深远影响的变化。嘘咈，呼气与吸气。
⑤ 召公奭（shì）：一般指姬奭。姬奭佐武王灭商后，封于燕（国都在今北京西南），后由其子就封，自己留于王都，成王时任太保，为三公之一，曾掌理东都的修建，又与周公分陕（今河南三门峡陕州区西南）治国。成王卒，受遗命辅佐康王，享高寿。姬奭治政很得百姓爱戴，常在棠梨树下判断案件、处理政事，上自侯爵伯爵，下至普通百姓，各得其所，没有失职和失业的人，《诗经·国风·召南》作有《甘棠》一篇，称颂此事。
⑥ 龙章凤篆：对帝王的文章、诏书、敕令的谀称。
⑦ 矜（jīn）：怜悯，同情。

今商王受狎侮五常，荒怠弗敬，自绝于天，结怨于民，斫[1]朝涉[2]之胫[3]，剖贤人之心，作威杀戮，毒痡[4]四海，崇信奸回，放黜师保，屏弃典刑，囚奴正士，郊社不修，宗庙不享，作奇技淫巧，以悦妇人，无辜吁天，秽得彰闻，上帝弗顺，祝降时丧。

臣发曷敢有越厥志，祗承[5]上帝，以遏乱略，华夏蛮貊[6]，罔不率俾[7]。惟我先王，为国求贤，聘请姜尚以助发；今特拜为大将军，大会孟津，以彰天讨[8]，取彼独夫，永清四海。所赖有神，尚克相予，以济兆民[9]，无作神羞[10]；克成厥勋，诞膺[11]天命，以抚方夏。恳祈照临，永光西土。神其鉴兹。伏惟尚飨！”

（此一大段，是袭用《尚书·泰誓》与《尚书·武成》中语）

召公奭读罢祝文，子牙居中而立。军政司上台，启元帅：“发鼓竖旗。”两边鼓响，拽起宝纛旗来。军政司请元帅戴护顶之宝。军政官用红漆端盘，捧上一顶金盔来。怎见得：

黄澄澄，耀日镜[12]；玲珑花，巧样称。竖三叉，攒四凤。六

① 斫（zhuó）：本义为大锄。引申为砍、斩。
② 朝涉：早晨涉水。亦指早晨涉水之人。
③ 胫（jìng）：脚胫，自膝至脚跟部分，俗称小腿。
④ 毒痡（pū）：毒害，残害。
⑤ 祗（zhī）承：敬奉。
⑥ 蛮貊（mò）：作“蛮貉”。古代泛指边远地区少数民族。
⑦ 率俾：顺从，出自《书·君奭》。
⑧ 天讨：指帝王秉承天意惩罚罪人，或亲自出兵讨伐。
⑨ 兆民：众百姓。
⑩ 神羞：使神蒙羞。
⑪ 诞膺（yīng）：指承受（天命或帝位）。
⑫ 日镜：指太阳。

瓣六楞紫金盔，缨络翻，朱砂迸。珊瑚碧玉周围绕，玛瑙珍珠前面钉。

军政司将盔捧与子牙戴上。又传令："取袍甲上台。"军政官高捧袍铠，献在台上。怎见得：

龙吞口，兽吞肩。红似火，赤似烟。老君炉，曾烧炼，千锤打，万锤颠。绿绒扣，紫绒穿。迸铜锤，扛铁鞭。锁子文，甲上悬。披一领，按南方，丙丁火，茜草①染，胭脂抹。五彩装，花千朵。遍金织就大红袍。系一条四指阔，羊脂玉，玛瑙厢，琥珀砌，紫金雀舌八宝攒就白玉带。

话说姜元帅金装甲胄，立于台上。军政司传："取印、剑上台。"军政官捧剑、印上台，又捧一架，架上有三般令天子、协诸侯之物；内有令天子旗、令天子剑、令天子箭。正见印、剑上台来，有诗为证。诗曰：

黄金斗大掌貔貅，杀伐从来神鬼愁。
吕望今朝登台后，乾坤一统属西周。

话说军政司将印、剑捧至子牙面前。子牙将印、剑接在手中，高捧过眉。散宜生请武王拜将。武王在台下大拜八拜。武王拜罢，子牙令辛甲把令天子旗将武王请上台来。少时，辛甲执旗大呼曰："奉元

① 茜（qiàn）草：亦称"血茜草""血见愁"。多生于山野草丛中。中国长江流域和黄河流域都有分布。根可作红色染料，亦入药。

帅将令，请武王上台！”武王随令旗上台。子牙传令：“请开印、剑。”请武王面南端坐。子牙拜谢毕，跪而奏曰：“老臣闻国不可从外而治，军不可从中而御，二心不可以事君，疑志不可以应敌。臣既受命，尊节钺之威，岂敢不效驽骀①，以报知遇之恩②也。”武王曰：“相父今为大将东征，但愿早至孟津，会兵速返，孤之幸矣。”子牙谢恩。武王下台，众将听候指挥。子牙传令：“军政官与众得知，俱于三日后在教军场听点。今日有三山五岳众道兄与我饯别。”辛甲领命，传与众将知悉。武王同文武百官俱在金台。（这一大段登台拜将之典礼，全靠三篇祝文撑起来）

子牙离了将台，往岐山正南而来。有哪吒领诸门人来迎接子牙。只见甲胄威仪，十分壮丽。来至芦篷，只见玉虚门下十二弟子拍手大笑而来，对子牙曰：“相将威仪，自壮行色，子牙真人中之龙也！”子牙欠背打躬曰：“多蒙列位师兄抬举，今日得握兵权，皆众师兄之赐也，姜尚何能哉！”（此非谦辞，确是实话）众仙曰：“只等掌教圣人来至，吾辈才好奉酒。”话犹未了，只听得空中一派笙簧，仙乐齐奏。怎见得，有诗为证。诗曰：

紫气空中绕帝都，笙簧嘹亮白云浮。
青鸾丹凤随銮驾，羽扇幡幢傍辘轳③。
对对金童云里现，双双玉女珮声殊。
祥光瑞彩多灵异，周室当兴应赤符。

① 驽骀（nú tái）：驽、骀都是能力低下的马，比喻才能平庸。
② 知遇之恩：意为受到赏识和重用的恩情。
③ 辘轳（lù lú）：古代井上汲水设施，流行于北方地区。由辘轳头、支架、井绳、水斗等部分构成。

话说元始天尊驾临，诸弟子伏道迎接。子牙俯伏，口称："弟子愿老爷圣寿无疆！"众门人引道，酌水焚香，迎鸾接驾。元始天尊上了芦篷坐下。子牙复拜。元始曰："姜尚，你四十年积功累行，今为帝王之师，以受人间福禄，不可小视了。你东征灭纣，立功建业，列土分茅，子孙绵远，国祚①延长。贫道今日特来饯你。"命白鹤童子："取酒来。"斟了半杯，子牙跪接，一饮而尽。元始曰："此一杯愿子成功扶圣主。"又引一杯，"治国定无虞"。又一杯，"速速会诸侯"。子牙吃了三杯，又跪下。元始曰："子又复跪者何说？"子牙曰："蒙老爷天恩教育，使尚得拜将东征。弟子此行，不知吉凶如何，恳求指示！"天尊曰："你此去并无他虞。你谨记一偈，自有验也。偈曰：

界牌关遇诛仙阵，穿云关下受瘟瘽。

谨防达兆光先德，过了万仙身体康。"（明明知晓后来之事，却偏偏要作些谜语、偈语之类，不好好说话。这也是历来小说中神仙们的通病）

子牙闻偈，拜谢曰："弟子敬佩此偈。"元始曰："我返驾回宫，你众弟子再为饯别。"群仙送出篷来，只见仙风一阵，回了鸾驾。且说众仙来与子牙奉酒，各饮三杯，南极仙翁也奉子牙饯别酒三杯，俱要起身作辞而去。众门人见子牙问师尊前去吉凶，金吒忙向文殊广法天尊问曰："弟子前去，吉凶如何？"道人曰："你：修身一性超仙体，何怕无谋进五关。"

哪吒也来问太乙真人曰："弟子此行，吉凶如何？"真人曰："你'汜水关前重道术，方显莲花是化身'。"

① 祚（zuò）：福。

木吒来问普贤真人曰："弟子领法旨下山，不知归着如何？"真人曰："你'进关全仗吴钩剑，不负仙传在九宫'。"

韦护也问道行天尊曰："弟子佐姜师叔至孟津，可有妨碍？"道行天尊曰："你比众人不同，岂不知你：历代多少修行客，独你全真第一人。"

雷震子来问云中子曰："弟子此去，吉凶如何？"云中子曰："你'两枚仙杏安天下，可保周家八百年'。"

杨戬也问玉鼎真人曰："弟子此去如何？"真人曰："你比别人不同：修成八九玄中妙，任尔纵横在世间。"

李靖来问燃灯道人曰："弟子此行，凶吉如何？"道人曰："你也比别人不同：肉身成圣超天境，久后灵山护法台。"（果然是通病）

黄天化问清虚道德真君曰："弟子此行，凶吉何如？"道德真君一见黄天化命运不长，面带绝气，低首不言；然而心中不忍，真是可怜。真君复向黄天化言曰："徒弟，你问前程之事，我有一偈，你可时时在心，谨记依偈而行，庶几无事。"道人念偈。不知后事如何，且听下回分解。

总批

子牙七十余岁，方遇文王，何其晚也！又十余年，方督师伐纣，又何其迟也！然而义旗一指，独夫随即授首，鹰扬伟烈，彪炳千古，而分茅列土，与周家八百年相终始。猗欤！盛哉！古云"大器晚成"，信然！然今人又何得以年貌弃人耶！

又批

月合仙原是撮合人间好事者，龙吉公主非月合仙必不能尝着人间滋味。只是忒便宜了洪锦。不但免其死，且得一个好老婆。

第六十八回　首阳山夷齐阻兵

首陽山夷
齊阻兵

导读：伯夷、叔齐扣马阻拦武王的故事，在中国也算得上是家喻户晓了。依据《史记·伯夷列传》的记载，伯夷、叔齐是商末孤竹国的两位王子。伯夷是长子，叔齐是三子。孤竹国的国君遗命立叔齐为君，可孤竹君死后，叔齐认为按照礼法应该由大哥继位，于是让位给伯夷。但伯夷却并不接受，认为应该遵照父亲的遗命由弟弟继位。兄弟二人相互推让，最终双双逃离了孤竹国。孤竹国的大臣没有办法，只好拥立老国君的二儿子继位。伯夷、叔齐听说西伯侯姬昌敬养老人，于是决定前去投奔。等他们来到西岐，姬昌已经去世了，正遇上其子周武王姬发用车载着父亲的灵位，率军东征伐纣，于是就发生了他们二人扣马谏阻的一幕。武王灭商后，他们耻食周粟，采薇而食，最终饿死于首阳山。临终之前，他们还作了一首歌："登彼西山兮，采其薇矣。以暴易暴兮，不知其非矣。神农、虞、夏忽焉没兮，我安适归矣？于嗟徂兮，命之衰矣。"伯夷、叔齐让国的仁义精神和耻食周粟的高尚气节，对后世影响极大，无数的人写了诗文歌颂他们，影响甚至波及朝鲜、日本、越南等国。

诗曰：

首阳①芳躅②为纲常，欲树千秋叛逆防。
数语唤回人世梦，一身表率死生光。
求仁自是求仁得，义士还从义士扬。
读罢史文犹自泪，空留齿啮有余香。

话说清虚道德真君见黄天化来问前程归着，欲说出所以，恐他不服；欲不说明白，又恐他误遭陷害。真君没奈何，只得将前去机关作一偈，听凭天命。真君作偈曰：

逢高不可战，遇能即速回。
金鸡头上看，蜂拥便知机。
止得功为首，千载姓名题。
若不知时务，防身有难危。

道人作罢偈，黄天化年少英雄，那里放在心上。（少年人本就心高、张扬，何况是少年英雄）只见土行孙也来问惧留孙。惧留孙也知土行孙不好，他还进得关，死于张葵之手，也只得作一偈与土行孙存验，偈曰：

地行道术既能通，莫为贪嗔错用功。
撺出一獐③咬一口，崖前猛兽带衣红。”

① 首阳：山名。一称雷首山，相传为伯夷、叔齐采薇隐居处。
② 芳躅（zhú）：前贤的遗迹。后亦用以称人的步履、行踪或行为。
③ 獐（zhāng）：一种小型的鹿，是偶蹄目、鹿科的哺乳动物，比麝略大。

惧留孙作罢偈，土行孙谢过师尊。（每一个偈子便是后文的一个故事，故而不能说得太明白）

且说众仙与子牙作别，各回山岳而去。子牙同武王、众将进西岐城，武王回宫，子牙回帅府，大小众将俟候三日后下教场听点。子牙次日作本谢恩，上殿来见武王。姜子牙金幞头①，大红袍，玉带，（这完全是明代大臣打扮了）将本呈上。只见上大夫散宜生接本，展于御案上。子牙俯伏奏曰："姜尚何幸，蒙先王顾聘，未效涓埃之报②，又蒙大王拜尚为将，知遇之隆，古今罕及。尚敢不效犬马之力，以报深恩也！今特表请驾亲征，以顺天人之愿。"武王曰："相父此举，正合天心。"忙览表：

大周十三年，孟春③月，扫荡成汤天宝大元帅姜尚伏以观时应变，固天地之气运；杀伐用张，亦圣神之功化。

今商王受不敬上天，荒淫不德，残虐无辜，肆行杀戮，逆天征伐，天愁民怨，致我西土十载不安；仰仗天威，自行殄灭。臣念此艰难之久，正值纣恶贯盈之时。天下诸侯，共会孟津。蒙准臣等之请，许以东征。万姓欢腾，将士踊跃。臣不胜感激，日夜祗惧。才疏德薄，恐无补报于涓埃；佩服王言，实有惭于节钺④。

特恳大王，大奋乾刚⑤，恭行天讨，亲御行营，托天威于咫尺，措全胜于前筹⑥，早进五关，速会诸侯，观政于商。庶几天

---

① 幞（fú）头：亦作"襆头"。一种头巾。
② 涓埃之报：极其微薄的报答。
③ 孟春：春季的第一个月，即农历正月。
④ 节钺：符节和斧钺。古代授予将帅，作为加重权力的标志。
⑤ 乾刚：谓天道刚健。亦用以称帝王的刚健决断。引申指君主的威权。
⑥ 前筹：进餐时座前的筷子。后谓筹划，谋划。

厌其秽，独夫授首，不独泄天人之愤，实于汤为有光。臣不胜激切惓望之至！谨具表以闻。（此表未再袭用《尚书》文字，大概之前三篇祝文已用的差不多了）

武王览完表，问曰："相父此兵何日起程？"子牙曰："老臣操演停当，择吉日再来请驾起程。"武王传左右："治宴与相父贺喜。"君臣共饮。子牙谢恩出朝。

次日，子牙下教场看操，过名点将。子牙五更时分至教军场，升了将台。军政司辛甲启元帅："放炮竖旗，擂鼓点将。"子牙暗思："今人马有六十万，须用四个先行，方有协助。"子牙命军政司："令南宫适、武吉、哪吒、黄天化上台来。"辛甲领令，令四将上台打躬。子牙曰："吾兵有六十万，用你四将为先行，挂左、右、前、后印。你等各拈一阄①，自任其事，毋得错乱。"四将声喏。子牙将四阄与四将各自拈认：黄天化拈着是头队先行，南宫适是左哨，武吉是右哨，哪吒是后哨。子牙大喜。（何喜之有？）令军政官簪花挂红，各领印信。四将饮过酒，谢了元帅。子牙又令杨戬、土行孙、郑伦各拈一阄，作三军督粮官。杨戬是头运，土行孙是二运，郑伦是三运。子牙令军政官取督粮印付与三将，俱簪花挂红，各饮三杯喜酒，三将下台。子牙令军政官取点将簿，先点：

黄飞虎	黄飞彪	黄飞豹	黄明	周纪
龙环	吴谦	黄天禄	黄天爵	黄天祥
辛免	太颠	闳夭	祁恭	尹勋

① 阄（jiū）：拈阄。任取事先做好记号的纸片或纸团，以决定得什么或做什么。

周之四贤、八俊：

毛公遂　周公旦　召公奭　毕公高　伯达
伯适　仲突　仲忽　叔夜　叔夏
季随　季騧　姬叔乾　姬叔坤　姬叔康
姬叔正　姬叔启　姬叔伯　姬叔元　姬叔忠
姬叔廉　姬叔德　姬叔美　姬叔奇　姬叔顺
姬叔平　姬叔广　姬叔智　姬叔勇　姬叔敬
姬叔崇　姬叔安（也是难为作者为姬家编出这许多名字）

文王有九十九子，雷震子乃燕山所得，共为百子。文王有四乳，二十四妃，生九十九子，有三十六殿下习武，因纣王屡征西岐，阵亡十八位。

又有归降将佐：

邓九公　太鸾　邓秀　赵昇　孙焰红
晁田　晁雷　洪锦　季康　苏护
苏全忠　赵丙　孙子羽

女将二员：

龙吉公主　邓婵玉

话说子牙点将已毕，传令："令黄天虎上台。"子牙曰："成汤虽是气数已尽，五关之内必有精奇之士，不可不防备。当战者战，当攻者攻，其间军士须要演习阵图，方知进退之法，然后可破敌人。"随令军政官抬十阵牌放在台上：

一字长蛇阵，二龙出水阵，三山月儿阵，
四门斗底阵，五虎巴山阵，六甲迷魂阵，
七纵七擒阵，八卦阴阳子母阵，九宫八卦阵，
十代明王阵，天地三才阵，包罗万象阵。（俱是小说戏曲中的阵名，硬凑了个从一到十，实则不知所云）

子牙曰：“此阵俱按六韬之内，精演停当，军士方知进退之方。黄将军与邓将军、洪将军，你三位走一字长蛇阵。听炮响变以下诸阵，毋得错乱。”三将领令下台走此阵。正行之际，子牙传令：“点炮，化六甲迷魂阵。”竟不能齐。子牙看见，把三将令上台来，教之曰：“今日东征，非同小可，乃是大敌；若士卒教演不精，此是主将之羞，如何征伐！三位须是日夜操练，毋得怠玩，有乖军政。”三将领令下台，用心教习。子牙传令：“散操。众将打点，收拾东征。”

翌日，子牙朝贺武王毕，子牙奏曰：“人马军粮皆一应齐备，请大王东行。”武王问曰：“相父将内事托与何人？”子牙曰：“上大夫散宜生可任国事，似乎可托。”武王又曰：“外事托与何人？”子牙曰：“老将军黄滚历练老成，可任军国重务。”武王大喜：“相父措处得宜，使孤欢悦。”武王退朝，入内宫见太姬，曰：“上启母后知道：今相父姜尚会诸侯于孟津，孩儿一进五关，观政于商，即便回来，不敢有乖父训。”太姬曰：“姜丞相此行，决无差失。孩儿可一应俱依相父指挥。”分付宫中治酒，与武王饯行。

翌日，子牙把六十万雄师竟出西岐。武王亲乘甲马，率御林军来至十里亭。只见众御弟排下九龙席，与武王、姜元帅饯行。众弟进酒，武王与子牙用罢，乘吉日良辰起兵。此正是纣王三十年三月二十

四日。起兵点起号炮，兵威甚是雄壮。怎见得，有诗为证。诗曰：

征云蔽日隐旌旗，战士横戈纵铁羁。
飞剑有光来紫电，流星斜挂落金藜①。
将军猛烈堪图画，天子威仪异所施。
漫道吊民来伐罪，方知天地果无私。

话说大势雄兵离了西岐，前往燕山，一路上而来，三军欢悦，百倍精神。行过了燕山，正往首阳山来。（伯夷、叔齐虽然最后饿死于首阳山，但并非在首阳山附近拦阻武王。作者于此疏漏了）大队人马正行，只见伯夷、叔齐二人，宽衫博袖，麻履丝绦，站立中途，阻住大兵，大呼曰："你是那里去的人马？我欲见你主将答话。"有哨探马报入中军："启元帅：有二位道者欲见千岁并元帅答话。"子牙听说，忙请武王并辔上前。只见伯夷、叔齐向前稽首曰："千岁与子牙公，见礼了。"武王与子牙欠身曰："甲胄在身，不能下骑。二位阻路，有何事见谕？"夷、齐曰："今日主公与元帅起兵往何处去？"子牙曰："纣王无道，逆命于天，残虐万姓，囚奴正士，焚炙忠良，荒淫不道，无辜吁天，秽德彰闻。惟我先王，若日月之照临，光于四方，显于西土，命我先王肃将天威，大勋未集。惟我西周诞及多方，肆予小子，恭行天之罚。今天下诸侯一德一心，大会于孟津，我武惟扬，侵于之疆，取彼凶残，杀伐用张，于汤有光。此予小子不得已之心也。"夷、齐曰："臣闻'子不言父过，臣不彰君恶'。故父有诤②子，君有诤臣。只闻以德而感君，未闻以下而伐上者。今纣王，君也，虽有不

① 藜（lí）：藜科，藜属植物的泛称。一年生或多年生草本。
② 诤：直言规谏。

德，何不倾诚尽谏，以尽臣节，亦不失为忠耳。（那商汤当年为何不对夏桀倾诚尽谏？）况先王以服事殷，未闻不足于汤也。臣又闻‘至德无不感通，至仁无不宾服’。苟至德至仁在我，何凶残不化为淳良乎！以臣愚见，当退守臣节，体先王服事之诚，守千古君臣之分，不亦善乎？”

武王听罢，停骖[1]不语。子牙曰：“二位之言虽善，予非不知；此是一得之见。今天下溺矣，百姓如坐水火，三纲已绝，四维[2]已折，天怒于上，民怨于下，正天翻地覆之时，四海鼎沸之际。惟天矜民，民之所欲，天必从之。况天已肃命于我周，若不顺天，厥罪惟均。且天视自我民视，天听自我民听。百姓有过，在予一人。今予必往。如逆天不顺，非予先王有罪，惟予小子无良。”（此处又用《尚书·泰誓》中语）子牙左右将士欲行，见伯夷、叔齐二人言之不已，心上甚是不快。

夷、齐见左右俱有不豫之色，众人挟武王、子牙欲行，二人知其必往，乃跪于马前，揽其辔，谏曰：“臣受先王养老之恩，终守臣节之义，不得不尽今日之心耳。今大王虽以仁义服天下，岂有父死不葬，援及干戈，可谓孝乎？以臣伐君，可谓忠乎？臣恐天下后世必有为之口实者。”左右众将见夷、齐叩马而谏，军士不得前进，心中大怒，欲举兵杀之。子牙忙止之曰：“不可。此天下之义士也。”（其言语虽迂，但其德行气节，足为天下传诵）忙令左右扶之而去，众兵方得前进。后伯夷、叔齐入首阳山，耻食周粟，采薇[3]作歌，终至守节饿死。至今称之，犹有余馨。此是后事不表。

---

① 骖（cān）：一车驾三马。又特指驾车时位于两边的马。泛指马或马车。
② 四维：礼、义、廉、耻四种道德规范的合称。维，系物的大绳，引申为纲纪，法度。
③ 采薇：伯夷、叔齐反对周武王伐殷。武王灭殷后，他们逃避到首阳山，采薇而食，终于饿死。见《史记·伯夷列传》。后因以喻隐居不做官。

且说子牙大势雄师离了首阳山，往前正发。正是：腾腾杀气冲霄汉，簇簇征云盖地来。

子牙人马行至金鸡岭。岭上有一枝人马，打两杆大红旗，驻扎岭上，阻住大兵。哨马报至军前："启元帅：金鸡岭有一枝人马，阻住大军，不能前进，请令定夺。"子牙传令："安下行营。"升帐坐下，着探事军打探："是那里人马在此处阻军？"话犹未了，只见左右来报："有一将请战。"子牙不知是那里人马，忙传令问："谁人见阵走一遭？"有左哨先行南宫适上帐，应声曰："末将愿往。"子牙曰："首次出军，当宜小心。"

南宫适领令上马，炮声大振，一马走出营前。见一将幞头铁甲，乌马长枪。怎见得，有赞为证。赞曰：

将军如猛虎，战骑可腾云。
铁甲生光艳，皂服衬龙文。
赤胆扶真主，忠肝保圣君。
西岐来报效，赶驾主功勋。
子牙逢此将，门徒是魏贲。

南宫适问曰："你是那里无名之兵，敢阻西岐大军？"魏贲曰："你是何人？往那里去？"南宫适答曰："俺元帅奉天征讨而伐成汤，你敢大胆粗心，阻吾大队人马！"大喝一声，舞刀直取。此将手中枪赴面交还。两马相交，刀枪并举，战有三十回合。南宫适被魏贲直杀得汗流洽背，心下暗思："才出兵至此，今日遇这员大将，若败回大营，元帅必定见责。"

南宫适心上出神，不提防被魏贲大喝一声，抓住南宫适的袍带，生擒过马去。魏贲曰："吾不伤你性命，快请姜元帅出来相见。"（擒而复纵，内中必有缘故）又把南宫适放回营来。军政官报入中军：“南宫适听令。”子牙传令：“令来。”南宫适上帐，将“被擒放回，请元帅守夺”说了一遍。子牙听得大怒曰：“六十万人马，你乃左哨首领官，今一旦先挫吾锋，你还来见我？”喝左右：“绑出辕门，斩讫报来！”左右随将南宫适推出辕门来。魏贲在马上，见要斩南宫适，在马上大叫曰：“刀下留人！只请姜元帅相见，吾自有机密相商！”军政官报入帐中：“启老爷：那人在辕门外，叫‘刀下留人，请元帅答话，自有机密相商。’”子牙大骂：“匹夫擒吾将而不杀，反放回来，如今又在辕门讨饶！速传令摆队伍出行营！”（如此易怒，岂是元帅之风？真败笔也）

炮声响处，大红宝纛旗摇，只见辕门下一对对都是红袍金甲，英雄威猛，先行官骑的是玉麒麟，赳赳杀气；哪吒登风火轮，昂昂眉宇；雷震子蓝面红发，手执黄金棍；韦护手捧降魔杵，俱是片片云光。正是：盔山甲海真威武，一派天神滚出来。

话说子牙在四不相上问曰：“你是谁人，请吾相见？”魏贲见子牙威仪整饬①，兵甲鲜明，知其兴隆之兆，乃滚鞍下马，拜伏道旁，言曰：“末将闻元帅天兵伐纣，特来麾下，欲效犬马微劳，附功名于竹帛耳。（亦是为功名而来者，然则西岐诸将又有几个不为功名呢？）因未见元帅真实，末将不敢擅入。今见元帅士马之精，威令之严，仪节之盛，知不专在军威而在于仁德也。末将敢不随鞭坠镫，共伐此独夫，以泄人神之愤耶。”子牙随令进营。

魏贲上帐，复拜在地曰：“末将幼习枪马，未得其主，今逢明君与元帅，乃魏贲不负数载功夫耳。”子牙大喜。魏贲复跪而言曰：“启元帅：虽然南将军一时失利，望元帅怜而赦之。”子牙曰：“南宫适虽则

① 整饬（chì）：整顿。

失利，然既得魏将军，反是吉兆。”传令：“放来。”左右将南宫适放上帐来。南宫适谢过子牙。子牙曰：“你乃周室元勋，身为首领，初阵失机，理当该斩。奈魏贲归周，乃先凶而后吉。虽然如此，你可将左哨先行印与魏贲，你自随营听用。”即时将魏贲补了左哨。（见贤即用，用即不疑，也是难得）彼时南宫适交代印绶毕。子牙传令起兵不表。

且说只因张山阵亡，飞报至汜水关，韩荣已知子牙三月十五日金台拜将，具本上朝歌。那日微子看本，知张山阵亡，洪锦归周，忙抱本入内庭，见纣王，具奏张山为国捐躯。纣王大骇：“不意姬发猖獗至此！”忙传旨意，鸣钟鼓临殿。百官朝贺。纣王曰：“今有姬发大肆猖獗，卿等有何良谋可除西土大患？”言未毕，班中闪出中大夫飞廉，俯伏奏曰：“姜尚乃昆仑左术之士，（昆仑在他嘴里反成了“左术”，不知阐教众人闻言是何感想）非堂堂之兵可以擒剿，陛下发诏，须用孔宣为将。他善能五行道术，庶几反叛可擒，西土可剿。”纣王准奏，遣使命持诏往三山关来，一路无词。正是：使命马到传飞檄[①]，九重丹诏凤衔来。

话说使命官至三山关传：“接旨意。”孔宣接至殿上。钦差官开读诏旨。孔宣跪听宣读：

诏曰：“天子有征伐之权，将帅有阃外之寄。今西岐姬发大肆猖獗，屡挫王师，罪在不赦。兹尔孔宣，谋术两全，古今无两，允堪大将。特遣使赍尔斧、钺、旌旗，特专征伐。务擒首恶，剿灭妖人，永清西土，尔之功在社稷，朕亦与有荣焉。朕决不惜茅土之封，以赉[②]有功。尔其钦哉！故兹尔诏。”

① 飞檄（xí）：紧急檄文。
② 赉（lài）：赏赐，赠送。

孔宣拜罢旨意，打发天使回朝歌，连夜下营，整点人马，共是十万。即日拜宝纛旗，离了三山关，一路上晓行夜住，饥餐渴饮。在路行程，也非一日。

那日探马报入中军：“有汜水关韩荣接元帅。”孔宣传令：“请来。”韩荣至中军打躬：“元帅此行来迟了。”孔宣曰：“为何迟了？”韩荣曰：“姜子牙三月十五日金台拜将，人马已出西岐了。”孔宣曰：“料姜尚有何能！我此行定拿姬发君臣解进朝歌。”（类似的话，之前已经不知多少人说过）分付：“可速开关。”把人马催动，前往西岐大道而来。不一日，至金鸡岭。哨探马来报：“金鸡岭下周兵已至，请令定夺。”孔宣传令：“将大营驻扎岭上阻住周兵。”不知胜负如何，且听下回分解。

总批

伯夷、叔齐为万古君臣之义，故叩马直谏，至今诵之犹有余馨。子牙纵左右辩难，未尝不凿凿可听，终是压此两句不倒。性反分途，正在于此。

又批

子牙、伯夷俱文王培植之人。一兴周而伐纣，一阻谏而存纣。子牙似报养老者，伯夷似不报养老者。予曰：“皆是也。”子牙吊民伐罪，为一时君臣之义；伯夷止兵，为万世君臣之义。见纣恶不贯盈，亦无可伐者，正所以报文王也。然则伯夷、叔齐亦知武王之必行而不可挽乎！予曰：“知其必行，特留片语于人间，诛后世奸人逆子之心耳。”

第六十九回　孔宣兵阻金鸡岭

孔宣兵阻
金雞嶺

导读：后来被封为五岳大帝的五人在这一回中终于相遇了。提到五岳，今天大家都很熟悉：东岳泰山、西岳华山、南岳衡山、北岳恒山、中岳嵩山。但在历史上，五岳却并不一直是这五座山。五岳的出现，源自中国源远流长的山川祭祀传统。在上古时期，高耸入云的大山对人们而言充满着神秘。人们往往认为高山的深处会有不同寻常的异兽，高耸的山巅上会有仙人，或者可以与天上的神灵沟通。于是，便形成了对大山的崇拜与祭祀。但是五岳的出现却并不太早，大概在春秋战国时期才开始出现。原因也很好理解，这种在全国范围内选定名山的行为，只有当“天下统一”的思想出现后才会有人去做。因此，五岳最开始的名单有多个不同的版本。《尔雅·释地》中，就保存着两个不同的五岳名单：其一是“河南华（华山），河西岳（吴山），河东岱（泰山），河北恒（恒山），江南衡（衡山）”。其二则是“泰山为东岳，华山为西岳，霍山（天柱山）为南岳，恒山为北岳，嵩高（嵩山）为中岳”。由于五岳与帝王封禅、受命的大事有关，因此不但五岳的位置要以都城所在为参照，五岳名单的最终决定权也掌握在皇帝手里。历史上汉宣帝首次正式确立了五岳的组成：以泰山为东岳，华山为西岳，霍山（即天柱山）为南岳，大茂山（今河北省曲阳县）为北岳，嵩山为中岳。之后隋文帝将南岳改为湖南衡山。此后由于元明清三朝均建都于北京，原本的北岳位于京城之南，有名不副实之嫌。因而从明代开始，就有将北岳改为山西省浑源县南恒山的主张。到了清顺治年间，顺治帝正式下诏将北岳定为恒山，至此我们今天所熟知的五岳体系才正式确立。

诗曰：

伐罪吊民诛独夫，西周原应玉虚符。
自无血战成功易，岂有纷争立业殊。
孔雀逆天皆孟浪①，金鸡阻路尽支吾。
休言伎俩参玄妙，总是西方接引徒。

话说孔宣人马出关，至金鸡岭，探马报入中军："前有周兵在岭下，请令定夺。"孔宣令："在岭上安下营寨，阻住咽喉之路，使周兵不能前进。"不题。只见子牙人马正行，报马报入中军："禀上元帅：前有成汤大队人马住在岭上。"子牙传令："安营。"升帐坐下，自思："三十六路人马俱完，怎么又有这枝兵来？"子牙沉思，掐指算来："连张山是三十五路，连此一路方是三十六路。此事必又费手。"（原来竟是此前算错了路数）

且说孔宣在岭上止住了三日，子牙大兵已到，忙传令问："谁人去周营见头阵走一遭？"有先行官陈庚出位应曰："末将愿先见头阵。"孔宣许之。陈庚上马下岭，至周营搦战。探马报入中军。子牙问左右："谁去见此头阵？"有先行官黄天化应曰："愿往。"子牙分付曰："务要小心。"黄天化答曰："不必嘱付。"（可见傲气）忙上了玉麒麟出营。看见来将手提方天戟大呼曰："反贼何人？"黄天化答曰："吾非反贼，乃奉天征讨扫荡成汤天宝大元帅麾下，正印先行官黄天化是也。你乃何人？也通个名来。录功簿上好记你的首级。"（既来讨伐，谁还认纣王这个君主？谁还认殷商这个朝廷？）

陈庚大怒："量你鸡犬小辈，敢与天朝元宰相拒哉？"纵马摇戟，

① 孟浪：言语疏略而不精要。

直取黄天化。天化手中双锤赴面交还。麟马往来，锤戟并举。有赞为证。赞曰：

二将阵前势无比，颠开战马定生死。
盘旋铁骑眼中花，展动旗幡龙摆尾。
银锤发手没遮拦，戟刺咽喉蛇信起。
自来也见将军战，不似今番无底止。

麟马交还，大战有三十回合，黄天化掩一枪便走。陈庚不知好歹，随后赶来。黄天化闻得脑后鸾铃①响，挂下双锤，取火龙标掌在手中，回手一标。正是：金标发出神光现，断送无常死不知。

话说黄天化回手一标，将陈庚打下马来，兜回马取了首级，掌鼓进营，来见子牙。子牙问："出阵如何？"黄天化答曰："末将托元帅洪福，标取了陈庚首级。"子牙大喜，上黄天化首功。子牙方才举笔向砚台上掭②墨，不觉笔头吊将下来。子牙半晌不言，从新再取笔，上了黄天化头一功。此是黄天化只得首功一次，故有此警报。（呼应此前清虚道德真君的偈子）

且说报马报入孔宣营中："禀元帅：陈庚失机，被黄天化斩了首级，号令辕门。"孔宣笑曰："陈庚自己无能，死不足惜。"全不在意。次日，又是孙合出马，至周营搦战。子牙传令："谁去走一遭？"有武吉应曰："弟子愿往。"子牙许之。武吉出营，见一员将官，金甲红袍，黄马大刀，飞临阵前，大呼曰："来者何人？"武吉曰："吾乃姜元帅门下左哨先行官武吉是也。"孙合笑曰："姜尚乃是一渔翁，

① 鸾铃：同"銮铃"。古代车铃的一种。青铜制成，上有轮形铃，下连方銎，一般套在轭的顶端。
② 掭（niǎn）：同"拈"。

你乃是一个樵子。你师徒二人正是一轴画图：渔樵问答。”武吉大怒曰：“匹夫无理！焉敢以言语戏吾！”切齿咬牙，举枪分心就刺。孙合手中刀急架忙迎。两马交锋，一场恶杀。大战有三十回合，未分胜负，武吉掩一枪便走，诈败而逃。孙合见武吉败走，知是樵子出身，料有何能，（自古轻敌必败，何况是以出身取人）随后赶来。不知子牙在磻溪传武吉这条枪，有神出鬼没之妙。武吉已知孙合赶来，把马一兜，那马停了一步。孙合马来得太速，一撞个满怀，早被武吉回马枪挑下马来，取了首级，掌鼓进营，见子牙报功。子牙大喜，上了武吉的功。就把哪吒激得抓耳挠腮，恨不得要出营厮杀。（岂是哪吒亦轻视武吉，故而急欲立功？）

且说报马报入成汤营里：“启元帅：孙合失机，被武吉回马枪挑了，枭去首级，号令辕门，请令定夺。”孔宣听报，谓左右曰：“吾今奉诏征讨，尔等随军立功，不期连折二阵，使吾心中不悦。今日谁去见阵走一遭，为国立功？”旁有五军救应使高继能曰：“末将愿往。”孔宣分付曰：“务要小心。”高继能上马提枪，至营前讨战。哨马报入中军。旁有哪吒忙应声曰：“弟子愿往。”子牙许之。

哪吒登风火轮，前有一对红旗，如风卷火云，飞奔前来。高继能大呼曰：“哪吒慢来！”哪吒大喜曰：“既知吾名，何不早早下马受死？”高继能对哪吒大笑曰：“闻你道术过人，一般今日也会得你着。”（此人如此说话，难道真有过人之处，能胜过哪吒？）哪吒曰：“你且通名来，功劳簿上好记你的首级。”高继能大怒，使开枪分心刺来。哪吒火尖枪急速忙迎。轮马盘旋，双枪齐举，这场战非是等闲，怎见得，有赞为证。赞曰：

二将交锋在战场，四肢臂膊望空忙。这一个丹心要保真明主，那一个赤胆还扶殷纣王。哪吒要成千载业，继能为主立家邦。古来有福催无福，有道该兴无道亡。

高继能大战哪吒，恐哪吒先下手，高继能掩一枪便走。哪吒自思："吾此来定要成功！"那里肯舍？随手取乾坤圈望空中祭起。高继能的蜈蜂袋未及放开来，不意哪吒的圈来得快，一圈正打中肩窝，伏鞍而逃。（原来也是想借法宝取胜，可惜手慢了一步）哪吒为不得全功，心下懊恼，回营见子牙曰："弟子未得全功，请令定夺。"子牙上了哪吒的功。且说高继能被哪吒打伤，败进营来见孔宣，具言前事。孔宣不语，取些丹药与继能敷贴，立时全愈。

孔宣次日命中军点炮，自领大队人马，亲临阵前，对旗门官将曰："请你主将答话。"探马报入中军："孔宣请元帅答话。"子牙传令："摆八健将出营。"大红宝纛旗展处，子牙左右有四个先行官与众门徒，雁翅排开。子牙乘四不相至阵前，看孔宣来历大不相同。怎见得，有赞为证。赞曰：

身似黄金映火，一笼盔甲鲜明。大刀红马势峥嵘，五道光华色映。曾见开天辟地，又见出日月星辰。一灵道德最根深，他与西方有分。

子牙看孔宣背后有五道光华，按青、黄、赤、白、黑。（确非等闲之辈）子牙心下疑惑。孔宣见子牙自来，将马一拎，来至军前，问曰："来者莫非姜子牙么？"子牙曰："然也。"孔宣问曰："你原是殷臣，为何造反，妄自称王，会合诸侯，逆天欺心，不守本土？吾今奉诏征讨，汝好好退兵，敬守臣节，可保家国；若半字迟延，吾定削平西土，那时悔之晚矣。"（和之前来伐西岐者相比，言语中已不敢再提下马投降，只求西岐退兵。只这一变化，即可见商周攻守形势已易矣）

子牙曰："天命无常，惟有德者居之。昔帝尧有子丹朱不肖，让位与舜。舜帝有子商均亦不肖，让位与禹。禹有子启贤，能继父志，禹尊禅让，复让与益。天下之朝觐①讼②狱，不之益而之启。再后传之桀。桀王无道，成汤伐夏而有天下。今传之纣。纣王今淫酗肆虐，秽德彰闻，天怒民怨，四海鼎沸。德在我周，恭行天之罚。将军何不顺天以归我周，共罚独夫也？"孔宣曰："你以下伐上，反不为逆天，乃架此一段污蔑之言，惑乱民心，借此造反，拒逆天兵，情殊可恨！"纵马舞刀来取。

子牙后有洪锦走马奔来，大呼："孔宣不得无礼！吾来也！"孔宣见洪锦走马而至，孔宣大骂："逆贼！你还敢来见我！"洪锦曰："天下八百诸侯俱已归周，料你一个忠臣，也不能济得甚事。"（分明是在嘲笑孔宣不识时务）孔宣大怒，摇刀直取。二马交兵，未及数合，洪锦将旗门遁往下一戳，把刀往下一分，那旗化为一门。洪锦方欲进门，孔宣大笑曰："米粒之珠，有何光彩？"孔宣兜回马，把左边黄光往下一刷，将洪锦刷去，毫无影响，就如沙灰投入大海之中，止见一匹空马。子牙左右大小将官俱目瞪口呆。孔宣复纵马来取子牙。子牙手中剑急架相迎。旁有邓九公走马来助阵。子牙大战十五六合。子牙祭打神鞭打孔宣，那鞭已落在孔宣红光中去了，似石投水。（孔宣将来要归西方教，打神鞭自然无奈他何）子牙大惊，忙传令鸣金。两边各归营寨。

且说子牙升帐，坐下沉吟，想："此人后有五道光华，按有五行之状。今将洪锦摄去，不知凶吉，如之奈何？"子牙自思："不若乘孔宣得胜，今夜去劫他的营，且胜他一阵，再作区处。"子牙令哪

① 朝觐（jìn）：朝见。臣子朝见君主。
② 讼：通"讼"，诉讼，控告。

吒："你今夜去劫孔宣的大辕门；黄天化，你去劫他左营；雷震子，你可去劫他右营。先挫动他军威，然后用计破他，必然成功。"三人领令去讫。且说孔宣得胜进营，将后面五色光华一抖，只见洪锦昏迷睡于地下。孔宣分付左右，将洪锦监在后营，收了打神鞭，正欲退后营，只见一阵大风，将帅旗连卷三四卷。孔宣大惊，掐指一算，早已知其就里，忙唤高继能分付："你在左营门埋伏；周信，你在右营门埋伏。今夜姜子牙要来劫吾营寨。我正要你来，只可惜姜尚不曾亲来！"

且说姜子牙营中三路兵暗暗上岭。将近二更，一声炮响，三路兵呐喊一声，杀进辕门。哪吒登轮摇枪，冲开营门，杀至中营而来。孔宣独坐帐中，不慌不忙，上了马迎来，大笑曰："哪吒，你今番劫营，定然遭擒，再休想前番取胜也！"哪吒也不知孔宣的利害，大怒，骂曰："今日定拿你成功！"（哪吒糊涂，孔宣如此淡定，必然早有防备，当即刻撤出方是）举枪来战，杀在中军，难解难分。雷震子飞在空中，冲开右营；周信大战雷震子。雷震子展动风雷二翅，飞在空中，是上三路，又是黄夜间，观看不甚明白，周信被雷震子一棍刷将下来，正中顶门，打得脑浆迸出，死于非命。雷震子飞至中营，见哪吒大战孔宣，雷震子大喝一声，如霹雳交加。孔宣将黄光望上一撒，先拿了雷震子。哪吒见如此利害，方欲抽身，又被孔宣把白光一刷，连哪吒撒去，不知去向。

且说黄天化只听得杀声大作，不察虚实，催开玉麒麟，冲进左营，忽听炮响，高继能一马当先，黄夜交兵，更不答话，麟马相交，枪锤并举。好黄天化！两柄锤只打的枪尖生烈焰，杀气透心寒。二将乃是夜战，况黄天化两柄锤似流星不落地，来往不沾尘。高继能见如此了得，掩一枪，拨马就走。黄天化催开玉麒麟赶来。高继能展开蜈蚣袋。（这次下手快了）夜间，黄天化该如此。那蜈蚣卷将来，成堆成团而至，一似飞蝗。黄天化用两柄锤遮挡，不防蜈蜂把玉麒麟的眼丁①了一下，那麒麟叫了一声，后蹄站立，前蹄直竖，黄天化坐不住鞍轿，撞下地来，早被高继能一枪正中胁下，死于非命。一魂往封神台去了。可怜下山大破四天王，不曾取成汤寸土。正是：功名未遂身先死，早至台中等候封。（再看清虚道德真君偈语："逢高不可战，遇能即速回"，高继能也。"金鸡头上看"，金鸡岭也；"蜂拥便知机"，蜈蜂袋也。句句说中，但也是句句猜不着）

且说孔宣收兵，杀了一夜，岭头上尸横遍野，血染草稍②。孔宣升帐，将五色神光一抖，只见哪吒、雷震子跌下地来。孔宣命左右于后营监禁，然后坐下。高继能献功，报斩了黄天化首级。孔宣分付："号令辕门。"不表。

且言子牙一夜不曾睡，只听得岭上天翻地覆一般。及至天明，报马进营："启老爷：三将劫营，黄天化首级已号令辕门，二将不知所往。"子牙大惊。黄飞虎听罢，放声大哭曰："天化苦死！不能取成汤尺寸之土，要你奇才无用！"三兄弟、二叔叔、众将无不下泪。武成王如酒醉一般。子牙纳闷无言。南宫适曰："黄将军不必如此。令郎为国捐躯，万年垂于青史。方今高继能有左道蜈蜂之术，将军何不请崇城崇黑虎？（几乎快忘了此人）他善能破此左道之术。"黄飞虎听得此言，上帐来见子牙，曰："末将往崇城，去请崇黑虎来破此贼，以泄吾儿之恨。"子牙见黄飞虎这等悲切，即许之。

黄飞虎离了行宫，径往崇城大道而来。一路上，晓行夜住，饥餐渴饮。在路行程，一日来到一座山，山下有一石碣，上书"飞凤山"。飞虎看罢，策马过山，耳边只闻得锣鼓齐鸣。武成王自思：

① 丁：谓昆虫等停在某处蜇刺。
② 稍：通"梢"，草、木的末端。

“是那里战鼓响？”把坐下五色神牛一拎，走上山来。只见山凹里三将厮杀：一员将使五股托天叉，一员将使八楞熟铜锤，一员将使五爪烂银抓；三将大战，杀得难解难分。只见那使叉的同着使抓的杀那使锤的。战了一会，只见使锤的又同着使叉的杀那使抓的。三将杀得呵呵大笑。

黄飞虎在坐骑上，自忖曰：“这三人为何以杀为戏？待吾向前问他端的。”黄飞虎走骑至面前。只见使叉的见飞虎丹凤眼，卧蚕眉，穿王服，坐五色神牛，使叉的大呼曰：“二位贤弟，少停兵器！”二人忙停了手。那将马上欠身问曰：“来者好似武成王么？”黄飞虎答曰：“不才便是。不识三位将军何以知我？”三将听得，滚鞍下马，拜伏在地。黄飞虎慌忙下骑，顶礼相还。三将拜罢，口称：“大王，适才见大王仪表，与昔日所闻，故此知之。今何幸至此！”邀请上山，进得中军帐，分宾主坐下。黄飞虎曰：“方才三位兄厮杀，却是何故？”三人欠身曰：“俺弟兄三人在此吃了饭，没事干，假此消遣耍子①，不期误犯行旌，有失回避。”黄飞虎亦逊谢毕，问曰：“请三位高姓大名？”三人欠身曰：“末将姓文，名聘；（竟与三国时期曹魏大将同一姓名）此位姓崔，名英；此位姓蒋，名雄。”这一回正应着“五岳”相会：文聘乃是西岳，崔英乃是中岳，蒋雄乃是北岳，黄飞虎乃是东岳，崇黑虎乃是南岳。表过不题。

文聘治酒管待黄飞虎，酒席之间，问曰：“大王何往？”黄飞虎把子牙拜将伐汤，遇孔宣杀了黄天化的事说了一遍，“如今末将往崇城请崇君侯往金鸡岭，共破高继能，为吾子报仇。”文聘曰：“只怕崇君侯不得来。”飞虎曰：“将军何以知之？”文聘曰：“崇君侯操演人马，要进陈塘关，至孟津会天下诸侯，恐误了事，决不得来。”黄

① 耍子：玩耍。

飞虎曰："倒是遇着三位，不是枉走一遭。"崔英曰："不然。文兄之言，虽是如此说，但崇君侯欲进陈塘关，也要等武王的兵到。大王且权在小寨草榻一宵，明日俺弟兄三人同大王一往，料崇君侯定来协助，决无推辞之理。"黄飞虎感谢不尽，就在山寨中歇了一宿。（三岳助东岳去请南岳，亦是一佳话）

次日，四将用罢饭，一同起行。在路无词。一日来至崇城。文聘至帅府。门官来见黑虎，报曰："启千岁：飞凤山三位大王求见。"崇黑虎道："请来。"三将至殿前行礼毕，崔英曰："外有武成王，尚在外面等候。"崇黑虎闻言，降阶迎接，口称："大王，不才不知大王驾临，有失远迎，望大王恕罪。"黄飞虎曰："轻造帅府，得睹尊面，实末将三生之幸。"叙礼毕，分宾主依次而坐。彼此温慰毕，文聘将黄飞虎的事说了一遍。崇黑虎咨叹不语。崔英曰："仁兄莫非为先要进陈塘关么？今姜元帅阻隔在金鸡岭，仁兄纵先进陈塘关，至孟津，也少不得等武王到，方可会合诸侯。这不是还可迟得？依弟愚见，不若先破了高继能，让子牙进兵，兄再分兵进陈塘关不迟，总是一事。"（十分在理！武王不至，再多诸侯会于孟津亦是无用）崇黑虎曰："既然如此，明日就行。着世子崇应鸾操练三军，待吾等破了孔宣，再来起兵未晚。"

黄飞虎谢罢。崇黑虎乃治酒管待飞虎等四人。次日四鼓时分起马，"五岳"离了崇城，往金鸡岭大道行来。非止一日，"五岳"至子牙辕门听令。探马报入中军："启元帅：黄飞虎辕门等令。"子牙令至帐前，问曰："请崇黑虎的事如何？"黄飞虎启曰："还添有三位，俱在辕门外听令。"子牙传令："用请旗请来。"（可见礼敬）崇黑虎等俱遵阃外之令，上帐打躬曰："元帅在上：吾等甲胄在身，不能全礼！"子牙忙迎下接住曰："君侯等皆系外客，如何这等罪不才也！"俱彼此逊让，以宾主之礼序过。子牙命设坐。崇黑虎等俱客席，子牙与飞虎主席相陪。

子牙曰："今孔宣猖獗，阻逆大兵，有劳贤侯，途次[1]奔驰，深多罪戾！"崇黑虎谢过，起身对子牙曰："烦元帅引进，参谒周王。"子牙前行引路，黑虎随后，进后帐与武王见礼。相叙毕，崇黑虎曰："今大王体上天好生之仁，救民于水火，共伐独夫，孔宣自不度德，敢阻天兵，是自取死耳，随即扑灭。"武王曰："孤力穷德薄，谬蒙众位大王推许，共举义兵，今初出岐周，便有这些阻隔，定是天心未顺耳。孤意欲回兵，自修己德，以俟有道，何如？"（亦是存了借此打探各路诸侯之意）崇黑虎曰："大王差矣！今纣恶贯盈，人神共怒，岂得以孔宣疥癣之辈，以阻天下诸侯之心？时哉不可失！大王切不可灰了将士之心。"武王感谢，命左右治酒，与黑虎共饮数杯。黑虎谢酒而出。子牙与崇侯出来，在中军从新治酒，管待四位。正是："五岳"共饮金鸡岭，这场大战实惊人。（能得五岳共击之，高继能也算得上不枉此生了）

话说崇黑虎次日上火眼金睛兽，左右有文聘、崔英、蒋雄，上岭来，坐名只要高继能出来答话。孔宣闻报，随命高继能："速退西兵。"高继能出营，来见崇黑虎，大喝曰："你乃是北路反叛，为何也来助西岐为恶？这正是你等会聚在一处，便于擒捉，省得费我等心机。"崇黑虎曰："匹夫！死活不知！四面八方皆非纣有，尚敢支吾而不知天命也！前日斩黄公子是你？"高继能笑曰："哪吒、雷震子不过如此，你有何能，敢来问吾？"纵马摇枪直取。崇黑虎手中斧赴面相迎。兽马相交，枪斧并举。未及数合，文聘青骢马跑，五股叉摇，崔英催开黄彪马，蒋雄磕开乌骓马，四将把高继能围住当中。好个高继能，一条枪抵住了四件兵器。三军呐喊，数对旗摇。

---

① 途次：途中。

且说黄飞虎在中军帐，子牙听的鼓声大振，对黄飞虎曰："黄将军，崇君侯此来为你，你可出营助阵方是。"（行军打仗，亦需人情世故）黄飞虎曰："末将思子，一时昏聩①，几乎忘却了。"随上五色神牛，摇枪杀出营来，大呼："崇君侯，吾来拿杀子仇人也！"把坐下牛一纵，杀入圈子里来。正应着："五岳"特来斗"黑杀"，金鸡岭上立奇功。

且说"五岳"将高继能围住在垓心。好高继能，一条枪遮架拦挡。此正是"五岳斗黑杀"。不知性命如何，且听下回分解。

总批

三十六路伐西岐，如何少算一路？子牙决不如此昏聩。大抵三十六路是申公豹请来三山五岳之人，来一起便是一路，于此中少算一路耳。非是奉纣王之命故也。

又批

事有先知，吉凶皆有预兆，若黄天化于记功时就有笔头落下警报，子牙为何不预为之防，而令其劫营以取丧亡？子牙不能辞其责矣。

---

① 昏聩（kuì）：眼花耳聋。形容头脑糊涂，不明是非。

第七十回　准提道人收孔宣

准提道人
收孔宣

导读：孔宣的原型是佛教中的孔雀明王。提到孔雀明王，一般人首先想到的是《西游记》中如来在收服狮驼岭大鹏金翅雕时，给孙悟空讲的故事：天地初开之际，凤凰生下孔雀与大鹏，孔雀曾经一口将如来吞下，结果如来划破其脊背，跨上灵山。如来本欲取其性命，诸佛劝阻，说杀孔雀如同杀母。于是如来将孔雀封为佛母孔雀大明王菩萨。但是，这个故事不见于任何佛教典籍，应该是虚构出来的。那么为什么会出现这么一个故事呢？在关于孔雀明王的重要经籍《大孔雀王神咒》中，有一段佛祖为阿难解说神咒缘起的内容，其中说道："往昔于雪山王南，有一金色孔雀王，佛住其中，彼以此大孔雀王咒经，朝说自护昼则平安，暮说自护夜则安隐。"什么意思呢？这里说的其实是一个佛本生故事，即在很久之前，佛陀投生为雪山之南的金色孔雀王，每天持念孔雀明王法门。所谓"佛在其中"，说的是佛陀投生为金色孔雀王，而不是佛陀被孔雀吃进肚子。后来的人缺乏佛学的知识，搞不明白什么是"佛在其中"，于是便编出了一个佛祖被孔雀吞下的故事。实际上，孔雀明王是毗卢遮那佛或释迦牟尼佛的等流身，其信仰在密宗中流传较广。以孔雀明王为本尊而修者，称为孔雀明王经法，是密宗四大法之一。

诗曰：

准提菩萨产西方，道德根深妙莫量。
荷叶有风生色相①，莲花无雨立津梁②。
金弓银戟非防患，宝杵鱼肠另有方。
漫道③孔宣能变化，婆娑树下号明王。

话说高继能与“五岳”大战，一条枪如银蟒翻身，风驰雨骤，甚是惊人。怎见得一场大战，有赞为证。赞曰：

刮地寒风如虎啸，旗幡招展红闪灼。飞虎忙施提芦枪，继能枪摇真猛恶。文聘使发托天叉，崔英银锤一似流星落。黑虎板斧似车轮，蒋雄神抓金纽索。三军喝彩把旗摇，正是“黑杀”逢“五岳”。

且说高继能久战多时，一条枪挡不住五般兵器，又不能跳出圈子，（以一敌五，纵然战败也不丢人）正在慌忙之时，只见蒋雄使的抓把金纽索一软，高继能乘空把马一撺，跳出圈子就走。

崇黑虎等五人随后赶来。高继能把蜈蜂袋一抖，好蜈蜂！遮天映日，若骤雨飞蝗。文聘拨回马就要逃走，崇黑虎曰：“不妨。不可着惊，有吾在此。”忙把背后一红葫芦顶揭开了，里边一阵黑烟冒出，烟里隐有千只铁嘴神鹰。（蜈蜂再强，又怎敌猛禽！也是一物降一物之理）怎见得，有赞为证。赞曰：

① 色相：佛教指一切事物的形状外貌。
② 津梁：佛家谓以佛法引渡众生。
③ 漫道：同“慢道”。别说，不用说。

葫芦黑烟生，烟开神鬼惊。秘传玄妙法，千只号神鹰。乘烟飞腾起，蜈蜂当作羹。铁翅如铜剪，尖嘴似金针。翅打蜈蜂成粉烂，嘴啄蜈蜂化水晶。今朝“五岳”来相会，“黑杀”逢之命亦倾。

且说高继能蜈蜂尽被崇黑虎铁嘴神鹰翅打嘴吞，一时吃了个干干净净。

高继能大怒：“焉敢破吾之术！”复回来又战。五人又把高继能围住。黄飞虎一条枪裹住了高继能。只见孔宣在营中问掠阵官曰：“高将军与何人对敌？”军政司禀曰：“与五员大将杀在垓心。”孔宣上马，出辕门掠阵。见高继能枪法渐乱，才待走马出营，高继能早被黄飞虎一枪刺中胁下，翻鞍坠马。枭了首级，才要掌鼓回营，忽听得后边大呼曰：“匹夫少待回兵！吾来也！”五将见孔宣来至，黄飞虎骂曰：“孔宣！你不知天时，真乃匹夫也！”孔宣笑曰：“我也不对你这等草木之辈讲闲话，你且不要走，放马来！”把刀一晃，直取文聘。崇黑虎忙举双斧砍来，一似车轮，六骑交锋，直杀得：空中飞鸟藏林内，山里狼虫隐穴中。

孔宣见这五员将兵器来得甚是凶猛，“若不下手，反为他所算。”把背后五道光华往下一晃，（孔宣本是孔雀，身后五道华光象征尾屏）五员战将一去毫无踪影，只剩得五骑归营。子牙正坐，只见探事官来报：“五将被孔宣华光撤去，请令定夺。”子牙大惊曰：“虽然杀了高继能，到又折了五将！且按兵不动。”话说孔宣进营，把神光一抖，只见五将跌下，照前昏迷。分付左右监在后营。孔宣见左右并无一将，只得自己一个，也不来请战，只阻住咽喉总路，周兵如何过去得。

话说子牙头运粮草官杨戬至辕门下马，大惊曰：“这时候还在此处？”军政官报与子牙：“督运官杨戬听令。”子牙传令：“令来。”杨戬上帐参谒毕，禀曰：“催粮三千五百，不误限期，请令定夺。”子牙曰：“督粮有功，当得为国。”杨戬曰：“是何人领兵阻在此处？”子牙把死了黄天化，并擒拿了许多将官的事说了一遍。杨戬听得黄天化已死，正是：道心推在汪洋海，却把无名上脑来。

杨戬曰：“明日元帅亲临阵前，待弟子看他是甚么东西作怪，好以法治之。”子牙曰：“这也有理。”杨戬下帐，只见南宫适、武吉对杨戬曰：“孔宣连拿黄飞虎、洪锦、哪吒、雷震子，莫知去向。”杨戬曰：“吾有照妖鉴在此，不曾送上终南山去。（当初战马善，向云中子借照妖鉴时明明说“俟除此妖邪，即当奉上”。为何这么多时日过后还在你手？）明日元帅会兵，便知端的。”

次日，子牙带众门人出营，来会孔宣。巡营军卒报入中军。孔宣闻报出来，复会子牙，曰：“你等无故造反，诬谤妖言，惑乱天下诸侯，妄起兵端，欲至孟津会合天下叛贼。我也不与你厮杀，（手下无将可以厮杀）我只阻住你不得过去，看你如何会得成！待你等粮草尽绝，我再拿你未迟。”（西岐老巢在其大营身后，粮草如何能尽？）只见杨戬在旗门下把照妖鉴照着孔宣，看镜里面似一块五彩装成的玛瑙，滚前滚后。杨戬暗思：“这是个甚么东西？”孔宣看见杨戬照他，孔宣笑曰：“杨戬，你将照妖鉴上前来照，那远远照，恐不明白。大丈夫当明白做事，不可暗地里行藏。我让你照！”（倒是个痛快敞亮之人）

杨戬被孔宣说明，便走马至军前，举鉴照孔宣，也是如前一般。杨戬迟疑。孔宣见杨戬不言不语，只管照，心中大怒，纵马摇刀直取。杨戬三尖刀急架相还。刀来刀架，两马盘旋，战有三十回合，未分胜负。杨戬见起先照不见他的本相，及至厮杀，又不见取胜，心下十分焦躁，忙祭起哮天犬在空中。那哮天犬方欲下来奔孔宣，不觉自己身轻飘飘落在神光里面去了。韦护来助杨戬，忙祭降魔杵打将下来。孔宣把神光一撒。杨戬见势头不好，知他身后的神光利害，驾金光走了。只见韦护的降魔杵早落在红光之中去了。孔宣大呼曰："杨戬，我知道你有八九玄机，善能变化，如何也逃走了？敢再出来会我？"韦护见失了宝杵，将身隐在旗下，面面相觑。

孔宣大呼："姜尚！今日与你定个雌雄！"孔宣走马来战。（有华光可恃，故能猖狂）子牙后有李靖大怒，骂曰："你是何等匹夫！焉敢如此猖獗！"摇戟直冲向前，抵住孔宣的刀。二将又战在虎穴龙潭之中。李靖祭起按三十三天玲珑金塔往下打来。孔宣把黄光一绞，金塔落去无踪无影。孔宣叫："李靖不要走！来擒你也！"正是：红光一展无穷妙，方知玄内有真玄。

话说金木二吒见父亲被擒，兄弟二人四口宝剑飞来，大骂："孔宣逆贼！敢伤吾父！"兄弟二人举剑就砍。孔宣手中刀急架相迎。只三合，金吒祭遁龙椿，木吒祭吴钩剑，俱祭在空中，总来孔宣把这些宝贝不为稀罕，只见俱落在红光里面去了。

金木二吒见势不好，欲待要走，被孔宣把神光复一撒，早已拿去。子牙见此一阵折了许多门人，子牙怒从心上起，恶向胆边生，"吾在昆仑山也不知会过多少高明之士，岂惧你孔宣一匹夫哉！"催开四不相，怒战孔宣。未及三四合，孔宣将青光往下一撒。子牙见神光来得利害，忙把杏黄旗招展，那旗现有千朵金莲，护住身体，青光不能下来。此正是玉虚之宝，自比别样宝贝不同。（果然还得是元始天尊的法宝，才能有此威力）孔宣大怒，骤马赶来。子牙后队恼了邓婵玉，用手把马拎回，抓一块五光石打来。正是：发手红光出五指，流星一点落将来。

孔宣被邓婵玉一石打伤面门，勒转马望本营逃回。不防龙吉公主祭起鸾飞宝剑，从孔宣背后砍来。孔宣不知，左臂上中了一剑，大叫一声，几乎堕马，负痛败进营来，（两位巾帼英雄好生了得）坐在帐中，忙取丹药敷之，立时全愈。方把神光一抖，收了诸般法宝，仍将李靖、金木二吒监禁，切齿深恨不表。

子牙鸣金收军回营。只见杨戬已在中军。子牙升帐，问曰："众门人俱被拿去，你如何到还来了？"杨戬曰："弟子仗师尊妙法，师叔福力，见孔宣神光利害，弟子预先化金光走了。"子牙见杨戬未曾失利，心上还略觉安妥，然而心下甚是忧闷："吾师偈中说'界牌关下遇诛仙'，如何在此处有这枝人马阻住许久？似此如之奈何！"

正忧闷之间，武王差小校来请子牙后帐议事。子牙忙至后帐，行礼坐下。武王曰："闻元帅连日未能取胜，屡致损兵折将，元帅既为诸将之元首，六十万生灵俱悬于元帅掌握。今一旦信任，天下诸侯狂悖，陡起议论，纠合四方诸侯，大会孟津，观政于商，致使天下鼎沸，万姓汹汹，糜烂其民。今阻兵于此，众将受羁縻①之厄，三军担不测之忧，使六十万军士抛撇父母妻子，两下忧心，不能安生，使孤远离膝下，不能尽人子之礼，又有负先王之言。元帅听孤，不若回兵，固守本土，以待天时，听他人自为之，此为上策。元帅心下如何？"（怎把武王写得如同猪八戒一般，动不动就要散伙回老家）子牙暗思："大王之言虽是，老臣恐违天命。"武王曰："天命有在，何必强为！岂有凡事阻逆之理？"子牙被武王一篇言语把心中惑动，这一会执不住主意，至前营，传令与先行官："今夜减灶班师②。"众将官打点收拾起行，不敢谏阻。

二更时，辕门外来了陆压道人，忙忙急急，大呼："传与姜元帅！"子牙方欲回兵，军政官报入："启元帅：有陆压道人在辕门外来见。"子牙忙出迎接。二人携手至帐中坐下。子牙见陆压喘息不

① 羁縻（mí）：束缚，拘系。
② 班师：还师，军队出征归来。

定，子牙曰："道兄为何这等慌张？"陆压曰："闻你退兵，贫道急急赶来，故而如此。"乃对子牙曰："切不可退兵！若退兵之时，使众门人俱遭横死。天数已定，决不差错。"（好险，好险。正所谓"天予弗取，反受其咎；时至不迎，反受其殃"）子牙听陆压一番言语，也无主张，故此子牙复传令："叫大小三军，依旧扎住营寨。"武王听见陆压来至，忙出帐相见，问其详细。陆压曰："大王不知天意。大抵天生大法之人，自有大法之人可治。今若退兵，使被擒之将俱无回生之日。"武王听说，不敢再言退兵。

且说次日，孔宣至辕门搦战。探马报入中军。陆压上前曰："贫道一往，会会孔宣，看是何如。"陆压出了辕门，见孔宣全装甲胄。陆压问曰："将军乃是孔宣？宣答曰："然也。"陆压曰："足下既为大将，岂不知天时人事？今纣王无道，天下分崩，愿共伐独夫。足下以一人欲挽回天意耶？甲子之期乃灭纣之日，你如何阻得住？倘有高明之士出来，足下一旦失手，那时悔之晚矣。"孔宣笑曰："料你不过草木愚夫，识得甚么天时人事！"（好大口气，想来孔宣也不知眼前之人即是陆压）把刀一晃，来取陆压。陆压手中剑急架忙迎。步马相交，未及五六合，陆压取葫芦欲放斩仙飞刀，只见孔宣将五色神光望陆压撒来。陆压知神光利害，化作长虹而走。进得营来，对子牙曰："果是利害，不知是何神异，竟不可解。贫道只得化长虹走来，再作商议。"

子牙听见，越加烦闷。孔宣在辕门不肯回去，只要"姜尚出来见我，以决雌雄。不可难为三军苦于此地！"左右报入中军。子牙正没奈何处治。孔宣在辕门大呼曰："姜尚有元帅之名，无元帅之行，畏刀避剑，（人家畏惧的是什么，你难道不知道吗？）岂是丈夫所为！"正在辕门百般辱骂子牙，只见二运官土行孙刚至辕门，见孔宣口出大言，心下大怒："这匹夫焉敢如此藐吾元帅！"土行孙大骂："逆贼是谁？敢如此无理！”孔宣抬头，见一矮子，提条铁棍，身高不过三四尺长，孔宣笑曰：“你是个甚么东西，也来说话？”土行孙也不答话，滚到孔宣的马足下来，举棍就打。孔宣轮刀来架。土行孙身子伶俐，左右窜跳，三五合，孔宣甚是费力。土行孙见孔宣如此转折，随纵步跳出圈子，诱之曰：“孔宣，你在马上不好交兵，你下马来，与你见个彼此，吾定要拿你，方知吾的手段！”孔宣原不把土行孙放在眼里，便以此为实，暗想：“这匹夫合该①死！不要讲刀砍他，只是一脚也踢做两断。”（孔宣连败数位英雄，意气正盛，自然目中无人）孔宣曰：“吾下马来与你战，看你如何！”这个正是：你要成功扶纣王，谁知反中巧中机。

孔宣下马，执剑在手，往下砍来。土行孙手中棍望上来迎。二人恶战在岭下。且说报马报入中军：“启元帅：二运官土行孙运粮至辕门，与孔宣大战。”子牙着忙，恐运粮官被掳，粮道不通，令邓婵玉出辕门掠阵。婵玉立在辕门不表。且说土行孙与孔宣步战，大抵土行孙是步战惯了的，孔宣原是马上将官，下来步战，转折甚是不疾，反被土行孙打了几下。孔宣知是失计，忙把五色神光往下撒来。土行孙见五色光华来得疾速神异，知道利害，忙把身子一扭，就不见了。（地行术再显神威）孔宣见落了空，忙看地下。不防邓婵玉发手就是一石，喝曰：“逆贼看石！”孔宣听得响，及至抬头时，已是打中面门，“哎呀”一声，双手掩面，转身就走。婵玉乘机又是一石，正中后颈，着实带了重伤，逃回行营。土行孙夫妻二人大喜，进营见子牙，将打伤孔宣，得胜回营的话说了一遍。子牙亦喜，对土行孙曰：“孔宣五色神光，不知何物，摄许多门人将佐。”土行孙曰：“果是利害，俟再为区处。”子牙与土行孙庆功不表。

① 合该：应该，应当。

孔宣坐在营中大恼，把脸被他打伤二次，颈上亦有伤痕，心中大怒，只得服了丹药。次日全愈，上马，只要发石的女将，以报三石之仇。报马报入中军。邓婵玉就欲出阵。子牙曰：“你不可出去。你发石打过他三次，他岂肯善与你甘休？你今出去，必有不利。”子牙止住婵玉，分付：“且悬‘免战牌’① 出去。”孔宣见周营悬挂“免战牌”，怒气不息而回。且说次日，燃灯道人来至辕门。军政官报入中军：“启元帅：有燃灯道人至辕门。”子牙忙出辕门迎接，入帐行礼毕，尊于上坐。子牙口称“老师”，将孔宣之事一一陈诉过一遍。燃灯曰：“吾尽知之。今日特来会他。”子牙传令：“去了‘免战牌’。”左右报于孔宣。孔宣知去了“免战牌”，忙上马提刀，至辕门请战。燃灯飘然而出。

孔宣知是燃灯道人，笑曰：“燃灯道人，你是清静闲人，吾知你道行且深，何苦也来惹此红尘之祸？”燃灯曰：“你既知我道行深高，你便当倒戈投顺，同周王进五关，以伐独夫，如何执迷不悟，尚敢支吾也？”孔宣大笑曰：“我不遇知音，不发言语。你说你道行深高，你也不知我的根脚，听我道来：

混沌初分吾出世，两仪太极任搜求。
如今了却生生②理，不向三乘③妙里游。”

孔宣道罢，燃灯一时也寻思不来：“不知此人是何物得道？”（燃灯身为元始天尊大弟子，又是日后西方教的重要人物，居然也不知晓孔宣的

---

① 免战牌：是古代战争中的一种向敌方宣布或要求停战的牌子，可用作缓兵之计。
② 生生：犹世世。
③ 三乘：乘，译自梵语 Yāna，指运载工具。三乘一般指声闻、缘觉、菩萨（或佛）。佛教谓引导众生达到解脱的三种方法、途径或教义。

来历。可见孔宣之神秘）

燃灯曰："你既知兴亡，深通玄理，如何天命不知，尚兀自逆天耶？"孔宣曰："此是你等惑众之言，岂有天位已定，而反以叛逆为正之理？"燃灯曰："你这孽障！你自恃强梁[1]，口出大言，毫无思忖，必有噬脐之悔！"孔宣大怒，将刀一摆，就来战燃灯。燃灯口称："善哉！"把宝剑架刀，才战二三回合，燃灯忙祭起二十四粒定海珠来打孔宣。孔宣忙把神光一摄，只见那宝珠落在神光之中去了。燃灯大惊，又祭紫金钵盂，只见也落在神光中去了。燃灯大呼："门人何在？"只听半空中一阵大风飞来，内现一只大鹏雕（即是之前的羽翼仙）来了。孔宣见大鹏雕飞至，忙把顶上盔挺了一挺，有一道红光直冲斗牛，横在空中。燃灯道人仔细定睛，以慧眼观之，不见明白，只听见空中有天崩地塌之声。有两个时辰，只听得一声响亮，把大鹏雕打下尘埃。（用了两个时辰才被打下，大鹏能耐不小）

孔宣忙催开马，把神光来撒燃灯。燃灯借着一道祥光，自回营来见子牙，陈说利害，不知他是何物。只见大鹏雕也随至帐前。燃灯问大鹏曰："孔宣是甚么东西得道？"大鹏曰："弟子在空中，只见五色祥云护住他的身子，也像有两翅之形，但不知是何鸟。"正议之间，军政官来报："有一道人至辕门求见。"子牙同燃灯至辕门迎接。见此人挽双抓髻，面黄身瘦，髻上戴两枝花，手中拿一株树枝，见燃灯来至，大喜曰："道友请了！"燃灯忙打稽首曰："道兄从何处来？"道人曰："吾从西方来，欲会东南两度有缘者。今知孔宣阻逆大兵，特来渡彼。"

燃灯已知西方教下道人，忙请入帐中。那道人见红尘滚滚，杀气腾腾，满目俱是杀运，口里只道："善哉！善哉！"来至帐前，施礼

---

① 强梁：有力量的人。

坐下。燃灯问曰："贫道闻西方乃极乐之乡，今到东土，济度众生，正是慈悲方便。请问道兄尊姓大名？"道人曰："贫道乃西方教下准提道人是也。前日广成子道友在俺西方，借青莲宝色旗，也会过贫道。今日孔宣与吾西方有缘，特来请他同赴极乐之乡。"（治孔宣的"大法之人"来了）燃灯闻言大喜曰："道兄今日收伏孔宣，正是武王东进之期矣。"准提曰："非但东进，孔宣得道，根行深重，与西方有缘。"准提道罢，随出营来会孔宣。不知胜负如何，且听下回分解。

总批

孔宣神光幻化，擒军捉将无不利害，纵大有手段的，俱当之失手。惟伶俐人就会讨便宜。若杨戬、陆压预先就走，孔宣所以两番落空。

又批

武王见孔宣阻兵失利，便欲回军，且所语皆仁圣之言，宜其王周家八百年也。但子牙身为元帅，毫无主见，行止由人，殊属可笑也。

封神演义

㊂

[明] 许仲琳 陆西星 著
孙见坤 导读 注释 点评

本注 全本 全评

（全本 全注 全评）

岳麓書社·长沙

多宝道人

金灵圣母

杨任

哼哈二将显神通

老子一气化三清

三教大会万仙阵

鸿钧道人

武王白鱼跃龙舟

通天教主

子牙发束擒妲己

摘星楼纣王自焚

姜子牙封神

接引道人

第七十一回　姜子牙三路分兵

姜子牙三路分兵

导读：来为弟子报仇的火灵圣母手中拿的兵器很有意思，竟然是春秋时才出现的名剑——太阿剑，而且居然还有两支。太阿剑又作“泰阿剑”。据《越绝书》卷十一《越绝外传记宝剑》记载，春秋时楚王听闻吴越两国各有一位顶级的铸剑大师，即吴国的干将和越国的欧冶子。于是派风胡子带着厚礼，前去聘请两位大师为他合铸宝剑。干将和欧冶子接受了楚王的委托，合力铸出了三把宝剑，一把叫龙渊，一把叫泰阿，还有一把叫工布。其中泰阿剑的剑身上绘着“巍巍翼翼，如流水之波”几个字。而关于太阿剑的另一个神奇传说则是：晋郑王听闻了这三把宝剑，就向楚王索要。楚王当然不答应，谁知晋郑王竟然发兵攻打楚国，将楚国国都围困了三年。在城内弹尽粮绝的时候，楚王拿着太阿剑登上城楼指挥作战。结果楚王一上城楼，晋国士兵都心神迷乱，血流千里，猛兽纷纷跑来观望，江水为之回流，晋郑王的头发一下子全白了，最后居然大败而退。后来，太阿剑落入了秦始皇的手里，成为他的佩剑。再后来，就没有人知道太阿剑的下落了。有人说它被秦始皇用来陪葬了，有人说它毁于秦末战乱，还有人说它被项羽融化重铸了。不过太阿剑倒是留下了一个成语“太阿倒持”，意为倒拿着剑，把剑柄给别人。比喻把大权交给别人，自己反受其害。

诗曰：

丞相兴兵①列战车，虎贲②将士实堪夸。
诸侯鼓舞皆忘我，黎庶歌讴③尽弃家。
剑戟森罗飞瑞彩，旌旗掩映舞朝霞。
须知天意归仁圣，纵有征诛④若浪沙。

话说准提道人上岭，大呼曰："请孔宣答话！"少时，孔宣出营，见一道人来得蹊跷。怎见得，有偈为证。（不用诗而用偈，倒是贴合佛教的习惯）偈曰：

身披道服，手执树枝。八德池边常演道⑤，七宝林下说三乘。顶上常悬舍利子，掌中能写没文经。飘然真道客，秀丽实奇哉。炼就西方居胜境，修成永寿脱尘埃。莲花成体无穷妙，西方首领大仙来。

话说孔宣见准提道人，问曰："那道者通个名来！"道人曰："我贫道与你有缘，特来同你享西方极乐世界，演讲三乘大法，无罣无碍⑥，成就正果，完此金刚不坏之体，岂不美哉！何苦与此杀劫中寻生活耶？"孔宣大笑曰："一派乱言，又来惑吾！"道人曰："你听我道。我见你有歌为证。歌曰：

① 兴兵：调动军队打仗。
② 虎贲（bēn）：勇士之称。
③ 讴（ōu）：歌唱。
④ 征诛：征讨诛杀。
⑤ 演道：阐发教义。
⑥ 无罣（guà）无碍：没有挂牵，没有妨碍。

功满行完宜沐浴，炼成本性合天真。
天开于子方成道，九戒①三皈②始自新。
脱却羽毛归极乐，超出凡笼养百神。
洗尘涤垢全无染，返本还元不坏身。”

孔宣听罢大怒，把刀望道人顶上劈来。准提道人把七宝妙树一刷，把孔宣的大杆刀刷在一边。孔宣忙取金鞭在手，复望准提道人打来。道人又把七宝妙树刷来，把孔宣的鞭又刷在一边去了。孔宣止存两只空手，心上着急，忙将当中红光一撒，把准提道人撒去。燃灯看见红光撒去了准提道人，不觉大惊。只见孔宣撒去了准提道人，只是睁着眼，张着嘴，须臾间，顶上盔，身上袍甲，纷纷粉碎，连马压在地下，只听得孔宣五色光里一声雷响，现出一尊圣像来，十八只手，二十四首，执定璎珞③伞盖，花罐鱼肠，加持神杵、宝锉、金铃、金弓、银戟、幡旗等件。（此即准提佛母之相）

准提道人作偈曰：

宝焰金光映日明，西方妙法最微精。
千千璎珞无穷妙，万万祥光逐次生。
加持神杵人罕见，七宝林中岂易行。
今番同赴莲台会，此日方知大道成。

① 九戒：即“女真九戒”。道教戒名。初真戒之一。全真派为坤道规定的基本戒条：一、孝敬柔和，慎言不妒；二、贞洁持身，离诸秽行；三、惜诸物命，慈悯不杀；四、礼诵勤慎，断绝荤酒；五、衣具质素，不事华饰；六、调适性情，不生烦恼；七、不得数赴斋会；八、不得虐使奴仆；九、不得窃取人物。

② 三皈：亦称“三皈依”“三归”“皈依”“归依”。信仰佛教者的入教仪式。因表示对佛、法、僧三宝归顺依附而得名。

③ 璎珞（yīng luò）：用丝缕贯串珠玉而成的装饰品。多用为颈饰。

且说准提道人将孔宣用丝绦扣着他颈下，把加持宝杵放在他身上，口称："道友，请现原形！"（貌似有礼，实则无情）霎时间，现出一只目细冠红孔雀来。准提道人坐在孔雀身上，一步步走下岭，进了子牙大营。准提道人曰："贫道不下来了。"欲别子牙。子牙曰："老师大法无边。孔宣将吾许多门人诸将不知放于何地？"准提问孔宣曰："道友今日已归正果，当还子牙众将门人。"孔雀应曰："俱监在行营里。"准提道人对子牙说过，别了燃灯，把孔雀一扑，只见孔雀二翅飞腾，有五色祥云紫雾盘旋，径往西方去了。（功成即退，有高人风范）

且说子牙同韦护、陆压，领众将至孔宣行营，招降兵卒。众兵见无头领，俱愿投降。子牙许之，忙至后营，放众门人。诸将等出来，至本营拜谢子牙、燃灯毕。次日，崇黑虎等回崇城。燃灯、陆压俱各归山。杨戬仍催粮去讫。子牙传令："催动人马。"大军过了金鸡岭，一路无词，兵至汜水关。探马报入。子牙传令安营，在关下扎住大寨。怎见得：

> 营安胜地①，寨背孤虚②。南分朱雀北玄武，东按青龙西白虎。提更小校洩金铃，传箭儿郎擒战鼓。依山傍水结行营，暗伏强弓百步弩。

子牙升帐坐下，将正印佥③哪吒为先行，把南宫适补后哨，住兵三日。且说汜水关韩荣闻孔宣失机，周兵又至关下，与众将上城，看

① 胜地：名胜之地，风景优美的地方。亦指不败之地，制胜的地位、形势。
② 孤虚：古代方术用语。即计日时，以十天干顺次与十二地支相配为一旬，所余的两地支称之为"孤"，与孤相对者为"虚"。古时常用以推算吉凶祸福及事之成败。
③ 佥（qiān）：指派，派遣。

子牙人马着实整齐。但见得：

一团杀气，摆一川铁马兵戈；五彩纷纷，列千杆红旗赤帜。画戟森罗，轻飘豹尾描金五彩幡；兵戈凛冽，树立斩虎屠龙纯雪刃。密密钢锋[①]，如列百万大小水晶盘；对对长枪，似排数千粗细冰淋尾。幽幽画角[②]，犹如东海老龙吟；唧唧提铃，酷似檐前铁马响。长弓初吐月，短弩似飞凫[③]。锦帐团营如密布，旗幡绣带似层云。道服儒巾，尽是玉虚门客；红袍玉带，都系走马先行。正是：子牙东进兵戈日，我武惟扬在此行。

韩荣看子牙大营，尽是大红旗，心下疑惑。韩荣下城，在银安殿（银安殿乃亲王府或诸侯王府之正殿，韩荣一守关总兵焉能有之？）与众将官修本，差官往朝歌告急，一边点将上城，设守城之法。且说子牙在中军正坐，有先行官哪吒进前言曰："兵至关下，宜当速战。师叔住兵不战，何也？"子牙曰："不可。吾如今三路分兵，一路取佳梦关，一路取青龙关，吾自取汜水关，方免吾军左右受敌也。但督兵分取二关，非才德兼全、英雄盖世者不足以当此任。吾知非黄将军、洪将军不可。"二将至前。子牙曰："二位可拈一阄，分为左右。"（可见二人之能，实际不分伯仲，不然不能以抓阄来决此大事）二将应喏。子牙把二阄放在桌上，只见黄飞虎拈的是青龙关，洪锦拈的是佳梦关。二将各挂红簪花，每一路分兵十万。黄飞虎的先行是邓九公，黄明、周纪、龙环、吴谦、黄飞豹、黄飞彪、黄天禄、黄天爵、黄天祥、太鸾、邓

① 钢锋：指刀刃。
② 画角：古管乐器。出自西羌。形如竹筒，本细末大。以竹木或皮革制成，因外加彩绘，故名。发声哀厉高亢。古时军中多用之，以警昏晓。
③ 飞凫（fú）：飞翔的野鸭。

秀、赵昇、孙焰洪，择吉日祭旗，往青龙关去了。洪锦的先行是季康、南宫适、苏护、苏全忠、辛免、太颠、闳夭、祁恭、尹籍，分兵十万，往佳梦关来了。

离了汜水关，一路上浩浩军威，人喊马嘶，三军踊跃，过了些重山重水，县府州衙，哨马报入中军："前至佳梦关了。"洪锦传令安营，立了大寨，三军呐喊。洪锦升帐，众将参谒。洪锦曰："兵行百里，不战自疲。俟次日谁先取关走一遭？"季康应声："愿往。"洪锦许之。季康次日，上马提刀，至关下搦战。佳梦关主将胡升、胡雷、徐坤、胡云鹏正议周兵，只见报马入帅府："启总兵：周将请战。"胡升问："谁人退周将走一遭？"旁有徐坤领令，全装甲胄出关。季康认得是徐坤，大呼曰："徐坤，今日天下尽属周主，汝何为尚逆天命而强战也？"徐坤大骂："反贼！谅尔不过一走使耳，（谓差遣使唤之人，约等于骂人是奴仆）你有何能，敢出大言！"纵马摇枪直取。季康手中刀赴面交还。两马相交，大战五十余合。季康口中念念有词，只见顶上一道黑气，黑气中现一狗头。正酣战之间，徐坤被狗夹脸一口，徐坤未曾防备，怎经得一口，不觉手中枪法大乱，早被季康手起一刀，挥于马下，枭了首级，掌鼓进营报功不题。

且说报马报与胡升，说徐坤阵亡。胡升心下甚是不乐。次日，左右又报："有周将讨战。"胡升令胡云鹏走一遭。云鹏领令上马，提斧出得关来。看来将乃是苏全忠。胡云鹏大骂："反贼！天下反完了，你也不可反。你姐姐是朝阳宠后，（岂不知这正是苏家反商的一大缘由）这等忘本！你好生坐在马上，待吾来擒你！"二马拨开，枪斧并举，大战龙潭虎穴。战有三四十合，胡云鹏不觉汗流。正是：征云惨淡遮红日，海沸江翻神鬼愁。

胡云鹏那里是苏全忠对手，只杀得马仰人翻，措手不及，被苏全忠大呼一声，把胡云鹏刺于马下，枭了首级，回营见洪锦报功。哨马又报入关中，报与主将曰："胡云鹏失机阵亡。"胡升与胡雷曰："贤弟，今两阵连失二将，天命可知。况今天下归周，非止一处，俺弟兄商议，不若归周，以顺天时，亦不失豪杰之所为。"（恐怕早就有了归周之心，只不过借此寻个由头）胡雷曰："长兄之言差矣！我等世受国恩，享天子高爵厚禄，今当国家多事之秋，不思报本，以分主忧，而反说此贪生之语。常言道：'主忧臣辱。'以死报国，理之当然。长兄切不可提此伤风败俗之言！待吾明日定要成功。"胡升默然无言可对。各归营中歇息。

次日，胡雷奋勇出关，向周营讨战。报马报入中军，有南宫适出马。胡雷大呼："南宫适慢来！"胡雷手中刀望南宫适顶门上砍来。南宫适手中刀劈面相迎。两马相交，双刀并举，一场大战。怎见得，有赞为证。赞曰：

> 二将凶猛俱难并，棋逢对手如枭獍①。来来去去手无停，下下高高②心不定。一个扶王保驾弃残生，一个展土开疆拚性命。生前结下杀人冤，两虎一伤方得胜。

南宫适与胡雷战有三四十合，被南宫适卖个破绽，胡雷用力一刀砍入南宫适怀里来，马头相交，南宫适让过刀，伸开手把胡雷生擒活捉，拿至军前，辕门下马，径进中军报功。

洪锦传令："推来。"及至众士卒将胡雷推至帐前，立而不跪。洪锦曰："既被擒来，何得抗拒？"胡雷大骂曰："反国逆贼！你不思报国大恩，反助恶成害，真狗彘也！吾恨不能食汝之肉！"洪锦大

---

① 枭獍（xiāo jìng）：亦作"枭镜"。相传枭是食母的恶鸟。獍，一名破镜，是食父的恶兽。
② 下下高高：即"高高下下"，比喻事物的起伏变化。

怒，命："推出去，斩讫报来！"（洪锦卤莽，不懂招贤纳降之重要）立时将胡雷推出辕门，须臾斩首号令。洪锦方与南宫适贺功。才饮酒，旗门来报："胡雷又来讨战。"洪锦大怒，传令："把报事官斩了！为何报事不明？"左右一声，把报事官绑出去。报事官大呼："冤枉！"洪锦令推回来，问其故："你报事不明，理当该斩，为何口称冤枉？"报事官曰："老爷，小人怎敢报事不明，外面果然是胡雷。"（难道胡雷也有起死回生之术？且能不借丹药，莫非其能更在十二金仙之上？）

南宫适曰："待末将出营，便知端的。"洪锦沉吟惊异。只见南宫适复上马出营来见，果是胡雷。南宫适大骂曰："妖人焉敢以邪术惑吾！不要走！"纵马舞刀，二将复战。其如胡雷本事实不如南宫适，未及三十合，依旧擒胡雷下马，掌鼓进营，来见洪锦。洪锦大喜，将胡雷推至军前。洪锦不知何术，两边大小众将纷纷乱议，惊动后营。龙吉公主上中军帐来问其原故。洪锦将胡雷的事说了一遍。龙吉公主叫把胡雷推至帐前一看，公主笑曰："此乃小术，有何难哉！"叫把胡雷顶上头发分开，公主取三寸五分乾坤针放在胡雷泥丸宫①钉将下去，立时斩了。公主曰："此乃替身法，何足为奇！"（昊天上帝之女，恐怕天下法术没有几样能让她惊奇的）正是：因斩胡雷招大祸，子牙难免这场非。

话说洪锦斩了胡雷，号令在辕门。有报马报入关中："启总兵爷：二爷阵亡，号令辕门。"胡升大惊："吾弟不听吾言，故有丧身之厄。料成汤文武不足镇服天下诸侯。"令中军官，修纳降文书，"速献关寨，以救生民涂炭。"只见左右将纳降文表修理停当，只等差人纳款。

且说洪锦正与众将饮酒贺功，忽报："佳梦关差官纳款。"洪锦

① 泥丸宫：当指头部。道教谓"泥丸真皆有房"，脑神名精根，字泥丸，其神所居之处为泥丸宫。后词义扩大，泛指人的头部。

传："令来。"将差官令至军前，呈上文表。洪锦展开观看：

镇守佳梦关总兵胡升洎①佐贰②众将等，谨具降表③与奉天讨逆元帅麾下：升等仕纣有年④，岂意纣王肆行不道，荒淫无度，见弃于天，仇溺士庶，皇天不保，特命我周武王以张天讨。兵至佳梦关，升等不自度德，反行拒敌，致劳元戎奋威，斩将殄兵，莫敢抵当。今已悔过改行，特修降表，遣使纳款，恳鉴愚悃⑤，俯容⑥改过之恩，以启更新之路，正元帅不失代天宣化之心，吊民伐罪之举，则升等不胜感激待命之至。谨表。

洪锦看罢，重赏差官："我也不及回书，明日早进关安民便了。"（如此轻松便得一关？然而作者偏不让洪锦如此轻松，否则故事如何写下去）

来使回关，见胡升，禀曰："洪总兵准其纳款，不及回书，明早进关。"胡升令左右将佳梦关上竖起周家旗号，打点户口册，集库藏钱粮，俟明早交割事宜。正打点间，忽报："府外来有一穿红的道姑，要见老爷。"胡升不知就里，传令："请来。"少时，道姑从中道而进，甚是凶恶，腰束水火绦，至殿前打稽首。胡升欠身还礼，问曰："师父至此，有何见谕？"道姑曰："吾乃是丘鸣山火灵圣母是也。汝弟胡雷是吾徒弟，因死于洪锦之手，吾特下山来为他复仇。汝系他同胞弟兄，不念手足之情，君臣之义，乃心向外人，而反与仇敌共立哉！"（有师如此，胡雷亦可含笑矣！）

---

① 洎（jì）：及，到。
② 佐贰："佐贰官"简称。主官的副职或辅佐官之统称。
③ 降表：请求投降的表文。
④ 有年：已有多年。
⑤ 愚悃（kǔn）：谦指自己的诚意。
⑥ 俯容：谦卑的容色。王若虚《送王士衡赴举序》："气扬而无降志，色骄而无俯容。"

胡升听得此语，忙下拜，口称："老师，弟子实是不知，有失迎迓，望乞恕罪。弟子非是事仇，自思兵微将寡，才浅学疏，不足以当此任。况天下纷纷，俱思归周，纵然守住，终是要属他人，徒令军民日夜辛苦，弟子不得已纳降，不过救此一郡生灵耳，岂是贪生畏死之故？"火灵圣母曰："这也罢了。只我下山，定覆此仇。你可将城上还立起成汤旗号，我自有处。"胡升没奈何，又拽起成汤旗来。洪锦正打点明日进关，只见报马来报："佳梦关依旧又拽起成汤旗号。"洪锦大怒："这匹夫敢如此反覆戏侮我！等待明日拿匹夫碎尸万段，以泄此恨！"（可怜胡升里外不是人）

且说火灵圣母问胡升曰："关中有多少人马？"故升曰："马步军卒有二万。"圣母曰："你挑选三千名出来与我，自下教军场教演，方有用处。"胡升即选三千熊彪大汉。圣母命三千人俱穿大红，赤足，披发，背上帖一红纸葫芦，脚心里俱书写"风火"符印，一只手执刀，一只手执幡，下教场操演（如此安排，练兵乎？做法乎？）不题。且说次日，洪锦命苏全忠关下讨战。胡升挂"免战牌"。全忠只得回营，见洪锦曰："胡升挂'免战'二字，未战只得暂回。"洪锦怒气不息。只见火灵圣母操演人马，至一七方才精熟。那日，火灵圣母命关上去了"免战牌"，一声炮响，关中军马齐出。火灵圣母骑金眼驼，与炼成火龙兵，隐在后面，先令胡升在前讨战。胡升得令，一马当先，来至军前，要洪锦出来答话。

探马报入关中："关上有胡升讨战。"洪锦闻报，上马提刀，带左右将官出营。一见胡升，大骂："逆贼！反复无常，真乃狗彘匹夫！敢来戏侮于我！"纵马舞刀直取。胡升未及还手，只见火灵圣母催开金眼驼，用两口太阿剑，大呼："洪锦不要走！吾来也！"洪锦仔细定睛，见道姑连人带兽，似一块火光滚来。洪锦问曰："来者何人？"圣母答曰："吾乃丘鸣山火灵圣母是也。你敢将吾门下胡雷杀了！吾今特来报仇。你可速速下马受死，莫待吾怒起，连累此十万生灵，死无噍类①也。”（好大的口气，貌似截教中人口气都不小）道罢，将太阿剑飞来直取。洪锦手中大杆刀火速忙迎。未及数合，洪锦方欲用旗门遁以诛火灵圣母，但不知圣母头上戴一顶金霞冠，冠上有一淡黄包袱盖住，火灵圣母将包袱挑开，现出十五六丈金光，把火灵圣母笼罩当中。

他看的见洪锦，洪锦看不见他，（这不成隐身衣了）早被圣母把洪锦照前甲上一剑砍来。洪锦躲不及，已劈开锁子琏环甲。洪锦“哎”一声，带伤而逃。火灵圣母招动三千火龙兵冲杀进大营来。好利害！怎见得好火，有赋为证。赋曰：

炎炎烈焰迎空燎，赫赫威风遍地红。却似火轮飞上下，犹如炭屑舞西东。这火不是燧人钻木，又不是老君炼丹，非天火，非野火，乃是火灵圣母炼成一块三昧火。三千火龙兵勇猛，风火符印合五行，五行生化火煎成，肝木能生心火旺，心火致令脾土平，脾土生金金化水，水能生木彻通灵，生生化化皆因火，火燎长空万物荣。烧倒旗门无拦挡，抛锣弃鼓各逃生，焦头烂额尸堆积，为国亡身一旦空。正是：洪锦灾来难躲避，龙吉公主也遭凶（又伏后文故事）。

话说洪锦身着剑伤，逃进大营，不意火灵圣母领三千火龙兵冲杀进营，势不可当。三军叫苦，自相践踏，死者不计其数。龙吉公主在后营，听得一声三军呐喊，急上马拎剑，走出中军，见洪锦伏鞍而逃。洪锦不及对龙吉公主说金光的事，龙吉公主只见火势冲天，烈烟

① 噍（jiào）类：原谓能饮食的动物，特指活着的人。

卷起，正欲念咒救火，又见一块金光奔至面前。公主不知所以，忙欲看时，被火灵圣母举剑照龙吉公主劈来。不知性命如何，且听下回分解。

总批

胡雷一段忠肝义胆，有关世教，虽未成厥功，身先殄灭，而其志自足千古，与阿兄不啻天渊矣。岂可同日语哉！

又批

火灵圣母只为恃有金霞冠耳，纵赢几阵，成得何事？所以有所恃者一遇其人，自然失手。

第七十二回　广成子三谒碧游宫

廣成子三
謁碧遊宮

导读：截教的教主通天教主，其出身来历一直存疑。按照书中的设定，通天教主是元始天尊与太上老君的师弟，对应道教三清来说，就应该是灵宝天尊。但通天教主无论是言行，还是执掌截教的身份，抑或是在书中对两位师兄的态度，甚至包括自己的道术、法宝，都与灵宝天尊八竿子打不着。那么通天教主又是从何而来呢？要搞清楚这个问题，首先要明白截教和阐教各自代表了什么。之前有学者或者认为阐教、截教是影射明代正一道与全真道之间的斗争，或是含糊地认为阐教与截教是暗指明代道教主流派与非主流派之间的矛盾，再要么是认为阐教与截教都是全真与正一混融的道教。诸如此类，都是对道教缺乏了解的误读误判。反倒是鲁迅看得比较准确："阐教即道释"，"截教不知所谓"。

那么，截教真的是不知所谓吗？我们通过比对两教的各类名号，就会发现：阐教一系的名号、师尊、洞府都是道教中确实存在的，当然不免要经过作者的艺术加工，而截教一系则从头至尾都是作者原创。也就是说，在作者的用意中，虽然截教与阐教师出同门，但是能代表道教的只有阐教。而且和阐教相比，截教这边的名号在用字上不是那么文雅，而且多所重复，缺乏变化。特别是除了通天教主和多宝道人之外，其他的截教核心成员，其名号里面不是有个圣字就是有个仙字，好像生怕别人不知道他是个神仙。一个个单独拉出来看，实在很像乡间小庙中由村民供奉的各路"大仙"。截教所代表的，正是佛、道之外的民间宗教。而通天教主的来历，就是罗教、无为教、白莲教等民间宗教的教主们。

诗曰：

三叩玄关礼大仙，贝宫珠阙自天然；
翔鸾对舞瑶阶下，驯鹿呦游碧槛前。
无限干戈从此肇①，若多诛戮自今先。（点出本回乃阐、截二教反目成仇之开端）
周家旺气承新命，又有西方正觉缘。

话说龙吉公主被火灵圣母一剑砍伤胸膛，大叫一声，拨转马望西北逃走。火灵圣母追赶有六七十里方回。这一阵洪锦折兵一万有余。胡升大喜（是喜能为弟报仇，还是原本也不是真心降周？），迎接火灵圣母进关。只见龙吉公主乃蕊宫仙子，今堕凡尘，也不免遭此一剑之厄。夫妻带伤而逃，至六七十里，方才收集败残人马，立住营寨。忙取丹药敷搽，一时即愈。忙作文书申姜元帅求援兵。

且说差官非一日至子牙大营。子牙正坐，忽报："洪锦遣官，辕门等令。"子牙命："令来。"差官进营叩头，呈上文书。子牙展开，书曰：

奉命东征佳梦关副将洪锦顿首百拜，奉书谨启大元戎麾下：末将以樗栎②之才，谬叨重任，日夜祗惧，恐有不克负荷，有伤元帅之明。自分兵抵关之日，屡获全胜，因获逆命守关裨将胡雷，擅用妖术，被末将妻用法斩之。岂意彼师火灵圣母欲图报

① 肇（zhào）：创建，初始。
② 樗栎（chū lì）：《庄子·逍遥游》："吾有大树，人谓之樗，其大本臃肿而不中绳墨，其小枝卷曲而不中规矩。立之涂，匠者不顾。"后因以"樗栎"比喻无用之材。亦用作自谦之辞。

仇，自恃道术。末将初会战时，不知深浅，误中他火龙兵冲来，势不可解，大折一阵。乞元帅速发援兵，以解倒悬。非比寻常可以缓视之也。谨此上书。不胜翘望之至！

话说子牙看罢大惊：“这事非我自去不可！”随分付李靖：“暂署大营事务，候我亲去走一遭。尔等不可违吾节制，亦不可与汜水关会兵；紧守营寨，毋得妄动，以挫军威。违者定按军法！等我回来，再取此关。”李靖领令。（急中不失理智，安排严密得当，不愧大元帅）

子牙随带韦护、哪吒，调三千人马，离了汜水关，一路上滚滚征尘，重重杀气。非止一日，来到佳梦关安营，不见洪锦的行营。子牙升帐坐下。半晌，洪锦打听子牙兵来，夫妻方移营至辕门听令。子牙把洪锦令入中军。夫妻上帐请罪，备言失机折军之事。子牙曰：“身为大将，受命远征，须当见机而作。如何造次进兵，致有此一场大败！”洪锦启曰：“起先俱得全功，不意一道姑名曰火灵圣母，有一块金霞，方圆有十余丈罩住他；末将看不见他，他反看得见我。又有三千火龙兵，似一座火焰山一拥而来，势不可当，军士见者先走，故此失机。”子牙听罢，心下甚是疑惑：“此又是左道之术。”正思量破敌之计。

且说火灵圣母在关内连日打探洪锦不见抵关。只见这一日报马报入城来，报：“姜子牙亲提兵至此。”火灵圣母曰：“今日姜尚自来，也不负我下山一场。我必亲会他，方才甘心。”（为了甘心，丧了性命，何苦来哉）别了胡升，忙上金眼驼，暗带火龙兵出关，至大营前，坐名要子牙答话。报马报入中军：“禀元帅：火灵圣母坐名请元帅答话。”子牙即便带了众将佐，点炮出营。火灵圣母大呼曰：“来者可是姜子牙么？”子牙答曰：“道友，不才便是。道友，你既在道门，便知天命。今纣恶贯盈，天人共怒，天下诸侯，大会孟津，观政于商，你何得助纣为虐，逆天行事，独不思得罪于天耶！况吾非一己之私，奉玉虚符命，以恭行天之罚，道友又何必逆天强为之哉。不若听吾之言，倒戈纳降，吾亦体上天好生之仁，决不肯糜烂其民也。”火灵圣母笑曰：“你不过仗那一番惑世诬民之谈，愚昧下民。料你不过一钓叟，贪功网利，鼓弄愚民，以为己功，怎敢言应天顺人之举。且你有多大道行，自恃其能哉！”（《封神榜》系三教共同签押，为何迄今为止，出场之截教众人仿佛全然不知一般？纵使有申公豹蛊惑，难道各自师尊也不曾向其透露吗？可怪，可怪）

催开金眼驼，仗剑来取。子牙手中剑火速来迎。左有哪吒，登开风火轮，使开火尖枪，劈胸就刺。韦护持降魔杵，掉步飞腾。三人战住圣母。正是：大蟒逞威喷紫雾，蛟龙奋勇吐光辉。

火灵圣母那里经得起三人恶战，枪杵环攻，抽身回走，用剑挑开淡黄袱，金霞冠放出金光，约有十余丈远近。子牙看不见火灵圣母，圣母提剑把子牙前胸一剑。子牙又无铠甲抵挡，竟砍开皮肉。血溅衣襟，拨转四不相望西逃走。火灵圣母大呼曰：“姜子牙！今番难逃此厄也！”

三千火龙兵一齐在火光中呐喊。只见大辕门金蛇乱搅，围子内个个遭殃，火焰冲于霄汉，赤光烧尽旌旗，一会家副将不能顾主将。正是：刀砍尸骸满地，火烧人臭难闻。

且言火灵圣母赶子牙，又赶至无躲无闪之处。前走的一似猛弩离弦，后赶的好似飞云掣电①。子牙一来年纪高大，剑伤又疼，被火灵圣母把金眼驼赶到至紧至急之处，不得相离。子牙正在危迫之间，又被火灵圣母取出一个混元锤望子牙背上打来，正中子牙后心，翻斤斗，跌下四不相去了。（真真落入绝境了）火灵圣母下了金眼驼，来取

① 飞云掣电：像飞云和闪电一样，形容非常迅速。

子牙首级。只听得一人作歌而来。歌曰：

一径松竹篱扉，两叶烟霞窗户。三卷《黄庭》，四季花开处。新诗信手书，丹炉自已糊。垂纶[1]菱浦，散步溪山处。坐向蒲团调动离龙虎。功夫，披尘远世途，狂呼啸傲兔和乌。

话说火灵圣母方去取子牙首级，只见广成子作歌而至。火灵圣母认得是广成子，大呼曰："广成子！你不该来！"广成子曰："吾奉玉虚符命，在此等你多时矣！"（原来竟是元始天尊派遣来的。大天尊插手具体战斗也非一次了，难怪阐教有胜之不武之讥）火灵圣母大怒，仗剑砍来。这一个轻移道步，那一个急转麻鞋，剑来剑架，剑锋斜刺一团花；剑去剑迎，脑后千团寒雾滚。火灵圣母把金霞冠现出金光来，他不知广成子内穿着扫霞衣，将金霞冠的金光一扫全无。火灵圣母大怒曰："敢破吾法宝，怎肯干休！"气呼呼的仗剑来砍，恶恨恨的火焰飞腾，复来战广成子。广成子已是犯戒之仙，他如今还存甚么念头？（已经犯了杀戒，不在乎再犯几次。火灵圣母危矣）忙取番天印祭在空中。正是：圣母若逢番天印，道行千年付水流。

话说广成子将番天印祭起在空中，落将下来，火灵圣母那里躲得及，正中顶门，可怜打的脑浆迸出。一灵也往封神台去了。广成子收了番天印，将火灵圣母的金霞冠也收了，忙下山坡，涧中取了水，葫芦中取了丹药，扶起子牙，把头放在膝上，把丹药灌入子牙口中，下了十二重楼。有一个时辰，子牙睁开二目，见广成子，子牙曰："若非道兄相救，姜尚必无再生之理。"广成子曰："吾奉师命，在此等候多时。你该有此厄。"把子牙扶上四不相，广成子曰："子牙前途

① 垂纶：垂钓。纶，粗丝线，多指钓丝。

保重！”子牙深谢广成子：“难为道兄救吾残喘，铭刻难忘！”广成子曰：“我如今去碧游宫缴金霞冠去。”

子牙别了广成子，回佳梦关来。正行之际，忽然一阵风来，甚是利害，只见摧林拔树，搅海翻江。子牙曰：“好怪！此风如同虎至一般！”话未了时，果然见申公豹跨虎而来。子牙曰：“狭路相逢这恶人，如何是好？也罢，我躲了他罢。”子牙把四不相一兜，欲隐于茂林之中。不意申公豹先看见了子牙，申公豹大呼曰：“姜子牙！你不必躲，我已看见你了！”（越是想躲避某人，偏偏越是躲不过，想来大家都有此经历）

子牙只得强打精神，上前稽首，子牙曰：“贤弟那里来？”申公豹笑曰：“特来会你。姜子牙，你今日也还同南极仙翁在一处不好，如今一般也有单自一个撞着我！料你今日不能脱吾之手！”子牙曰：“兄弟，我与你无仇，你何事这等恼我？”申公豹曰：“你不记得在昆仑，你倚南极仙翁之势，全无好眼相看，先叫你，你只是不睬；后又同南极仙翁辱我，又叫白鹤童儿衔我的头去，指望害我。这是杀人冤仇，还说没有！你今日金台拜将，要伐罪吊民，只怕你不能兵进五关，先当死于此地也！”（真真是睚眦必报，忘恩负义。若非子牙说项，南极仙翁岂能饶你？）把宝剑照子牙砍来。子牙手中剑架住，曰：“兄弟，你真乃薄恶之人。我与你同一师尊门下，抵足四十年，何无一点情意！及至我上昆仑，你将幻术愚我，那时南极仙翁叫白鹤童儿难你，是我再三解释，你到不思量报本，反以为仇，你真是无情无义之人也。”

申公豹大怒：“你二人商议害我，今又巧语花言，希图饶你。”说未了，又是一剑。子牙大怒：“申公豹！吾让你，非是怕你，恐后人言我姜子牙不存仁义，也与你一般。你如何欺我太甚！”将手中剑来战申公豹。大抵子牙伤痕才愈，如何敌得过申公豹。只见子牙前心牵扯，后心疼痛，拨转四不相，望东就走。申公豹虎踏风云，赶来甚紧。正是子牙：方才脱却天罗难，又撞冤家地网来。

话言申公豹赶上子牙，打一开天珠来，正中子牙后心。子牙坐不住四不相，滚下鞍鞒。

申公豹方下虎来欲害子牙，不防山坡下坐着夹龙山飞龙洞惧留孙道人，他也是奉玉虚之命在此等候申公豹的，乃大呼曰："申公豹！少得无礼！我在此！我在此！"连叫两声。申公豹回头看见惧留孙，吃了一惊。（以申公豹之能，蛊惑截教人心、追打受伤姜子牙尚可应付，遇到十二金仙中任何一位，都无力抵挡）他知道惧留孙利害，自思："不好！"便欲抽身上虎而走。惧留孙笑曰："不要走！"手中急祭捆仙绳，将申公豹捆了。惧留孙分付黄巾力士曰："与我拿至麒麟崖去，等吾来发落。"黄巾力士领法旨去讫。且说惧留孙下山，搀扶子牙，靠石倚松，少坐片时，又取粒丹药服之，方才复旧。子牙曰："多感道兄救我！伤痕未好，又打了一珠，也是吾七死三灾之厄耳。"（一路灾厄，与唐僧不遑多让）子牙辞了惧留孙，上了四不相，回佳梦关不表。

且说惧留孙纵金光法往玉虚宫来，行至麒麟崖，见黄巾力士等候。惧留孙行至宫门前，少时，见一对提幡，一对提炉，两行羽扇分开。怎见得元始天尊出玉虚宫光景，有诗为证。诗曰：

鸿蒙初判有声名，炼得先天聚五行。
顶上三花朝北阙，胸中五气透南溟[①]。
群仙队里称元始，玄妙门庭话未生。

① 南溟：亦作"南冥"。南方的大海。以其冥漠无涯，故谓之冥。《庄子·逍遥游》："是鸟也，海运则将徙于南冥。南冥者，天池也。"

漫道香苑随辇毂，沧桑万劫寿同庚。

话说惧留孙见掌教师尊出玉虚宫来，俯伏道旁，口称："老师万寿！"元始天尊曰："好了！你们也拨开云雾，不久返本还元。"惧留孙曰："奉老师法旨，将申公豹拿至麒麟崖，听候发落。"元始听说，来至麒麟崖，见申公豹捉在那里。元始曰："业障[1]！姜尚与你何仇，你邀三山五岳人去伐西岐？今日天数皆完，你还在中途害他。若不是我预为之计，几乎被你害了。如今封神一切事体要他与我代理，应合佐周。你如今只要害他，使武王不能前进。"（原来惧留孙亦是元始天尊安排的。因为姜子牙身系封神大业，故而不能不重视保护之）命黄巾力士："揭起麒麟崖，将这业障压在此间，待姜尚封过神再放他！"

看官，元始天尊岂不知道要此人收聚《封神榜》上三百六十五位正神，故假此难他，恐他又起波澜耳。黄巾力士来拿申公豹要压在崖下。申公豹口称："冤枉！"元始曰："你明明的要害姜尚，何言冤枉？也罢，我如今把你压了，你说我偏向姜尚；你如再阻姜尚，你发一个誓来。"申公豹发一个誓愿，只当口头言语，不知出口有愿。（此等小人，惯常将誓言视作儿戏）公豹曰："弟子如再要使仙家阻当姜尚，弟子将身子塞了北海眼！"元始曰："是了。放他去罢。"申公豹脱了此厄而去。惧留孙也拜辞去了。（若此时就把申公豹压了，后面二十多回故事可如何是好）

且说广成子打死了火灵圣母，径往碧游宫来。这个原是截教教主所居之地。广成子来至宫前。好所在！怎见得，有赋为证。赋曰：

烟霞凝瑞霭，日月吐辉光。老柏青青与山岚，似秋水长天一

---

① 业障：詈辞。指责他人他物为恶果、祸患的根源。

色；野卉绯绯同朝霞，如碧桃丹杏齐芳。彩色盘旋，尽是道德光华飞紫雾；香烟缥缈，皆从先天无极吐清芬。仙桃仙果，颗颗恍若金丹；绿杨绿柳，条条浑如玉线。时闻黄鹤鸣皋，每见青鸾翔舞。红尘绝迹，无非是仙子仙童来往；玉户常关，不许那凡夫俗女闲窥。正是：无上至尊行乐地，其中妙境少人知。

话说广成子来至碧游宫外，站立多时。里边开讲“道德玉文”。少时，有一童子出来。广成子曰：“那童子，烦你通报一声，宫外有广成子求见老爷。”童儿进宫，至九龙沉香辇下禀曰：“启老爷：外有广成子来至宫外，不敢擅入，请法旨定夺。”通天教主曰：“着他进来。”

广成子进至里边，倒身下拜：“弟子愿师叔万寿无疆！”通天教主曰：“广成子，你今日至此，有何事见我？”广成子将金霞冠奉上：“弟子启师叔：今有姜尚东征，兵至佳梦关，此是武王应天顺人，吊民伐罪，纣恶贯盈，理当剿灭。不意师叔教下门人火灵圣母仗此金霞冠，前来阻逆大兵，擅行杀害生灵，糜烂士卒：头一阵剑伤洪锦并龙吉公主；第二阵又伤姜尚，几乎丧命。弟子奉师尊之命，下山再三劝慰。彼仍恃宝行凶，欲伤弟子。弟子不得已，用了番天印，不意打中顶门，以绝生命。弟子特将金霞冠缴上碧游宫，请师叔法旨。”通天教主曰：“吾三教共议封神，其中有忠臣义士上榜者，有不成仙道而成神道者，各有深浅厚薄，彼此缘分，故神有尊卑，死有先后。吾教下也有许多，此是天数，非同小可，况有弥封①，只至死后方知端的。广成子，你与姜尚说，他有打神鞭，如有我教下门人阻他者，任

① 弥封：本指把试卷上填写姓名的地方折角或盖纸糊住，以防止舞弊。此指《封神榜》上人名被封住，外人不得而知。

凭他打。前日我有谕帖在宫外，诸弟子各宜紧守。他若不听教训的，是自取咎，与姜尚无干。广成子去罢！”（封神之事，乃阐、截、西方三教共同议定的，只能促成，不可干扰。元始天尊一再出手帮助姜子牙缘此，通天教主不管门下被杀亦缘此）

广成子出了碧游宫正行，只见诸大弟子在旁听见掌教师尊分付“凡吾教下弟子不遵训诲，任凭他打”，众弟子心下甚是不服，俱在宫外等他。旁边有最不忿的是金灵圣母、无当圣母，对众言曰：“火灵圣母是多宝道人门下，广成子打死了他，就是打我等一样。他还来缴金霞冠，明明是欺蔑吾教！我等师尊又不察其事，反分付任他打，是明明欺吾等无人物也！”（截教弟子难道净是此等刚愎自用的“杠头”？难怪从来不听西岐将官之劝）彼时恼了龟灵圣母，大呼曰：“岂有此理！他打死火灵圣母，还来缴金霞冠！待吾去拿了广成子，以泄吾等之恨！”龟灵圣母仗剑砍来，大呼：“广成子不要走！我来了！”广成子站住，见他来的势局不同，广成子陪笑迎来，问曰：“道兄有何分付？”龟灵圣母曰：“你把吾教门人打死，还到此处来卖精神，分明是欺蔑吾教，显你等豪强，情殊可恨！不要走！我与火灵圣母报仇！”仗剑砍来。

广成子将手中剑架住，言曰：“道友差矣！你的师尊共立《封神榜》，岂是我等欺他，是他自取。也是天数该然，与我何咎！道友言替他报仇，真是不谙事体！”龟灵圣母大怒曰：“还敢以言语支吾！”（与截教之人在西岐阵前之口气何其相似）不由分说，又是一剑。广成子正色言曰：“我以礼谕[1]你，你还是如此，终不然我怕你不成？纵是我师长，也只好让你两剑。”龟灵圣母又是一剑。广成子大怒，面皮通红，仗宝剑相还。两家未及数合，广成子祭番天印打来。龟灵圣母

① 谕：告知。

见此印打下来，招架不住，忙现原身，乃是个大乌龟。昔苍颉造字而有龟文羽翼之形，就是那时节得道的；修成人形，原是一个母乌龟，故此称为“圣母”。彼时金灵圣母、多宝道人见龟灵圣母现了原身，各人面上俱觉惭愧之极，甚是追悔。只见虬首仙、乌云仙、金光仙、金牙仙大呼：“广成子，你欺吾教，不是这等！”数人发怒，一齐仗剑赶来。广成子自思：“吾在他家里，身入重地。自古道‘单丝不成线’，反为不美。”

广成子又见他们重重围来，“不若还奔碧游宫，见他师尊，自然解释。”（被兄弟单位员工围堵，只好去找对方领导解围）乃不等通报，径自投台下来。通天教主曰：“广成子，你又来有甚话说？”广成子跪而启曰：“师叔分付，弟子领命下山，不知师叔门人龟灵圣母同许多门人来为火灵圣母复仇。弟子无门可入，特来见师叔金容，求为开释！”通天教主命水火童儿：“把龟灵圣母叫来！”少时，龟灵圣母至法台下行礼，口称：“弟子在。”通天教主曰：“你为何去赶广成子？”龟灵圣母曰：“广成子将吾教下门人打死，反上宫来献金霞冠，分明是欺蔑吾教！”通天教主曰：“吾为掌教之主，反不如你等？此是他不守我谕言，自取其祸，大抵俱是天数，我岂不知？广成子把金霞冠缴来，正是尊吾法旨，不敢擅用吾宝。尔等仍是狼心野性，不守我清规，大是可恶！将龟灵圣母革出宫外，不许入宫听讲！”遂将龟灵圣母革出。

两旁恼了许多弟子，私相怨曰：“今为广成子，反把自家门弟子轻辱，师尊如何这样偏心？”大家俱不忿，尽出门来。只见通天教主分付广成子：“你快去罢！”广成子拜谢了教主，方才出了碧游宫，只见后面一起截教门人赶来，只叫：“拿住了广成子以泄吾众人之恨！”（一众弟子竟视教主法旨如无物，截教门风纪律堪忧）广成子听得着慌：“这一番来得不善！欲径往前行，不好；欲与他抵敌，寡不敌众；

不若还进碧游宫，才免得此厄。”看官：广成子你原不该来！这正应了“三谒碧游宫”。正是：沿潭撒下钩和线，从今钓出是非来。

话说广成子这一番慌慌张张跑至碧游宫台下，来见通天教主，不知吉凶如何，且听下回分解。

总批

火灵圣母自恃金霞冠无敌，就有杀身之祸。假若他当日无此宝，则无所恃，他自不下山来，安得有这场是非？这还是通天教主作成，送他个死。

又批

广成子原自多事，当时只俟子牙伐纣事完后，再去缴金霞冠也不迟。如何先期而进，致有“三谒碧游宫”之愆。这都是替子牙添担子。不知当日神仙，俱不肯清净，要寻事做。无怪今人之多事也。

第七十三回　青龙关飞虎折兵

青龍關飛
虎折兵

导读：截教弟子向通天教主诉说广成子等人对截教的辱骂，通天让多宝道人去界牌关摆下诛仙阵。佳梦关主将胡升献关投降，却被姜子牙说是反复小人，将他斩首。黄飞虎率军杀奔青龙关，前面数场大战均得胜。但督粮官陈奇回来后，却用秘术抓了邓九公、太鸾、黄天禄。

本回出场的陈奇与之前的郑伦，他们二人有独特的法术，稍有心者就能看出这二位将来就是“哼哈二将”。“哼哈二将”实际上是民间的俗称，其正式的名字叫作“密迹金刚”。金刚即金刚力士，是佛的侍从警卫，因手持金刚杵（古印度兵器）而得名，又叫“执金刚神”。传说佛祖常有五百个金刚随从侍卫，其中最重要的是这五百金刚的首领，也就是密迹金刚。密迹金刚原为法意太子，他曾发誓说，皈依佛教后，要常亲近佛，为金刚力士，普闻一切诸佛秘要密迹之事，这也是其名讳“密迹”的来历。可以说，密迹金刚是佛教中最切要、最热诚的护法神。

据《大涅槃经》等佛典记载，曾有童子盗听说戒，被密迹金刚所击杀。凡有外道不答佛陀之询问时，密迹金刚就以金刚杵临其头上，威吓道：“若不速答，碎汝头为七分！”照理来说，这位佛祖警卫队队长自然就是看护寺院、镇守山门的最佳人选。但是，密迹金刚只有一位，如果将他单独供奉在山门一侧，就很不合中国传统建筑的“对称”“成双”习惯。但把他供奉在山门殿中央，他似乎还不够资格，况且山门正中还要走人的。于是，只好为其又增加了一位，一左一右对称地立在山门殿两侧。而据周叔迦先生所说，“哼哈二将”的名号实际是民众根据《封神演义》来称呼的，佛典中没有这种称呼。而我们使用古籍数据库检索，也确实没有发现在《封神演义》出现之前，有“哼哈二将”这个称呼出现。

诗曰：

流水滔滔日夜磨，不知乌兔①若奔梭。
才看苦海成平陆，又见沧桑化碧波。
熊虎将军餐白刃②，英雄俊杰饮干戈。
蚤③迟只因天数定，空教血泪滴婆娑。

话说广成子三进碧游宫，又来见通天教主，双膝跪下。教主问曰："广成子，你为何又进我宫来？全无规矩，任你胡行！"广成子曰："蒙师叔分付，弟子去了，其如众门人不放弟子去，只要与弟子并力。弟子之来，无非敬上之道；若是如此，弟子是求荣反辱。望老师慈悲发付弟子，也不坏师叔昔日三教共立《封神榜》的体面。"（广成子言辞极尽谦退，实则在说通天教主驭下不严，截教中人无理取闹，甚至可能危及封神大业）

通天教主听说，怒曰："水火童子快把这些无知畜生唤进宫来！"只见水火童子领法旨出宫来，见众门人，曰："列位师兄，老爷发怒，唤你等进去。"众门人听师尊呼唤，大家没意思，只得进宫来见。通天教主喝曰："你这些不守规矩的畜生！如何师命不遵，恃强生事？这是何说！广成子是我三教法旨扶助周武，这是应运而兴。他等逆天行事，理当如此。你等如何还是这等胡为？情实可恨！"直骂得众人们面面相觑，低头不语。通天教主分付广成子曰："你只奉命而行，不要与这些人计较。你好生去罢！"广成子谢过恩，出了宫，径回九

① 乌兔：古代指日月，比喻时间。在中国神话传说中，日中有乌，月中有兔，故合称日月为乌兔。后人常用乌兔来形容时间。
② 白刃：锋利的刀。借指战争。
③ 蚤：通"早"。

仙山去了。后有诗叹曰：

广成奉旨涉先天，只为金霞冠欲还。

不是天心原有意，界牌关下有“诛仙”。（看来又要有天数安排了）

话说通天教主曰：“姜尚乃是奉吾三教法旨，辅佐应运帝王。这三教中都有在《封神榜》上的。广成子也是犯教之仙。他就打死火灵圣母，非是他来寻事做，这是你去寻他。总是天意。尔等何苦与他做对？连我的训谕不依，成何体面！”（通天教主自觉在广成子面前失了体面，可见也是个极好面子之人）众门人未及开言，只见多宝道人跪下禀曰：“老师圣谕，怎敢不依？只是广成子太欺吾教，妄自尊大他的玉虚教法，辱詈[1]我等不堪，老师那里知道？到把他一面虚词当做真话，被他欺诳过了。”通天教主曰：“‘红花白藕青荷叶，三教原来总一般。’他岂不知，怎敢乱说欺弄。你等切不可自分彼此，致生事端。”多宝道人曰：“老师在上：弟子原不敢说，只今老师不知详细，事已至此，不得不以直告。他骂吾教是左道旁门，‘不分披毛带角之人，湿生卵化之辈，皆可同群共处’。他视我为无物，独称他玉虚道法为‘无上至尊’，所以弟子等不服也。”

通天教主曰：“我看广成子亦是真实君子，断无是言。你们不要错听了。”多宝道人曰：“弟子怎敢欺诳老师！”众门人齐曰：“实有此语。这都可以面质。”通天教主笑曰：“我与羽毛相并，他师父却是何人？我成羽毛，他师父也是羽毛之类。这畜生这等轻薄！”（可见通天教主对弟子难以有效约束，其本人又好颜面。加之截教人员成分又过于

① 詈：责骂。

庞杂，修道德者少，听信谣言者多，长此以往，其教安能久乎?）分付金灵圣母："往后边取那四口宝剑来。"少时，金灵圣母取一包袱，内有四口宝剑，放在案上。教主曰："多宝道人过来，听我分付：他既是笑我教不如，你可将此四口宝剑去界牌关摆一诛仙阵，看阐教门下那一个门人敢进吾阵！如有事时，我自来与他讲。"多宝道人请问老师："此剑有何妙用?"通天教主曰："此剑有四名：一曰'诛仙剑'，二曰'戮仙剑'，三曰'陷仙剑'，四曰'绝仙剑'。此剑倒悬门上，发雷振动，剑光一晃，任从他是万劫神仙，也难逃得此难。"昔曾有赞，赞此宝剑。赞曰：

　　非铜非铁又非钢，曾在须弥山下藏。不用阴阳颠倒炼，岂无水火淬①锋芒？"诛仙"利，"戮仙"亡，"陷仙"到处起红光，"绝仙"变化无穷妙，大罗神仙血染裳。

话说通天教主将此剑付与多宝道人，又与一诛仙阵图，言曰："你往界牌关去，阻住周兵，看他怎样对你。"（后来一场大战、恶战，竟源于此）多宝道人离了高山，径往界牌关去不表。

且说子牙自从遇申公豹得脱回佳梦关来。周营内差人四下里打探子牙消息。只见哪吒登风火轮，四下找寻。子牙正策四不相前行，恰好遇着韦护。韦护大喜，上前安慰子牙曰："自火龙兵冲散人马，急切难以收聚，不意火灵圣母赶师叔去。那些兵原是左道邪术，见没有主将作法驱逐，一时火光灭了，并无有一些手段。（如此"神兵"全靠施法者操控，与草人、木偶何异？亦可怜也）被我等收回兵，复一阵杀的他干净。只是不见师叔。如今哪吒等四路去打探，不期弟子在此得遇

① 淬（cuì）：亦作"焠"。铸造刀剑时把刀剑烧红浸入水中，使之坚刚。

尊颜，我等不胜幸甚！”

有探事官飞奔中军，来报于洪锦。洪锦远迎。子牙进辕门，众将欢喜。收点人马，计算又折了四五千军卒。子牙把火灵圣母、申公豹的事对众将一一说一遍。众人贺喜。子牙分付整顿人马，离佳梦关五十里。住了三日，子牙方整点士卒，一声炮响，复至关下安营。且说胡升在关内不知火灵圣母吉凶，又听得报马来报，子牙兵复至关下，胡升大惊：“姜尚兵又复至，火灵圣母休矣！”急与佐贰官商议：“前日已是降周，平空来了火灵圣母搅扰这场，使吾更变一番，虽然胜了姜子牙二阵，成得甚事！如今怎好相见？”旁有佐贰官王信曰：“如今元帅把罪名做在火灵圣母身上，彼自不罪元帅也。这也无妨。”

胡升曰：“此言也有理。”（反复无常、推卸责任之辈，纵使归降，亦不可用）就差王信具纳降文书，前往周营来见子牙。有军政官报入中军：“启元帅：关内差官下文书，请令定夺。”子牙传令：“令来。”王信来至中军，呈上文书。子牙展于案上观看，书曰：

纳降守关主将胡升暨大小将佐等，顿首上书于西周大元帅麾下：不职升谬承司阃，镇守边关，谨慎小心，希图少尽臣节，以报主知。孰意皇天不眷，降灾于殷，天愁人叛，致动天下诸侯观政于商。日者元帅率兵抵关，升弟胡雷与火灵圣母不知天命，致逆王师，自罹①于祸，悔亦无及。升罪固宜罔赦，但元帅汪洋之度，好生之仁，无不覆载。

今特遣裨将王信薰沐②上书，乞元帅下鉴愚悃，容其纳降，

① 罹（lí）：遭受。
② 薰沐：熏香和沐浴。表示虔敬。

以救此一方民，真时雨之师，万姓顶祝矣。胡升再顿首谨启。

子牙看书毕，问王信曰：“你主将既已纳款，吾亦不究往事。明日即行献关，毋得再有推阻。”洪锦在旁言曰：“胡升反复不定，元帅不可轻信，恐其中有诈。”子牙曰：“前日乃是他兄弟违傲，与火灵圣母自恃左道之术故耳。以我观，胡升乃是真心纳降也。公无多言。”随令王信：“回覆主将，明日进关。”王信领令，进关来见胡升，将子牙言语尽说一遍。胡升大喜，随命关上军士立起周家旗号。

次日，胡升同大小将领率百姓出关，手执降旗，焚香结彩，迎子牙大势人马进关。来至帅府堂上坐下，众将官侍立两旁。只见胡升来至堂前行礼毕，禀曰：“末将胡升一向有意归周，奈吾弟不识天时，以遭诛戮。末将先曾具纳降文款[①]与洪将军，不期火灵圣母要阻天兵，末将再三阻挡不住，致有得罪于元帅麾下，望元帅恕末将之罪。”子牙曰：“听你之言，真是反复不定。头一次纳降，非你本心，你见关内无将，故尔偷生。及见火灵圣母来至，汝便欺心，又思故主。总是暮四朝三之小人，岂是一言以定之君子。此事虽是火灵圣母主意，也要你自己肯为，我也难以准信。留你久后必定为祸。”命左右：“推出斩之！”（昨日之言，不过搪塞来使之语，为的是顺利入关）胡升无言抵塞，追悔无及。左右将胡升绑出帅府。少时，见左右将首级来献。子牙命拿出关前号令。子牙平定了佳梦关，令祁恭镇守。子牙把户口查明，即日回兵至汜水关。李靖领众将辕门迎接。子牙至后营见武王，将取佳梦关一事奏知武王。武王置酒在中军与子牙贺功不表。

① 文款：文表，文状。

且说黄飞虎领十万雄师往青龙关来，一路浩浩军威，纷纷杀气。一日哨马报入中军："启总兵：人马已至青龙关，请令安营。"黄总兵传令："安下行营。"放炮呐喊。话说这青龙关镇守大将乃是丘引（岂有人名"蚯蚓"?），副将是马方、高贵、余成、孙宝等。闻周兵来至，丘引忙升厅坐下，与众将议曰："今日周兵无故犯界，甚是狂悖，吾等正当效力之时，各宜尽心报国。"众将官齐曰："愿效死力。"人人俱摩拳擦掌，个个勇往直前。且说黄总兵升帐曰："今日已抵关隘，谁去见头一阵立功?"邓九公曰："愿往。"飞虎曰："将军一往，必建奇功。"

邓九公上马出营，至关下搦战。哨探马报入帅府。丘引急令马方："去见头阵，便知端的。"马方上马提刀，开放关门，两杆旗开，见邓九公红袍金甲，一骑马飞临阵前。马方大呼曰："反贼慢来!"九公曰："马方，你好不知天时！方今兵连祸结，眼见成汤亡于旦夕，尔尚敢来出关会战也!"马方大骂："逆天泼贼，欺心匹夫，敢出妄言，惑吾清听!"纵马摇枪飞来直取。邓九公手中刀急架忙迎。二马盘旋，大战有三十回合。邓九公乃久经战场上将，马方那里是他的对手，正战间，被九公卖个破绽，大喝一声，将马方劈于马下。邓九公找了首级，掌得胜鼓回营，来见黄飞虎，将马方首级献上。黄总兵大喜，上九公首功，具酒相庆。（第一战旗开得胜）

且说败兵报进关来："禀元帅：马方失机，被邓九公枭了首级，号令周营。"丘引听报，只气得三尸神暴跳，七窍内生烟。次日，亲自提兵出关，黄飞虎正议取关一事，见哨马报入中军："青龙关大队摆开，请总兵答话。"黄飞虎传令："也把大队人马摆出。"炮声响处，大红旗展，好雄威人马出来。正是：人是欢彪撺阔涧[1]，马如大

① 阔涧：较宽的山间小溪。

海老龙腾。

话言丘引见黄飞虎，左右分开大小将官，一马当先，大叫："黄飞虎负国忘恩，无父无君之贼！你反了五关，杀害朝廷命官，劫纣王府库，助姬发为恶，今日反来侵扰天子关隘，你真是恶贯满盈，必受天诛！"黄飞虎笑曰："今天下会兵，纣王亡在旦夕，你等皆无死所！马前一卒，有多大本领，敢逆天兵耶！"飞虎回顾左右："那一员战将与吾拿了丘引？"后有黄天祥应曰："待吾来擒此贼！"天祥年方十七岁，正所谓"初生之犊不惧虎"，催开战马，摇手中枪冲杀过来。这壁厢有高贵摇斧接住。两马相交，枪斧并举。黄天祥也是《封神榜》上之人，力大无穷。来来往往，未及十五回合，一枪刺中高贵心窝，翻鞍下马。（第二战，敌将殒命）丘引大叫一声："气杀吾也！不要走，吾来也！"

丘引银盔素铠，白马长枪，飞来直取天祥。黄天祥见丘引自至，心下暗喜："此功该吾成也！"摇手中枪劈面相还。好杀！怎见得，正是：棋逢敌手难藏兴，将遇良材好用功。

黄天祥使发了这条枪，如风驰雨骤，势不可当。丘引自觉不能胜。天祥今会头阵，如此英勇，枪法更神。有赞为证。赞曰：

> 乾坤真个少，盖世果然稀。老君炉里炼，曾敲十万八千锤。磨塌太行山顶石，湛乾黄河九曲溪。上阵不沾尘世界，回来一阵血腥飞。

话说黄天祥使开枪，把丘引杀得只有招架之功，更无还兵之力。旁有丘引副将孙宝、余成两骑马，两口刀，杀奔前来助战。邓九公见二将前来协助，邓九公奋勇走马，刀劈了余成，翻鞍落马。孙宝大怒，骂曰："好匹夫！焉敢伤吾大将！"转回来力敌九公。

话说丘引被黄天祥战住，不得闲空，纵有左道之术，不能使出来；又见邓九公走马刀劈了余成，心下急躁。黄天祥卖了个破绽，一枪正中丘引左腿。丘引大叫一声，拨转马就走。黄天祥挂下枪，取弓箭在手，拽满弓弦，往后心射来，正中丘引肩窝。孙宝见主将败走，心下着慌，又被邓九公一刀把孙宝挥于马下，枭了首级。黄飞虎掌鼓进营。正是：只知得胜回营去，那晓儿男大难来。（第三战，斩了两员敌将，伤了敌方主帅）

话说丘引败进高关，不觉大怒："四员副将尽被两阵杀绝，自己又被这黄天祥枪刺左腿，箭射肩窝，候明日出阵，拿住此贼，碎尸万段，以泄此恨！"看官：丘引乃曲鳝（"曲鳝"即蚯蚓，难怪叫这名字）得道，修成人体，也善左道之术。此人自用丹药敷搽，即时全愈。到三日后，上马提枪，至周营前，只叫："黄天祥来见我！"哨马报入中军，黄天祥又出来会战。丘引见了仇人，不答话，摇枪直取天祥。黄天祥手中枪急架忙迎。二马交锋，来往战有三十回合。黄天祥看丘引顶上银盔露出发来，暗想："此贼定有法术，恐遭毒害。"天祥心生一计，把枪丢了一空。

丘引要报前日之仇，乘空一枪刺来，刺了个空，跌在黄天祥怀里来。黄天祥掣①出银装锏来。好锏！怎见得，有赞为证。赞曰：

宝攒玉靶，金叶厢成，绿绒绳穿就护手，熟铜抹就光辉。打大将翻鞍落马，冲行营鬼哭神悲。亚②断三环剑，磕折丈八枪。寒凛凛，有甚三冬雪；冷飕飕，赛过九秋霜。

① 掣（chè）：牵引，拽。
② 亚：通"压"。

话说丘引被黄天祥一锏，正中前面护心镜上，打得丘引口喷鲜血，几乎落下鞍鞒，败进关内，闭门不出。黄天祥得胜回营，来见父亲，说丘引闭门不出。黄飞虎与邓九公共议取关之策不表。（第四战，再伤敌方主帅。接连四战皆得胜，当小心乐极生悲，此时敌方易有后援前来）

且说丘引被这一锏打得吐血不止，忙服丹药，一时不能全愈，切齿深恨黄天祥于骨髓，在关内保养伤痕。次日，周兵攻打青龙关，丘引锏伤未愈，上城来亲自巡视，千方百计防设守关之法。大抵此关乃朝歌保障之地，西北藩屏，最是紧要。城高濠①深，急切难以攻打。周兵一连攻打三日，不能得下。黄飞虎见此关急切难下，传令："鸣金。"收回人马，再作良谋。丘引见周兵退去，也下城来，至帅府坐下，心中纳闷。忽报："督粮官陈奇听令。"丘引令至殿前。陈奇打躬曰："催粮应济军需，不曾违限，请令定夺。"丘引曰："催粮有功，总为朝廷出力。"陈奇问："周兵至此，元帅连日胜负如何？"丘引答曰："姜尚分兵取关，惟恐吾断他粮道，连日与他会战，不意他将佐骁勇，邓九公杀吾佐贰官，黄天祥枪马强胜，吾被他中枪、箭射、锏打。若是拿住这逆贼，必分化其尸，方泄吾恨！"陈奇曰："元帅只管放心，等末将拿来，报元帅之恨。"

次日，陈奇领本部飞虎兵，坐火眼金睛兽，提手中荡魔杵，（原来又是个左道之士）至周营搦战。哨马报入中军："启元帅：关上有将搦战。"黄飞虎问曰："谁将出马？"邓九公曰："末将愿领人马。"九公绰兵刃在手，径出营来。一见对阵鼓响，一将当先，提荡魔杵，坐金睛兽，邓九公问曰："来者何人？"陈奇曰："吾乃督粮官陈奇是也。你是何人？"邓九公答曰："吾乃西周东征副将邓九公是也。日

① 濠（háo）：护城河。

者丘引失机，闭门不出，你想是先来替死，然而也做不得他的名下！”陈奇大笑曰：“看你这匹夫如婴儿草芥，你有何能！”便催开金睛兽，使开荡魔杵，劈胸就打。邓九公大杆刀赴面交还。兽马交锋，刀杵并举。两家大战三十回合，邓九公的刀法如神，陈奇用的是短兵器，如何抵挡得住。

陈奇把荡魔杵一举，他有三千飞虎兵，手执挠钩套索，如长蛇阵一般，飞奔前来，有拿人之状。邓九公不知原故。陈奇原是左道，有异人秘传，养成腹内一道黄气，喷出口来。凡是精血成胎者，必定有三魂七魄，见此黄气，则魂魄自散。（好似郑伦鼻子的那一“哼”）九公见此黄气，坐不住鞍韂，翻身落马。邓九公被飞虎兵一拥上前，生擒活捉，拿进高关，三军呐喊。丘引正坐，左右报入府来：“禀元帅：陈奇捉了邓九公听令。”丘引大悦，令左右：“推来！”邓九公及至醒来，身上已是绳索绑缚，莫能顿挫。左右推至丘引面前，九公大骂曰：“匹夫以左道之术擒吾，我就死也不服！今既失机，有死而已。吾生不能啖汝血肉，死后必为厉鬼以杀叛贼！”丘引大怒，令：“推出斩之！”（两军统帅都少有立斩俘虏的。丘引如此做法，实在坏了规矩）

可怜邓九公归周，不能会诸侯于孟津，今日全忠于周主。正是：功名未遂扶王志，今日逢危已尽忠。

话说丘引发出行刑牌出府，将邓九公首级号令于关上。有哨探马报入中军：“启老爷：邓九公被陈奇口吐黄气，拿了进关，将首级号令城上。”黄飞虎大惊曰：“邓九公有大将之才，不幸而丧于左道之术。”心中甚是伤感。

话说丘引治酒与陈奇贺功。次日，陈奇又领兵至周营搦战。报马报入中军。旁有九公佐贰官太鸾大怒曰：“末将不才，愿与主将报仇。”黄飞虎许之。太鸾上马出营，与陈奇相对，也不答话，大战二十回合。陈奇把杵一举，后面飞虎兵拥来。陈奇把嘴一张，太鸾依旧落马，被众人擒拿进关见丘引。丘引曰："此乃从贼，且不必斩他，暂送下囹圄。俟拿了主将，一齐打囚车解往朝歌，以尽国法，又不负汝之功耳。"（斩邓九公，是因其曾连杀丘引三员大将。留太鸾，是因其之前未曾与丘引及其手下交手）陈奇大喜。

且说黄总兵见又折了太鸾，心下甚是不乐。只见次日来报："陈奇搦战。"黄将军问左右："谁去走一遭？"话未了，只见旁边走过三子黄天禄、黄天爵、黄天祥应曰："不肖三人愿往。"黄飞虎分付："须要仔细！"三人应声曰："知道。"弟兄三人上马，径出营来。陈奇问曰："来者何人？"黄天禄答曰："吾乃开国武成王三位殿下：黄天禄、天爵、天祥是也。"陈奇暗喜："正要拿这业畜，他恰自来送死！"催开金睛兽，也不答话，使开荡魔杵，飞来直取天禄兄弟。三人三条枪，急架忙迎，四马交锋。怎见得一场好杀：

> 四将阵前发怒，颠开兽马相持。长枪晃晃闪虹霓，荡魔杵发来峻利。这一个拚生舍死定输赢，那三个为国亡家分轩轾①。些儿失手命难存，留取清名传万世。

三匹马裹住了陈奇一匹金睛兽，大战在龙潭虎穴，不知吉凶如何，且听下回分解。

总批

> 胡升反复不常，留之久必为祸，况当粮道要冲，安得以疑似之人守之，杀之是也。但太公伐纣，乃顺天应人，岂有他虞而必

① 轩轾（zhì）：车子前高后低叫轩，前低后高叫轾。引申为高低、轻重、优劣。

欲以平常之疑待之，子牙此举有愧时雨之师。

又批

邓九公有将才而遭逢不辰，故为左道所害，此数也。然一段慷慨不屈，足传千古。

第七十四回　哼哈二将显神通

哼哈二将顯神通

导读：本回中提到，姜子牙在军中为众将讲解《六韬》《三略》。这是两部与他关系比较密切的兵书。《六韬》托名为姜子牙所著，今传本凡六十篇，近二万字，分《文韬》《武韬》《龙韬》《虎韬》《豹韬》《犬韬》六卷。而《三略》又名《黄石公三略》，全书分《上略》《中略》《下略》三部分，共三千八百余字。《三略》托名为黄石公著，黄石公就是那位让张良给他捡鞋，最后授予其兵法的老人。之所以说这本托名于黄石公的《三略》与姜子牙关系密切，是因为据《史记》等书的记载，当年黄石公授予张良的是“太公兵法”。黄石公既然传授的是太公兵法，那么他所传承的自然就是姜子牙的兵学思想，他的著作自然也就属于姜子牙这一流派的成果。

当然，我们今天通过研究知道，姜子牙不可能写出《六韬》这样的著作，《三略》也大概率不是那位掉鞋的老人所写。但是，这并不意味着要否定这两部书的价值。《六韬》基本可以认定是战国时期齐国的著作，它蕴含着丰富的政治与军事思想，内容几乎述及先秦军事的各个方面，对后世影响极大。而《三略》最晚也是西汉时期的著作，它专论战略，兼具军事学术价值和实用价值。因此，《六韬》与《三略》在宋代都被列入“武经七书”，成为此后一千多年将领们的必读书。

诗曰：

二将相逢各有名，青龙关遇定输赢。
五行道术皆堪并，万劫轮回共此生。
黄气无声能覆将，白光有影更擒兵。
须知妙法无先后，大难来时命自倾。（神通难敌命数）

话说黄天禄兄弟三人裹住陈奇，忽一枪正中陈奇右腿。陈奇将坐骑跳出圈子外边。黄天禄随后赶来。陈奇虽然腿上有伤，他的道术自在。他把荡魔杵一举，只见飞豹兵蜂拥而来，将腹内炼成黄气喷来，黄天禄滚下鞍鞒，早被飞豹兵挠钩搭住，生擒活捉，拿进关来见丘引。丘引分付，也把黄天禄监禁了（也是因为黄天禄此前未曾与丘引等人打斗）。

话说黄天爵、黄天祥回营见父，言兄被擒。黄总兵十分不乐，遣官打听可曾号令。探事官回报："启老爷：不曾号令。"话说陈奇腿上有伤，自用丹药敷搽。只见次日，丘引伤痕全愈，要来报仇，乃不戴头盔，顶上戴一金箍，似陀头模样，贯甲披袍，上马拎枪，来至周营，坐名要黄天祥决战。报马报入营中，天祥便欲出战。飞虎阻挡不住。（少年鲁莽，不知此去凶险。邓九公既已被杀，你能逃过吗？）天祥上马提枪，出营来见是丘引，大叫曰："丘引，今日定要擒你见功！"催开马，摇手中枪，直刺丘引。丘引枪赴面交还。二马盘旋，双枪并举，大战在关下。黄天祥这根枪如风狂雨骤，势不可当。丘引见招架不住，掩一枪，勒回马往关前就走。

黄天祥不知好歹，随后赶来。只见丘引顶上长一道白光，光中分开，里面现出碗大一颗红珠，在空中滴溜溜只是转。丘引大叫："黄天祥，你看吾此宝！"（此宝之前为何不用？）黄天祥不知所以，抬头看时，不觉神魂飘荡，一会儿不知南北西东，昏昏惨惨，被步下军卒生擒下马，绳缚二臂。及自醒时，已被捉住。丘引大喜，掌鼓进关。正是：可惜年少英雄客，化作南柯梦①里人！

且说丘引拿住黄天祥进关，升堂坐下，传令两边："把黄天祥推来！"众人将黄天祥推至面前。黄天祥气冲斗牛，厉声大呼曰："丘引，你这逆贼，敢以妖术成功，非大丈夫也！我死不足惜，当报国恩。若姜元帅兵临，你这匹夫有粉骨碎身之祸！既被你擒，快与我一死！吾定为厉鬼以杀贼！"丘引大怒曰："你这叛贼，反出语伤人！你箭射、锏打、枪刺，你心下便自爽然。今日被擒，不自求生，又以恶语狂言辱吾！"

天祥睁目大骂："逆贼！我恨不得枪穿你肺腑，锏打碎你天灵，箭射透你心窝，方称我报国忠心！今不幸被擒，自分一死，何必多言，做尽那狗彘模样！"（铁骨豪气，视死如归，真将门虎子）丘引大怒，命左右："先枭了首级，仍风化其尸，挂在城楼上！"少时，哨马报入周营："启老爷：四公子被丘引拿去，枭了首级，把尸骸挂城楼上，风化其尸，请军令定夺。"黄飞虎听报，大叫一声，跌倒在地。众将扶起。黄总兵放声大哭曰："吾生四子，不能为武王至孟津大会诸侯以立功，今方头一座关隘，先丧吾三子！"黄飞虎思子，作诗一首以志感。诗曰：

为国捐躯赴战场，丹心可并日争光。
几番未灭强梁寇，左术擒儿年少亡。

① 南柯梦：唐代李公佐作《南柯太守传》，略谓：淳于棼梦至槐安国，国王以女妻之，任南柯太守，荣华富贵，显赫一时。后与敌战而败，公主亦死，被遣回。醒后见槐树南枝下有蚁穴，即梦中所历。后人因称梦境为"南柯"，用"南柯一梦"泛指一场梦，或比喻一场空欢喜。

话说黄总兵见事机如此，忙修告急申文，连夜差使臣往汜水关老营中，见子牙求救。

使臣在路，也非一日，来至行营。旗门官报入中军：“启元帅：黄总兵遣官至辕门等令。”子牙传令：“令来。”使臣至帐前行礼，将申文呈上。子牙拆开看毕，大惊曰：“可惜邓九公、黄天祥俱死于非命！”着实伤悼。（伤悼之外，更兼三路兵马皆有左道之士阻碍，可预料此次出兵必然一路艰难）只见邓婵玉哭上帐来，“禀上元帅：末将愿去为父报仇。”子牙许之，又点先行官哪吒同往。哪吒大喜，领了将令，星夜往青龙关来。

哪吒风火轮来的快，便先行。婵玉随营行走。只见哪吒霎时就到青龙关。正是：顷刻行千里，须臾至九州。

话言哪吒至营前。报入中军：“有先行官哪吒辕门听令。”黄总兵忙叫：“请来。”哪吒进中军行礼毕，黄总兵曰：“吾奉令分兵至此，不幸子亡兵败，邓九公竟被左术丧身，吾在此待罪请援。今先行官至此，吾辈不胜幸甚！”哪吒曰：“小将军丹心忠义，为国捐躯，青史简篇，永垂不朽，亦不辜负将军教养之功。”（关云长云：“身虽殒，名可垂于竹帛也。”此之谓也）

次日，哪吒上风火轮，提火尖枪，往关下搦战。猛见黄天祥之尸，大怒曰：“吾拿住丘引，定以此为例！”大叫：“城上报事官！快传与丘引，早来洗颈受戮！”报马报入帅府：“有将请战。”丘引听报，自恃己能，依旧是陀头打扮，竟出关门。看见一人登风火轮而来，大呼曰：“来者莫非是哪吒么？”哪吒大骂曰：“你这匹夫！黄天祥与你不过敌国之仇，彼此为国，不过枭首，又有何罪，你竟欲风化其尸！（实是为报黄天祥两次打伤自己之仇，泄一己私愤）我今拿住你，定碎醢汝尸，为天祥泄恨！”把火尖枪摆动，直取丘引。丘引以枪急架相还。二马相交，双枪并举。来往战杀二三十合，丘引就走。哪吒赶来，丘引依旧把顶上白气升出，现那一颗红珠出来，在空中旋转。丘引把哪吒当做凡胎肉体，不知他是莲花化身，便大叫曰：“哪吒！你看吾之宝！”哪吒抬头看见，大笑曰：“无知匹夫！此不过是个红珠儿，你叫我看他怎的！”（一具莲花身，救了哪吒多少次）丘引大惊：“吾得道修成此珠，捉将擒军，无不效验，今日哪吒看见，如何不昏于轮下！”心中已是着忙，只得勒回马来又战，被哪吒用乾坤圈打来，正中丘引肩窝，打的筋断骨折，伏鞍而逃，败回关去。哪吒得胜回营，来见黄飞虎不表。

且说土行孙催粮至子牙大营，见元帅回令毕，土行孙下帐，不见邓婵玉，问其故，武吉曰：“黄飞虎求救兵，申文言你岳翁阵亡，你夫人去了。”土行孙听得邓九公已死，着实伤悼，忙忙领子牙催粮箭，督二运径往青龙关来，（于情于理，皆不能不来。邓九公身死之日，便注定土行孙夫妇将来必至）不一日至辕门。探马报入中军，黄飞虎令：“请来。”土行孙来至帐前，行礼毕，黄飞虎曰：“邓九公为左术阵亡，吾子二人被擒，天祥被丘引逆贼风化其尸。今日先行哪吒打丘引一乾坤圈，逆贼未曾授首。”土行孙曰：“待末将今晚且将天祥尸首盗出，用棺木收殓，明日好擒丘引以报此仇。”土行孙下帐，与邓婵玉等相见。

只至当晚，土行孙借地行术，径进关来。先在里边走了一番。行至囹圄之中，看见太鸾、黄天禄。时至二更，四下里人声寂静，土行孙钻上来，悄悄的叫：“黄天禄，我来了。你放心，不久就取关了。”黄天禄听的是土行孙声音，大喜曰：“速些才妙！”土行孙曰：“不必分付。”（先探清己方被俘人员情况，土行孙做事甚有章法）土行孙说了信，径至城楼上，把绳子割断，天祥尸首吊在关外。有周纪收去尸首。黄飞虎看见子尸，放声大哭曰：“年少为国，致捐其躯，真为可惜！”急用棺木收尸。黄飞虎自思想：“吾生四子，今丧三人，今日不若命黄天爵送天祥尸首回西岐去，早晚亦可侍奉吾父，一则不失黄门之后，二则使我忠孝两全。”黄飞虎打发第三子黄天爵押丧车回西岐去了。（人之常情，无可指摘）

且说丘引被哪吒打伤，次日升庭纳闷。只见巡城军士来报：“黄天祥尸首，夜来不知被何人割断绳子，将尸首盗去。”丘引听报，愈加愁闷。陈奇大怒：“不才出关，拿来为主将报仇！”说罢，领本部飞豹兵至营前搦战。哨马报入中军。黄总兵问：“谁人见阵？”土行孙愿往。邓婵玉欲为父亲报仇，愿随掠阵。夫妻二人出营，见陈奇坐金睛兽，提荡魔杵，滚至阵前。土行孙大骂陈奇曰：“匹夫用左道邪术，杀吾岳丈，不共戴天！今日特来擒你报仇！”陈奇大笑：“谅你这等人，真如朽腐之物，做得出甚么事来！杀你恐污吾手！”（自来小瞧土行孙者，大都要吃亏）催开坐骑，抡杵就打。

土行孙手中棍急架忙迎。杵棍并举，未及数合，陈奇见土行孙往来小巧便宜，急切不能取胜。陈奇忙把杵一摆，飞豹兵齐奔前来。陈奇对着土行孙把嘴一张，喷出一道黄气。土行孙站不住，一交跌倒在地。飞豹兵把土行孙拿了。陈奇不防邓婵玉在对面，见拿了他丈夫，发出一块五光石来，正中陈奇嘴上，打得唇绽齿落，“哎”一声，掩面而走。婵玉又发一石，夹后心一下，把护心镜打得粉碎。陈奇只得伏鞍而逃。只见土行孙睁开眼，浑身上了绳子，笑曰：“倒有趣！”（有地行术傍身，自然不惧）

陈奇被邓婵玉打伤，逃回关内，来见丘引。丘引看见陈奇鼻青嘴绽，袍带皆松，忙问其故。陈奇曰：“只因拿一不堪匹夫，不防对过有一贱人，用石打伤面门，复一石又打伤脊背，致失机而回。”丘引听说，忙令左右：“将周将拿来！”左右随将土行孙推至阶前。看见土行孙身不满三四尺，便问陈奇曰：“这样东西，拿他何用？”命左右：“推出去斩了号令！”土行孙也不慌不忙，来至关上。左右方欲动手，只见土行孙把身子一扭，杳无踪迹。正是：地行道术原无迹，盗宝偷关盖世雄。

话说左右见土行孙不见了，只唬得目瞪口呆，慌忙报与丘引。丘引听报，大惊曰："周营中有此异人，所以屡伐西岐俱皆失利。今日不见黄天祥尸首，就是此人盗去，也未可知。（头脑反应迅速，可见智谋不低）速传令：早晚各要防备关隘。"

且说土行孙回见黄总兵，共议取关。忽哨探马报入中军："有三运督粮官郑伦来辕门等令。"黄总兵传令："令来。"郑伦至帐前行礼毕，言曰："奉姜元帅将令，催粮应付，军前听用。"黄飞虎曰："多蒙将军催粮有功，俟上功劳簿。"郑伦曰："俱是为国效用。"郑伦偶见土行孙也在此，忙问土行孙曰："足下系二运官，今到此何干？"土行孙曰："青龙关中有一人名唤陈奇，也与你一样拿人，吾岳丈被他擒去，坏了性命，特奉元帅将令，来此救援。只他比你不同，他把嘴一张，口内喷出一道黄气来，其人自倒，比你那鼻中哼出白气来大不相同，觉他的便宜。昨日我被他拿去，走了一遭来。"郑伦曰："岂有此理！当时吾师传我，曾言吾之法盖世无双，难道此关又有这样异人？我必定会他一会，看其真实。"（哼哈二将即将见面，一场好戏在即）

且说陈奇恨邓婵玉打伤他头面，自服了丹药，一夜全愈。次日出关，坐名只要邓婵玉出来定个雌雄。哨马报入中军："启老爷：陈奇搦战。"郑伦出而言曰："末将愿往。"黄飞虎曰："你督粮亦是要紧的事，原非先行破敌之役，恐姜丞相见罪。"郑伦曰："俱是朝廷功绩，何害于理？"黄飞虎只得应允。郑伦上了金睛兽，提降魔杵，领本部三千乌鸦兵出营来。见陈奇也是金睛兽，提荡魔杵，也有一队人马，俱穿黄号色，也拿着挠钩套索。郑伦心下疑惑，（你师父在外面有别的徒弟了？）乃至军前大呼曰："来者何人？"陈奇曰："吾乃督粮上将军陈奇是也。你乃何人？”郑伦曰：“吾乃三运总督官郑伦是也。”郑伦问曰：“闻你有异术，今日特来会你。”

郑伦催开金睛兽，摇手中降魔杵，劈头就打。陈奇手中荡魔杵赴面交还。二兽交加，一场大战。怎见得：

> 二将阵前寻斗赌，两下交锋谁敢阻。这一个似摇头狮子下山岗，那一个不亚摆尾狻猊寻猛虎。这一个兴心定要正乾坤，那一个赤胆要把江山辅。天生一对恶星辰，今朝相遇争旗鼓。

话说二将大战虎穴龙潭：这一个恶狠狠圆睁二目，那一个咯支支咬碎银牙。（旗鼓相当，难分高下）只见土行孙同哪吒出辕门来看二将交兵，连黄飞虎同众将也在旗门下，都来看厮杀。郑伦正战之间，自忖：“此人当真有此术法。打人不过先下手为妙。”把杵在空一摆，郑伦部下乌鸦兵行如长蛇阵一般而来。陈奇看郑伦摆杵，士卒把铙钩套索似有拿人之状，陈奇也摇杵，他那里飞豹兵也有套索钩挠，飞奔前来。正是：能人自有能人伏，今日哼哈相会时。

郑伦鼻子里两道白光，出来有声；陈奇口中黄光也自迸出。陈奇跌了个金冠倒躅，郑伦跌了个铠甲离鞍。两边兵卒不敢拿人，只顾各人抢各人主将回营。

郑伦被乌鸦兵抢回，陈奇被飞豹兵抢回，各自上了金睛兽回营。（着实狼狈可笑）土行孙同众将笑得腰软骨折。郑伦自叹曰：“世间又有此异人，明日定要与他定个雌雄，方肯罢休。”不表。只说陈奇进关来见丘引，尽言前事。丘引又闻佳梦关失了，心下不安。次日，郑伦关下搦战。陈奇上骑出关，言曰：“郑伦，大丈夫一言已定，从今不必用术，各赌手上工夫，你我也难得会。”催开坐下二骑，两将又杀一日，未见输赢。（法术、武艺俱是平手，彼此都不能胜过对方，难道要一直耗下去不成?）来见黄飞虎，众将俱在帐上，共议取关之策。哪吒曰："如今土行孙也在此，不若今夜我先进关，斩关落锁，夜里乘其无备，取了关为上策。"黄飞虎曰："全仗先行。"正是：哪吒定计施威武，今夜青龙属武王。（甚是，甚是，夺关方是大事。只要拿下青龙关，又何愁胜不了陈奇）

话说丘引在关内，修表进朝歌，遣将来此协同守关，共阻周兵。不觉是一更时分，土行孙先进关里来，暗暗在囹圄[1]中打点放黄天禄、太鸾。二更时分，哪吒登起风火轮，飞进关来，在城楼上祭起金砖，把守门军将打散，随撞开拴锁。周兵呐一声喊，杀进城来，金鼓大作，天翻地覆，城中大乱，百姓只顾逃生。土行孙在囹圄中，听得呐喊，随放了黄天禄、太鸾，杀出本府来。（哪吒与土行孙配合，真可谓上天入地，各显神通）丘引还不曾睡，急忙上马，拎枪出府，只见灯光影里，火把丛中，见金甲红袍，乃武成王黄飞虎。

哪吒登风火轮使枪杀来。邓秀、赵升、孙焰红把丘引裹在当中。郑伦杀进城来，正遇陈奇，二将夜兵大战。黄天禄从后面杀出府来。土行孙倒拖宾铁棍，往丘引马下打来。上三路哪吒的枪，中三路黄明、周纪的斧，下三路土行孙的棍。（如此安排，谁能抵挡）丘引不及提防，被土行孙一棍正打着他马七寸，那马打了个前失，把丘引跌下马来。黄飞虎看见，忙捻枪刺来。丘引已借土遁去了。正是：生死有定，不该绝于此关。且言众将裹住陈奇，被哪吒祭起乾坤圈打中，陈奇伤了臂膊，往左一闪，被黄飞虎一枪刺中胁下，死于非命。杀到天明，黄飞虎收兵查点，只走了丘引。飞虎升厅，出榜安民，查明户口册籍，留将守青龙关。黄总兵回师，先有哪吒报捷。土行孙仍催粮去了。

---

① 囹圄（líng yǔ）：亦作"囹圉"。牢狱。

且说子牙在中军与众将正讲《六韬》[1]《三略》[2]，报事官报："元帅：哪吒等令。"子牙传令："令来。"哪吒至中军，备言[3]取了青龙关事，说了一遍："弟子先来报捷。"子牙大悦，谓众将曰："吾之先取此二关者，欲通吾之粮道。若不得此，倘纣兵断吾粮道，前不能进，后不能退，我先首尾受敌，此非全胜之道也，故为将先要察此。今幸俱得，可以无忧。"（向来用兵，总以粮草为第一要务。故而古时征战，一旦粮草被焚或粮路断绝，大军必然战败或撤退，罕有能反击者）众将曰："元帅妙算，真无遗策！"正谈论间，左右报："黄飞虎等令。"子牙曰："令来。"飞虎至中军，打躬行礼。子牙贺过功，因不见邓九公、黄天祥而返，心下甚是凄楚，叹曰："可惜忠勇之士，不得享武王之禄耳！"营中治酒欢饮。次日，子牙差辛甲先下一封战书。

话说汜水关韩荣见子牙按兵不动，分兵取佳梦、青龙二关，速速差人打探。回报："二关已失。"韩荣对众将曰："今西周已得此二关，军威正盛，我等正当中路，必须协力共守，毋得专恃力战也。"众将各有不忿之色，愿决一死战。正议间，报："姜元帅遣官下战书。"韩荣命："令来。"辛甲至殿前，将书呈上。韩荣接书，展开观看，书曰：

西周奉天征讨天宝大元帅姜尚，致书于汜水关主将麾下：尝闻天命无常，惟有德者永获天眷。今商王受淫酗肆虐，暴殄下

① 《六韬》：亦称《太公六韬》。中国古代兵书，"武经七书"之一。旧题周吕望（姜太公）撰。经后人考证，约成书于战国时期。今存六卷，即文韬、武韬、龙韬、虎韬、豹韬、犬韬，共六十篇。

② 《三略》：即《黄石公三略》，亦称《黄石公记》，为中国古代兵书，"武经七书"之一。旧题黄石公撰。据考证，作者可能为西汉末（一说东汉末）隐士。全书分上略、中略、下略三卷。

③ 备言：详说。

民。天愁于上，民怨于下。海宇①分崩，诸侯叛乱，生民涂炭。惟我周武王特恭行天之罚，所在民心效顺，强梁授首。所有佳梦、青龙二关逆命，俱已斩将搴旗，万民归顺。今大兵到此，特以尺一之书咸使闻知，或战，或降，早赐明决，毋得自误。不宣②。

韩荣观看毕，即将原书批回：“来日会战。”辛甲领书回营，见子牙曰：“奉令下书，原书批回，明日会兵。”（该有的一应流程规矩不能少）子牙整顿士卒，一夜无词。次日，子牙行营炮响，大队摆开出辕门，在关下搦战。有报马报入关来：“今有姜元帅关下请战。”韩荣忙整点人马，放炮呐喊出关，左右大小将官分开，韩荣在马上见子牙号令森严，一对对英雄威武。怎见得，有《鹧鸪天》一词为证。词曰：

杀气腾腾万里长，旌旗戈戟透寒光。雄师手仗三环剑，虎将鞍横丈八枪。军浩浩，士忙忙，锣鸣鼓响猛如狼。东征大战三十阵，汜水交兵第一场。

话说韩荣在马上见子牙，口称：“姜元帅请了！‘率土之滨，莫非王臣’，元帅何故动无名之师，以下凌上，甘心作商家叛臣，吾为元帅不取也！”子牙笑曰：“将军之言差矣。君正，则居其位；君不正，则求为匹夫不可得。是天命岂有常哉，惟有德者能君之。昔夏桀暴虐，成汤伐之，代夏而有天下。今纣王罪过于桀，天下诸侯叛之。

① 海宇：犹海内、宇内。谓国境以内之地。
② 不宣：犹不尽。旧时书信末尾的常用语。柳宗元《答元饶州论政理书》：“书虽多，言不足导意，故止于此，不宣。”

我周特奉天之罚，以讨有罪，安敢有逆天命，厥罪惟钧[1]哉。”（两军交战前的对答皆大同小异，完全可以简单带过，以省些笔墨）

韩荣大怒曰：“姜子牙，我以你为高明之士，你原来是妖言惑众之人！你有多大本领，敢出大言！那员将与吾拿了？”旁有先行王虎，走马摇刀，飞奔前来，直取子牙。只见哪吒已登风火轮，举枪忙迎。轮马相交，刀枪并举。两下里喊声不息，鼓角齐鸣。战未数合，哪吒奋勇一枪，把王虎挑于马下。魏贲见哪吒得胜，把马一磕，摇枪前来，飞取韩荣。韩荣手中戟赴面交还。魏贲的枪势如猛虎。韩荣见先折了王虎，心中已自慌忙，无心恋战。只见子牙挥动兵将冲杀过来。韩荣抵敌不住，败进关中去了。子牙得胜回营不表。

且说韩荣兵败进关，一面具表往朝歌告急，一面设计守关。正在紧急之时，忽报：“七首将军余化等令。”（却是故人又重来）韩荣听得余化来至，大喜，忙传令：“令来。”余化至殿上行礼，韩荣曰：“自从将军战败去后，此关反被黄飞虎走出去了，不觉数载；岂意他养成气力，今反伙同那姜尚，三路分兵，取了佳梦关、青龙关，尽为周有。昨日会兵，不能取胜，如之奈何[2]？”余化曰：“末将被哪吒打伤，败回蓬莱山，见我师尊，烧炼一件宝物，可以复我前仇。纵周家有千万军将，只叫他片甲无存。”（大言欺人，这宝物比当年戮魂幡如何？）韩荣大喜，治酒管待。

话说次日，余化至周营讨战。子牙问：“谁去出马？”哪吒应声而出：“弟子愿往。”哪吒道罢，登轮提枪，出得营来，一见余化，哪吒认得他，大呼曰：“余化慢来！”余化见了仇人，把脸红了半边，也不答话，催开金睛兽，摇戟直取哪吒。哪吒的枪赴面交还。轮兽相

① 厥罪惟钧：其罪过仍然是一样的。厥，代词，这个、那个，相当于“其”。惟，副词，相当于还，仍然。钧，也写作“均”，相同、均等的意思。

② 如之奈何：意思是怎么办。

交，戟枪双举，来往冲杀有二三十合，哪吒的枪乃太乙真人传授，有许多机变，余化不是哪吒对手。余化把一口刀，名曰“化血神刀”，祭起，如一道电光，中了刀痕，时刻即死。怎见得，有诗为证。诗曰：

丹炉曾锻炼，火里用功夫。
灵气后先妙，阴阳表里扶。
透甲元神丧，沾身性命无。
哪吒逢此刃，眼下血为肤。

余化将化血刀祭起，那刀来得甚快，哪吒躲不及，中了一刀。大抵哪吒乃莲花化身，浑身俱是莲花瓣儿，纵伤了他，不比凡夫血肉之躯，登时即死，该有凶中得吉。（又被莲花身所救）哪吒着刀伤了，大叫一声，败回营中，走进辕门，跌下风火轮来。哪吒着了刀伤，只是颤，不能做声。旗门官报与子牙，子牙令扛抬至中军。子牙叫：“哪吒！”哪吒不答话。子牙心下郁郁不乐。不知哪吒性命如何，且听下回分解。

总批

陈奇与郑伦方是对手，正所谓不相上下。再添了哪吒、土行孙等，则陈奇授首宜矣。

又批

土行孙地行之术，为偷营劫寨固是奇妙。若遇着杨戬之流，止落得一番空行。今青龙关内止一二庸品，安能抵得土行孙之偷劫哉？

第七十五回　土行孙盗骑陷身

土行孫盗騎陷身

导读：金灵圣母在最后的封神中，被封为斗母，这应该是足以和闻仲受封的九天应元雷声普化天尊并列为截教弟子受封的最高神位。在道教中，特别是宋元以来的道教中，斗母的地位是相当崇高且重要的。斗母，又作斗姆、斗姥，尊称圆明道姥天尊、圣德巨光天后等，相传是龙汉年间周御王的妃子紫光夫人。她先后生下了九个儿子，长子即勾陈上宫天皇大帝，次子即中天紫微北极大帝，其余七子即北斗七星。因其为北斗众星之母，故称斗母。据《灵宝领教济度金书》所载，元始天尊日以先天阳气化生玉皇大帝，夜以先天阴气化生斗母元君。斗母不但协助玉皇大帝管理星斗群真，还兼掌雷霆、天医等多项神职。宋元以来，其神格又融摄了佛教摩利支天的部分形象，在原本的元君相之外，又出现了四头八臂的斗母形象，其影响更日益增大。明清以来，斗母成为道教朝斗法科的主神，以其能消灾解厄，保命延生，济度幽魂，信奉者极多。

诗曰：

余化恃强自丧身，师尊何苦费精神。
因烧土行翻①招祸，为惹惧留致起嗔。
北海初沉方脱难，捆仙再缚岂能徇②！
从来数定应难解，已是封神榜内人。

话说余化得胜回营。至次日，又来周营搦战。探马报入中军。子牙问："谁人出马？"有雷震子应曰："愿往。"提棍出营，见余化黄面赤髯，甚是凶恶，问曰："来者可是余化？"余化大骂："反国逆贼！你不认得我么！"（文王之子，焉能认得你一个小小的守关副将？）雷震子大怒，把二翅飞腾于空中，将黄金棍劈头打来。余化手中戟赴面交还。一个在空中用力，一个在兽上施威。雷震子金棍刷来，如泰山一般。余化望上招架费力，略战数合，忙举起化血刀来，把雷震子风雷翅伤了一刀。幸而原是两枚仙杏化成风雷二翅，今中此刀，尚不至伤命，（化血神刀，连用两次均未见血，也是可笑）跌在尘埃，败进行营，来见子牙。

子牙又见伤了雷震子，心中甚是不乐。次日，有报马报入中军："有余化搦战。"子牙曰："连伤二人，若痴呆一般，又不做声，只是寒颤，且悬'免战牌'出去。"军政官将"免战牌"挂起。余化见周营挂"免战牌"，掌鼓回营。只见次日，有督粮官杨戬至辕门，见挂"免战"二字，杨戬曰："从三月十五日拜将之后，将近十月，如今还在这里，尚不曾取成汤寸土，连忙挂'免战牌'。"心中甚是疑惑，

① 翻：副词，反而。
② 徇（xùn）：曲从，顺从。

“且见了元帅，再做道理。”探马报入中军：“启元帅：有督粮官杨戬听令。”子牙曰：“令来。”杨戬上帐，参谒毕，禀曰：“弟子催粮，应付军需，不曾违限，请令定夺。”子牙曰：“兵粮足矣，其如战不足何！”杨戬曰：“师叔且将‘免战牌’收了，待弟子明日出兵，看其端的，自有处治。”（杨戬在外押运粮草，在内还要侦测情报，真可谓劳苦功高）

子牙在中军与众人正议此事，左右报：“有一道童求见。”子牙曰：“请来。”少时至帐前，那童子倒身下拜曰：“弟子是乾元山金光洞太乙真人门下。师兄哪吒有厄，命弟子背上山去调理。”子牙将哪吒交与金霞童子，背往乾元山去了不表。且说杨戬见雷震子不做声，只是颤。看刀刃中血水如墨。（云中子何不来救雷震子？）杨戬观看良久，“此乃是毒物所伤。”杨戬启子牙：“去了‘免战牌’。”子牙传令：“去了‘免战牌’。”次日，汜水关哨马报入关中：“周营已去‘免战牌’。”余化听得，随上了金睛兽，出关来至营前搦战。哨马报入中军：“关内有将讨战。”正是：常胜不知终有败，周营自有妙人来。

话说余化至营搦战，杨戬禀过子牙，忙提三尖刀出营。见余化光景，是左道邪术之人，杨戬大叫曰：“来者莫非余化么？”余化曰：“然也。尔通名来。”杨戬曰：“吾乃姜元帅师侄杨戬是也。”纵马摇三尖刀飞来直取。余化手中戟赴面交还。两马相交，一场大战。未及二十余合，余化祭起化血神刀，如闪电飞来。杨戬运动八九元功，将元神遁出，以左肩迎来，伤了一刀，也大叫一声，败回行营，看是甚么毒物，来见子牙。子牙问曰：“今日你会余化如何？”杨戬曰：“弟子见他神刀利害，仗吾师道术，将元神遁出，以左臂迎他一刀，毕竟看不出他的果是何毒。弟子且往玉泉山金霞洞走一遭。”子牙许之。（旧时师徒如父子，师父即是徒弟的底气）

杨戬借土遁往玉泉山来，到了金霞洞，进洞见师父，拜罢，玉鼎真人问曰："杨戬，你此来有甚么话说？"杨戬对曰："弟子同师叔进兵汜水关，与守关将余化对敌。彼有一刀，不知何毒，起先雷震子被他伤了一刀，只是寒颤，不能做声；弟子被他也伤了一刀，幸赖师父玄功，不曾重伤，然终不知果是何毒物。"玉鼎真人忙令杨戬将刀痕来看，真人见此刀刃，便曰："此乃是化血刀所伤。但此刀伤了，见血即死。幸雷震子是伤的两枚仙杏，你有玄功，故尔如此。不然，皆不可活。"杨戬听得，不觉大惊，忙问曰："似此将何术解救？"真人曰："此毒连我也不能解。此刀乃是蓬莱岛一气仙余元之物。当时修炼时，此刀在炉中，有三粒神丹同炼的。要解此毒，非此丹药，不能得济。"真人沉思良久，乃曰："此事非你不可。"附耳如此如此方可。杨戬大喜，领了师父之言，离了玉泉山往蓬莱岛而来。（此亦可谓明师指路）正是：真人道术非凡品，咫尺蓬莱见大功。

话说杨戬借土遁往蓬莱岛而来，前至东海。好个海岛，异景奇花，观之不尽。怎见得，海水平波，山崖锦砌①，正所谓蓬莱景致与天阙②无差。怎见得好山，有赞为证。赞曰：

势镇东南，源流四海。汪洋潮涌作波涛，滂渤③山根成碧阙。蜃楼④结彩，化为人世奇观；蛟孽兴风，又是沧溟⑤幻化。丹山碧树非凡，玉宇琼宫天外。麟凤优游⑥，自然仙境灵胎；鸾鹤翱翔，岂是人间俗骨。琪花四季吐精英，瑶草千年呈瑞气。且

① 锦砌：阶砌的美称。
② 天阙：天上的宫阙。亦指道教三十三重天阙。
③ 滂渤：形容气势勃发盛大。
④ 蜃楼：即"海市蜃楼"。是一种因为光的折射和全反射而形成的自然现象。
⑤ 沧溟：海水弥漫貌。常指大海。
⑥ 优游：悠闲，闲暇自得。

慢说青松翠柏常春，又道是仙桃仙果时有。修竹拂云留夜月，藤萝映日舞清风。一溪瀑布时飞雪，四面丹崖若列星。正是：百川浍注擎天柱，万劫无移大地根。

话说杨戬来至蓬莱山，看罢蓬莱景致，仗八九元功，将身变成七首将军余化，径进蓬莱岛来。（但凡有变化之能者，几乎都有以假乱真的故事，孙悟空、济公皆如此。套路虽然老旧，但偏偏总有读者爱看）

见了一气仙余元，倒身下拜。余元见余化到此，乃问曰："你来做甚么？"余化曰："弟子奉师父之命，去汜水关协同韩总兵把守关隘，不意姜尚兵来，弟子见头一阵，刀伤了哪吒，第二阵伤了雷震子，第三阵恰来了姜子牙师侄杨戬，弟子用刀去伤他，被他一指，反把刀指回来，将弟子伤了肩臂，望老师慈悲救拔。"一气仙余元曰："有这等事？他有何能，敢指回我的宝刀？但当时炼此宝，在炉中分龙虎，定阴阳，同炼了三粒丹药。我如今将此丹留在此间也无用，你不若将此丹药取了去，以备不虞。"余元随将丹递与余化。（好个一气仙，竟看不出眼前是个假徒弟）余化叩头，"谢老师天恩。"忙出洞来，回周营不表。有诗单赞杨戬玄功变化之妙。诗曰：

悟到功成道始精，玄中玄妙有无生。
蓬莱枉秘通灵药，汜水徒劳化血兵。
计就腾挪①称幻圣，装成奇巧盗英明。
多因福助周文武，一任奇谋若浪萍②。

---

① 腾挪：亦作"腾那"。指拳术中的蹿跳躲闪的动作。引申为灵活变通，随机应变。
② 浪萍：浪中之浮萍。比喻奇谋的变幻莫测和难以捉摸。

话说杨戬得了丹药，径回周营。且说一气仙余元把药一时俱与了余化，静坐思忖：“杨戬有多大本领，能指回我的化血刀？若余化被刀伤了，他如何还到得这里？其中定有原故。”余元掐指一算，大叫曰：“好杨戬匹夫！敢以变化玄功盗吾丹药，欺吾太甚！”（书中众仙多能掐会算，却每每有此事后诸葛之举，奈何）余元大怒，上了金眼驼，来赶杨戬。杨戬正往前行，只听得后面有风声赶至，杨戬已知余元来赶，忙把丹药放在囊中，暗祭哮天犬存在空中。余元只顾赶杨戬，不知暗算难防，余元被哮天犬夹颈子一口。正是此犬：牙如钢剑伤皮肉，红袍拉下半边来。

余元不曾提防暗算，被犬一口，把大红白鹤衣扯了半边。余元又吃了大亏，不能前进，“吾且回去，再整顿前来，以复此仇。”（又结下一桩恩怨）

话说子牙正在营中纳闷，只见左右来报：“有杨戬等令。”子牙传令：“令来。”杨戬至帐前，见子牙，备言前事，盗丹而回。子牙大喜，忙取丹药救雷震子，又遣木吒往乾元山，送此药与哪吒调理。次日，杨戬往关下来搦战。探事官报入帅府：“周营中有将讨战。”韩荣忙令余化出战。余化上了金睛兽，拎戟出关。杨戬大呼曰：“余化，前日你用化血刀伤我，幸吾炼有丹药。若无丹药，几中汝之奸计也。”余化暗思：“此丹乃一炉所出，焉能周营中也有此丹？若此处有丹，此刀无用。”催开金睛兽，大战杨戬。二马相交，刀戟并举。

二将酣战三十余合。正杀之间，雷震子得了此丹，即时全好了，心中大怒，竟飞出周营，大喝曰：“好余化！将恶刀伤吾。若非丹药，几至不保。不要走，吃我一棍，以泄此恨！”拎起黄金棍，劈头刷来。余化将手中戟架棍。杨戬三尖刀来得又勇，余化被雷震子一棍打来，将身一闪，那棍正中金睛兽，把余化掀翻下地，被杨戬复一刀，结果了性命。正是：一腔左术全无用，枉做成汤梁栋材。

杨戬斩了余化，掌鼓回营，见子牙报功不表。（可怜一气仙空忙一场，弟子殒命，宝物归于他人）

且说韩荣闻余化阵亡，大惊："此事怎好！前日遣官往朝歌去，命又不下，今无人协同守此关隘，如何是好！"正议间，余元乘了金睛五云驼，至关内下骑，至帅府前，令门官通报。众军官见余元好凶恶，忙报韩荣。韩荣传令："请来。"道人进帅府，韩荣迎接余元。只见他生得面如蓝靛，赤发獠牙，身高一丈七八，凛凛威风，二目凶光冒出。韩荣降阶而迎，口称："老师。"请上银安殿。韩荣下拜，问曰："老师是那座名山？何处洞府？"一气仙余元曰："杨戬欺吾太甚，盗丹杀吾弟子余化。贫道是蓬莱岛一气仙余元是也，今特下山，以报此仇。"（来得好快）韩荣闻说大喜，治酒管待。

次日，余元上了五云驼，出关至周营，坐名要子牙答话，报马报入中军："汜水关有一道人请元帅答话。"子牙传令："摆队伍出营。"左右分五岳门人，一骑当先。只见一位道人，生的十分凶恶。怎见得：

鱼尾冠，金嵌成；大红服，云暗生。面如蓝靛獠牙冒，赤发红须古怪形。丝绦飘火焰，麻鞋若水晶。蓬莱岛内修仙体，自在逍遥得至清。位在监斋成神道，一气仙名旧有声。

话说子牙至军前问曰："道者请了。"余元道："姜子牙，你叫出杨戬来见我。"子牙曰："杨戬催粮去了，不在行营。道者，你既在蓬莱岛，难道不知天意。今成汤传位六百余年，至纣王无道，暴弃天命，肆行凶恶，罪恶贯盈，天怒人怨，天下叛之。我周应天顺人，克修天道，天下归周。今奉天之罚，以观政于商。尔何得阻逆天吏，自取灭亡哉！道者，你不观余化诸人皆是此例，纵有道术，岂能扭转天命耶！”（人家本就是为余化报仇而来，你还将余化当反面典型，人家焉能不怒？）

余元大怒曰：“总是你这一番妖言惑众！若不杀你，不足以绝祸根！”催开五云驼，仗宝剑直取子牙。子牙手中剑赴面交还。左有李靖，右有韦护，各举兵器前来助战。四人只为无名火起，眼前要定雌雄。余元的宝剑光华灼灼，子牙剑彩色辉辉，李靖刀寒光灿灿，韦护杵杀气腾腾。余元坐在五云驼上，把一尺三寸金光锉祭在空中，来打子牙。子牙忙展杏黄旗，现出有千朵金莲，拥护其身。余元忙收了金光锉，复祭起来打李靖。不防子牙祭起打神鞭来，一鞭正中余元后背，只打的三昧真火喷出丈余远近。（关键时候，还是玉虚宫的法宝有用）李靖又把余元腿上一枪。余元着伤，把五云驼顶上一拍，只见那金眼驼四足起金光而去。子牙见余元着伤而走，收兵回营不表。

且说土行孙催粮来至，见子牙会兵，他暗暗的瞧见余元的五云驼四足起金光而去，土行孙大喜：“我若得此战骑，催粮真是便益。”（私欲一动，惹来许多麻烦）当时子牙回营升帐，忽报：“土行孙等令。”子牙传令：“令来。”土行孙至帐前，交纳粮数，不误限期。子牙曰：“催粮有功，暂且下帐少憩。”土行孙下帐，来见邓婵玉，夫妻共语，说：“余化把刀伤了哪吒，哪吒往乾元山养伤痕去了。”土行孙至晚，对邓婵玉曰：“我方才见余元坐骑，四足旋起金光，如云霓缥缈而去，妙甚，妙甚！我今夜走去，盗了他的来，骑着催粮，有何不可？”邓婵玉曰：“虽然如此，你若要去，须禀知元帅，方可行事，不得造次。”土行孙曰：“与他说没用，总是走去便来，何必又多一番唇舌？”（自行其是，军中大忌，往往要惹出祸来）

当时夫妻计较停当。将至二更，土行孙把身子一扭，径进汜水关，来到帅府里。土行孙见余元默运元神，土行孙在地下，往上看他，道人目似垂帘，不敢上去，只得等候。却言余元默运元神，忽然心血潮来。余元暗暗掐指一算，已知土行孙来盗他的坐骑。余元把阳神出窍，少刻，鼻息之声如雷。土行孙在地下听见鼻息之声，大喜曰："今夜定然成功。"（尚不知将堕入他人彀中）把身子钻将上来，拖着铁棍，又见廊下拴着五云驼。土行孙解了缰绳，牵到丹墀下，挨着马台扒上去，试验试验，然后又扒将下来。将这宾铁棍执在手里，来打余元，照余元耳门上一下，只打得七窍中三昧火冒出来，只是不动；复打一棍，打得余元只不作声。土行孙曰："这泼道，真是顽皮！吾且回去，明日再做道理。"

土行孙上了五云驼，把他顶上拍了一下，那兽四足就起金云，飞在空中。土行孙心下十分欢喜。正是：欢喜未来灾又至，只因盗物惹非殃。

且说土行孙骑着五云驼，只在关里串，不得出关去。土行孙曰："宝贝，你还出关去！"话犹未了，那五云驼便落将下地来。土行孙方欲下驼，早被余元一把抓住头发，拎着他，不令沿着地，大叫曰："拿住偷驼的贼了！"惊动一府大小将官，掌起火把灯球，韩荣升了宝殿，只见余元高高的把土行孙拎着。韩荣灯光下见一矮子，"老师拎着他做甚么？放下他来罢了。"余元曰："你不知他会地行之术，但沿了地，他就去了。"（最大的逃命本事被人看穿，这下难逃大难）韩荣曰："将他如何处治？"余元曰："你把俺蒲团下一个袋儿取来，装着这业障，用火烧死他，方绝祸患。"韩荣取了袋儿装起来。余元叫："搬柴来。"少时间，架起柴来，把如意乾坤袋烧着。土行孙在火里大叫曰："烧死我也！"好火！怎见得，有诗为证。诗曰：

细细金蛇遍地明，黑烟滚滚即时生。
燧人出世居离位，炎帝腾光号火精。
山石逢时皆赤土，江湖偶遇尽枯平。

谁知天意归周主，自有真仙渡此惊。

话说余元烧土行孙，命在须臾。也是天数，不该如此。只说惧留孙正坐蒲团默养元神，见白鹤童子来至曰："奉师尊玉旨，命师兄去救土行孙。"（又是元始天尊出手）惧留孙闻命，与白鹤童子分别，借着纵地金光法来至汜水关里。见余元正烧乾坤袋，惧留孙使一阵旋窝风，往下一坐，伸下手来，连如意乾坤袋提将去了。余元看见一阵风来，又见火势有景，余元掐指一算："好惧留孙！你救你的门人，把吾如意乾坤袋也拿了去！我明日自有处治。"

且说惧留孙将土行孙救出火焰之中，土行孙在内自觉得不热，不知何故。惧留孙来至周营。那夜是南宫适巡外营。时至三更尽，南宫适问曰："是甚么人？"惧留孙曰："是我。快通报子牙，吾来也。"南宫适向前看，知是惧留孙，忙传云板①。子牙三鼓时分起来，外边传入帐中："有惧留孙在辕门。"子牙忙出迎接，见惧留孙拎着一个袋子，至军前打稽首坐下。子牙曰："道兄夤夜至此，有何见谕？"惧留孙曰："土行孙有火难，特来救之。"子牙大惊："土行孙昨日催粮方回，其灾如何得至？"惧留孙把如意袋儿打开，放出土行孙来，问其详细。土行孙把盗五云驼的事说了一遍。子牙大怒曰："你要做此事，也该报我知道。如何违背主帅，暗行辱国之事？今若不正军法，诸将效尤，将来营规必乱。传刀斧手，将土行孙斩首号令！"（若是交战时用计偷盗敌方的东西，倒还情有可原。可如今土行孙竟为一己私欲去盗敌方坐骑，结果还被对方擒住，委实丢人现眼）惧留孙曰："土行孙不遵军令，暗行进关，有辱国体，理宜斩首。只是用人之际，暂且待罪

① 云板：亦作"云板"，亦称为"点"。古乐器。外形为长形扁铁片，两端作云头形，故名。旧时官署和权贵之家，都以打云板为报事集众的信号。

立功。”子牙曰：“若不是道兄求免，定当斩首。”命左右：“且与我放了。”土行孙谢了师父，又谢过子牙。一夜周营中未曾安静。

次日，只见一气仙余元出关来至周营，坐名只要惧留孙。惧留孙曰：“他来只为如意乾坤袋。我不去会他。你只须如此，自可擒此泼道也。”惧留孙与子牙计较停当。子牙点炮出营。余元一见子牙，大呼曰：“只叫惧留孙出来会我！”子牙曰：“道友，你好不知天命！据道友要烧死那土行孙，自无逃躲，岂知有他师父来救他，正所谓有福之人，纵千方百计而不能加害；无福之人，遇沟壑而丧其躯。此岂人力所能哉！”余元大怒曰：“巧言匹夫尚敢为他支吾！”（又恼羞成怒了）催开五云驼，使宝剑来取。

子牙坐下四不相，手中剑赴面相迎。二兽相交，双剑并举，两家一场大战。怎见得，有词为证。诗曰：

凛凛征云万丈高，军兵擂鼓把旗摇。一个是封神都领秀，一个是监斋名姓标。这个正道奉天灭纣主，那个是无福成仙自逞高。这个是六韬之内称始祖，那个是恶性凶心怎肯饶。自来有福催无福，天意循环怎脱逃。

话说子牙大战余元，未及十数合，被惧留孙祭捆仙绳（差点忘了还有此宝。上有惧留孙捆仙绳，下有姜子牙打神鞭，余元还有何处可逃?）在空中，命黄巾力士半空将余元拿去，止有五云驼跳进关中。子牙与惧留孙将余元拿至中军。余元曰：“姜尚，你虽然擒我，看你将何法治我！”（如此嚣张，恐有护身奇能）子牙令李靖：“斩讫报来！”李靖领令，推出辕门，将宝剑斩之，一声响，把宝剑砍缺有二指。李靖回报子牙，备言杀不得之事，说了一遍。子牙亲自至辕门，命韦护祭降魔杵打，只打得腾腾烟出，烈烈火飞。

余元作歌曰：

君不见天皇得道将身炼，修仙养道碧游宫。坎虎离龙方出现，五行随我任心游。四海三江都走遍，顶金顶玉秘修成。曾在炉中仙火煅，你今斩我要分明。自古一剑还一剑，漫道余言说不灵。

余元作歌罢，子牙心下十分不乐，与惧留孙共议："如今放不得余元，且将他囚于后营，等取了关再做区处。"惧留孙曰："子牙，你可命匠人造一铁柜，将余元沉于北海，以除后患。"（以余化之能，岂是淹得死的！再者铁柜属金，难道不怕他遁走？）子牙命铁匠急造，铁柜已成，将余元放在柜内。惧留孙命黄巾力士抬定了，往北海中一丢，沉于海底。黄巾力士回覆惧留孙法旨不表。

且说余元入于北海之中，铁柜亦是五金之物，况又丢在水中，此乃金水相生，反助了他一臂之力。余元借水遁走了，径往碧游宫紫芝崖下来。（果然跑了）余元被捆仙绳捆住，不得见截教门人传与掌教师尊。忽听得一个道童，唱道情而来。词曰：

山遥水遥，隔断红尘道。粗袍敝袍，袖里乾坤倒，日月肩挑，乾坤怀抱。常自把烟霞啸傲，天地逍遥。龙降虎伏道自高，紫雾护新巢，白云做故交。长生不老，只在壶中一觉。

话说余元大呼曰："那一位师兄，来救吾之残喘！"水火童儿见紫芝崖下一道者，青面红发，巨口獠牙，捆在那里，童儿问曰："你是何人，今受此厄？"余元曰："吾乃是金灵圣母门下，蓬莱岛一气仙余元是也。今被姜子牙将吾沉于北海，幸天不绝吾，得借水遁，方能到得此间。望师兄与吾通报一声。”

水火童儿径来见金灵圣母备言余元一事。金灵圣母闻言大怒，急至崖前。不见还可，越见越怒。（徒弟遭难，在师父眼里如同亲儿受苦一般）金灵圣母径进宫内，见通天教主行礼毕，言曰：“弟子一事启老师：人言昆仑门下欺灭吾教，俱是耳听。今将一气仙余元，他得何罪，竟用铁柜沉于北海，幸不绝生，借水遁逃至于紫芝崖。望老师大发慈悲，救弟子等体面。”通天教主曰：“如今在那里？”金灵圣母曰：“在紫芝崖。”通天教主分付：“抬将来。”少时，将余元抬至宫前。碧游宫多少截教门人，看见余元，无不动气。只见金钟声响，玉磬齐鸣，掌教师尊来至，到了宫前，一见诸大弟子，齐言：“阐教门人欺吾教太甚！”教主看见余元这等光景，教主也觉得难堪。”先将一道符印对余元身上，教主用手一弹，只见捆仙绳吊下来。古语云：“圣人怒发不上脸。”（喜怒不形于色，亦可见城府深）随命余元：“跟吾进宫。”教主取一物与余元，曰：“你去把惧留孙拿来见我，不许你伤他。”余元曰：“弟子知道。”正是：圣人赐与穿心锁，只恐皇天不肯从。（伏余元之败）

话说余元得了此宝，离了碧游宫，借土遁而来。行得好快，不须臾，已至汜水关。有报事马报入关中：“有余道长到了。”韩荣降阶迎接到殿，欠身言曰：“闻老师失利，被姜尚所擒，使末将身心不安。今得睹天颜，韩荣不胜幸甚！”余元曰：“姜尚用铁柜把我沉于北海，幸吾借小术到吾师尊那所在，借得一件东西，可以成功。可将吾五云驼收拾，打点出关，以报此恨。”余元随上骑，至周营辕门，坐名只要惧留孙。报马报入中军：“启元帅：余元搦战，只要惧留孙。”

幸而惧留孙不曾回山。子牙大惊，忙请惧留孙商议。惧留孙曰：“余元沉海，毕竟借水遁潜逃至碧游宫，想通天教主必定借有奇宝，方敢下山。子牙，你还与他答话，待吾再擒他进来，且救一时燃眉之急。若是他先祭其宝，则吾不能支耳。”（通天教主与元始天尊同门，惧留孙恐难应付其法宝威力）子牙曰：“道兄言之有理。”子牙传令：“点炮。”帅旗展动。子牙至军前，余元大呼曰：“姜子牙，我与你今日定见雌雄！”催开五云驼，恶狠狠飞来直取。姜子牙手中剑赴面交还。只一合，惧留孙祭起捆仙绳，命黄巾力士：“将余元拿下！”只听得一声响，又将余元平空拿去了。（可惜通天教主亲赠的穿心锁，竟来不及施展）正是：秋风未动蝉先觉，暗送无常死不知。余元不提防暗中下手。

子牙见拿了余元，其心方安。进营，将余元放在帐前。子牙与惧留孙共议：“若杀余元，不过五行之术，想他俱是会中人，如何杀得他？倘若再走了，如之奈何！”正所谓“生死有定，大数难逃”。余元正应《封神榜》上有名之人，如何逃得。子牙在中军正无法可施，无筹可展，忽然报：“陆压道人来至。”子牙同惧留孙出营相接。至中军，余元一见陆压，只唬得仙魂缥缈，面似淡金，余元悔之不及。（余元自知陆压有杀他之法）

余元曰：“陆道兄，你既来，还求你慈悲我，可怜我千年道行，苦尽功夫。从今知过必改，再不敢干犯西兵。”陆压曰：“你逆天行事，天理难容；况你是《封神榜》上之人，我不过代天行罚。正是：不依正理归邪理，仗你胸中道术高。谁知天意扶真主，吾今到此命难逃。”

陆压曰：“取香案。”陆压香焚炉中，望昆仑山下拜，花篮中取出一个葫芦，放在案上。揭开葫芦盖，里边一道白光如线，起在空中，现出七寸五分横在白光顶上，有眼有翅。陆压口里道：“宝贝请转身！”那东西在白光之上连转三四转，可怜余元斗大一颗首级落将下来。有诗单道斩将封神飞刀，（这个刀名，好像是专为封神大业而制的一般）有诗为证。诗曰：

先炼真元后运功，此中玄妙配雌雄。

惟存一点先天诀，斩怪诛妖自不同。

话说陆压用飞刀斩了余元，他一灵已进封神台去了。子牙欲要号令，陆压曰："不可。余元原有仙体，若是暴露，则非礼矣。用土掩埋。"陆压与惧留孙辞别归山。

且说韩荣打听余元已死，在银安殿与众将共议曰："如今余道长已亡，再无可敌周将者。况兵临城下，左右关隘俱失与周家。子牙麾下俱是道德术能之士，终不得取胜。欲要归降，不忍负成汤之爵位；如不归降，料此关难守，终被周人所掳。为今之计，奈何，奈何！"旁有偏将徐忠曰："主将既不忍有负成汤，决无献关之理。吾等不如将印绶挂在殿庭，文册留与府库，望朝歌拜谢皇恩，弃官而去，不失尽人臣之道。"（倒是不失为一个两全其美之法）韩荣听说，俱从其言，随传令众军士："将府内资重之物，打点上车。"欲隐迹山林，埋名丘壑。此时众将官各自去打点起行。韩荣又命家将搬运金珠宝玩，扛抬细软①衣帛。纷纭喧哗，忽然惊动韩荣二子，在后园中设造奇兵，欲拒子牙。弟兄二人听得家中纷纷然烘②乱，走出庭来，只见家将扛抬厢笼③，问其原故，家将把弃关的话说了一遍。二人听罢，"你们且住了，我自有道理。"二人齐来见父亲。不知凶吉如何，且听下回分解。

总批

余元以道术恃强，自以为无可奈何他，执意两次被擒，卒遇

① 细软：指珠宝、绸帛等轻便而易于携带的贵重衣物。
② 烘：同"哄"。
③ 厢笼：放置衣物的器具。厢，用同"箱"。

陆压斩仙飞刀而死，岂非天乎？今之躁进不知止者，多遇身亡，良可鉴也。

又批

土行孙不守主将命令，暗行盗骑，几至不保，深辱国体，理宜正法。只是惧留孙护短，便自草草放过。神仙也自偏心，无怪世人薄恶。

第七十六回　郑伦捉将取汜水

鄭倫捉将取汜水

导读：黄龙真人在阐教十二金仙中可以算是一个异类。在整部《封神演义》中，他既没有徒弟，也没有法宝，更没有胜绩，可谓“三无”神仙。而与之类似的，还有灵宝大法师，也是一个“三无”神仙（网络上有说他的法宝是龙虎印、降妖剑，但在《封神演义》原著中从未出现，具体来源不知，疑似是对张天师都功印、斩邪剑的模拟）。为什么在十二金仙中会有这种“三无”神仙？很可能是因为作者拘于“十二”这个特定数字，必须塑造这么多的神仙，但又没有足够多的故事分配给他们。毕竟十二金仙并不是全书的主角，只能委屈他们打酱油了。至于黄龙真人可能的原型是谁，有两种推测，一种是曾经与吕洞宾切磋修行之道的黄龙禅师，另一种则是大禹治水时前来协助的黄龙，又叫应龙。相比之下，后者的可能性更高一点。因为《封神演义》全书中，凡是借由佛教人物改造而来的，最后都会归于西方教。黄龙真人最后既然没有归于西方教，说明他并不是佛教出身的。当然还有一种可能，就是黄龙真人并没有什么原型，只是作者借用了“黄龙”这个古代常见的祥瑞来命名笔下人物而已。

诗曰：

万刃车凶势莫当，风狂火骤助强梁。
旗幡若焰皆逢劫，将士遭殃尽带伤。
白昼已难遮半壁，黄昏安可护三乡。
谁知督运能催命，二子逢之剑下亡。

话说韩荣坐在后厅，分付将士，乱纷纷的搬运物件，早惊动长子朝昇、次子韩变。二人见父亲如此举动，忙问左右曰："这是何说？"左右将韩荣前事说了一遍。二人忙至后堂，来见韩荣曰："父亲何故欲搬运家私？弃此关隘，意欲何为？"韩荣曰："你二人年幼，不知世务，（确如所言）快收拾离此关隘，以避兵燹①，不得有误。"朝昇听得此语，不觉失声笑曰："父亲之言差矣！此言切不可闻于外人，空把父亲一世英名污了。父亲受国家高爵厚禄，衣紫腰金，封妻荫子，无一事不是恩德。今主上以此关托重于父亲，父亲不思报国酬恩，捐躯尽节②，反效儿女子之计，贪生畏死，遗讥③后世，此岂大丈夫举止，有负朝廷倚任大臣之意。古云：'在社稷者死社稷，在封疆者死封疆。'父亲岂可轻议弃去。孩儿弟兄二人，曾蒙家训，幼习弓马，遇异人，颇习有异术，未曾演熟。连日正自操演，今日方完，意欲进兵，不意父亲有弃关之举。孩儿愿效一死尽忠于国也。（后来果然死了）"

韩荣听罢，点头叹曰："'忠义'二字，我岂不知。但主上昏聩，荒淫不道，天命有归，苦守此关，又恐劳生民涂炭，不若弃职归山，

---

① 兵燹（xiǎn）：燹，野火。指因战乱而遭致的焚烧破坏。
② 尽节：为保全节操而牺牲生命。
③ 遗讥：见笑。

救此一方民耳。况姜子牙门下又多异士，余化、余元俱罹不测，又何况其下者乎！此虽是你弟兄一番忠肝义胆，我岂不喜？只恐画虎不成①，终无补于实用，徒死无益耳。”（韩荣毕竟是肉体凡胎，岂有与阐教众人相抗之力？）朝昇曰：“父亲说那里话！食人之禄，当分人之忧。若都是自为之计，则朝廷养士何用。不肖孩儿愿捐躯报国，万死不辞。父亲请坐，俟我兄弟取一物来与父亲过目。”韩荣听罢，心中也自暗喜：“吾门也出此忠义之后。”朝昇到书房中取出一物，乃是纸做的风车儿，当中有一转盘，一只手执定中间一竿，周围推转如飞转盘。上有四首幡，幡上有符有印，又有地、水、火、风四字，名为“万刃车”。韩荣看罢，问曰：“此是孩儿家顽耍之物，有何用处？”朝昇曰：“父亲不知其中妙用。父亲如不信，且下教场中，把这纸车儿试验试验与老爷看。”（只怕又是左道之术）

韩荣见二子之言甚是凿凿有理，随命下教场来。朝昇兄弟二人上马，各披发仗剑，口中念念有词，只见云雾陡生，阴风飒飒，火焰冲天，半空中有百万刀刃飞来，把韩荣吓得魂不附体，朝昇收了此车。韩荣曰：“我儿，你是何人传你的？”朝昇曰：“那年父亲朝觐之时，俺弟兄闲居无事，在府前耍子。来了一个陀头，叫作法戒（此人在后文有大故事），在我府前化斋。俺弟兄就与了他一斋，他就叫我们拜他为师。我们那时见他体貌异常，就拜他为师。他说道：‘异日姜尚必有兵来，我秘授你此法宝，可破周兵，可保此关。’今日正应吾师之言，定然一阵成功，姜尚可擒也。”（如此法宝，何不早用？）

韩荣大喜，随令朝昇收了此宝，仍问曰：“我儿还可用人马，你此车约有多少？”朝昇曰：“此车有三千辆，那怕姜尚雄师六十万耶！

① 画虎不成：“画虎不成反类狗”的略语，原意是本来画的是老虎，结果却画得像狗。比喻人好高骛远，一无所成，反贻笑柄。含贬义。

一阵管教他片甲不存！”韩荣忙点三千精锐之兵与朝昇兄弟二人，在教场操演三千万刃车。正是：余元相阻方才了，又是三军屠戮灾。

话说朝昇用三千人马，俱穿皂服，披发赤脚，左手执车，右手仗刀，任意诛军杀卒。操练有二七日期，军士精熟。那日，韩荣父子统精兵出关搦战。

话说子牙只因破了余元，打点设计取关，只听得关内炮响。少时探马报入中军，禀曰：“汜水关总兵韩荣领兵出关，请元帅答话。”子牙忙传令与众门人、将士：“统大队出营。”子牙会过韩荣一次，那里知道有这场亏累①，去提防他。子牙问曰：“韩将军，你时势不知，天命不顺，何以为将？速速倒戈，免致后悔。”韩荣笑曰：“姜子牙，倚着你兵强将勇，不知你等死在咫尺之间，尚敢耀武扬威，数白道黑耶！”子牙大怒：“谁与我把韩荣拿下？”旁有魏贲，纵马摇枪，冲杀过来。韩荣脑后有两员小将，乃朝昇、韩变，二人抢出阵来，截住了魏贲。

魏贲大呼曰：“来者二将何人？”朝昇曰：“吾乃韩总兵长男朝昇，吾弟韩变是也。你等恃强，欺君罔②上，罪恶滔天。今日乃尔等绝命之地矣！”魏贲大怒，纵马摇枪，飞来直取。朝昇、韩变两骑赴面交还。未及数合，朝昇拨转马往后就走。魏贲不知是计，往下赶来。朝昇回头见魏贲赶来，把顶上冠除了，（为何截教之人使用秘法、法宝之前多爱脱去冠帽？）把枪一摆，三千万刃车杀将出来，势如风火，如何抵当。只见万刃车卷来，风火齐至。怎见得好万刃车，有赞为证。赞曰：

① 亏累：损失。
② 罔：欺骗，蒙蔽。

云迷世界，雾罩乾坤。飒飒阴风沙石滚，腾腾烟焰蟒龙奔。风乘火势，黑气平吞。风乘火势，戈矛万道怯人魂；黑气平吞，目下难观前后士。魏贲中刃，几乎坠下马鞍鞒；武吉着刀，险些丧了三寸气。滑喇喇风声卷起无情石，黑暗暗刀痕剁坏将和兵。人撞人，哀声惨戚；马躐马，鬼哭神惊。诸将士慌忙乱走，众门人借遁而行。忙坏了先行元帅，搅乱了武王行营。那里是青天白日，恍如是黑夜黄昏。子牙今日兵遭厄，地覆天翻怎太平。

话说子牙被万刃车一阵只杀的尸山血海，冲过大阵来，势不可当。韩荣低头一想（果然杀气腾腾，避无可避，威力不小），计上心来，忙传令："鸣金收军！"朝昇、韩变听得金声，收回万刃车。子牙方得收住人马，计伤士卒七八千有余。子牙升帐，众将官俱在帐内，彼此俱言："此一阵利害，风火齐至，势不可当。"子牙曰："不知此刃是何名目？"众将曰："一派利刃，漫空塞地而来，风火助威，势不可敌，非若军士可以力敌也。"子牙心下十分不乐（又连着好几回"不乐"，纵是套话，难道不能换个词？），纳闷军中不表。

且说韩荣父子进关，朝昇曰："今日正宜破周，擒拿姜尚，父亲为何鸣金收军？"韩荣曰："今日是青天白日，虽有云雾风火，姜尚门人俱是道术之士，自有准备，保护自身，如何得一股尽绝？我有一绝后计，使他不做准备，黑夜里仗此道术，使他片甲不存，岂不更妙！"（毒辣之处有似余元）二子欠身曰："父亲之计，神鬼莫测！"正是：安心要劫周营寨，只恐高人中道来。

话说韩荣打点夜劫周营，收拾停当，只等黑夜出关不表。只见子牙在营纳闷，想："利刃风火，果是何物，来得甚恶，势如山倒，莫可遮拦？此毕竟是截教中之恶物！"（已久病成医）当日已晚，子牙因今日不曾打点，致令众将着伤，心下忧烦，不曾防备今夜劫寨。也是合该如此。众将因早间失利，俱去安歇去了。

且说韩荣父子将至初更，暗暗出关，将三千辆万刃车雄兵杀至辕门。周营中虽有鹿角，其如这万刃车，有风火助威，刃如骤雨。炮声响亮，齐冲至辕门，谁敢抵当，真是势如破竹。怎见得，正是：

四下里火炮乱响，万刃车刀剑如梭。三军踊跃纵征鼍①，马躝人身径过。风起处遮天迷地，火来时烟飞焰裹。军呐喊，天翻地覆；将用法，虎下崖坡。着刀军连声叫苦，伤枪将铠甲难驮。烧着的焦头烂额，绝了命身卧沙窝。姜子牙有法难使，金木二吒也自难摹。李靖难施金塔，雷震子止保皇哥。南宫适抱头而走，武成王不顾兵戈。四贤八俊②俱无用，马死人亡遍地拖。正是：遍地草梢含碧血③，满田低陷叠行尸。（好不惨烈！自开篇以来西岐尚未有如此惨败）

且说朝昇、韩变兄弟二人，夜劫子牙行营，喊声连天，冲进辕门。子牙在中军忽听得劫营，急自上骑。左右门人俱来中军护卫。只见黑云密布，风火交加，刀刃齐下，如山崩地裂之势，灯烛难支。三千火车兵冲进辕门，如潮奔浪滚，如何抵当。况且黑夜，彼此不能相顾，只杀得血流成渠，尸骸作叠，那分别人自己。武王上了逍遥马，毛公遂、周公旦保驾前行。韩荣在阵后擂鼓，催动三军，只杀得周兵七零八落，一会家，君不能顾臣，父不能顾子。（狼狈极矣）只见朝

① 征鼍（tuó）：征鼓。鼍，动物名。亦称“扬子鳄”，俗称“猪婆龙”。古人常用鼍皮制鼓，称作“鼍鼓”，因而又称作“征鼍”。

② 四贤八俊：西伯侯姬昌部下，分别是南宫适、散宜生、毛公遂、周公旦、召公奭、毕公、荣公、辛甲、辛免、太颠、闳夭。

③ 碧血：《庄子·外物》：“苌弘死于蜀，藏其血，三年而化为碧。”后以“碧血”称为正义而流的血。

昇、韩变趁势赶子牙，幸得子牙执着杏黄旗，遮护了前面一段，军士将领一拥奔走。朝昇、韩变二人催着万刃车往前紧赶，把子牙赶得上天无路，直杀到天明。朝昇、韩变大叫曰："今日不捉姜尚，誓不回兵！"（被一时胜利冲昏了头脑。且不说穷寇莫追，古有明训，真把姜子牙逼至绝境，玉虚宫岂会袖手旁观？二人危矣）望前越赶，分付三千兵卒曰："不入虎穴，安得虎子！"子牙见朝昇赶至无休，看看至金鸡岭了，只见前面两杆大红旗展，子牙见是催粮官郑伦来至，其心少安。

且说郑伦坐骑出山口，正迎子牙，忙问曰："元帅为何失利？"子牙曰："后有追兵，用的是万刃车，又有风火助威，势不可当。此是左道异术，你仔细且避其锐。"郑伦把坐下金睛兽一磕，往前迎来。只见朝昇弟兄在前紧赶，三千兵随后，少离半射[①]之地。郑伦与朝昇、韩变撞个满怀。郑伦大喝曰："好匹夫！怎敢追吾元帅！"朝昇曰："你来也替不得他！"把枪摇动来刺。郑伦手中杵赴面交还。郑伦知他万刃车利害，只见后面一片风火兵刃拥来，郑伦知其所以，只一合，忙运动鼻子内两道白光，一声响，对着朝昇兄弟二人哼了一声，朝昇、韩变兄弟二人坐不住鞍鞒，翻下马来，被乌鸦兵生擒活捉，上了绳索。

兄弟两个方睁开眼时，见已被擒捉，"呀"的一声叹曰："天亡我也！"后面三千兵架车前进，见主将被擒，其法已解，风火兵刃，化为乌有，（主将一旦被擒，法术自然破解，与火灵圣母之火龙兵一样）众兵撤回身，就跑奔回来，正遇韩荣任意赶杀周兵，看见三千兵奔回，风火兵刃全无，不见二子回来，忙问曰："二位小将军安在？"众兵曰："二位将军赶姜子牙至一山边，只见有一将出来，与二位将军交

---

① 半射："一射"即一箭射出所及之距离。为一百二十到一百五十步左右，有成语"一射之地"。"半射"即"一射"的一半。

战，未及一合，不知怎么跌下马来，被他捉去。我等在后，不一时，风火兵刃全无，止有此车而已，只得败回。幸遇老将军，望乞定夺。”韩荣听得二子被擒，心中惶惶，不敢恋战，只得收兵进关不表。

且说郑伦擒了二将，来见子牙。子牙大喜，押在粮车上，同子牙回军，于路遇着武王、毛公遂等，众门人诸将齐集。大抵是黄夜交兵，便是有道术的也只顾得自己，（仓促之间，哪有时间、地方可供施展）故此大折一阵。子牙问安，武王曰：“孤几乎唬杀！幸得毛公遂保孤，方得免难。”子牙曰：“皆是尚之罪也。”彼此安慰，治酒压惊。一宿不表。

次日，整顿雄师，复至汜水关下扎营，放炮呐喊，声振天地。韩荣听得炮声响，着人打探，来报曰：“启总兵：周兵复至关下安营。”韩荣大惊：“周兵复至，吾子休矣！”亲自上城，差官打听。且说子牙升帐坐下，众将参谒毕，子牙传令：“摆五方队伍，吾亲自取关。”众将官切齿深恨朝昇、韩变。子牙至关下叫曰：“请韩总兵答话！”韩荣在城楼上现身，大叫曰：“姜子牙，你是败军之将，焉敢又来至此？”（好一句大话）子牙大笑曰：“吾虽误中你的奸计，此关吾毕竟要取你的。你知那得胜将军今已被吾擒下。”命两边左右：“押过朝昇、韩变来！”左右将二将押过来，在马头前。韩荣见二子蓬头跣足①，绳缚二臂，押在军前，不觉痛心，忙大叫曰：“姜元帅，二子无知，冒犯虎威，罪在不赦。望元帅大开慈隐，怜而释之，吾愿献汜水关以报之耳。”朝昇大呼曰：“父亲不可献关！你乃纣王之股肱，食君之重禄，岂可惜子之命，而失臣节也！只宜紧守关隘，俟天子救兵到日，协力同心，共擒姜尚匹夫，那时碎尸万段，为子报仇，未为晚

① 蓬头跣（xiǎn）足：形容人衣冠不整，十分狼狈或困苦之状。跣足，指赤脚，光着脚。

矣。我二人万死无恨！”（耿耿忠贞，可惜明珠暗投，哀哉！哀哉！）

子牙听得大怒，令左右：“斩之！”只见南宫适奉令，手起刀落，连斩二将于关下。韩荣见子受诛，心如刀割，大叫一声，往城下自坠而死。可怜父子三人，捐躯尽节，千古罕及。后人有诗赞之。诗曰：

汜水滔滔日夜流，韩荣志与国同休。
父存臣节孤猿泣，子尽忠贞老鹤愁。
一死依稀酬社稷，三魂缥缈傲王侯。
如今屈指应无愧，笑杀当年儿女俦①。

话说韩荣坠城而死，城中百姓开关，迎接子牙人马进汜水关。父老焚香迎接武王进帅府，众将官欢喜，查点府库钱粮停妥，出榜安民。武王命厚葬韩荣父子。（虽然抗命，毕竟忠义，该享此哀荣）子牙传令，治酒款待有功人员，在关上住了三四日。

且说乾元山金光洞太乙真人在碧游床静坐，忽金霞童儿来报：“有白鹤童儿至此。”太乙真人出洞，见白鹤童儿手执玉札降临，言曰：“请师叔下山，同会诛仙阵。”太乙真人望昆仑谢恩毕，白鹤童子回玉虚不表。且说太乙真人分付：“叫哪吒来。”哪吒慌忙来至，见师父行礼毕，真人曰：“你如今养的伤痕全愈，你可先下山，我随后就来，共破诛仙阵也。”哪吒领师命，方欲下山，真人曰：“你且站住。当日玉虚宫掌教天尊也曾赠子牙三杯酒。你今下山，我也赠你三杯如何？”哪吒感谢。真人命金霞童儿斟酒过来，赠哪吒头一杯酒。哪吒谢过，一饮而尽。真人袖内取了一枚枣儿递与哪吒过酒。哪吒连饮三杯，吃了三枚火枣（非是一般之枣，恐有大用）。真人送哪吒

① 俦（chóu）：同类，辈。

出洞府，看哪吒上了风火轮，真人方进洞去。哪吒提火尖枪，方欲驾土遁前行，只见左边一声响，长出一只臂膊来。哪吒大惊曰："怎的了？"还不曾说得完，右边也长出一只臂膊来。哪吒唬得目瞪口呆。只听得左右齐响，长出六只手来，共是八条臂膊；又长出三个头来。（雷震子吃二杏而生羽翼，哪吒吃三枣而得三头六臂，这阐教的果子轻易吃不得）

哪吒着慌，无可奈何，自思："且回去，问我师父来。"只得登回风火轮。方至洞门，只见太乙真人也至门口，拍掌大笑曰："奇哉！奇哉！"有诗为证。诗曰：

琼浆三盏透三关，火枣频添壮士颜。
八臂已成神妙术，三头莫作等闲攀。
须臾变化超凡圣，顷刻风雷任往还。
不是西岐多异士，只因天意恶奸谗。

话说哪吒回来见太乙真人，曰："弟子长出这些手，丫丫叉叉，怎好用兵？"真人曰："子牙行营有许多异士，然而有双翼者，有变化者，有地行者，有奇珍者，有异宝者。今着你现三头八臂，不负我金光洞里所传。（徒弟出息，便是师父最大的快慰）此去进五关，也见周朝人物稀奇，个个俊杰。这法隐也隐得，现也现得，但凭你自己心意。"哪吒感谢师尊恩德。太乙真人传哪吒隐现之法，哪吒大喜，一手执乾坤圈，一手执混天绫，一手执金砖，两只手擎两根火尖枪，还空三手。真人又将九龙神火罩，又取阴阳剑，共成八件兵器。哪吒拜辞了师父下山，径往汜水关来。正是：余化刀伤归洞府，今朝变化更神通。

且说姜元帅在汜水关计点军将，收拾取界牌关，忽然想起师尊偈来："'界牌关下遇诛仙'，此事不知有何吉凶。且不可妄动。"又思："若不进兵，恐误了日期。"正在殿上忧虑，忽报："黄龙真人来至。"子牙迎接至中堂，打稽首，分宾主坐下。黄龙真人曰："前边就是诛仙阵，非可草率前进。子牙可分付门人，搭起芦篷席殿，迎接各处真人异士，伺候掌教师尊，方可前进。"子牙听毕，忙令南宫适、武吉起盖芦篷去了。（和此前等候诸仙谋破十绝阵时情形极像）

且说哪吒现了三首八臂，登风火轮，面如蓝靛，发似朱砂，丫丫叉叉，七八只手，走进关来。军校不知是哪吒现此化身，着忙飞报子牙："禀元帅：外面有一个三头八臂的将官，要进关来，请令定夺。"子牙命李靖："去探来。"李靖出府，果见三头八臂的人，甚是凶恶，李靖问曰："来者何人？"（变化太大，亲爹不识）哪吒见是李靖，忙叫："父亲，孩儿是三太子哪吒。"李靖大惊，问曰："你如何得此大术？"哪吒把火枣之事说了一遍。李靖进殿回子牙，备言前事。子牙大喜，传令："令来。"哪吒进殿，拜见元帅。众将观之，无有不悦，俱来称贺不表。

只见次日南宫适来回报曰："禀元帅：芦篷俱已完备。"黄龙真人曰："如今只是洞府门人去得，以下将官一概都去不得。"子牙传下令来："诸位官将保武王紧守关隘，不得擅离。我同黄龙真人与诸门弟子前去芦篷，伺候掌教师尊与列位仙长，会诛仙阵。如有妄动者，定按军法。"众将领命去讫。子牙进后殿来见武王，曰："臣先去取关，大王且同众将住于此处。俟取了界牌关，差官来接圣驾。"武王曰："相父前途保重。"（不言诛仙阵事，免得武王担忧）子牙感谢毕，复至前殿，与黄龙真人同众门弟子离了汜水关，行有四十里，来至芦篷。只见悬花结彩，叠锦铺毹①。黄龙真人同子牙上了芦篷坐

① 毹（shū）：即"氍（qú）毹"，毛织的地毯。

下。少时间，只见广成子来至，赤精子随至。

次日，惧留孙、文殊广法天尊、普贤真人、慈航道人、玉鼎真人来至，随后有云中子、太乙真人、清虚道德真君、道行天尊、灵宝大法师俱陆续来至。子牙一一上下迎接，俱至芦篷坐下。少时，又是陆压道人来至，打稽首坐下。陆压曰："如今诛仙阵会过，只是万仙阵再会一次，吾等劫运已满，自此归山，再图精进，以正道果。"众道人曰："师兄之言正是如此。"（如此称呼，则陆压道人亦是元始或太上弟子欤?）众皆默坐，专候掌教师尊。不一时，只听得空中有环珮之声，众仙知是燃灯道人来了，众道人起身，降阶迎上篷来，行礼坐下。燃灯道人曰："诛仙阵只在前面，诸友可曾见么?"众道人曰："前面不见甚么光景。"燃灯曰："那一派红气罩住的便是。"众道友俱起身，定睛观看不表。

且说多宝道人已知阐教门人来了，用手发一声掌心雷，把红气震开，现出阵来。芦篷上众仙正看，只见红气闪开，阵图已现，好利害：杀气腾腾，阴云惨惨，怪雾盘旋，冷风习习，或隐或现，或升或降，上下反复不定。内中有黄龙真人曰："吾等今犯杀戒，该惹红尘，既遇此阵，当得也会他一会。"燃灯曰："自古圣人云：只观善地千千次，莫看人间杀伐临。"内中有十二代弟子到有八九位要去。燃灯道人阻不住，齐起身下了芦篷，诸门人也随着来看此阵。行至阵前，果然是惊心骇目，怪气凌人。众仙俱不肯就回，只管贪看。（欲求破解之法耳）不知后事如何，且听下回分解。

总批

自古忠臣义士，同此血肉之躯，少不得与之俱尽。只这一段侠烈肝肠，忠贞气节，常亘古今而不朽。若朝昇、韩变折父亲于庭帏之中，对军前劝父亲以守关之语，视死如归，何等慷慨！何等直捷！真不愧与龙逢、比干同游。何物韩荣，有此佳儿！不怕阿翁不坚城而死，乃父反替阿郎成就了个好人。他昆玉自是难兄难弟。

又批

或曰朝昇、韩变终是少年，仗倚法术，做得甚事？终于无济。还不若韩荣弃职全家，属老成，庶几两全。余曰："不然，是非尔所知也。"据他对父亲之私语，军前之明决，片语只字无不令人凛凛，无不令人感激。此是何等力量！何等担当！何等果决！何等明白！无牵缠，无罣碍，真是圣人之徒，天地正气，又何得而议论之？只他以此术复仇者，不过如人子之事亲，当有疾之时，虽至甚不可为，必百般周旋以求万一，岂得坐视其死哉！"是非尔所知也。"或人敛衽谢曰："命之矣。"

第七十七回　老子一气化三清

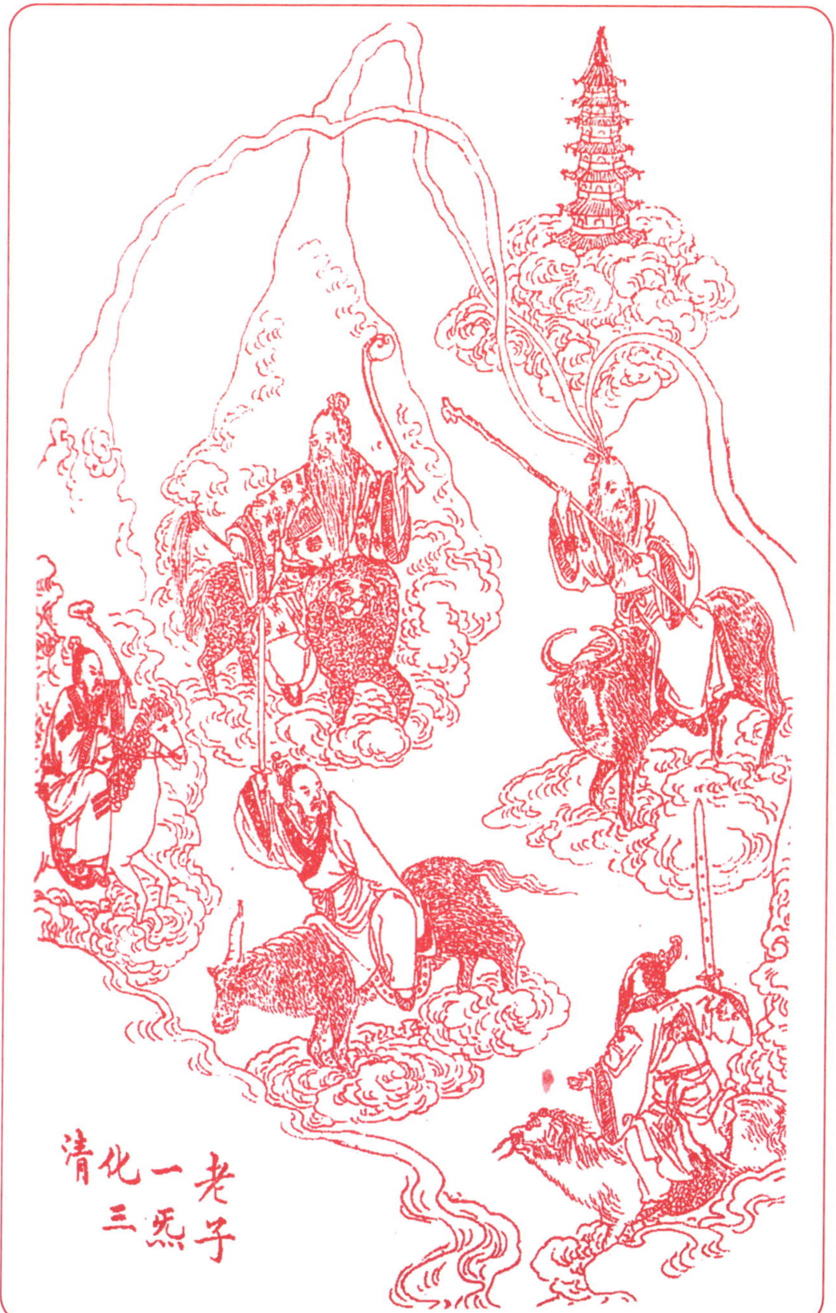
老子一炁化三清

导读：老子一气化三清，堪称是《封神演义》中较为精彩和知名的场面之一。众所周知，所谓三清即玉清元始天尊、上清灵宝天尊和太清道德天尊。但由于元始天尊和道德天尊（老子）都已经出场，因此这里老子所化的，只能是顶着玉清、上清和太清名号的三位道人。而真正的道教理论中，确实有“一气化三清”的说法，只不过并不是由老子来化。虽然我们一般会说道教将老子神化而尊奉为太上老君，但从道教本身的立场上来看，老子只是太上老君在世间的诸多化身之一。真正能“一气化三清”的，实际上并不是某个神仙，而是先天大道。所谓“虚无大道，结化三清”。

按照《云笈七签》所说，“道气惟一，应用分三”，“化育群方，因时立化”。道气于龙汉元年，化为无形天尊，亦名天宝君，住玉清圣境清微天，即元始天尊；于延康元年，化为无始天尊，亦名灵宝君，住上清真境禹余天，即灵宝天尊；于赤明元年，化为梵形天尊，亦名神宝君，住太清仙境大赤天，即道德天尊。这是出现在魏晋时期的一套道教理论。在当时，元始天尊的地位压过了太上老君，所以元始天尊（王）就成为了大道的象征，故称“元始一气化三清”。而随着唐代以来太上老君地位的重新崛起，老君重新成为了大道本体，便有人将这套理论换到了太上老君身上。作者很可能受此影响，才在书中设计了老子“一气化三清”的场面。

诗曰：

一气三清势更奇，壶中妙法贯须弥。
移来一木还生我，运去分身莫浪疑。
诛戮散仙根行浅，完全正果道无私。
须知顺逆皆天定，截教门人枉自痴。

话说众门人来看诛仙阵，只见正东上挂一口诛仙剑，正南上挂一口戮仙剑，正西上挂一口陷仙剑，正北上挂一口绝仙剑，前后有门有户，杀气森森，阴风飒飒。众人贪看，只听得里面作歌。歌曰：

“兵戈剑戈，怎脱诛仙祸；情魔意魔，反起无明火。今日难过，死生在我。玉虚宫招灾惹祸，穿心宝锁，回头才知往事讹。咫尺起风波。这番怎逃躲。自倚才能，早晚遭折挫！”（最后一句，恰恰成了截教众人日后的谶语）

话说多宝道人在阵内作歌，燃灯曰：“众道友，你们听听作的歌声，岂是善良之辈！我等且各自回芦篷，等掌教师尊来，自有处治。”

话犹未了，方欲回身，只见阵内多宝道人仗剑一跃而出，大呼曰：“广成子不要走，吾来也！”广成子大怒曰：“多宝道人，如今不是在你碧游宫，倚你人多，再三欺我。况你掌教师尊分付过，你等全不遵依，又摆此诛仙阵。我等既犯了杀戒，毕竟你等俱在劫数之内，故造此业障耳。正所谓‘阎罗注你三更死，怎肯留人到五更’！”（广成子还不知此阵正是通天教主摆下的）广成子仗剑来取多宝道人。道人手中剑赴面交还。怎见得：

仙风阵阵滚尘沙，四剑忙迎影乱斜。一个是玉虚宫内真人辈，一个是截教门中根行差。一个是广成不老神仙体，一个是多宝西方拜释迦。二教只今逢杀运，诛仙阵上乱如麻。

话说广成子祭起番天印，多宝道人躲不及，一印正中后心，扑的打了一跌，多宝道人逃回阵中去了。燃灯曰：“且各自回去，再作商议。”众仙俱上芦篷坐下。只听得半空中仙乐齐鸣，异香缥缈，从空而降。众仙下篷来，迎掌教师尊。只见元始天尊坐九龙沉香辇，馥馥香烟，氤氲遍地。正是：提炉对对烟生雾，羽扇分开白鹤朝。

话说燃灯众人明香引道，接上芦篷。元始坐下，诸弟子拜毕，元始曰：“今日诛仙阵上，才分别得彼此。”元始上坐，弟子侍立两边。至子时正，元始顶上现出庆云，垂珠璎珞，金花万朵，络绎不断，远近照耀。多宝道人正在阵中打点，看见庆云升起，知是元始降临，自思：“此阵必须我师尊来至，方可有为，不然，如何抵得过他？”（双方教主一旦同时出手，不啻两教翻脸结怨）

次日，果见碧游宫通天教主来了。半空中仙音响亮，异香袭袭，随侍有大小众仙，来的是截教门中师尊。怎见他的好处，有诗为证。诗曰：

鸿钧①生化见天开，地丑人寅上法台。
炼就金身无量劫，碧游宫内育多才。

话说多宝道人见半空中仙乐响亮，知是他师尊来至，忙出阵拜迎。进了阵，上了八卦台坐下，众门人侍立台下，有上四代弟子，乃

① 鸿钧：即鸿钧老祖，通天教主的师父。

多宝道人、金灵圣母、吾当圣母、龟灵圣母，又有金光仙、乌云仙、毗芦仙、灵牙仙、虬首仙、金箍仙、长耳定光仙相从在此。（截教众人，其名号大都浅俗，且多重复，不是这个圣母，就是那个仙）

通天教主乃是掌截教之鼻祖，修成五气朝元，三花聚顶，也是万劫不坏之身。至子时，五气冲空。燃灯已知截教师尊来至。次日天明，燃灯来启曰："老师，今日可会诛仙阵么？"元始曰："此地岂吾久居之所？"分付弟子："排班。"赤精子对广成子，太乙真人对灵宝大法师，清虚道德真君对惧留孙，文殊广法天尊对普贤真人，云中子对慈航道人，玉鼎真人对道行天尊，黄龙真人对陆压。燃灯同子牙在后，金、木二吒执提炉，韦护与雷震子并列，李靖在后，哪吒先行。只见诛仙阵内金钟响处，一对旗开，只见奎牛①上坐的是通天教主，左右立诸代门人。

通天教主见元始天尊，打稽首曰："道兄请了！"元始曰："贤弟为何设此恶阵？这是何说？当时在你碧游宫共议《封神榜》，当面弥封，立有三等：根行深者，成其仙道；根行稍次，成其神道；根行浅薄，成其人道，仍随轮回之劫。此乃天地之生化也。成汤无道，气数当终；周室仁明，应运当兴，难道你不得知，如何反来阻逆姜尚，有背上天垂象。且当日《封神榜》内应有三百六十五度，分有八部，列宿群星，当有这三山五岳之人在数，贤弟为何出乎反乎，自取失信之愆？况此恶阵，立名便自可恶。只'诛仙'二字（双方教主以下，哪个不是仙？取名"诛仙"，莫不是要与阐教众人为敌？不但绝情，且犯了大忌），可是你我道家所为的事！且此剑立有'诛''戮''陷''绝'之名，亦非是你我道家所用之物。这是何说，你作此过端？"通天教

① 奎（kuí）牛：截教教主通天教主的坐骑。乃是一头乌黑色水牛，牛身周围有祥光瑞霭、五彩庆云腾腾而起。两只牛角形如弯月，牛头额间正中有太极八卦图纹。出入水必有风雨，能发出雷鸣之声，并伴以日月般的光芒。

主曰："道兄不必问我，你只问广成子，便知我的本心。"

元始问广成子曰："这事如何说？"广成子把三谒碧游宫的事说了一遍。通天教主曰："广成子，你曾骂我的教下不论是非，不分好歹，纵羽毛禽兽亦不择而教，一体同观。想吾师一教传三友，吾与羽毛禽兽相并，道兄难道与我不是一本相传？"（为这几句话就要摆出这般阵仗，实属不智。但为尊严不惜与阐教决裂，又着实令人敬佩）元始曰："贤弟，你也莫怪广成子。其实，你门下胡为乱做，不知顺逆，一味恃强，人言兽行。况贤弟也不择是何根行，一意收留，致有彼此搬斗是非，令生灵涂炭。你心忍乎！"通天教主曰："据道兄所说，只是你的门人有理，连骂我也是该的？（元始天尊此处固然有回护徒弟之意，然而你通天教主岔开话题，对胡作非为避而不谈，难道就不算回护吗？）不念一门手足罢了。我已是摆了此阵，道兄就破吾此阵，便见高下。"元始曰："你要我破此阵，这也不难，待吾自来见你此阵。"通天教主兜①回奎牛，进了戮仙门。众门人随着进去。且看元始进来破此阵。正是：截阐道德皆正果，方知两教不虚传。

话说元始在九龙沉香辇②上，扶住飞来椅，徐徐行至正东震地，乃诛仙门。门上挂一口宝剑，名曰诛仙剑。元始把辇一拍，命四揭谛神撮起辇来，四脚生有四枝金莲花，花瓣上生光，光上又生花。一时有万朵金莲照在空中。元始坐在当中，径进诛仙阵门来。通天教主发一声掌心雷，震动那一口宝剑一晃，好生利害！虽是元始顶上，还飘飘落下一朵莲花来。元始进了诛仙门，里边又是一层，名为诛仙关。元始从正南上往里走，至正西，又在正北坎地上看了一遍。元始作一歌以笑之。歌曰：

① 兜：带住，勒。
② 九龙沉香辇：阐教圣人元始天尊的代步銮舆，外表华丽，由九条五爪金龙所拉动，出行时飞于空中。

好笑通天有厚颜，空将四剑挂中间。
枉劳用尽心机术，独我纵横任往还。

话说元始依旧还出东门而去。众门人迎接，上了芦篷。燃灯请问曰："老师，此阵中有何光景？"元始曰："看不得。"南极仙翁曰："老师既入阵中，今日如何不破了他的，让姜师弟好东行？"元始曰："古云'先师次长'，虽然吾掌此教，况有师长在前，岂可独自专擅①？候大师兄来，自有道理。"说话未了，只听得半空中一派仙乐之声，异香缥缈，板角青牛②上坐一圣人，有玄都大法师牵住此牛，飘飘落下来。（排场比元始天尊小了不少，莫非是因为不在掌教之位，故而简朴低调？）

元始天尊率领众门人前来迎接。怎见得，有诗为证。诗曰：

不二门中法更玄，汞铅相见结胎仙。
未离母腹头先白，才到神霄气已全。
室内炼丹搀戊己，炉中有药夺先天。
生成八景宫中客，不记人间几万年。

话说元始见太上老君驾临，同众门人下篷迎接，二人携手上篷坐下，众门人下拜，侍立两旁。老子③曰："通天贤弟摆此诛仙阵，反阻周兵，使姜尚不得东行，此是何意？吾因此来问他，看他有甚么言

① 专擅：谓不请命而擅自行事。
② 板角青牛：传说中太上老君的坐骑。青牛乃是上古瑞兽"兕（sì）"。相传，神兽兕，状如牛，苍黑，板角。逢天下盛，而现世出。
③ 老子：即李聃（dān），道教奉为道祖，称"太上老君"。

语对我。”元始曰：“今日贫道自专①，先进他阵中走了一遭，未曾与他较量。”老子曰：“你就破了他的罢了。他肯相从就罢；他若不肯相从，便将他拿上紫霄宫去见老师，看他如何讲。”二位教主坐在篷上，俱有庆云彩气上通于天，把界牌关照耀通红。

至次日天明，通天教主传下法旨，令众门人排班出去，“大师兄也来了，看他今日如何讲！”多宝道人同众门人击动了金钟玉磬，径出诛仙阵来，请老子答话。哪吒报上篷来。少时，芦篷里香烟霭霭，瑞彩翩翩，你看老子骑着青牛而来。怎见得，有诗为证。诗曰：

骑牛远远过前村，短笛仙音隔陇闻。
辟地开天为教首，炉中炼出锦乾坤。（此诗前两句照抄黄庭坚的《牧童诗》，后两句才是作者续貂，高下立判）

话说老子至阵前，通天教主打稽首曰：“道兄请了。”老子曰：“贤弟，我与你三人共立《封神榜》，乃是体上天应运劫数。你如何反阻周兵，使姜尚有违天命？”通天教主曰：“道兄，你休要执一偏向。广成子三进碧游宫，面辱吾教，恶语詈骂，犯上不守规矩。（之前只是对弟子偏听偏信，如今竟然添油加醋来了）昨日二兄坚意只向自己门徒，反灭我等手足，是何道理？今兄长不责自己弟子，反来怪我，此是何意？如若令我释怨，可将广成子送至我碧游宫，等我发落，我便甘休。若是半字不肯，任凭长兄施为，各存二教本领，以决雌雄！”

老子曰：“似你这等说话，反是不偏向的？（一语点破）你偏听门人背后之言，彻动无明之火，摆此恶阵，残害生灵。莫说广成子未必有此言语，便有，也罪不致此（正是。纵使广成子真有这等言语，也不过

① 自专：按自己的意图独断专行。

被师尊责罚一顿，道歉赔罪就是。如今这般，不但小题大做，且有阻逆天数之嫌）。你就动此念头，悔却初心，有逆天道，不守清规，有犯嗔痴之戒①。你趁早听我之言，速速将此阵解释，回守碧游宫，改过前愆，尚可容你还掌截教。若不听吾言，拿你去紫霄宫，见了师尊，将你贬入轮回，永不能再至碧游宫，那时悔之晚矣！”通天教主听罢，须弥山②红了半边，修行眼双睛烟起，大怒，叫曰：“李聃！（直呼老子其名，可见已是气极）我和你一体同人，总掌二教，你如何这等欺灭我，偏心护短，一意遮饰，将吾抢白③，难道我不如你！（处处欲胜人一头，此截教之通病，看来根源就在教主自己）吾已摆下此阵，断不与你甘休！你敢来破吾此阵？”老子笑曰：“有何难哉！你不可后悔！”正是：元始大道今舒展，方显玄都不二门。

老子复又曰：“既然要我破阵，我先让你进此阵，运用停当，我再进来，毋令得你手慌脚乱。”通天道人大怒曰：“任你进吾阵来，吾自有擒你之处！”（老子越是这般淡定从容，通天教主便越是怒气上涌）

道罢，通天道人随兜奎牛进陷仙门去，在陷仙阙下，等候老子。老子将青牛一拍，往西方兑地来。至陷仙门下，将青牛催动，只见四足祥光白雾，紫气红云，腾腾而起。老子又将太极图抖开，化一座金桥，昂然入陷仙门来。老子作歌，歌曰：

玄黄外兮拜明师，混沌时兮任我为。

---

① 嗔痴之戒：天尊二十七戒之一。天尊二十七戒，传为元始天尊为道众所说不得违犯的二十七条戒律。嗔，对逆的境界生嗔恨，没称心如意就发脾气，不理智，意气用事。痴，不明白事理，是非不明，善恶不分，颠倒妄取，起诸邪行。

② 须弥山：梵语 Sumeru 的音译，意为“妙高”。古印度传说中的山名。以它为人们所住世界的中心，日月环绕此山回旋出没，三界诸天也依之层层建立，四方有东胜神、南赡部、西牛贺、北俱芦四个洲。佛教也采用此说，以须弥山为题材，造像绘画，表示天上景观。

③ 抢白：当面责备或讥讽。

五行兮在吾掌握，大道兮度进群迷。
清静兮修成金塔，闲游兮曾出关西。
两手包罗天地外，腹安五岳共须弥。

话说老子歌罢，径入阵来。且说通天教主见老子昂然直入，却把手中雷放出。一声响亮，震动了陷仙门上的宝剑。这宝剑一动，任你人仙首落。老子大笑曰："通天贤弟，少得无礼，看吾扁拐！"劈面打来。通天教主见老子进阵，如入无人之境，不觉满面通红，遍身火发，将手中剑火速忙迎。（通天已觉察出老子的修为道法远在自己之上，此事今日难以善终）

正酣战间，老子笑曰："你不明至道，何以管立教宗？"又一扁拐照脸打来。通天教主大怒曰："你有何道术，敢逆诛我的门徒？此恨怎消！"将剑挡拐，二圣人战在诛仙阵内，不分上下，敌斗数番。正是：邪正逞胸中妙诀，水清处方显鱼龙。

话说二位圣人战在陷仙门里，人人各自施威。方至半个时辰，只见陷仙门里八卦台下，有许多截教门人，一个个睁睛竖目，那阵内四面八方雷鸣风吼，电光闪灼，雾气昏迷。怎见得，有赞为证。赞曰：

风气呼嚎，乾坤荡漾；雷声激烈，震动山川。电掣红绡，钻云飞火；雾迷日月，大地遮漫。风刮得沙尘掩面，雷惊得虎豹藏形，电闪得飞禽乱舞，雾迷得树木无踪。那风只搅得通天河波翻浪滚，那雷只震得界牌关地裂山崩，那电只闪得诛仙阵众仙迷眼，那雾只迷得芦篷下失了门人。这风真是推山转石松篁①倒，这雷真是威风凛冽震人惊，这电真是流天照野金蛇走，

① 松篁：松与竹。

这雾真是弥弥漫漫蔽九重。

话说老子在陷仙门大战，自己顶上现出玲珑宝塔在空中，那怕他雷鸣风吼。老子自思："他只知仗他道术，不知守己修身，（是否修身，是阐、截二教间的一大区别）我也显一显玄都紫府手段与他的门人看看！"把青牛一拎，跳出圈子来。把鱼尾冠一推，只见顶上三道气出，化为三清。老子复与通天教主来战。只听得正东上一声钟响，来了一位道人，戴九云冠，穿大红白鹤绛绡衣，骑白獬[①]而来；手仗一口宝剑，大呼曰："李道兄！吾来助你一臂之力！"通天教主认不得，随声问曰："那道者是何人？"道者答曰："吾有诗为证。诗曰：'混元初判道为先，常有常无得自然。紫气东来三万里，函关初度五千年[②]。'"（此四句诗，系抄道教科仪中语而来，原文是："混沌未判道为先，无形无相体自然。紫气东来三万里，函关西度五千言。"后两句所说乃太上老君西出函谷关，留下五千言《道德真经》之事，与上清灵宝天尊无关）

道人作罢诗曰："吾乃上清道人是也。"仗手中剑来取。通天教主不知上清道人出于何处，慌忙招架。只听得正南上又有钟响，来了一位道者，戴如意冠，穿淡黄八卦衣，骑天马而来；一手执灵芝如意，大呼曰："李道兄！吾来佐你共伏通天道人！"把天马一兜，仗如意打来。通天教主问曰："来者何人？"道人曰："你连我也认不得，还称你做截教之主？听吾道来。诗曰：'函关初出至昆仑，一统华夷属道门。我体本同天地老，须弥山倒性还存。'吾乃玉清道人是也。"

通天教主不知其故，"自古至今，鸿钧一道传三友，上清、玉清

① 白獬（zé）：传说中的神兽名。
② 函关初度五千年：函谷关已经度过了五千年的历史。

不知从何教而来？”手中虽是招架，心中甚是疑惑。正寻思未已，正北上又是一声玉磬响，来了一位道人，戴九霄冠，穿八宝万寿紫霞衣，一手执龙须扇，一手执三宝玉如意，骑地吼而来，大呼：“李道兄！贫道来辅你共破陷仙阵也！”通天教主又见来了这一位苍颜鹤发道人，心上愈觉不安，忙问曰：“来者何人？”道人曰：“你听我道来。诗曰：‘混沌从来不计年，鸿蒙剖处我居先。参同天地玄黄理，任你旁门望眼穿。’（玉清、太清二道人所咏诗当是作者所写）吾乃太清道人是也。”四位天尊围住了通天教主，或上或下，或左或右，通天教主止有招架之功。且说截教门人见三位来的道人身上霞光万道，瑞彩千条，光辉灿烂，映目射眼，内有长耳定光仙暗思：“好一个阐教，来得毕竟正气！”深自羡慕。不知后事如何，且听下回分解。

总批

余常笑世人耳朵软，专信婆子搬唆，无有丈夫气。今见通天教主为神仙领袖，犹自听徒弟戳舌，便动无明之火，连自己做的事都反悔了，不但不可做神仙，连丈夫也做不过。世人所以怕老婆，故不敢不听其指使。难道神仙怕徒弟不成，果徒弟乎？老婆乎？余不解此意，请问有徒弟者。

又批

常闻人说道人心最狠，余尚未深信斯言。今见通天教主所有“戮仙”“陷仙”“诛仙”“绝仙”四剑利害不可当。虽老子、元始二天尊犹自凛然，其余散仙则不敢撄其锋矣！似如此毒恶之剑，岂是慈悲者所蓄之物？噫！当年之鼻祖如此，其流派更甚有以哉！

第七十八回　三教会破诛仙阵

三教會破誅仙陣

导读：多宝道人在截教中的地位不一般，他是通天教主门下掌教大弟子，也是火灵圣母的师父。正是由于他要为弟子报仇，才挑起了通天教主与阐教的直接对抗；在诛仙阵中，他胆敢对师伯老子挥剑相向，最终被老子用风火蒲团卷起捕缚，拿往玄都。不过多宝道人最终的结局却是加入了西方教。那么很明显，他的原型应该也来自佛教。这个原型就是多宝佛，又译大宝佛、宝胜佛、多宝如来等，他是《法华经》中一位很重要的佛。据《法华经》载，多宝佛是东方宝净世界的教主。在之前行菩萨道时，他曾经立誓在成佛灭度之后，凡十方世界有宣说《法华经》的地方，他必然自地下涌现于人前，以此来证明《法华经》的真义。因此，当佛祖在说《法华经》时，有一座七宝塔从地中涌出，耸立于空中，塔内是坐在师子座上的多宝佛。而按照密宗的说法，多宝佛是金刚界大日如来，而释迦牟尼佛则是胎藏界大日如来。多宝佛所居的塔称为多宝塔，又称多宝佛塔。由于法华信仰的盛行，中日两国历史上都曾兴建过不少多宝塔。

诗曰：

诛仙恶阵四门排，黄雾狂风雷火偕。
遇劫黄冠遭劫运，堕尘羽士尽尘埋。
剑光徒有吞神骨，符印空劳吐黑霾。
纵有通天无上法，时逢圣主应多乖。

话说老子一气化的三清，不过是元气而已，虽然有形有色，裹住了通天教主，也不能伤他。此是老子气化分身之妙，迷惑通天教主，竟不能识。（可见老子到底比通天教主高明）老子见一气将消，在青牛上作诗一首。诗曰：

先天而老后天生，借李成形得姓名。
曾拜鸿钧修道德，方知一气化三清。

话说老子作罢诗，一声钟响，就不见了三位道人。通天教主心下愈加疑惑，不觉出神，被老子打了二三扁拐。多宝道人见师父受了亏，在八卦台作歌而来。歌曰：

碧游宫内谈玄妙，岂忍吾师扁拐伤；
只今舒展胸中术，且与师伯做一场！

歌罢，大叫：“师伯！我来了！”好多宝道人！仗剑飞来直取。老子笑曰：“米粒之珠，也放光华！”（通天教主尚败，其弟子又能奈老子何？）把扁拐架剑，随取风火蒲团祭起空中，命黄巾力士：“将此道人拿去，放在桃园，俟吾发落！”黄巾力士将风火蒲团把多宝道人卷将去了。正是：从今弃邪归正道，他与西方却有缘。

且说老子用风火蒲团把多宝道人拿往玄都去了，老子竟不恋战，出了陷仙门，来至芦篷。众门人与元始迎接坐下。元始问曰："今日入阵，道兄见里面光景如何？"老子笑曰："他虽摆此恶阵，急切也难破他的，被吾打了二三扁拐。多宝道人被吾用风火蒲团拿在玄都去了。"元始曰："此阵有四门，得四位有力量的方能破得。"老子曰："我与你只顾得两处，还有两处，非众门人所敢破之阵。此剑你我不怕，别人怎么经得起？"（自然要寻一个与你们同一层级的圣人，普天之下可选之人寥寥无几）

正议论间，忽见广成子来禀曰："二位老师，外面有西方教下准提道人来至。"老子、元始二人忙下篷迎接，请上篷来，叙礼毕，坐下。老子笑曰："道兄此来，无非为破诛仙阵来，收西方有缘。只是贫道正欲借重①，不意道兄先来，正合天数，妙不可言！"（不约而来，不谋而合，也是机缘到了）准提道人曰："不瞒道兄说，我那西方：花开见人人见我。因此贫道来东南两土，未遇有缘。又几番见东南二处有数百道红气冲空，知是有缘，贫道借此而来，渡得有缘，以兴西法，故不辞跋涉，会一会截教门下诸友也。"老子曰："今日道兄此来，正应上天垂象②之兆。"准提道人问曰："这阵内有四口宝剑，俱是先天妙物，不知当初如何落在截教门下？"老子曰："当时有一分宝岩，吾师分宝镇压各方。后来此四口剑就是我通天贤弟得去，已知他今日用此作难。虽然众仙有厄，原是数当如此。如今道兄来得恰好，只是再得一位，方可破此阵耳。"准提道人曰："既然如此，总来为渡有缘，待吾去请我道兄来。正应三教会诛仙，分辨玉石。"老

① 借重：借他人的权势、力量或名望来抬高自己的地位。
② 垂象：显示征兆。古人迷信，把某些自然现象附会人事，认为是预示人间祸福吉凶的迹象。

子大喜。准提道人辞了老子，往西方来请西方教主接引道人，共遇有缘。正是：

佛光出在周王世，兴在明章释教[1]开。（明、章指东汉明帝、章帝，过去认为佛教在此时传入中国，但现在的研究证明这一传说值得怀疑。汉地佛教为了与孔子、老子争胜，将释迦牟尼出生年月定在了西周初年，如《佛祖通载》说释迦牟尼生于周昭王二十五年，故云“佛光出在周王世”）

且说准提来至西方，见了接引道人，打稽首坐下。接引道人曰：“道友往东土去，为何回来太速？”准提道人曰：“吾见红光数百道俱出阐、截二教之门。今通天教主摆一诛仙阵，阵有四门，非四人不能破。如今有了三位，还少一位。贫道特来请道兄去走一遭，以完善果。”西方教主曰：“但我自未曾离清净之乡，恐不谙红尘之事，有误所委，反为不美。”准提曰：“道兄，我与你俱是自在无为，岂有不能破那有象之阵！道兄不必推辞，须当同往。”接引道人如准提道人之言，同往东土而来（西方教等这个东来机缘不知等了多久）。只见足踏祥云，霎时而至芦篷。广成子来禀老子与元始曰：“西方二位尊师至矣。”老子与元始率领众门人下篷来迎接。见一道人，身高丈六。但见：

大仙赤脚枣梨香，足踏祥云更异常。
十二莲台演法宝，八德池边现白光。
寿同天地言非谬，福比洪波语岂狂。

---

① 释教：佛教的别称。

修成舍利名胎息，清闲极乐是西方。

话说老子与元始迎接接引、准提上了芦篷，打稽首，坐下。老子曰："今日敢烦，就是三教会盟，共完劫运，非吾等故作此孽障耳。"接引道人曰："贫道来此，会有缘之客，也是欲了冥数①。"元始曰："今日四友俱全，当早破此阵，何故在此红尘中扰攘②也！"老子曰："你且分付众弟子，明日破阵。"元始命玉鼎真人、道行天尊、广成子、赤精子："你四人伸手过来。"元始各书了一道符印在手心里，"明日你等见阵内雷响，有火光冲起，齐把他四口剑摘去，我自有妙用。"四人领命，站过去了。又命燃灯："你站在空中，若通天教主往上走，你可把定海珠往下打，他自然着伤。一来也知我阐教道法无边。"（通天教主此前未免太过嚣张妄为，借此打一打他的气焰也是好的）元始分付毕，各自安息不言。

只等次日黎明，众门人排班，击动金钟、玉磬。四位教主齐至诛仙阵前，传令命左右："报与通天教主，我等来破阵也。"左右飞报进阵。只见通天教主领众门人齐出戮仙门来，迎着四位教主。通天教主对接引、准提道人曰："你二位乃是西方教下清净之乡，至此地意欲何为？"准提道人曰："俺弟兄二人虽是西方教主，特往此处来遇有缘。道友，你听我道来：

身出莲花清净台，三乘妙典法门开。
玲珑舍利超凡俗，璎珞明珠绝世埃。
八德池中生紫焰，七珍妙树长金苔。

① 冥数：旧谓上天所定的气数或命运。
② 扰攘：忙乱，匆忙。

只因东土多英俊，来遇前缘结圣胎。”

话说准提道人说罢，通天教主曰：“你有你西方，我有我东土，如水火不同居。你为何也来惹此烦恼？你说你莲花化身，清净无为，其如五行变化，立竿见影。你听我道来：

混元正体合先天，万劫千番只自然。
渺渺无为传大法，如如不动号初玄。
炉中久炼全非汞，物外长生尽属乾。
变化无穷还变化，西方佛事属逃禅①。”

话说准提道人曰：“通天道友，不必夸能斗舌。道如渊海，岂在口言。只今我四位至此，劝化你好好收了此阵，毋使分颜何如？”通天教主曰：“既是四位至此，毕竟也见个高下。”（老子一人你尚且招架不住，如今四圣齐聚，你还有胜算吗？通天非是不知，死要面子活受罪而已）通天教主说罢，竟进阵去了。元始对西方教主曰：“道兄，如今我四人各进一方，以便一齐攻战。”接引道人曰：“吾进离宫。”老子曰：“吾进兑宫。”准提曰：“吾进坎地”。元始曰：“吾进震方。”四位教主各分方位而进。且说元始先进震方，坐四不相径进诛仙门。八卦台上通天教主手发雷声，震动诛仙宝剑。那剑晃动，元始顶上庆云迎住，有千朵金花，璎珞垂珠，络绎不绝，那剑如何下得来。

元始进了诛仙门，立于诛仙阙。只见西方教主进离宫，乃是戮仙门。通天教主也发雷震那宝剑。接引道人顶上现出三颗舍利子，射住了戮仙剑。那剑如钉钉一般，如何下来得。西方教主进了戮仙门，至

① 逃禅：违背禅戒。

戮仙阙立住。老子进西方陷仙门。通天教主又发雷震那陷仙剑。只见老子顶上现出玲珑宝塔，万道光华，射住陷仙剑。老子进了陷仙门，也在陷仙阙立住。准提道人进绝仙门，只见通天教主发一声雷，震动绝仙剑。准提道人手执七宝妙树，上边放出千朵青莲，射住了绝仙剑，也进了绝仙门来，到了绝仙阙。四位教主，齐进阙前。

老子曰："通天教主，吾等齐进了你诛仙阵，你意欲何为？"（称呼、语气，已无同门之情）老子随手发雷，震动四野，诛仙阵内一股黄雾腾起，迷住了诛仙阵。怎见得：

> 腾腾黄雾，艳艳金光。腾腾黄雾，诛仙阵内似喷云；艳艳金光，八卦台前如气罩。剑戟戈矛，浑如铁桶；东西南北，恰似铜墙。此正是截教神仙施法力，通天教主显神通。晃眼迷天遮日月，摇风喷火撼江山。四位圣人齐会此，劫数相遭岂易逢。

且说四位教主齐进四阙之中，通天教主仗剑来取接引道人。接引道人手无寸铁，只有一拂尘架来。拂尘上有五色莲花，朵朵托剑。（双拳难敌四手，何况如今以一敌四，双拳更要敌二十多只手呢？）老子举扁拐纷纷的打来。元始将三宝玉如意架剑乱打。

只见准提道人把身子摇动，大呼曰："道友快来！"半空中又来了孔雀明王。准提现出法身，有二十四首，十八只手，执定了璎珞、伞盖、花贯、鱼肠、金弓、银戟、加持神杵、宝锉、金瓶，把通天教主裹在当中。老子扁拐夹后心就一扁拐，打的通天教主三昧真火冒出。元始祭三宝玉如意来打通天教主。通天教主方才招架玉如意，不防被准提一加持杵打中，通天教主翻鞍滚下奎牛，教主就借土遁而起。不知燃灯在空中等候，才待上时，被燃灯一定海珠又打下来。阵内雷声且急，外边四仙家各有符印在身，奔入阵中，广成子摘去诛仙剑，赤精子摘去戮仙剑，玉鼎真人摘去陷仙剑，道行天尊摘去绝仙剑。四剑既摘去，其阵已破。通天道人独自逃归。众门人各散去了。（以一教之力摆下如此大阵，最终却落个狼狈溃逃，可叹！）

且说四位教主破了诛仙阵，元始作诗以笑之。诗曰：

堪笑①通天教不明，千年掌教陷群生。
仗伊党恶污仙教，蓄聚邪宗枉横行。
宝剑空悬成底事，元神虚耗竟无名。
不知顺逆先遭辱，犹欲鸿钧说反盈。（到底还是同门，这诗未免刻薄了些）

话说四位教主上了芦篷坐下。元始称谢西方教主曰："为我等门人犯戒，动劳道兄扶持，得完此劫数，尚容称谢！"老子曰："通天教主逆天行事，自然有败而无胜。你我顺天行事，天道福善祸淫，毫无差错，如灯取影耳。今此阵已破，你等劫数将完，各有好处。姜尚，你去取关，吾等且回山去。"众门人俱别过姜子牙，随四位教主各回山去了。子牙送别师尊，自回汜水关来会武王。众将官来接元帅，至帅府，参见武王。王曰："相父远破恶阵，谅有众仙，孤不敢差人来问候。"子牙谢恩毕，对曰："荷蒙圣恩，仰仗天威，三教圣人亲至，共破了诛仙阵，前至界牌关了，请大王明日前行。"武王传旨治酒贺功不表。

又说通天教主被老子打了一扁拐，又被准提道人打了一加持宝杵，吃了一场大亏，又失了四口宝剑，有何面目见诸大弟子！自思：

① 堪笑：可笑。

“不若往紫芝崖立一坛，拜一恶幡，名曰‘六魂幡’。”此幡有六尾，尾上书接引道人、准提道人、老子、元始、武王、姜尚六人姓名，早晚用符印，俟拜完之日，将此幡摇动，要坏六位的性命。（截教中人多阴毒狠绝，看来根子也在教主身上）正是：左道凶心今不息，枉劳空拜六魂幡。

不表通天道人拜幡，后在万仙阵中用。且说界牌关徐盖升了银安殿，与众将商议曰：“方今周兵取了汜水关，驻兵不发。前日来的那多宝道人摆甚诛仙阵，也不知胜败。如今且修本，差官往朝歌去取救兵来，共守此关。”只见差官领了本章往朝歌来，一路无词，渡了黄河，进了朝歌城，至午门下马，到文书房。那日是箕子看本，见徐盖的本大惊：“姜尚兵进汜水关，取左右青龙关、佳梦关，兵至界牌关，事有燃眉之急！”箕子忙抱本来见纣王，往鹿台来。当驾官奏知：“箕子候旨。”纣王曰：“宣来。”箕子上台，拜罢，将徐盖本进上。纣王览本，惊问箕子曰：“不道姜尚作反，侵夺孤之关隘，必须点将协守，方可阻其大恶。”箕子奏曰：“如今四方不宁，姜尚自立武王，其志不小。今率兵六十万来寇五关，此心腹大患，不得草草而已。愿皇上且停饮乐，以国事为本，社稷为重，愿皇上察焉！”纣王曰：“皇伯之言是也。（箕子乃是帝乙的弟弟，系纣王叔父，而非伯父）朕与众卿共议，点官协守。”

箕子下台。纣王闷闷不悦，无心欢畅。忽妲己、胡喜媚出殿见驾，行礼坐下。妲己曰：“今日圣上双锁眉头，郁郁不乐，却是为何？”王曰：“御妻不知，今日姜尚兴师，侵犯关隘，已占夺三关，实是心腹之大患。况四方刀兵蜂起，使孤心下不安，为宗庙社稷之虑，故此忧心。”妲己笑而奏曰：“陛下不知下情，此俱是边庭①武

① 边庭：亦作“边廷”。边境地区。

将，钻刺①网利，架言②周兵六十万来犯关庭，用金贿赂大臣，诬奏陛下。陛下必发钱粮支应，故此守关将官冒破③支消④，空费朝廷钱粮，实为有私，何常有兵侵关。正为里外欺君，情实可恨！”

纣王闻奏，深信其言有理，因问妲己曰：“倘守关官复有本章，何以批发？”妲己曰：“不必批发，只将赍本官斩了一员，以警将来。”纣王大喜，遂传旨：“将赍本官枭首，号令于朝歌。”（纣王不愿相信他的江山岌岌可危，故而妲己一番话虽看似胡言，却正中其下怀）正是：妖言数句江山失，一统华夷尽属周。

话说纣王信妲己之言，忙传旨意：“将界牌关赍本官即时斩首号令！”箕子知之，忙至内庭，来见纣王：“皇上为何而杀使命？”王曰：“皇伯不知，边庭钻刺，诈言周兵六十万，无非为冒支府库钱粮之计。此乃是内外欺君，理当斩首，以戒将来。”箕子曰：“姜尚兴兵六十万，自三月十五日金台拜将，天下尽知，非是今日之奏。皇上杀界牌关走使，不致紧要，退边庭将士之心。”王曰：“料姜尚不过一术士耳，有何大志？况且还有四关之险，黄河之隔，孟津之阻，岂一旦而被小事所惑也。皇伯放心，不必忧虑。”箕子长吁一声而出，看着朝歌宫殿，不觉潸然泪下⑤，嗟叹社稷丘墟⑥。（有君如此，安能不亡）箕子在九间殿作诗以叹之。诗曰：

忆昔成汤放桀时，诸侯八百尽归斯。

---

① 钻刺：钻营，谋求。
② 架言：托言，借口，假称。
③ 冒破：虚报，冒领。
④ 支消：指耗费、开销。
⑤ 潸（shān）然泪下：指眼泪流下来，多在无法控制情绪时发生。出自《诗经·小雅·大东》。
⑥ 丘墟：亦作“丘虚”。废墟，荒地。《管子·八观》：“众散而不收，则国为丘墟。”

谁知六百余年后，更甚南巢①几倍奇！

话言箕子作罢诗回府不表。且说姜元帅在汜水关点人马进征，来辞武王。子牙见武王曰：“老臣先去取了界牌关，差官请驾。”王曰：“但愿相父早会诸侯，孤之幸矣。”子牙别了武王，一声炮响，人马往界牌关进发。只离八十里，来之甚快。正行间，只见探马报入中军：“已至界牌关下。”子牙传令：“安营。”点炮呐喊。话说徐盖已知关外周兵安营，随同众将上城来看，周兵一派尽是红旗，鹿角森严，兵威甚肃。徐盖曰：“子牙乃昆仑羽士，用兵自有调度，营寨大不相同。”旁有先行官王豹、彭遵答曰：“主将休夸他人本领，看末将等成功，定拿姜尚，解上朝歌，以正国法。”（尔等不知之前各关战事情形，何敢大言自负若此？）言罢，各自下城，准备厮杀。

只见次日，子牙问帐下：“那员将官关下见头功？”帐下应声而出，乃是魏贲，曰：“末将愿往。”姜子牙许之。魏贲上马，提枪出营，至关下搦战。有报马报入关上曰：“启主帅：关下有周兵讨战。”徐盖曰：“众将官在此，我等先议后行。纣王听信谗言，杀了差官，是自取灭亡，非为臣不忠之罪。今天下已归周武，眼见此关难守，众将不可不知。”（大势已成，非人力可挽）彭遵曰：“主将之言差矣！况吾等俱是纣臣，理当尽忠报国，岂可一旦忘君徇私？古云：‘食君禄而献其地，是不忠也。’末将宁死不为！愿效犬马，以报君恩。”（可惜！可惜！死忠于纣王者，大多没有好下场）

言罢，随上马出关，见魏贲连人带马，浑如一块乌云。怎见得：

---

① 南巢：古地名。在今安徽巢湖西南。因位于古代华夏族活动地区的南方，故名。《书·仲虺之诰》：“成汤放桀于南巢。”

幞头纯墨染，抹额衬缨红。
皂袍如黑漆，铁甲似苍松。
钢鞭悬塔影，宝剑插冰峰。
人如下山虎，马似出海龙。
子牙门下客，骁将魏贲雄。

话说彭遵见魏贲，大呼曰："周将通名来！"魏贲曰："吾乃扫荡成汤天保大元帅姜麾下左哨先锋魏贲是也。你乃何人？若是知机，早献关隘，共扶周室；如不倒戈，城破之日，玉石俱焚，悔之晚矣！"彭遵大怒，骂曰："魏贲，你不过马前一匹夫，敢出大言！"摇枪催马直取。魏贲手中枪赴面相迎。两马相交，双枪并举，一场大战。好魏贲！枪力勇猛，战有三十回合，彭遵战不过魏贲，掩一枪往南败走。魏贲见彭遵败走，纵马赶来。彭遵回顾，见魏贲赶下阵来，忙挂下枪，囊中取出一物，往地下撒来。此物名曰菡萏①阵，（菡萏，即荷花也。此物有二不可解：阵法如何能成一个物件？一个能将人马震为齑粉的杀器何以用荷花命名？）按三才八卦方位，布成一阵。彭遵先进去了。魏贲不知，将马赶进阵来。彭遵在马上发手一个雷声，把菡萏阵震动，只见一阵黑烟迸出，一声响，魏贲连人带马榨得粉碎，彭遵掌得胜鼓进关。报马报入中军："启元帅：魏贲连人带马榨为齑粉②。"子牙听罢，叹曰："魏贲忠勇之士，可怜死于非命，情实可悯！"子牙着实伤悼（终于不是"不乐"了）。彭遵进关，来见徐盖，将坏了魏贲得胜事说了一遍。徐盖权为上了功绩。

次日，徐盖对众将曰："关中粮草不足，朝廷又不点将协守，昨

① 菡萏（hàn dàn）：荷花的别称。
② 齑（jī）粉：亦作"虀粉"。细粉，碎屑。常比喻粉身碎骨。

日虽则胜了他一阵，恐此关终难守耳。”正议之间，报：“有周将搦战。”王豹曰：“末将愿往。”上马，提戟，开关，见一员周将，连人带马纯是一片青色。王豹曰：“周将何名？”苏护曰：“吾乃冀州侯苏护是也。”王豹曰：“苏护，你乃天下至无情无义之夫！你女受椒房之宠。身为国戚，满门俱受皇家富贵，不思报本，反助武王逆叛，侵故主之关隘，你有何面目立于天地之间！”（谁知那受宠的实是他的杀女仇人）催开马，摇戟来取苏护。苏护手中枪赴面来迎。二马相交，枪戟并举。苏护正战王豹，旁有苏全忠、赵丙、孙子羽三将一齐上来，把王豹围在垓心。王豹如何敌得住，自料寡不敌众，把马跳出圈子就走。赵丙随后赶来。正赶之间，被王豹回手一个劈面雷，打在脸上，可怜随驾东征，未曾受武王封爵之赏，赵丙翻下鞍鞒。孙子羽急来救时，王豹又是一个雷放来。此劈面雷甚是利害，有雷就有火，孙子羽被雷火伤了面门，翻下马来，早被王豹一戟一个，皆被刺死。（也是个有些本事的）苏家父子不敢向前。王豹也知机，掌鼓进关，回见徐盖，连诛二将，得胜回兵庆喜不表。

且说苏护父子进营来见子牙，备言损了二将。子牙曰：“你父子久临战场，如何不知进退，致损二将？”苏全忠曰：“元帅在上：若是马上征战，自然好招架。今王豹以幻术发手，有雷有火，打在脸上，就要烧坏面门，怎经得起，故此二将失利。”子牙曰：“误丧忠良，实为可恨！”次日，子牙曰：“众门人谁去关下走一遭？”言未毕，有雷震子曰：“弟子愿往。”子牙许之。雷震子出营，至关下搦战。报马报入关中。徐盖问：“谁去见阵走一遭？”彭遵领令出关，见雷震子十分凶恶，面如蓝靛，巨口，赤发，獠牙上下横生，彭遵大呼曰：“来者何人？”雷震子曰：“吾乃武王之弟雷震子是也。”

彭遵不知雷震子胁有双翅，摇手中枪催开马，来取雷震子。雷震子把风雷翅飞起，使开黄金棍，劈头打来。彭遵那里招架得住，拨马就走。雷震子见他诈败，忙将翅飞起，赶来甚急，劈头一棍。彭遵马迟，急架时，正中肩窝上，打翻马下，枭了首级，进营来见子牙。子牙上了雷震子功绩簿。且说探马报入关中："彭遵阵亡，将首级号令辕门。"徐盖曰："此关终是难守，我知顺逆，你们只欲强持。"王豹听说："主将不必性急，待我明日战不过时，任凭主将处治。"（自恃手中有些许法术，却不知战你者并非凡人）徐盖默然无语。王豹竟回私宅去了。不知后事如何，且听下回分解。

总批

破诛仙阵一段，大有许多慧解。分明指点世人，你看他四位教主进此四门，只有自家本身宝贝可以当得住。若是众门人，便先问师父讨注脚。不知师父原替不得他，所以今人只向别人身上寻思，忘却自家至宝，所以不能自做主张。

又批

彭遵、王豹虽未曾做得事业，然而其志可嘉，其情可矜，不得以成败论英雄。

第七十九回　穿云关四将被擒

穿雲關四將被擒
穿雲関

导读：彭遵的师父法戒，是截教中又一位被西方教吸纳的人才。单从名字上来看，法戒就很像后世和尚的法号，可见确实与西方教有缘。至于法戒后来的去处，书中交代是在舍卫国化身为祁它太子。这个舍卫国，是一个在佛经中频繁出现的地名，也是历史上真实存在的一个中印度古王国。“舍卫”原本是北憍萨罗国都城的名字，后来为了与南憍萨罗国区别，便用都城的名字称呼它。那么“祁它太子”又是谁呢？其实就是佛经中出现过的祇陀太子，又意译为胜太子、战胜太子，是舍卫国波斯匿王的太子。相传舍卫国有一位富商，同时也是波斯匿王的大臣，名叫须达多。因他常为孤独的贫贱者施食，世人尊称“给孤独长者”。释迦牟尼成道后，给孤独长者为了请佛陀常住说法，就想在舍卫城南为佛陀及众比丘建造精舍来供养，于是向祇陀太子提出购买他名下的园林。祇陀太子戏言，须真金遍布其地方可。没想到给孤独长者居然真的倾家布金，祇陀太子被其诚心感动，便决定与给孤独长者一起建造精舍，捐献了园林，并奉献园中树木给佛陀。佛陀到来后，为此园取名为“祇树给孤独园”，祇树，即指祇陀太子的树木；给孤独园，即指给孤独长者的园林。

诗曰：

一关已过一关逢，法宝多端势更凶。
法戒引魂成往事，龙安酥骨又来讧[1]。
几多险处仍须吉，若许能时总是空。
堪笑徐芳徒逆命，枉劳心思竟何从！

话说徐盖当晚默默退归后堂不题。只见次日王豹也不来见主将，竟领兵出关，往周营搦战[2]。（不令而出，可见狂妄自负之极）报马报入中军。子牙问："谁人见阵走一遭？"哪吒应曰："我愿往。"子牙许之。哪吒登风火轮，提火尖枪，奔出营来。王豹见一将登风火轮而来，忙问曰："来者莫非哪吒么？"哪吒答曰："然也。"摇枪就刺。王豹的画戟急架忙迎。王豹知哪吒是阐教门下，自思："打人不过先下手。"正战间，发一劈面雷来打哪吒。不知这雷只好伤别人；哪吒乃是莲花化身之客，他见雷声至，火焰来，把风火轮一登，轮起空中，雷发无功。哪吒祭起乾坤圈去，正中王豹顶门，打昏落马。哪吒复一枪刺死，枭了首级，（死得如此之快，可见其法术只能欺负凡人）号令回营，来见子牙，备言前事。子牙大喜。

且说徐盖闻报王豹阵亡，暗思："二将不知时务，自讨杀身之祸。不若差官纳降，以免生民涂炭。"正忧疑之际，忽报："有一陀头来见。"徐盖命："请来。"道人进府，至殿前打稽首曰："徐将军，贫道稽首。"徐盖曰："请了！道者至此，有何见谕？"道人曰："将军不知，吾有一门徒，名唤彭遵，丧于雷震子之手，特至此为他报

① 讧（hòng）：争吵，溃败。《诗·大雅·召旻》："蟊贼内讧。"
② 搦（ruò）战：挑战。搦，挑惹。

仇。”（截教的师尊们倒多是有情义的）徐盖曰：“道者高姓？大名？”道人曰：“贫道姓法，名戒。”（原来就是当年教韩家兄弟万刃车的法戒）徐盖见道人有些仙风道骨，忙请上坐。法戒不谦，欣然上坐。徐盖曰：“姜子牙乃昆仑道德之士，他帐下有三山五岳门人，恐不能胜他。”法戒曰：“徐将军放心，我连姜尚俱与你拿了，以作将军之功。”徐盖曰：“若如此，乃是老师莫大之恩。”忙问：“老师是素，是荤？”法戒曰：“持斋。我不用甚东西。”一夕无词。

次日法戒提剑在手，径至周营，坐名[1]要请姜子牙答话。探马报入中军：“有一陀头请元帅答话。”子牙传令，带众门人出营，来会这陀头。只见对面并无士卒，独自一人。怎见得：

赤金箍，光生灿烂；皂盖服，白鹤朝云。丝绦悬水火，顶上焰光生。五遁[2]三除无比赛，胸藏万象包成。自幼根深成大道，一时应堕红尘。封神榜上没他名，要与子牙赌胜。

子牙把四不相催至军前见法戒，曰：“道者请了！”法戒道：“姜子牙，久闻你大名，今日特来会你。”子牙曰：“道者姓甚？名谁？”法戒曰：“我乃蓬莱岛炼气士，姓法，名戒。彭遵是吾门下，死于雷震子之手。你只叫他来见我，免得你我分颜[3]！”雷震子在旁听得，舌尖上丢了一个霹雳，大怒，骂曰：“讨死的泼道！吾来了！”把风雷二翅飞在空中，将黄金棍劈面打来。法戒手中剑急架忙迎。两下里大战有四五回合，法戒跳出圈子去，取出一幡，（又是一幡，不知比余化的戮魂幡、“风吼阵”董天君的黑幡如何？）对着雷震子一晃。雷震子跌

① 坐名：指名。
② 五遁：道教声称仙人有五种借物遁形的方术。即金遁、木遁、水遁、火遁、土遁。
③ 分颜：翻脸。

在尘埃。

徐盖左右军士将雷震子拿了，虽然捆将起来，只是闭目不知人事。法戒大呼曰：“今番定要擒姜尚！”旁有哪吒大怒，骂曰：“妖道用何邪术，敢伤吾道兄也！”登开风火轮，摇开火尖枪，来战法戒。法戒未及三四回合，忙把那幡取出来也晃哪吒。哪吒乃莲花化身，却无魂魄，如何晃得动他。法戒见哪吒在风火轮上安然不能跌将下来，已自着忙。哪吒见法戒拿一首幡在手内晃，知是左道之术，不能伤己，忙祭乾坤圈打来。法戒躲不及，打了一交。哪吒方欲用枪来刺，法戒已借土遁去了。

子牙收兵回营，见折了雷震子，心下甚恼，纳闷在中军。且说法戒被哪吒打了一圈，逃回关内。（不是说“定要擒姜尚”吗？怎么走了？）徐盖见法戒着伤而回，便问：“老师，今日初阵如何失机？”法戒曰：“不妨，是我误用此宝。他原来是灵珠子化身，原无魂魄，焉能擒他。”忙取丹药，吃了一粒，即时全愈；分付左右：“且把雷震子抬来！”法戒对雷震子将幡右转两转。雷震子睁开眼一观，已被擒捉。法戒大怒，骂曰：“为你这厮，又被哪吒打了我一圈！”命左右：“拿去杀了！”徐盖在旁解曰：“老师既来为我末将，且不可斩他，暂监在囹圄之中，候解往朝歌，俟天子发落，表老师莫大之功，亦知末将请老师之微功耳。”看官，此是徐盖有意归周，故假此言遮饰。（主帅已存归降之意，其余人再战也是枉然）法戒听说，笑曰：“将军之言甚是有理。”正是：徐盖有意归周主，不怕陀头道术高。

话说法戒次日出关，又至周营搦战。军政官报与子牙。子牙随即出营会战，大呼曰：“法戒！今日与你定个雌雄！”催开四不相，仗剑直取，法戒手中剑赴面迎来。战未及数合，旁有李靖纵马摇画杆戟来助子牙，子牙祭起打神鞭速来打法戒。不知此宝只打得神，法戒非《封神榜》上之人，正是：《封神榜》上无名字，不怕昆仑鞭一条。

（已记不清这是第几次打神鞭无用了）

话说子牙祭鞭来打法戒，不意被法戒将鞭接去，子牙着忙。忽然土行孙催粮到营前，见法戒将打神鞭接去，土行孙大怒，走向前大呼曰：“吾来也！”

法戒见个矮子用条铁棍打来，法戒仗剑迎战。三人正杀在一处，不意杨戬也催粮来至，见土行孙大战陀头，走马舞三尖刀亦来助战。子牙见杨戬来至，心中大喜。两员运粮官双战法戒。正是天数不由人，不意郑伦催粮也到。郑伦见土行孙、杨戬双战道人，郑伦自思曰：“今日四人战这陀头不下，毕竟是左道之人。我也是督粮官，他成得功，我也成得功！”将金睛兽催开，冲杀过来，就把子牙喜不自胜。（督粮官职责重大，能担此任者必非常人，来一个已属难缠，何况三个督粮官齐上阵）子牙兜回四不相，传令军士：“擂鼓助战！”法戒被三运督粮官裹在垓心[①]，不得落空，纵有法宝，如何使用？只见土行孙宾铁棍在下三路上打了几棍，法戒意欲逃走。

郑伦见土行孙成功，恐法戒逃遁，忙将鼻窍中两道白光哼出来。法戒听得，不知是甚么东西响，忙抬头一看，看见两道白光。正是：眼见白光出鼻窍，三魂七魄去无踪。话说法戒跌倒在地，被乌鸦兵生擒活捉绑了。子牙用符印镇住了法戒的泥丸宫，掌得胜鼓回营。法戒方睁开眼，见浑身上了绳索，叹曰：“岂知今日在此地误遭毒手！”追悔无及。只见子牙升帐坐下，三运官来见子牙。子牙曰：“三运得功不小！”奖谕三运官曰：“运督军需，智擒法戒。玄机妙算，奇功莫大！”子牙奖谕毕。三员官称谢子牙。子牙传令：“推法戒来。”众军卒将法戒推至中军。法戒大呼曰：“姜尚，你不必开言。今日天数合该如此，正所谓‘大海风波见无限，谁知小术反擒吾’。（临死叫嚣

① 垓（gāi）心：围困的中心。

托大之词耳。真有本事，便不至于被“小术”所擒。今能擒你，自然不是“小术”）可知是天命耳。速将军令施行！”子牙曰：“既知天命，为何不早降？”命左右：“推出去斩了！”

众军士把法戒拥至辕门，方欲行刑，只见一道人作歌而来。歌曰：

“善恶一时忘念，荣枯都不关心。晦明隐现任浮沉，随分饥餐渴饮。静坐蒲团存想，昏聩便有魔侵。故将恶念阻明君，何苦红尘受刃。”

歌罢，大呼曰：“刀下留人，不可动手！你与我报知元帅，说准提道人来见。”（收人的来了）杨戬忙报与子牙曰：“有西方准提道人来至。”子牙同众门人迎接至辕门外，请准提道人进中军。准提曰：“不必进营。贫道有一言奉告：法戒虽然违天阻逆元帅，理宜正法，但《封神榜》上无名，与吾西方有缘。贫道特为此而来，望子牙公慈悲。”

子牙曰：“老师分付，尚岂敢违。”传令：“放了。”准提上前，扶起法戒曰：“道友，我那西方绝好景致，请道兄皈依：

西方极乐真幽境，风清月朗天籁定。
白云透出引祥光，流水潺潺如谷应。
猿啸鸟啼花木奇，菩提路上芝兰①胜。
松摇岩壁散烟霞，竹拂云霄招彩凤。
七宝林内更逍遥，八德池边多寂静。

① 芝兰：香草芷和兰。

远列巅峰似插屏，盘旋溪壑如幽磬。
昙花开放满座香，舍利玲珑超上乘。
昆仑地脉发来龙，更比昆仑无命令。”

话说准提道人道罢西方景致，法戒只得皈依，同准提辞了众人，回西方去了。后来法戒在舍卫国化祁它太子，得成正果，归于佛教；至汉明、章二帝时，兴教中国，大阐沙门①。此是后事不表。

且说界牌关主将见法戒被擒，忙命左右，将囹圄中雷震子放了，开关，同雷震子至营门纳降。（再不速度归降，万一又来一个法戒怎么办）探马报入中军：“启元帅：雷震子辕门等令。”子牙大喜，忙命：“令来。”雷震子至帐前对子牙曰：“徐盖久欲归周，屡被众将阻挠，今特同弟子献关纳降，不敢擅入，在辕门外听令。”子牙传令：“令来。”徐盖缟素②进营，拜倒在地，启曰：“末将有意归周，无奈左右官将不从，致羁行旌，屡获罪戾，纳款已迟，死罪，死罪！望元帅海宥。”子牙曰：“徐将军既知天命归周，亦不为迟，何罪之有？”忙令请起。徐盖谢过，请子牙进关安抚军民。子牙传令：“催人马进关。”子牙升银安殿，差官迎请武王，一面清查户口、库藏。

次日，武王驾进界牌关。众将迎接武王上银安殿，参谒毕，王曰：“相父劳心远征，使孤不得与相父共享承平，孤心不安。”子牙曰：“老臣以天下诸侯为重，民坐水火之中，故不敢逆天以图安乐。”子牙领徐盖拜见武王，武王曰：“徐将军献关有功，命设宴犒赏三军。”一宵已过。次日，子牙传令：“起兵前取穿云关。”放炮起程，

① 沙门：梵语音译“沙门那”的略称，亦译“桑门”，意译“息心”或“勤息”“修道”等。表示勤修善法、息灭恶法之意。原为古印度各教派出家修道者的通称，佛教盛行后专指依照戒律出家修道的僧侣。
② 缟（gǎo）素：白色的衣服。此指身穿白色丧服。

三军呐喊，不过八十里一关，止半日之间，前哨探马报入中军："前军已抵穿云关下。"子牙传令："放炮安营。"正是：战将东征如猛虎，营前小校似欢狼。

话说穿云关主将徐芳乃是徐盖兄弟。徐芳闻知兄长归周，只急得三尸神暴跳，口鼻内生烟，大骂："匹夫不顾父母妻子，失身反叛，苟图爵位，遗臭万年！"忙点聚将鼓。众将俱上殿参谒。徐芳曰："不幸吾兄忘亲背君，苟图富贵，献了关隘，已降叛臣。但我一门难免戮身之罪。为今之计，必尽擒贼臣，以赎前罪方可。"只见先行官龙安吉曰："主将放心，待末将先拿他几员贼将解往朝歌请罪，然后俟擒渠魁，以赎前愆，以显忠荩①，则主将满门良眷自然无事矣。"（此前说过类似大话的人不少，如今还活着的有几个？）徐芳曰："此言正合吾意。只愿先行与诸将协力同心，以剿叛逆，上报主恩，吾之愿也，其他亦非所顾忌。"众将商议不表。

且说次日，子牙升帐，问曰："谁取穿云关走一遭？"徐盖应声曰："启元帅：穿云关主将乃是末将之弟，不用张弓只箭，末将说舍弟归周，以为进身②之资。"子牙大喜曰："将军若肯如此，真为不世之奇功，岂止进身而已！"徐盖上马至关下，大叫曰："左右，开关！"守关军卒不敢擅自开关，忙报入帅府："启主帅：有大老爷在关下叫关。"徐芳大喜："快令开关，请来！"把关军士去了。徐芳分付左右："埋伏刀斧手，两旁伺候。"不一时，左右开关。徐盖不知亲弟有心拿他，徐盖进关，来至府前下马，径至殿前。

徐芳也不动身，问曰："来者何人？"徐盖大笑曰："贤弟为何见我至此，而犹然若不知也？"徐芳大喝一声，命："左右，拿了！"两

① 忠荩（jìn）：对国事竭忠尽心。
② 进身：进入官场做官或晋升官职。

边跑出刀斧手，将徐盖拿下绑了。徐芳曰：“辱没祖宗匹夫！你降反贼，也不顾家眷遭殃。今日你自来至此，正是祖宗有灵，不令徐门受屠戮也！”徐盖大骂曰：“你这不知天时的匹夫！天下尽已归周，纣王亡在旦夕，何况你这弹丸之地，敢抗拒吊民伐罪之师！你要做忠臣，你比苏护、黄飞虎如何？洪锦、邓九公如何？（徐盖之意亦是人之常情，皇亲贵胄、大将高官均已归周，你一个小小守关将军又何苦来哉！）我今被你所擒，死固无足惜，但不知何人擒你，以泄吾忿也！”徐芳传令：“把这逆命的匹夫且监候，俟拿了周武、姜尚，一齐解往朝歌正罪。”

左右将徐盖监了。徐芳问：“谁为国讨头阵走一遭？”一将应声而出，乃正印先行官神烟将军马忠愿往。徐芳许之。马忠领令开关，炮声响处，杀至周营。报马报入中军：“启元帅：穿云关有将搦战。”子牙曰：“徐盖休矣！”忙令哪吒去取关，就探徐盖消息。哪吒领令，上了风火轮，出得营来，见马忠金甲红袍，威风凛凛。哪吒走至军前，马忠曰：“来者莫非是哪吒否？”哪吒曰：“然也。你既知我，为何不倒戈纳降？”马忠大怒曰：“无知匹夫！你等妄自称王，逆天反叛，不守臣节，侵王疆土，罪在不赦。不日拿住你等，粉骨碎身；尚自不知，犹且巧言饶舌！”哪吒笑曰：“吾看你等好一似土蛙、腐鼠，顷刻便为齑粉，何足与言！”（连“天命归周”之类劝降之语都懒得说了）

马忠怒起，摇手中枪，飞来直取。哪吒的枪闪灼光明。轮马相交，双枪并举，杀至穿云关下。正是：马忠神烟无敌手，只恐哪吒道德高。马忠知哪吒是道德之士，手段高强，自思：“我若不先下手，恐他先弄手脚，却不为美。”马忠把口一张，只见一道黑烟喷出，连人带马都不见了。哪吒见马忠黑烟喷出口，迷住一块，忙将风火轮登起，把身子一摇，现出八臂三头，蓝脸獠牙，起在空中。马忠在烟里看不见哪吒，急收神烟，正欲回马，只听得哪吒大叫："马忠休走！吾来了！"马忠抬头，见哪吒三头八臂，蓝面獠牙，在空中赶来，马忠唬得魂不附体，拨马就走。哪吒忙将九龙神火罩抛来，罩住马忠，复把手一拍，罩里现出九条火龙围绕，霎时间，马忠化为灰烬。（这等本事，也敢妄出大言？）怎见得，有诗为证。诗曰：

乾元玄妙授来真，秘有灵符法更神。
火枣琼浆①原自异，马忠应得化微尘。

话说哪吒烧死马忠，收了神火罩，得胜回营，来见子牙，备言烧死马忠一事。子牙大喜，庆功不表。

只见报马报入关中："启主帅：马忠被哪吒烧死。"徐芳大怒。旁边转过龙安吉曰："马忠不知浅深，自恃一口神烟，故有此败。待末将明日成功，拿几员反将，解往朝歌请罪。"次日，龙安吉上马出关，前来搦战。哨马报入中军。子牙问："谁人出马？"只见武成王黄飞虎上帐曰："末将愿往。"子牙许之。黄飞虎上了五色神牛，提枪出营。龙安吉见一员周将。怎见得，有诗为证。诗曰：

惯战能争气更扬，英雄猛烈性坚强。
忠心不改归周主，铁面无回弃纣王。
青史名标真义士，丹台像列是纯良。
至今伐纣称遗迹，留得声名万古香。

① 火枣琼浆：指第七十六回太乙真人赠哪吒三盏琼浆、三枚火枣，哪吒食之而得三头六臂之事。

龙安吉大呼曰："来者何人？"飞虎曰："吾乃武成王是也。"龙安吉曰："你就是黄飞虎？反叛成汤，酿祸之根，今日正要擒你！"催开马摇手中斧来取。黄飞虎手中枪急架忙迎。二将相交，枪斧并举，大战五十余合。二将真是棋逢敌手，将遇作家①。

龙安吉见黄飞虎的枪法毫无渗漏，心下暗思："莫与他卖弄精神。"把枪一挑，锦囊中取出一物，望空中一丢，只听得有叮当之声，龙安吉曰："黄飞虎，看吾宝贝来也！"黄飞虎不知何物，抬头一看，早已跌下鞍鞒②。关内人马呐一声喊，将黄飞虎生擒活捉，绳缠索绑，拿进穿云关去了。报马报入中军："启元帅：黄飞虎被擒。"子牙大惊曰："怎样的拿去？"掠阵官回曰："正战之间，只见龙安吉丢起一圈在空中，有叮当之声，黄将军便跌下坐骑，因此被擒。"子牙听说不悦："此又是左道之术！"且说龙安吉将黄飞虎拿进穿云关来见徐芳，黄飞虎站立言曰："吾被邪术拿来，愿以一死报国恩也。"徐芳骂曰："真是匹夫！舍故主而投反叛，今反说'欲报国恩'，何其颠倒耶！（仁义之君方是吾主，有道之邦才是我国）且暂寄监中。"徐盖见黄飞虎来至，忙慰曰："不才恶弟，不识天时，恃倚邪术，不意将军亦遭此罗网之厄。"黄飞虎点头无语，惟有咨嗟而已。

话说徐芳治酒，与龙安吉贺功。次日又至周营搦战。子牙问："谁敢出马？"只见洪锦出马，来至阵前，看见是龙安吉。龙安吉曾在洪锦帐下为偏将。洪锦曰："龙安吉，你今见故主，为何不下马纳降，尚敢支吾耶？"龙安吉笑曰："反将洪锦，何得多言！我正欲拿你等，解进朝歌，以正国法，尔何不知进退，尚敢巧言也。"发马就杀，刀斧并举。

---

① 作家：行家，高手。
② 鞍鞒（qiáo）：马鞍。其拱起外形似桥，故称。

龙安吉祭起一圈，起在空中。不知此圈两个，左右翻覆，如太极一般，扣就阴阳连环双锁，此圈名曰“四肢酥”。此宝有叮咍之声，耳听眼见，浑身四肢，骨解筋酥，手足齐软。当时洪锦听见空中响，抬头一看，便坐不住鞍鞒，跌下马来，又被龙安吉拿了进关。洪锦自思：“此贼昔在吾帐下，我就不知他有这件东西，（藏得好深）误陷匹夫之手！”左右将洪锦推至殿前，来见徐芳。徐芳大喜曰：“洪锦，你奉命征讨，如何反降逆贼？今日将何面目又见商君也！”洪锦曰：“天意如此，何必多言！吾虽被擒，其志不屈，有死而已！”徐芳传令：“且送下监去。”黄飞虎见洪锦也至监中，各各嗟叹而已。子牙又听得探马报进营来，言洪锦被擒，子牙心下十分不乐。（“不乐”虽迟但到）

次日，报：“龙安吉又来搦战。”子牙问：“谁去见阵？”只见南宫适出马，与龙安吉战有数合，被龙安吉仍用四肢酥拿进关来见徐芳。徐芳分付：“也送下监中。”只见报马报与子牙。子牙大惊。旁有正印先行哪吒言曰：“这龙安吉是何等妖术，连擒数将；待末将见阵，便知端的。”不知龙安吉性命如何，且听下回分解。

总批

法戒、马忠、龙安吉皆有一技之能，俱恃为取胜之术，一遇劲敌，便至败亡。理也。独法戒竟为西方有缘化去，幸免于死。然则，缘也是不可不结的。独恨近日之和尚于妇女之烧香拜佛之时，持盘化钱，动曰“结缘”去。然则，此缘可结乎？更有一种贼秃淫僧，假言讲经宣卷，男女丛聚，不分老少，辄以此一字反复开说，诱惑妇女，竟堕其术，酿成奸淫之薮，不胜枚举。良可悲夫！有闺门之责者，可不预为之防乎！

又批

法戒与龙安吉二件宝物，一曰“引魂幡”，一曰“四肢酥”。立此二名者，俱是婆心说法。“引魂幡”一动，则人之魂魄皆飞，七尺委地；“四肢酥”一响，则人之骨解筋酥，四肢莫救，可畏也。今人自思：谁家不有此二物，岂可任其酥骨引魂，令人七尺委地，四肢莫救可乎？真是劝世最上一乘。

第八十回　杨任下山破瘟司

楊任大破
瘟癀陣

导读：要破吕岳的瘟㾮阵，关键的法宝便是清虚道德真君的五火神焰扇。扇子的起源很早，但作为法器却不多见。在道教中，最知名的应该就是四大天师之一的西河救苦真人萨守坚，他手中那柄五明降鬼扇。萨守坚是两宋之际的著名道士，被道教西河派（神霄派的支派）奉为祖师。据道典记载，萨守坚早年行医，因误用药物伤及人命，于是弃医访道，准备前往江西龙虎山，拜师第三十代天师张继先。但在半路上，遇到了三位道人，他们告诉萨守坚，张继先天师已经仙逝。萨守坚失望之余，这三人又说，我们可以各自传授你一样秘术，并给继任天师写信推荐你。萨守坚大喜过望，于是三人便分别传授萨守坚咒枣术、扇疾术和雷法，并为他写了推荐信。萨守坚一路靠着这三样法术济世度人，同时赚取盘缠，终于达到了龙虎山。继任天师一看信大吃一惊，原来那三位道人就是神霄大宗师王文卿、林灵素以及虚靖天师张继先本人。他们传授给萨守坚的扇疾术，靠的就是五明降鬼扇。咒枣能为民治病救命；用雷法能灭邪除妖、祈晴祷雨；而用五明降鬼扇，则能驱邪降魔，消除百病，甚至使人得命复生。明朝时期，萨守坚信仰颇为流行，甚至还有《咒枣记》等专门写萨守坚的小说戏曲。五明降鬼扇也随之声名赫赫，道士中也不乏仿制以为法器的。影响所及，小说戏曲中将扇子作为法宝的设定，也随之增多了。

诗曰：

瘟癀伞盖属邪巫，疫疠①阎浮②尽若屠。
列阵凶顽非易破，着人狂躁岂能苏。
须臾遍染家家尽，顷刻传尸户户殂③。
只为子牙灾未满，穿云关下受崎岖。

话说哪吒上了风火轮，前来关下搦阵，大呼曰："左右的！传与你主将，叫龙安吉出来见我！"徐芳闻报，命龙安吉出阵。龙安吉领命，出得关来，见哪吒在风火轮上，心下暗想："此人乃是道术之士，不如先祭此宝，易于成功。"（可惜此宝对莲花身无效）龙安吉至军前问曰："来者可是哪吒么？"道罢，哪吒未及答应，就是一枪。哪吒的枪赴面相迎。轮马交还，只一合，龙安吉就祭四肢酥丢在空中，大叫："哪吒！看吾宝贝！"哪吒抬头看时，只见阴阳扣就如太极环一般，有叮噹之声。

龙安吉不知哪吒是莲花化身，原无魂魄，焉能落下轮来。倏然此圈落在地下。哪吒见圈落下，不知其故。（一个莲花身无有魂魄的设定，反复用了这么多次，难免倒人胃口）龙安吉大惊。正是：鞍鞒慌坏龙安吉，岂意哪吒法宝来。话说哪吒又现出三头八臂，祭起乾坤圈，大呼曰："你的圈不如我的，也还你一圈！"龙安吉躲不及，正中顶门，打下马来。哪吒复加上一枪，结果了性命。哪吒枭了首级，进营来见子牙："取了龙安吉首级。"子牙大喜。

---

① 疫疠（lì）：亦称"疠气""戾气""疫气"。一种特殊的外感病邪。具有强烈的传染性和流行性。
② 阎浮：即佛教中"阎浮界"的简称，又称"阎浮提"，多泛指人世间。
③ 殂（cú）：死亡。

且说报马报知徐芳，徐芳大惊。只见左右无将，朝廷又不点官来协守，止得方义真一人而已。“如之奈何？”忙修本遣官，赍赴朝歌不表。忽见左右来报：“府前有一道人要见老爷。”徐芳忙传令：“请来。”少时，见一道人，三只眼，面如蓝靛，赤发獠牙，径进府来。徐芳降阶迎接，请上殿，与道人打稽首，徐芳尊道人上坐。徐芳问曰：“老师是那座名山，何处洞府？”道人曰：“贫道乃九龙岛炼气士，姓吕，名岳。（故人来了）吾与姜尚有不世之仇，今特来至此，借将军之兵，以复昔日之恨。”徐芳大喜：“成汤洪福天齐，又有高人来助！”（徐芳不知，上一个来助的高人刚被捉走没几天）治酒相待。一宿晚景不题。

却说次日，吕岳出关至营前，请子牙答话。报马报入中军：“启元帅：有一道人请元帅答话。”子牙不知是吕岳，分付：“点炮出营。”来至营前，看见对阵乃是吕岳，不觉可笑。岂意子牙两边众门人一见吕岳，人人切齿，个个咬牙。子牙曰：“吕道友，你不知进退，尚不愧颜，当日既得逃生而去，今日又为何复投死地也。”吕岳曰：“我今日来时，也不知谁死谁活！”（敢来报仇，必有准备）只见雷震子大吼一声，骂曰：“不知死的匹夫！吾来了！”展开二翅，飞起空中。好黄金棍，夹头打来。吕岳手中剑急架忙迎。金吒步行，用双剑劈头砍来。木吒厉声大骂：“泼道！不要走！也吃吾一剑！”李靖、韦护、哪吒众门人一齐拥上前来，将吕岳困在垓心。怎见得，有诗为证。诗曰：

杀气迷空透九重，一干神圣逞英雄。
这场大战惊天地，海沸江翻势更凶。

话说众门人围住了吕岳，吕岳现出三首六臂，祭起列瘟印，把雷震子打将下来。众门人齐动手救回。子牙把打神鞭祭起空中，正中吕岳后背，打得三昧火迸出，败回穿云关来。吕岳进关，徐芳接住，安慰曰："老师，今日会战，其实利害。"吕岳曰："今日出去早了，等吾一道友来，再出去，便可成功。"（之前带着四个人都没打赢，这次找的帮手又是谁？）话说子牙进营，见雷震子着伤，心下又有些不快。且自不题。

只见吕岳在关上，一连住了几日。不一日，来了一位道者，至府前对军政官曰："你与主将说，有一道人求见。"军政官报入，吕岳曰："请来。"少时，一道人进府，与吕岳打了稽首，与徐芳行礼坐下。徐芳问吕岳曰："此位老师高姓大名？"吕岳曰："此是吾弟陈庚，今日特来助你，共破子牙，并擒武王。"徐芳称谢不尽，忙治酒款待。吕岳问陈庚曰："贤弟前日所炼的那件宝贝，可曾完否？"（原来又是靠法宝）陈庚答曰："为等此宝完了，方才赶来，所以来迟；明日可以会姜尚耳。"正是：炼就奇珍行大恶，谁知海内有高明。一宿晚景无词。只至次日，吕岳命徐芳选三千人马，出关来会子牙，徐芳亲自掠阵不表。

且说子牙升帐，与众门人曰："今日吕岳又来阻吾之兵，你们各要仔细。"正议间，左右来报："杨戬辕门等令。"子牙传令："令来。"杨戬来至帐前行礼毕，言曰："奉令催粮无误。"子牙曰："如今吕岳又来阻住穿云关。"杨戬曰："吕岳乃是失机之士，何敢又阻行旌？"（杨戬实有智谋，一语点破关键）话犹未了，只见军政官来报："吕岳会战。"子牙忙传令出营，率领众将，与诸门人随子牙来至营前。吕岳曰："姜子牙，吾与你有势不两立之仇！若论两教作为，莫非如此，且你系元始门下道德之士。吾有一阵，摆与你看，但你认得，吾便保周伐纣；若是认不得，我与你立见高低。"子牙曰："道友，你何不自守清净，往往要作此业障，甚非道者所为。你既摆阵，请摆来我看。”

吕岳同陈庚进阵，有半个时辰，摆成一阵；复至军前，大呼曰：“姜子牙请看吾阵！”子牙同哪吒、杨戬、韦护、李靖上前来。杨戬曰：“吕道长，吾等看阵，不可发暗器伤人。”吕岳曰：“尔乃小辈之言。我自用堂堂之阵，正正之旗，岂有用暗器伤你之理！”（曾经散播瘟丹欲杀尽西岐之人，竟好意思说自己堂堂正正）子牙同众人往前后看了一遍，浑然一阵，又无字迹，如何认得。子牙心中焦躁：“此必是不可攻伐之阵，又是左道之术。”子牙忽然想起元始四偈：“界牌关下遇诛仙，穿云关底受瘟癀。此莫非是瘟癀阵？”乃对杨戬曰：“此正应吾师元始之言，莫非是瘟癀阵么？”杨戬曰：“待弟子对他说。”二人商议停当，回至军前。吕岳曰：“子牙公识此阵否？”杨戬答曰：“吕道长，此乃小术耳，何足为奇！”吕岳曰：“此阵何名？”杨戬笑曰：“此乃瘟癀阵。你还不曾摆全；俟摆全了，吾再来破你的。”吕岳闻杨戬之言，如石投大海，半晌无言。（精心布局，竟被对方轻易识破，吕岳心中失落、惊讶可知）正是：炉中玄妙全无用，一片雄心付水流。

话说杨戬言罢，同众人回营。子牙升帐坐下，众门人齐赞杨戬利齿伶牙。子牙曰：“虽然一时回得他好看，终不知此阵中玄妙，如何可破？”哪吒曰：“且答应他一时，再作道理。况且十绝恶阵与诛仙这样大阵，俱也破了，何况此小小阵图，不足为虑。”子牙曰：“虽然如此，不可不慎。古人云‘人无远虑，必有近忧’。岂可因其小而忽略。”（子牙之言甚是，哪吒毕竟少年意气，又兼刚刚破了诛仙阵，不免有些骄矜）众门人齐曰：“元帅之言甚善。”正议间，左右来报：“终南山云中子来见。”众门人曰：“武王洪福天齐，自有高人来济此阵之急也。”

子牙忙迎出辕门，接住云中子。二人携手，行至帐中坐下。子牙曰："道兄此来，必为姜尚遇此瘟癀阵也。"云中子笑曰："特为此阵而来。"子牙欠身谢曰："姜尚屡遭大难，每劳列位道兄动履，尚何以消受。"因请教："此阵中有何秘术？当用何人可破？"云中子曰："此阵不用别人，乃是子牙公百日之灾。只至灾满，自有一人来破。吾与你代掌帅印，调督军事。其余不足为虑。"子牙曰："但得道兄如此，姜尚便一死又何足惜，况未必然乎！"（此即姜尚"七死三灾"之厄中之一灾，"七死"都已经挺过，自然不惧这一灾）子牙欣然，就将剑、印付与云中子掌管。只见左右传与武王，武王闻知云中子说子牙有百日之灾，忙至中军。左右来报。云中子与子牙迎接上帐，行礼坐下。武王曰："闻相父破阵，孤心不安。往往争持，致多苦恼，孤想不若回军，各安疆界，以乐民生，何必如此？"云中子曰："贤王不知，上天垂象，天运循环，气数如此，岂是人为，纵欲逃之不能。贤王放心。"武王默然无语。

且不言云中子与子牙商议破敌，且说吕岳进关，同陈庚将二十一把瘟癀伞安放在阵内，按九宫八卦方位，排列停当；中立一土台，安置用度符印，打点擒拿周将。正与陈庚在阵内调度，见左右来报："有一道人要见吕老爷。"吕岳曰："是谁？与我请来。"

少时，那道人飘然而至。吕岳一见李平来至，忙迎住，喜曰："道兄此来，必是来助我一臂之力，以灭周武、姜尚也。"李平曰："不然。我特来劝你。吾在中途，闻你摆瘟癀阵以阻周兵，我故此特地前来，相劝道兄。今纣王无道，罪恶贯盈，天下共叛，此天之所以灭商汤也。武王乃当世有德之君，上配尧舜，下合人心，是应运而兴之君，非草泽[1]乘奸之辈。况凤鸣岐山，王气已钟久矣。道兄安得以一人扭转天命哉。子牙奉天征纣，伐罪吊民，会诸侯于孟津，正应灭

① 草泽：荒野、穷僻之地。亦指乡野民间。

纣于甲子。难道我李平反为武王，不为截教，来逆道兄之意？道兄若依我劝，可撤去此阵，但凭武王与子牙征伐取关。我们原系方外闲人，逍遥散淡，无束无拘，又何名缰利锁之不能解脱耶？”（难得截教之中竟有一个识得天数之人）

吕岳笑曰：“李兄差矣！我来诛逆讨叛，正是应天顺人。你为何自己受惑，反说我所为非也！你看我擒姜尚、武王，令他片甲不回。”李平曰：“不然。姜尚有七死三灾之厄，他也过了；遇过多少毒恶之人，十绝、诛仙恶阵，他也经过，也非容易至此。古云：‘前车已覆，后车当鉴。’道兄何苦执迷如此？”李平五次三番劝不醒吕岳，（故而李平最后受封“和瘟道士”，正相合适）此正是：三部正神天数尽，李平到此也难逃。

话说吕岳不听李平之劝，差官下书，知会姜尚，来破此阵。使命赍战书至子牙行营，来至辕门。左右报入中军。子牙命：“令来。”使命至中军，朝上见礼毕，呈上战书。子牙接开展玩，书曰：

> “九龙岛炼气士吕岳致书于西岐元帅姜子牙麾下：窃闻物极必反，逆天必罚。尔西岐不守臣节，以臣伐君，以下凌上，有干纲常，得罪天地；况且以党恶之象，屡抗敌于天兵，仗阐教之术，复屠城而杀将，恶已贯盈，人神共愤。故上天厌恶，特假手于吾，设此瘟癀阵。（真乃颠倒是非，为己贴金）今差使致书，早早批宣，以决胜负。如自揣不德，急早倒戈，尚待尔以不死。战书至日，速乞自裁。”

且说子牙看罢书，将原书批回：“明日决破此阵。”来使领书，回见吕岳不表。次日，云中子在中军请子牙上帐，用三道符印：前心一道，后心一道，冠内一道；又将一粒丹药与子牙揣在怀中。打点停当，只听得关外炮响，报马报进营来："有吕岳在营前搦战。"子牙上了四不相，武王同众将诸门下齐至军前掠阵。真好瘟瘟阵！怎见得，有赞为证。赞曰：

杀气漫空，悲风四起。杀气漫空，黑暗暗俱是些鬼哭神嚎；悲风四起，昏邓邓①尽是那雷轰电掣。透心寒，怎禁他冷气侵人；解骨酥，难当他阴风扑面。远观似飞砂走石，近看如雾卷云腾。瘟疫气阵阵飞来，火水扇翩翩乱举。瘟瘟阵内神仙怕，正应姜公百日灾。

话说子牙至阵前曰："吕岳，你今设此毒阵，吾与你定决雌雄。只怕你祸至难逃，悔之晚矣。"吕岳忙催开金眼驼，仗剑飞来直取。子牙手中剑急架忙迎，二人战未及数合，吕岳掩一剑，径入阵去了。子牙催开四不相，随后赶进阵来。吕岳上了八卦台，将一把瘟瘟伞往下一盖，昏昏黑黑，如红沙黑雾罩将下来，势不可当。子牙一手执定杏黄旗架住此伞。可怜正是：七死三灾扶帝业，万年千载竟留芳。

话说吕岳将子牙困于阵中，复出阵前大呼曰："姜尚已绝于吾阵，叫姬发早早受死！"武王在辕门闻吕岳之言，慌问云中子曰："老师，相父若果绝于阵内，真痛杀孤家也！"（武王到底仁义之君，又不知道术之妙，故有此慌乱）云中子曰："不妨，此是吕岳谬言。子牙该有百日之灾。"只见后边哪吒、杨戬、金木二吒、李靖、韦护、雷震子一齐大呼："拿这妖道碎尸万段，以泄我等之恨！"吕岳、陈庚二人向前迎敌，大战在一处。只杀的阴风飒飒，冷雾迷空。怎见得：

① 昏邓邓：形容昏暗。

这几个赤胆忠良名誉大，他两个要阻周兵心思坏。一低一好两相持，数位正神同赌赛。降魔杵，来得快，正直无私真宝贝。这一边哪吒、杨戬善腾挪，那一边吕岳、陈庚多作怪。刀枪剑戟往来施，俱是玄门仙器械。今日穿云关外赌神通，各逞英雄真可爱。一个凶心不息阻周兵，一个要与武王安世界。苦争恶战岂寻常，地惨天昏无可奈！

话说众人把吕岳、陈庚困在垓心，哪吒现了三首八臂，把乾坤圈祭起，正中陈庚肩窝上。杨戬祭哮天犬，把吕岳头上咬了一口。二人径败进瘟㾮阵去了。众门人也不赶他，同武王进营。

武王不见子牙，心中甚是不乐，问云中子曰："相父受困于阵内，几时方能出来？"云中子曰："不过百日之厄，灾满自然无事。"武王大惊曰："百日无食，焉能再生？"（武王毕竟凡人，不知其中关窍）云中子曰："大王可记得在红砂阵内，也是百日，自然无事。古云：'有福之人，千方百计莫能害他；无福之人，遇沟壑也丧性命。'大王不必牵挂。"且不讲武王纳闷在帐内，度日如年，双眉频锁。且说吕岳自困住了子牙，甚是欢喜，每日入阵内三次，用伞上之功，将瘟㾮来毒子牙。可怜子牙全仗昆仑杏黄旗撑住瘟㾮伞，阵内常放金花千百朵，或隐或现，保护其身。

话说吕岳进关来，徐芳接住曰："老师，今将姜尚困于阵内，不知他何日得死？周兵何日得剿？"吕岳曰："吾自有法处之。"徐芳曰："如今且把擒获周将解往朝歌请罪，吾另外再作一本，称赞老师功德，并请益兵防守。"吕岳曰："不必言及吾等。你乃纣臣，理当如此；我是道门，又不受他爵禄，言之无用。（可见吕岳确实只是为了报仇而来）只是不可把反臣留在关内，提防不测，这到是紧要事；并请兵协守，再作理会。"徐芳领命，忙忙把四将点名，上了囚车，差方义真押解往朝歌请罪。正是：指望成功扶帝业，中途自有异人来。话说方义真押解四将往潼关来，只有八十里，不一日就到。且按下不表。

话说青峰山紫阳洞清虚道德真君闲暇无事，往桃园中来，见杨任在旁，真君曰："今日正该你去穿云关以解子牙瘟㾮阵之厄，并释四将之愆。"（破阵之人来矣）杨任曰："老师，弟子乃是文臣出身，非是兵戈之客。"真君笑曰："这有何难，学者自然得会，不学虽会也疏。"真君随入后洞，取出一根枪，名曰"飞电枪"，在桃园里，传与杨任，有歌为证。歌曰：

君不见：此枪名号为"飞电"。穿心透骨不寻常，刺虎降龙真可羡。先天铅汞①配雌雄，炼就坎离②相眷恋。也能飞，也能战，变化无穷随意见。今日与你破瘟㾮，吕岳逢之鲜血溅。

话说杨任乃是《封神榜》上之神，自然聪慧，一见真君传授，须臾即会（羡煞天下学子矣）。真君曰："我把云霞兽与你骑。还有一把五火神焰扇，你带了下山；若进阵中，须是如此如此，自然破他瘟㾮阵，何愁吕岳不灭耳！还有黄飞虎四将，有难在中途，你先可救他在关内，以为接应；破阵后，里外夹攻，定然成功。"杨任拜辞师父下山，上了云霞兽，把顶上角拍了一把，那骑四蹄自然生起云彩，望空中飞来。正是：莫道此兽无好处，曾赴蟠桃四五番。

且说杨任霎时已至潼关，离城有三十里远，只见方义真解着犯官前进，旗幡上大书"解岐周反将黄飞虎、南宫适……"等名字。杨

① 铅汞：铅和汞，道家炼丹的两种原料。亦作道家语，指先天元气。
② 坎离：犹言铅汞、水火、阴阳。坎、离本为《周易》的两卦，道教以"坎男"借指汞，内丹家谓为人体内部的阴精；以"离女"借指铅，内丹家谓为人体内部的阳气。

任落下兽来，阻住去路，大呼曰："来将那里去？"军士一见杨任，生的古怪跷蹊，眼眶里长出两只手来，手心里反有两只眼睛，骑着一匹神兽，五柳长髯，飘扬脑后，军士见之，无不骇然，飞报与方义真："启上将军：前边来了个古怪异人阻住了路。"方义真仗自己胸襟，把马一夹，走出阵前，见杨任如此行状，从来也不曾有这样的相貌，心中也自着惊，大呼曰："来者何人？"

杨任终是文官出身，言语自然轻柔，乃应曰："不须问我，吾乃上大夫杨任是也。将军，天道已归明主，你又何必逆天行事，自取灭亡也。"方义真曰："吾奉主将命令，押解周将往朝歌请功，你为何阻吾去路？"（岂是杨任文官习惯，说话委婉，这武夫竟未听懂？）杨任曰："吾奉师命下山，来破瘟癀阵，今逢将军押解周将，理宜救护。我劝将军不若和我归了武王，正所谓应天顺人，不失封侯之位，有何不可？"方义真见杨任低言悄语，不把杨任放在心上，把手中枪一举，大喝曰："逆贼休走，吃吾一枪！"杨任忙用手中枪急架相还。两家大战，未及数合，杨任恐军士伤了被擒官将，忙用五火神焰扇照着方义真一扇扇去。杨任不知此扇利害，一声响，怎见得，可怜！有诗为证。诗曰：

烈焰腾空万丈高，金蛇千道逞英豪。
黑烟卷地红三尺，煮海翻波咫尺消。

话说杨任把扇子一扇，方义真连人带马化一阵狂风去了。众军士见了，呐一声喊，抱头弃兵，奔走回关。（如此法宝，谁人不怕）

且说黄飞虎等见杨任这等相貌，知是异人，忙在陷阵中问曰："来者是那一位尊神？"杨任认得是黄飞虎，俱是一殿之臣，忙下了云霞兽，口称："黄将军，我非别人，不才便是上大夫杨任。因纣王失政，起造鹿台①，我因直谏，昏君将吾剜去二目。多亏道德真君救吾上山，将两粒仙丹纳放目中，故此生出手中之眼耳。今特着我下山，来破瘟癀阵，先救将军等，故效此微劳耳。”随放了四将。四将谢过了杨任，只是咬牙深恨。杨任曰：“四位将军且不必出关，且借住民家，待吾破了瘟癀阵，那时率众取关，公等可作内应。只听炮声为号，不可有误。”黄飞虎等感谢杨任，自投关内民家去了。

且说杨任上了云霞兽，出穿云关，来至周营，下了云霞兽。军政官见了大惊。杨任曰：“早报于武王，吾非歹人也。”报马报入中军：“有异人求见。”云中子知是杨任来了，忙传令：“请进中军。”诸将见了，各自骇然。杨任见云中子下拜，曰：“师叔在此，料吕岳何能为患。”云中子安慰，谢毕请起，与众门人相见。杨任来见武王。武王大惊，问其原故，杨任把纣王剜目之事又说了一遍。武王大喜，命治酒款待。杨任又将救了四将事表过，吾师特命不才来破瘟癀阵耳。云中子曰：“你来的正好。还差三日，才是百日之厄完满。”

众门人见又添杨任，各有欢喜之色，不觉过了三日。次日清晨，周营炮响，大队齐开，一干周将与众门人并武王、云中子齐至辕门，看杨任破瘟癀阵。杨任至阵前大呼曰：“吕岳何不早来见我！”只见阵内吕道人现了三首六臂，手拎宝剑而出，见杨任相貌异常，心下也自惊骇，忙问曰：“你是何人？通个名来！”杨任曰：“吾乃道德真君门下杨任是也，今奉师命下山，特来破你瘟癀阵。”吕岳笑曰：“你不过一小童耳，敢出大言！”仗剑来取。杨任飞电枪急架相迎。二兽相交，枪剑并举。战未三合，吕岳掩一剑望阵中而走。杨任大呼：“吾来也！”杨任进阵，不知凶吉如何，且听下回分解。

① 鹿台：古台名。别称“南单之台”。故址在今河南鹤壁市淇滨区钜桥镇，相传为殷纣王所筑，“其大三里，高千尺”。纣王与周战，失败后，登鹿台自焚而死。

总批

吕岳昔日在西岐逃去，幸而不死，自当改过迁善，如何又来这里阻逆周兵？只讨送了去性命方罢，何其痴愚若此？予见他对徐芳曰："我又不受他爵禄。"据此现之，乃是好名之人。

又批

李平特来为子牙解释，极是好意。又知子牙有七死三灾之厄。然而，于自己则不知，反来凑数，此是好事之过，迷却本心。倘当日只在山里坐，那讨杀身之祸？今日之招揽多事者，宜当鉴戒。

第八十一回　子牙潼关遇痘神

子牙潼關遇痘神

导读：余德让周军患上的痘疹，实际就是大家耳熟能详的天花。从现存的史料来看，先秦和西汉时期，中国还没有天花。一般认为，天花是东汉初年马援南征交趾时，由南越传入的。由于传染性强、致死率高，天花很长时间里，都是世界范围内最为烈性的传染病之一。但是，中国古人从未放弃与天花斗争的努力。在东晋时期，葛洪就记载了服用蜜煎升麻，以及用升麻煮水擦拭的方法来治疗天花。此后，升麻一直是中医治疗天花的常用药之一，这也是本回中神农将升麻送给杨戬，让他带回人间的原因。到了北宋，当时的医者已经对天花有了比较全面而清晰的认识，并在天花的防治方面取得了一定的成就，出现了中国最早的天花治疗专著——董汲的《小儿斑疹备急方论》，论述了天花的发病规律、患者病况，并记载了十七种治疗方剂。此后各代，均有关于天花的专著问世。

到了明代，通过接种人痘来预防天花的技术正式出现，并且迅速流行开来。清代雍正年间，俞茂鲲在所著《痘科金镜赋集解》中，明确记载了人痘术在明隆庆年间的宁国府太平县（在今安徽省南部、黄山北麓）就已出现。而乾隆年间《种痘新书》的作者张琰，则自述他们家祖传的人痘接种术来自明万历年间痘疹名医聂尚恒。当时接种的方法有痘衣法、痘浆法、痘痂法等多种：痘衣法，是把天花患者的内衣给被接种者穿上，使其被感染而得一次天花，这是最原始的一种方法；痘浆法，是采集天花患者身上脓疮内的浆，然后用棉花沾上一点塞进被接种者的鼻孔；痘痂法，则是把天花患者脱落的痘痂研磨成粉末，再用细管吹入被接种者的鼻孔。从这些接种方法来看，人痘接种术应该也是经历了较长时间的发展。有的古籍记载在北宋时期就已经出现了人痘接种术，可能当时已经有人探索了相关技术，只不过还不成熟，不系统，没能流行开。

诗曰：

痘疹恶疾胜疮疡，不信人间有异方。
疱紫毒生追命药，浆清气绝索魂汤。
时行户户应多难，传染人人尽着伤。
不是武王多福荫，枉教军士丧疆场。

话说吕岳走进阵去，杨任赶进阵来。吕岳上了八卦台，将瘟癀伞撑起来，往下一罩。杨任把五火扇一扇，那伞化作灰烬，飘扬而去；又连扇了数扇，只见那二十把伞尽成飞灰。当有瘟部神祇李平进阵来，指望劝解吕岳，不要与周兵作难，也是天数该然，恰逢其会，当被杨任一扇子扇来，李平怎能逃脱，可怜！（如此安排，实在无谓。好不容易有个好人，还被误杀。除了让李平去到封神台外，真不知这样安排有何意义）正是：一点诚心分邪正，反遭一扇丧微躯。李平误被杨任一扇子扇成灰烬。陈庚大怒，骂曰："何处来的妖人，敢伤吾弟！"举兵刃飞取杨任。

杨任把扇子连扇数扇，莫说是陈庚一人，连地都扇红了。吕岳在八卦台上见势头凶险，捏着避火诀，指望逃走，不知杨任此扇乃五火真性攒簇[1]而成，岂是五行之火可以趋避。吕岳见火势愈炽，不能镇压，撤身往后便走，被杨任赶上前，连扇数扇，把八卦台与吕岳俱成灰烬，三魂俱赴封神台去了。（如此厉害的阵法，居然破得这般容易）有诗为证。诗曰：

九龙岛内曾修炼，得道多年根未深，

① 攒簇（cuán cù）：集在一处。

今日遭逢神火扇，可知天意灭嗔心①。

话说杨任破了瘟癀阵，只见子牙在四不相上伏定，手执着杏黄旗，左右金花发现，拥护其身。诸门人看见，齐来搀住。子牙也不言语，面如淡金。只见四不相一跃而起。武王在辕门见武吉背负子牙而来，武王垂泪言曰："相父不过为国为民，受过苦中之苦！"随将子牙背至中军，放在卧榻之上。（武王此处言行颇似汉昭烈，盖暴君各逞其凶残，而仁君皆归本仁义）云中子用丹药灌入于子牙口中，送下丹田。少时，子牙睁目，见众将官立于左右，乃言曰："有劳列位苦心。"武王大喜曰："相父且自安心，仔细调理。"子牙在军中安养了数日，只见云中子曰："子牙且自宽心，只有万仙阵，我等再来助你，今日且奉别②。"（又伏下一段日后事）子牙不敢强留，云中子回终南山去了。子牙打点取关，只见杨任上前言曰："前日不才已暗放了四将在内，元帅可作速调遣。"

子牙见杨任说有四将在内，须得里外夹攻，方可取关。子牙传令，点众将攻关。且说徐芳又见破了瘟癀阵，左右来报："方义真已死，四将不知所往。"心下十分着忙。只听门外杀声振地，锣鼓齐鸣，喊声不止，如天崩地塌之状。（周军声势本就颇大，只不过之前都被将领斗法抢去了注意力）徐芳急上关来守御，只见周兵大势人马，四面架起云梯火炮，攻打甚急。有雷震子大怒，飞在空中，一棍刷在城敌楼上，把敌楼打塌了半边（就是真的雷电，怕也难能一次击打就有如此之威）。徐芳禁持不住，急下城来。雷震子已站于城上。哪吒登起风火轮，也上城来。守城军士见雷震子这等凶恶，一齐走了。哪吒下城，

① 嗔心：佛教语。"三毒"之一，谓能造恶业而生苦果的忿恚之心。
② 奉别：敬辞。犹告别。

斩落了锁钥，周兵一拥而入。徐芳见周营大势人马进关，只得纵马摇枪前来抵当，（螳臂当车矣）被周营大小众将把徐芳围困在当中，彼此混战。

且说黄飞虎、南宫适、洪锦、徐盖听得关内喊杀，知是周兵成功。四将步行，赶至关前，见周兵已将徐芳围住，黄飞虎大叫曰："徐芳休走，吾来也！"徐芳正在着忙之际，又见黄飞虎等四人冲杀前来，不觉吃了一惊，措手不及，被黄飞虎一剑砍来，徐芳望后一闪，那剑竟砍落马首，把徐芳撞下鞍鞒，被士卒生擒活捉，拿缚关下。众将收了军卒，迎姜元帅进关，升厅坐下，出榜安民毕。有黄飞虎、南宫适等来见子牙。子牙曰："将军等身受陷阱之苦，幸皇天庇祐，转祸为福，此皆将军等为国忠心，感动天地耳。"（虽是场面话，但可借机宣扬周军恭膺天命，得天地护祐）众将在穿云关安置已定，子牙分付："把徐芳推来。"左右将徐芳拥至阶前，徐芳立而不跪。子牙骂曰："徐芳，你擒兄已绝手足之情，为臣有失边疆之责，你有何颜尚敢抗礼？此乃人中之禽兽也！速推出斩首！"众军士把徐芳推出斩首，号令在穿云关。武王设宴与众将饮酒，犒赏三军。翌日，子牙传令起兵。行有八十里，兵至潼关，安营炮响，立下寨栅。子牙升帐，众将官参谒毕，商议取关。

且言潼关主将余化龙有子五人，乃是余达、余兆、余光、余先、余德，惟余德一人在海外出家，不在潼关，连余化龙只有父子五人守此关隘。忽听关外炮响，探事报知："周兵抵关下寨。"余化龙谓四子曰："周兵此来，一路屡屡得胜，今日至此，亦是劲敌，须是要尽一番心力。"四子齐曰："父亲放心，料姜尚有多大本领，不过偶然得胜，谅他可能过得此关！"（父亲尚能理智清醒，儿子们却依旧自大，下场恐怕不会太好）

不言余化龙父子商议，再言子牙次日升帐，问左右："谁去取此关见阵一遭？”旁有太鸾应声曰：“末将愿往。”子牙许之，太鸾出营，至关下搦战。哨马报入关中。余化龙命长子余达出关。余达领令出关。太鸾见潼关内有一将，银甲红袍，真个齐整，滚出关来。怎见得，有赞为证。赞曰：

> 紫金冠，名束发；飞凤额，雉尾插。面如傅粉一般同，大红袍罩连环甲。狮蛮①宝带现玲珑，打将钢鞭如铁塔。银合马跑白云飞，白银枪杵鞍上拉。大红旗上书金字：潼关首将名余达。

话说太鸾大呼曰：“潼关来将何名？”余达曰：“吾乃余元帅长子余达是也，久闻姜尚大逆不道，兴兵构怨，不守臣节，干犯朝廷关隘，是自取灭亡耳。”太鸾曰：“吾元帅乃奉天征讨，东进五关，吊民伐罪，会合天下诸侯，观政于商。五关进之有三，尔尚敢拒逆天兵哉？速宜倒戈，免汝一死；若候关破之日，玉石俱焚，追悔何及！”余达大怒，摇枪直取。太鸾手中刀赴面来迎。二将大战二三十合，余达拨马便走。太鸾随后赶来。余达闻脑后马至，挂下枪，取出撞心杵，回手一杵，正中太鸾脸上。（竟是有些本事的）太鸾翻下鞍鞒。可怜为将官的，正是：祸福随身于顷刻，翻身落马项无头。

余达把太鸾一杵打下马来，复一枪结果了性命，枭了首级，掌鼓进关，见父请功，将首级号令于关上。败兵回见子牙报知，子牙闻太鸾已死，心下不乐（又是“不乐”）。

次日，子牙升帐，只见苏护上帐，欲去取关，子牙许之，苏护上马，至关下讨战，哨马报知，余化龙命次子余兆出关对敌，苏护问

---

① 狮蛮：古时武官腰带钩上饰有狮子、蛮王的形象，因以指武官腰带。

曰："来者何人？"余兆曰："吾乃余元帅次男余兆是也。尔是何名？"苏护曰："吾非别人，乃冀州侯苏护是也。"余兆曰："老将军，末将不知是老皇亲（因其身份，存几分礼敬），老将军身为贵戚，世受国恩，宜当共守王土，以图报效，何得忘椒房之宠，一旦造反，以助叛逆，切为将军不取！一旦武王失恃，那时被擒，身弑国亡，遗讥万世，追悔何及。速宜倒戈，尚可转祸为福耳。"

苏护大怒："天下大势，八九已非商土，岂在一潼关也！"纵马摇枪，直取余兆。余兆手中枪急架忙迎。二马来往，未及十合，余兆取一杏黄幡一展，咫尺似一道金光一晃，余兆连人带马就不见了。（这是何宝物？竟神奇如此，且仅出场这一次，后文也未曾介绍其来历，如神龙见首不见尾一般。想来亦是从流传故事中借用来的，故而这般突兀）苏护不知所往，急自左右看时，脑后马至，慌忙转马，早被余兆一枪刺中胁下，苏护翻鞍落马，一魂已往封神台去了。余兆取了首级，进关来见父报功，将首级号令，庆喜不表。

且说子牙又见折了苏护，着实伤悼。苏护长子苏全忠闻报，痛哭上帐，欲报父仇。子牙不得已，许之。苏全忠领令，至关下搦战。哨马报进关来，余化龙令第三子余光出关对敌。苏全忠见关中一少年将来，切齿咬牙，大喝曰："你可是余兆？快来领死！"余光曰："非也。吾乃是余元帅三子余光是也。"苏全忠大怒，纵马摇戟，冲杀过来。二马相交，戟枪并举，大战有二十余合，余光拨马便走。苏全忠因父亲被害，怒发如雷，大骂曰："不杀匹夫，誓不回兵！"赶下阵来。余光按下枪，取梅花标，回首一标，有五根一齐出手。全忠身中三标，几乎坠于马下，败回周营。余光得胜，进关见父回令："标打苏全忠败回。"余化龙曰："明日待吾亲会姜尚，设谋共破周兵，必取全胜。"（但凡放出此等大言，便离败亡不远矣）

次日，关中点炮呐喊，余总兵带四子出关，至周营搦战。哨马报进营来。子牙与众将出营拒敌，左右军威甚整。余化龙见子牙出兵，叹曰："人言子牙善于用兵，果然话不虚传。"余化龙看罢，一骑当先："姜子牙请了！"子牙答礼曰："余元帅，不才甲胄在身，不能全礼。不才奉天征讨独夫，以除不道，吊民伐罪，所以望风纳降，俱得保全富贵；所有逆命者，随则败亡，国家尽失。元帅不得以昨日三次侥幸之功，认为必胜之策。倘执迷不悟，一时玉石俱焚，悔之何及？请自三思，毋徒伊戚。"余化龙笑曰："似你出身浅薄，不知天高地厚戴载之恩，只知妖言惑众，造反叛主，以逞狂为。今日逢吾，只教你片甲无存，死无葬身之地矣。"（此言一出，必败无疑矣）大叫："左右！谁与我拿姜尚见头一功？"

只见左右四子冲杀过来。苏全忠战住余达，余兆敌住武吉，邓秀抵住余光，余先战住黄飞虎，余化龙压住阵脚。四对儿交兵，这场大战，怎见得好杀，有赞为证。赞曰：

> 两阵上旗幡齐磨，四对将各逞英豪。长枪阔斧并相交，短剑斜挥闪耀。苏全忠英雄赳赳，余达似猛虎头摇，武吉只叫活拿余兆，邓秀喊捉余光餮刀，黄飞虎恨不得枪挑余先下马，众儿郎助阵似潮涌波涛。咫尺间天昏地暗，杀多时鬼哭神嚎。这一阵只杀得尸横遍野血凝膏，尚不肯干休罢了。

八员战将，各要争先。余达拨马就走，苏全忠随后赶来，被余达回手一杵，正中护心镜上，打得纷纷粉碎，苏全忠翻身落马。余达勒回马，挺枪来刺。早有雷震子展开双翅，飞来且快，使开黄金棍，当头刷来。余达只得架棍。周营内早有偏将祁恭将全忠救回。话说余化龙见雷震子敌住余达，自纵马舞刀来取子牙。旁有哪吒登风火轮挺枪来刺。来往冲突，两军杀在虎穴之中。正酣战间，却有杨戬催粮至营，见子牙间对交兵，杨戬立马横刀，看十人对敌，不分胜负。杨戬自思曰："待我暗助他等一阵。"（余化龙只有父子五员将，如何能与西周数十员战将相抗？）远远将哮天犬祭起。余化龙那里知道，被哮天犬一口咬了颈子，连盔都带去了，哪吒见余化龙着伤，急祭起乾坤圈，一圈正中余先肩窝，大败而走。（果然兵败）周兵挥动人马，冲杀一阵，只杀得尸横遍野，血淋草稍。子牙掌鼓回营。正是：眼前得胜欢回寨，只恐飞灾又降临。

话说余化龙被哮天犬所伤，余先又打伤肩臂，父子二人呻吟一夜，府中大小俱不能安。不一日，余德回家探父，家将报知："五爷来了。"余化龙尚自呻吟不已，只见余德走近卧榻之前，见父亲如此模样，急忙问。余化龙将前事备述一遍。余德曰："不妨，这是哮天犬所伤。"忙取丹药，用水敷之，即时全愈。又用药调治兄长余先。当日晚景休题。

次日，余德出关至周营，只要姜子牙答话。哨马报入中军，子牙随出大营，见一道童，头挽抓髻，麻鞋道服，仗剑而来。子牙曰："道者从那里来？"余德曰："吾乃余化龙第五子余德是也。杨戬用哮天犬咬伤吾父，哪吒用圈打伤吾兄，今日下山，特为父兄报仇。吾与汝等，共显胸中道术，以决雌雄。"（傻孩子，人家背后有元始天尊、十二金仙、准提接引随时相助，你的道术比他们如何？）撒步仗剑，来取子牙。旁有杨戬舞刀忙迎。哪吒提枪，现出三首八臂。雷震子、韦护、金吒、木吒、李靖一齐上前迎敌，口称："拿此泼道，休得轻放！"众门人一齐上前，把余德围在垓心，总有奇术，不能使用。

杨戬见余德浑身一团邪气裹住，知是左道之术，把马跳出圈子去，取弹弓在手，发出金丸，正中余德。余德大叫一声，借土遁走了。子牙回营，杨戬见子牙曰："余德乃左道之士，浑身一团邪气笼罩，防他暗用妖术。”子牙曰：“吾师有言：‘谨防达兆光先德。’（呼应前文暗语）莫非就是此余德也？”旁有黄飞虎曰：“前日四将轮战四日，果然是余达、余兆、余光、余先、余德。”子牙大惊，忧容满面，双锁眉梢，正寻思无计。

且说余德着伤，败回关上，进府来，用药服了，不一时，身体全愈。余德切齿深恨曰：“我若留你一个，也不是有道之士！”（此“有道之士”乃道术之士，非是道德之士）彼时至晚，余德与四兄曰：“你们今夜沐浴静身，我用一术，使周兵七日内，叫他片甲无存。”四人依其言，各自沐浴更衣。至一更时分，余德取出五个帕来，按青、黄、赤、白、黑颜色，铺在地下。余德又取出五个小斗儿来，一人拿着一个：“叫你抓着洒，你就洒；叫你把此斗往下泼，你就泼。不用张弓射箭，七日内死他干干净净。”

兄弟五人，俱站在此帕上。余德步罡①斗法，用先天一气，忙将符印祭起。好风！有诗为证。诗曰：

萧萧飒飒竟无踪，拔树崩山势更凶。
莫道封夷无用处，藏妖影怪作先锋。

话说余德祭起五方云来至周营，站立空中，将此五斗毒痘四面八方泼洒，至四更方回。不表。且说周营众人俱肉体凡胎，如何经得起，三军人人发热，众将个个不宁。子牙在中军也自发热。武王在后殿，自觉身疼。六十万人马俱是如此。三日后，一概门人、众将，浑

① 步罡（gāng）：即“步罡踏斗”，道教法师设坛建醮时礼拜星斗的步态和动作。据说步行转折，宛如踏在罡星斗宿之上，故名。道教以为这种动作能遣神召灵。步踏的姿态，据《云笈七签》卷六十一：“其法先举左，一跬一步，一前一后，一阴一阳，初与终同步，置脚横直互相承如丁字形。”相传这种步法为夏禹所创，故亦称“禹步”。

身上下俱长出颗粒，莫能动履，营中烟火断绝。止得哪吒乃莲花化身，不逢此厄。杨戬知道余德是左道之人，故此夜间不在营中，各自运度，因此上不曾侵染。

只见过了五六日，子牙浑身上俱是黑的。此痘形按五方：青、黄、赤、白、黑。哪吒与杨戬曰："今番又是那年吕岳之故事。"杨戬曰："吕岳伐西岐，还有城郭可依，如今不过行营寨栅，如何抵当。倘潼关余家父子冲杀出来，如何济事！"二人心下甚是焦闷。且说余化龙父子六人在潼关城上来看，周营烟火全无，空立旗幡寨栅，余达曰："乘周营诸将有难，吾等领兵下关，一齐杀出，只此一阵成功，却不为美！"余德曰："长兄，不必劳师动众，他自然尽绝，也使旁人知我等妙法无边。不动声色，令周兵六十万余人自然灭绝。"（正因此骄傲自大之心，给了周军喘息之机，找到克制之法。最后不但空忙一场，还丧了父子性命）父子五人齐曰："妙哉！妙哉！"看官，此正是武王有福，不然，若依余达之言，则周营兵将死无噍类①。正是：洪福已扶仁圣主，致令余德逞奇谋。

话说杨戬见子牙看看病势危急，心下着慌，与哪吒共议曰："师叔如此狼狈，呼吸俱难，如之奈何。"话犹未了，只见半空中黄龙真人跨鹤而来。杨戬、哪吒迎接黄龙真人至中军坐下。真人曰："杨戬，你师父可曾来？"杨戬答曰："不曾来。"真人曰："他原说先来，如今该会万仙阵了。"话未绝时，又听得玉鼎真人自空中来至。杨戬迎迓②，拜罢。玉鼎真人起身，入内营来看子牙，见子牙如此模样，真人点首叹曰："虽是帝王之师，好容易！正是你：七死三灾今已满，清名留在简篇中。"玉鼎真人叹息不已，随命杨戬："你再往火云洞

① 噍（jiào）类：原谓能饮食的动物，特指活着的人。
② 迎迓（yà）：迎接。

走一遭。”（原来还是要去求神农。则这个余德，不过一翻版吕岳。如此安排颇无谓，有硬凑“七死三灾”之嫌）

杨戬领命，借着土遁往火云洞而来，如风云一样。看看来至山脚下，好山，真无限的景致，有奇花馥馥，异草依依。怎见得，有赋为证。赋曰：

> 势连天界，名号火云。青青翠翠的乔松，龙鳞重叠；猗猗[①]挺挺的修竹，凤尾交加；蒙蒙茸茸的碧草，龙须柔软；古古怪怪的古树，鹿角丫叉。乱石堆山，似大大小小的伏虎；老藤挂树，似湾湾曲曲的腾蛇。丹壁上更有些分分明明的金碧影，低涧中只见那香香馥馥的瑞莲华[②]。洞府中锁着那氤氤氲氲的雾霭，青峦上笼着那烂烂熳熳的烟霞。对对彩鸾鸣，浑似那咿咿哑哑的律吕[③]；双双丹凤啸，恍疑是嘹嘹亮亮的笙笳。碧水跳珠，点点滴滴从玉女盘中泄出；虹霓流彩，闪闪灼灼自苍龙岭上飞斜。
>
> 真个是：福地无如仙景好，火云仙府胜玄都。（又写一遍火云洞，也是浪费笔墨）

话说杨戬看罢景致，不敢擅入。少时，见一水火童子出来，杨戬上前稽首曰：“敢烦师兄借传一语，杨戬求见。”童子认得杨戬，忙回礼曰：“师兄少待。”童子回言毕，进洞府来，“启老爷：外面有杨戬求见。”伏羲圣人曰：“着他进来。”童子复至外面：“杨戬进见。”杨戬至蒲团前，倒身下拜：“弟子杨戬愿老爷圣寿无疆！”拜罢，将

---

① 猗猗（yī yī）：美盛貌。《诗·卫风·淇奥》：“瞻彼淇奥，绿竹猗猗。”
② 瑞莲华：瑞莲花，即“睡莲”，象征吉祥之莲。多指双头或并蒂莲。
③ 律吕：泛指乐律或音律。此处用以形容彩鸾鸣声和谐动听。

书呈上。伏羲展玩，书曰：

“弟子黄龙真人、玉鼎真人熏沐顿首，谨书上启辟天开地昊皇上帝（“昊皇上帝”，乃作者自造之名号，不知所谓。或云当作“太昊皇上帝”，相对来说较合理些）宝座下：弟子仰仗三教，演习灵文，自宜默守蒲团，岂敢冒言渎奏。但弟子等运逢劫数，杀戒已临，襄应运之天子，伐无道之独夫。路至潼关，突遭余德以左道之幻术，暗毒害于生灵。兹有元戎姜尚暨门徒将士兵卒六十余万，骤染颗粒之疮，莫辨为痈①为毒，恹恹②待尽，至呼吸以难通，旦夕垂亡，虽水浆而莫用。自思无奈，仰叩仁慈，恳祈大开恻隐，怜继天立极之圣君，拯无辜之性命，早施雨露，以慰倒悬。临启不胜待命之至！”

伏羲看罢书，谓神农曰：“今武王有事于天下，乃是应运之君，数当有此厄难，吾等理宜助一臂之力。”神农曰：“皇兄之言是也。”遂取三粒丹药付与杨戬。杨戬得了丹药，跪而启曰：“此丹将何用度？”伏羲曰：“此丹：一粒可救武王；一粒可救子牙；一粒用水化开，只在军前四处洒过，此毒气自然消灭。”（这一段颇似当初吕岳散瘟时来求药的场景。颇疑心当初民间流传的故事，有吕岳和余德两个版本，作者俱不忍弃置，故而分别采用进来，才有这两个相差无几的故事）杨戬又问曰：“不知此疾何名？”伏羲曰：“此疾名为痘疹，乃是传染之病。少若救迟，俱是死症。”杨戬又启曰：“倘此疾后日传染人间，将何药能治？乞赐指示。”神农曰：“你随我出洞至紫云崖来。”杨戬随了神

① 痈（yōng）：肿疡。一种皮肤和皮下组织急性化脓性的炎症。好发于颈和背部。常伴有畏寒、发热等全身症状。

② 恹恹（yān yān）：精神不振貌。常用以形容病态。

农来至崖前，寻了一遍。神农拔一草递与杨戬："你往人间，传与后世，此药能救痘疹之患也。"杨戬又跪恳曰："此草何名？"神农曰："你听我道来：此草有诗为证。诗曰：

紫梗黄根八瓣花，痘疮发表是升麻①（历史上中医治疗天花，确实常用升麻）。

常桑曾说玄中妙，传与人间莫浪夸。"

话说杨戬求了丹药，又传下升麻，以济后人，离了火云洞，径至周营，来见玉鼎真人，备言："求得丹药，并升麻之草，可救痘疹之厄。"黄龙真人忙将丹药化开，先救武王。玉鼎真人来治子牙。杨戬与哪吒用水化开此丹，用杨枝洒起四处来。霎时间，痘疹之毒一时全消，正是：痘疹毒害从今起，后人遇着有生亡。

周营内被杨戬、哪吒在四面洒遍。只三山五岳门人，与凡夫不同，俱是腹内有三昧真火的，又会五行之术，不觉俱先好了。人人切齿，个个咬牙。次日，子牙见众门人脸上俱有疤痕，子牙大怒，与众人共议取关泄恨。众人齐厉声大叫曰："今日不取潼关，势不回军！"不知余化龙父子性命如何，且听下回分解。

总批

痘疹毒恶，与时疫之传染同，大抵是九死一生之症。不知此孽始于是时，其流波不可止及。只恨当日子牙惹此祸端，何不连根斩断？

① 升麻：多年生草本。根茎入药，性微寒、味甘辛，功能解表透疹、解毒、升阳，主治风热头痛、咽喉肿痛、斑疹不透、牙龈肿痛等症。古人认为其可解百毒，辟瘟疫瘴气。

又批

痘疹流与近日，似人人难免。观之当年神仙，也自遭厄。如此言之，在当年不出痘的，也做不得神仙；在近日不出痘的，也做不得人。人与仙两不可得，还请自做主张。

第八十二回　三教大会万仙阵

三教大會萬仙陣

导读：除了以前说过的惧留孙和慈航道人外，十二金仙中还有两位最后归于西方教，那就是文殊广法天尊与普贤真人。从名号上就能看出，这二位来自佛教的文殊菩萨和普贤菩萨。普贤是梵文意译，亦作“遍吉”。《华严经探玄记》解释说：“德周法界曰普，至顺调善曰贤。”普贤菩萨是理德化身、大乘经典总护法、菩萨行典范、大日如来同体。密宗称普贤菩萨为金刚萨埵，并宣称大日如来曾对金刚萨埵等亲说密法，灭度之后，金刚萨埵奉大日如来遗命结集而成《大日经》《金刚顶经》，置于南天铁塔之中，留待有缘。七百余年后，龙树得文殊菩萨所示，打开此塔，金刚萨埵于塔内亲传密乘，此二经乃得传入人间。因此，密宗以大日如来为初祖，金刚萨埵为二祖，龙树为三祖。而文殊菩萨全称“文殊师利菩萨”，是梵文音译，亦作“曼殊室利”等，意译“妙吉祥”“妙德”等，密宗称为吉祥金刚、般若金刚。文殊菩萨被尊为诸菩萨之上首，是佛的主要胁侍之一。文殊为“智”的化身，因而常与象征“理德”之普贤并称。

诗曰：

万仙恶阵列山隈①，飒飒寒风劈面催。
片片祥光笼斗柄②，纷纷杀气透灵台。
鱼龙此际分真伪，玉石从今尽脱胎。
多少修持遭此劫，三尸斩去五云开。

话说余化龙与余达等俱听了余德言语，不以周兵为意，日逐③饮酒，只等周营兵将自己病死。那一日不觉就是第八日，余化龙对诸子言曰："今日已是八日，不见探事官来报，我们可上城一看。"五子齐曰："上城看看才是。"那时离了帅府，上得城来，只见周营比起初三四日光景不同：起先营中毫无烟火，今日周营中反觉腾腾杀气，烈烈威风，人人敢勇，个个精神，旌旗严整，金鼓分明，重重戈戟，叠叠枪刀。

余化龙慌问余德曰："这几日周营中已有复旧光景，此事如何？"余达从旁埋怨曰："兄弟，你不从吾言，致有今日。岂有人是自家会死得尽的？"（纵然从你所言，也必会有神仙前来搭救）余德默然不言，暗思："吾师传我此术，响应随时，岂有不准之理？其中必有原故。"乃对父兄言曰："事已至此，迟疑无益。此必有人在暗中解了。谅他一时身弱，也不能争战。不若乘其不备，一战可以成功，迟则有变。"

余化龙听说，只得领五子杀出关来，径奔周营，欺周将身弱，（不想这些人道术了得，岂会与常人一样？）余德穿道服仗剑在前，如风驰

① 山隈（wēi）：山的弯曲处。
② 斗柄：亦称"斗杓"。即北斗星中的北斗五（玉衡）、北斗六（开阳）、北斗七（摇光或瑶光）三星。
③ 日逐：每天。

雨骤而来，喊声大振。姜子牙与众门人诸将正要出营，恰逢其时，杨戬曰："此匹夫恃强欺敌，是自取死也。"子牙坐四不相，哪吒引道，众门人左右拥护，一齐杀出营来，大呼曰："余化龙！今日是汝父子死期至矣！"金、木二吒气冲牛斗，杨任腹内生烟，雷震子声如霹雳，韦护咬碎铜牙，李靖欲平吞他父子，龙须虎足踏水云，奋勇争先。（刚从鬼门关前走了一趟，焉能不恨？）余家父子迎上前来。周营中众门人裹住了余家父子。未及数合，哪吒现了三首八臂，登起风火轮，先在潼关城上。

军士见哪吒三首八臂，一声喊，散了个干净。余化龙父子见哪吒上关，身子被众人裹住，不得跳出圈子，因此上出了神，被雷震子一棍，正中余光顶上，翻下马来。余达大呼曰："匹夫！伤吾之弟，势不两立！"来战雷震子，又被韦护祭起降魔杵把余达打死，倒在尘埃。杨任将扇子一扇，余先、余兆二人化作飞灰而散。余德见弟兄已死四人，心中大怒，直奔子牙杀来。子牙身体方才好，谅战不过，急祭打神鞭于空中，正中余德，打翻在地，早被李靖一戟刺死。雷震子见哪吒上城，也飞进城来。余化龙见五子阵亡，潼关已归西土，在马上大呼曰："纣王！臣不能尽忠扶帝业，为主报深仇，臣今拚①一死而报君恩也！"余化龙仗剑自刎而亡。后人单道余化龙父子一门死节②，后人有诗吊之，诗曰：

铁骑驰驱血刃红，潼关力战未成功。
一门尽节忠商主，万死丹心泣晓风。

① 拚（pàn）：舍弃，不顾惜。
② 死节：谓以死报国。

苟禄①真能惭素位②，捐生今始识英雄。

清风耿耿流千载，岂在渔樵谈笑中。（为纣王这样的独夫民贼而愚忠至死，焉能称为英雄？所谓尽节忠君，当看君王是否有罪于天下，若无有，则虽是庸懦之主，亦可尽忠，所谓“君虽李煜亦期之以刘秀”。若君王残暴虐民，则奋起反抗才是大忠大节）

话说余化龙自杀，子牙驱人马进关，出榜安民，清查库藏。子牙怜余化龙父子一门忠烈，命左右收尸厚葬。凡军士未得平复的，俱放在潼关调理。子牙方分剖已定，只见黄龙真人、玉鼎真人与子牙议曰：“前面就是万仙阵了，可请武王也暂歇在此关，我等领人马往前面，要路上先命人造起芦篷席殿，迎迓三教师尊。我等只此一举，以完劫数，了此红尘之杀运也。”子牙不觉大喜，忙命杨戬、李靖去造芦篷。（诸般辛苦，终于得见曙光）二人领令去讫。周营众将自从遭痘疹之厄，人人身弱，个个狼狈，俱在关上将息。又过了数日，只见李靖回令：“芦篷俱已完备。”黄龙真人曰：“芦篷既完，只是众门人去得。余者俱离四十里远，扎下团营，俟破阵后，方许起程。”众将得令，就此驻扎不表。

且说子牙同二位真人，与诸门人弟子，前至芦篷上。但见悬花结彩，香气氤氲，迎接玉虚门下之客，今日万仙阵总会一面，满其红尘杀戒，再去返本还元。不一时这三山五岳众道人齐齐拍手大笑而来：广成子、赤精子、文殊广法天尊、普贤真人、慈航道人、清虚道德真君、太乙真人、灵宝大法师、道行天尊、惧留孙、云中子、燃灯道人，众道人见子牙稽首，曰：“今日之会，正完其一千五百年之劫

① 苟禄：指官吏无功而受俸禄。
② 素位：谓安于其平素所处的地位。是儒家立身处世的一种态度。

数。”正是：元满皈依从正道，静心定性诵《黄庭》。

子牙迎接上篷坐下，先论破阵原故。燃灯曰：“只等师长来，自有道理。”众皆默然端坐。且说金灵圣母在万仙阵中，见燃灯道人顶上现了三花，冲上空中，已知玉虚门下众道者来了。随发一个雷声，振开万仙阵，一块烟雾撒开，现出万仙阵来。芦篷上众仙一见，睁目细看数番，见截教中高高下下，攒攒簇簇，俱是五岳三山四海之中云游道客，奇奇怪怪之人。

燃灯点头对众道人叹曰：“今日方知截教有这许多人品。吾教不过屈指可数之人。”（截教所隐喻象征的，乃是明朝盛行的民间宗教。当时其势力之大，风头之盛，在一些地方甚至压过了道教、佛教）正是：玄都大法传吾辈，方显清虚不二门。内中有黄龙真人曰：“众位道友，自元始以来，为道独尊，但不知截教门中一意滥传，遍及非类，真是可惜工夫，苦劳心力，徒费精神；不知性命双修，枉了一生作用，不能免生死轮回之苦，良可悲也！”（当时民间宗教中，确实有收徒太烂、不修道德、所行不法等现象，均可与此对应）道行天尊曰：“此一会，正是我等一千五百年之劫，难逢难遇。今我等先下篷看看，如何？”燃灯曰：“吾等不必去看，只等师尊来至，自有会期。”广成子曰：“我等又不与他争论，又不破他的阵，远观何妨？”众道人曰：“广成子言之甚当。”燃灯阻不住众人，只得下篷，一齐来看万仙阵。只见门户重叠，杀气森然。众仙摇首曰：“好利害！人人异样，个个凶形，全无扮道修行意，反有争持杀伐心。”燃灯对众人曰：“列位道兄，你看他们可是神仙了道①之品！”（当时正统道士、和尚看民间宗教中人，亦是如此这般）

众仙看罢，方欲回篷，只听万仙阵中一声钟响，来了一位道人，

① 了道：得道，悟道。

作歌而出，歌曰：

“人笑马遂是痴仙，痴仙腹内有真玄。
真玄有路无人走，惟我蟠桃赴几千。”

马遂歌罢，大呼曰：“玉虚门下，既来偷看吾阵，敢与我见个高低？”燃灯曰：“你们只贪看恶阵，致多生此一段是非。”黄龙真人上前曰：“马遂，你休要这等自恃。如今吾不与你论高低，且等掌教圣人来至，自有破阵之时。你何必倚仗强横，行凶灭教也。”

马遂跃步，仗剑来取。黄龙真人手中剑急忙来迎。只一合，马遂祭起金箍，把黄龙真人的头箍住了。真人头疼不可当，众仙急救真人，大家回芦篷上来。真人急忙除金箍，除又除不掉，只箍得三昧真火从眼中冒出。（这宝物好生了得）大家闹在一处不表。且说元始天尊来会万仙阵，先着南极仙翁持玉符先行。南极仙翁跨鹤而来，云光缥缈。马遂抬头，见是南极仙翁，急架云光至半空中来，阻住去路。仙翁笑曰：“马遂，你休要猖獗，掌教师尊来了。”马遂正欲争持，只见后面仙乐一派，遍地异香，马遂知不可争持，按落云头，回归本阵。南极仙翁先至芦篷，率众仙迎鸾接驾，上篷坐下。

众门人拜毕，侍立两旁。元始曰：“黄龙真人有金箍之厄。”忙叫：“过来。”黄龙真人走至面前，元始用手一指，金箍随脱。真人谢毕，元始曰：“今日你等俱该圆满此厄，各回洞府，守性修心，斩却三尸，再不惹红尘之难。”众门人曰：“愿老师圣寿无疆！”（这回答似是学的戏词唱本中的君臣奏对之礼，用在此处颇为滑稽）正静坐间，忽听得空中有一阵异香仙乐，飘飘而来。元始已知老子来至，随同众门人迎候。老子下了板角青牛，携手上篷。众门人礼拜毕，老子拍掌曰：“周家不过八百年基业，贫道也到红尘中来三番四转，可见运数难逃，何怕神仙佛祖。”元始曰：“尘世劫运，便是物外神仙都不能免，况我等门人，又是身犯之者，我等不过来了此一番劫数耳。”二位师尊言过，端然默坐。至二更时分，只见各圣贤顶上现有瓔珞庆云，祥光缭绕，满空中有无限瑞霭，直冲霄汉。且不言二位掌教师尊与众门人默坐芦篷不表。

且说金灵圣母在万仙阵内，见瑞霭祥云，知二位师伯已至，自思曰：“今日掌教师伯已来，吾师也要早至方可。”及至天明，只听的半空中仙乐盈空，珮环之声不绝，群仙随通天教主离了碧游宫，亲至万仙阵来，金灵圣母得知，率领众仙，迎接教主，进了阵门，上了八卦台坐下。万仙叩谒毕，金灵圣母曰：“二位师伯俱已至此。”通天教主曰：“罢了！如今是月缺难圆①。既摆此万仙阵，必定与他见个雌雄，以定一尊之位（想争第一的，往往最后都成不了第一）。今日是万仙统会，以完劫数。”随命长耳定光仙：“你且去芦篷上，见你二位师伯，下这一封书。”定光仙领命，径至芦篷下，见杨戬等俱在左右站立。哪吒问曰：“来者何人？”长耳定光仙曰：“吾是奉命下书，来见师伯的。借你通报。”哪吒上前启知。老子曰：“命来。”哪吒下篷说知。定光仙上得篷来，见左右立着十二代门人，定光仙拜伏于地，将书呈上。老子看书毕，谓定光仙曰：“吾知道了。明日会万仙阵也。”定光仙下篷至万仙阵，回覆通天教主。

且说次日，二位教主领众门徒来看万仙阵，下得篷来，至阵前一见，好万仙阵！怎见得，有赞为证。赞曰：

一团怪雾，几阵寒风。彩霞笼五色金光，瑞云起千丛艳色。前后排山岳修行道士与全真，左右立湖海云游陀头并散客。

① 月缺难圆：比喻关系一旦破裂，就很难挽回。

正东上：九华巾，水合袍，太阿剑，梅花鹿，都是道德清高奇异人。正西上：双抓髻，淡黄袍，古定剑，八叉鹿，尽是驾雾腾云清隐士。正南上：大红袍，黄斑鹿，昆吾剑，正是五遁三除截教公。正北上：皂色服，莲子箍，宾铁锏，跨麋鹿，都是倒海移山雄猛客。

翠蓝幡，青云绕绕；素白旗，彩气翩翩；大红旗，火云罩顶；皂盖旗，黑气施张；杏黄幡下千千条古怪的金霞，内藏着天上无、世上少、辟地开天无价宝。

又是乌云仙、金光仙、虬首仙神光赳赳；灵牙仙、毗芦仙、金箍仙气概昂昂；七猪车坐金灵圣母，分门列户；八虎车坐申公豹，总督万仙；无当圣母法宝随身；龟灵圣母包罗万象。金钟响，翻腾宇宙；玉磬敲，惊动乾坤；提炉排，袅袅香烟龙雾隐；羽扇摇，翩翩彩凤离瑶池。奎牛上坐的是混沌未分、天地玄黄之外、鸿钧教下通天截教主。只见长耳仙持定了神书奥妙道德无穷兴截灭阐六魂幡。（好大阵仗，好生气魄，不愧全书第一大阵）

左右金童随圣驾，紫雾红云离碧游。

通天教主身心变，只因一怒结成仇。

两教生克终有损，天翻地覆鬼神愁。

昆仑正法扶明主，山河一统属西周。

话说老子同元始来看万仙阵，老子一见万仙阵，与元始曰："他教下就有这些门人！据我看来，总是不分品类，一概滥收，那论根器深浅，岂是了道成仙之辈。此一回玉石自分，浅深互见。遭劫者，可不枉用工夫，可胜叹息！"（再次点出民间宗教滥收门徒的特性）话犹未了，只见通天教主从阵中坐奎牛而出，穿大红白鹤绛绡衣，手执宝剑而来。老子看通天教主全无道气，一脸凶光。怎见得，有赞为证。

赞曰：

辟地开天道理明，谈经论法碧游京。
五气朝元传妙诀，三花聚顶演无生。
顶上金光分五彩，足下红莲逐万程。
八卦仙衣飞紫气，三锋宝剑号青平。
伏虎降龙为第一，擒妖缚怪任纵横。
徒众三千分左右，后随万姓尽精英。
天花乱坠无穷妙，地拥金莲长瑞祯。
度尽众生成正果，养成正道属无声。
对对幡幢前引道，纷纷音乐及时鸣。
奎牛稳坐截教主，仙童前后把香焚。
霭霭沉檀云雾长，腾腾杀气自氤氲。
白鹤唳时天地转，青鸾展翅海山澄。
通天教主离金阙，来聚群仙百万名。

话说通天教主见二位教主，对面打稽首，曰："二位道兄请了！"老子曰："贤弟可谓无赖之极！不思悔过，何能掌截教之主？前日诛仙阵上已见雌雄，只当潜踪隐迹，自己修过，以忏往愆，方是掌教之主，岂得怙恶①不改，又率领群仙布此恶阵。你只待玉石俱焚，生灵戕灭殆尽，你方才罢手，这是何苦定作此业障②耶！"通天教主怒曰："你等谬掌阐教，自恃己长，纵容门人，肆行猖獗，杀戮不道，反在此巧言惑众。我是那一件不如你？你敢欺我！今日你再请西方准提道

① 怙（hù）恶：坚持作恶。有成语"怙恶不悛"，意为一贯作恶，不肯悔改。
② 业障：佛教名词。指身业、口业、意业三方面活动中能障碍修行的不好行为。

人将加持杵打我就是了。不知他打我即是打你一般。此恨如何可解！”（通天教主已被愤怒与嫉恨夺了理智，全不顾及当初三教签押《封神榜》之事，一味以报仇、争雄为目的，可叹）元始笑曰：“你也不必口讲，只你既摆此阵，就把你胸中学识舒展一二，我与你共决雌雄。”通天教主曰：“我如今与你仇恨难解，除是你我俱不掌教，方才干休！”

通天教主道罢，走进阵去。少时，布成一个阵势，乃是一个阵结三个营垒，攒簇而立。通天教主至阵前问曰：“你二人可识吾此阵否？”老子大笑曰：“此乃是吾掌中所出，岂有不知之理。此是太极两仪四象之阵耳！有何难哉！”通天教主曰：“可能破否？”元始曰：“你且听吾道来：混元初判道为尊，炼就乾坤清浊分。太极两仪生四象，如今还在掌中存。”老子问曰：“谁去破此太极阵走一遭？”赤精子大呼曰：“弟子愿会此阵！”作歌而出。歌曰：

“今朝圆满斩三尸，复整菩提在此时。
太极阵中遇奇士，回头百事自相宜。”

赤精子跃身而出。只见太极阵中一位道人，长须黑面，身穿皂服，腰束丝绦，跳出阵前，大呼曰：“赤精子，你敢来会吾阵么？”赤精子曰：“乌云仙，你不可恃强，此处是你的死地了！”乌云仙大怒，仗剑来取。赤精子手中剑赴面交还。未及三两个回合，乌云仙腰间掣出混元锤就打，一声响，把赤精子打了一跤。乌云仙才待下手，有广成子大呼曰：“少待伤吾道兄，吾来了！”仗剑抵住了乌云仙。二人大战，未及三合，乌云仙又是一锤把广成子打倒在地。广成子扒将起来，往西北上走了。（阐教首战不利）通天教主命乌云仙赶去，“定然拿来！”乌云仙领法旨，随后赶来。

广成子前走，乌云仙后赶。看看[1]赶上，广成子正无可奈何，转过山坡，只见准提道人来至。让过了广成子，准提阻住了乌云仙，笑容满面，口称："道友请了！"乌云仙认得是准提道人，大叫曰："准提道人，你前日在诛仙阵上伤了吾师，今又阻吾去路，情殊可恨！"（既然能伤你师父，自然就能拿你，还不快跑）仗宝剑望准提道人顶上劈来。道人把口一张，有一朵青莲托住了剑。言曰："舌上青莲能托剑，吾与乌云有大缘。"准提曰："道友，我与你是有缘之客，特来化你归吾西方，共享极乐，有何不美？"乌云仙大呼曰："好泼道！欺吾太甚！"又是一剑。准提用中指一指，一朵白莲托剑。准提又曰："道友，掌上白莲能托刃，须知极乐在西方。二六莲台生瑞彩，波罗花放满园香。"乌云仙大呼曰："一派胡说！敢来欺我！"又是一剑。

准提将手一指，一朵金莲托住。准提曰："乌云仙友，吾乃是大慈大悲，不忍你现出真相，（又埋一伏线）若是现时，可不有辱你平昔修炼工夫，化为乌有。我如今不过要与你兴西方教法，故此善善化你，幸祈及早回头。"乌云仙大怒，又是一剑砍来。准提将拂尘一刷，乌云仙手中剑只剩得一个靶儿。乌云仙大怒，拎起混元锤打来。准提就跳出圈子去了。乌云仙随后赶来。准提曰："徒弟在那里？"只见来了一个童儿，身穿水合衣，手执竹枝而来。不知乌云仙凶吉如何，且听下回分解。

总批

余化龙父子一门忠烈，真不愧须眉。虽余德甚痴，岂得以此少之。三仁之后不能多得。

① 看看：估量时间之辞。转瞬间，转眼间。

又批

神仙原自清静无为，岂得专以杀伐为事？况其鼻祖者乎！通天教主原是立《封神榜》的人，如何反走了糊突帐里去，真个可笑！此老真该打入轮回，不可令他掌教，鸿钧自欠主张。

第八十三回　三大师收狮象犼

三大士收伏
獅象犼

导读：在本回中，文殊广法天尊、普贤真人和慈航真人各自收获了一尊坐骑。而在收服这三个原本的截教弟子时，三位金仙都现出了自己的法身（或化身）。而且除了慈航道人外，文殊与普贤的法身，相貌都极其凶恶。这种法身（或化身），应当是来自密宗的“忿怒相”。在密宗看来，每个佛都有对应的“忿化身”，这些化身体现了佛的威猛忿怒形象，用以维护佛法，除魔降妖，去除世间的贪、嗔、痴等烦恼。而我们通常所见的佛、菩萨形象，则被称作“寂静相”。按照这种理论，普贤菩萨的忿怒相是二臂玛哈嘎拉，即二臂大黑天。他身色青黑，三眼呈忿怒状，鬃毛竖立，头戴五骷髅冠，背后是冲腾的火焰，和书中描述的“面如蓝靛，赤发红髯。浑身上五彩呈祥”，基本还能对应上。而文殊菩萨的忿怒相则是大威德金刚。他身体呈蓝黑色，九面三十四臂十六足，以威武之姿立于光焰烈火之中，与书中描述的“面如紫枣，巨口獠牙”，虽然不是十分贴切，但给人的感觉还是有些相似的。至于观音菩萨的忿怒相，就是我们之前讲过的马头明王。由于马头明王已经被写成了马元，因此本回中只有慈航道人的化身不是凶恶之相。

诗曰：

一钩明月半轮秋，三点如星仔细求。
狮象有名缘相立，慈航无着借形修。
朝元最忌贪嗔败，脱骨须知挂碍仇。
总为诸仙逢杀劫，披毛带角尽皆休。

话说准提道人命水火童子："将六根清净竹，来钓金鳌①。"童子向空中将竹枝垂下，那竹枝就有无限光华异彩，裹住了乌云仙。乌云仙此时难逃现身之厄。准提叫曰："乌云仙，你此时不现原形，更待何时！"只见乌云仙把头摇了一摇，化作一个金须鳌鱼，剪尾②摇头，上了钓竿。童子上前，按住了乌云仙的头，将身骑上鳌鱼背上（果然受辱），径往西方八德池中受享极乐之福去了。正是：八德池中闲戏耍，金莲为伴任逍遥。

话说准提道人收了金鳌，赶至万仙阵前。通天教主看见准提，怒冲面上，眼角俱红，大呼曰："准提道人，你今日又来会吾此阵，吾决不与你干休！"（哪还有神仙教主的姿态）准提道人曰："乌云仙与吾有缘，被吾用六根清净竹钓去西方八德池边，自在逍遥，无罣无碍，真强如你在此红尘中扰攘也。"通天教主听罢大怒，正欲与准提厮杀，只听得太极阵中一人作歌而出。歌曰：

"大道非凡道，玄中玄更玄。
谁能参悟透，咫尺见先天。"

---

① 鳌（áo）：传说中的海中大龟。一说大鳖。
② 剪尾：用尾部扫动。

话说太极阵中虬首仙提剑而出："谁人敢进吾阵中来，共决雌雄？"准提道人曰："文殊广法天尊，借你去会此位有缘之客。"（由准提道人来安排破阵之人，元始天尊与老子竟毫无异议，内中必有原故）

准提道人把文殊广法天尊顶上一指，泥丸复开，三光迸出，瑞气盘旋。元始天尊递一幡与文殊，名曰盘古幡，"可破此太极阵。"文殊广法天尊接幡作偈而出。偈曰：

> "混元一气此为先，万劫修持合太玄。
> 莫道此中多变化，汞铅消尽福无边。"

文殊广法天尊歌罢，虬首仙大呼曰："今日之功，各显其教，不必多言！"仗手中剑砍来。文殊广法天尊手中剑急架相还。未及数合，虬首仙便往阵中而去。文殊广法天尊纵步赶来。虬首仙进阵，便祭起符印，只见阵中如铁壁铜墙一般，兵刃如山。文殊广法天尊将盘古幡展动，镇住了太极阵，广法天尊现出一法身来。怎见得，有赞为证。赞曰：

> 面如蓝靛，赤发红髯。浑身上五彩呈祥，遍体内金光拥护。降魔杵滚滚红焰飞来，金莲边腾腾霞光乱舞。正是：太极阵中皈依大法现威光，朵朵祥云笼八面。

虬首仙见广法天尊现出一位化身，甚是奇异，只见香风缥缈，璎珞缠身，莲花脚下。虬首仙无法可治，正欲回避，文殊忙将缚妖绳祭起，命黄巾力士："拿去芦篷下，听候发落。"广法天尊收了法相，徐徐出阵，上篷来见元始，曰："弟子已破太极阵矣。"元始命南极仙翁："去芦篷下，将虬首仙打出原身。"仙翁领命至篷下，见虬首仙缚住一团。南极仙翁对虬首仙口中念念有词，道声："疾！还不速现原形，更待何时！"只见虬首仙把头摇了两摇，就地一滚，乃是一个青毛狮子，剪尾摇头，甚是雄伟。南极仙翁回覆元始天尊命令。元始分付："就命广法天尊骑坐，仍于项下挂一牌，上书虬首仙名讳。"（真可谓极尽羞辱之能事，有何深仇大恨，非如此不可？）

次日，老子与元始亲临阵前，问："通天教主何在？"左右报与通天教主，径出阵前。老子命文殊骑了青狮至前面，老子指与通天教主看，曰："你的门下，供有此等之物，你还要自逞道德清高，真是可笑！"就把个通天教主羞红满面，大怒曰："你再敢破吾两仪阵么？"老子尚未及回言，只见两仪阵内灵牙仙大呼而出曰："谁敢来破吾两仪阵么？"正是：袖里乾坤翻上下，两仪阵内定高低。灵牙仙径出阵来，问："谁敢来见吾此阵？"元始命普贤真人曰："你去破此阵走一遭。"遂将太极符印付与普贤真人。真人至阵前曰："灵牙仙，你苦行成形，为何不守本分，又来多此一番事也。只怕你咫尺间现了原形，那时悔之晚矣。"（看来又是个动物修成的）

灵牙仙大怒，仗双剑飞来直取。普贤真人仗手中剑火速忙迎。未及数合，灵牙仙便往两仪阵中而去。普贤真人赶入阵内。灵牙仙祭动两仪妙用，逞截教玄功，发动雷声，来困普贤真人。只见普贤真人泥丸宫现出化身，甚是凶恶。怎见得，有赞为证：

> 面如紫枣，巨口獠牙。霎时间红云笼顶上，一会家瑞彩罩金身。璎珞垂珠挂遍体，莲花托足起祥云。三首六臂持利器，手内降魔杵一根。正是：有福西方成正果，真人今日已完成。

话说普贤真人现出法身，镇住灵牙仙，仍用长虹索，命黄巾力士："将灵牙仙拿去芦篷下，听候指挥。"普贤真人破了两仪阵，径至芦篷上，参谒老子。老子命南极仙翁：“速现灵牙仙原身。”南极仙翁领令，将三宝玉如意把灵牙仙连击数下。灵牙仙就地一滚，现出原形，乃是一只白象。老子分付：“将白象颈上也挂一牌，上书灵牙仙名讳，与普贤真人为坐骑。”复至阵前。（与之前文殊广法天尊收虬首仙几乎一致，宛如复刻）

通天教主见青狮在左，白象在右，不觉大怒，正欲上前，只见四象阵中金光仙大呼曰：“阐教门人不要逞强，吾来也！”乃作歌而出。歌曰：

“妙法广无边，身心合汞铅。
今领四象阵，道术岂多言。
二指降龙虎，双眸运太玄。
谁人来会我，方是大罗仙。”

元始见金光仙出得四象阵来，勇猛莫敌，忙分付慈航道人曰：“你将如意执定，进四象阵去，直须如此如此，就变化无穷，何愁此阵不破也？此是你有缘之骑。”（可惜金光仙，也要沦为坐骑了）慈航领命，作歌而出。歌曰：

“普陀崖下有名声，了劫归根返玉京。
今日已完收四象，梦魂犹自怕临兵。”

慈航歌罢，金光仙跃身而出，大呼曰：“慈航道人，你口出大言，肆行无忌，好个‘今日已完收四象’，只怕你死于目前！不要走，正要拿你！”仗手中剑飞来直取。慈航道人手中剑急架忙迎。未及三合，金光仙便入四象阵去了。慈航赶入阵中。

金光仙将四象阵符印发开，内有无穷法宝，来治慈航道人。（任你法宝无穷，不敌如意一柄）正是：四象阵遇金毛犼，潮音洞里听谈经。话说慈航道人见四象阵中变化无穷，忙将头上一拍，有一朵庆云笼罩，盖住顶上，只听得一声雷响，现出一位化身，怎见得：

面如傅粉，三首六臂。二目中火光焰里现金龙，两耳内朵朵金莲生瑞彩。足踏金鳌，霭霭祥云千万道；手中托杵，巍巍紫气彻青霄。三宝如意擎在手，长毫光灿灿；杨柳静瓶在肘后，有瑞气腾腾。正是：普陀妙法庄严，方显慈航道行。

且说金光仙看见阐教内门人这等化身，自叹曰："真好一个玉虚门下，果然气宇不同！"欲待逃回，早已被慈航道人祭起三宝玉如意，命黄巾力士："把此物拿去篷下，听候发落。"

少时，力士平空把金光仙拿至芦篷下。南极仙翁在篷下等候，忽见空中丢下金光仙来，南极仙翁见金光仙跌下篷来，尊老子命令，将金光仙颈上连拍几下："这业障还不速现原形，更待何时！"金光仙情知不能逃脱，就地一滚，现出原形，乃是一只金毛犼。仙翁至芦篷回覆法旨。元始分付："也与他颈上挂一牌，书金光仙名讳，就与慈航为坐骑。"仙翁一一如命施为。慈航骑了，复出阵前。此乃是三大师收伏狮、象、犼。后兴释门，成于佛教，为文殊、普贤、观音，是三位大士。（可怜通天教主倾截教全力布下的万仙阵，没能伤到阐教一人，反而给对方送去三个坐骑，真是亏大了）此是后话，表过不题。

且说通天教主见如此光景，心中大怒，方欲仗剑前来，以决雌雄，忽听得后面一门人大呼曰："老师不要动怒，吾来也！"通天教主观之，乃是龟灵圣母，身穿大红八卦衣，仗手中宝剑，作歌而来。歌曰：

“炎帝修成大道通，胸藏万象妙无穷。
碧游宫内传真诀，特向红尘西破戎。”

只见龟灵圣母欲来拿广成子报仇，这壁厢有惧留孙迎上前来曰：“那业障漫来！”老子、元始、准提道人三位教主是慧眼，看见龟灵圣母行相，元始笑曰：“二位道兄，似这样东西，如何也要成正果，真个好笑！”（轻蔑之情溢于言表）你道他如何出身，有赞为证。赞曰：

根源出处号帮泥，水底增光独显威。
世隐能知天地性，灵惺①偏晓鬼神机。
藏身一缩无头尾，展足能行即自飞。
苍颉造字须成体，卜筮先知伴伏羲。
穿萍透荇②千般俏，戏水翻波把浪吹。
条条金线穿成甲，点点装成玳瑁齐。
九宫③八卦生成定，散碎铺遮绿羽衣。
生来好勇龙王幸，死后还驼④三教碑。
要知此物名何姓，炎帝得道母乌龟。

且说龟灵圣母仗剑出来，与惧留孙大战，未及三五合，急祭起日月珠打来。惧留孙不识此宝，不敢招架，转身往西而败走。通天教主大呼曰：“速将惧留孙拿来！”（不想想你那两个师兄岂会坐视不管？何况还有

---

① 灵惺（xīng）：聪明，机灵。
② 荇（xìng）：多年生水生草本植物，叶呈对生圆形，浮在水面，根生水底。全草可入药。
③ 九宫：术数家所指的九个方位。《易》纬家有“九宫八卦”之说，即离、艮、兑、乾、坤、坎、震、巽八卦之宫，加上中央宫。
④ 驼：通“驮”。

位西方教的在虎视眈眈）

龟灵圣母飞赶前来。惧留孙乃是西方有缘之客，久后入于释教，大阐佛法，兴于西汉。正往西上逃走，只见迎头来了一人，头挽双髻，身穿水合道袍，徐徐而来，让过惧留孙，阻住龟灵圣母，大呼曰："不要赶吾道友。你既修成人体，礼当守分安居，如何肆志乱行，作此业障。若不听吾之言，那时追悔何及！你可速回，吾乃西方教主，大展沙门，今来特遇有缘，非是无端惹事。"正是：若是有缘当早会，同上西方极乐天。龟灵圣母大呼曰："你是西方客，当安你巢穴，如何敢在此妖言乱语，惑吾清听也！"

不及交手，急祭日月珠劈头打来。接引道人指上放一白毫光，光上生一朵青莲，托住此珠。西方教主曰："青莲托此物，众生那得知。"龟灵圣母原非根深行满之辈，不知进退，依旧用此珠打来。（可见作者的立场）接引道人曰："既到此间，也免不得行此红尘之事。非是我不慈悲，乃是气数使然，我也难为自主。我且将此宝祭起，看他如何。"西方教主将念珠祭起，龟灵圣母一见，躲身不及，那念珠落下，正打在龟灵圣母背上，压倒在地，现出原身，乃是一个大龟，只见压得头足齐出。惧留孙方欲仗剑斩之，西方教主急止之曰："道友不可杀他，若动此念，转劫难完，相报不已。"教主呼："童子在那里？"西方教主言未毕，只见一童走至面前，西方教主曰："我同此位道友去会有缘之客，你可将此畜收之。"接引道人同惧留孙赴芦篷来不表。

且说西方白莲童子将一小小包儿打开，欲收龟灵圣母，不意走出一件好东西，甚是利害，声音细细，映日飞来。怎见得，有诗为证。诗曰：

声若轰雷嘴若针，穿衾①度幔更难禁。
贪餐血食侵人肤，畏避烟熏集茂林。
炎热愈威偏聒噪，寒风才动便无情。
龟灵圣母因逢劫，难免群锋若聚簪。

话说白莲童子打开包裹，放出蚊虫，那蚊虫闻得血腥气，俱来叮在龟灵圣母头足之上，及至赶打，如何赶得彻；未曾赶得这里，那里又宿满了。不一时，把龟灵圣母吸成空壳。（如此安排，不知何意，徒见作者之恶趣味而已）

白莲童子急至收时，他也自四散飞去，一翅飞往西方，把十二品莲台食了三品。后来西方教主破了万仙阵回来，方能收住，已是少了三品莲台，追悔无及。正是：九品莲台登彼岸，千年之后有沙门。

不表蚊虫之事，且说西方教主同惧留孙来至万仙阵前，见了紫雾红云，黄光缭绕，有准提道人见师兄来至，老子与元始忙迎上前，打稽首曰："道友请了！"对面通天教主看见，大呼曰："接引道人，你前番可恶，破吾诛仙阵，今又来此！吾与你见个高下！"道罢，把奎牛催开，用剑来取。

西方教主也不动手，只见泥丸宫舍利子升起三颗，或上或下，反覆翻腾，遍地俱是金光。通天教主宝剑架隔，亦不能近身。通天教主大怒，复用渔鼓打来。准提用手一指，一朵金莲架住，亦不能近身。（看来西方教二位的法力远在通天教主之上，截教断无胜算）老子与元始请曰："二位道兄暂回。今日且不要与他较量。"赤精子听罢，忙鸣金钟；广成子又击玉磬。四位教主皆回。通天教主又不能阻拦，心中大怒，曰："今日且让他暂回，明日决要会你等，以见高下！"老子曰：

① 衾（qīn）：被子，特指大被。

“你且回去，不要性急。”

只见四位教主回至芦篷上坐下，元始曰：“二位道兄此来共佐周室，若明日破阵，必尽除此教，以绝彼之虚妄。只是难为后来访道修真之人，绝此一种耳。”（竟要将截教彻底灭绝，可真是好狠的心肠）接引道人曰：“贫道此来，单只为渡有缘之客。据吾观，万仙阵中邪者多而正者少，没奈何，只得随缘相得，不敢勉强耳。”老子曰：“吾等门人今已满戒，明日速破此阵，让他早早返本还元，以全此辈根行，也不失我等解脱一场。”元始随命姜尚过来，问曰：“前日破诛仙阵，那四口宝剑在否？”子牙曰：“此剑俱在弟子处。”元始曰：“取来。”子牙随取出四口剑献上元始，乃“诛”“戮”“陷”“绝”之剑。

元始乃命广成子、赤精子、玉鼎真人、道行天尊四人过来，分付曰：“你四人但看明日吾等进阵之时，阵里面八卦台前有一座宝塔升起，你四个先冲进重围之中，祭起此剑。原是他的宝剑，还绝他的门人，非吾等故作此恶业①也。”（以彼之剑，斩彼门人，真可谓杀人诛心）又谓子牙曰：“明日会阵之际，但凡吾门下见者，皆可进阵，以完劫数。”子牙领了法旨，来至芦篷下，分付众门人曰：“明日共破万仙阵，尔等俱入阵中，各见雌雄，以完劫数。”众门人听说，喜不自胜不表。

且说潼关众将听得破万仙阵，俱在关内，一个个心痒难抓，恨不得也来看看。内有洪锦与龙吉公主曰：“我也是截教，况你又是瑶池仙子，理合去会万仙阵，如何在此不行？”龙吉公主曰：“我们明日早去无妨。”夫妻计议停当。次日，来见武王曰：“臣辞大王，要去会万仙阵，以完劫数，特听姜元帅调遣。”（让你夫妻留在关内，必有用意，擅自前往，恐生不测）武王曰：“卿去固好，当佐相父破敌也。”武

① 恶业：佛教语。恶业有十种，即一杀生，二偷盗，三邪淫，四妄语，五两舌，六恶口，七绮语，八贪欲，九瞋恚，十邪见。

王大喜，奉酒饯行。洪锦夫妇告别起行。也是合该如此。正是：万仙阵内夫妻绝，天数安排不得差。

且说元始次日下篷，分付众门人，鸣动金钟、玉磬。三教圣人率诸门人共破万仙阵。只见通天教主分付长耳定光仙曰："但吾与你师伯共西方二位道人会战，吾叫你将六魂幡磨动，你可将幡磨动，不得有误！"长耳定光仙曰："弟子知道。"通天教主打点会战。且说长耳定光仙自思："我前只见师伯左右门人，总共十二代弟子，俱是道德之士；昨日又见西方教主，三颗舍利子顶上光华，真是道法无边。"先自有三分退委（埋下后来倒戈之伏笔）。正是：从来心上修仙道，邪正方知成大宗。

话说通天教主至阵前，见老子、元始四人一至，大呼曰："今日定要与你等见个高低，断不草率干休！"话犹未了，只见洪锦走马至阵前，与龙吉公主也不听约束，举刀刃直冲杀过去。子牙拦阻不住。看官，此正是这二位星官该绝于此，天数如然，故不由分说，直杀过去耳。（纵然龙吉公主夫妻要来会战，何必不听指挥擅自杀去？如此安排莫名其妙，只好再推给天数背锅）洪锦把刀一摆，两骑马冲进阵中。万仙阵不曾提防有此冲突之患，被龙吉公主祭起瑶池内白光剑，伤了数位仙家。夫妻二人正冲杀间，只见乱腾腾杀气迷空，黑霭霭阴风晦昼，正遇金灵圣母在七猪车上布阵，忽报："龙吉公主冲进阵来。"金灵圣母急下车看时，公主已杀至面前。圣母绰步，提飞金剑抵敌。未及数合，圣母祭起四象塔打来。公主不知此宝，躲不及，一塔正打中顶门，跌下马来，被众仙杀之。洪锦见公主已绝，大叫一声："休伤吾公主！"把刀来取圣母。圣母又祭起龙虎如意，正中洪锦顶上。可怜！自归周土，屡得奇功，今日夫妻阵亡，以报武王。二位清魂俱往封神台去了。元始正欲与通天教主答话，只见洪锦夫妻已亡，元始叹谓西方教主曰："方才绝者乃是瑶池金母之女。天数合该如此，可见非人力所为。”（却又如何与龙吉公主下界前其父母所说结局不同？难道昊天上帝与瑶池金母竟全然不知天数？）

只听得万仙阵门里有一竿[1]翠蓝旗摇，隐隐调出一位道者，乃是按二十八宿之星，正应万仙阵而出。元始见翠蓝旗摇动，来了四位道人，俱穿青色衣。怎见得，有诗为证。诗曰：

一字青纱脑后飘，道袍水合束丝绦。
元神一现群魔灭，斩将封为角木蛟。

诗曰：

九扬纱巾头上盖，腹内玄机无比赛。
降龙伏虎似平常，斩将封为斗木豸。

诗曰：

三柳髭须[2]一尺长，炼就三花不老方。
蓬莱海岛无心恋，斩将封为奎木狼。

诗曰：

修成道气精光焕，巨口獠牙红发乱。
碧游宫内有声名，斩将封为井木犴。

---

① 竿：通“杆”。
② 髭（zī）须：意思是胡子。唇上曰髭，唇下为须。

元始又见一声钟响，一杆大红旗摇，又来了四位道人，俱穿大红绛绡衣，好凶恶！怎见得，有诗为证。诗曰：

碧玉霞冠形容古，双手善把天地补。
无心访道学长生，斩将封为尾火虎。

诗曰：

截教传来炼玉枢，玄机两济用工夫。
丹砂鼎内龙降虎，斩将封为室火猪。

诗曰：

秘授口诀伏妖邪，顶上灵云天地遮。
三花聚顶难成就，斩将封为翼火蛇。

诗曰：

不恋荣华止自修，降龙伏虎任悠游。
空为数载丹砂力，斩将封为觜火猴。

老子见万仙阵中一杆白旗摇动，又有四位道人出来，身穿大白衣，体态凶顽，各有妖氛气概，因谓元始曰："似这等业障都来枉送性命，你看出来的都是如此之类。"（这前后几大段几乎全是"有诗为证"，看得人倒尽胃口）怎见得，有诗为证。诗曰：

五岳三山任意游，访玄参道守心修。
空劳炉内金丹汞，斩将封为斗金牛。

诗曰：

腹内珠玑贯八方，包罗万象道汪洋。
只因杀戒难逃躲，斩将封为鬼金羊。

诗曰：

离龙坎虎相匹遇，炼就神丹成不朽。
无缘顶上现三花，斩将封为娄金狗。

诗曰：

金丹炼就脱樊笼，五遁三除大道通。
未灭三尸吞六气，斩将封为亢金龙。

四位教主又见通天教主把手中剑望东、西、南、北指画，前后又是钟鸣，阵门开处，又有四位道人出来，真好稀奇！有诗为证。诗曰：

自从修炼玄中妙，不恋金章①共紫诰②。

① 金章：金质的官印。一说铜印。因以指代官宦仕途。
② 紫诰：指诏书。古时诏书的封袋用紫泥封口，上面盖印，故称。

通天教主是吾师，斩将封为箕水豹。

诗曰：

出世虔诚悟道言，勤修苦行反离魂。
移山倒海随吾意，斩将封为参水猿。

诗曰：

箬冠[1]道服性聪敏，炼就白气心无损。
只因无福了长生，斩将封为轸水蚓。

诗曰：

五行妙术体全殊，合就玄中自丈夫。
悟道成仙无造化，斩将封为壁水貐。

元始曰："此俱是截教门中，并无一人有根行之士，俱是无福修为，该受此劫数也，深为可悲！"又见皂盖幡摇，出来四位道人。怎见得，有诗为证。诗曰：

跨虎登山观鹤鹿，驱邪捉怪神鬼哭。
只因无福了仙家，斩将封为女土蝠。

① 箬（ruò）冠：竹编的帽子。

诗曰：

顶上祥光五彩气，包含万象多伶俐。
无分无缘成正果，斩将封为胃土雉。

诗曰：

采炼阴阳有异方，五行攒簇配中黄。
不归阐教归截教，斩将封为柳土獐。

诗曰：

赤发红须情性恶，游尽三山并五岳。
包罗万象枉徒劳，斩将封为氐土貉。

元始与老子同西方教主共言曰：“你看这些人，有仙之名，无仙之骨，那里做得修行办道之品！”（作者又犯他那同样文字不断重复的毛病，每出四个人便来一首长诗，然后四位教主中出来一人鄙夷一番）四位教主正谈论之间，只见旗门开处，又来了四位道人。怎见得，有诗为证。诗曰：

修成大道真潇洒，妙法玄机有真假。
不能成道却凡尘，斩将封为星日马。

诗曰：

铁树开花怎得齐，阴神行乐跨虹霓。
只因无福为仙侣，斩将封为昴日鸡。

诗曰：

面如蓝靛多威武，赤发金睛恶似虎。
呼风唤雨不寻常，斩将封为虚日鼠。

诗曰：

三昧真火空中露，霞光前后生百步。
万仙阵内逞英雄，斩将封为房日兔。

话说通天教主在阵中调出第七对来，展一杆素白幡，幡下有四位道者，凶凶恶恶，凛凛赳赳，手提方楞锏出来。怎见得，有诗为证。诗曰：

道术精奇盖世无，修真炼性握兵符。
长生妙诀贪尘劫，斩将封为毕月乌。

诗曰：

发似朱砂脸似靛，浑身上下金光现。
天机玄妙总休言，斩将封为危月燕。

诗曰：

面如赤枣落腮胡，撒豆成兵盖世无。
两足登云如掣电，斩将封为心月狐。

诗曰：

腹内玄机修二六，炼就阴阳超凡俗。
谁知五气未朝元，斩将封为张月鹿。（怀疑万仙阵的故事原本是说唱文学，后来被作者吸收进小说中，否则本回中何以有如此之多的长篇歌诗）

话说通天教主把九曜①二十八宿调将出来，按定方位。只见四七二十八位道者，齐齐整整，左右盘旋，簇拥而出。但见了些飞霞红气，紫电清光，有多少道者层层密密，凶凶顽顽②，真个是杀气腾腾，愁云霭霭，好生利害！不知后事如何，且听下回分解。

总批

金鳌狮象犼与龟皆鳞甲披毛之属，而通天教主一概收为门下，其截教之非正道可知。又云凡七窍者，皆可成仙。又云披毛从此得，作佛也由他。从此看来，俱是自家作主张。当日乌云、虬首等仙学好，便可以成仙了道，一动杀心，便成鳌、成狮、成

① 九曜：天文学名词，是指北斗七星和辅佐二星，亦称“九执”。在中国民间指金、木、水、火、土、太阳、太阴、计都和罗睺九位星君，相传他们主宰人间的吉凶祸福。
② 凶凶顽顽：即“凶顽”，凶狂顽固。

象、成犼、成龟。都各从其类。这是自讨的。此一段说法，正是慈悲劝世。

又批

金鳌狮象犼，不过复其本相，为人坐骑耳。若龟灵圣母，则饱足蚊虫之腹，其死法亦苦。无怪今人深恶而痛绝之，今又有甘之者，诚何心哉！

第八十四回　子牙兵取临潼关

子牙兵取臨潼關

导读：本回中有两位截教弟子皈依了西方教，一位是长耳定光仙，另一位则是毗芦仙。长耳定光仙的名号，其实是从燃灯佛那里借用来的。其中“定光”二字，来自锭光佛、定光佛、锭光如来、定光如来等等，都是燃灯佛的名号。至于“长耳”，则是来自五代时期吴越地区的名僧法真，生有异相，耳长九寸，上过头顶，下可垂肩，人称长耳和尚，被认为是定光佛转世。毗芦仙，以及其日后成就的毗芦佛，乍一看似乎不存在于佛经中。但其实，只是换了个同音字，即著名的毗卢佛，又名毗卢遮那佛，与之前所讲的文殊菩萨、普贤菩萨合称“华严三圣”。而毗卢遮那佛还有一个名声更大的称号——大日如来佛。大日如来佛，是五方佛（又名五智如来）之一。五方佛，即分别是中央的毗卢遮那佛（大日如来）、东方阿閦佛（不动如来）、西方阿弥陀佛、南方宝生佛（宝相如来）、北方不空成就佛（不空成就如来）。大日如来为五佛之首，是密宗至高无上的本尊，是密宗最高阶层的佛，也即是密宗所尊奉最高如来。密宗所有佛和菩萨皆自大日如来出。他是密宗世界的根本佛，居于中央位置，统率着全部佛和菩萨。

诗曰：

幽魂幡下夜猿啼，壮士纷纷急鼓鼙。
黑雾弥漫人魄散，妖氛笼罩将星①低。
只知战胜歌刁斗②，不认奸邪悔噬脐③。
屈死英雄遭血刃，至今城下草萋萋。

话说通天教主率领众仙至阵前，老子曰："今日与你决定雌雄，万仙遭难。正应你反复不定之罪。"通天教主怒曰："你四人看我今番怎生作用！"遂催开奎牛，执剑砍来。老子笑曰："料你今日作用也只如此！知你难免此厄也！"催开青牛，举起扁拐，急架忙迎。元始天尊对左右门人曰："今日你等俱满此戒，须当齐入阵中，以会截教万仙，不得错过。"众门人听此言，不觉欢笑，呐一声喊，齐杀入万仙阵中。正是：万仙阵上施玄妙，都向其中了劫尘。文殊广法天尊骑狮子，普贤真人骑白象，慈航道人骑金毛：三位大士各现出化身，冲将进去。灵宝大法师仗剑而来，太乙真人持宝锉进阵，惧留孙、黄龙真人、云中子、燃灯道人齐往万仙阵来。后面又有姜子牙同哪吒等众门人亦大呼曰："吾等今日破万仙阵，以见真伪也！"

话未了时，只见陆压道人从空飞来，撞入万仙阵内，也来助战（神仙破阵，却写得如江湖厮杀、黑帮火并一般）。看这场大战，正是万劫总归此地，神仙杀运方完。只见：

老子坐青牛，往来跳跃；通天教主纵奎牛，猛勇来攻。三大

① 将星：古人认为帝王将相与天上星宿相应，将星即象征大将的星宿。
② 刁斗：古代军中用具。铜质，有柄，能容一斗。白天用来烧饭，夜则击以巡更。
③ 噬脐：自啮腹脐。比喻后悔不及。

士催开了青狮、象、犼；金灵圣母使宝剑飞腾。灵宝大法师面如火热，无当圣母怒气冲空。太乙真人动了心中三昧，毗芦仙亦显神通。道德真君来完杀戒，云中子宝剑如虹。惧留孙把捆仙绳祭起，金箍仙用飞剑来攻。

阵中玉磬铮铮响，台下金钟朗朗鸣。四处起团团烟雾，八方长飒飒狂风。人人会三除五遁，个个晓倒海移峰。剑对剑，红光灿灿；兵迎宝，瑞气溶溶。

平地下鸣雷震动，半空中霹雳交轰。这壁厢三教圣人行正道，那壁厢通天教主涉邪宗。（阐教、西方教是正教，截教是邪教，作者终于把话说明了）这四位教主也动了嗔痴烦恼，那通天教主竟犯了反复无终。正克邪，始终还正；邪逆正，到底成凶。

急嚷嚷天翻地覆，闹炒炒①华岳山崩。姜子牙奉天征讨，众门人各要立功。杨戬刀犹如闪电，李靖戟一似飞龙，金吒跃开脚步，木吒宝剑齐冲，韦护祭起降魔宝杵，哪吒登开风火轮，各自称雄。雷震子二翅半空施勇，杨任手持五火扇扇风。

又来了四仙家，祭起那“诛”“戮”“陷”“绝”四口宝剑，这般兵器难当其锋，咫尺间斩了二十八宿（上一回费了那么多笔墨来写这二十八宿的出场，这一回几个字便结果了他们，着实虎头蛇尾，难逃浪费文字之讥），顷刻时九曜俱空。通天教主精神减半，金灵圣母口内喁喁②，毗芦仙已无主意，无当圣母战战兢兢。一时间，又来了西方教主，把乾坤袋举在空中，有缘的须当早进，无缘的任你纵横。霎时间云愁雾惨，一会家地暗难穷。从今惊破通天胆，一事无成有愧容。（只这区区数百字间，截教倾全力布下这偌

① 闹炒炒：同“闹吵吵”。喧哗嘈杂貌。
② 喁喁（yú yú）：形容人语声。

大的万仙阵就快要支撑不住了，未免太过潦草，甚至感觉还不如十绝阵有杀力。岂是那通天教主的阵法俱是绣花枕头？）

话说老子与元始冲入万仙阵内，将通天教主裹住。金灵圣母被三大士围在当中，只见三大士面分蓝、红、白，或现三首六臂，或现八首十臂，或现五首八臂，浑身上下俱有金灯、白莲、宝珠、璎珞、华光护持，金灵圣母用玉如意招架三大士多时，不觉把顶上金冠落在尘埃，将头发散了，这圣母披发大战，正战之间，遇着燃灯道人祭起定海珠打来，正中顶门。可怜！正是：封神正位为星首，北阙香烟万载存。燃灯将定海珠把金灵圣母打死。广成子祭起诛仙剑，赤精子祭起戮仙剑，道行天尊祭起陷仙剑，玉鼎真人祭起绝仙剑，数道黑气冲空。将万仙阵罩住，凡封神台上有名者，就如砍瓜切菜一般，俱遭杀戮。子牙祭打神鞭，任意施为。

万仙阵中又被杨任用五火扇扇起烈火，千丈黑烟迷空，可怜万仙遭难，其实难堪。哪吒现三首八臂，往来冲突。玉虚一干门下，如狮子摇头，狻猊舞势，只杀得山崩地塌。通天教主见万仙受此屠戮，心中大怒，急呼曰："长耳定光仙快取六魂幡来！"（截教最后的倚仗，指望此幡翻盘）定光仙因见接引道人白莲裹体，舍利现光，又见十二代弟子玄都门人俱有璎珞、金灯、光华罩体，知道他们出身清正，截教毕竟差讹①，他将六魂幡收起，轻轻的走出万仙阵，径往芦篷下隐匿。（此举是弃暗投明乎？抑或背师卖友乎？）正是：根深原是西方客，躲在芦篷献宝幡。

话说通天教主大呼："定光仙快取幡来！"连叫数声，连定光仙也不见了。教主已知他去了，大怒，欲待无心恋战，又见万仙受此等

① 差讹：差错，失误。此处为"不正道"之意。

狼狈；欲待上前，又有四位教主阻住；欲要退后，又恐教下门人笑话；（进退维谷，骑虎难下矣）只得勉强相持，又被老子打了一拐。通天教主着了急，祭起紫电锤来打老子。老子笑曰："此物怎能近我！"只见顶上现出玲珑宝塔，此锤焉能下来。通天教主正出神，不防元始天尊又一如意，打中通天教主肩窝，几乎落下奎牛。通天教主大怒，奋勇争战。只见二十八宿星官已杀得看看殆尽，止有丘引见势不好了，借土遁就走，被陆压看见，惟恐追不及，急纵至空中，将葫芦揭开，放出一道白光，上有一物飞出，陆压打一躬，命："宝贝转身。"可怜丘引头已落地。（之前让你用此法逃了一次，岂能容你再来一次？）陆压收了宝贝，复至阵中助战。

且说接引道人在万仙阵内将乾坤袋打开，尽收那三千红气之客。有缘往极乐之乡者，俱收入此袋内。准提同孔雀明王在阵中现二十四头，十八只手，执定璎珞、伞盖、花贯、鱼肠、金弓、银戟、白钺、幡幢、加持神杵、宝锉、银瓶等物来战通天教主。通天教主看见准提，顿起三昧真火，大骂曰："好泼道！焉敢欺吾太甚，又来搅吾此阵也！"纵奎牛冲来，仗剑直取。准提将七宝妙树架开。正是：西方极乐无穷法，俱是莲花一化身。

且说通天教主用剑砍来，准提将七宝妙树一刷，把通天教主手中剑打的粉碎。通天教主把奎牛一拎，跳出阵去了。（整个过程中，通天教主及截教众人全无招架之力，被单方面痛打。看着固然爽快，但未免太过平面，毫无波澜，白瞎了万仙阵这一个绝好的设定）准提道人收了法身，老子与元始也不赶他。群仙共破了万仙阵，鸣动金钟，击响玉磬，俱回芦篷上来。老子与元始看见定光仙，问曰："你是截教门人定光仙，为何躲在此处也？"定光仙拜伏在地曰："师伯在上：弟子有罪，敢禀明师伯。吾师炼有六魂幡，欲害二位师伯并西方教主、武王、子牙，使弟子执定听用。弟子因见师伯道正理明，吾师未免偏听逆理，造此业障，弟子不忍使用，故收匿藏身于此处。今师伯下问，弟子不得不以实告。”元始曰：“奇哉！你身居截教，心向正宗，自是有根器之人。”（可见元始天尊眼中截教俱是邪门歪道，有此一个心向阐教的便是“有根器”）随命跟上芦篷。四位教主坐下，共论今日邪正方分。

老子问定光仙曰：“你可取六魂幡来。”定光仙将幡呈上。西方教主曰：“此幡可摘去周武、姜尚名讳，将幡展开，以见我等根行如何。”准提随将六魂幡摘去“武王”“姜尚”名讳，命定光仙展布。定光仙依命，将幡连展数展。只见四位教主顶上各现奇珍：元始现庆云，老子现塔，西方二位教主现舍利子，保护其身。（原本最后的倚仗，对四位圣人全无作用，可见其真正目标乃在武王与姜尚，只要他们一死，封神大业自然告吹）定光仙见了，弃幡倒身下拜，言曰：“似此吾师妄动嗔念，陷无万[1]生灵也！”西方教主曰：“吾有一偈，你且听着：

极乐之乡客，西方妙术神。
莲花为父母，九品立吾身。
池边分八得，常临七宝园。
波罗花开后，遍地长金珍。
谈讲三乘法，舍利腹中存。
有缘生此地，久后幸沙门。”

西方教主曰：“定光仙与吾教有缘。”元始曰：“他今日至此，也是弃邪归正念头，理当皈依道兄。”定光仙遂拜了接引、准提二位教

① 无万：不能以万计。形容数目之多。

主。子牙在篷下与哪吒等曰："今日万仙阵中许多道者遭殃，无辜受戮，其实痛心。"门人之内，个个欢喜。（刚言痛心，便"个个欢喜"，不亦矛盾太甚乎？）不表。

且说通天教主被四位教主破了万仙阵，内中有成神者，有归西方教主者，有逃去者，有无辜受戮者。彼时无当圣母见阵势难支，先自去了。申公豹也走了。毗芦仙已归西方教主，后成为毗芦佛，此是千年后才见佛光。当日通天教主领着二三百名散仙，走在一座山下，少憩片时，自思："定光仙可恨将六魂幡窃去，使吾大功不能成！（纵然展开六魂幡，也对你两位师兄无用，如今还不肯承认自己技不如人）今番失利，再有何颜掌碧游宫大教。左右是一不做，二不休，如今回宫，再立'地水火风'，换个世界罢！"（今日之影视剧中，神仙动不动就要为了一己私怨而毁灭天地，岂是来源于此？）左右众仙俱各各赞襄①。

通天教主见左右四个切己②门徒俱丧，切齿深根："不若往紫霄宫见吾老师，先禀过了他，然后再行此事。"正与众散仙商议，忽见正南上祥云万道，瑞气千条，异香袭袭，见一道者，手执竹杖而来。作偈曰：

"高卧九重云，蒲团了道真。
天地玄黄外，吾当掌教尊。
盘古生太极，两仪四象循。
一道传三友，二教阐截分。
玄门都领秀，一气化鸿钧。"

① 赞襄：佐助。
② 切己：犹切身。贴心。此指最亲近，最知己。

话说鸿钧道人来至，（不用你去见，老师自己来了）通天教主知是师尊来了，慌忙上前迎接，倒身下拜曰："弟子愿老师圣寿无疆！不知老师驾临，未曾远接，望乞恕罪。"鸿钧道人曰："你为何设此一阵，涂炭无限生灵，这是何说！"通天教主曰："启老师：二位师兄欺灭吾教，纵门人毁骂弟子，又杀戮弟子门下，全不念同堂手足，一味欺凌，分明是欺老师一般。望老师慈悲！"鸿钧道人曰："你这等欺心！分明是你自己作业，致生杀伐，该这些生灵遭此劫运。你不自责，尚去责人，情殊可恨！当日三教共佥[①]《封神榜》，你何得尽忘之也！名利乃凡夫俗子之所争，嗔怒乃儿女子之所事，纵是未斩三尸之仙，未赴蟠桃之客，也要脱此苦恼；岂意你三人乃是混元大罗金仙，历万劫不磨之体，为三教元首，为因小事，生此嗔痴，作此邪欲。他二人原无此意，都是你作此过恶，他不得不应耳。虽是劫数使然，也都是你约束不严，你的门徒生事，你的不是居多。我若不来，彼此报复，何日是了？我特来大发慈悲，与你等解释冤愆[②]，各掌教宗，毋得生事。"（鸿钧完全站在阐教一方，通天教主心中必定更加愤懑）

随分付左右散仙："你等各归洞府，自养天真，以俟超脱。"众仙叩首而散。鸿钧道人命通天教主先至芦篷通报。通天教主不敢有违师命，只得先往芦篷下来，心中自思："如何好见他们？"不得已，腼面而行。话说哪吒同韦护等俱在芦篷下，议论万仙阵中那些光景，忽见通天教主先行，后面跟着一个老道人扶筇[③]而行，只见祥云缭绕，瑞气盘旋，冉冉而来，好至篷下。众门人与哪吒等各各惊疑未定。只见通天教主将近篷下，大呼曰："哪吒可报与老子、元始，快

① 佥：通"签"。在文书上签名。
② 冤愆：冤仇罪过。
③ 筇（qióng）：杖。筇竹可以作杖，因即称杖为"筇"。

来接老爷圣驾！”哪吒忙上篷来报。话说老子在篷上与西方教主正讲众弟子劫数之厄，今已圆满，猛抬头见祥光瑞霭，腾跃而来，老子已知老师来至，忙起身谓元始曰：“师尊来至！”急率众弟子下篷。只见哪吒来报：“通天教主跟一老道人而来，呼老爷接驾，不知何故。”

老子曰：“吾已知之。此是我等老师，想是来此与我等解释冤愆耳。”（两教相斗到最后，还要靠老师尊来调停说和，真如孩童置气一般）遂相率下篷迎接，在道旁俯伏曰：“不知老师大驾下临，弟子有失远接，望乞恕罪。”鸿钧道人曰：“只因十二代弟子运逢杀劫，致你两教参商①。吾特来与你等解释愆尤，各安宗教，毋得自相背逆。”老子与元始声喏曰：“愿闻师命。”遂至篷上，与西方教主相见。鸿钧道人称赞：“西方极乐世界真是福地。”西方教主应曰：“不敢！”教主请鸿钧道人拜见。鸿钧曰：“吾与道友无有拘束。这三个是吾门下，当得如此。”

接引道人与准提道人打稽首坐下。后面就是老子、元始过来拜见毕，又是十二代弟子并众门人俱来拜见毕，俱分两边侍立。通天教主也在一旁站立。鸿钧道人曰：“你三个过来。”老子、元始、通天三个走近前面。道人问曰：“当时只因周家国运将兴，汤数当尽，神仙逢此杀运，故命你三个共立《封神榜》，以观众仙根行浅深，或仙，或神，各成其品。不意通天弟子轻信门徒，致生事端，虽是劫数难逃，终是你不守清净，自背盟言，不能善为众仙解脱，以致俱遭屠戮，罪诚在你，非是我为师的有偏向，这是公论。”接引与准提齐曰：“老师之言不差。”（这两位给鸿钧捧哏的）鸿钧曰：“今日我与你讲明，从此解释。大徒弟，你须让过他罢。俱各归仙阙，毋得戕害生

① 参（shēn）商：参、商二星此出则彼没，两不相见。因以比喻人分离不得相见。亦比喻不和睦。

灵。况众弟子厄满，姜尚大功垂成，再毋多言。从此各修宗教。”鸿钧分付：“三人过来跪下。”

三位教主齐至面前，双膝跪下。道人袖内取出一个葫芦，倒出三粒丹来，每一位赐他一粒：“你们吞入腹中，吾自有话说。”三位教主俱皆依师命，各吞一粒。鸿钧道人曰：“此丹非是却病①长生之物，你听我道来：

此丹炼就有玄功，因你三人各自攻。

若有先将念头改，腹中丹发即时薨②！”（堂堂师尊，竟然要靠蛊毒一般的东西来让弟子们和平相处，怕是知道自己单凭言语难以说服他们）

鸿钧道人作罢诗，三位教主叩首：“拜谢老师慈悲！”鸿钧道人起身，作辞西方教主，命通天三弟子：“你随我去。”通天教主不敢违命。只见接引道人与准提俱起身，同老子、元始率众门人同送至篷下。鸿钧别过西方二位教主，老子与众门人等又拜伏道旁，俟鸿钧发驾。鸿钧分付：“你等去罢。”众人起立拱候。只见鸿钧与通天教主驾祥云冉冉而去。西方教主也作辞回西去了。

老子、元始与子牙曰：“今日来，我等与十二代弟子俱回洞府，候你封过神，从新再修身命，方是真仙。”正是：从修顶上三花现，返本还元又是仙。子牙与元始众仙下得芦篷，姜子牙伏于道旁，拜求掌教师尊曰：“弟子姜尚蒙师尊指示，得进于此地，不知后会诸侯一事如何？”老子曰：“我有一诗，你谨记有验。诗曰：

① 却病：避免生病，消除疾病。
② 薨（hōng）：本义指古代称诸侯之死。后世有封爵的大官之死也称“薨”。

险处又逢险处过，前程不必问如何。
诸侯八百看看会，只待封神奏凯歌。”

老子道罢，与元始各回玉京去了。广成子与十二代仙人，俱来作别曰：“子牙，吾等与你此一别，再不能会面也！”（劫数已满，自然不能再涉红尘之事）子牙心下甚是不忍分离，在篷下恋恋不舍。子牙作诗以送之。诗曰：

“东进临潼会万仙，依依回首甚相怜。
从今别后何年会？安得相逢诉旧缘。”

话说群仙作别而去，惟有陆压握子牙之手曰：“我等此去，会面已难，前途虽有凶险之处，俱有解释之人，只还有几件难处之事，非此宝不可，我将此葫芦之宝送你，以为后用。”（暗伏姜子牙与周军后面还有几场艰难）子牙感谢不已。陆压随将飞刀付与，也自作别而去。

话分两头，单表元始驾回玉虚。申公豹只因破了万仙阵，希图逃窜他山，岂知他恶贯满盈，跨虎而遁。只见白鹤童子看见申公豹在前面，似飞云掣电一般奔走，白鹤童子忙启元始天尊曰：“前面是申公豹逃窜。”元始曰：“他曾发一誓，命黄巾力士将我的三宝玉如意把他拿在麒麟崖伺候。”童子接了如意，递与力士。力士赶上前大呼曰：“申公豹不要走！奉天尊法旨拿你去麒麟崖听候！”祭起如意，平空把申公豹拿了，往麒麟崖来。

且说元始天尊驾至崖前，落下九龙沉香辇，只见黄巾力士将申公豹拿来，放在天尊面前。元始曰：“你曾发下誓盟，去塞北海眼，今日你也无辞。”（申公豹一路劝说了多少人背弃誓言，如今自己却不得不应誓，真讽刺也）申公豹低首无语。元始命黄巾力士：“将我的蒲团卷起他来，拿去塞了北海眼！”力士领命，将申公豹塞在北海眼里。有诗为证。诗曰：

> 堪笑阐教申公豹，要保成汤灭武王。
> 今日谁知身塞海，不知红日几沧桑。

话说黄巾力士将申公豹塞了北海，回元始法旨，不表。

且说子牙领众门徒回潼关来见武王，武王曰：“相父今日回来，兵士俱齐，可速进兵，早会诸侯，孤之幸也。”子牙传令，起兵往临潼关来。只八十里，早已来至关下，安下行营。且说临潼关守将欧阳淳闻报，与副将卞金龙、桂天禄、公孙铎共议曰：“今姜尚兵来，止得一关，焉能阻当周兵？”众将言曰：“主将明日与周兵见一阵，如胜，则以胜而退周兵；如不胜，然后坚守，修表往朝歌去告急，俟援兵协守，此为上策。”（难得没有一个大言能胜之人）欧阳淳曰：“将军之言是也。”

次日，子牙升帐，传下令去：“谁去取临潼关走一遭？”旁有黄飞虎曰：“末将愿往。”子牙许之。飞虎领本部人马，一声炮响，至关下搦战。报马报入帅府：“启主帅：有周将搦战。”欧阳淳曰：“谁去走一遭？”只见先行官卞金龙领令，出关来见黄飞虎，大呼曰：“来将何名？”飞虎曰：“吾乃武成王黄飞虎是也。”卞金龙大骂：“反贼不思报国，反助叛逆！吾乃临潼关先行卞金龙是也。”黄飞虎大怒，纵骑摇枪，飞来直取。卞金龙手中斧急架忙迎。牛马相交，枪斧并举。战未三十合，黄飞虎卖个破绽，吼一声，将卞金龙刺下马来，枭了首级，掌鼓回营，来见姜元帅。子牙大喜，上了黄将军功绩不表。

且说报马报入帅府，欧阳淳大惊，只见卞金龙家将报入本府，卞金龙妻子胥氏听说，放声大哭，惊动后园长子卞吉。卞吉问左右：“太太为何啼哭？”左右把家主阵亡事说了一遍。卞吉怒发冲冠，随换了披挂①，来见母亲曰：“母亲不须啼哭，俟儿为父亲报仇。”胥氏只是啼哭，也不管卞吉的事。（丈夫才死，竟不理会儿子要前去寻仇，世上哪有这样的母亲）卞吉上马，至帅府前。左右报入殿庭：“启元帅：卞先行长子听令。”欧阳淳命：“令来。”卞吉上殿，行礼毕，含泪启曰：“末将父死何人之手？”欧阳淳曰：“尊翁不幸，被反贼黄飞虎枪挑下马，丧了性命。”

卞吉曰：“今日已晚，明日拿仇人为父泄恨。”卞吉回至家中，令家将扛抬一个红柜，随领军出关。卞吉率领军士至关外，竖立一根大幡杆，将红柜打开，拎出一首幡，挂将起来，悬于空中，有四五丈高。好利害幡（又是一杆幡）！怎见得，有诗为证。诗曰：

万骨攒成世罕知，开天辟地最为奇。
周王不是多洪福，百万雄师此处危。

话说当日卞吉将幡杆竖起，一马竟至周营辕门前搦战。哨马报入中军：“启元帅：关内有将请战。”子牙问：“谁人出马？”只见南宫适领命出营。见一员小将，生的面貌凶恶，手持方天画戟，大呼曰：“来者何人？”南宫适笑曰：“似你这等黄口孺子（孺子小儿，敢来叫阵必有倚仗，轻视不得），定然不认得，吾是西岐大将南宫适。”卞吉曰：“且饶你一死回去，只叫黄飞虎出来！他杀我父，吾与他有不共戴天之仇。我不拿你这将生替死之辈。”

南宫适听罢大怒，纵马舞刀，直取卞吉。卞吉手中戟急架忙迎。

① 披挂：戴甲。

二马相交，戟刀并举。二将大战，正是棋逢对手，将遇作家。卞吉与南宫适战有二三十合，卞吉拨马便走。南宫适随后赶来。卞吉先往幡下过去。南宫适不知详细，也往幡下来，只见马到幡前，早已连人带马跌倒，南宫适不醒人事，被左右守幡军士将南宫适绳缠索绑，拿出幡来。

南宫适方睁开二目，乃知堕入他左道之术。（书中战斗，大同小异者太多，看到后面，难免给人似曾相识之感）卞吉进关来见欧阳淳，把拿了南宫适的话说了一遍。欧阳淳命左右："推来。"至殿前，南宫适站立不跪。欧阳淳骂曰："反国逆贼！今已被擒，尚敢抗礼！"命："速斩首号令！"旁有公孙铎曰："主将在上：目今奸佞当道，言我等守关将士俱是架言①征战，冒破②钱粮，赡买功绩，凡有边报，一概不准，尚将赍本人役斩了。依末将愚见，不若将南宫适监候，俟捉获渠魁，解往朝歌，以塞奸佞之口，庶知边关非冒破之名。不知主将意下若何？"欧阳淳曰："将军之言正合吾意。"遂将南宫适送在监中不表。

且说子牙闻报南宫适被擒，心中大惊，闷坐中军。次日，卞吉又来搦战，坐名要黄飞虎。飞虎带黄明、周纪出营来。见卞吉飞马过来，大呼曰："来者何人？"黄飞虎曰："吾乃武成王黄飞虎是也。"卞吉闻言大怒，骂曰："反国逆贼，擅杀吾父，不共戴天之仇。今日拿你碎尸万段，以泄吾恨！"（卞吉一心只是为父报仇，并不管你商周兴亡、三教封神是甚事，只一纯然孝子而已）展戟来刺。

黄飞虎急架枪来迎。战有三十回合，卞吉诈败，竟往幡下去了。黄飞虎不知，也赶至幡下，亦如南宫适一样被擒。黄明大怒，摇斧赶

① 架言：托言。
② 冒破：虚报，冒领。

来，欲救黄飞虎，不知至幡下，也擡[1]翻在地，也被擒了。卞吉连擒二将，进关来报功，欲将黄飞虎斩首，以报父仇。欧阳淳曰：“小将军虽要报父之仇，理宜斩首，只他是起祸渠魁，正当献上朝廷正法，一则以泄尊翁之恨，一则以现小将军之功，恩怨两伸，岂不为美？且将他监候。”卞吉不得已，只得含泪而退。（可见卞吉全无立功之心，只有报仇之志）

话说周纪见黄明又失利，不敢向前，只得败进营来见子牙。子牙闻说黄飞虎被擒，大惊，问周纪曰：“他如何擒去？”周纪曰：“他于关外立有一幡，俱是人骨头穿成，高有数丈。他先自败走，竟从幡下过去。若是赶他的，只至幡下，便身连马倒了。黄明去救武成王，也被擒去。”子牙大惊：“此又是左道之术！待吾明日亲自临阵，便知端的。”次日，子牙与众将门人出营来，看见此幡，悬于空中，有千条黑气，万道寒烟。哪吒等仔细定睛，看那白骨上俱有朱砂符印，对子牙曰：“师叔可曾见上面符印么？”子牙曰：“吾已见了。此正是左道之术。你等今后交战，只不往他幡下过便了。”只见报马报入关内，欧阳淳也亲自出关，来会子牙。欧阳淳不往幡下过，往旁边走来。子牙看见欧阳淳转将出来，对门人曰：“你看主将也不从此处过。”众将皆点头会意。

子牙迎上前来，问曰：“来将莫非守关主将么？”欧阳淳曰：“然也。”子牙曰：“将军何不知天命耶？五关止此一城，尚欲抗拒天兵哉？”欧阳淳大怒：“匹夫敢出大言！”回顾卞吉曰：“与吾拿此叛贼！”卞吉催开马，摇手中戟飞奔过来。旁有雷震子大呼曰：“贼将慢来，有吾在此！”展开二翅，举棍打来。卞吉见雷震子凶悍，知是异人，未及数合，就往幡下败走。雷震子自忖：“此幡既是妖术，不

① 擡（tái）：同“抬”。仰，向上。

若先打碎此幡，再杀卞吉未迟。”（也是合情合理之计，只是没想到不敌幡周妖气）

雷震子把二翅飞起，望幡上一棍打来。不知此幡周围有一股妖气迷住，撞着他就自昏迷，雷震子一棍打来，竟被妖气冲着，便翻下地来，不醒人事。两边守幡家将，把雷震子捆绑起来，这壁厢韦护大怒，急祭起降魔杵来打此幡。此杵虽能镇压邪魔外道之人，不知打不得此幡。只见那杵竟落幡下。正是：休言韦护降魔杵，怎敌幽魂百骨幡？

话说韦护见此杵竟落于幡下，不觉大惊。众门下俱彼此看住。只见卞吉复至军前，大呼曰：“姜尚可早早下骑归降，免你一死！”哪吒听得大怒，登开风火轮，现出三首八臂，大喝曰：“匹夫慢来！”摇火尖枪飞来直取。

卞吉见哪吒如此形状，先自吃了一惊。未及两合，被哪吒一乾坤圈把卞吉几乎打下马来，回身败进关去了。子牙后有李靖催马摇戟来战。欧阳淳旁有桂天禄舞手中刀抵住了李靖。未及数合，被李靖一戟刺于马下。（可见若无此幡，众守将真不堪一击）欧阳淳大怒，摇手中斧来战李靖。子牙命左右擂鼓助战。只见阵后冲出辛甲、辛免四贤，毛公遂、周公旦、召公奭无数周将，把欧阳淳围在当中，又有周纪、龙环、吴谦三将也来助战，把欧阳淳杀得只有招架之功，更无还兵之力。不知后事如何，且听下回分解。

总批

通天教主为神仙领袖，如何这等模糊。既知天意已定，如何扭得过来，徒令生灵受苦。夫子云：“不知天命，无以为君子。”若通天教主，可谓知命乎？岂可还令他掌教？因该打入常行，历百千劫，方可还其掌教。鸿钧道者，甚欠主张，俱为情面所误。

又批

申公豹虽罪之魁，亦功之首。元始还该宽恕他，若不是他邀请些人，如何奏[1]得《封神榜》上数。此时元始不过只要应他的咒，以合冥数，故从阐教人毕竟要应数，一些也不放空；截教不论数，只是恃力扭转他，二者皆非正道。

① 奏（còu）：通“凑”。汇合。

第八十五回　邓芮二侯归周主

鄧芮二侯歸周主

导读：纣王派来率军增援的两位大将邓昆和芮吉，历史上并没有这两个人。但“芮”这个姓氏，加上又是侯爵的身份，很容易让人联想到一件商周之际历史上颇为重要的故事——虞芮之讼。故事并不复杂，虞和芮是两个小诸侯国，某次因为两国相邻的一块土地方归属产生了争执。两国国君相争不下，决定去找颇有贤名的西伯侯姬昌来裁定。结果两人一进到西岐境内，就看到农夫互相谦让，在田界处让对方多占有土地，百姓们也都谦让长者。这让两位国君大受震撼，同时也非常羞惭，认为自己所争执的，恰恰是周人认为耻辱的。自己这样的小人“不可以履君子之庭”，更不好意思去见姬昌了。于是两人握手言和，双双返回各自的国家，并且将那块争议土地让了出来，称作“闲田”。

这件事之所以重要，并不在于体现出了西岐内政如何之好。而在于虞、芮两位国君作为商朝的诸侯，在发生争执纠纷的时候，不去找商王调停，而是请求姬昌裁决。在上古时期，接受对方做出的裁决，往往是臣服、归顺的表现。虞、芮请姬昌裁断他们的争执，代表着政治上对于周的归顺。而虞、芮的归顺，必然带来连锁反应。果然，在此事之后不久，天下闻之而归者四十余国。周的势力大大拓展了，同时周也取代商成为了这些诸侯的实际宗主国。故而周人将此年视为“受命之年”，各诸侯也纷纷表示，西伯盖“受命之君”。

诗曰：

西山日落景寥寥，大厦将倾借小条。
卞吉无辜遭屈死，欧阳热血染霞绡。
奸邪用事民生丧，妖孽频兴社稷摇。
可惜成汤先世业，轻轻送入往来潮。

话说欧阳淳被一干周将围在垓心，只杀得盔甲歪斜，汗流浃背，自料抵挡不住，把马跳出圈子，败进关中去了，紧闭不出。子牙在辕门又见折了雷震子，心下十分不乐。（我们的老朋友"不乐"又来了）且说欧阳淳败进关来，升殿坐下，见卞吉打伤，分付他且往私宅调养，一面把雷震子且送下监中，修告急文书往朝歌求救。差官在路上，正是春尽夏初时节，怎见得一路上好光景，有诗为证。诗曰：

清和天气爽，池沼芰荷[1]生。
梅逐雨余熟，麦随风景成。
草香花落处，莺老柳枝轻。
江燕携雏习，山鸡哺子鸣。
斗南当日永，万物显光明。

话说差官在路，不分晓夜，不一日进了朝歌，在馆驿安歇。次日，将本赍进午门，至文书房投递。那日是中大夫恶来看本。差官将本呈上。恶来接过手，正看那本，只见微子启来至，恶来将欧阳淳的本递与微子看，微子大惊："姜尚兵至临潼关下，敌兵已临咫尺之地，

① 芰（jì）荷：菱、荷的花和叶。《楚辞·离骚》："制芰荷以为衣兮，集芙蓉以为裳。"

天子尚高卧不知。奈何！奈何！”（难道之前四关失守，竟无人来报吗？）随抱本往内庭见驾。纣王正在鹿台与三妖饮膳，当驾官启驾：“有微子启候旨。”纣王曰：“宣来。”微子至台上见礼毕，王曰：“皇兄有何奏章？”微子奏曰：“姜尚造反，自立姬发，兴兵作叛，纠合诸侯，妄生祸乱，侵占疆土，五关已得四关，大兵见屯临潼关下，损兵杀将，大肆狂暴，真累卵①之危，其祸不小。守关主将具疏告急，乞陛下以社稷为重，日亲政事，速赐施行，不胜幸甚！”

微子将表呈上。纣王接表，看罢，大惊曰：“不意姜尚作难肆横，竟克朕之四关也。今不早治，是养痈自患②也。”（你自己之前说什么来着？）随传旨上殿。左右当驾官施设龙车凤辇，“请陛下发驾。”只见警跸③传呼，天子御驾早至金銮宝殿。掌殿官与金吾大将忙将钟鼓齐鸣，百官端肃而进，不觉威仪一新。只因纣王有经年未曾临朝，今一旦登殿，人心鼓舞如此。怎见得，有赞为证。赞曰：

烟笼凤阁，香霭龙楼。光摇月扆④动，云拂翠华⑤流。侍臣灯，宫女扇，双双映彩；孔雀屏，麒麟殿，处处光浮。静鞭⑥三下响，衣冠拜冕旒⑦。金章紫绶垂天象，管取江山万万秋。

---

① 累卵：堆积起来的禽蛋。比喻处境危险之极。
② 养痈（yōng）自患：痈，毒疮。留着毒疮不去医治，就会成为后患。比喻纵容包庇坏人坏事，结果会遭受祸害。
③ 警跸（bì）：警，警戒。跸，清道。谓帝王出行时，侍卫人员沿途严加戒备和清道。
④ 扆（yǐ）：亦作“依”。《尔雅·释宫》：“牖户之间谓之扆。”郭璞注：“窗东户西也。”因以指帝王宫殿上设在户牖之间的屏风。
⑤ 翠华：皇帝仪仗中用翠鸟羽作装饰的旗。
⑥ 静鞭：亦作“净鞭”，亦称“鸣鞭”。古代帝王仪仗队所用的长鞭。振之发声，使人肃静。
⑦ 冕旒（liú）：帝王、诸侯、卿大夫的礼冠。外黑内红。盖在顶上的叫延；以五彩缫绳穿玉，垂在延前的叫旒。天子之冕十二旒，诸侯九，上大夫七，下大夫五。见《周礼·夏官·弁师》。“冕旒”亦用作帝王的代称。此处代指纣王。

话说纣王设朝，百官无不庆幸。（临朝本是君王职责，纣王久不上朝，已是失职。结果一旦临朝，百官竟以为幸事，亦可哀也）朝贺毕，王曰："姜尚肆横，以下凌上，侵犯关隘，已坏朕四关，如今屯兵于临潼关下。若不大奋乾刚，以惩其侮，国法安在！众卿有何策可退周兵？"言未毕，左班中闪出一位上大夫李通，出班启奏曰："臣闻'君为元首，臣为股肱'。陛下平昔不以国事为重，听谗远忠，荒淫酒色，屏弃政事，以致天愁民怨，万姓不保，天下思乱，四海分崩。陛下今日临轩①，事已晚矣。况今朝歌岂无智能之士，贤俊之人，只因陛下平日不以忠良为重，故今日亦不以陛下为重耳。即今东有姜文焕，游魂关昼夜无宁；南有鄂顺，三山关攻打甚急；北有崇黑虎，陈塘关旦夕将危；西有姬发，兵叩临潼关，指日可破。真如大厦将倾，一木焉能扶得？臣今不避斧钺之诛，直言冒渎②天听，乞速加整饬，以救危亡。如不以臣言为谬，臣举保二臣，可先去临潼关，阻住周兵，再为商议。愿陛下日修德政，去谗远佞，谏行言听，庶可少挽天意，犹不失成汤之脉耳。"

王曰："卿保举何人？"（纣王自知当下情势危急，便也不在意他前面的大段指责之言，只求寻得御敌之将）李通曰："臣观众臣之内，止有邓昆、芮吉素有忠良之心，辅国实念，若得此二臣前去，可保无虞也。"纣王准奏，随宣邓昆、芮吉上殿。不一时宣至殿前，朝贺毕，王曰："今有上大夫李通奏卿忠心为国，特举卿二人前去临潼关协守。朕加尔黄钺、白旄，特专阃外③。卿当尽心竭力，务在必退周兵，以擒罪首。卿功在社稷，朕岂惜茅土以报卿哉？当领朕命。"（回回旨意

① 临轩：古时皇帝不坐正殿而在殿前平台上接见臣属，叫"临轩"。
② 冒渎（dú）：亦作"冒黩"。冒犯，轻慢。
③ 阃（kǔn）外：指京城或朝廷以外，亦指外任将吏驻守管辖的地域，与朝中、朝廷相对。

差不多，次次所派皆不敌）

邓昆、芮吉叩首曰："臣敢不竭驽骀之力以报陛下知遇之恩也。"纣王传旨："赐二卿筵宴，以见朕宠荣至意。"二臣叩头，谢恩下殿。须臾，左右铺上筵席，百官与二侯把盏。微子、箕子二位殿下也奉酒与二侯，哽咽言曰："二位将军，社稷安危，在此一行，全仗将军扶持国难，则国家幸甚！"二侯曰："殿下放心。臣平日之忠肝义胆，正报国恩于今日也，岂敢有负皇上委托之隆，众大夫保举之恩也！"（此时越是表忠心，与后文反差越大，越可见人心向背）酒毕，二人谢过二位殿下与众官，次日起兵离了朝歌，径往孟津渡黄河而来。按下不表。

且说土行孙催粮至辕门，看见一首幡，幡下却是韦护的降魔杵，雷震子的黄金棍。土行孙不知其故，自思："他二人兵器如何丢在此幡下？我且见了元帅，再来看其真实。"报马报入中军："启元帅：二运督粮官等令。"子牙传令："令来。"土行孙来至中军见子牙，行礼毕，问曰："弟子适才督粮至辕门外，见那关前竖一首幡，那幡下却有韦护、雷震子两件兵器在那幡下，不知何故？"子牙把卞吉的事说了一遍。土行孙不信："岂有此理？"哪吒曰："卞吉被吾打了一圈，这几日俱不曾出来。"土行孙曰："待吾去便知端的。"哪吒曰："你不可去，果是那幡利害。"土行孙只是不信。（有地行术护身，故而自信）

那时天色将晚，土行孙径出营门，一头往幡下来。方至幡下，便一交跌倒，不知人事。周营哨马报于子牙。子牙大惊。正无可计较，只见关上军士见幡下睡着一个矮子，报与欧阳淳。欧阳淳命："开关拿来。"不知若要拿人，只是卞吉的家将拿的，其余别人皆拿不得，到不得幡下去。彼时几个军士走至幡下，俱翻身跌倒，不醒人事。（这幡竟无敌我识别能耐）关上军士看见，忙报主将。欧阳淳亦自惊疑，忙叫左右："去请卞吉来。"卞吉此时在家调养伤痕，闻主帅来呼唤，只得勉强进府中。欧阳淳将前事告诉一遍。卞吉曰："此小事耳。"命家将："去把那矮子拿来，将众人放了。"

家将出关，将土行孙绑了，把众军士拖出幡外。众人如醉方醒，各各揉眼擦面。一时将土行孙扛进关来，拿进府中。欧阳淳问曰："你是何人？"土行孙曰："我见幡下有一黄金棍，拿去家里耍子，不知就在那里睡着了。"卞吉在旁边骂曰："你这匹夫！怎敢以言语来戏弄我？"命左右："拿去斩了！"众军士拿出前门，举刀就斩，只见土行孙一扭，就不见了。正是：地行妙术真堪羡，一晃全身入土中。

众军士忙进府中来报曰："启元帅：异事非常！我等拿此人，方才下手，那矮子把身一晃，就不见了。"欧阳淳与卞吉曰："这个就是土行孙了，倒要仔细。"（土行孙的名声已经传出了？）彼此惊异不表。

土行孙回营，来见子牙，曰："果然此幡利害，弟子至幡下就跌倒了，不知人事，若非地行之术，性命休矣。"次日，卞吉伤痕全愈，领家将出关，至军前搦战。哨马报入子牙。子牙问："谁人出马？"哪吒愿往，登风火轮，摇火尖枪出营来。卞吉见了仇人，也不答话，摇画杆戟，劈面刺来。哪吒火尖枪分心就刺。一场大战。怎见得，有赞为证。赞曰：

战鼓杀声扬，英雄临战场。红旗如烈火，征夫四臂忙。这一个展开银杆戟，那一个发动火尖枪。哪吒施威武，卞吉逞刚强。兴心扶社稷，赤胆为君王。相逢难罢手，孰在孰先亡。

话说卞吉战哪吒，又恐他先下手，把马一拨，预先往幡下走来。看官，若论哪吒要往幡下来，他也来得。他是莲花化身，却无魂魄，如何来不得？只是哪吒天性乖巧，他犹恐不妙，便立住脚，（哪吒既有莲花之身，又能小心谨慎，复有三头六臂与诸般法宝，想要胜他可谓至难）看卞吉往幡下过去了，他便登回风火轮，自己回营不表。

且说卞吉进关来见欧阳淳，言曰："不才欲诓哪吒往幡下来，他狡猾不来赶我，自己回营去了。"欧阳淳曰："似此奈何？"正议间，忽探马报："邓、芮二侯奉旨前来助战，请主将迎接。"欧阳淳同众将出府来迎接。二侯忙下马，携手上银安殿。行礼毕，二侯上坐，欧阳淳下陪。邓昆问曰："前有将军告急本章进朝歌，天子看过，特命不才二人与将军协守此关。今姜尚猖獗，所在授首[1]，军威已挫，似全不在战之罪也。今临潼关乃朝歌保障，与他关不同，必当重兵把守，方保无虞。连日将军与周兵交战，胜负如何？"欧阳淳曰："初次副将卞金龙失利，幸其子卞吉有一幡，名曰幽魂白骨幡，全仗此幡，以阻周兵，一次拿了南宫适，二次拿了黄飞虎、黄明，三次拿了雷震子。"邓昆曰："拿的可是反五关的黄飞虎？"欧阳淳曰："正是他了。"欧阳淳此回正是：无心说出黄飞虎，咫尺临潼属子牙。

话说邓昆问："可是武成王黄飞虎？"欧阳淳曰："正是。"邓昆冷笑曰："他今日也被你拿了，此将军莫大之功也。"欧阳淳谦谢不已。（看来是没注意到邓昆的冷笑）邓昆暗记在心。原来黄飞虎是邓昆两姨夫，众将那里知道。欧阳淳治酒管待[2]二侯，众将饮罢，各散。邓昆至私宅，默思："黄飞虎今已被擒，如何救他？我想天下八百诸侯，尽已归周，此关大势尽失，料此关焉能阻得他！不若归周，此为上策。（还未开战，便想归降，纣王若知此事，不知如何发作）但不知芮吉何如？且待明日会过一战，见机而作。"

次日，二侯上殿，众将参谒。芮吉曰："吾等奉旨前来，当以忠

---

① 授首：谓投降或被杀。
② 管待：款待。

心报国。速传令，把人马调出关会姜尚，早定雌雄，以免无辜涂炭。”欧阳淳俱曰：“将军之言甚善。”令卞吉等关中点炮呐喊，人马一齐出关。邓、芮二侯出了关外，见了幽魂白骨幡高悬数丈，阻住正道。卞吉在马上曰：“启上二位将军：把人马从左路上走，不可往幡下去。此幡不同别样宝贝。”芮吉曰：“既去不得，便不可走。”

军士俱从左路至子牙营前，对左右探马曰：“请武王、子牙答话。”哨马报入中军：“启元帅：关中大势人马排开，请武王、元帅答话。”子牙曰：“既请武王答话，必有深意。”命中军官速请武王临阵。子牙传令：“点炮呐喊。”宝纛旗磨动，辕门开处，鼓角齐鸣，周营中人马齐出。怎见得，有赞为证。赞曰：

红旗闪灼出军中，对对英雄气吐虹。
马上将军如猛虎，步下士卒似蛟龙。
腾腾杀气冲霄汉，霭霭威光透九重。
金盔凤翅光华吐，银甲鱼鳞瑞彩横。
幞头灿烂红抹额，束发冠摇雉尾雄。
五岳门人多骁勇，哪吒正印是先锋。
保周灭纣元戎至，杀法森严姜太公。

话说邓、芮二侯在马上见子牙出兵，威风凛凛，杀气腾腾，别是一般光景；又见那三山五岳门人，一班儿齐齐整整；又见红罗伞下，武王坐逍遥马，左右有四贤、八俊，分于两旁。怎见得，武王生成的天子仪表非俗，有诗为证。诗曰：

龙凤丰姿迥出群，神清气旺帝王君。

三停①匀称金霞绕，五岳朝归紫雾分。
仁慈相继同尧舜，吊伐重光过夏殷。
八百十年开世业，特将时雨救如焚。

话说邓、芮二侯在马上大呼曰："来者可是武王、姜子牙么？"子牙曰："然也。"因而问之："二公乃是何人？"邓昆曰："吾乃邓昆、芮吉是也。姜子牙，你相西周不以仁义礼智辅国四维，乃擅自潜称王号，收匿叛亡，拒逆天兵，杀军覆将，已罪在不赦；今又大肆猖獗，欺君罔上，忤逆不道，侵占天王疆土，意欲何为！独不思'率土之滨，莫非王臣'，而敢簧惑②天下后世之人心哉？"

芮吉又指武王曰："你先王素称有德，虽羁囚羑里③七年，更无一言怨尤④，恪守臣节，蒙纣王怜赦归国，加以黄钺、白旄，特专征伐，其洪恩德泽，可为厚矣。尔等当世世酬报，尚未尽涓涯之万一。今父死未久，彻听姜尚妄语，寻事干戈，兴无名之师，犯大逆之罪，是自取覆宗灭祀之祸，悔亦何及！今听吾言，速反其干戈，退其关隘，擒其渠魁，献俘商郊，尔自归待罪，尚待尔以不死。不然，恐天子大奋乾刚，亲率六师，大张天讨，只恐尔等死无噍类矣。"（虽有归降之心，但必要的流程还要走一遍）

子牙笑曰："二位贤侯只知守常之语，不知时务之说。古云：'天命无常，惟有德者居之。'今纣王残虐不道，荒淫酗暴，杀戮大臣，

① 三停：相术家将人的身体及面部各分成上、中、下三部，称"三停"，以三停匀称齐等为福相。
② 簧惑：意思是以巧言惑众。
③ 羑（yǒu）里：古城名，亦作"牖里"，在今河南汤阴北。羑水经城北东流。纣王曾囚禁周文王于羑里。
④ 怨尤：怨恨责怪。

诛妻弃子，郊社不修，宗庙不享，臣下化之，朋家[1]作仇，戕害百姓，无辜吁天，秽德彰闻，罪盈恶贯。皇天震怒，特命我周恭行天之罚，故天下诸侯相率事周，会于孟津，观政于商郊。二侯尚执迷不悟，犹以口舌相争耶？以吾观之，二侯如寄寓之客，不知谁为之主。宜速倒戈，弃暗投明，亦不失封侯之位耳。请自速裁。”

邓昆大怒，命卞吉：“拿此野叟！”卞吉纵马摇戟，冲杀过来。旁有赵昇使双刀前来抵住。二人正接战间，芮吉持刀也冲将过来。这边孙焰红使斧抵住。只见武吉催开马杀来助战。旁边恼了先行哪吒，登开风火轮，现三首八臂，冲杀过来，势不可当。邓昆见哪吒三头八臂，相貌异常，只吓得神魂飞散，急忙先走，传令鸣金收兵，众将各架住兵器。正是：人言姬发过尧舜，云集群雄佐圣君。

话说邓昆回兵进关，至殿前坐下，欧阳淳、卞吉等俱说姜尚用兵有法，将勇兵骁，门下又有许多三山五岳道术之士，难以取胜，俱各各咨嗟不已。欧阳淳只得治酒管待。（看来是准备将对敌之事全交给邓、芮二人了）至夜，各自归于卧所。且说邓昆至更深，自思：“如今天时已归西周，纣王荒淫不道，谅亦不久；况黄飞虎又是两姨，被陷在此，使吾掣肘，如之奈何！且武王功德日盛，有龙凤之姿，天日之表，真是应运之主。子牙又善用兵，门下又是些道术之客，此关岂能为纣王久守哉？不若归周，以顺天时。只恐芮吉不从，奈何！且俟明日以言挑他，看他意思何如，再为道理。”就思想了半夜。不说邓昆已有意归周，且表芮吉自与武王见阵进关，虽是吃酒，心上暗自沉吟：“人言武王有德，果然气宇不同。子牙善能用兵，果然门下俱是异士。今三分天下，周有其二，眼见得此关如何守！不若献关归降，以免兵革之苦。只不知邓昆心上如何？且慢慢将言语探他，便知虚

① 朋家：犹朋党。

实。”（二人不谋而合，也是大势所趋，人心所向）两下里俱各有意不题。

只见次日，二侯升殿坐下，众将官参谒毕，邓昆曰：“关中将寡兵微，昨日临阵，果然姜尚用兵有法，所助者又是些道术之士。国事艰难，如之奈何？”卞吉曰：“国家兴隆，自有豪杰来佐，又岂在人之多寡哉！”邓昆曰：“卞将军之言虽是，但目下难支，奈何？”卞吉曰：“今关外尚有此幡，阻住周兵，料姜尚不能过此。”芮吉听了他二人说话，心中自忖：“邓昆已有意归周。”不觉至晚，饮了数杯，各散。邓昆令心腹人密请芮侯饮酒。芮吉闻命，欣然而来。二侯执手至密室相叙。左右掌起烛来。二侯对面传杯。正是：二侯有意归真主，自有高人送信来。（这一段邓、芮二人内心的描写，较为真实生动，在全书中亦不多见）

且不言二侯正在密室中饮酒，欲待要说心事，彼此不好擅出其口。只见子牙在营中运筹取关，又多了那首幡阻在路上，欲别寻路径，又不知他关中虚实，黄飞虎等下落，无计可施。忽然想起土行孙来，随唤土行孙分付：“你今晚可进关去，如此如此探听，不得有误。”土行孙得令，把精神抖擞，至一更时分，径进关来。先往禁中，来看南宫适等三人。土行孙见看守的尚未曾睡，不敢妄动，却往别处行走。只见来至前面，听得邓、芮二侯在那厢饮酒。土行孙便躲在地下听他们说些甚么。（土行孙仗着地行术，实在是一个极好的“包打听”）

只见邓昆屏退左右，笑谓芮吉曰：“贤弟，我们说句笑话，你说将来还是周兴，还是纣兴？你我私议，各出己见，不要藏隐，总无外人知道。”芮侯亦笑曰：“兄长下问，使弟如何敢尽言。若说我等的识见洪远，又有所不敢言；若是模糊应答，兄长又笑小弟是无用之物，弟终讷[1]于言。”邓昆笑曰：“我与你虽为各姓，情同骨肉，此时

[1] 讷（nè）：出言迟钝，忍而少言。

出君之口，入吾之耳，又何本心之不可说哉？贤弟勿疑！”芮吉曰：“大丈夫既与同心之友谈天下政事，若不明目张胆倾吐一番，又何取其能担当天下事，为识时务之俊杰哉！据弟愚见，你我如今虽奉敕协同守关，不过强逆天心民意，是岂人民之所愿者也！今主上失德，四海分崩，诸侯叛乱，思得明主，天下事不卜可知。况周武仁德播布四海，姜尚贤能，辅相国务，又有三山五岳道术之士为之羽翼，是周日强盛，汤日衰弱，将来继商而有天下者，非周武而谁？前者会战，其规模气宇已自不同。但我等受国厚恩，惟以死报国，尽其职耳。承长兄下问，故敢以实告，其他非我知也。”邓昆笑曰：“贤弟这一番议论，足见洪谋远识，非他人所可及者，但可惜生不逢时，遇不得其主耳。将来纣为周掳，吾与贤弟不过徒然一死而已。愚兄固当与草木同朽，只可惜贤弟不能效古人所谓‘良禽择木而栖，贤臣择主而仕’，以展贤弟之才。”言罢，咨嗟不已。芮吉笑曰：“据弟察兄之意，兄已有意归周，故以言探我耳。弟有此心久矣。果长兄有意归周，弟愿随鞭镫①。”邓昆忙起身慰之曰：“非不才敢蓄此不臣之心，只以天命人心卜之，终非好消息，而徒死无益耳。既贤弟亦有此心，正所谓‘二人同心，其利断金’，只吾辈无门可入，奈何？”芮吉曰：“慢慢寻思，再乘机会。”（二人这一段对话，先是互相试探，引出真话后再委婉赞同，颇有《三国演义》风范）

二人正商议绸缪，已被土行孙在地下听得详细，喜不自胜，思想：“不若乘此时会他一会，有何不可？也是我进关一场。引进二侯归周，也是功绩。”正是：世间万事由天数，引得贤侯归武王。

话说土行孙在黑影里钻将上来，现出身子，上前言曰：“二位贤侯请了！要归武王，吾与贤侯作引进。”道罢，就把邓、芮二侯唬得

① 鞭镫（dèng）：马鞭和马镫。此处犹麾下、左右。

半晌无言。土行孙曰："二侯不要惊恐，吾乃是姜元帅麾下三运督粮官土行孙是也。"邓、芮二侯听毕，方才定神，问曰："将军为何夤夜至此？"土行孙曰："不瞒贤侯说，奉姜元帅将令，特来进关探听虚实。适才在地下听得二位贤侯有意归周，恨无引进，故敢轻冒，致惊大驾，幸无见罪。若果真意归周，不才预为先容①。吾元帅谦恭下士，决不致有辜二侯之美意也。"

邓、芮二侯听说，不胜欣喜，忙上前行礼曰："不知将军前来，有失迎迓，望勿见罪。"邓昆复挽土行孙之手，叹曰："大抵武王仁圣，故有公等高明之士为之辅弼耳。（明赞武王，暗捧土行孙）不才二人昨日因在阵上，见武王与姜元帅俱是盛德之士，天下不久归周，今日回关，与芮贤弟商议，不意为将军得知，实吾二人之幸也。"土行孙曰："事不宜迟。将军可修书一封，俟我先报知姜元帅，候将军乘机献关，以便我等接应。"邓昆急忙向灯下修书，递与土行孙，曰："烦将军报知姜元帅，设法取关。早晚将军还进关来，以便商议。"土行孙领命，把身子一晃，无影无形去了。二侯看了，目瞪口呆，咨嗟不已。有诗赞之。诗曰：

暗进临潼察事奇，二侯共议正逢时。
行孙引进归明主，不负元戎托所知。

话说土行孙来至中军，刚有五鼓时分，子牙还坐在后帐中等土行孙消息。忽然土行孙立于面前，子牙忙问其进关所行事体如何，土行孙曰："弟子奉命进关，三将还在禁中，因看守人不曾睡，不敢下手。复行至邓、芮二侯密室，见二人共议归周，恨无引进，被弟子现身见

① 先容：本指先加修饰，引申为事先为人介绍、关说。

他，二侯大悦，有书在此呈上。”子牙接书，灯下观看，不觉大喜：“此真天子之福也！再行设策，以候消息。”令土行孙回帐不表。（此事如此顺遂，按小说家惯用手法，不久就将再生波折）

且说邓、芮二侯次日升殿坐下，众将来见。邓昆曰：“吾二人奉敕协守此关，以退周兵，昨日会战，未见雌雄，岂是大将之所为。明日整兵，务在一战以退周兵，早早班师以复王命，是吾愿也。”欧阳淳曰：“贤侯之言是也。”当日整顿兵马，一宿晚景不题。次日，邓昆检点士卒，炮声响处，人马出关，至周营前搦战。邓昆见幽魂白骨幡竖在当道，就在这幡上发挥，忙令卞吉：“将此幡去了。”卞吉大惊曰：“贤侯在上：此幡是无价之宝，阻周兵全在于此。若去了此幡，临潼关休矣。”（情急之下，把底牌全数亮出了）芮吉曰：“吾乃是朝廷钦差官，反走小径；你为偏将，到行中道，周兵观之，深为不雅。纵有常胜，亦不为武。理当去了此幡。”（朝廷有礼制，钦差有颜面，不容你不遵）卞吉自思：“若是去了此幡，恐无以胜敌人；若不去，彼为主将，我岂可与之抗礼。今既为父亲报仇，岂惜此一符也。”卞吉马上欠身曰：“二位贤侯不必去幡，请回关中一议，自然往返无碍耳。”邓、芮二侯俱进了关，卞吉忙画了三道灵符：邓、芮二侯每人一道，放在幞头里面；欧阳淳一道放在盔里。复出关来，数骑往幡下过，就如寻常，二侯大悦。（喜的不是自己可以在幡下通行，而是可用此符放周军进来）

及至周营，对军政官曰：“报你主将出来答话。”探马报入中军，子牙即忙领众将出营。邓昆大呼曰：“姜子牙，今日与你共决雌雄也！”拍马杀入阵中来。只见子牙背后有黄飞彪、黄飞豹二马冲出，接住邓、芮二侯厮杀。四骑相交，正在酣战之下，卞吉看不过，大呼曰：“吾来助战，二侯勿惧！”武吉出马，接住大战。只见卞吉拨马往幡下就走，武吉不赶。子牙见只有邓、芮二侯相战，忙令鸣金，两边各自回军。

子牙看见邓、芮四将往幡下径自去了，心中着实迟疑；进营坐下，沉吟自思："前日只是卞吉一人行走得，余则昏迷；今日如何他四人俱往幡下行得？"土行孙曰："元帅迟疑，莫不是为着那幡下他四人都走得么？"子牙曰："正为此说。"土行孙曰："这有何难，候弟子今日再往关内去走一遭，便知端的。"子牙大喜曰："当宜速行。"当晚初更，土行孙进关，来至邓、芮二侯密室。二侯见土行孙来至，不胜大喜曰："正望公来！那幡名唤幽魂白骨幡，再无法可治。今日被我二人刁难他，他将一道符与我们顶在头上，往幡下过，就如平常，安然无事。足下可持此符献与姜元帅，速速进兵，吾自有献关之策也。"土行孙得符，辞了二侯，往大营来见子牙，备言前事。子牙大喜，取符一看，子牙已识得符中妙诀，（毕竟在元始天尊门下数十年，这点道法本事还是有的）取朱砂书符，分付众将。不知卞吉吉凶如何，且听下回分解。

总批

邓、芮二侯是来协守此关的，谁知他来送了此关，又屈杀一个忠良，情殊可悯，李通当坐以妄举之罪。

又批

卞吉为父报仇，岂得与平常擒拿军将等？当日拿住武成王，即当于白骨幡下，诛之以泄父恨是矣，岂得又擒进关去，乃致其权在主将，竟至不杀，而监禁之，是自己不能急其所急矣。后致邓昆因黄飞虎姻亲之故，竟透露消息，大坏事体，使其父衔泉壤，卞吉不能逭①不孝之罪。宜其有杀身之祸。

① 逭（huàn）：免除。

第八十六回　渑池县五岳归天

澠池
縣五
岳歸
天

导读：《封神演义》全书中，有一对非常矛盾的观念，那就是武王伐纣原本的吊民伐罪革命精神，与作者所接受的明朝民间庸俗化、劣质化忠孝观念间的矛盾。《封神演义》既然以商周之际为大背景，以姜子牙等人为核心人物，那么它的故事逻辑就应该是站在支持、赞扬武王伐纣的立场上。而无论是正统观念中对武王伐纣“顺天应人”“吊民伐罪”的称赞，还是早期故事如《武王伐纣平话》中对血亲复仇、因果报应、侠义精神的肯定，都是基于这一立场的。但《封神演义》的作者却似乎非常别扭，一方面他不能也不敢否认武王伐纣的正义性，但另一方面，他又竭力按照当时流行的庸俗化、劣质化的忠孝观念来塑造文王与武王的形象。于是在他的笔下，出现了极其诡异的一幕：一方面是对叛商归周之人大加赞扬，但另一方面对明知纣王残暴，天命转移，但依旧力抗西岐的商将也不吝褒扬。

至于文王与武王，更是被塑造成了愚忠到死的奴才式人物。文王临终前还在嘱托：“倘吾死之后，纵君恶贯盈，切不可听诸侯之唆，以臣伐君”；“商虽无道，吾乃臣子，必当恪守其职，毋得僭越，遗讥后世”。武王更是见到被废黜的前太子殷郊，就立刻“滚鞍下马，跪于尘埃”，大呼“千岁”，自称“小臣姬发”。直到纣王自焚摘星楼时还说：“你我皆为臣下，曾北面事之，何忍目睹其死，而蒙逼君之罪哉?”仿佛他这天子之位是被人胁迫坐上的一样。究其原因，就在于作者本身是打心眼里认同这套庸俗化、劣质化的绝对忠君理念的，但武王伐纣的本来精神，以及《武王伐纣平话》等早期故事的观念，都与此不合。作者想要将这两种彼此矛盾的观念强行糅合到一部书中，只好再用天命、运数之类的说法来弥缝。而对于一些次要人物的言行，就连弥缝也懒得做了，于是便出现了大批明知纣王残暴荒淫，但依然死忠到底的人物。本回中的欧阳淳、张奎等人便是。

诗曰：

渑池[1]小县亦屏商，主将英雄却异常。
吐雾神驹真鲜得，地行妙术更难量。
二王年少因他死，五岳奇谋为尔亡。
惟有智多杨督运，腾挪先杀老萱堂[2]。

话说子牙将所用之符画完，分付军政官擂鼓，众将上帐参见，子牙曰："你众将俱各领符一道，藏在盔内，或在发中亦可。明日会战，候他败走，众将先赶去，抢了他的白骨幡，然后攻他关隘。"众将听毕，领了符命，无不欢喜。次日，子牙大队而出，遥指关上搦战。探马报知，邓、芮二侯命卞吉出马。卞吉领令出关，可怜：丹心枉作千年计，死到临头尚不知。（卞吉涉世不深，岂能料到堂堂钦差主帅竟已暗中归降）

卞吉上马出关，径往幡下来，大呼曰："今日定拿你成功也！"纵马摇戟，直奔子牙。

只见子牙左右一干大小将官冲杀过来，把卞吉围在垓心，锣鼓齐鸣，喊声四起，只杀得烟雾迷空。怎见得，有诗为证。诗曰：

杀气漫漫锁太华，戈声响亮乱交加。
五关今属西岐主，万载名垂赞子牙。

话说卞吉被众将困在垓心，不能得出，忽然一戟刺中赵丙肩窝，

① 渑（miǎn）池：亦作"黾池"，古城名，因南有黾池得名。在今河南渑池西。
② 萱堂：指母亲的居室，亦借指母亲。

赵丙闪开，卞吉乘空跳出阵来，径往幡下逃去。周营一干众将随后赶来。卞吉那知暗里已漏消息，尚自妄想拿人。卞吉复兜回马，伺候家将拿人，只见数将赶过幡下，径杀奔前来。卞吉大惊曰："此是天丧成汤社稷，如何此宝无灵也！"不敢复战，随败进关来，闭门不出。子牙也不赶他，命诸将先将此幡收了。（最后的屏障也丢了，失守只是时间问题，何况还有两位要降周的主将）韦护取了降魔杵，又将雷震子黄金棍取了，掌鼓回营。

且说卞吉进关来，见邓、芮二侯。不知二侯已自归周，就要寻事处治卞吉。忽报："卞吉回见。"行至阶下，芮吉曰："想今日卞将军擒有几个周将？"卞吉曰："今日末将会战，周营有十数员大将围裹当中，末将刺中一将，乘空败走，引入幡下，以便擒拿他几员。不知何故，他众将一拥前来，俱往幡下过来。此乃天丧成汤，非末将战不胜之罪也。"芮吉笑曰："前日擒三将，此幡就灵验；今日如何此幡就不准了？"邓昆曰："此无他说，卞吉见关内兵微将寡，周兵势大，此关难以久守，故与周营私通，假输一阵，使众将一拥而入，以献此关耳。幸军士随即紧闭，未遂贼计，不然，吾等皆为掳矣。此等逆贼，留之终属后患。"（真可谓是贼喊捉贼，倒打一耙）喝令两边刀斧手："拿下枭首示众！"可怜！正是：一点丹心成画饼，怨魂空逐杜鹃啼。

卞吉不及分辩，被左右拿下，推出帅府，即时斩了首级号令。欧阳淳不知其故，见斩了卞吉，目瞪口呆，心下茫然。邓、芮二侯谓欧阳淳曰："卞吉不知天命，故意逗留军机，理宜斩首。我二人实对将军说：方今成汤气数将终，荒淫不道，人心已离，天命不保。天下诸侯久已归周，只有此关之隔耳。今关中又无大将足抵周兵，终是不能拒守。不若我等与将军将此关献于周武，共伐无道。正所谓'顺天者昌，逆天者亡'。且周营俱是道术之士，我等皆非他的对手。固然我与你俱当死君之难，但无道之君，天下共弃之，你我徒死无益耳。愿将军思之。”（卞吉不可留，而欧阳淳尚可试着劝降一番）欧阳淳大怒，骂曰：“食君之禄，不思报本，反欲献关，甘心降贼，屈杀卞吉，此真狗彘之不若也！我欧阳淳其首可断，其身可碎，而此心决不负成汤之恩，甘效辜恩负义之贼也！”

邓、芮二侯大喝曰：“今天下诸侯尽已归周，难道俱是负成汤之恩者；止不过为独夫残虐生民，万姓涂炭。周武兴吊民伐罪之师，汝安得以叛逆目之？真不识天时之匹夫！”欧阳淳大呼曰：“陛下误用奸邪，反卖国求荣，吾先杀此逆贼，以报君恩！”仗剑来杀邓、芮二侯。二侯亦仗剑来迎，杀在殿上，双战欧阳淳。欧阳淳如何战得过，被芮吉吼一声，一剑砍倒欧阳淳，枭了首级。（可叹一忠义汉子，竟为独夫民贼而死）正是：为国亡身全大节，二侯察理顺天心。

话说二侯杀了欧阳淳，监中放出三将。黄飞虎上殿来，见是姨丈邓昆，二人相会大喜，各诉衷肠。芮吉传令：“速行开关。”先放三将来大营报信。三将至辕门，军政官报入中军，子牙大喜，忙令进帐来。

三将至中军见礼毕，子牙问其详细，只见左右报：“邓昆、芮吉至辕门听令。”子牙传令：“令来。”二侯至中军，子牙迎下座来，二侯下拜，子牙搀住，安慰曰：“今日贤侯归周，真不失贤臣择主而仕之智！”二侯曰：“请元帅进关安民。”子牙传令，催人马进关。武王亦起驾随行。大军就地欢呼，人心大悦。武王来至帅府，查过户口册籍。关中人民父老，俱牵羊担酒，迎迓王师。武王命殿前治宴，管待东征大小众将，犒赏三军。住了数日，子牙传令：“起兵往渑池县。”好人马！一路上怎见得，有诗赞之。诗曰：

杀气迷空千里长，旌旗招展日无光。

层层铁钺锋如雪，对对钢刀刃似霜。

人胜登山豺虎猛，马过出水蟒龙刚。

渑池此际交兵日，“五岳”齐遭剑下亡。（书中各种诗、赞，往往透露后文情节，让故事失了悬念）

话说子牙人马在路前行，不一日，探马报曰：“启元帅：前至渑池县了，请令定夺。”子牙传令：“安营。”点炮呐喊。话说渑池县总兵官张奎听得周兵来至，忙升帅府坐下。左右有二位先行官，乃是王佐、郑椿，上厅来见张奎。奎曰：“今日周兵进了五关，与帝都止有一河之隔，幸赖吾在此，尚可支撑。”张奎打点御敌。且说姜元帅次日升帐，命将出军，忽报：“有东伯侯差官下书。”子牙传令：“令来。”差官至军前行礼毕，将书呈上。子牙拆书观看。子牙看书毕，问左右曰：“如今东伯侯姜文焕求借救兵，我这里必定发兵才是。”

旁有黄飞虎答曰：“天下诸侯皆仰望我周，岂有坐视不救之理。元帅当得发兵救援，以安天下诸侯之心。”（诸侯皆已默认周将代商，武王乃新的天下之主。既如此，便当履行天子的职责义务。此次借兵，也是天下诸侯对武王的试探）子牙传令，问：“谁去取游魂关走一遭？”旁有金、木二吒欠身曰：“弟子不才，愿去取游魂关。”子牙许之，分一枝人马与二人去了不表。且说子牙分付：“谁去渑池县取头一功？”南宫适应声愿往，领令出营，至城下搦战。张奎闻报，问左右先行：“谁人出马？”有王佐愿往，领兵开放城门，来至军前。南宫适大呼曰：“五关皆为周有，止此弹丸之地[1]，何不早献，以免诛身之祸。”王佐骂曰：“无知匹夫！你等叛逆不道，罪恶贯盈，今日自来送死也！”纵马舞刀来取。南宫适手中刀拍面交还。战有二三十回合，被

① 弹丸之地：比喻很小的地方。弹丸，弹弓所用的泥丸、石丸或铁丸。

南宫适手起刀落，早把王佐挥为两段。南宫适得胜回营报功，子牙大喜。

只见报马报进城来。张奎闻报，王佐失机，心下十分不快。次日，又报："周将黄飞虎搦战。"郑椿出马，与黄飞虎大战二十合，被黄飞虎一枪刺于马下，枭了首级回营。子牙大喜。话说张奎又见郑椿失利，着实烦恼。子牙见连日斩他二将，命左右军士一齐攻城。众将率领军士，放炮呐喊，前来攻城。城上士卒来报张奎，张奎在后厅闻报，与夫人高兰英商议："如今孤城难守，连折二将，如之奈何？"高兰英曰："将军有此道术，况且又有坐骑可以成功，何惧贼兵哉？"奎曰："夫人不知，五关之内多少英雄，俱不能阻逆，一旦至此，天意可知。今主上犹荒淫如故，为臣岂能安于枕席。"（既知天意如此，纣王荒淫，为何还要死保？）夫妻正议，又报："周兵攻城甚急。"张奎即时上马提刀，夫人掠阵；开放城门，一骑当先。

只见子牙门下众将左右分开，张奎大呼曰："姜元帅慢来！"子牙上前曰："张将军，你可知天意？速速早降，不失封侯之位；若自执迷不悟，与五关为例。"张奎笑曰："你逆天罔上，侥幸至此，量你今日死无葬身之地矣。"子牙笑曰："天时人事，不问可知，只足下迷而不悟耳。此去朝歌不过数百里，一河之隔，四面八方，天下诸侯云集，谅你区区弹丸之地，投鞭可实，何敢拒吾师哉！此正谓大厦将倾，一木安能支撑，徒自取灭亡耳！"张奎大怒，催开马，使手中刀，飞来直取子牙。后面姬叔明、姬叔昇二殿下走马大呼："少冲吾阵！"两条枪急架忙迎。好张奎！使开刀力战二将。有诗为证：

臂膊抡开好用兵，空中各自下无情。
吹毛利刃分先后，刺骨尖锋定死生。

恶战止图麟阁[1]姓，苦争只为史篇名。
张奎刀法真无比，到处成功定太平。

话说姬叔明等二将见战张奎不下，二位殿下掩一枪，诈败而走，指望回马枪挑张奎。不知张奎的坐骑甚奇，名为“独角乌烟兽”，其快如神。张奎让二将去有三四射之地，他把马上角一拍，那马如一阵乌烟，似飞云掣电而来。姬叔明听得有人追赶，以为得计时，不意张奎已至后面，措手不及，被张奎一刀挥于马下。姬叔昇见其兄落马，及至回马，又被张奎顺手一刀，也是两段，可怜金枝玉叶[2]，一旦[3]遭殃！（张奎今日杀武王二弟，便埋下后面一段因果）子牙大惊，急鸣金收兵。张奎也掌鼓进城。子牙见折了二位殿下，收军回营，心下不乐。武王闻知丧了二弟，掩面而哭，进后营去了。张奎连斩二将，心中甚喜。夫妻二人商议，具表进朝歌不题。

且言子牙闷坐帐上，谓诸将曰：“料渑池不过一小县，反伤了二位殿下！”（渑池虽小，却是朝歌屏障，守卫之人岂可小视？）只见众将齐说：“张奎的马有些奇异，其快如风，故此二位殿下措手不及，以致丧身。”众将正猜疑时，忽报：“北伯侯崇黑虎至辕门求见。”子牙传令：“请来。”崇黑虎同文聘、崔英、蒋雄上帐来，参谒子牙。子牙忙下帐，迎接上帐，各叙礼毕，子牙曰：“君侯兵至孟津几时了？”黑虎曰：“不才自起兵取了陈塘关，人马已至孟津扎营数月矣。今闻元帅大兵至此，特来大营奉谒，愿元帅早会诸侯，共伐无道。”子牙大喜。有武成王与崇黑虎相见，感谢黑虎曰：“昔日蒙君侯相助，擒斩高继能，此德尚未图报，时刻不敢有忘，铭刻

① 麟阁：“麒麟阁”的略称。表示卓越的功勋和最高的荣誉。
② 金枝玉叶：本指花木娇嫩的枝叶。此处喻指皇族子孙或出身高贵者。
③ 一旦：一日间，一时。

五内。”

彼此逊谢毕。子牙分付营中治酒，管待崇黑虎等。正是：死生有数天生定，“五岳”相逢绝渑池。当日酒散。次日，子牙升帐，众将参谒。忽报：“张奎搦战。”哨马报入中军，子牙问：“今日谁人战张奎走一遭？”崇黑虎曰：“末将今日来至，当得效劳。”只见文聘、崔英、蒋雄三人也要同出。子牙大喜。四将同出大营，领本部人马摆开，崇黑虎催开了金睛兽，举双板斧，飞临阵前，大呼曰：“张奎！天兵已至，何不早降，尚敢逆天，自取灭亡哉！”张奎大怒，骂曰：“无义匹夫！你乃是弑兄图位，天下不仁之贼，焉敢口出大言！”催开马，使手中刀飞来直取。崇黑虎举双斧，急架忙迎。文聘大怒，发马摇叉，冲杀过来。崔英八楞锤一似流星，蒋雄的抓绒绳飞起，一齐上前，把张奎裹在当中。

却说子牙在帐上见黄飞虎站立在旁，子牙曰：“黄将军，崇侯今日会战，你可去掠阵助他，也不负昔日崇侯曾为将军郎君报仇。”黄飞虎领令出营，见四将与张奎大战。黄飞虎自思：“吾在此掠阵，不见我之情分，不若走骑成功，何不为美？”黄飞虎将五色神牛催开，大呼曰：“崇君侯，吾来也！”此正是“五岳逢七杀”，大抵天数已定，毕竟难逃。只见五将裹住张奎，这场大战，怎见得，有赞为证：

只杀得愁云惨淡，旭日昏黄。愁云惨淡，征夫马上抖精神；旭日昏黄，儿郎对阵施勇猛。号带飘扬，千条瑞彩满空飞；剑戟参差，三冬白雪漫阵舞。

崇黑虎双板斧纷纭上下，文聘的托天叉左右交加，崔英的八楞锤如流星荡漾，蒋雄的五爪抓似蒺藜飞扬，黄飞虎长枪如大蟒出穴。好张奎，敌五将，似猛虎翻腾。

刀架斧，斧劈刀，叮当响亮；叉迎刀，刀架叉，有叱咤之声；锤打刀，刀架锤，不离其身；抓分顶，刀掠处，全凭心力；枪刺来，刀隔架，纯是精神。

五员将鞍韂上各施巧妙，只杀得刮地寒风声拉杂，荡起征尘飞铠甲，渑池城下立功勋，数定“五岳”逢“七杀”。

话说五将把张奎围在垓心，战有三四十回合，未分胜负。（前有三英战吕布，今有五岳战张奎）崇黑虎暗思：“既来立功，又何必与他恋战?”把坐下金睛兽一兜，跳出圈子，诈败就走，好放神鹰。四将知机，也便拨马跟黑虎败走。他不知张奎坐骑其快如风，也是“五岳”命该如此。只见张奎等五将去有三二箭之地，把马顶上角一拍，一阵乌烟，即时在文聘背后，手起一刀，把文聘挥于马下。崇黑虎急用手去揭葫芦盖，已是不及，早被张奎一刀砍为两段。崔英勒回马来时，张奎使开刀又战三将。忽然桃花马走，一员女将用两口日月刀，飞出阵来，乃是高兰英来助张奎。这妇人取出个红葫芦来，祭出四十九根太阳金针，射住三将眼目，观看不明，早被张奎连斩三将下马。可怜五将一阵而亡！有诗为证。诗曰：

五将东征会渑池，时逢“七杀”数应奇。
忠肝化碧犹啼血，义胆成灰永不移。
千古英风垂泰岳，万年禋祀①祝嵩尸。
五方帝位多隆宠，应念当时报国恩。

① 禋（yīn）祀：古代祭天神的一种礼仪。先烧柴升烟，再加牲体及玉帛于柴上焚烧。也可泛指祭祀。

话说张奎连诛五将，哨马报与子牙，子牙大惊："如何就诛了五将？"掠阵官备言张奎的马有些利害，故此五将俱措手不及，以致失利。子牙见折了黄飞虎，着实伤悼，正寻思之间，忽报："杨戬催粮至辕门等令。"（来得好是时候，一路来靠着杨戬战胜了多少左道之人）子牙传令："令来。"至中军，参谒毕，禀曰："弟子督粮已进五关，今愿缴督粮印，随军征伐立功。"子牙曰："此时将会孟津，也要你等在中军协助。"杨戬立在一旁，听得武成王黄将军已死，杨戬叹曰："黄氏一门忠烈，父子捐躯，以为王室，不过留清芬①于简编耳！"又问："张奎有何本领，先行为何不去会他？"哪吒曰："崇君侯意欲见功，不才先要让他，岂好占越，不意俱遭其害。"

正言间，只见左右来报："张奎搦战。"有黄飞彪愿为长兄报仇，子牙许之，（黄飞彪本领不及乃兄，又加报仇心切，实非出战之选，子牙误矣）杨戬掠阵。黄飞彪出营，见张奎也不答话，挺枪直取。张奎的刀急架忙迎。两马相交，一场大战，约有二三十合。黄飞彪急于为兄报仇，其力量非张奎对手，枪法渐乱，被张奎一刀挥于马下。杨戬掠阵，见张奎把黄飞彪斩于马下，又见他的马顶上有角，就知此马有些原故，"待吾除之！"杨戬纵马摇刀，大呼曰，"张奎休走！吾来也！"张奎问曰："你是何人，也自来取死？"杨戬答曰："你这匹夫，屡以邪术坏吾诸将，吾特来拿你，碎尸万段，以泄众将之恨！"举三尖刀劈面砍来。张奎手中刀急架相还。二马相交，双刀并举。怎见得一场大战，有赞为证。赞曰：

二将棋逢敌手，阵前各逞豪强。翻来覆去岂寻常，真似一对虎狼形状。这一个会腾挪变化，那一个会搅海翻江。刀来刀架两

① 清芬：本谓花的清香芬芳。比喻高洁的德行。

无妨，两个将军一样。

话说张奎与杨戬大战，有三四十合，杨戬故意卖个破绽，被张奎撞个满怀，伸出手抓住杨戬腰带，拎过鞍鞒。正是：张奎今日擒杨戬，眼前丧了黑烟驹。张奎活捉了杨戬，掌鼓进县，升厅坐下，令："将周将推来！"左右将杨戬拥至厅前，杨戬站立。张奎大喝曰："既被吾擒，为何不跪？"杨戬曰："无知匹夫！我与你既为敌国，今日被擒，有死而已，何必多言！"（故意激怒张奎，以求尽快斩首）张奎大怒，命左右："推出斩首号令！"只见左右将杨戬斩讫，持首级号令。张奎方欲坐下，不一时，只见管马的来报："启老爷得知：祸事不小！"张奎大惊："甚么祸事？"管马的曰："老爷的马好好的吊下头来。"

张奎听得此言，不觉失色，顿足曰："吾成大功，全仗此乌烟兽，岂知今日无故吊下头来！"正在厅上急得三尸神暴跳，七窍内烟生，忽报："方才被擒的周将又来搦战。"张奎顿然醒悟："吾中了此贼奸计！"随即换马，提刀在手，复出城来。一见杨戬，大骂："逆贼擅坏吾龙驹，气杀我也！怎肯干休？"杨戬笑曰："你仗此马伤吾周将，我先杀此马，然后再杀你的驴头！"张奎切齿大骂曰："不要走！吃吾一刀！"使开手中刀来取。杨戬的刀急架相迎。又战二十合，杨戬又卖个破绽，被张奎又抓住腰内丝绦，轻轻拎将过去，二次擒来。张奎大怒曰："这番看你怎能脱去！"（能逃第一次，便能逃第二次。张奎此时气急，尚未搞清楚杨戬所用法术，便急匆匆抓人，不想又中圈套）正是：张奎二次擒杨戬，只恐萱堂血染衣。

张奎捉了杨戬进城，坐在厅上。忽报，后边夫人高兰英来至面前，因问其故，张奎长吁叹曰："夫人，我为官多年，得许大功劳，全仗此乌烟兽。今日周将杨戬用邪术坏吾龙驹，这次又被我擒来，还是将何法治之？”夫人曰：“推来我看。”传令：“将杨戬推来。”少时，推至厅前，高兰英一见，笑曰：“吾自有处治。将乌鸡黑犬血取来，再用尿粪和匀，先穿起他的琵琶骨，将血浇在他的头上，又用符印镇住，然后斩之。”张奎如法制度。夫妻二人齐出府前，看左右一一如此施行。高兰英用符印毕，先将血粪往杨戬头上浇，手起一刀，将首级砍落在地。

夫妻大喜，方才进府来到厅前，忽听得后边丫环飞报出厅来，哭禀曰：“启老爷，夫人：不好了！老太太正在香房，不知那里秽污血粪把太太浇了一头，随即吊下头来，真是异事惊人！”张奎大叫曰：“又中了杨戬妖术！”放声大哭，如醉如痴一般。自思：“老母养育之恩未报，今因为国，反将吾母丧命，真个痛杀我也！”（可怜老太太无辜惨死，却也是张奎斩杀武王二弟之报也）忙取棺椁收殓不表。且说杨戬径进中军，来见子牙，备言：“先斩其马，后杀其母。先惑乱其心，然后擒张奎不难矣。”子牙大喜曰：“此皆是你不世之功。”且说张奎思报母仇，上马提刀，来周营搦战。不知凶吉如何，且听下回分解。

总批

五岳之英勇，为世无敌，而为神乃无上至尊之品，一逢七杀，则同时皆尽。岂才力不足以敌乎？亦术艺不足致胜乎？非也。不过见屈于乌烟驹耳。可见人之才力、术艺，俱不足恃者。古云：飞不以尾，缺其尾则不能致远；走不以手，缚手则走不疾。良有以也。谓有用见屈于无用，大而见屈于小者也。今人惟不自恃其才力术艺，则可耳。

又批

杨戬之巧于幻化，为周营第一；而讨便宜见机，亦是周营第一；而下手辣毒，亦是周营第一。腾挪而斩其乌烟驹并及其母，这是他幻化之妙。问哪吒何不出战？这是他机械之巧。斩乌烟驹似矣，而致以秽污杀其老母，这是他下手之毒。可见极乖巧之人，是极恶毒之人。或曰：未必尽然。予曰：君请看痴人，讨得那个便宜？

第八十七回　土行孙夫妻阵亡

土行孫夫
妻陣亡

导读：梅山七圣是《封神演义》中最后一组有能力阻拦西周大军的力量。梅山七圣出现的时间并不晚，目前能看到的最早提及他们的材料，是北宋宣和五年（1123）的《忻州定襄县新修昭惠灵显王庙记》，其中有“如七圣巨灵者，必降以使之”之语。南宋的笔记《梦粱录》中，也记载了二月八日杭州赛神会上，扮成神仙游湖的就有“七圣、二郎神”等。之后在有关二郎神的元杂剧，如《灌口二郎斩健蛟》、《二郎神锁齐天大圣》、《二郎神醉射锁魔镜》等戏中，梅山（或作“眉山”）七圣都屡次出现。只不过，这七圣到底都是谁，则是一笔说不清的糊涂账。在《封神演义》中，七圣是白猿、蛇、蜈蚣、牛、猪、羊、狗七种动物成的精。而在《西游记》中，却是康、张、姚、李四太尉，与郭申、直健二将军，即所谓梅山六友或梅山六兄弟，再加上二郎神杨戬本人，合称“七圣”。而在都江堰的二王庙中，也塑有梅山七圣的像，但对这七人的身份，却已难以考证。

诗曰：

地行妙术法应玄，谁识张奎更占先。
猛兽崖前身已死，渑池城下妇归泉。
许多功业成何用，几度勋名亦枉然。
留得两行青史在，从来成败总由天。

话说子牙在中军正议进兵之策，忽报："张奎搦战。"哪吒曰："弟子愿往。"登风火轮而出，现出八臂三首，来战张奎，大呼曰："张奎若不早降，悔之晚矣！"张奎大怒，催开马，仗手中刀来取。哪吒使手中枪劈面迎来。未及三五合，哪吒将九龙神火罩祭起去，把张奎连人带马罩住。用手一拍，只见九条火龙一齐吐出烟火，遍地烧来。不知张奎会地行之术，如土行孙一般。（地行术真乃保命绝技也）彼时张奎见罩落将下来，知道不好，他先滚下马，就地下去了。哪吒不曾有心看，几乎误了大事，只是烧死他一匹马。哪吒掌鼓回营，见子牙，说："张奎已被烧死。"子牙大喜不表。

且说张奎进城，对妻子曰："今日与哪吒接战，果然利害，被他提起火龙罩将我罩住，若不是我有地行之术，几乎被他烧死。"高兰英曰："将军今夜何不地行进他营寨，刺杀武王君臣，不是一计成功，大事已定，又何必与他争能较胜耶！"张奎深悟曰："夫人之言甚是有理。只因被杨戬可恶，暗害吾老母，惑乱吾心，连日神思不定，几乎忘了。今夜必定成功。"（凡作此言者，必定不能成功）张奎打点收拾，暗带利刃进营。正是：武王洪福过尧舜，自有高人守大营。话说子牙在帐中，闻得张奎已死，议取城池。至晚，发令箭，点练士卒，至三更造饭，四更整饬，五鼓登城，一鼓成功。子牙分付已毕。

这也是天意，恰好是杨任巡外营。那是将近二更时分，张奎把身子一扭，径往周营而来，将至辕门，适遇杨任来至前营。不知杨任眼眶里长出来的两只手，手心里有两只眼，此眼上看天庭，下观地底，中看人间千里。（如此设定，简直专为侦破张奎而设一般）彼时杨任忽见地下有张奎提一口刀径进辕门，杨任曰："地下是张奎，慢来！有吾在此！"张奎大惊："周营中有此等异人，如何是好！"自思："吾在地下行得快，待吾进中军杀了姜尚，他就来也是迟的。"张奎仗刀径入，杨任一时着急，将云霞兽一磕，至三层圈子内，击云板，大呼曰："有刺客进营！各哨仔细！"不一时，合营齐起。子牙急忙升帐，众将官弓上弦，刀出鞘，两边火把灯球，照耀如同白昼。子牙问曰："刺客从那里来？"杨任进帐启曰："张奎提刀在地下径进辕门。弟子故敢击云板报知。"子牙大惊曰："昨日哪吒已把张奎烧死，今夜如何又有个张奎？"杨任曰："此人还在此听元帅讲话。"子牙惊疑未定，旁有杨戬曰："候弟子天明再作道理。"就把周营里乱了半夜。

张奎情知不得成功，只得回去。杨任一双眼只看着地下张奎走出辕门，杨任也出辕门，只送张奎至城下方回。当时张奎进城，来至府中，高兰英问曰："功业如何？"张奎只是摇头道："利害！利害！周营中有许多高人，所以五关势如破竹，不能阻当。"遂将进营的事细细说了一遍。夫人曰："既然如此，可急修本章往朝歌，请兵协守。不然，孤城岂能阻当周兵？"张奎从其言，忙修本差官往朝歌。（这二人也不想，若朝歌之兵真有能力抵挡，先前又如何能连失五关？难道之前守将就不知道请兵吗？）不表。

且说天明，杨戬往城下来，坐名叫："张奎出来见我！"张奎闻报，上马提刀，开放城门，正是仇人见了仇人，大骂曰："好匹夫！暗害吾母，与你不共戴天！"杨戬曰："你这逆天之贼，若不杀你母，你也不知周营中利害。"张奎大叫："我不杀杨戬，此恨怎休！"舞刀直取杨戬。杨戬手中刀赴面交还。两马相交，双刀并举。未及数合，杨戬祭起哮天犬来伤张奎。张奎见此犬奔来，忙下马，即时就不见了。杨戬观之，不觉咨嗟。正是：张奎道术真伶俐，赛过周营土行孙。

话说杨戬回营来见子牙，子牙问曰：“今日会张奎，如何？”杨戬把张奎会地行道术说了一遍，“真好似土行孙！夜来杨任之功莫大焉！”子牙大喜，传令：“以后只令杨任巡督内外，防守营门。”（你有地行术，我有透视眼）彼时张奎进城至府，见夫人高氏曰：“今会杨戬，料周营道术之士甚多，吾夫妻不能守此城也。依吾愚见，不若弃了渑池，且回朝歌，再作商议。你的意下如何？”（倒不失为一个稳妥之策）夫人曰：“将军之言差矣！俺夫妻在此镇守多年，名扬四方，岂可一旦弃城而去。况此城关系不浅，乃朝歌屏障，今一弃此城，则黄河之险与周兵共之，这个断然不可！明日待我出去，自然成功。”（为保一个“名扬四方”，最终丧了夫妻性命）

次日，高兰英出城，至营前搦战。子牙正坐，忽报：“有一女将请战。”子牙问：“谁可出马？”有邓婵玉应声曰：“末将愿往。”子牙曰：“须要小心。”邓婵玉曰：“末将知道。”言罢上马，一声炮响，展两杆大红旗出营，大呼曰：“来将何人？快通名来！”高兰英观看，见是一员女将，心下疑惑，忙应曰：“吾非别人，乃镇守渑池张将军夫人高兰英是也。你是谁人？”邓婵玉曰：“吾乃是督运粮储土将军夫人邓婵玉是也。”高兰英听说，大骂：“贱人！你父子奉敕征讨，如何苟就成婚，（骂人揭短，如同打人打脸，邓婵玉焉能不怒）今日有何面目归见故乡也！”邓婵玉大怒，舞双刀来取。高兰英一身缟素，将手中双刀急架来迎。二员女将，一红，一白，杀在城下。怎见得，有赞为证：

这一个顶上金盔耀日光，那一个束发银冠列凤凰。这一个黄金锁子连环铠，那一个千叶龙鳞甲更强。这一个猩猩血染红衲袄，那一个素白征袍似粉装。这一个是赤金映日红玛瑙，那一个是白雪初施玉琢娘。这一个似向阳红杏枝枝嫩，那一个似月下梨花带露香。这一个似五月榴花红似火，那一个似雪里梅花靠粉墙。这一个腰肢袅娜在鞍鞒上，那一个体态风流十指长。这一个双刀晃晃①如闪电，那一个二刃如锋劈面扬。分明是：广寒仙子临凡世，月里嫦娥降下方。两员女将天下少，红似银朱白似霜。

话说邓婵玉大战高兰英有二十回合，拨马就走。高兰英不知邓婵玉诈败，便随后赶来。婵玉闻脑后鸾铃响处，忙取五光石回手一下，正中高兰英面上，只打得嘴唇青肿，掩面逃回。邓婵玉得胜进营，来见姜元帅，说高兰英被五光石打败进城。子牙方上功劳簿，只见左右官报："二运官土行孙辕门等令。"子牙传令："来。"土行孙上帐参谒："弟子运粮已完，缴督粮印，愿随军征伐。"子牙曰："今进五关，军粮有天下诸侯应付，不消你等督运，俱随军征进罢了。"土行孙下帐，来见众将，独不见黄将军，忙问哪吒，哪吒曰："今渑池不过一小县，反将黄将军、崇君侯五人一阵而亡。昨张奎善有地行之术，比你分外精奇。前日进营，欲来行刺，多亏杨任救之。故此阻住吾师，不能前进。"土行孙听罢："有这样事！当时吾师传吾此术，可称盖世无双，岂有此处又有异人也？待吾明日会他。"（此前郑伦不也自以为其术盖世无双，结果却遇到个陈奇。人外有人，也是自然之理）至后帐来问邓婵玉："此事可真？"邓婵玉曰："果是不差。"

土行孙踌躇一夜。次早，上帐来见姜元帅，"愿去会张奎。"子牙许之。旁有杨戬、哪吒、邓婵玉俱欲去掠阵，土行孙许之。来至城

① 晃晃：明亮貌。

下搦战。哨马报与张奎，张奎出城，见一矮子，问曰："你是何人？"土行孙曰："吾乃土行孙是也。"道罢，举手中棍滚将来，劈头就打。张奎手中刀急架来迎。二人大战，往往来来，未及数合，哪吒、杨戬齐出来助战。哪吒忙提起乾坤圈来打张奎。张奎看见，滚下马就不见了。土行孙也把身子一扭来赶张奎。张奎一见大惊："周营中也有此妙术之人！"随在地底下，二人又复大战。大抵张奎身子长大，不好转换；土行孙身子矮小，转换伶俐，故此或前或后，张奎反不济事，只得败去。土行孙赶了一程，赶不上，也自回来。

那张奎地行术一日可行一千五百里，土行孙止行一千里，因此赶不上他，只得回营，来见子牙，言："张奎果然好地行之术。此人若是阻住此间，深为不便。"子牙曰："昔日你师父擒尔用指地成钢法，今欲治张奎，非此法不可。你如何学得此法以治之？"（呼应前文，且十二金仙不能再入红尘，只能让弟子前去学来，由此方能引出后文之事）土行孙曰："元帅可修书一封，待弟子去夹龙山，见吾师，取此符印来，破了渑池县，须得早会诸侯。"子牙大喜，忙修书付与土行孙。土行孙别了妻子，往夹龙山来。可怜！正是：丹心欲佐真明主，首级高悬在渑池。土行孙径往夹龙山去。

且说张奎被土行孙战败回来，见高兰英，双眉紧皱，长吁曰："周营中有许多异人，如何是好？"夫人曰："谁为异人？"张奎曰："有一土行孙，也有地行之术，如之奈何！"高兰英曰："如今再修告急表章，速往朝歌取救，俺夫妻二人死守此县，不必交兵，只等救兵前来，再为商议破敌。"夫妻正议，忽然一阵怪风飘来，甚是奇异。怎见得好风，有诗为证。诗曰：

走石飞砂势更凶，推云拥雾乱行踪。
暗藏妖孽来窥户，又送孤帆过楚峰。

风过一阵，把府前宝纛旗一折两段。夫妻大惊曰："此不祥之兆也。"（天意为何要给张奎夫妇预警？若问作者，大抵又要说天数如此，土行孙合该殒命之类了）

高兰英随排香案，忙取金钱，排下一卦，已解其意。高兰英曰："将军可速为之！土行孙往夹龙山取指地成钢之术，来破你也！不可迟误！"张奎大惊，忙忙收拾，结束停当，径往夹龙山来了。土行孙一日止行千里，张奎一日行一千五百里，张奎先到夹龙山，到个崖畔，潜等土行孙。等了一日，土行孙来至猛兽崖，远远望见飞龙洞，满心欢喜："今日又至故土也！"不知张奎豫在崖旁，侧身躲匿，把刀拎起，只等他来。土行孙那里知道，只是往前走。也是数该如此，看看来至面前，张奎大叫曰："土行孙不要走！"土行孙及至抬头时，刀已落下，可怜砍了个连肩带背。（张奎伏击土行孙不是在半路上，而是在夹龙山中公然行凶，惧留孙竟不闻不问吗？）张奎找了首级，径回渑池县来号令。后人有诗叹土行孙归周未受茅土之封，可怜无辜死于此地，诗曰：

忆昔西岐归顺时，辅君督运未愆期。
进关盗宝功为首，劫寨偷营世所奇。
名播诸侯空啧啧，声扬宇宙恨丝丝。
夹龙山下亡身处，反本还元正在兹①。

话说张奎非止一日来至渑池县，夫妻大喜，乃把那土行孙一事说了一遍，夫妻大喜，仍把土行孙的首级号令在城上。只见周营中探马见渑池县里号令出头来，近前看时，却是土行孙的首级，忙报入中军："启元帅：渑池县城上号令了土行孙首级，不知何故，请令定

① 兹：此，这。

夺。”子牙曰：“他往夹龙山去了，不在行营，又未出阵，如何被害？”子牙掐指一算，拍案大叫曰：“土行孙死于无辜，是吾之过也！”子牙甚是伤感。（既知张奎也有地行之术，且速度在土行孙之上，便当有所防备。此事子牙确有责任）不意帐后惊动了邓婵玉，闻知丈夫已死，哭上帐来，愿与夫主报仇。子牙曰：“你还斟酌，不可造次。”邓婵玉那里肯住，啼泣上马，来至城下，只叫：“张奎出来见我！”哨马报入城中：“有女将搦战。”高兰英曰：“这贱人！我正欲报一石之恨，今日合该死于此地！”高兰英上马提刀，先将一红葫芦执在手中，放出四十九根太阳神针，先在城里提出。邓婵玉只听得马响，二目被神针射住，观看不见，早被高兰英手起一刀，挥于马下，可怜！（邓婵玉之死竟如此潦草应付过去了，似乎作者急于将这对夫妻送走，故此敷衍）正是：孟津未会诸侯面，今日夫妻丧渑池。

话说高兰英先祭太阳神针，射住婵玉二目，因此上斩了邓婵玉，进城号令了。哨马报入中军，备言前事。子牙着实伤悼，对众门人曰：“今高兰英有太阳神针，射人二目，非同小可，诸将俱要防备。”故此按兵不动，再设法以取此县。南宫适曰：“料一小县，今损无限大将，请元帅着人马四面攻打，此县可以躧①为平地。”子牙传令，命：“三军四面攻打！”架起云梯②火炮，三军呐喊，攻打甚急。张奎夫妻千方百计看守此城。一连攻打两昼夜，不能得下。子牙心中甚恼，且命：“暂退，再为设计；不然徒令军士劳苦无益耳。”众将鸣金收军回营。

且说张奎又修本往朝歌城来。差官渡了黄河，前至孟津，有四百镇诸侯驻扎人马。差官潜踪隐迹，一路无词，至馆驿中，歇了一宵。

① 躧（xǐ）：践踏，摧毁。
② 云梯：古代攻城时攀登城墙的长梯。

次日，将本至文书房投递。那日看本乃是微子。微子接本看了，忙入内庭，只见纣王在鹿台宴乐。微子至台下候旨，纣王宣上鹿台。微子行礼称臣毕，王曰："皇伯有何奏章？"（微子忽而被称"皇兄"，忽而又被称"皇伯"，作者疏忽至此）微子曰："武王兵进五关，已至渑池县，损兵折将，莫可支撑，危在旦夕。请陛下速发援兵，早来协守。不然，臣惟一死，以报君恩。何况此县离都城不过四五百里之远，陛下还在此台宴乐，全不以社稷为重，孟津现有南方、北方四百诸侯驻兵，候西伯共至商郊，事有燃眉之急。今见此报，使臣身心如焚，莫知所措。愿陛下早求贤士，以治国事，拜大将以剿反叛，改过恶而训军民，修仁政以回天变，庶不失成汤之宗庙也。"

纣王闻奏大惊曰："姬发反叛，而今已侵陷孤之关隘，覆军杀将，兵至渑池，情殊可恨！孤当御驾亲征，以除大恶。"（当真如此，则本书可提前结束）中大夫飞廉奏曰："陛下不可！今孟津有四百诸侯驻兵，一闻陛下出军，他让过陛下，阻住后路，首尾受敌，非万全之道也。陛下可出榜招贤，大悬赏格①，自有高名②之士应求而至。古云：'重赏之下，必有勇夫。'又何劳陛下亲御六师，与叛臣较胜于行伍哉？"纣王曰："依卿所奏。速传旨，悬立赏格，张挂于朝歌四门，招选豪杰，才堪督府者，不次铨除③。"——四外烘动④，就把个朝歌城内万民日受数次惊慌。

只见一日来了三个豪杰，来揭榜文。守榜军士随同三人先往飞廉府里来参谒。门官报入中堂，飞廉道："有请。"三人进府，与飞廉见礼毕，言曰："闻天子招募天下贤士，愚下三人自知非才，但君父

① 赏格：悬赏所定的报酬数目。
② 高名：盛名。
③ 铨（quán）除：选授官职。铨，量才授官。除，拜官授职。
④ 烘动：同"轰动"。同时惊动许多人。

有事，愿捐躯敢效犬马。”飞廉见三人气宇清奇，就命赐坐。三人曰：“吾等俱是闾阎[①]子民。大夫在上，子民焉敢坐。”飞廉曰：“求贤定国，聘杰安邦，虽高爵重禄，直受不辞，又何妨于一坐耶？”三人告过，方才坐下。飞廉曰：“三位姓甚名谁？住居何所？”三人将一手本呈上，飞廉观看，原来是梅山人氏，一名袁洪，一名吴龙，一名常昊。此乃“梅山七圣”，先是三人投见，以下俱陆续而来。袁洪者，乃白猿精也；吴龙者，乃蜈蚣精也；常昊者，乃长蛇精也。俱借“袁”“吴”“常”三字取之为姓也。（号曰“七圣”，其实“七妖”也）飞廉看了姓名，随带入朝门，来朝见纣王。

飞廉入内庭，天子在显庆殿与恶来弈棋，当驾官启奏：“中大夫飞廉候旨。”王曰：“宣来。”飞廉见驾，奏曰：“臣启陛下：今有梅山三个杰士，应陛下求贤之诏，今在午门候旨。”纣王大悦：“传旨宣来。”少时，三人来至殿下，山呼拜毕，纣王赐三人平身，三人谢恩毕，侍立两旁。王曰：“卿等此来，有何妙策可擒逆贼？”袁洪奏曰：“姜尚以虚言巧语，纠合天下诸侯，鼓惑黎庶作反，依臣愚见，先破西岐，拿了姜尚，则八百诸侯望陛下降诏招安，赦免前罪，天下不战而自平也。”

纣王闻奏，龙心大悦，封袁洪为大将，吴龙、常昊为先行，命殷破败为参军，雷开为五军总督，使殷成秀、雷鲲、雷鹏、鲁仁杰等俱随军征伐。纣王传旨，嘉庆殿排宴，庆赏诸臣。内有鲁仁杰自幼多读，广识英雄，见袁洪行事不按礼节，暗思曰：“观此人行事不是大将之才，且看他操演人马，便知端的[②]。”当日宴散，次日谢恩。三日后下教场，操演三军。鲁仁杰看袁洪举动措置，俱不如法[③]，谅非

① 闾阎（lǘ yán）：里巷的门。借指平民。
② 端的：底细。
③ 如法：得法，适宜。

姜子牙敌手，但此时是用人之际，鲁仁杰也只得将机就计而已。次日，袁洪朝见纣王，王曰："元帅可先领一枝人马，往渑池县佐张奎以阻西兵，元帅意下如何？"袁洪曰："以臣观之，都中之兵不宜远出。"纣王曰："如何不宜远去？"袁洪奏曰："今孟津已有南北二路诸侯驻扎，以窥其后，臣若往渑池，此二路诸侯拒守孟津，阻臣粮道，那时使臣前后受敌，此不战自败之道。况粮为三军生命，是军未行而先需者也。依臣之计，不若调二十万人马，阻住孟津之咽喉，使诸侯不能侵搅朝歌，一战成功，大事定矣。"（既说出如此言语，则此战必不成功，大事必不能定矣）

纣王大悦："卿言甚善，真乃社稷之臣！依卿所奏施行。"袁洪随调兵二十万，吴龙、常昊为先行，殷破败为参赞，雷开为五军都督，使殷成秀、雷鲲、雷鹏、鲁仁杰随军征伐，往孟津而来。不知胜负如何，且听下回分解。

总批

土行孙往夹龙山来，天反以风信报张奎，使豫在猛兽崖等候，致土行孙不及提防遇害，上天恶纣极矣。宜其惑败张奎而向行孙。今若不然，天道难知哉！数乎？否也。

又批

高兰英不但太阳神针可以致胜，只他议论前后画策，勉励丈夫，大有经纬，大有作用，宜其擅男权而夫事之者也。只笑今人称娘子停当①，果若乎？何天下之夫事者多耶！

① 停当：能干。

第八十八回　武王白鱼跃龙舟

武王白魚躍龍舟

导读：最终打死张奎的韦护，其原型很明显就是佛教里的护法神韦驮。韦驮之名原本的梵文音译应是“塞建陀”，为南方增长天王的八大神将之一，居四天王三十二神将之首。之所以有韦驮的称呼，应该是和唐代道宣和尚的一个梦有关。据《大慈恩寺三藏法师传》记载，玄奘法师圆寂后，某天道宣和尚在梦中见到一个神将，自称“是韦将军，诸天之子，主领鬼神，如来欲入涅槃，敕弟子护持赡部（即南赡部洲）遗法”。由于发现道宣和尚对佛法的理解有偏差，怕他岁数大了来不及改正，会贻误后世，所以特来纠正。而这个奉如来敕命来“护持赡部遗法”的韦将军，后来就与韦驮的形象合流。此后，韦驮的造型基本都是身穿古武将服，手持金刚杵的青年将军形象，而且成为了最常见的佛教护法神。一个寺院供奉的可能没有四大天王或者哼哈二将，但一定会有韦驮。

诗曰：

白鱼吉兆喜非常，预肇周家应瑞昌。
八百诸侯称硕德①，千年师帅颂匡襄②。
堂堂阵演三三叠，正正旗门六六行。
时雨师临民甚悦，成汤基业已消亡。

话说袁洪调兵往孟津驻扎，以阻诸侯咽喉不表。且说渑池县张奎日夕望朝歌救兵，忽有报马报入府来："天子招了新元帅袁洪，调兵二十万驻扎孟津，以阻诸侯。未见发兵来救渑池。"张奎闻报，大惊曰："天子不发救兵，此城如何拒守！况前有周兵，后有孟津，四百诸侯前后合攻，此取败之道。今反舍此不救，奈何？"（若朝歌真能救你，又岂会连丢五关？）忙与夫人高兰英共议。夫人曰："料吾二人也可阻得住周兵。今袁洪拒住孟津，则南北诸侯也不能抄我之后。只打听袁洪得胜，若破了南北二侯，我再与你去合兵共破周武，再无有不胜之理。俺们如今只设法守城，不要与周将对敌，待他粮尽兵疲，一战成功，无有不克。此万全之道也。"张奎心下狐疑不定。

且说子牙见渑池一个小县，攻打不下，反阵亡了许多官将，纳闷在中军，暗暗点首嗟叹："可怜这些扶主定国英雄，沥胆披肝③，止落得遗言在此，此身皆化为乌有！"子牙正在那里伤悼，忽辕门官来报："有一道童求见。"子牙传令："请来。"少时，只见一道童至帐下行礼曰："弟子乃夹龙山飞龙洞惧留孙的门人。因师兄土行孙在夹龙山猛兽崖被张奎所害，家师已知应上天之数，这是救不得的，（果

① 硕德：指大德或大德之人。
② 匡襄：辅佐帮助。
③ 沥胆披肝：形容非常忠诚。

然又推给了天数）只是过渑池须有原故。家师特着弟子来此下书，师叔便知端的。”子牙接上书来，展开观看，书曰：

“道末惧留孙致书于大元帅子牙公麾下：前者土行孙合该于猛兽崖死于张奎之手，理数难逃，贫道止有望崖垂泣而已，言之可胜於邑①！今张奎善于守城，急切难下，但他数亦当终。子牙公不可迟误，可令杨戬将贫道符印先在黄河岸边，等杨任、韦护追赶至此擒之。取城只用哪吒、雷震子足矣。子牙公须是亲自用调虎离山计，一战成功。此去自然坦夷。只俟封神之后，再图会晤。不宣。”（这才是真正的“万全之道”）

子牙看罢书，打发童子回山。当日子牙传令：“哪吒领令箭，雷震子领令箭，前去如此而行。杨戬、杨任领柬帖，前去如此。韦护领柬帖，前去如此。”子牙俱分付已毕。至晚间，周营中炮响，三军呐喊，杀奔城下而来。张奎急上城，设法守护，百计千方防御，急切难下。子牙知张奎善于守城，且暂鸣金收兵。次日午末未初，请武王上帐相见：“今日请大王同老臣出营，看看渑池县城池，好去攻取。”武王乃忠厚君子，随应曰：“孤愿往。”即时同子牙出营，至城下周围看了。（惧留孙只说让子牙亲自去调虎离山，子牙又拉上武王，也是为了再上一重保险，不信引不出张奎）用手指曰：“大王若破此城，须用轰天大炮，方能攻打，此城一时可破也。”子牙与武王指画攻城，只见渑池城上哨探士卒报与张奎：“启老爷：姜子牙同一穿红袍的在城下探看城池。”张奎听报，即上城来看时，果是子牙同武王在城下周围指画。张奎自思曰：“姜尚欺吾太甚！只因连日吾坚守此城，不与他会

① 於邑（wū yì）：犹呜咽。低声哭泣。

战，他便欺我，至吾城下，肆行无忌，藐视吾无人物也。”随下城与夫人曰：“你可用心坚守此城，待我出城走去杀来，以除大患。”

夫人上城观战。张奎上马拎刀，开了城门，一马飞来，大呼曰：“姬发、姜尚！今日你命难逃也！”正是：计就月中擒玉兔，谋成日里捉金乌。子牙同武王拨马向西而走。张奎赶来，周营中一将也不出来接应，张奎放心赶来。（元帅与君王居然无人接应，实是一大蹊跷，如何能够放心！）看看赶有二十里，只听得金鼓齐鸣，炮声响亮，三军呐喊，震动天地，周营中大小将官齐出营来，杀奔城下。高兰英在城上全装甲胄守护城池，忽听周营中又是炮响，不知其故。忽城上落下哪吒来，现三首八臂，脚踏风火轮，摇火尖枪杀来。高兰英急上马，用双刀抵住了哪吒。二人在城上不便争持，高兰英走马下城，哪吒随后赶来。雷震子又早展开二翅，飞上城来，使开黄金棍，把城上军士打开，随斩关落锁，周兵进城。高兰英见事不好，正欲取葫芦放太阳神针，早已不及，被哪吒一乾坤圈，打中顶上，翻下马来，又是一枪，死于非命，早往封神台去了。（若是没有办法应付对方的法宝，便赶在对方使用法宝前将其拿下）有诗为证。诗曰：

孤城死守为成汤，今日身亡实可伤。
全节全忠名不朽，女中贞烈万年扬。

话说雷震子、哪吒进了渑池县，军士见打死了主母，俱伏地请降。哪吒曰：“俱免汝死，候元帅来安民。”哪吒复向雷震子曰：“道兄且在城上拒住，吾还去接应师叔与武王，恐怕惊了主公。”雷震子曰：“道兄不可迟疑，当以速行。”好哪吒！把风火轮登开，往正西上赶来。只见张奎正赶子牙有二十里远近，只听得炮声四起，喊声大振，心下甚是惊疑，也不去赶子牙。子牙在后面大呼曰：“张奎！你渑池已失，何不归降？”张奎心慌，情知中计，勒转马望旧路而来，天色又黑，正遇哪吒现三首八臂迎来。哪吒大骂曰：“逆贼！你今日还不下马受死，更待何时！”（哪吒这是已经以正统自居了）

张奎大怒，摇刀直取。哪吒手中枪急架相还。未及数合，哪吒复祭起九龙神火罩罩来。张奎知此术利害，把身子一扭，往地下去了。哪吒见张奎预先走了，因想起土行孙的光景，心上不觉悲悼，（情义甚深）往前来迎武王。张奎急走至城下，见雷震子立于城上，知城池已陷，夫人不知存亡，自思：“不若往朝歌，与袁洪合兵一处，再作道理。”话说哪吒上前迎接武王与子牙，一同回渑池县来，将大军进城屯扎，又将城上周将首级收殓，设祭祀之，仍于高阜①处安葬不表。只见张奎全装甲胄，纵地行之术，往黄河大道而走，如风一般，飞云掣电而来。

话说杨任远远望见张奎从地底下来了，杨任知会韦护曰：“道兄，张奎来了。你须是仔细些，不要走了他。你看我手往那里指，你就往那边祭降魔杵镇之。”韦护曰：“谨领尊命。”且说张奎正走，远远看见杨任骑云霞兽，手心里那两只神光射耀眼往下看着他，大呼曰：“张奎不要走！今日你难逃此厄也！”张奎听得，魂不附体，不敢停滞，纵着地行法，“刷”的一声，须臾就走有一千五百里远。杨任在地上催着云霞兽，紧紧追赶。韦护在上头只看着杨任，杨任只看着张奎在地底下，如今三处看着，好赶！（试想此情景，着实可乐）正是：上边韦护观杨任，杨任生追“七杀神”。

话说张奎在地下见杨任紧紧跟随在他头上：如张奎往左，杨任也往左边来赶；张奎往右，杨任也往右边来赶。张奎无法，只是往前飞走。看着行至黄河岸边，前有杨戬奉柬帖在黄河岸边专等杨任。只见

① 高阜（fù）：高的土山。

远远杨任追赶来了，杨任也看见了杨戬，乃大呼曰："杨道兄！张奎来了！"杨戬听得，忙将三昧火烧了惧留孙指地成钢的符篆，立在黄河岸边。张奎正行，方至黄河，只见四处如同铁桶一般，半步莫动，左撞左不能通，右撞右不能通，撤身回来，后面犹如铁壁。张奎正慌忙无措，杨任用手往下一指，半空中韦护把降魔杵往下打来。此宝乃镇压邪魔护三教大法之物，可怜张奎怎禁得起。有诗为证。诗曰：

金光一道起空中，五彩云霞协用功。
鬼怪逢时皆绝迹，邪魔遇此尽成空。
皈依三教称慈善，镇压诸天护法雄。
今日黄河除"七杀"，千年英气贯长虹。

话说韦护祭起降魔杵，把张奎打成齑粉。一灵也往封神台去了。（追杀张奎一段，写得颇为生动，情节也不落俗套，是全书中难得的一场好戏）三位门人得胜，齐来见子牙，备言打死张奎，追赶至黄河之事，说了一遍。子牙大喜，在渑池县住了数日，择日起兵。

那日，整顿人马，离了渑池县，前往黄河而来。时近隆冬天气，众将官重重铁铠，叠叠征衣，寒气甚胜。怎见得好冷，有赞为证。赞曰：

重衾无暖气，袖手似揣冰。
败叶垂霜蕊，苍松挂冻铃。
地裂因寒甚，池平为水凝。
渔舟空钓线，仙观没人行。
樵子愁柴少，王孙喜炭增。
征人须似铁，诗客笔如零。

皮袄犹嫌薄，貂裘尚恨轻。
蒲团僵老衲[1]，纸帐旅魂惊。
莫讶寒威重，兵行令若霆。

话说子牙人马来至黄河，左右报至中军。子牙分付借办民舟，每只俱有工食银五钱，并不白用民船一只，万民乐业，无不欢呼感德，真所谓“时雨之师”。（隆冬时节，难以捕鱼，渡河之人也少，周军付钱借舟，不啻为岸边渔家送了一笔“慰问金”，自然被视作及时雨）

子牙传令，另备龙舟一只，装载武王。子牙与武王驾坐中舱，左右鼓棹[2]，向中流进发。只听得黄河内泼浪滔天，风声大作，把武王龙舟泊在浪里颠播[3]。武王曰：“相父，此舟为何这等掀播[4]?”子牙曰：“黄河水急，平昔浪发，也是不小的；况今日有风，又是龙舟，故此颠播。”武王曰：“推开舱门，俟孤看一看，何如?”子牙同武王推舱一看，好大浪！怎见得，黄河叠浪千层，有诗为证。诗曰：

洋洋光浸月，浩浩影浮天。
灵派吞华岳，长流贯百川。
千层凶浪滚，万叠峻波颠。
岸口无渔火，沙头有鹭眠。
茫然浑似海，一望更无边。

话说武王一见黄河，白浪滔天，一望无际，吓得面如土色。（武

① 老衲（nà）：衲，僧衣。因以称老僧。
② 鼓棹（zhào）：划桨。谓泛舟。
③ 颠播：同“颠簸”。上下振荡。
④ 掀播：翻腾，颠簸。

王乃仁圣之君，肩负天命，如何被写得如同生于深宫之中，长于妇人之手一般）那龙舟只在浪里，或上，或下。忽然有一旋涡，水势分开，一声响亮，有一尾白鱼跳在船舱里来，就把武王吓了一跳。那鱼在舟中，左迸右跳，跳有四五尺高。武王问子牙曰："此鱼入舟，主何凶吉？"子牙曰："恭喜大王！贺喜大王！鱼入王舟者，主纣王该灭，周室当兴，正应大王继汤而有天下也。"（商乃金德，色尚白，故以白鱼代指商朝）子牙传令："命炮人[1]将此鱼烹来，与大王享之。"武王曰："不可。"仍命掷之河中。子牙曰："既入王舟，岂可舍此，正谓'天赐不取，反受其咎'，理宜食之，不可轻弃。"左右领子牙令，速命炮人烹来。不一时献上，子牙命赐诸将。少顷，风恬浪静，龙舟已渡黄河。

只见四百诸侯知周兵已至，打点前来迎接武王。子牙知武王乃仁德之主，岂肯欺君；恐众诸侯尊称武王，以致中馁[2]，则大事去矣。（诸侯尊称几句就要打退堂鼓，岂有这样的道理？）须是预先分付过，然后相见，庶几不露出圭角[3]；俟破纣之后，再作区处[4]。乃对武王曰："今舟虽抵岸，大王还在舟中，俟老臣先上岸，陈设器械，严整军威，以示武于诸侯，立定营栅，然后来请大王。"武王曰："听凭相父设施。"子牙先上了岸，率大队人马至孟津，立下营寨。众诸侯齐至中军，来见子牙。子牙迎接上帐，相叙礼毕，子牙曰："列位君侯见武王不必深言其伐君吊民之故，只以观政于商为辞，俟破纣之后，再作商议。"众诸侯大喜，（也不知这喜从何来？）俱依子牙之言。子牙令军政官与哪吒、杨戬前去迎请武王。后面又有西方二百诸侯随后过

① 炮（páo）人：厨师。
② 中馁（něi）：内心缺乏勇气。
③ 圭角：圭玉的棱角。谓锋芒。
④ 区处：分别处置，处理。

黄河，同武王车驾而进。真个是天下诸侯会合，自是不同。怎见得，有诗为证。诗曰：

八百诸侯会孟津，纷纷杀气满红尘。
旌旗向日飞龙凤，剑戟迎霜泣鬼神。
士卒赳赳歌化日①，军民济济庆仁人。
应知世运当亨泰②，四海讴吟总是春。

且说武王同西方二百诸侯来至孟津大营，探马报入中军帐，子牙率领东、南、北三方八百诸侯，又有八百小诸侯，齐来迎接武王。径进中军。先有东伯侯姜文焕、东南扬侯钟志明、南伯侯鄂顺、西南豫州侯姚楚亮、北伯侯崇应鸾、东北兖州侯彭祖寿、夷门伯武高逵、左伯宗智明、右伯姚庶良、远伯常信仁、近伯曹宗、邠州伯丁建吉。众诸侯进营，止有东伯侯姜文焕未曾进游魂关，乃序武王上帐。武王不肯。彼此固逊③多时，武王同众诸侯交相下拜。天下诸侯俯伏曰："今大王大驾特临此地，使众诸侯得睹天颜，仰观威德，早救民于水火之中，天下幸甚！万民幸甚！"武王深自谦让曰："予小子④发，嗣位⑤先王，孤德寡闻，惟恐有负前烈⑥；谬蒙天下诸侯传檄相邀，特拜相父东会列位贤侯，观政于商。若曰予小子冒昧兴师，则予岂敢，惟望列位贤侯教之！"内有豫州侯姚楚亮对曰："纣王无道，杀妻诛

① 化日：指太平时日。
② 亨泰：意思是亨通安泰。
③ 固逊：执意客气。
④ 予小子：古代帝王对先王或长辈的自称。
⑤ 嗣位：继承王位。
⑥ 前烈：前人的功业。

子，焚炙忠良，杀戮大臣，沉湎酒色，弗敬上天，郊庙不祀，播弃犁老①，昵比罪人。皇天震怒，绝命于商。予等奉大王恭行天之罚，伐罪吊民，拯万姓于水火，正应天顺人之举，泄人神之愤，天下无不咸悦。若予等与大王坐视不理，厥罪惟均，望大王裁之。”

武王曰：“纣王虽不行正道，俱臣下蔽惑之耳。今只观政于商，擒其嬖幸②，令人君改其弊政，则天下自平矣。”彭祖寿曰：“天命靡常，惟有德者居之。昔尧有天下，因其子不肖，而禅位于舜。舜有天下，亦因其子之不肖，而禅位于禹。禹之子贤，能承继父业，于是相传至桀而德衰，暴虐夏政，天人怨之；故汤得行天之罚，放桀于南巢，代夏而有天下。贤圣之君六七作，至于纣，罪恶贯盈，毁弃善政，戕贼不道，皇天震怒，降灾于商，爰③命大王以伐殷汤，大王幸毋固辞，以灰诸侯之心。”武王谦让未遑④。（武王忸怩作态，几近虚伪，哪还有点圣主的样子）子牙曰：“列位贤侯，今日亦非商议正事之时，俟至商郊，再有说话。”众诸侯佥⑤曰：“相父之言是也。”武王命营中治酒，大宴诸侯不表。

且说袁洪在营中，只见报马启曰：“今有武王兵至孟津下寨，大会诸侯，请元帅定夺。”殷破败听得，忙上前言曰：“周武乃天下叛逆元首，自兴兵至此，所在获捷，军威甚锐，元帅不可轻忽，务要严兵以待。”袁洪曰：“参军之言固善，料姜尚不过一磻溪⑥村夫，有何本领，此皆诸关将士不用心，以致彼侥幸成功。参军放心，看吾一阵

① 犁老：指老人。老人面色黧黑，故称。犁，通“黧”。
② 嬖（bì）幸：宠爱狎昵。《列女传·殷纣妲己》：“妲己者，殷纣之妃也，嬖幸于纣。”亦指所宠爱狎昵的人。
③ 爰：乃，于是。
④ 未遑：无暇顾及。
⑤ 佥：都，皆。
⑥ 磻（pán）溪：古水名。在今陕西宝鸡市东南。源出南山兹谷，北流入渭水。相传姜子牙垂钓于此而遇周文王。

令他片甲不回。”（如此自大，你的阵法比十绝、诛仙、万仙三阵如何？）

次日，子牙升帐，众诸侯上帐参见，有夷门伯武高逵言曰：“启元帅：诸侯六百驻兵于此，俱未敢擅于用兵，止在此拒住，只候武王大驾来临，以凭裁夺。今日若不先擒袁洪，则匹夫尚自逞强，犹不知天吏之不可战也。望元帅早赐施行。”子牙曰：“贤侯之言甚善。吾必先下战书，然后会兵孟津，方可以示天下之恶惟天下之德可以克之。”众皆大喜。子牙忙修书，差杨戬往汤营内来下战书。杨戬领命，往成汤营前下马，大呼曰：“奉姜元帅将令，来下战书！”探事小校报与中军，袁洪听得周营来下战书，忙命左右：“令来。”

只见军政官来至营门，令杨戬进见。杨戬至中军帐见袁洪，呈上战书。袁洪观看毕，乃曰：“吾不修回书，约定明日会兵便了。”杨戬回至中军，见子牙，言明日会兵。子牙传令与众诸侯：“明早会兵。”俱各各准备去了。（下书一段，重复啰嗦，不写亦可）

次日，周营炮响，子牙调出大队人马，有八百诸侯齐出。当中是子牙人马，俱是大红旗。左是南伯侯鄂顺，右是北伯侯崇应鸾，尽是五色幡幢。真若盔山甲海，威势如彪，英雄似虎。布成阵势，三军呐喊，冲至军前。哨马报与袁洪，袁洪与众将出营观看子牙大兵队伍，只见天下诸侯雁翅排开，分于左右，当中是元帅姜尚，左有鄂顺，右有崇应鸾。有诗为证。诗曰：

诸侯共计破朝歌，正是神仙遇劫魔。
百万雄师兴宇宙，奇功立在孟津①河。

① 孟津：黄河古渡口名。在今河南洛阳市孟津区东、孟州市西南。相传周武王伐纣，在此盟会诸侯并渡河，故一名盟津。一说本作盟津，后讹作孟津。又名富平津。历代为兵争要地。

又诗曰：

姜尚东征除虐政，诸侯拱手尊号令。
妖氛滚滚各争先，杨戬梅山收七圣。

话说袁洪在马上见姜子牙身穿道服，乘四不相，来至军前，左右排列有众位门人，次后武王乘逍遥马，南北分列众位诸侯。只见袁洪银盔素铠，坐下白马，使一条宾铁棍，担在鞍鞒，英雄凛凛。怎见得袁洪好处，有赞为证，赞曰：

银盔素铠，缨络红凝。
左插狼牙箭，右悬宝剑锋。
横担宾铁棍，白马似神行。
幼长梅山下，成功古洞中。
曾受阴阳诀，又得天地灵。
善能多变化，玄妙似人形。
梅山称第一，保纣灭周兵。

话说子牙向前问曰："来者莫非成汤元帅袁洪么？"袁洪曰："你可就是姜尚？"子牙曰："吾乃奉天征讨扫荡成汤天保大元帅。今天下归周，商纣无道，天下离心离德，只在旦夕受缚，料你一杯之水，安能救车薪之火哉！汝若早早倒戈纳降，尚待汝以不死；如若支吾[1]，旦夕一朝兵败，玉石俱焚，虽欲求其独生，何可及哉？休得执迷，徒劳伊戚。"（大势已定，也不在乎再战几场，故而归降的好处也就降

① 支吾：犹豫，踌躇。

低到只剩饶你不死，之前的封侯、富贵俱不提了）袁洪笑曰："姜尚，你只知磻溪捕鱼，水有深浅，今幸而五关无有将才，让你深入重地，你敢于巧言令色，惑吾众听耶！"回顾左右先行曰："谁与吾拿此鄙夫，以泄天下之愤？"（除去纣王，天下还有何人有此一愤？）

旁有一人大呼曰："元帅放心，待我成功！"走马飞临阵前，摇手中枪直取姜子牙。旁有右伯侯姚庶良纵马摇手中斧，大呼曰："匹夫慢来，有吾在此！"也不答话，两马相交，枪斧并举，一场大战。怎见得，有诗为证。诗曰：

征云荡荡透虚空，剑戟兵戈扰攘中。
今日姜公头一战，孟津血溅竹梢红。

话说姚庶良手中斧转换如飞，不知常昊乃是梅山一个蛇精，姚庶良乃是真实本领，那里知道，只要成功。常昊不觉败下阵去，姚庶良便催马赶来。不知性命如何，且听下回分解。

总批

当日武王观政于商时，有白鱼跃舟，赤乌降屋，已肇周室兴隆耳。武王犹谦逊未遑，此所以为德之至，仁之至。若是以臣伐君，则当日便有许多议论，何至再三谦抑耶！

又批

张奎夫人高兰英，着实有将才，其议论凿凿堪听，虽古之名将，无出其右。宜其丈夫拱手听命。只笑近日人家妇人有何才干，一味会吃醋，而必欲丈夫慑服，已自可笑，岂奈丈夫亦甘心畏服，可叹哉！

第八十九回　纣王敲骨剖孕妇

紂王敲骨
剖孕婦

导读：历史上的微子是纣王的兄长，名启，又称微子启。按照《吕氏春秋》的记载，由于微子启的母亲在生他以及他的二弟仲衍时还没被立为王后，因此他们兄弟二人都是庶子。而等到母亲生纣王时，已经被帝乙立为王后，因此纣王便是嫡子。帝乙曾经想立微子为太子，但太史以嫡庶为由激烈反对，最终才立纣王为太子。这个说法有一定的可疑之处。如果大家联系我们前面讲过的商代的王后制度，应该还记得商代还没有严格的后妃之别，商王的妻子只被称为“妇某”。而能否成为商王的“法定配偶”，关键在于自己的儿子是否继承了王位。因此，商代是否有如此严格分明的嫡庶之别，是值得怀疑的。但除此之外，还没有其他说法可以解释帝乙传幼不传长的行为，因此也就姑妄听之了。西周建立后，封微子于宋国，特准其用天子礼乐祭祀商朝先祖。微子去世之后，由其弟仲衍继承了宋国国君之位，又称宋微仲。但不知道为什么，在《封神演义》中，作者居然将微子与微子启分成两个人，而且将之设定为父子关系，同时又把仲衍改名为微子衍。从全书的剧情发展来看，这样的处理完全没有必要，既不顾历史，又画蛇添足，让人难以理解作者为何要这样设定。

诗曰：

纣王酷虐古今无，淫酗贪婪听美姝。
孕妇无辜遭恶劫，行人有难罹凶途。
遗讥简册称残贼，留与人间骂独夫。
天道悠悠难究竟，且将浊酒对花奴。

话说姚庶良随后赶来，常昊乃是蛇精，纵马，脚下起一阵旋风，卷起一团黑雾，连人带马罩住，方现出他原形，乃是一根大蟒蛇，把口一张，吐出一阵毒气。姚庶良禁不起，随昏于马下。（助纣之人，从左道之士降为妖精，正邪胜负不言自明）常昊便下马取了首级，大呼曰：“今拿姜尚如姚庶良为例！”众诸侯之内，不知他是妖精，有兖州侯彭祖寿纵马摇枪，大呼曰：“匹夫敢伤吾大臣！”时有吴龙在袁洪右边，见常昊立功，忍不住使两口双刀，催开马，飞奔前来，曰：“不要冲吾阵脚！”也不答语，两骑相交，刀枪并举，杀在阵前。六百镇诸侯俱在左右，看着二将交兵。战未数合，吴龙掩一刀败走，彭祖寿随后赶来。吴龙乃是蜈蚣精，见彭祖寿将近，随现出原形。只见一阵风起，黑云卷来，妖气迷人，彭祖寿已不知人事，被吴龙一刀挥为两断。

众诸侯不知何故，只见将官追下去就是一块黑云罩住，将官随即绝命。（诸侯皆肉体凡胎，哪里能知道其中奥秘？）子牙旁边有杨戬对哪吒曰：“此二将俱不是正经人，似有些妖气。我与道兄一往，何如？”只见吴龙跃马舞刀，飞奔军前，大呼曰：“谁来先啖吾双刀？”哪吒登开风火轮，使火尖枪，现三首八臂迎来。吴龙曰：“来者是谁？”哪吒曰：“吾乃哪吒是也。你这业畜，怎敢将妖术伤吾诸侯！”把枪一摆，直刺吴龙。吴龙手中刀急架交还，未及三四合，被哪吒祭起九龙神火罩，响一声，将吴龙罩在里面。吴龙已化道青光去了。（非是普通妖精，还有些本事）哪吒用手一拍，及至罩中现出九条火龙时，吴龙去之久矣。常昊见哪吒用火龙罩罩住吴龙，心中大怒，纵马持枪，大呼曰："哪吒不要走！吾来也！"

只见杨戬使三尖刀，纵银合马，同哪吒双战常昊。常昊见势不好，便败下阵去。杨戬也不赶他，取弹弓在手，随手发出金丸，照常昊打来。只见那金丸不知落于何处。哪吒后祭起神火罩，将常昊罩住，也似吴龙化一道赤光而去。袁洪见二将如此精奇，心下甚是欢喜，传令："三军擂鼓！"袁洪纵马冲杀过来，大呼曰："姜子牙！我与你见个雌雄！"旁有杨任见袁洪冲来，急催开了云霞兽，使开云飞枪，敌住袁洪。战有五七回合，杨任取出五火扇，照袁洪一扇，袁洪已预先走了，（这三妖跑得比一般妖精还快）止烧死他一匹马。子牙鸣金，收队回营，升帐坐下，叹曰："可惜伤了二路诸侯！"心下不乐。杨戬上帐曰："今日弟子看他三人俱是妖怪之相，不似人形。方才哪吒祭神火罩，杨任用神火扇，弟子用金丸，俱不曾伤他，竟化青光而去。"只见众诸侯也都议论常昊、吴龙之术，纷纷不一。

且说袁洪回营，升帐坐下，见常昊、吴龙齐来参谒，袁洪曰："哪吒罩儿，杨任的扇子，俱好利害！"吴龙笑曰："他那罩与扇子只好降别人，那里奈何得我们。只是今日指望拿了姜尚，谁知只坏了他两个诸侯，也不算成功。"袁洪一面修本往朝歌报捷，宽免天子忧心。且说鲁仁杰对殷成秀、雷鹏、雷鲲曰："贤弟，今日你等见袁洪、吴龙、常昊与子牙会兵的光景么？"众人曰："不知所以。"鲁仁杰曰："此正所谓'国家将兴，必有祯祥①；国家将亡，必有妖孽'。今日他三将俱是些妖孽，不似人形。今天下诸侯会兵此处，正是大敌，

① 祯祥：吉兆。出自《礼记·中庸》："国家将兴，必有祯祥。"

岂有这些妖邪能拒敌成功耶？”殷成秀曰：“长兄且莫忙说破，看他后来如何。”鲁仁杰曰：“总来吾受成汤三世之恩，岂敢有负国恩之理，惟一死以报国耳！”（可惜又一位人杰，要为那暴君殉葬了）

话说差官往朝歌，来至文书房内，飞廉接本观看，见袁洪报捷，连诛大镇叛逆诸侯彭祖寿、姚庶良，心中大喜，忙持着本上鹿台来见纣王。当驾官上台启曰：“有中大夫飞廉候旨。”纣王曰：“宣来。”左右将飞廉宣至殿前，参拜毕，俯伏奏曰：“今有元帅袁洪领敕镇守孟津，以逆天下诸侯。初阵斩兖州侯彭祖寿，右伯侯姚庶良，军威已振，大挫周兵锋锐。自兴师以来，未有今日之捷。（渑池县五岳归天，不比今日胜果大？袁洪以此自夸，也是欺纣王不理朝政，不知之前战况）此乃陛下洪福齐天，得此大帅，可计日奏功，以安社稷者也。特具本赍奏。”纣王闻奏大悦：“元帅袁洪连斩二逆，足破敌人之胆，其功莫大焉。传朕旨意，特敕奖谕，赐以锦袍、金珠，以励其功；仍以蜀锦百匹，宝钞万贯，（作者拿着你们明朝人自己都不要，废纸一般的宝钞来糊弄商朝人？）羊、酒等件以犒将士勤劳。务要用心料理，剿灭叛逆，另行分列茅土，朕不食言。钦哉！故谕。”飞廉顿首谢恩，领旨打点解犒赏往孟津去不表。

且言妲己闻飞廉奏袁洪得胜奏捷，来见纣王曰：“妾苏氏恭喜陛下又得社稷之臣也！袁洪实有大将之才，永堪重任。似此奏捷，叛逆指日可平。臣妾不胜庆幸，实皇上无疆之福以启之耳。今特具觞①为陛下称贺。”纣王曰：“御妻之言正合朕意。”命当驾官于鹿台上治九龙席，三妖同纣王共饮。此时正值仲冬天气，严威凛冽，寒气侵人。正饮之间，不觉彤云②四起，乱舞梨花。当驾官启奏曰：“上天落雪

① 具觞（shāng）：指备酒。觞，古代盛酒器。
② 彤云：同“同云”。下雪前的阴云。

了。”纣王大喜曰：“此时正好赏雪。”命左右暖注金樽，重斟杯斝①，酣饮交欢。（自以为有了袁洪，便大事可成，继续玩乐去了）怎见好雪，有赞为证，赞曰：

彤云密布，冷雾缤纷。彤云密布，朔风②凛凛号空中；冷雾缤纷，大雪漫漫铺地下。真个是：六花片片飞琼，千树株株倚玉。须臾积粉，顷刻成盐。白鹦浑失素，皓鹤竟无形。平添四海三江水，压倒东西几树松。却便似战败玉龙三百万，果然是退鳞残甲满空飞。但只见：几家村舍如银砌，万里江山似玉图。好雪！真个是：柳絮满桥，梨花盖舍。柳絮满桥，桥边渔叟挂蓑衣；梨花盖舍，舍下野翁煨③榾柮④。客子难沽酒，苍头⑤苦觅梅。洒洒潇潇裁蝶翅，飘飘荡荡剪鹅衣。团团滚滚随风势，飕飕冷气透幽帏。丰年祥瑞从天降，堪贺人间好事宜。

话说纣王与妲己共饮，又见大雪纷纷，忙传旨，命：“卷起毡帘，待朕同御妻、美人看雪。”侍驾官卷起帘幔，打扫积雪。纣王同妲己、胡喜媚、王贵人在台上，看朝歌城内外似银装世界，粉砌乾坤。王曰：“御妻，你自幼习学歌声曲韵，何不把按雪景的曲儿唱一套，俟朕漫饮三杯。”妲己领旨，款启朱唇，轻舒莺舌，在鹿台上唱一个曲儿。真是：婉转莺声飞柳外，笙簧嘹亮自天来。曲曰：

---

① 斝（jiǎ）：中国古代酒器。青铜制。圆口，有鋬（pàn）和三足。用以温酒。盛行于商代和西周初期。
② 朔风：北风。指冬天的风。
③ 煨（wēi）：焚烧。
④ 榾柮（gǔ duò）：木块。
⑤ 苍头：言头发斑白。指年老的人。亦指奴仆。

才飞燕塞边，又洒向城门外。轻盈过玉桥去，虚飘临阆苑[①]来。攘攘挨挨，颠倒把乾坤玉载。冻的长江上鱼沉雁杳，空林中虎啸猿哀。凭天降，冷祸胎，六花飘堕难禁耐，砌漫了白玉阶。宫帏里冷侵衣袂，那一时暖烘烘红日当头晒，扫彤云四开，现青天一派，瑞气祥光拥出来。（现场创作，委实不易，妖精也要有些才学）

妲己唱罢，余韵悠扬，袅袅不绝。

纣王大喜，连饮三大杯。一时雪俱止了，彤云渐散，日色复开。纣王同妲己凭栏，看朝歌积雪。忽见西门外，有一小河，此河不是活水河，因纣王造鹿台，挑取泥土，致成小河，适才雪水注积，因此行人不便，必跣足过河。只见有一老人跣足渡水，不甚惧冷，而行步且快。又有一少年人，亦跣足渡水，惧冷行缓，有惊怯之状。纣王在高处观之，尽得其态，（视力倒是好）问于妲己曰："怪哉！怪哉！有这等异事！你看那老者渡水，反不怕冷，行步且快；这年少的反又怕冷，行走甚难，这不是反其事了？"妲己曰："陛下不知，老者不甚怕冷，乃是少年父母，精血正旺之时交媾[②]成胎，所秉甚厚，故精血充满，骨髓皆盈，虽至末年，遇寒气犹不甚畏怯也。至若少年怕冷，乃是末年父母，气血已衰，偶尔媾精成孕，所秉甚薄，精血既亏，髓皆不满，虽是少年，形同老迈，故遇寒冷而先畏怯也。"（倒也能自圆其说）

纣王笑曰："此惑朕之言也！人秉父精母血而生，自然少壮老衰，岂有反其事之理？"妲己又曰："陛下何不差官去拿来，便知端的。"

① 阆（làng）苑：也称阆风之苑，传说中神仙居住的地方，有时也代指帝王宫苑。
② 交媾（gòu）：指性交。

纣王传旨："命当驾官至西门，将渡水老者、少者俱拿来。"当驾官领旨，忙出朝赶至西门，不分老少，即时一并拿来。老少民人曰："你拿我们怎么？"侍臣曰："天子要你去见。"老少民人曰："吾等奉公守法，不欠钱粮，为何来拿我们？"侍臣曰："只怕当今天子有好处到你们，也不可知。"正是：平白行来因过水，谁知敲骨丧其生！

纣王在鹿台上专等渡水人民。却说侍驾官将二民拿至台下，回旨："启陛下：将老少二民拿至台下。"纣王命："将斧砍开二民胫骨①，取来看验。"左右把老者、少者腿俱砍断，拿上台看，果然老者髓满，少者髓浅。（难道真如妲己所言？）纣王大喜，命左右："把尸拖出！"可怜无辜百姓，受此惨刑！后人有诗叹之。诗曰：

败叶飘飘落故宫，至今犹自起悲风。
独夫只听谗言妇，目下朝歌社稷空。

话说纣王见妲己如此神异，抚其背而言曰："御妻真是神人，何灵异若此！"妲己曰："妾虽系女流，少得阴符之术，其勘验阴阳，无不奇中。适才断胫验髓，此犹其易者也。至如妇人怀孕，一见便知他腹内有几月，是男，是女，面在腹内，忽朝东、南、西、北，无不周知。"（方才斩涉水二人之腿，还可推说是纣王挑起的。现在主动提起自己能看出胎儿性别、位置，岂不是引诱纣王活剖孕妇来验证吗？仅此一事，妲己日后被斩就算不得冤枉。女娲所说的"不可残害众生"，想来妲己是早就忘却了）纣王曰："方才老少人民断胫验髓，如此神异，朕得闻命矣。至如孕妇，再无有不妙之理。"命当驾官传旨："民间搜取孕妇见朕。"奉御官往朝歌城来。正是：天降大殃临孕妇，成汤社稷尽归周。

① 胫（jìng）骨：小腿内的两长骨之一。位于内侧，较粗，是小腿的主要承重骨。

话说奉御官在朝歌满城寻访，有三名孕妇，一齐拿往午门来。（偌大一朝歌城，竟然只找到三位孕妇，足见生气已尽）只见他夫妻难舍，抢地呼天，哀声痛惨，大呼曰："我等百姓又不犯天子法，不拖欠钱粮，为何拿我等有孕之妇？"子不舍母，母不舍女，悲悲泣泣，前遮后拥，拉进午门来。

只见箕子在文书房共微子、微子启、微子衍（微子即微子启，如何竟分作父子二人？微子衍莫非是微子二弟宋微仲？作者难道连《史记》《尚书》也未曾读过吗？难怪之前纣王忽而称呼其"皇兄"，忽而称"皇伯"）、上大夫孙荣正议"袁洪为将，退天下诸侯之兵，不知何如"，只听得九龙桥闹闹嚷嚷，呼天叫地，哀声不绝。众人大惊，齐出文书房来，问其情由。见奉御官拉着两三个妇女而来。箕子问曰："这是何故？"民妇泣曰："吾等俱是女流，又不犯天子之法，为何拿我女人做甚么？老爷是天子之臣，当得为国为民，救我等蚁命！"言罢哭声不绝。箕子忙问奉御官。奉御官答曰："皇上夜来听娘娘言语，将老少二民敲骨验髓，分别浅深，知其老少生育，皇上大喜。娘娘又奏，尚有剖腹验胎，知道阴阳。皇上听信斯言，特命臣等取此孕妇看验。"

箕子听罢，大骂："昏君！方今兵临城下，将至濠边，社稷不久丘墟，还听妖妇之言，造此无端罪业！左右且住！待吾面君谏止。"箕子怒气不息，（如此行径，谁能不怒？）后随着微子等俱往鹿台来见驾。且说纣王在鹿台专等孕妇来看验，只见当驾官启曰："有箕子等候旨。"王曰："宣。"箕子至台上，俯伏大哭曰："不意成汤相传数十世之天下，一旦丧于今日，而尚不知警戒修省，造此无辜恶业，你将何面目见先王之灵也！"纣王怒曰："周武叛逆，今已有大帅袁洪足可御敌，斩将覆军，不日奏凯。朕偶因观雪，见朝涉者，有老少之分，行步之异，幸皇后分别甚明，朕得以决其疑，于理何害？今朕欲剖孕妇以验阴阳，有甚大事，你敢当面侮君，而妄言先王也！"（不怕

君王胡作非为，怕的是胡作非为还振振有词，自以为在理）

箕子泣谏曰："臣闻人秉天下之灵气以生，分别五常，为天地宣猷①赞化，作民父母；未闻荼毒生灵，称为民父母者也。且人死不能复生，谁不爱此血躯，而轻弃以死耶。今陛下不敬上天，不修德政，天怒民怨，人日思乱，陛下尚不自省，犹杀此无辜妇女，臣恐八百诸侯屯兵孟津，旦夕不保。一旦兵临城下，又谁为陛下守此都城哉？只可惜商家宗裔为他人所掳，宗庙被他人所毁，宫殿为他人所居，百姓为他人之民，府库为他人之有，陛下还不自悔，犹听妇女之言，敲民骨，剔孕妇，臣恐周武人马一到，不用攻城，朝歌之民自然献之矣！军民与陛下作仇，只恨周武不能早至，军民欲箪食壶浆②以迎之耳。虽陛下被掳，理之当然，只可怜二十八代神主，尽被天下诸侯之所毁，陛下此心忍之乎？"（哪里是进谏，分明是诅咒）

纣王大怒曰："老匹夫！焉敢觌面③侮君，以亡国视朕，不敬孰大于此！"命武士："拿去打死！"箕子大叫曰："臣死不足惜，只可惜你昏君败国，遗讥万世，纵孝子慈孙不能改也！"（"时日曷丧，吾与汝偕亡"，今日应在成汤子孙身上了）只见左右武士扶箕子方欲下台，只见台下有人大呼曰："不可！"微子、微子启、微子衍三人上台，见纣王，俯伏呜咽，不能成语，泣而奏曰："箕子忠良，有功社稷。今日之谏，虽则过激，皆是为国之言。陛下幸察之！陛下昔日剖比干之心，今又诛忠谏之口，社稷危在旦夕，而陛下不知悟，臣恐万姓怨愤，祸不旋踵④也。幸陛下怜赦箕子，褒忠谏之名，庶几人心可挽，

① 宣猷（yóu）：亦作"宣犹"。施展谋划与方略。
② 箪食壶浆：《孟子·梁惠王下》："箪食壶浆，以迎王师。"浆，浓汁饮料。后因以"箪食壶浆"谓百姓对所爱戴的军队的犒劳慰问。
③ 觌（dí）面：当面。
④ 祸不旋踵（zhǒng）：意思是祸害不久就将到来。旋踵，掉转脚跟，形容时间极短。

天意可回耳。”纣王见微子等齐来谏诤，不得已，乃曰：“听皇伯、皇兄之谏，将箕子废为庶民！”

妲己在后殿出而奏曰：“陛下不可！箕子当面辱君，已无人臣礼；今若放之在外，必生怨望。倘与周武构谋，致生祸乱，那时表里受敌，为患不小。”纣王曰：“将何处治？”妲己曰：“依臣妾愚见，且将箕子剃发囚禁，为奴宫禁，以示国法，使民人不敢妄为，臣下亦不敢渎奏矣。”（如此羞辱宗室重臣，比起将其打杀，更令群臣离心）纣王闻奏大喜，将箕子竟囚之为奴。

微子见如此光景，料成汤终无挽救之日，随即下台，与微子启、微子衍大哭曰：“我成汤继统六百年来，今日一旦被嗣君所失，是天亡我商也，奈之何哉！”微子与微子启兄弟二人商议曰：“我与你兄弟可将太庙中二十八代神主负往他州外郡，隐姓埋名，以存商代禋祀，不令同日绝灭可也。”微子启含泪应曰：“敢不如命！”于是三人打点收拾，投他州自隐。后孔圣称他三人曰：“微子去之，箕子为之奴，比干谏而死。”谓“殷有三仁”是也。（只因有此三仁，二十八代先王还能再享一缕香烟）后人有诗赞之，诗曰：

莺啭商郊百草新，成汤宫殿已成尘。
为奴岂是存商祀，去国应知接后禋。
剖腹丹心成往事，割胎民妇又遭迍①。
朝歌不日归周主，可惜成汤化鬼磷！

话说微子三人收拾行囊，投他州去了。纣王将三妇人拿上鹿台，妲己指一妇人：“腹中是男，面朝左胁。”一妇人：“也是男，面朝右

① 遭迍（zhūn）：亦作“遭屯”。遭受困顿。

胁。”命左右用刀剖开，毫厘不爽。又指一妇人：“腹中是女，面朝后背。”用刀剖开，果然不差。纣王大悦：“御妻妙术如神，虽龟筮[1]莫敌！”（非人哉！非人哉！）自此肆无忌惮，横行不道，惨恶异常，万民切齿。当日有诗为证，诗曰：

大雪纷纷宴鹿台，独夫何苦降飞灾！
三贤远遁全宗庙，孕妇身亡实可哀。

话说当日刳剔[2]孕妇，天昏地暗，日月无光。次日，有探事军报上台来：“有微子等三位殿下，封了府门，不知往何处去了。”纣王曰：“微子年迈，就在此，也是没用之人；微子启弟兄两人，就留在朝歌，也做不得朕之事业，他去了，又省朕许多烦絮。即今元帅袁洪屡见大功，料周兵不能做得甚事。”遂日日荒淫宴乐，全不以国事为重。在朝文武不过具数而已，并无可否。

那日招贤榜篷下，来了二人，生得相貌甚是凶恶：一个面如蓝靛，眼似金灯，巨口獠牙，身躯伟岸；一个面似瓜皮，口如血盆，牙如短剑，发似朱砂，顶生双角，甚是怪异，往中大夫府谒见。飞廉一见，甚是畏惧。行礼毕，飞廉问曰：“二位杰士是那里人氏？高姓？何名？”二人欠身曰：“某二人乃大夫之子民，成汤之百姓。闻姜尚欺妄，侵天子关隘，吾兄弟二人愿投麾下，以报国恩，决不敢望爵禄之荣，愿破周兵，以洗王耻。子民姓高，名明；弟乃高觉。”通罢姓名，飞廉领二人往朝内拜见纣王，进午门径往鹿台见驾。

纣王问曰：“大夫有何奏章？”飞廉奏曰：“今有二贤高明、高

① 龟筮：卜与筮。古时卜用龟甲，筮用蓍草，以占吉凶祸福。
② 刳（kū）剔：剖挖。

觉，愿来报效，不图爵禄，敢破周兵。”纣王闻奏大悦，宣上台来。二人倒身下拜，俯伏称“臣”。王赐平身，二人立起。纣王一见，相貌奇异，甚是骇然：“朕观二士真乃英雄也！”（这暴君情商倒高）随在鹿台上俱封为神武上将军。二人谢恩。王曰：“大夫与朕陪宴。”二人下台冠带[1]了，至显庆殿待宴，至晚谢恩出朝。次日旨意下，命高明、高觉同钦差解汤羊、御酒往孟津来。不知凶吉如何，且听下回分解。

总批

纣王焚炙忠良，虿盆恶焰，可谓极古今之惨！何得又有此一番恶想，竟刳剔孕妇，断朝涉之胫，千古之下，称为独夫，信不诬矣。

又批

妲己之毒恶，极古今妇人之最，然而恶名归于纣王。今人只知骂纣王为独夫，何尝骂妲己为独妇，此又古今极便宜的事。予想此妇可谓极善逢迎者，不但当日能惑纣王，尚能遮过天下后世人，又可谓极古今妇人之媚。

① 冠带：指装束，打扮。

第九十回　子牙捉神荼郁垒

子牙捉神荼鬱壘

导读：按照本回的内容和回目来看，高明和高觉应该就是门神神荼与郁垒。而且，下一回中也说到了，二人被打死后“二灵已往封神台去了”。但是，在最后封神的时候，却并没有提到他们二人。这应该也是作者疏漏所致，有可能高明、高觉的故事一开始并不在作者的构思中，是后来或中途添加进来的，因而前后失了照应。门神在中国出现的相当之早，周礼中有“五祀”之说，即祭祀门、行、井、灶、中霤。不过此时，门神还没有具体的形象。而神荼、郁垒最开始也并不是门神，而是能驱除恶鬼的神。据《论衡·订鬼》引《山海经》所说（不见于今本《山海经》），“沧海之中，有度朔之山，上有大桃木，其屈蟠三千里，其枝间东北曰鬼门，万鬼所出入也。上有二神人，一曰神荼，一曰郁垒，主阅领万鬼。恶害之鬼，执以苇索，而以食虎。”由于神荼、郁垒这般厉害，于是黄帝就仿照他们的样子竖立起两个巨大的桃木人像，又在门户画神荼、郁垒与虎的样子，还悬挂了苇索以此来驱邪。后来，大概在汉代，人们就逐渐将神荼、郁垒视作门神了。不过随着时代的发展变化，神荼、郁垒的门神地位在唐代以后，逐渐被以秦叔宝、尉迟恭为代表的武将门神所取代了。今天几乎已经见不到张贴神荼、郁垒形象的门神了。

诗曰：

眼有明兮耳有聪，能于千里决雌雄。
神机才动情先泄，密计方行事已空。
轩庙借灵凭鬼使，棋山毓秀①仗桃丛。
谁知名载封神榜，难免降魔杵下红。

话说高明、高觉同钦差官往孟津来，行至辕门，传："旨意下！"旗门官报入中军，袁洪与众将接旨，进中军开读，诏曰：

"尝闻：将者乃三军之司命，系社稷之安危。将得其人，国有攸赖；苟非其才，祸遂莫测，则国家又何望焉！

"兹尔元帅袁洪，才兼文武，学冠天人，屡建奇功，真国家之柱石，当代之人龙也！今特遣大夫陈友解汤羊、御酒、金帛、锦袍，用酬戍外之劳，慰朕当宁之望。尔当克勤忠荩②，扑灭巨逆，早安边疆，以靖③海宇。

"朕不惜茅土重爵，以待有功。尔其钦哉！特谕。"

袁洪谢恩毕，款待天使；又令高明、高觉进见。高明、高觉上帐参谒袁洪。行礼毕，袁洪认得他是棋盘山桃精、柳鬼。高明、高觉也认得袁洪是梅山白猿。彼此大喜，各相温慰，深喜是一气同枝。（树妖与猴精，正所谓臭味相投）正是：不是武王洪福大，焉能"七圣"死梅山。高明、高觉在营中与众将相见，各各致意。次日，袁洪修谢恩

① 毓（yù）秀：孕育着优秀的人。指山川秀美，人才辈出。
② 忠荩（jìn）：对国事竭忠尽心。
③ 靖：平定。

本，打发天使回朝歌不表。

当日，袁洪命高明、高觉二将往周营搦战。二人慨然[1]出营，至周营，大呼曰："着姜尚来见我！"哨马报入中军，子牙问左右："谁去走一遭？"旁有哪吒曰："弟子愿往。"子牙许之。哪吒领令出营，忽见二人步行而来，好凶恶！怎见得：

一个面如蓝靛眼如灯，一个脸似青松口血盆。一个獠牙凸暴如钢剑，一个海下胡须似赤绳。一个方天戟上悬豹尾，一个加钢板斧似车轮。一个棋盘山上称柳鬼，一个得手人间叫高明。

正是：神荼、郁垒[2]该如此，要阻周兵闹孟津。

话说哪吒大呼曰："来者何人？"高明答曰："吾乃高明、高觉是也。今奉袁洪将军将令，特来擒拿反叛姜尚耳。你是何人，敢来见我？"哪吒大喝曰："好孽畜，敢出大言！"摇手中火尖枪，直取二将。二将举戟、斧劈面迎来。三将交兵，大战在龙潭虎穴。哪吒早现出三头八臂，祭起乾坤圈，正中高觉顶门上，打得个一派金光，散漫于地。哪吒复祭九龙神火罩，把高明罩住，用手一拍，即现九条火龙，须臾烧罢。哪吒回营来见子牙，言圈打高觉，罩住高明一事，子牙大喜不表。且说高明等二人进营，（竟又被跑了）来见袁洪曰："姜尚所仗无他，俱倚的是三山五岳门人，故此所在，侥幸成功，不曾遇着我等奥妙之人，莫说是姜尚几个门人，何怕你有通天彻地手段，岂

① 慨然：愤激貌，激昂貌。

② 神荼、郁垒：传说中能治服恶鬼的神，后世遂以为门神，画像丑怪凶恶。《论衡·订鬼》引《山海经》："沧海之中，有度朔之山，上有大桃木，其屈蟠三千里，其枝间东北曰鬼门，万鬼所出入也。上有二神人，一曰神荼，一曰郁垒，主阅领万鬼。恶害之鬼，执以苇索，而以食虎。于是黄帝乃作礼以时驱之，立大桃人，门户画神荼、郁垒与虎，悬苇索以御凶魅。"

能脱得吾辈之手也！”（这般大话，下场必不会好）众人俱各欢喜。

次日，高明、高觉又往周营搦战。哨马报入中军：“启元帅：高明、高觉请元帅答话。”子牙问哪吒曰：“你昨日回我灭了二将，今日又来，何也？”哪吒曰：“想必高明二人有潜身小术，请师叔亲临，吾等便知真实。”子牙传令，六百诸侯齐出，看子牙用兵。高明对弟高觉曰：“哪吒言吾等有潜身小术，俱出来看吾等真实。”（哪吒在营中所说的，难道竟能被他们听到？）言未了，只听炮响，见周营大队排开，似盔山甲海，射目光华。子牙乘四不相，来至军前，看见二将相貌凶恶，丑陋不堪，大喝曰：“高明、高觉，不顺天时，敢勉强而阻逆王师，自讨杀身之祸也！”高明大笑曰：“姜子牙，我知你是昆仑之客，你也不曾会我等这样高人。今日成败定在此举也。”（通天教主比你二人如何？）

道罢，二将使戟、斧冲杀过来。这边李靖、杨任二骑冲出，也不答话，四处兵器交加。正是四将赌斗，怎见得，有诗为证。诗曰：

四将交锋在孟津，人神仙鬼孰虚真。
从来劫运皆天定，纵有奇谋尽堕尘。

话说杨戬在旁，见高明、高觉一派妖气，不是正人，仔细观看，以备不虞。只见杨任取出五火扇来，照高明一扇，只听得“呼”的一声，化一道黑光而去。李靖也祭起黄金塔来，把高觉罩在里面，一时也不见了。袁洪同众将正在辕门看高明兄弟二人大战周兵，见杨任用五火扇子搧[①]高明，又见李靖用塔罩高觉，忙命吴龙、常昊接战。二将大叫曰：“周将不必回营，吾来也！”哪吒登风火轮来战吴龙，

① 搧（shān）：用扇搧动。

杨戬使三尖刀敌住常昊，四将大战。袁洪心下自思曰："今日定要成功，不可错过。"（既如此想，那必然不能成功）把白马催开，使一条宾铁棍来战子牙。旁有雷震子、韦护二人截住袁洪相杀。怎见得，有赞为证。赞曰：

凛凛寒风起，森森杀气生。
白猿施铁棒，雷震棍更精。
韦护降魔杵，来往势犹凶。
舍命安天下，拚生定太平。

话说雷震子展风雷翅，飞在空中，那条棍从顶上打来。韦护祭起降魔杵，此杵岂同小可，如须弥山一般打将下来。袁洪虽是得道白猿，也经不起这一杵，袁洪化白光而去，止将鞍马打得如泥。杨戬祭哮天犬咬常昊。常昊乃是蛇精，狗也不能伤他。常昊知是仙犬，先借黑气走了。哪吒祭起神火罩，罩住吴龙，吴龙也化青气走了。总是一场虚话。（一旦交战，每次都只靠跑，同样招数用得多了，便让人生厌）

子牙鸣金回营。杨戬上帐曰："今日会此一阵，俱为无用。当时弟子别师尊时，师父曾有一言分付弟子说：'若到孟津，谨防梅山七圣阻碍。'教弟子留心。今日观之，祭宝不能成功，俱化青黑之气而走。元帅宜当设计处治，方可成功。若是死战，终是无用。"子牙曰："吾自有道理。"当日至晚，子牙帐中鼓响，众将官上帐听令。

子牙命李靖领柬帖："你在八卦阵正东上，按震方，书有符印，用桃桩，上用犬血，如此而行。"又命雷震子领柬帖："你在正南上，按离方，亦有符印，也用桃桩，上用犬血，如此而行。"命哪吒领柬帖："在正西上，按兑方，也用桃桩，上用犬血，如此而行。"又命杨任："在正北上，按坎方，也用桃桩，上用犬血，如此而行。杨戬，你可引战，用五雷之法，望桃桩上打下来。韦护，你用瓶盛乌鸡、黑狗血，女人尿屎和匀，装在瓶内，见高明、高觉赶入我阵中，你可将瓶打下，此秽污浊物压住他妖气，自然不能逃走。此一阵可以擒二竖子也。”

众门人听令而去。子牙先出营，布开八卦，暗合九宫，将桃桩钉下。正是：设计要擒桃柳鬼，这场辛苦枉劳神。子牙安置停当。且说高明听着子牙传令安八卦方位，用乌鸡、黑狗血，钉桃桩拿他兄弟，二人大笑不止：“空费心机！看你怎样捉我二人！”（周营机密之事，他二人怎知？联想前文，又是一悬念）

次日，子牙亲临辕门搦战。袁洪命高明、高觉出营，大呼曰：“姜子牙，你自称扫荡成汤大元帅，据吾看，你不过一匹夫耳！你既是昆仑之士，理当遣将调兵，共决雌雄，为何钉桃桩，安符印，周围布八卦，按九宫，用门人将乌鸡、黑狗血秽污之物压我二人。吾非鬼魅精邪，岂惧你左道之术也！”（姜子牙也有被叫“左道”的一天，通天教主若知必然大乐）

二人道罢，放步摇斧、举戟，直取子牙。子牙左右有武吉、南宫适二马齐出，急架忙迎。四将交兵，枪刀共举。高明逞精神，如同猛虎；南宫适使气力，一似欢龙；高觉戟刺摆长幡；武吉枪来生杀气。四将酣战。子牙催四不相，仗剑也来助战。未及数合，便往阵中败走。高明笑曰：“不要走！吾岂惧你安排，吾来也！”兄弟二人随后赶入阵来。刚入得八卦方位，东有李靖，南有雷震子，西有哪吒，北有杨任，四面发起符印，处处雷鸣。韦护在空中将一瓶秽污之物往下打来，那些鸡犬秽血，溅得满地。高明、高觉化阵青光，早已不见了。众门人亲自观见，莫知去向。

子牙收兵回营，升帐坐下，大怒曰：“岂知今日本营先有奸细私透营内之情，如此何日成功也！将吾机密之事尽被高明知道，此是何说!”杨戬在旁曰:“师叔在上:料左右将官自在西岐共起义兵,经过三十六路征伐,今进五关,经过数百场大战,苦死多少忠良,今日至此,克成汤只在目下,岂有这样之理。据弟子观之,此二人非是正人,定有些妖气,那光景大不相同。望师叔详察。今弟子往一所在去来,自知虚实。”子牙曰:“你往那里去?”杨戬曰:“机不可泄,泄则不能成功也。”(杨戬恐已猜到那二妖能听得营内谈话,故而不说)子牙许之。杨戬当晚别子牙去讫。且说高明、高觉来见袁洪,言子牙用八卦阵,将钉桃桩的事说了一遍。袁洪具表往朝歌报捷。高觉听的周营子牙与杨戬共议,杨戬要往一所在去,又听见杨戬不肯说,兄弟二人曰:“凭你怎样寻吾根脚,料你也不能知道!”二人又大笑一回不表。

且说杨戬离了周营,借土遁往玉泉山金霞洞来,正见:遁中道术真玄妙,咫尺青风万里程。话说杨戬来至金霞洞,见洞门紧闭,杨戬洞外敲门。少时,一童子出来,见是师兄,忙问曰:“师兄何来?”杨戬曰:“烦贤弟通报。”童子进洞内,见玉鼎真人,启曰:“师兄杨戬在洞府外求见。”真人起身分付曰:“着他进来。”杨戬来至碧游床前下拜。真人曰:“你今到此为何?”杨戬把孟津事说了一遍。真人曰:“此业障是棋盘山桃精、柳鬼。桃、柳根盘三十里,采天地之灵气,受日月之精华,成气有年。今棋盘山有轩辕庙,庙内有泥塑鬼使,名曰千里眼、顺风耳。二怪托其灵气,目能观看千里,耳能详听千里;千里之外,不能视听也。你可叫姜子牙着人往棋盘山去,将桃、柳根盘掘挖,用火焚尽;将轩辕庙二鬼泥身打碎,以绝其灵气之根;(竟与当年李靖打碎哪吒庙中金身同一道理)再用一重雾常锁营寨,如此如此,则二鬼自然绝也。”

杨戬受命,离了玉泉山,复往周营而来。军政官报与子牙,子牙令入中军,问杨戬曰:“此去如何?”杨戬摇头不语,犹恐泄机。子牙曰："你今日为何如此？"杨戬曰："弟子今日不敢言，且随弟子行之。"子牙并依杨戬，不去阻当。杨戬执定令旗下帐，把后队大红旗二千杆令三军磨旗；又令一千名军士擂鼓鸣锣，恍然有惊天动地之势。子牙见杨戬如此，不知其故。杨戬方来对子牙曰："高明、高觉二人乃是棋盘山桃精、柳鬼。他凭托轩辕庙二鬼之灵，名曰千里眼、顺风耳。如今须用旗招展不住，使千里眼不能观看；锣鼓齐鸣，使顺风耳不能听察。（可谓是早期防偷窥、防窃听手段）请元帅命将往棋盘山，掘挖此根，用火焚之；再令将官去把轩辕庙里二鬼打碎；然后用大雾一重，常锁行营，此怪方能除也。"子牙听说："既然如此，吾自有治度。"子牙令李靖领三千人马，速往棋盘山去挖绝其根。又令雷震子去打碎泥塑鬼使。（这二人一个有经验，一个"专业对口"，姜子牙确是会用人）后人有诗叹之。诗曰：

虎斗深山渊斗龙，高明高觉逞邪踪。
当时不遇仙师指，难灭轩辕二鬼锋。

话说子牙安排已定，只等二门人来回令。

且说高明、高觉只听得周营中鼓响锣鸣不止，高觉曰："长兄，你看看怎样？"高明曰："一派尽是红旗招展，连眼都晃花了。兄弟，你且听听看。"高觉曰："锣鼓齐鸣，把耳朵都震聋了，如何听得见一些儿？"二人急躁不表。（看家本领一旦失效，自然焦躁）只见李靖人马去掘桃、柳的根盘，雷震子去打泥塑的鬼使，子牙在帐内望二人回来，方好用计破之。次日，子牙在中军，忽报："雷震子回来。"子牙令至中军，问其打泥鬼如何，雷震子曰："奉令去打碎了二鬼，放火烧了庙宇，以绝其根，恐再为祟；待周王伐纣功成，再重修殿宇未迟。"（委屈轩辕黄帝遭此池鱼之殃）子牙大悦，随在帐前令哪吒、武吉在营布起一坛，设下五行方位，当中放一镡[1]，四面八方俱镇压符印，安治停当。只见李靖掘桃、柳鬼根盘已毕，来至中军回话。子牙大喜。正是：李靖掘根方至此，袁洪举意劫周营。

话说子牙在中军共议："东伯侯还不见来？"忽报："三运督粮官郑伦来至。"子牙令至帐前，郑伦回令毕，交纳粮印。郑伦听得土行孙已死，着实伤悼不表。

且说袁洪在营中自思："今与周兵屡战，未见输赢，枉费精神，虚费日月。"令左右暗传与常昊、吴龙："令高明、高觉冲头阵，今夜劫姜尚的营。"又令："参军殷破败、雷开为左右救应，殷成秀、鲁仁杰为断后。务要一夜成功。"众将听令，只等黄昏行事。

话说子牙在中军，忽见一阵风从地而起，卷至帐前。子牙见风色异怪，掐指一算，早知其意。（每次偷袭皆有预兆，这仗还打个什么劲）子牙大喜，传令："中军帐钉下桃桩，镇压符印，下布地网，上盖天罗，黑雾迷漫中军。令各营俱不可轻动。李靖拒住东方，杨任拒住西方，哪吒拒住南方，雷震子拒住北方，杨戬、韦护在将台左右保护。"子牙令南宫适、武吉、郑伦、龙须虎等："各防守武王营寨。"众将得令而去。子牙沐浴上台，等候袁洪来劫营寨。诗曰：

子牙妙算世无双，动地惊天势莫当。
二鬼有心施密计，三妖无计展疆场。
遭殃杨任归神去，逃死袁洪免丧亡。
莫说孟津多恶战，连逢劫杀损忠良。

话说袁洪当晚打点人马劫营，大破子牙，以成全功。才至二更时

---

① 镡（xín）：兵器名。

分，高明、高觉为头一队，袁洪为二队。鲁仁杰对殷成秀曰："贤弟，据我愚见，今夜劫营，不但不能取胜，定有败亡之祸。况姜子牙善于用兵，知玄机变化，且门下又多道德之士，此行岂无准备。我和你且在后队，见机而作。"殷成秀曰："兄长之言甚善。"（这二人虽是愚忠，却不作无谓牺牲）不说他二人各自准备，且说高明、高觉来至周营，点起大炮，响一声喊杀进营来。袁洪同常昊、吴龙从后接应。子牙在将台上披发仗剑，踏罡布斗①，霎时四下里风云齐起，这正是子牙借昆仑之妙术，取神荼、郁垒。不知凶吉何如，且听下回分解。

总批

高明、高觉耳目能视听千里，一遇旌旗金鼓，便蔽惑其聪明，倏然被擒，然则有耳目之蠹，可不慎欤！

又批

语云："方以类聚，物以群分"。当日有袁洪、常昊、吴龙三个怪，就有桃精、柳鬼来应付。青天白日之下，纯是魑魅魍魉用事，纣欲不亡，得乎！

---

① 踏罡（gāng）布斗：即"踏罡步斗"。道教法师祈天或作法的步伐。表示脚踏在天宫罡星斗宿上。罡，天罡星，北斗星的斗柄。斗，北斗星。

第九十一回 蟠龙岭烧邬文化

蟠龍嶺
燒鄔文化

导读：邬文化可算得上是周军和阐教弟子最后一个劲敌，这个力大无穷、身高数丈的大力士，冲营劫寨几乎无人能挡。但最后却被诱入山谷，活活烧死，和《三国演义》中同样被烧死的藤甲兵有几分相似。不过，邬文化还真不是《封神演义》作者从《三国演义》那里“借鉴”来的。早在《武王伐纣平话》中就有这个人物，只不过写作“乌文画”。而且，《武王伐纣平话》里还有解释：“乌文画者，即奡(ào)荡舟。”“奡荡舟”并非人名，而是出自《论语·宪问》：“南宫适问于孔子曰：‘羿善射，奡荡舟，俱不得其死然；禹稷躬稼，而有天下。’”此处的南宫适自然不是《封神演义》里的南宫适。在这里，“奡”是人名，“荡舟”就是陆地行舟的意思。根据历代对《论语》的相关注释与考证，相传奡是夏朝篡位之臣寒浞的儿子，力大无穷，能够拖拽着船只在陆地上前进，故而被称作“奡荡舟”，与善于射箭的后羿相提并论。那么传说中的奡也就是邬文化的原型了。

诗曰：

力大排山气吐虹，手拖杌①木快如风。
行舟陆地谁堪及，破敌营门孰敢同。
擒虎英名成往事，食牛全气化崆峒。
总来天意归周主，空作蟠龙岭下烘。

话说子牙在将台上作法，只见风云四起，黑雾弥漫，上有天罗，下有地网，昏天惨地，罩住了周营。霹雳交加，电光驰骤，火光灼灼，冷气森森，雷响不止，喊声大振。各营内鼓角齐鸣，若天崩地塌之状。（如此阵仗，方符合昆仑山弟子的身份）怎见得，有诗为证。诗曰：

风雾蒙蒙电火烧，雷声响亮镇邪妖。
桃精柳鬼难逃躲，早把封神名姓标。

话说高明、高觉闯进周营，杀进中军，只见鼓声大振，三军呐喊，一声炮响，东有李靖，西有杨任，南有哪吒，北有雷震子，左有杨戬，右有韦护，一齐冲将出来，把高明等围住。台上有子牙作法，台下四个门人，齐把桃桩震动。上有天罗，下有地网，上下交合。子牙祭起打神鞭打将下来，高明、高觉难逃此难，只打得脑浆迸流。二灵已往封神台去了。（之前如何如何难敌，如今被杀就这般轻描淡写，总难逃虎头蛇尾之感）

且说袁洪同常昊、吴龙在后面催军，杀进周营，被哪吒等接住大

① 杌（bā）：无齿的耙。

战。此时夤夜交兵，两军混战。韦护祭起降魔杵来打吴龙，吴龙早化青光去了。哪吒也祭起九龙神火罩来罩常昊，常昊化一道青气不见了。袁洪乃是得道白猿，变化多端，把元神从头上现出。杨任正欲取五火扇搧袁洪，不意袁洪顶上白光中元神手举一棍打来，杨任及至躲时，已是不及，早被袁洪一棍打中顶门，可怜！（杨任之死，甚是无谓。盖因篇幅所剩无多，必须将应被封神之人尽快送去封神台，因而本回以后，虽然临近结局，死伤反而增多。类似《水浒传》中，前半部众好汉屡挫官军，后面征方腊时接连死伤一样）自穿云关归周，才至孟津，未受封爵而死。后人有诗叹之。诗曰：

> 自离成汤归紫阳，穿云关下破“瘟癀”。
> 孟津尽节身先丧，俱是南柯梦一场。

话说杨任被袁洪打死，两军混战，至天明，子牙鸣金，两下收兵。子牙升帐，点视军将，已知杨任阵亡，着实嗟叹不已。杨戬上帐言曰：“今夜大战，虽然斩了高明、高觉，反折杨任一员大将。据弟子见袁洪等俱是精灵所化，急切不能成功。大兵阻于此地，何日结局。弟子今往终南山，借了照妖鉴来，照定他的原身，方可擒此妖魅也，不然终无了期。”（偌大个周营，阐教弟子不少，却仿佛只有杨戬这一位“联络员”）子牙许之。

杨戬离了周营，借土遁往终南山而来。不多时，早至玉柱洞前，按落遁光，至洞门听候云中子。少时，只见金霞童子出来，杨戬上前稽首曰：“师兄，借烦通报，有杨戬要见师伯。”童子忙还礼曰：“师兄少待，容吾通报。”童子进洞对云中子曰：“有杨戬在外面候见。”云中子命童子：“着他进来。”童子出洞云：“师父请见。”杨戬见云中子，行礼毕，禀曰：“弟子今到此，欲求师伯照妖鉴一用。目今兵至孟津，有几个妖魅阻住周师，不能前进，虽大战数场，法宝难治。因此上奉姜元帅将令，特地至此，拜求师伯。”云中子曰：“此乃梅山七怪也。只你可以擒获。”（为何只有杨戬可擒获？亦未交代明白）忙取宝鉴付与杨戬。杨戬辞了终南，借土遁径往周营内来见子牙，备言：“此是梅山七怪，明日俟弟子擒他。”

话说袁洪在营中与常昊、吴龙众将议退诸侯之策，殷破败曰：“明日元戎不大杀一场以树威，使天下诸侯知道利害，则彼皆不能善解。与他迁延日月①，恐师老军疲，其中有变，那时反为不美。”袁洪从其言。次日，整顿军马，炮声大振，来至军前。子牙亦带领众诸侯出营。两下列成阵势。袁洪一马当先。子牙谓袁洪曰：“足下不知天命久已归周，而何阻逆王师，令生民涂炭耶！速早归降，不失封侯之位。如若不识时务，悔无及矣。”袁洪大笑曰：“料尔不过是磻溪一钓叟耳，有何本领，敢出此大言！”（你一白猿又何敢如此猖狂？）回顾常昊曰：“与吾将姜尚擒了！”

常昊纵马挺枪，飞来直取子牙。旁有杨戬催马舞刀，抵住厮杀。二马往来，刀枪并举，只杀的凛凛寒风，腾腾杀气。怎见得，诗曰：

杀气腾腾锁孟津，梅山妖魅乱红尘。
须臾难遁终南鉴，取次②摧残作鬼磷。

话说两人大战，未及十五合，常昊拨马便走。杨戬随后赶来，取出照妖鉴来照，原来是条大白蛇。杨戬已知此怪，看他怎样腾挪。只见常昊在马上忽现原身，有一阵怪风卷起，播土扬尘，愁云霭霭，冷

① 迁延日月：指拖延时间。同“迁延岁月”。
② 取次：任意，随便。

气森森，现出一条大蛇。怎见得，诗曰：

黑雾漫漫天地遮，身如雪练①弄妖邪。
神光闪灼凶顽性，久于梅山是旧家。

话说杨戬看见白蛇隐在黑雾里面来伤杨戬，杨戬摇身一变，化作一条蜈蚣，身生两翅飞来，钳如利刃。怎见他的模样，有诗曰：

二翅翩翻似片云，黑身黄足气如焚。
双钳竖起挥双剑，先斩顽蛇建首勋。（书中各种诗证、赞语太多，纵使全部删去亦不可惜）

杨戬变做一条大蜈蚣，飞在白蛇头上，一剪两断。那蛇在地下挺折扭滚。杨戬复了本相，将此蛇斩做数段，发一个五雷诀，只见雷声一响，此怪震作灰灭。袁洪知白蛇已死，大怒，纵马使一根棍，大呼曰："好杨戬！敢伤吾大将！"旁有哪吒登风火轮，现三头八臂，使火尖枪，抵住了袁洪。轮马相交，未及数合，哪吒祭起九龙神火罩，将袁洪连人带马罩住。哪吒用手一拍，现出九条火龙，将袁洪盘旋周绕焚烧。不知袁洪有七十二变玄功，（你这猴子又是从何学来七十二变？莫非也去过灵台方寸山，斜月三星洞？）焉能烧的着他，袁洪早借火光去了。吴龙见哪吒施勇，使两口双刀来战哪吒。哪吒翻身复来，接战吴龙。杨戬在旁，忙取照妖鉴照看，原来是一条蜈蚣。

杨戬纵马舞刀，双战吴龙。吴龙料战不过，拨马便走。哪吒登风火轮就赶。杨戬曰："道兄休赶，让吾来也。"哪吒听说，便立住了

① 雪练：洁白的绢帛。

风火轮，让杨戬催马追赶。吴龙见杨戬赶来，即现原形，就马脚下卷起一阵黑雾，罩住自己。怎见得，诗曰：

黑雾阴风布满天，梅山精怪法无边。
谁知治克难相恕，千岁蜈蚣化罔然。

吴龙见杨戬追赶，即现原形，影在黑雾之中，来伤杨戬。杨戬见此怪飞来，随即摇身一变，化作一只五色雄鸡。怎见得，诗曰：

绿耳金睛五色毛，翅如钢剑嘴如刀。
蜈蚣今遇无穷妙，即丧原身怎脱逃。

杨戬化做一只金鸡，飞入黑雾之中，将蜈蚣一嘴啄作数段，又除一怪。（照出原形，然后变作其天敌杀之，如此设计，竟有些幽默之感）子牙与众将掌鼓进营不表。

却说殷破败、雷开与诸将亲自看见今日光景，不觉笑曰："国家不祥，妖孽方兴，今日我们两员副将，岂知俱是白蛇、蜈蚣成精，来此惑人。此岂是好消息！不若进营与主将商议何如。"（"国之将亡，必有妖孽"，商朝气运明矣）随进营来，见袁洪在中军闷坐，俱至帐前参谒。袁洪见众将来见，也觉没趣，乃对众将曰："吾就不知常昊、吴龙乃是两个精灵，几乎被他误了大事。"众将曰："姜子牙乃昆仑道德之士，麾下又有这三山五岳门徒相随，料吾兵不能固守此地，请元帅早定大策，或战，或守，可以预谋，毋令临期掘井①，一时何及。

① 临期掘井：即"临渴掘井"，感到口渴了才去挖井。比喻平时不做准备，事到临头才想办法。

眼见我兵微将寡，力敌不能，依不才等愚见，不如退兵，固守都城，设防御之法，以老其师。此‘不战能屈人之兵’（《孙子兵法》之言，此时竟已经有人知晓了）者，不知元帅尊意如何？”袁洪曰：“参军之言差矣！既奉命守此地方，则此地为重，今舍此不守，反欲退拒都城，此为‘临门御寇’，未有不败者也。今姜尚虽有辅佐之人，而深入重地，亦不能用武。看吾在此地破敌，吾自有妙策，诸将勿得多言。”

各人下帐。鲁仁杰与殷成秀曰：“方今时势，也都见了，料成汤社稷终属西周。况今日朝廷不明，妄用妖精为将，安有能成功之理。但我与贤弟受国恩数代，岂可不尽忠于国；然而就死，也须是死在朝歌，见吾辈忠义，不可枉死于此地，与妖孽同腐朽也。不若乘机讨一差遣，往而不返可也。”二将议定。忽有总督粮储官上帐来禀袁洪曰：“军中止有五日行粮，不足支用，特启元帅定夺。”袁洪命军政司修本，往朝歌催粮。旁有鲁仁杰出而言曰：“末将愿往。”袁洪许之。鲁仁杰领令，往朝歌去催粮不表。

且说朝歌城来了一个大汉，身高数丈，力能陆地行舟，顿餐只牛，用一根排机木，姓邬，名文化，揭招贤榜投军。朝廷差官送邬文化至孟津营听用。来至辕门，左右报与袁洪。袁洪命：“令来。”邬文化同差官至中军，见礼毕，通名站立。袁洪见邬文化一表非俗，恍似金刚一般，撑在半天里。果是惊人。袁洪曰：“将军此来，必怀妙策。今将何计以退周兵？”邬文化曰：“末将乃一勇鄙夫，奉圣旨赍送元帅帐下调用，听凭指挥。”袁洪大喜：“将军此来，必定首立大功，何愁姜尚不授首也！”（比当年魔家四将如何？）

邬文化次日清晨上帐领令，出营搦战，倒拖排机木，行至周营，大呼曰：“传与反叛姜尚，早至辕门洗颈受戮！”话说子牙在中军帐，猛听战鼓声响，抬头观看，见一大汉竖在半天里，惊问众将曰：“那里来了一个大汉子？”众人齐来观看，果是好个大汉子，众皆大惊。正欲寻问，只见军政官报入中军来：“有一大汉，口出大言，请令定夺。”有龙须虎出曰：“弟子愿往。”子牙许之，分付曰：“你须仔细！”龙须虎领令出营来。邬文化低头往下一看，大笑不止：“那里来了一个虾精？”龙须虎抬头看邬文化，怎生凶恶，但见有诗为证。诗曰：

身高数丈骼榔头，口似窑门两眼抠①。
丈二苍须如散线，尺三草履②似行舟。
生成大力排山岳，食尽全牛赛虎彪。
陆地行舟人罕见，蟠龙岭上火光愁。

邬文化大呼曰：“周营中来的是个甚么东西？”龙须虎大怒，骂曰：“好匹夫！把吾当作甚么东西！吾乃姜元帅第二门徒龙须虎是也。”邬文化笑曰：“你是一个畜生，全无一些人相，难道也是姜尚门徒！”龙须虎曰：“村匹夫快通名来，杀你也好上功劳簿。”邬文化骂曰：“不识好歹业畜！吾乃纣王御前袁元帅麾下威武大将军邬文化是也。你快回去，叫姜尚来受死，饶你一命。”龙须虎大怒，骂曰：“今奉令特来擒你，尚敢多言！”发手一石打来。邬文化一排机木打下来，龙须虎闪过，其钉打入土有三四尺深；急自拽起钉机来，倒被龙须虎夹大腿连腰上打了七八石头；再转身，又打了五六石头；只打得是下三路。邬文化身大，转身不活，不上一个时辰，被龙须虎连腿带腰打了七八十下，打得邬文化疼痛难当，倒拖着排机木望正东上走

① 抠：眼窝凹进。
② 草履：草鞋。

了。（巨人身体不灵活，反不如矮小之人闪转腾挪，之前土行孙即是如此）龙须虎得胜回营，来见子牙，备言其事。众将俱以为大而无用，子牙也不深究所以，彼此相安不察。

且说邬文化败走二十里，坐在一山崖上，擦腿摸腰，有一个时辰，乃缓缓来至辕门。左右报入中军曰："启元帅：邬文化在辕门等令。"袁洪分付："令来。"邬文化来至帐前，参谒袁洪。袁洪责之曰："你今初会战，便自失利，挫动锋锐，如何不自小心！"邬文化曰："元帅放心。末将今夜劫营，管教他片甲不存，上报朝廷，下泄吾恨。"袁洪曰："你今夜劫营，吾当助尔。"邬文化收拾打点，今夜去劫周营。此是子牙军士有难，故有此失。（又是命中注定，又是运数如此）正是：一时不察军情事，断送无辜填孟津。

话说子牙不意邬文化今夜劫营。将至二更时分，成汤营里一声炮响，喊声齐起，邬文化当头，撞进辕门。那是黑夜，谁人抵敌？冲开七层鹿角，撞翻四方木栅、挡牌，邬文化把排机木只是横扫两边（可称肉身坦克了）。也是周营军士有难，可怜被他冲杀得尸横遍野，血流成河，六十万人马在中军呼兄唤弟，觅子寻爷。又有袁洪协同，黑夜中袁洪放出妖气，笼罩住营中，惊动多少大小将官。子牙听得大汉劫营，急上了四不相，手执杏黄旗，护定身子，只听得杀声大振，心下着忙。又见大汉二目如两盏红灯，众门人各不相顾，只杀得孟津血水成渠。有诗为证。诗曰：

姜帅提兵会列侯，袁洪赌智未能休。
朝歌遣将能摧敌，周寨无谋是自蹂①。
军士有灾皆在劫，元戎遇难更何尤。

① 蹂：践踏。

可惜英雄徒浪死，贤愚无辨丧荒丘。

话说邬文化黄夜劫周营，后有袁洪助战，周将睡熟，被邬文化将排机木两边乱扫，可怜为国捐躯，名利何在！袁洪骑马，仗妖术冲杀进营，不辨贤愚，尽是些少肩无臂之人，都做了破腹无头之鬼。武王有四贤保驾奔逃，子牙落荒而走，五七门徒借五遁逃去，只是披坚执锐之士，怎免一场大厄！该绝者难逃天数，有生者躲脱灾殃。且说邬文化直冲杀至后营，来到粮草堆根前。此处乃杨戬守护之所，忽听得大汉劫营，姜元帅失利，杨戬急上马看时，见邬文化来得势头甚凶，欲要迎敌，又顾粮草，心生一计，且救眼下之危，忙下马，念念有词，将一草竖立在手，吹口气，叫声：“变！”化了一个大汉，头撑天，脚踏地。怎见得，有赞为证。赞曰：

头有城门大，二目似披缸。
鼻孔如水桶，门牙扁担长。
胡须似标笋，口内吐金光。
大呼邬文化，与吾战一场！

话说邬文化正尽力冲杀，灯光影里见一大汉，比他更觉长大，大呼曰：“那匹夫慢来！吾来也！”邬文化抬头看见，唬得魂不附体：“我的爷来了！”倒拖排机木，回头就走，也不管好歹，只是飞跑。（如此退敌，近乎儿戏）

杨戬化身随后赶了一程，正遇袁洪。杨戬大呼曰：“好妖怪，怎敢如此！”使开三尖刀，飞奔杀来。袁洪使棍抵住。大战一回，杨戬祭哮天犬时，袁洪看见，化一道白光，脱身回营。且说孟津众诸侯闻袁洪劫姜元帅的大营，惊起南北二镇诸侯，齐来救应。两下混战，只杀到天明。子牙会集诸门人，寻见武王，收集败残人马，点算损折军兵有二十余万，帐下折了将官三十四员，龙须虎被邬文化排机木绝其性命。军士有见龙须虎的头挂在排机木上，因此报知子牙。子牙闻龙须虎被乱军中杀死，伤悼不已。众诸侯上帐，问武王安。杨戬来见子牙，备言："邬文化冲杀，是弟子如此治之，方救得行粮无虞。"子牙曰："一时误于检点，故遭此厄，无非是天数耳。"（此时说这话，难免有推卸责任之嫌）心下郁郁不乐，纳闷中军。

且说袁洪得胜回营，具本往朝歌报捷："邬文化大胜周兵，尸塞孟津，其水为之不流。"群臣具贺："自征伐西岐，从未有此大胜。"纣王大喜，日日纵乐，全不以周兵为事。且说杨戬来见子牙曰："如今先将大汉邬文化治了，然后可破袁洪。"子牙曰："须得如此，方可绝得此人。"杨戬领令，去到孟津哨探路径。走有六十里，至一所在，地名蟠龙岭。此山湾环如蟠龙①之势，中有空阔一条路，两头可以出入。杨戬看罢，心下大喜曰："此处正好行此计也！"忙回见子牙，备言："蟠龙岭地方可以行计。"子牙听说大喜，附杨戬耳边备说："如此如此，可以成功。"杨戬遂自去了。正是：计烧大将邬文化，须得姜公用此谋。

话说子牙令武吉、南宫适："领二千人马，往蟠龙岭去埋伏引火之物，中用竹筒引线，暗埋火炮、火箭各项等物，岭上下俱用柴薪引火，干燥物件预备停当，只等邬文化来至，便可行之。"二将领令去讫。话说邬文化得了大功，纣王差官赍袍、带、表礼等物奖谕，袁洪、邬文化二将谢恩，打发天使回朝歌不表。袁洪对邬文化曰："荷蒙天子恩宠奖谕，邬将军，我等当得尽忠竭力，以报国恩，不负吾辈名扬于天下也。"邬文化曰："末将明日使姜尚无备，再杀他个片甲

① 蟠龙：盘伏的龙。

无存，早早奏凯。”袁洪大喜，设宴庆赏。正谈笑间，探事马报入中军：“启元帅：今有姜子牙与武王在辕门闲看吾营，不知有何原故，请令定夺。”袁洪听报，即令邬文化：“暗出大营，抄出子牙之后擒之，如探囊取物①耳。”

邬文化领令，（如此明显的诱敌之计，二人居然都没看出，可见对计策谋略是全然无知）忙出右营门，撒开大步，拖排机木，如飞云掣电而来，大呼曰：“姜尚休走！今番吾定擒你成功也。速速下骑受死，免吾费力。”子牙与武王见邬文化追来，拨转坐骑，望西南而逃。邬文化见子牙、武王落荒而走，放心追来。子牙回顾，诱邬文化曰：“邬将军，你放我君臣回营，得归故国，再不敢有犯边疆，吾群臣感将军洪恩不浅矣。”邬文化曰：“今番错过，千载难逢。”拚命赶来，那里肯舍？望前赶了一个时辰。姜子牙与武王是有脚力的，邬文化步行，又当得他是急急追赶，一气赶了五六十里，邬文化气力已乏，立住脚不赶了。子牙回头看时，见邬文化不赶，子牙勒转坐骑，大呼曰：“邬文化，你敢来与吾战三合么？”邬文化大怒曰：“有何不敢？”回身又望前赶来。子牙勒转四不相又走，看看赶至蟠龙岭了，子牙君臣进山口去了。邬文化大喜：“姜尚进山，似鱼游釜中，肉在几上！”随后追进山口。不知邬文化性命如何，且听下回分解。

总批

从来妖邪鬼魅，安能白昼胜人，不过来混乱一场而已。所以高明、高觉、常昊、吴龙皆陆续被擒。只是当日成汤气数，不卜可知其败也。岂有堂堂天子，而魑魅魍魉公然横行于青天白日之下哉！

① 探囊取物：比喻事情极容易办到。

又批

邬文化一勇之夫，固无足论。只笑姜子牙为武事中鼻祖，阐教中之高士，如何不能前知，如何不谙纪律，令全军屠戮，武王着惊，子牙公安能逭其责？以理定罪，则于今之祖武其事，尸祝其神者，俱当罚去。

第九十二回　杨戬哪吒收七怪

楊戬哪吒收七怪

导读：正如我们之前所写过的，梅山七怪（圣）的构成可以说是一笔糊涂账。同样，七怪在《封神演义》中的作用也同样令人难以理解。按照《封神演义》的基本逻辑，对抗双方应该是阐教、西周与截教、殷商。可梅山七怪却并不属于截教弟子，是因纣王张榜招贤，才突然出现的。对于他们为何要辅助殷商，书里始终没有交代。给人的感觉是，他们七个单纯是为了助商而助商，像是作者在凑字数一般。而且在目前存世的《封神演义》最早版本——明末舒载阳刊本中，最后封神的名单里面并没有梅山七怪，而是另外七个莫名其妙的人，即“四废星袁坤、天瘟星程朝用、荒芜星召国才、伏断星李颜、反吟星周柏、刀砧星胡松、破碎星余宗伯”。这就不得不令人怀疑，梅山七怪的故事会不会是作者或书商后补入的？有可能，早期的“封神”故事或是作者一开始的创作中并没有梅山七怪的故事，因此现在属于梅山七怪的神位被封给了其他七个人（很可能是万仙阵中陨落的）。后来作者或书商，觉得万仙阵后的故事有些单薄，于是便将梅山七怪编入。但写得又很匆忙，想不出一个让梅山七怪参战的合理理由，于是只好用张榜招贤应付过去。但刚补入的梅山七怪故事，一开始并没有改变最后的封神安排，七怪中任何一个死去时也没有那句标志性的“一道灵魂直奔封神台去了”。因此，现在的封神安排，应该是再后来的书商根据全书故事重新调整过的。而整个调整的时间，据现有版本推断，最迟不会晚于清光绪十五年（1889）的广百宋斋本《封神演义》。

诗曰：

梅山七怪阻周兵，逞异夸能苦战争。
狗宝虽凶谁独死，牛黄纵恶自戕生。
朱贞伏地先无项，杨显纵横后亦薨。
堪笑白猿多惹事，千年道行等闲①倾。

话说武吉、南宫适望见子牙引邬文化进山，先让过子牙与武王，用木石叠断前山。只见邬文化赶进山口，不见了子牙、武王，立住了脚，迟疑四望，竟无踪迹。正欲回身出山，只听得两边炮响，杀声振地，山上用滚木大石叠断山口，军士用火弓、火箭、火炮、干柴等物望山下抛放，只见四下里火起，满谷烟生。怎见得，好火！赞曰：

腾腾烈焰，滚滚烟生。一会家②地塌山崩，霎时间雷轰电掣。须臾绿树尽沾红，顷刻青山皆带赤。那怕你铜墙铁壁，说甚么海阔河宽。汤③着他烁④石流金，遇着时枯泉辙涸。风乘火势逞雄威，火借风高拼恶毒。休说邬文化血肉身躯，就是满山中披毛带角的皆逢其劫。（如此无妄之灾，是否也是它们的运数？）

话说邬文化见后面火起，叠断归路，抽身转奔进山来。那山脚下地炮、地雷发作，望上打来。可怜顶天立地大汉，陆地行舟的英雄，只落得顷刻化为灰烬！后人有诗叹之。诗曰：

① 等闲：无端，白白地。
② 一会家：一会儿，一时间。
③ 汤（tàng）：触，碰。
④ 烁（shuò）：通“铄”。

夜劫周营立大功，孟津河下逞英雄。
姜公妙算驱杨戬，火化蟠龙一阵风。（有勇无谋，可惜了这副高大身躯）

话说杨戬与武吉、南宫适见烧死了邬文化，俱回来见姜子牙，备言前事。子牙大喜，又谓杨戬曰："只是袁洪此怪未除，如之奈何？"杨戬曰："此怪乃梅山得道白猿，最是精灵，俟徐徐除之。"子牙曰："且等东伯侯来至，诸侯方可进兵。"

话说袁洪闻报，知道烧死了邬文化，心中不乐，正独坐纳闷，忽报："辕门外有一陀头求见。"袁洪传令："请来。"少时，陀头至中军，打稽首曰："元帅，贫道稽首了。"袁洪曰："道者请了。道者从何处来？有何见谕？"陀头曰："吾亦在梅山地方居住，与元帅相隔不远，姓朱，名子真。今知元帅为纣王出力，特来助一臂之功。不识元帅肯容纳否？"（原来是老乡前来相助，难道这七怪彼此并不都认识吗？）

袁洪听说大喜，邀请陀头上坐。朱子真再三谦让，就席而坐。旁有参军殷破败、雷开二将听得又是梅山之士，乃相谓叹曰："此又是常昊、吴龙一党。"袁洪命治酒管待朱子真。一宵不表。次日，朱子真提宝剑在手，率左右行至周营，坐名请元帅答话。军政官报入中军。子牙听见有道者，忙传令南北二处诸侯齐出辕门，排开队伍，自己亲率诸众弟子出辕门，列成阵势。见成汤旗门脚下，来一陀头。怎见得，有赞为证。赞曰：

面如黑漆甚蹺蹊，海下髭髯①一剪齐。
长唇大耳真凶恶，眼露光华扫帚眉。

① 髭髯（zī rán）：胡须。

皂服丝绦飘荡荡，浑身冷气浸人肌。
梅山猪怪逢杨戬，不久周营现此躯。

话说朱子真步行至前，见子牙簇拥而至。子牙曰："道者何人？"朱子真曰："吾乃梅山炼气士朱子真是也。"姜子牙曰："你不守分安居，来此何干？是自寻死亡也。"朱子真大笑曰："成汤相传数十世，尔等世受国恩，无故造反，侵夺关隘，反言天命人心，真是妖言惑众，不忠不孝之夫！吾今日到此，快快下马纳降，各还故土，尚待你等以不死；如有半字不然，那时拿住，定碎尸万段，悔无及矣。"（殷破败、雷开等人乃是商朝将军，死忠尚可理解。之前截教众人或受申公豹挑唆，或为报仇，与周军对战亦不为无故。但梅山七怪又为何而来？莫非又是天命运数？）子牙大骂曰："无知匹夫！你死于目前，尚不自知，犹自饶舌也！"

朱子真仗剑来取子牙。只见旁有南伯侯麾下副将余忠，此人不信道术，使狼牙棒，面如紫枣，三柳长髯，飞马大呼曰："此功留与我来取！"子牙见左哨来了余忠，一马当先，也不答话，使开棒夹头就打。朱子真手中剑劈面交还。步马相交，剑棒并举。未及二十合，朱子真转身就走。余忠随后赶来。（老套路了）子牙传令："擂鼓呐喊，以助军威。"余忠追来，未及一里之余。朱子真乃是妖魅，足下阴风簇拥，一派寒雾笼罩，故马亦追之不上。朱子真把身子立住，余忠马看看至近，子真回头，把口一张，一道黑烟喷出，笼罩其身，现出本相，一口把余忠咬了半段，（野猪吃人，在古代亦非罕见之事）余忠尸骸倒于马下。朱子真复现元身，回奔而来，大呼曰："姜子牙敢与吾立见雌雄么？"杨戬在旁，用照妖宝鉴一照，原来是一个大猪。杨戬把马催开，使三尖刀，从后面大喝曰："好业障少来！有吾在此！"使开刀，分顶门砍来。朱子真手中剑急架忙迎。步马相交，刀剑并举。

未及数合，朱子真抽身就走。杨戬随后赶来。朱子真如前，复现原身，将杨戬一口吃去。子牙见杨戬如此，传令回兵进营。

朱子真得胜，来见袁洪，袁洪大喜，治酒管待朱子真贺功。正饮之间，忽报："辕门有一杰士求见。"袁洪传令："令来。"少时，见一人面如傅粉，海下长髯，顶生二角，戴一顶束发冠，至帐下行礼毕，袁洪问曰："杰士何方人氏？"其人答曰："末将姓杨，名显，祖居梅山人氏。"此杰士乃是羊精也，借"杨"成姓，也是梅山一怪，俱是袁洪一起。只恐旁人看破，故此陆续而来，托姓借名，以掩众人耳目。（原来是故意装作不认识的。骗得了商军，诓不了杨戬手中的照妖宝鉴）

当日袁洪留在军中，赐坐饮酒。杨显与朱子真各自夸能斗胜，哓哓[1]不休。殷破败自思："此又是袁洪等一党妖孽耳！"默对雷开不语。只见大小将官正饮酒，方到二更时分，听得朱子真腹内有人言曰："朱道人！你可知道吾是谁？"朱子真惊得魂不附体，忙问曰："你是谁？你实在那里？"杨戬在腹内答曰："吾乃玉泉山金霞洞玉鼎真人门徒杨戬是也。今已在你腹中。你只知贪吃血食，不知在梅山吃了多少众生，今日你这业障恶贯罪盈，我把你的肝肠弄一弄！"把手在他心肝上一抠，朱子真大叫一声："痛杀我也！"口称："大仙饶了小畜罢！"（模仿孙悟空进到铁扇公主腹中的情节，不过少了些曲折与趣味）

杨戬曰："你是欲生，欲死？"朱子真曰："望上仙慈悲！小畜在梅山也不知费几许辛勤，采天地灵气，吸日月精华，方能修成人形。今不知分量，干犯天威，望乞恕饶，真再生之德也！"杨戬曰："你既要全生，你可速现原身，跪伏周营，吾当饶你性命；如不依吾言，我把你的心、肝、肺、腑都摘下你的来！"朱子真没奈何，有法也无

① 哓哓（xiāo xiāo）：争辩声。

处使，只得苦苦哀告。杨戬大叫曰："如若迟了，吾就动手！"

朱子真只得随现原形，是一个大猪，晃晃荡荡，走出辕门，就把袁洪急得抓耳挠腮，杨显恼得一天火发，有力也无有用处，只得听之而已。话说猪精走至周营辕门前跪伏，此时南宫适巡营，刚才四更，巡至辕门，只见一猪伏着，南宫适曰："此是民间豢养的，怎走至此间来？等到天明，叫原人领去。"（不贪民众家畜，周军军纪倒是严明）

杨戬在猪腹内大呼曰："南将军，报与姜元帅得知，此是梅山猪怪。今早见阵，是吾钻入他腹里，特地擒伏至此，快请元帅来辕门发落！"南宫适方悟，知是杨戬变化在他肚里，不觉大喜，忙进营门，至中军外帐，将云板敲响，请元帅升帐议事。内使传与子牙，子牙忙升帐。南宫适上帐启元帅曰："杨戬收伏梅山猪精，已在营门，请元帅发落。"子牙传令，命众将："掌上灯球火把出营。"不一时，一声炮响，子牙率领众诸侯齐出辕门，看时，果是一口大猪，跪伏在地。子牙问曰："你这业障，没来由，何苦自取杀身之祸！"杨戬在腹内应曰："请元帅施行，斩除此怪，以绝后患。"（方才还说饶人家性命，如今又催着行刑）子牙传令："命南宫适行刑。"南宫适手起一刀，将猪头斩落在地。杨戬借血光而出，现了自己真身。众诸侯无不欣羡①。子牙命将猪头挂在辕门号令。俱回营寨不表。

只见袁洪谓杨显曰："似此露出本相，成何体面！把吾辈在梅山千年道术，一代英名，俱成画饼，岂不愧哉！誓不与姜尚干休！"杨显曰："杨戬他恃自己有变化之术，不意朱子真误中奸计，若不复此恨，岂能再立于人世！"二人正彼此痛恨，忽辕门官报入中军："启元帅：有天使至，请令定夺。"袁洪忙出辕门，迎接天使。天使曰："奉天子敕，命送一贤士至军前听用。"袁洪接了旨意，打发天使去

① 欣羡：同"歆羡"。喜爱而羡慕。

了，复至中军坐下，命左右："令来将参谒。"

来将至中军参拜毕，袁洪亦问曰："将军何名？"来者答曰："末将姓戴，名礼，梅山人氏，闻纣主招贤，故不辞千里之远，特来效劳于麾下。"此怪也是梅山之狗精，恐怕被人识破，故此陆续而来，若为不知耳。（照妖宝鉴之下，不过掩耳盗铃之举而已）袁洪与众将曰："今日又添一贤士，定然与他决一雌雄。"随传令："放炮呐喊。"三军排队伍出营，请子牙答话。周营军政司报入中军："启元帅：有袁洪搦战。"子牙随带诸将出营。见袁洪走马至军前，子牙曰："袁洪，你不知时务，眼见覆军杀将，天意可知。今纣恶贯盈，人神共怒，谅尔不过区区螳臂[①]，敢与天下诸侯相拒哉！"袁洪笑曰："你偶尔得胜，便自矜夸，量你今日断然无生回之理。"问左右曰："谁与吾捉此反臣也？"左有杨显大呼曰："俟末将擒此反贼！"子牙看来将白面长须，顶生二角。怎见得，有赞曰：

顶上金冠生杀气，柳叶甲挂龙鳞砌。
头生双角气峥嵘，白面长须声更细。
梅山妖孽号羊精，也至孟津将身毙。
从来邪正到头分，何苦身投罗网地。（是啊，梅山七怪为何要来为纣王助战？）

话说杨显走马摇戟，冲杀过来。杨戬在旗门下用照妖鉴一照，却是一只羊精。杨戬收鉴，走马舞三尖刀，也不答话，接住厮杀。刀戟并举，杀在虎穴龙潭。二将正战之间，只见成汤营里一将，使两口

① 螳臂：语出《庄子·人间世》："汝不知夫螳螂乎？怒其臂以当车辙，不知其不胜任也。"比喻自不量力或微弱之力。

刀，飞奔前来，大叫曰："杨兄弟，吾来助尔一臂之力！"子牙旁有哪吒登风火轮，使开火尖枪迎来。怎见来的此怪，有诗为证。诗曰：

嘴尖耳大最蹊跷，遍体妖光透九霄。
七怪之中他是首，千年得道一神獒①。

话说哪吒用枪阻住，大呼曰："匹夫慢来！通名来，好记功劳簿。"来将答曰："吾乃袁洪副将戴礼是也。"

哪吒使开枪，劈胸就刺。戴礼双刀急架相还。轮马相交，刀枪并举，大战在一处。且说杨戬战杨显有二三十合，杨显拨马便走。杨戬赶来。杨显在马上吐出一道白光，连马罩住，现原身来伤杨戬。杨戬化一只白额斑斓猛虎。（羊入虎口，岂有生路）杨显见杨戬变了一只猛虎，已克治了他，急欲逃走，早被杨戬一刀砍为两段。杨戬割下羊头，大叫曰："启元帅：弟子又杀了梅山一怪也！"

戴礼与哪吒正酣战间，戴礼口内吐出一粒红珠，有碗口大小，望哪吒顶门打来。哪吒见势头凶恶，谅不能治伏，只得闪一枪，败下阵来。杨戬见哪吒失机，走马大呼曰："业障不得无礼！吾来也！"使开三尖刀来战戴礼。二人大战二十余合，戴礼拨马便走。杨戬纵马赶来。戴礼又吐出一粒红珠，现出光华，来伤杨戬。杨戬祭起哮天犬，飞在空中。此犬乃是仙犬，看见此珠，十分凶恶，竟让过他的珠，来奔戴礼。戴礼见仙犬奔来，正欲抽身逃走，早被哮天犬一口咬住，不能挣挫②。杨戬手起一刀，挥于马下。（二犬相斗，狗精岂是仙犬的对手？）有诗为证。诗曰：

① 神獒（áo）：猛犬。
② 挣挫：勉力摆脱。

梅山狗怪逞猖狂，炼宝伤人势莫当。
岂意仙犬能伏怪，红尘血染命空亡。

话说杨戬又杀了狗怪，掌鼓回营。子牙升帐，见杨戬屡破诸怪，大喜，庆贺杨戬不表。

且说袁洪回至中军，又见戴礼被戮，现出原形，心下甚是不乐。众将交头接耳，纷纷议论，十分没趣。忽辕门官来报："启元帅：辕门外有一大将求见。"袁洪传令："令来。"少时，令至帐前，见一人身高一丈六尺，顶生双角，卷嘴尖耳，金甲红袍，全身甲胄，十分轩昂，戴紫金冠，近前施礼。袁洪问曰："将军高姓？大名？"来将答曰："末将姓金，双名大升，祖贯梅山人氏。"此来者又是牛怪，用三尖刀，力大无穷，今来助袁洪，俱是梅山七怪之数。袁洪故问，以遮众人耳目。袁洪乃设酒管待。（七怪到来的经过，基本大同小异，又是作者惯用的写法，即同一套路反复出现）

次日，金大升上了独角兽，提三尖刀，至周营搦战。哨马报入中军："启元帅：成汤营有一大将请战。"子牙对众将问曰："谁见阵走一遭？"言未毕，旁有郑伦出而言曰："末将愿往。"子牙许之。郑伦上了金睛兽，拎降魔杵，出了营门，见对面一将，生的异样雄伟，郑伦问曰："来者何人？"金大升答曰："吾乃袁洪麾下副将金大升是也。尔是何人？快通名来。"郑伦答曰："吾乃总督五军上将军郑伦是也。吾观你异相非人，焉敢阻时雨之师，有逆天之罪！早早归周，共破独夫，以诛无道。如不知机，自取辱身之祸。"金大升大怒，催开独角兽，使三尖刀砍来。郑伦手中杵劈面相迎。二兽相交，大战数合。金大升乃是牛怪，腹内炼成一块牛黄，有碗口大小，（这般巨大的牛黄，若让药商们知道了，管你是怪是精，命都难保）喷出来，如火电一般。郑伦不及提防，正中脸上，打伤鼻孔，腮绽唇裂，倒撞下兽去，被金大升手起一刀，挥为两段。可怜！正是：

胸中奇术成何用，只落名垂在史篇。（方才提前哼一声就好了，自己看家本事怎么忘了用呢？无他，作者急于让还活着的《封神榜》上人赶紧死了）

话说金大升斩了郑伦，掌鼓回营。报马报入中军："启元帅：郑伦被汤营大将金大升所伤，请令定夺。"子牙闻报，着实伤悼，叹曰："郑伦屡建大功，自从苏侯归周，一路督粮，有功王室，岂知至此丧于无名下将之手，情实可伤！"子牙泪下如雨。有诗以吊之。诗曰：

胸中妙术孰能班，岂意遭逢丧此间！
惟有清风常作伴，忠魂依旧返家山。

话说子牙次日令下："谁为郑伦报恨走一遭？"旁有杨戬应声答曰："弟子愿往。"子牙许之。杨戬随即上马提刀，至成汤营前，坐名要金大升出来答话。少时，见成汤营内炮声响处，只见金大升坐独角兽，来至军前，大呼曰："来者通名！"杨戬曰："吾乃杨戬是也。你就是金大升么？"大升曰："然也。"杨戬舞刀直取。金大升手中三尖刀赴面来迎。二将俱是三尖刀，往来冲突，一场大战，有三十余合。杨戬先未曾用照妖鉴照他，不防金大升喷出牛黄，此宝犹如火块飞来。杨戬见来得太急，化一道金光，往正南而走。金大升随后赶来。

大升的独角兽来的快，杨戬忙取照妖鉴出来照时，却原来是个水牛。杨戬回身，正欲变化拿他，忽然前面一阵香风缥缈，异味芳馨，氤氲遍地，有五彩祥云，隐隐中一对黄幡飘荡，当中有一位道姑，跨青鸾而至。（又有大神要前来相助了，纣王如何是人家的对手？）旁有女童三四对，应声叫曰："杨戬早来见娘娘圣驾！"杨戬听说，乃向前抄手施礼曰："弟子杨戬参见娘娘。"那道姑曰："杨戬，吾非别神，乃女娲娘娘①是也。今见成汤数尽，周室当兴，吾特来助你降伏梅山之怪。"（几个妖精居然要女娲娘娘亲自前来收服，宛如女王御驾亲征抓小混混一般）令杨戬立于一旁，乃命青云女童："将此宝去把那业障牵来。"

青云女童接宝在手，只见金大升足踏阴云，提刀赶来。青云童儿上前拦住，大呼曰："那妖孽！娘娘圣驾在此，休得无礼！今奉娘娘法旨，特来擒你！"金大升大怒，将刀往上一举，劈面砍来。（自恃蛮力，无知至此）青云女童将伏妖索祭于空中，只见黄巾力士将金大升穿起鼻子来，用铜锤把金大升脊背上打了三四锤，一声雷响，金大升现出原身，乃是一匹水牛。杨戬向前倒身下拜："弟子杨戬愿娘娘圣寿无疆！"女娲曰："杨戬，你且将牛怪带回周营发落，我还助你收伏白猿精怪也。"

杨戬别了女娲娘娘，把牛牵着回来。且说子牙在中军，听报到："杨戬化一道金光往正南上去了。这大将赶去，不知凶吉。"子牙惊疑不定。哪吒曰："杨戬自有运用，元帅何必惊疑？"子牙曰："方今东伯侯人马未至，况有梅山七怪阻住吾师，使吾心下不能安然。"言未毕，只见报马来报："启元帅，杨戬回来。"子牙令至帐前，问其原故。杨戬把女娲娘娘收伏牛怪之事说了一遍，"今在辕门，请元帅发落。"子牙传令："请众诸侯齐至大营门，看吾号令此怪。"少时，

① 女娲娘娘：即"女娲氏"，神话中人类的始祖。传说人类是由她和伏羲兄妹相婚而产生，后来他们禁止兄妹通婚，制定婚礼。反映中国原始时代由血缘婚进步到族外婚的情况。又传说她曾用黄土造人，并炼五色石补天，折断鳌足支撑四极，积芦灰治平洪水，杀死猛兽，使人民得以安居。

众诸侯齐至辕门。子牙命牵过牛怪，用缚妖索将此怪缚在地下，令南宫适行刑。南宫适手起一刀，将牛头斩下。孟津河八十万人马齐声喝采。子牙命将牛头挂在旗竿上号令，掌鼓回营。却说袁洪已知梅山众弟兄俱被子牙所灭，欲前而不能进，欲后而不能退，着实无计，事属两难，心下甚是忧疑。（所以你们七个来这一趟，究竟为了啥？）不表。

只见子牙回营升帐，问杨戬曰："梅山绝了几怪？"杨戬掐指一算："启元帅：已灭了六怪。"子牙曰："今晚传与众诸侯：二更时分齐劫成汤大营。"又令杨戬："你可单劫袁洪，取巧降伏此怪，大事可定。"杨戬答曰："弟子同哪吒双去建功，更觉易于为力。"子牙许之，仍将众将分派已定，不表。却说袁洪在营中与参军殷破败、雷开二将议曰："今主上命吾等在此守御，此处周兵虽多，能者甚少，况连日朝歌不曾见有救兵，亦不曾见吾捷报，恐天子忧心，深属不便。"命中军具疏往朝歌，请天子速发援兵前来接应。中军官具表求救。

且说子牙亲乘坐骑，时至二更，一声炮响，周兵呐一声喊，齐杀进成汤营里去。正是：黑夜冲营无准备，三军无故受灾殃。

话说南伯侯鄂顺领二百诸侯，一齐奋勇当先。北伯侯崇应鸾冲杀进左营，李靖、韦护、雷震子冲杀进右营。杨戬、哪吒杀入大营，进中军来战袁洪。且说袁洪听得周将劫营，忙上马，使一根铁棍，方出中军，恰逢杨戬，也不答话，二马相交，只杀得愁云荡荡，惨雾纷纷。（也是以彼之道，还施彼身）怎见得，有诗为证。诗曰：

夜劫汤营神鬼惊，喊声齐发鼓锣鸣。
军兵奋勇谁堪敌，将士施威孰敢撄①。

① 撄（yīng）：接触，触犯。

破败无心贪恋战，雷开有意奔途程。

梅山七怪从今灭，扫荡妖氛宇宙清。

话说众诸侯齐杀入成汤营里，只杀的尸横绿野，血满沟渠，哀声惨切，不堪听闻。

只见杨戬大战袁洪，袁洪现出原身，起在半空，将杨戬劈头一棍，打得火星迸出。杨戬有七十二变，随化一道金光，起在空中，也照袁洪顶上一刀劈将下来。这袁洪也有八九工夫，随刀化一道白气，护住其身。杨戬大喝曰："梅山猴头，焉敢弄术！拿住你定要剥皮抽筋！"袁洪大怒曰："你有多大本领，敢将吾弟兄尽行杀害，我与你势不两立！必擒你碎尸万段，以报其恨！"他二人各使神通，变化无穷，相生相克，各穷其技，凡人世物件、禽兽，无不变化，尽施其巧，俱不见上下。（这袁洪的本领与形象，可是参考了孙悟空？这一段难免让人想起孙悟空当年大闹天宫时，与杨戬难分胜负的一战）袁洪暗思："此时其兵已攻破大营，料不能支，且将他诓上梅山，入吾巢穴，使他不能舒展，那时再擒他不难。"遂弃了大营，往梅山逃去不表。且说众诸侯追杀成汤残败人马，杀到天明，子牙鸣金收兵，众诸侯各自回营。正是：诸侯鞭敲金镫①响，子牙全胜进辕门。

话说杨戬见袁洪纵祥光前去，乃弃了马，亦纵步借土遁紧紧追赶。只见袁洪随变一块怪石立在路旁。杨戬正赶，忽然不见了袁洪，即运神光，定睛观看，已知袁洪化为怪石；随即变一石匠，手执锤钻，上前锤他。袁洪知他识破，便化阵清风往前去了。（这一段更像在模仿孙、杨之战了）如此两家各使神通，看看赶上梅山，忽的又不见了袁洪。杨戬上得梅山来，果然好景。怎见得，有诗为证。诗曰：

① 镫（dèng）：挂在鞍子两旁的脚踏。

梅山形势路羊肠，古柏乔松两岸旁。
飒飒阴风云雾长，妖魔假此匿行藏。

话说杨戬上了梅山，四面观望一遍，忽听得崖下一声响，窜出千百小猴儿，手执棍棒，齐来乱打杨戬。杨戬见众小猢猴左右乱打，情知不能取胜，不若脱身下山。杨戬化道金光去了。

方才转过一坡，只听一派仙乐之音，满地祥云缭绕，又见女娲娘娘驾临。杨戬俯伏山下，叩首曰："弟子杨戬不知娘娘圣驾降临，有失回避。望娘娘恕罪！"女娲曰："你虽是玉泉山金霞洞玉鼎真人门徒，善会八九变化，不能降伏此怪。吾将此宝授你，可以收伏此恶怪也。"杨戬叩首拜谢。女娲娘娘自回宫去了。杨戬将此宝展开看时，心中甚是欢喜。此宝乃山河社稷图。杨戬一一依法行之，悬于一大树上。杨戬复上梅山，依旧找寻原路。话说袁洪见杨戬复上梅山，乃大呼曰："杨戬，你此来是自送死也！"杨戬大笑曰："你今日谅无生理！"使开刀，直取袁洪。袁洪也使开棍赴面交还。

二人大战一会，杨戬转身就走。袁洪随后赶来。杨戬下了梅山，往前又走，忽见前面一座高山，杨戬径上了山。袁洪随赶上山来。不知此山乃女娲娘娘赐的山河社稷图变化的。袁洪赶上山来，入于圈内，再不能下山。杨戬将身一纵，下了山河社稷图，只见袁洪在山上左撺右跳。（这山河社稷图怎么看着那么像如来佛祖的手掌心？）不知性命如何，且听下回分解。

总批

梅山七怪，并无一个好看的。其略看得，不过一白猿而已，其余皆猪、狗、牛、羊，一窝畜类。当斯之时，真可谓无有天日，即后世之失天下，妖孽难兴，未有若此者也。纣恶可谓今古之极矣。

又批

杨戬降猪精，径钻入他腹内。虽然擒获有功，只是他大肠内一阵猪屎臭，何以为情。杨戬甚是伶俐，只此一节未得便宜。

第九十三回　金吒智取游魂关

金吒智取游魂關

导读：在梅山七怪中，袁洪算是相对来说塑造得比较丰满的形象。但是，细看之下却能明显感受到，袁洪的形象基本上是从孙悟空那里抄来的。例如他是猿猴修炼成精，会使宾铁棍，通晓八九玄功，习有七十二般变化，等等，几乎都来自于孙悟空的设定。至于袁洪后面在梅山与杨戬打斗时窜出千百小猴，明显是袭用了花果山的设定。女娲用山河社稷图收服袁洪，也颇像如来佛祖五指山的翻版。袁洪被斩杀多次不死，最后要用陆压道人的斩仙飞刀才能将其杀死，灵感似乎也来自孙悟空被抓后杀不死，被投入老君炼丹炉中的故事。而他与杨戬赌变化的一番争斗，也正是抄袭自《西游记》里孙悟空和二郎神赌变化一段。而且《西游记》浓墨重彩地写了双方你来我往的各种变化，十分精彩，前前后后一共有十来个变化。可到了《封神演义》这里，就轻飘飘地用一句“变化无穷，相生相克，各穷其技”就带了过去。对比作者之前对十绝阵每一阵都不厌其烦地描写，这里应该不是偷懒，而纯粹是编不出来了。既不能照抄《西游记》露了馅儿，再要重写一个同样长度（且不论精彩程度）的变化之斗来，确非易事。不过，对于能写出十绝阵、诛仙阵、九曲黄河阵的作者来说，似乎也不至于一句话带过。结合之前的怀疑，猜测可能是书商添入的内容。

诗曰：

斗柄看看又向东，窦荣枉自逞雄风。
金吒设智开周业，彻地多谋弄女红。
总为浮云遮晓日，故教杀气锁崆峒。
须知王霸终归主，枉使生灵泣路穷。

话说袁洪上了山河社稷图，如四象变化有无穷之妙，思山即山，思水即水，想前即前，想后即后，袁洪不觉现了原身。忽然见一阵香风扑鼻，异样甜美，这猴儿攛上树去一望，见一棵桃树，绿叶森森，两边摇荡，下坠一枝红滴滴的仙桃，颜色鲜润，娇嫩可爱。白猿看见，不觉忻羡[①]，遂攀枝穿叶，摘取仙桃下来，闻一闻，扑鼻馨香，心中大喜，一口吞而食之。（毕竟是个猴儿）方才倚松靠石而坐，未及片时，忽然见杨戬仗剑而至。白猿欲待起身，竟不能起。不知食了此桃，将腰坠下，早被杨戬一把抓住头皮，用缚妖索捆住，收了山河社稷图，望正南谢了女娲娘娘，将白猿拎着，径回周营而来。有诗单赞女娲授杨戬秘法，伏梅山七怪。诗曰：

悟道投师在玉泉，秘传九转妙中玄。
离龙坎虎分南北，地户天门列后先。
变化无端还变化，坤乾颠倒合坤乾。
女娲秘授真奇异，任你精灵骨已穿。

话说杨戬擒白猿来至辕门，军政官报入中军："启元帅：杨戬等

① 忻羡：犹喜好，想慕。

令。”子牙命：“令来。”杨戬来至中军，见子牙，曰：“弟子追赶白猿至梅山，仰仗女娲娘娘秘授一术，（其实仔细想来，以女娲娘娘之尊，这山河社稷图完全可以派一个弟子或侍女送来，何必自己亲自来送）已将白猿擒至辕门，请元帅发落。”子牙大喜，命：“将白猿拿来见我。”少时，杨戬将白猿拥至中军帐。子牙观之，见是一个白猿，乃曰：“似此恶怪，害人无厌，情殊痛恨！”令：“推出斩之！”

众将把白猿拥至辕门，杨戬将白猿一刀，只见猴头落下地来，颈项上无血，有一道青气冲出，颈子里长出一朵白莲花来；只见花一放一收，又是一个猴头。杨戬连诛数刀，一样如此，（似又是模拟孙悟空车迟国斗法砍头时的情景）忙来报与子牙。子牙急出营来看，果然如此。子牙曰：“这猿猴既能采天地之灵气，便会炼日月之精华，故有此变化耳。这也无难。”忙令左右排香案于中，子牙取出一个红葫芦，放在香几之上，方揭开葫芦盖，只见里面升出一道白线光，高三丈有余。子牙打一躬：“请宝贝现身！”须臾间，有一物现于其上，长七寸五分，有眉，有眼，眼中射出两道白光，将白猿钉住身形。子牙又一躬：“请法宝转身！”那宝物在空中，将身转有两三转，只见白猿头已落地，鲜血满流。众皆骇然。有诗赞之。诗曰：

此宝昆仑陆压传，秘藏玄理合先天。
诛妖杀怪无穷妙，一助周朝八百年。

话说子牙斩了白猿，收了法宝，众门人问曰：“如何此宝能治此巨怪也？”子牙对众人曰：“此宝乃在破万仙阵时，蒙陆压老师传授与我，言后有用他处，今日果然。（埋伏得好）大抵此宝乃用宾铁修炼，采日月精华，夺天地秀气，颠倒五行，至工夫圆满，如黄芽白雪，结成此宝，名曰‘飞刀’。此物有眉，有眼，眼里有两道白光，能钉人仙妖魅泥丸宫的元神，纵有变化，不能逃走。那白光顶上如风轮转一般，只一二转，其头自然落地。前次斩余元即此宝也。”众人无不惊叹：“乃武王之洪福，故有此宝来克治之耳。”

不言子牙斩了白猿，且说殷破败、雷开败回朝歌，面见纣王，备言：“梅山七怪化成人形，与周兵屡战，俱被陆续诛灭，复现原形，大失朝廷体面，全军覆没；臣等只得逃回。今天下诸侯齐集孟津，旌旗蔽日，杀气笼罩数百里。望陛下早安社稷为重，不可令诸侯一至城下，那时救解迟矣。”纣王着忙，急急设朝，问两班文武曰：“今周兵猖獗，如何救解？”众官钳口[1]不言。有中大夫飞廉出班奏曰：“今陛下速行旨意，张挂朝歌四门：如能破得周兵，能斩将夺旗者，官居一品。古云：‘重赏之下，必有勇夫。’（之前给众将许以裂土分茅之报，也没能挡住周军。官居一品和一方诸侯比起来，哪个是重赏？不过纣王此时纵然是想要裂土分茅，恐怕也无地可封了）况鲁仁杰才兼文武，令彼调团营人马，训练精锐，以待敌军，严备守城之具，坚守勿战，以老其师。今诸侯远来，利在速战。一不与战，以待彼粮尽，彼不战自走。乘其乱以破之，天下诸侯虽众，未有不败者也，此为上策。”纣王曰：“卿言甚善。”随传旨意，张挂各门，一面令鲁仁杰操练士卒，修理攻守之具不表。

且说金吒、木吒别了子牙，兄弟二人在路商议。金吒曰：“我二人奉姜元帅将令来救东伯侯姜文焕进关，若与窦荣大战，恐不利也。我和你且假扮道者，诈进游魂关反去协助窦荣，于中用事，使彼不疑，然后里应外合，一阵成功，何为不美？”木吒曰：“长兄言得甚善。”（纣王四下招贤，反倒给了他们潜入的机会）二人分付使命：“领人马先去报知姜文焕，我弟兄二人随后就来。”使命领人马去讫。金、

[1] 钳（qián）口：亦作“拑口”“箝口”。闭口不言。

木二吒随借土遁，落在关内，径至帅府前，金吒曰："门上的，传与你元帅得知，海外有炼气士求见。"

门官不敢隐讳，急至殿前启曰："府外有二道者，口称海外之士，要见老爷。"窦荣听说，传令："请来。"二人径至檐前，打稽首曰："老将军，贫道稽首了。"窦荣曰："道者请了。今道者此来，有何见谕？"金吒答曰："贫道二人乃东海蓬莱岛炼气散人孙德、徐仁是也。方才我兄弟偶尔闲游湖海，从此经过，因见姜文焕欲进此关，往孟津会合天下诸侯，以伐当今天子。此是姜尚大逆不道，以惶惑之言挑衅天下诸侯，致生民涂炭，海宇腾沸。此天下之叛臣，人人得而诛之者也。我弟兄昨观乾象[1]，汤气正旺，姜尚等徒苦生灵耳。吾弟兄愿出一臂之力，助将军先擒姜文焕，解往朝歌，然后以得胜之兵，掩诸侯之后，出其不意，彼前后受敌，一战乃成擒耳。正所谓'迅雷不及掩耳'，此诚不世出之功也。但贫道出家之人，固不当以兵戈为事，因偶然不平，故向将军道之，幸毋以方外术士之言见诮[2]可也。乞将军思之。"（一段话说得可谓是点水不漏，若是纣王本人听了，定然大喜，而后急忙任用）

窦荣听罢，沉吟不语。旁有副将姚忠厉声大呼曰："主将切不可信此术士之言！姜尚门下方士甚多，是非何足以辨？前日闻报，孟津有六百诸侯协助姬发。今见主将阻住来兵，不能会合孟津，姜尚故将此二人假作云游之士，诈投麾下，为里应外合之计。主将不可不察，毋得轻信，以堕其计。"（好厉害的眼力，居然完全看穿了二兄弟的计策）金吒听罢，大笑不止，回首谓木吒曰："道友，不出你之所料。"金吒复向窦荣曰："此位将军之言甚是。此时龙蛇混杂，是非莫辨，安

---

① 乾象：天象。旧以为天象变化与人事有关。

② 诮（qiào）：讥嘲。

知我辈不是姜尚之所使耳？在将军不得不疑。但不知贫道此来，虽是云游，其中尚有原故。因吾师叔在万仙阵死于姜尚之手，屡欲思报此恨，为独木难支①，不能向前；今此来特假将军之兵，上为朝廷立功，下以报天伦私怨，中为将军效一臂之劳，岂有他心？既将军有猜疑之念，贫道又何必在此琐琐②也！但剖明我等一点血诚③，自当告退。”

道罢，抽身就走，抚掌大笑而出。（故作洒脱离去之态，实则以退为进，令对方不得不信）窦荣听罢金吒之言，见如此光景，乃沉思曰：“天下该多少道者伐西岐，姜尚门下虽多，海外高人不少，岂得恰好这两个就是姜尚门人？况我关内之兵将甚多，若只是这两个，也做不得甚么事，如何反疑惑他？（万幸来的不是他们的弟弟，不然一个人就能闹翻你们整个游魂关）据吾看他意思，是个有道之士，况且来意至诚，不可错过。”忙令军政官赶去，速请道者回来。正是：武王洪福摧无道，故令金吒建大功。

话说军政官赶上金、木二吒，大呼曰：“二位师父，我老爷有请！”金吒回头，看见有人来请，对使者正色言曰：“皇天后土，实鉴我心。我将天下诸侯之首送与你们老爷，你老爷反辞而不受，却信偏将之疑，使我蒙不智之耻，如今我断不回去！”军政官苦苦一执不放，言曰：“师父若不回去，我也不敢去见老爷。”木吒曰：“道兄，窦将军既来请俺回去，看他怎样待我们。若重我等，我们就替他行事；如不重我等，我们再来不迟。”金吒方勉强应允。（一个红脸，一个白脸，可以各给他们颁一个“西岐奥斯卡奖”了）二人回至府前，军政

① 独木难支：同“一木难支”。谓一根木头支撑不住高大的房屋。比喻个人力量不能维持全局。

② 琐琐：形容声音细碎。亦谓絮语或多言。

③ 血诚：丹心，赤诚。

官先进府通报。窦荣命："快请来！"二人进府，复见窦荣，窦荣忙降阶迎接，慰之曰："不才与师父素无一面，况兵戈在境，关防难稽①，在不才副将不得不疑。只不才见识浅薄，不能立决，多有得罪于长者，幸毋过督②，不胜顶戴③！今姜尚聚兵孟津，人心摇撼；姜文焕在城下，日夜攻打，不识将何计可解天下之倒悬，擒其渠魁，殄其党羽，令万姓安堵④，望老师明以教我，不才无不听命。"（这是完全上套了，可惜，可惜）

金吒曰："据贫道愚见：今姜尚拒敌孟津，虽有诸侯数百，不过乌合之众，人各一心，久自离散。只姜文焕兵临城下，不可以力战，当以计擒之。其协从诸侯，不战而自走也。然后以得胜之师，掩孟津之后，姜尚虽能，安得预为之计哉！彼所恃者天下诸侯，而众诸侯一闻姜文焕东路被擒，挫其锋锐，彼众人自然解体；乘其离而战之，此万全之功也。"窦荣闻言大喜，慌忙请坐，命左右排酒上来。金、木二吒曰："贫道持斋，并不用酒食。"随在殿前蒲团而坐。窦荣亦不敢强。一夕晚景已过。

次日，窦荣升殿，聚众将议事，忽报："东伯侯遣将搦战。"窦荣对金、木二吒曰："今日东伯侯在城下搦战，不识二位师父作何计以破之？"金吒曰："贫道既来，今日先出去见一阵，看其何如，然后以计擒之。"道罢，忙起身提剑在手，对窦荣曰："借老将军捆绑手随吾压阵，好去拿人。"窦荣听罢大喜，忙传令："摆队伍，吾自去压阵。"（看来是把全部希望寄托在他们二人身上了）关内炮声响亮，三军呐喊，开放关门，一对旗摇，金吒提剑而来。怎见得，正是：窦荣

① 稽：考核，计数。
② 督：责备。
③ 顶戴：感恩。
④ 安堵：亦作"案堵""按堵"。安居，不受骚扰。

错认三山客，咫尺游魂关属周。

话说金吒出关，见东伯侯门旗脚下一员大将，金甲红袍，走马军前，大呼曰："来此道者，先试吾利刃也！"金吒曰："尔是何人？早通名来。"来将答曰："吾乃东伯侯麾下总兵官马兆是也。道者何人？"金吒曰："贫道是东海散人孙德。因见成汤旺气正盛，天下诸侯无故造反，吾偶闲游东土，见姜文焕屡战多年，众生涂炭，吾心不忍，特发慈悲，擒拿渠魁，殄灭群虏，以救众生。汝等知命，可倒戈纳降，尚能待尔等以不死；如若半字含糊，叫你立成齑粉！"（倒是好口才）言罢，纵步绰①剑来取马兆。马兆手中刀急架来迎。怎见金吒与马兆一场大战，有诗为证。诗曰：

纷纷戈甲向金城，文焕专征正未平。
不是金吒施妙策，游魂安得渡东兵。

话说金吒大战马兆，步马相交，有三二十合，金吒祭起遁龙桩，一声响，将马兆遁住。窦荣挥动兵戈，一齐冲杀。东兵力敌不住，大败而走。金吒命左右将马兆拿下，与窦荣掌得胜鼓进关。窦荣升殿坐下，金吒坐在一旁。窦荣令左右："将马兆推来。"众军士把马兆拥至殿前，马兆立而不跪。窦荣喝曰："匹夫！既被吾擒，如何尚自抗礼？"马兆大怒，骂曰："吾被妖道邪术遭擒，岂肯屈膝于你无名鼠辈耶！一死何足惜，当速正典刑，不必多说。"窦荣喝令："推出斩之！"金吒曰："不可。待吾擒了姜文焕，一齐解送朝歌，以法归朝廷，足见老将军不世之功，非虚冒之绩，不成两美哉？又何必责此偏将耳！"窦荣见金吒如此手段，说话有理，便倚为心腹，随传令：

① 绰（cháo）：通"抄"。抄取，抓取。

"将马兆囚在府内。"不表。（将欲取之，必先予之，不如此怎能骗得信任）

且说东伯侯姜文焕闻报，金吒将马兆拿去，姜文焕大喜："进关只在咫尺耳！"次日，姜文焕布开大队，摆列三军，鼓声大振，杀气迷空，来关下搦战。哨马报入关中，窦荣忙问金、木二吒曰："二位老师，姜文焕亲自临阵，将何计以擒之，则功劳不小。"金、木二吒慨然应曰："贫道此来，单为将军早定东兵，不负俺弟兄下山一场。"随即提剑在手，出关来迎敌。只见东伯侯姜文焕一马当先，左右分大小众将。怎生打扮，有赞为证。赞曰：

顶上盔，攒六瓣；黄金甲，锁子绊；大红袍，团龙贯；护心镜，精光焕；白玉带，玲花献；勒甲绦，飘红焰；虎眼鞭，龙尾半；方楞锏，宾铁煅；胭脂马，毛如彪；斩将刀，如飞电。千战千赢东伯侯，文焕姓姜千古赞。

话说金、木二吒大呼曰："反臣慢来！"姜文焕曰："妖道通名！"金吒答曰："吾乃东海散人孙德、徐仁是也。尔等不守臣节，妄生事端，欺心反叛，戕害生灵，是自取覆宗灭嗣之祸；可速倒戈，免使后悔。"

姜文焕大骂曰："泼道无知，仗妖术擒吾大将，今又巧言惑众，这番拿你，定碎尸以泄马兆之恨！"催开马，使手中刀，飞来直取。金吒手中剑赴面交还。步马相交，有七八回合，姜文焕拨马便走。金、木二吒随后赶来。约有一射之地，金吒对东伯侯曰："今夜二更，贤侯可引兵杀至关下，吾等乘机献关便了。"姜文焕谢毕，挂下钢刀，回马一箭射来。金、木二吒把手中剑望上一挑，将箭拨落在地。金吒大骂曰："奸贼！敢暗射吾一箭也！吾且暂回，明日定拿你以报一箭之恨！"金、木二吒回关，来见窦荣。窦荣问曰："老师为何不用宝贝伏之？”金吒答曰：“贫道方欲祭此宝，不意那匹夫拨马就走；贫道赶去擒之，反被他射了一箭。待贫道明日以法擒之。”

三人正在殿上讲议，忽后边报：“夫人上殿。”金、木二吒见一女将上殿，忙向前打稽首。夫人问窦荣曰：“此二位道者何来？”窦荣曰：“此二位道长乃东海散人孙德、徐仁是也，今特来助吾共破姜文焕。前日临阵，擒获马兆；待明日用法宝擒获姜文焕等，以得胜之师，掩袭姜尚之后，此长驱莫御之策，成不世之功也。”夫人笑曰：“老将军，事不可不虑，谋不可不周，不可以一朝之言倾心相信。倘事生不测，急切难防，其祸不小。望将军当慎重其事。古云：‘将欲取之，必固与之。’愿将军详察。”（这夫人见识了得，非是寻常闺阁女子可比）金、木二吒曰：“窦将军在上：夫人之疑，大似有理。我二人又何必在此，多生此一番枝节耶！即此告辞。”金、木二吒言毕，转身就走。窦荣扯住金、木二吒曰：“老师休怪。我夫人虽系女流，亦善能用兵，颇知兵法。他不知老师实心为纣，乃以方士目之，恐其中有诈耳。老师幸毋嗔怪，容不才赔罪。俟破敌之日，不才自有重报。”

金吒正色言曰：“贫道一点为纣真心，惟天地可表。今夫人相疑，吾弟兄若飘然而去，又难禁老将军一段热心相待，只等明日擒了姜文焕，方知吾等一段血诚。只恐夫人难与贫道相见耳。”（此话暗藏杀机）夫人不觉惭谢而退。窦荣与金吒议曰：“不知明日老师将何法擒此反臣，以释群疑，以畅众怀？”金吒曰：“明日会兵，当祭吾法宝，自然立擒姜文焕耳。文焕被擒，余党必然瓦解。然后往孟津会兵，以擒姜子牙，可解诸侯之兵也。”窦荣听说大喜，回内室安息。

金、木二吒静坐殿上。将至二更，只听得关外炮声大振，喊杀连天，金鼓大作，杀至关下，架炮攻打。有中军官入府，击云板，急报窦荣。窦荣忙出殿，聚众将上关，有夫人彻地娘子披挂提刀而出。金吒对窦荣曰：“今姜文焕恃勇，乘夜提兵攻城，出我等之不意。我等不若将计就计，齐出掩杀，待贫道用法宝擒之，可以一阵成功，早早奏捷。夫人可与吾道弟谨守城池，毋使他虞。”夫人听罢，满口应允：“道者之言，甚是有理。我与此位守关，你与此位出敌。我自料理城上，乘此黄夜，可以成功也。”（可怜女将军，落入陷阱中）正是：文焕攻关归吕望，金吒设计灭成汤。

话说窦荣听金吒之言，整点众将士，方欲出关，有夫人又言曰：“黄夜交兵，须是谨慎，毋得贪战，务要见机，不得落他圈套。将军谨记，谨记！”看官，这是彻地夫人留心防关，恐二位道者有变，故此叮咛嘱付耳。金吒见夫人言语真切，乃以目送情与木吒。木吒已解其意，只在临机应变而已，亦以目两相关会，随同彻地夫人在关上驻扎防卫。（彻地夫人甚有谋略见识，断不可留）只见窦荣开关，把人马冲出，窦荣在旗门脚下，见姜文焕滚至军前，窦荣大呼曰：“反臣！今日合该休矣！”姜文焕也不答话，仗手中刀直取窦荣。窦荣以手中刀赴面交还。二马相交，双刀并举。怎见得，有诗赞之。诗曰：

杀气腾腾烛九天，将军血战苦相煎。
扶王碧血垂千古，为国丹心勒万年。
文焕归周扶帝业，窦荣尽节丧黄泉。
谁知运际风云会，八百昌期兆已先。

话说窦荣挥动众将，两军混战，只杀得天愁地暗，鬼哭神嚎，刀枪响亮，斧剑齐鸣，喊杀之声振地，灯笼火把如同白昼，人马凶勇似海沸江翻。且言金吒纵步，在军中混战，观见东伯侯带领二百镇诸侯围将上来，金吒急祭起遁龙桩，一声响，先将窦荣遁住。不知老将军性命若何，且听下回分解。

总批

陆压所用曰飞刀，能诛人神仙怪，可谓神矣。但还有形迹，又有葫芦盛贮，似觉费手，不若汉唐时有剑仙，更为神妙。彼剑仙所炼神剑，或藏于脑门，或藏于耳后，或藏于两血脉中。乘之如御五方之气，倏忽千里，用之，意之所至，无不如之。其神剑之来，若电光之影，其人神仙怪之首，自然落地，顷刻化为乌有。惟血余难化，用寒石水点之，泯然无迹。神矣哉！此飞刀若居其次。

又批

金、木二吒，设智诓关，计亦为奇。而彻地娘子累能识破，无不道着膏肓。其如窦荣不听，竟堕术中。若此夫者，真该一棒打杀；若此妇，当奉之八宝座上，拜之为师。

第九十四回　文焕怒斩殷破败

文煥怒斬殷破敗

导读：武王伐纣究竟带了多少兵马？在《封神演义》中，武王麾下的兵马可称庞大，天下八百诸侯，小诸侯不计，“共合人马一百六十万”。这个数量不要说在人口稀少的上古时期，就是在今天也是相当庞大的规模。不过，这毕竟是小说家言，小说戏曲中动辄百万大军，不足为奇。但是史书中的记载也有令人难解的地方，据《史记·周本纪》所载，武王伐纣时的人马是“戎车三百乘，虎贲三千人，甲士四万五千人，以东伐纣”。这个部队数量还是合理的。而且在其他史料中，对于武王兵力的记载也基本上与《周本纪》大同小异。《逸周书·克殷解》记录的数目更具体一些，总计有戎车三百五十乘、虎贲三千五百人、士卒三万六千三百五十人，相差也不多。但对于纣王这边的兵力，《周本纪》的记载就很可疑了：“帝纣闻武王来，亦发兵七十万人距武王。”这个“七十万”和小说里“一百六十万”的夸张程度可以说不相上下了。

可能后人也觉得这个“七十万”太过夸张，因此想出各种理由解释弥缝。比如晋代皇甫谧在《帝王世纪》中就说，这七十万不光是纣王的军队，还有“同恶诸侯五十国”，一共七十万。但很显然，如果纣王集合的诸侯能有七十万人马，那武王大会诸侯后的兵马必然不会只有那么一点。还有的人解释说，“七十万”是流传过程中的抄写错误，应该是“十七万”。但即便是“十七万”，对于当时的纣王来说，也是一个不可能凑出的数量。从后来考古的情况推断，当时殷都的总人口可能也就二十二三万的样子，纣王就算将所有青壮年全部强行征募，加上原有的部队，驰援的军队，以及释放的奴隶等，至多也就是十二三万，只会少不会多。

诗曰：

兵马临城却讲和，诸侯岂肯罢干戈。
殷汤德业八荒尽，周武仁风四海歌。
大厦将倾谁可负，溃痈已破孰能荷！
荒淫到底成何事，尽付东流入海波。

话说金吒祭起遁龙桩，将窦荣遁住，早被姜文焕一刀挥为两段。可怜守关二十年，身经数百战，善守关防，不曾失利，今日被金吒智取杀身！正是：争名树业随流水，为国孤忠若浪萍。（前一句倒还罢了，后一句岂不是教人莫做忠臣，这不正与作者秉持的绝对忠君观念相矛盾吗?）

话说姜文焕斩了窦荣，三军呐喊。只见木吒在关上见东伯侯率领诸侯鏖战①，声势大振，在城敌楼上暗暗祭起吴钩剑去，此剑升于空中，木吒暗曰："请宝贝转身！"那剑在空中如风轮一般，连转三二转，可怜彻地夫人，正是：油头粉面（此四字用得极不得体）成虚话，广智多谋一旦休。

话说木吒暗祭吴钩剑，斩了彻地夫人，在关上大呼曰："吾是木吒在此，奉姜元帅将令，来取此关。今主将皆已伏诛，降者免死，逆者无生！"众皆拜伏于地。金吒已知兄弟献关，同东伯侯姜文焕杀至关下。木吒令左右开关迎接。人马进了关，姜文焕查盘府库，安抚百姓，放了被禁马兆，感谢金、木二吒。金吒曰："贤侯速行，吾等先往孟津，报与姜元帅。贤侯不可迟误戊午之辰，以应上天垂象之兆。"姜文焕曰："谨如二位师父大教。"（二吒皆是少年，被一方伯侯如

① 鏖（áo）战：激战，苦战。

此敬重，这场景想来也是有趣）金、木二吒辞了姜文焕，驾土遁往孟津前来。且说子牙在孟津大营，与二路大诸侯共议：“三月初九日乃是戊午之辰，看看至近，如何东伯侯尚未见来？奈何！奈何！”正商议间，忽报：“金、木二吒在辕门等令。”子牙传令：“令来。”金、木二吒来至中军行礼毕，乃曰：“奉元帅将令，往游魂关，诈为云游之士，乘机取关。”把前事如此如彼尽说了一遍，“今弟子先来报与元帅，东伯侯大兵随后至矣。”子牙闻说，大喜，深羡二人用计，乃曰：“天意响应，不到戊午日，天下诸侯不能齐集。”（反复提及戊午日，只为证明天意，于情节推动而言似无必要）

话说东伯侯大兵那一日来至孟津。哨马报入中军：“启元帅：东伯侯至辕门等令。”子牙传令：“请来。”姜文焕带领二百镇诸侯进中军，参谒子牙。子牙忙迎下座来。彼此温慰一番。姜文焕又曰：“烦元帅引见武王一面。”子牙同姜文焕进后营，拜见武王不表。此时天下诸侯共有八百，各处小诸侯不计，共合人马一百六十万。（小说中的兵马数量当不得真。真实历史上武王伐纣的兵马数量，连这零头都没有）

子牙在孟津祭了宝纛旗幡，一声炮响，整人马望朝歌而来。怎见得，有诗为证。诗曰：

征云迷远谷，杀气振遐方①。
刀枪如积雪，剑戟似堆霜。
旌旗遮绿野，金鼓震空桑。
刁斗传新令，时雨庆壶浆。
军行如骤雨，马走似奔狼。
正是：吊民伐罪兵戈胜，压碎群凶福祚长。

① 遐方：远方。

话说天下诸侯领人马正行，只见哨马报入中军曰："启元帅：人马已至朝歌，请元帅军令定夺。"子牙传令："安下大营。"三军呐喊，放定营大炮。

只见守城军士报入午门，当驾官启奏曰："今天下诸侯兵至城下，扎下行营，人马共有一百六十万，其锋不可当，请陛下定夺。"纣王听罢大惊，随命众官保驾上城，看天下诸侯人马。怎见得，有赞为证：

> 行营方正，遍地兵山。刁斗传呼，威严整肃。长枪列千条柳叶，短剑排万片冰鱼。瑞彩飘飖①，旗幡色映似朝霞；寒光闪灼，刀斧影射如飞电。竹节鞭悬豹尾，方楞锏挂龙梢。弓弩排两行秋月，抓锤列数队寒星。鼓进金退，交锋士卒若神威；癸呼庚应②，递传粮饷如鬼运。画角幽幽，人声寂寂。真是：堂堂正正之师，吊民伐罪之旅。

话说纣王看罢子牙行营，忙下城登殿，坐问两班文武，言曰："方今天下诸侯会兵于此，众卿有何良策以解此危？"鲁仁杰出班奏曰："臣闻：'大厦将倾，一木难扶。'目今库藏空虚，民日生怨，军心俱离，总有良将，其如人心未顺何！虽与之战，臣知其不胜也。不若遣一能言之士，陈说君臣大义，顺逆之理，令其罢兵，庶几可解此危。"纣王听罢，沉吟半晌。（鲁仁杰所言，实乃当下唯一良策。纣王未必不知，只是颜面上过不去，故而沉吟）只见中大夫飞廉出班奏曰："臣闻：'重赏之下，必有勇夫。'况都城之内，环堵百里，其中岂无豪

---

① 飘飖：同"飘摇"。飞扬，飘荡。
② 癸呼庚应：原是军中乞粮的隐语。癸庚，军粮的隐语。

杰之士隐踪避迹者于其间，愿陛下急急求之，加以重爵崇禄而显荣之，彼必出死力以解此危，（之前便如此说，勇夫来否？）况城中尚有甲兵十数万，粮饷颇足。即不然，令鲁将军督其师，背城一战，雌雄尚在未定之天。岂得骤以讲和示弱耶！”纣王曰：“此言甚是有理。”一面将圣谕张挂榜篷，一面整顿军马不表。

且说朝歌城外离三十里地方，有一人，姓丁，名策，乃是高明隐士。正在家中闲坐，忽听得周兵来至，围了朝歌，丁策叹曰：“纣王失德，荒淫无道，杀忠听佞，残害生灵，天愁人怨，故贤者退位，奸佞盈廷。今天下诸侯会兵至此，眼见灭国，无人替天子出力，束手待毙而已。平日所以食君之禄，分君之忧者安在！想吾丁策，昔日曾访高贤，传吾兵法，深明战守，意欲出去舒展生平所负，以报君父之恩；其如天命不眷，万姓离心，大厦将倾，一木如何支撑？可怜成汤当日如何德业，拜伊尹，放桀于南巢，相传六百余年，贤圣之君六七作，今一旦至纣而丧亡，令人目极时艰，不胜嗟叹！”

丁策乃作诗一首以叹之。诗曰：

“伊尹成汤德业优，南巢放桀冠诸侯。
谁知三九逢辛纣，一统华夷尽属周。”（知天命，识时务，确是“高明隐士”）

话说丁策作诗方毕，只见门外有人进来，却是结盟弟兄郭宸。二人相见，施礼坐下。丁策问曰：“贤弟何来？”郭宸答曰：“小弟有一事特来与长兄商议。”丁策曰：“有何事？请贤弟见教。”郭宸曰：“方今天下诸侯都已会集于此，将朝歌围困，天子出有招贤榜文。小弟特请长兄出来，共辅王室。况长兄抱经济之才，知战守之术，一出仕于朝，上可以报效于朝廷，显亲扬名，下不负胸中所学。”（之前纣王也曾几次出榜招贤，为何当时不去，岂是惧怕那梅山七怪？）

丁策笑曰："贤弟之言虽则有理，但纣王失政，荒淫不道，天下离心，诸侯叛乱，已非一日；如大痈既溃，命亦随之，虽有善者，亦未如之何矣。你我多大学识，敢以一杯之水救车薪之火哉！况姜子牙乃昆仑道德之士，又有这三山五岳门人，徒送了性命，不为可惜耶？"郭宸曰："兄言差矣！吾辈乃纣王之子民，食其土而践其茅，谁不沐其恩泽，国存与存，国亡与亡，此正当报效之时，便一死何惜，为何说此不智之言？况吾辈堂堂丈夫，一腔热血，不向此处一洒，更何待也。若论俺弟兄胸中所学，讲甚么昆仑之士，理当出去解天子之忧耳。"（如此愚忠，哪个君王不爱？）丁策曰："贤弟，事关利害，非同小可，岂得造次，再容商量。"

二人正辩论间，忽门外马响，有一大汉进来。此人姓董，名忠，慌忙而入。丁策看董忠入来，问曰："贤弟何来？"董忠曰："小弟特来请兄同佐纣王，以退周兵。昨日小弟在朝歌城见招贤榜文，小弟大胆将兄名讳连郭兄、小弟，共是三人，齐投入飞廉府内。飞廉具奏纣王，令明早朝见。今特来约兄等明早朝见。古云：'学成文武艺，货与帝王家。'况君父有难，为臣子者忍坐视之耶！"丁策曰："贤弟也不问我一声，就将我名字投出去，此事干系重大，岂得草率如此？"董忠曰："吾料兄必定出身报国，岂是守株待兔之辈！"（此非慷他人之慨乎？丁策交友不慎矣）郭宸欢然大笑曰："董贤弟所举不差，我正在此劝丁兄，不意你先报了名。"丁策只得治酒管待。三人饮了一宵，次早往朝歌来。正是：痴心要想成梁栋，天意扶周怎奈何！

话说丁策三人，次日来至午门候旨。午门官至殿上奏曰："今有三贤士在午门候旨。"纣王命："宣三人进殿。"午门官至外面传旨，三人闻命进殿，望驾进礼称臣。王曰："昨飞廉荐卿等高才，三卿必有良策可退周兵，辅朕之社稷，以分朕忧。朕自当分茅列土，以爵卿等。朕决不食言。”丁策奏曰：“臣闻：‘战，危事也。圣王不得已而用。’今周兵至此，社稷有累卵之危，我等虽幼习兵书，固知战守之宜，臣等不过尽此心报效于陛下，其成败利钝，非臣等所逆料①也。愿陛下敕所司，以供臣等取用，毋令有掣肘之虞。臣等不胜幸甚！”纣王大喜，封丁策为神策上将军，郭宸、董忠为威武上将军，随赐袍带，当殿腰金衣紫，赐宴便殿。三将谢恩。次早参见鲁仁杰。鲁仁杰调人马出朝歌城来。有词为证，词曰：

御林军卒出朝歌，壮士纷纷击鼓鼍。千里愁云遮日色，数重怨气障山窝。被铠甲，荷干戈，人人踊跃似奔波。诸侯八百皆离纣，枉使儿郎丧网罗。（败局已定）

话说鲁仁杰调人马出城安营。只见探马报入中军：“启元帅：成汤遣大兵在城外，立下营寨，请令施行。”子牙传令：“命众将出营，至成汤营前搦战。”只见探马报入中军：“有周营大队人马讨战。”鲁仁杰闻报，亲自带领众将出辕门，见子牙乘异兽，两边摆列三山五岳门人。只见哪吒登风火轮，提火尖枪，立于左手；杨戬仗三尖刀，淡黄袍，骑白马，立于右手；雷震子、韦护、金吒、木吒、李靖、南宫适、武吉等一班排立；众诸侯济济师师，大是不同。正是：扶周灭纣姜元帅，五岳三山得道人。（丁策等人，如何是其对手？）

话说鲁仁杰一马当先，大呼曰：“姜子牙请了！”子牙在四不相上欠背打躬，问曰：“来者是谁？”鲁仁杰曰：“吾乃纣王驾下总督兵马大将军鲁仁杰是也。姜子牙，你既是昆仑道德之士，如何不遵王

① 逆料：预料，预测。

化，构合①诸侯，肆行猖獗，以臣伐君，屠城陷邑，诛君杀将，进逼都城，意欲何为？千古之下，安能逃叛逆之名，欺君之罪也！今天子已赦尔往愆，不行深究。尔等可速速倒戈，撤回人马，各安疆土，另行修贡。天子亦以礼相看。（只求退兵，不敢再言问罪之事）如若执迷，那时天子震怒，必亲率六师，定捣其穴，立成齑粉，悔之何及！”（色厉内荏矣）子牙笑曰：“你为纣王重臣，为何不察时务，不知兴亡？今纣王罪恶贯盈，人神共怒，天下诸侯会兵驻此，亡在旦夕，子尚欲强言以惑众也。昔日成汤德日隆盛，夏桀暴虐，成汤放于南巢，伐夏而有天下，至今六百余年。至纣之恶，过于夏桀，吾今奉天征讨而诛独夫，公何得尚执迷如此，以逆天时哉！今天下诸侯会兵在此，止弹丸一城，势如累卵，犹欲以言词相尚，公何不智如此！”鲁仁杰大怒曰：“利口匹夫！吾以你为老成有德之人，故以理相论，汝犹恃强妄谈彼长哉！独不思以臣伐君，遗讥万世耶！”（若武王伐纣便是叛逆，那当年商汤伐夏桀又作何讲？）回顾左右曰：“谁为吾擒此逆贼？”后有一将大呼曰：“吾来也！”纵马舞刀，飞来直取子牙。

子牙旁有南宫适冲将过来，与郭宸截住厮杀。二马相交，双刀并举。两下擂鼓，杀声大振。丁策在马上也摇枪冲杀过来助战。这壁厢武吉走马抵住交锋。战未有二十余合，有南伯侯鄂顺飞马直冲过来截杀。那边有董忠敌住。子牙营左边恼了一路诸侯，乃是东伯侯姜文焕，磕开紫骅骝，走马刀劈了董忠，（欲做逆天数、背人情的英雄，便是这等下场）使发钢锋，好凶恶！怎见得好刀，有诗为证。诗曰：

怒发冲冠射碧空，钢刀闪灼快如风。
旗开拱手姜文焕，一怒横行劈董忠。

① 构合：交结，勾结。

话说东伯侯走马刀劈董忠，在成汤阵前，凶如猛虎，恶似狼豺。子牙左右有哪吒大叫曰："吾等进五关不曾见大功，今日至都城大战，难道束手坐观成败耶！"言罢，随登开风火轮，摇火尖枪，冲杀过来。杨戬也纵马摇刀，直杀过阵内。这壁厢鲁仁杰纵马摇枪敌住。两家混战，只杀得天愁地暗，鬼哭神嚎。哪吒大战丁策，郭宸也来助战。只听得鼓振乾坤，旗遮旭日。哪吒祭起乾坤圈，正中丁策。可怜！（杀丁策者，董忠也）正是：明知昏主倾邦国，冥下含冤怨董忠。话说哪吒打死丁策，郭宸落荒，被杨戬一刀劈于马下。鲁仁杰料不能取胜，随败进行营。子牙鸣金收军。

却说鲁仁杰报入城中，连折三将，大败一阵。纣王闻报，心中甚闷，与众臣共议曰："今周兵驻师城外，兵败将亡，不能取胜，国内无人，为之奈何？"旁有殷破败奏曰："今社稷有累卵之危，万姓有倒悬之急，朝野无人，旦夕莫待，臣与姜子牙有半面之识，舍死至周营，晓以君臣大义，劝其罢兵，令天下诸侯解释，各安本土，或未可知。如其不然，臣愿骂贼而死。"纣王从其言，使殷破败往周营说之。（早从鲁仁杰、殷破败之策，或许还有转圜余地，经此一战，除死方休）

殷破败领旨出城，来至周营，命左右通报。只见中军官进营，来见子牙，启曰："成汤差官至营门，请令定夺。"子牙传令："令来。"殷破败随令而入，进了大营，好齐整！只见两边列坐天下诸侯，中军帐上坐姜子牙。殷破败上帐曰："姜元帅，末将殷破败甲胄在身，不能全礼。"子牙忙欠身迎曰："殷老将军此来有何见谕？"殷破败曰："末将别元帅已久，不意元帅总六师之长，为诸侯之表率，真荣宠崇耀，令人惊羡！今特来参谒，有一言奉告，但不知元帅肯容纳否？"子牙曰："老将军有何事见教？但有可听者，无不如命；如不可行者，亦不必言。幸老将军谅之。"

子牙命赐坐，殷破败逊谢，坐而言曰："末将尝闻，天子之尊，上等于天，天可灭乎？又法典所载：‘有违天子之制而擅专征伐者，是为乱臣。乱臣者，杀无赦。有构会群党谋为不轨，犯上无君者，此为逆臣。逆臣者，则族诛。天下人人得而讨之。’昔成汤以至德，沐风栉雨①，伐夏以有天下，相传至今，六百余年，则天下之诸侯、百姓，皆世受国恩，何人不非纣之臣民哉！今不思报本，反倡为乱首，率天下诸侯相为叛乱，残贼生灵，侵王之疆土，覆军杀将，逼王之都城，为乱臣逆臣之尤，罪在不赦。千古之下，欲逃篡弑之名，岂可得乎？末将深为元帅不取也！以末将愚见：元帅当屏退诸侯，各还本国，各修德业，毋令生民涂炭。天子亦不加尔等之罪，惟勤修政事，以乐天年，则天下受无疆之福矣。不识元帅意下如何？”（说来说去，还是一套车轱辘话来回讲。难不成以为新引了几条“法典”就能吓退众军吗？）

子牙笑曰：“老将军之言差矣！尚闻：‘天下者非一人之天下，乃天下人之天下也。’（这一句，见于《六韬》，本就是姜太公的话）故天命无常，惟眷有德，昔尧帝有天下而让于舜；虞帝复让于禹；禹相传至桀而荒怠朝政，不修德业，遂坠夏统。成汤以大德得承天命，于是放桀而有天下，传至今。岂意纣王罪甚于桀，荒淫不道，杀妻诛子，剖贤人之心，炮烙谏官，虿盆宫女，囚奴正士，醢戮大臣，斫朝涉之胫，刳剔孕妇，三纲尽绝，五伦有乖，天怒民怨，自古及今，罪恶昭著未有若此之甚者。语云：‘贼仁者，谓之贼；贼义者，谓之残。残贼之人，谓之一夫。’（此孟子之言，“闻诛一夫纣矣，未闻弑君也”，见《孟子·梁惠王下》）乃天下所共弃者，又安得谓之君哉！今天下诸侯共伐无道，正为天下洗此凶残，救民于水火耳，实有光于成汤。故奉天之罚者，谓之天吏，岂得尚拘之以臣伐君之名耶？”

---

① 沐风栉雨：即“栉风沐雨”，以风梳发，以雨洗头。形容旅途奔波的辛劳。

殷破败见子牙一番言词，凿凿有理，知不可解，自思："不若明目张胆，慷慨痛言一番，以尽臣节而已。"（原以为会有一番高论，没想到只是临危一死报君王而已）乃大言曰："元帅所说，乃一偏之言①，岂至公②之语！吾闻：君父有过，为臣子者必委曲周旋谏诤之，务引其君于当道。如甚不得已，亦尽心苦谏，虽触君父之怒，或死，或辱，或缄默③以去，总不失忠臣孝子之令名。未闻暴君之过，扬父之恶，尚称为臣子者也。元帅以至德称周，以至恶归君，而尚谓之至德者乎？昔汝先王被囚羑里七年，蒙赦归国，愈自修德，以达君父知遇之恩，未闻有一怨言及君。至今天下共以大德称之。不意传之汝君臣，构合天下诸侯，妄称君父之过，大肆猖獗，屠城陷邑，覆军杀将，白骨盈野，碧血成流，致民不聊生，四民废业，天下荒荒，父子不保，夫妻离散。此皆汝等造这等恶业，（真真是无羞无耻，颠倒因果之胡言）遗羞先王，得罪于天下后世，虽有孝子慈孙，焉能盖其篡弑④之名哉！况我都城，尚有甲兵十余万，将不下数百员，倘背城一战，胜负尚未可知，汝等岂就藐视天子，妄恃己能耶？"

左右诸侯听殷破败之言，俱各大怒。子牙未及回言，只见东伯侯姜文焕带剑上帐，指殷破败大言曰："汝为国家大臣，不能匡正其君，引之于当道，今已陷之于丧亡，尚不自耻，犹敢鼓唇弄舌⑤于众诸侯之前耶？真狗彘不若，死有余辜！还不速退，免尔一死！"子牙急止之曰："两国相争，不禁来使。况为其主，何得与之相争耶？"姜文焕尚有怒色。殷破败被姜文焕数语，骂得勃然大怒，立起骂曰："汝

① 一偏之言：意思是单方面的话，片面的看法。
② 至公：极公正。
③ 缄（jiān）默：闭口不言。
④ 篡弑（cuàn shì）：犹篡杀，谓弑君篡位。
⑤ 鼓唇弄舌：同"摇唇鼓舌"。意思是耍嘴皮，嚼舌头。形容凭口舌挑拨、煽动或进行游说。

父构通皇后，谋逆天子，诛之宜也。汝尚不克修德业，以盖父愆，反逞强恃众，肆行叛乱，真逆子有种。吾虽不能为君讨贼，即死为厉鬼，定杀汝等耳！”（直如泼妇骂街矣）姜文焕被殷破败之骂，一腔火起，满面烟生，执剑大骂曰：“老匹夫！我思吾父被醢，国母遭害，俱是你这一班贼子播弄[①]国政，欺君罔上，造此祸端！不杀你这老贼，吾父何日得泄此沉冤于地下也！”骂罢，手起一刀，挥为两段。（大快人心）及至子牙止之，已无济矣。

众诸侯齐曰：“东伯姜君侯斩此利口匹夫，大快人意！”子牙曰：“不然。殷破败乃天子大臣，彼以礼来讲好，岂得擅行杀戮，反成彼之名也。”姜文焕曰：“这匹夫敢于众诸侯之前鼓唇摇舌，说短论长[②]，又叱辱[③]不才，情殊可恨。若不杀之，心下郁闷。”子牙曰：“事已至此，悔之无及。”命左右将破败之尸抬出，以礼厚葬，打点进兵。不知后事如何，下回分解。

总批

兵临城下，而欲讲和罢兵，此临时抱佛脚之计。十无一济。只殷破败敢于明目张胆，畅明君臣大义，自是万古不泯，亦伟然哉。

又批

丁策分明欲躬耕畎亩，保全乱世，可谓识时俊杰。无奈董忠孟浪，平空送了三个性命，可恨！可恨！大抵天下事，贪爵慕禄者，未有不坠于彀中。信乎！香饵之下，必有死鱼。

① 播弄：挑拨，摆布操纵。
② 说短论长：同“说长道短”。指议论别人的好坏是非。
③ 叱（chì）辱：意思是斥责侮辱。

第九十五回　子牙暴纣王十罪

子牙暴紂王十罪

导读：这一回中，姜子牙集中宣布了纣王的十款大罪，桩桩件件俱是罪大恶极。这固然是小说家言，但却符合大众心中纣王的形象。而且十款大罪中有不少还是有依据的，例如诛戮忠良、设置炮烙、宠信妲己、任用奸佞、酒池肉林等等，都见于《史记·殷本纪》。而他活剖孕妇等令人发指的行为，也见于《墨子》《淮南子》等书。但是，纣王这些罪行都出自战国秦汉的文献，在更早的史料中反而不见记载。在《尚书·牧誓》中，周武王亲自宣布的纣王之罪只有这么几条：听信宠妃、不修祭祀、离弃亲族、收留任用罪人。如果纣王真的曾有过之前所说的那些大罪，武王应该不会替他遮掩。当然，也有可能由于时代观念的不同，后世以为的大罪在商周之际未必就那么罪大恶极。不过，纣王的罪恶实际上不像后世描述的那样深重，则是可以肯定的。在《论语·子张》中子贡曾说："纣之不善，不如是之甚也。是以君子恶居下流，天下之恶皆归焉。"点明了纣王罪恶被不断加深加重，直至近乎变态不可理喻的根本原因，那就是纣王在后世成为了一个"箭垛式"的人物，所有关于暴君、昏君的想象都被加诸他的身上，成为游说或劝谏君王的重要例证。

诗曰：

纣王无道类穷奇，十罪传闻万世知。
敲骨剖胎黎庶惨，虿盆炮烙鬼神悲。
西风夜吼啼玄鸟，暮雨朝垂泣子规①。
无限伤心题往事，至今青史不容私。

话说子牙命左右将殷破败尸首抬出营去，于高阜处以礼安葬毕，令众将攻城。只见纣王在殿上与众文武议事，忽午门官来启奏："殷破败因言触忤姜尚被害，请旨定夺。"纣王大惊。旁有殷破败之子哭而奏曰："'两国相争，不斩来使。'岂有擅杀天使？欺逆之罪，莫此为甚！臣愿舍死以报君父之仇！"（父仇当报，君则不必）纣王慰之曰："卿虽忠荩可嘉，须要小心用事。"殷成秀点人马出城，杀至周营搦战。子牙在营中，正议攻城，只见报马报入城中："有将讨战。"子牙问："谁去见阵走一遭？"有东伯侯出班曰："末将愿往。"子牙许之。

姜文焕调本部人马，出了辕门，见是殷成秀，姜文焕乃曰："来者乃是殷成秀？你父不谙时务，鼓唇摇舌，触忤姜元帅，吾故诛之。你今又来取死也！"殷成秀大怒，骂曰："大胆匹夫！'两国相争，不斩来使。'吾父奉天子之命，（如今还有几人认这个天子）通两国之好，反遭你这匹夫所害。杀父之仇，不共戴天，定拿你碎尸万段，以泄此恨！"骂罢，纵马舞刀，飞来直取。姜文焕手中刀赴面交还。二马相交，双刀并举。有赞为证。赞曰：

① 子规：亦称"子嶲"。杜鹃鸟的别称。

二将交锋势莫当，征云片片起霞光。这一个生心要保真命主，那一个立志还从侠烈王。这一个刀来恍似三冬雪，那一个利刃犹如九秋①霜。这一个丹心碧血扶周主，那一个赤胆忠肝助纣皇。自来恶战皆如此，怎似将军万古扬。

话说二将大战三十余合，姜文焕乃东方有名之士，殷成秀岂是文焕敌手，早被文焕一刀挥于马下。可怜父子俱尽忠于国！（可怜父子二人，俱为独夫民贼而丧命）姜文焕下马，将殷成秀首级枭回营来，见子牙，备言前事。子牙大喜。

且说报马报入午门，至殿前奏曰："殷成秀被姜文焕枭了首级，号令辕门，请旨定夺。"纣王闻言，惊魂不定，忙问左右："事已急矣，如之奈何？"左右又报："周兵四门攻打，各架云梯、火炮，围城甚急，十分难支，望陛下早定守城之策！"纣王未及开言，旁有鲁仁杰出班奏曰："臣亲自上城，设法防守，保护城池，且救燃眉，再作商议。"纣王许之。鲁仁杰出朝，上城守御不表。且说子牙见守城有法，一时难下，随鸣金收兵回营。子牙与众将商议曰："鲁仁杰乃忠烈之士，尽心守城，急切难下，况京师城郭坚固，若以力攻，徒费心力，当以计取可也。"众门人齐曰："我等各遁进城，里应外合，一举成功，又何必与他较胜负于城下耶？"子牙曰："不然。今众人进城，未免有杀伤之苦，百姓岂堪遭此屠戮？况都城百姓，近在辇毂之下②，被纣王残虐独甚，惨毒备尝，今再加之杀戮，非所以救民，实所以害民也。"（有如此仁义之心，方有吊民伐罪之意，不负王师之名）众门人曰："元帅之见甚善。"子牙曰："今百姓被纣王敲骨剖胎，广

① 九秋：谓秋季。以秋季有九十天而称。
② 辇毂（niǎn gǔ）之下：即"辇毂下"，犹言在皇帝车驾之下。指京都。

施土木，负累百姓，痛入骨髓，恨不能食其肉而寝其皮，不若先写一告示射入城中，晓谕众人，使百姓自相离背，人心叛乱，不日其城可得矣。”众将曰：“元帅之言乃万全之策。”子牙援笔作稿，后人有诗单道子牙妙计。诗曰：

告示传宣免甲戈，军民日夜受煎磨。
若非妙计离心旅，安得军民唱凯歌。

话说子牙作稿，命中军官写了告示数十章，四面射入城中，或射于城上，或射于房屋之上，或射于途路之中。军民人等拾得此告示，打开观看，只见告示上写得甚是明白。（攻城为下，攻心为上，虽是老生常谈，但真能恰当运用者不多）怎见得，只见书上写道：

“扫荡成汤天保大元帅示谕朝歌万民知悉：天爱下民，笃生圣主，为民父母，所以保毓乾元①，统御万国。岂意纣王荒淫不道，苦虐生灵，不修郊社，绝灭纪纲，杀忠拒谏，炮烙虿盆，淫刑惨恶，人神共怒。孰意纣王稔恶不悛②，惨毒性成，敲骨剖胎，取童子肾命，言之痛心切骨！民命何辜，遭此荼毒！今某奉天讨罪，大会诸侯，伐此独夫，解万民之倒悬，救群生之性命。况我周武王仁德素著，薄海③通知，本欲进兵攻城，念尔等万姓久困水火之中，望拯如渴，恐一时城破，玉石俱焚，甚非我等吊民伐罪之意。尔等宜当体此，速献都城，庶免杀戮之虞，早解涂

① 保毓乾元：维护上天大德。乾元，形容天子之大德。
② 稔（rěn）恶不悛（quān）：意思是长期作恶而不悔改。
③ 薄海：《书·益稷》：“外薄四海。”薄，逼近。谓及于四海。后统称海内外为“薄海”。

炭之苦。尔等当速议施行，毋贻后悔。特示。”

话说众军民父老人等看罢。议曰：“周主仁德著于海内，姜元帅吊伐，诚为至公。吾等遭昏君凌虐，深入骨髓，若不献城，是逆民也。”（天心无过民意，民心如此，岂是一二愚忠将帅所能支撑抵挡的？）满城哄然，真是民变难治。合城军民人等俱要如此。直等至三更时分，一声喊起，朝歌城四门大开，父老军民人等齐出，大呼曰：“吾等俱系军民百姓，愿献朝歌，迎迓真主！”喊声动地。且说子牙在寝帐中静坐，忽闻外面云板响，子牙忙令人探问，左右回报曰：“军民人等已献朝歌，请元帅定夺。”子牙大喜，忙传令众将：“各门止许进兵五万，其余俱在城外驻扎，不可入城搅扰。如入城者，不可妄行杀戮，擅取民间物用。违者定按军法枭首！”（如此治军，如此军纪，焉能不胜？）子牙令人马夜进朝歌，俱按辔而行，各依方位，立于东、南、西、北，虽然杀声大振，百姓安堵如故。子牙将兵马屯在午门，诸侯俱各依次序扎寨。

话说纣王在宫内，正与妲己饮宴，（居然还有心情饮宴？）忽听得一片杀声振天，纣王大惊，忙问宫官曰：“是那里喊杀之声？真惊破朕心也！”少时，宫官报入宫中：“启陛下：朝歌军民人等已献了城池，天下诸侯之兵俱扎在午门了。”纣王忙整衣出殿，聚文武共议大事。纣王曰：“不意军民人等如此背逆，竟将朝歌献了，如之奈何？”鲁仁杰等齐曰：“都城已破，兵临禁地，其实难支。不若背城决一死战，雌雄尚在未定；不然，徒束手待毙，无用也。”纣王曰：“卿言正合朕意。”纣王分付整点御林人马不表。（负隅顽抗，是所有独夫失败前的共同选择）

且言子牙在中军聚众诸侯商议曰：“今大兵进城，须当与纣王会兵一战，早定大事。列位贤侯并大小众将，汝其勖哉。”众诸侯齐声曰：“敢不竭股肱之力，以诛无道昏君耶！但凭元帅所委，虽死不辞。”子牙传令：“众将依次而出，不可紊乱。违者按军法从事。”只见周营炮响，喊声大振，金鼓齐鸣，如地覆天翻之势。纣王在九间殿听得如此，忙问近臣，只见午门官启奏：“天下诸侯请陛下答话。”纣王听罢，忙传旨意，自己结束甲胄，命排仪仗，率御林军，鲁仁杰为保驾，雷鲲、雷鹏为左右翼，纣王上逍遥马，拎金背刀，日月龙凤旗开，锵锵戈戟，整朝鸾驾，排出午门。只见周营内一声炮响，招展两杆大红旗，一对对排成队伍，循序而出，甚是整齐。

纣王见子牙排五方队伍，甚是森严，兵戈整肃，左右分列，大小诸侯何止千数。又见门人，众将，一对对侍立两旁，威风凛凛，气宇轩昂。左右又列有二十四对穿大红的军政官，雁翅排开。正中央大红伞下，才是姜子牙，乘四不相而出。怎见得，有赞姜元帅一词。赞曰：

> 四八悟道，修身炼性。仙道难成，人间福庆。奉旨下山，辅相国政。窘迫八年，安于义命。擒怪有功，仕纣为令。妲己献谗，弃官习静。渭水持竿，磻溪隐姓。八十时来，飞熊入梦。龙虎欣逢，西岐兆圣。先为相父，托孤事定。纣恶日盈，周德隆盛。三十六路，纷纷相竞。九三拜将，金台盟正。捧毂推轮，古今难并。会合诸侯，天人相应。东进五关，吉凶互订。三死七灾，缘期果证。夜进朝歌，君臣赌胜。灭纣成周，武功永咏。正是：六韬留下成王业，妙算玄机不可穷。出将入相千秋业，伐罪吊民万古功。运筹帷幄欺风后，燮理①阴阳压老彭②。亘古军师

① 燮（xiè）理：和理，调理。
② 老彭：指老聃、彭祖。

为第一，声名直并泰山隆。（如此赞词，当用为子牙身后墓碑之碑文）

话说纣王见子牙皓首苍颜①，全装甲胄，手执宝剑，十分丰彩②；又见东伯侯姜文焕、南伯侯鄂顺、北伯侯崇应鸾，当中乃武王姬发；四总督诸侯，俱张红罗伞，齐齐整整，立在子牙后面。子牙见纣王戴冲天凤翅盔，赭黄③锁子甲④，甚是勇猛。有赞纣王一词。赞曰：

冲天盔盘龙交结，兽吞头锁子连环。
滚龙袍猩猩血染，蓝鞓⑤带紧束腰间。
打将鞭悬如铁塔，斩将剑光吐霞斑。
坐下马如同獬豸⑥，金背刀闪灼心寒。
会诸侯旗开拱手，逢众将力战多般。
论膂力⑦托梁换柱，讲辩难舌战群谈。
自古为君多孟浪，可怜聪颖化凶顽。（和姜子牙的赞词比，差得多了）

话说子牙见纣王，忙欠身言曰："陛下，老臣姜尚甲胄在身，不能全礼。"纣王曰："尔是姜尚么？"姜子牙答曰："然也。"纣王曰："尔曾为朕臣，为何逃避西岐，纵恶反叛，累辱王师。今又会天下诸

---

① 皓首苍颜：雪白的头发，灰暗的面孔。形容老年人的容貌。
② 丰彩：意思是丰采，形容有风度。
③ 赭（zhě）黄：土黄色。古代皇帝袍服以此色染之。
④ 锁子甲：古代的一种铠甲。《正字通·金部》："锁子甲五环相互，一环受镞，诸环拱护，故箭不能入。"亦简称"锁甲"。
⑤ 鞓（tīng）：皮带。
⑥ 獬豸（xiè zhì）：亦作"解豸""解廌""觟觽"。传说中的一种神兽，独角，见人斗，即以角触不直者，闻人争，即以口咬不正者。见《异物志》。
⑦ 膂（lǚ）力：亦作"旅力"。体力，筋力。

侯，犯朕关隘，恃凶逞强，不遵国法，大逆不道，孰甚于此。又擅杀天使，罪在不赦！今朕亲临阵前，尚不倒戈悔过，犹自抗拒不理，情殊可恨！朕今日不杀你这贼臣，誓不回兵！”子牙答曰：“陛下居天子之尊，诸侯守拒四方，万姓供其力役，锦衣玉食，贡山航海，何莫非陛下之所有也。古云：‘率土之滨，莫非王臣。’谁敢与陛下抗礼哉！今陛下不敬上天，肆行不道，残虐百姓，杀戮大臣，惟妇言是用，淫酗沉湎，臣下化之，朋家作仇，陛下无君道久矣。其诸侯、臣民，又安得以君道待陛下也？陛下之恶，贯盈宇宙，天愁民怨，天下叛之。吾今奉天明命，行天之罚，陛下幸毋以臣叛君自居也。”（此方是堂堂正正之言，只言纣王之罪，并不言天命转移之类）

纣王曰：“朕有何罪，称为大恶？”子牙曰：“天下诸侯，静听吾道纣王大恶素表著于天下者。”众诸侯听得，齐上前，听子牙道纣王十大罪。子牙曰：

“陛下身为天子，继天立极，亶聪明，作元后，元后作民父母。今陛下沉湎冒色①，弗敬上天，谓宗庙不足祀，社稷不足守，动曰：‘我有民，有命。’远君子，亲小人，败伦丧德，极古今未有之恶。罪之一也。（坏道败德之罪）

皇后为万国母仪，未闻有失德。陛下乃听信妲己之谗言，断恩绝爱，剜剔其目，炮烙其手，致皇后死于非命，废元配②而妄立妖妃，纵淫败度，大坏彝伦③。罪之二也。（杀妻纵淫之罪）

太子为国之储贰，承祧④宗社，乃万民所仰望者也；轻信谗

① 冒色：贪恋女色。
② 元配：亦作“原配”。第一次娶的妻子，嫡妻。
③ 彝（yí）伦：犹伦常。古指人与人之间的道德关系。
④ 承祧（tiāo）：谓承继先代奉祀祖庙。祧，远祖的庙。

言，命晁田、晁雷封赐尚方，立刻赐死；轻弃国本，不顾嗣胤①，忘祖绝宗，得罪宗社。罪之三也。（背祖灭子之罪）

黄耇②大臣，乃国之枝干，陛下乃播弃荼毒之，炮烙杀戮之，囚奴幽辱之，如杜元铣、梅伯、商容、胶鬲、微子、箕子、比干是也。诸君子不过去君之非，引君于道，而遭此惨毒，废股肱而昵比罪人，君臣之道绝矣。罪之四也。（诛戮忠良之罪）

信者人之大本，又为天子号召四方者也，不得以一字增损。今陛下听妲己之阴谋，宵小③之奸计，诳诈诸侯入朝，将东伯侯姜桓楚、南伯侯鄂崇禹，不分皂白，一碎醢其尸，一身首异处，失信于天下诸侯，四维不张④。罪之五也。（失信无义之罪）

法者非一己之私，刑者乃持平之用，未有过用之者也。今陛下悉听妲己惨恶之言，造炮烙，阻忠谏之口；设虿盆，吞宫人之肉，冤魂啼号于白昼，毒焰障蔽于青天，天地伤心，人神共愤。罪之六也。（酷刑乱法之罪）

天地之生财有数，岂得妄用奢靡，穷财之力，拥为己有，竭民之生？今陛下惟污池台榭是崇，酒池肉林是用，残宫人之命，造鹿台广施土木，积天下之财，穷民物之力，又纵崇侯虎剥削贫民，有钱者三丁免抽，无钱者独丁赴役，民生日促，偷薄⑤成

① 嗣胤（yìn）：子孙后代。

② 黄耇（gǒu）：形容长寿者。《诗·小雅·南山有台》："乐只君子，遐不黄耇。"朱熹集传："黄，老人发复黄也；耇，老人面冻梨色，如浮垢也。"亦用以称元老。

③ 宵小：小人，坏人。

④ 四维不张：四维不能伸张。比喻纲纪废弛，政令不行。四维，旧时称礼、义、廉、耻为四维。维，系物的大绳，喻指一切事物赖以固定的东西。出自《管子·牧民》："四维不张，国乃灭亡。"

⑤ 偷薄：浇薄，不厚道。

风，皆陛下贪剥有以唱[1]之。罪之七也。（盘剥聚敛之罪）

廉耻者乃风顽惩钝之防，况人君为万民之主者。今陛下信妲己狐媚之言，诓贾氏上摘星楼，君欺臣妻，致贞妇死节，西宫黄贵妃直谏，反遭摔下摘星楼，死于非命，三纲已绝，廉耻全无。罪之八也。（寡廉鲜耻之罪）

举措乃人君之大体，岂得妄自施张。今陛下以玩赏之娱，残虐生命，斫朝涉者之胫，验民生之老少；刳剔孕妇之胎，试反背之阴阳，民庶何辜，遭此荼毒！罪之九也。（凶残虐民之罪）

人君之宴乐有常，未闻流连忘返。今陛下夤夜暗纳妖妇喜媚，共妲己在鹿台昼夜宣淫，酗酒肆乐，信妲己取童男割炙肾命，以作羹汤，绝万姓之嗣脉，残忍惨毒，极今古之冤。罪之十也。（纵欲宣淫之罪）

臣虽能言之，陛下决不肯悔过迁善，肆行荼毒，累军民于万死，暴白骨于青天，独不思臣民生斯世者，竟遭陛下无辜之杀戮耶！今臣尚特奉天之明命，襄周王发恭行天之罚，陛下毋得以臣逆君而少之也。”（此真是“人神之所共嫉，天地之所不容”也）

纣王听姜子牙暴其十罪，只气得目瞪口呆。只见八百诸侯听罢，齐呐一声喊：“愿诛此无道昏君！”众人方欲上前，有东伯侯姜文焕大呼曰：“殷受（直呼其名，是不以其为君也）不得回马！吾来也！”纣王见一员大将，金甲红袍，白马大刀，怎见得，有赞为证。赞曰：

---

[1] 唱：通“倡”。倡导。

顶上盔，朱缨灿；龟背甲，金光烂。大红袍上绣团龙，护心宝镜光华现。腰间宝带扣丝蛮，鞍旁箭插如云雁。打将鞭，吴钩剑，杀人如草心无间。马上横担斩将刀，坐下龙驹追紫电。铜心铁胆①东伯侯，保周灭纣姜文焕。

话说东伯侯走马至军前，大喝曰："吾父王姜桓楚被你醢尸，吾姐姐姜后被你剜目烙手，俱死于非命。今日借武王仁义之师，仗姜元帅之力，诛此无道，以泄我无穷之恨！"只见南伯侯青鬃马冲出，厉声大叫："无道昏君！杀父之仇，不共戴天，姜皇兄，留功与我鄂顺！"马至军前，叱曰："你行无道，吾父王未曾犯罪，无故而诛大臣，情理难容也！"（二人皆与纣王有血海深仇，岂能饶他）把手中枪一晃，劈胸就刺。纣王手中刀劈面交还。姜文焕手中刀使开，冲杀过来。

二侯与纣王战在午门。怎见得，有诗为证。诗曰：

龙虎相争起战场，三军擂鼓列刀枪。
红旗招展如赤焰，素带飘飖似雪霜。
纣王江山风烛短，周家福祚海天长。
从今一战雌雄定，留得声名万古扬。

北伯侯崇应鸾见东、南二侯大战纣王，也把马催开，来助二侯。纣王又见来了一路诸侯，抖擞神威，力战三路诸侯，一口刀抵住他三般兵器，只杀得天昏地暗，旭日无光。武王在逍遥马上叹曰："只因天子无道，致使天下诸侯会集于此，不分君臣，互相争战，冠履倒

① 铜心铁胆：形容人的意志坚定。

置，成何体统！真是天翻地覆之时！”（作者欲将武王写成纯而又纯的忠孝榜样，却不知在读者看来，只是把武王写成了不分是非、不知好歹的小丑）忙将逍遥马催上前，与子牙曰：“三侯还该善化天子，如何与天子抗礼，甚无君臣体面。”子牙曰：“方才大王听老臣言纣王十罪，乃获罪于天地人神者，天下之人，皆可讨之，此正是奉天命而灭无道，老臣岂敢有违天命耶！”武王曰：“当今虽是失政，吾等莫非臣子，岂有君臣相对敌之理？元帅可解此危。”（这一段对话，姜子牙所说还算正常，而武王之言，置之当时情境，可谓胡言乱语）子牙曰：“大王既有此意，传令命军士擂鼓。”子牙传令：“擂鼓！”天下诸侯听的鼓响，左右有三十五骑纷纷杀出，把纣王围在垓心。不知纣王性命如何，且听下回分解。

总批

纣王无道，其惨毒秽恶，极古今之所未有，而十恶尚未足以尽厥辜。虽然，只此十恶，纣王足以杀身亡国，遗讥于后世矣。为民父母者，可不为之炯鉴哉！

又批

子牙以一示得朝歌，不用众门人以威力杀伐取之，足称王者之师。只百姓因为黉夜少具箪食壶浆，终属缺典。

第九十六回　子牙发柬擒妲己

子牙發柬擒妲己

导读：虽然一同受女娲之命惑乱殷商天下，在书中也是三妖并称，但三人的地位分量却相去天壤。妲己的分量自然不必说，玉石琵琶精好歹还与姜子牙有一段算卦时的情节。唯有这个九头雉鸡精，除了在妲己假装昏迷准备害比干时，说了句“有玲珑心一片煎汤吃下，此疾即愈”外，几乎再也没有出场过。而且她的名字也颇为奇怪，叫作胡喜媚，要知道在中国古代的神话志怪中，胡姓是狐狸一族的专属。而且，胡喜媚与妲己一同住在轩辕坟中，狐狸与鸡同居一室，难免令人疑虑。更有意思的是，在有一些记载中，妲己居然反倒成了雉鸡精。例如《三教源流搜神大全》中就说妲己“是妖雉亡国”，明代王三聘所著的《古今事物考》中也说：“商妲己，狐精也，或曰雉精。”胡喜媚是雉鸡精，但却姓着狐狸精的专属姓氏；妲己是狐狸精，但又曾有其是雉鸡精的版本。这不由得让人怀疑，胡喜媚和妲己会不会原本就是一个人？所谓的九头雉鸡精胡喜媚，实际上只是九尾狐狸精妲己的分化？如果是这样，就可以解释为何狐狸和雉鸡可以同处一室，因为她们本就是一体。同样也可以解释为何胡喜媚几乎没有故事线，因为她本身就是从妲己身上分化出来的，并没有自己的故事。

诗曰：

从来巧笑号倾城，狐媚君王浪用情。
袅娜腰肢催命剑，轻盈体态引魂兵。
雉鸡有意能歌月，玉石无心解鼓声。
断送殷汤成个事，依然都带血痕薨。

话说武王是仁德之君，一时那里想起“鼓进金止”之意。（武王好歹是一国之君，联军统帅，怎么会连这种军中常识都不知道？）只见众将听的鼓响，各要争先，枪刀剑戟，鞭锏抓锤，钩镰钺斧，拐子流星，一齐上前，将纣王裹在垓心。鲁仁杰对雷鲲、雷鹏曰：“‘主忧臣辱’，吾等正于此时尽忠报国，舍一死以决雌雄，岂得令反臣扬威逞武哉！”雷鲲曰：“兄言是也。吾等当舍死以报先帝。”（先帝值得，纣王不值得）三将纵马杀进重围。怎见得纣王大战天下诸侯，有赞为证。赞曰：

杀气迷空锁地，烟尘障岭漫山。摆列诸侯八百，一时地覆天翻。花腔鼓擂如雷震，御林军展动旗幡。众门人犹如猛虎，殷纣王渐渐摧残。这也是天下遭逢杀运，午门外撼动天关。众诸侯各分方位，满空中剑戟如攒。东伯侯姜文焕施威仗勇，南伯侯鄂顺抖擞如彪。北伯侯崇应鸾横施雪刃，武王下南宫适似猛虎争餐。

正东上青幡下，众诸侯犹如靛染；正西上白幡下，骁勇将恍若冰岩。正南上红幡下，众门徒浑如火块；正北上皂幡下，牙门将恰似乌漫。这纣王神威天纵，鲁仁杰一点心丹。雷鲲右遮左架，雷鹏左护右拦。

众诸侯齐动手那分上下，殷纣王共三员将前后胡厮。顶上砍，这兵器似飕飕冰块；胁下刺，那枪剑如蟒龙齐翻。只听得叮叮当当响亮，乒乒乓乓循环。鞭来打，锏来敲，斧来劈，剑来剁，左左右右吸人魂；勾开鞭，拨去锏，逼去斧，架开剑，上上下下心惊颤。正是那纣王力如三春茂草，越战越有精神；众诸侯怒发，恍似轰雷，喊杀声闻斗柄。纣王初时节精神足备，次后来气力难撑。为社稷何必贪生，好功名焉能惜命！存亡只在今朝，死生就此目下。殷纣王毕竟勇猛，众诸侯终欠调停。喝声："着！"将官落马；叫声："中！"翻下鞍鞒。纣王刀摆似飞龙，砍将伤军如雪片，劈诸侯如同儿戏，斩大将鬼哭神惊。当此时恼了哪吒殿下，那杨戬怒气冲冲，大喝道："殷纣王不要逃走！等我来与你见个雌雄！"

可怜见：惊天动地哭声悲，嚎山泣岭三军泪。英雄为国尽亡躯，血水滔滔红满地。马撞人死口难开，将劈三军无躲避。只杀的：哀声小校乱奔驰，破鼓折枪都抛弃。多少良才带血回，无数军兵拖伤去。纣王胆战将心惊，雷鲲、雷鹏无主意。这是：君王无道丧家邦，谋臣枉用千条计。这一阵只杀得：雪消春水世无双，风卷残红铺满地。（这赞语倒是写得颇为生动，且有文采）

话说纣王被众诸侯围在垓心，全然不惧，使发了手中刀，一声响，将南伯侯一刀挥于马下。鲁仁杰枪挑林善。恼了哪吒，登开风火轮，大喝曰："不得猖獗，吾来也！"旁有杨戬、雷震子、韦护、金木二吒一齐大叫曰："今日大会天下诸侯，难道我等不如他们！"齐杀至重围。杨戬刀劈了雷鲲。哪吒祭起乾坤圈，把鲁仁杰打下鞍鞒，丧了性命。雷震子一棍结果雷鹏。东伯侯姜文焕见哪吒众人立功，将刀放下，取鞭在手，照纣王打来。纣王及至看时，鞭已来得太急，闪不及，早已打中后背，几乎落马，逃回午门。（经此一战，纣王威名扫

地矣）

众诸侯呐一声喊，齐追至午门。只见午门紧闭，众诸侯方回。子牙鸣金收兵，升帐坐下。众诸侯来见子牙。子牙查点大小将官，损了二十六员。又见南伯侯鄂顺被纣王所害，姜文焕等着实伤悼。武王对众诸侯曰：“今日这场恶战，大失君臣名分，姜君侯又伤主上一鞭，使孤心下甚是不忍。”（到此时还让武王讲这些，也不怕寒了各路诸侯的心）姜文焕曰：“大王言之差矣！纣王残虐，人神共怒，便杀之于市曹①，犹不足以尽其辜②，大王又何必为彼惜哉！”（这才是正论）

话说纣王被姜文焕一鞭打伤后背，败回午门，至九间殿坐下，低头不言，自己沉吟叹曰：“悔不听忠谏之言，果有今日之辱！可惜鲁仁杰、雷鲲兄弟皆遭此难！”旁有中大夫飞廉、恶来奏曰：“今陛下神威天纵，虽于千万人之中，犹能刀劈数名反臣。只是误被姜文焕鞭伤陛下龙体，只须保养数日，再来会战，必定胜其反叛也。古云‘吉人天相。’‘胜负乃兵家之常’，陛下又何须过虑？”纣王曰：“忠良已尽，文武萧条；朕已着伤，何能再举，又有何颜与彼争衡哉？”（此时倒有了些清醒头脑，没再被小人哄骗）随卸甲胄入内宫不表。且说飞廉谓恶来曰：“兵困午门，内无应兵，外无救援，眼见旦夕必休，吾辈何以居之？倘或兵进皇城，‘荆山③失火，玉石俱焚。’（玉石俱焚，原本出自《尚书·胤征》：“火炎昆冈，玉石俱焚。”原典照抄即可，何必自作聪明，用那数百年后的荆山典故）可惜百万家资，竟被他人所有！”

恶来笑曰：“长兄此语竟不知时务！凡为丈夫者，当见机而作。

① 市曹：市内商肆集中的地方。古时常于此处决人犯。
② 辜：罪。
③ 荆山：传说中出产美玉的地方，据说春秋时楚国之和氏璧即产于荆山。

眼见纣王做不得事业，退不得天下诸侯，亡在旦夕，我和你乘机弃纣归周，原不失了自己富贵。况武王仁德，姜子牙英明，他见我等归周，必不加罪。如此方是上着。”飞廉曰：“贤弟此言使我如梦中唤醒。只是还有一件，以我愚意，俟他攻破皇城之日，我和你入内庭，将传国符玺盗出，藏隐于家，待诸侯议定，吾想继汤者必周，等武王入内庭，吾等方去朝见，献此国玺玉符。武王必定以我们系忠心为国，欣然不疑，必加以爵禄。此不是一举两得？”恶来又曰：“即后世必以我等为知机，而不失‘良禽择木，贤臣择主’之智。”二人言罢大笑，自谓得计。（奸佞小人，自然精于自保之术。但倘若君明臣正，其术便也无从施展）正是：痴心妄想居周室，斩首周岐谢将台。

话说飞廉与恶来共议弃纣归周不表。且说纣王入内宫，有妲己、胡喜媚、王贵人三个前来接驾。纣王一见三人，不觉心头酸楚，语言悲咽，对妲己曰：“朕每以姬发、姜尚小视，不曾着心料理，岂知彼纠合天下诸侯，会兵于此。今日朕亲与姜尚会兵，势孤莫敌，虽然斩了他数员反臣，到被姜文焕这厮鞭伤后背，致鲁仁杰阵亡，雷鲲兄弟死节。朕静坐自思，料此不能久守，亡在旦夕。想成汤传位二十八世，今一旦有失，朕将何面目见先帝于在天也！朕已追悔无及，只三位美人与朕久处，一旦分离，朕心不忍，为之奈何？倘武王兵入内庭，朕岂肯为彼所掳，朕当先期自尽。但朕绝之后，卿等必归姬发。只朕与卿等一番恩爱，竟如此结局，言之痛心！”（六百年祖宗基业，竟不如三个美人值得挂念）道罢，泪如雨下。

三妖闻纣王之言，齐齐跪下，泣对纣王曰：“妾等蒙陛下眷爱，镂心刻骨，没世难忘。今不幸遭此离乱，陛下欲舍妾身何往？”纣王泣曰：“朕恐被姜尚所掳，有辱我万乘之尊。朕今别你三人，自有去向。”（试图保留最后的尊严）妲己俯伏纣王膝上，泣曰：“妾听陛下之言，心如刀割。陛下何遽忍舍妾等而他往耶？”随扯住纣王袍服，泪流满面，柔声娇语，哭在一处，甚难割舍。纣王亦无可奈何，遂命左右治酒，与三美人共饮作别。纣王把盏，作诗一首，歌之以劝酒。诗曰：

“忆昔歌舞在鹿台，孰知姜尚会兵来。
分飞鸾凤惟今日，再会鸳鸯已隔垓。
烈士尽随烟焰灭，贤臣方际运弘开。
一杯别酒心如醉，醒后沧桑变几回。”

话说纣王作诗毕，遂连饮数杯。妲己又奉一盏为寿。纣王曰：“此酒甚是难饮，真所谓不能下咽者也！”（酒未曾变，时移势转，心境变了）妲己曰：“陛下且省愁烦。妾身生长将门，昔日曾学刀马，颇能厮杀。况妹妹喜媚与王贵人善知道术，皆通战法。陛下放心，今晚看妾等三人一阵成功，解陛下之忧闷耳。”纣王闻言大悦：“若是御妻果能破贼，真百世之功，朕又何忧也！”妲己又奉纣王数杯，乃与喜媚、王贵人结束停当，议定今晚去劫周营。纣王见三人甲胄整齐，心中大喜，只看今晚成功不表。（一众截教修士，多少沙场宿将俱不能抗衡周军，如今竟然指望三个妖精挽回败局，真可谓糊涂至极）

且说子牙在营中筹算：“甲子届期，纣王当灭。”心中大喜，不曾着意，就未曾提防三妖来劫营，故此几乎失利。只见将至二更，只听得半空中风响。怎见得，有赋为证。赋曰：

冷冷飕飕，惊人清况。飒飒萧萧，沙扬尘障。透壁穿窗，寻波逐浪。聚怪藏妖，兴魔伏魍。也会去助虎张威，也会去从龙俯仰。起初时，都是些悠悠荡荡淅零声；次后来，却尽是滂滂湃湃呼吼响。且休言摧残月里娑罗①，尽道是刮倒人间丛莽②。推开了积雾重云，吹折了兰桡③画桨。苍松翠竹尽遭殃，朱阁丹楼俱扫荡。这一阵风只吹得鬼哭与神惊，八百诸侯俱胆丧。（这一段笔法，颇似后世鼓书、琴书之类）

话说妲己与胡喜媚等三人俱全装甲胄，甚是停当。妲己用双刀，胡喜媚用两口宝剑，王贵人用一口绣鸾刀，俱乘桃花马；发一声响，杀入周营。各驾妖风，播土扬尘，飞砂走石，冲进周营内来。只见周营中军士，咫尺间不分南北，那辨东西，守营小校尽奔驰，巡逻将士皆束手。真个是：层围木栅撞得东倒西歪，铁骑连车冲得七横八竖。惊动了大小众将，急报子牙。子牙忙起身出帐观看，只见一派妖风怪雾，滚将进来。子牙忙传令："命众门人齐去，将妖怪获来！"哪吒听得，急登风火轮，摇火尖枪；杨戬纵马，使三尖刀；雷震子使黄金棍；韦护用降魔杵；李靖摇方天戟；金、木二吒用四口宝剑，齐杀出中军帐来，迎敌三妖。只见三妖全身甲胄，横冲直撞，左右厮杀。杨戬大呼曰："好业障！不要猖獗，敢来此自送死也！"哪吒登轮，奋勇当先。七位门人将三妖围在垓心。子牙在中军用五雷正法镇压邪气，把手一放，半空中一声霹雳，只震得三妖胆颤心寒。三妖见来的势头不好，俱是些道术之士，料难取胜，不敢恋战，借一阵怪风，连人带马冲出周营，往午门逃回。三妖自二更入周营，只至四更方才逃回，也伤了些士卒不表。

且说纣王在午门外看三妃今夜劫营成功，注目以待。忽见三妃来

① 娑罗：梵语的译音。植物名。即柳安。原产于印度、东南亚等地。常绿大乔木，木质优良。
② 丛莽：丛生杂乱的草木。
③ 兰桡（ráo）：小舟的美称。

至，纣王问曰："三卿劫营，胜负如何？"妲己曰："姜子牙俱有准备，故此不能成功，几乎被他众门人困于垓心，险不能见陛下也。"纣王闻言大惊，低首不言。进了午门，上了大殿，纣王不觉泪下曰："不期天意丧吾，莫可救解。"妲己亦泣曰："妾身指望今日成功，平定反臣而安社稷，不料天心不顺，力不能支，如之奈何！"（三妖倒也算尽了一场夫妻情分）纣王曰："朕已知天意难回，非人力可解，从今与你三人一别，各自投生，免使彼此牵绊。"把袍袖一摆，径往摘星楼去了。三妖也慰留不住。后人有诗叹之。诗曰：

大厦将倾止一茎，尚思劫寨破周兵。
孰知天意归真主，犹向三妖诉别情。

话说三妖见纣王自往摘星楼去了，妲己谓二妖曰："今日纣王此去，必寻自尽，只我等数年来把成汤一个天下送得干干净净，如今我们却往那里去好？"九头雉鸡精曰："我等只好迷惑纣王，其他皆不听也。此时无处可栖，不若还归轩辕坟去，依然自家巢穴，尚可安身，再为之计。"玉石琵琶精曰："姐姐之言甚善。"三妖共议还往旧巢（若是之前悄悄潜回，或许尚有可能。如今大举劫营之后，姜子牙岂能放过尔等？）不表。且说子牙被三妖劫营，杀至天明，三妖逃遁。子牙收军，升帐坐下。众诸侯上帐参谒。子牙曰："一时未曾防此妖孽，被他劫营，幸得众门人俱是道术之士，不然几为所算，失了锐气。今若不早除，后必为患。"子牙言罢，命排香案。左右闻命，即将香案施设停当。子牙祷毕，将金钱排下，乃大惊曰："原来如此！若再迟延，几被三妖逃去。"忙传令，命："杨戬领柬帖，你去把九头雉鸡精拿来。如走了，定按军法！"杨戬领令去了。子牙又令："雷震子领柬帖，你去把九尾狐狸精拿来。如若有失，定依军法！"又令：

"韦护领柬帖，你去将玉石琵琶精拿来。如违令，定按军法！"三个门人领令，出了辕门，议曰："我三人去拿此三妖，不知从何处下手？那里去寻他？"杨戬道："三妖此时料纣王已不济事了，必竟从宫中逃出。吾等借土遁，站在空中等候，看他从何处逃走。吾等务要小心擒获，不得卤莽，恐有疏虞①不便。"雷震子曰："杨师兄言之有理。"（一路上杨戬出谋划策了多少次，抵得上半个军师了）道罢，各驾土遁，往空中等候三妖来至。有诗赞之。诗曰：

一道光华隐法身，修成幻化合天真。
驱龙伏虎生来妙，今日三妖怎脱神。

话说妲己与胡喜媚、王贵人在宫中还吃了几个宫人，方才起身。一阵风响，三妖起在空中，往前要走，只见杨戬看见风响，随与雷震子、韦护曰："孽怪来也！各要小心！"杨戬拎宝剑大呼曰："怪物休走！吾来也！"九头雉鸡精见杨戬仗剑赶来，举手中剑骂道："我们姊妹断送了成汤天下，与你们做功名，你反来害我等，何无天理也！"（这话甚妙，竟然有些道理）

杨戬大怒曰："业畜休得多言，早早受缚！吾奉姜元帅将令，特来擒你。不要走，吃吾一剑！"雉鸡精举剑来迎。雷震子黄金棍打来，早有九尾狐狸精双刀架住。韦护降魔杵打来，玉石琵琶精用绣鸾刀敌住。三妖与杨戬等三人战，未及三五回合，三妖驾妖光逃走。杨戬与雷震子、韦护惟恐有失，紧紧赶来。怎见得，有赞为证。赞曰：

妖光荡荡，冷气飕飕。妖光荡荡，旭日无光；冷气飕飕，乾

① 疏虞：疏忽，失误。

坤黑暗。黄河漠漠怪尘飞，黑雾漫漫妖气惨。雉鸡精、狐狸精、琵琶精往前逃，似电光飞闪；雷震子与杨戬并韦护紧追随，如骤雨狂风。三妖要命，恍如弩箭离弦，那顾东西南北；三圣争功，恰似叶落随风，岂知流行坎止。雷震性起，追得狐狸有穴难寻；杨戬心忙，赶得雉鸡上天无路。琵琶性巧欲腾挪，韦护英明驱压定。这也是三妖作过罪业多，故遇着三圣玄功能取命。

话说杨戬追赶九头雉鸡精，往前多时，看看赶上，杨戬取出哮天犬祭在空中。那犬乃仙犬修成灵性，见妖精舞爪张牙，赶上前一口，将雉鸡头咬吊了一个。那妖精也顾不得疼痛，带血逃灾。杨戬见犬伤了他一头，依旧走了，心下着忙，急驾土遁紧追。雷震子赶狐狸，韦护追琵琶精，紧紧不舍。只见前面两首黄幡，空中飘荡，香烟霭霭，遍地氤氲。不知是谁来了，（反正是来帮助杨戬等人的）且听下回分解。

总批

纣王虽然无道，还算个侠烈汉子。起先做了许多恶业，及至到坏事时，便爽爽利利，以死自待，决不沾泥带水。若是小丈夫，便有无限婆子气，不知作多少悲啼哭泣。

又批

成汤一个完完全全天下，被妲己送得干干净净。及至纣王寻死，彼更不曾有一些顾惜之意，便去寻自己巢穴，以为安身之计，情殊可恨。毕竟被子牙拿来，身首异处。正所谓天网恢恢，疏而不漏。今观其妖怪似妇人者尚尔，尚无怪乎妇人心最毒也。

第九十七回　摘星楼纣王自焚

摘星樓紂王自焚

导读：纣王最后的结局，按照《史记·周本纪》的记载，是战败后在鹿台自焚而死，即“反入登于鹿台之上，蒙衣其殊玉，自燔于火而死”。这一记载应该是来自于《逸周书·克殷解》：“商辛奔内，登于鹿台之上，屏遮而自燔于火”。然而，《竹书纪年》《吕氏春秋·简选》《淮南子·主术训》《韩非子·喻老》等文献中又都记载纣王是被周武王生擒的。特别是《竹书纪年》中说“王亲禽帝受于南单之台”，这里的“南单”作为一个地名，是见于甲骨文的。而且甲骨文中不仅有南单，还有东单、西单和北单。关于这“四单”的性质和作用，学界一直有着不同的看法。目前来看，比较可信的解释是，四单位于王都之外，有自己的田地、祭祀用地，甚至还设有专门的官员，主要的作用是用来举行集会。《水经注》中认为，《竹书纪年》里所说的“南单之台”就是鹿台的别称。如果是这样，那么《逸周书》的记载就有疑点了。因为甲骨文中明确显示，包括南单在内的四单都位于王城之外。如果鹿台就是南单之台，那么纣王不可能是“奔内”，而应该是“奔外”。由此来看，《逸周书》的这段记载是否可靠，纣王是否是自焚而死，都值得打一个问号。

诗曰：

纣王暴虐害黔黎，国事纷纷日夜迷。
滛饮不知民血尽，荒淫那顾鬼神凄。
虿盆宫女真残贼，焚炙忠良类虎鲵。
报应昭昭须不爽，旗悬太白古今题。

话说杨戬正赶雉鸡精，见前面黄幡隐隐，宝盖飘扬，有数对女童分于左右，当中一位娘娘，跨青鸾而来，乃是女娲娘娘驾至。（事由游女娲庙而起，亦应由女娲娘娘来了结）怎见得，有诗为证。诗曰：

一天瑞彩紫霞浮，香霭氤氲拥凤軥①。
展翅鸾凰皆雅驯，飘飖②童女自优游。
幡幢缭绕迎华盖，璎珞飞扬罩冕旒。
止为昌期逢泰运，故教仙圣至中州。

话说女娲娘娘跨青鸾而来，阻住三个妖怪之路。三妖不敢前进，按落妖光，俯伏在地，口称："娘娘圣驾降临，小畜有失回避，望娘娘恕罪。小畜今被杨戬等追赶甚迫，求娘娘救命。"

女娲娘娘听罢，分付碧云童儿："将缚妖索把这三个业障锁了，交与杨戬，解往周营，与子牙发落。"童儿领命，将三妖缚定。三妖泣而告曰："启娘娘得知：昔日是娘娘用招妖幡招小妖去朝歌，潜入宫禁，迷惑纣王，使他不行正道，断送他的天下。小畜奉命，百事逢

① 凤軥（qú）：此指女娲娘娘的车驾。軥，车轭两边下伸反曲以夹马颈的部分。
② 飘飖（yáo）：飘荡，飞扬。此处形容举止轻盈、洒脱。

迎，去其左右，令彼将天下断送。今已垂亡，正欲覆娘娘钧旨①，不期被杨戬等追袭，路遇娘娘圣驾，尚望娘娘救护，娘娘反将小畜缚去，见姜子牙发落，不是娘娘出乎反乎②了？望娘娘上裁！”女娲娘娘曰：“吾使你断送殷受天下，原是合上天气数。岂意你无端造业，残贼生灵，屠毒忠烈，惨恶异常，大拂上天好生之仁。今日你罪恶贯盈，理宜正法。”（不造业，不杀生，如何断送江山？只靠天天寻欢作乐，岂能逼反天下诸侯？）三妖俯伏，不敢声言。

只见杨戬同雷震子、韦护正望前追赶三妖，杨戬望见祥光，忙对雷震子、韦护曰：“此位是女娲娘娘大驾降临，快上前参谒。”雷震子听罢，三人向前，倒身下拜。杨戬等曰：“弟子不知圣驾降临，有失迎迓，望娘娘恕罪。”女娲娘娘曰：“杨戬，我与你将此三妖拿在此间，你可带往行营，与姜子牙正法施行。今日周室重兴，又是太平天下也。你三人去罢。”（三妖本系女娲招来，女娲就一点责任也无吗？）杨戬等感谢娘娘，叩首而退，将妖解往周营。后人有诗叹之：

三妖造恶万民殃，断送殷商至丧亡。
今日难逃天鉴报，轩辕巢穴枉思量。

话说杨戬等将三妖摔下云端，三人随收土遁，来至辕门。那众军士见半空中吊下三个女人，后随着杨戬等三人，军士忙报入中军：“启元帅：杨戬等令。”子牙传令：“令来。”杨戬上帐见子牙，子牙曰：“你拿的妖怪如何？”杨戬曰：“奉元帅将令，赶三妖于中途，幸逢女娲娘娘大发仁慈，赐缚妖绳，将三妖捉至辕门，请令施行。”子

① 钧旨：对皇帝或上级长官的命令的尊称。
② 出乎反乎：意思是指翻悔或说了不照着做。犹言出尔反尔。

牙传令："解进来。"帐下左右诸侯俱来观看怎样个妖精。

少时，杨戬解九头雉鸡精，雷震子解九尾狐狸精，韦护解玉石琵琶精同至帐下。三妖跪于帐前。子牙曰："你这三个业障，无端造恶，残害生灵，食人无厌，将成汤天下送得干干净净。虽然是天数，你岂可纵欲杀人，唆纣王造炮烙惨杀忠谏，治虿盆荼毒宫人，造鹿台聚天下之财，为酒池、肉林，内官丧命，甚至敲骨看髓，剖腹验胎。此等惨恶，罪不容诛，天地人神共怒，虽食肉寝皮，不足以尽厥辜！"（姜元帅可有不残杀无辜，而能断送他人天下的两全之策？）妲己俯伏哀泣告曰："妾身系冀州侯苏护之女，幼长深闺，鲜知世务，谬蒙天子宣诏，选择为妃。不意国母薨逝，天子强立为后。凡一应主持，皆操之于天子，政事俱掌握于大臣。妾不过一女流，惟知洒扫应对，整饬宫闱，侍奉巾栉[①]而已，其他妾安能以自专也？纣王失政，虽文武百官不啻千百，皆不能匡正[②]，又何况区区一女子能动其听也？今元帅德播天下，仁溢四方，纣王不日授首，纵杀妾一女流，亦无补于元帅。况古语云：'罪人不孥[③]。'恳祈元帅大开慈隐，怜妾身之无辜，赦归故国，得全残年，真元帅天地之仁，再生之德也。望元帅裁之！"

众诸侯听妲己一派言语，大是有理，皆有怜惜之心。（若不知妲己此前在宫中所为，自然觉得有理。又都以为她真是苏护之女，因而怜惜。众诸侯皆是凡人，又岂知这背后的真相）子牙笑曰："你说你是苏侯之女，将此一番巧言，迷惑众听，众诸侯岂知你是九尾狐狸，在恩州驿迷死苏妲己，借窍成形，惑乱天子？其无端毒恶，皆是你造业。今已被擒，死且不足以尽其罪，尚假此巧语花言，希图漏网！"命左右："推出辕门，斩首号令！"妲己等三妖低头无语。左右旗牌官簇拥出

---

① 巾栉（zhì）：巾和梳子。泛指盥洗用具。亦引申指盥洗。
② 匡正：整治改正。
③ 罪人不孥（nú）：意思是治罪止于本人，不累及妻和子女。

辕门来，后有雷震子、杨戬、韦护监斩。只见三妖推至法场，雉鸡精垂头丧气，琵琶精默默无言，惟有这狐狸精，乃是妲己，他就有许多娇痴，又连累了几个军士。

话说那妲己绑缚在辕门外，跪在尘埃，恍然似一块美玉无瑕，娇花欲语，脸衬朝霞，唇含碎玉，绿蓬松云鬓，娇滴滴朱颜，转秋波无限钟情，顿歌喉百般妩媚，乃对那持刀军士曰："妾身系无辜受屈，望将军少缓须臾，胜造浮屠七级！"那军士见妲己美貌，已自有十分怜惜，再加他娇滴滴的叫了几声将军长，将军短，便把这几个军士叫得骨软筋酥，口呆目瞪，软痴痴瘫作一堆，麻酥酥痒成一块，莫能动履。（虽未曾写妲己之貌，但仅此一段，便可知其绝色无比）只见行刑令下："杨戬监斩九头雉鸡精，韦护监斩玉石琵琶精，雷震子监斩狐狸精。"

三人见行刑令下，喝令："军士动手！"杨戬镇压住雉鸡精，韦护镇压住琵琶精，一声呐喊，军士动手，将两个妖精斩了首级。有一首诗单道琵琶精终不免一刀之厄。诗曰：

忆昔当年遇子牙，砚台击顶炼琵琶。
谁知三九重逢日，万死无生空自嗟。

话说三军动手，已将雉鸡精、琵琶精斩了首级，杨戬与韦护上帐报功。只有雷震子监斩狐狸精，众军士被妲己迷惑，皆目瞪口呆，手软不能举刃。雷震子发怒，喝令军士，只见个个如此，（美色惑人至此，属实可怕）雷震子急得没奈何，只得来中军帐报知，请令定夺。

子牙见杨戬、韦护报功，令："拿出辕门号令。"惟有雷震子赤手来见。子牙问曰："你监斩妲己，如何空身来见我？莫非这狐狸走了？"雷震子曰："弟子奉令监斩妲己，孰意众军士被这妖狐迷惑，皆目瞪口呆，莫能动履。”子牙怒曰：“监斩无能，要你何用！”一声喝退。雷震子羞惭满面，站立一旁。子牙命：“将行刑军士拿下，斩首示众。”（军士不过受美色所惑，纵然有罪又何至于此？）复命杨戬、韦护监斩。二人领命，另换了军士，再至辕门。只见那妖妇依旧如前，一样软款①，又把这些军士弄得东倒西歪，如痴如醉。杨戬与韦护看见这样光景，二人商议曰：“这毕竟是个多年狐狸，极善迷惑人，所以纣王被他缠缚得迷而忘返，又何况这些愚人哉！我与你快去禀明元帅，无令这些无辜军士死于非命也。”

杨戬道罢，二人齐至中军帐来，对子牙如此如彼说了一遍。众诸侯俱各惊异。子牙对众人曰：“此怪乃千年老狐，受日精月华，偷采天地灵气，故此善能迷惑人，待吾自出营去，斩此恶怪。”（可惜那几个被斩的军士了）子牙道罢先行，众诸侯随后。子牙同众诸侯、门弟子出得辕门，见妲己绑缚在法场，果然千娇百媚，似玉如花，众军士如木雕泥塑。

子牙喝退众士卒，命左右排香案，焚香炉内，取出陆压所赐葫芦，放于案上，揭去顶盖，只见一道白光上升，现出一物，有眉，有眼，有翅，有足，在白光上旋转。子牙打一躬：“请宝贝转身！”那宝贝连转两三转，只见妲己头落在尘埃，血溅满地。诸侯中尚有怜惜之者。（可见其美色惑人能力之大）有诗为证。诗曰：

妲己妖娆起众怜，临刑军士也情牵。
桃花难写温柔态，芍药堪方窈窕妍。
忆昔恩州能借窍，应知内阙善周旋。
从来娇媚归何处，化作南柯带血眠。

---

① 软款：柔弱。

话说子牙斩了妲己，将首级号令辕门。众诸侯等无不叹赏。

且说纣王在显庆殿恹恹独坐，有宫人左右纷纷如蚁，慌慌乱窜。纣王问曰："尔等为何这样急遽？想是皇城破了么？"旁一内臣跪下，泣而奏曰："三位娘娘夜来二更时分不知何往，因此六宫无主，故此着忙。"纣王听罢，忙叫内臣快查，"往那里去了！速速来报！"有常随打听，少时来报："启陛下：三位娘娘首级已号令于周营辕门。"纣王大惊，（自家深宫后妃，竟被敌军斩首，如何不惊）忙随左右宦官，急上五凤楼观看，果是三后之首。纣王看罢，不觉心酸，泪如雨下，乃作诗一首以吊之。诗曰：

"玉碎香消实可怜，娇容云鬓尽高悬。
奇歌妙舞今何在，覆雨翻云竟枉然。
凤枕已无藏玉日，鸳衾难再拂花眠。
悠悠此恨情无极，日落沧桑又万年。"

话说纣王吟罢诗，自嗟自叹，不胜伤感。只见周营中一声炮响，三军呐喊，齐欲攻城。纣王看见，不觉大惊，知大势已去，非人力可挽，点头数点，长吁一声，竟下五凤楼，过九间殿，至显庆殿，过分宫楼，将至摘星楼来，忽然一阵旋涡风，就地滚来，将纣王罩住。怎见得怪风一阵，透胆生寒，有诗为证。诗曰：

萧萧飒飒摄离魂，透骨浸肌气若吞。
撮起沉冤悲往事，追随枉死泣新猿。
催花须借吹嘘力，助雨敲残次第先。
止为纣王惨毒甚，故教屈鬼诉辜恩。（大限将近，自有冤魂索命而来）

话说纣王方行至摘星楼，只见一阵怪风，就地裹将上来，那虿盆内咽咽哽哽，悲悲泣泣，无限蓬头披发、赤身裸体之鬼，血腥臭恶，秽不可闻，齐上前来，扯住纣王大呼曰："还吾命来！"又见赵启、梅伯赤身大叫："昏君！你一般也有今日败亡之时！"纣王忽的把二目一睁，阳气冲出，将阴魂扑散。那些屈魂怨鬼隐然而退。纣王把袍袖一抖，上了头一层楼，又见姜娘娘一把扯住纣王，大骂曰："无道昏君，诛妻杀子，绝灭彝伦，今日你将社稷断送，将何面目见先王于泉壤也！"姜娘娘正扯住纣王不放，又见黄娘娘一身血污，腥气逼人，也上前扯住，大呼曰："昏君摔我下楼，跌吾粉骨碎身，此心何忍！真残忍刻薄之徒！今日罪盈恶满，天地必诛！"

纣王被两个冤魂缠得如痴似醉一般，又见贾夫人也上前大骂曰："昏君受辛！你君欺臣妻，吾为守贞立节，坠楼而死，沉冤莫白。今日方能泄我恨也！"照纣王一掌劈面打来。纣王忽然一点真灵惊醒，把二目一睁，冲出阳神，那阴魂如何敢近，隐隐散了。（此一段虚虚实实，将暴君末路写得甚好）纣王上了摘星楼，行至九曲栏边，默默无语，神思不宁，扶栏而问："封宫官何在？"封宫官朱升闻纣王呼唤，慌忙上摘星楼来，俯伏栏边，口称："陛下，奴婢听旨。"纣王曰："朕悔不听群臣之言，误被谗奸所惑，今兵连祸结，莫可救解，噬脐何及。朕思身为天子之尊，万一城破，为群小所获，辱莫甚焉。欲寻自尽，此身尚遗人间，犹为他人作念。不若自焚，反为干净，毋得令儿女子借口也。你可取柴薪堆积楼下，朕当与此楼同焚。你当如朕命。"（想要留最后一点尊严，亦是可叹）

朱升听罢，披泪满面，泣而奏曰："奴婢侍陛下多年，蒙豢养之恩，粉骨难报。不幸皇天不造我商，祸亡旦夕，奴婢恨不能以死报国，何敢举火焚君也！"言罢，呜咽不能成声。纣王曰："此天亡我也，非干你罪。你不听朕命，反有忤逆之罪。昔日朕曾命费、尤向姬昌演数，言朕有自焚之厄；今日正是天定，人岂能逃，当听朕言！”后人有诗单叹纣王临焚念文王易数之验，有诗为证。诗曰：

昔日文王羑里囚，纣王无道困西侯。
费尤曾问先天数，烈焰飞烟锁玉楼。

话说朱升再三哭奏，劝纣王：“且自宽慰，另寻别策，以解此围。”纣王怒曰：“事已急矣！朕筹之已审。若诸侯攻破午门，杀入内庭，朕一被擒，汝之罪不啻泰山之重也！”朱升大哭下楼，去寻柴薪，堆积楼下不表。且说纣王见朱升下楼，自服衮冕①，手执碧圭②，珮③满身珠玉，端坐楼中。（明人写此段时，不知可否想起本朝那自焚以证清白的湘王朱柏）朱升将柴堆满，挥泪下拜毕，方敢举火，放声大哭。后有诗为证。诗曰：

摘星楼下火初红，烟卷乌云四面风。
今日成汤倾社稷，朱升原自尽孤忠。

话说朱升举火，烧着楼下干柴，只见烟卷冲天，风狂火猛，六宫中宫人喊叫，霎时间乾坤昏暗，宙宇翻崩，鬼哭神号，帝王失位。

朱升见摘星楼一派火着，甚是凶恶。朱升撩衣，痛哭数声，大叫：“陛下！奴辈以死报陛下也！”言罢，将身撺入火中。可怜朱升忠烈，身为宦竖④，犹知死节。（纣王临死还能有此忠仆，亦是难得）话

① 衮（gǔn）冕：衮衣和冠冕，是古代帝王及上公的礼服和礼帽。
② 圭：古玉器名。上尖下方。古代贵族朝聘、祭祀、丧葬时所用的礼器。
③ 珮（pèi）：佩戴。
④ 宦竖：宦官的贱称。

说纣王在三层楼上，看楼下火起，烈焰冲天，不觉抚膺长叹[①]曰："悔不听忠谏之言，今日自焚，死故不足惜，有何面目见先王于泉壤也！"只见火趁风威，风乘火势，须臾间，四面通红，烟雾障天。怎见得，有赋为证。赋曰：

烟迷雾卷，金光灼灼掣天飞；焰吐云从，烈风呼呼如雨骤。排炕列炬，似煽如炎。须臾万物尽成灰，说甚么栋连霄汉；顷刻千里化红尘，那管他雨聚云屯。五行之内最无情，二气之中为独盛。雕梁画栋，不知费几许工夫，遭着他尽成齑粉；珠栏玉砌，不知用多少金钱，逢着你皆为瓦解。摘星楼下势如焚，六宫三殿沿烧得柱倒墙崩；天子命丧在须臾，八妃九嫔牵连得头焦额烂。无辜宫女尽遭殃，作恶内臣皆在劫。这纣天子呵！抛却尘寰，讲不起贡山航海，锦衣玉食，金瓯[②]社稷，锦绣乾坤，都化作滔滔洪水向东流；脱离欲海，休夸那粉黛蛾眉，温香暖玉，翠袖殷勤，清讴[③]皓齿，尽赴于栩栩羽化随梦绕。这正是：从前余焰逞雄威，作过灾殃还自受。成汤事业化飞灰，周室江山方赤炽。（只可怜那宫中未及逃出之人）

话说子牙在中军方与众诸侯议攻皇城，忽左右报进中军："启元帅：摘星楼火起。"子牙忙领众将，同武王、东伯侯、北伯侯共天下诸侯，齐上马出了辕门看火。武王在马上观看，见烟迷一人，身穿赭黄衮服，头戴冕旒，手拱碧玉圭，端坐于烟雾之中，朦胧不甚明白。武王问左右曰："那烟雾中乃是纣天子么？"众诸侯答曰："此正是无

① 抚膺（yīng）长叹：拍着胸口发出悠长的感叹。形容悲愤或激动。膺，胸口。
② 金瓯（ōu）：比喻疆土完固。亦泛指国土。
③ 清讴：指清亮的歌声。

道昏君。今日如此，正所谓自作自受耳。”武王闻言，掩面不忍看视，兜马回营。子牙忙上前启曰：“大王为何掩面而回？”武王曰：“纣王虽则无道，得罪于天地鬼神，今日自焚，适为业报；但你我皆为臣下，曾北面事之，何忍目睹其死，而蒙逼君之罪哉？不若回营为便。”（此时再说这话，岂不太虚伪吗？作者欲将武王写成他心中的圣人，但实际上把武王写得让人难以理解）子牙曰：“纣王作恶，残贼生民，天怒民怨，纵太白悬旗，亦不为过；今日自焚，正当其罪。但大王不忍，是大王之仁明忠爱之至意也。然犹有一说：昔成汤以至仁放桀于南巢，救民于水火，天下未尝少之；今大王会天下诸侯，奉天征讨，吊民伐罪，实于汤有光，大王幸毋介意。”

众诸侯同武王回营。子牙督领众将门人看火，以便取城。只见那火越盛，看看卷上楼顶，那楼下的柱脚烧倒，只听得一声响，摘星楼塌倒，如天崩地裂之状，将纣王埋在火中，一霎时化为灰烬。一灵已入封神台去了。后人有诗叹之。诗曰：

放桀南巢忆昔时，深仁厚泽立根基。
谁知殷受多残虐，烈焰焚身悔已迟。

又有史官观史，有诗单道纣王失政云。诗曰：

女娲宫里祈甘霖，忽动携云握雨心。
岂为有情联好句，应知无道起商参。
妇言是用残黄耇，忠谏难听纵浪淫。
炮烙冤魂多屈死，古来惨恶独君深。

又诗叹纣王才兼文武。诗曰：

打虎雄威气更骁，千斤膂力冠群僚。
托梁换柱超今古，赤手擒飞过鸷雕。
拒谏空称才绝代，饰非枉道巧多饶。
只因三怪迷真性，赢得楼前血肉焦。

话说摘星楼焚了纣王，众诸侯俱在午门外驻扎。少时，午门开处，众宫人同侍卫将军、御林士卒酌水献花，焚香拜迎武王车驾，并诸侯入九间殿。姜子牙忙传令："且救息①宫中火。"不知后事如何，且听下回分解。

总批

纣王无道，残贼生灵，不知凡几，自家落得摘星楼烧死。纵不是如佛氏报应轮回之说，自是天理难容耳。毕竟纣王有些豪爽气，自家做过的事，不肯落在他人之手里，所以一刀两段，毫不沾滞。真是斩钉削铁汉子，何难立地成佛。

又批

天地间妖精中，而最灵慧者，无过狐狸。善于巧令，亦最妩媚，所以惑人最深，而杀人亦毒。请观妲己，生前弄得纣王国破身亡，甚至临刑犹遗害不浅。古今遭此妖狐之害者，岂止于有天下国家之人哉！幸毋惑此，方是打破重关，跳出苦海。此一书分明指与世人作榜样。今人不可将此狐狸认作真的，把自己身边那个狐狸当做假的，有幸此老婆心说法！

① 救息：亦作"救熄"，扑灭。

第九十八回　周武王鹿台散财

周武王鹿臺散財

导读： 纣王已死，周军正式占领了朝歌。然而，武王并没有对纣王还活着的儿子武庚赶尽杀绝，反而要给他分封土地，延续商朝的香火。可能有人对此不理解，觉得武王为什么不斩草除根。其实，这是中国古代一项十分重要的礼制，即给予前朝皇室优待，分封一块土地，让其在境内用前朝的礼乐祭祀祖先，而且新朝视他们为宾客而非臣子。这一礼制被称作"二王三恪"，即封前二代后裔则称"二王后"，封前三代后裔则称为"三恪"。相传这一礼制源自尧舜时期，尧帝禅位之后，舜帝封尧帝之子丹朱为"虞宾"，而不以臣子视之。较为正式的制度应该还是出现在周武王时期，武王封舜帝后裔于陈国、夏朝后裔于杞国，与商代后裔宋国共为"三恪"。而当成王时，武庚叛乱，周公平叛之后虽然杀了武庚，但依旧要立商朝的后裔为"三恪"之一。于是就选定了纣王的哥哥微子启，由他在宋国奉祀商朝先祖，宋国国君也由此改称宋公，位列"三恪"。这一制度在中国古代延续了相当长的时间。汉朝封周朝后裔姬延年为周承休侯，后改封为卫公；又封孔子十四世嫡长孙孔吉为殷绍嘉公，后改封为宋公，以为"二王后"，卫国和宋国一直延续到永嘉之乱。此后历朝历代，均册封若干前朝后裔，以延续"二王三恪"之制。这一礼制一直延续到宋朝。从元朝开始，元明清三朝虽然还会给前朝后裔册封爵位，但不再将他们立为"恪"，也没有相应的优礼，更不能用前朝礼乐自行祭祀先祖。"二王三恪"之制可以说从元朝开始，就被取消了。

诗曰：

纣王聚敛吸民脂，不信当年放桀时。
积粟已无千载计，盈财岂有百年期。
须知世运逢真主，却笑贪淫有阿痴。
今日还归民社去，从来天意岂容私！

话说众诸侯俱上了九间殿，只见丹墀下大小将领、头目等众，跻跻跄跄①，簇拥两旁。子牙传令："军士先救灭宫中火焰。"武王对子牙曰："纣王无道，残虐生灵，而六宫近在肘腋②，其宫人、宦寺被害更惨，今军士救火，不无波及无辜。相父当首先严禁，毋令复遭陷害也。"（此方是仁君之言）子牙闻言，忙传令："凡军士人等止许救火，毋得肆行暴虐，敢有违令妄取六宫中一物，妄杀一人者，斩首示众，决不姑息！汝宜悉知。"只见众宫人、宦寺、侍卫、军官齐呼："万岁！"武王在九间殿驻跸③，与众诸侯看众军士救火。武王猛抬头，看见殿东边有黄澄澄二十根大铜柱摆列在旁，武王问曰："此铜柱乃是何物？"子牙曰："此铜柱乃是纣王所造炮烙之刑。"武王曰："善哉！善哉！不但临刑者甚惨，只今日孤观之，不觉心胆皆裂。纣天子可谓残忍之甚！"

子牙引武王入后宫，至摘星楼下，见虿盆里面蛇蝎上下翻腾，白骨暴露，骷骸乱滚，又见酒池内阴风惨惨，肉林下冷雾凄凄。武王问曰："此是何故？"子牙曰："此是纣王所制虿盆，杀害宫人者。左右正是肉林、酒池。"武王曰："伤哉！纣天子何无仁心一至此也！"（若

① 跻（jī）跻跄（qiàng）跄：人物众多貌。
② 肘腋：胳膊肘与胳肢窝。比喻切近之处。
③ 驻跸（bì）：跸，帝王的车驾。谓帝王出行在途中停留暂住。

非如此，这江山怕也轮不到你坐）不胜伤感，乃作诗以纪之。诗曰：

成汤祝网德声扬，放桀南巢正大纲。
六百年来风气薄，谁知惨恶丧疆场！

又伤炮烙之刑，作诗以纪之。诗曰：

苦陷忠良性独偏，肆行炮烙悦婵娟①。
遗魂常傍黄金柱，楼下焚烧业报牵。

话说武王来至摘星楼，见余火尚存，烟焰未绝，烧得七狼八狈，也有无辜宫人遭在此劫，尚有余骸未尽，臭秽难闻。武王更觉心中不忍，忙分付军士："快将这些遗骸检出去埋葬，无令暴露。"（泽及枯骨，有乃父之风）因谓子牙曰："但不知纣王骸骨焚于何所？当另为检出，以礼安葬，不可使暴露于天地。你我为人臣者，此心何安！"子牙曰："纣王无道，人神共愤，今日自焚，实所以报之也。今大王以礼葬之，诚大王之仁耳。"子牙分付军士："检点遗骸，毋使混杂。须寻纣王骸骨，具衣衾棺椁，以天子之礼葬之。"后人有诗叹成汤王业如斯而尽：

天丧成汤业，敌兵尽倒戈。
积山尸遍野，漂杵血流河。
尽去烦苛法，方兴时雨歌。

① 婵娟：美好貌。亦指美女。

太平今日定，衽席①乐天和。

话说子牙令军士寻纣王遗骸，以礼安葬不表。（礼葬纣王，可收殷商遗民之心）

且说众诸侯同武王往鹿台而来。上了台时，见阁耸云端，楼飞霄汉，亭台叠叠，殿宇巍峨，雕栏玉饰，梁栋金装；又只见明珠异宝，珊瑚玉树，厢嵌成琼宫瑶室，堆砌就绣阁兰房，不时起万道霞光，顷刻有千条瑞彩，真所谓目眩心摇，神飞魄乱。武王点首叹曰："纣天子这等奢靡，竭天下之财以穷己欲，安有不亡身丧国者也！"子牙曰："古今之所以丧亡者，未有不从奢侈而败，故圣王再三叮咛垂戒者，'宝己以德，毋宝珠玉'（此《礼记·儒行》中语也），良有以也。"武王曰："如今纣王已灭，天下诸侯与闾阎百姓受纣王剥削之祸，荼毒之苦，征敛之烦，日坐水火之中，衽席不安，重足而立。今不若将鹿台聚积之货财，给散与诸侯、百姓，将巨桥②聚敛之稻粟，赈济与饥民，使万民昭苏③，享一日安康之福耳。"子牙曰："大王与言及此，真社稷生民之福也！宜速行之。"

武王命左右去发财运粟不表。（此是安抚百姓、稳定人心最快最有效之法）只见后宫擒纣王之子武庚至，子牙令："推来。"众诸侯切齿。少时，众将将武庚推至殿前，武庚跪下。众诸侯齐曰："殷受不道，罪盈满贯，人神共怒。今日当斩首正罪，以泄天地之恨。"子牙曰："众诸侯之言甚是。"武王急止之曰："不可！纣王肆行不道，皆是群小、妖妇惑乱其心，与武庚何干？且纣王炮烙大臣，虽贤如比干、微

① 衽（rèn）席：席子，古人的坐具。又指睡觉用的席子。
② 巨桥：仓名。《书·武成》："散鹿台之财，发巨桥之粟。"孔传："纣所积之府仓，皆散发以赈贫民。"
③ 昭苏：恢复生机，苏醒。

子，皆不能匡救其君，又何况武庚一幼稚之子哉？今纣王已灭，与子何仇？且‘罪人不孥’（此孟子之语也。《孟子·梁惠王》曰：“泽梁无禁，罪人不孥。”），原是上天好生之德。孤愿与众位大王共体之，切不可枉行杀戮也。俟新君嗣位，封之以茅土，以存商祀，正所以报商之先王也。”（存前朝之祀，乃是中国古代各朝相沿之制度，即所谓“二王三恪”之礼）

东伯侯姜文焕出而言曰：“元帅在上：今大事俱定，当立新君以安天下诸侯、士民之心。况且天不可以无日，国不可以无君，天命有道，归于至仁。今武王仁德著于四海，天下归心，宜正大位，以安天下之心。况我等众诸侯入关，襄武王以伐无道，正为今日之大事也。望元帅一力担当，不可迟滞，有辜众人之心。”（纣王已死，天下已定，正是劝进之时）众诸侯齐曰：“姜君侯讲得有理，正合众人之意。”

子牙尚未及对，武王惶惧逊谢曰：“孤位轻德薄，名誉未著，惟日兢兢，求为寡过，以嗣先王之业而未遑，安敢妄觊①天位哉！况天位惟艰，惟仁德者居之，乞众位贤侯共择一有德者以嗣大位，毋令有忝厥职②，遗天下羞。孤与相父早归故土，以守臣节而已。”旁有东伯侯厉声大言曰：“大王此言差矣！天下之至德，孰有如大王者！今天下归周，已非一日，即黎民之箪食壶浆以迎王师，岂有他哉！谓大王能救民于水火也。且天下诸侯景从云集③，随大王以伐无道，其爱戴之心，盖有自也。大王又何必固辞？望大王俯从众议，毋令众人失望耳。”

---

① 觊（jì）：冀望，希图。

② 毋令有忝厥职：即“毋忝厥职”，指不要辱没自己的职守。毋，不要。忝，辱，谦词。毋忝，无愧于。厥，其。

③ 景（yǐng）从云集：如影随形，如云聚集，形容追随者多，天下云集。景，同“影”。

武王曰："发有何德！望贤侯无得执此成议。还当访询有众，以服天下之心。"东伯侯姜文焕曰："昔帝尧以至德克相上帝，得膺大位。后生丹朱不肖，帝求人而逊位，群臣举舜。舜以重华之德，以继尧而有天下。后帝舜生子商均亦不肖，舜乃举天下而让之禹。禹生启贤明，能承继夏命，故相继而传十七世。至桀无道而失夏政，成汤以至德放桀于南巢，代夏而有天下。传二十六世至纣，大肆无道，恶贯罪盈。大王以至德与众诸侯恭行天之罚，今大事已定，克承大宝，非大王而谁？大王又何必固逊哉！"武王曰："孤安敢方禹汤之贤哲也。"

姜文焕曰："大王不事干戈，以仁义教率天下，化行俗美，三分天下有其二，故凤鸣于岐山，万民而乐业。天人相应，理不可诬。大王之德政，与二君何多让哉！"（昔日四大伯侯，如今唯有武王与东伯侯尚在，东伯侯此时实为诸侯之长，故而由其劝进最为名正言顺）武王曰："姜君侯素有才德，当为天下之主。"

忽听得两旁众诸侯一齐上前，大呼曰："天下归心，已非一日，大王为何苦苦固辞？大拂众人之心矣！况吾等会盟此地，岂是一朝一夕之力，无非欲立大王，再见太平之日耳。今大王舍此不居，则天下诸侯瓦解，自此生乱，是使天下终无太平之日矣。"（新君开国，必三揖三让而后即位。此前武王与东伯侯便是如此。现在三揖三让已毕，该轮到各地诸侯劝进了）子牙上前急止之曰："列位贤侯不必如此，我自有名正言顺之说。"正是：子牙一计成王业，致使诸侯拜圣君。

话说众诸侯在九间殿，见武王固逊，俱纷然争辩不一，子牙乃止之，对武王曰："纣王祸乱天下，大王率诸侯明正其罪，天下无不悦服。大王礼当正位，号令天下。况当日凤鸣岐山，祥瑞现于周地，此上天垂应之兆，岂是偶然！今天下人心悦而归受，正是天人响应，时不可失。大王今日固辞，恐诸侯心冷，各散归国，涣无所统，各据其地，日生祸乱，甚非大王吊伐之意。深失民望，非所以爱之，实所以害之也。愿大王详察！”

武王曰：“众人固是美爱，然孤之德薄，不足以胜此任，恐遗先王之羞耳。”东伯侯姜文焕曰：“大王不必辞逊，元帅自有主见。”乃对子牙曰：“请元帅速行，不得迟滞，恐人心解散。”子牙急忙传令：“命画图样造台，作祝文昭告天地社稷，俟后有大贤，大王再让位未迟。”（流程走完，武王也不再推辞了）众诸侯已知子牙之意，随声应诺。旁有周公旦自去造台。后人有诗诵之。诗曰：

朝歌城内筑禅台，万姓欢呼动八垓①。
沴气②已随余焰尽，和风方向太阳来。
岐山鸣凤缠祯瑞，殿陛赓歌③进寿杯。
四海雍熙④从此盛，周家泰运又重开。

话说周公旦画了图样，（周公乃制礼作乐之人，由他设计禅台最合适不过）于天地坛前造一座台。台高三层，按三才之象，分八卦之形。正中设“皇天后土之位”，旁立“山川社稷之神”。左右有“十二元神”旗号，按子、丑、寅、卯、辰、巳、午、未、申、酉、戌、亥立于其地。前后有“十干”旗号，按甲、乙、丙、丁、戊、己、庚、辛、壬、癸立于本位。坛上有“四季正神方位”：春日太昊⑤，夏日

① 八垓：八方极远之地。《说文·土部》：“垓，兼晐八极地也。”段玉裁注：“兼备八极之地谓之垓。”
② 沴（lì）气：灾害不祥之气。
③ 赓（gēng）歌：酬唱和诗。
④ 雍熙：和乐升平。
⑤ 太昊：亦作“太皓”“太皞”。传说中远古东夷族首领。风姓。居于陈。传曾以龙为官名。春秋时任、宿、须句、颛臾等国（都在济水流域），即其后代。一说即伏羲氏。

炎帝①，秋日少昊②，冬日颛顼③。中有皇帝轩辕④。坛上罗列笾⑤、豆、簠⑥、簋⑦、金爵⑧、玉斝，陈设祭前，并生刍⑨炙脯，列于几席⑩，鲊、酱、鱼、肉设于案桌，无不齐备。

只见香烧宝鼎，花插金瓶，子牙方请武王上坛。武王再三谦让，然后登坛。八百诸侯齐立于两旁，周公旦高捧祝文，上台开读。祝文曰：

“惟大周元年壬辰，越甲子昧爽⑪三日哉生明，西岐武王姬发敢昭告于皇天后土神祇曰：呜呼！惟天惠民，惟辟奉天。有殷受弗克上天，自绝于命。臣发承祖宗累洽⑫之仁，列圣相沿之德，予小子曷敢有越厥志，恭天承命，底商之罪，大正于商。惟尔神祇，克成厥勋，诞膺⑬天命。予小子方日夜祗惧，恐坠前

① 炎帝：传说中上古姜姓部族首领。号烈山氏，亦作“厉山氏”。相传与黄帝同为少典之子。原居姜水流域，后向东发展到中原地区。曾与黄帝战于阪泉（今河北涿鹿东南），被打败。一说炎帝即神农氏。

② 少昊：亦作“少皞”。传说中远古东夷族首领。名挚，一作“质”，一说号金天氏。东夷族以鸟为图腾，相传他曾以鸟为官名，设有工正和农正等职，管理手工业和农业。春秋时的郯国之君即其后裔。

③ 颛顼（zhuān xū）：传说中古代部族首领。号高阳氏。昌意之子。生于若水，居于帝丘（今河南濮阳东南），曾命重任南正之官，掌管祭祀天神，命黎任火正（一作北正）之官，掌管民事。

④ 轩辕：黄帝名。

⑤ 笾（biān）：古代祭祀和宴会时盛果脯的竹器，形状像木制的豆。

⑥ 簠（fǔ）：中国古代食器。长方形，器与盖的形状相同，各有两耳。用以盛黍、稷、稻、粱。西周晚期开始出现，沿用至战国。

⑦ 簋（guǐ）：中国古代食器。侈口，圈足，方座，或带盖。无耳或有两耳、四耳。青铜或陶制。用以盛食物。盛行于商周时期。金文中都作“毁”。过去金石家曾误释为“敦”。

⑧ 金爵：金制酒器。

⑨ 生刍（chú）：新割的草。后因称吊丧礼物为“生刍”或“刍敬”。

⑩ 几席：即“几筵”，古人凭依、坐卧的器具。

⑪ 昧爽：犹黎明。天将亮未亮时。

⑫ 累洽：指太平相承。

⑬ 诞膺：指承受（天命或帝位）。

烈，敬修未遑。无奈诸侯、军、民、耆老人等，疏请再三，众志诚难固违。俯从群议，爰考①旧典，式诹②吉日，祗告于天、地、宗庙、社稷暨我文考，于是日受册宝，嗣即大位。仰承中外靖恭③之颂，天人协应之符，庆日月之照临，膺皇天之永命。尚望福我维新，永终不替，慰兆人④胥戴⑤之情，垂累业无疆之绪。神其鉴兹！伏惟尚飨。”

话说周公旦读罢祝文，焚了柴特、祝帛毕，只见香烟笼罩空中，瑞霭氤氲满地，其日天朗气清，惠风庆云，真是昌期应运，太平景象，自然迥别。那朝歌百姓挤拥，遍地欢呼。（此文是《尚书》中语句与后世文字混杂写成，故而遣词用句忽而高古，忽而凡俗）

武王受了册宝，即天子位，面南垂拱端坐。乐奏三番，众诸侯出笏，山呼“万岁”。拜贺毕，武王传旨，大赦天下。众人簇拥武王下坛，来至殿廷，从新拜贺毕，武王传旨，命摆九龙饰席，大宴八百诸侯，君臣共乐。众人酒过数巡，俱各欢畅。百官觉已深沉，各辞阙谢恩而散。后人读史，见武王一戎衣而有天下，君臣和乐，作诗以咏之。诗曰：

坛上香风绕圣王，军民嵩祝舞霓裳。
江山依旧承柴望⑥，社稷重新乐祼将⑦。

---

① 爰（yuán）考：表示审查、考核。
② 诹（zōu）：咨询，询问。
③ 靖恭：同“靖共”。谓安靖恭谨。
④ 兆人：古称天子之民，后泛指众民，百姓。
⑤ 胥（xū）戴：拥戴。
⑥ 柴望：古代两种祭礼。柴谓烧柴祭天；望谓祭国中山川。亦泛指祭祀。
⑦ 祼（guàn）将：意思是助王行祼祭之礼。祼，灌祭。祭礼的一种，即将酒浇在地上以祭祀先祖。

金阙晓临仙掌[1]动，玉阶时听珮环忙。
熙熙皞皞[2]清明世，万姓讴歌庆未央[3]。

话说次日武王设朝，众诸侯朝贺毕，武王谓子牙曰："殷纣因广施土木之功，竭天下之财，荒淫失政，故有此败。朕蒙众诸侯立之为君，朕欲将鹿台之货财给散与天下诸侯，颁赐各夷王衣袭之费，列爵惟五，分土惟三，建官惟贤，位事惟能，重民五教，惟食丧祭，惇信明义[4]，崇德报功，命诸侯各引人马归国，以安享其土地。"又将摘星楼殿阁尽行拆毁，散鹿台之财，发巨桥之粟，释箕子之囚，封比干之墓，式商容之闾，放内宫之人，大赉于四海，而万姓悦服。乃偃武修文，归马于华山之阳，放牛于桃林之野，以示天下弗服。武王在朝歌旬月[5]，万民乐业，人物安阜[6]，瑞草[7]生，凤凰现，醴泉溢，甘露降，景星庆云，熙熙皞皞，真是太平景象。（这一段，可谓是将史书上、小说里、故事中，或真或假，或有或无的武王仁政，一股脑堆在一起了）有诗为证。诗曰：

八十公公杖策行，相逢欣笑话生平。
眼中不识干戈事，耳内稀闻战鼓声。
每见麒麟鸾凤现，时听丝竹管弦鸣。
而今世上称宁宇，不似当年枕席惊。

---

① 仙掌：掌为掌扇之掌，也即障扇，宫中的一种仪仗，用以蔽日障风。
② 熙熙皞皞：光明祥和。
③ 未央：未尽，不止。
④ 惇（dūn）信明义：重视信实，明白理义。
⑤ 旬月：满一月。
⑥ 安阜：安定富足。
⑦ 瑞草：古代以为吉祥之草，如灵芝、蓂荚之类，或称仙草。

话说武王为天子，天人感应，民安物阜，天降祥瑞，万民无不悦服。只见天下诸侯俱辞朝，各归本国。子牙入内庭见武王，王曰："相父有何奏章？"子牙奏曰："方今天下已定，老臣启陛下，命官镇守朝歌。"武王曰："俱听相父。着用何官？"子牙曰："今武庚，陛下既代以不杀，使守本土，得存商祀，必用何人监守方可？"武王曰："俟明日临朝商议。"子牙退朝，回相府。只至次日，武王早朝，诸臣朝见毕，武王曰："朕今封武庚世守本土，以存商祀，必使人监国，当用何人而后可？"武王问罢，众臣共议："非亲王不可。"须议管叔鲜、蔡叔度二王监国。武王依允，随命二叔守此朝歌。武王分付："明日大驾归国。"只见武王圣谕一出，朝歌军民耆老人等，俱谋议欲遮留①圣驾不表。

话说武王次日，分付二叔监国，大驾随起。只见那些百姓，扶老挈幼②，遮拜于道，大呼曰："陛下救我等于水火之中，今一旦归国，是使万姓而无父母也。望陛下一视同仁，留居此地，我等百姓不胜庆幸！"武王见百姓挽留，乃慰之曰："今朝歌，朕已命二叔监守，如朕一样，必不令尔等失所也。尔等当奉公守法，自然安业，又何必朕在此，方能安阜也？"百姓挽留不住，放声大哭，震动天地。武王亦觉凄然，复谓二弟管叔鲜、蔡叔度曰："民乃国之根本。尔不可轻虐下民，当视之如子。若是不体朕意，有虐下民，朕自有国法在，必不能为亲者讳也。二弟其勉之！"二叔受命。（此时岂能料到日后竟有管蔡之乱）武王即日发驾起程，往西岐前进。百姓哭送一程，竟回朝歌不表。

话说武王离朝歌，一路行来，也非一日，不觉来至孟津。思想昔

---

① 遮留：拦阻挽留。
② 扶老挈（qiè）幼：搀着老人，领着小孩。扶，挽着。挈，提携，带领。

日渡孟津时，白鱼跃舟，兵戈扰攘；今日又是一番光景，不胜嗟叹。后人有诗咏之。诗曰：

驾返西岐龙入海，与民欢忭①乐尧年②。
归牛桃圃开新运，牧马华山洗旧膻。
箕子囚中先解释，比干墓上有封笺。
孟津昔日曾流血，无怪周王念往贤。

话说武王同子牙渡了黄河，过渑池，出五关。子牙一路行来，忽然想起一班随行征伐阵亡的将官，心下不胜伤悼。

一日来至金鸡岭，兵过守阳山。只见大队方行，前面有二位道者阻住，对旗门官曰："与我请姜元帅答话。"左右报进中军，子牙忙出辕门观看，却是伯夷、叔齐。子牙忙躬身问曰："二位贤侯见尚，有何见谕？"伯夷曰："姜元帅今日回兵，纣王致于何地？"子牙答曰："纣王无道，天下共弃之。吾兵进五关，只见天下诸侯已大会于孟津。至甲子日，受率其旅若林，罔敢敌于我师，前徒反戈攻于后以北，至血流漂杵，纣王自焚，天下大定。吾主武王散鹿台之才③，发巨桥之粟，封比干之墓，式商容之闾，诸侯无不悦服，尊武王为天子。今日之天下，非纣王之天下也。"子牙道罢，只见伯夷、叔齐仰面涕泣，大呼曰："伤哉！伤哉！以暴易暴兮，予意欲何为！"歌罢，拂袖而回，竟入守阳山，作《采薇》之诗，七日不食周粟，饿死守阳山。后人有诗吊之。诗曰：

① 欢忭（biàn）：欢欣。
② 尧年：唐尧在位之时。时天下太平，故用以比喻太平岁月、太平盛世。
③ 才：通"财"。

昔阻周兵在守阳，忠心一点为成汤。
三分已去犹啼血，万死无辞立大纲。
水土不知新世界，江山还念旧君王。
可怜耻食甘名节，万古常存日月光。（世间不可无伯夷、叔齐，亦不可尽是伯夷、叔齐）

话说子牙兵过守阳山，至燕山，一路上，周民箪食壶浆迎迓武王。一日，兵至西岐山，忽有上大夫散宜生、黄滚前来接驾，领众官俱在道旁俯伏。武王在车中见众弟与黄滚老将军后随孙儿黄天禄，武王曰："朕东征五载，今见卿等，不觉满腔凄惋，愁怀勃勃①也。"宜生近前启曰："陛下今登大位，天下太平，此不胜之喜。臣等得复睹天颜，正是龙虎重逢，再庆都俞②喜起③之风，陛下与万姓同乐太平，又何至凄惋不悦也！"武王曰："朕因会诸侯而伐纣，东进五关，一路内损朕许多忠良，未得共享太平，先归泉壤。今日卿等，老者、少者、存者、没者，俱不一其人，使朕不胜今昔之感，所以郁郁不乐耳。"（武王也是个颇重情义之人）散宜生启曰："以臣死忠，以子死孝，俱是报君父之洪恩，遗芳名于史册，自是美事。陛下爵禄其子孙，世受国恩，即所以报之也，又何必不乐哉？"武王与众臣并辔而行。西岐山至岐州只七十里，一路上，万民争看，无不欢悦。武王鸾驾簇拥，来至西岐城，笙簧嘹亮，香气氤氲。武王至殿前下辇，入内庭，参见太姜④，谒

① 勃勃：旺盛貌。
② 都俞：即"都俞吁咈"，亦作"吁咈都俞"。都、俞、吁、咈都是叹词。都，赞美；俞，同意；吁，不同意；咈，反对。旧时因用"都俞吁咈"形容君臣和洽讨论。
③ 喜起：意思是君臣协和，政治美盛。
④ 太姜：周朝先祖古公亶父的正妃，周文王的祖母。她以"贞顺"之德，成为丈夫得力的左膀右臂，是周朝创业之时的贤德妇人。在世共生有三子。

太妊[①]，会太姬，设筵宴在显庆殿，大会文武。正是：太平天子排佳宴，龙虎风云聚会时。

话说武王宴赏百官，君臣欢饮，尽醉而散。次日早朝，聚众文武参谒毕，武王曰："有奏章出班见朕，无事早散。"言未毕，子牙出班奏曰："老臣奉天征讨，灭纣兴周，陛下大事已定，只有屡年阵亡人、仙未受封职。老臣不日辞陛下，往昆仑山，见掌教师尊，请玉牒、金符，封赠众人，使他各安其位，不致他怅怅[②]无依耳。"武王曰："相父之言甚善。"言未毕，午门官启驾："外有商臣飞廉、恶来在午门候旨。"武王问子牙曰："今商臣至此见朕，意欲何为？"（妄图来讨荣华富贵的）

子牙奏曰："飞廉、恶来，纣之佞臣。前破纣之时，二奸隐匿。今见天下太平，至此欲簧惑陛下，希图爵禄耳。此等奸佞，岂可一日容之于天地间哉？但老臣有用他之处，陛下可宣入殿廷，俟老臣分付他，自有道理。"武王从其言，命："宣入殿前来。"左右将二臣引至丹墀，拜舞毕，口称："亡国臣飞廉、恶来愿陛下万岁！"武王曰："二卿至此，有何所愿？"飞廉奏曰："纣王不听忠言，荒淫酒色，以至社稷倾覆。臣闻大王仁德著于四海，天下归心，真可驾尧轶舜。臣故不惜千里，求见陛下，愿效犬马。倘蒙收录，得执鞭于左右，则臣之幸也。谨献玉符、金册，愿陛下容纳。"子牙曰："二位大夫在纣俱有忠诚，奈纣王不察，致有败亡之祸。今既归周，是弃暗投明。愿陛下当用二位大夫，正所谓舍玞珷[③]而用美玉也。"（玞珷者，似玉之粗石也）武王听子牙之言，封飞廉、恶来为中大夫。二臣谢恩。后人有

① 太妊：西周三母（太姜、太妊、太姒）之一，季历（王季）之妻，生姬昌（周文王）。

② 怅怅：失意惆怅貌。

③ 玞珷（fū wǔ）：即"珷玞"，似玉的美石。

诗叹之。诗曰：

贪望高官特地来，玉符金节献金阶。
子牙早定防奸计，难免封神剑下灾。（二人尚不知已入姜子牙彀中）

话说武王封了飞廉、恶来二人，子牙出朝，回相府不表。单说当年马氏笑子牙不能成其大事，竟弃子牙而他适[1]。及至今日，武王嗣位，天下归周，宇宙太平，即茅檐蔀屋[2]，穷谷深山，凡有人烟聚集之处，无有不知武王伐纣，俱是相父姜子牙之功。今日一统华夷，姜子牙出将入相，享人间无穷富贵，权牟人主，位极人臣，古今罕及，天下人无不赞叹："当日子牙困穷之时，磻溪坐隐，此身已老于渔樵。孰意八十岁方被文王聘请归国，今日做出这无大不大事业来。"

今日讲，明日讲，一日讲到这马氏耳朵里来。马氏此时跟随了一个乡村田户之人。其日闻得邻家一个老婆子对马氏曰："昔日你初时嫁的那个姜某，如今做了多大事业。"如此长，如此短，说了一遍，说得那马氏满面通红，一腔热烘烘的起来，半日无语。那老婆子又促了他两句，说道："当日还是大娘子错了，若是当时随了姜某，今日也享这无穷富贵，却强如在这里守穷度日。这还是你命里没福！"

马氏越发心里如油煎火燎一般，追悔不及，越觉怒恼。当时马氏辞了老婆子，自家归来，坐在房里，越想越恨："我当初如何看不上他！这双眼睛，还生在世上！"自思："便活一百岁，也只是如此。天下岂有这等一个大贵人错过了，还有甚磨[3]好处！"又想："适才这

① 他适：指女子另嫁他人，改嫁。
② 蔀（bù）屋：贫家所居的草席盖顶之屋。借指普通百姓。
③ 磨：同"么"，助词。表示疑问、祈使。

个老婆子说是我没福，不觉羞惭，再有何颜立于人世！不如寻个自尽罢！”乃大哭了一回，心里又想：“恐怕不是他。假如错听了，天下也有这个同名同姓的，却不是枉死了？”自己又自解叹：“且等到晚间，俟我这个丈夫来家，问他明白，再也未迟。”

那日天晚，只见那农夫张三老往城中卖菜来家，马氏接着，收拾了晚饭与丈夫吃了，因问曰：“如今姜子牙，闻说他出将入相，百般富贵，果然真么？”张三老听说，忙赔笑脸答曰：“贤妻不问，我也不好说，果然是真的。前日姜丞相在朝歌，甚么样威仪！天下诸侯，俱各听命。我那时要与你说去见他一见，也讨个小小的富贵。我只怕他品位俱尊，恐惹出事来，故此一向不曾说得。今蒙娘子问及，只得说与你知道。如今迟了，姜丞相回国多时，只是当初在这里好的。”马氏闻言，半日无语。这张三老恐娘子着恼，又安慰了一回，马氏假意劝丈夫睡了，自己收拾浑身干净，哭了数声，悬梁自缢而死。（马氏到底强过朱买臣的前妻，不愿为了富贵去寻那马前泼水之辱）一魂往封神台去了。及至张三老知觉，天已明了，马氏气绝，张三老只得买棺木埋葬不表。后人有诗叹之：

痴心尚望享荣华，应悔当时一念差。
三复垂思无计策，悬梁虽死愧黄沙。

话说次日子牙入朝见武王，奏曰：“昔日老臣奉师命下山，助陛下吊民伐罪，原是应运而兴，凡人、仙皆逢杀劫，先立有‘封神榜’在封神台上。今大事已定，人、仙魂魄无依，老臣特启陛下给假往昆仑山见师尊，请玉符、金册，来封众神，早安其位，望陛下准臣施行。”武王曰：“相父劳苦多年，当享太平之福，但此事亦是不了之局。相父可速宜施行，不得久羁仙岛，令朕凝望眼耳。”子牙曰：

"老臣怎敢有辜圣恩而乐游林壑也!"子牙忙辞武王，回相府，沐浴毕，驾土遁往昆仑山而来。不知后事如何，且听下回分解。

总批

当日飞廉、恶来归周，姜子牙当明其罪状，收而戮之，使天下后世知奸佞断不容于盛世耳。何必定以诈力愚之，然后杀之哉？子牙斯举，殊失大圣人作用，予深惜之。

又批

马氏先不随子牙入西，原是个恶妇，只是一知子牙富贵，自羞当年不识人，遂自缢而死。这还是个知羞耻烈性妇人，只是当时一念之差，较之今日竟不为耻者，岂啻天渊哉！其事虽不足取，其情实又可怜。

第九十九回　姜子牙归国封神

姜子牙歸國封神
封神榜

导读：我们之前在讲梅山七怪时曾经提过，目前存世的《封神演义》最早版本——明末舒载阳刊本中，最后封神的名单里面并没有梅山七怪，而是另外七个没出现过的人。而舒载阳本封神名单中的这种不同，并不止这七个。例如，在今天的某些版本中，“华盖星”是东海龙王三太子敖丙，而舒载阳本中却是一个没出场过的张定。“大祸星”在某些版本里是被哪吒打死的夜叉李艮，而舒载阳本中还是一个没出场过的陈猛。“月游星”在某些版本里是石矶娘娘，舒载阳本中是梁宗显。“九丑星”在某些版本是龙须虎，舒载阳本是姚玄。“贯索星”在某些版本是丘引，舒载阳本是秦庚等等。这里除了姚玄名下注明“万仙阵阵亡”外，其余都是未曾出场、莫名其妙之人，不由得让人怀疑，最初的《封神榜》可能另有来源，而不是作者在写完全书后排列编纂的。很有可能是作者搜集到了很多“封神”相关的故事，其中有一份或者不止一份的封神名单。作者在创作《封神演义》时曾经用来参考，并且最终经过修改收入书中。这就是舒载阳本里的《封神榜》，其中保留了一些之前可能是“封神”故事中的人名。后来《封神演义》在流传过程中，有书商或是好事文人，觉得前面一些重要角色在最后封神时榜上无名，反而是一些从未出现过的人占据了神位。于是，便自作聪明地改动了封神名单，形成了我们今天能看到的不同版本。本回我们以舒载阳本为底本，尽量保留《封神演义》的早期面貌。

诗曰：

蒙蒙香霭彩云生，满道讴歌贺太平。
北极祥光笼兑地，南来紫气绕金城。
群仙此日皆登果，列圣明朝尽返贞。
万古崇呼禋祀远，从今护国永澄清。（多少故事，只为这最后一场大典）

话说子牙借土遁来至玉虚宫前，不敢擅入。少时，只见白鹤童儿出来，看见姜子牙，忙问曰："师叔何来？"子牙曰："烦你通报一声，特来叩谒老师。"童子忙进宫来，至碧游床前启曰："禀上老爷：姜师叔在宫外求见。"元始天尊曰："着他进来。"童子出来，传与子牙。子牙进宫，至碧游床前，倒身下拜："弟子姜尚愿老师万寿无疆！弟子今日上山，拜见老师，特为请玉符、敕命，将阵亡忠臣孝子，逢劫神仙，早早封其品位，毋令他游魂无依，终日悬望。乞老师大发慈悲，速赐施行。诸神幸甚！弟子幸甚！"元始曰："我已知道了。你且先回，不日就有符敕至封神台来。你速回去罢。"子牙叩首谢恩而退。（这一段颇嫌啰嗦）

子牙离了玉虚宫，回至西岐。次日，入朝参谒武王，备言封神一事，"老师自令人赍来。"不觉光阴迅速，也非止一日，只见那日空中笙簧嘹亮，香气氤氲，旌幢羽盖，黄巾力士簇拥而来。白鹤童子亲赍符敕降临相府。（仙界的"传旨钦差"来了）怎见得，有诗为证。诗曰：

紫府金符降玉台，旌幢羽盖拂三台。
雷瘟火斗分先后，列宿群星次第开。

纠察无私称至德，滋生有自序长才。
仙神人鬼从今定，不使朝朝堕草莱①。

话说子牙迎接玉符、金敕，供于香案上，望玉虚宫谢恩毕，黄巾力士与白鹤童子别了子牙回昆仑不表。

子牙将符敕亲自赍捧，借土遁往岐山前来。只一阵风早到了封神台。有清福神柏鉴来接子牙。子牙捧符敕进了封神台，将符敕在正中供放，传令武吉、南宫适："立八卦纸幡，镇压方向与干支旗号。"又令二人领三千人马，按五方排列。子牙分付停当，方沐浴更衣，拈香金鼎，酌酒献花，绕台三匝。子牙拜毕诰敕②，（颇似人间大臣礼拜圣旨）先命清福神柏鉴在台下听候。子牙然后开读玉虚宫元始天尊诰敕：

"太上无极混元教主元始天尊敕曰：呜呼！仙凡路迥，非厚培根，行岂能通？神鬼途分，岂谄媚奸邪所觊窃？纵服气炼形于岛屿，未曾斩却三尸，终归五百年后之劫；总抱真守一于玄关，若未超脱阳神，难赴三千瑶池之约。故尔等虽闻至道，未证菩提。有心日修持，贪痴未脱；有身已入圣，嗔怒难除。须至往愆累积，劫运相寻。或托凡躯而尽忠报国，或因嗔怒而自惹灾尤。生死轮回，循环无已；业冤相逐，转报无休。吾甚悯焉！怜尔等身从锋刃，日沉沦于苦海，心虽忠荩，飘泊而无依。特命姜尚依劫运之重轻，循资品③之高下，封尔等为八部正神，分掌各司，按布周天，纠察人间善恶，检举三界功行。祸福自尔等施行，生

① 草莱：杂生的丛草。
② 诰敕：朝廷封官授爵的敕书。
③ 资品：资格和品级。

死从今超脱，有功之日，循序而迁。尔等其恪守弘规，毋肆私妄，自惹愆尤，以贻伊戚，永膺宝箓，常握丝纶①。故兹尔敕，尔其钦哉！”

子牙宣读敕书毕，将符箓供放案桌之上，乃全装甲胄，（既是奉元始天尊法旨，何不穿道装，而要着人间甲胄？）左手执杏黄旗，右手执打神鞭，站立中央，大呼曰：“柏鉴可将‘封神榜’张挂台下。诸神俱当循序而进，不得搀越取咎。”柏鉴领法旨，将《封神榜》张挂台下。只见诸神俱簇拥前来观看。那榜首就是柏鉴。柏鉴看见，手执引魂幡，忙进坛跪伏坛下，听宣元始封诰。子牙曰：“今奉太上元始敕命：尔柏鉴昔为轩辕皇帝（黄帝、皇帝不分，明清小说戏曲中多有，不足为怪）大帅，征伐蚩尤，曾有勋功。不幸殛死北海，捐躯报国，忠荩可嘉！一向沉沦，冤尤可悯。幸遇姜尚封神，守台功茂，特赐宝箓，慰尔忠魂。今敕封尔为三界首领八部三百六十五位清福正神之职。尔其钦哉！”柏鉴在坛下，阴风影里，手执百灵幡，望玉敕叩头谢恩毕。只见坛下风云簇拥，香雾盘旋。柏鉴至坛外，手执百灵幡伺候指挥。子牙命柏鉴：“引黄天化上台听封。”

不一时，只见清福神用幡引黄天化至台下，跪听宣读敕命。子牙曰：“今奉太上元始敕命：尔黄天化以青年尽忠报国，下山首建大功，救父尤为孝养。未享荣封，捐躯马革，情实痛焉！援功定赏，当存其厚，特敕封尔为管领三山正神炳灵公之职。尔其钦哉！”黄天化在坛下叩首谢恩，出坛而去。（东岳与其他四岳可谓是主次分明）

子牙命柏鉴：“引五岳正神上坛受封。”少时，清福神引黄飞虎

① 丝纶：《礼记·缁衣》：“王言如丝，其出如纶。”丝，细缕；纶，粗绦。比喻帝王的一句极微细的话也会产生很大的影响。后称帝王的诏书为“丝纶”。

等齐至台下，跪听宣读敕命。子牙曰：“今奉太上元始敕命：尔黄飞虎遭暴主之惨恶，致逃亡于他国，流离迁徙，方切骨肉之悲；奋志酬知，突遇阳针之劫，遂罹凶祸，情实可悲！崇黑虎有志济民，时逢劫运；闻聘等三人金兰[①]气重，方图协力同心，忠义志坚，欲效股肱之愿。岂意阳运告终，赍志而没。尔五人同一孤忠，功有深浅。特锡[②]荣封，以是差等。乃敕封尔黄飞虎为五岳之首，仍加敕一道，执掌幽冥地府一十八重地狱，凡一应生死转化人神仙鬼，俱从东岳勘对，方许施行。特敕封尔为东岳泰山天齐仁圣大帝之职，总管天地人间吉凶祸福。尔其钦哉！毋渝厥典。”黄飞虎在台下先叩首谢恩。

子牙方读四敕曰：“特敕封尔崇黑虎为南岳衡山司天昭圣大帝，特敕封尔闻聘为中岳嵩山中天崇圣大帝，特敕封尔崔英为北岳恒山安天玄圣大帝，特敕封尔蒋雄为西岳华山金天顺圣大帝。尔其钦哉！”崇黑虎等俱叩首谢恩毕，同黄飞虎出坛而去。

子牙命柏鉴：“引雷部正神上台受封。”只见清福神持引魂幡出坛来引雷部正神。只见闻太师，毕竟他英风锐气，不肯让人，那里肯随柏鉴。子牙在台上看见香风一阵，云气盘旋，率领二十四位正神径闯至台下，也不跪。（最后一点英雄傲气）子牙执鞭大呼曰：“雷部正神跪听宣读玉虚宫封号！”闻太师方才率众神跪听封号。子牙曰：“今奉太上元始敕命：尔闻仲曾入名山，证修大道，虽闻朝元之果，未贞至一[③]之谛，登大罗而无缘，位人臣之极品，辅相两朝，竭忠补衮[④]，虽劫运之使然，其贞烈之可悯。今特令尔督率雷部，兴云布雨，万物托以长养；诛逆除奸，善恶由之祸福。特敕封尔为九天应元

---

① 金兰：谓友情契合，深交。后引申为异姓结拜兄弟之辞。
② 锡：赐给，赏赐。
③ 至一：古代哲学用语。指高度和谐一致的境界或局面。
④ 补衮：皇帝穿衮龙衣，故称补救皇帝的缺失为“补衮”。

雷声普化天尊之职，仍率领雷部二十四员催云助雨护法天君，任尔施行。尔其钦哉！

雷部二十四位天君正神名讳：

邓天君讳忠	辛天君讳环	张天君讳节
陶天君讳荣	庞天君讳洪	刘天君讳甫
苟天君讳章	毕天君讳完	秦天君讳完
赵天君讳江	董天君讳全	袁天君讳角
李天君讳德（万仙阵亡）	孙天君讳良	柏天君讳礼
王天君讳变	姚天君讳宾	张天君讳诏
黄天君讳庚（万仙阵亡）	金天君讳素（万仙阵亡）	吉天君讳立
余天君讳庆	闪电神（即金光圣母）	
助风神（即菡芝仙）”		

话说雷祖率领二十四位天君听封号毕，俱望台上叩首谢恩，出封神台去讫。只见祥光缥缈，紫雾盘旋，电光闪灼，风云簇拥，自是不同。有诗赞之。诗曰：

布雨兴云助太平，滋培万物育群生。
从今雷部承天敕，诛恶安良达圣明。

雷祖去了。子牙又命柏鉴：“引火部正神上台听封。”不一时，清福神引罗宣等至台下，跪听宣读敕命。子牙曰：“今奉太上元始敕命：尔罗宣昔在火龙岛曾修无上之真，未跨青鸾之翼，因一念之嗔痴，弃七尺为乌有。虽尤尔咎，实乃往愆。特敕封尔为南方三气火德星君正神之职，仍率领火部五位正神，任尔施行，巡察人间善恶。尔其钦哉！

火部五位正神名讳：

尾火虎	朱讳招	室火猪	高讳震	觜火猴	方讳贵
翼火蛇	王讳蛟	接火天君	刘讳环”		

话说火星率领五位正神叩首谢恩，出台去了。子牙又命柏鉴：“引瘟部正神上台受封。”少时，清福神引吕岳等至台下，跪听宣读敕命。只见惨雾凄凄，阴风习习。子牙曰：“今奉太上元始敕命：尔吕岳潜修岛屿，有成仙了道之机，误听萋菲①，动干戈杀戮之惨，自堕恶趣，夫复谁戚！特敕封尔为主掌瘟𤸷昊天大帝之职，率领瘟部六位正神，凡有时症，任尔施行。尔其钦哉！

瘟部六位正神名讳：

东方行瘟使者	周讳　信	南方行瘟使者	李讳　奇
西方行瘟使者	朱讳天麟	北方行瘟使者	杨讳文辉
劝善大师	陈讳　庚	和瘟道士	孙讳　通”

吕岳等听罢封号，叩首谢恩，出坛去了。子牙又命柏鉴：“引斗部正神至台上受封。”不一时，只见清福神引金灵圣母等至台下，跪听宣读敕命。子牙曰：“今奉太上元始敕命：尔金灵圣母，道德已全，曾历百千之劫。嗔心未退，致罹杀戮之殃，皆自蹈于烈焰之中，岂冥数定轮回之厄。悔已无及。慰尔潜修，特敕封尔执掌金阙，坐镇斗

① 萋菲：同“萋斐”。花纹错杂貌。刘昼《新论·伤谗》：“吞决之情深，则萋菲之辞作。”后比喻谗言。此处指谗言。

府，居周天列宿之首，为北极紫气之尊，八万四千群星恶煞，咸听驱使，永坐坎宫斗母正神之职。钦承新命，克尽往愆！

五斗群星吉曜恶煞正神名讳：

东斗星官　苏讳护　金讳奎　姬讳叔度　赵讳丙

西斗星官　黄讳天禄　龙讳环　孙讳子羽　胡讳昇　胡讳云鹏

中斗星官　鲁讳仁杰　晁讳雷　姬讳叔方

中天北极紫微大帝　姬讳伯邑考

南斗星官　周讳纪　胡讳雷　高讳贵　余讳成　孙讳宝　雷讳昆

北斗星官　黄讳天祥天罡　殷讳比干文曲　黄讳荣武曲　韩讳升左辅　韩讳变右弼　苏讳全忠破军　鄂讳顺贪狼　郭讳宸巨门　董讳忠招摇

群星名讳：

青龙星　邓讳九公　白虎星　殷讳成秀　朱雀星　马讳方

玄武星　徐讳坤　勾陈星　孙讳伯　螣蛇星　张讳山

太阳星　徐讳盖　太阴星　姜氏（纣后）　玉堂星　商讳容

天贵星　姬讳叔乾　龙德星　洪讳锦　红鸾星　龙吉公主

天喜星　纣王天子　天德星　梅讳柏（纣大夫）

月德星　夏讳招（纣大夫）　天赦星　赵讳启（纣大夫）

貌端星　贾氏（黄飞虎妻）　金府星　陈讳定（万仙阵亡）

木府星　芦申（万仙阵亡）　水府星　余讳灿（万仙阵亡）

火府星　王讳真（万仙阵亡）　土府星　土讳行孙

六合星 邓氏婵玉　　博士星 邢讳三益（万仙阵亡）

力士星 戴讳 礼　　奏书星 车讳 方　　河魁星 翟讳元

月魁星 崔讳士杰　　帝车星 徐讳 振　　天嗣星 石讳章

帝辂星 丁讳 策　　天马星 庞讳 虎　　皇恩星 李讳锦

天医星 钱讳 保（皆万仙阵亡）　　地后星 黄氏（纣妃）

宅龙星 姬讳叔德　　伏龙星 黄讳 明　　驿马星 雷讳 开

黄幡星 魏讳 贲　　豹尾星 郑讳 龙　　丧门星 张讳桂芳

吊客星 风讳 林　　勾绞星 费讳 仲　　卷舌星 尤讳 浑

罗猴星 彭讳 遵　　计都星 王讳 豹　　飞廉星 姬讳叔坤

大耗星 崇讳侯虎　　小耗星 殷讳破败　　贯索星 秦讳 庚

栏杆星 龙讳安吉　　披头星 太讳 鸾　　五鬼星 邓讳 秀

羊刃星 赵讳 升　　血光星 孙讳红焰　　官符星 方讳义真

孤辰星 余讳 化　　天狗星 季讳 康　　病符星 王讳 佐

钻骨星 崔讳 信　　死符星 卞讳金龙　　八败星 柏讳 忠

浮沉星 郑讳 春　　大杀星 丁讳 策　　岁杀星 李讳 雄

岁刑星 徐讳 芳（穿云总兵）　　岁破星 晁讳 田

独火星 姬讳叔义　　血光星 马讳 忠

亡神星 欧阳讳平（临潼总兵）　　月破星 王讳 宾

月游星 梁讳宗显　　死气星 陈讳礼亮　　咸池星 池讳 忠

月厌星 孙讳 安　　月刑星 李讳 德　　黑杀星 高讳继能

七杀星 张讳 奎　　五谷星 殷讳 洪　　除杀星 黄讳鼎臣

天刑星 杨讳 春　　天罗星 朱讳 寅　　地网星 姬讳叔吉

天空星 钱讳 京　　华盖星 张讳 定

十恶星 李讳德武（俱万仙阵亡）　　蚕畜星 胡讳佳善

桃花星 高氏兰英　　铁扫帚 马氏（子牙妻）

大祸星 陈讳 猛　　狼籍星 韩讳 荣（汜水总兵）

披麻星　全讳　庚（万仙阵亡）　九丑星　姚讳玄（万仙阵亡）
三尸星　撒讳　坚　三尸星　撒讳　强
三尸星　撒讳　勇（兄弟三人）　阴错星　金讳　海（万仙阵亡）
阳差星　王讳　保（万仙阵亡）　刃杀星　公孙讳铎
四废星　袁讳　坤　五穷星　史讳思齐　地空星　洪讳承秀
红艳星　王讳义（纣妃）　流霞星　杨讳　相　寡宿星　张讳　伟
天瘟星　程讳朝用　荒芜星　召讳国才　胎神星　姬讳叔礼
伏断星　李讳　颜　反吟星　周讳　柏　伏吟星　吕讳知本
刀砧星　胡讳　松　灭没星　房讳景元　岁厌星　杨讳　旺
破碎星　余讳宗伯

二十八宿名讳（内有八人封在水、火二部管事，俱万仙阵亡）：

角木蛟柏讳　林　斗木豸杨讳　信　奎木狼李讳　雄
井木犴沈讳　庚　牛金牛李讳　弘　鬼金羊赵讳白高
娄金狗张讳　雄　亢金龙李讳道通　女土蝠郑讳　元
胃土雉宋讳　庚　柳土獐吴讳　坤　氐土貉高讳　丙
星日马吕讳　能　昴日鸡黄讳　仓　虚日鼠周讳　宝
房日兔姚讳公伯　毕月乌金讳绳阳　危月燕侯讳太乙
心月狐苏讳　元　张月鹿薛讳　定

随斗部天罡星三十六位名讳（俱万仙阵亡）：

天魁星高讳　衍　天罡星黄讳　真　天机星卢讳　昌
天闲星纪讳　丙　天勇星姚讳公孝　天雄星施讳　桧
天猛星孙讳　乙　天威星李讳　豹　天英星朱讳　义

天贵星陈讳　坎	天富星黎讳　仙	天满星方讳　保
天孤星詹讳　秀	天伤星李讳洪仁	天立星王讳龙茂
天建星邓讳　玉	天暗星李讳　新	天祐星徐讳正道
天空星典讳　通	天速星吴讳　旭	天异星吕讳自答
天煞星任讳来聘	天微星龚讳　清	天究星单讳百招
天退星高讳　可	天寿星戚讳　成	天剑星王讳　虎
天竟星卜讳　同	天罪星姚讳　公	天损星唐讳天正
天败星申讳　礼	天牢星闻讳　杰	天慧星张讳智雄
天暴星毕讳　德	天哭星刘讳　达	天巧星程讳三益

随斗部地煞星七十二位名讳（俱万仙阵亡）：

地魁星陈讳继真	地煞星黄讳元济	地勇星贾讳　成
地杰星呼讳百颜	地雄星鲁讳修德	地威星须讳　成
地英星孙讳　祥	地奇星王讳　平	地猛星百讳有患
地文星革讳　高	地正星考讳　隔	地辟星李讳　燧
地阖星刘讳　衡	地强星夏讳　祥	地暗星余讳　惠
地辅星鲍讳　龙	地会星鲁讳　芝	地佐星黄讳丙庆
地祐星张讳　奇	地灵星郭讳　巳	地兽星金讳甫道
地微星陈讳　元	地慧星车讳　坤	地暴星桑讳成道
地然星周讳　庚	地猖星齐讳　公	地狂星霍讳之元
地飞星叶讳　申	地走星顾讳　宗	地巧星李讳　昌
地明星方讳　吉	地进星徐讳　吉	地退星樊讳　焕
地满星卓讳　公	地遂星孔讳　成	地周星姚讳金秀
地隐星甯讳三益	地异星余讳　知	地理星童讳　贞
地俊星袁讳鼎相	地乐星汪讳　祥	地捷星耿讳　颜

地速星邢讳三鸾	地镇星姜讳忠	地稽星孔讳天兆
地魔星李讳跃	地妖星龚讳倩	地幽星段讳清
地伏星门讳道正	地僻星祖讳林	地空星萧讳电
地孤星吴讳四玉	地全星匡讳玉	地短星蔡讳公
地角星蓝讳虎	地囚星宋讳禄	地藏星关讳斌
地平星龙讳成	地损星黄讳乌	地奴星孔讳道灵
地察星张讳焕	地恶星李讳信	地魂星徐讳山
地数星葛讳方	地阴星焦讳龙	地刑星秦讳祥
地壮星武讳衍公	地劣星范讳斌	地健星叶讳景昌
地耗星姚讳烨	地贼星孙讳吉	地狗星陈讳梦庚

随斗部九曜星官名讳（俱万仙阵亡）：

崇讳应彪	高讳系平	韩讳鹏	李讳济	王讳封
刘讳禁	王讳储	彭讳九元	李讳三益	

北斗五气水德星君名讳：

水德星鲁讳雄（率领水部四位正神）　　箕水豹杨讳真

壁水貐方讳吉清　　参水猿孙讳祥　　轸水蚓胡讳道元”

众群星列宿听罢封号，叩首谢恩，纷纷出坛而去。（一众星宿，有天空实有之星，有数术吉神凶煞之星，有故事传说之星真可谓是大杂烩）子牙又命柏鉴：“引直年太岁至台下受封。”少时，清福神用幡引殷郊、杨任等至台下，跪听宣读敕命。子牙曰：“今奉太上元始敕命：尔殷郊昔身为纣子，痛母后致触君父，几罹不测之殃；后证道名山，背师言有逆天意，酿成犁锄之祸。虽申公豹之唆使，亦尔自作之愆尤。尔杨任事纣，忠君直谏，先遭挖[1]目之苦。归周舍身报国，后罹横死之灾，总劫运之使然，亦冥数之难逭[2]。特敕封尔殷郊为执年岁君太岁之神，坐守周年，管当年之休咎[3]。尔杨任为甲子太岁之神，率领尔部下，日直正神，循周天星宿度数，察人间过往愆尤。尔等宜恪修厥职，永钦新命。

太岁部下日直众星名讳：

日游神乔讳 明　　夜游神姚讳 益　　增福神韩讳毒龙
损福神薛讳恶虎　　显道神方讳 弼　　开路神方讳 相
直年神李讳 丙（万仙阵亡）　直月神黄讳承乙（万仙阵亡）
直日神周讳 登（万仙阵亡）　直时神刘讳洪（万仙阵亡）”

殷郊等听罢封号，叩首谢恩，出坛去了。子牙又命柏鉴：“引王魔等上坛受封。”不一时，清福神用幡引王魔等至台下，跪听宣读敕命。子牙曰：“今奉太上元始敕命：尔王魔等昔在九龙岛潜修大道，奈根行之未深，听唆使之萋菲，致抛九转工夫，反受血刃之苦。此亦自作之愆，莫怨彼苍之咎。特敕封尔等为镇守灵霄宝殿四圣大元帅。永承钦命，慰尔幽魂。

王讳 魔　　杨讳 森　　高讳体乾　　李讳兴霸”

王魔等听罢封号，叩头谢恩，出坛去了。又命柏鉴：“引赵公明

① 挖（wǎn）：取，挖取。
② 逭（huàn）：避，逃。《书·太甲中》：“自作孽，不可逭。”
③ 休咎：吉凶。《书·洪范》有休征、咎征，即吉兆、凶兆。

等上坛受封。”不一时，清福神用幡引赵公明等至台下，跪听宣读敕命。子牙曰：“今奉太上元始敕命：尔赵公明昔修大道，已证三乘根行；深入仙乡，无奈心头火热。德业迥超清净，其如妄境①牵缠。一堕恶趣②，返真③无路。生未能入大罗之境，死当受金诰④之封。特敕封尔为金龙如意正一龙虎玄坛真君之神，率领部下四位正神，迎祥纳福，追逃捕亡。尔其钦哉！（赵公明原本是在汉末归顺祖天师张道陵而后受封，这里平白给他提前了一千多年）

招宝天尊　　萧讳　昇　　纳珍天尊　　曹讳　宝

招财使者　　乔讳有明　　利市仙官　　姚讳逐益”

赵公明等听罢封号，叩首谢恩，出坛去了。子牙又命柏鉴：“引魔家四将上坛受封。”少时，只见清福神用幡引魔礼青兄弟等至台下，跪听宣读敕命。子牙曰：“今奉太上元始敕命：尔魔礼青等仗秘授之奇珍，有逆天命；逞弟兄之一体，致戮无辜。虽忠荩之可嘉，奈劫运之难躲。同时而尽，久入沉沦。今特敕封尔为四大天王之职，辅弼西方教典，立地水火风之相，护国安民，掌风调雨顺之权。永修厥职，毋忝新纶。

增长天王　魔礼青掌青光宝剑一口　职风

---

① 妄境：佛教语。谓妄心所现的虚妄不实的境界。

② 恶趣：佛教语。又作“恶道”。为“善趣”之对称。趣，为往、到之义。即由恶业所感，而应趣往之处所。一般以地狱、饿鬼、畜生三趣称为三恶趣，又称三途、三恶道，为纯粹恶业趣往之处。其中，依瞋恚趣往地狱，依贪欲趣往饿鬼，依愚痴趣往畜生。

③ 返真：指返归真境，得道成仙。

④ 金诰：朝廷的诰命。

广目天王　魔礼红掌碧玉琵琶一面　职调
多文天王　魔礼海掌管混元珍珠伞　职雨
持国天王　魔礼寿掌紫金龙花狐貂　职顺”

魔礼青等听罢封号，叩首谢恩，出坛去了。子牙又命柏鉴：“引郑伦等上坛受封。”不一时，清福神用幡引郑伦等至台下，跪听宣读敕命。子牙曰：“今奉太上元始敕命：尔郑伦弃纣归周，方庆良臣之得主，督粮尽瘁，深勤跋涉之劬劳。未膺一命之荣，反罹阳九之厄。尔陈奇阻吊伐之师，虽违天命，苠忠节于国，实有可嘉。总归劫运，无用深嗟。兹特即尔等腹内之奇，加之位号。敕封尔等镇守西释山门，宣布教化，保护法宝，为哼哈二将之神。尔其恪修厥职，永钦成命。”郑伦与陈奇听罢封号，叩首谢恩，出坛去了。

子牙又命柏鉴：“引余化龙父子上坛受封。”不一时，只见清福神用幡引余化龙等至坛下，跪听宣读敕命。子牙曰：“今奉太上元始敕命：尔余化龙父子，拒守孤城，深切忠贞之节，一门死难，永堪华衮[1]之封。特锡尔之新纶，当克襄乎上理；乃敕封尔掌人间之时症，主生死之修短，秉阴阳之顺逆，立造化之元神，为主痘碧霞元君之神。（碧霞元君乃是泰山女神，东岳大帝之女，如何成了痘神，还封给个男子？）率领五方痘神，任尔施行。仍敕封尔元配金氏为卫房圣母元君，同承新命，永修厥职，汝其钦哉！

五方主痘正神名讳：

东方主痘正神余讳　达　　西方主痘正神余讳　兆
南方主痘正神余讳　光　　北方主痘正神余讳　先

① 华衮：古代王公贵族的礼服。常用以表示极高的荣宠。

中央主瘟正神余讳　德”

余化龙等听罢封号，叩首谢恩，出坛去了。

子牙命柏鉴：“引三仙岛云霄、琼霄、碧霄上台受封。”少时，只见清福神用幡引云霄等至台下，跪听宣读敕命。子牙曰：“今奉太上元始敕命：尔云霄等，潜修仙岛，虽勤日夜工夫，得道天皇，未登大罗彼岸。况狂逞于兄言，借金剪残害生灵，且愤怒于冥数，摆‘黄河’擒拿正士，致历代之门徒，劫遭金斗，削三花之元气，后转凡胎，业更造乎多端，心无悔乎彰报。姑从惠典，锡尔荣封。特敕封尔执掌混元金斗，专擅先后之天。凡一应仙、凡、人、圣、诸侯、天子，贵贱贤愚，落地先从金斗转劫，不得越此，为感应随世仙姑正神之位。尔当念此鸾封，克勤尔职！

云霄娘娘　琼霄娘娘　碧霄娘娘（以上三姑，正是坑三姑娘之神。混元金斗即人间之静桶。凡人之生育，俱从此化生也。）”（难免报复之嫌）

三姑听罢封号，叩头谢恩，出坛去了。

子牙又命柏鉴：“引申公豹至台上受封。”不一时，只见清福神用百灵幡引申公豹至台下，跪听宣读敕命。子牙曰：“今奉太上元始敕命：尔申公豹身归阐教，反助逆以拒直，既已被擒，又发誓以粉过。身虽塞乎北海，情难释其往愆。姑念清修之苦，少加一命之荣。特敕封尔执掌东海，朝观日出，暮转天河，夏散冬凝，周而复始，为分水将军之职。尔其永钦成命，毋替厥职！”申公豹听罢封号，叩首谢恩，出坛去了。（申公豹之罪恐不在三妖之下，最终却能受封神职，如何使人信服）

子牙封罢三百六十三位正神已毕，只见众神各去领受执掌，不一时，封神台边凄风尽息，惨雾澄清，红日中天，和风荡漾。子牙下坛传令，命南宫适："会合朝大小文武官员，至岐山听候发落。"南宫适领命，忙令马上飞递前去不表。次日，众官跻跻跄跄，齐至坛下伺候。少时，子牙升帐，众官俱进帐参谒毕，子牙传令："将飞廉、恶来拿下。"飞廉、恶来二人齐曰："无罪！"子牙笑曰："你这二贼，惑君乱政，陷害忠良，断送成汤社稷，罪盈恶贯，死有余辜！今国破君亡，又来献宝偷安，希图仕周，以享厚禄。新天子祗承休命①，万国维新，岂容你这不忠不义之贼于世，以贻新政之羞也！"命左右："推出斩之正法！"二人低头不语。左右推出辕门。不知性命如何，且听下回分解。

总批

姜太公为诸神之祖，钦敕众神，无不用命，其规模气象，猗欤盛哉。宜其万圣皈依，群仙景仰也。

又批

恃宝纵恶，琼霄、碧霄二位居多。若云霄还有些好处，原是强逼而来，如何也一概定罪。致千古之下，受了多少腌臜气。这都是元始天尊偏护自家弟子，只为削了他的顶上三花，就令他三人永劫不磨，报之未免太重。总是神仙也自存私，无怪凡夫更甚。

① 休命：美善的命令。多指天子或神明的旨意。

附录　通行本《封神榜》

三界首领八部三百六十五位清福正神：

柏鉴

管领三山正神炳灵公：

黄天化

五岳正神：

黄飞虎　东岳泰山天齐仁圣大帝

崇黑虎　南岳衡山司天昭圣大帝

闻聘　　中岳嵩山中天崇圣大帝

崔英　　北岳恒山安天玄圣大帝

蒋雄　　西岳华山金天愿圣大帝

雷部正神：

闻仲　　九天应元雷声普化天尊

雷部二十四位天君正神名讳：

邓天君讳忠	辛天君讳环	张天君讳节
陶天君讳荣	庞天君讳洪	刘天君讳甫
苟天君讳章	毕天君讳环	秦天君讳完
赵天君讳江	董天君讳全	袁天君讳角
李天君讳德（万仙阵亡）	孙天君讳良	柏天君讳礼
王天君讳变	姚天君讳宾	张天君讳绍

黄天君讳谀（万仙阵亡）　金天君讳素（万仙阵亡）
吉天君讳立　余天君讳庆
闪电神（即金光圣母）　助风神（即菡芝仙）

火部正神：

罗宣　南方三气火德星君正神

火部五位正神名讳：

尾火虎　朱讳招　室火猪　高讳震　觜火猴　方讳贵
翼火蛇　王讳蛟　接火天君　刘讳环

瘟部正神：

吕岳　主掌瘟㾉昊天大帝

瘟部六位正神名讳：

东方行瘟使者　周讳　信　南方行瘟使者　李讳　奇
西方行瘟使者　朱讳天麟　北方行瘟使者　杨讳文辉
劝善大师　陈讳　庚　和瘟道士　李讳　平

斗部正神：

金灵圣母　坎宫斗母正神

五斗群星吉曜恶煞正神名讳：

东斗星官　苏讳　护　金讳奎　姬讳叔明　赵讳丙
西斗星官　黄讳天禄　龙讳环　孙讳子羽　胡讳升
　胡讳云鹏
中斗星官　鲁讳仁杰　晁讳雷　姬讳叔升
中天北极　紫微大帝　姬讳伯邑考
南斗星官　周讳　纪　胡讳雷　高讳　贵　余讳成

	孙讳　宝	雷讳鲲	
北斗星官	黄讳天祥天罡	比讳干文曲	窦讳荣武曲
	韩讳　升左辅	韩讳变右弼	苏讳全忠破军
	鄂讳　顺贪狼	郭讳宸巨门	董讳忠招摇

群星名讳：

青龙星邓讳九公	白虎星殷讳成秀	朱雀星马讳　方
玄武星徐讳　坤	勾陈星雷讳　鹏	滕蛇星张讳　山
太阳星徐讳　盖	太阴星姜氏（纣后）	玉堂星商讳　容
天贵星姬讳叔乾	龙德星洪讳　锦	红鸾星龙吉公主
天喜星纣王天子	天德星梅讳　伯（纣大夫）	
月德星夏讳　招（纣大夫）	天赦星赵讳　启（纣大夫）	
貌端星贾　氏（黄飞虎妻）	金府星萧讳　臻	
木府星邓讳　华	水府星余讳　元	火府星火灵圣母
土府星土讳行孙	六合星邓氏婵玉	博士星杜讳元铣
力士星邬讳文化	奏书星胶讳　鬲	河魁星黄讳飞彪
月魁星徹地夫人	帝车星姜讳桓楚	天嗣星黄讳飞豹
帝辂星丁讳　策	天马星鄂讳崇禹	皇恩星李讳　锦
天医星钱讳　保	地后星黄氏（纣妃）	宅龙星姬讳叔德
伏龙星黄讳　明	驿马星雷讳　开	黄幡星魏讳　贲
豹尾星吴讳　谦	丧门星张讳桂芳	吊客星风讳　林
勾绞星费讳　仲	卷舌星尤讳　浑	罗睺星彭讳　遵
计都星王讳　豹	飞廉星姬讳叔坤	大耗星崇讳侯虎
小耗星殷讳破败	贯索星丘讳　引	栏杆星龙讳安吉
披头星太讳　鸾	五鬼星邓讳　秀	羊刃星赵讳　升
血光星孙讳焰红	官符星方讳义真	孤辰星余讳　化
天狗星季讳　康	病符星王讳　佐	钻骨星张讳　凤

死符星卞讳金龙	天败星柏讳显忠	浮沉星郑讳　椿
天杀星卞讳　吉	岁杀星陈讳　庚	
岁刑星徐讳芳（穿云总兵）	岁破星晁讳田	独火星姬讳叔义
血光星马讳　忠	亡神星欧阳讳淳（临潼总兵）	
月破星王讳　虎	月游星石矶娘娘	死气星陈讳季贞
咸池星徐讳　忠	月厌星姚讳　忠	月刑星陈讳　梧
黑杀星高讳继能	七杀星张讳　奎	五谷星殷讳　洪
除杀星余讳　忠	天刑星欧阳讳天禄	天罗星陈讳　桐
地网星姬讳叔吉	天空星梅讳　武	华盖星敖讳　丙
十恶星周讳　信	蚕畜星黄讳元济	桃花星高氏兰英
扫帚星马氏（子牙妻）	大祸星李讳　艮	
狼籍星韩讳　荣（汜水总兵）		披麻星林讳　善
九丑星龙须虎	三尸星撒讳　坚	三尸星撒讳　强
三尸星撒讳　勇	阴错星金讳　成	阳差星马讳成龙
刃杀星公孙讳铎	四废星袁讳　洪	五穷星孙讳　合
地空星梅讳　德	红艳星杨氏（纣妃）	流霞星武讳　荣
寡宿星朱讳　升	天瘟星金讳大升	荒芜星戴讳　礼
胎神星姬讳叔礼	伏断星朱讳子真	反吟星杨讳　显
伏吟星姚讳庶良	刀砧星常讳　昊	灭没星房讳　景元
岁厌星彭讳祖寿	破碎星吴讳　龙	

二十八宿名讳（内有八人封在水、火二部管事，俱万仙阵亡）：

角木蛟柏讳　林	斗木豸杨讳　信	奎木狼李讳　雄
井木犴沈讳　庚	牛金牛李讳　弘	鬼金羊赵讳白高
娄金狗张讳　雄	亢金龙李讳道通	女土蝠郑讳　元
胃土雉宋讳　庚	柳土獐吴讳　坤	氐土貉高讳　丙
星日马吕讳　能	昴日鸡黄讳　仓	虚日鼠周讳　宝

房日兔姚讳公伯	毕月乌金讳绳阳	危月燕侯讳太乙
心月狐苏讳元	张月鹿薛讳定	

随斗部天罡星三十六位名讳（俱万仙阵亡）：

天魁星高讳衍	天罡星黄讳真	天机星卢讳昌
天闲星纪讳丙	天勇星姚讳公孝	天雄星施讳桧
天猛星孙讳乙	天威星李讳豹	天英星朱讳义
天贵星陈讳坎	天富星黎讳仙	天满星方讳保
天孤星詹讳秀	天伤星李讳洪仁	天玄星王讳龙茂
天健星邓讳玉	天暗星李讳新	天祐星徐讳正道
天空星典讳通	天速星吴讳旭	天异星吕讳自成
天煞星任讳来聘	天微星龚讳清	天究星单讳百招
天退星高讳可	天寿星戚讳成	天剑星王讳虎
天平星卜讳同	天罪星姚讳公	天损星唐讳天正
天败星申讳礼	天牢星闻讳杰	天慧星张讳智雄
天暴星毕讳德	天哭星刘讳达	天巧星程讳三益

随斗部地煞星七十二位名讳（俱万仙阵亡）：

地魁星陈讳继真	地煞星黄讳景元	地勇星贾讳成
地杰星呼讳百颜	地雄星鲁讳修德	地威星须讳成
地英星孙讳祥	地奇星王讳平	地猛星柏讳有患
地文星革讳高	地正星考讳鬲	地辟星李讳燧
地阖星刘讳衡	地强星夏讳祥	地暗星余讳惠
地辅星鲍讳龙	地会星鲁讳芝	地佐星黄讳丙庆
地佑星张讳奇	地灵星郭讳巳	地兽星金讳南道
地微星陈讳元	地慧星车讳坤	地暴星桑讳成道
地默星周讳庚	地猖星齐讳公	地狂星霍讳之元
地飞星叶讳中	地走星顾讳宗	地巧星李讳昌

地明星方讳　吉	地进星徐讳　吉	地退星樊讳　焕
地满星卓讳　公	地遂星孔讳　成	地周星姚讳金秀
地隐星宁讳三益	地异星余讳　知	地理星童讳　贞
地俊星袁讳鼎相	地乐星汪讳　祥	地捷星耿讳　颜
地速星邢讳三鸾	地镇星姜讳　忠	地羁星孔讳天兆
地魔星李讳　跃	地妖星龚讳　倩	地幽星段讳　清
地伏星门讳道正	地僻星祖讳　林	地空星萧讳　电
地孤星吴讳四玉	地全星匡讳　玉	地短星蔡讳　公
地角星蓝讳　虎	地囚星宋讳　禄	地藏星关讳　斌
地平星龙讳　成	地损星黄讳　乌	地奴星孔讳道灵
地察星张讳　焕	地恶星李讳　信	地魂星徐讳　山
地数星葛讳　方	地阴星焦讳　龙	地刑星秦讳　祥
地壮星武讳衍公	地劣星范讳　斌	地健星叶讳景昌
地耗星姚讳　烨	地贼星孙讳　吉	地狗星陈讳梦庚

随斗部九曜星官名讳（俱万仙阵亡）：

崇讳应彪　　高讳系平　　韩讳　鹏　　李讳　济　　王讳　封

刘讳　禁　　王讳　储　　彭讳九元　　李讳三益

北斗五气水德星君名讳：

水德星鲁讳　雄率领水部四位正神　　箕水豹杨讳　真

壁水貐方讳吉清　　参水猿孙讳　祥　　轸水蚓胡讳道元

太岁部正神：

殷郊　　执年岁君太岁

杨任　　甲子太岁

太岁部下日直众星名讳：

日游神温讳　良　　夜游神乔讳　坤　　增福神韩讳毒龙

损福神薛讳恶虎　　显道神方讳　弼　　开路神方讳　相
直年神李讳　丙（万仙阵亡）　　直月神黄讳承乙（万仙阵亡）
直日神周讳　登（万仙阵亡）　　直时神刘讳　洪（万仙阵亡）

镇守灵霄宝殿四圣大元帅：

王讳　魔　　杨讳　森　　高讳体乾　　李讳兴霸

财部正神：

赵公明　金龙如意正一龙虎玄坛真君
招宝天尊　萧讳　升　　纳珍天尊　曹讳　宝
招财使者　陈讳九公　　利市仙官　姚讳少司

魔家四将：

增长天王　魔礼青　　广目天王　魔礼红
多文天王　魔礼海　　持国天王　魔礼寿

哼哈二将：

郑伦　　陈奇

痘部正神：

余化龙　主痘碧霞元君　　金氏　卫房圣母元君

五方主痘正神名讳：

东方主痘正神余讳　达　　西方主痘正神余讳　兆
南方主痘正神余讳　光　　北方主痘正神余讳　先
中央主痘正神余讳　德

感应随世仙姑正神：

云霄娘娘　　琼霄娘娘　　碧霄娘娘

分水将军：

申公豹

第一百回　武王封列国诸侯

周天子分
封列國

导读：在完成封神之后，按理说《封神演义》的故事就可以结束了。之所以还要有本回，主要还是要交代两件事：一是哪吒、杨戬等未战死的人物如何安排；二是奉敕封神的姜子牙自己如何安排。于是作者为前者安排了肉身成圣的结果，而对姜子牙则按照历史让他去了自己的封国，以呼应前文元始天尊对他“受人间之福”“身为将相”的预言。正如我们之前所说，虽然《封神演义》中规划了整齐的东西南北四大伯侯统领天下八百诸侯的模式，但历史上商朝的分封制度还是很不严谨。真正严谨且影响后世数千年的分封制度，还是由西周创立的。西周的分封制是建立在宗法制基础之上的，为的是巩固周王朝的统治。因此其分封的对象主要是姬姓王族，其次是姻亲和异姓功臣，以及少量前代帝王后裔和蛮夷部落首领。他们作为诸侯被分封到各地，建立诸侯国，拥有其国内的军政大权。但同时作为诸侯也要履行相关的义务，即服从周天子的命令，要向周天子贡献财物，周天子作战时要派兵跟从等。西周前后两次大的分封，一次是在武王伐纣之后，另一次是在周公东征之后，此外历代周天子也都有零星的分封。应该说，分封制在前期巩固了西周的统治，拓展了疆域。但之后随着周室东迁，周天子直接管辖的地域严重缩水，周王朝的实力迅速下降，各地诸侯与周天子间的血缘关系也已变得稀薄。分封制已经难以继续维系，最终演变成了春秋战国时期的诸侯割据征战，周朝名存实亡。某种程度上可以说，姜子牙封神的历史原型之一，可能就是周初的大分封。

诗曰：

周室开基立帝图，分茅列土报功殊。
制田世禄惟三等，品爵官人树五途。
铁券金书①藏石室，高牙②大纛拥铜符③。
从今藩镇如星布，倡化宣猷万姓苏。

话说子牙传令，命斩飞廉、恶来，只见左右旗门官将二人推至辕门外，斩首号令，回报子牙。子牙斩了两个佞臣，复进封神台，拍案大呼曰："清福神柏鉴何在？快引飞廉、恶来魂魄至坛前受封！"不一时，只见清福神用幡引飞廉、恶来至坛下，跪听宣读敕命。但见二魂俯伏坛下，凄切不胜。子牙曰："今奉太上元始敕命：尔飞廉、恶来，生前甘心奸佞，簧惑④主聪，败国亡君，偷生苟免。只知盗宝以荣身，孰意法网无疏漏。既正明刑，当有幽录。此皆尔自受之愆，亦是运逢之劫。特敕封尔为冰消瓦解之神。虽为恶煞，尔宜克修厥职，毋得再肆凶锋。汝其钦此！"飞廉、恶来听罢封号，叩首谢恩，出坛而去。（此二贼受封神职，最为无理。彼既能封，费仲尤浑何不可封？）子牙封罢神下台，率领百官回西岐。有诗为证。诗曰：

天理循环若转车，有成有败更无差。
往来消长应堪笑，反复兴衰若可嗟。

① 铁券金书：即"丹书铁券"，俗称"丹书铁契"，古代帝王赐给功臣世代享受优遇或免罪的凭证。文凭用丹书写铁板上，故名。为了取信和防止假冒，将铁券从中剖开，朝廷和诸侯各存一半。
② 高牙：牙旗，大旗。
③ 铜符：道士所用的符契之类的法物。
④ 簧惑：以巧言惑众。

夏桀南巢风里烛，商辛焚死浪中花。

古今吊伐皆如此，惟有忠魂傍日斜。

话说子牙回岐州，进了都城，入相府安息。众官俱回私宅。一夕晚景已过。次日早朝，武王登殿，真是有道天子，朝仪自是不同。所谓香雾横空，瑞烟缥缈，旭日围黄，庆云舒彩。只听得玉珮叮咀，众官袍袖舞清风，蛇龙弄影，四围御帐迎晓日，静鞭①三响整朝班，文武嵩呼②称“万岁”。怎见得早朝美景，后唐人有诗，单道早朝好处。诗曰：

绛帻③鸡人④报晓筹⑤，尚衣⑥方进翠云裘⑦。

九天⑧阊阖⑨开宫殿，万国衣冠⑩拜冕旒⑪。

日色才临仙掌动，香烟欲傍衮龙⑫浮⑬。

朝罢须裁⑭五色诏⑮，珮声归到凤池头（此王维《和贾舍人早

---

① 静鞭：亦作“净鞭”，亦称“鸣鞭”。古代帝王仪仗队所用的长鞭。振之发声，使人肃静。
② 嵩呼：亦称“山呼”，旧时臣下祝颂皇帝，高呼万岁，谓之“嵩呼”。
③ 绛帻（jiàng zé）：用红布包头似鸡冠状。
④ 鸡人：古代宫中，于天将亮时，有头戴红巾的卫士，于朱雀门外高声喊叫，好像鸡鸣，以警百官，故名“鸡人”。
⑤ 晓筹：即拂晓的更筹，指拂晓时刻。
⑥ 尚衣：官名。隋唐有尚衣局，掌管皇帝的衣服。
⑦ 翠云裘（qiú）：饰有绿色云纹的皮衣。
⑧ 九天：极言天之崇高广阔。古人认为天有九野、九重。此处借指帝宫。
⑨ 阊阖（chāng hé）：天门，此处指皇宫正门。
⑩ 衣冠：指文武百官。
⑪ 冕旒（miǎn liú）：古代帝王、诸侯及卿大夫的礼冠。旒，冠前后悬垂的玉串，天子之冕十二旒。这里指皇帝。
⑫ 衮龙：犹卷龙，指皇帝的龙袍。
⑬ 浮：指袍上锦绣闪动的光泽。
⑭ 裁：拟写。
⑮ 五色诏：用五色纸所写的诏书。

朝大明宫之作》也）。

话说武王升殿，只见当驾官传旨："有事出班启奏，无事卷帘朝散。"言还未毕，班部[1]中有姜子牙出班上殿，俯伏称臣。武王曰："相父有何奏章见朕？"子牙奏曰："老臣昨日奉师命将忠臣良将与不道之仙、奸佞之辈，俱依劫运，遵玉敕一一封定神位，皆各分执掌，受享禋祀，护国祐民，掌风调雨顺之权，职福善祸淫之柄。自今以往，永保澄清，无复劳陛下宸虑[2]。但天下诸侯与随行征战功臣、名山洞府门人，曾亲冒矢石[3]，俱有血战之功。今天下底定[4]，宜分茅列土，封之以爵禄，使子孙世食其土，以昭崇德报功之义。其亲王子孙，亦当封树藩屏[5]，以壮王室。昔上古三皇、五帝之后，亦宜分封土地，以报其立极之功。此皆陛下首先之务，当亟[6]行之，不可一刻缓者。"（开国酬功，理固宜然）武王曰："朕有此心久矣。只因相父封神未竣，故少俟之耳。今相父既回，一听相父行之。"

武王方才言罢，只见李靖、杨戬等出班奏曰："臣等原系山谷野人，奉师法旨下山，克襄劫运，戡定祸乱。今已太平，臣等理宜归山，以覆师命。凡红尘富贵、功名、爵禄，亦非臣等所甘心者也。今日特陛辞皇上。望陛下敕臣等归山，真莫大之洪恩也。"（此数人皆非商周历史真实人物，又未曾身死封神，此时只能离朝归隐。也符合修道之人

① 班部：犹班列。指朝班的行列。
② 宸（chén）虑：帝王的思虑谋划。宸，北极星所在，后借指帝王所居，又引申为王位、帝王的代称。
③ 亲冒矢石：同"亲当矢石"。指将帅亲临作战前线。
④ 底定：奠定。后多用作平定的意思。
⑤ 封树藩屏：即"藩封"，中国古代帝王分封诸侯的制度。分封的地区称藩国。周灭商和东征后，曾分封同姓和功臣为诸侯，以为藩屏。诸侯在封国内享有世袭统治权，对周天子仅有定期朝贡和提供军赋、力役等义务，因而在全国形成分裂割据的局面。此后，历代王朝也有分封诸侯王的，但性质不尽相同。
⑥ 亟（jí）：急；迫切。

功成身退的惯例）武王曰："朕蒙卿等旋乾转坤之力，浴日补天①之才，戡祸乱于永清，辟宇宙而再朗，其有功于社稷生民，真无涯际②；虽家禋户祀，尚不足以报其劳，岂骤舍朕而归山也？朕何忍焉！"（共患难易，共富贵难，千古同理）李靖等曰："陛下仁恩厚德，臣等沐之久矣。但臣等恬淡性成，山野素志，况师命难以抗违，天心岂敢故逆？乞陛下怜而赦之，臣等不胜幸甚！"武王见李靖等坚执要去，不肯少留，不胜伤感，乃曰："昔日从朕，始事征伐之时，其忠臣义士，云屯雨集，不意中道有死于王事、没于征战者，不知凡几。今仅存者甚是残落，朕已不胜今昔之感。今卿等方际太平，当与朕共享康宁之福。卿等又坚请归山，朕欲强留，恐违素志。今勉从卿请，心甚戚然。俟明日，朕率百官亲至南郊饯别，少尽数年从事之情。"李靖等谢恩平身，众官无不凄恻。子牙听得七人告辞归山，也不胜惨戚。俱各朝散。一宿晚景不题。

次日，光禄寺典膳官预先至南郊，整治下九龙饰席，一色齐备。只见众文武百官与李靖等先至南郊候驾。惟姜子牙在朝内伺候武王御驾同行。话说武王升殿，传旨："排銮舆出城。"子牙随后。一路上香烟载道，瑞彩缤纷，士民欢悦，俱来看天子与众人、仙饯别。真是烘动一城居民，齐集郊外。只见武王来至南郊，众文武百官上前接驾毕，李靖等复上前叩谢曰："臣等有何德能，敢劳陛下御驾亲临赐宴，使臣等不胜感激！"

武王用手挽住，慰之曰："今日卿等归山，乃方外神仙。朕与卿已无君臣之属，卿等幸毋过谦。今日当痛饮尽醉，使朕不知卿之去方可耳。不然，朕心何以为情哉！"李靖等顿首称谢不已。须臾，当驾

① 浴日补天：古代神话传说，羲和浴日甘渊，女娲炼石补天。见《山海经·大荒南经》《列子·汤问》。后用以比喻力挽世运、功勋卓著或挽回危局。

② 涯际：亦作"际涯"。边际。

官报："酒已齐备。"武王命左右奏乐，各官俱依次就位。武王上坐。只见箫韶①迭奏，君臣欢饮，把盏轮杯，真是畅快。说甚么庖凤烹龙，味穷水陆。君臣饮罢多时，只见李靖等出席谢宴告辞，武王亦起身执手，再三劝慰，又饮数杯。李靖等苦苦告别，武王知不可留，不觉於邑。李靖等慰之曰："陛下当善保天和，则臣等不胜庆幸。俟他日再图相晤也。"武王不得已，方肯放行。李靖等拜别武王及文武百官。子牙不忍分离，又送了一程，各洒泪而别。（此一段离别写得颇让人动情）后来李靖、金吒、木吒、哪吒、杨戬、韦护、雷震子，此七人俱是肉身成圣。后人有诗赞之。诗曰：

别驾归山避世嚣，闲将丹灶自焚烧。
修成羽翼超三界，炼就阴阳越九霄。
两耳怕闻金紫贵，一身离却是非朝。
逍遥不问人间事，任尔沧桑化海潮。

话说子牙别了李靖等七人，率领从者进西岐城，回相府。至次日早朝，武王升殿，姜子牙与周公旦出班奏曰："昨蒙陛下赐李靖等归山，得遂他修行之愿，臣等不胜欣幸。但有功之臣，当分茅土者，乞陛下速赐施行，以慰臣下之望。"武王曰："昨七臣归山，朕心甚是不忍。今所有分封仪制，一如相父、御弟所议施行。"子牙与周公旦谢恩出殿，条议分封仪注并位次，上请武王裁定。次日，武王登宝座，命御弟周公旦于金殿上唱名策封，先追王祖考，自太王、王季、文王皆为天子，其余功臣与先朝帝王后裔俱列爵为五等：公、侯、

① 箫韶：即"大韶"，简称《韶》。亦称《大磬》《韶简》《简韶》《箫韶》《韶虞》《昭虞》《招》。西周制定的六舞之一。由九段组成，即所谓"箫韶九成"。相传为舜时代的乐舞，周代用以祭祀四望（即四方神，一说指名山大川，或指日月星海）。

伯、子、男，其不及五等者为附庸。条序已毕，周公方才唱名。

列侯分封国号名讳：

鲁——姬姓，侯爵。系周文王第四子周（姬）公旦，佐文王、武王、成王，有大勋劳于天下。后成王命为大宰，食邑扶风雍县东北之周城，号宰周公。留相天子，主自陕以东之诸侯。乃封其长子伯禽于曲阜，地方七百里，分以宝石、大弓，而俾侯于鲁，以辅周室。

齐——姜姓，侯爵。系炎帝裔孙伯益为四岳，佐禹平水土有功，赐姓曰姜氏，谓之吕侯。其国在南阳宛县之西。商末太公吕望起自渭水，为周文、武师，号为师尚父，佐文、武定天下，有大功，封营丘，为齐侯，列于五侯九伯之上。即今山东青州府是也。

燕——姬姓，伯爵。系周同姓功臣，曰君奭，佐文、武定天下，有大功，为周太保，食邑于召，谓之召康。留相天子，主自陕以西之诸侯。乃封其子为北燕伯，其地乃幽州蓟县是也。

魏——姬姓，伯爵。系周同姓功臣，曰毕公高，佐文、武定天下，有大功，封镇魏国。即今河南开封府高密县是也。

管——姬姓，侯爵。系武王弟，曰姬叔鲜，以监武庚封于管。即今河南信阳县是也。

蔡——姬姓，侯爵。系武王弟，曰姬叔度，以监武庚封于蔡。即今河南汝宁府上蔡县是也。

曹——姬姓，伯爵。系武王弟，曰姬叔振铎。武王克商，封于曹。即今济阳定陶县是也。

郕——姬姓，伯爵。系武王弟，曰姬叔武。武王克商，封于郕。即今山东兖州府汶上县是也。

霍——姬姓，伯爵。系武王弟，曰姬叔处。武王克商，封于霍。即今山西平阳府是也。

卫——姬姓，侯爵。系武王同母少弟，封为大司寇，食采于康，谓之康叔，封于卫。即今北京冀州是也。

滕——姬姓，侯爵。系武王弟，曰姬叔绣。武王克商，封于滕。即今山东丘县是也。

晋——姬姓，侯爵。系武王少子，曰唐叔虞，封于唐，后改为晋。即今山西平阳府绛县东翼城是也。

吴——姬姓，子爵。系周太王长子泰伯之后。武王克商，遂封之为吴。即今之吴郡是也。

虞——姬姓，公爵。系周太王子仲雍之后。武王克商，求泰伯、仲雍之后，得章已为吴君，别封其地为虞。在河东太阳县是也。

虢——姬姓，公爵。系王季子虢仲，文王弟也。仲与虢叔为文王卿士，勋在王室，藏于盟府。而文王友爱二弟，谓之二虢。武王克商，封仲于弘农。陕县东南之虢城。

楚——芈姓，子爵。系颛帝之裔，曰鬻熊。为周文、武师，有勤劳于王家，封之于荆蛮，以子男之土居之。即今丹阳南郡枝江县是也。

许——姜姓，男爵。系尧四岳伯夷之后。因先世有功，武王克商，封其裔文叔于许。即今之许州是也。

秦——嬴姓，伯爵。系颛帝之裔。因先世有功，武王克商，封其裔柏翳于秦。即今之陕西西安府是也。

莒——嬴姓，子爵。系少昊之后。因先世有功，武王克商，封其后兹与期于莒城。即今之莒县是也。

纪——姜姓，侯爵。系太公之次子。武王念太公之功，分封于纪，即今东莞剧县是也。

郳——曹姓，子爵。系陆终第五子晏安之后。武王克商，封其裔曹挟于郳。即今之山东邹县是也。

薛——任姓，侯爵。黄帝之后。因世有功，武王克商，封其后奚仲于薛。即今山东沂州是也。

宋——子姓，公爵。系商王帝乙之长庶子启，曰微子。因纣王不道，微子抱祭器归周。武王克商，封微子于宋。即今之睢阳县是也。

杞——姒姓，伯爵。系夏禹王之后。武王克商，求夏禹苗裔，得东楼公，封于杞，以奉禹祀。即今之开封府雍丘县是也。

陈——妫姓，侯爵。系帝舜之后。其裔孙阏父作武王陶正，能利器用，王实赖之。今以元女大姬下嫁其子满，而封诸陈，使奉虞帝祀。其地在太皞之墟，即今之陈县是也。

焦——伊耆姓，侯爵。系神农之后。因先世之功，武王克商，封之于焦。即今之弘农陕县是也。

蓟——姬姓，侯爵。系帝尧之裔。武王克商，求其后，封之于蓟，以奉唐帝之祀。即今之北京顺天府是也。

高丽——子姓，乃殷贤臣，曰箕子，亦商王之裔。因不肯臣事于周，武王请见，乃陈《洪范九畴》一篇而去之辽东。武王即其地以封之。至今乃其子孙，即朝鲜国是也。

其亲王、功臣、帝王后裔，共封有七十二国。今录其最著者。其余如越封于会稽，向封于谯国，凡封于汲郡，宿封于东平，郜封于济阴，邓封于颍川，戎封于陈留，芮封于冯翊，极封为附庸，縠封于南阳，牟封于泰山，葛封于梁国，郧封为附庸，谭封于平陵，遂封于济北，滑封于河南，郕封于东平，邢封于襄国，江封于汝南，冀封于皮县，徐封于下邳，舒封于庐江，弦封于弋阳，鄫封于瑯琊，厉封于义阳，项封于汝阴，英附于楚，申封于南阳，共封于汲郡，夷封于城阳等国，不悉详记。如南宫适、散宜生、闳夭等，各分列茅土有差。即于其日大排筵宴，庆贺功臣、亲王、文武等官。又开库藏，将金银宝物悉分于诸侯人等。众人俱各痛饮，尽醉而散。次日，各上谢表，陛辞天子，各归本国。（一应功臣俱得封赏，可谓皆大欢喜）后人有诗为证：

一举戎衣定大周，分茅列土赐诸侯。
三王漫道家天下，全仗屏藩立远谋。

话说众人各领封敕，俱望本国以赴职任，惟御弟周公旦、召公奭在朝辅相王室。武王乃谓周公曰："镐京为天下之中，真乃帝王之居。"于是命召公迁都于镐京，即今陕西西安府咸阳县是也。武王谓："师尚父年老，不便在朝。"乃厚其赐赉，赐以宫女、黄金、蜀锦，镇国宝器黄钺、白旄，得专征伐，为诸侯之长，令其之国，以享安康之福。

次日，子牙入朝，拜谢赐赉，陛辞之国。武王乃率百官饯送于南郊。子牙叩首谢恩曰："臣蒙陛下赐令之国，不得朝夕侍奉左右，今日一别，不知何日再睹天颜也！"言罢，不胜於邑。武王慰之曰："朕因相父年迈，多有勤劳于王室，欲令相父之国，以享安康之福，不再劳相父在此朝夕勤劬①耳。"子牙再三拜谢曰："陛下念臣至此，臣将何以报陛下知遇之恩也！"

其日君臣分别，子牙拜送武王与百官进城，子牙方才就道，往齐国而来。太公至齐，因思："昔日下山至朝歌时，深蒙宋异人百般恩

① 勤劬（qú）：勤劳。

义，因王事多艰，一向未曾图报。今天下大定，不乘此时修候，是忘恩负义之人耳。”乃遣一使臣，赍黄金千斤，锦衣，玉帛，修书一封，前往朝歌，问候宋异人。使臣离了齐国，一路行来，不觉一日来到朝歌。其时宋异人夫妇已死，止有儿子掌管家私，反觉比往时更胜几倍。（曾施恩于主角者，必有后福，也是古典小说必然的规律）其日收了礼物，修回书与来使至齐，回覆了太公。太公在齐，治国有法，使民以时。不五越月，而齐国大治。后子牙薨，公子灶嗣位，至小白，相管仲，伯天下，《春秋》赖之。后至康公，方为田氏所灭。此是后事，亦不必表。

且说武王西都长安，武王垂拱①而治，海内清平。万民乐业，天下熙熙皞皞，顺帝之则。真一戎衣而天下大定，不逊尧舜之揖让也。后武王崩，成王立，周公辅相之，戡定内难，天下复睹太平。自太公开基，周公赞襄，遂成周家八百年基业。然子牙、周公之鸿功伟烈，充塞乎天地之间矣。后人有诗单赞子牙斩将封神，开周家不世之基以美之。诗曰：

宝符秘箓出先天，斩将封神合往愆。
敕赐昆仑承旨渥②，名班册籍注铨编。
斗瘟雷火分前后，神鬼人仙任倒颠。
自是修持凭造化，故教伐纣洗腥膻。

又有诗赞周公辅相成王，戡定内难，为开基首功，而又有十乱以襄之。诗曰：

① 垂拱：垂衣拱手。谓太平无事，无为而治。
② 旨渥：帝王诏谕的恩泽。

天潢①分派足承祧，继述讦谟②更自饶。
岂独簪缨③资启沃④，还从剑履秩宗朝。
和邦协佐能戡乱，典礼咸称善补貂⑤。
总为周家多福荫，天生十乱⑥始同调⑦。

总批

周室之分茅列土，首自亲王十乱以及诸臣，棋置星列，藩屏帝京，捍卫王室，可为尽善尽美。所以周之享国久远，良在是欤。

又批

封神一书，其说由来甚远，事无可稽，情有可信。语云：生为大柱国，死作阎罗王。是又因人而可决者。况忠臣义士，气可贯虹，心可穿石，死后岂得泯泯无闻耶！然考其诸侯名号，虽未必尽符其时，而穷之后世，又未见其人，其为当日有是事，亦未可知。余因伯敬先生所家藏善本，又详为考订，其信与否者，咸听之耳。

① 天潢（huáng）：犹天池。古用以称皇室。谓皇族分支派别，如导源于天池。
② 讦谟（yù mó）：指远大宏伟的谋划。
③ 簪缨：簪和缨。古时达官贵人的冠饰，用来把冠固定在头上。旧时用作做官者显贵之称。
④ 启沃：开诚忠告。旧指以治国之道开导帝王。
⑤ 补貂：犹“续貂”。常用作自谦之词。
⑥ 十乱：《书·泰誓》：“予（周武王）有乱臣十人，同心同德。”十人，指周公旦、召公奭、太公望、毕公、荣公、太颠、闳夭、散宜生、南宫适、文母（一说指文王之后大姒，一说指武王之妻邑姜）。后因以“十乱”指上述十个辅佐周武王治国平乱的大臣。
⑦ 同调：音乐调子相同。比喻志趣、主张相同。

图书在版编目(CIP)数据

封神演义:全本全注全评/(明)许仲琳,(明)陆西星著;孙见坤导读、注释、点评. --长沙:岳麓书社,2025.2. --ISBN 978-7-5538-2241-9

Ⅰ. I242.4

中国国家版本馆 CIP 数据核字第 2024MJ1026 号

FENGSHEN YANYI(QUAN BEN QUAN ZHU QUAN PING)

封神演义(全本全注全评)

作　　者:[明]许仲琳　陆西星

导读 注释 点评:孙见坤

出 版 人:崔　灿

责任编辑:李郑龙　张丽琴　牛盼盼　蒋小涵　黄　龙

绘　　图:颜丽君

责任校对:舒　舍

装帧设计:贺红梅

岳麓书社出版发行

地址:湖南省长沙市爱民路 47 号

直销电话:0731-88804152　0731-88885616

邮编:410006

版次:2025 年 2 月第 1 版

印次:2025 年 2 月第 1 次印刷

开本:640mm×960mm　1/16

印张:93

字数:1250 千字

书号:ISBN 978-7-5538-2241-9

定价:198.00 元

承印:长沙超峰印刷有限公司

如有印装质量问题,请与本社印务部联系

电话:0731-88884129